U0463100

绣像本古典小说名著

东周列国志 上

[明] 冯梦龙　原著

[清] 蔡元放　改编

凌霄　注

长江出版传媒｜崇文书局

图书在版编目（CIP）数据

东周列国志 / （明）冯梦龙原著；（清）蔡元放改编；凌霄注 .
—武汉 ：崇文书局，2018.7
（绣像本古典小说名著）
ISBN 978-7-5403-5071-0

Ⅰ . ①东…
Ⅱ . ①冯… ②蔡… ③凌…
Ⅲ . ①章回小说－中国－明代
Ⅳ . ① I242.4

中国版本图书馆 CIP 数据核字（2018）第 135428 号

东周列国志

丛书统筹　郑小华
责任编辑　李慧娟
封面设计　甘淑媛
责任校对　董　颖
责任印制　李佳超
出版发行　长江出版传媒｜崇文书局
地　　址　武汉市雄楚大街 268 号 C 座 11 层
电　　话　(027)87293001　邮政编码　430070
印　　刷　湖北画中画印务有限公司
开　　本　640mm×970mm　1/16
印　　张　66.625
字　　数　1 120 千
版　　次　2018 年 7 月第 1 版
印　　次　2018 年 7 月第 1 次印刷
定　　价　72.00 元

（如发现印装质量问题，影响阅读，请与承印厂调换）

　　本作品之出版权（含电子版权）、发行权、改编权、翻译权等著作权以及
本作品装帧设计的著作权均受我国著作权法及有关国际版权公约保护。任何非
经我社许可的仿制、改编、转载、印刷、销售、传播之行为，我社将追究其法
律责任。

前　言

　　在中国古代为数众多的历史演义中，影响最大的自是罗贯中的《三国志通俗演义》，其次就数冯梦龙编著、蔡元放评点的《东周列国志》了。这部历史演义名著，由明中叶的余邵鱼草创，由晚明冯梦龙编著完成，而其推广流行则与清乾隆年间蔡元放的评点加工关系至为密切。这里谨就相关情况略作说明。

一、余邵鱼与《列国志传》

　　首部演述春秋战国时期历史的《春秋列国志传》（以下简称《列国志传》），一般认为，其编撰者为余邵鱼，也有学者推测可能是余象斗。余邵鱼，福建建宁府建阳县人，约生活于明朝嘉靖、隆庆年间，是余象斗的族叔。余象斗，字仰止，一字文台，号三台山人，福建建安人，约生活于明朝隆庆、万历年间。除刊印《列国志传》外，余象斗还编著或刊行有《四游记》《全汉志传》《三国志传评林》《东西晋演义》等，是明代通俗小说的著名编著者和刊行者。

　　《列国志传》起于"苏妲己驿堂被魅"，终于秦一统天下。作者显然参考过宋元讲史话本、戏文杂剧如《全相平话乐毅图齐七国春秋后集》和《秦并六国平话》等，但删除了平话尤其是《七国春秋后集》中的一些与史实严重不符或神怪色彩太浓的情节（比如《七国春秋后集》"孙乐斗阵"竟让生活时代相距约 60 年的孙膑与乐毅对垒），又依据《战国策》《史记》等书增添了一些关目，风格简朴、质实。不过，余邵鱼对若干盛行民间的传说仍偏爱有加，大量予以保留，比如"秋胡戏妻""卞庄刺虎""伍子胥临潼斗宝""浣纱女投江""孙武子吴宫操女兵""孟尝君养士出关""田单火牛复齐兵""孙膑下山服袁达"

等。就其总体风貌而言,《列国志传》是一部洋溢着浓郁民间趣味的小说,在梳理历史事实和总结历史的经验方面,余邵鱼所倾注的心力颇为有限。

二、冯梦龙与《新列国志》

冯梦龙(1574—1646),字犹龙,又字耳犹、子犹,别号犹龙子、墨憨斋主人、吴下词奴、顾曲散人、詹詹外史、茂苑野史、绿天馆主人、无碍居士、可一居士等,长洲(今江苏苏州)人。冯梦龙出身书香门第,其兄冯梦桂是一位画家,其弟冯梦熊是一位诗人,兄弟三人在当时的苏州文坛颇有名气,时人称之为"吴下三冯"。"吴中自祝允明、唐寅辈,才情轻艳,倾动流辈,放诞不羁,每出于名教之外。"(赵翼《廿二史札记》卷三十四《明中叶才士傲诞之习》)冯梦龙生长在这样的环境中,加上他久困于诸生之间,长期不能中举,不免放旷不羁,甚至"逍遥艳冶场,游戏烟花里"(王挺《挽冯犹龙》)。一度与名妓侯慧卿相好,并有白头之约,后被侯离弃。万历三十二年(1604)至三十七年(1609)间,曾与文震孟、姚希孟、钱谦益等七人组织文社,后又与袁于令等人组织"韵社";万历三十八年(1610)前后,与嘉定侯氏三瞻(豫瞻、梁瞻、雍瞻)等过从甚密。这一类结社活动,兼有砥砺德业和扩大声誉的作用。万历三十九年(1611),江夏熊廷弼督学南畿,对冯梦龙赏识有加,特予甄拔,二人从此结下深厚的师生之谊。冯梦龙自早年即酷爱李贽学说,将之"奉为蓍蔡",并在若干年内将大量精力投入到通俗文学的研究、整理和刊行上。冯梦龙编纂的时曲,其《广挂枝儿》未见传本,现存《童痴一弄·挂枝儿》十卷,《童痴一弄·山歌》十卷,共收作品818首,是明代民间歌曲集中仅见的两部巨制。他还编过两本笑话集:《广笑府》和《笑府》。其中既有来自民间的笑话,也有冯梦龙和其他文人的拟作。万历三十六、三十七年间,冯梦龙见到李贽批定的《水浒传》,心存爱慕,便与袁无涯、许自昌"相与校对再三","精书妙刻"。此即现存的《出相评点忠义水浒全传》。又在友人沈德符处见到《金瓶梅》抄本,不胜欣喜,"怂恿书坊以重价购刻"(沈德符《万历野获编》卷二五)。还把罗贯中的《平妖传》由二十回增补为四十回。这一时期,冯梦龙在创作《双雄记》传奇的同时,还改定他人的传奇作品达数十种之多,现存(包括后期改定的在内)十四种:《新灌园》《酒家傭》《女丈夫》《量江记》《精忠旗》《梦磊记》《洒雪堂》《楚江情》《风流梦》《邯郸梦》《人兽关》《永团圆》《三报恩》《杀狗记》,通称《墨憨斋定本传奇》。天启三年(1623)至崇祯三年(1630)间,冯梦龙相继完成《喻世明言》《警世通言》《醒世恒言》《太平广记钞》《智囊》《情史》《太霞新奏》等总集的评纂工作,并把万历四十八年(1620)编印的《古今笑》更名为《古今谭概》再度刊行。崇祯三年(1630),冯梦龙以五十七岁高龄考入国学,选为贡生,大约在次年破例除授丹徒训导。在任期间,曾编《四书指月》一书教授生员。此书后由陈仁锡作序刊行。崇祯七年(1634),冯梦龙由丹徒训导升任福建寿宁知县。崇祯十一年(1638),秩满离任,归隐苏州。这期间冯梦龙以著书自娱,完成了《新列国志》的增补和传奇剧本《万事足》《酒家佣》《三报恩》等的改定。崇祯十七年(1644)三月,朱明王朝被推翻,冯梦龙陷入"悲痛莫喻"之中。五月,朱由崧在南京继位,是为弘光。冯梦龙集刊了《甲申纪事》一书,吊"忠节"之士,斥"叛徒"之人,期望朱由崧成为中兴之主。南明弘光王朝灭亡后,朱聿键于闰六月即帝位于福州。冯梦龙又编辑了《中兴伟略》一书,表达复国心愿。隆武二年即清顺治三年(1646),冯梦龙在忧愤中与世长辞。

对于余邵鱼草创的《列国志传》,冯梦龙尤为不满的是其层见叠出的不合史实之处,遂一一据古书加以改订。可观道人《新列国志叙》说:

小说多琐事,故其节短。自罗贯中氏《三国志》一书,以国史演为通俗演义,汪洋百余回,为世所尚。嗣是效颦日众,因而有《夏书》《商书》《列国》《两汉》《唐书》《残唐》《南北宋》诸刻,其浩瀚几与正史分签并架,然悉出村学究杜撰,儱侗碔砆,识者欲呕。姑举《列国志》言之:如秦哀公临潼斗宝一事,久已为闾阎恒谭,而其纰缪乃更甚。按秦当景公之世,南附于楚,比于齐之附晋,故交见之役,屈建曰:释齐秦,他国请相见也。哀之初年,楚灵方横,及平继之,而晋益不竞,不得已通吴制楚,于是有入郢之师,而包胥卒借秦力以复楚。是始终附楚者,秦也。延至三晋田齐之际,犹然遇秦以夷,不通中华会盟。孝公于是发愤修政,任商鞅变法而秦始大。然而哀公之世,秦方式微,岂能号召十七国之君并驾而赴临潼耶? 夫以桓文之盛,名为尊攘,而威力所及,载书犹寥寥可数,况斗宝何名,哀公何时,乃能令南之楚、北之晋、东之吴,数千里君侯刻日麇至,有是理乎? 至伍员为明辅,尤属鄙俚。此等呓语,但可坐三家村田塍上,指手划脚醒锄犁瞌睡,未可为稍通文理者道也。顾此犹摘其一席话成片断者言之。其他铺叙之疏漏,人物之颠倒,制度之失考,词句之恶劣,有不可胜言者矣。墨憨氏重加辑演,为一百八回,始乎东迁,迄于秦帝。东迁者列国所以始,秦帝者列国所以终。本诸《左》《史》,旁及诸书,考核甚详,搜罗极富。虽敷衍不无增添,形容不无润色,而大要不敢尽违其实。

　　《列国志传》第七卷写秦哀公企图恢复霸业,邀约各国诸侯到临潼斗宝,以收集宝物,向周天子进贡。这与历史事实完全不符,被冯梦龙断然删去;而这类因"铺叙之疏漏,人物之颠倒,制度之失考,词句之恶劣"被删削的情节、语言不在少数。同时,冯氏又据史籍增加了许多重要内容,用五分之四的篇幅叙春秋五霸的争斗,用五分之一的篇幅写七雄的消长。以五霸七雄为主干,穿插若干小国的历史。这样一来,《新列国志》就由《列国志传》的28万字(八卷本)发展为76万字左右,足当"雅俗之巨览"(可观道人《新列国志叙》)的赞誉。

　　冯梦龙为了让读者相信他的叙述,他甚至不惜在小说中穿插考据笔墨。况周颐《餐樱庑随笔》举的一个例子颇为典型:"开岁无俚,儿辈案头有《东周列国演义》,偶一幡帑。是书起周幽迄秦政,胪叙事实,与《左》《国》《史》《鉴》十九符合,绝无向壁虚造之言。其第八十三回有云:'句践班师回越,载西施以归。越夫人潜使人引出,负以大石,沉于江中,曰:"此亡国之物,留之何为?"后人不知其事,讹传范蠡载入五湖,遂有"载去西施岂无意?恐留倾国误君王"之句。按:范蠡扁舟独往,妻子且弃之,况吴宫宠妃,何敢私载乎?又有言:"范蠡恐越王复迷其色,乃以计沉之于江。"此亦谬也。'(演义止此)曩余辑《证璧集》(元名《祥福集》,取'语作吉祥能载福'句义,凡为昔人辨诬之文,皆吉祥文字也),辨西施随范蠡之诬,语儿亭旧说之非,并极详确。惟西施负石沉江,越夫人实主之,则仅见于是书,是亦《证璧》之一说,惜未详其所本耳。"况周颐辑《证璧集》,所收均为考据文字,而《东周列国演义》(即《新列国志》的评点本)中竟有符合其标准的片断,足见冯梦龙对事实真实性的重视。自然,冯梦龙撰《新列国志》,也有少量虚构润色之处,但都限于细节的加工,目的是化正史的简约为演义的详细,或使相关情节更为联贯,并不在大局上影响事件的真实性。李元复《常谈丛录》举过一个例子:"说部之书……凡于各朝代之兴衰治乱,皆有叙述,而《三国演义》最称,其次则《东周列国志》。予谓为《列国志》者尤难,盖国多则头绪纷如,难于联贯;又列国时事多,首尾曲折不具详,难于敷衍,未免使览者厌倦。今观其书,于附会处,每多细意体会。如齐襄公之弑,依《左传》从猎贝丘起,见大豕人立而啼,从者谓是公子彭生,惧而坠车。丧屦之下,添豕唧屦去之语。及贼入,寻公不见,而见一屦于复壁下,乃得而弑焉。谓盖彭生厉魂化豕,取屦置壁下,以报公也。得此而前者豕之见,屦之丧,及诛屦弗得,始为有因。不拘泥于左氏见公足户下之言,斯为善解左文者矣,岂妄为添饰之比哉?"冯梦龙的

"添饰",主要是弥补正史所留下的叙事空白,使之更合情理,而并非对"添饰"本身感兴趣。

冯梦龙编著《新列国志》,一方面是要传授历史知识,另一方面是要总结历史经验。这里需要郑重指出的一个事实是:冯梦龙对《春秋》作过极为深入的研究。他的弟弟冯梦熊为冯梦龙所著《麟经指月》所写的序说:"余兄犹龙,幼治《春秋》,胸中武库,不减征南。居恒研精覃思,曰:'吾志在《春秋》。'墙壁户牖皆置刀笔者,积二十余年而始惬……嗟乎,《春秋》非拨乱之书乎!孔子以东迁作,胡氏以南渡传,经传皆有忧患愤发之意焉。高皇帝尊用《儒说》,独取胡氏列学官者,非但以其为严冬大雪独秀之松柏也,取其忧患愤发之意合焉,而可以为异日拨乱之书也。今天下镐京磐石,邈禾黍之离,辫琛叩关,绝金缯之耻,似无所用其忧患愤发,然而纪纲之隳窳也,形势之卑靡也,夷狄之侵陵也,则亦儒臣专以《春秋》入侍时也。"周应华为冯梦龙所著《春秋衡库》所写的跋说:"吾师犹龙氏才高殖学,所著多为世珍,而《麟经》尤擅专门。《指月》既行,嗣有《衡库》。……吾师兹辑,主以经文,实以《左》《国》,合以《公》《榖》,参以子史,证以他经,断以胡氏,辅以群儒,删繁取精,针芒不失,可谓衡矣;采实兼华,字句不漏,可谓库矣。衡而且库,二百四十二年之行事,前源后委,联如贯珠;甲是乙非,炳如列烛,可谓善读《春秋》矣。吾师尝有言曰:'凡读书须知不但为自己读,为天下人读;即为自己,亦不但为一身读,为子孙读;不但为一世读,为生生世世读。作如是观,方铲尽苟简之意,胸次才宽,趣味才永。'所以屡遭按剑,载被含沙,而口咿笔扫,日夜不辍。故其著述可示于子孙,可惠于天下,而其精诚直可贯于生生世世,非虚语也。"

冯梦龙深入钻研《春秋》,一方面是对春秋战国时期列国纷争的史实了如指掌,他对所写题材的熟悉程度是罗贯中之外的其他演义小说家所不可比拟的;另一方面是对《春秋》义理的深入把握,他由此产生的社会责任感和历史使命感是余邵鱼这一类演义小说家所不具备的。在《新列国志》的编撰过程中,前一方面具体表现为实录精神,以史料为依据,据实直陈;后一方面具体表现为对历史经验的自觉总结。历史不仅是对一系列事件的罗列,它还意味着阐释或解释,即把种种事件联系起来,从杂乱的往事中找出某种贯穿其中而意义重大的道理。冯梦龙是把《新列国志》当做通俗历史教材来写的,他对自己提出的要求很高,即不只是客观准确地叙述政治、军事史实,而且致力于表达他对所发生的历史事件的意义的理解,换句话说,即致力于揭

示历史的经验和教训,以期对读者和社会生活产生影响。可观道人《新列国志叙》从总结历史经验的角度阐发这部小说的意义说:

> 凡国家之废兴存亡,行事之是非存毁,人品之好丑贞淫,一一胪列,如指诸掌。"他并且举了许多具体的例证来加以说明:"是故鉴于褒姒、骊姬,而知嬖不可以篡嫡;鉴于子颓、阳生,而知庶不可以奸长;鉴于无极、宰嚭,而知佞不可以参贤;鉴于囊瓦、郭开,而知贪夫之不可与共国;鉴于楚平、屠岸贾、魏颗、豫让,而知德怨之必反;鉴于秦野人、楚唐狡、晋里凫须,而知禳量之不可以隘;鉴于二姜、崔、庆,而知淫风之足以亡身而覆国;鉴于王僚、熊比,而知非据之不可幸处;鉴于商鞅、武安君,而知惨刻好杀之还以自中;鉴于晋厉、楚灵、栾黡、智伯,而知骄盈之无不覆;鉴于秦武王、南宫万、养叔、庆忌,而知勇艺之无全持;鉴于烛武、甘罗,而知老幼之未可量;鉴于越句践、燕昭、孟明、苏季子,而知困衡之玉汝于成;鉴于宋闵公、萧同叔子,而知凡戏之无益;鉴于里克、茅焦,而知死生之不关于趋避。至于西门豹、尹铎之吏治,郑庄、先轸、二孙、二起、田单、信陵君、尉缭子之将略,孔父、仇牧、荀息、王蠋、肥义、屈原之忠义,专诸、要离、聂政、夷门侯生之勇侠,介子推、鲁仲连之高尚,管夷吾、公孙侨之博洽,共姜、叔姬、杞梁妻、昭王夫人之志节,往迹种种,开卷了然,披而览之,能令村夫俗子与缙绅学问相参。若引为法诫,其利益亦与六经诸史相埒,宁惟区区稗官野史资人口吻而已哉?

所谓"鉴",所谓"法诫",强调的是与正史功能相同的"资治"的作用,冯梦龙是不屑与通常的"稗官野史"为伍的。

三、蔡元放与《东周列国志》

蔡奡,字元放,号野云主人、七都梦夫,江宁(今江苏南京)人。乾隆年间,他就冯梦龙的《新列国志》做加工整理,定名为《东周列国志》,刊刻发行。这就是几百年来流行的长篇列国志小说的通行本。

蔡元放的加工,主要在评点方面,文字偶有修改,个别回目较冯梦龙本更为工稳。《东周列国志》实际上是《新列国志》的评点本。这些评点,包括回评和夹评,颇有助于读者厘清史实和理解人物之间的复杂关系。

蔡元放还仿效清初写《三国志读法》的毛宗岗,专门写了一篇《东周列国全志读法》。这篇读法,主要强调了《东周列国志》的两个特点:所记的都是真实的事实,有助于读者了解春秋战国的历史;所写的内容于读者有益,有助于读者称为"正经人"。比如读法中的这两段:"《列国志》和别本小说不同。别本多是假话,如《封神》《水浒》《西游》等书,全是劈空撰出。即如《三国志》,最为近实,亦复有许多做造在于内。《列国志》却不然,有一件说一件,有一句说一句,连记实事也记不了,那里还有工夫去添造。故读《列国志》,全要把作正史看,莫作小说一例看了。""教人子弟读书常苦,大都是难事。其生来便肯钻研攻苦,津津不倦者,是他天分本高,与学问有缘。这种人,于百中只好一二,其余便都是不肯读书的了。但若是教他读论道论学之书,便苦扞格不入。至于稗官小说,便没有不喜去看的了。但稗官小说虽好,毕竟也有不妥当处。盖其可惊可喜之事,文人只图笔下快意,于子弟便有大段坏他性灵处。我今所评《列国志》,若说是正经书,却毕竟是小说样子,子弟也喜去看,不至扞格不入。但要说它是小说,它却件件都从经传上来,子弟读了,便如把一部《春秋》《左传》《国语》《国策》都读熟了,岂非快事?"蔡元放言之谆谆,虽然不免迂腐了一些,但确实说出了《东周列国志》的特点。《东周列国志》之畅销与长销,蔡元放功不可没。

武汉大学文学院教授、博士生导师　陈文新

周宣王

褒姒

周姜勤內政王迹肇東師鳳
鳥不復見龍漦愛若斯傾城在一笑
亡國支三思吉驪山下倉皇悔已遲
梦阑

崇平王

龍髯筆衲燬我京師大讐未復大命若私
王者延熄惟其忍之哀小弁孝子之詩
戊子春王伯奎贊 拜敬書

犬戎王

寧夷滑夏亙古
為患唯茲戎袒自撤其藩驪山
既弒周轍遂東紛擾不息日徙於終
吾觀戎狄豺狼弗如中外大防意在斯乎

緩廬

魯桓公

老營兔裘窩逮志于湯上汶水自逮死于噬彼風人秦
畚子寸
戊子春日鸛鴻僿館主題

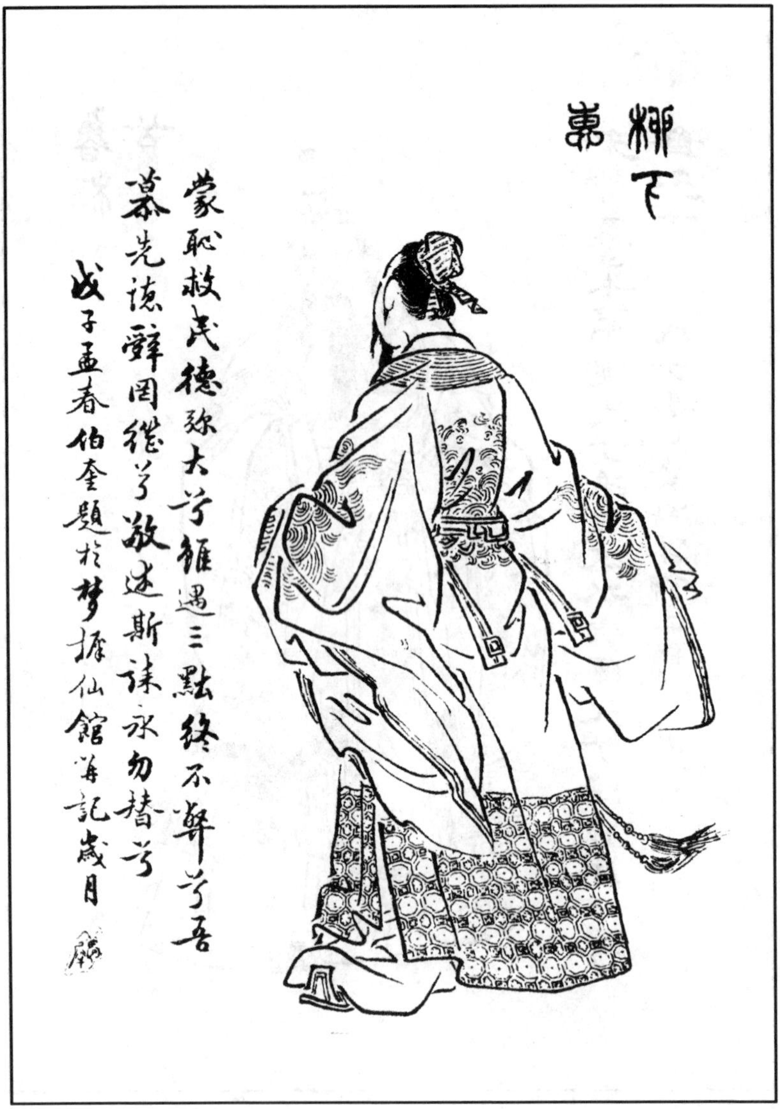

柳下
惠

蒙恥救民德弥大兮雖遇三黜終不辭兮吾
慕先德辟國継兮敬述斯誅永勿替兮
戊子孟春伯奎題於夢掫仙館并記歲月

齊桓公

賜履分播定霸武蕃衣會
冠堂彝宇真宙炳三麟經緯績坐機
蜀云所家保艾爾禪
白奎贊

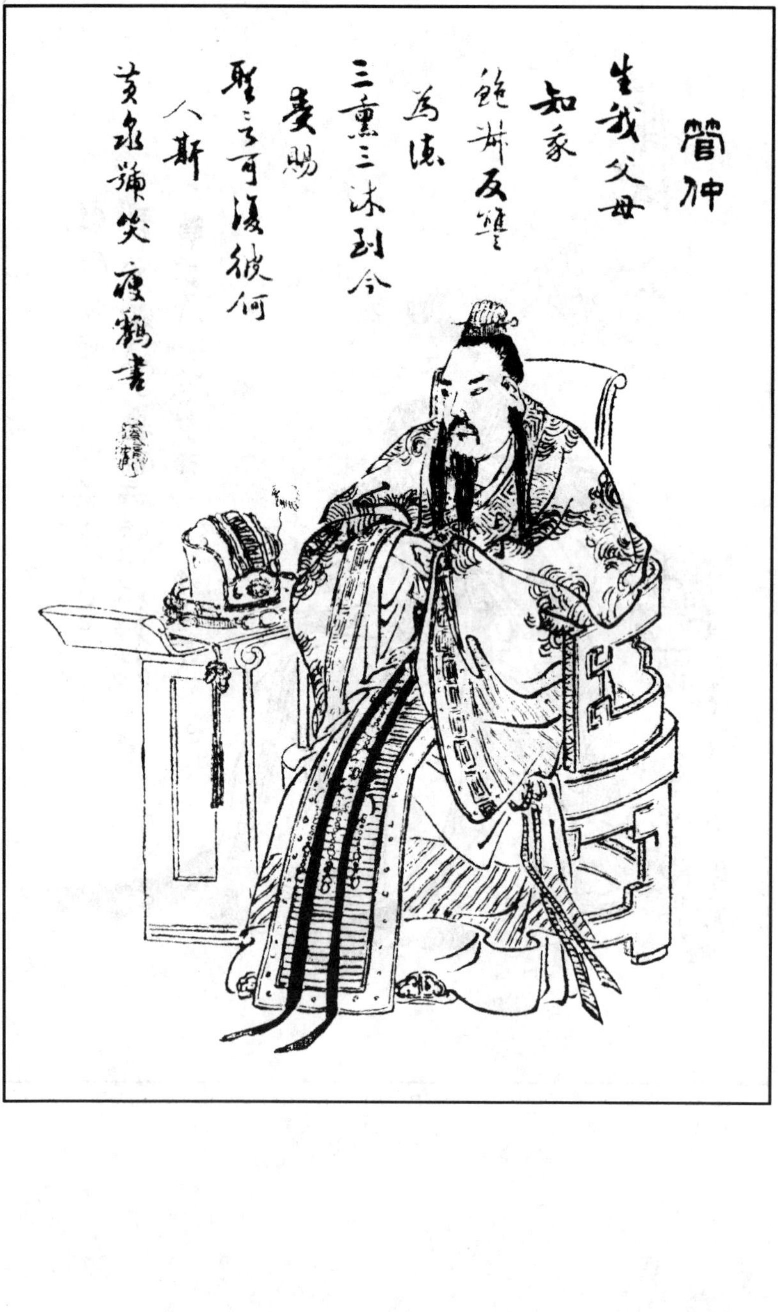

管仲

生我父母

知我

鮑叔反雙

為濾

三熏三沐到今

蒙賜

聖三毫後彼何

人斯

黃泉彌笑 瘦鶴書

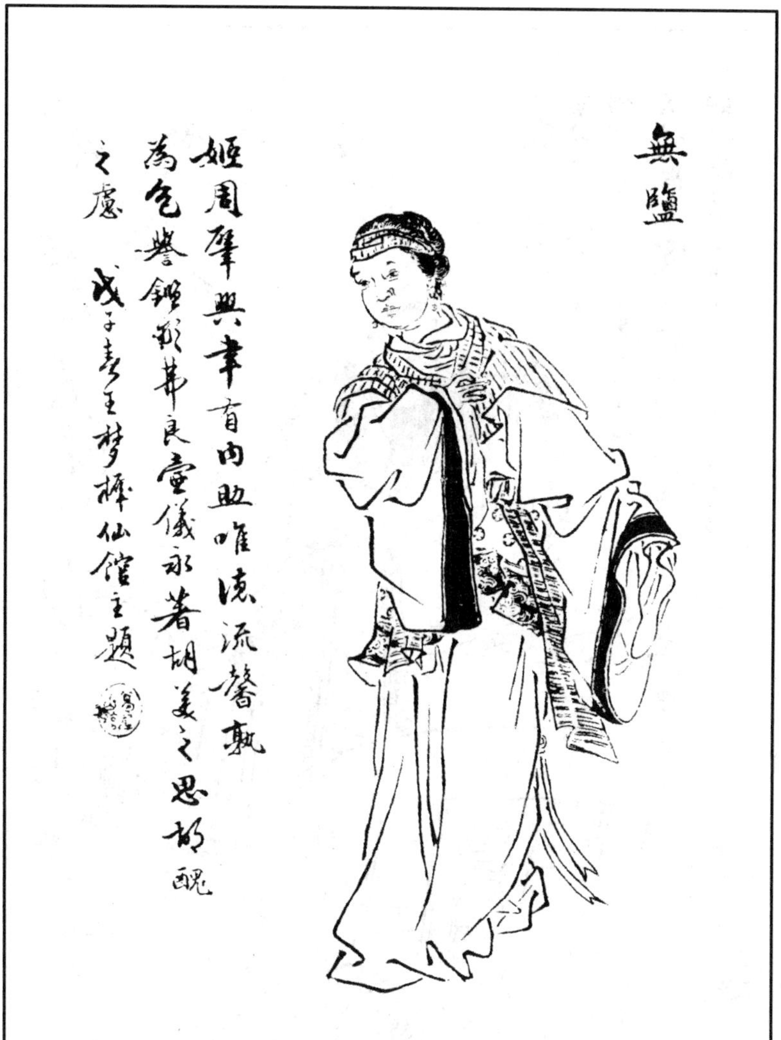

無鹽

姬周肇興事首內助唯流流馨氣
為色與錦形弗良壺儀永著胡美之思拇
之慮　戊子春王夢梅仙館主題

晋文公

霸績中衰墜
夷負情豪矣運興
翊戴天子蕳昇忠良一心永
矢请隨冒賞请狩怙修胡賢
如後而讀如此 戊子春王拜石生書

董狐

弒君之讐不討胡僚弒君之賊不書胡史
其正君繩其直如矢賢奸大防千古鑒此
戊子春日 伯奎貫 諤廬書

宋襄公

殺敵後果唯
戰之律吾謂不然
老者擒鄰邦諄闊
死唯戰之勉君謂
不益重傷
何心彼

福

丙霸四

夷來相承戰友之
騰蛇手仁義區
龍亦取霸運
敗虜以

沈蘿傷心事
秋江逸叟識筆書

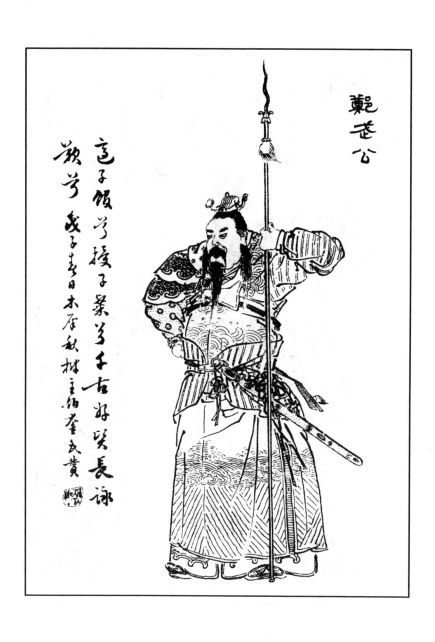

颖尹叔

含困之谋秋

李多多等据邪

争李之忠念

李其志

谈邪而

今石波小

人有毋至

猶洋睿小

人之金邪

伯奎敬

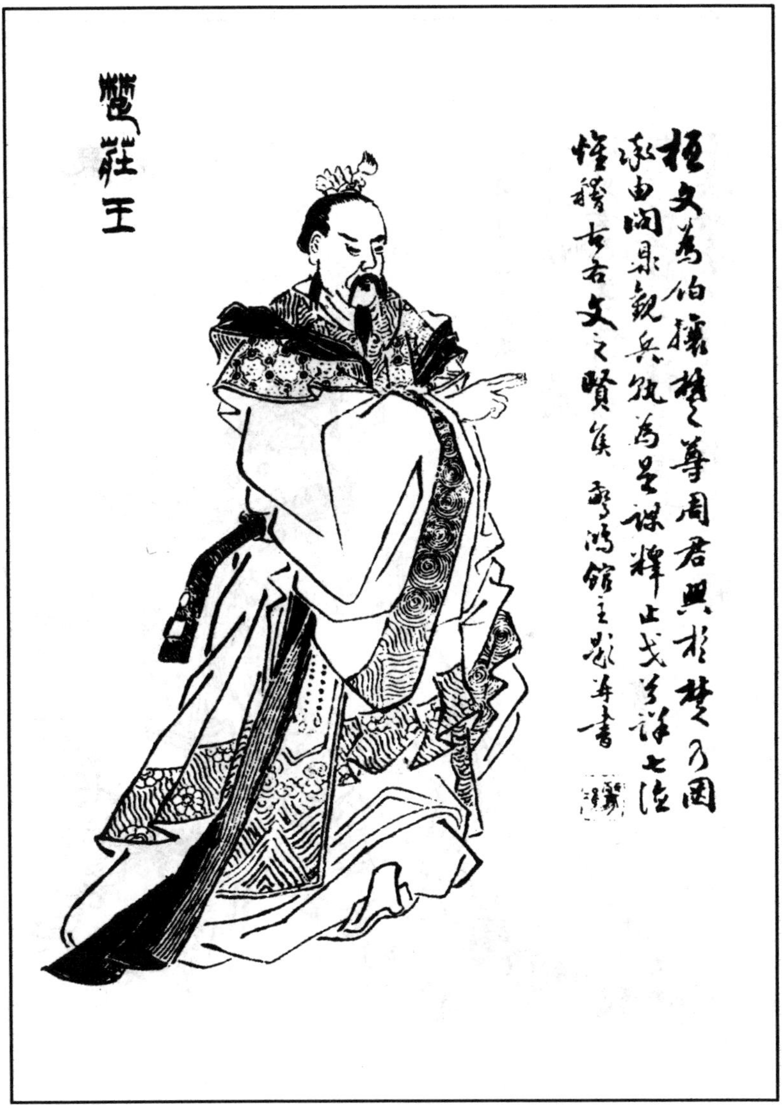

楚莊王

楚文為伯攘楚之尊周君興於楚之囤
乘由閱累觀兵飲為呈謀輝止戈羡譯之法
惶攅古者文之賢集 聊鴻館主彬年書

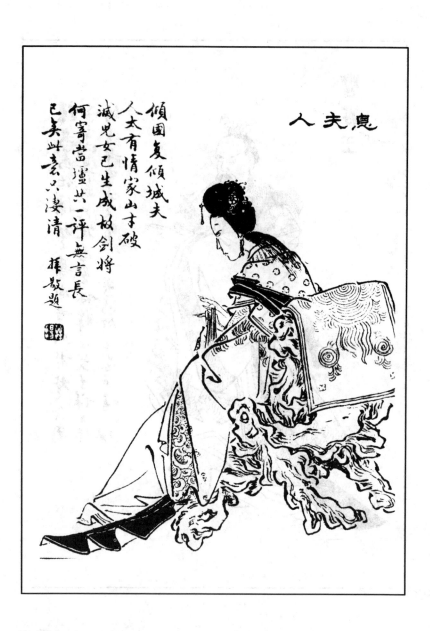

息夫人

傾國復傾城夫
人本有情家山已破
滅兒女已生成故劍將
何尋當壚共一評無言長
已矣此素巾凄清 崔敬題

養由基

演成而上藝成下兮矞干寧揚
神手射罗二矢復前君雛洸兮以集干
城此具選兮 夢樓仙館主

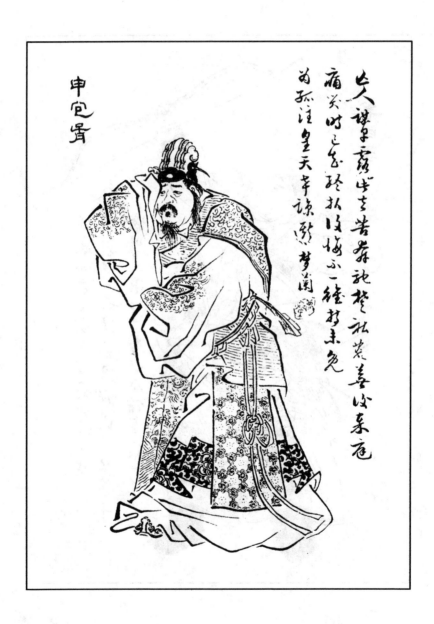

申包胥

吳季子

公子之質兮美而能文公子之光兮和而不群國

計騷兮予交態勢傷心王僚兮知己徐君吁嗟

公子予生不逢辰公子可作兮吾德為鄰

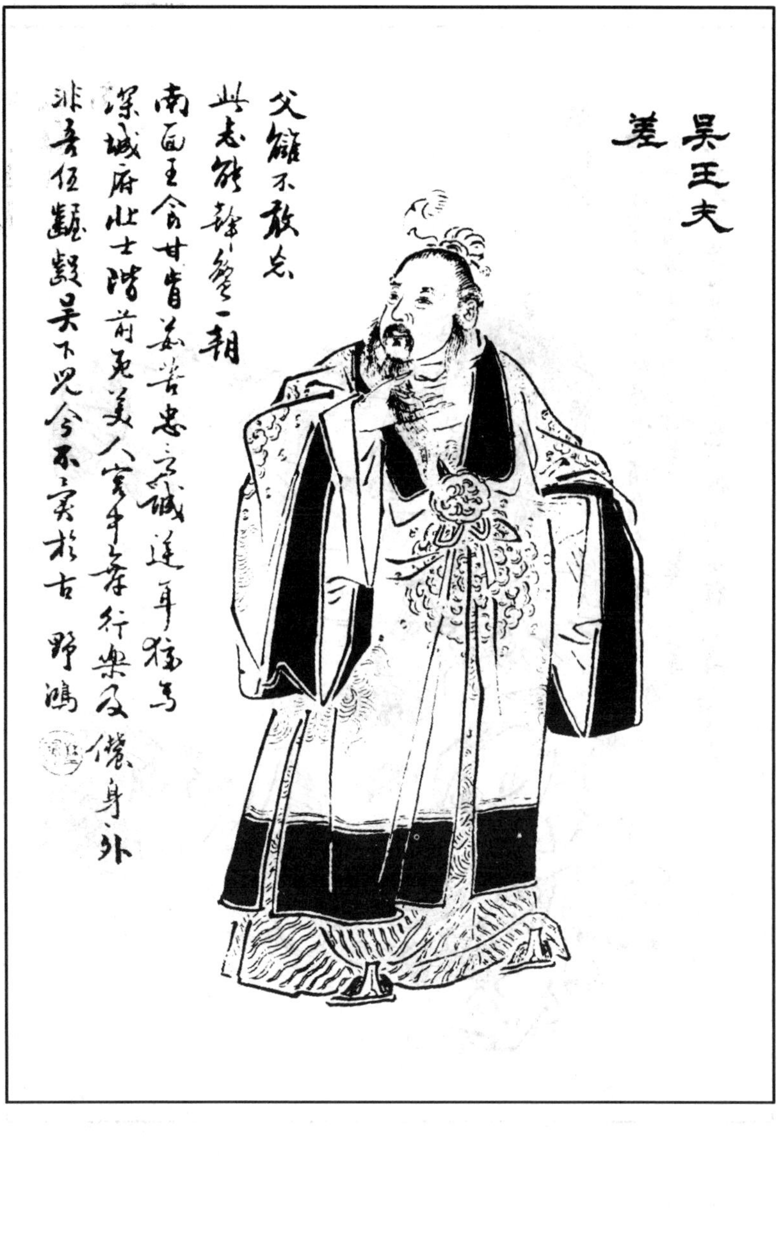

吳王夫差

父讎不敢忘
此志雄絕冠一朝
南面王食甘皆蓋晉忠之誠進年獨爲
深城府此士階前兔羡美人窦牛羊行樂及償身外
非吾伍顬顬吳不兄今不實於古　野鴻

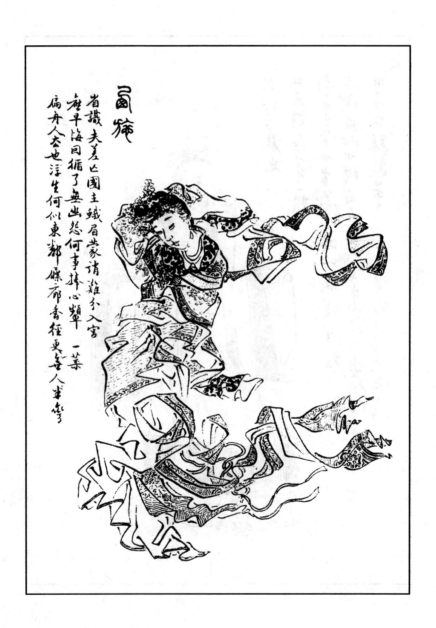

孫武子

書十三篇
胡有美人將軍
緯武三令五申殫戈
耀日練甲輝春脩此多
空以殞身揮石生贄并書

伍子胥

中夜有濤聲
若表臣心無一語吳江
老孤忠懲懲不平
鞭太無情元
湯嗟骨

句踐

僉曰烏喙實維賢王將姦相種顯遂忠良知人則
指邕云短長蒼、鷙嶺瀛、泉唐人物
清華維王紀繹 拜石生題

范蠡

吳已為墟越已强扁舟一
葉水雲鄉且功已立
臣躬在千古知音張
子房

市義不縻營窟至窟窟高枕妾
何忽馬霞淺食客三千云何倉卒
薛縣荒⋯保柱遺骨　洗狂館主題

盂嘗
君

信陵君

挟書東門去求賢
不負名卿符憑竊
竊狗盗太縱橫來
許昏姻重渾設社
稷雞魯官子玉事
我欲尚象生
　夢蘭書

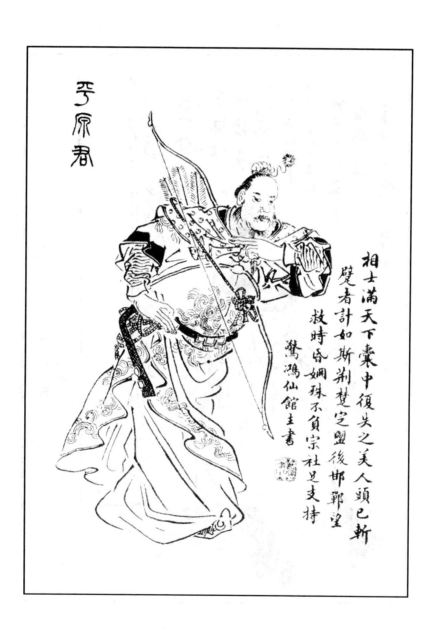

平原君

相士滿天下囊中復失之美人頭已斬
變者計如斯荊楚定盟後邯鄲望
救時昏姻殊不負宗社足支持
鶯鴻仙館主書

春申君

三寸珠履　　客擅其豪
何成侯父絕　　為學好權末
殘生潛師消白　　起上榮失朱華
餘思小楷

乙丑汪日少梅

梦花閣畫

鬼谷子

老衰有言大形
差极子實反之
唯诸唯謂儀秦相
承縱横口舌涂胃
漁腸彫繪人傑
伯奎

魯仲連

稽古
夷齊
義
不事
周先生
之風
逸民
之傳

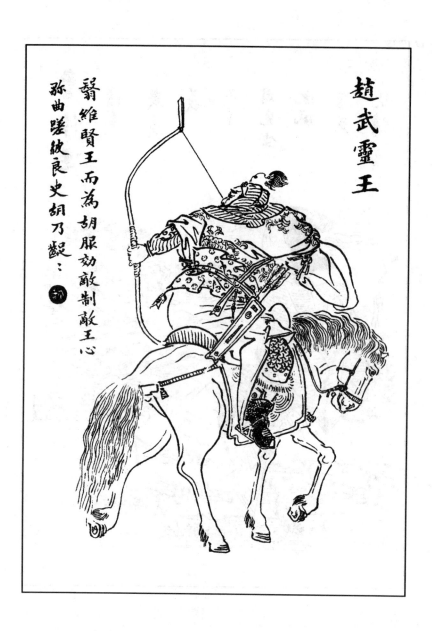

趙武靈王

翳維賢王而為胡服効敵制敵王心
弥曲墜彼良史胡乃歟：

藺相如

矯矯藺生
雄國良弼
完璧秦廷
解隙而回
衷匱引車
克威獨訕
亮孔智勇
誰爲分佛
寄廬

廉頗

廉戰不克何謀不忠交驩謝罪將
相和衷保衛社稷無爭於功大臣之
處名將之風　醉墨黃賓并書

王昭君

太子丹

太子監圍顧心實丹席狼坐視馴之大
難壯士一去角聲為酸壯士不還面首長安哉
過易水蕭索寒家懷太子倚仰闌干退盧居士

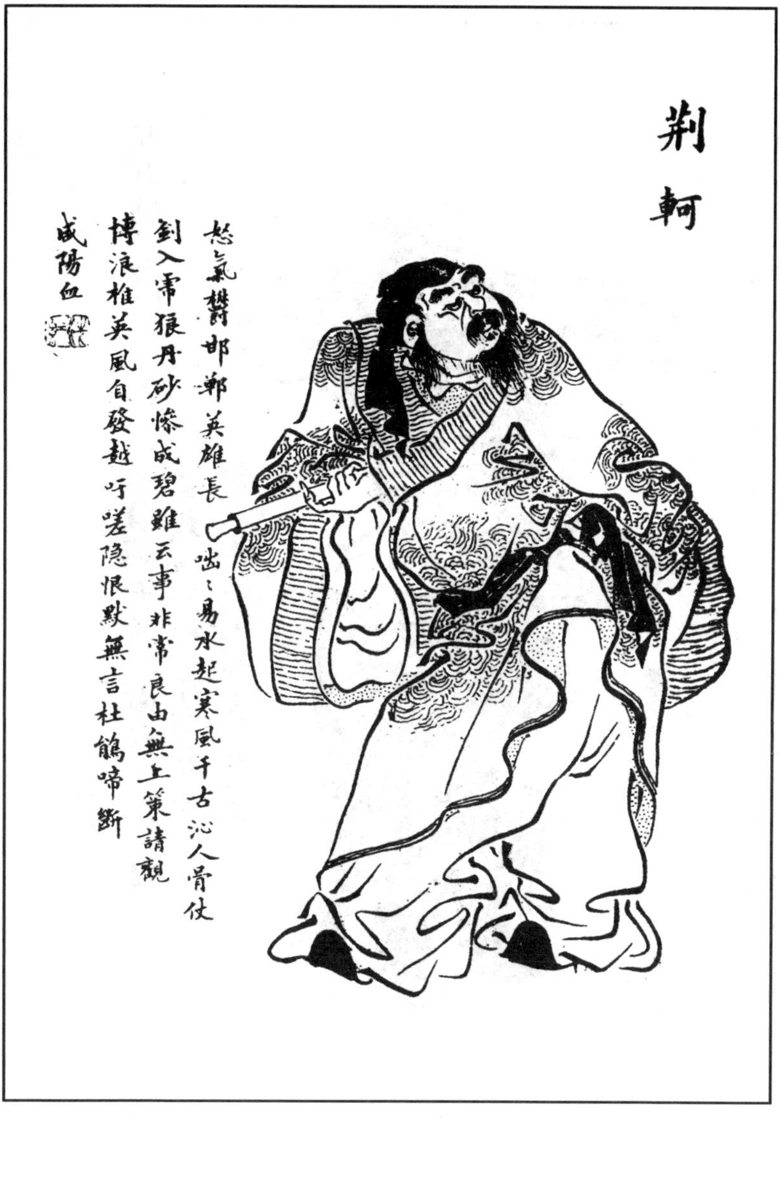

荆軻

怒氣贊邯鄲　英雄長咄咄　易水起寒風千古沁人骨仗
劍入帝狼丹砂慘成碧難云事非常良山無上策請觀
博浪椎英風自發越吁嗟隱恨默無言杜鵑啼斷

咸陽血

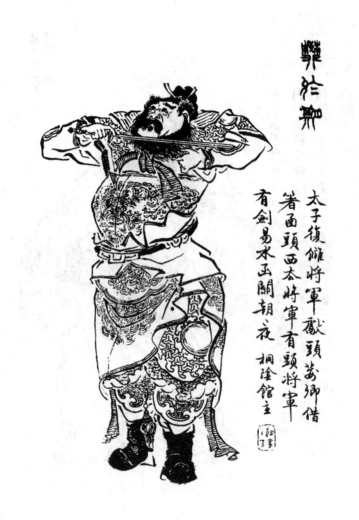

太子復雛將軍獻頭荊卿借
著面頭西太將軍有頭將軍
有劍易水玉關胡夜桐陰館主

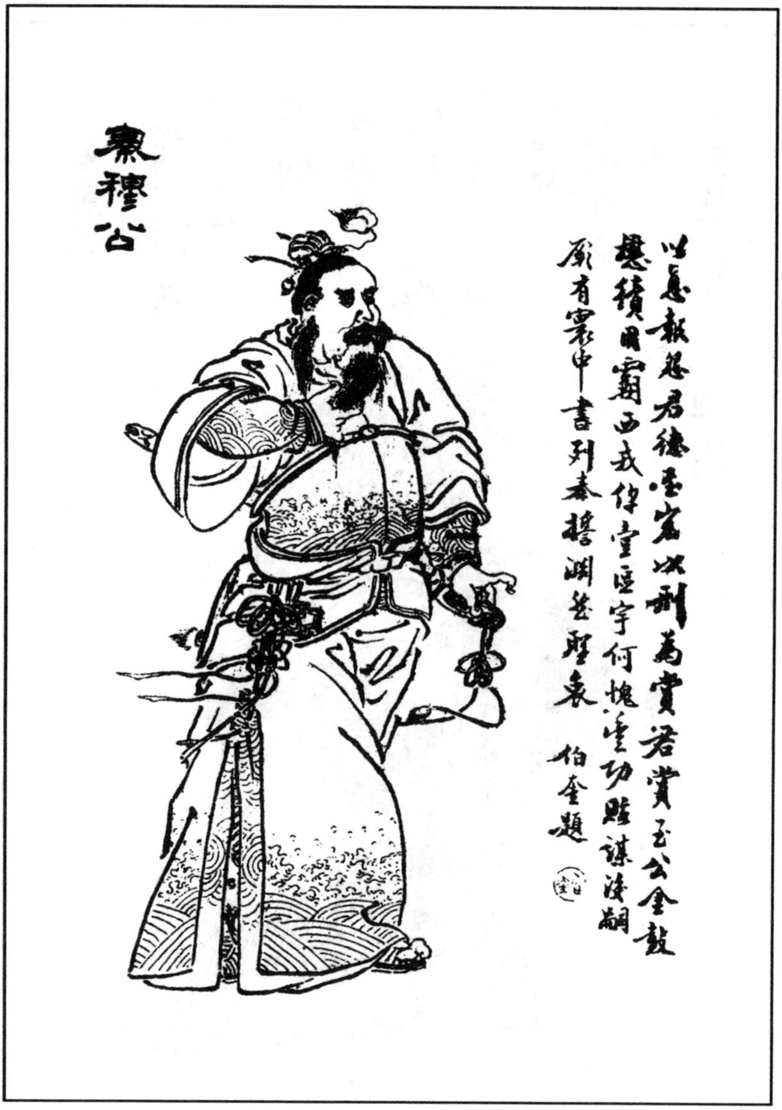

秦穆公

以怨報怨君德墨齊以荆為賞若賞玉公金鼓

懋績用霸西戎作壼區宇何塊重功雖謀淩嗣

歲有寠申書列秦擔淵茲聖袁 伯金題

百里奚

妙畫廣廈
烹伏雌
函關
遙指出
門時
羊皮
牛口都
休問都羨
流傳
樂府辭
張石生題

弄玉

月照秦楼夜未央
玉箫吹彻龙
鸾翔
麦桃石
畔
君生否
银河
望断肠
红玉词人
题

張儀

為妾婦行竊丈夫名揮三
寸舌任爾縱橫

商君

周制漸
衰井田壞籍
商君之出肇開阡
陌碩大釃帥兼呑闊
赫嚴刑崔符孕息國富兵彊
嬴秦是賴保身弗知怨以崇積身
罹其殃國蒙其益刻薄少恩晚焉何
極

戊午莟日霜輝仏龕主

呂不韋

大賈面目假父
衣冠拍
禮賢士成
一家言
爭名
於朝
爭利
於市令
之驅
僧如其智

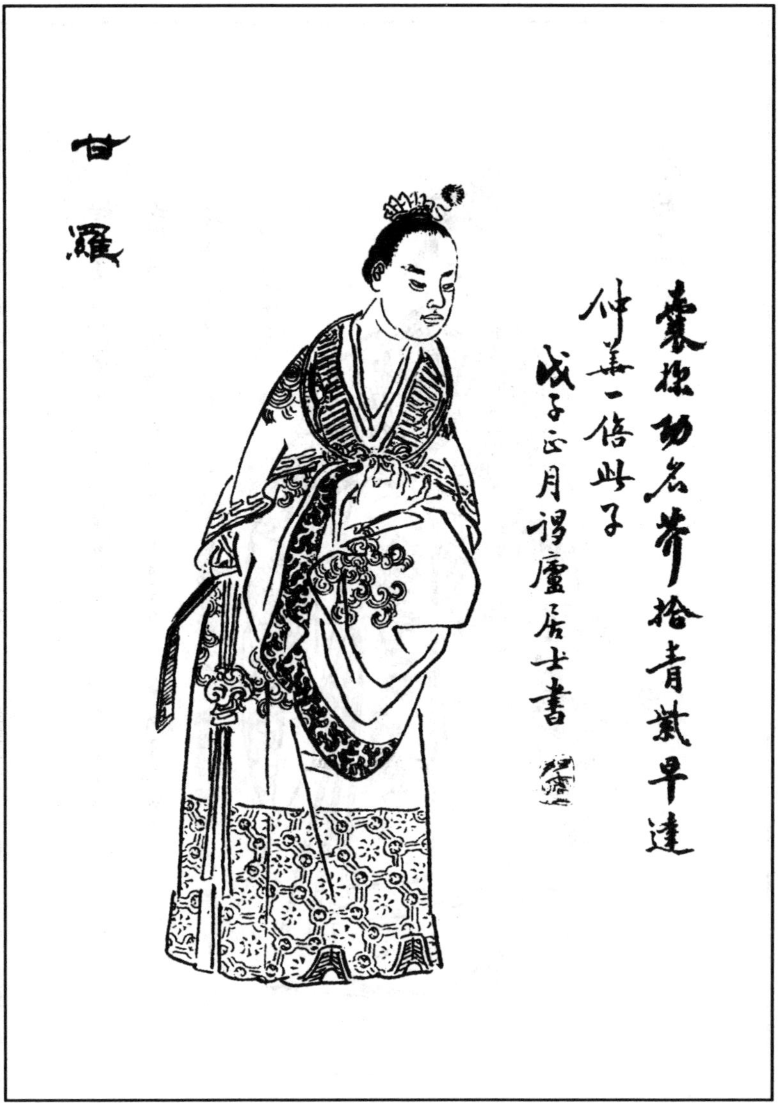

甘寧

襄陽功名芥拾青

仲美一倍此子

戊子正月謁廬居士書

秦始皇

姬嬴運衰妃緩中隆天相有秦厥功維傳文勝則史不焚人無書虜

士橫議不坑無儒長城裁：亘古中外長淮悠：黔首依賴武罟

遠播文運重開誠罪之首點功之魁鳴呼欲知人先論世嗟彼始皇

如其才如其智

目　录

周宣王聞謠輕殺

杜大夫化厲鳴冤

第一回　周宣王闻谣轻杀　杜大夫化厉鸣冤

词曰：

道德三皇五帝，功名夏后商周。英雄五霸闹春秋，顷刻兴亡过手。青史几行名姓，北邙①无数荒丘。前人田地后人收，说甚龙争虎斗。

话说周朝，自武王伐纣，即天子位，成、康继之，那都是守成令主。又有周公、召公、毕公、史佚等一班贤臣辅政，真个文修武偃，物阜民安。自武王八传至于夷王，觐礼不明，诸侯渐渐强大。到九传厉王，暴虐无道，为国人所杀。此乃千百年民变之始。又亏周、召二公同心协力，立太子靖为王，是为宣王。那一朝天子，却又英明有道，任用贤臣方叔、召虎、尹吉甫、申伯、仲山甫等，复修文、武、成、康之政，周室赫然中兴。有诗为证：

夷厉相仍政不纲，任贤图治赖宣王。

共和若没中兴主，周历安能八百长！

却说宣王虽说勤政，也到不得武王丹书受戒，户牖yǒu窗户置铭；虽说中兴，也到不得成、康时教化大行，重译献雉。至三十九年，姜戎抗命，宣王御驾亲征，败绩于千亩，车徒大损，思为再举之计，又恐军数不充，亲自料民于太原。那太原，即今固原州，正是邻近戎狄之地。料民者，将本地户口，按籍查阅，观其人数之多少，车马粟刍之饶乏，好做准备，征调出征。太宰仲山甫进谏不听。后人有诗云：

犬彘何须辱剑铓②，隋珠③弹雀总堪伤。

皇威亵尽无能报，枉自将民料一场。

再说宣王在太原料民回来，离镐京不远，催趱zǎn催促快行车辇，连夜进城。忽见市上小儿数十为群，拍手作歌，其声如一。宣王乃停辇而听之。歌曰：

月将升，日将没。檿弧箕箙④，几亡周国。

宣王甚恶其语，使御者传令，尽拘众小儿来问。群儿当时惊散，止拿得长幼

---

①北邙(máng)：山名，后借指坟墓。 ②铓：锋刃。 ③隋珠：传说隋国国君的一颗宝珠，也称"隋侯之珠"。 ④檿弧箕箙(yǎn hú jī fú)：以桑木做的弓箭和箕草编成的箭袋。

二人，跪于辇下。宣王问曰："此语何人所造？"幼儿战惧不言，那年长的答曰："非出吾等所造。三日前，有红衣小儿到于市中，教吾等念此四句，不知何故，一时传遍，满京城小儿不约而同，不止一处为然也。"宣王问曰："如今红衣小儿何在？"答曰："自教歌之后，不知去向。"宣王嘿然良久，叱去两儿，即召司市官吩咐传谕禁止："若有小儿再歌此词者，连父兄同罪。"当夜回宫无话。

次日早朝，三公六卿齐集殿下，拜舞起居毕，宣王将夜来所闻小儿之歌，述于众臣："此语如何解说？"大宗伯召虎对曰："檿，是山桑木名，可以为弓，故曰檿弧。箕，草名，可结之以为箭袋，故曰箕箙。据臣愚见，国家恐有弓矢之变。"太宰仲山甫奏曰："弓矢，乃国家用武之器。王今料民太原，思欲报犬戎之仇，若兵连不解，必有亡国之患矣！"宣王口虽不言，点头道是。又问："此语传自红衣小儿，那红衣小儿还是何人？"太史伯阳父奏曰："凡街市无根之语，谓之谣言。上天儆戒人君，命荧惑星化为小儿，造作谣言，使群儿习之，谓之童谣。小则寓一人之吉凶，大则系国家之兴败。荧惑火星，是以色红。今日亡国之谣，乃天所以儆 jǐng 告诫王也。"宣王曰："朕今赦姜戎之罪，罢太原之兵，将武库内所藏弧矢尽行焚弃，再令国中不许造卖，其祸可息乎？"伯阳父答曰："臣观天象，其兆已成，似在王宫之内，非关外间弓矢之事，必主后世有女主乱国之祸。况谣言曰'月将升，日将没'，日者人君之象，月乃阴类，日没月升，阴进阳衰，其为女主干政明矣。"宣王又曰："朕赖姜后主六宫之政，甚有贤德，其进御宫嫔，皆出选择，女祸从何而来耶？"伯阳父答曰："谣言'将升''将没'，即非目前之事，况'将'之为言，且然而未必之词。王今修德以禳 ráng 祈祷消除灾殃之，自然化凶为吉，弧矢不须焚弃。"宣王闻奏，且信且疑，不乐而罢，起驾回宫。

姜后迎入。坐定，宣王遂将群臣之语，备细述于姜后。姜后曰："宫中有一异事，正欲启奏。"王问："有何异事？"姜后奏曰："今有先王手内老宫人，年五十余，自先朝怀孕，到今四十余年，昨夜方生一女。"宣王大惊，问曰："此女何在？"姜后曰："妾思此乃不祥之物，已令人将草席包裹，抛弃于二十里外清水河中矣。"宣王即宣老宫人到宫，问其得孕之故。老宫人跪而答曰："婢子闻夏桀王末年，褒城有神人化为二龙，降于王庭，口流涎沫，忽作人言，谓桀王：'吾乃褒城之二君也。'桀王恐惧，欲杀二龙，命太史占之，不吉；欲逐去之，再占，又不吉。太史奏道：'神人下降，必主祯祥，王何不请其漦 chí 鱼或龙的涎沫而藏之？漦乃龙之精气，藏之必主获福。'桀王命太史再占，得大吉之兆。乃布币设祭于龙前,取金盘收其涎沫,置于朱椟之中,忽然风雨大作,二龙飞去,桀王命收藏于内库。自殷世历六百四十四年,传二十八主,至于我周又将三百年,未尝开观。到先王末年,椟内放出毫光,有掌库官奏知先王。先王问:'椟中何物?'掌库官取簿籍献上,具载藏涎之因。先王命发而观之。侍臣打开金椟,手捧金盘呈上。先王将手接盘,一时失手堕地,所藏涎沫,横流庭下,忽化成小小元鼋 yuán 大鳖一个,盘旋于庭中,内侍逐之,直入王宫,忽然不见。那时婢子年才一十二岁,偶践鼋迹,心中如有所感,从此肚腹渐大,如怀孕一般。先王怪婢子不夫而孕,囚于幽室,到今四十年矣。夜来腹中作痛,忽生一女,守宫侍者不敢隐瞒,只得奏知娘娘。娘娘道此怪物不可容留,随命侍者领去,弃之沟渎。婢子罪该万死!"宣王曰:"此乃先朝之事,与你何干?"遂将老宫人喝退,随唤守宫侍者,往清水河看视女婴下落。不一时,侍者回报:"已被流水漂去矣。"宣王不疑。

次日早朝,召太史伯阳父告以龙漦之事,因曰:"此女婴已死于沟渎,卿试占之,以观妖气消灭何如?"伯阳父布卦已毕,献上繇 zhòu 词卦兆的占词。繇,通"籀"。词曰:

哭又笑,笑又哭。羊被鬼吞,马逢犬逐。慎之慎之,檿弧箕箙!
宣王不解其说,伯阳父奏曰:"以十二支所属推之:羊为未,马为午。哭笑者,悲喜之象。其应当在午未之年。据臣推详,妖气虽然出宫,未曾除也。"宣王闻奏,怏 yàng 怏不高兴的样子不悦,遂出令:"城内城外,挨户查问女婴,不拘死活,有人捞取来献者,赏布帛各三百匹;有收养不报者,邻里举首,首人给赏如数,本犯全家斩首。"命上大夫杜伯专督其事。因繇词又有"檿弧箕箙"之语,再命下大夫左儒,督令司市官巡行廛 chán 肆泛指街市,不许造卖山桑木弓,箕草箭袋,违者处死。

司市官不敢怠慢,引着一班胥役,一面晓谕,一面巡绰 chāo 巡逻,查看。那时城中百姓,无不遵依,止有乡民,尚未通晓。巡至次日,有一妇人,抱着几个箭袋,正是箕草织成的,一男子背着山桑木弓十来把,跟随于后。他夫妻两口住在远乡,赶着日中做市,上城买卖。尚未进城门,被司市官劈面撞见,喝声:"拿下!"手下胥役,先将妇人擒住。那男子见不是头,抛下桑弓在地,飞步走脱。司市官将妇人锁押,连桑弓箕袋一齐解到大夫左儒处。左儒想:"所获二物,正应在谣言,况太史言女人为祸,今已拿到妇人,也可回复王旨。"遂隐下男子不题,单奏妇人违禁造卖,法宜处死。宣王命将此女斩讫,其桑弓箕袋焚弃于市,以为造卖者之戒,不在话下。后人有诗云:

不将美政消天变,却泥谣言害妇人。

漫道中兴多补阙,此番直谏是何臣?

话分两头。再说那卖桑木弓的男子,急忙逃走,正不知:"官司拿我夫妇,是甚缘故?"还要打听妻子消息。是夜宿于十里之外,次早有人传说:"昨日北门有个妇人,违禁造卖桑弓箕袋,拿到即时决了。"方知妻子已死。走到旷野无人之处,落了几点痛泪,且喜自己脱祸,放步而行。约十里许,来到清水河边。远远望见百鸟飞鸣,近前观看,乃是一个草席包儿,浮于水面,众鸟以喙衔之,且衔且叫,将次拖近岸来。那男子叫声:"奇怪。"赶开众鸟,带水取起席包,到草坡中解看。但闻一声啼哭,原来是一个女婴。想道:"此女不知何人抛弃,有众鸟衔出水来,定是大贵之人。我今取回养育,倘得成人,亦有所望。"遂解下布衫,将此女婴包裹,抱于怀中。思想避难之处,乃望褒城投奔相识而去。髯翁有诗,单道此女得生之异:

怀孕迟迟四十年,水中三日尚安然。

生成妖物殃家国,王法如何胜得天。

宣王自诛了卖桑弓箕袋的妇人,以为童谣之言已应,心中坦然,也不复议太原发兵之事,自此连年无话。到四十三年,时当大祭,宣王宿于斋宫。夜漏二鼓,人声寂然,忽见一美貌女子,自西方冉冉而来,直至宫庭。宣王怪他干犯斋禁。大声呵喝,急唤左右擒拿,并无一人答应。那女子全无惧色,走入太庙之中,大笑三声,又大哭三声,不慌不忙,将七庙神主做一束儿捆着,望东而去。王起身自行追赶,忽然惊醒,乃是一梦。自觉心神恍惚,勉强入庙行礼。

九献已毕,回至斋宫更衣,遣左右密召太史伯阳父,告以梦中所见。伯阳父奏曰:"三年前童谣之言,王岂忘之耶? 臣固言:'主有女祸,妖气未除。'繇词有哭笑之语,王今复有此梦,正相符合矣。"宣王曰:"前所诛妇人,不足消'檿弧箕箙'之谶 chèn 谈论预言、征验的话耶?"伯阳父又奏曰:"天道玄远,候至方验。一村妇何关气数哉!"宣王沉吟不语。忽然想起三年前,曾命上大夫杜伯督率司市,查访妖女,全无下落。颁胙 zuò 祭祀的肉之后,宣王还朝,百官谢胙。王宣问杜伯:"妖女消息,如何久不回话?"杜伯奏曰:"臣体访此女,并无影响。以为妖妇正罪,童谣已验,诚恐搜索不休,必然惊动国人,故此中止。"宣王大怒曰:"既然如此,何不明白奏闻? 分明是急弃朕命,行止自由。如此不忠之臣,要他何用!"喝教武士:"押出朝门,斩首示众!"吓得百官面如土色。

忽然文班中走出一位官员,忙将杜伯扯住,连声:"不可,不可!"宣王视之,乃下大夫左儒,是杜伯的好友,举荐同朝的。左儒叩头奏曰:"臣闻尧有九年之水,不失为帝;汤有七年之旱,不害为王。天变尚然不妨,人妖宁可尽信?吾王若杀了杜伯,臣恐国人将妖言传播,外夷闻之,亦起轻慢之心。望乞恕之。"宣王曰:"汝为朋友而逆朕命,是重友而轻君也。"左儒曰:"君是友非,则当逆友而顺君;友是君非,则当违君而顺友。杜伯无可杀之罪,吾王若杀之,天下必以王为不明。臣若不能谏止,天下必以臣为不忠。吾王若必杀杜伯,臣请与杜伯俱死。"宣王怒犹未息,曰:"朕杀杜伯,如去藁草,何须多费唇舌?"喝教:"快斩!"武士将杜伯推出朝门斩了。左儒回到家中,自刎而死。髯翁有赞云:

贤哉左儒,直谏批鳞①。是则顺友,非则违君。弹冠谊重,刎颈交真。名高千古,用式彝伦。

杜伯之子隰xí叔奔晋,后仕晋为士师之官,子孙遂为士氏。食邑于范,又为范氏。后人哀杜伯之忠,立祠于杜陵,号为杜主,又曰右将军庙,至今尚存,此是后话。

再说宣王次日,闻说左儒自刎,亦有悔杀杜伯之意,闷闷还宫。其夜寝不能寐,遂得一恍惚之疾,语言无次,事多遗忘,每每辍朝。姜后知其有疾,不复进谏。至四十六年秋七月,王体稍豫,意欲出郊游猎,以快心神。左右传命,司空整备法驾,司马戒饬车徒,太史卜个吉日。至期,王乘玉辂lù古代大车,多为帝王的车子,驾六驺zōu骏马,右有尹吉甫,左有召虎,旌旗对对,甲仗森森,一齐往东郊进发。那东郊一带,平原旷野,原是从来游猎之地。宣王久不行幸,到此自觉精神开爽,传命扎住营寨。吩咐军士:"一不许践踏禾稼,二不许焚毁树木,三不许侵扰民居。获禽多少,尽数献纳,照次给赏,如有私匿,追出重罪!"号令一出,人人贾勇鼓足勇气,个个争先。进退周旋,御车者出尽驰驱之巧;左右前后,弯弧者尽夸纵送之能。鹰犬借势而猖狂,狐兔畏威而乱窜。弓响处血肉狼藉,箭到处毛羽纷飞。这一场打围,好不热闹!宣王心中大喜。日已沉西,传令散围。众军士各将所获走兽飞禽之类束缚齐备,奏凯而回。行不上三四里,宣王在玉辇之上,打个眼眯,忽见远远一辆小车,当面冲突而来。车上站着两个人,臂挂朱弓,手持赤矢,向着宣王声嗒曰:"吾王别来无恙?"宣王定睛看时,乃上大夫杜伯、下大夫左儒。宣王吃这一

①批鳞:臣下冒犯君主。

惊不小,抹眼之间,人车俱不见。问左右人等,都说并不曾见。宣王正在惊疑,那杜伯、左儒又驾着小车子,往来不离玉辇之前。宣王大怒,喝道:"罪鬼,敢来犯驾!"拔出太阿宝剑,望空挥之。只见杜伯、左儒齐声骂曰:"无道昏君!你不修德政,妄戮无辜,今日大数已尽,吾等专来报冤。还我命来!"话未绝声,挽起朱弓,搭上赤矢,望宣王心窝内射来。宣王大叫一声,昏倒于玉辇之上,慌得尹公脚麻,召公眼跳,同一班左右将姜汤救醒,兀自叫心痛不已。当下飞驾入城,扶着宣王进宫。各军士未及领赏,草草而散。正是:乘兴而来,败兴而返。髯翁有诗云:

赤矢朱弓貌似神,千军队里骋飞轮。

君王枉杀还须报,何况区区平等人。

未知宣王性命如何,且看下回分解。

裏人贖罷戲美女

幽王烽火
戲諸侯

第二回　褒人赎罪献美女　幽王烽火戏诸侯

话说宣王自东郊游猎,遇了杜伯、左儒阴魂索命,得疾回宫,合眼便见杜伯、左儒,自知不起,不肯服药。三日之后,病势愈甚。其时周公久已告老,仲山甫已卒,乃召老臣尹吉甫、召虎托孤。二臣直至榻前,稽首问安。宣王命内侍扶起,靠于绣褥之上,谓二臣曰:"朕赖诸卿之力,在位四十六年,南征北伐,四海安宁,不料一病不起。太子宫涅年虽已长,性颇暗昧愚昧,昏庸,卿等竭力辅佐,勿替世业。"二臣稽首受命。方出宫门,遇太史伯阳父,召虎私谓伯阳父曰:"前童谣之语,吾曾说过恐有弓矢之变,今王亲见厉鬼操朱弓赤矢射之,以致病笃,其兆已应,王必不起。"伯阳父曰:"吾夜观乾象,妖星隐伏于紫微之垣,国家更有他变,王身未足以当之。"尹吉甫曰:"天定胜人,人定亦胜天。诸君但言天道而废人事,置三公六卿于何地乎?"言罢各散。不隔一时,各官复集宫门候问,闻御体沉重,不敢回家了。是夜王崩。姜后懿旨,召顾命老臣尹吉甫、召虎,率领百官,扶太子宫涅行举哀礼,即位于枢前,是为幽王。诏以明年为元年,立申伯之女为王后,子宜臼为太子,进后父申伯为申侯。史臣有诗赞宣王中兴之美云:

> 於赫①宣王,令德茂世。威震穷荒,变消鼎雉②。
> 外仲内姜,克襄隆治。干父之蛊,中兴立帜。

却说姜后因悲恸太过,未几亦薨hōng诸侯或地位高的人去世。幽王为人,暴戾寡恩,动静无常。方谅阴之时,狎昵xiá nì亲近群小,饮酒食肉,全无哀戚之心。自姜后去世,益无忌惮,耽于声色,不理朝政。申侯屡谏不听,退归申国去了。也是西周气数将尽,尹吉甫、召虎一班老臣,相继而亡。幽王另用虢公、祭公与尹吉甫之子尹球,并列三公。三人皆谀谄面谀之人,贪位慕禄之辈,惟王所欲,逢迎不暇。其时只有司徒郑伯友是个正人,幽王不加信用。

一日幽王视朝,岐山守臣申奏:"泾、河、洛三川,同日地震。"幽王笑曰:"山崩地震,此乃常事,何必告朕?"遂退朝还宫。太史伯阳父执大夫赵叔带手叹曰:"三川发源于岐山,胡可震也!昔伊、洛竭而夏亡,河竭而商亡。今

---

①於赫:同"於呼",感叹之词。　②鼎雉:灾异的征象。

三川皆震,川源将塞,川既塞竭,其山必崩。夫岐山乃太王发迹之地,此山一崩,西周能无恙乎?"赵叔带曰:"若国家有变,当在何时?"伯阳父屈指曰:"不出十年之内。"叔带曰:"何以知之?"伯阳父曰:"善盈而后福,恶盈而后祸。十者,数之盈也。"叔带曰:"天子不恤国政,任用佞臣,我职居言路,必尽臣节以谏之。"伯阳父曰:"但恐言而无益。"二人私语多时,早有人报知虢guó公石父。石父恐叔带进谏,说破他奸佞,直入深宫,都将伯阳父与赵叔带私相议论之语,述与幽王,说他谤毁朝廷,妖言惑众。幽王曰:"愚人妄说国政,如野田泄气,何足听哉!"

却说赵叔带怀着一股忠义之心,屡欲进谏,未得其便。过了数日,岐山守臣又有表章申奏说:"山川俱竭,岐山复崩,压坏民居无数。"幽王全不畏惧,方命左右访求美色,以充后宫。赵叔带乃上表谏曰:"山崩川竭,其象为脂血俱枯,高危下坠,乃国家不祥之兆。况岐山王业所基,一旦崩颓,事非小故。乃今勤政恤民,求贤辅政,尚可望消弭天变,奈何不访贤才而访美女乎?"虢石父奏曰:"国朝定都丰、镐,千秋万岁,那岐山如已弃之屣,有何关系? 叔带久有慢君之心,借端谤讪,望吾王详察。"幽王曰:"石父之言是也。"遂将叔带免官,逐归田野。叔带叹曰:"危邦不入,乱邦不居。吾不忍坐见西周有'麦秀'之歌!"于是携家竟往晋国。是为晋国大夫赵氏之祖,赵衰、赵盾即其后裔也。后来赵氏与韩氏三分晋国,列为诸侯,此是后话。后人有诗叹曰:

> 忠臣避乱先归北,世运凌夷渐欲东。
> 自古老臣当爱惜,仁贤一去国虚空。

却说大夫褒珦 xiàng,自褒城来,闻赵叔带被逐,急忙入朝进谏:"吾王不畏天变,黜逐贤臣,恐国家空虚,社稷不保。"幽王大怒,命囚珦于狱中。自此谏诤路绝,贤豪解体。

话分两头。却说卖桑木弓箕草袋的男子,怀抱妖女,逃奔褒地,欲行抚养,因乏乳食,恰好有个姒大的妻子,生女不育,就送些布匹之类,转乞此女过门。抚养成人,取名褒姒。论年纪虽则一十四岁,身材长成倒像十六七岁及笄 jī 的模样。更兼目秀眉清,唇红齿白,发挽乌云,指排削玉,有如花如月之容,倾国倾城之貌。一来姒大住居乡僻,二来褒姒年纪幼小,所以虽有绝色,无人聘定。

却说褒珦之子洪德,偶因收敛,来到乡间。凑巧褒姒门外汲水,虽然村妆野束,不掩国色天姿。洪德大惊:"如此穷乡,乃有此等丽色!"因想着:"父亲因于镐京狱中,三年尚未释放。若得此女贡献天子,可以赎父罪矣。"遂于邻舍访问姓名的实,归家告母曰:"吾父以直谏忤主,非犯不赦之辟。今天子荒淫无道,购四方美色,以充后宫。有姒大之女,非常绝色。若多将金帛买来献上,求宽父狱,此散宜生救文王出狱之计也。"其母曰:"此计如果可行,何惜财帛,汝当速往。"洪德遂亲至姒家,与姒大讲就布帛三百匹,买得褒姒回家。香汤沐浴,食以膏粱_{代指美味饭菜}之味,饰以文绣之衣,教以礼数,携至镐京。先用金银打通虢公关节,求其转奏,言:"臣珦自知罪当万死。珦子洪德,痛父死者不可复生,特访求美人,名曰褒姒,进上以赎父罪,万望吾王赦宥!"幽王闻奏,即宣褒姒上殿,拜舞已毕。幽王抬头观看,姿容态度,目所未睹,流盼之际,光艳照人,龙颜大喜。四方虽贡献有人,不及褒姒万分之一。遂不通申后得知,留褒姒于别宫,降旨赦褒珦出狱,复其官爵。是夜幽王与褒姒同寝,鱼水之乐,所不必言。自此坐则叠股,立则并肩,饮则交杯,食则同器,一连十日不朝。群臣伺候朝门者,皆不得望见颜色,莫不叹息而去。此乃幽王四年之事。有诗为证:

　　　折得名花字国香,布荆一旦荐匡床。

　　　风流天子浑闲事,不道龙漦已伏殃。

　　幽王自从得了褒姒,迷恋其色,居之琼台,约有三月,更不进申后之宫。早有人报知申后,如此如此。申后不胜其愤,忽一日引着宫娥,径到琼台。正遇幽王与褒姒联膝而坐,并不起身迎接。申后忍气不过,便骂:"何方贱婢,到此浊乱宫闱!"幽王恐申后动手,将身蔽于褒姒之前,代答曰:"此朕新取美人,未定位次,所以未曾朝见,不必发怒。"申后骂了一场,恨恨而去。褒姒问曰:"适来者何人?"幽王曰:"此王后也,汝明日可往谒之。"褒姒嘿_{通"默"},沉默然无言。至明日,仍不往朝正宫。

　　再说申后在宫中忧闷不已,太子宜臼跪而问曰:"吾母贵为六宫之主,有何不乐?"申后曰:"汝父宠幸褒姒,全不顾嫡妾之分。将来此婢得志,我母子无置足之处矣!"遂将褒姒不来朝见,及不起身迎接之事,备细诉与太子,不觉泪下。太子曰:"此事不难。明日乃朔日,父王必然视朝,吾母可着宫人往琼台采摘花朵,引那贱婢出台观看,待孩儿将他毒打一顿,以出吾母之气。便父王嗔_{chēn}怪_{责怪},罪责在我,与母无干也。"申后曰:"吾儿不可造次,还须从容再商。"太子怀忿出宫。又过了一晚,次早,幽王果然出朝,群臣贺朔。太子故意遣数十宫人,往琼台之下,不问情由,将花朵乱摘。台中走出一群宫人拦住道:"此花乃万岁栽种与褒娘娘不时赏玩,休得毁坏,得罪不小!"这边宫人道:"吾等奉东宫令旨,要采花供奉正宫娘娘,谁敢拦阻!"彼此两下争嚷起来,惊动褒妃,亲自出外观看,怒从心起,正要发作。不期太子突然而至,褒妃全不堤防。那太子仇人相见,分外眼睁,赶上一步,掀定乌云宝髻,大骂:"贱婢!你是何等之人,无名无位,也要妄称娘娘,眼底无人!今日也教你认得我!"捻 niē 捏,握持着拳便打。才打得几拳,众宫娥惧幽王见罪,一齐跪下叩首,高叫:"千岁求饶!万事须看王爷面上!"太子亦恐伤命,即时住手。褒妃含羞忍痛,回入台中,已知是太子替母亲出气,双行流泪。宫娥劝解曰:"娘娘不须悲泣,自有王爷做主。"说声未毕,幽王退朝,直入琼台。看见褒妃两鬓蓬松,眼流珠泪,问道:"爱卿何故今日还不梳妆?"褒妃扯住幽王袍袖,放声大哭,诉称:"太子引着宫人在台下摘花,贱妾又未曾得罪,太子一见贱妾便加打骂,若非宫娥苦劝,性命难存,望乞我王做主!"说罢,呜呜咽咽,痛哭不已。那幽王心下倒也明白,谓褒姒曰:"汝不朝其母,以致如此。此乃王后所遣,非出太子之意,休得错怪了人。"褒姒曰:"太子为母报怨,其意不杀妾不止。妾一身死不足惜,但自蒙爱幸,身怀六甲,已两月矣。妾之一命,即二命也。求王放妾出宫,保全母子二命。"幽王曰:"爱卿请将息,朕自有处分。"即日传旨道:"太子宜曰,好勇无礼,不能将顺,权发去申国,听申侯教训。东宫太傅、少傅等官,辅导无状,并行削职!"太子欲入宫诉明,幽王吩咐宫门不许通报,只得驾车自往申国去讫。申后久不见太子进宫,着宫人询问,方知已贬去申国。孤掌难鸣,终日怨夫思子,含泪过日。

却说褒姒怀孕十月满足,生下一子。幽王爱如珍宝,名曰伯服,遂有废嫡立庶之意。奈事无其因,难于启齿。虢石父揣知揣摩得知王意,遂与尹球商议,暗通褒姒说:"太子既逐去外家,合当伯服为嗣。内有娘娘枕边之言,外有我二人协力相扶,何愁事不成就?"褒姒大喜,答言:"全仗二卿用心维持。若得伯服嗣位,天下当与二卿共之。"褒姒自此密遣心腹左右,日夜伺申后之短。宫门内外,俱置耳目,风吹草动,无不悉知。

再说申后独居无侣,终日流泪。有一年长宫人,知其心事,跪而奏曰:"娘娘既思想殿下,何不修书一封,密寄申国,使殿下上表谢罪?若得感动万岁,召还东宫,母子相聚,岂不美哉!"申后曰:"此言固好,但恨无人传寄。"宫人曰:"妾母温媪 ǎo,颇知医术,娘娘诈称有病,召媪入宫看脉,令带出此信,使妾兄送去,万无一失。"申后依允,遂修起书信一通,内中大略言:"天子无道,宠信妖婢,使我母子分离。今妖婢生子,其宠愈固。汝可上表佯认其罪:'今已悔悟自新,愿父王宽赦!'若天赐还朝,母子重逢,别作计较。"修书已毕，假称有病卧床，召温媪看脉。早有人报知褒妃，褒妃曰："此必有传递消息之事。俟_{sì} _{等待}温媪出宫，搜检其身，便知端的_{究竟}。"

却说温媪来到正宫，宫人先已说知如此如此。申后佯为诊脉，遂于枕边取出书信，嘱咐："星夜送至申国，不可迟误。"当下赐彩缯二端_{量词，古代布帛}_{长度单位}。温媪将那书信怀揣，手捧彩缯，洋洋出宫，被守门宫监盘住，问："此缯从何而得？"媪曰："老妾诊视后脉，此乃王后所赐也。"内监曰："别有夹带否？"曰："没有。"方欲放去，又有一人曰："不搜检，何以知其有无乎？"遂牵媪手转来。媪东遮西闪，似有慌张之色。宫监心疑，越要搜检，一齐上前，扯裂衣襟，那书角便露将出来。早被宫监搜出申后这封书，即时连人押至琼台，来见褒妃。褒妃拆书观看，心中大怒，命将温媪锁禁空房，不许走漏消息。却将彩缯二匹，手自剪扯，裂为寸寸。幽王进宫，见破缯满案，问其来历。褒妃含泪而对曰："妾不幸身入深宫，谬蒙_{错误地蒙}受宠爱，以致正宫妒忌。又不幸生子，取忌益深。今正宫寄书太子，书尾云：'别作计较。'必有谋妾母子性命之事，愿王为妾做主！"说罢，将书呈与幽王观看。幽王认得申后笔迹，问其通书之人。褒妃曰："现有温媪在此。"幽王即命牵出，不由分说，拔剑挥为两段。髯翁有诗曰：

> 未寄深宫信一封，先将冤血溅霜锋。
>
> 他年若问安储事，温媪应居第一功。

是夜，褒妃又在幽王前撒娇撒痴说："贱妾母子性命悬于太子之手。"幽王曰："有朕做主，太子何能为也？"褒妃曰："吾王千秋万岁之后，少不得太子为君。今王后日夜在宫怨望咒诅，万一他母子当权，妾与伯服死无葬身之地矣。"言罢，呜呜咽咽，又啼哭起来。幽王曰："吾欲废王后、太子，立汝为正宫，伯服为东宫，只恐群臣不从，如之奈何？"褒妃曰："臣听君，顺也。君听臣，逆也。吾王将此意晓谕大臣，只看公议如何？"幽王曰："卿言是也。"是夜，褒妃先遣心腹，传言与虢、尹二人，来朝预办登答_{答复，对答}。

次日，早朝礼毕，幽王宣公卿上殿，开言问曰："王后嫉妒怨望，咒诅朕躬，难为天下之母，可以拘来问罪？"虢石父奏曰："王后六宫之主，虽然有罪，不可拘问。如果德不称位，但当传旨废之，另择贤德，母仪天下，实为万世之福。"尹球奏曰："臣闻褒妃德性贞静，堪主中宫。"幽王曰："太子在申，若废申后，如太子何？"虢石父奏曰："臣闻母以子贵，子以母贵。今太子避罪居申，温清_{qīng}之礼久废。况既废其母，焉用其子？臣等愿扶伯服为东宫，社稷有幸！"幽王大喜，传旨将申后退入冷宫，废太子宜臼为庶人，立褒妃为后，伯服为太子。如有进谏者，即系宜臼之党，治以重辟_{大罪}，此乃幽王九年之事。两班文武，心怀不平，知幽王主意已决，徒用杀身之祸，无益于事，尽皆缄_{jiān}口闭嘴。太史伯阳父叹曰："三纲已绝，周亡可立而待矣。"即日告老去位，群臣弃职归田者甚众。朝中惟尹球、虢石父、祭公易一班佞臣在侧，幽王朝夕与褒妃在宫作乐。

　　褒妃虽篡位正宫，有专席之宠，从未开颜一笑。幽王欲取其欢，召乐工鸣钟击鼓，品竹弹丝，宫人歌舞进觞，褒妃全无悦色。幽王问曰："爱卿恶闻音乐，所好何事？"褒妃曰："妾无好也。曾记昔日手裂彩缯，其声爽然可听。"幽王曰："既喜闻裂缯之声，何不早言？"即命司库日进彩缯百匹，使宫娥有力者裂之，以悦褒妃。可怪褒妃虽好裂缯，依旧不见笑脸。幽王问曰："卿何故不笑？"褒妃答曰："妾生平不笑。"幽王曰："朕必欲卿一开笑口。"遂出令："不拘宫内宫外，有能致褒后一笑者，赏赐千金。"虢石父献计曰："先王昔年因西戎强盛，恐彼入寇，乃于骊_{lí}山之下，置烟墩二十余所，又置大鼓数十架，但有贼寇，放起狼烟，直冲霄汉，附近诸侯发兵相救，又鸣起大鼓，催趱前来。今数年以来，天下太平，烽火皆熄。吾主若要王后启齿，必须同后游玩骊山，夜举烽烟，诸侯援兵必至，至而无寇，王后必笑无疑矣。"幽王曰："此计甚善！"乃同褒后并驾往骊山游玩，至晚设宴骊宫，传令举烽。

　　时郑伯友正在朝中。其时以司徒为前导，闻命大惊，急趋至骊宫奏曰："烟墩者，先王所设以备缓急，所以取信于诸侯。今无故举烽，是戏诸侯也。异日倘有不虞_{出乎意料的事}，即使举烽，诸侯必不信矣，将何物征兵以救急哉？"幽王怒曰："今天下太平，何事征兵！朕今与王后出游骊宫，无可消遣，聊与诸侯为戏，他日有事，与卿无与！"遂不听郑伯之谏。大举烽火，复擂起大鼓。鼓声如雷，火光烛天。畿内诸侯疑镐京有变，一个个即时领兵点将，连夜赶至骊山，但闻楼阁管籥_{yuè 古代的一种乐器}之音。幽王与褒妃饮酒作乐，使人谢诸侯曰："幸无外寇，不劳跋涉。"诸侯面面相觑，卷旗而回。褒妃在楼上，凭栏望见诸侯忙去忙回，并无一事，不觉抚掌大笑。幽王曰："爱卿一笑，百媚俱生，此虢石父之力也。"遂以千金赏之。至今俗语相传"千金买笑"，盖本于此。髯翁有诗，单咏"烽火戏诸侯"之事。诗曰：

　　　　良夜骊宫奏管簧，无端烽火烛穹苍。

　　　　可怜列国奔驰苦，止博褒妃笑一场。

　　却说申侯闻知幽王废申后立褒妃，上疏谏曰："昔桀宠妹_{mò}喜以亡夏，纣宠妲己以亡商。王今宠信褒妃，废嫡立庶，既乖夫妇之义，又伤父子之情。

桀纣之事,复见于今,夏商之祸,不在异日。望吾王收回乱命,庶可免亡国之殃也。"幽王览奏,拍案大怒曰:"此贼何敢乱言!"虢石父奏曰:"申侯见太子被逐,久怀怨望。今闻后与太子俱废,意在谋叛,故敢暴_{暴露}王之过。"幽王曰:"如此何以处之?"石父奏曰:"申侯本无他功,因后进爵。今后与太子俱废,申侯亦宜贬爵,仍旧为伯,发兵讨罪,庶无后患。"幽王准奏,下令削去申侯之爵,命石父为将,简兵搜乘_{挑选士兵,检阅车马},欲举伐申之师。毕竟胜负如何,且看下回分解。

犬戎
主大
闹镐
京

周平王東遷洛邑

第三回　犬戎主大闹镐京　周平王东迁洛邑

话说申侯进表之后，有人在镐京探信，闻知幽王命虢公为将，不日领兵伐申，星夜奔回，报知申侯。申侯大惊曰："国小兵微，安能抵敌王师？"大夫吕章进曰："天子无道，废嫡立庶，忠良去位，万民皆怨，此孤立之势也。今西戎兵力方强，与申国接壤，主公速致书戎主，借兵向镐，以救王后，必要天子传位于故太子，此伊、周指伊尹、周公之业也。语云'先发制人'，机不可失。"申侯曰："此言甚当。"遂备下金缯一车，遣人赍书与犬戎借兵，许以破镐之日，府库金帛任凭搬取。戎主曰："中国天子失政，申侯国舅召我以诛无道，扶立东宫，此我志也。"遂发戎兵一万五千，分为三队，右先锋孛 bó 丁，左先锋满也速，戎主自将中军。枪刀塞路，旌旆 pèi 旗帜蔽空。申侯亦起本国之兵相助，浩浩荡荡，杀奔镐京而来，出其不意，将王城围绕三匝，水泄不通。

幽王闻变，大惊曰："机不密，祸先发。我兵未起，戎兵先动，此事如何？"虢石父奏曰："吾王速遣人于骊山举起烽烟，诸侯救兵必至，内外夹攻，可取必胜。"幽王从其言，遣人举烽。诸侯之兵，无片甲入者。盖因前被烽火所戏，是时又以为诈，所以皆不起兵也。幽王见救兵不至，犬戎日夜攻城，谓石父曰："贼势未知强弱，卿可试之。朕当简阅壮勇，以继其后。"虢公本非能战之将，只得勉强应命，率领兵车二百乘，开门杀出。申侯在阵上望见石父出城，指谓戎主曰："此欺君误国之贼，不可走了。"戎主闻之曰："谁为我擒之？"孛丁曰："小将愿往。"舞刀拍马，直取石父。斗不上十合，石父被孛丁一刀斩于车下。戎主与满也速一齐麾 huī 兵前进，喊声大举，乱杀入城，逢屋放火，逢人举刀，连申侯也阻当他不住，只得任其所为，城中大乱。幽王未及阅军，见势头不好，以小车载褒姒和伯服，开后宰门出走。司徒郑伯友自后赶上，大叫："吾王勿惊，臣当保驾。"出了北门，迤逦 yǐ lǐ 曲折前进望骊山而去。途中又遇尹球来到，言："犬戎焚烧宫室，抢掠库藏，祭公已死于乱军之中矣。"幽王心胆俱裂。郑伯友再令举烽，烽烟透入九霄，救兵依旧不到。犬戎兵追至骊山之下，将骊宫团团围住，口中只叫："休走了昏君！"幽王与褒姒唬做一堆，相对而泣。郑伯友进曰："事急矣，臣拼微命保驾，杀出重围，竟投臣国，以图后举。"幽王曰："朕不听叔父之言，以至于此。朕今日夫妻父子之命，俱付之叔父矣。"当下郑伯教人至骊宫前,放起一把火来,以惑戎兵,自引幽王从宫后冲出。郑伯手持长矛,当先开路,尹球保着褒后母子,紧随幽王之后。行不多步,早有犬戎兵拦住,乃是小将古里赤。郑伯咬牙大怒,便接住交战。战不数合,一矛刺古里赤于马下。戎兵见郑伯骁勇,一时惊散。约行半里,背后喊声又起,先锋孛丁引大兵追来。郑伯叫尹球保驾先行,亲自断后,且战且走,却被犬戎铁骑横冲,分为两截。郑伯困在垓 gāi 心重围的中心,全无惧怯,这根矛神出鬼没,但当先者无不着手。犬戎主教四面放箭,箭如雨点,不分玉石,可怜一国贤侯,今日死于万镞之下。左先锋满也速,早把幽王车仗掳住。犬戎主看见衮 gǔn 袍玉带,知是幽王,就车中一刀砍死,并杀伯服。褒姒美貌饶死,以轻车载之,带归毡帐取乐。尹球躲在车箱之内,亦被戎兵牵出斩之。

统计幽王在位共一十一年。因卖桑木弓箕草袋的男子,拾取清水河边妖女,逃于褒国,此女即褒姒也,蛊惑君心,欺凌嫡母,害得幽王今日身亡国破。昔童谣所云:"月将升,日将没。檿弧箕箙,实亡周国。"正应其兆,天数已定于宣王之时矣。东屏先生有诗曰:

　　多方图笑掖庭中,烽火光摇粉黛红。

　　自绝诸侯犹似可,忍教国祚①丧羌戎。

又陇西居士咏史诗曰:

　　骊山一笑犬戎嗔,弧矢童谣已验真。

　　十八年来犹报应,挽回造化是何人?

又有一绝,单道尹球等无一善终,可为奸臣之戒。诗云:

　　巧话谗言媚暗君,满图富贵百年身。

　　一朝骈首②同诛戮,落得千秋骂佞臣。

又有一绝,咏郑伯友之忠。诗曰:

　　石父捐躯尹氏亡,郑桓今日死勤王。

　　三人总为周家死,白骨风前那个香?

　　且说申侯在城内,见宫中火起,忙引本国之兵入宫,一路扑灭。先将申后放出冷宫。巡到琼台,不见幽王、褒姒踪迹。有人指说:"已出北门去矣。"料走骊山,慌忙追赶。于路上正迎着戎主,车马相凑,各问劳苦。说及昏君已杀,申侯大惊曰:"孤初心止欲纠正王慝 tè 邪恶,不意遂及于此。后世不忠

---

　　①国祚:帝位。　②骈首:头并列靠在一起。

于君者,必以孤为口实矣。"叱令从人收殓其尸,备礼葬之。戎主笑曰:"国舅所谓妇人之仁也。"

却说申侯回到京师,安排筵席,款待戎主。库中宝玉,搬取一空,又敛聚金缯十车为赠,指望他满欲而归。谁想戎主把杀幽王一件,自以为不世之功,人马盘踞京城,终日饮酒作乐,绝无还军归国之意。百姓皆归怨申侯,申侯无可奈何,乃写密书三封,发人往三路诸侯处,约会勤王。那三路诸侯,北路晋侯姬仇,东路卫侯姬和,西路秦君嬴 yíng 开。又遣人到郑国,将郑伯死难之事,报知世子掘突,教他起兵复仇。不在话下。

单说世子掘突,年方二十三岁,生得身长八尺,英毅非常,一闻父亲战死,不胜哀愤,遂素袍缟带穿着丧服,帅车三百乘,星夜奔驰而来。早有探马报知犬戎主,预作准备,掘突一到,便欲进兵。公子成谏曰:"我兵兼程而进,疲劳未息,宜深沟固垒,待诸侯兵集,然后合攻,此万全之策也。"掘突曰:"君父之仇,礼不反兵为君主、父亲报仇,按照礼法,只能前进,不能后退,况犬戎志骄意满,我以锐击惰,往无不克。若待诸侯兵集,岂不慢了军心?"遂麾军直逼城下。城上偃旗息鼓,全无动静。掘突大骂:"犬羊之贼,何不出城决一死战?"城上并不答应。掘突喝教左右打点攻城。忽闻丛林深处,巨锣声响,一枝军从后杀来,乃犬戎主定计,预先埋伏在外者。掘突大惊,慌忙挺枪来战。城上巨锣声又起,城门大开,又有一枝军杀出。掘突前有孛丁,后有满也速,两下夹攻,抵当不住,大败而走。戎兵追赶三十余里方回。掘突收拾残兵,谓公子成曰:"孤不听卿言,以至失利。今计将何出?"公子成曰:"此去濮阳不远,卫侯老诚经事,何不投之? 郑、卫合兵,可以得志。"掘突依言,吩咐望濮 pú 阳一路而进。

约行二日,尘头起处,望见无数兵车,如墙而至。中间坐着一位诸侯,锦袍金带,苍颜白发,飘飘然有神仙之态。那位诸侯,正是卫武公姬和,时已八十余岁矣。掘突停车高叫曰:"我郑世子掘突也。犬戎兵犯京师,吾父死于战场,我兵又败,特来求救。"武公拱手答曰:"世子放心,孤倾国勤王,闻秦、晋之兵,不久亦当至矣,何忧犬羊哉!"掘突让卫侯先行,拨转车辕,重回镐京,离二十里,分两处下寨,教人打听秦、晋二国起兵消息。探子报道:"西角上金鼓大鸣,车声轰地,绣旗上大书'秦'字。"武公曰:"秦爵虽附庸,然习于戎俗,其兵勇悍善战,犬戎之所畏也。"言未毕,北路探子又报:"晋兵亦至,已于北门立寨。"武公大喜曰:"二国兵来,大事济矣!"即遣人与秦、晋二君相闻。须臾顷刻、一会儿之间,二君皆到武公营中,互相劳苦。二君见掘突浑身素缟，问："此位何人？"武公曰："此郑世子也。"遂将郑伯死难，与幽王被杀之事，述了一遍，二君叹息不已。武公曰："老夫年迈无识，止为臣子，义不容辞，勉力来此，扫荡腥膻，全仗上国。今计将安出？"秦襄公曰："犬戎之志，在于剽掠子女金帛而已。彼谓我兵初至，必不堤防。今夜三更，宜分兵东南北三路攻打，独缺西门，放他一条走路。却教郑世子伏兵彼处，候其出奔，从后掩击，必获全胜。"武公曰："此计甚善！"

话分两头。再说申侯在城中闻知四国兵到，心中大喜。遂与小周公咺 xuǎn 密议："只等攻城，这里开门接应。"却劝戎主先将宝货金缯，差右先锋孛丁分兵押送回国，以削其势；又教左先锋满也速尽数领兵出城迎敌。犬戎主认作好话，一一听从。却说满也速营于东门之外，正与卫兵对垒，约会明日交战。不期三更之后，被卫兵劫入大寨。满也速提刀上马，急来迎敌。其奈戎兵四散乱窜，双拳两臂，撑持不住，只得一同奔走。三路诸侯，呐喊攻城。忽然城门大开，三路军马一拥而入，毫无撑御抵御，此乃申侯之计也。戎主在梦中惊觉，跨着划 chǎn 马无鞍辔的马，径出西城，随身不数百人，又遇郑世子掘突拦住厮战。正在危急，却得满也速收拾败兵来到，混战一场，方得脱身。掘突不敢穷追，入城与诸侯相见，恰好天色大明。褒姒不及随行，自缢而亡。胡曾先生有诗叹云：

> 锦绣围中称国母，腥膻队里作番婆。

> 到头不免投缳①苦，争似为妃快乐多。

申侯大排筵席，管待四路诸侯。只见首席卫武公推箸而起，谓诸侯曰："今日君亡国破，岂臣子饮酒之时耶？"众人齐声拱立曰："某等愿受教训。"武公曰："国不可一日无君，今故太子在申，宜奉之以即王位，诸君以为如何？"襄公曰："君侯此言，文、武、成、康之灵也。"世子掘突曰："小子身无寸功，迎立一事，愿效微劳，以成先司徒之志。"武公大喜，举爵劳之。遂于席上草成表章，备下法驾，各国皆欲以兵相助。掘突曰："原非赴敌，安用多徒？只用本兵足矣。"申侯曰："下国有车三百乘，愿为引导。"次日，掘突遂往申国，迎太子宜臼为王。

却说宜臼在申，终日纳闷，不知国舅此去，凶吉如何。忽报郑世子赍着国舅申侯同诸侯连名表章，奉迎还京，心下倒吃了一惊。展开看时，乃知幽王已被犬戎所杀，父子之情，不觉放声大哭。掘突奏曰："太子当以社稷为

---

① 投缳：上吊自杀。

重,望早正大位,以安人心。"宜臼曰:"孤今负不孝之名于天下矣。事已如此,只索只能,只好起程。"不一日,到了镐京。周公先驱入城,扫除宫殿。国舅申侯引着卫、晋、秦三国诸侯,同郑世子及一班在朝文武,出郭三十里迎接,卜定吉日进城。宜臼见宫室残毁,凄然泪下。当下先见了申侯,禀命过了,然后服衮冕告庙,即王位,是为平王。

平王升殿,众诸侯百官朝贺已毕。平王宣申伯上殿,谓曰:"朕以废弃之人,获承宗祧 tiāo 帝王远祖、始祖之庙,皆舅氏之力也。"进爵为申公。申伯辞曰:"赏罚不明,国政不清,镐京亡而复存,乃众诸侯勤王之功。臣不能禁戢犬戎,获罪先王,臣当万死,敢领赏乎?"坚辞三次,平王令复侯爵。卫武公又奏曰:"褒姒母子恃宠乱伦,虢石父、尹球等欺君误国,虽则身死,均当追贬。"平王一一准奏。卫侯和进爵为公,晋侯仇加封河内附庸之地。郑伯友死于王事,赐谥为桓。世子掘突袭爵为伯,加封祊 fáng 田千顷。秦君原是附庸,加封秦伯,列于诸侯。小周公咺拜太宰之职。申后号为太后,褒姒与伯服俱废为庶人。虢石父、尹球、祭公,姑念其先世有功,兼死于王事,止削其本身爵号,仍许子孙袭位。又出安民榜,抚慰京师被害百姓。大宴群臣,尽欢而散。有诗为证:

> 百官此日逢恩主,万姓今朝喜太平。
>
> 自是累朝功德厚,山河再整望中兴。

次日,诸侯谢恩,平王再封卫侯为司徒,郑伯掘突为卿士,留朝与太宰咺一同辅政。惟申、晋二君,以本国迫近戎狄,拜辞而归。申侯见郑世子掘突英毅非常,以女妻之,是为武姜。此话搁过不提。

却说犬戎自到镐京扰乱一番,识熟了中国的道路,虽则被诸侯驱逐出城,其锋未曾挫折,又自谓劳而无功,心怀怨恨。遂大起戎兵,侵占周疆,岐、丰之地半为戎有,渐渐逼近镐京,连月烽火不绝。又宫阙自焚烧之后,十不存五,颓墙败栋,光景甚是凄凉。平王一来府库空虚,无力建造宫室,二来怕犬戎早晚入寇,遂萌迁都洛邑之念。一日,朝罢,谓群臣曰:"昔王祖成王,既定镐京,又营洛邑,此何意也?"群臣齐声奏曰:"洛邑为天下之中,四方入贡,道里适均,所以成王命召公相宅,周公兴筑,号曰东都,宫室制度,与镐京同。每朝会之年,天子行幸东都,接见诸侯,此乃便民之政也。"平王曰:"今犬戎逼近镐京,祸且不测,朕欲迁都于洛,何如?"太宰咺奏曰:"今宫阙焚毁,营建不易,劳民伤财,百姓嗟怨。西戎乘衅而起,何以御之?迁都于洛,实为至便。"两班文武俱以犬戎为虑,齐声曰:"太宰之言是也。"惟司徒卫武公低头长叹。平王曰:"老司徒何独无言?"武公乃奏曰:"老臣年逾九十,蒙吾王不弃老耄 mào年老,高龄,备位六卿。若知而不言,是不忠于君也;若违众而言,是不和于友也。然宁得罪于友,不敢得罪于君。夫镐京左有殽、函,右有陇、蜀,披山带河,沃野千里,天下形胜,莫过于此。洛邑虽天下之中,其势平衍,四面受敌之地,所以先王虽并建两都,然宅西京以振天下之要,留东都以备一时之巡。吾王若弃镐京而迁洛,恐王室自是衰弱矣。"平王曰:"犬戎侵夺岐、丰,势甚猖獗,且宫阙残毁,无以壮观。朕之东迁,实非得已。"武公奏曰:"犬戎豺狼之性,不当引入卧闼 tà门,代指房室。申公借兵失策,开门揖盗,使其焚烧宫阙,戮及先王,此不共之仇也。王今励志自强,节用爱民,练兵训武,效先王之北伐南征,俘彼戎主,以献七庙,尚可湔 jiān洗涤雪前耻。若隐忍避仇,弃此适彼,我退一尺,敌进一尺,恐蚕食之忧,不止于岐、丰而已。昔尧、舜在位,茅茨 cí用茅草盖的屋土阶,禹居卑宫,不以为陋。京师壮观,岂在宫室?惟吾王熟思之。"太宰咺又奏曰:"老司徒乃安常之论,非通变之言也。先王怠政灭伦,自招寇贼,其事已不足深咎。今王扫除煨烬 wēi jìn灰烬,仅正名号,而府库空虚,兵力单弱,百姓畏惧犬戎,如畏豺虎,一旦戎骑长驱,民心瓦解,误国之罪,谁能任之?"武公又奏曰:"申公既能召戎,定能退戎。王遣人问之,必有良策。"正商议间,国舅申公遣人赍告急表文来到。平王展开看之,大意谓:"犬戎侵扰不已,将有亡国之祸。伏乞我王怜念瓜葛比喻亲戚关系,发兵救援。"平王曰:"舅氏自顾不暇,安能顾朕? 东迁之事,朕今决矣。"乃命太史择日东行。卫武公曰:"臣职在司徒,若主上一行,民人离散,孤之咎难辞矣。"遂先期出榜示谕百姓:"如愿随驾东迁者,作速准备,一齐起程。"祝史作文,先将迁都缘由,祭告宗庙。至期,大宗伯抱着七庙神主,登车先导。秦伯嬴开闻平王东迁,亲自领兵护驾。百姓携老扶幼,相从者不计其数。

　　当时宣王大祭之夜,梦见美貌女子,大笑三声,大哭三声,不慌不忙,将七庙神主捆做一束,冉冉望东而去。大笑三声,应褒姒骊山烽火戏诸侯事;大哭三声幽王、褒姒、伯服三命俱绝;神主捆束往东,正应今日东迁。此梦无一不验。又太史伯阳父辞云:"哭又笑,笑又哭,羊被鬼吞,马逢犬逐。慎之、慎之,檿弧箕箙。"羊被鬼吞者,宣王四十六年遇鬼而亡,乃己未年。马逢犬逐,犬戎入寇,幽王十一年庚午也。自此西周遂亡,天数有定如此,亦见伯阳父之神占矣。东迁后事如何,且看下回分解。

康
大
苫
楛
而
廋

鄭莊公掘隧見母

第四回　秦文公郊天应梦　郑庄公掘地见母

话说平王东迁，车驾至于洛阳，见市井稠密，宫阙壮丽，与镐京无异，心中大喜。京都既定，四方诸侯莫不进表称贺，贡献方物。惟有荆国不到，平王议欲征之。群臣谏曰："蛮荆久在化外，宣王始讨而服之。每年止贡菁茅一车，以供祭祀缩酒之用，不责他物，所以示羁縻 jī mí 中央笼络地方的安抚政策之意。今迁都方始，人心未定，倘王师远讨，未卜顺逆。且宜包容，使彼怀德而来。如或怙终不悛 quān 悔改，俟兵力既足，讨之未晚。"自此南征之议遂息。

秦襄公告辞回国，平王曰："今岐、丰之地，半被犬戎侵据，卿若能驱逐犬戎，此地尽以赐卿，少酬扈 hù 从之劳，永作西藩，岂不美哉？"秦襄公稽首受命而归，即整顿戎马，为灭戎之计。不及三年，杀得犬戎七零八落，其大将孛丁、满也速等，俱死于战阵，戎主远遁西荒。岐、丰一片，尽为秦有，辟地千里，遂成大国。髯翁有诗云：

> 文武当年发迹乡，如何轻弃畀秦邦？
> 岐丰形胜如依旧，安得秦强号始皇！

却说秦乃帝颛顼 zhuān xū 之裔，其后人名皋陶，自唐尧时为士师官。皋陶子伯翳 yì，佐大禹治水，烈山焚泽，驱逐猛兽，以功赐姓曰嬴，为舜主畜牧之事。伯翳生二子：若木、大廉。若木封国于徐，夏、商以来，世为诸侯。至纣王时，大廉之后，有蜚廉者，善走，日行五百里。其子恶来有绝力，能手裂虎豹之皮。父子俱以材勇为纣幸臣，相助为虐。武王克商，诛蜚廉并及恶来。蜚廉少子曰季胜，其曾孙名造父，以善御得幸于周穆王，封于赵，为晋赵氏之祖。其后有非子者，居犬邱，善于养马，周孝王用之，命畜马于汧 qiān、渭二水之间，马大蕃息。孝王大喜，以秦地封非子为附庸之君，使续嬴祀，号为嬴秦。传六世至襄公，以勤王功封秦伯，又得岐、丰之地，势益强大，定都于雍，始与诸侯通聘。襄公薨，子文公立，时平王十五年也。

一日，文公梦鄜 fū 邑之野，有黄蛇自天而降，止于山阪。头如车轮，下属于地，其尾连天。俄顷化为小儿，谓文公曰："我上帝之子也。帝命汝为白帝，以主西方之祀。"言讫不见。明日，召太史敦占之。敦奏曰："白者西方之色，君奄有四方，上帝所命，祠之必当获福。"乃于鄜邑筑高台，立白帝庙，号曰鄜畤，用白牛祭之。又陈仓人猎得一兽，似猪而多刺，击之不死，不知其名，欲牵以献文公。路间，遇二童子，指曰："此兽名曰'猬'，常伏地中，啖dàn吃死人脑，若捶其首即死。"猬亦作人言曰："二童子乃雉精，名曰'陈宝'，得雄者王，得雌者霸。"二童子被说破，即化为野鸡飞去。其雌者止于陈仓山之北阪，化为石鸡。视猬，亦失去矣。猎人惊异，奔告文公，文公复立陈宝祠于陈仓山。又终南山有大梓树，文公欲伐为殿材，锯之不断，砍之不入，忽大风雨，乃止。有一人夜宿山下，闻众鬼向树贺喜，树神亦应之。一鬼曰："秦若使人被同"披"其发，以朱丝绕树，将奈之何？"树神默然。明日，此人以鬼语告于文公，文公依其说，复使人伐之，树随锯而断。有青牛从树中走出，径投雍水。其后近水居民，时见青牛出水中。文公闻之，使骑士候而击之。牛力大，触骑士倒地。骑士发散披面，牛惧更不敢出。文公乃制髦 máo 头于军中，复立怒特祠，以祭大梓之神。时鲁惠公闻秦国僭 jiàn 超越本分祀上帝，亦遣太宰让到周，请用郊禘 dì 古时帝王以祖先配天的祭祀之礼，平王不许。惠公曰："吾祖周公有大勋劳于王室，礼乐吾祖之所制作，子孙用之何伤？况天子不能禁秦，安能禁鲁？"遂僭用郊禘，比于王室。平王知之，不敢问也。自此王室日益卑弱，诸侯各自擅权，互相侵伐，天下纷纷多事矣。史官有诗叹曰：

　　　自古王侯礼数悬，未闻侯国可郊天。

　　　一从秦鲁开端僭，列国纷纷窃大权。

再说郑世子掘突嗣位，是为武公。武公乘周乱，并有东虢及郐 kuài 地，迁都于郐，谓之新郑，以荥阳为京城，设关于制邑。郑自是亦遂强大，与卫武公同为周朝卿士。平王十三年，卫武公薨 hōng，郑武公独秉周政。只为郑都荥阳与洛邑邻近，或在朝，或在国，往来不一。这也不在话下。

却说郑武公夫人，是申侯之女姜氏。所生二子，长曰寤生，次曰段。为何唤做寤生？原来姜氏夫人分娩之时，不曾坐蓐 rù 草席，在睡梦中产下，醒觉方知。姜氏吃了一惊，以此取名寤生，心中便有不快之意。及生次子段，长成得一表人才，面如傅粉，唇若涂朱，又且多力善射，武艺高强。姜氏心中偏爱此子："若袭位为君，岂不胜寤生十倍？"屡次向其夫武公称道次子之贤，宜立为嗣。武公曰："长幼有序，不可紊乱。况寤生无过，岂可废长而立幼乎？"遂立寤生为世子，只以小小共城，为段之食邑，号曰共叔。姜氏心中愈加不悦。及武公薨，寤生即位，是为郑庄公，仍代父为周卿士。姜氏夫人见共叔无权，心中怏怏，乃谓庄公曰："汝承父位，享地数百里，使同胞之弟容身蕞 zuì 尔形容狭小的样子，于心何忍！"庄公曰："惟母所欲。"姜氏曰："何不以制邑封之？"庄公曰："制邑岩险著名，先王遗命，不许分封。除此之外，无不奉命。"姜氏曰："其次则京城亦可。"庄公默然不语。姜氏作色曰："再若不允，惟有逐之他国，使其别图仕进，以糊口耳。"庄公连声曰："不敢，不敢！"遂唯唯而退。

次日升殿，即宣共叔段欲封。大夫祭 zhài 足谏曰："不可。天无二日，民无二君。京城有百雉 zhì 古代计算城墙面积的单位。长三丈，高一丈为一雉 之雄，地广民众，与荥阳相等。况共叔，夫人之爱子，若封之大邑，是二君也，恃其内宠，恐有后患。"庄公曰："我母之命，何敢拒之？"遂封共叔于京城。共叔谢恩已毕，入宫来辞姜氏。姜氏屏去左右，私谓段曰："汝兄不念同胞之情，待汝甚薄。今日之封，我再三恳求，虽则勉从，中心未必和顺。汝到京城，宜聚兵搜乘，阴为准备，倘有机会可乘，我当相约。汝兴袭郑之师，我为内应，国可得也。汝若代了寤生之位，我死无憾矣。"共叔领命，遂往京城居住。自此国人改口，俱称为京城太叔。开府 成为府署，选置僚属 之日，西鄙、北鄙之宰，俱来称贺。太叔段谓二宰曰："汝二人所掌之地，如今属我封土，自今贡税，俱要到我处纳，兵车俱要听我征调，不可违误。"二宰久知太叔为国母爱子，有嗣位之望。今日见他丰采昂昂，人才出众，不敢违抗，且自应承。

太叔托名射猎，逐日出城训练士卒，并收二鄙之众，一齐造入军册。又假出猎为由，袭取鄢 yān 及廪延。两处邑宰逃入郑国，遂将太叔引兵取邑之事，备细奏闻庄公。庄公微笑不言。班中有一位官员，高声叫曰："段可诛也！"庄公抬头观看，乃是上卿公子吕。庄公曰："子封有何高论？"公子吕奏曰："臣闻'人臣无将，将则必诛。'今太叔内挟母后之宠，外恃京城之固，日夜训兵讲武，其志不篡夺不已。主公假臣偏师，直造京城，缚段而归，方绝后患。"庄公曰："段恶未著，安可加诛？"子封曰："今两鄙被收，直至廪延，先君土地，岂容日割？"庄公笑曰："段乃姜氏之爱子，寡人之爱弟。寡人宁可失地，岂可伤兄弟之情，拂 违背 国母之意乎？"公子吕又奏曰："臣非虑失地，实虑失国也。今人心皇皇，见太叔势大力强，尽怀观望。不久都城之民，亦将贰心。主公今日能容太叔，恐异日太叔不能容主公，悔之何及？"庄公曰："卿勿妄言，寡人当思之。"

公子吕出外，谓正卿祭足曰："主公以宫闱之私情，而忽社稷之大计，吾甚忧之。"祭足曰："主公才智兼人，此事必非坐视，只因大庭耳目之地，不便泄露。子贵戚之卿也，若私叩之，必有定见 确定的主张。"公子吕依言，直叩宫门，再请庄公求见。庄公曰："卿此来何意？"公子吕曰："主公嗣位，非国母之意也。万一中外合谋,变生肘腋,郑国非主公之有矣。臣寝食不宁,是以再请!"庄公曰:"此事干碍国母。"公子吕曰:"主公岂不闻周公诛管、蔡之事乎?当断不断,反受其乱。望早早决计。"庄公曰:"寡人筹之熟矣。段虽不道,尚未显然叛逆,我若加诛,姜氏必从中阻挠,徒惹外人议论,不惟说我不友,又说我不孝。我今置之度外,任其所为。彼恃宠得志,肆无忌惮。待其造逆,那时明正其罪,则国人必不敢助,而姜氏亦无辞矣。"公子吕曰:"主公远见,非臣所及。但恐日复一日,养成势大,如蔓草不可芟_{shān 割掉、消除},可奈何? 主公若必欲俟其先发,宜挑之速来。"庄公曰:"计将安出?"公子吕曰:"主公久不入朝,无非为太叔故也。今声言如周,太叔必谓国内空虚,兴兵争郑。臣预先引兵伏于京城近处,乘其出城,入而据之。主公从廪延一路杀来,腹背受敌,太叔虽有冲天之翼,能飞去乎?"庄公曰:"卿计甚善,慎毋泄之他人。"公子吕辞出宫门,叹曰:"祭足料事,可谓如神矣。"

次日早朝,庄公假传一令,使大夫祭足监国,自己要朝周面君辅政。姜氏闻知此信,心中大喜曰:"段有福为君矣!"遂写密信一通,遣心腹送到京城,约太叔于五月初旬,兴兵袭郑。时四月下旬事也。公子吕预先差人伏于要路,获住赍_{jī 送、携带}书之人,登时杀了,将书密送庄公。庄公启缄看毕,重加封固,别遣人假作姜氏所差,送达太叔。索有回书,以五月初五日为期,要立白旗一面于城楼,便知接应之处。庄公得书,喜曰:"段之供招在此,姜氏岂能庇护耶!"遂入宫辞别姜氏,只说往周,却望廪延一路徐徐而进。公子吕率车二百乘,于京城邻近埋伏,自不必说。

却说太叔接了母夫人姜氏密信,与其子公孙滑商议,使滑往卫国借兵,许以重赂。自家尽率京城二鄙之众,托言奉郑伯之命,使段监国,祭纛_{dào 古代军队中的大旗}犒军,扬扬出城。公子吕预遣兵车十乘,扮作商贾模样,潜入京城,只等太叔兵动,便于城楼放火。公子吕望见火光,即便杀来。城中之人,开门纳之,不劳余力,得了京城。即时出榜安民,榜中备说庄公孝友,太叔背义忘恩之事,满城人都说太叔不是。

再说太叔出兵,不上二日,就闻了京城失事之信。心下慌忙,星夜回辕,屯扎城外,打点攻城。只见手下士卒纷纷耳语,原来军伍中有人接了城中家信,说庄公如此厚德,太叔不仁不义。一人传十,十人传百,都道:"我等背正从逆,天理难容。"哄然而散。太叔点兵,去其大半,知人心已变,急望鄢邑奔走,再欲聚众,不道庄公兵已在鄢。乃曰:"共吾故封也。"于是走入共城,闭门自守。庄公引兵攻之,那共城区区小邑,怎当得两路大军? 如泰山压卵一

般,须臾攻破。太叔闻庄公将至,叹曰:"姜氏误我矣,何面目见吾兄乎!"遂自刎而亡。胡曾先生有诗曰:

　　　　宠弟多才占大封,况兼内应在宫中。

　　　　谁知公论难容逆,生在京城死在共。

　　又有诗说庄公养成段恶,以塞姜氏之口,真千古奸雄也。诗曰:

　　　　子弟全凭教育功,养成稔恶①陷灾凶。

　　　　一从京邑分封日,太叔先操掌握中。

庄公抚段之尸,大哭一场,曰:"痴儿何至如此!"遂简其行装,姜氏所寄之书尚在。将太叔回书,总作一封,使人驰至郑国,教祭足呈与姜氏观看。即命将姜氏送去颍 yǐng 地安置,遗以誓言曰:"不及黄泉,无相见也!"姜氏见了二书,羞惭无措,自家亦无颜与庄公相见,即时离了宫门,出居颍地。庄公回至国都,目中不见姜氏,不觉良心顿萌,叹曰:"吾不得已而杀弟,何忍又离其母? 诚天伦之罪人矣。"

　　却说颍谷封人,名曰颍考叔,为人正直无私,素有孝友之誉。见庄公安置姜氏于颍,谓人曰:"母虽不母,子不可以不子,主公此举,伤化极矣。"乃觅鸮 xiāo 鸟数头,假以献野味为名,来见庄公。庄公问曰:"此何鸟也?"颍考叔对曰:"此鸟名鸮,昼不见泰山,夜能察秋毫,明于细而暗于大也。小时其母哺之,既长乃啄食其母,此乃不孝之鸟,故捕而食之。"庄公嘿然。适宰夫进蒸羊,庄公命割一肩,赐考叔食之。考叔只拣好肉,用纸包裹,藏之袖内。庄公怪而问之。考叔对曰:"小臣家有老母,小臣家贫,每日取野味以悦其口,未尝享此厚味。今君赐及小臣,而老母不沾一脔 luán 小块肉之惠,小臣念及老母,何能下咽? 故此携归,欲作羹以进母耳。"庄公曰:"卿可谓孝子矣。"言罢,不觉凄然长叹。考叔问曰:"主公何为而叹?"庄公曰:"你有母奉养,得尽人子之心,寡人贵为诸侯,反不如你。"考叔佯为不知,又问曰:"姜夫人在堂无恙,何为无母?"庄公将姜氏与太叔共谋袭郑,及安置颍邑之事,细述一遍:"已设下黄泉之誓,悔之无及!"考叔对曰:"太叔已亡,姜夫人止存主公一子,又不奉养,与鸮鸟何异? 倘以黄泉相见为歉,臣有一计,可以解之。"庄公问:"何计可解?"考叔对曰:"掘地见泉,建一地室,先迎姜夫人在内居住。告以主公想念之情,料夫人念子,不减主公之念母。主公在地室中相见,于及泉之誓,未尝违也。"庄公大喜,遂命考叔发壮士五百人,于曲洧 wěi 牛脾山下,

---

　　①稔(rěn)恶:指积久养成的罪恶。

掘地深十余丈,泉水涌出,因于泉侧架木为室。室成,设下长梯一座。考叔往见武姜,曲道庄公悔恨之意,如今欲迎归孝养。武姜且悲且喜。考叔先奉武姜至牛脾山地室中,庄公乘舆亦至,从梯而下,拜倒在地,口称:"寤生不孝,久缺定省,求国母恕罪!"武姜曰:"此乃老身之罪,与汝无与。"用手扶起,母子抱头大哭。遂升梯出穴,庄公亲扶武姜登辇,自己执辔随侍。国人见庄公母子同归,无不以手加额,称庄公之孝。此皆考叔调停之力也。胡曾先生有诗云:

> 黄泉誓母绝彝伦,大隧犹疑隔世人。
>
> 考叔不行怀肉计,庄公安肯认天亲。

庄公感考叔全其母子之爱,赐爵大夫,与公孙阏同掌兵权。不在话下。

再说共叔之子公孙滑,请得卫师,行至半途,闻共叔见杀,遂逃奔卫,诉说伯父杀弟囚母之事。卫桓公曰:"郑伯无道,当为公孙讨之。"遂兴师伐郑。不知胜负如何,且看下回分解。

寵弥衡
贋鄭贯
交尚

助道齊衛
興齊
兵宋

第五回　宠虢公周郑交质　助卫逆鲁宋兴兵

却说郑庄公闻公孙滑起兵前来侵伐,问计于群臣。公子吕曰:"斩草留根,逢春再发。公孙滑逃死为幸,反兴卫师,此卫侯不知共叔袭郑之罪,故起兵助滑,以救祖母为辞也。依臣愚见,莫如修尺素之书,致于卫侯,说明其故,卫侯必抽兵回国。滑势既孤,可不战而擒矣。"公曰:"然。"遂遣使致书于卫。卫桓公得书,读曰:

> 寤生再拜奉书,卫侯贤侯殿下:家门不幸,骨肉相残,诚有愧于邻
> 国。然封京赐土,非寡人之不友;恃宠作乱,实叔段之不恭。寡人念先
> 人世守为重,不得不除。母姜氏以溺爱叔段之故,内怀不安,避居颍城,
> 寡人已自迎归奉养。今逆滑昧父之非,奔投大国。贤侯不知其非义,
> 师徒下临敝邑。自反并无得罪,惟贤侯同声乱贼之诛,勿伤唇齿之谊。
> 敝邑幸甚!

卫桓公览罢,大惊曰:"叔段不义,自取灭亡,寡人为滑兴师,实为助逆。"遂遣使收回本国之兵。使者未到,滑兵乘廪延无备,已攻下了。郑庄公大怒,命大夫高渠弥出车二百乘,来争廪延。时卫兵已撤回,公孙滑势孤不敌,弃了廪延,仍奔卫国。公子吕乘胜追逐,直抵卫郊。卫桓公大集群臣,问战守之计。公子州吁进曰:"水来土掩,兵至将迎,又何疑焉?"大夫石碏 què 奏曰:"不可! 不可! 郑兵之来,繇通"由"我助滑为逆所致。前郑伯有书到,我不若以书答之,引咎谢罪,不劳师徒,可却郑兵。"卫侯曰:"卿言是也。"即命石碏作书,致于郑伯。书曰:

> 完再拜上,王卿士郑贤侯殿下:寡人误听公孙滑之言,谓上国杀弟
> 囚母,使孙侄无窜身之地,是以兴师。今读来书,备知京城太叔之逆,悔
> 不可言。即日收回廪延之兵,倘蒙鉴察,当缚滑以献,复修旧好。惟贤
> 侯图之!

郑庄公览书曰:"卫既服罪,寡人又何求焉!"

却说国母姜氏,闻庄公兴师伐卫,恐公孙滑被杀,绝了太叔之后,遂向庄公哀求:"乞念先君武公遗体,存其一命。"庄公既碍姜氏之面,又度 duó 推测 公孙滑孤立无援,不能有为。乃回书卫侯,书中但言:"奉教撤兵,言归于好。

滑虽有罪,但逆弟止此一子,乞留上国,以延段祀。"一面取回高渠弥之兵。公孙滑老死于卫,此是后话。

却说周平王因郑庄公久不在位,偶因虢公忌父来朝,言语相投,遂谓虢公曰:"郑侯父子秉政有年,今久不供职,朕欲卿权理政务,卿不可辞。"虢公叩首曰:"郑伯不来,必国中有事故也。臣若代之,郑伯不惟怨臣,且将怨及王矣。臣不敢奉命!"再三辞谢,退归本国。原来郑庄公身虽在国,留人于王都,打听朝中之事,动息传报。今日平王欲分政于虢公,如何不知。即日驾车如周,朝见已毕,奏曰:"臣荷 hè 背负,蒙受圣恩,父子相继秉政。臣实不才,有忝 tiǎn 自谦之词,有愧职位,愿拜还卿士之爵,退就藩封,以守臣节。"平王曰:"卿久不莅任,朕心悬悬心里不安的样子。今见卿来,如鱼得水,卿何故出此言耶?"庄公又奏曰:"臣国中有逆弟之变,旷职日久。今国事粗完,星夜趋朝,闻道路相传,谓吾王有委政虢公之意。臣才万分不及虢公,安敢尸位居其位而不尽其职,以获罪于王乎?"平王见庄公说及虢公之事,心惭面赤,勉强言曰:"朕别卿许久,亦知卿国中有事,欲使虢公权管数日,以候卿来。虢公再三辞让,朕已听其还国矣。卿又何疑焉?"庄公又奏曰:"夫政者,王之政也,非臣一家之政也。用人之柄,王自操之。虢公才堪佐理,臣理当避位。不然,群臣必以臣为贪于权势,昧于进退,惟王察之!"平王曰:"卿父子有大功于国,故相继付以大政,四十余年,君臣相得。今卿有疑朕之心,朕何以自明!卿如必不见信,朕当命太子狐为质于郑,何如?"庄公再拜辞曰:"从政罢政,乃臣下之职,焉有天子委质于臣之礼?恐天下以臣为要君,臣当万死!"平王曰:"不然。卿治国有方,朕欲使太子观风于郑,因以释目下之疑。卿若固辞,是罪朕也。"庄公再三不敢受旨。群臣奏曰:"依臣等公议,王不委质,无以释郑伯之疑;若独委质,又使郑伯乖臣子之义。莫若君臣交质,两释猜忌,方可全上下之恩。"平王曰:"如此甚善。"庄公使人先取世子忽待质于周,然后谢恩。周太子狐,亦如郑为质。史官评论周、郑交质之事,以为君臣之分,至此尽废矣。诗曰:

> 腹心手足本无私,一体相猜事可嗤。
>
> 交质分明同市贾,王纲从此遂陵夷。

自交质以后,郑伯留周辅政,一向无事。平王在位五十一年而崩,郑伯与周公黑肩同摄朝政。使世子忽归郑,迎回太子狐来周嗣位。太子狐痛父之死,未得侍疾含殓古代丧礼,纳珠玉米贝于死者口中,更换衣衾,然后入棺,哀痛过甚,到周而薨。其子林嗣立,是为桓王。众诸侯俱来奔丧,并谒新天子。虢公忌父先到,举动皆合礼数,人人爱之。

桓王伤其父以质郑身死,且见郑伯久专朝政,心中疑惧,私与周公黑肩商议曰:"郑伯曾质先太子于国,意必轻朕。君臣之间,恐不相安。虢公执事甚恭,朕欲畀 bì 给予之以政,卿意以为何如?"周公黑肩奏曰:"郑伯为人惨刻少恩,非忠顺之臣也。但我周东迁洛邑,晋、郑功劳甚大,今改元之日,遽 jù 忽然,突然夺郑政,付于他手,郑伯愤怒,必有跋扈之举,不可不虑。"桓王曰:"朕不能坐而受制,朕意决矣。"次日,桓王早朝,谓郑伯曰:"卿乃先王之臣,朕不敢屈在班僚,卿其自安。"庄公奏曰:"臣久当谢政辞去官职,今即拜辞。"遂怏怏出朝,谓人曰:"孺子负心,不足辅也!"即日驾车回国。世子忽率领众官员出郭迎接,问其归国之故。庄公将桓王不用之语述了一遍,人人俱有不平之意。大夫高渠弥进曰:"吾主两世辅周,功劳甚大。况前太子质于吾国,未尝缺礼。今舍吾主而用虢公,大不义也!何不兴师打破周城,废了今王,而别立贤胤 yìn 后代?天下诸侯谁不畏郑,方伯之业可成矣!"颍考叔曰:"不可。君臣之伦,比于母子。主公不忍仇其母,何忍仇其君?但隐忍岁余,入周朝觐,周王必有悔心。主公勿以一朝之忿,而伤先公死节之义。"大夫祭足曰:"以臣愚见,二臣之言,当兼用之。臣愿帅兵直抵周疆,托言岁凶,就食温、洛之间。若周王遣使责让,吾有辞矣。如其无言,主公入朝未晚。"庄公准奏,命祭足领了一枝军马,听其便宜行事。

祭足巡到温邑界首,说:"本国岁凶乏食,向温大夫求粟千钟。"温大夫以未奉王命,不许。祭足曰:"方今二麦正熟,尽可资食。我自能取,何必求之!"遂遣士卒各备镰刀,分头将田中之麦,尽行割取,满载而回。祭足自领精兵,往来接应。温大夫知郑兵强盛,不敢相争。祭足于界上休兵三月有余,再巡至成周地方。时秋七月中旬,见田中早稻已熟,吩咐军士假扮作商人模样,将车埋伏各村里,三更时分,一齐用力将禾头割下,五鼓取齐。成周郊外,稻禾一空。比及等到守将知觉,点兵出城,郑兵已去之远矣。两处俱有文书到于洛京,奏闻桓王,说郑兵盗割麦禾之事。桓王大怒,便欲兴兵问罪。周公黑肩奏曰:"郑祭足虽然盗取禾麦,乃边庭小事,郑伯未必得知。以小忿而弃懿 yì 亲,甚不可也。若郑伯心中不安,必然亲来谢罪修好。"桓王准奏,但命沿边所在,加意提防,勿容客兵入境。其芟麦刈禾一事,并不计较。

郑伯见周王全无责备之意,果然心怀不安,遂定入朝之议。正欲起行,忽报齐国有使臣到来。庄公接见之间,使臣致其君僖公之命,约郑伯至石门相会。庄公正欲与齐相结,遂赴石门之约。二君相见,歃 shà 血订盟,约为兄弟,有事相偕。齐侯因问:"世子忽曾婚娶否?"郑伯对以未曾。僖公曰:"吾有爱女,年虽未笄,颇有才慧。倘不弃嫌,愿为待年之妇。"郑庄公唯唯称谢。及返国之日,向世子忽言之。忽对曰:"妻者齐也,故曰配偶。今郑小齐大,大小不伦,孩儿不敢仰攀。"庄公曰:"请婚出于彼意,若与齐为甥舅女婿和岳父,每事可以仰仗,吾儿何以辞之?"忽又对曰:"丈夫志在自立,岂可仰仗于婚姻耶?"庄公嘉其有志,遂不强之。后来齐使至郑,闻郑世子不愿就婚,归国奏知僖公。僖公叹曰:"郑世子可谓谦让之至矣!吾女年幼,且俟异日再议可也。"后人有诗嘲富室攀高,不如郑忽辞婚之善。诗曰:

> 婚姻门户要相当,大小须当自酌量。
> 却笑攀高庸俗子,拼财但买一巾方①。

忽一日,郑庄公正与群臣商议朝周之事,适有卫桓公讣音报丧的消息到来,庄公诘问来使,备知公子州吁弑君之事。庄公顿足叹曰:"吾国行且被兵矣。"群臣问曰:"主公何以料之?"庄公曰:"州吁素好弄兵,今既行篡逆,必以兵威逞志。郑、卫素有嫌隙,其试兵必先及郑,宜预备之。"

且说卫州吁如何弑君?原来卫庄公之夫人,乃齐东宫得臣之妹,名曰庄姜,貌美而无子。次妃乃陈国之女,名曰厉妫,亦不生育。厉妫之妹,名曰戴妫,随姊嫁卫,生子曰完,曰晋。庄姜性不嫉妒,育完为己子,又进宫女于庄公,庄公嬖bì宠爱幸之,生子州吁。州吁性暴戾好武,喜于谈兵。庄公溺爱州吁,任其所为。大夫石碏尝谏庄公曰:"臣闻爱子者,教以义方,弗纳于邪。夫宠过必骄,骄必生乱。主公若欲传位于吁,便当立为世子。如其不然,当稍裁抑之,庶无骄奢淫佚之祸。"庄公不听。

石碏之子石厚与州吁交好,时尝并车出猎,骚扰民居。石碏将厚鞭责五十,锁禁空房,不许出入。厚逾墙而出,遂住州吁府中,一饭必同,竟不回家,石碏无可奈何。后庄公薨,公子完嗣位,是为桓公。桓公生性懦弱,石碏知其不能有为,告老在家,不与朝政。州吁益无忌惮,日夜与石厚商量篡夺之计。其时平王崩讣适至,桓王林新立,卫桓公欲如周吊贺。石厚谓州吁曰:"大事可成矣!明日主公往周,公子可设饯于西门,预伏甲士五百于门外,酒至数巡,袖出短剑而刺之,手下有不从者,即时斩首。诸侯之位,唾手可得。"州吁大悦,预命石厚领壮士五百,埋伏西门之外。州吁自驾车,迎桓公至于行馆,早已排下筵席。州吁躬身进酒曰:"兄侯远行,薄酒奉饯。"桓公

---

①拼财但买一巾方:比喻用钱财高攀豪门以抬高自己的地位。

曰："又教贤弟费心。我此行不过月余便回,烦贤弟暂摄朝政,小心在意。"州吁曰："兄侯放心。"酒至数巡,州吁起身满斟金盏,进于桓公。桓公一饮而尽,亦斟满杯回敬州吁。州吁双手去接,诈为失手,坠盏于地,慌忙拾取,亲自洗涤。桓公不知其诈,命取盏更斟,欲再送州吁。州吁乘此机会,急腾步闪至桓公背后,抽出短剑,从后刺之,刃透于胸,即时伤重而薨,时周桓王元年春三月戊申也。从驾诸臣,素知州吁武力胜众,石厚又引五百名甲士围住公馆,众人自度气力不加,只得降顺。以空车载尸殡殓,托言暴疾。州吁遂代立为君,拜石厚为上大夫。桓公之弟晋逃奔邢国去了。史臣有诗叹卫庄公宠吁致乱,诗云:

　　　教子须知有义方,养成骄佚必生映。

　　　郑庄克段天伦薄,犹胜桓侯束手亡。

　　州吁即位三日,闻外边沸沸扬扬,尽传说弑 shì 兄之事,乃召上大夫石厚商议曰："欲立威邻国,以胁制国人,问何国当伐?"石厚奏："邻国俱无嫌隙,惟郑国昔年讨公孙滑之乱,曾来攻伐,先君庄公服罪求免,此乃吾国之耻。主公若用兵,非郑不可。"州吁曰："齐、郑有石门之盟,二国结连为党,卫若伐郑,齐必救之,一卫岂能敌二国?"石厚奏曰："当今异姓之国,惟宋称公为大;同姓之国,惟鲁称叔父为尊。主公欲伐郑,必须遣使于宋、鲁,求其出兵相助,并合陈、蔡之师,五国同事,何忧不胜?"州吁曰："陈、蔡小国,素顺周王,郑与周新隙,陈、蔡必知之,呼使伐郑,不愁不来。若宋、鲁大邦,焉能强乎?"石厚又奏曰："主公但知其一,不知其二。昔宋穆公受位于其兄宣公,穆公将死,思报兄之德,乃舍其子冯,而传位于兄之子与夷。冯怨父而嫉与夷,出奔于郑。郑伯纳之,常欲为冯起兵伐宋,夺取与夷之位。今日勾连伐郑,正中其怀。若鲁之国事,乃公子翚 huī 秉之。翚兵权在手,觑 qù 鲁君如无物,如以重赂结公子翚,鲁兵必动无疑矣。"

　　州吁大悦,即日遣使往鲁、陈、蔡三处去讫,独难使宋之人。石厚荐一人姓宁,名翊 yì,乃中牟人也。"此人甚有口辩,可以遣之。"州吁依言,命宁翊如宋请兵。宋殇公问曰："伐郑何意?"宁翊曰："郑伯无道,诛弟囚母。公孙滑亡命敝邑,又不能容,兴兵来讨,先君畏其强力,腆颜谢服厚着脸皮谢罪请服。今寡君欲雪先君之耻,以大国同仇,是以借助。"殇公曰："寡人与郑素无嫌隙,子曰同仇,得无过乎?"宁翊曰："请屏左右,翊得毕其说。"殇公即麾去左右,侧席问曰："何以教之?"宁翊曰："君侯之位,受之谁乎?"殇公曰："传之吾叔穆公也。"宁翊曰："父死子继,古之常理。穆公虽有尧、舜之心,奈公子冯每以失位为恨，身居邻国，其心须臾未尝忘宋也。郑纳公子冯，其交已固，一旦拥冯兴师，国人感穆公之恩，不忘其子，内外生变，君侯之位危矣！今日之举，名曰伐郑，实为君侯除心腹之患也。君侯若主其事，敝邑悉起师徒_{兵士、军队}，连鲁、陈、蔡三国之兵，一齐效劳，郑之灭亡可待矣！"宋殇公原有忌公子冯之心，这一席话正投其意，遂许兴师。大司马孔父嘉乃殷汤王之后裔，为人正直无私，闻殇公听卫起兵，谏曰："卫使不可听也！若以郑伯弑弟因母为罪，则州吁弑兄篡位独非罪乎？愿主公思之。"殇公已许下宁翊，遂不听孔父嘉之谏，刻日_{限定日期}兴师。

　　鲁公子翚接了卫国重赂，不繇隐公作主，亦起重兵来会。陈、蔡如期而至，自不必说。宋公爵尊，推为盟主。卫石厚为先锋，州吁自引兵打后，多赍粮草，犒劳四国之兵。五国共甲车一千三百乘，将郑东门围得水泄不通。

　　郑庄公问计于群臣，言战言和，纷纷不一。庄公笑曰："诸君皆非良策也。州吁新行篡逆，未得民心，故托言旧怨，借兵四国，欲立威以压众耳。鲁公子翚贪卫之赂，事不繇君，陈、蔡与郑无仇，皆无必战之意。只有宋国忌公子冯在郑，实心协助。吾将公子冯出居长葛，宋兵必移。再令子封引徒兵_{步兵}五百，出东门单搦_{nuò}卫战，诈败而走。州吁有战胜之名，其志已得，国事未定，岂能久留军中，其归必速。吾闻卫大夫石碏大有忠心，不久卫将有内变。州吁自顾不暇，安能害我乎？"乃使大夫瑕叔盈引兵一枝，护送公子冯往长葛去讫。庄公使人于宋曰："公子冯逃死敝邑，敝邑不忍加诛，今令伏罪于长葛，惟君自图之。"宋殇公果然移兵去围长葛。蔡、陈、鲁三国之兵，见宋兵移动，俱有返斾_{退兵}之意。忽报公子吕出东门单搦卫战，三国登壁垒上袖手观之。

　　却说石厚引兵与公子吕交锋，未及数合，公子吕倒拖画戟而走，石厚追至东门，门内接应入去。石厚将东门外禾稻尽行芟刈，以劳军士，传令班师。州吁曰："未见大胜，如何便回？"石厚屏去左右，说出班师之故，州吁大悦。毕竟石厚所说甚话，且看下回分解。

衛石碏大義滅親

鄭莊公假命伐宋

第六回　卫石碏大义灭亲　郑庄公假命伐宋

话说石厚才胜郑兵一阵，便欲传令班师，诸将皆不解其意，齐来禀复州吁曰："我兵锐气方盛，正好乘胜进兵，如何遽退？"州吁亦以为疑，召厚问之。厚对曰："臣有一言，请屏左右。"州吁麾左右使退。厚乃曰："郑兵素强，且其君乃王朝卿士也。今为我所胜，足以立威。主公初立，国事未定，若久在外方，恐有内变。"州吁曰："微没有卿言，寡人虑不及此。"少顷，鲁、陈、蔡三国俱来贺胜，各请班师。遂解围而去。计合围至解围，才五日耳。

石厚自矜有功，令三军齐唱凯歌，拥卫州吁扬扬归国。但闻野人歌曰："一雄毙，一雄兴。歌舞变刀兵，何时见太平？恨无人兮诉洛京。"州吁曰："国人尚不和也，奈何？"石厚曰："臣父碏，昔位上卿，素为国人所信服。主公若征之入朝，与共国政，位必定矣。"州吁命取白璧一双，白粟五百钟，候问石碏，即征碏入朝议事。石碏托言病笃，坚辞不受。州吁又问石厚曰："卿父不肯入朝，寡人欲就而问计，何如？"石厚曰："主公虽往，未必相见，臣当以君命叩之。"乃回家见父，致新君敬慕之意。石碏曰："新主相召，欲何为也？"石厚曰："只为人心未和，恐君位不定，欲求父亲决一良策。"石碏曰："诸侯即位，以禀命于王朝为正。新王若能觐周，得周王锡以黻 fú 冕 古代祭服车服，奉命为君，国人更有何说？"石厚曰："此言甚当，但无故入朝，周王必然起疑，必先得人通情于王方可。"石碏曰："今陈侯忠顺周王，朝聘不缺，王甚嘉宠之。吾国与陈素相亲睦，近又有借兵之好。若新主亲往朝陈，央陈侯通情周王，然后入觐，有何难哉？"石厚即将父碏之言述于州吁，州吁大喜。当备玉帛礼仪，命上大夫石厚护驾，往陈国进发。

石碏与陈国大夫子鍼，素相厚善，乃割指沥血，写下一书，密遣心腹人，竟到子鍼处，托彼呈达陈桓公。书曰：

外臣石碏百拜致书陈贤侯殿下：卫国褊①小，天降重殃，不幸有弑君之祸。此虽逆弟州吁所为，实臣之逆子厚贪位助桀。二逆不诛，乱臣贼子行将接踵于天下矣！老夫年耄，力不能制，负罪先公。今二逆

---

① 褊（biǎn）：狭小。

联车入朝上国，实出老夫之谋。幸上国拘执正罪，以正臣子之纲。实天下之幸，不独臣国之幸也！

陈桓公看毕，问子鍼曰："此事如何？"子鍼对曰："卫之恶，犹陈之恶。今之来陈，乃自送死，不能纵之。"桓公曰："善。"遂定下擒州吁之计。

却说州吁同石厚到陈，尚未知石碏之谋，一君一臣昂然而入。陈侯使公子佗出郭迎接，留于客馆安置，遂致陈侯之命，请来日太庙中相见。州吁见陈侯礼意殷勤，不胜之喜。次日，设庭燎庭中照明的火炬于太庙，陈桓公立于主位，左侯右相，摆列得甚是整齐。石厚先到，见太庙门首立着白牌一面，上写："为臣不忠，为子不孝者，不许入庙！"石厚大惊，问大夫子鍼曰："立此牌者何意？"子鍼曰："此吾先君之训，吾君不敢忘也。"石厚遂不疑。须臾，州吁驾到，石厚导引下车，立于宾位。侯相启请入庙。州吁佩玉秉圭，方欲鞠躬行礼，只见子鍼立于陈侯之侧，大声喝曰："周天子有命：'只拿弑君贼州吁、石厚二人，余人俱免。'"说声未毕，先将州吁擒下。石厚急拔佩剑，一时着忙，不能出鞘，只用手格斗，打倒二人。庙中左右壁厢，俱伏有甲士，一齐拢来，将石厚绑缚。从车兵众，尚然在庙外观望。子鍼将石碏来书宣扬一遍，众人方知吁、厚被擒，皆石碏主谋，假手于陈，天理当然，遂纷然而散。史官有诗叹曰：

> 州吁昔日佚桓公，今日朝陈受祸同。
>
> 屈指为君能几日，好将天理质苍穹。

陈侯即欲将吁、厚行戮正罪。群臣皆曰："石厚乃石碏亲子，未知碏意如何。不若请卫自来议罪，庶无后言这样才可以不受人背后议论。"陈侯曰："诸卿之言是也。"乃将君臣二人，分作两处监禁，州吁因于濮 pú 邑，石厚因于本国，使其音信隔绝。遣人星夜驰报卫国，竟投石碏。

却说石碏自告老之后，未曾出户，见陈侯有使命奉命传信的使者至，即命舆人驾车伺候，一面请诸大夫朝中相见，众各骇然。石碏亲到朝中，会集百官，方将陈侯书信启看。知吁、厚已拘执在陈，专等卫大夫到，公同议罪。百官齐声曰："此社稷大计，全凭国老主持。"石碏曰："二逆罪俱不赦，明正典刑，以谢先灵，谁肯往任其事？"右宰丑曰："乱臣贼子，人得而诛之！丑虽不才，窃有公愤。逆吁之戮，丑当莅之。"诸大夫皆曰："右宰足办此事矣。但首恶州吁既已正法，石厚从逆，可从轻议。"石碏大怒曰："州吁之恶，皆逆子所酿成。诸君请从轻典，得无疑我有舐犊之私乎？老夫当亲自一行，手诛此贼。不然无面目见先人之庙也！"家臣獳羊肩曰："国老不必发怒，某当代往。"石

碏乃使右宰丑往濮莅杀州吁，獳 nòu 羊肩往陈莅杀石厚。一面整备法驾，迎
公子晋于邢。左丘明修传至此，称石碏为大义而灭亲，真纯臣也！史臣
诗曰：

> 公义私情不两全，甘心杀子报君冤。
>
> 世人溺爱偏多昧，安得芳名寿万年。

陇西居士又有诗，言石碏不先杀石厚，正为今日并杀州吁之地。诗曰：

> 明知造逆有根株，何不先将逆子除。
>
> 自是老臣怀远虑，故留子厚误州吁。

　　再说右宰丑同獳羊肩同造陈都，先谒见陈桓公，谢其除乱之恩，然后分
头干事。右宰丑至濮，将州吁押赴市曹。州吁见丑大呼曰："汝吾臣也，何敢
犯吾？"右宰丑曰："卫先有臣弑君者，吾效之耳。"州吁俯首受刑。獳羊肩往
陈都，莅杀石厚。石厚曰："死吾分内，愿上囚车，一见父亲之面，然后就死。"
獳羊肩曰："吾奉汝父之命，来诛逆子，汝如念父，当携汝头相见也。"遂拔剑
斩之。公子晋自邢归卫，以诛吁告于武宫，重为桓公发丧，即侯位，是为宣
公。尊石碏为国老，世世为卿，从此陈、卫益相亲睦。

　　却说郑庄公见五国兵解，正欲遣人打探长葛消息，忽报："公子冯自长葛
逃回，在朝门外候见。"庄公召而问之，公子冯诉言："长葛已被宋兵打破，占
据了城池，逃命到此，乞求覆护保护！"言罢痛哭不已。庄公抚慰一番，仍令冯
住居馆舍，厚其廪饩 lǐn xì 由公家供给的饮食等物资。不一日，闻州吁被杀于濮，卫
已立新君，庄公乃曰："州吁之事，与新君无干。但主兵伐郑者，宋也，寡人当
先伐之。"乃大集群臣，问以伐宋之策。祭足进曰："前者五国连兵伐郑，今我
若伐宋，四国必惧，合兵救宋，非胜算也。为今之计，先使人请成讲和于陈，再
以利结鲁。若鲁、陈结好，则宋势孤矣。"庄公从之，遂遣使如陈请成。陈侯
不许，公子佗谏曰："亲仁善邻，国之宝也。郑来讲好，不可违之。"陈侯曰：
"郑伯狡诈不测，岂可轻信？不然，宋、卫皆大国，不闻讲和，何乃先及我国？
此乃离间之计也。况我曾从宋伐郑，今与郑成，宋国必怒，得郑失宋，有何利
焉？"遂却郑使不见。庄公见陈不许成，怒曰："陈所恃者，宋、卫耳。卫乱初
定，自顾不暇，岂能为人？俟我结好鲁国，当合齐、鲁之众，先报宋仇，次及于
陈，此破竹之势也。"祭 zhài 足奏曰："不然，郑强陈弱，请成自我，陈必疑离间
之计，所以不从。若命边人乘其不备，侵入其境，必当大获。因使舌辩之士，
还其俘获，以明不欺，彼必听从。平陈之后，徐议伐宋为当。"庄公曰："善。"
乃使两鄙宰率徒兵五千，假装出猎，潜入陈界，大掠男女辎重，约百余车。陈

疆吏申报桓公,桓公大惊,正集群臣商议,忽报:"有郑使颍考叔在朝门外,赍本国书求见,纳还俘获。"陈桓公问公子佗曰:"郑使此来如何?"公子佗曰:"通使美意,不可再却。"桓公乃召颍考叔进见。考叔再拜,将国书呈上。桓公启而观之,略曰:

> 寤生再拜奉书陈贤侯殿下:君方膺①王宠,寡人亦忝为王臣,理宜相好,共效屏藩②。近者请成不获,边吏遂妄疑吾二国有隙,擅行侵掠。寡人闻之,卧不安枕。今将所俘人口辎重尽数纳还,遣下臣颍考叔谢罪。寡人愿与君结兄弟之好,惟君许焉。

陈侯看毕,方知郑之修好,出于至诚。遂优礼颍考叔,遣公子佗报聘,自是陈、郑和好。

郑庄公谓祭足曰:"陈已平矣,伐宋奈何?"祭足奏曰:"宋爵尊国大,王朝且待以宾礼,不可轻伐。主公向欲朝觐,只因齐侯约会石门,又遇州吁兵至,耽搁至今。今日宜先入周,朝见周王,然后假称王命,号召齐、鲁,合兵加宋。兵至有名,往无不胜矣。"郑庄公大喜曰:"卿之谋事,可谓万全。"时周桓王即位已三年矣。庄公命世子忽监国,自与祭足如周,朝见周王。

正值冬十一月朔,乃贺正恭贺新年之期。周公黑肩劝王加礼于郑,以劝列国。桓王素不喜郑,又想起侵夺麦禾之事,怒气勃勃,谓庄公曰:"卿国今岁收成何如?"庄公对曰:"托赖吾王如天之福,水旱不侵。"桓王曰:"幸而有年,温之麦,成周之禾,朕可留以自食矣。"庄公见桓王言语相侵,闭口无言,当下辞退。桓王也不设宴,也不赠贿,使人以黍米十车遗之曰:"聊以为备荒之资。"庄公甚悔此来,谓祭足曰:"大夫劝寡人入朝,今周王如此怠慢,口出怨言,以黍米见讪shàn受到讥笑。寡人欲却而不受,当用何辞?"祭足对曰:"诸侯所以重郑者,以世为卿士,在王左右也。王者所赐,不论厚薄,总曰天宠。主公若辞而不受,分明与周为隙。郑既失周,何以取重于诸侯乎?"正议论间,忽报周公黑肩相访,私以彩缯二车为赠,言语之际,备极款曲应酬非常周到,良久辞去。庄公问祭足曰:"周公此来何意?"祭足对曰:"周王有二子,长曰沱,次曰克。周王宠爱次子,属周公使辅翼之,将来必有夺嫡之谋。故周公今日先结好我国,以为外援。主公受其彩缯,正有用处。"庄公曰:"何用?"祭足曰:"郑之朝王,邻国莫不知之。今将周公所赠彩帛,分布于十车之上,外用锦袱覆盖。出都之日,宣言'王赐',再加彤弓弧矢,假说:'宋公久缺朝贡,

---

①膺(yīng):受到,蒙受。　②屏藩:护卫的藩国。

主公亲承王命,率兵讨之。'以此号召列国,责以从兵,有不应者,即系抗命。重大其事,诸侯必然信从。宋虽大国,其能当奉命之师乎!"庄公拍祭足肩曰:"卿真智士也! 寡人一一听卿而行。"陇西居士咏史诗曰:

彩缯禾黍不相当,无命如何假托王?

毕竟虚名能动众,睢阳行作战争场。

庄公出了周境,一路宣扬王命,声播宋公不臣之罪,闻者无不以为真。这话直传至宋国,宋殇公心中惊惧,遣使密告于卫宣公。宣公乃纠合齐僖公,欲与宋、郑两国讲和,约定月日,在瓦屋之地相会,歃血订盟,各释旧憾。宋殇公使人以重币遗卫,约先期在犬邱一面,商议郑事,然后并驾至于瓦屋。齐僖公亦如期而至,惟郑庄公不到。齐侯曰:"郑伯不来,和议败矣。"便欲驾车回国,宋公强留与盟。齐侯外虽应承,中怀观望之意。惟宋、卫交情已久,深相结纳而散。是时周桓王欲罢郑伯之政,以虢公忌父代之。周公黑肩力谏,乃用忌父为右卿士,任以国政。郑伯为左卿士,虚名而已。庄公闻之,笑曰:"料周王不能夺吾爵也。"后闻齐、宋合党,谋于祭足。祭足对曰:"齐、宋原非深交,皆因卫侯居间纠合,虽然同盟,实非本心。主公今以王命并布于齐、鲁,即托鲁侯纠合齐侯,协力讨宋。鲁与齐连壤,世为婚姻,鲁侯同事,齐必不违。蔡、卫、郕 chéng、许诸国亦当传檄召之,方见公讨。有不赴者,移师伐之。"庄公依计,遣使至鲁,许以用兵之日,侵夺宋地尽归鲁国。公子翚乃贪横之徒,欣然诺之。奏过鲁君,转约齐侯,与郑在中邱取齐。齐侯使其弟夷仲年为将,出车三百乘,鲁侯使公子翚为将,出车二百乘,前来助郑。

郑庄公亲统着公子吕、高渠弥、颍考叔、公孙阏等一班将士,自为中军。建大纛一面,名曰"蝥 máo 弧",上书"奉天讨罪"四大字,以辂 lù 车大车载之。将彤弓弧矢悬于车上,号为卿士讨罪。夷仲年将左军,公子翚将右军,扬威耀武,杀奔宋国。公子翚先到老挑地方,守将引兵出迎,被公子翚奋勇当先,只一阵,杀得宋兵弃甲曳兵,逃命不迭,被俘者二百五十余人。公子翚将捷书飞报郑伯,就迎至老挑下寨。相见之际,献上俘获。庄公大喜,称赞不绝口,命幕府填上第一功。杀牛犒士,安歇三日,然后分兵进取。命颍考叔同公子翚领兵攻打郜 gào 城,公子吕接应;命公孙阏同夷仲年领兵攻打防城,高渠弥接应。将老营安扎老挑,专听报捷。

却说宋殇公闻三国兵已入境,惊得面如土色,急召司马孔父嘉问计。孔父嘉奏曰:"臣曾遣人到王城打听,并无伐宋之命。郑托言奉命,非真命也,齐、鲁特堕其术中耳。然三国既合,其势诚不可争锋。为今之计,惟有一策,可令郑不战而退。"殇公曰:"郑已得利,肯遽退乎?"孔父嘉曰:"郑假托王命,遍召列国,今相从者,惟齐、鲁两国耳。东门之役,宋、蔡、陈、鲁同事。鲁贪郑赂,陈与郑平,皆入郑党,所不致者,蔡、卫也。郑君亲将在此,车徒_{战车}和步卒必盛,其国空虚。主公诚以重赂,遣使告急于卫,使纠合蔡国,轻兵袭郑。郑君闻己国受兵,必返旆 pèi 旗帜自救。郑师既退,齐、鲁能独留乎?"殇公曰:"卿策虽善,然非卿亲往,卫兵未必即动。"孔父嘉曰:"臣当引一枝兵,为蔡乡导。"

殇公即简车徒二百乘,命孔父嘉为将,携带黄金、白璧、彩缎等物,星夜来到卫国,求卫君出师袭郑。卫宣公受了礼物,遣右宰丑率兵同孔父嘉从间道出其不意直逼荥阳。世子忽同祭足急忙传令守城,已被宋、卫之兵在郭外大掠一番,掳去人畜辎重无算。右宰丑便欲攻城,孔父嘉曰:"凡袭人之兵,不过乘其无备,得利即止,若顿师驻扎_{军队}坚城之下,郑伯还兵来救,我腹背受敌,是坐困耳。不若借径于戴,全军而返。度我兵去郑之时,郑君亦当去宋矣。"右宰丑从其言,使人假道于戴。戴人疑其来袭己国,闭上城门,授兵登陴 pí 城垛。孔父嘉大怒,离戴城十里,同右宰丑分作前后两寨,准备攻城。戴人固守,屡次出城交战,互有斩获。孔父嘉遣使往蔡国乞兵相助,不在话下。此时颍考叔等已打破郜城,公孙阏等亦打破防城,各遣人于郑伯老营报捷。恰好世子忽告急文书到来。不知郑伯如何处置,再看下回分解。

公孫
關爭車
射考
州

公子章歡詐賊隈公

第七回　公孙阀争车射考叔　公子翚献谄贼隐公

话说郑庄公得了世子忽告急文书，即时传令班师。夷仲年、公子翚等，亲到老营来见郑伯曰："小将等乘胜正欲进取，忽闻班师之命，何也？"庄公奸雄多智，隐下宋、卫袭郑之事，只云："寡人奉命讨宋，今仰仗上国兵威，割取二邑，已足当削地之刑矣。宾王上爵宋为殷商之后，故称宾王，为公爵，为五等爵位中最上等，王室素所尊礼，寡人何敢多求？所取郜、防两邑，齐、鲁各得其一，寡人毫不敢私。"夷仲年曰："上国以王命征师，敝邑奔走恐后，少效微劳，礼所当然，决不敢受邑。"谦让再三。庄公曰："既公子不肯受地，二邑俱奉鲁侯，以酬公子老挑首功之劳。"公子翚更不推辞，拱手称谢。另差别将，领兵分守郜、防二邑，不在话下。庄公大犒三军，临别与夷仲年、公子翚刑牲而盟："三国同患相恤，后有军事，各出兵车为助。如背此言，神明不宥！"

单说夷仲年归国，见齐僖公，备述取防之事。僖公曰："石门之盟，有事相偕，今虽取邑，理当归郑。"夷仲年曰："郑伯不受，并归鲁侯矣。"僖公以郑伯为至公，称叹不已。再说郑伯班师，行至中途，又接得本国文书一道，内称："宋、卫已移兵向戴矣。"庄公笑曰："吾固知二国无能为也。然孔父嘉不知兵，乌有自救而复迁怒者？吾当以计取之。"乃传令四将，分为四队，各各授计，衔枚卧鼓行军时口中衔着枚，停止敲鼓，以防出声，并望戴国进发。

再说宋、卫合兵攻戴，又请得蔡国领兵助战，满望一鼓成功，忽报："郑国遣上将公子吕领兵救戴，离城五十里下寨。"右宰丑曰："此乃石厚手中败将，全不耐战，何足惧哉！"少顷，又报："戴君知郑兵来救，开门接入去了。"孔父嘉曰："此城唾手可得，不意郑兵相助，又费时日，奈何？"右宰丑曰："戴既有帮手，必然合兵索战。你我同升壁垒，察城中之动静，好做准备。"二将方在壁垒之上，指手画脚，忽听连珠炮响，城上遍插郑国的旗号，公子吕全装披挂，倚着城楼外槛，高声叫曰："多赖三位将军气力，寡君已得戴城，多多致谢！"原来郑庄公设计，假称公子吕领兵救戴，其实庄公亲在戎车之中，只要哄进戴城，就将戴君逐出，并了戴国之军。城中连日战守困倦，素闻郑伯威名，谁敢抵敌？几百世相传之城池，不劳余力，归于郑国。戴君引了宫眷，投奔西秦去了。

孔父嘉见郑伯白占了戴城，忿气填胸，将兜鍪 móu 古代战士的头盔 掷地曰："吾今日与郑誓不两立！"右宰丑曰："此老奸最善用兵，必有后继，倘内外夹攻，吾辈危矣。"孔父嘉曰："右宰之言，何太怯也！"正说间，忽报城中着人下战书。孔父嘉即批来日决战。一面约会卫、蔡二国，要将三路军马齐退后二十里，以防冲突。孔父嘉居中，蔡、卫左右营，离隔不过三里。立寨甫毕，喘息未定，忽闻寨后一声炮响，火光接天，车声震耳。谍者报："郑兵到了。"孔父嘉大怒，手持方天画戟 古代的一种兵器，登车迎敌。只见车声顿息，火光俱灭了。才欲回营，左边炮声又响，火光不绝。孔父嘉出营观看，左边火光又灭，右边炮响连声，一片火光，隐隐在树林之外。孔父嘉曰："此老奸疑军之计。"传令："乱动者斩！"少顷，左边火光又起，喊声震地，忽报左营蔡军被劫。孔父嘉曰："吾当亲往救之。"才出营门，只见右边火光复炽，正不知何处军到。孔父嘉喝教御人只顾推车向左，御人着忙，反推向右去。遇着一队兵车，互相击刺，约莫更余，方知是卫国之兵。彼此说明，合兵一处，同到中营，那中营已被高渠弥据了。急回辕时，右有颖考叔，左有公孙阏，两路兵到。公孙阏接住右宰丑，颖考叔接住孔父嘉，做两队厮杀。东方渐晓，孔父嘉无心恋战，夺路而走，遇着高渠弥，又杀一阵。孔父嘉弃了乘车，跟随者止存二十余人，徒步奔脱。右宰丑阵亡。三国车徒，悉为郑所俘获。所掳郑国郊外人畜辎重，仍旧为郑所有。此庄公之妙计也。史官有诗云：

> 主客雌雄尚未分，庄公智计妙如神。
>
> 分明鹬蚌相持势，得利还归结网人。

庄公得了戴城，又兼了三国之师，大军奏凯，满载而归。庄公大排筵宴，款待从行诸将。诸将轮番献卮 zhī 盛酒的器具 上寿。庄公面有德色，举酒沥地曰："寡人赖天地祖宗之灵，诸卿之力，战则必胜，威加上公，于古之方伯如何？"群臣皆称千岁，惟颖考叔嘿然。庄公睁目视之，考叔奏曰："君言失矣。夫方伯者，受王命为一方诸侯之长，得专征伐，令无不行，呼无不应。今主公托言王命，声罪于宋，周天子实不与闻。况传檄征兵，蔡、卫反助宋侵郑，郕、许小国，公然不至。方伯之威，固如是乎？"庄公笑曰："卿言是也。蔡、卫全军覆没，已足小惩。今欲问罪郕、许，二国孰先？"颖考叔曰："郕邻于齐，许邻于郑。主公既欲加以违命之名，宜正告其罪，遣一将助齐伐郕，请齐兵同来伐许。得郕则归之齐，得许则归之郑，庶不失两国共事之谊。俟事毕，献捷于周，亦可遮饰四方之耳目。"庄公曰："善！但当次第行之。"乃先遣使将问罪郕、许之情，告于齐侯。齐侯欣然听允。遣夷仲年将兵伐郕，郑遣大将公子吕率兵助之，直入其都。郕人大惧，请成于齐，齐侯受之。就遣使跟随公子吕到郑，叩问伐许之期。庄公约齐侯在时来地方会面，转央齐侯去订鲁侯同事，时周桓王八年之春也。公子吕途中得病归国，未几而死。庄公哭之恸曰："子封不禄，吾失右臂矣！"乃厚恤其家，录其弟公子元为大夫。时正卿位缺，庄公欲用高渠弥，世子忽密谏曰："渠弥贪而狠，非正人也，不可重任。"庄公点首，乃改用祭足为上卿，以代公子吕之位，高渠弥为亚卿，不在话下。

且说是夏，齐、鲁二侯皆至时来，与郑伯面订师期。以秋七月朔，在许地取齐，二侯领命而别。郑庄公回国，大阅军马，择日祭告于太宫，聚集诸将于教场。重制"蝥弧"大旗，建于大车之上，用铁绾 wǎn 系结之。这大旗以锦为之，锦方一丈二尺，缀金铃二十四个，旗上绣"奉天讨罪"四大字，旗竿长三丈三尺。庄公传令："有能手执大旗，步履如常者，拜为先锋，即以辂 lù 车赐之。"言未毕，班中走出一员大将，头带银盔，身穿紫袍金甲，生得黑面虬须，浓眉大眼。众视之，乃大夫瑕叔盈也。上前奏曰："臣能执之。"双手拔起旗竿，紧紧握定，上前三步，退后三步，仍竖立车中，略不气喘。军士无不喝采。瑕叔盈大叫："御人何在？为我驾车！"方欲谢恩，班中又走出一员大将，头带雉冠，绿锦抹额，身穿绯袍犀甲，口称："执旗展步，未为希罕，臣能舞之。"众人上前观看，乃大夫颍考叔也。御者见考叔口出大言，便不敢上前，且立住脚观看。只见考叔左手撩衣，将右手打开铁绾，从背后倒拔那旗，踊身一跳，那旗竿早拔起到手。忙将左手搭住，顺势打个转身，将右手托起，左旋右转，如长枪一般，舞得呼呼的响。那面旗卷而复舒，舒而复卷，观者尽皆骇然。庄公大喜曰："真虎臣也！当受此车为先锋。"言犹未毕，班中又走出一员少年将军，面如傅粉，唇若涂朱，头带束发紫金冠，身穿织金绿袍，指着考叔大喝道："你能舞旗，偏我不会舞，这车且留下！"大踏步上前。考叔见他来势凶猛，一手抱着旗竿，一手挟着车辕，飞也似跑去了。那少年将军不舍，在兵器架上掉起一柄方天画戟，随后赶出教场。将至大路，庄公使大夫，公孙获传语解劝。那将军见考叔已去远，恨恨而返，曰："此人藐我姬姓无人，吾必杀之！"那少年将军是谁？乃是公族大夫，名唤公孙阏，字子都，乃男子中第一的美色，为郑庄公所宠。孟子云："不知子都之姣者，无目者也。"正是此人。平日恃宠骄横，兼有勇力，与考叔素不相睦。当下回转教场，兀自怒气勃勃。庄公夸奖其勇曰："二虎不得相斗，寡人自有区处。"另以车马赐公孙阏，并赐瑕叔盈。两个各各谢恩而散。髯翁有诗云：

军法从来贵整齐，挟辕拔戟敢胡为。

郑庭虽是多骁勇，无礼之人命必危。

　　至七月朔日，庄公留祭足同世子忽守国，自统大兵望许城进发。齐、鲁二侯已先在近城二十里下寨等候。三君相见叙礼，让齐侯居中，鲁侯居右，郑伯居左。是日，庄公大排筵席，以当接风。齐侯袖中出檄书一纸，书中数许男不共职贡不按职责进贡之罪，今奉王命来讨。鲁、郑二君俱看过，一齐拱手曰："必如此，师出方为有名。"约定来日庚辰协力攻城，先遣人将讨檄射进城去。

　　次早三营各各放炮起兵。那许本男爵，小小国都，城不高，池不深，被三国兵车密密扎扎，围得水泄不漏，城内好生惊怕。只因许庄公是个有道之君，素得民心，愿为固守，所以急切未下。齐、鲁二君原非主谋，不甚用力，到底是郑将出力，人人奋勇，个个夸强。就中颍考叔因公孙阏夺车一事，越要施逞手段。到第三日壬午，考叔在巢通"辒"，瞭望车车上，将"蝥弧"大旗挟于胁下，踊身一跳，早登许城。公孙阏眼明手快，见考叔先已登城，忌其有功，在人丛中认定考叔，飕的发一冷箭。也是考叔合当命尽，正中后心，从城上连旗倒跌下来。瑕叔盈只道考叔为守城军士所伤，一股愤气，太阳中迸出火星，就地取过大旗，一踊而上，绕城一转，大呼："郑君已登城矣！"众军士望见绣旗飘扬，认郑伯真个登城，勇气百倍，一齐上城，砍开城门，放齐、鲁之兵入来。随后三君并入，许庄公易服，杂于军民中，逃奔卫国去了。

　　齐侯出榜安民，将许国土地让与鲁侯，鲁隐公坚辞不受。齐僖xī公曰："本谋出郑，既鲁侯不受，宜归郑国。"郑庄公满念贪许，因见齐、鲁二君交让，只索佯推假逊假装推辞谦让。正在议论之际，传报："有许大夫百里引着一个小儿求见。"三君同声唤入。百里哭倒在地，叩首乞哀："愿延太岳一线之祀。"齐侯同："小儿何人？"百里曰："吾君无子，此君之弟名新臣。"齐、鲁二侯各凄然有怜悯之意。郑庄公见景生情，将计就计，就转口曰："寡人本迫于王命，从君讨罪，若利其土地，非义举也。今许君虽窜，其世祀不可灭绝。既其弟见在，且有许大夫可托，有君有臣，当以许归之。"百里曰："臣止为君亡国破，求保全六尺之孤耳。土地已属君掌握，岂敢复望！"郑庄公曰："吾之复许，乃真心也。恐叔年幼，不任国事，寡人当遣人相助。"乃分许为二：其东偏，使百里奉新臣以居之。其西偏，使郑大夫公孙获居之。名为助许，实是监守一般。齐、鲁二侯不知是计，以为处置妥当，称善不已。百里同许叔拜谢了三君，三君亦各自归国。髯翁有诗单道郑庄公之诈，诗曰：

残忍全无骨肉恩，区区许国有何亲。

二偏分处如监守，却把虚名哄外人。

许庄公老死于卫。许叔在东偏受郑制缚，直待郑庄公薨后，公子忽、突相争数年，突入而复出，忽出而复入，那时郑国扰乱，公孙获病死，许叔方才与百里用计，乘机潜入许都，复整宗庙，此是后话。

再说郑庄公归国，厚赏瑕叔盈，思念颍考叔不置不止。深恨射考叔之人，而不得其名，乃使从征之众，每百人为卒，出猪一头，二十五人为行háng，出犬鸡各一只，召巫史为文，以咒诅之。公孙阏暗暗匿笑。如此咒诅，三日将毕，郑庄公亲率诸大夫往观。才焚祝文，只见一人蓬首垢面，径造郑伯面前，跪哭而言曰："臣考叔先登许城，何负于国？被奸臣子都挟争车之仇，冷箭射死。臣已得请于上帝，许偿臣命。蒙主君垂念，九泉怀德！"言讫，以手自探其喉，喉中喷血如注，登时气绝。庄公认得此人是公孙阏，急使人救之，已呼唤不醒。原来公孙阏被颍考叔附魂索命，自诉于郑伯之前，到此方知射考叔者即阏也。郑庄公嗟叹不已。感考叔之灵，命于颍谷立庙祀之。今河南府登封县即颍谷故地，有颍大夫庙，又名纯孝庙，洧wěi川亦有之。陇西居士有诗讥庄公云：

争车方罢复伤身，乱国全然不忌君。

若使群臣知畏法，何须鸡犬黩神明。

庄公又分遣二使，将礼币往齐、鲁二国称谢。齐国无话。单说所遣鲁国使臣回来，缴上礼币，原书不启。庄公问其缘故，使者奏曰："臣方入鲁境，闻知鲁侯被公子翚所弑，已立新君。国书不合，不敢轻投。"庄公曰："鲁侯谦让宽柔，乃贤君也，何以见弑？"使者曰："其故臣备闻之。鲁先君惠公元妃早薨，宠妾仲子立为继室，生子名轨，欲立为嗣。鲁侯乃他妾之子也。惠公薨，群臣以鲁侯年长，奉之为君。鲁侯承父之志，每言：'国乃轨之国也，因其年幼，寡人暂时居摄耳。'子翚求为太宰之官，鲁侯曰：'俟轨居君位，汝自求之。'公子翚反疑鲁侯有忌轨之心，密奏鲁侯曰：'臣闻"利器入手，不可假人"。主公已嗣爵为君，国人悦服，千岁而后，便当传之子孙。何得以居摄为名，起人非望？今轨年长，恐将来不利于主，臣请杀之，为主公除此隐忧何如？'鲁侯掩耳曰：'汝非痴狂，安得出此乱言！吾已使人于菟tú裘筑下宫室，为养老计，不日当传位于轨矣。'翚默然而退，自悔失言。诚恐鲁侯将此一段话告轨，轨即位，必当治罪。黄yín夜往见轨，反说：'主公见汝年齿渐长，恐来争位。今日召我入宫，密嘱行害于汝。'轨惧而问计，翚曰：'他无仁，我无义。公子必欲免祸，非行大事不可。'轨曰：'彼为君已十一年矣，臣民信服。

若大事不成，反受其殃。'翚曰：'吾已为公子定计矣。主公未立之先，曾与郑
君战狐壤，被郑所获，因于郑大夫尹氏之家。尹氏素奉祀一神，名曰钟巫。
主公暗地祈祷，谋逃归于鲁国。卜卦得吉，乃将实情告于尹氏。那时尹氏正
不得志于郑，乃与主公共逃至鲁。遂立钟巫之庙于城外，每岁冬月，必亲自
往祭。今其时矣。祭则必馆于寪wěi大夫之家，吾预使勇士充作徒役，杂居
左右，主公不疑。俟其睡熟刺之，一夫之力耳。'轨曰：'此计虽善，然恶名何
以自解？'翚曰：'吾预嘱勇士潜逃，归罪于寪大夫，有何不可？'子轨下拜曰：
'大事若成，当以太宰相屈。'子翚如计而行，果弑鲁侯。今轨已嗣为君，翚为
太宰，讨寪氏以解罪。国人无不知之，但畏翚权势，不敢言耳。"庄公乃问于
群臣曰："讨鲁与和鲁，二者孰利？"祭仲曰："鲁、郑世好，不如和之，臣料鲁国
不日有使命至矣。"言未毕，鲁使已及馆驿。庄公使人先叩其来意。言："新
君即位，特来修先君之好，且约两国君面会订盟。"庄公厚礼其使，约定夏四
月中，于越地相见，歃血立誓，永好无渝，自是鲁、郑信使不绝。时周桓王之
九年也。

　　髯翁读史至此，论公子翚兵权在手，伐郑伐宋，专行无忌，逆端已见；及
请杀弟轨，隐公亦谓其乱言矣。若暴明揭露，显露其罪，肆诸市朝，弟轨亦必感
德。乃告以让位，激成弑逆之恶，岂非优柔不断，自取其祸。有诗叹云：

　　　　跋扈将军素横行，履霜全不戒坚冰。

　　　　菟裘空筑人难老，寪氏谁为抱不平？

又有诗讥钟巫之祭无益。诗曰：

　　　　狐壤逃归庙额题，年年设祭报神私。

　　　　钟巫灵感能相助，应起天雷击子翚！

　　却说宋穆公之子冯，自周平王末年奔郑，至今尚在郑国。忽一日传言：
"有宋使至郑迎公子冯回国，欲立为君。"庄公曰："莫非宋君臣哄冯回去，欲
行杀害？"祭仲曰："且待接见使臣，自有国书。"不知书中如何，且看下回
分解。

立新君華韐行賂

敗戎兵鄭忽辭昏

第八回　立新君华督行赂　败戎兵郑忽辞婚

话说宋殇公与夷自即位以来,屡屡用兵,单说伐郑,已是三次了。只为公子冯在郑,故忌而伐之。太宰华督素与公子冯有交,见殇公用兵于郑,口中虽不敢谏阻,心上好生不乐。孔父嘉是主兵之官,华督如何不怪他?每思寻端杀害,只为他是殇公重用之人,掌握兵权,不敢动手。自伐戴一出,全军覆没,孔父嘉只身逃归,国人颇有怨言,尽说:"宋君不恤百姓,轻师好战,害得国中妻寡子孤,户口耗减。"华督又使心腹人于里巷布散流言,说:"屡次用兵,皆出孔司马主意。"国人信以为然,皆怨司马,华督正中其怀。又闻说孔父嘉继室魏氏美艳非常,世无其比,只恨不能一见。忽一日,魏氏归宁_{已嫁女}_{子回家省亲},随外家出郊省墓。时值春月,柳色如烟,花光似锦,正士女踏青之候。魏氏不合揭起车幨_{xiān 车上的帷幔},偷觑外边光景。华督正在郊外游玩,蓦然相遇,询知是孔司马家眷,大惊曰:"世间有此尤物,名不虚传矣。"日夜思想,魂魄俱销。"若后房得此一位美人,足够下半世受用!除是杀其夫,方可以夺其妻。"繇此害嘉之谋益决。

时周桓王十年春蒐_{sōu 之期},孔父嘉简阅车马,号令颇严。华督又使心腹人在军中扬言:"司马又将起兵伐郑,昨日与太宰会议已定,所以今日治兵。"军士人人恐惧,三三两两俱往太宰门上诉苦,求其进言于君,休动干戈。华督故意将门闭紧,但遣阍_{hūn 人}于门隙中,以好言抚慰。军士求见愈切,人越聚得多了,多有带器械者。看看天晚,不得见太宰,呐喊起来。自古道:"聚人易,散人难。"华督知军心已变,衷甲佩剑而出,传命开门,教军士立定,不许喧哗。自己当门而立,先将一番假慈悲的话稳住众心,然后说:"孔司马主张用兵,殃民毒众。主君偏于信任,不从吾谏。三日之内,又要大举伐郑。宋国百姓何罪,受此劳苦!"激得众军士咬牙切齿,声声叫:"杀!"华督假意解劝:"你们不可造次,若司马闻知,奏知主公,性命难保!"众军士纷纷都道:"我们父子亲戚,连岁争战,死亡过半。今又大举出征,那郑国将勇兵强,如何敌得他过?左右是死,不如杀却此贼,与民除害,死而无怨!"华督又曰:"投鼠者当忌其器_{既想打老鼠,又怕打坏了器物,比喻做事有顾忌。}司马虽恶,实主公宠幸之臣,此事决不可行!"众军士曰:"若得太宰做主,便是那无道昏君,吾等也不怕他!"一头说,一头扯住华督袍袖不放,齐曰:"愿随太宰杀害民贼!"当下众军士帮助舆人驾起车来,华督被众军士簇拥登车,车中自有心腹紧随。一路呼哨,直至孔司马私宅,将宅子团团围住。华督吩咐:"且不要声张,待我叩门,于中取事。"其时黄昏将尽,孔父在内室饮酒,闻外面叩门声急,使人传问,说是:"华太宰亲自到门,有机密事相商。"孔父嘉忙整衣冠,出堂迎接。才启大门,外边一片声呐喊,军士蜂拥而入。孔父嘉心慌,却待转步,华督早已登堂,大叫:"害民贼在此,何不动手?"嘉未及开言,头已落地。华督自引心腹,直入内室,抢了魏氏,登车而去。魏氏在车中无计可施,暗解束带,自系其喉,比及到华氏之门,气已绝矣。华督叹息不已。吩咐载去郊外藁葬_{草草埋葬},严戒同行人从,不许宣扬其事。嗟乎! 不得一夕之欢,徒造万劫之怨,岂不悔哉! 众军士乘机将孔氏家私,掳掠馨尽_{全部},毫无剩余。孔父嘉止一子,名木金父,年尚幼,其家臣抱之奔鲁。后来以字为氏,曰孔氏,孔圣仲尼即其六世之孙也。

　　且说宋殇公闻司马被杀,手足无措。又闻华督同往,大怒,即遣人召之,欲正其罪。华督称疾不赴。殇公传令驾车,欲亲临孔父之丧。华督闻之,急召军正谓曰:"主公宠信司马,汝所知也。汝曹擅杀司马,乌得无罪? 先君穆公舍其子而立主公,主公以德为怨,任用司马,伐郑不休。今司马受戮,天理昭彰。不若并行大事,迎立先君之子,转祸为福,岂不美哉?"军正曰:"太宰之言,正合众意。"于是号召军士,齐伏孔氏之门,只等宋公一到,鼓噪而起,侍卫惊散,殇公遂死于乱军之手。华督闻报,衰服_{丧服}而至,举哀者再。乃鸣鼓以聚群臣,胡乱将军中一二人坐罪行诛,以掩众目。倡言:"先君之子冯_{píng},见在郑国,人心不忘先君,合当迎立其子。"百官唯唯而退。华督遂遣使往郑报丧,且迎公子冯,一面将宋国宝库中重器行赂各国,告明立冯之故。

　　且说郑庄公见了宋使,接了国书,已知来意。便整备法驾,送公子冯归宋为君。公子冯临行,泣拜于地曰:"冯之残喘,皆君所留,幸而返国,得延先祀。当世为陪臣,不敢贰心。"庄公亦为呜咽。公子冯回宋,华督奉之为君,是为庄公。华督仍为太宰,分赂各国,无不受纳。齐侯、鲁侯、郑伯同会于稷,以定宋公之位,使华督为相。史官有诗叹曰:

　　　　春秋篡弑叹纷然,宋鲁奇闻只隔年。

　　　　列国若能辞贿赂,乱臣贼子岂安眠。

又有诗单说宋殇公背义忌冯,今日见弑,乃天也。诗曰:

　　　　穆公让国乃公心,可恨殇公反忌冯。

今日殇亡冯即位，九泉羞见父和兄。

单表齐僖公自会稷回来，中途接得警报："今有北戎主，遣元帅大良、小良，帅戎兵一万来犯齐界，已破祝阿，直攻历下。守臣不能抵当，连连告急，乞主公速回。"僖公曰："北戎屡次侵扰，不过鼠窃狗偷而已。今番大举入犯，若使得利而去，将来北鄙必无宁岁。"乃分遣人于鲁、卫、郑三处借兵，一面同公子元、公孙戴仲等前去历城拒敌。

却说郑庄公闻齐有戎患，乃召世子忽谓曰："齐与郑同盟，且郑每用兵，齐必相从，今来乞师，宜速往救。"乃选车三百乘，使世子忽为大将，高渠弥副之，祝聃 dān 为先锋，星夜望齐国进发。闻齐僖公在历下，径来相见。时鲁、卫二国之师，尚未曾到。僖公感激无已，亲自出城犒军，与世子忽商议退戎之策。世子忽曰："戎用徒，易进亦易败；我用车，难败亦难进。然虽如此，戎性轻而不整轻躁散漫，贪而无亲，胜不相让，败不相救，是可诱而取也。况彼恃胜，必然轻进。若以偏师当敌，诈为败走，戎必来追，吾预伏兵以待之。追兵遇伏，必骇而奔，奔而逐之，必获全胜。"僖公曰："此计甚妙！齐兵伏于东，以遏其前；郑兵伏于北，以逐其后。首尾攻击，万无一失。"世子忽领命自去北路，分作两处埋伏去了。僖公召公子元授计："汝可领兵伏于东门，只等戎军来追，即忙杀出。"使公孙戴仲引一军诱敌："只要输不要赢，诱至东门伏兵之处，便算有功。"分拨已定，公孙戴仲开关搦战。戎帅小良持刀跃马，领着戎兵三千出寨迎敌。两下交锋约二十合，戴仲气力不加，回车便走，却不进北关，绕城向东路而去。小良不舍，尽力来追。大良见戎兵得胜，尽起大军随后。将近东门，忽然炮声大震，金鼓喧天，茨苇中都是伏兵，如蜂攒蝇集。小良急叫："中计！"拨回马头便走，反将大良后队冲动，立脚不牢，一齐都奔。公孙戴仲与公子元合兵追赶。大良吩咐小良上前开路，自己断后，且战且走。落后者俱被齐兵擒斩。戎兵行至鹊山，回顾追军渐远，喘息方定。正欲埋锅造饭，山坳里喊声大举，一枝军马冲出，口称："郑国上将高渠弥在此。"大良、小良慌忙上马，无心恋战，夺路奔逃，高渠弥随后掩杀。约行数里之程，前面喊声又起，却是世子忽引兵杀到，后面公子元率领齐兵亦至，杀得戎兵七零八落，四散逃命。小良被祝聃一箭正中脑袋，坠马而死。大良匹马溃围而出，正遇着世子忽戎车，措手不及，亦被世子忽斩之。生擒甲首三百，死者无算。世子忽将大良、小良首级并甲首，都解到齐侯军前献功。

僖公大喜曰："若非世子如此英雄，戎兵安得便退？今日社稷安靖，皆世子之所赐也！"世子忽曰："偶效微劳，何烦过誉？"于是僖公遣使止住鲁、卫之兵，免劳跋涉。命大排筵席，专待世子忽。席间又说起："小女愿备箕箒 jī zhǒu。"世子忽再三谦让。席散之后，僖公使夷仲年私谓高渠弥曰："寡君慕世子英雄，愿结姻好。前番遣使，未蒙见允。今日寡君亲与世子言之，世子执意不从，不知何意。大夫能玉成其事，请以白璧二双、黄金百镒 yì 为献。"高渠弥领命，来见世子，备道齐侯相慕之意："若谐婚好，异日得此大国相助，亦是美事。"世子忽曰："昔年无事之日，蒙齐侯欲婚我，我尚然不敢仰攀。今奉命救齐，幸而成功，乃受室而归，外人必谓我挟功求娶，何以自明？"高渠弥再三撺掇，只是不允。次日，齐僖公又使夷仲年来议婚，世子忽辞曰："未禀父命，私婚有罪。"即日辞回本国。齐僖公怒曰："吾有女如此，何患无夫？"

再说郑世子忽回国，将辞婚之事，禀知庄公。庄公曰："吾儿能自立功业，不患无良姻也。"祭足私谓高渠弥曰："君多内宠，公子突、公子仪、公子亹 wěi 三人，皆有觊觎 jì yú 非分的希望或企图之志。世子若结婚大国，犹可借其助援。齐不议婚，犹当请之，奈何自翦羽翼耶？吾子从行，何不谏之？"高渠弥曰："吾亦言之，奈不听何？"祭足叹息而去。髯翁有诗，单论子忽辞婚之事。诗曰：

> 丈夫作事有刚柔，未必辞婚便失谋。
>
> 试咏《载驱》并《敝笱》，鲁桓可是得长筹。

高渠弥素与公子亹相厚，闻祭足之语，益相交结。世子忽言于庄公曰："渠弥与子亹私通，往来甚密，其心不可测也。"庄公以世子忽之言，面责渠弥。渠弥讳言无有，转背即与子亹言之。子亹曰："吾父欲用汝为正卿，为世子所阻而止，今又欲断吾两人之往来。父在日犹然，若父百年之后，岂复能相容乎？"高渠弥曰："世子优柔不断，不能害人，公子勿忧也。"子亹与高渠弥自此与世子忽有隙，后来高渠弥弑忽立亹，盖本于此。

再说祭足为世子忽画策，使之结婚于陈，修好于卫："陈、卫二国方睦，若与郑成鼎足之势，亦足自固。"世子忽以为然。祭足乃言于庄公，遣使如陈求婚，陈侯从之。世子忽至陈，亲迎妫 guī 氏以归。鲁桓公亦遣使求婚于齐。只因齐侯将女文姜许婚鲁侯，又生出许多事来。要知后事，且看下回分解。

祝朝射周
王中肩

第九回　齐侯送文姜婚鲁　祝聃射周王中肩

话说齐僖公生有二女，皆绝色也。长女嫁于卫，即卫宣姜，另有表白在后。单说次女文姜，生得秋水为神，芙蓉如面，比花花解语，比玉玉生香，真乃绝世佳人，古今国色。兼且通今博古，出口成文，因此号为文姜。世子诸儿原是个酒色之徒，与文姜虽为兄妹，各自一母。诸儿长于文姜只二岁，自小在宫中同行同坐，觑耍顽皮。及文姜渐已长成，出落得如花似玉，诸儿已通情窦，见文姜如此才貌，况且举动轻薄，每有调戏之意。那文姜妖淫成性，又是个不顾礼义的人，语言戏谑，时及闾巷秽亵乡里之间的污秽之事，全不避忌。诸儿生得长身伟干，粉面朱唇，天生的美男子，与文姜倒是一对人品，可惜产于一家，分为兄妹，不得配合成双。如今聚于一处，男女无别，遂至并肩携手，无所不至。只因碍着左右宫人，单少得同衾贴肉了。也是齐侯夫妇溺爱子女，不预为防范，以致儿女成禽兽之行，后来诸儿身弑国危，祸皆由此。

自郑世子忽大败戎师，齐僖公在文姜面前，夸奖他许多英雄，今与议婚，文姜不胜之喜。及闻世子忽坚辞不允，心中郁闷，染成一疾，暮热朝凉，精神恍惚，半坐半眠，寝食俱废。有诗为证：

> 二八深闺不解羞，一桩情事锁眉头。
>
> 鸾凰不入情丝网，野鸟家鸡总是愁。

世子诸儿以候病为名，时时闯入闺中，挨坐床头，遍体抚摩，指问疾苦，但耳目之际，仅不及乱。一日，齐僖公偶到文姜处看视，见诸儿在房，责之曰："汝虽则兄妹，礼宜避嫌。今后但遣宫人致候，不必自到。"诸儿唯唯而出，自此相见遂稀。未儿，僖公为诸儿娶宋女，鲁、莒俱有媵 yìng 古代随嫁的女子和男子。诸儿爱恋新婚，兄妹踪迹益疏。文姜深闺寂寞，怀念诸儿，病势愈加，却是胸中展转，难以出口。正是："哑子漫尝黄柏味，自家有苦自家知。"有诗为证：

> 春草醉春烟，深闺人独眠。
>
> 积恨颜将老，相思心欲燃。
>
> 几回明月夜，飞梦到郎边。

却说鲁桓公即位之年，年齿已长，尚未聘有夫人。大夫臧孙达进曰："古者，国君年十五而生子。今君内主尚虚，异日主器主持祭祀，代指继位何望？非所以重宗庙也。"公子翚曰:"臣闻齐侯有爱女文姜,欲妻郑世子忽而不果,君盍求之?"桓公曰:"诺。"即使公子翚求婚于齐。齐僖公以文姜病中,请缓其期。宫人却将鲁侯请婚的喜信报知文姜。文姜本是过时思想之症,得此消息,心下稍舒,病觉渐减。及齐、鲁为宋公一事,共会于稷,鲁侯当面又以姻事为请。齐侯期以明岁。至鲁桓公三年,又亲至嬴地,与齐侯为会。齐僖公感其殷勤,许之。鲁侯遂于嬴地纳币,视常礼加倍隆重,僖公大喜,约定秋九月,自送文姜至鲁成婚。鲁侯乃使公子翚至齐迎女。齐世子诸儿闻文姜将嫁他国,从前狂心,不觉复萌,使宫人假送花朵于文姜,附以诗曰:

> 桃有华,灿灿其霞。当户不折,飘而为苴①。吁嗟兮复吁嗟!

文姜得诗,已解其情,亦复以诗曰:

> 桃有英,烨烨其灵。今兹不折,讵无来春?叮咛兮复叮咛!

诸儿读其答诗,知文姜有心于彼,想慕转切。

　　未几,鲁使上卿公子翚如齐,迎取文姜。齐僖公以爱女之故,欲亲自往送。诸儿闻之,请于父曰:"闻妹子将适鲁侯,齐、鲁世好,此诚美事。但鲁侯既不亲迎,必须亲人往送。父亲国事在身,不便远离,孩儿不才,愿代一行。"僖公曰:"吾已亲口许下自往送亲,安可失信?"说犹未毕,人报:"鲁侯停驾谨xuān邑,专候迎亲。"僖公曰:"鲁,礼义之国,中道迎亲,正恐劳吾入境,吾不可以不往。"诸儿默然而退,姜氏心中亦如有所失。其时,秋九月初旬,吉期已迫。文姜别过六宫妃眷,到东宫来别哥哥诸儿。诸儿整酒相待,四目相视,各不相舍,只多了元妃在坐。且其父僖公遣宫人守候,不能交言,暗暗嗟叹。临别之际,诸儿挨至车前,单道个:"妹子留心,莫忘'叮咛'之句。"文姜答言:"哥哥保重,相见有日。"齐僖公命诸儿守国,亲送文姜至谨,与鲁侯相见。鲁侯叙甥舅之礼,设席款待,从人皆有厚赐。僖公辞归,鲁侯引文姜到国成亲。一来,齐是个大国,二来,文姜如花绝色,鲁侯十分爱重。三朝见庙,大夫宗妇俱来朝见君夫人。僖公复使其弟夷仲年聘鲁,问候姜氏。自此齐、鲁亲密,不在话下。无名子有诗,单道文姜出嫁事。诗云:

> 从来男女慎嫌微,兄妹如何不隔离?
> 只为临歧言保重,致令他日玷中闱。

　　话分两头。再说周桓王自闻郑伯假命伐宋,心中大怒,竟使虢公林父独秉朝政,不用郑伯。郑庄公闻知此信,心怨桓王,一连五年不朝。桓王曰:

----

①苴(chá):枯草。

"郑寤生无礼甚矣！若不讨之，人将效尤学做坏事。朕当亲帅六军，往声其罪。"虢公林父谏曰："郑有累世卿士之劳，今日夺其政柄，是以不朝。且宜下诏征之，不必自往，以亵天威。"桓王忿然作色曰："寤生欺朕非止一次，朕与寤生誓不两立！"乃召蔡、卫、陈三国，一同兴师伐郑。是时陈侯鲍方薨，其弟公子佗字伍父，弑太子免而自立，谥鲍为桓公。国人不服，纷纷逃散。周使征兵，公子佗初即位，不敢违王之命，只得纠集车徒，遣大夫伯爰诸统领，望郑国进发，蔡、卫各遣兵从征。桓王使虢公林父将右军，以蔡、卫之兵属之；使周公黑肩将左军，陈兵属之；王自统大兵为中军，左右策应。

郑庄公闻王师将至，乃集诸大夫问计，群臣莫敢先应。正卿祭足曰："天子亲自将兵，责我不朝，名正言顺。不如遣使谢罪，转祸为福。"庄公怒曰："王夺我政权，又加兵于我，三世勤王之绩，付与东流。此番若不挫其锐气，宗社难保。"高渠弥曰："陈与郑素睦，其助兵乃不得已也。蔡、卫与我夙仇，必然效力。天子震怒自将，其锋不可当，宜坚壁以待之，俟其意怠，或战或和，可以如意。"大夫公子元进曰："以臣战君，于理不直，宜速不宜迟也。臣虽不才，愿献一计。"庄公曰："卿计如何？"子元曰："王师既分为三，亦当为三军以应之。左右二师皆结方阵，以左军当其右军，以右军当其左军，主公自率中军以当王。"庄公曰："如此可必胜乎？"子元曰："陈佗弑君新立，国人不顺，勉从征调，其心必离。若令右军先犯陈师，出其不意，必然奔窜。再令左军径奔蔡、卫，蔡、卫闻陈败，亦将溃矣。然后合兵以攻王卒，万无不胜。"庄公曰："卿料敌如指掌，子封不死矣。"正商议间，疆吏报："王师已至繻xū葛，三营联络不断。"庄公曰："但须破其一营，余不足破也。"乃使大夫曼伯引一军为右拒，使正卿祭足引一军为左拒，自领上将高渠弥、原繁、瑕叔盈、祝聘等，建"蝥弧"大旗于中军。祭足进曰："'蝥弧'所以胜宋、许也。'奉天讨罪'，以伐诸侯则可，以伐王则不可。"庄公曰："寡人思不及此。"即命以大旆易之，仍使瑕叔盈执掌。其"蝥弧"置于武库储藏兵器的仓库，自后不用。高渠弥曰："臣观周王，颇知兵法。今番交战，不比寻常，请为'鱼丽'之阵。"庄公曰："'鱼丽阵'如何？"高渠弥曰："甲车二十五乘为偏，甲士五人为伍。每车一偏在前，别用甲士五五二十五人随后，塞其阙漏。车伤一人，伍即补之，有进无退。此阵法极坚极密，难败易胜。"庄公曰："善。"三军将近繻葛，扎住营寨。

桓王闻郑伯出师抵敌，怒不可言，便欲亲自出战，虢公林父谏止之。次日各排阵势，庄公传令："左右二军，不可轻动，只看军中大旆展动，一齐进兵。"

　　且说桓王打点一番责郑的说话,专待郑君出头打话,当阵诉说,以折其气。郑君虽列阵,只把住阵门,绝无动静。桓王使人挑战,并无人应。将至午后,庄公度王卒已急,教瑕叔盈把大旆麾动,左右二拒,一齐鸣鼓,鼓声如雷,各各奋勇前进。且说曼伯杀入左军,陈兵原无斗志,即时奔散,反将周兵冲动。周公黑肩阻遏不住,大败而走。再说祭足杀入右军,只看蔡、卫旗号冲突将去。二国不能抵当,各自觅路奔逃。虢公林父仗剑立于车前,约束军人:"如有乱动者斩!"祭足不敢逼。林父缓缓而退,不折一兵。再说桓王在中军,闻敌营鼓声震天,知是出战,准备相持。只见士卒纷纷耳语,队伍早乱。原来望见溃兵,知左右二营有失,连中军也立脚不住。却被郑兵如墙而进,祝聃在前,原繁在后,曼伯、祭足亦领得胜之兵,并力合攻,杀得车倾马毙,将陨兵亡。桓王传令速退,亲自断后,且战且走。祝聃望见绣盖之下,料是周王,尽着眼力觑真,一箭射去,正中周王左肩。幸亏裹甲坚厚,伤不甚重。祝聃催车前进,正在危急,却得虢公林父前来救驾,与祝聃交锋。原繁、曼伯一齐来前,各骋英雄,忽闻郑中军鸣金甚急,遂各收军。桓王引兵退三十里下寨,周公黑肩亦至,诉称:"陈人不肯用力,以至于败。"桓王赧然曰:"此朕用人不明之过也。"

　　祝聃等回军,见郑庄公曰:"臣已射王肩,周王胆落,正待追赶,生擒那厮,何以鸣金?"庄公曰:"本为天子不明,将德为怨,今日应敌,万非得已。赖诸卿之力,社稷无陨足矣,何敢多求!依你说取回天子,如何发落?即射王亦不可也,万一重伤殒命,寡人有弑君之名矣。"祭足曰:"主公之言是也。今吾国兵威已立,料周王必当畏惧。宜遣使问安,稍与殷勤,使知射肩非出主公之意。"庄公曰:"此行非仲不可。"命备牛十二头,羊百只,粟刍之物共百余车,连夜到周王营内。祭足叩首再三,口称:"死罪臣寤生,不忍社稷之陨,勒兵自卫。不料军中不戒,有犯王躬,寤生不胜战兢觳觫 hú sù 恐惧得发抖的样子 之至! 谨遣陪臣足,待罪辕门,敬问无恙。不腆敝赋,聊充劳军之用,惟天王怜而赦之!"桓王默然,自有惭色。虢公林父从旁代答曰:"寤生既知其罪,当从宽宥 yòu,来使便可谢恩。"祭足再拜稽首而出,遍历各营,俱问安否。史官有诗叹云:

　　　　漫夸神箭集王肩,不想君臣等地天。
　　　　对垒公然全不让,却将虚礼媚王前。

又髯翁有诗讥桓王,不当轻兵伐郑,自取其辱。诗云:

明珠弹雀古来讥，岂有天王自出车？

传檄四方兼贬爵，郑人宁不惧王威。

桓王兵败归周，不胜其忿，便欲传檄四方，共声郑寤生无王之罪。虢公林父谏曰："王轻举丧功，若传檄四方，是自彰其败也。诸侯自陈、卫、蔡三国而外，莫非郑党。征兵不至，徒为郑笑。且郑已遣祭足劳军谢罪，可借此赦宥，开郑自新之路。"桓王默然，自此更不言郑事。

却说蔡侯因遣兵从周伐郑，军中探听得陈国篡乱，人心不服公子佗，于是引兵袭陈。不知胜败如何，且看下回分解。

黄榮足恭被賞立廢

第十回　楚熊通僭号称王　郑祭足被胁立庶

话说陈桓公之庶子名跃，系蔡姬所出，蔡侯封人之甥也。因陈、蔡之兵一同伐郑，陈国是大夫伯爰诸为将，蔡国是蔡侯之弟蔡季为将。蔡季向伯爰诸私问陈事，伯爰诸曰："新君佗虽然篡立，然人心不服，又性好田猎，每每微服从禽追逐禽兽，指打猎于郊外，不恤国政，将来国中必然有变。"蔡季曰："何不讨其罪而戮之？"伯爰诸曰："心非不欲，恨力不逮及耳。"及周王兵败，三国之师各回本国。蔡季将伯爰诸所言奏闻蔡侯，蔡侯曰："太子免既死，次当吾甥即位。佗乃篡弑之贼，岂容久窃富贵耶？"蔡季奏曰："佗好猎，俟其出，可袭而弑也。"蔡侯以为然，乃密遣蔡季率兵车百乘，待于界口，只等逆佗出猎，便往袭之。

蔡季遣谍打探，回报："陈君三日前出猎，见屯界口。"蔡季曰："吾计成矣。"乃将车马分为十队，都扮作猎人模样，一路打围前去。正遇陈君队中射倒一鹿，蔡季驰车夺之。陈君怒，轻身来擒蔡季。季回车便走，陈君招引车徒赶来。只听得金锣一声响亮，十队猎人一齐上前，将陈君拿住。蔡季大叫道："吾非别人，乃蔡侯亲弟蔡季是也。因汝国逆佗弑君，奉吾兄之命来此讨贼。止诛一人，余俱不问。"众人俱拜伏于地，蔡季一一抚慰，言："故君之子跃，是我蔡侯外甥，今扶立为君，何如？"众人齐声答曰："如此甚合公心，某等情愿前导。"蔡季将逆佗即时枭首，悬头于车上，长驱入陈。在先跟随陈君出猎的一班人众为之开路，表明蔡人讨贼立君之意。于是市井不惊，百姓欢呼载道。蔡季至陈，命以逆佗之首，祭于陈桓公之庙，拥立公子跃为君，是为厉公。此周桓王十四年之事也。公子佗篡位才一年零六个月，为此须臾富贵，甘受万载恶名，岂不愚哉？有诗为证：

> 弑君指望千年贵，淫猎谁知一旦诛。

> 若是凶人无显戮，乱臣贼子定纷如。

陈自公子跃即位，与蔡甚睦，数年无事。这段话缴过交代过不提。

且说南方之国曰楚，芈mǐ姓，子爵。出自颛顼帝孙重黎，为高辛氏火正之官，能光融天下，命曰祝融。重黎死，其弟吴回嗣为祝融。生子陆终，娶鬼方国君之女，得孕怀十一年，开左胁，生下三子，又开右胁，复生下三子。长曰樊，己姓，封于卫墟，为夏伯，汤伐桀灭之。次曰参胡，董姓，封于韩墟，周时为胡国，后灭于楚。三曰彭祖，彭姓，封于韩墟，为商伯，商末始亡。四曰会人，妘 yún 姓，封于郑墟。五曰安，曹姓，封于邾墟。六曰季连，芈姓，乃季连之苗裔。有名鬻 yù 熊者，博学有道，周文王、武王俱师之，后世以熊为氏。成王时，举文、武勤劳之后，得鬻熊之曾孙熊绎，封于荆蛮，胙 zuò 赏赐以子男之田，都于丹阳。五传至熊渠，甚得江、汉间民和，僭号称王。周厉王暴虐，熊渠畏其侵伐，去王号不敢称。又八传至于熊仪，是为若敖。又再传至熊眴 shùn，是为蚡冒。蚡冒卒，其弟熊通弑蚡冒之子而自立。熊通强暴好战，有僭号称王之志，见诸侯戴周，朝聘不绝，以此犹怀观望。及周桓王兵败于郑，熊通益无忌惮，僭谋遂决。令尹斗伯比进曰："楚去王号已久，今欲复称，恐骇观听，必先以威力制服诸侯方可。"熊通曰："其道如何？"伯比对曰："汉东之国，惟随为大。君姑以兵临随，而遣使求成焉。随服，则汉、淮诸国，无不顺矣。"熊通从之，乃亲率大军，屯于瑕，遣大夫薳 wěi 章，求成于随。

随有一贤臣名曰季梁，又有一谀臣名曰少师。随侯喜谀而疏贤，所以少师有宠。及楚使至随，随侯召二臣问之。季梁奏曰："楚强随弱，今来求成，其心不可测也。姑外为应承，而内修备御，方保无虞。"少师曰："臣请奉成约，往探楚军。"随侯乃使少师至瑕，与楚结盟。斗伯比闻少师将至，奏熊通曰："臣闻少师乃浅近之徒，以谀得宠。今奉使来此探吾虚实，宜藏其壮锐，以老弱示之。彼将轻我，其气必骄，骄必怠，然后我可以得志。"大夫熊率比曰："季梁在彼，何益于事？"伯比曰："非为今日，吾以图其后也。"熊通从其计。少师入楚营，左右瞻视，见戈甲朽敝，人或老或弱，不堪战斗，遂有矜高之色。谓熊通曰："吾两国各守疆宇，不识上国之求成何意？"熊通谬应曰："敝邑连年荒歉，百姓疲羸 léi 困苦穷乏。诚恐小国合党为梗 联合起来反对我们，故欲与上国约为兄弟，为唇齿之援耳。"少师对曰："汉东小国皆敝邑号令所及，君不必虑也。"熊通遂与少师结盟。少师行后，熊通传令班师。

少师还见随侯，述楚军羸弱之状："幸而得盟，即刻班师，其惧我甚矣。愿假臣偏师追袭之，纵不能悉俘以归，亦可掠取其半，使楚今后不敢正眼视随。"随侯以为然。方欲起师，季梁闻之，趋入谏曰："不可，不可！楚自若敖、蚡冒以来，世修其政，冯 píng 凭恃陵江、汉，积有岁年。熊通弑侄而自立，凶暴更甚，无故请成，包藏祸心。今以老弱示我，盖诱我耳。若追之，必堕其计。"随侯卜之，不吉，遂不追楚师。

熊通闻季梁谏止追兵，复召斗伯比问计。伯比献策曰："请合诸侯于沈鹿。若随人来会，服从必矣，如其不至，则以叛盟伐之。"熊通遂遣使遍告汉东诸国，以孟夏之朔，于沈鹿取齐。至期，巴、庸、濮、邓、鄾 yōu、绞、罗、郧 yún、贰、轸 zhěn、申、江诸国毕集，惟黄、随二国不至。楚子使薳章责黄，黄子遣使告罪。又使屈瑕责随，随侯不服。熊通乃率师伐随，军于汉、淮二水之间。随侯集群臣问拒楚之策，季梁进曰："楚初合诸侯，以兵临我，其锋方锐，未可轻敌，不如卑辞以请成。楚苟听我，复修旧好足矣。其或不听，曲在于楚。楚欺我之辞卑，士有怠心。我见楚之拒请，士有怒气。我怒彼怠，庶可一战，以图侥幸乎？"少师从旁攘臂言曰："尔何怯之甚也！楚人远来，乃自送死耳。若不速战，恐楚人复如前番遁逃，岂不可惜？"随侯惑其言，乃以少师为戎右，以季梁为御，亲自出师御楚，布阵于青林山之下。

季梁升车以望楚师，谓随侯曰："楚兵分左右二军。楚俗以左为上，其君必在左，君之所在，精兵聚焉。请专攻其右军，若右败，则左亦丧气矣。"少师曰："避楚君而不攻，宁不贻笑于楚人乎？"随侯从其言，先攻楚左军。楚开阵以纳随师，随侯杀入阵中。楚四面伏兵皆起，人人勇猛，个个精强。少师与楚将斗丹交锋，不十合，被斗丹斩于车下。季梁保着随侯死战，楚兵不退。随侯弃了戎车，微服混于小军之中，季梁杀条血路，方脱重围。点视军卒，十分不存三四。随侯谓季梁曰："孤不听汝言，以至于此。"问："少师何在？"有军人见其被杀，奏知随侯，随侯叹息不已。季梁曰："此误国之人，君何惜焉？为今之计，作速请成为上。"随侯曰："孤今以国听子。"

季梁乃入楚军求成。熊通大怒曰："汝主叛盟拒会，以兵相抗。今兵败求成，非诚心也。"季梁面不改色，从容进曰："昔者奸臣少师恃宠贪功，强寡君于行阵，实非出寡君之意。今少师已死，寡君自知其罪，遣下臣稽首于麾下。君若赦宥，当倡率汉东君长，朝夕在庭，永为南服 周王畿以外分五服，故称南方为"南服"。惟君裁之！"斗伯比曰："天意不欲亡随，故去其谀佞，随未可灭也。不若许成，使倡率汉东君长，颂楚功绩于周，因假位号，以镇服蛮夷，于楚无不利焉。"熊通曰："善。"乃使薳章私谓季梁曰："寡君奄有江、汉，欲假位号以镇服蛮夷。若徼惠上国，率群蛮以请于周室，幸而得请，寡君之荣实惟上国之赐，寡君戢 jí 收敛，停止兵以待命。"季梁归言于随侯，随侯不敢不从。乃自以汉东诸侯之意，颂楚功绩，请王室以王号假楚，弹压蛮夷。桓王不许。熊通闻之，怒曰："吾先人熊鬻有辅导二王之劳，仅封微国，远在荆山。今地辟民众，蛮夷莫不臣服，而王不加位，是无赏也，郑人射王肩，而王不能讨，是无罚也。无赏无罚，何以为王！且王号，我先君熊渠之所自称也，孤亦光复旧号,安用周为?"遂即中军自立为楚武王,与随人结盟而去。汉东诸国,各遣使称贺。桓王虽怒楚,无如之何。自此周室愈弱,而楚益无厌。熊通卒,传子熊赀 zī,迁都于郢。役属群蛮,骎骎马跑的样子,比喻事情进展很快乎有侵犯中国之势。后来若非召陵之师、城濮之战,则其势不可遏矣。

话分两头。再说郑庄公自胜王师,深嘉公子元之功,大城栎邑,使之居守,比于附庸。诸大夫各有封赏,惟祝聃之功不录。祝聃自言于庄公,公曰:"射王而录其功,人将议我。"祝聃忿恨,疽 jū 发于背而死。庄公私给其家,命厚葬之。

周桓王十九年夏,庄公有疾,召祭足至床头,谓曰:"寡人有子十一人。自世子忽之外,子突、子亹、子仪,皆有贵征。子突才智福禄似又出三子之上,三子皆非令终善终,好的结局之相也。寡人意欲传位于突,何如?"祭足曰:"邓曼,元妃也。子忽嫡长,久居储位,且屡建大功,国人信从。废嫡立庶,臣不敢奉命!"庄公曰:"突志非安于下位者,若立忽,惟有出突于外家耳。"祭足曰:"知子莫如父,惟君命之。"庄公叹曰:"郑国自此多事矣。"乃使公子突出居于宋。五月,庄公薨。世子忽即位,是为昭公。使诸大夫分聘各国。祭足聘宋,因便察子突之变。

却说公子突之母,乃宋雍氏之女,名曰雍姞 jí。雍氏宗族多仕于宋,宋庄公甚宠任之。公子突被出在宋,思念其母雍姞,与雍氏商议归郑之策。雍氏告于宋公,宋公许为之计。适祭足行聘至宋,宋公喜曰:"子突之归,只在祭仲身上也。"乃使南宫长万伏甲士于朝,以待祭足入朝。致聘行礼毕,甲士趋出,将祭足拘执。祭足大呼:"外臣何罪?"宋公曰:"姑至军府言之。"是日,祭足被囚于军府,甲士周围把守,水泄不通。祭足疑惧,坐不安席。至晚,太宰华督携酒亲至军府,与祭足压惊。祭足曰:"寡君使足修好上国,未有开罪,不知何以触怒?将寡君之礼或有所缺,抑使臣之不职不能履行职责乎?"华督曰:"皆非也。公子突之出于雍,谁不知之。今子突窜伏在宋,寡君悯焉!且子忽柔懦,不堪为君。吾子若能行废立之事,寡君愿与吾子世修姻好,惟吾子图之。"祭足曰:"寡君之立,先君所命也。以臣废君,诸侯将讨吾罪矣。"华督曰:"雍姞有宠于郑先君,母宠子贵,不亦可乎?且弑逆之事,何国蔑有没有?惟力是视,谁加罪焉!"因附祭足之耳曰:"吾寡君之立,亦有废而后兴。子必行之,寡君当任其无咎。"祭足皱眉不答。华督又曰:"子必不从,寡君将命南宫长万为将,发车六百乘,纳公子突于郑。出军之日,斩吾子以殉于军,吾见子止于今日矣。"祭足大惧,只得应诺。华督复要之立誓。祭足曰:"所

不立公子突者,神明殛jí殺死之!"史官有诗讥祭足云:

> 丈夫宠辱不能惊,国相如何受胁陵。

> 若是忠臣拼一死,宋人未必敢相轻。

华督连夜还报宋公,说:"祭足已听命了。"

次日,宋公使人召公子突至于密室,谓曰:"寡人与雍氏有言,许归吾子。今郑国告立新君,有密书及寡人曰:'必杀之,愿割三城为谢。'寡人不忍,故私告之。"公子突拜曰:"突不幸,越失落流落在上国。突之死生,已属于君。若以君之灵,使得重见先人之宗庙,惟君所命,岂惟三城!"宋公曰:"寡人囚祭仲于军府,正惟公子之故。此大事非仲不成,寡人将盟之。"乃并召祭足使与子突相见,亦召雍氏,将废忽立突之事说明。三人歃血定盟,宋公自为司盟,太宰华督莅事。宋公使子突立下誓约,三城之外,定要白璧百双、黄金万镒,每岁输谷三万钟,以为酬谢之礼。祭足书名为证。公子突急于得国,无不应承。宋公又要公子突将国政尽委祭足,突亦允之。又闻祭足有女,使许配雍氏之子雍纠,就教带雍纠归国成亲,仕以大夫之职,祭足亦不敢不从。

公子突与雍纠皆微服,诈为商贾,驾车跟随祭足,以九月朔日至郑,藏于祭足之家。祭足伪称有疾,不能趋朝,诸大夫俱至祭府问安。祭足伏死士百人于壁衣古代装饰墙壁的帷幕之中,请诸大夫至内室相见。诸大夫见祭足面色充盈,衣冠齐整,大惊曰:"相君无恙,何不入朝?"祭足曰:"足非身病,乃国病也。先君宠爱子突,嘱诸宋公,今宋将遣南宫长万为将,率车六百乘,辅突伐郑。郑国未宁,何以当之?"诸大夫面面相觑,不敢置对。祭足曰:"今日欲解宋兵,惟有废立可免耳。公子突见在,诸君从否,愿一言而决!"高渠弥因世子忽谏止上卿之位,素与子忽有隙,挺身抚剑而言曰:"相君此言,社稷之福,吾等愿见新君!"众人闻高渠弥之言,疑与祭足有约,又窥见壁衣有人,各怀悚惧,齐声唯唯。祭足乃呼公子突至,纳之上坐。祭足与高渠弥先下拜,诸大夫没奈何,只得同拜伏于地。祭足预先写就连名表章,使人上之,言:"宋人以重兵纳突,臣等不能事君矣。"又自作密启,启中言:"主君之立,实非先君之意,乃臣足主之。今宋囚臣而纳突,要臣以盟,臣恐身死无益于君,已口许之。今兵将及郊,群臣畏宋之强,协谋往迎。主公不若从权,暂时避位,容臣乘间再图迎复。"末写一誓云:"违此言者,有如日指天发誓,以太阳为证!"郑昭公接了表文及密启,自知孤立无助,与妫妃泣别,出奔卫国去了。

九月己亥日,祭足奉公子突即位,是为厉公。大小政事,皆决于祭足。以女妻雍纠,谓之雍姬。言于厉公,官雍纠以大夫之职。雍氏原是厉公外家,厉公在宋时与雍氏亲密往来,所以厉公宠信雍纠,亚于祭足。自厉公即位,国人俱已安服,惟公子亹、公子仪二人心怀不平。又恐厉公加害,是月,公子亹奔蔡,公子仪奔陈。宋公闻子突定位,遣人致书来贺,因此一番使命,挑起两国干戈。且听下回分解。

宋狂公貪賂損兵

鄭祭足
弑賛逐
主

第十一回　宋庄公贪赂构兵　郑祭足杀婿逐主

却说宋庄公遣人致书称贺，就索取三城及白璧、黄金、岁输每年运送的贡赋谷数。厉公召祭足商议，厉公曰："当初急于得国，以此恣其需索，不敢违命。今寡人即位方新，就来责偿，若依其言，府库一空矣。况嗣位之始，便失三城，岂不贻笑邻国？"祭足曰："可辞以'人心未定，恐割地生变，愿以三城之贡赋，代输于宋'。其白璧、黄金，姑与以三分之一，婉言谢之。岁输谷数，请以来年为始。"厉公从其言，作书报之。先贡上白璧三十双，黄金三千镒，其三城贡赋，约定冬初交纳。使者还报，宋庄公大怒曰："突死而吾生之，突贫贱而吾富贵之，区区所许，乃子忽之物，于突何与，而敢吝惜？"即日，又遣使往郑坐索，必欲如数，且立要交割三城，不愿输赋。厉公又与祭足商议，再贡去谷二万钟。宋使去而复来，传言："若不满所许之数，要祭足自来回话。"祭足谓厉公曰："宋受我先君大德，未报分毫。今乃恃立君之功，贪求无厌，且出言无礼，不可听也。臣请奉使齐、鲁，求其宛转。"厉公曰："齐、鲁肯为郑用乎？"祭足曰："往年我先君伐许伐宋，无役不与齐、鲁同事。况鲁侯之立，我先君实成之。即齐不厚郑，鲁自无辞。"厉公曰："宛转之策何在？"祭足曰："当初华督弑君而立子冯，吾先君与齐、鲁并受贿赂，玉成其事。鲁受郜gào之大鼎，吾国亦受商彝商朝的祭器。今当诉告齐、鲁，以商彝还宋。宋公追想前情，必愧而自止。"厉公大喜曰："寡人闻仲之言，如梦初醒。"即遣使赍了礼币，分头往齐、鲁二国，告立新君，且诉以宋人忘恩背德，索赂不休之事。使人到鲁致命，鲁桓公笑曰："昔者，宋君行赂于敝邑，止用一鼎。今得郑赂已多，犹未满意乎？寡人当身任之，即日亲往宋，为汝君求解。"使者谢别。

再说郑使至齐致命，齐僖公向以败戎之功，感激子忽，欲以次女文姜连姻。虽然子忽坚辞，到底齐侯心内还偏向他一分。今日郑国废忽立突，齐侯自然不喜，谓使者曰："郑君何罪，辄行废立？为汝君者，不亦难乎？寡人当亲率诸侯，相见于城下。"礼币俱不受。使者回报厉公，厉公大惊，谓祭足曰："齐侯见责，必有干戈之事，何以待之？"祭足曰："臣请简兵蒐乘，预作准备，敌至则迎，又何惧焉？"

且说鲁桓公遣公子柔往宋，订期相会。宋庄公曰："既鲁君有言相订，寡人当躬造鲁境,岂肯烦君远辱?"公子柔返命。鲁侯再遣人往约,酌地之中,在扶钟为会,时周桓王二十年秋九月也。宋庄公与鲁侯会于扶钟。鲁侯代郑称谢,并为求宽。宋公曰:"郑君受寡人之恩深矣。譬之鸡卵,寡人抱而翼之,所许酬劳,出彼本心。今归国篡位,直欲负诺,寡人岂能忘情乎?"鲁侯曰:"大国所以赐郑者,郑岂忘之? 但以嗣服即位未久,府库空虚,一时未得如约。然迟速之间,决不负诺,此事寡人可以力保。"宋公又曰:"金玉之物或以府库不充为辞,若三城交割,只在片言,何以不决?"鲁侯曰:"郑君惧失守故业,遗笑列国,故愿以赋税代之,闻已纳粟万钟矣。"宋公曰:"二万钟之入,原在岁输数内,与三城无涉。况所许诸物,完未及半。今日尚然,异日事冷,寡人更何望焉? 惟君早为寡人图之。"鲁侯见宋公十分固执,怏怏而罢。

鲁侯归国,即遣公子柔使郑,致宋公不肯相宽之语。郑伯又遣大夫雍纠捧着商彝,呈上鲁侯,言:"此乃宋国故物,寡君不敢擅留,请纳还宋府库,以当三城。更进白璧三十双,黄金二千镒,求君侯善言解释。"鲁桓公情不能已,只得亲至宋国,约宋公于谷邱之地相会。二君相见礼毕,鲁侯又代郑伯致不安之意,呈上白璧、黄金如数。鲁侯曰:"君谓郑所许诸物,完未及半。寡人正言责郑,郑是以勉力输纳。"宋公并不称谢,但问:"三城何日交割?"鲁侯曰:"郑君念先人世守,不敢以私恩之故轻弃封疆。今奉一物,可以相当。"即命左右将黄锦袱包裹一物,高高捧着,跪献于宋公之前。宋公闻说"私恩"二字,眉头微皱,已有不悦之意。及启袱观看,认得商彝,乃当初宋国赂郑之物,勃然变色,佯为不知,问:"此物何用?"鲁侯曰:"此大国故府之珍,郑先君庄公向曾效力于上国,蒙上国贶 kuàng 赐给,赐予以重器,藏为世宝,嗣君不敢自爱,仍归上国。乞念昔日更事之情,免其纳地。郑先君咸受其赐,岂惟嗣君?"宋公见提起旧事,不觉两颊发赤,应曰:"往事寡人已忘之矣,将归问之故府。"正议论间,忽报:"燕伯朝宋,驾到谷邱。"宋公即请燕伯与鲁侯一处相见。燕伯见宋公,诉称:"地邻于齐,尝被齐国侵伐。寡人愿邀君之灵,请成于齐,以保社稷。"宋公许之。鲁侯谓宋公曰:"齐与纪世仇,尝有袭纪之心。君若为燕请成,寡人亦愿为纪乞好,各修和睦,免构干戈。"三君遂一同于谷邱结盟。鲁桓公回国,自秋至冬,并不见宋国回音。

郑国因宋使督促财贿,不绝于道,又遣人求鲁侯。鲁侯只得又约宋公于虚龟之境面会,以决平郑之事。宋公不至,遣使报鲁曰:"寡君与郑自有成约,君勿与闻可也。"鲁侯大怒,骂曰:"匹夫贪而无信,尚然不可,况国君乎?"遂转辕掉转车头至郑,与郑伯会于武父之地,约定连兵伐宋。髯翁有诗云:

逐忽弑隐并元凶，同恶相求意自浓。

只为宋庄贪诈甚，致令鲁郑起兵锋。

宋庄公闻鲁侯发怒，料想欢好不终。又闻齐侯不肯助突，乃遣公子游往齐结好，诉以子突负德之事："寡君有悔于心，愿与君协力攻突，以复故君忽之位，并为燕伯求平。"使者未返，宋疆吏报："鲁、郑二国兴兵来伐，其锋甚锐，将近睢suī阳。"宋公大惊，遂召诸大夫计议迎敌。公子御说谏曰："师之老壮±气强弱，在乎曲直。我贪郑赂，又弃鲁好，彼有词矣。不如请罪求和，息兵罢战，乃为上策。"南宫长万曰："兵至城下，不发一矢自救，是示弱也，何以为国？"太宰督曰："长万言是也。"宋公遂不听御说之言，命南宫长万为将。长万荐猛获为先锋，出车三百乘。两下排开阵势，鲁侯、郑伯并驾而出，停车阵前，单搦宋君打话。宋公心下怀惭，托病不出。南宫长万远远望见两枝绣盖飘扬，知是二国之君，乃抚猛获之背："今日尔不建功，更待何时？"猛获应命，手握浑铁点钢矛，麾车直进。鲁、郑二君看见来势凶猛，将车退后一步，左右拥出二员上将，鲁有公子溺，郑有原繁，各驾戎车迎住。先问姓名，答曰："吾乃先锋猛获是也。"原繁笑曰："无名小卒，不得污吾刀斧，换你正将来决一死敌。"猛获大怒，举矛直刺原繁。原繁抡刀接战，子溺指引鲁军，铁叶般裹来。猛获力战二将，全无惧怯。鲁将秦子、梁子、郑将檀伯，一齐俱上。猛获力不能加，被梁子一箭射着右臂，不能持矛，束手受缚。兵车甲士，尽为俘获，只逃走得步卒五十余人。

南宫长万闻败，咬牙切齿曰："不取回猛获，何面目入城？"乃命长子南宫牛，引车三十乘搦战："佯输诈败，诱得敌军追至西门，我自有计。"南宫牛应声而出，横戟大骂："郑突背义之贼，自来送死，何不速降？"刚遇郑将引着弓弩手数人，单车巡阵，欺南宫牛年少，便与交锋。未及三合，南宫牛回车便走，郑将不舍，随后赶来。将近西门，炮声大举，南宫长万从后截住，南宫牛回车，两下夹攻。郑将连发数箭，射南宫牛不着，心里落慌，被南宫长万跃入车中，只手擒来。郑将原繁闻知本营偏将单车赴敌，恐其有失，同檀伯引军疾驱而前。只见宋国城门大开，太宰华督自率大军，出城接应。这里鲁将公子溺，亦引秦子、梁子助战。两下各秉火炬，混杀一场，直杀至鸡鸣方止，宋兵折损极多。南宫长万将郑将献功，请宋公遣使到郑营，愿以郑将换回猛获，宋公许之。宋使至于郑营，说明交换之事。郑伯应允，各将槛车推出阵前，彼此互换。郑将归于郑营，猛获仍归宋城去了。是日，各自休息不战。

却说公子游往齐致命，齐僖公曰："郑突逐兄而立，寡人之所恶也。但寡人方有事于纪，未暇及此，倘贵国肯出师助寡人伐纪，寡人敢不相助伐郑？”公子游辞了齐侯，回复宋公去讫。

再说鲁侯与郑伯在营中，正商议攻宋之策，忽报："纪国有人告急。"鲁侯召见，呈上国书，内言："齐兵攻纪至急，亡在旦夕。乞念婚姻世好，以一旅拔之水火。"鲁桓公大惊，谓郑伯曰："纪君告急，孤不得不救。宋城亦未可猝拔，不如撤兵，量宋公亦不敢复来索赂矣。"郑厉公曰："君既移兵救纪，寡人亦愿悉率敝赋以从。"鲁侯大喜，即时传令拔寨，齐望纪国进发。鲁侯先行三十里，郑伯引军断后。宋国先得了公子游回音，后知敌营移动，恐别有诱兵之计，不来追赶，只遣谍远探。回报："敌兵尽已出境，果往纪国。"方才放心。太宰华督奏曰："齐既许助攻郑，我国亦当助其攻纪。"南宫长万曰："臣愿往。"宋公发兵车二百乘，仍命猛获为先锋，星夜前来助齐。

却说齐僖公约会卫侯，并征燕兵。卫方欲发兵，而宣公适病薨，世子朔即位，是为惠公。惠公虽在丧中，不敢推辞，遣兵车二百乘相助。燕伯惧齐吞并，正欲借此修好，遂亲自引兵来会。纪侯见三国兵多，不敢出战，只深沟高垒，坚守以待。忽一日报到："鲁、郑二君，前来救纪。"纪侯登城而望，心中大喜，安排接应。

再说鲁侯先至，与齐侯相遇于军前。鲁侯曰："纪乃敝邑世姻，闻得罪于上国，寡人躬来请赦。"齐侯曰："吾先祖哀公为纪所谮，见烹于周，于今八世，此仇未报。君助其亲，我报其仇，今日之事，惟有战耳。"鲁侯大怒，即命公子溺出车。齐将公子彭生接住厮杀。彭生有万夫不当之勇，公子溺如何敌得过？秦子、梁子二将并力向前，未能取胜，刚办得架隔遮拦。卫、燕二主，闻齐、鲁交战，亦来合攻。却得后队郑伯大军已到，原繁引檀伯众将，直冲齐侯老营。纪侯亦使其弟嬴季引军出城相助，喊声震天。公子彭生不敢恋战，急急回辕。六国兵车，混做一处相杀。鲁侯遇见燕伯谓曰："谷邱之盟，宋、鲁、燕三国同事。口血未干，宋人背盟，寡人伐之。君亦效宋所为，但知媚齐目前，独不为国家长计乎？"燕伯自知失信，垂首避去，托言兵败奔逃。卫无大将，其师先溃，齐侯之师亦败，杀得尸横遍野，血流成河。彭生中箭几死。正在危急，又得宋国兵到，鲁、郑方才收军。胡曾先生咏史诗云：

明欺弱小恣贪谋，只道孤城顷刻收。

他国未亡我已败，令人千载笑齐侯。

宋军方到，喘息未定，却被鲁、郑各遣一军冲突前来。宋军不能立营，亦大败而去。各国收拾残兵，分头回国。齐侯回顾纪城，誓曰："有我无纪，有纪无我，决不两存也！"纪侯迎接鲁、郑二君入城，设享款待，军士皆重加赏犒。嬴季进曰："齐兵失利，恨纪愈深。今两君在堂，愿求保全之策。"鲁侯曰："今未可也，当徐图之。"次日，纪侯远送出城三十里，垂泪而别。

鲁侯归国后，郑厉公又使人来修好，寻武父之盟。自此鲁、郑为一党，宋、齐为一党。时郑国守栎 yuè 大夫子元已卒，祭足奏过厉公，以檀伯代之。此周桓王二十二年也。

齐僖公为兵败于纪，怀愤成疾，是冬病笃，召世子诸儿至榻前，嘱曰："纪，吾世仇也，能灭纪者，方为孝子。汝今嗣位，当以此为第一件事。不能报此仇者，勿入吾庙！"诸儿顿首受教。僖公又召夷仲年之子无知，使拜诸儿，嘱曰："吾同母弟，只此一点骨血，汝当善视之。衣服礼秩，一如我生前可也。"言毕，目遂瞑。诸大夫奉世子诸儿成丧即位，是为襄公。

宋庄公恨郑入骨，复遣使将郑国所纳金玉，分赂齐、蔡、卫、陈四国，乞兵复仇。齐因新丧，止遣大夫雍廪率车一百五十乘相助，蔡、卫亦各遣将同宋伐郑。郑厉公欲战，上卿祭足曰："不可。宋大国也，起倾国之兵，盛气而来，若战而失利，社稷难保，幸而胜，将结没世之怨，吾国无宁日矣，不如纵之。"厉公意犹未决。祭足遂发令，使百姓守城，有请战者罪之。宋公见郑师不出，乃大掠东郊，以火攻破渠门，入及大逵 kuí 大路，大街，至于太宫，尽取其椽以归，为宋卢门之椽以辱之。郑伯郁郁不乐，叹曰："吾为祭仲所制，何乐乎为君？"于是阴有杀祭足之意。

明年春三月，周桓王病笃，召周公黑肩于床前，谓曰："立子以嫡，礼也。然次子克，朕所钟爱，今以托卿。异日兄终弟及，惟卿主持。"言讫遂崩。周公遵命，奉世子佗即王位，是为庄王。

郑厉公闻周有丧，欲遣使行吊。祭足固谏，以为："周乃先君之仇，祝聃曾射王肩，若遣人往吊，只取其辱。"厉公虽然依允，心中愈怒。

一日，游于后圃，止有大夫雍纠相从。厉公见飞鸟翔鸣，凄然而叹。雍纠进曰："当此春景融和，百鸟莫不得意。主公贵为诸侯，似有不乐之色，何也？"厉公曰："百鸟飞鸣自繇通"自由"，全不受制于人。寡人反不如鸟，是以不乐。"雍纠曰："主公所虑，岂非秉钧比喻掌握国政之人耶？"厉公嘿然。雍纠又曰："吾闻'君犹父也，臣犹子也。'子不能为父分忧，即为不孝；臣不能为君排难，即为不忠。倘主公不以纠为不肖，有事相委，不敢不竭死力！"厉公屏去左右，谓雍纠曰："卿非仲之爱婿乎？"纠曰："婿则有之，爱则未也。纠之婿于祭氏，实出宋君所迫，非祭足本心。足每言及旧君，犹有依恋之心，但畏宋不敢改图耳。"厉公曰:"卿能杀仲,吾以卿代之,但不知计将安出?"雍纠曰:"今东郊被宋兵残破,民居未复。主公明日命司徒修整廛舍,却教祭足赍粟帛往彼安抚居民,臣当于东郊设享,以鸩酒毒之。"厉公曰:"寡人委命于卿,卿当仔细。"

雍纠归家,见其妻祭氏,不觉有皇遽惊恐之色。祭氏心疑,问:"朝中今日有何事?"纠曰:"无也。"祭氏曰:"妾未察其言,先观其色,今日朝中必无无事之理。夫妇同体,事无大小,妾当与知。"纠曰:"君欲使汝父往东郊安抚居民,至期,吾当设享于彼,与汝父称寿,别无他事。"祭氏曰:"子欲享吾父,何必郊外?"纠曰:"此君命也,汝不必问。"祭氏愈疑,乃醉纠以酒,乘其昏睡,佯问曰:"君命汝杀祭仲,汝忘之耶?"纠梦中糊涂应曰:"此事如何敢忘!"早起,祭氏谓纠曰:"子欲杀吾父,吾已尽知矣。"纠曰:"未尝有此。"祭氏曰:"夜来子醉后自言,不必讳也。"纠曰:"设有此事,与尔何如?"祭氏曰:"既嫁从夫,又何说焉?"纠乃尽以其谋告于祭氏。祭氏曰:"吾父恐行止未定,至期,吾当先一日归宁,怂恿其行。"纠曰:"事若成,吾代其位,于尔亦有荣也。"

祭氏果先一日回至父家,问其母曰:"父与夫二者孰亲?"其母曰:"皆亲。"又问:"二者亲情孰甚?"其母曰:"父甚于夫。"祭氏曰:"何也?"其母曰:"未嫁之女,夫无定而父有定;已嫁之女,有再嫁而无再生。夫合于人,父合于天,夫安得比于父哉!"其母虽则无心之言,却点醒了祭氏有心之听,遂双眼流泪曰:"吾今日为父,不能复顾夫矣。"遂以雍纠之谋,密告其母。其母大惊,转告于祭足。祭足曰:"汝等勿言,临时吾自能处分。"至期,祭足使心腹强锄chú,带勇士十余人,暗藏利刃跟随。再命公子阏率家甲百余,郊外接应防变。祭足行至东郊,雍纠半路迎迓,设享甚丰。祭足曰:"国事奔走,礼之当然,何劳大享。"雍纠曰:"郊外春色可娱,聊具一酌节劳耳。"言讫,满斟大觥gōng古代一种酒器,跪于祭足之前,满脸笑容,口称百寿。祭足假作相挽,先将右手握纠之臂,左手接杯浇地,火光迸裂,遂大喝曰:"匹夫何敢弄吾!"叱左右:"为我动手。"强锄与众勇士一拥而上,擒雍纠缚而斩之,以其尸弃于周池。厉公伏有甲士在于郊外,帮助雍纠做事,早被公子阏搜着,杀得七零八落。厉公闻之,大惊曰:"祭仲不吾容也!"乃出奔蔡国。后有人言及雍纠通知祭氏,以致祭足预作准备,厉公乃叹曰:"国家大事,谋及妇人,其死宜矣。"

且说祭足闻厉公已出,乃使公父定叔往卫国迎昭公忽复位,曰:"吾不失信于旧君也。"不知后事如何,且看下回分解。

衛宣公築臺納婦

高渠弥弒開蔡易君

第十二回　卫宣公筑台纳媳　高渠弥乘间易君

却说卫宣公名晋,为人淫纵不检。自为公子时,与其父庄公之妾名夷姜者私通,生下一子,寄养于民间,取名曰急子。宣公即位之日,元配邢妃无宠,只有夷姜得幸,如同夫妇,就许立急子为嗣,属之于右公子职。时急子长成,已一十六岁,为之聘齐僖公长女。使者返国,宣公闻齐女有绝世之姿,心贪其色,而难于启口。乃构名匠筑高台于淇河之上,朱栏华栋,重宫复室,极其华丽,名曰新台。先以聘宋为名,遣开急子,然后使左公子泄如齐,迎姜氏径至新台,自己纳之,是为宣姜。时人作新台之诗,以刺其淫乱:

> 新台有泚 cǐ,河水弥弥。燕婉之求,籧篨不鲜!
> 鱼网之设,鸿则离之。燕婉之求,得此戚施!

籧篨 qú chú、戚施皆丑恶之貌,以喻宣公。言姜氏本求佳偶,不意乃配此丑恶也。后人读史至此,言齐僖公二女,长宣姜,次文姜,宣姜淫于舅公公,文姜淫于兄,人伦天理,至此灭绝矣。有诗叹曰:

> 妖艳春秋首二姜,致令齐卫紊纲常。
> 天生尤物殃人国,不及无盐佐伯王。

急子自宋回家,复命于新台。宣公命以庶母之礼,谒见姜氏,急子全无几微怨恨之意。宣公自纳齐女,只往新台朝欢暮乐,将夷姜又撇一边。一住三年,与齐姜连生二子,长曰寿,次曰朔。自古道:"母爱子贵。"宣公因偏宠齐姜,将昔日怜爱急子之情,都移在寿与朔身上,心中便想百年之后,把卫国江山传与寿、朔兄弟,他便心满意足,反似多了急子一人。只因公子寿天性孝友,与急子如同胞一般相爱,每在父母面前,周旋其兄。那急子又温柔敬慎,无有失德,所以宣公未曾显露其意。私下将公子寿嘱托左公子泄,异日扶他为君。那公子朔虽与寿一母所生,贤愚迥然不同,年齿尚幼,天生狡猾,恃其母之得宠,阴蓄死士,心怀非望。不惟憎嫌急子,并亲兄公子寿也像赘疣 zhuì yóu 皮肤上的肉瘤,比喻多余无用的东西一般,只是事有缓急,先除急子要紧。常把说话挑激母亲,说:"父亲眼下,虽然将我母看待,有急子在先,他为兄,我等为弟,异日传位,蔑不得长幼之序。况夷姜被你夺宠,心怀积怨。若急子为君,彼为国母,我母子无安身之地矣!"齐姜原是急子所聘,今日跟随宣公，生子得时，也觉急子与己有碍，遂与公子朔合谋，每每谗谮急子于父亲之前。

一日，急子诞日，公子寿治酒相贺，朔亦与席。坐间，急子与公子寿说话甚密。公子朔插嘴不下，托病先别，一径到母亲齐姜面前，双眼垂泪，扯个大谎，告诉道："孩儿好意同自己哥哥与急子上寿，急子饮酒半酣，戏谑之间，呼孩儿为儿子。孩儿心中不平，说他几句，他说：'你母亲原是我的妻子，你便称我为父，于理应该。'孩儿再待开口，他便奋臂要打，亏自己哥哥劝住，孩儿逃席而来。受此大辱，望母亲禀知父侯，与孩儿做主！"齐姜信以为然，待宣公入宫，呜呜咽咽的告诉出来，如此如此，这般这般。又装点几句道："他还要玷污妾身，说：'我母夷姜原是父亲的庶母，尚然收纳为妻。况你母亲原是我旧妻，父亲只算借贷一般，少不得与卫国江山一同还我。'"宣公召公子寿问之，寿答曰："并无此说。"宣公半疑半信，但遣内侍传谕夷姜，责备他不能教训其子。夷姜怨气填胸，无处伸诉，投缳 huán 上吊而死。髯翁有诗叹曰：

父妻如何与子通？聚麀①传笑卫淫风。

夷姜此日投缳晚，何似当初守节终。

急子痛念其母，惟恐父亲嗔怪，暗地啼哭。公子朔又与齐姜谤说急子，因生母死于非命，口出怨言，日后要将母子偿命。宣公本不信有此事，无奈妒姜谗子，日夜撺掇 cuān duo 怂恿，定要宣公杀急子，以绝后患，不由宣公不听。但展转踌躇，终是杀之无名，必须假手他人，死于道路，方可掩人耳目。

其时，适齐僖公约会伐纪，征兵于卫。宣公乃与公子朔商议，假以往订师期为名，遣急子如齐，授以白旄 máo。此去莘野，是往齐的要路，舟行至此，必然登陆，在彼安排急子，他必不作准备。公子朔向来私蓄死士，今日正用得着，教他假装盗贼，伏于莘野，只认白旄过去，便赶出一齐下手，以旄复命，自有重赏。公子朔处分已定，回复齐姜，齐姜心下十分欢喜。

却说公子寿见父亲屏去从人，独召弟朔议事，心怀疑惑。入宫来见母亲，探其语气。齐姜不知隐瞒，尽吐其实，嘱咐曰："此乃汝父主意，欲除我母子后患，不可泄漏他人。"公子寿知其计已成，谏之无益，私下来见急子，告以父亲之计："此去莘野必由之路，多凶少吉。不如出奔他国，别作良图。"急子曰："为人子者，以从命为孝，弃父之命，即为逆子。世间岂有无父之国？即欲出奔，将安往哉？"遂束装下舟，毅然就道。公子寿泣劝不从，思想："吾兄

---

①麀(yōu)：母鹿。

真仁人也！此行若死于盗贼之手，父亲立我为嗣，何以自明？子不可以无父，弟不可以无兄，吾当先兄而行，代他一死，吾兄必然获免。父亲闻吾之死，倘能感悟，慈孝两全，落得留名万古。"于是别以一舟载酒，亟往河下，请急子饯别。急子辞以"君命在身，不敢逗遛"，公子寿乃移樽过舟，满斟以进。未及开言，不觉泪珠堕于杯中。急子忙接而饮之。公子寿曰："酒已污矣。"急子曰："正欲饮吾弟之情也。"公子寿拭泪言曰："今日此酒，乃吾弟兄永诀之酒。哥哥若鉴小弟之情，多饮几杯。"急子曰："敢不尽量！"两人泪眼相对，彼此劝酬。公子寿有心留量，急子到手便吞，不觉尽醉，倒于席上，鼾鼾睡去。公子寿谓从人曰："君命不可迟也，我当代往。"即取急子手中白旄，故意建于舟首，用自己仆从相随。嘱咐急子随行人众，好生守候。袖中出一简，付之曰："俟世子酒醒后，可呈看也。"即命发舟。行近莘野，方欲整车登岸，那些埋伏的死士，望见河中行旌飘飏，认得白旄，定是急子到来，一声呼哨，如蜂而集。公子寿挺然出喝曰："吾乃本国卫侯长子，奉使往齐。汝等何人，敢来邀截？"众贼齐声曰："吾等奉卫侯密旨，来取汝首！"挺刀便砍。从者见势头凶猛，不知来历，一时惊散。可怜寿子引颈受刀，贼党取头，盛于木匣，一齐下船，偃旆而归。

再说急子酒量原浅，一时便醒，不见了公子寿，从人将简缄呈上，急子拆而看之，简上只有八个字云："弟已代行，兄宜速避。"急子不觉堕泪曰："弟为我犯难，吾当速往。不然，恐误杀吾弟也！"喜得仆从俱在，就乘了公子寿之舟，催趱舟人速行。真个似电流光绝，鸟逝超群。其夜月明如水，急子心念其弟，目不交睫。注视鹢 yì 首船头之前，望见公子寿之舟，喜曰："天幸吾弟尚在！"从人禀曰："此来舟，非去舟也！"急子心疑，教拢船上去。两船相近，楼橹俱明。只见舟中一班贼党，并不见公子寿之面。急子愈疑，乃佯问曰："主公所命，曾了事否？"众贼听得说出秘密，却认为公子朔差来接应的，乃捧函以对曰："事已了矣。"急子取函启视，见是公子寿之首，仰天大哭曰："天乎冤哉！"众贼骇然，问曰："父杀其子，何故称冤？"急子曰："我乃真急子也，得罪于父，父命杀我。此吾弟寿也，何罪而杀之？可速断我头，归献父亲，可赎误杀之罪。"贼党中有认得二公子者，于月下细认之曰："真误矣！"众贼遂将急子斩首，并纳函中。从人亦皆四散。《卫风》有《乘舟》之诗，正咏兄弟争死之事。诗曰：

> 二子乘舟，泛泛其景，愿言思子，中心养养。
>
> 二子乘舟，泛泛其逝，愿言思子，不瑕有害。

诗人不敢明言，但追想乘舟之人，以寓悲思之意也。

再说众贼连夜奔入卫城，先见公子朔，呈上白旄，然后将二子先后被杀事情，细述一遍，犹恐误杀得罪。谁知一箭射双雕，正中了公子朔的隐怀。自出金帛，厚赏众贼。却入宫来见母亲说："公子寿载旄先行，自陨其命。喜得急子后到，天教他自吐真名，偿了哥哥之命。"齐姜虽痛公子寿，却幸除了急子，拔去眼中之钉，正是忧喜相半。母子商量，且教慢与宣公说知。

却说左公子泄原受急子之托，右公子职原受公子寿之托，二人各自关心，遣人打探消息，回报如此如此。起先未免各为其主，到此同病相怜，合在一处商议。候宣公早朝，二人直入朝堂，拜倒在地，放声大哭。宣公惊问何故，公子泄、公子职二人一辞，将急子与公子寿被杀情由，细述一遍："乞收拾尸首埋葬，以尽当初相托之情。"说罢哭声转高。宣公虽怪急子，却还怜爱公子寿，忽闻二子同时被害，吓得面如土色，半晌不言。痛定生悲，泪如雨下，连声叹曰："齐姜误我，齐姜误我！"即召公子朔问之，朔辞不知。宣公大怒，就着公子朔拘拿杀人之贼。公子朔口中应承，只是支吾，那肯献出贼党。

宣公自受惊之后，又想念公子寿，感成一病，闭眼便见夷姜、急子、寿子一班，在前啼啼哭哭。祈祷不效，半月而亡。公子朔发丧袭位，是为惠公。时朔年一十五岁，将左右二公子罢官不用。庶兄公子硕字昭伯，心中不服，连夜奔齐。公子泄与公子职怨恨惠公，每思为急子及公子寿报仇，未得其便。

话分两头。却说卫侯朔初即位之年，因助齐攻纪，为郑所败，正在衔恨。忽闻郑国有使命至，问其来意，知郑厉公出奔，群臣迎故君忽复位，心中大喜。即发车徒，护送昭公还国。祭足再拜，谢昔日不能保护之罪。昭公虽不治罪，心中快快，恩礼稍减于昔日。祭足亦觉踟蹰[^1]不安，每每称疾不朝。高渠弥素失爱于昭公，及昭公复国，恐为所害，阴养死士，为弑忽立亹之计。时郑厉公在蔡，亦厚结蔡人，遣人传语檀伯，欲借栎为巢窟，檀伯不从。于是使蔡人假作商贾，于栎地往来交易，因而厚结栎人，暗约为助，乘机杀了檀伯。厉公遂居栎，增城濬[^2]挖深池，大治甲兵，将谋袭郑，遂为敌国。祭足闻报大惊，急奏昭公，命大夫傅瑕屯兵大陵，以遏厉公来路。厉公知郑有备，遣人转央鲁侯，谢罪于宋，许以复国之后，仍补前赂未纳之数。鲁使至宋，宋庄公贪心又起，结连蔡、卫，共纳厉公。时卫侯朔有送昭公复国之劳，昭公并不修礼往谢，所以亦怨昭公，反与宋公协谋，因即位以来，并未与诸侯相会，乃自将而往。

[^1]: 踟蹰 jú jí 形容恐惧不安的样子。
[^2]: 濬 jùn 挖深池。

公子泄谓公子职曰："国君远出，吾等举事，此其时矣。"公子职曰："如欲举事，先定所立，人民有主，方保不乱。"正密议间，阍人报："大夫宁跪有事相访。"两公子迎入。宁跪曰："二公子忘乘舟之冤乎？今日机会，不可失也。"公子职曰："正议拥戴，未得其人。"宁跪曰："吾观群公子中，惟黔牟仁厚可辅，且周王之婿，可以弹压国人。"三人遂歃血定议。乃暗约急子、寿子原旧一班从人，假传一个谍报，只说："卫侯伐郑，兵败身死。"于是迎公子黔牟即位。百官朝见已毕，然后宣播卫朔构陷二兄，致父忿死之恶，重为急、寿二子发丧，改葬其枢，遣使告立君于周。宁跪引兵营于郊外，以遏惠公归路。公子泄欲杀宣姜，公子职止之曰："姜虽有罪，然齐侯之妹也，杀之恐得罪于齐。不如留之，以结好。"乃使宣姜出居别宫，月致廪饩〔lǐn xì〕无缺。

　　再说宋、鲁、蔡、卫，共是四国合兵伐郑。祭足自引兵至大陵，与傅瑕合力拒敌，随机应变，未尝挫失。四国不能取胜，只得引回。单说卫侯朔伐郑无功，回至中途，闻二公子作乱，已立黔牟，乃出奔于齐国。齐襄公曰："吾甥也。"厚其馆饩，许以兴兵复国。朔遂与襄公立约："如归国之日，内府宝玉，尽作酬仪。"襄公大喜。忽报："鲁侯使到。"因齐侯求婚于周，周王允之，使鲁侯主婚，要以王姬下嫁。鲁侯欲亲自至齐，面议其事。襄公想起妹子文姜，久不相会，何不一同请来？遂遣使至鲁，并迎文姜。诸大夫请问伐卫之期，襄公曰："黔牟亦天子婿也。寡人方图婚于周，此事姑且迟之。"但恐卫人杀害宣姜，遣公孙无知纳公子硕于卫。私嘱无知，要公子硕烝〔以下淫上，指和母辈通奸〕于宣姜，以为复朔之地。公孙无知领命，同公子硕归卫，与新君黔牟相见。时公子硕内子〔古代称卿大夫的嫡妻〕已卒，无知将齐侯之意，遍致卫国君臣，并致宣姜，那宣姜倒也心肯。卫国众臣，素恶宣姜僭位中宫，今日欲贬其名号，无不乐从。只是公子硕念父子之伦，坚不允从。无知私言于公子职曰："此事不谐，何以复寡君之命？"公子职恐失齐欢，定下计策，请公子硕饮宴，使女乐侑酒，灌得他烂醉，扶入别宫，与宣姜同宿，醉中成就其事，醒后悔之。已无及矣。宣姜与公子硕遂为夫妇。后生男女五人：长男齐子早卒，次戴公申，次文公毁；女二，为宋桓公、许穆公夫人。史臣有诗叹曰：

　　　　子妇如何攘作妻，子烝庶母报非迟。
　　　　夷姜生子宣姜继，家法源流未足奇。

此诗言昔日宣公烝父妾夷姜而生急子，今其子昭伯亦烝宣姜而生男女五人。家法相传，不但新台之报也。

　　话分两头。再说郑祭足自大陵回，因旧君子突在栎，终为郑患，思一制御之策。想齐与厉公原有战纪之仇,今日谋纳厉公,惟齐不与。况且新君嗣位,正好修睦。又闻鲁侯为齐主婚,齐、鲁之交将合。于是奏知昭公,自赍礼帛,往齐结好,因而结鲁。若得二国相助,可以敌宋。自古道"智者千虑,必有一失",祭足但知防备厉公,却不知高渠弥毒谋已就,只虑祭足多智,不敢动手,今见祭足远行,肆无忌惮,乃密使人迎公子亹在家,乘昭公冬行蒸祭,伏死士于半路,突起弑之,托言为盗所杀,遂奉公子亹为君。使人以公子亹之命,召祭足回国,与高渠弥并执国政。可怜昭公复国未满三载,遂遭逆臣之祸。髯仙读史至此,论昭公自为世子时,已知高渠弥之恶。及两次为君,不能剪除凶人,留以自祸,岂非优柔不断之祸? 有诗叹云:

> 明知恶草自当锄,蛇虎如何与共居?

> 我不制人人制我,当年枉自识高渠。

不知郑子亹如何结束,且看下回分解。

魯桓公夫
婦如齊

鄭子壹君臣
為戲

第十三回　鲁桓公夫妇如齐　郑子亹君臣为戮

却说齐襄公见祭足来聘，欣然接之。正欲报聘，忽闻高渠弥弑了昭公，援立子亹，心中大怒，便有兴兵诛讨之意。因鲁侯夫妇将至齐国，且将郑事搁起，亲至泺水迎候。

却说鲁夫人文姜，见齐使来迎，心下亦想念其兄，欲借归宁之名与桓公同行。桓公溺爱其妻，不敢不从。大夫申繻谏曰："女有室，男有家，古之制也。礼无相渎，渎则有乱。女子出嫁，父母若在，每岁一归宁。今夫人父母俱亡，无以妹宁兄之理。鲁以秉礼为国，岂可行此非礼之事？"桓公已许文姜，遂不从申繻之谏。夫妇同行，车至泺水，齐襄公早先在矣。殷勤相接，各叙寒温问候冷暖，一同发驾，来到临淄，鲁侯致周王之命，将婚事议定。齐侯十分感激，先设大享，款待鲁侯夫妇。然后迎文姜至于宫中，只说与旧日宫嫔相会，谁知襄公预造下密室，另治私宴，与文姜叙情。饮酒中间，四目相视，你贪我爱，不顾天伦，遂成苟且之事。两下迷恋不舍，遂留宿宫中，日上三竿，尚相抱未起，撇却鲁桓公在外，冷冷清清。

鲁侯心中疑虑，遣人至宫门细访。回报："齐侯未娶正妃，止有偏宫连氏，乃大夫连称之从妹堂妹，向来失宠，齐侯不与相处。姜夫人自入齐宫，只是兄妹叙情，并无他宫嫔相聚。"鲁侯情知不做好事，恨不得一步跨进齐宫，观其动静。恰好人报："国母出宫来了。"鲁侯盛气以待，便问姜氏曰："夜来宫中共谁饮酒？"答曰："同连妃。"又问："几时散席？"答："久别话长，直到粉墙月上，可半夜矣。"又问："你兄曾来陪饮否？"答曰："我兄不曾来。"鲁侯笑而问曰："难道兄妹之情，不来相陪？"姜氏曰："饮至中间，曾来相劝一杯，即时便去。"鲁侯曰："你席散如何不出宫？"姜氏曰："夜深不便。"鲁侯又问曰："你在何处安置？"姜氏曰："君侯差矣，何必盘问至此？宫中许多空房，岂少下榻之处？妾自在西宫过宿，即昔年守闺之所也。"鲁侯曰："你今日如何起得恁 nèn 迟？"姜氏曰："夜来饮酒劳倦，今早梳妆，不觉过时。"鲁侯又问："宿处谁人相伴？"姜氏曰："宫娥耳。"鲁侯又曰："你兄在何处睡？"姜氏不觉面赤曰："为妹的怎管哥哥睡处？言之可笑！"鲁侯曰："只怕为哥的，倒要管妹子睡处。"姜氏曰："是何言也？"鲁侯曰："自古男女有别，你留宿宫中，兄妹同宿,寡人已尽知之,休得瞒隐!"姜氏口中虽是含糊抵赖,啼啼哭哭,心中却也十分惭愧。鲁桓公身在齐国,无可奈何,心中虽然忿恨,却不好发作出来,正是敢怒而不敢言。即遣人告辞齐侯,且待归国,再作区处。

却说齐襄公自知做下不是,姜氏出宫之时,难以放心,便密遣心腹力士石之纷如跟随,打听鲁侯夫妇相见有何说话。石之纷如回复:"鲁侯与夫人角口争吵,如此如此。"襄公大惊曰:"亦料鲁侯久后必知,何其早也?"少顷,见鲁使来辞,明知事泄之故,乃固坚持请于牛山一游,便作饯行。使人连逼几次,鲁侯只得命驾出郊。文姜自留邸舍,闷闷不悦。

却说齐襄公一来舍不得文姜回去,二来惧鲁侯怀恨成仇,一不做,二不休,吩咐公子彭生待席散之后,送鲁侯回邸,要在车中结果鲁侯性命。彭生记起战纪时一箭之恨,欣然领命。是日牛山大宴,盛陈歌舞,襄公意倍殷勤,鲁侯只低头无语。襄公教诸大夫轮流把盏,又教宫娥内侍,捧樽跪劝。鲁侯心中愤郁,也要借杯浇闷,不觉酩酊 mǐng dǐng 大醉,别时不能成礼。襄公使公子彭生抱之上车,彭生遂与鲁侯同载。离国门约有二里,彭生见鲁侯睡熟,挺臂以拉其胁。彭生力大,其臂如铁,鲁侯被拉胁折,大叫一声,血流满车而死。彭生谓众人曰:"鲁侯醉后中恶,速驰入城,报知主公。"众人虽觉蹊跷,谁敢多言? 史臣有诗云:

> 男女嫌微最要明,夫妻越境太胡行。
>
> 当时若听申繻谏,何至车中六尺横?

齐襄公闻鲁侯暴薨,佯啼假哭,即命厚殓入棺,使人报鲁迎丧。鲁之从人回国,备言车中被弑之由。大夫申繻曰:"国不可一日无君,且扶世子同主张丧事,候丧车到日,行即位礼。"公子庆父字孟,乃桓公之庶长子,攘臂言曰:"齐侯乱伦无礼,祸及君父。愿假我戎车三百乘,伐齐声罪!"大夫申繻惑其言,私以问谋士施伯曰:"可伐齐否?"施伯曰:"此暧昧之事,不可闻于邻国。况鲁弱齐强,伐未可必胜,反彰其丑。不如含忍,姑请究车中之故,使齐杀公子彭生,以解说于列国,齐必听从。"申繻告于庆父,遂使施伯草成国书之稿。世子居丧不言,乃用大夫出名遣人如齐,致书迎丧。齐襄公启书看之。书曰:

> 外臣申繻等,拜上齐侯殿下:寡君奉天子之命,不敢宁居,来议大婚。今出而不入,道路纷纷,皆以车中之变为言。无所归咎,耻辱播于诸侯,请以彭生正罪。

襄公览毕,即遣人召彭生入朝。彭生自谓有功,昂然而入。襄公当鲁使之面骂曰："寡人以鲁侯过酒，命尔扶持上车。何不小心伏侍，使其暴薨？尔罪难辞！"喝令左右缚之，斩于市曹。彭生大呼曰："淫其妹而杀其夫，皆出汝无道昏君所为，今日又委罪于我！死而有知，必为妖孽，以取尔命！"襄公遽自掩其耳，左右皆笑。襄公一面遣人往周王处谢婚，并订娶期，一面遣人送鲁侯丧车回国，文姜仍留齐不归。

鲁大夫申繻率世子同迎柩至郊，即于柩前行礼成丧，然后嗣位，是为庄公。申繻、颛孙生、公子溺、公子偃、曹沫一班文武，重整朝纲，庶兄公子庆父、庶弟公子牙、嫡弟季友俱参国政。申繻荐施伯之才，亦拜上士之职。以明年改元，实周庄王之四年也。

鲁庄公集群臣商议，为齐迎婚之事。施伯曰："国有三耻，君知之乎？"庄公曰："何谓三耻？"施伯曰："先君虽已成服死者入殓后，其亲属穿着符合名分的丧服，恶名在口，一耻也；君夫人留齐未归，引人议论，二耻也；齐为仇国，况君在衰绖 cuī dié 居丧时的装束之中，乃为主婚，辞之则逆王命，不辞则贻笑于人，三耻也。"鲁庄公蹴然曰："此三耻何以免之？"施伯曰："欲人勿恶，必先自美；欲人勿疑，必先自信。先君之立，未膺王命。若乘主婚之机，请命于周，以荣名被之九泉，则一耻免矣。君夫人在齐，宜以礼迎之，以成主公之孝，则二耻免矣。惟主婚一事，最难两全，然亦有策。"庄公曰："其策何如？"施伯曰："可将王姬馆舍，筑于郊外，使上大夫迎而送之，君以丧辞。上不逆天王之命，下不拂大国之情，中不失居丧之礼，如此则三耻亦免矣。"庄公曰："申繻言汝'智过于腹'，果然！"遂一一依策而行。

却说鲁使大夫颛孙生至周，请迎王姬，因请以戮冕圭璧，为先君泉下之荣。周庄王许之，择人使鲁，锡桓公命。周公黑肩愿行，庄王不许，别遣大夫荣叔。原来庄王之弟王子克有宠于先王，周公黑肩曾受临终之托，庄王疑黑肩有外心，恐其私交外国，树成王子克之党，所以不用。黑肩知庄王疑己，夜诣王子克家，商议欲乘嫁王姬之日，聚众作乱，弑庄王而立子克。大夫辛伯闻其谋，以告庄王，乃杀黑肩而逐子克。子克奔燕，此事表过不提。

且说鲁颛孙生送王姬至齐，就奉鲁侯之命，迎接夫人姜氏。齐襄公十分难舍，碍于公论，只得放回。临行之际，把袂留连，千声珍重："相见有日。"各各洒泪而别。姜氏一者贪欢恋爱，不舍齐侯，二者背理贼伦，羞回故里，行一步，懒一步。车至禚 zhuó 地，见行馆整洁，叹曰："此地不鲁不齐，正吾家也。"吩咐从人，回复鲁侯："未亡人性贪闲适，不乐还宫，要吾回归，除非死后。"鲁侯知其无颜归国，乃为筑馆于祝邱，迎姜氏居之。姜氏遂往来于两地，鲁侯馈问，四时不绝。后来史官议论，以为鲁庄公之于文姜，论情则生身之母，论义则杀父之仇。若文姜归鲁，反是难处之事，只合徘徊两地，乃所以全鲁侯之孝也。髯翁诗曰：

弑夫无面返东蒙，襁地徘徊齐鲁中。

若使觍颜①归故国，亲仇两字怎融通？

话分两头。再说齐襄公拉杀鲁桓公，国人沸沸扬扬，尽说："齐侯无道，干此淫残蔑灭理之事。"襄公心中暗愧，急使人迎王姬至齐成婚。国人议犹未息，欲行一二义举，以服众心，想："郑弑其君，卫逐其君，两件都是大题目。但卫公子黔牟是周王之婿，方娶王姬，未可便与黔牟作对。不若先讨郑罪，诸侯必然畏服。"又恐起兵伐郑，胜负未卜，乃佯遣人致书子亹，约于首止，相会为盟。子亹大喜曰："齐侯下交，吾国安如泰山矣！"欲使高渠弥、祭足同往，祭足称疾不行。原繁私问于祭足曰："新君欲结好齐侯，君宜辅之，何以不往？"祭足曰："齐侯勇悍残忍，嗣守大国，侈然自大的样子有图伯之心。况先君昭公有功于齐，齐所念也。夫大国难测，以大结小，必有奸谋。此行也，君臣其为戮乎？"原繁曰："君言果信，郑国谁属？"祭足曰："必子仪也。是有君人之相，先君庄公曾言之矣。"原繁曰："人言君多智，吾姑以此试之。"

至期，齐襄公遣王子成父、管至父二将，各率死士百余，环侍左右，力士石之纷如紧随于后。高渠弥引着子亹同登盟坛，与齐侯叙礼已毕。嬖臣孟阳手捧血盂，跪而请歃。襄公目视之，孟阳遽起。襄公执子亹手问曰："先君昭公，因甚而殂？"子亹变色，惊颤不能出词。高渠弥代答曰："先君因疾而殂，何烦君问？"襄公曰："闻蒸祭遇贼，非关病也。"高渠弥遮掩不过，只得对曰："原有寒疾，复受贼惊，是以暴亡耳。"襄公曰："君行必有警备，此贼从何而来？"高渠弥对曰："嫡庶争立，已非一日，各有私党，乘机窃发，谁能防之？"襄公又曰："曾获得贼人否？"高渠弥曰："至今尚在缉访，未有踪迹。"襄公大怒曰："贼在眼前，何烦缉访？汝受国家爵位，乃以私怨弑君，到寡人面前，还敢以言语支吾，寡人今日为汝先君报仇！"叫力士："快与我下手！"高渠弥不敢分辩，石之纷如先将高渠弥绑缚。子亹叩首乞哀曰："此事与孤无干，皆高渠弥所为也。乞恕一命！"襄公曰："既知高渠弥所为，何不讨之？汝今日自往地下分辩。"把手一招，王子成父与管至父引着死士百余，一齐上前，将子亹乱砍，死于非命。随行人众，见齐人势大，谁敢动手，一时尽皆逃散。襄公

---

①觍(tiǎn)颜，同"腆颜"，厚着脸皮。

谓高渠弥曰："汝君已了,汝犹望活乎?"高渠弥对曰:"自知罪重,只求赐死。"
襄公曰:"只与你一刀,便宜了你!"乃带至国中,命车裂于南门。车裂者,将
罪人头与四肢缚于五辆车辕之上,各自分向,各驾一牛,然后以鞭打牛,牛走
车行,其人肢体裂而为五,俗言"五牛分尸"。此乃极重之刑。襄公欲以义举
闻于诸侯,故意用此极刑,张大其事也。

　　高渠弥已死,襄公命将其首,号令南门,榜曰:"逆臣视此。"一面使人收
拾子亹尸首,藁葬于东郭之外。一面遣使告于郑曰:"贼臣逆子,周有常刑。
汝国高渠弥主谋弑君,擅立庶孽,寡君痛郑先君之不吊,已为郑讨而戮之矣。
愿改立新君,以邀旧好。"原繁闻之,叹曰:"祭仲之智,吾不及也。"诸大夫共
议立君,叔詹曰:"故君在栎,何不迎之?"祭足曰:"出亡之君,不可再辱宗庙,
不如立公子仪。"原繁亦赞成之。于是迎公子仪于陈,以嗣君位。祭足为上
大夫,叔詹为中大夫,原繁为下大夫。子仪既即位,乃委国于祭足,恤民修
备,遣使修聘于齐、陈诸国。又受命于楚,许以年年纳贡,永为属国。厉公无
间可乘,自此郑国稍安。不知后事如何,且看下回分解。

衛朔王入國
齊抗

齊風章

齊襄公出獵遇鬼

第十四回　卫侯朔抗王入国　齐襄公出猎遇鬼

却说王姬至齐，与襄公成婚。那王姬生性贞静幽闲，言动不苟，襄公是个狂淫之辈，不甚相得。王姬在宫数月，备闻襄公淫妹之事，默然自叹："似此蔑伦悖理，禽兽不如。吾不幸错嫁匪人，是吾命也。"郁郁成疾，不及一年遂卒。

襄公自王姬之死，益无忌惮。心下思想文姜，伪以狩猎为名，不时往禚。遣人往祝邱，密迎文姜到禚，昼夜淫乐。恐鲁庄公发怒，欲以兵威胁之，乃亲率重兵袭纪，取其邴 píng、鄑 zī、郚 wú 三邑之地。兵移酅 xī 城，使人告纪侯："速写降书，免至灭绝。"纪侯叹曰："齐吾世仇，吾不能屈膝仇人之庭，以求苟活也！"乃使夫人伯姬作书，遣人往鲁求救。齐襄公出令曰："有救纪者，寡人先移兵伐之！"鲁庄公遣使如郑，约他同力救纪。郑伯子仪因厉公在栎，谋袭郑国，不敢出师，使人来辞。鲁侯孤掌难鸣，行至滑地，惧齐兵威，留宿三日而返。纪侯闻鲁兵退回，度不能守，将城池、妻子交付其弟嬴季，拜别宗庙，大哭一场，半夜开门而出，不知所终。

嬴季谓诸大臣曰："死国与存祀，二者熟重？"诸大夫皆曰："存祀为重。"嬴季曰："苟能存纪宗庙，吾何惜自屈？"即写降书，愿为齐外臣，守酅宗庙。齐侯许之。嬴季遂将纪国土地户口之数，尽纳于齐，叩首乞哀。齐襄公收其版籍 户口册子，于纪庙之旁，割三十户以供纪祭祀，号嬴季为庙主。纪伯姬惊悸而卒，襄公命葬以夫人之礼，以媚于鲁。伯姬之娣 dì 同嫁夫的女子年幼者，也泛指妹妹叔姬，乃昔日从嫁者，襄公欲送之归鲁。叔姬曰："妇人之义，既嫁从夫。生为嬴氏妇，死为嬴氏鬼，舍此安归乎？"襄公乃听其居酅守节，后数年而卒。史官赞云：

> 世衰俗敝，淫风相袭。齐宫乱妹，新台娶媳。禽行兽心，伦亡纪佚。小邦妾媵，矢节从一。宁守故庙，不归宗国。卓哉叔姬，《柏舟》同式。

按齐襄公灭纪之岁，乃周庄王七年也。

是年楚武王熊通，以随侯不朝，复兴兵伐随，未至而薨。令尹斗祈、莫敖屈重秘不发丧，出奇兵从间道直逼随城。随惧行成。屈重伪以王命，入盟随侯。大军既济汉水，然后发丧。子熊赀 zī 即位，是为文王。此事不提。

再说齐襄公灭纪凯旋，文姜于路迎接其兄，至于祝邱，盛为燕享古代君主饮宴君臣、国宾，用两君相见之礼，彼此酬酢，大犒齐军。又与襄公同至禚地，留连欢宿。襄公乃使文姜作书，召鲁庄公来禚地相会。庄公恐违母命，遂至禚谒见文姜。文姜使庄公以甥舅之礼见齐襄公，且谢葬纪伯姬之事。庄公亦不能拒，勉强从之。襄公大喜，亦具享礼款待庄公。时襄公新生一女，文姜以庄公内主尚虚，令其订约为婚。庄公曰："彼女尚血胞，非吾配也。"文姜怒曰："汝欲疏母族耶？"襄公亦以长幼悬隔为嫌，文姜曰："待二十年而嫁，亦未晚也。"襄公惧失文姜之意，庄公亦不敢违母命，两下只得依允。甥舅之亲，复加甥舅，情愈亲密。二君并车驰猎于禚地之野，庄公矢不虚发，九射九中，襄公称赞不已。野人窃指鲁庄公戏曰："此吾君假子也！"庄公怒，使左右踪迹其人杀之，襄公亦不嗔怪。史臣论庄公有母无父，忘亲事仇，作诗诮云：

> 车中饮恨已多年，甘与仇雠共戴天。
>
> 莫怪野人呼假子，已同假父作姻缘。

文姜自鲁齐同狩之后，益无忌惮，不时与齐襄公聚于一处。或于防，或于谷，或时直至齐都，公然留宿宫中，俨如夫妇。国人作《载驱》之诗，以刺文姜。诗云：

> 载驱薄薄，簟茀朱鞹。鲁道有荡，齐子发夕。
>
> 汶水滔滔，行人儦儦。鲁道有荡，齐子游遨。

薄薄者，疾驱之貌。簟，席，所以铺车。茀 fú，车后户。朱鞹 kuò 者，以朱漆兽皮。皆车饰也。齐子指文姜，言文姜乘此车而至齐。儦 biāo 儦，众貌，言其仆从之多也。又有《敝笱》之诗，以刺庄公。诗云：

> 敝笱在梁，其鱼鲂鳏。齐子归止，其从如云。
>
> 敝笱在梁，其鱼鲂鱮[①]。齐子归止，其从如水。

笱者，取鱼之器；言敝坏之罟 gǔ，不能制大鱼，以喻鲁庄公不能防闲文姜，任其仆从出入无禁也。

且说齐襄公自禚回国，卫侯朔迎贺灭纪之功，再请伐卫之期。襄公曰："今王姬已卒，此举无碍。但非连合诸侯，不为公举，君少待之。"卫侯称谢。过数日，襄公遣使约会宋、鲁、陈、蔡四国之君，一同伐卫，共纳惠公。其檄云：

> 天祸卫国，生逆臣泄、职，擅行废立。致卫君越在敝邑，于今七年。

---

①鲂鱮（fáng yù）：鲂，鳊鱼的古称。鱮，古指鲢鱼。

孤坐不安席，以疆场多事，不即诛讨。今幸少闲，悉索敝赋，愿从诸君之后，左右卫君，以诛卫之不当立者！

时周庄王八年之冬也。

齐襄公出车五百乘，同卫侯朔先至卫境，四国之君，各引兵来会。那四路诸侯：宋闵公捷、鲁庄公同、陈宣公杵臼、蔡哀侯献舞。卫侯闻五国兵至，与公子泄、公子职商议，遣大夫宁跪告急于周。庄王问群臣："谁能为我救卫者？"周公忌父、西虢公伯皆曰："王室自伐郑损威以后，号令不行。今齐侯诸儿，不念王姬一脉之亲，鸠合集合，会合四国，以纳君为名，名顺兵强，不可敌也。"左班中最下一人挺身出曰："二公之言差矣。四国但只强耳，安得言名顺乎？"众人视之，乃下士子突也。周公曰："诸侯失国，诸侯纳之，何为不顺？"子突曰："黔牟之立，已禀王命，既立黔牟，必废子朔。二公不以王命为顺，而以纳诸侯为顺，诚突所不解也。"虢公曰："兵戎大事，量力而行。王室不振，已非一日。伐郑之役，先王亲在军中，尚中祝聃之矢，至今两世，未能问罪。况四国之力十倍于郑，孤军赴援，如以卵抵石，徒自褻威，何益于事？"子突曰："天下之事，理胜力为常，力胜理为变。王命所在，理所萃也。一时之强弱在力，千古之胜负在理。若蔑理而可以得志，无一人起而问之，千古是非，从此颠倒，天下不复有王矣！诸公亦何面目号为王朝卿士乎？"虢公不能答。周公曰："倘今日兴救卫之师，汝能任其事否？"子突曰："九伐之法，司马掌之。突位微才劣，诚非其任。必无人肯往，突不敢爱死，愿代司马一行。"周公又曰："汝救卫能保必胜乎？"子突曰："突今日出师，已据胜理。若以文、武、宣、平之灵，仗义执言，四国悔罪，王室之福，非突敢必也。"大夫富辰曰："突言甚壮，可令一往，亦使天下知王室有人。"周王从之。乃先遣宁跪归报卫国，王师随后起行。

却说周、虢二公，忌子突之成功，仅给戎车二百乘。子突并不推诿，告于太庙而行。时五国之师，已至卫城下，攻围甚急。公子泄、公子职昼夜巡守，悬望急切盼望王朝大兵解围，谁知子突兵微将寡，怎当五国如虎之众？不等子突安营，大杀一场，二百乘兵车，如汤泼雪。子突叹曰："吾奉王命而战死，不失为忠义之鬼也！"乃手杀数十人，然后自刎而亡。髯翁有诗赞曰：

> 虽然只旅未成功，王命昭昭耳目中。
> 见义勇为真汉子，莫将成败论英雄。

卫国守城军士，闻王师已败，先自奔窜。齐兵首先登城，四国继之，砍开城门，放卫侯朔入城。公子泄、公子职同宁跪收拾散兵，拥公子黔牟出走，正遇鲁兵，又杀一场。宁跪夺路先奔，三公子俱被鲁兵所擒。宁跪知力不能救，叹口气，奔往秦国逃难去讫。鲁侯将三公子献俘于卫，卫不敢决，转献于齐。齐襄公喝教刀斧手，将泄、职二公子斩讫。公子黔牟是周王之婿，于齐有连襟 姐妹的丈夫的互称或合称之情，赦之不诛，放归于周。卫侯朔鸣钟击鼓，重登侯位，将府库所藏宝玉，厚赂齐襄公。襄公曰："鲁侯擒三公子，其劳不浅。"乃以所赂之半，分赠鲁侯。复使卫侯另出器赂器具财物，散于宋、陈、蔡三国。此周庄王九年之事。

却说齐襄公自败子突、放黔牟之后，诚恐周王来讨，乃使大夫连称为将军，管至父为副，领兵戍葵邱，以遏东南之路。二将临行，请于襄公曰："戍守劳苦，臣不敢辞，以何期为满？"时襄公方食瓜，乃曰："今此瓜熟之时，明岁瓜再熟，当遣人代汝。"二将往葵邱驻扎，不觉一年光景。忽一日，戍卒进瓜尝新，二将想起瓜熟之约："此时正该交代，如何主公不遣人来？"特地差心腹往国中探信，闻齐侯在谷城与文姜欢乐，有一月不回。连称大怒曰："王姬薨后，吾妹当为继室。无道昏君，不顾伦理，在外日事淫媟 dié 放荡猥亵，使吾等暴露边鄙，吾必杀之！"谓管至父曰："汝可助吾一臂。"管至父曰："及瓜而代，主公所亲许也。恐其忘之，不如请代。请而不许，军心胥怨 xū 相怨，乃可用也。"连称曰："善。"乃使人献瓜于襄公，因求交代。襄公怒曰："代出孤意，奈何请耶？再候瓜一熟可也。"使人回报，连称恨恨不已，谓管至父曰："今欲行大事，计将安出？"至父曰："凡举事必先有所奉，然后成。公孙无知乃公子夷仲年之子，先君僖公以同母之故，宠爱仲年，并爱无知。从幼畜养宫中，衣服礼数与世子无别。自主公即位，因无知向在宫中与主公角力，无知足勾主公仆地，主公不悦。一日，无知又与大夫雍廪争道，主公怒其不逊，遂疏黜之，品秩裁减大半。无知衔恨于心久矣！每思作乱，恨无帮手。我等不若密通无知，内应外合，事可必济。"连称曰："当于何时？"管至父曰："主上性喜用兵，又好游猎，如猛虎离穴，易为制耳。但得预闻出外之期，方不失机会也。"连称曰："吾妹在宫中，失宠于主公，亦怀怨望。今嘱无知阴与吾妹合计，伺主公之间隙，星夜相闻，可无误事。"于是再遣心腹，致书于公孙无知。书曰：

> 贤公孙受先公如嫡之宠，一旦削夺，行路之人皆为不平。况君淫昏日甚，政令无常。葵丘久戍，及瓜不代，三军之士，愤愤思乱。如有间可图，称等愿效犬马，竭力推戴。称之从妹，在宫失宠衔怨，天助公孙以内应之资，机不可失！

公孙无知得书大喜，即复书曰：

天厌淫人，以启将军之衷，敬佩衷言，迟疾奉报。

无知阴使女侍通信于连妃，且以连称之书示之："若事成之日，当立为夫人。"连妃许之。

周庄王十一年冬十月，齐襄公知姑棼 fén 之野有山名贝邱，禽兽所聚，可以游猎。乃预戒徒人 内侍费等，整顿车徒，将以次月往彼田狩。连妃遣宫人送信于公孙无知，无知星夜传信葵丘，通知连、管二将军，约定十一月初旬，一齐举事。连称曰："主上出猎，国中空虚，吾等率兵直入都门，拥立公孙何如？"管至父曰："主上睦于邻国，若乞师来讨，何以御之？不若伏兵于姑棼，先杀昏君，然后奉公孙即位，事可万全也。"那时葵丘戍卒因久役在外，无不思家。连称密传号令，各备干粮。往贝邱行事，军士人人乐从，不在话下。

再说齐襄公于十一月朔日，驾车出游，止带力士石之纷如及幸臣孟阳一班，架鹰牵犬，准备射猎，不用一大臣相随。先至姑棼，原建有离宫，游玩竟日。居民馈献酒肉，襄公欢饮至夜，遂留宿焉。次日起驾，往贝邱来。见一路树木蒙茸 蓬松杂乱的样子，藤萝翳郁 繁茂成荫，襄公驻车高阜，传令举火焚林，然后合围校射，纵放鹰犬。火烈风猛，狐兔之类，东奔西逸。忽有大豕一只，如牛无角，似虎无斑，从火中奔出，竟上高阜，蹲踞于车驾之前。时众人俱往驰射，惟孟阳立于襄公之侧。襄公顾孟阳曰："汝为我射此豕。"孟阳瞪目视之，大惊曰："非豕也，乃公子彭生也！"襄公大怒曰："彭生何敢见我？"夺孟阳之弓，亲自射之，连发三矢不中。那大豕直立起来，双拱前蹄，效人行步，放声而啼，哀惨难闻，吓得襄公毛骨俱竦，从车中倒撞下来，跌损左足，脱落了丝文屦 jù 鞋子一只，被大豕衔之而去，忽然不见。髯翁有诗曰：

鲁桓昔日死车中，今日车中遇鬼雄。

枉杀彭生应化厉，诸儿空自引雕弓。

徒人费与从人等，扶起襄公，卧于车中，传令罢猎，复回姑棼离宫住宿。襄公自觉精神恍惚，心下烦躁。时军中已打二更，襄公因左足疼痛，展转不寐，谓孟阳曰："汝可扶我缓行几步。"先前坠车，匆忙之际，不知失屦，到此方觉，问徒人费取讨。费曰："屦为大豕衔去矣。"襄公心恶其言，乃大怒曰："汝既跟随寡人，岂不看屦之有无？若果衔去，当时何不早言？"自执皮鞭，鞭费之背，血流满地方止。徒人费被鞭，含泪出门，正遇连称引着数人打探动静，将徒人费一索捆住，问曰："无道昏君何在？"费曰："在寝室。"又问："已卧乎？"曰："尚未卧也。"连称举刀欲砍，费曰："勿杀我，我当先入，为汝耳目。"连称不信。费曰："我适被鞭伤，亦欲杀此贼耳。"乃袒衣 tǎn 脱去上衣 以背示之。连称见其血肉淋漓,遂信其言,解费之缚,嘱以内应。随即招管至父引着众军士,杀入离宫。

且说徒人费翻身入门,正遇石之纷如,告以连称作乱之事。遂造寝室,告于襄公。襄公惊惶无措,费曰:"事已急矣!若使一人伪作主公,卧于床上,主公潜伏户后,幸而仓卒不辨,或可脱也。"孟阳曰:"臣受恩逾分,愿以身代,不敢恤死。"孟阳即卧于床,以面向内,襄公亲解锦袍覆之,伏身户后,问徒人费曰:"汝将何如?"费曰:"臣当与纷如协力拒贼。"襄公曰:"不苦背创乎?"费曰:"臣死且不避,何有于创?"襄公叹曰:"忠臣也!"徒人费令石之纷如引众拒守中门,自己单身挟着利刃,诈为迎贼,欲刺连称。

其时众贼已攻进大门,连称挺剑当先开路。管至父列兵门外,以防他变。徒人费见连称来势凶猛,不暇致详,上前一步便刺。谁知连称身被重铠,刃刺不入,却被连称一剑劈去,断其二指,还复一剑,劈下半个头颅,死于门中。石之纷如便挺矛来斗,约战十余合,连称转斗转进,纷如渐渐退步,误绊石阶脚跰_{cuò 闪失,疏忽。},亦被连称一剑砍倒。遂入寝室,侍卫先已惊散,团花帐中,卧着一人,锦袍遮盖。连称手起剑落,头离枕畔,举火烛之,年少无须。连称曰:"此非君也。"使人遍搜房中,并无踪影。连称自引烛照之,忽见户槛之下,露出丝文屦一只,知户后藏躲有人,不是诸儿是谁?打开户后看时,那昏君因足疼,做一堆儿蹲着,那一只丝文屦仍在足上。连称所见之屦,乃是先前大豕衔去的,不知如何在槛下。分明是冤鬼所为,可不畏哉!连称认得诸儿,似鸡雏一般,一把提出户外,掷于地下,大骂:"无道昏君!汝连年用兵,黩武殃民,是不仁也;背父之命,疏远公孙,是不孝也;兄妹宣淫,公行不忌,是无礼也;不念远戍,瓜期不代,是无信也。仁孝礼信,四德皆失,何以为人?吾今日为鲁桓公报仇!"遂砍襄公为数段,以床褥裹其尸,与孟阳同埋于户下。计襄公在位只五年。史官评论此事,谓襄公疏远大臣,亲昵群小,石之纷如、孟阳、徒人费等,平日受其私恩,从于昏乱,虽视死如归,不得为忠臣之大节。连称、管至父徒以久戍不代,遂行篡弑,当是襄公恶贯已满,假手二人耳。彭生临刑大呼:"死为妖孽,以取尔命!"大豕见形,非偶然也。髯翁有诗咏费、石等死难之事。诗云:

> 捐生殉主是忠贞,费石千秋无令名①。
> 假使从昏称死节,飞廉崇虎②亦堪旌。

---

①令名:美好的名声。　②飞廉崇虎:飞廉、崇虎都是商朝的谀佞之臣。

又诗叹齐襄公云：

> 方张恶焰君侯死，将熄凶威大豕狂。
>
> 恶贯满盈无不毙，劝人作善莫商量。

连称、管至父重整军容，长驱齐国。公孙无知预集私甲，一闻襄公凶信，引兵开门，接应连、管二将入城。二将托言："曾受先君僖公遗命，奉公孙无知即位。"立连妃为夫人。连称为正卿，号为国舅，管至父为亚卿。诸大夫虽勉强排班，心中不服。惟雍廪再三稽首，谢往日争道之罪，极其卑顺。无知赦之，仍为大夫。高国称病不朝，无知亦不敢黜之。至父劝无知悬榜招贤，以收人望。因荐其族子管夷吾之才，无知使人召之。未知夷吾肯应召否，且听下回分解。

雍大夫計殺無知

魯莊公乾時
大戰

第十五回　雍大夫计杀无知　鲁庄公乾时大战

却说管夷吾字仲,生得相貌魁梧,精神俊爽,博通坟典古代典籍的通称,淹贯古今,有经天纬地之才,济世匡时之略。与鲍叔牙同贾,至分金时,夷吾多取一倍。鲍叔之从人心怀不平,鲍叔曰:"仲非贪此区区之金,因家贫不给,我自愿让之耳。"又曾领兵随征,每至战阵,辄居后队,及还兵之日,又为先驱,多有笑其怯者。鲍叔曰:"仲有老母在堂,留身奉养,岂真怯斗耶?"又数与鲍叔计事,往往相左。鲍叔曰:"人固有遇不遇,使仲遇其时,定当百不失一矣。"夷吾闻之,叹曰:"生我者父母,知我者鲍叔哉!"遂结为生死之交。

值襄公诸儿即位,长子曰纠,鲁女所生,次子小白,莒女所生,虽皆庶出,俱已成立,欲以立傅以辅导之。管夷吾谓鲍叔牙曰:"君生二子,异日为嗣,非纠即白。吾与尔各傅一人,若嗣立之日,互相荐举。"叔牙然其言。于是管夷吾同召忽为公子纠之傅,叔牙为公子小白之傅。襄公欲迎文姜至禚zhuó相会,叔牙谓小白曰:"君以淫闻,为国人笑,及今止之,犹可掩饰。更相往来,如水决堤,将成泛溢,子必进谏。"小白果入谏襄公曰:"鲁侯之死,啧有烦言形容很多人议论纷纷,表示不满,男女嫌疑,不可不避。"襄公怒曰:"孺子何得多言!"以屦鞋子蹴踢之。小白趋而出。鲍叔曰:"吾闻之:'有奇淫者,必有奇祸。'吾当与子适他国,以俟后图。"小白问:"当适何国?"鲍叔曰:"大国喜怒不常,不如适莒。莒小而近齐,小则不敢慢我,近则旦暮可归。"小白曰:"善。"乃奔莒国。襄公闻之,亦不追还。及公孙无知篡位,来召管夷吾。夷吾曰:"此辈兵已在颈,尚欲累人耶?"遂与召忽共计,以鲁为子纠之母家,乃奉纠奔鲁。鲁庄公居之于生窦,月给廪饩。

鲁庄公十二年春二月,齐公孙无知元年,百官贺旦,俱集朝房,见连、管二人公然压班压制其他大臣,人人皆有怨愤之意。雍廪知众心不附,佯言曰:"有客自鲁来,传言公子纠将以鲁师伐齐。诸君闻之否?"诸大夫皆曰:"不闻。"雍遂不复言。既朝退,诸大夫互相约会,俱到雍廪家,叩问公子纠伐齐之信。雍廪曰:"诸君谓此事如何?"东郭牙曰:"先君虽无道,其子何罪? 吾等日望其来也。"诸大夫有泣下者。雍廪曰:"廪之屈膝,宁无人心? 正欲委曲以图事耳。诸君若能相助,共除弑逆之贼,复立先君子,岂非义举?"东郭牙问计，雍廪曰："高敬仲，国之世臣，素有才望，为人信服。连、管二贼得其片言奖借_{奖励推许}，重于千钧，恨不能耳。诚使敬仲置酒，以招二贼，必欣然往赴。吾伪以子纠兵信，面启公孙，彼愚而无勇，俟其相就，卒然刺之，谁为救者？然后举火为号，阖门而诛二贼，易如反掌。"东郭牙曰："敬仲虽疾恶如仇，然为国自贬，当不斳 jìn _{吝惜}也。吾力能必之。"遂以雍廪之谋，告于高傒 xī，高傒许诺。即命东郭牙往连、管二家致意。俱如期而至。高傒执觯 zhì _{一种酒器}言曰："先君行多失德，老夫日虞国之丧亡。今幸大夫援立新君，老夫亦获守家庙，向因老病，不与朝班，今幸贱体稍康，特治一酌以报私恩，兼以子孙为托。"连称与管至父谦让不已。高傒命将重门紧闭："今日饮酒，不尽欢不已。"预戒阍人："勿通外信，直待城中举火，方来传报。"

却说雍廪怀匕首直叩宫门，见了无知，奏言："公子纠率领鲁兵，旦晚将至，幸早图应敌之计。"无知问："国舅何在？"雍廪曰："国舅与管大夫郊饮未回，百官俱集朝中，专候主公议事。"无知信之，方出朝堂，尚未坐定，诸大夫一拥而前，雍廪自后刺之，血流公座，登时气绝。计无知为君，才一月余耳。哀哉！连夫人闻变，自缢于宫中。史官诗云：

> 只因无宠间襄公，谁料无知宠不终。
> 一月夫人三尺帛，何如寂寞守空宫？

当时雍廪教人于朝外放起一股狼烟，烟透九霄。高傒正欲款客，忽闻门外传板_{敲击悬板等以报信或发号令}，报说："外厢举火。"高傒即便起身，往内而走。连称、管至父出其不意，却待要问其缘故，庑 wǔ 下预伏壮士，突然杀出，将二人砍为数段。虽有从人，身无寸铁，一时毕命。雍廪与诸大夫陆续俱到高府，公同商议，将二人心肝剖出，祭奠襄公。一面遣人于姑棼离宫，取出襄公之尸，重新殡殓，一面遣人于鲁国迎公子纠为君。

鲁庄公闻之，大喜，便欲为公子纠起兵。施伯谏曰："齐、鲁互为强弱，齐之无君，鲁之利也。请勿动，以观其变。"庄公踌躇未决。时夫人文姜因襄公被弑，自祝邱归于鲁国，日夜劝其子兴兵伐齐，讨无知之罪，为其兄报仇。及闻无知受戮，齐使来迎公子纠为君，不胜之喜。主定纳纠，催促庄公起程。庄公为母命所迫，遂不听施伯之言，亲率兵车三百乘，用曹沫 mò 为大将，秦子、梁子为左右，护送公子纠入齐。管夷吾谓鲁侯曰："公子小白在莒，莒地比鲁为近，倘彼先入，主客分矣。乞假臣良马，先往邀之。"鲁侯曰："甲卒几何？"夷吾曰："三十乘足矣。"

却说公子小白闻国乱无君，与鲍叔牙计议，向莒子借得兵车百乘，护送还齐。这里管夷吾引兵昼夜奔驰，行至即墨，闻莒兵已过，从后追之。又行三十余里，正遇莒兵停车造饭。管夷吾见小白端坐车中，上前鞠躬曰："公子别来无恙，今将何往？"小白曰："欲奔父丧耳。"管夷吾曰："纠居长，分应主丧；公子幸少留，无自劳苦。"鲍叔牙曰："仲且退，各为其主，不必多言！"夷吾见莒兵睁眉怒目，有争斗之色，诚恐众寡不敌，乃佯诺而退。蓦地弯弓搭箭，觑定小白，飕的射来。小白大喊一声，口吐鲜血，倒于车上。鲍叔牙急忙来救，从人尽叫道："不好了！"一齐啼哭起来。管夷吾率领那三十乘，加鞭飞跑去了。夷吾在路叹曰："子纠有福，合为君也！"还报鲁侯，酌酒与子纠称庆。此时放心落意，一路邑长献饩进馔 zhuàn 食物，遂缓缓而行。

谁知这一箭，只射中小白的带钩。小白知夷吾妙手，恐他又射，一时急智，嚼破舌尖，喷血诈倒，连鲍叔牙都瞒过了。鲍叔牙曰："夷吾虽去，恐其又来，此行不可迟也。"乃使小白变服，载以温车，从小路疾驰。将近临淄，鲍叔牙单车先入城中，遍谒诸大夫，盛称公子小白之贤。诸大夫曰："子纠将至，何以处之？"鲍叔牙曰："齐连弑二君，非贤者不能定乱，况迎子纠而小白先至，天也。鲁君纳纠，其望报不浅。昔宋立子突，索赂无厌，兵连数年。吾国多难之余，能堪鲁之征求乎？"诸大夫曰："然则何以谢鲁侯？"叔牙曰："吾已有君，彼自退矣。"大夫隰 xí 朋、东郭牙齐声曰："叔言是也。"于是迎小白入城即位，是为桓公。髯翁有诗单咏射钩之事。诗曰：

　　鲁公欢喜莒人愁，谁道区区中带钩。

　　但看一时权变处，便知有智合诸侯。

鲍叔牙曰："鲁兵未至，宜预止之。"乃遣仲孙湫 qiū 往迎鲁庄公，告以有君。庄公知小白未死，大怒曰："立子以长，孺子安得为君？孤不能空以三军退也。"仲孙湫回报。齐桓公曰："鲁兵不退，奈何？"鲍叔牙曰："以兵拒之。"乃使王子成父将右军，宁越副之；东郭牙将左军，仲孙湫副之；鲍叔牙奉桓公亲将中军，雍廪为先锋。兵车共五百乘。分拨已定，东郭牙请曰："鲁君虑吾有备，必不长驱。乾时水草方便，此驻兵之处也。若设伏以待，乘其不备，破之必矣！"鲍叔牙曰："善。"使宁越、仲孙湫各率本部，分路埋伏。使王子成父、东郭牙从他路抄出鲁兵之后，雍廪挑战诱敌。

却说鲁庄公同子纠行至乾时，管夷吾进曰："小白初立，人心未定，宜速乘之，必有内变。"庄公曰："如仲之言，小白已射死久矣。"遂出令于乾时安营。鲁侯营于前，子纠营于后，相去二十里。次早谍报："齐兵已到，先锋雍廪索战。"鲁庄公曰："先破齐师，城中自然寒胆也。"遂引秦子、梁子驾戎车而前，呼雍廪亲数之曰："汝首谋诛贼，求君于我。今又改图，信义安在?"挽弓欲射雍廪。雍廪佯作羞惭，抱头鼠窜。庄公命曹沫逐之。雍廪转辕来战，不几合又走。曹沫不舍，奋生平之勇，挺着画戟赶来，却被鲍叔牙大兵围住。曹沫深入重围，左冲右突，身中两箭，死战方脱。

却说鲁将秦子、梁子恐曹沫有失，正待接应，忽闻左右炮声齐震，宁越、仲孙湫两路伏兵齐起，鲍叔牙率领中军，如墙而进。三面受敌，鲁兵不能抵挡，渐渐奔散。鲍叔牙传令："有能获鲁侯者，赏以万家之邑。"使军中大声传呼。秦子急取鲁侯绣字黄旗，偃放倒之于地，梁子复取旗建于自车之上。秦子问其故，梁子曰："吾将以误齐也。"鲁庄公见事急，跳下戎车，别乘辎车，微服而逃。秦子紧紧跟定，杀出重围。宁越望见绣旗，伏于下道，认是鲁君，麾兵围之数重。梁子免胄以面示曰："吾鲁将也，吾君已去远矣。"鲍叔牙知齐军已全胜，鸣金收军。仲孙湫献戎辂。宁越献梁子，齐侯命斩于军前。齐侯因王子成父、东郭牙两路兵尚无下落，留宁越、仲孙湫屯于乾时。大军奏凯先回。

再说管夷吾等管辖辎重，在于后营，闻前营战败，教召忽同公子纠守营，悉起兵车自来接应。正遇鲁庄公，合兵一处，曹沫亦收拾残车败卒奔回。计点之时，十停折去其七，夷吾曰："军气已丧，不可留矣!"乃连夜拔营而起。行不二日，忽见兵车当路，乃是王子成父、东郭牙抄出鲁兵之后。曹沫挺戟大呼曰："主公速行，吾死于此!"顾秦子曰："汝当助吾。"秦子便接住王子成父厮杀，曹沫便接住东郭牙厮杀。管夷吾保着鲁庄公，召忽保着公子纠，夺路而行。有红袍小将追鲁侯至急，鲁庄公一箭，正中其额。又有一白袍者追来，庄公亦射杀之。齐兵稍却。管仲教把辎重甲兵乘马之类，连路委弃_{丢弃}，恣任凭，放纵齐兵抢掠，方才得脱。曹沫左膊复中一刀，尚刺杀齐军无数，溃围而出。秦子战死于阵。史官论鲁庄公乾时之败，实为自取。有诗叹云：

> 子纠本是仇人胤，何必勤兵往纳之。
>
> 若念深仇天不戴，助纠不若助无知。

鲁庄公等脱离虎口，如漏网之鱼，急急奔走。隰朋、东郭牙从后赶来，直追过汶水，将鲁境内汶 wèn 阳之田，尽侵夺之，设守而去。鲁人不敢争较，齐兵大胜而归。

齐侯小白早朝，百官称贺。鲍叔牙进曰："子纠在鲁，有管夷吾、召忽为辅，鲁又助之，心腹之疾尚在，未可贺也。"齐侯小白曰："为之奈何?"鲍叔牙曰："乾时一战，鲁君臣胆寒矣!臣当统三军之众，压鲁境上，请讨子纠，鲁必

惧而从也。"齐侯曰:"寡人请举国以听子。"鲍叔牙乃简阅车马,率领大军,直至汶阳,清理疆界。遣公孙隰朋致书于鲁侯曰:

> 外臣鲍叔牙,百拜鲁贤侯殿下:家无二主,国无二君。寡君已奉宗庙①,公子纠欲行争夺,非不二之谊也。寡君以兄弟之亲,不忍加戮,愿假手于上国。管仲、召忽,寡君之仇,请受而戮于太庙。

隰朋临行,鲍叔牙嘱之曰:"管夷吾天下奇才,吾言于君,将召而用之,必令无死。"隰朋曰:"倘鲁欲杀之如何?"鲍叔曰:"但提起射钩之事,鲁必信矣。"隰朋唯唯而去。鲁侯得书,即召施伯。不知如何计议,再听下回分解。

---

① 奉宗庙:继承君位,祭祀祖先。

仲蔫扑
纪囚
槛辇

白氏戰

留香敗勣醬

第十六回　释槛囚鲍叔荐仲　战长勺曹刿败齐

却说鲁庄公得鲍叔牙之书,即召施伯计议曰:"向不听子言,以致兵败。今杀纠与存纠孰利?"施伯曰:"小白初立,即能用人,败我兵于乾时,此非子纠之比也。况齐兵压境,不如杀纠,与之讲和。"时公子纠与管夷吾、召忽俱在生窦,鲁庄公使公子偃将兵袭之,杀公子纠,执召忽、管仲至鲁。将纳槛车,召忽仰天大恸曰:"为子死孝,为臣死忠,分也。忽将从子纠于地下,安能受桎梏zhì gù 脚镣,手铐之辱?"遂以头触殿柱而死。管夷吾曰:"自古人君,有死臣必有生臣,吾且生入齐国,为子纠白冤。"便束身入槛车之中。施伯私谓鲁庄公曰:"臣观管子之容,似有内援,必将不死。此人天下奇才,若不死,必大用于齐;大用于齐,必霸天下。鲁自此奉奔走矣。君不如请于齐而生之。管子生,则必德我。德我而为我用,齐不足虑也。"庄公曰:"齐君之仇而我留之,虽杀纠,怒未解也。"施伯曰:"君以为不可用,不如杀之,以其尸授齐。"庄公曰:"善。"公孙隰朋闻鲁将杀管夷吾,疾趋鲁庭,来见庄公曰:"夷吾射寡君中钩,寡君恨之切骨,欲亲加刃,以快其志。若以尸还,犹不杀也。"庄公信其言,遂囚夷吾,并函封子纠、召忽之首,交付隰朋。隰朋称谢而行。

却说管夷吾在槛车中,已知鲍叔牙之谋,诚恐:"施伯智士,虽然释放,倘或翻悔,重复追还,吾命休矣。"心生一计,制成《黄鹄》之词,教役人歌之。词曰:

> 黄鹄黄鹄,戢其翼,絷其足,不飞不鸣兮笼中伏。高天何跼①兮,厚地何蹐②。丁阳九兮逢百六。引颈长呼兮继之以哭。黄鹄黄鹄,天生汝翼兮能飞,天生汝足兮能逐,遭此网罗兮谁与赎? 一朝破樊而出兮,吾不知其升衢③而渐陆。嗟彼弋人④兮,徒旁观而踯躅。

役人既得此词,且歌且走,乐而忘倦。车驰马奔,计一日得两日之程,遂出鲁境。鲁庄公果然追悔,使公子偃追之,不及而返。夷吾仰天叹曰:"吾今日乃更生也!"行至堂阜,鲍叔牙先在,见夷吾如获至宝,迎之入馆,曰:"仲幸无恙!"即命破槛出之。夷吾曰:"非奉君命,未可擅脱。"鲍叔牙曰:"无伤也,吾

---

①跼(jú):狭窄。　②蹐:局促。　③衢(qú):大路。　④弋人:射鸟的人。

行且将要荐子。"夷吾曰:"吾与召忽同事子纠,既不能奉以君位,又不能死于其难,臣节已亏矣,况复反面而事仇人? 召忽有知,将笑我于地下。"鲍叔牙曰:"成大事者不恤小耻,立大功者不拘小谅。子有治天下之才,未遇其时。主公志大识高,若得子为辅,以经营齐国,霸业不足道也。功盖天下,名显诸侯,孰与守匹夫之节,行无益之事哉?"夷吾嘿然不语。乃解其束缚,留之于堂阜。鲍叔遂回临淄,见桓公,先吊后贺。桓公曰:"何吊也?"鲍叔牙曰:"子纠,君之兄也。君为国灭亲,诚非得已,臣敢不吊?"桓公曰:"虽然,何以贺寡人?"鲍叔牙曰:"管子天下奇才,非召忽比也,臣已生致之。君得一贤相,臣敢不贺?"桓公曰:"夷吾射寡人中钩,其矢尚在。寡人每戚戚于心,得食其肉不厌,况可用乎?"鲍叔牙曰:"人臣者各为其主。射钩之时,知有纠不知有君。君若用之,当为君射天下,岂特一人之钩哉?"桓公曰:"寡人姑听之,赦勿诛。"鲍叔牙乃迎管夷吾至于其家,朝夕谈论。

　　却说齐桓公修援立之功,高国世卿,皆加采邑。欲拜鲍叔牙为上卿,任以国政。鲍叔牙曰:"君加惠于臣,使不冻馁,则君之赐也! 至于治国家,则非臣之所能也。"桓公曰:"寡人知卿,卿不可辞。"鲍叔牙曰:"所谓知臣者,小心敬慎,循礼守法而已。此具臣之事,非治国家之才也。夫治国家者,内安百姓,外抚四夷,勋加于王室,泽布于诸侯,国有泰山之安,君享无疆之福,功垂金石钟鼎碑碣,用于记功,名播千秋。此帝臣王佐之任,臣何以堪之?"桓公不觉欣然动色,促膝而前曰:"如卿所言,当今亦有其人否?"鲍叔牙曰:"君不求其人则已,必求其人,其管夷吾乎? 臣所不若夷吾者有五:宽柔惠民,弗若也;治国家不失其柄,弗若也;忠信可结于百姓,弗若也;制礼义可施于四方,弗若也;执枹鼓槌鼓立于军门,使百姓敢战无退,弗若也。"桓公曰:"卿试与来,寡人将叩其所学。"鲍叔牙曰:"臣闻:'贱不能临贵,贫不能役富,疏不能制亲。'君欲用夷吾,非置之相位,厚其禄入,隆以父兄之礼不可。夫相者,君之亚副手也,相而召之,是轻之也。相轻则君亦轻。夫非常之人,必待以非常之礼,君其卜而郊迎之。四方闻君之尊贤礼士而不计私仇,谁不思效用于齐者?"桓公曰:"寡人听子。"乃命太卜择吉日,郊迎管子。鲍叔牙仍送管夷吾于郊外公馆之中。至期,三浴而三衅香熏之。衣冠袍笏,比于上大夫。桓公亲自出郊迎之,与之同载入朝。百姓观者如堵,无不骇然。史官有诗云:

　　　争贺君侯得相臣,谁知即是槛车人。

　　　只因此日捐私忿,四海欣然号霸君。

　　管夷吾已入朝,稽首谢罪。桓公亲手扶起,赐之以坐。夷吾曰:"臣乃俘戮之余,得蒙宥死,实为万幸,敢辱过礼?"桓公曰:"寡人有问于子,子必坐,然后敢请。"夷吾再拜就坐。桓公曰:"齐,千乘之国,先僖公威服诸侯,号为小霸。自先襄公政令无常,遂构大变。寡人获主社稷,人心未定,国势不张。今欲修理国政,立纲陈纪,其道何先?"夷吾对曰:"礼义廉耻,国之四维,四维不张,国乃灭亡。今日君欲立国之纲纪,必张四维,以使其民,则纪纲立而国势振矣。"桓公曰:"如何而能使民?"夷吾对曰:"欲使民者,必先爱民,而后有以处之。"桓公曰:"爱民之道若何?"对曰:"公修公族,家修家族,相连以事,相及以禄,则民相亲矣。赦旧罪,修旧宗,立无后,则民殖矣。省刑罚,薄税敛,则民富矣。卿建贤士,使教于国,则民有礼矣。出令不改,则民正矣,此爱民之道也。"桓公曰:"爱民之道既行,处之道若何?"对曰:"士农工商,谓之四民。士之子常为士,农之子常为农,工商之子常为工商,习焉安焉,不迁其业,则民自安矣。"

　　桓公曰:"民既安矣,甲兵不足,奈何?"对曰:"欲足甲兵,当制赎刑:重罪赎以犀甲一戟,轻罪赎以鞼_{guì}盾一戟,小罪分别入金,疑罪则宥之,讼理相等者,令纳束矢,许其平。金既聚矣,美者以铸剑戟,试诸犬马。恶者以铸锄夷斤<u>一种除草、平地的工具</u>欘_{zhú 锄头一类的农具},试诸壤土。"桓公曰:"甲兵既定,财用不足如何?"对曰:"销山为钱,煮海为盐,其利通于天下。因收天下百物之贱者而居之,以时贸易,为女闾三百,以安行商。商旅如归,百货骈集,因而税之,以佐军兴。如是而财用可足矣。"桓公曰:"财用既足,然军旅不多,兵势不振,如何而可?"对曰:"兵贵于精,不贵于多,强于心,不强于力。君若正卒伍,修甲兵,天下诸侯皆将正卒伍,修甲兵,臣未见其胜也。君若强兵,莫若隐其名而修其实。臣请作内政而寄之以军令焉。"桓公曰:"内政若何?"对曰:"内政之法,制国以为二十一乡。工商之乡六,士之乡十五。工商足财,士足兵。"桓公曰:"何以足兵?"对曰:"五家为轨,轨为之长。十轨为里,里设有司。四里为连,连为之长。十连为乡,乡有良人焉,即以此为军令。五家为轨,故五人为伍,轨长率之。十轨为里,故五十人为小戎,里有司率之。四里为连,故二百人为卒,连长率之。十连为乡,故二千人为旅,乡良人率之。五乡立一师,故万人为一军,五乡之师率之。十五乡出三万人,以为三军。君主中军,高国二子各主一军。四时之隙,从事田猎:春曰蒐,以索不孕之兽;夏曰苗,以除五谷之灾;秋曰狝_{xiǎn},行杀以顺秋气;冬曰狩,围守以告成功,使民习于武事。是故军伍整于里,军旅整于郊,内教既成,勿令迁徙。伍之人祭祀同福,死丧同恤,人与人相俦_{chóu 同类},家与家相俦,世同居,少同游。故夜战声相闻，足以不乖，昼战目相识，足以不散，其欢欣足以相死。居则同乐，死则同哀，守则同固，战则同强。有此三万人，足以横行于天下。"

桓公曰："兵势既强，可以征天下诸侯乎？"对曰："未可也。周室未屏，邻国未附，君欲从事于天下诸侯，莫若尊周而亲邻国。"桓公曰："其道若何？"对曰："审吾疆场，而反其侵地，重为皮币以聘问，而勿受其赍，则四邻之国亲我矣。请以游士八十人，奉之以车马衣裘，多其赍帛，使周游于四方，以号召天下之贤士。又使人以皮币玩好，鬻yù售卖行四方，以察其上下之所好。择其瑕有缺点的人者而攻之，可以益地，择其淫乱篡弑者而诛之，可以立威。如此，则天下诸侯，皆相率而朝于齐矣。然后率诸侯以事周，使修职贡，则王室尊矣。方伯通"霸"，称霸之名，君虽欲辞之，不可得也。"桓公与管夷吾连语三日三夜，字字投机，全不知倦。桓公大悦，乃复斋戒三日，告于太庙，欲拜管夷吾为相，夷吾辞而不受。桓公曰："吾纳子之伯策。欲成吾志，故拜子为相，何为不受？"对曰："臣闻大厦之成，非一木之材也；大海之润，非一流之归也。君必欲成其大志，则用五杰。"桓公曰："五杰为谁？"对曰："升降揖逊谦让，进退闲习，辨辞之刚柔，臣不如隰朋，请立为大司行；垦草莱，辟土地，聚粟众多，尽地之利，臣不如宁越，请立为大司田；平原广牧，车不结辙车辙交错，指退车往回驶，士不旋踵掉转脚跟，指退回，鼓之而三军之士视死如归，臣不如王子成父，请立为大司马；决狱执中，不杀无辜，不诬无罪，臣不如宾须无，请立为大司理；犯君颜色，进谏必忠，不避死亡，不挠富贵，臣不如东郭牙，请立为大谏之官。君若欲治国强兵，则五子者存矣。若欲霸王，臣虽不才，强成君命，以效区区。"桓公遂拜管夷吾为相国，赐以国中市租一年。其隰朋以下五人，皆依夷吾所荐，一一拜官，各治其事。遂悬榜国门，凡所奏富强之策，次第尽举而行之。

他日，桓公又问于管夷吾曰："寡人不幸而好田，又好色，得毋害于霸乎？"夷吾对曰："无害也。"桓公曰："然则何为而害霸？"夷吾对曰："不知贤，害霸；知贤而不用，害霸；用而不任，害霸；任而复以小人参之，害霸。"桓公曰："善。"于是专任夷吾，尊其号曰仲父，恩礼在高国之上："国有大政，先告仲父，次及寡人。有所施行，一凭仲父裁决。"又禁国人语言，不许犯夷吾之名，不问贵贱，皆称仲，盖古人以称字为敬也。

却说鲁庄公闻齐国拜管仲为相，大怒曰："悔不从施伯之言，反为孺子所欺！"乃简车蒐乘，谋伐齐以报乾时之仇。齐桓公闻之，谓管仲曰："孤新嗣位，不欲频受干戈，请先伐鲁何如？"管仲对曰："军政未定，未可用也。"桓公不听,遂拜鲍叔牙为将,率师直犯长勺。鲁庄公问于施伯曰:"齐欺吾太甚,何以御之?"施伯曰:"臣荐一人,可以敌齐。"庄公曰:"卿所荐何人?"施伯对曰:"臣识一人,姓曹名刿 guì,隐于东平之乡,从未出仕。其人真将相之才也。"庄公命施伯往招之。刿笑曰:"肉食者无谋,乃谋及藿 huò 豆叶食耶?"施伯曰:"藿食能谋,行且肉食矣。"遂同见庄公。庄公问曰:"何以战齐?"曹刿曰:"兵事临机制胜,非可预言,愿假臣一乘,使得预谋于行间。"庄公喜其言,与之共载,直趋长勺。鲍叔牙闻鲁侯引兵而来,乃严阵以待。庄公亦列阵相持。鲍叔牙因乾时得胜,有轻鲁之心,下令击鼓进兵,先陷者重赏。庄公闻鼓声震地,亦教鸣鼓对敌。曹刿止之曰:"齐师方锐,宜静以待之。"传令军中:"有敢喧哗者斩。"齐兵来冲鲁阵,阵如铁桶,不能冲动,只得退后。少顷,对阵鼓声又震,鲁军寂如不闻,齐师又退。鲍叔牙曰:"鲁怯战耳。再鼓之,必走。"曹刿又闻鼓响,谓庄公曰:"败齐此其时矣,可速鼓之!"论鲁是初次鸣鼓,论齐已是第三通鼓了。齐兵见鲁兵两次不动,以为不战,都不在意了。谁知鼓声一起,突然而来,刀砍箭射,势如疾雷不及掩耳,杀得齐兵七零八落,大败而奔。庄公欲行追逐,曹刿曰:"未可也,臣当察之。"乃下车,将齐兵列阵之处周围看了一遍,复登车轼 shì 车前扶手的横木远望,良久曰:"可追矣。"庄公乃驱车而进,追三十余里方还,所获辎重甲兵无算。不知后事如何,再看下回分解。

宋閔納賂誅長萬

楚王榻酒虜息媯

第十七回　宋国纳赂诛长万　楚王杯酒虏息妫

话说鲁庄公大败齐师，乃问于曹刿曰："卿何以一鼓而胜三鼓，有说乎？"曹刿曰："夫战以气为主，气勇则胜，气衰则败。鼓，所以作气也。一鼓气方盛，再鼓则气衰，三鼓则气竭。吾不鼓以养三军之气，彼三鼓而已竭，我一鼓而方盈。以盈御竭，不胜何为？"庄公曰："齐师既败，始何所见而不追，继何所见而追？请言其故。"曹刿曰："齐人多诈，恐有伏兵，其败走未可信也。吾视其辙迹纵横，军心已乱，又望其旌旗不整，急于奔驰，是以逐之。"庄公曰："卿可谓知兵矣！"乃拜为大夫，厚赏施伯荐贤之功。髯翁有诗云：

> 强齐压境举朝忧，韦布谁知握胜筹？
>
> 莫怪边庭捷报杳，縣来肉食少佳谋。

时周庄王十三年之春。齐师败归，桓公怒曰："兵出无功，何以服诸侯乎？"鲍叔牙曰："齐、鲁皆千乘之国，势不相下，以主客为强弱。昔乾时之战，我为主，是以胜鲁。今长勺之战，鲁为主，是以败于鲁。臣愿以君命乞师于宋，齐、宋同兵，可以得志。"桓公许之。乃遣使行聘遣使访问于宋，请出宋师。宋闵公捷，自齐襄公时，两国时常共事，今闻小白即位，正欲通好，遂订师期，以夏六月初旬，兵至郎城相会。

至期，宋使南宫长万为将，猛获副之。齐使鲍叔牙为将，仲孙湫副之。各统大兵，集于郎城，齐军于东北，宋军于东南。鲁庄公曰："鲍叔牙挟忿 fèn 而来，加以宋助，南宫长万有触山举鼎之力，吾国无其对手，两军并峙，互为犄角，何以御之？"大夫公子偃进曰："容臣自出觇 chān 窥探，查看其军。"还报曰："鲍叔牙有戒心，军容甚整。南宫长万自恃其勇，以为无敌，其行伍杂乱。倘自雩 yú 门窃出，掩其不备，宋可败也。宋败，齐不能独留矣。"庄公曰："汝非长万敌也。"公子偃曰："臣请试之。"庄公曰："寡人自为接应。"公子偃乃以虎皮百余，冒蒙，覆盖于马上，乘月色朦胧，偃旗息鼓，开雩门而出。将近宋营，宋兵全然不觉。公子偃命军中举火，一时金鼓喧天，直前冲突。火光之下，遥见一队猛虎咆哮，宋营人马，无不股栗，四下惊皇，争先驰奔。南宫长万虽勇，争奈怎奈车徒先散，只得驱车而退。鲁庄公后队已到，合兵一处，连夜追逐。到乘丘地方，南宫长万谓猛获曰："今日必须死战，不然不免。"猛获应声而出，刚遇公子偃，两下对杀。南宫长万挺着长戟，直撞入鲁侯大军，逢人便刺。鲁兵惧其骁勇，无敢近前。庄公谓戎右颛孙生曰："汝素以力闻，能与长万决一胜负乎？"颛孙生亦挺大戟，径寻长万交锋。庄公登轵望之，见颛孙生战长万不下，顾左右曰："取我金仆姑来！"金仆姑者，鲁军府之劲矢也。左右捧矢以进，庄公搭上弓弦，觑得长万亲切，"飕"的一箭，正中右肩，深入于骨。长万甩手拔箭，颛孙生乘其手慢，复尽力一戟，刺透左股。长万倒撞于地，急欲挣扎，被颛孙生跳下车来，双手紧紧按定，众军一拥上前擒住。猛获见主将被擒，弃车而逃。鲁庄公大获全胜，鸣金收军。颛孙生解长万献功。长万肩股被创，尚能挺立，毫无痛楚之态。庄公爱其勇，厚礼待之。鲍叔牙知宋师失利，全军而返。

是年，齐桓公遣大行隰朋告即位于周，且求婚焉。明年，周使鲁庄公主婚，将王姬下嫁于齐。徐、蔡、卫各以其女来媵。因鲁有主婚之劳，故此齐、鲁复通，各捐舍弃两败之辱，约为兄弟。其秋，宋大水，鲁庄公曰："齐既通好，何恶于宋？"使人吊之。宋感鲁恤灾之情，亦遣人来谢，因请南宫长万。鲁庄公释之归国。自此三国和好，各消前隙。髯翁有诗曰：

> 乾时长勺互雄雌，又见乘丘覆宋师。
> 胜负无常终有失，何如修好两无危？

却说南宫长万归宋，宋闵公戏之曰："始吾敬子，今子鲁囚也，吾弗敬子矣。"长万大惭而退。大夫仇牧私谏闵公曰："君臣之间，以礼相交，不可戏也。戏则不敬，不敬则慢，慢而无礼，悖逆将生，君必戒之。"闵公曰："孤与长万习狎 xiá 亲近，无伤也。"

再说周庄王十五年，王有疾，崩。太子胡齐立，是为僖王。讣告至宋。时宋闵公与宫人游于蒙泽，使南宫长万掷戟为戏。原来长万有一绝技，能掷戟于空中，高数丈，以手接之，百不失一。宫人欲观其技，所以闵公召长万同游。长万奉命耍弄了一回，宫人都夸奖不已。闵公微有妒恨之意，命内侍取博局棋盘与长万决赌，以大金斗盛酒为罚。这博戏却是闵公所长，长万连负五局，罚酒五斗，已醉到八九分地位了，心中不服，再请覆局。闵公曰："囚乃常败之家，安敢复与寡人赌胜？"长万心怀惭忿，嘿嘿无言。忽宫侍报道："周王有使命到。"闵公问其来意，乃是报庄王之丧，且告立新王。闵公曰："周已更立新王，即当遣使吊贺。"长万奏曰："臣未赌王都之盛，愿奉使一往！"闵公笑曰："宋国即无人，何至以囚奉使？"宫人皆大笑。长万面颊发赤，羞变成怒，兼乘酒醉，一时性起，不顾君臣之分，大骂曰："无道昏君，汝知囚能杀人乎?"闵公亦怒曰:"贼囚!怎敢无礼!"便去抢长万之戟,欲以刺之。长万也不来夺戟,径提博局,把闵公打倒。再复挥拳,呜呼哀哉,闵公死于长万拳下。宫人惊散。长万怒气犹勃勃未息,提戟步行,及于朝门,遇大夫仇牧,问主公何在,长万曰:"昏君无礼,吾已杀之矣。"仇牧笑曰:"将军醉耶?"长万曰:"吾非醉,乃实话也。"遂以手中血污示之。仇牧勃然变色,大骂:"弑逆之贼,天理不容!"便举笏来击长万。怎当得长万有力如虎,掷戟于地,以手来迎。左手将笏hù打落,右手一挥,正中其头,头如齑jī粉。齿折,随手跃去,嵌入门内三寸,真绝力也!仇牧已死,长万乃拾起画戟,缓步登车,旁若无人。宋闵公即位共十年,只因一句戏言,遂遭逆臣毒手。春秋世乱,视弑君不啻割鸡,可叹,可叹!史臣有《仇牧赞》云:

世降道斁①,纲常扫地。堂帘不隔,君臣交戏。君戏以言,臣戏以戟。壮哉仇牧,以笏击贼。不畏强御,忠肝沥血。死重泰山,名光日月。

太宰华督闻变,挺剑登车,将起兵讨乱。行至东宫之西,正遇长万。长万并不交言,一戟刺去,华督坠于车下,又复一戟杀之。遂奉闵公之从弟公子游为君,尽逐戴、武、宣、穆、庄之族。群公子出奔萧,公子御说奔亳bó。长万曰:"御说文而有才,且君之嫡弟,今在亳,必有变。若杀御说,群公子不足虑也。"乃使其子南宫牛同猛获率师围亳。

冬十月,萧叔大心率戴、武、宣、穆、庄五族之众,又合曹国之师救亳。公子御说悉起亳人,开城接应,内外夹攻,南宫牛大败被杀,宋兵尽降于御说。猛获不敢回宋,径投卫国去了。戴叔皮献策于御说:"即用降兵旗号,假称南宫牛等已克亳邑,擒了御说,得胜回朝。"先使数人一路传言,南宫长万信之,不做准备。群公子兵到,赚开城门,一拥而入,只叫:"单要拿逆贼长万一人,余人勿得惊慌。"长万仓忙无计,急奔朝中,欲奉子游出奔。见满朝俱是甲士填塞,有内侍走出,言子游已被众军所杀。长万长叹一声,思列国惟陈与宋无交,欲待奔陈。又想家有八十余岁老母,叹曰:"天伦不可弃也!"复翻身至家,扶母登辇,左手挟戟,右手推辇而行,斩门而出,其行如风,无人敢拦阻者。宋国至陈,相去二百六十余里,长万推辇,一日便到。如此神力,古今罕有。

却说群公子既杀子游,遂奉公子御说即位,是为桓公。拜戴叔皮为大夫,选五族之贤者为公族大夫。萧叔大心仍归守萧,遣使往卫,请执猛获,再遣使往陈,请执南宫长万。公子目夷时止五岁,侍于宋桓公之侧,笑曰:"长

---

①斁(dù):败坏。

万不来矣。"宋公曰:"童子何以知之?"目夷曰:"勇力人所敬也,宋之所弃,陈必庇之。空手而行,何爱于我意思是不带重礼去,陈国是不会施恩惠给我的?"宋公大悟,乃命赍重宝以赂之。

先说宋使至卫,卫惠公问于群臣曰:"与猛获,与不与孰便?"群臣皆曰:"人急而投我,奈何弃之?"大夫公孙耳谏曰:"天下之恶,一也。宋之恶犹卫之恶,留一恶人,于卫何益。况卫、宋之好旧矣,不遣获,宋必怒。庇一人之恶而失一国之欢,非计之善也。"卫侯曰:"善。"乃缚猛获以畀 bì 宋。

再说宋使至陈,以重宝献于陈宣公。宣公贪其赂,许送长万。又虑长万绝力难制,必须以计困之,乃使公子结谓长万曰:"寡君得吾子,犹获十城。宋人虽百请,犹不从也。寡君恐吾子见疑,使结布腹心陈述自己内心的想法。如以陈国褊小,更适大国,亦愿从容数月,为吾子治车乘。"长万泣曰:"君能容万,万又何求?"公子结乃携酒为欢,结为兄弟。明日,长万亲至公子结之家称谢。公子结复留款,酒半,大出婢妾劝酬。长万欢饮大醉,卧于坐席。公子结使力士以犀革包裹,用牛筋束之,并囚其老母,星夜传至于宋。至半路,长万方醒,奋身蹴踏,革坚缚固,终不能脱。将及宋城,犀革俱被挣破,手足皆露于外。押送军人以槌击之,胫骨俱折。宋桓公命与猛获一同绑至市曹,剁为肉泥。使庖人治为醢 hǎi 肉酱,遍赐群臣曰:"人臣有不能事君者,视此醢矣!"八十岁老母,亦并诛之。髯翁有诗叹曰:

　　可惜赳赳力绝伦,但知母子昧君臣。

　　到头骈戮难追悔,好谕将来造逆人。

宋桓公以萧叔大心有救亳之功,升萧为附庸,称大心为萧君。念华督死难,仍用其子家为司马,自是华氏世为宋大夫。

再说齐桓公自长勺大挫之后,深悔用兵。乃委国管仲,日与妇人饮酒为乐。有以国事来告者,桓公曰:"何不告仲父?"时有竖貂者,乃桓公之幸童娈童。因欲亲近内庭,不便往来,乃自宫自己阉割自己以进。桓公怜之,宠信愈加,不离左右。又齐之雍邑人名巫者,谓之雍巫,字易牙,为人多权术,工擅长射御,兼精于烹调之技。一日,卫姬病,易牙和五味以进,卫姬食之而愈,因爱近之。易牙又以滋味媚竖貂,貂荐之于桓公。桓公召易牙而问曰:"汝善调味乎?"对曰:"然。"桓公戏曰:"寡人尝鸟兽虫鱼之味几遍矣。所不知者,人肉味何如耳?"易牙既退,及午膳,献蒸肉一盘,嫩如乳羊,而甘美过之。桓公食之尽,问易牙曰:"此何肉,而美至此?"易牙跪而对曰:"此人肉也。"桓公大惊,问:"何从得之?"易牙曰:"臣之长子三岁矣。臣闻'忠君者不有其家',

君未尝人味,臣故杀子以适君之口。"桓公曰:"子退矣!"桓公以易牙为爱己,亦宠信之。卫姬复从中称誉。自此竖貂、易牙内外用事,阴忌管仲。至是,竖貂与易牙合词进曰:"闻'君出令,臣奉令',今君一则仲父,二则仲父,齐国疑于无君矣。"桓公笑曰:"寡人于仲父,犹身之有股肱也。有股肱方成其身,有仲父方成其君。尔等小人何知?"二人乃不敢再言。管仲秉政三年,齐国大治。髯仙有诗云:

　　　疑人勿用用无疑,仲父当年独制齐。

　　　都似桓公能信任,貂巫百口亦何为?

是时楚方强盛,灭邓,克权,服随,败郧 yún,盟绞,役息。凡汉东小国,无不称臣纳贡。惟蔡恃与齐侯婚姻,中国诸侯通盟同兵,未曾服楚。至文王熊赀,称王已及二世,有斗祈、屈重、斗伯比、蒍章、斗廉、鬻拳诸人为辅,虎视汉阳,渐有侵轶中原之意。

却说蔡哀侯献舞,与息侯同娶陈女为夫人。蔡娶在先,息娶在后。息夫人妫氏有绝世之貌,因归宁于陈,道经蔡国。蔡哀侯曰:"吾姨至此,岂可不一相见?"乃使人要至宫中款待,语及戏谑,全无敬客之意。息妫大怒而去。及自陈返息,遂不入蔡国。息侯闻蔡侯怠慢其妻,思以报之。乃遣使入贡于楚,因密告楚文王曰:"蔡恃中国,不肯纳款,若楚兵加我,我因求救于蔡,蔡君勇而轻,必然亲来相救。我因与楚合兵攻之,献舞可虏也。既虏献舞,不患蔡不朝贡矣。"楚文王大喜,乃兴兵伐息。息侯求救于蔡,蔡哀侯果起大兵,亲来救息。安营未定,楚伏兵齐起。哀侯不能抵当,急走息城,息侯闭门不纳,乃大败而走。楚兵从后追赶,直至莘野,活虏哀侯归国。息侯大犒楚军,送楚文王出境而返。蔡哀侯始知中了息侯之计,恨之入骨。

楚文王回国,欲杀蔡哀侯烹之,以飨太庙。鬻拳谏曰:"王方有事中原,若杀献舞,诸侯皆惧矣! 不如归之,以取成焉。"再四苦谏,楚文王只是不从。鬻拳愤气勃发,乃左手执王之袖,右手拔佩刀拟王曰:"臣当与王俱死,不忍见王之失诸侯也!"楚王惧,连声曰:"孤听汝!"遂舍蔡侯。鬻拳曰:"王幸听臣言,楚国之福。然臣而劫君,罪当万死,请伏斧锧 zhì 古代斩人的刑具,斧类!"楚王曰:"卿忠心贯日,孤不罪也。"鬻拳曰:"王虽赦臣,臣何敢自赦?"即以佩刀自断其足,大呼曰:"人臣有无礼于君者,视此!"楚王命藏其足于大府:"以识孤违谏之过!"使医人疗治鬻拳之病,虽愈不能行走。楚王使为大阍,以掌城门,尊之曰太伯。遂释蔡侯归国,大排筵席,为之饯行,席中盛张女乐。有弹筝女子仪容秀丽,楚王指谓蔡侯曰:"此女色技俱胜,可进一觞 shāng。"即命此女以大觥 gōng 古代酒器 送蔡侯，蔡侯一饮而尽。还斟大觥，亲为楚王寿。楚王笑曰："君生平所见，有绝世美色否？"蔡侯想起息侯导楚败蔡之仇，乃曰："天下女色，未有如息妫之美者，真天人也。"楚王曰："其色何如？"蔡侯曰：目如秋水，脸似桃花，长短适中，举动生态，目中未见其二！"楚王曰："寡人得一见息夫人，死不恨矣！"蔡侯曰："以君之威，虽齐姬、宋子，致之不难，何况宇下一妇人乎？"楚王大悦，是日尽欢而散。蔡侯遂辞归本国。

　　楚王思蔡侯之言，欲得息妫，假以巡方为名，来至息国。息侯迎谒道左，极其恭敬。亲自辟除馆舍，设大飨 大摆筵席 于朝堂，息侯执爵而前，为楚王寿。楚王接爵在手，微笑而言曰："昔者寡人曾效微劳于君夫人，今寡人至此，君夫人何惜为寡人进一觞乎？"息侯惧楚之威，不敢违拒，连声唯唯，即时传语宫中。不一时，但闻环珮之声，夫人妫氏盛服而至，别设毯褥，再拜称谢。楚王答礼不迭。妫氏取白玉卮满斟以进，素手与玉色相映，楚王视之大惊。果然天上徒闻，人间罕见，便欲以手亲接其卮。那妫氏不慌不忙，将卮递与宫人，转递楚王。楚王一饮而尽，妫氏复再拜请辞回宫。楚王心念息妫，反未尽欢，席散归馆，寝不能寐。次日，楚王亦设享于馆舍，名为答礼，暗伏兵甲。息侯赴席，酒至半酣，楚王假醉，谓息侯曰："寡人有大功于君夫人，今三军在此，君夫人不能为寡人一犒劳乎？"息侯辞曰："敝邑褊小，不足以优从者，容与寡小君图之。"楚王拍案曰："匹夫背义，敢巧言拒我？左右何不为我擒下！"息侯正待分诉，伏甲猝起，薳章、斗丹二将，就席间擒息侯而絷 zhí 捆绑 之。楚王自引兵径入息宫，来寻息妫。息妫闻变，叹曰："引虎入室，吾自取也。"遂奔入后园中，欲投井而死，被斗丹抢前一步，牵住衣裾曰："夫人不欲全息侯之命乎？何为夫妇俱死！"息妫嘿然。斗丹引见楚王，楚王以好言抚慰，许以不杀息侯，不斩息祀。遂即军中立息妫为夫人，载以后车。以其脸似桃花，又曰桃花夫人。今汉阳府城外有桃花洞，上有桃花夫人庙，即息妫也。唐人杜牧有诗云：

　　　　细腰宫里露桃新，脉脉无言几度春。
　　　　毕竟息亡缘底事，可怜金谷坠楼人。

　　楚王安置息侯于汝水，封以十家之邑，使守息祀，息侯忿郁而死。楚之无道，至此极矣。要知后事如何，且看下回分解。

曹沫手劍劫齊

桓公烽火戲宵戚

第十八回　曹沫手剑劫齐侯　桓公举火爵宁戚

　　周釐 xī 王元年春正月，齐桓公设朝，群臣拜贺已毕，问管仲曰："寡人承仲父之教，更张国政。今国中兵精粮足，百姓皆知礼义，意欲立盟定伯通"霸"，何如？"管仲对曰："当今诸侯，强于齐者甚众。南有荆楚，西有秦、晋。然皆自逞其雄，不知尊奉周王，所以不能成霸。周虽衰微，乃天下之共主。东迁以来，诸侯不朝，不贡方物，故郑伯射桓王之肩，五国拒庄王之命，遂令列国臣子，不知君父。熊通僭号，宋、郑弑君，习为故然，莫敢征讨。今庄王初崩，新王即位，宋国近遭南宫长万之乱，贼臣虽戮，宋君未定，君可遣使朝周，请天子之旨，大会诸侯，立定宋君。宋君一定，然后奉天子以令诸侯，内尊王室，外攘四夷。列国之中，衰弱者扶之，强横者抑之，昏乱不共命者，率诸侯讨之。海内诸侯，皆知我之无私，必相率而朝于齐。不动兵车，而霸可成矣。"桓公大悦。于是遣使至洛阳朝贺釐王，因请奉命为会，以定宋君。釐王曰："伯舅不忘周室，朕之幸也。泗上诸侯，惟伯舅左右之，朕岂有爱焉？"使者回报桓公。桓公遂以王命布告宋、鲁、陈、蔡、卫、郑、曹、邾 zhū 诸国，约以三月朔日，共会北杏之地。桓公问管仲曰："此番赴会，用兵车多少？"管仲曰："君奉王命，以临诸侯，安用兵车？请为衣裳之会。"桓公曰："诺。"乃使军士先筑坛三层，高起三丈，左悬钟，右设鼓，先陈天子虚位于上，旁设反坫 diàn 坫，土筑的平台，敬酒后把酒杯放在坫上为周时诸侯饮酒的礼节，玉帛器具，加倍整齐。又预备馆舍数处，悉要高敞合式高大宽敞并符合形制。

　　至期，宋桓公御说先到，与齐桓公相见，谢其定位之意。次日，陈宣公杵臼、邾子克二君继到。蔡哀侯献舞，恨楚见执，亦来赴会。四国见齐无兵车，相顾曰："齐侯推诚待人，一至于此。"乃各将兵车退在二十里之外。时二月将尽，桓公谓管仲曰："诸侯未集，改期待之，如何？"管仲曰："语云：'三人成众。'今至者四国，不为不众矣。若改期，是无信也；待而不至，是辱王命也。初合诸侯，而以不信闻，且辱王命，何以图霸？"桓公曰："盟乎？会乎？"管仲曰："人心未一，俟 sì 会而不散，乃可盟耳。"桓公曰："善。"

　　三月朔，昧爽，五国诸侯俱集于坛下。相见礼毕，桓公拱手告诸侯曰："王政久废，叛乱相寻。孤奉周天子之命，会群公以匡王室。今日之事，必推一人为主,然后权有所属,而政令可施于天下。"诸侯纷纷私议:欲推齐,则宋爵上公,齐止称侯,尊卑有序;欲推宋,则宋公新立,赖齐定位,未敢自尊,事在两难。陈宣公杵臼越席^{离开席位}言曰:"天子以纠合之命,属诸齐侯,谁敢代之? 宜推齐侯为盟会之主。"诸侯皆曰:"非齐侯不堪此任,陈侯之言是也。"桓公再三谦让,然后登坛。齐侯为主,次宋公,次陈侯,次蔡侯,次邾 zhū 子。排列已定,鸣钟击鼓,先于天子位前行礼,然后交拜,叙兄弟之情。仲孙湫捧约简一函,跪而读之曰:"某年月日,齐小白、宋御说、陈杵臼、蔡献舞、邾克,以天子命,会于北杏,共奖王室,济弱扶倾。有败约者,列国共征之!"诸侯拱手受命。《论语》称桓公九合诸侯,此其第一会也。髯翁有诗云:

> 济济冠裳集五君,临淄事业赫然新。
>
> 局中先着谁能识? 只为推尊第一人。

诸侯献酬甫毕,管仲历阶而上曰:"鲁、卫、郑、曹,故违王命,不来赴会,不可不讨。"齐桓公举手向四君曰:"敝邑兵车不足,愿诸君同事。"陈、蔡、邾三君齐声应曰:"敢不率敝赋以从。"惟宋桓公嘿然。

是晚,宋公回馆,谓大夫戴叔皮曰:"齐侯妄自尊大,越次主会,便欲调遣各国之兵,将来吾国且疲于奔命矣!"叔皮曰:"诸侯从违相半,齐势未集,若征服鲁、郑,霸业成矣。齐之霸,非宋福也。与会四国,惟宋为大,宋不从兵,三国亦将解体。况吾今日之来,止欲得王命,以定位耳,已列于会,又何俟焉? 不如先归。"宋公从其言,遂于五更登车而去。

齐桓公闻宋公背会逃归,大怒,欲遣仲孙湫追之。管仲曰:"追之非义,可请王师伐之,乃为有名,然事更有急于此者。"桓公曰:"何事更急于此?"管仲曰:"宋远而鲁近,且王室宗盟,不先服鲁,何以服宋?"桓公曰:"伐鲁当从何路?"管仲曰:"济之东北有遂者,乃鲁之附庸,国小而弱,才四姓耳。若以重兵压之,可不崇朝^{终朝,犹言一个早晨,比喻时间短}而下。遂下,鲁必悚惧。然后遣一介之使,责其不会。再遣人通信于鲁夫人,鲁夫人欲其子亲厚于外家,自当极力怂恿。鲁侯内迫母命,外怵兵威,必将求盟。俟其来求,因而许之。平鲁之后,移兵于宋,临以王臣,此破竹之势也。"桓公曰:"善。"乃亲自率师至遂城,一鼓而下。因驻兵于济水。鲁庄公果惧,大集群臣问计。公子庆父曰:"齐兵两至吾国,未尝得利,臣愿出兵拒之。"班中一人出曰:"不可,不可!"庄公视之,乃施伯也。庄公曰:"汝计将安出?"施伯曰:"臣尝言之:管子天下奇才,今得齐政,兵有节制,其不可一也。北杏之会,以奉命尊王为名,今责违命,理曲在我,其不可二也。子纠之戮,君有功焉,王姬之嫁,君有劳焉,弃往日之功劳,结将来之仇怨，其不可三也。为今之计，不若修和请盟，齐可不战而退。"曹刿曰："臣意亦如此。"正议论间，报道："齐侯有书至。"庄公视之，大意曰：

> 寡人与君并事周室，情同昆弟，且婚姻也。北杏之会，君不与焉，寡人敢请其故^①？若有二心，亦惟命。

齐侯另有书通信于文姜，文姜召庄公语之曰："齐、鲁世为甥舅，使其恶我，犹将乞好，况取平乎？"庄公唯唯，乃使施伯答书，略曰：

> 孤有犬马之疾^②，未获奔命。君以大义责之，孤知罪矣！然城下之盟，孤实耻之，若退舍于君之境上，孤敢不捧玉帛以从。

齐侯得书大悦，传令退兵于柯。

　　鲁庄公将往会齐侯，问："群臣谁能从者？"将军曹沫请往。庄公曰："汝三败于齐，不虑齐人笑耶？"曹沫曰："惟耻三败，是以愿往，将一朝而雪之。"庄公曰："雪之何如？"曹沫曰："君当其君，臣当其臣。"庄公曰："寡人越境求盟，犹再败也。若能雪耻，寡人听子矣！"遂偕曹沫而行，至于柯地。齐侯预筑土为坛以待。鲁侯先使人谢罪请盟，齐侯亦使人订期。

　　是日，齐侯将雄兵布列坛下，青红黑白旗按东南西北四方，各自分队，各有将官统领，仲孙湫掌之。阶级七层，每层俱有壮士，执着黄旗把守。坛上建大黄旗一面，绣出"方伯"二字。旁置大鼓，王子成父掌之。坛中间设香案，排列着朱盘玉盂盛牲歃盟之器，隰朋掌之。两旁反坫，设有金尊玉斝 jiǎ，寺人貂掌之。坛西立石柱二根，系着乌牛白马，屠人准备宰杀，司庖易牙掌之。东郭牙为傧，立于阶下迎宾。管仲为相。气象十分整肃。齐侯传令："鲁君若到，止许一君一臣登坛，余人息屏坛下。"曹沫衷甲 衣服里面穿铠甲，手提利剑，紧随着鲁庄公。庄公一步一战，曹沫全无惧色。将次升阶，东郭牙进曰："今日两君好会，两相赞礼，安用凶器？请去剑！"曹沫睁目视之，两眦 zì 眼眶尽裂。东郭牙倒退几步。庄公君臣历阶而上。两君相见，各叙通好之意。三通鼓毕，对香案行礼。隰朋将玉盂盛血，跪而请歃。曹沫右手按剑，左手揽桓公之袖，怒形于色。管仲急以身蔽桓公，问曰："大夫何为者？"曹沫曰："鲁连次受兵，国将亡矣。君以济弱扶倾为会，独不为敝邑念乎？"管仲曰："然则大夫何求？"曹沫曰："齐恃强欺弱，夺我汶阳之田，今日请还，吾君乃就歃耳！"管仲顾桓公曰："君可许之。"桓公曰："大夫休矣，寡人许子。"曹沫乃释剑，代隰朋捧盂以进。两君俱已歃讫，曹沫曰："仲主齐国之政，臣愿

---

①故：缘故，原因。　②犬马之疾：谦称自己的病。

与仲歃。"桓公曰:"何必仲父? 寡人与子立誓。"乃向天指日曰:"所不反汶阳田于鲁者,有如此日!"曹沫受歃,再拜称谢,献酬甚欢。

既毕事,王子成父诸人俱愤愤不平,请于桓公,欲劫鲁侯,以报曹沫之辱。桓公曰:"寡人已许曹沫矣。匹夫约言,尚不失信,况君乎?"众人乃止。明日,桓公复置酒公馆,与庄公欢饮而别。即命南鄙邑宰,将原侵汶阳田,尽数交割还鲁。昔人论要盟可犯而桓公不欺,曹子可仇而桓公不怨,此所以服诸侯霸天下也。有诗云:

巍巍霸气吞东鲁,尺剑如何能用武?

要将信义服群雄,不吝汶阳一片土。

又有诗单道曹沫劫齐桓公一事,此乃后世侠客之祖。诗云:

森森戈甲拥如潮,仗剑登坛意气豪。

三败羞颜一日洗,千秋侠客首称曹。

诸侯闻盟柯之事,皆服桓公之信义。于是卫、曹二国皆遣人谢罪请盟。桓公约以伐宋之后,相订为会。乃再遣使如周,告以宋公不遵王命,不来赴会,请王师下临,同往问罪。周釐王使大夫单蔑,率师会齐伐宋。谍报陈、曹二国引兵从征,愿为前部。桓公使管仲先率一军,前会陈、曹,自引隰朋、王子成父、东郭牙等,统领大军继进,于商丘取齐。时周釐王二年之春也。

却说管仲有爱妾名婧,钟离人,通文有智。桓公好色,每出行,必以姬嫔自随,管仲亦以婧从行。是日,管仲军出南门,约行三十余里,至猱 náo 山,见一野夫,短褐单衣,破笠赤脚,放牛于山下。此人叩牛角而歌。管仲在车上,察其人不凡,使人以酒食劳之。野夫食毕,言:"欲见相君仲父。"使者曰:"相国车已过去矣。"野夫曰:"某有一语,幸传于相君:'浩浩乎白水!'"使者追及管仲之车,以其语述之。管仲茫然,不解所谓,以问妾婧。婧曰:"妾闻古有《白水》之诗云:'浩浩白水,儵 tiáo 儵之鱼,君来召我,我将安居?'此人殆欲仕也。"管仲即命停车,使人召之。野夫将牛寄于村家,随使者来见管仲,长揖不拜。管仲问其姓名,曰:"卫之野人也,姓宁名戚。慕相君好贤礼士,不惮跋涉至此。无由自达,为村人牧牛耳。"管仲叩其所学,应对如流。叹曰:"豪杰辱于泥涂,不遇汲引,何以自显? 吾君大军在后,不日当过此。吾当作书,子持以谒吾君,必当重用。"管仲即作书缄,就交付宁戚,彼此各别。宁戚仍牧牛于猱山之下。

齐桓公大军三日后方到,宁戚依前短褐单衣,破笠赤脚,立于路旁,全不畏避。桓公乘舆将近,宁戚遂叩牛角而歌之曰:

南山灿，白石烂，中有鲤鱼长尺半。生不逢尧与舜禅，短褐单衣才至骭。从昏饭牛至夜半，长夜漫漫何时旦？

桓公闻而异之，命左右拥至车前，问其姓名居处。戚以实对曰："姓宁名戚。"桓公曰："汝牧夫，何得讥刺时政？"宁戚曰："臣小人，安敢讥刺？"桓公曰："当今天子在上，寡人率诸侯宾服于下，百姓乐业，草木沾春，舜日尧天不过如此。汝谓'不逢尧、舜'，又曰'长夜不旦'，非讥刺而何？"宁戚曰："臣虽村夫，不睹先王之政。然尝闻尧舜之世，十日一风，五日一雨，百姓耕田而食，凿井而饮，所谓'不识不知，顺帝之则'是也。今值纪纲不振，教化不行之世，而曰舜日尧天，诚小人所不解也。且又闻尧舜之世，正百官而诸侯服，去四凶而天下安，不言而信，不怒而威。今明公一举而宋背会，再举而鲁劫盟，用兵不息，民劳财敝，而曰'百姓乐业，草木沾春'，又小人所未解也。小人又闻尧弃其子丹朱，而让天下于舜，舜又避于南河，百姓趋而奉之，不得已即帝位。今君杀兄得国，假天子以令诸侯，小人又不知于唐虞揖让何如也。"桓公大怒曰："匹夫出言不逊！"喝令斩之。左右缚宁戚去，将行刑。戚颜色不变，了无惧意，仰天叹曰："桀杀龙逢夏桀时贤臣，因进谏被杀，纣杀比干，今宁戚与之为三矣！"隰朋奏曰："此人见势不趋，见威不惕，非寻常牧夫也，君其赦之。"桓公念头一转，怒气顿平，遂命释宁戚之缚，谓戚曰："寡人聊以试子，子诚佳士。"宁戚因探怀中，出管仲之书。桓公拆而观之。书略云：

臣奉命出师，行至峱山，得卫人宁戚。此人非牧竖者流，乃当世有用之才，君宜留以自辅。若弃之使见用于邻国，则齐悔无及矣！

桓公曰："子既有仲父之书，何不遂呈寡人？"宁戚曰："臣闻'贤君择人为佐，贤臣亦择主而辅。'君如恶直好谀，以怒色加臣，臣宁死，必不出相国之书矣。"桓公大悦，命以后车载之。是晚，下寨休军，桓公命举火，索衣冠甚急。寺人貂曰："君索衣冠，为爵宁戚乎？"桓公曰："然。"寺人貂曰："卫去齐不远，何不使人访之？使其人果贤，爵之未晚。"桓公曰："此人廓达之才，不拘小节，恐其在卫，或有细过。访得其过，爵之则不光，弃之则可惜！"即于灯烛之下，拜宁戚为大夫，使与管仲同参国政。宁戚改换衣冠，谢恩而出。髯翁有诗曰：

短褐单衣牧竖穷，不逢尧舜遇桓公。
自从叩角歌声歇，无复飞熊入梦①中。

桓公兵至宋界，陈宣公杵臼、曹庄公射姑先在。随后周单子兵亦至。

------

① 飞熊入梦：传说周文王夜梦飞熊而遇姜子牙，后比喻帝王得贤臣的吉兆。

相见已毕,商议攻宋之策。宁戚进曰:"明公奉天子之命,纠合诸侯,以威胜不如以德胜。依臣愚见,且不必进兵。臣虽不才,请掉三寸之舌,前去说宋公行成。"桓公大悦,传令扎寨于界上,命宁戚入宋。戚乃乘一小车,与从者数人,直至睢阳,求见宋公。宋公问于戴叔皮曰:"宁戚何人也?"叔皮曰:"臣闻此人乃牧牛村夫,齐侯新拔之于位,必其口才过人,此来乃使其游说也。"宋公曰:"何以待之?"叔皮曰:"主公召入,勿以礼待之,观其动静。若开口一不当,臣请引绅拉扯腰带为号,便令武士擒而囚之,则齐侯之计沮矣。"宋公点首,吩咐武士伺候。

宁戚宽衣大带,昂然而入,向宋公长揖。宋公端坐不答。戚乃仰面长叹曰:"危哉乎,宋国也!"宋公骇然曰:"孤位备上公,忝为诸侯之首,危何从至?"戚曰:"明公自比与周公孰贤?"宋公曰:"周公圣人也,孤焉敢比之?"戚曰:"周公在周盛时,天下太平,四夷宾服,犹且吐哺握发吃饭时多次吐出食物,洗头时多次把头发握在手中,比喻礼贤下士,求才心切,以纳天下贤士。明公以亡国之余,处群雄角力之秋,继两世弑逆之后,即效法周公,卑躬下士,犹恐士之不至。乃妄自矜大,简贤慢客,虽有忠言,安能至明公之前乎? 不危何待!"宋公愕然,离坐曰:"孤嗣位日浅,未闻君子之训,先生勿罪!"叔皮在旁,见宋公为宁戚所动,连连举其带绅。宋公不顾,乃谓宁戚曰:"先生此来,何以教我?"戚曰:"天子失权,诸侯星散,君臣无等,篡弑日闻。齐侯不忍天下之乱,恭承王命,以主夏盟。明公列名于会,以定位也。若又背之,犹不定也。今天子赫然震怒,特遣王臣,驱率诸侯,以讨于宋。明公既叛王命于前,又抗王师于后,不待交兵,臣已卜胜负之有在矣。"宋公曰:"先生之见如何?"戚曰:"以臣愚计,勿惜一束之赞 zhì 泛指聘礼,与齐会盟。上不失臣周之礼,下可结盟主之欢,兵甲不动,宋国安于泰山。"宋公曰:"孤一时失计,不终会好,今齐方加兵于我,安肯受吾之赞?"戚曰:"齐侯宽仁大度,不录人过,不念旧恶。如鲁不赴会,一盟于柯,遂举侵田而返之。况明公在会之人,焉有不纳?"宋公曰:"将何为赞?"戚曰:"齐侯以礼睦邻,厚往薄来。即束脯可赞,岂必倾府库之藏哉?"宋公大悦,乃遣使随宁戚至齐军中请成。叔皮满面羞惭而退。

却说宋使见了齐侯,言谢罪请盟之事。献白玉十毂 jué,黄金千镒。齐桓公曰:"天子有命,寡人安敢自专? 必须烦王臣转奏于王方可。"桓公即以所献金玉,转送单子,致宋公取成之意。单子曰:"苟君侯赦宥,有所藉手,以复于天王,敢不如命。"桓公乃使宋公修聘于周,然后再订会期。单子辞齐侯而归,齐与陈、曹二君各回本国。要知后事如何,且看下回分解。

绘传虢瑕公渡国

段子頎
顥惠
正王反

第十九回　擒傅瑕厉公复国　杀子颓惠王反正

　　话说齐桓公归国，管仲奏曰："东迁以来，莫强于郑。郑灭东虢而都之，前嵩后河，右洛左济，虎牢之险，闻于天下，故在昔庄公恃之，以伐宋兼许，抗拒王师，今又与楚为党。楚，僭号称王的国家也，地大兵强，吞噬汉阳诸国，与周为敌。君若欲屏王室而霸诸侯，非攘_{排斥}楚不可，欲攘楚，必先得郑。"桓公曰："吾知郑为中国之枢，久欲收之，恨无计耳。"宁戚进曰："郑公子突为君二载，祭足逐之而立子忽，高渠弥弑忽而立子亹，我先君杀子亹，祭足又立子仪。祭足以臣逐君，子仪以弟篡兄，犯分逆伦_{违反名分}，悖逆伦常，皆当声讨。今子突在栎，日谋袭郑，况祭足已死，郑国无人，主公命一将往栎，送突入郑，则突必怀主公之德，北面而朝齐矣。"桓公然之。遂命宾须无引兵车二百乘，屯于栎城二十里之外。宾须无预遣人致齐侯之意。郑厉公突先闻祭足死信，密差心腹到郑国打听消息。忽闻齐侯遣兵送己归国，心中大喜，出城远接，大排宴会。二人叙话间，郑国差人已转回，说："祭仲已死，如今叔詹为上大夫。"宾须无曰："叔詹何人？"郑伯突曰："治国之良，非将才也。"差人又禀："郑城有一奇事：南门之内，有一蛇长八尺，青头黄尾；门外又有一蛇，长丈余，红头绿尾；斗于门阙之中，三日三夜，不分胜负。国人观者如市，莫敢近之。后十七日，内蛇被外蛇咬死，外蛇竟奔入城，至太庙之中，忽然不见。"须无欠身_{上身微微弯曲，表示敬意}贺郑伯曰："君位定矣。"郑伯突曰："何以知之？"须无曰："郑国外蛇即君也，长丈余，君居长也。内蛇子仪也，长八尺，弟也。十七日而内蛇被伤，外蛇入城者，君出亡以甲申之夏，今当辛丑之夏，恰十有七年矣。内蛇伤死，此子仪失位之兆；外蛇入于太庙，君主宗祀之征也。我主方申大义于天下，将纳君于正位，蛇斗适当其时，殆天意乎！"郑伯突曰："诚如将军之言，没世不敢负德！"宾须无乃与郑伯定计，夜袭大陵。

　　傅瑕率兵出战，两下交锋，不虞_{没有料到}宾须无绕出背后，先打破大陵，插了齐国旗号，傅瑕知力不敌，只得下车投降。郑伯突衔傅瑕十七年相拒之恨，咬牙切齿，叱左右："斩讫报来！"傅瑕大呼："君不欲入郑耶？何为杀我？"郑伯突唤转问之。傅瑕曰："君若赦臣一命，臣愿枭子仪之首。"郑伯突曰："汝有何策，能杀子仪？不过以甘言哄寡人，欲脱身归郑耳。"瑕曰："当今郑政皆叔詹所掌，臣与叔詹至厚。君能赦我，我潜入郑国，与詹谋之，子仪之首，必献于座下。"郑伯突大骂："老贼奸诈，焉敢诳 kuáng 欺骗吾？吾今放汝入城，汝将与叔詹起兵拒我矣。"宾须无曰："瑕之妻孥 妻子儿女，见在大陵，可因于栎城为质。"傅瑕叩头求哀："如臣失信，诛臣妻子。"且指天日为誓。郑伯突乃纵之。

傅瑕至郑，夜见叔詹。詹见瑕，大惊曰："汝守大陵，何以至此？"瑕曰："齐侯欲正郑位，命大将宾须无统领大军，送公子突归国。大陵已失，瑕连夜逃命至此。齐且晚当至，事在危急。子能斩子仪之首，开城迎之，富贵可保，亦免生灵涂炭。转祸为福，在此一时，不然，悔无及矣！"詹闻言嘿然，良久曰："吾向日 往日，以前原主迎立故君之议，为祭仲所阻。今祭仲物故 死亡，是天助故君。违天必有咎，但不知计将安出？"瑕曰："可通信栎城，令速进兵。子出城，伪为拒敌，子仪必临城观战，吾觑便图之。子引故君入城，大事定矣。"叔詹从其谋，密使人致书于突。傅瑕然后参见子仪，诉以齐兵助突，大陵失陷之事。子仪大惊曰："孤当以重赂求救于楚，待楚兵到日，内外夹攻，齐兵可退。"叔詹故缓其事。过二日，尚未发使往，谍报："栎军已至城下。"叔詹曰："臣当引兵出战，君同傅瑕登城固守。"子仪信以为然。

却说郑伯突引兵先到，叔詹略战数合，宾须无引齐兵大进，叔詹回车便走。傅瑕从城上大叫曰："郑师败矣！"子仪素无胆勇，便欲下城。瑕从后刺之，子仪死于城上。叔詹叫开城门，郑伯同宾须无一同入城。傅瑕先往清宫，遇子仪二子，俱杀之，迎突复位。国人素附厉公，欢声震地。厉公厚贿宾须无，约以冬十月亲至齐庭乞盟。须无辞归。厉公复位数日，人心大定，乃谓傅瑕曰："汝守大陵十有七年，力拒寡人，可谓忠于旧君矣。今贪生畏死，复为寡人而弑旧君，汝心不可测也！寡人当为子仪报仇！"喝令力士押出，斩于市曹。其妻孥姑赦弗诛。髯翁有诗叹云：

> 郑突奸雄世所无，借人成事又行诛。

> 傅瑕不爱须臾活，赢得忠名万古呼。

原繁当先赞立子仪，恐其得罪，称疾告老。厉公使人责之，乃自缢而死。厉公复治逐君之罪，杀公子阏。强钽避于叔詹之家，叔詹为之求生，乃免死，刖 yuè 古代砍掉脚的酷刑其足。公父定叔出奔卫国，后三年，厉公召而复之，曰："不可使共叔无后也！"祭足已死勿论。叔詹仍为正卿，堵叔、师叔并为大夫，郑人谓之"三良"。

再说齐桓公知郑伯突已复国，卫、曹二国去冬亦曾请盟，欲大合诸侯，刑牲宰杀牲畜定约。管仲曰："君新举霸事，必以简便为政。"桓公曰："简便如何？"管仲曰："陈、蔡、邾自北杏之后，事齐不贰。曹伯虽未会，已同伐宋之举，此四国，不必再烦奔走。惟宋、卫未尝与会，且当一见。俟诸国齐心，方举盟约可也。"言未毕，忽传报："周王再遣单蔑报宋之聘，已至卫国。"管仲曰："宋可成矣。卫居道路之中，君当亲至卫地为会，以亲诸侯。"桓公乃约宋、卫、郑三国，会于鄄 juàn 地。连单子、齐侯，共是五位，不用歃血，揖让而散，诸侯大悦。齐侯知人心悦从，乃大合宋、鲁、陈、卫、郑、许诸国于幽地，歃血为盟，始定盟主之号。此周釐王三年之冬也。

却说楚文王熊赀，自得息妫立为夫人，宠幸无比。三年之内，生下二子，长曰熊囏 jiān，次曰熊恽 yùn。息妫虽在楚宫三载，从不与楚王说话，楚王怪之。一日，问其不言之故。息妫垂泪不答。楚王固请言之，对曰："吾一妇人而事二夫，纵不能守节而死，又何面目向人言语乎？"言讫泪下不止。胡曾先生有诗云：

　　　息亡身入楚王家，回看春风一面花。

　　　感旧不言常掩泪，只应翻恨有容华。

楚王曰："此皆蔡献舞之故，孤当为夫人报此仇也，夫人勿忧。"乃兴兵伐蔡，入其郛 fú。蔡侯献舞肉袒伏罪，尽出其库藏宝玉以赂楚，楚师方退。适郑伯突遣使告复国于楚，楚王曰："突复位二年，乃始告孤，慢孤甚矣。"复兴兵伐郑。郑谢罪请成，楚王许之。周釐王四年，郑伯突畏楚，不敢朝齐，齐桓公使人让之。郑伯使上卿叔詹如齐，谓桓公曰："敝邑困于楚兵，早夜城守，未获息肩，是以未修岁事。君若能以威加楚，寡君敢不朝夕立于齐庭乎？"桓公恶其不逊，因詹于军府。詹视隙逃回郑国，自是郑背齐事楚，不在话下。

再说周釐王在位五年崩。子阆 làng 立，是为惠王。惠王之二年，楚文王熊赀淫暴无政，喜于用兵。先年，曾与巴君同伐申国，而惊扰巴师。巴君怒，遂袭那处，克之。守将阎敖游涌水而遁。楚王杀阎敖，阎氏之族怨王。至是约巴人伐楚，愿为内应。巴兵伐楚，楚王亲将迎之，大战于津。不提防阎族数百人，假作楚军，混入阵中，竟来跟寻楚王。楚军大乱，巴兵乘之，遂大败楚。楚王面颊中箭而奔。巴君不敢追逐，收兵回国，阎氏之族从之，遂为巴人。楚王回至方城，夜叩城门，鬻拳在门内问曰："君得胜乎？"楚王曰："败矣！"鬻拳曰："自先王以来，楚兵战无不胜。巴，小国也，王自将而见败，宁不为人笑乎？今黄不朝楚，若伐黄而胜，犹可自解。"遂闭门不纳。楚王愤然谓军士曰："此行再不胜，寡人不归矣！"乃移兵伐黄。王亲鼓，士卒死战，败黄师于踖陵。是夜,宿于营中,梦息侯怒气勃勃而前曰:"孤何罪而见杀?又占吾疆土,淫吾妻室,吾已请于上帝矣。"乃以手批楚王之颊。楚王大叫一声,醒来箭疮迸裂,血流不止。急传令回军,至于湫地,夜半而薨。鬭拳迎丧归葬。长子熊艰jiān嗣立。鬭拳曰:"吾犯王二次,纵王不加诛,吾敢偷生乎?吾将从王于地下!"乃谓家人曰:"我死,必葬我于绖皇,使子孙知我守门也。"遂自刭而死。熊艰怜之,使其子孙世为大阍。先儒左氏称鬭拳为爱君,史官有诗驳之,曰:

谏王如何敢用兵?闭门不纳亦堪惊。

若将此事称忠爱,乱贼纷纷尽借名。

郑厉公闻楚文王凶信,大喜曰:"吾无忧矣。"叔詹进曰:"臣闻'依人者危,臣人者辱'。今立国于齐、楚之间,不辱即危,非长计也。先君桓、武及庄,三世为王朝卿士,是以冠冕列国,征服诸侯。今新王嗣统,闻虢、晋二国朝王,王为之飨醴命宥以醴酒招待,赐以币帛,又赐玉五瑴,马三匹。君不若朝贡于周,若赖王之宠,以修先世卿士之业,虽有大国,不足畏也。"厉公曰:"善。"乃遣大夫师叔如周请朝。师叔回报:"周室大乱。"厉公问:"乱形如何?"对曰:"昔周庄王嬖妾姚姬,谓之王姚,生子颓,庄王爱之,使大夫䓠国为之师傅。子颓性好牛,尝养牛数百,亲自喂养,饲以五谷,被以文绣,谓之'文兽'。凡有出入,仆从皆乘牛而行,践踏无忌。又阴结大夫䓠国、边伯、子禽、祝跪、詹父,往来甚密。釐王之世,未尝禁止。今新王即位,子颓恃在叔行依仗自己是叔父辈,骄横益甚。新王恶之,乃裁抑其党,夺子禽、祝跪、詹父之田。新王又因筑苑囿于宫侧,为国有圃,边伯有室,皆近王宫,王俱取之,以广其囿。又膳夫石速进膳不精,王怒,革其禄,石速亦憾王。故五大夫同石速作乱,奉子颓为君以攻王。赖周公忌父同召伯廖等死力拒敌,众人不能取胜,乃出奔于苏。先周武王时,苏忿生为王司寇有功,谓之苏公,授以南阳之田为采地。忿生死,其孙为狄所制,乃叛王而事狄,又不缴还采地于周。桓王八年,乃以苏子之田,畀我先君庄公,易我近周之田。于是苏子与周嫌隙益深。卫侯朔恶周之立黔牟,亦有夙怨,苏子因奉子颓奔卫,同卫侯帅师伐王城。周公忌父战败,同召伯廖等奉王出奔于鄢yān。五大夫等尊子颓为王,人心不服。君若兴兵纳王,此万世之功也。"厉公曰:"善。虽然,子颓懦弱,所恃者卫、燕之众耳,五大夫无能为也。寡人再使人以理谕之,若悔祸反正,免动干戈,岂不美哉?"一面使人如鄢迎王,暂幸栎邑。因厉公向居栎十七年,宫室齐整故也。一面使人致书于王子颓,书曰:

突闻以臣犯君,谓之不忠;以弟奸兄,谓之不顺。不忠不顺,天殃及之。王子误听奸臣之计,放逐其君,若能悔祸之延,奉迎天子,束身归罪,不失富贵。不然,退处一隅,比于藩服,犹可谢天下之口。惟王子速图之!

子颓得书,犹豫未决。五大夫曰:"骑虎者势不能复下。岂有尊居万乘,而复退居臣位者?此郑伯欺人之语,不可听之。"颓遂逐出郑使。郑厉公乃朝王于栎,遂奉王袭入成周,取传国宝器,复还栎城。时惠王三年也。

是冬,郑厉公遣人约会西虢公,同起义兵纳王。虢公许之。惠王四年之春,郑、虢二君会兵于弭。夏四月,同伐王城。郑厉公亲率兵攻南门,虢公率兵攻北门。蒍国忙叩宫门,来见子颓。子颓因饲牛未毕,不即相见。蒍国曰:"事急矣!"乃假传子颓之命,使边伯、子禽、祝跪、詹父登陴 pí 女墙守御。周人不顺子颓,闻王至,欢声如雷,争开城门迎接。蒍国方草国书,谋遣人往卫求救。书未写就,闻钟鼓之声,人报:"旧王已入城坐朝矣!"蒍国自刎而死,祝跪、子禽死于乱军之中,边伯、詹父被周人绑缚献功。子颓出奔西门,使石速押文牛为前队,牛体肥行迟,悉为追兵所获,与边伯、詹父一同斩首。髯翁有诗叹子颓之愚云:

　　　　挟宠横行意未休,私交乘衅起奸谋。

　　　　一年南面成何事?只合关门去饲牛。

又一诗说齐桓公既称盟主,合倡义纳王,不应让之郑、虢也。诗云:

　　　　天子蒙尘九庙羞,纷纷郑虢效忠谋。

　　　　如何仲父无遗策,却让当时第一筹。

惠王复位,赏郑虎牢以东之地,及后之鞶 pán 鉴用铜镜作装饰的革带。赏西虢公以酒泉之邑,及酒爵数器。二君谢恩而归。郑厉公于路得疾,归国而薨。群臣奉世子捷即位,是为文公。

周惠王五年,陈宣公疑公子御寇谋叛,杀之。公子完,字敬仲,乃厉公之子,与御寇相善,惧诛奔齐,齐桓公拜为工正。一日,桓公就敬仲家饮酒甚乐,天色已晚,索烛尽欢。敬仲辞曰:"臣止卜昼,未卜夜,不敢继以烛也。"桓公曰:"敬仲有礼哉!"赞叹而去。桓公以敬仲为贤,使食采于田,是为田氏之祖。是年鲁庄公为图婚之事,会齐大夫高傒于防地。

却说鲁夫人文姜,自齐襄公变后,日夜哀痛想忆,遂得嗽疾。内侍进莒医察脉,文姜久旷 表偶之后,欲心难制,遂留莒医饮食,与之私通。后莒医回国,文姜托言就医,两次如莒,馆于莒医之家,莒医复荐人以自代。文姜老而愈淫，然终以不及襄公为恨。周惠王四年秋七月，文姜病愈剧，遂薨于鲁之别寝。临终谓庄公曰："齐女今长成十八岁矣，汝当速娶，以正六宫之位。万勿拘终丧之制，使我九泉之下，悬念挂念不了。"又曰："齐方图伯，汝谨事之，勿替世好。"言讫而逝。庄公丧葬如常礼。遵依遗命，其年便欲议婚。大夫曹刿曰："大丧在殡，未可骤也，请俟三年丧毕行之。"庄公曰："吾母命我矣。乘凶则骤，终丧则迟，酌其中可也。"遂以期年之后，与高傒申订前约，请自如齐，行纳币之礼。齐桓公亦以鲁丧未终，请缓其期。直至惠王七年，其议始定，以秋为吉。时庄公在位二十四年，年已三十有七岁矣。意欲取悦齐女，凡事极其奢侈。又念父桓公薨于齐国，今复娶齐女，心终不安，乃重建桓宫，丹其楹，刻其桷 jué 方形的椽子，欲以媚亡者之灵。大夫御孙切谏，不听。是夏，庄公如齐亲迎。至秋八月，姜氏至鲁，立为夫人，是为哀姜。大夫宗妇，行见小君之礼，一概用币。御孙私叹曰："男贽大者玉帛，小者禽鸟，以章物采。女贽不过榛栗枣脩 xiū，以告虔也。今男女同贽，是无别也。男女之别，国之大节，而由夫人乱之，其不终乎？"自姜氏归鲁后，齐、鲁之好愈固矣。齐桓公复同鲁庄公合兵伐徐，伐戎，徐、戎俱臣服于齐。郑文公见齐势愈大，恐其侵伐，遂遣使请盟。不知后事如何，且看下回分解。

晉獻公違卜立驪姬

楚成王

平乱相

子文

第二十回　晋献公违卜立骊姬　楚成王平乱相子文

　　周惠王十年，徐、戎俱已臣服于齐。郑文公见齐势愈大，恐其侵伐，遣使请盟。乃复会宋、鲁、陈、郑四国之君，同盟于幽，天下莫不归心于齐。齐桓公归国，大设宴以劳群臣。酒至半酣，鲍叔牙执卮至桓公之前，满斟为寿。桓公曰："乐哉，今日之饮！"鲍叔牙曰："臣闻'明主贤臣，虽乐不忘其忧'。臣愿君毋忘出奔，管仲毋忘槛囚，宁戚毋忘饭牛车下之日。"桓公遽起离席再拜曰："寡人与诸大夫，皆能毋忘，此齐国社稷无穷之福也！"是日极欢而散。

　　忽一日，报："周王遣召伯廖来到。"桓公迎接入馆。召伯廖宣惠王之命，赐齐侯为方伯_{地方诸侯之长}，修太公之职，得专征伐。因言："卫朔援立子颓，助逆犯顺，朕怀之十年，迄今天讨未彰，烦伯舅为朕图之。"惠王十一年，齐桓公亲率车徒伐卫。时卫惠公朔先薨，子赤立，已三年矣，是为懿公。懿公不问来由，率兵接战，大败而归。桓公乃直抵城下，宣扬王命，数其罪状。懿公曰："然则先君之过，与寡人无与_{不相干也}。"乃使其长子开方，辇金帛五车，纳于齐军，求其讲和免罪。桓公曰："先王之制，罪不及子孙。苟遵王命，寡人何多求于卫耶？"公子开方见齐国强盛，愿仕于齐。齐侯曰："子乃卫侯长子，论次序当为国储，奈何舍南面之尊，而北面于寡人乎？"开方对曰："明公乃天下之贤侯，倘得执鞭侍左右，荣幸已甚，岂不胜于为君？"桓公以开方为爱己，拜为大夫，宠之与竖貂、易牙等，齐人谓之"三贵"。开方复言卫侯少女之美，卫惠公先曾以女媵齐，此其妹也。桓公遣使纳币，求之为妾。卫懿公不敢辞却，即送卫姬至齐，齐侯纳之。因以长卫姬、少卫姬别之，姊妹俱有宠。髯翁有诗云：

　　　　卫侯罪案重如山，奉命如何取赂还？

　　　　漫说尊王申大义，致及功利在心间。

　　话分两头。却说晋国姬姓，侯爵，自周成王时，剪桐叶为珪_{guī 古代玉器名、朝聘、祭祀、丧葬时用为礼器}，封其弟叔虞于此。传九世至穆侯，穆侯生二子，长曰仇，次曰成师。穆侯薨，子仇立，是为文侯。文侯薨，子昭侯立，畏其叔父桓叔之强，乃割曲沃以封之，谓之曲沃伯；改晋号曰翼，谓之二晋。昭侯立七年，大夫潘父弑之，而纳曲沃伯。翼人不受，杀潘父而立昭侯之弟平，是为孝侯。孝侯之八年,桓叔薨,子鳝 shàn 立,是为曲沃庄伯。孝侯立十五年,庄伯伐翼,孝侯逆战大败,为庄伯所杀,翼人立其弟郄,是为鄂侯。鄂侯立二年,率兵伐曲沃,战败,出奔随国。子光嗣位,是为哀侯。哀侯之二年,庄伯薨,子称代立,是为曲沃武公。哀侯九年,武公率其将韩万、梁宏伐翼,哀侯逆战被杀。周桓王命卿士虢公林父立其弟缗,是为小子侯。小子侯立四年,武公复诱而杀之,遂并其国,定都于绛,仍号曰晋。悉取晋库藏宝器,辇入于周,献于釐王。釐王贪其赂,遂命称代以一军为晋侯。称代凡立三十九年,薨,子佹 guǐ 诸立,是为晋献公。

献公忌桓、庄之族,虑其为患。大夫士艻献计散其党,因诱而尽杀之,献公嘉其功,命为大司空。因使大城绛邑,规模极其壮丽,比于大国之都。先献公为世子时,娶贾姬为妃,久而无子。又娶犬戎主之侄女曰狐姬,生子曰重耳,小戎允姓之女,生子曰夷吾。当武公晚年,求妾于齐,齐桓公以宗女归之,是为齐姜。时武公已老,不能御女。齐姜年少而美,献公悦而蒸之,与生一子,私寄养于申氏,因名申生。献公即位之年,贾姬已薨,遂立齐姜为夫人。时重耳已二十一岁矣,夷吾年亦长于申生。因申生是夫人之子,论嫡庶不论长幼,乃立申生为世子。以大夫杜原款为太傅,大夫里克为少傅,相与辅导世子。齐姜又生一女而卒。献公复纳贾姬之娣曰贾君,亦无子。因以齐姜所生之女,使贾君育之。

献公十五年,兴兵伐骊戎。骊戎乃请和,纳其二女于献公,长曰骊姬,次曰少姬。那骊姬生得貌比息妫,妖同妲 dá 己,智计千条,诡诈百出。在献公前,小忠小信,贡媚取怜。又时常参与政事,十言九中。所以献公宠爱无二,一饮一食,必与之俱。逾年,骊姬生一子,名曰奚齐。又逾年,少姬亦生一子,名曰卓子。献公既心惑骊姬,又喜其有子,遂忘齐姜一段恩情,欲立骊姬为夫人。使太卜郭偃以龟卜之。郭偃献兆,其繇曰:

　　专之渝,攘公之羭①。一薰一莸②,十年尚有臭。

献公曰:"何谓也?"郭偃曰:"渝者,变也。意所专尚,心亦变乱,故曰'专之渝'。攘,夺也。羭,美也。心变则美恶倒置,故曰'攘公之羭'。草之香者曰薰,臭者曰莸。香不胜臭,秽气久而未消,故曰'十年尚有臭'也。"献公一心溺爱骊姬,不信其言,更命史苏筮之。得《观卦》之六二,爻词曰:"窥观利女贞。"献公曰:"居内观外,女子之正,吉孰大焉?"卜偃曰:"开辟以来,先有象,

---

①羭:yú。　②莸:yóu。

后有数。龟，象也。筮，数也。从筮不如从龟。"史苏曰："礼无二嫡，诸侯不再娶，所谓观也。继称夫人，何以为正？不正，何利之有？以《易》言之，亦未见吉。"献公曰："若卜筮有定，尽鬼谋矣。"竟不听史苏、卜偃之言，择日告庙，立骊姬为夫人，少姬封为次妃。史苏私谓大夫里克曰："晋国将亡，奈何？"里克大惊，问曰："亡晋者何人？"史苏曰："其骊戎乎？"里克不解其说。史苏曰："昔夏桀伐有施，有施人以女妹 mò 喜归之。桀宠妹喜，遂以亡夏。殷辛伐有苏，有苏氏以女妲己归之。纣宠妲己，遂以亡殷。周幽王伐有褒，有褒人以女褒姒归之。幽王宠褒姒，西周遂亡。今晋伐骊戎而获其女，又加宠焉，不亡得乎？"适太卜郭偃亦至，里克述史苏之言。郭偃曰："晋乱而已，亡则未也。昔唐叔之封，卜曰：'尹正诸夏 治理好中原各国，再造王国。'晋业方大，何亡之患？"里克曰："若乱当在何时？"郭偃曰："善恶之报，不出十年。十者，数之盈也。"里克识其言于简。

再说献公爱骊姬，欲立其子奚齐为嗣。一日，与骊姬言之，骊姬心中甚欲。只因申生已立做世子，无故更变，恐群臣不服，必然谏沮。又且重耳、夷吾，与申生相与友爱，三公子俱在左右，若说而不行，反被堤防，岂不误事。乃跪而对曰："太子之立，诸侯莫不闻，且贤而无罪，君必以妾母子之故，欲行废立，妾宁自杀！"献公以为真心，遂置不言。献公有嬖幸大夫二人，曰梁五、东关五，并与献公察听外事，挟宠弄权，晋人谓之"二五"。又有优人 古代以乐舞、戏谑为业的艺人 名施者，少年美姿，伶俐多智，能言快语，献公尤嬖 bì 之，出入宫禁，不知防范。骊姬遂与施私通，情好甚密，因告以心腹之事，谋离间三公子，徐为夺嗣之计。优施为之画策："必须以封疆为名，使三公子远远出镇，然后可居中行事。然此事又必须外臣开口，方见忠谋。今'二五'用事，夫人诚以金币结之，俾彼相与进言，则主公无不听矣。"骊姬乃出金帛付优施，使分送"二五"。优施先见梁五曰："君夫人愿交欢于大夫，使施致不腆 丰厚之敬。"梁五大惊曰："君夫人何须于我？必有嘱也。子不言，吾必不受。"优施乃尽以骊姬之谋告之。梁五曰："必得东关为助乃可。"施曰："夫人亦有馈，如大夫也。"于是同诣东关五之门，三人做一处商议停当。

次日，梁五进言于献公曰："曲沃始封之地，先君宗庙之所在也。蒲与屈，地近戎狄，边疆之要地也。此三邑者，不可无人以主之。宗邑无主，则民无畏威之心；边疆无主，则戎狄有窥伺之意。若使太子主曲沃，重耳、夷吾分主蒲、屈，君居中制驭，此磐石之安矣。"献公曰："世子出外可乎？"东关五曰："太子，君之贰也。曲沃，国之贰也，非太子其谁居之？"献公曰："曲沃则然矣,蒲、屈乃荒野之地,如何可守?"东关五又曰:"不城则为荒野,城之即为都邑。"二人又齐声赞美曰:"一朝而增二都,内可屏蔽封内,而外可开拓疆宇,晋自此益大矣。"献公信其言,使世子申生居曲沃,以主宗邑,太傅杜原款从行。使重耳居蒲,夷吾居屈,以主边疆。狐毛从重耳于蒲,吕饴甥从夷吾于屈。又使赵夙为太子城曲沃,比旧益加高广,谓之新城。使士蒍监筑蒲、屈二城。士蒍聚薪筑土,草草完事。或言:"恐不坚固。"士蒍笑曰:"数年之后,此为仇敌,何以固为?"因赋诗曰:

　　狐裘龙茸,一国三公,吾谁适从?

孤裘,贵者之服。龙茸,乱貌。言贵者之多,喻嫡庶长幼无分别也。士蒍预知骊姬必有夺嫡之谋,故为此语。申生与二公子俱远居晋鄙,惟奚齐、卓子在君左右。骊姬益献媚取宠,以蛊献公之心。髯翁有诗云:

　　女色从来是祸根,骊姬宠爱献公昏。

　　空劳畚筑疆场远,不道干戈伏禁门。

　　时献公新作二军,自将上军。使世子申生将下军,率领大夫赵夙、毕万攻狄、霍、魏三国,灭之。以狄赐赵夙,魏赐毕万为采邑。太子功益高,骊姬忌之益甚,而谋愈深且毒矣。此事搁过一边。

　　却说楚熊囏（jiān）、熊恽（yùn）兄弟,虽同是文夫人所生,熊恽才智胜于其兄,为文夫人所爱,国人亦推服之。熊囏既嗣位,心忌其弟,每欲因事诛之,以绝后患。左右多有为熊恽周旋者,是以因循拖拉不决。熊囏怠于政事,专好游猎,在位三年,无所施设。熊恽嫌隙已成,私畜死士,乘其兄出猎,袭而杀之,以病薨告于文夫人。文夫人虽则心疑,不欲明白其事,遂使诸大夫拥立熊恽为君,是为成王。以熊囏未尝治国,不成为君,号为"堵敖",不以王礼葬之。任其叔王子善为令尹,即子元也。子元自其兄文王之死,便有篡立之意。兼慕其嫂息妫,天下绝色,欲与私通。况熊囏、熊恽二子年齿俱幼,自恃尊行,全不在眼。只畏大夫斗伯比正直无私,且多才智,故此不敢纵肆。至是,周惠王十一年,斗伯比病卒。子元意无忌惮,遂于王宫之旁,大筑馆舍,每日歌舞奏乐,欲以蛊惑文夫人之意。文夫人闻之,问侍人曰:"宫外乐舞之声何来?"侍人曰:"此令尹之新馆也。"文夫人曰:"先君舞干以习武事,以征诸侯,是以朝贡不绝于庭。今楚兵不至中国者十年矣,令尹不图雪耻,而乐舞于未亡人妇人夫亡后的自称之侧,不亦异乎?"侍人述其言于子元,子元曰:"妇人尚不忘中原,我反忘之;不伐郑,非丈夫也。"遂发兵车六百乘,自为中军,斗御疆、斗梧建大旆为前队,王孙游、王孙嘉为后队,浩浩荡荡,杀奔郑国而来。

郑文公闻楚师大至，急召百官商议。堵叔曰："楚兵众盛，未可敌也，不如请成。"师叔曰："吾新与齐盟，齐必来救，且宜坚壁以待之。"世子华年少方刚，请背城一战。叔詹曰："三人之言，吾取师叔。然以臣愚见，楚兵不久自退。"郑文公曰："令尹自将，安肯退乎？"叔詹曰："自楚加兵人国，未有用六百乘者。公子元操必胜之心，欲以媚息夫人耳。夫求胜者，亦必畏败。楚兵若来，臣自有计退之。"正商议间，谍报："楚师斩桔柣 dié 关而进，已破外郭，入纯门，将及逵市。"堵叔曰："楚兵逼矣，如行成不可，且奔桐邱以避之。"叔詹曰："无惧也！"乃使甲士埋伏于城内，大开城门，街市百姓来往如常，并无惧色。斗御疆等前队先到，见如此模样，城上绝无动静，心中疑惑，谓斗梧曰："郑闲暇如此，必有诡计哄吾入城。不可轻进，且待令尹来议之。"遂离城五里，扎住营寨。须臾，子元大兵已到，斗御疆等禀知城中如此。子元亲自登高阜处以望郑城，忽见旌旗整肃，甲士林立，看了一回，叹曰："郑有'三良'在，其谋叵 pǒ 测，万一失利，何面目见文夫人乎？更探听虚实，方可攻城也。"次日，后队王孙游遣人来报说："谍探得齐侯同宋、鲁二国诸侯，亲率大军，前来救郑。斗将军等不敢前进，特候军令，准备迎敌。"子元大惊，谓诸将曰："诸侯若截吾去路，吾腹背受敌，必致损折。吾侵郑及于逵市，可谓全胜矣。"乃暗传号令，人衔枚，马摘铃，是夜拔寨都起。犹恐郑兵追赶，命勿撤军幕，仍建大旆，以疑郑人。大军潜郑界，乃始鸣钟击鼓，唱凯歌而还。先遣报文夫人曰："令尹全胜而回矣！"夫人谢曰："令尹若能歼敌成功，宜宣示国人，以彰明罚，告诸太庙，以慰先王之灵，未亡人何与焉？"子元大惭。楚王熊恽闻子元不战而还，自是有不悦之意。

却说郑叔詹亲督军士巡城，彻夜不睡。至晓，望见楚幕，指曰："此空营也，楚师遁矣。"众犹未信，问："何以知之？"叔詹曰："幕乃大将所居，鸣钲 zhēng 古乐器，似钟而有柄群鸟栖噪于上，故知其为空幕也。吾度诸侯救兵必至，楚先闻信，是以遁耳！"未几，谍报："诸侯救兵果到，未及郑境，闻楚师已去，各散回本国去了。"众始服叔詹之智。郑遣使致谢齐侯救援之劳，自此感服齐国，不敢怀贰。

再说楚子元自伐郑无功，内不自安，篡谋益急。欲先通文夫人，然后行事。适文夫人有小恙，子元假称问安，来至王宫。遂移卧具寝处宫中，三日不出。家甲数百，环列宫外。大夫斗廉闻之，闯入宫门，直至卧榻，见子元方对镜整髯，让之曰："此岂人臣栉沐之所耶？令尹宜速退！"子元曰："此吾家宫室，与射师何与？"斗廉曰："王侯之贵，弟兄不得通属。令尹虽介弟，亦人臣也。人臣过阙则下，过庙则趋，咳唾其地，犹为不敬，况寝处乎？且寡夫人密迩于此，男女别嫌，令尹岂未闻耶？"子元大怒曰："楚国之政，在吾掌握，汝何敢多言！"命左右梏其手，拘于庑下，不放出宫。文夫人使侍人告急于斗伯比之子斗谷於菟 wū tú，使其入宫靖难。斗谷於菟密奏楚王，约会斗梧、斗御疆及其子斗班，半夜率甲以围王宫，将家甲乱砍，众俱惊散。子元方拥宫人醉寝，梦中惊起，仗剑而出，恰遇斗班亦仗剑而入，子元喝曰："作乱乃孺子耶！"斗班曰："我非作乱，特来诛乱者耳。"两下就在宫中争战。不数合，斗御疆、斗梧齐到。子元度不能胜，夺门欲走，被斗班一剑砍下头来。斗谷於菟将斗廉开梏放出，一齐至文夫人寝室之外，稽首问安而退。次早，楚成王熊恽御殿，百官朝见已毕，楚王命灭子元之家，榜其罪状于通衢。髯翁论公子元欲蛊文夫人之事，有诗曰：

　　　堪嗟色胆大于身，不论尊兮不论亲。
　　莫怪狂且[1]轻动念，楚夫人是息夫人。

　　却说斗谷於菟之祖曰斗若敖，娶郧子之女，生斗伯比。若敖卒，伯比尚幼，随母居于郧国，往来宫中，郧夫人爱之如子。郧夫人有女与伯比为表兄妹之亲，自小宫中作伴游耍，长亦不禁，遂成私情。郧女有孕，郧夫人方才知觉，乃禁绝伯比，不许入宫。使其女诈称有病，屏居一室。及诞期已满，产下一子，郧夫人潜使侍人用衣服包裹，将出宫外，弃于梦泽之中。意欲瞒过郧子，且不欲扬其女之丑名也。伯比羞惭，与其母归于楚国去讫。其时郧子适往梦泽田猎，见泽中有猛虎蹲踞，使左右放箭，箭从旁落，一矢不中，其虎全不动掸同"弹"。郧子心疑，使人至泽察之。回报："虎方抱一婴儿，喂之以乳，见人亦不畏避。"郧子曰："是神物，不可惊之。"猎毕而归，谓夫人曰："适至梦泽，见一奇事。"夫人问曰："何事？"郧子遂将猛虎乳儿之事，述了一遍。夫人曰："夫君不知，此儿乃妾所弃也！"郧子骇然曰："夫人安得此儿而弃之？"夫人曰："夫君勿罪，此儿实吾女与斗甥所生。妾恐污吾女之名，故命侍者弃于梦泽。妾闻姜嫄履巨人迹而生子，弃之冰上，飞鸟以翼覆之，姜嫄以为神，收养成人，名之曰弃，官为后稷，遂为周代之祖。此儿既有虎乳之异，必是大贵人也。"郧子从之，使人收回，命其女抚养。逾年，送其女于楚，与斗伯比成亲。楚人乡谈，呼乳曰"谷"，呼虎曰"於菟"，取乳虎为义，名其子曰谷於菟，表字子文。今云梦县有於菟乡，即子文生处也。

――――――――――――――

[1]狂且：行动轻狂的人。

谷於菟既长，有安民治国之才，经文纬武之略。父伯比，仕楚为大夫。伯比死，谷於菟嗣为大夫。及子元之死，令尹官缺，楚王欲用斗廉，斗廉辞曰："方今与楚为敌者，齐也。齐用管仲、宁戚，国富兵强。臣才非管、宁之流明矣。王欲改纪楚政，与中原抗衡，非斗谷於菟不可。"百官齐声保奏："必须此人，方称其职。"楚王准奏，遂拜斗谷於菟为令尹。楚王曰："齐用管仲，号为仲父，今谷於菟尊显于楚，亦当字之。"乃呼为子文而不名。周惠王之十三年也。子文既为令尹，倡言曰："国家之祸，皆由君弱臣强所致。凡百官采邑，皆以半纳还公家。"子文先于斗氏行之，诸人不敢不从。又以郢城南极湘潭，北据汉江，形胜之地，自丹阳徙都之，号曰郢都。治兵训武，进贤任能。以公族屈完为贤，使为大夫；族人斗章才而有智，使与诸斗同治军旅，以其子斗班为申公。楚国大治。

齐桓公闻楚王任贤图治，恐其争胜中原，欲起诸侯之兵伐楚。问管仲，管仲对曰："楚称王南海，地大兵强，周天子不能制。今又任子文为政，四境安堵安居，安宁，非可以兵威得志也。且君新得诸侯，非有存亡兴灭之德，深入人心，恐诸侯之兵，不为我用。今当益广威德，待时而动，方保万全。"桓公曰："自我先君报九世之仇，剪灭纪国，奄有其地。郕为纪附庸，至今未服，寡人欲并灭之，何如？"管仲曰："郕虽小国，其先乃太公之支孙宗族旁出支派之孙，为齐同姓。灭同姓，非义也。君可命王子成父率大军巡视纪城，示以欲伐之状，郕必畏而来降。是无灭亲之名，而有得地之实矣。"桓公用其策，郕君果畏惧求降。桓公曰："仲父之谋，百不失一！"君臣正计议国事，忽近臣来报："燕国被山戎用兵侵伐，特遣人求救。"管仲曰："君欲伐楚，必先定戎。戎患既熄，乃可专事于南方矣。"毕竟桓公如何服戎，且听下回分解。

闇魯智鬥俞兒

齊桓公兵定孫好

第二十一回　管夷吾智辨俞儿　齐桓公兵定孤竹

　　话说山戎乃北戎之一种，国于令支，亦曰离支，其西为燕，其东南为齐、鲁。令支界于三国之间，恃其地险兵强，不臣不贡，屡犯中国。先时曾侵齐界，为郑公子忽所败。至是闻齐侯图伯，遂统戎兵万骑，侵扰燕国，欲绝其通齐之路。燕庄公抵敌不住，遣人走间道告急于齐。齐桓公问于管仲，管仲对曰："方今为患，南有楚，北有戎，西有狄，此皆中国之忧，盟主之责也。即戎不病_{损害}，侵扰燕，犹恩膺之。况燕人被师，又求救乎？"桓公乃率师救燕，师过济水，鲁庄公迎之于鲁济。桓公告以伐戎之事。鲁侯曰："君剪豺狼，以靖北方，敝邑均受其赐，岂惟燕人？寡人愿索敝赋以从。"桓公曰："北方险远之地，寡人不敢劳君玉趾_{敬称，贵步}。若遂有功，君之灵也。不然，而借兵于君未晚。"鲁侯曰："敬诺。"桓公别了鲁侯，望西北进发。

　　却说令支子名密卢，蹂躏燕境，已及二月，掳掠子女，不可胜计。闻齐师大至，解围而去。桓公兵至蓟门关，燕庄公出迎，谢齐侯远救之劳。管仲曰："山戎得志而去，未经挫折，我兵若退，戎兵必然又来。不如乘此伐之，以除一方之患可也。"桓公曰："善。"燕庄公请率本国之兵为前队，桓公曰："燕方经兵困，何忍复令冲锋？君姑将后军，为寡人声势足矣。"燕庄公曰："此去东八十里，国名无终，虽戎种，不附山戎，可以招致，使为向导。"桓公乃大出金帛，遣公孙隰朋召之。无终子即遣大将虎儿斑率领骑兵二千，前来助战。桓公复厚赏之，使为前队。约行将二百里，桓公见山路逼险，问于燕伯。燕伯曰："此地名葵兹，乃北戎出入之要路也。"桓公与管仲商议，将辎重资粮分其一半，屯聚于葵兹。令士卒伐木筑土为关，留鲍叔牙把守，委以转运之事。休兵三日，汰_{淘汰}下疲病，只用精壮，兼程而进。

　　却说令支子密卢闻齐兵来伐，召其将速买计议。速买曰："彼兵远来疲困，乘其安营未定，突然冲之，可获全胜。"密卢与之三千骑。速买传下号令，四散埋伏于山谷之中，只等齐兵到来行事。虎儿斑前队先到，速买只引百余骑迎敌。虎儿斑奋勇，手持长柄铁瓜锤，望速买当头便打。速买大叫："且慢来！"亦挺大杆刀相迎。略斗数合，速买诈败，引入林中，一声呼哨，山谷皆应，把虎儿斑之兵，截为二段。虎儿斑死战，马复被伤，束手待缚。恰遇齐侯大军已到，王子成父大逞神威，杀散速买之兵，将虎儿斑救出，速买大败而去。虎儿斑先领戎兵，多有损折，来见桓公，面有愧色。桓公曰："胜负常事，将军勿以为意。"乃以名马赐之，虎儿斑感谢不已。大军东进三十里，地名伏龙山，桓公和燕庄公结寨于山上。王子成父、宾须无立二营于山下。皆以大车联络为城，巡警甚严。

次日，令支子密卢亲自带领速买，引着骑兵万余，前来挑战。一连冲突数次，皆被车城隔住，不能得入。延至午后，管仲在山头望见戎兵渐渐稀少，皆下马卧地，口中谩骂。管仲抚虎儿斑之背曰："将军今日可雪耻也。"虎儿斑应诺。车城开处，虎儿斑引本国人马飞奔杀出。隰朋曰："恐戎兵有计。"管仲曰："吾已料之矣！"即命王子成父率一军出左，宾须无率一军出右，两路接应，专杀伏兵。原来山戎惯用埋伏之计，见齐兵坚壁不动，乃伏兵于谷中，故意下马谩骂，以诱齐兵。虎儿斑马头到处，戎兵皆弃马而奔。虎儿斑正欲追赶，闻大寨鸣金，即时勒马而回。密卢见虎儿斑不来追赶，一声呼哨，招引谷中人马，指望悉力来攻，却被王子成父和宾须无两路兵到，杀得七零八落。戎兵又大败而回，干折了许多马匹。速买献计曰："齐欲进兵，必由黄台山谷口而入。吾将木石擂断，外面多掘坑堑，以重兵守之，虽有百万之众，不能飞越也。伏龙山二十余里皆无水泉，必仰依靠汲于濡水，若将濡流坝断，彼军中乏水饮，必乱，乱则必溃。吾因溃而乘之，无有不胜。一面再遣人求救于弧竹国，借兵助战，此万全之策也。"密卢大喜，依计而行。

却说管仲见戎兵退后，一连三日不见动静，心下怀疑。使谍者探听，回言："黄台山大路已断塞了。"管仲乃召虎儿斑问曰："尚有别径可入否？"虎儿斑曰："此去黄台山不过十五里，便可以直捣其国。若要寻别径，须从西南打大宽转，由芝麻岭抄出青山口，复转东数里，方是令支巢穴。但山高路险，车马不便转动耳。"正商议间，牙将连挚禀道："戎主断吾汲道，军中乏水，如何？"虎儿斑曰："芝麻岭一派都是山路，非数日不到。若无水携载，亦自难往。"桓公传令，教军士凿山取水，先得水者重赏。公孙隰朋进曰："臣闻蚁穴居知水，当视蚁蛭处掘之。"军士各处搜寻，并无蚁蛭（蛭，应为"垤"，指蚁穴口隆起的小土堆），又来禀复。隰朋曰："蚁冬则就暖，居山之阳，夏则就凉，居山之阴。今冬月，必于山之阳，不可乱掘。"军士如其言，果于山腰掘得水泉，其味清洌。桓公曰："隰朋可谓圣矣。"因号其泉曰圣泉，伏龙山改为龙泉山。军中得水，欢呼相庆。密卢打听得齐军未尝乏水，大骇曰："中国岂有神助耶？"速买曰："齐兵虽然有水，然涉远而来，粮必不继。吾坚守不战，彼粮尽自然退矣。"密卢从之。

管仲使宾须无假托转回葵兹取粮，却用虎儿斑领路，引一军取芝麻岭进发，以六日为期。却教牙将连挚，日往黄台山挑战，以缀牵制密卢之兵，使之不疑。如此六日，戎兵并不接战。管仲曰："以日计之，宾将军西路将达矣。彼既不战，我不可以坐守。"乃使士卒各负一囊，实土其中，先使人驾空车二百乘前探，遇堑坑处，即以土囊填满。大军直至谷口，发声喊，齐将木石搬运而进。密卢自以为无患，日与速买饮酒为乐，忽闻齐军杀入，连忙跨马迎敌。未及交锋，戎兵报："西路又有敌军杀到！"速买知小路有失，无心恋战，保着密卢望东南而走。宾须无追赶数里，见山路崎岖，戎人驰马如飞，不及而还。马匹器仗、牛羊帐幕之类，遗弃无算，俱为齐有。夺还燕国子女，不可胜计。令支国人从未见此兵威，无不箪食壶浆，迎降于马首。桓公一一抚慰，吩咐不许杀戮降夷一人，戎人大悦。桓公召降戎问曰："汝主此去，当投何国？"降戎曰："我国与孤竹为邻，素相亲睦，近亦曾遣人乞师未到，此行必投孤竹也。"桓公问孤竹强弱并路之远近。降戎曰："孤竹乃东南大国，自商朝便有城郭。从此去约百余里，有溪名曰卑耳。过溪便是孤竹界内，但山路险峻难行耳。"桓公曰："孤竹党山戎为暴，既在密迩，宜前讨之。"适鲍叔牙遣牙将高黑运干糒 bèi 干粮五十车到，桓公即留高黑军前听用。于降戎中挑选精壮千人，付虎儿斑帐下，以补前损折之数。休兵三日，然后起程。

再说密卢等行至孤竹，见其主答里呵，哭倒在地，备言："齐兵恃强，侵夺我国，意欲乞兵报仇。"答里呵曰："俺这里正欲起兵相助，因有小恙，迟这几日，不意你吃了大亏。此处有卑耳之溪，深不可渡。俺这里将竹筏尽行拘回港中，齐兵插翅亦飞不过。俟他退兵之后，俺和你领兵杀去，恢复你的疆土，岂不稳便？"大将黄花元帅曰："恐彼造筏而渡，宜以兵守溪口，昼夜巡行，方保无事。"答里呵曰："彼若造筏，吾岂不知？"遂不听黄花之言。

再说齐桓公大军起程，行不十里，望见顽山连路，怪石嵯峨，草木蒙茸，竹箐 qìng 塞路，有诗为证：

> 盘盘曲曲接青云，怪石嵯岈路不分。
> 任是胡儿须下马，还愁石窟有山君。

管仲教取硫黄焰硝引火之物，撒入草树之间，放起火来，哔哔 bì 剥剥，烧得一片声响。真个草木无根，狐兔绝影，火光透天，五日夜不绝。火熄之后，命凿山开道，以便进车。诸将禀称："山高且险，车行费力。"管仲曰："戎马便于驱驰，惟车可以制之。"乃制上山下山之歌，使军人歌之。《上山歌》曰：

山嵬嵬兮路盘盘,木濯濯兮顽石如栏。云薄薄兮日生寒,我驱车兮上巉岏①。风伯为驭兮俞儿操竿,如飞鸟兮生羽翰,跋彼山巅兮不为难。

《下山歌》曰:

上山难兮下山易,轮如环兮蹄如坠。声辚辚兮人吐气,历几盘兮顷刻而平地。捣彼戎庐兮消烽燧,勒勋②孤竹兮亿万世。

人夫唱起歌来,你唱我和,轮转如飞。桓公与管仲、隰朋等,登卑耳之巅,观其上下之势。桓公叹曰:"寡人今日知人力可以歌取也。"管仲对曰:"臣昔在槛车之时,恐鲁人见追,亦作歌以教军夫,乐而忘倦,遂有兼程之功。"桓公曰:"其故何也?"对曰:"凡人劳其形者疲其神,悦其神者忘其形。"桓公曰:"仲父通达人情,一至于此!"于是催趱车徒,一齐进发。

行过了几处山头,又上一岭,只见前面大小车辆,俱壅塞不进。军士禀称:"两边天生石壁,中间一径,止容单骑,不通车辆。"桓公面有惧色,谓管仲曰:"此处倘有伏兵,吾必败矣。"正在踌躇,忽见山凹里走出一件东西来。桓公睁眼看之,似人非人,似兽非兽,约长一尺有余,朱衣玄冠,赤着两脚,向桓公面前再三拱揖,如相迎接之状。然后以右手抠衣,竟向石壁中间疾驰而去。桓公大惊,问管仲曰:"卿有所见乎?"管仲曰:"臣无所见。"桓公述其形状。管仲曰:"此正臣所制歌词中'俞儿'者是也。"桓公曰:"俞儿若何?"管仲曰:"臣闻北方有登山之神,名曰'俞儿',有霸王之主则见出。君之所见,其殆大概是乎?拱揖相迓者,欲君往伐也。抠衣者,示前有水也。右手者,水右必深,教君以向左也。"髯翁有诗论管仲识"俞儿"之事。诗云:

《春秋》典籍数而知,仲父何从识俞儿?

岂有异人传异事,张华《博物》总堪疑。

管仲又曰:"既有水阻,幸石壁可守。且屯军山上,使人探明水势,然后进兵。"探水者去之良久,回报:"下山不五里,即卑耳溪,溪水大而且深,虽冬不竭。原有竹筏以渡,今被戎主拘收矣。右去水愈深,不啻丈余。若从左而行,约去三里,水面虽阔而浅,涉之没不及膝。"桓公抚掌曰:"俞儿之兆验矣!"燕庄公曰:"卑耳溪不闻有浅处可涉,此殆神助君侯成功也!"桓公曰:"此去孤竹城,有路多少?"燕庄公曰:"过溪东去,先团子山,次马鞭山,又次双子山,三山连络,约三十里。此乃商朝孤竹三君殷末周初孤竹国君和他的两个儿

---

①巉岏:chán wán。　②勒勋:记载功勋。

子伯夷、叔齐之墓。过了三山，更二十五里，便是无棣城，即孤竹国君之都也。"
虎儿斑请率本部兵先涉。管仲曰："兵行一处，万一遇敌，进退两难，须分两
路而行。"乃令军人伐竹，以藤贯之，顷刻之间，成筏数百。留下车辆，以为载
筏，军士牵之。下了山头，将军马分为两队，王子成父同高黑引着一军，从右
乘筏而渡为正兵，公子开方、竖貂随着齐桓公亲自接应；宾须无同虎儿斑引
着一军，从左涉水而渡为奇兵，管仲同连挚随着燕庄公接应，俱于团子山下
取齐。

却说答里呵在无棣城中，不知齐兵去来消息，差小番到溪中打听，见满
溪俱是竹筏，兵马纷纷而渡，慌忙报知城中。答里呵大惊，即令黄花元帅率
兵五千拒敌。密卢曰："俺在此无功，愿引速买为前部。"黄花元帅曰："屡败
之人，难与同事！"跨马径行。答里呵谓密卢曰："西北团子山，乃东来要路，
相烦贤君臣把守，就便接应，俺这里随后也到。"密卢口虽应诺，却怪黄花元
帅轻薄了他，心中颇有不悦之意。却说黄花元帅兵未到溪口，便遇了高黑前
队，两下接住厮杀。高黑战黄花不过，却待要走，王子成父已到，黄花撇了高
黑，便与王子成父厮杀。大战五十余合，不分胜负。后面齐侯大军俱到，公
子开方在右，竖貂在左，一齐卷上。黄花元帅心慌，弃军而走，五千人马被齐
兵掩杀大半，余者尽降。黄花单骑奔逃，将近团子山，见兵马如林，都打着
齐、燕、无终三国旗号，乃是宾须无等涉水而渡，先据了团子山了。黄花不敢
过山，弃了马匹，扮作樵采之人，从小路爬山得脱。齐桓公大胜，进兵至团子
山，与左路军马做一处列营，再公议征进。

却说密卢引军刚到马鞍山，前哨报道："团子山已被齐兵所占。"只得就
马鞍山屯扎。黄花元帅逃命至马鞍山，认做自家军马，投入营中，却是密卢。
密卢曰："元帅屡胜之将，何以单身至此？"黄花羞惭无极。索酒食不得，与以
炒麦一升。又索马骑，与之漏蹄跛足的马。黄花大恨，回至无棣城，见答里呵，
请兵报仇。答里呵曰："吾不听元帅之言，以至如此！"黄花曰："齐侯所恨，在
于令支。今日之计，惟有斩密卢君臣之首，献于齐君，与之讲和，可不战而
退。"答里呵曰："密卢穷而归我，何忍卖之？"宰相兀律古进曰："臣有一计，可
以反败为攻。"答里呵问："何计？"兀律古曰："国之北有地名曰旱海，又谓之
迷谷，乃砂碛qì沙漠之地，一望无水草。从来国人死者，弃之于此，白骨相望，
白昼常见鬼。又时时发冷风，风过处，人马俱不能存立，中人毛发辄死。又
风沙刮起，咫尺不辨，若误入迷谷，谷路纡曲难认，急不能出，兼有毒蛇猛兽
之患。诚得一人诈降，诱至彼地，不须厮杀，管取死亡八九。吾等整顿军马，

坐待其敝,岂非妙计?"答里呵曰:"齐兵安肯至彼乎?"兀律古曰:"主公同宫
眷暂伏阳山,令城中百姓,俱往山谷避兵,空其城市。然后使降人告于齐侯,
只说:'吾主逃往砂碛借兵。'彼必来追赶,堕吾计矣。"黄花元帅欣然愿往。
更与骑兵千人,依计而行。黄花元帅在路思想:"不斩密卢之首,齐侯如何肯
信? 若使成功,主公亦必不加罪。"遂至马鞭山来见密卢。却说密卢正与齐
兵相持未决,且喜黄花救兵来到,欣然出迎。黄花出其不意,即于马上斩密
卢之首。速买大怒,绰 chāo 刀上马来斗黄花。两家军兵,各助其主,自相击
斗,互有杀伤。速买料不能胜,单刀独马,径奔虎儿斑营中投降。虎儿斑不
信,叱军士缚而斩之。可怜令支国君臣,只因侵扰中原,一朝俱死于非命,岂
不哀哉! 史官有诗云:

　　　山有黄台水有濡,周围百里令支居。

　　　燕山卤获今何在? 国灭身亡可叹吁。

　　黄花元帅并有密卢之众,直奔齐军,献上密卢首级,备言:"国主倾国逃
去砂碛,与外国借兵报仇。臣劝之投降不听。今自斩密卢之首,投于帐下,
乞收为小卒。情愿率本部兵马为向导,追赶国主,以效微劳。"桓公见了密卢
首级,不由不信。即用黄花为前部,引大军进发,直抵无棣,果是个空城,益
信其言为不谬。诚恐答里呵去远,止留燕庄公兵一支守城,其余尽发,连夜
追袭。黄花请先行探路,桓公使高黑同之,大军继后。已到砂碛,桓公催军
速进。行了许久,不见黄花消息。看看天晚,但见白茫茫一片平沙,黑黯黯
千重惨雾,冷凄凄数群啼鬼,乱飒飒几阵悲风。寒气逼人,毛骨俱悚,狂飙
biāo 暴风刮地,人马俱惊,军马多有中恶而倒者。时桓公与管仲并马而行,仲
谓桓公曰:"臣久闻北方有旱海,是极厉害之处,恐此是也,不可前行。"桓公
急教传令收军,前后队已自相失。带来火种,遇风即灭,吹之不燃。管仲保
着桓公,带转马头急走。随行军士,各各敲金击鼓,一来以屏阴气,二来使各
队闻声来集。只见天昏地惨,东西南北,茫然不辨。不知走了多少路,且喜
风息雾散,空中现出半轮新月。众将闻金鼓之声,追随而至,屯扎一处。挨
至天晓,计点众将不缺,止不见隰朋一人。其军马七断八续,损折无数。幸
而隆冬闭蛰 zhé 藏伏不出,毒蛇不出,军声喧闹,猛兽潜藏,不然,真个不死带
伤,所存无几矣。管仲见山谷险恶,绝无人行,急教寻路出去。奈东冲西撞,
盘盘曲曲,全无出路,桓公心下早已着忙。管仲进曰:"臣闻老马识途,无终
与山戎连界,其马多从漠北而来,可使虎儿斑择老马数头,观其所往而随之,
宜可得路也。"桓公依其言,取老马数匹,纵之先行,委委曲曲,遂出谷口。髯

翁有诗云：

　　　　蚁能知水马知途，异类能将危困扶。

　　　　堪笑浅夫多自用，谁能舍己听忠谟①？

　　再说黄花元帅引齐将高黑先行，径走阳山一路。高黑不见后队大军来到，教黄花暂住，等候一齐进发。黄花只顾催趱。高黑心疑，勒马不行，被黄花执之，来见孤竹主答里呵。黄花瞒过杀密卢之事，只说："密卢在马鞭山兵败被杀，臣用诈降之计，已诱齐侯大军，陷于旱海。又擒得齐将高黑在此，听凭发落。"答里呵谓高黑曰："汝若投降，吾当重用。"高黑睁目大骂曰："吾世受齐恩，安肯臣汝犬羊对外敌的蔑称哉？"又骂黄花："汝诱吾至此，我一身死不足惜，吾主兵到，汝君臣国亡身死，只在早晚，教你悔之无及！"黄花大怒，拔剑亲斩其首。真忠臣也！答里呵再整军容，来夺无棣城。燕庄公因兵少城空，不能固守，令人四面放火，乘乱杀出，直退回团子山下寨。

　　再说齐桓公大军出了迷谷，行不十里，遇见一枝军马，使人探之，乃公孙隰朋也。于是合兵一处，径奔无棣城来。一路看见百姓扶老携幼，纷纷行走。管仲使人问之，答曰："孤竹主逐去燕兵，已回城中，吾等向避山谷，今亦归井里乡里耳。"管仲曰："吾有计破之矣！"乃使虎儿斑选心腹军士数人，假扮做城中百姓，随着众人，混入城中，只待夜半举火为应。虎儿斑依计去后，管仲使竖貂攻打南门，连挚攻打西门，公子开方攻打东门，只留北门与他做走路。却教王子成父和隰朋分作两路，埋伏于北门之外，只等答里呵出城，截住擒杀。管仲与齐桓公离城十里下寨。时答里呵方救灭城中之火，招回百姓复业。一面使黄花整顿兵马，以备厮杀。是夜黄昏时候，忽闻炮声四举，报言："齐兵已到，将城门围住。"黄花不意齐兵即至，大吃一惊，驱率军民，登城守望。延至半夜，城中四五路火起，黄花使人搜索放火之人。虎儿斑率十余人，径至南门，将城门砍开，放竖貂军马入来。黄花知事不济，扶答里呵上马，觅路奔走，闻北路无兵，乃开北门而去。行不二里，但见火把纵横，鼓声震地，王子成父和隰朋两路军马杀来。开方、竖貂、虎儿斑得了城池，亦各统兵追袭。黄花元帅死战良久，力尽被杀。答里呵为王子成父所获，兀律古死于乱兵之中。至天明，迎接桓公入城。桓公数答里呵助恶之罪，亲斩其首悬之北门，以警戎夷，安抚百姓。戎人言高黑不屈被杀之事，桓公十分叹息，即命录其忠节，待回国再议恤典帝王对臣属规定的丧葬善后礼式。

----

①忠谟(mó)：忠诚的谋略。

　　燕庄公闻齐侯兵胜入城，亦自团子山飞马来会。称贺已毕，桓公曰："寡人赴君之急，跋涉千里，幸而成功。令支、孤竹一朝殄灭，辟地五百里，然寡人非能越国而有之也，请以益君之封。"燕庄公曰："寡人借君之灵，得保宗社足矣，敢望益地？惟君建置之。"桓公曰："北陲僻远，若更立夷种，必然复叛，君其勿辞。东道已通，勉修先召公之业，贡献于周，长为北藩，寡人与有荣施矣。"燕伯乃不敢辞。桓公即无棣城大赏三军，以无终国有助战之功，命以小泉山下之田界之。虎儿斑拜谢先归。

　　桓公休兵五日而行，再渡卑耳之溪，于石壁取下车辆，整顿停当，缓缓而行。见令支一路荒烟余烬，不觉惨然，谓燕伯曰："戎主无道，殃及草木，不可不戒！"鲍叔牙自葵兹关来迎，桓公曰："饷馈不乏，皆大夫之功也。"又吩咐燕伯设戍葵兹关，遂将齐兵撤回。燕伯送桓公出境，恋恋不舍，不觉送入齐界，去燕界五十余里。桓公曰："自古诸侯相送，不出境外，寡人不可无礼于燕君。"乃割地至所送之处界燕，以为谢过之意。燕伯苦辞不允，只得受地而还。在其地筑城，名曰燕留，言留齐侯之德于燕也。燕自此西北增地五百里，东增地五十余里，始为北方大国。诸侯因桓公救燕，又不贪其地，莫不畏齐之威，感齐之德。史官有诗云：

　　　　千里提兵治犬羊，要将职贡达周王。

　　　　休言黩武非良策，尊攘须知定一匡。

　　桓公还至鲁济，鲁庄公迎劳于水次，设飨称贺。桓公以庄公亲厚，特分二戎卤获之半以赠鲁。庄公知管仲有采邑，名曰小谷，在鲁界首，乃发丁夫代为筑城，以悦管仲之意。时鲁庄公三十二年，周惠王之十五年也。是年秋八月，鲁庄公薨，鲁国大乱。欲知鲁事如何，且看下回分解。

齊皇兒擅對芒蛇

第二十二回　公子友两定鲁君　齐皇子独对委蛇

话说公子庆父字仲，鲁庄公之庶兄，其同母弟名牙字叔，则庄公之庶弟。庄公之同母弟曰公子友，因手掌中生成一"友"字文，遂以为名，字季，谓之季友。虽则兄弟三人同为大夫，一来嫡庶之分，二来惟季友最贤，所以庄公独亲信季友。庄公即位之三年，曾游郎台，于台上窥见党氏之女孟任，容色殊丽，使内侍召之。孟任不从。庄公曰："苟从我，当立汝为夫人也。"孟任请立盟誓，庄公许之。孟任遂割臂血誓神，与庄公同宿于台上，遂载回宫。岁余生下一子，名般。庄公欲立孟任为夫人，请命于母文姜。文姜不许，必欲其子与母家联姻，遂定下襄公始生之女为婚，只因姜氏年幼，直待二十岁上，方才娶归。所以孟任虽未立为夫人，那二十余年，却也权主六宫之政。比及姜氏入鲁为夫人，孟任已病废不能起。未几卒，以姜礼葬之。姜氏久而无子，其娣叔姜从嫁，生一子曰启。先有姜风氏，乃须句子之女，生一子名申。风氏将申托于季友，谋立为嗣。季发曰："子般年长。"乃止。姜氏虽为夫人，庄公念是杀父仇家，外虽礼貌，心中不甚宠爱。公子庆父生得魁伟轩昂，姜氏看上了他，阴使内侍往来通语，遂与庆父私通，情好甚密。因与叔牙为一党，相约异日共扶庆父为君，叔牙为相。髯翁有诗云：

> 淫风郑卫只寻常，更有齐风不可当。
>
> 堪笑鲁邦偏缔好，文姜之后有哀姜。

庄公三十一年，一冬无雨，欲行雩祭祈祷。先一日，演乐于大夫梁氏之庭。梁氏有女色甚美，公子般悦之，阴与往来，亦有约为夫人之誓。是日，梁女梯墙而观演乐，圉人养马的人荦 luò 在墙外窥见梁女姿色，立于墙下，故作歌以挑之。歌曰：

> 桃之夭夭兮，凌冬而益芳。中心如结兮，不能逾墙。愿同翼羽兮，
>
> 化为鸳鸯。

公子般亦在梁氏观雩 yú 古代求雨的祭祀，闻歌声出看，见圉人荦大怒，命左右擒下，鞭之三百，血流满地。荦再三哀求，乃释之。公子般诉之于庄公，庄公曰："荦无礼，便当杀之，不可鞭也。荦之勇捷，天下无比，鞭之，必怀恨于汝矣。"原来圉人荦有名绝力，曾登稷 jì 门城楼，飞身而下，及地，复踊身一跃，

遂手攀楼屋之角,以手撼之,楼俱震动。庄公劝杀荦,亦畏其勇故也。子般曰:"彼匹夫耳,何虑焉?"围人荦果恨子般,遂投庆父门下。

次年秋,庄公疾笃,心疑庆父,故意先召叔牙,问以身后之事。叔牙果盛称庆父之才:"若主鲁国,社稷有赖。况一生一及—个去世一个即位,鲁之常也。"庄公不应。叔牙出,复召季友问之。季友对曰:"君与孟任有盟矣。既降其母,可复废其子乎?"庄公曰:"叔牙劝寡人立庆父何如?"季友曰:"庆父残忍无亲,非人君之器。叔牙私于其兄,不可听之。臣当以死奉般。"庄公点首,遂不能言。季友出宫,急命内侍传庄公口语,使叔牙待于大夫鍼季之家,即有君命来到。叔牙果往鍼氏。季友乃封鸩酒一瓶,使鍼季毒死叔牙,复手书致牙曰:"君有命,赐公子死,公子饮此而死,子孙世不失其位。不然,族且灭矣!"叔牙犹不肯服,鍼季执耳灌之,须臾,九窍流血而死。史官有诗论鸩牙之事,曰:

> 周公诛管安周室,季友鸩牙靖鲁邦。
>
> 为国灭亲真大义,六朝底事忍相戕。

是夕,庄公薨。季友奉公子般主丧,谕国人以明年改元。各国遣吊,自不必说。

至冬十月,子般念外家党氏之恩,闻外祖党臣病死,往临其丧。庆父密召围人荦谓曰:"汝不记鞭背之恨乎?夫蛟龙离水,匹夫可制。汝何不报之于党氏?吾为汝主。"荦曰:"苟公子相助,敢不如命!"乃怀利刃,黄 yín 夜奔党大夫家。时已三更,逾墙而入,伏于舍外。至天明时,小内侍启门取水,围人荦突入寝室。子般方下床穿履,惊问曰:"汝何至此?"荦曰:"来报去年鞭背之恨耳!"子般急取床头剑劈之,伤额破脑。荦左手格剑,右手握刃刺般,中胁而死。内侍惊报党氏。党氏家众操兵齐来攻荦,荦因脑破不能战,被众人乱斫为泥。

季友闻子般之变,知是庆父所为,恐及于祸,乃出奔陈国以避难。庆父佯为不知,归罪于围人荦,灭其家,以解说于国人。夫人姜氏欲遂立庆父。庆父曰:"二公子犹在,不尽杀绝,未可代也。"姜氏曰:"当立申乎?"庆父曰:"申年长难制,不如立启。"乃为子般发丧,假讣告为名,亲至齐国,告以子般之变,纳贿于竖貂,立子启为君。时年八岁,是为闵公。闵公乃叔姜之子,叔姜是夫人姜氏之娣也,闵公为齐桓公外甥。闵公内畏哀姜,外畏庆父,欲借外家为重,故使人订齐桓公,会于落姑之地。闵公牵桓公之衣,密诉以庆父内乱之事,垂泪不止。桓公曰:"今者鲁大夫谁最贤?"闵公曰:"惟季友最贤,今避难于陈国。"桓公曰："何不召而复之？"闵公曰："恐庆父见疑。"桓公曰："但出寡人之意,谁敢违者？"乃使人以桓公之命,召季友于陈。闵公次驻扎,住宿于郎地,候季友至郎,并载归国,立季友为相。托言齐侯所命,不敢不从。时周惠王之六年,鲁闵公之元年也。是冬,齐侯复恐鲁之君臣不安其位,使大夫仲孙湫来候问,且窥庆父之动静。闵公见了仲孙湫,流涕不能成语。后见公子申,与之谈论鲁事,甚有条理。仲孙曰："此治国之器也!"嘱季友善视之。因劝季友早除庆父,季友伸一掌示之。仲孙已悟孤掌难鸣之意,曰："湫当言于吾君,倘有缓急,不敢坐视。"庆父以重赂来见仲孙,仲孙曰："苟公子能忠于社稷,寡君亦受其赐,岂惟湫乎？"固辞不受。庆父悚惧而退。仲孙辞闵公归,谓桓公曰："不去庆父,鲁难未已也!"桓公曰："寡人以兵去之,何如？"仲孙曰："庆父凶恶未彰,讨之无名。臣观其志,不安于为下,必复有变。乘其变而诛之,此霸王之业也。"桓公曰："善。"

　　闵公二年,庆父谋篡益急,只为闵公是齐侯外甥,况且季友忠心相辅,不敢轻动。忽一日,阍人报："大夫卜齮 yǐ 相访。"庆父迎进书房,见卜齮怒气勃勃,问其来意。卜齮诉曰："我有田与太傅慎不害田庄相近,被慎不害用强夺去。我去告诉主公,主公偏护师傅,反劝我让他。以此不甘,特来投公子,求于主公前一言。"庆父屏去从人,谓卜齮曰："主公年幼无知,虽言不听。子若能行大事,我为子杀慎不害何如？"卜齮曰："季友在,惧不免。"庆父曰："主公有童心,尝夜出武闱,游行街市。子伏人于武闱,候其出而刺之,但云盗贼,谁能知者？吾以国母之命,代立为君,逐季友如反掌耳。"卜齮许诺。乃求勇士,得秋亚,授以利匕首,使伏武闱。闵公果夜出,秋亚突起,刺杀闵公。左右惊呼,擒住秋亚,卜齮领家甲至夺去。庆父杀慎不害于家。季友闻变,夜叩公子申之门,蹴之起,告以庆父之乱,两人同奔邾国避难。髯翁有诗云:

　　　　子般遭弑闵公戕,操刃当时谁主张？

　　　　鲁乱尽由宫闱起,娶妻何必定齐姜。

　　却说国人素服季友,闻鲁侯被杀,相国出奔,举国若狂,皆怨卜齮而恨庆父。是日,国中罢市,一聚千人,先围卜齮之家,满门遭戮。将攻庆父,聚者益众。庆父知人心不附,欲谋出奔。想起齐侯曾藉莒力以复国,齐莒有恩,可因莒以自解于齐。况文姜原有莒医一脉交情,今夫人姜氏,即文姜之侄女,有此因缘,凡事可托。遂微服扮作商人,载了货赂满车,出奔莒国。夫人姜氏闻庆父奔莒,安身不牢,亦想至莒国躲避。左右曰："夫人以仲故得罪国人,今复聚一国,谁能容之？季友在邾,众所与也,夫人不如适邾,以乞怜于季。"乃奔邾国,求见季友。季友拒之弗见。季友闻庆父、姜氏俱出,遂将公子申归鲁,一面使人告难于齐。齐桓公谓仲孙湫曰:"今鲁国无君,取之如何?"仲孙湫曰:"鲁,秉礼之国,虽遭弑乱,一时之变,人心未忘周公,不可取也。况公子申明习国事,季友有戡乱之才,必能安集众庶,不如因而守之。"桓公曰:"诺。"乃命上卿高傒 xī 率南阳甲士三千人,吩咐高傒,相机而动:"公子申果堪主社稷,即当扶立为君,以修邻好;不然,便可并兼其地。"高傒领命而行。来至鲁国,恰好公子申、季友亦到。高傒见公子申相貌端庄,议论条理,心中十分敬重。遂与季友定计,拥立公子申为君,是为僖公。使甲士帮助鲁人,筑鹿门之城,以防邾、莒之变。季友使公子奚斯随高傒至齐,谢齐侯定国之功。一面使人如莒,要假手莒人以戮庆父,啖以重赂。

　　却说庆父奔莒之时,载有鲁国宝器,因莒医以献于莒子,莒子纳之。至是复贪鲁重赂,使人谓庆父曰:"莒国褊小,惧以公子为兵端,请公子改适他国。"庆父犹未行,莒子下令逐之。庆父思竖貂曾受赂相好,乃自邾如齐。齐疆吏素知庆父之恶,不敢擅纳,乃寓居 寄居于汶水之上。恰好公子奚斯谢齐事毕,还至汶水,与庆父相见,欲载之归国。庆父曰:"季友必不见容。子鱼能为我代言,乞念先君一脉,愿留性命,长为匹夫,死且不朽!"奚斯至鲁复命,遂致庆父之言。僖公欲许之。季友曰:"使弑君者不诛,何以戒后?"因私谓奚斯曰:"庆父若自裁,尚可为立后,不绝世祀也。"奚斯领命,再往汶上,欲告庆父,而难于启齿,乃于门外号啕大哭。庆父闻其声,知是奚斯,乃叹曰:"子鱼不入见而哭甚哀,吾不免矣!"乃解带自缢于树而死。奚斯乃入而殓 liàn 之,还报僖公,僖公叹息不已。忽报:"莒子遣其弟赢拿,领兵临境。闻庆父已死,特索谢赂。"季友曰:"莒人未尝擒送庆父,安得居功?"乃自请率师迎敌。僖公解所佩宝刀相赠,谓曰:"此刀名曰'孟劳',长不满尺,锋利无比,叔父宝之。"季友悬于腰胯之间,谢恩而出。行至郦 lì 地,莒公子赢拿列阵以待。季友曰:"鲁新立君,国事未定,若战而不胜,人心动摇矣。莒拿贪而无谋,吾当以计取之。"乃出阵前,请赢拿面话。因谓之曰:"我二人不相悦,士卒何罪?闻公子多力善搏,友请各释器械,与公子徒手赌一雌雄,何如?"赢拿曰:"甚善!"两下约退军士,就于战场放对,一来一往,各无破绽。约斗五十余合,季友之子行父,时年八岁,友甚爱之,俱至军中,时在旁观斗,见父亲不能取胜,连呼:"'孟劳'何在?"季友忽然醒悟,故意卖个破绽,让赢拿赶入一步,季友略一转身,于腰间拔出"孟劳",回手一挥,连眉带额,削去天灵盖半边。刀无血痕,真宝刀也。莒军见主将劈倒,不待交锋,各自逃命。季友全胜，唱凯还朝。

僖公亲自迎之于郊，立为上相，赐费邑为之采地。季友奏曰："臣与庆父、叔牙并是桓公之孙，臣以社稷之故，鸩叔牙，缢庆父，大义灭亲，诚非得已。今二子俱绝后，而臣独叨荣爵，受大邑，臣何颜见桓公于地下？"僖公曰："二子造逆，封之得无非典违背法典？"季友曰："二子有逆心，无逆形，且其死非有刀锯之戮也。宜并建之，以明亲亲之谊。"僖公从之。乃以公孙敖继庆父之后，是为孟孙氏。庆父字仲，后人以字为氏，本曰仲孙，因讳庆父之恶，改为孟也。孟孙氏食采于成。以公孙兹继叔牙之后，是为叔孙氏，食采于郈hòu。季友食采于费，加封以汶阳之田，是为季孙氏。于是季、孟、叔三家，鼎足而立，并执鲁政，谓之"三桓"。是日，鲁南门无故自崩，识者以为高而忽倾，异日必有凌替之祸，兆已见矣。史官有诗云：

> 手文征异已襃功，孟叔如何亦并封？
>
> 乱世天心偏助逆，三家宗裔是桓公。

话说齐桓公知姜氏在邾，谓管仲曰："鲁桓、闵二公不得令终，皆以我姜之故。若不行讨，鲁人必以为戒，姻好绝矣。"管仲曰："女子既嫁从夫，得罪夫家，非外家所得讨也。君欲讨之，宜隐其事。"桓公曰："善。"乃使竖貂往邾，送姜氏归鲁。姜氏行至夷，宿馆舍，竖貂告姜氏曰："夫人与弑二君，齐、鲁莫不闻之，夫人即归，何面目见太庙乎？不如自裁，犹可自盖也。"姜氏闻之，闭门哭泣，至半夜寂然。竖貂启门视之，已自缢死矣。竖貂告夷宰，使治殡事，飞报僖公。僖公迎其丧以归，葬之成礼，曰："母子之情，不可绝也。"谥之曰哀，故曰哀姜。后八年，僖公以庄公无配，仍祔祭名，新死者附祭于先祖哀姜于太庙。此乃过厚之处。

却说齐桓公自救燕定鲁以后，威名愈振，诸侯悦服。桓公益信任管仲，专事饮猎为乐。一日，猎于大泽之陂，竖貂为御，车驰马骤，较射方欢。桓公忽然停目而视，半晌无言，若有惧容。竖貂问曰："君瞪目何所视也？"桓公曰："寡人适见一鬼物，其状甚怪而可畏，良久忽灭，殆不祥乎！"竖貂曰："鬼阴物，安敢昼见？"桓公曰："先君田田猎,打猎姑棼而见大豕，是亦昼也。汝为我亟召仲父。"竖貂曰："仲父非圣人，乌能悉知鬼神之事？"桓公曰："仲父能识俞儿，何谓非圣？"竖貂曰："君前者先言俞儿之状，仲父因逢君之意，饰美说以劝君之行也。君今但言见鬼，勿泄其状，如仲父言与君合，则仲父信圣不欺矣。"桓公曰："诺。"乃趋驾归，心怀疑惧，是夜遂大病如疟。明日，管仲与诸大夫问疾。桓公召管仲，与之言见鬼："寡人心中畏恶，不能出口，仲父试道其状。"管仲不能答，曰："容臣询之。"竖貂在旁笑曰："臣固知仲父之不能言也。"桓公病益增，管仲忧之，悬书于门："如有能言公所见之鬼者，当赠以封邑三分之一。"有一人荷笠悬鹑破烂的衣服而来，求见管仲。管仲揖而进之。其人曰："君有恙乎？"管仲曰："然。"其人曰："君病见鬼乎？"管仲又曰："然。"其人曰："君见鬼于大泽之中乎？"管仲曰："子能言鬼之状否？吾当与子共家。"其人曰："请见君而言之。"

管仲见桓公于寝室，桓公方累重裀而坐，使两妇人摩背，两妇人捶足，竖貂捧汤，立而候饮。管仲曰："君之病有能言者，臣已与之俱来，君可召之。"桓公召入，见其荷笠悬鹑，心殊不喜，遂问曰："仲父言识鬼者乃汝乎？"对曰："公则自伤耳，鬼安能伤公？"桓公曰："然则有鬼否？"对曰："有之。水有'罔象'，邱有'峷 shēn'，山有'夔 kuí'，野有'彷徨'，泽有'委蛇'。"桓公曰："汝试言'委蛇'之状。"对曰："夫'委蛇'者，其大如毂 gǔ 车轮中心的圆木，其长如辕，紫衣而朱冠。其为物也，恶闻轰车之声，闻则捧其首而立。此不轻见，见之者必霸天下。"桓公辗 chǎn 笑貌然而笑，不觉起立曰："此正寡人之所见也！"于是顿觉精神开爽，不知病之何往矣。桓公曰："子何名？"对曰："臣名皇子，齐西鄙之农夫也。"桓公曰："子可留仕寡人。"遂欲爵为大夫。皇子固辞曰："公尊王室，攘四夷，安中国，抚百姓，使臣常为治世之民，不妨农务足矣，不愿居官。"桓公曰："高士也！"赐之粟帛，命有司复其家，复重赏管仲。竖貂曰："仲父不能言，而皇子言之，仲父安得受赏乎？"桓公曰："寡人闻之：'任独者暗，任众者明。'微仲父，寡人固不得闻皇子之言也。"竖貂乃服。

时周惠王十七年，狄人侵犯邢邦，又移兵伐卫。卫懿公使人如齐告急，诸大夫请救之。桓公曰："伐戎之役，疮痍未息。且俟来春，合诸侯往救可也。"其冬，卫大夫宁速至齐，言："狄已破卫，杀卫懿公。今欲迎公子毁为君。"齐侯大惊曰："不早救卫，孤罪无辞矣。"不知狄如何破卫，且看下回分解。

衛懿公好鶴亡國

齊桓
公興
兵伐
楚

第二十三回　卫懿公好鹤亡国　齐桓公兴兵伐楚

话说卫惠公之子懿公，自周惠王九年嗣立，在位九年，般乐怠傲，不恤国政，最好的是羽族中一物，其名曰鹤。按浮邱伯《相鹤经》云：

> 鹤，阳鸟也，而游于阴。因金气，乘火精以自养。金数九，火数七，故鹤七年一小变，十六年一大变，百六十年变止，千六百年形定。体尚洁，故其色白。声闻天，故其头赤。食于水，故其喙长。栖于陆，故其足高。翔于云，故毛丰而肉疏。大喉以吐故，修颈以纳新，故寿不可量。行必依洲渚，止不集林木，盖羽族之宗长，仙家之骐骥①也。鹤之上相：隆鼻短口则少眠，高脚疏节则多力，露眼赤睛则视远，凤翼雀毛则喜飞，龟背鳖腹则能产，轻前重后则善舞，洪髀②纤趾则能行。

那鹤色洁形清，能鸣善舞，所以懿公好之。俗谚云："上人不好，下人不要。"因懿公偏好那鹤，凡献鹤者皆有重赏，弋人百方罗致，都来进献。自苑囿宫廷，处处养鹤，何止数百。有齐高帝咏鹤诗为证：

> 八风舞遥翮，九野弄清音。
>
> 一摧云间志，为君苑中禽。

懿公所畜之鹤，皆有品位俸禄：上者食大夫俸，次者食士俸。懿公若出游，其鹤亦分班从幸，命以大轩，载于车前，号曰"鹤将军"。养鹤之人亦有常俸。厚敛于民，以充鹤粮，民有饥冻，全不抚恤。

大夫石祁子，乃石碏之后，石骀仲之子，为人忠直有名，与宁庄子名速同秉国政，皆贤臣也。二人进谏屡次，俱不听。公子毁乃惠公庶兄，公子硕烝于宣姜而生者，即文公也。毁知卫必亡，托故如齐。齐桓公妻以宗女，竟留齐国。卫人向来心怜故太子急子之冤，自惠公复位之后，百姓日夜咒诅："若天道有知，必不终于禄位也！"因急子与寿俱未有子，公子硕早死，黔牟已绝，惟毁有贤德，人心阴归附之。及懿公失政，公子毁出奔，卫人无不含怨。

却说北狄自周太王之时，獯鬻 xūn yù 古代北方的一个民族已强盛，逼太王迁都于岐。及武王一统，周公南惩荆舒，北膺戎狄，中国久安。迨平王东迁之

---

①骐骥(qí jì)：千里马。　②髀(bì)：股部，大腿。

后，南蛮北狄交肆其横。单说北狄主名曰瞍 sǒu 瞒，控弦数万，常有迭荡中原之意。及闻齐伐山戎，瞍瞒怒曰："齐兵远伐，必有轻我之心，当先发制之。"乃驱胡骑二万伐邢，残破其国。闻齐谋救邢，遂移兵向卫。时卫懿公正欲载鹤出游，谍报："狄人入寇。"懿公大惊，即时敛兵授甲，为战守计。百姓皆逃避村野，不肯即戎，懿公使司徒拘执之。须臾，擒百余人来，问其逃避之故。众人曰："君用一物，足以御狄，安用我等？"懿公问："何物？"众人曰："鹤。"懿公曰："鹤何能御狄耶？"众人曰："鹤既不能战，是无用之物，君敝有用以养无用，百姓所以不服也。"懿公曰："寡人知罪矣！愿散鹤以从民可乎？"石祁子曰："君亟行之，犹恐其晚也。"懿公果使人纵鹤，鹤素受豢养，盘旋故处，终不肯去。石、宁二大夫亲往街市，述卫侯悔过之意，百姓始稍稍复集。狄兵已杀至荥泽，顷刻三报。石祁子奏曰："狄兵骁勇，不可轻敌，臣请求救于齐。"懿公曰："齐昔日奉命来伐，虽然退兵，我国并未修聘谢，安肯相救？不如一战，以决存亡！"宁速曰："臣请率师御狄，君居守。"懿公曰："孤不亲行，恐人不用心。"乃与石祁子玉玦 jué 环形有缺口的佩玉，使代理国政，曰："卿决断如此玦矣！"与宁速矢，使专力守御。又曰："国中之事，全委二卿。寡人不胜狄，不能归也！"石、宁二大夫皆垂泪。懿公吩咐已毕，乃大集车徒，使大夫渠孔为将，于伯副之，黄夷为先锋，孔婴齐为后队。一路军人口出怨言，懿公夜往察之，军中歌曰：

　　　　鹤食禄，民力耕。鹤乘轩，民操兵。狄锋厉兮不可撄，欲战兮九死
　　而一生！鹤今何在兮？而我瞿瞿为此行！

懿公闻歌，闷闷不已。大夫渠孔用法太严，人心益离。行近荥泽，见敌军千余，左右分驰，全无行次。渠孔曰："人言狄勇，虚名耳！"即命鼓行而进。狄人诈败，引入伏中，一时呼哨并起，如天崩地塌，将卫兵截做三处，你我不能相顾。卫兵原无心交战，见敌势凶猛，尽弃车仗而逃。懿公被狄兵围之数重。渠孔曰："事急矣！请偃大旆，君微服下车，尚可脱也。"懿公叹曰："二三子诸位，你们苟能相救，以旆为识。不然，去旆无益也。孤宁一死，以谢百姓耳！"须臾，卫兵前后队俱败，黄夷战死，孔婴齐自刎而亡。狄军围益厚，于伯中箭坠车，懿公与渠孔先后被害，被狄人砍为肉泥，全军俱没。髯翁有诗云：

　　　曾闻古训戒禽荒，一鹤谁知便丧邦。
　　　荥泽当时遍磷火，可能骑鹤返仙乡？

　　狄人囚卫太史华龙滑、礼孔，欲杀之。华、礼二人知胡俗信鬼，绐之曰："我太史也，实掌国之祭祀，我先往为汝白神。不然，鬼神不汝佑，国不可得

也。"瞞瞞信其言，遂纵之登车。宁速方戎服巡城，望见单车驰到，认是二太史，大惊，问："主公何在？"曰："已全军覆没矣！狄师强盛，不可坐待灭亡，宜且避其锋。"宁速欲开门纳之，礼孔曰："与君俱出，不与君俱入，人臣之义谓何？吾将事吾君于地下！"遂拔剑自刎。华龙滑曰："不可失史氏之籍。"乃入城。宁速与石祁子商议，引着卫侯宫眷及公子申，乘夜乘小车出城东走。华龙滑抱典籍从之。国人闻二大夫已行，各各携男抱女，随后逃命，哭声震天。狄兵乘胜长驱，直入卫城。百姓奔走落后者，尽被杀戮。又分兵追逐。石祁子保宫眷先行，宁速断后，且战且走。从行之民，半罹狄刃。将及黄河，喜得宋桓公遣兵来迎，备下船只，星夜渡河。狄兵方才退去，将卫国府库及民间存留金粟之类，劫掠一空，堕同"隳"，毁坏其城郭，满载而归。不在话下。

　　却说卫大夫弘演，先奉使聘陈，比及反役，卫已破灭。闻卫侯死于荥泽，往觅其尸。一路看见骸骨暴露，血肉狼籍，不胜伤感。行至一处，见大旆倒于荒泽之旁，弘演曰："旆在此，尸当不远矣。"未数步，闻呻吟之声，前往察之，见一小内侍折臂而卧。弘演问曰："汝认得主公死处否？"内侍指一堆血肉曰："此即主公之尸也，吾亲见主公被杀。为臂伤疼痛，不能行走，故卧守于此，欲俟国人来而示之。"弘演视其尸体，俱已零落不全，惟一肝完好。弘演对之再拜，大哭，乃复命于肝前，如生时之礼。事毕，弘演曰："主公无人收葬，吾将以身为棺耳！"嘱从人曰："我死后，埋我于林下，俟有新君，方可告之。"遂拔佩刀自剖其腹，手取懿公之肝，纳于腹中，须臾而绝。从者如言埋掩，因以车载小内侍渡河，察听新君消息。

　　却说石祁子先扶公子申登舟。宁速收拾遗民，随后赶上，至于漕邑，点查男女，才存得七百有二十人。狄人杀戮之多，岂不悲哉！二大夫相议："国不可一日无君，其奈遗民太少！"乃于共、滕 téng 二邑，十抽其三，共得四千有余人，连遗民凑成五千之数，即于漕邑创立庐舍，扶立公子申为君，是为戴公。宋桓公御说，许桓公新臣各遣人致唁。戴公先已有疾，立数日遂薨。宁速如齐，迎公子毁嗣位。齐桓公曰："公子归自敝邑，将守宗庙，若器用不具，皆寡人之过也。"乃遗以良马一乘，祭服五称，牛、羊、豕、鸡、狗各三百只。又以鱼轩赠其夫人，兼美锦三十端。命公子无亏帅车三百乘送之。并致门材，使立门户。公子毁至漕邑，弘演之从人同折臂小内侍俱到，备述纳肝之事。公子毁先遣使具棺，往荥泽收殓。一面为懿公、戴公发丧。追封弘演，录用其子，以旌其忠。诸侯重齐桓公之义，多有吊赙 fù 以财物助人办丧事，时周惠王十八年冬十二月也。

其明年,春正月,卫侯毁改元,是为文公。才有车三十乘,寄居民间,甚是荒凉。文公布衣帛冠,蔬食菜羹,早起夜息,抚安百姓,人称其贤。公子无亏辞归齐国,留甲士三千人,协戍漕邑,以防狄患。无亏回见桓公,言卫毁草创之状,并述弘演纳肝之事。桓公叹曰:"无道之君亦有忠臣如此者乎?其国正未艾也。"管仲进曰:"今留戍劳民,不如择地筑城,一劳永逸。"桓公以为然,正欲纠合诸侯同役,忽邢国遣人告急,言:"狄兵又到本国,势不能支,伏望救援!"桓公问管仲曰:"邢可救乎?"管仲对曰:"诸侯所以事齐,谓齐能拯其灾患也。不能救卫,又不救邢,霸业陨矣!"桓公曰:"然则邢、卫之急孰先?"管仲对曰:"俟邢患既平,因而城卫,此百世之功也。"桓公曰:"善。"即传檄宋、鲁、曹、邾各国,合兵救邢,俱于聂北取齐。宋、曹二国兵先到。管仲又曰:"狄寇方张,邢力未竭,敌方张之寇,其劳倍,助未竭之力,其功少,不如待之。邢不支狄,必溃,狄胜邢,必疲。驱疲狄而援溃邢,所谓力省而功多者也。"桓公用其谋,托言待鲁、邾兵到,乃屯兵于聂北,遣谍打探邢、狄攻守消息。史臣有诗讥管仲不早救邢、卫,乃霸者养乱为功之谋也。诗云:

救患如同解倒悬,提兵那可复迁延?

从来霸事逊王事,功利偏居道义先。

话说三国驻兵聂北约及两月,狄兵攻邢,昼夜不息。邢人力竭,溃围而出。谍报方到,邢国男女,填涌而来,俱投奔齐营求救。内一人哭倒在地,乃邢侯叔颜也。桓公扶起,慰之曰:"寡人相援不早,以致如此,罪在寡人。当请宋公、曹伯共议,驱逐狄人。"即日拔寨都起。狄主瞍瞒掳掠满欲,无心恋战,闻三国大兵将至,放起一把火,望北飞驰而去。比及各国兵到,只见一派火光,狄人已遁。桓公传令将火扑灭,问叔颜:"故城尚可居否?"叔颜曰:"百姓逃难者,大半在夷仪地方,愿迁夷仪,以从民欲。"桓公乃命三国各具版筑,筑夷仪城,使叔颜居之。更为建立朝庙,添设庐舍,牛马粟帛之类,皆从齐国运至,充牣 rèn 满,充满其中。邢国君臣,如归故国,欢祝之声彻耳。事毕,宋、曹欲辞齐归国。桓公曰:"卫国未定,城邢而不城卫,卫其谓我何?"诸侯曰:"惟霸君命。"桓公传令,移兵向卫,凡畚 běn 用草绳或竹篾编的盛物器具锸 chā 铁锹之属,尽携带随身。卫文公毁远远相接。桓公见其大布为衣,大帛为冠,不改丧服,恻然久之。乃曰:"寡人借诸君之力,欲为君定都,未审何地为吉?"文公毁曰:"孤已卜得吉地,在于楚丘,但版筑之费,非亡国所能办耳!"桓公曰:"此事寡人力任之。"即日传令三国之兵,俱往楚丘兴工。复运门材,重立朝庙,谓之"封卫"。卫文公感齐再造之恩,为《木瓜》之诗以咏之。诗云:

投我以木瓜兮，报之以琼琚。

投我以木桃兮，报之以琼瑶。

投我以木李兮，报之以琼玖。

当时称桓公存三亡国：谓立僖公以存鲁，城夷仪以存邢，城楚丘以存卫。有此三大功劳，此所以为五霸之首也。潜渊先生读史诗云：

周室东迁纲纪摧，桓公纠合振倾颓。

兴灭继绝存三国，大义堂堂五霸魁。

时楚成王熊恽任用令尹子文图治，修明国政，有志争霸。闻齐侯救邢存卫，颂声传至荆、襄，楚成王心甚不乐，谓子文曰："齐侯布德沽名，人心归向。寡人伏处汉东，德不足以怀人，威不足以慑众，当今之时，有齐无楚，寡人耻之。"子文对曰："齐侯经营伯业，于今几三十年矣。彼以尊王为名，诸侯乐附，未可敌也。郑居南北之间，为中原屏蔽，王若欲图中原，非得郑不可。"成王曰："谁能为寡人任伐郑之事者？"大夫斗章愿往，成王与车二百乘，长驱至郑。

却说郑自纯门受师以后，日夜提防楚兵，探知楚国兴师，郑伯大惧，即遣大夫聃伯率师把守纯门，使人星夜告急于齐。齐侯传檄，大合诸侯于柽 chēng，将谋救郑。斗章知郑有准备，又闻齐救将至，恐其失利，至界而返。楚成王大怒，解佩剑赐斗廉，使即军中斩斗章之首。斗廉乃斗章之兄也。既至军中，且隐下楚王之命，密与斗章商议："欲免国法，必须立功，方可自赎。"斗章跪而请教。斗廉曰："郑知退兵，谓汝必不骤来，若疾走袭之，可得志也。"斗章分军为二队，自率前队先行，斗廉率后队接应。

却说斗章衔枚卧鼓，悄地侵入郑界，恰遇聃伯在界上点阅车马。聃伯闻有寇兵，正不知何国，慌忙点兵，在界上迎住厮杀。不期斗廉后队已到，反抄出郑师之后，腹背夹攻。聃伯力不能支，被斗章只一铁简—一种兵器，形似铁鞭打倒，双手拿来。斗廉乘胜掩杀，郑兵折其大半。斗章将聃伯上了囚车，便欲长驱入郑。斗廉曰："此番掩袭成功，且图免死，敢侥幸从事耶？"乃即日班师。斗章归见楚成王，叩首请罪，奏曰："臣回军是诱敌之计，非怯战也。"成王曰："既有擒将之功，权许准罪。但郑国未服，如何撤兵？"斗廉曰："恐兵少不能成功，惧褒国威。"成王怒曰："汝以兵少为辞，明是怯敌。今添兵车二百乘，汝可再往，若不得郑成，休见寡人之面！"斗廉奏曰："臣愿兄弟同往，若郑不投降，当缚郑伯以献。"成王壮其言，许之。乃拜斗廉为大将，斗章副之，共率车四百乘，重望郑国杀来。史臣有诗云：

　　荆襄自帝势炎炎，蚕食多邦志未厌。

　　溱洧何辜三受伐？解悬只把霸君瞻。

　　且说郑伯闻聃伯被囚，复遣人如齐请救。管仲进曰："君数年以来，救燕存鲁，城邢封卫，恩德加于百姓，大义布于诸侯，若欲用诸侯之兵，此其时矣。君若救郑，不如伐楚，伐楚必须大合诸侯。"桓公曰："大合诸侯，楚必为备，可必胜乎？"管仲曰："蔡人得罪于君，君欲讨之久矣。楚、蔡接壤，诚以讨蔡为名，因而及楚，兵法所谓'出其不意'者也。"先时，蔡穆公以其妹嫁桓公为第三夫人，一日，桓公与蔡姬共登小舟，游于池上，采莲为乐。蔡姬戏以水洒公，公止之。姬知公畏水，故荡其舟，水溅公衣。公大怒曰："婢子不能事君！"乃遣竖貂送蔡姬归国。蔡穆公亦怒曰："已嫁而归，是绝之也。"竟将其妹更嫁于楚国，为楚成王夫人。桓公深恨蔡侯，故管仲言及之。桓公曰："江、黄二国，不堪楚暴，遣使纳款归顺，降服，寡人欲与会盟，伐楚之日，约为内应，何如？"管仲曰："江、黄远齐而近楚，一向服楚，所以仅存。今背而从齐，楚人必怒，怒必加讨。当此时，我欲救，则阻道路之遥；不救，则乖同盟之义。况中国诸侯，五合六聚，尽可成功，何必借助蕞 zuì 小貌尔？不如以好言辞之。"桓公曰："远国慕义而来，辞之将失人心。"管仲曰："君但识吾言于壁，异日勿忘江、黄之急也。"桓公遂与江、黄二君盟会，密订伐楚之约，以明年春正月为期。二君言："舒人助楚为虐，天下称为'荆舒'，不可不讨。"桓公曰："寡人当先取舒国，以剪楚翼。"乃密写一书，付于徐子。徐与舒近，徐嬴嫁为齐桓公第二夫人，有婚姻之好，一向归附于齐，故桓公以舒事嘱之。徐果引兵袭取舒国，桓公即命徐子屯兵舒城，以备缓急。江、黄二君各守本界，以候调遣。鲁僖公遣季友至齐谢罪，称："有郏、莒之隙，不得共邢、卫之役。今闻会盟江、黄，特来申好示好，结好嗣有征伐，愿执鞭前驱。"桓公大喜，亦以伐楚之事密与订约。时楚兵再至郑国，郑文公请成，以纾民祸。大夫孔叔曰："不可，齐方有事于楚，以我故也。人有德于我，弃之不祥，宜坚壁以待之。"于是再遣使如齐告急。桓公授之以计，使扬言齐救即至，以缓楚。至期，或君或臣，率一军出虎牢，于上蔡取齐，等候协力攻楚。于是遍约宋、鲁、陈、卫、曹、许之君，俱要如期起兵，名为讨蔡，实为伐楚。

　　明年，为周惠王之十三年，春正月元旦，齐桓公朝贺已毕，便议讨蔡一事。命管仲为大将，率领隰朋、宾须无、鲍叔牙、公子开方、竖貂等，出车三百乘，甲士万人，分队进发。太史奏："七日出军，上吉。"竖貂请先率一军，潜行掠蔡，就会集各国车马。桓公许之。蔡人恃楚，全不设备，直待齐兵到时，方才敛兵设守。竖貂在城下耀武扬威，喝令攻城，至夜方退。蔡穆公认得是竖貂，先年在齐宫曾伏侍蔡姬，受其恩惠，蔡姬退回，又是他送的，晓得是宵小之辈，乃于夜深使人密送金帛一车，求其缓兵。竖貂受了，遂私将齐侯纠合七路诸侯，先侵蔡，后伐楚一段军机，备细泄漏于蔡："不日各国军到，将蔡城蹂为平地，不如及早逃遁为上。"使者回报，蔡侯大惊。当夜率领宫眷，开门出奔楚国。百姓无主，即时溃散，竖貂自以为功，飞报齐侯去讫。

却说蔡侯至楚，见了成王，备述竖貂之语。成王方省齐谋，传令简阅兵车，准备战守，一面撤回斗章伐郑之兵。数日后，齐侯兵至上蔡，竖貂谒见已毕。七路诸侯陆续俱到，一个个躬率车徒，前来助战，军威甚壮。那七路：宋桓公御说、鲁僖公申、陈宣公杵臼、卫文公毁、郑文公捷、曹昭公班、许穆公新臣，连主伯齐桓公小白，共是八位。内许穆公抱病，力疾率师先到蔡地。桓公嘉其劳，使序于曹伯之上。是夜，许穆公薨。齐侯留蔡三日，为之发丧，命许国以侯礼葬之。

七国之师，望南而进，直达楚界。只见界上早有一人衣冠整肃，停车道左，磬折_{弯腰像磬的形状，形容十分恭敬}而言曰："来者可是齐侯？可传言楚国使臣奉候久矣。"那人姓屈名完，乃楚之公族，官拜大夫。今奉楚王之命为行人，使于齐师。桓公曰："楚人何以预知吾军之至也？"管仲曰："此必有人漏泄消息。既彼遣使，必有所陈。臣当以大义责之，使彼自愧屈，可不战而降矣。"管仲亦乘车而出，与屈完车上拱手。屈完开言曰："寡君闻上国车徒辱于敝邑，使下臣完致命。寡君命使臣辞曰：'齐楚各君其国，齐居于北海，楚近于南海，虽风马牛不相及也。不知君何以涉于吾地？'敢请其故。"管仲对曰："昔周成王封吾先君太公于齐，使召康公赐之命，辞曰：'五侯九伯，汝世掌征伐，以夹辅周室。其地东至海，西至河，南至穆陵，北至无棣，凡有不共王职，汝勿赦宥。'自周室东迁，诸侯放恣，寡君奉命主盟，修复先业。尔楚国于南荆，当岁贡包茅，以助王祭。自尔缺贡，无以缩酒，寡人是征。且昭王南征而不返，亦尔故也。尔其何辞？"屈完对曰："周失其纲，朝贡废缺，天下皆然，岂惟南荆？虽然，包茅不入，寡君知罪矣。敢不共给，以承君命！若夫昭王不返，惟胶舟之故，君其问诸水滨，寡君不敢任咎。完将复于寡君。"言毕，麾车而退。管仲告桓公曰："楚人倔强，未可以口舌屈也，宜进逼之。"乃传令八军同发，直至陉 xíng 山。离汉水不远，管仲下令："就此屯扎，不可前行！"诸侯皆曰："兵已深入，何不济汉，决一死战，而逗留于此？"管仲曰："楚既遣使，必然有备，兵锋一交，不可复解。今吾顿兵此地，遥张其势，楚惧吾之众，将复遣使，吾因取成焉。以讨楚出，以服楚归，不亦可乎？"诸侯犹未深信，议论纷纷不一。

　　却说楚成王已拜斗子文为大将，搜甲厉兵，屯于汉南，只等诸侯济汉，便来邀击。谍报："八国之兵，屯驻陉地。"子文进曰："管仲知兵，不万全不发。今以八国之众，逗留不进，是必有谋。当遣使再往，探其强弱，察其意向，或战或和，决计来晚。"成王曰："此番何人可使？"子文曰："屈完既与夷吾识面，宜再遣之。"屈完奏曰："缺贡包茅，臣前承其咎矣。君若请盟，臣当勉行，以解两国之纷。若欲请战，别遣能者。"成王曰："战盟任卿自裁，寡人不汝制^{不制约你也}也。"屈完乃再至齐军。毕竟齐、楚如何，且看下回分解。

盟名陵禮款
楚大夫

會
葵
邱
義
戴
周
天
子

第二十四回　盟召陵礼款楚大夫　会葵丘义戴周天子

话说屈完再至齐军，请面见齐侯言事。管仲曰："楚使复来，请盟必矣，君其礼之。"屈完见齐桓公再拜，桓公答礼，问其来意。屈完曰："寡君以不贡之故，致于君讨，寡君已知罪矣。君若肯退师一舍古代三十里为一舍，寡君敢不惟命是听！"桓公曰："大夫能辅尔君以修旧职，俾寡人有辞于天子，又何求焉？"屈完称谢而去。归报楚王，言："齐侯已许臣退师矣，臣亦许以入贡，君不可失信也。"少顷，谍报："八路军马，拔寨俱起。"成王再使探实，回言："退三十里，在召陵驻扎。"楚王曰："齐师之退，必畏我也。"欲悔入贡之事。子文曰："彼八国之君，尚不失信于匹夫，君可使匹夫食言于国君乎？"楚王嘿然。乃命屈完赍金帛八车，再往召陵犒八路之师，复备菁茅一车，在齐军前呈样呈送样品过了，然后具表，如周进贡。

却说许穆公丧至本国，世子业嗣位，主丧，是为僖公。感桓公之德，遣大夫百佗率师会于召陵。桓公闻屈完再到，吩咐诸侯："将各国车徒分为七队，分列七方。齐之兵，屯于南方，以当楚冲。俟齐军中鼓起，七路一齐鸣鼓，器械盔甲务要十分整齐，以强中国之威势。"屈完既入，见齐侯陈上犒军之物。桓公命分派八军。其菁茅验过，仍令屈完收管，自行进贡。桓公曰："大夫亦曾观我中国之兵乎？"屈完曰："完僻居南服，未及睹中国之盛，愿借一观。"桓公与屈完同登戎辂，望见各国之兵各占一方，联络数十里不绝。齐军中一声鼓起，七路鼓声相应，正如雷霆震击，骇地惊天。桓公喜形于色，谓屈完曰："寡人有此兵众，以战，何患不胜？以攻，何患不克？"屈完对曰："君所以主盟中夏者，为天子宣布德意，抚恤黎元平民百姓也。君若以德绥安抚诸侯，谁敢不服？若恃众逞力，楚国虽褊小，有方城为城，汉水为池，池深城峻，虽有百万之众，正未知所用耳。"桓公面有惭色，谓屈完曰："大夫诚楚之良也！寡人愿与汝国修先君之好如何？"屈完对曰："君惠徼福于敝邑之社稷，辱收寡君于同盟，寡君其敢自外？请与君定盟可乎？"桓公曰："可。"是晚留屈完宿于营中，设宴款待。次日，立坛于召陵，桓公执牛耳为主盟，管仲为司盟。屈完称楚君之命，同立载书："自今以后，世通盟好。"桓公先歃，七国与屈完以次受歃。礼毕，屈完再拜致谢。管仲私与屈完言，请放聃伯还郑。屈完亦代蔡侯谢罪，两下各许诺。

　　管仲下令班师。途中鲍叔牙问于管仲曰："楚之罪，僭号为大。吾子以包茅为辞，吾所未解。"管仲对曰："楚僭号已三世矣，我是以摈排斥之，同于蛮夷，倘责其革号，楚肯俯首而听我乎？若其不听，势必交兵，兵端一开，彼此报复，其祸非数年不解，南北从此骚然矣。吾以包茅为辞，使彼易于共命。苟有服罪之名，亦足以夸耀诸侯，还报天子，不愈于兵连祸结，无已时乎？"鲍叔牙嗟叹不已。胡曾先生有诗曰：

> 楚王南海目无周，仲父当年善运筹。
>
> 不用寸兵成款约，千秋伯业诵齐侯。

又髯翁有诗讥桓、仲苟且结局，无害于楚，所以齐兵退后，楚兵犯侵中原如故，桓、仲不能再兴伐楚之师矣。诗云：

> 南望踌躇数十年，远交近合各纷然。
>
> 大声罪状谋方壮，直革淫名局始全。
>
> 昭庙孤魂终负痛，江黄义举但贻愆。
>
> 不知一歃成何事，依旧中原战血鲜。

　　陈大夫辕涛涂闻班师之令，与郑大夫申侯商议曰："师若取道于陈、郑，粮食衣屦，所费不赀zī不可计数，形容多，国必甚病。不若东循海道而归，使徐、莒承供给之劳，吾二国可以少安。"申侯曰："善，子试言之。"涛涂言于桓公曰："君北伐戎，南伐楚，若以诸侯之众，观兵于东夷，东方诸侯畏君之威，敢不奉朝请乎？"桓公曰："大夫之言是也。"少顷，申侯请见，桓公召入。申侯进曰："臣闻'师不逾时'，惧劳民也。今自春徂夏，霜露风雨，师力疲矣。若取道于陈、郑，粮食衣屦，取之犹外府也。若出于东方，倘东夷梗路，恐不堪战，将若之何？涛涂自恤其国，非善计也。君其察之！"桓公曰："微大夫之言，几误吾事！"乃命执涛涂于军，使郑伯以虎牢之地，赏申侯之功。因使申侯大其城邑，为南北藩蔽。郑伯虽然从命，自此心中有不乐之意。陈侯遣使纳赂，再三请罪，桓公乃赦涛涂。诸侯各归本国。桓公以管仲功高，乃夺大夫伯氏之骈邑三百户，以益其封焉。

　　楚王见诸侯兵退，不欲贡茅。屈完曰："不可以失信于齐！且楚惟绝周，故使齐得私之以为重。若假此以自通于周，则我与齐共之矣。"楚王曰："奈二王何？"屈完曰："不序爵，但称远臣某可也。"楚王从之。即使屈完为使，赍菁茅十车，加以金帛，贡献天子。周惠王大喜曰："楚不共职久矣。今效顺如此，殆大概先王之灵乎？"乃告于文、武之庙，因以胙赐楚。谓屈完曰："镇尔南

方,毋侵中国。"屈完再拜稽首而退。屈完方去后,齐桓公遣隰朋随至,以服
楚告。惠王待隰朋有加礼,隰朋因请见世子,惠王便有不乐之色,乃使次子
带与世子郑一同见。隰朋微窥惠王神色,似有仓皇无主之意。隰朋自周
归,谓桓公曰:"周将乱矣。"桓公曰:"何故?"隰朋曰:"周王长子名郑,先皇后
姜氏所生,已正位东宫矣。姜后薨,次妃陈妫有宠,立为继后,有子名带。带
善于趋奉,周王爱之,呼为太叔,遂欲废世子而立带。臣观其神色仓皇,必然
此事在心故也。恐《小弁》之事,复见于今日! 君为盟主,不可不图。"桓公乃
召管仲谋之。管仲对曰:"臣有一计,可以定周。"桓公曰:"仲父计将安出?"
管仲对曰:"世子危疑_{不被信任},其党孤也。君今具表周王,言:'诸侯愿见世
子,请世子出会诸侯。'世子一出,君臣之分已定,王虽欲废立,亦难行矣。"桓
公曰:"善。"乃传檄诸侯,以明年夏月会于首止。再遣隰朋如周,言:"诸侯愿
见世子,以申尊王之情。"周惠王本不欲子郑出会,因齐势强大,且名正言顺,
难以辞之,只得许诺,隰朋归报。

　　至次年春,桓公遣陈敬仲先至首止,筑宫以待世子驾临。夏五月,齐、
宋、鲁、陈、卫、郑、许、曹八国诸侯并集首止,世子郑亦至,停驾于行宫。桓公
率诸侯起居,子郑再三谦让,欲以宾主之礼相见。桓公曰:"小白等忝在藩
室,见世子如见王也,敢不稽首!"子郑谢曰:"诸君且休矣。"是夜,子郑使人
邀桓公至于行宫,诉以太叔带谋欲夺位之事。桓公曰:"小白当与诸臣立盟,
共戴世子,世子勿忧也!"子郑感谢不已,遂留于行宫。诸侯亦不敢归国,各
就馆舍,轮番进献酒食,及犒劳舆从之属。子郑恐久劳诸侯,便欲辞归京师。
桓公曰:"所以愿与世子留连者,欲使天王知吾等爱戴世子,不忍相舍之意,
所以杜其邪谋也。方今夏月大暑,稍俟秋凉,当送驾还朝耳。"遂预择盟期,
用秋八月之吉。

　　却说周惠王见世子郑久不还辕_{回宫},知是齐侯推戴,心中不悦。更兼惠
后与叔带朝夕在傍,将言语浸润惠王。太宰周公孔来见,谓之曰:"齐侯名虽
伐楚,其实不能有加于楚。今楚人贡献效顺,大非昔比,未见楚之不如齐也。
齐又率诸侯拥留世子,不知何意,将置联于何地! 朕欲烦太宰通一密信于郑
伯,使郑伯弃齐从楚,因为孤致意楚君,努力事周,无负朕意!"宰孔奏曰:"楚
之效顺,亦齐力也。王奈何弃久暱_{nì 亲近}之伯舅,而就乍附之蛮夷乎?"惠王
曰:"郑伯不离,诸侯不散,能保齐之无异谋乎? 朕志决矣,太宰无辞。"宰孔
不敢复言。惠王乃为玺_{xǐ}书一通,封函甚固,密授宰孔。宰孔不知书中何
语,只得使人星夜达于郑伯。郑文公启函读之,言:"子郑违背父命,植党树

私,不堪为嗣。朕意在次子带也。叔父若能舍齐从楚,共辅少子,朕愿委国以听!"郑伯喜曰:"吾先公武庄,世为王卿士,领袖诸侯,不意中绝,夷于小国。厉公又有纳王之劳,未蒙召用。今王命独临于我,政将及焉,诸大夫可以贺我矣!"大夫孔叔谏曰:"齐以我故,勤兵于楚。今乃反齐事楚,是悖德也。况翼戴辅佐拥戴世子,天下大义,君不可以独异。"郑伯曰:"从霸何如从王?且王意不在世子,孤何爱焉!"孔叔曰:"周之主祀,惟嫡与长。幽王之爱伯服,桓王之爱子克,庄王之爱子颓,皆君所知也。人心不附,身死无成。君不惟大义是从,而乃蹈五大夫之覆辙乎?后必悔之!"大夫申侯曰:"天子所命,谁敢违之?若从齐盟,是弃王命也。我去,诸侯必疑,疑则必散,盟未必成。且世子有外党,太叔亦有内党,二子成败,事未可知。不如且归,以观其变。"郑文公乃从申侯之言,托言国中有事,不辞而行。齐桓公闻郑伯逃去,大怒,便欲奉世子以讨郑。管仲进曰:"郑与周接壤,此必周有人诱之。一人去留,不足以阻大计。且盟期已及,俟成盟而后图之。"桓公曰:"善。"于是即首止旧坛,歃血为盟。齐、宋、鲁、陈、卫、许、曹,共是七国诸侯。世子郑临之,不与歃,示诸侯不敢与世子敌也。盟词曰:"凡我同盟,共翼王储,匡靖王室,有背盟者,神明殛jí殄殛之!"事毕,世子郑降阶揖谢曰:"诸君以先王之灵,不忘周室,曲就寡人,自文、武以下,咸嘉赖之!况寡人其敢忘诸君之赐?"诸侯皆降拜稽首。次日,世子郑欲归,各国各具车徒护送。齐桓公同卫侯亲自送出卫境,世子郑垂泪而别。史官有诗赞云:

> 君王溺爱冢嗣危,郑伯甘将大义违。
>
> 首止一盟储位定,纲常赖此免凌夷。

郑文公闻诸侯会盟,且将讨郑,遂不敢从楚。

却说楚成王闻郑不与首止之盟,喜曰:"吾得郑矣!"遂遣使通于申侯,欲与郑修好。原来申侯先曾仕楚,有口才,贪而善媚,楚文王甚宠信之。及文王临终之时,恐后人不能容他,赠以白璧,使投奔他国避祸。申侯奔郑,事厉公于栎,厉公复宠信如在楚时。及厉公复国,遂为大夫。楚臣俱与申侯有旧,所以今日打通这个关节,要申侯从中怂恿,背齐事楚。申侯密言于郑伯,言:"非楚不能敌齐,况王命乎?不然,齐、楚二国皆将仇郑,郑不支矣。"郑文公惑其言,乃阴遣申侯输款于楚。周惠王二十六年,齐桓公率同盟诸侯伐郑,围新密。时申侯尚在楚,言于楚成王曰:"郑所以愿归宇下者,正谓惟楚足以抗齐也。王不救郑,臣无辞以复命矣。"楚王谋于群臣,令尹子文进曰:"召陵之役,许穆公卒于军中,齐所怜也。许事齐最勤,王若加兵于许,诸侯必救，则郑围自解矣。"楚王从之，乃亲将伐许，亦围许城。诸侯闻许被围，果去郑而救许，楚师遂退。申侯归郑，自以为有全郑之功，扬扬得意，满望加封。郑伯以虎牢之役，谓申侯已过分，不加爵赏。申侯口中不免有怨望之言。

明年春，齐桓公复率师伐郑。陈大夫辕涛涂自伐楚归时与申侯有隙，乃为书致孔叔曰：

> 申侯前以国媚齐，独擅虎牢之赏。今又以国媚楚，使子之君负德背义，自召干戈，祸及民社。必杀申侯，齐兵可不战而罢。

孔叔以书呈于郑文公。郑伯为前日不听孔叔之言，逃归不盟，以致齐兵两次至郑，心怀愧悔，亦归咎于申侯。乃召申侯责之曰："汝言惟楚能抗齐，今齐兵屡至，楚救安在？"申侯方欲措辩措词申辩，郑伯喝教武士推出斩之。函其首，使孔叔献于齐军曰："寡君昔者误听申侯之言，不终君好。今谨行诛，使下臣请罪于幕下，惟君侯赦宥之！"齐侯素知孔叔之贤，乃许郑平，遂会诸侯于宁母。郑文公终以王命为疑，不敢公然赴会，使其世子华代行，至宁母听命。

子华与弟子臧皆嫡夫人所出。夫人初有宠，故立华为世子。后复立两夫人，皆有子。嫡夫人宠渐衰，未几病死。又有南燕姞 jí 氏之女，为媵于郑宫，向未进御。一夕，梦一伟丈夫，手持兰草，谓女曰："余为伯儵 chóu，乃尔祖也。今以国香赠尔为子，以昌尔国。"遂以兰授之。及觉，满室皆香，且言其梦，同伴嘲之曰："当生贵子。"是日，郑文公入宫，见此女而悦之。左右皆相顾而笑。文公问其故，乃以梦对。文公曰："此佳兆也，寡人与汝成之。"遂命采兰蕊佩之，曰："以此为符。"夜召幸之，有娠，生子名之曰兰。此女亦渐有宠，谓之燕姞。世子华见其父多宠，恐他日有废立之事，乃私谋之于叔詹。叔詹曰："得失有命，子亦行孝而已。"又谋之于孔叔，孔叔亦劝之以尽孝。子华不悦而去。子臧性好奇诡，聚鹬 yù 羽以为冠古代掌天文历法的官所戴之冠由鹬羽装饰。子臧不知天文而戴此冠，故为非礼，师叔曰："此非礼之服，愿公子勿服。"子臧恶其直言，诉于其兄。故子华与叔詹、孔叔、师叔三大夫，心中俱有芥蒂。

至是，郑伯使子华代行赴会，子华虑齐侯见怪，不愿往。叔詹促之使速行，子华心中益恨，思为自全之术。既见齐桓公，请屏去左右，然后言曰："郑国之政，皆听于泄氏、孔氏、子人氏三族。逃盟之役，三族者实主之。若以君侯之灵，除此三臣，我愿以郑附齐，比于附庸。"桓公曰："诺。"遂以子华之谋，告于管仲。管仲连声曰："不可，不可！诸侯所以服齐者，礼与信也。子奸违背父命,不可谓礼。以好来而谋乱其国,不可谓信。且臣闻此三族皆贤大夫,郑人称为'三良'。所贵盟主,顺人心也。违人自逞,灾祸必及。以臣观之,子华且将不免,君其勿许。"桓公乃谓子华曰:"世子所言,诚国家大事。俟子之君至,当与计之。"子华面皮发赤,汗流浃背,遂辞归郑。管仲恶子华之奸,故泄其语于郑人。先有人报知郑伯,比及子华复命,诡言:"齐侯深怪君不亲行,不肯许成,不如从楚。"郑伯大喝曰:"逆子几卖吾国,尚敢谬说耶?"叱左右将子华囚禁于幽室之中。子华穴墙谋遁,郑伯杀之,果如管仲所料。公子臧奔宋,郑伯使人追杀之于途中。郑伯感齐不听子华之德,再遣孔叔如齐致谢,并乞受盟。胡曾先生咏史诗曰:

> 郑用三良似屋楹,一朝楹撤屋难撑。
> 子华奸命思专国,身死徒留不孝名。

此周惠王二十二年事也。

是冬,周惠王疾笃。王世子郑恐惠后有变,先遣下士王子虎告难于齐。未几,惠王崩。子郑与周公孔、召伯廖商议,且不发丧,星夜遣人密报于王子虎。王子虎言于齐侯,乃大合诸侯于洮 táo。郑文公亦亲来受盟。同歃者,齐、宋、鲁、卫、陈、郑、曹、许,共八国诸侯,各各修表,遣其大夫如周。那几位大夫:齐大夫隰朋、宋大夫华秀老、鲁大夫公孙敖、卫大夫宁速、陈大夫辕选、郑大夫子人师、曹大夫公子戊、许大夫百佗。八国大夫连毂而至,羽仪甚盛,假以问安为名,集于王城之外。王子虎先驱报信,王世子郑使召伯廖问劳,然后发丧。诸大夫固请谒见新王,周、召二公奉子郑主丧,诸大夫假便宜,称君命以吊。遂公请王世子嗣位,百官朝贺,是为襄王。惠后与叔带暗暗叫苦,不敢复萌异志矣。襄王乃以明年改元,传谕各国。

襄王元年,春祭毕。命宰周公孔赐胙于齐,以彰翼戴之功。齐桓公先期闻信,复大合诸侯于葵丘。时齐桓公在路上,偶与管仲论及周事。管仲曰:"周室嫡庶不分,几至祸乱。今君储位尚虚,亦宜早建,以杜后患。"桓公曰:"寡人六子,皆庶出也,以长则无亏,以贤则昭。长卫姬事寡人最久,寡人已许之立无亏矣。易牙、竖貂二人,亦屡屡言之。寡人爱昭之贤,意尚未决,今决之于仲父。"管仲知易牙、竖貂二人奸佞,且素得宠于长卫姬,恐无亏异日为君,内外合党,必乱国政。公子昭,郑姬所出,郑方受盟,假此又可结好。乃对曰:"欲嗣伯业通"霸业",非贤不可。君既知昭之贤,立之可也。"桓公曰:"恐无亏挟长来争,奈何!"管仲曰:"周王之位,待君而定。今番会盟,君试择诸侯中之最贤者,以昭托之,又何患焉?"桓公点首。比至葵丘,诸侯毕集,宰周公孔亦到，各就馆舍。时宋桓公御说薨，世子兹父让国于公子目夷，目夷不受，兹父即位，是为襄公。襄公遵盟主之命，虽在新丧，不敢不至，乃墨衰<small>黑色的丧服</small>赴会。管仲谓桓公曰："宋子有让国之美，可谓贤矣！且墨衰赴会，其事齐甚恭。储贰之事，可以托之。"桓公从其言，即命管仲私诣宋襄公馆舍，致齐侯之意。襄公亲自来见齐侯，齐侯握其手，谆谆以公子昭嘱之："异日仗君主持，使主社稷。"襄公愧谢不敢当，然心感齐侯相托之意，已心许之矣。

至会日，衣冠济济，环珮锵锵。诸侯先让天使<small>周天子的使者</small>升坛，然后以次而升。坛上设有天王虚位，诸侯北面拜稽，如朝觐之仪，然后各就位次。宰周公孔捧胙东向而立，传新王之命曰："天子有事于文、武，使孔赐伯舅胙。"齐侯将下阶拜受，宰孔止之曰："天子有后命：以伯舅耋老，加劳，赐一级，无下拜。"桓公欲从之，管仲从旁进曰："君虽谦，臣不可以不敬。"桓公乃对曰："天威不违颜咫尺，小白敢贪王命而废臣职乎？"疾趋下阶，再拜稽首，然后登堂受胙。诸侯皆服齐之有礼。桓公因诸侯未散，复申盟好，颂周《五禁》曰："毋壅泉，毋遏籴，毋易树子，毋以妾为妻，毋以妇人与国事。"誓曰："凡我同盟，言归于好。"但以载书，加于牲上，使人宣读，不复杀牲歃血，诸侯无不信服。髯翁有诗云：

　　纷纷疑叛说春秋，攘楚尊周握胜筹。
　　不是桓公功业盛，谁能不歃信诸侯？

盟事已毕，桓公忽谓宰孔曰："寡人闻三代有封禅之事，其典何如？可得闻乎？"宰孔曰："古者封泰山，禅梁父。封泰山者，筑土为坛，金泥玉简以祭天，报天之功。天处高，故崇其土以象高也。禅梁父者，扫地而祭，以象地之卑。以蒲为车，菹<small>zū 植物名</small>稭秸为藉，祭而掩之，所以报地。三代受命而兴，获祐于天地，故隆此美报也。"桓公曰："夏都于安邑，商都于亳，周都于丰镐，泰山、梁父去都城甚远，犹且封之禅之。今二山在寡人之封内，寡人欲徽宠天王，举此旷典，诸君以为何如？"宰孔视桓公足高气扬，似有矜高之色，乃应曰："君以为可，谁敢曰不可！"桓公曰："俟明日更与诸君议之。"诸侯皆散。宰孔私诣管仲曰："夫封禅之事，非诸侯所宜言也，仲父不能发一言谏止乎？"管仲曰："吾君好胜，可以隐夺，难以正格也。夷吾今且言之矣。"乃夜造桓公之前，问曰："君欲封禅，信乎？"桓公曰："何为不信？"管仲曰："古者封禅，自无怀氏至于周成王，可考者七十二家，皆以受命，然后得封。"桓公艴<small>bó 生气</small>不悦然曰："寡人南伐楚，至于召陵；北伐山戎、制<small>fú 砍</small>，铲除令支，斩孤竹；西涉流沙,至于太行,诸侯莫余违也。寡人兵车之会三,衣裳之会六,九合诸侯,一匡天下,虽三代受命,何以过于此?封泰山,禅梁父,以示子孙,不亦可乎?"管仲曰:"古之受命者,先有祯祥示征,然后备物而封,其典甚隆备也。鄗_{hào}上之嘉黍,北里之嘉禾,所以为盛。江、淮之间,一茅三脊,谓之'灵茅',王者受命则生焉,所以为藉。东海致比目之鱼,西海致比翼之鸟,祥瑞之物,有不召而致者,十有五焉。以书史册,为子孙荣。今凤凰,麒麟不来,而鸱鸮_{chī xiāo 猫头鹰},古人认为是恶鸟数至,嘉禾不生而蓬蒿繁植,如此而欲行封禅,恐列国有识者必归笑于君矣!"桓公嘿然。明日,遂不言封禅之事。

桓公既归,自谓功高无比,益治宫室,务为壮丽。凡乘舆服御之制,比于王者,国人颇议其僭。管仲乃于府中筑台三层,号为"三归之台",言民人归、诸侯归、四夷归也。又树塞门,以蔽内外。设反坫,以待列国之使臣。鲍叔牙疑其事,向曰:"君奢亦奢,君僭亦僭,毋乃不可乎?"管仲曰:"夫人主不惜勤劳,以成功业,亦图一日之快意为乐耳。若以礼绳之,彼将苦而生怠。吾之所以为此,亦聊为吾君分谤也。"鲍叔口虽唯唯,心中不以为然。

话分两头。却说周太宰孔自葵丘辞归,于中途遇见晋献公亦来赴会。宰孔曰:"会已撤矣。"献公顿足恨曰:"敝邑辽远,不及观衣裳之盛,何无缘也?"宰孔曰:"君不必恨。今者齐侯自恃功高,有骄人之意。夫月满则亏,水满则溢,齐之亏且溢,可立而待,不会亦何伤乎?"献公乃回辕西向,于路得疾,回至晋国而薨,晋乃大乱。欲知晋乱始末,且看下回分解。

智解息假徐俊颖

缪百里入秦牧羊相

第二十五回　智荀息假途灭虢　穷百里饲牛拜相

话说晋献公内蛊于骊姬,外惑于"二五",益疏太子,而亲爱奚齐。只因申生小心承顺,又数将兵有功,无间可乘。骊姬乃召优施,告以心腹之事:"今欲废太子而立奚齐,何策而可?"施曰:"三公子皆在远鄙 远方的边邑,谁敢为夫人难者?"骊姬曰:"三公子年皆强壮,历事已深,朝中多为之左右,吾未敢动也。"施曰:"然则当以次去之。"骊姬曰:"去之孰先?"施曰:"必先申生。其为人也,慈仁而精洁。精洁则耻于自污,慈仁则惮于贼人。耻于自污,则愤不能忍,惮于贼人,其自贼易也。然世子迹虽见疏,君素知其为人,谤以异谋必不信。夫人必以夜半泣而诉君,若为誉世子者,而因加诬焉,庶几说可售 施行矣。"

骊姬果夜半而泣,献公惊问其故,再三不肯言。献公迫之,骊姬对曰:"妾虽言之,君必不信也。妾所以泣者,恐妾不能久侍君为欢耳。"献公曰:"何出此不祥之言?"骊姬收泪而对曰:"妾闻申生为人,外仁而内忍。其在曲沃,甚加惠于民,民乐为之死,其意欲有所用之也。申生每为人言,君惑于妾,必乱国。举朝皆闻之,独君不闻耳。毋乃以靖国之故,而祸及于君。君何不杀妾以谢申生,可塞其谋,勿以一妾乱百姓。"献公曰:"申生仁于民,岂反不仁父乎?"骊姬对曰:"妾亦疑之。然妾闻外之言曰:匹夫为仁,与在上不同。匹夫以爱亲为仁,在上者以利国为仁。苟利于国,何亲之有?"献公曰:"彼好洁,不惧恶名乎?"骊姬对曰:"昔幽王不杀宜臼,放之于申,申侯召犬戎,杀幽王于骊山之下,立宜臼为君,是为平王,为东周始祖。至于今,幽王之恶益彰,谁复以不洁之名,加之平王者哉?"献公意悚然,遂披衣起坐,曰:"夫人言是也! 若何而可?"骊姬曰:"君不若称耄 mào 泛指年老而以国授之。彼得国而厌其欲,其或可以释君。且昔者,曲沃之兼翼,非骨肉乎? 武公惟不顾其亲,故能有晋。申生之志,亦犹是也。君其让之!"献公曰:"不可! 我有武与威以临诸侯。今当吾身而失国,不可谓武,有子而不胜,不可谓威。失武与威,人能制我,虽生不如死。尔勿忧,吾将图之。"骊姬曰:"今赤狄皋落氏屡侵吾国,君何不使之将兵伐狄,以观其能用众与否也? 若其不胜,罪之有名。若胜,则信得众矣。彼恃其功,必有异谋,因而图之,国人必服。夫胜敌以靖边鄙，又以识世子之能否，君何为不使？”献公曰：“善。”乃传令使申生率曲沃之众，以伐皋落氏。

少傅里克在朝，谏曰：“太子，君之贰也。故君行则太子监国。夫朝夕视膳，太子之职，远之犹不可，况可使帅师乎？”献公曰：“申生已屡将兵矣。”里克曰：“向者从君于行，今专制，固不可也。”献公仰面而叹曰：“寡人有子九人，尚未定孰为太子，卿勿多言！”里克嘿然而退，告于狐突。狐突曰：“危哉乎，公子也！”乃遗书申生，劝使勿战，战而胜滋忌，不如逃之。申生得书，叹曰：“君之以兵事使我，非好我也，欲测我心耳。违君之命，我罪大矣。战而幸死，犹有令名。”乃与皋落大战于稷桑之地，皋落氏败走，申生献捷于献公。骊姬曰：“世子果能用众矣，奈何？”献公曰：“罪未著也，姑待之。”狐突料晋国将乱，乃托言痼 gù 久未治愈的病疾，杜门不出。

时有虞、虢 guó 二国，乃是同姓比邻，唇齿相依，其地皆连晋界。虢公名丑，好兵而骄，屡侵晋之南鄙。边人告急，献公谋欲伐虢。骊姬请曰：“何不更使申生？彼威名素著，士卒为用，可必成功也。”献公已入骊姬之言，诚恐申生胜虢之后，益立威难制，踌躇未决，问于大夫荀息曰：“虢可伐乎？”荀息对曰：“虞、虢方睦，吾攻虢，虞必救之，若移而攻虞，虢又救之。以一敌二，臣未见其必胜也。”献公曰：“然则寡人无如虢何矣！”荀息对曰：“臣闻虢公淫于色，君诚求国中之美女，教之歌舞，盛其车服，以进于虢，卑词请平，虢公必喜而受之。彼耽于声色，将怠弃政事，疏斥忠良，我更行赂犬戎，使侵扰虢境，然后乘隙而图之，虢可灭也。”献公用其策，以女乐歌舞伎遗 wèi 馈赠虢，虢公欲受之。大夫舟之侨谏曰：“此晋所以钓虢也，君奈何吞其饵乎？”虢公不听，竟许晋平。自此，日听淫声，夜接美色，视朝稀疏矣。舟之侨复谏，虢公怒，使出守下阳之关。

未几，犬戎贪晋之赂，果侵扰虢境，兵至渭汭 ruì，为虢兵所败。犬戎主遂起倾国之师，虢公恃其前胜，亦率兵拒之，相持于桑田之地。献公复问于荀息曰：“今戎、虢相持，寡人可以伐虢否？”荀息对曰：“虞、虢之交未离也。臣有一策，可以今日取虢，而明日取虞。”献公曰：“卿策如何？”荀息曰：“君厚赂虞，而假道以伐虢。”献公曰：“吾新与虢成，伐之无名，虞肯信我乎？”荀息曰：“君密使北鄙之人，生事于虢，虢之边吏，必有责言，吾因以为名，而请于虞。”献公用其策，虢之边吏，果来责让，两下遂治兵相攻。虢公方有犬戎之患，不暇照管。献公曰：“今伐虢不患无名矣。但不知赂虞当用何物？”荀息对曰：“虞公性虽贪，然非至宝，不可动之。必须用二物前去，但恐君之不舍耳。”献公曰："卿试言所用何物？"荀息曰："虞公最爱者，璧、马之良也。君不有垂棘之璧，屈产之乘乎？请以此二物，假道于虞。虞贪于璧、马，坠吾计矣。"献公曰："此二物，乃吾至宝，何忍弃之他人？"荀息曰："臣固知君之不舍也。虽然，假吾道以伐虢，虢无虞救必灭，虢亡，虞不独存，璧、马安往乎？夫寄璧外府，养马外厩，特暂事耳。"大夫里克曰："虞有贤臣二人，曰宫之奇、百里奚，明于料事，恐其谏阻，奈何？"荀息曰："虞公贪而愚，虽谏必不从也。"献公即以璧、马交付荀息，使如虞假道。

虞公初闻晋来假道，欲以伐虢，意甚怒，及见璧、马，不觉回嗔 chēn 发怒、生气作喜，手弄璧而目视马，问荀息曰："此乃汝国至宝，天下罕有，奈何以惠寡人？"荀息曰："寡君慕君之贤，畏君之强，故不敢自私其宝，愿邀欢于大国。"虞公曰："虽然，必有所言于寡人也。"荀息曰："虢人屡侵我南鄙，寡君以社稷之故，屈意请平。今约誓未寒，责让日至，寡君欲假道以请罪焉。倘幸而胜虢，所有卤获尽以归君，寡君愿与君世敦盟好。"虞公大悦。宫之奇谏曰："君勿许也！谚云'唇亡齿寒'，晋吞噬同姓，非一国矣，独不敢加于虞、虢者，以有唇齿之助耳。虢今日亡，则明日祸必中于虞矣！"虞公曰："晋君不爱重宝，以交欢于寡人，寡人其爱此尺寸之径乎？且晋强于虢十倍，失虢而得晋，何不利焉？子退，勿预吾事！"宫之奇再欲进谏，百里奚牵其裾，乃止。宫之奇退谓百里奚曰："子不助我一言，而更止我，何故？"百里奚曰："吾闻进嘉言于愚人之前，犹委 丢弃珠玉于道也。桀杀关龙逢，纣杀比干，惟强谏耳。子其危哉！"宫之奇："然则虞必亡矣，吾与子盍去乎？"百里奚曰："子去则可矣，又偕一人，不重子罪乎？吾宁徐耳。"宫之奇尽族而行，不言所之。

荀息归报晋侯，言："虞公已受璧、马，许以假道。"献公便欲亲将伐虢，里克入见曰："虢，易与也，毋烦君往。"献公曰："灭虢之策何如？"里克曰："虢都上阳，其门户在于下阳。下阳一破，无完虢矣。臣虽不才，愿效此微劳，如无功甘罪。"献公乃拜里克为大将，荀息副之，率车四百乘伐虢，先使人报虞以兵至之期。虞公曰："寡人辱受重宝，无以为报，愿以兵从。"荀息曰："君以兵从，不如献下阳之关。"虞公曰："下阳，虢所守也，寡人安得献之？"荀息曰："臣闻虢君方与犬戎大战于桑田，胜败未决。君托言助战，以车乘献之，阴纳 暗藏晋兵，则关可得也。臣有铁叶车百乘，惟君所用。"虞公从其计。守将舟之侨信以为然，开关纳车。车中藏有晋甲，入关后一齐发作，欲闭关已无及矣。里克驱兵直进，舟之侨既失下阳，恐虢公见罪，遂以兵降晋。里克用为向导，望上阳进发。

　　却说虢公在桑田,闻晋师破关,急急班师,被犬戎兵掩杀一阵,大败而走,随身仅数十乘,奔至上阳守御,茫然无策。晋兵至,筑长围以困之。自八月至十二月,城中樵采俱绝,连战不胜,士卒疲敝,百姓日夜号哭。里克使舟之侨为书,射入城中,谕虢公使降。虢公曰:“吾先君为王卿士,吾不能为降诸侯!”乘夜开城,率家眷奔京师去讫。里克等亦不追赶。百姓香花灯烛,迎里克等进城。克安集百姓,秋毫无犯,留兵戍守。将府库宝藏尽数装载,以十分之三并女乐献于虞公,虞公益大喜。

　　里克一面遣人驰报晋侯,自己托言有疾,休兵城外,俟病愈方行。虞公不时馈药,候问不绝。如此月余,忽谍报:“晋侯兵在郊外。”虞公问其来意,报者曰:“恐伐虢无功,亲来接应耳。”虞公曰:“寡人正欲面与晋君讲好,今晋君自来,寡人之愿也。”慌忙郊迎致饩xì,两君相见,彼此称谢,自不必说。献公约与虞公较猎于箕山,虞公欲夸耀晋人,尽出城中之甲及坚车良马,与晋侯驰逐赌胜。是日,自辰及申,围打猎的围场尚未撤,忽有人报:“城中火起!”献公曰:“此必民间漏火,不久扑灭耳。”固请再打一围。大夫百里奚密奏曰:“传闻城中有乱,君不可留矣。”虞公乃辞晋侯先行,半路见人民纷纷逃窜,言城池已被晋兵乘虚袭破。虞公大怒,喝教:“驱车速进!”来至城边,只见城楼上一员大将,倚栏而立,盔甲鲜明,威风凛凛,向虞公言曰:“前蒙君假我以道,今再假我以国,敬谢明赐!”虞公转怒,便欲攻门。城头上一声梆响,箭如雨下。虞公命车速退,使人催趱后面车马。军人报曰:“后军行迟者,俱被晋兵截住,或降或杀,车马皆为晋有,晋侯大军即到矣。”虞公进退两难,叹曰:“悔不听宫之奇之谏也!”顾百里奚在侧,问曰:“彼时卿何不言?”百里奚曰:“君不听之奇,其能听奚乎?臣之不言,正留身以从君于今日耳。”

　　虞公正在危急之际,见后有单车驱至,视之,乃虢国降将舟之侨也,虞公不觉面有惭色。舟之侨曰:“君误听弃虢,失已在前。今日之计,与其出奔他国,不如归晋。晋君德量宽洪,必无相害,且怜君必厚待君,君其勿疑。”虞公踌躇未决。晋献公随后来到,使人请虞公相见,虞公不得往。献公笑曰:“寡人此来,为取璧、马之值耳。”命以后车,载虞公宿于军中。百里奚紧紧相随,或讽其去,曰:“吾食其禄久,所以报也!”献公入城安民。荀息左手托璧,右手牵马而前曰:“臣谋已行,今请还璧于府,还马于厩。”献公大悦。髯翁有诗云:

　　　　璧马区区虽至宝,请将社稷较何如?
　　　　不夸荀息多奇计,还笑虞公真是愚。

献公以虞公归,欲杀之。荀息曰:"此呆竖子耳,何能为!"于是待以寓公失去封地而往他国的贵族之礼,别以他璧及他马赠之,曰:"吾不忘假道之惠也。"舟之侨至晋,拜为大夫。侨荐百里奚之贤,献公欲用奚,使侨通意,奚曰:"终旧君之世乃可。"侨去,奚叹曰:"君子违,不适仇国,况仕乎? 吾即仕,不于晋也。"舟之侨闻其言,恶形其短,意甚不悦。

时秦穆公任好即位六年,尚未有中宫,使大夫公子絷求婚于晋,欲得晋侯长女伯姬为夫人。献公使太史苏筮之,得雷泽《归妹》卦第六爻,其繇曰:

士刲①羊,亦无盂②也。女承筐,亦无贶③也。西邻责言,不可偿也。

太史苏玩其辞,以为秦国在西而有责言,非和睦之兆。况《归妹》嫁娶之事,而《震》变为《离》,其卦为《睽》,《睽》《离》皆非吉名,此亲不可许。献公更使太卜郭偃以龟卜之。偃献其兆,上吉。断词曰:

松柏为邻,世作舅甥,三定我君。利于婚媾④,不利寇。

史苏犹据筮词争之。献公曰:"向者固云:'从筮不如从卜。'卜既吉矣,又可违乎? 吾闻秦受帝命,其后将大,不可拒也。"遂许之。

公子絷归复命,路遇一人,面如噀xùn喷血,隆准高鼻梁虬须,以两手握两锄而耕,入土累尺。命索其锄观之,左右皆不能举。公子絷问其姓名,对曰:"公孙氏名枝,字子桑,晋君之疏族也。"絷曰:"以子之才,何以屈于陇亩?"枝对曰:"无人荐引耳。"絷曰:"肯从我游于秦乎?"公孙枝曰:"士为知己者死,若能见挈qiè提携,固所愿也。"絷与之同载归秦,言于穆公,穆公使为大夫。穆公闻晋已许婚,复遣公子絷如晋纳币,遂迎伯姬。晋侯问媵于群臣,舟之侨进曰:"百里奚不愿仕晋,其心不测,不如远之。"乃用奚为媵。

却说百里奚是虞国人,字井伯,年三十余,娶妻杜氏,生一子。奚家贫不遇,欲出游,念其妻子无依,恋恋不舍。杜氏曰:"妾闻'男子志在四方',君壮年不出图仕,乃区区守妻子坐困乎? 妾能自给,毋相念也!"家只有一伏雌指母鸡,杜氏宰之以饯行。厨下乏薪,乃取桊扅yán yí古代木门上的门栅炊之。春黄齑jī,煮脱粟饭,奚饱餐一顿。临别,妻抱其子,牵袂而泣曰:"富贵勿相忘!"奚遂去。游于齐,求事襄公,无人荐引。久之,穷困乞食于铚zhì时奚年四十矣。铚人有蹇叔者,奇其貌,曰:"子非乞人也。"叩其姓名,因留饭,与谈时事,奚应对如流,指画井井有叙。蹇叔叹曰:"以子之才,而穷困乃尔,岂非命

---

①刲(kuī):宰杀。　②盂(huāng):血。　③贶(kuàng):赏赐。　④媾:gòu。

乎?"遂留奚于家,结为兄弟。蹇叔长奚一岁,奚呼叔为兄。蹇叔家亦贫,奚乃为村中养牛,以佐饔飧指饭食之费。值公子无知弑襄公,新立为君,悬榜招贤。奚欲往应招,蹇叔曰:"先君有子在外,无知非分窃立,终必无成。"奚乃止。后闻周王子颓好牛,其饲牛者皆获厚糈xǔ 粮食,乃辞蹇叔如周。蹇叔戒之曰:"丈夫不可轻失身于人。仕而弃之,则不忠,与同患难,则不智。此行弟其慎之!吾料理家事,当至周相看也。"奚至周,谒见王子颓,以饲牛之术进。颓大喜,欲用为家臣。蹇叔自餂而至,奚与之同见子颓,退谓奚曰:"颓志大而才疏,其所与皆谗谄之人,必有觊觎非分的企图非望之事,吾立见其败也,不如去之。"奚因久别妻子,意欲还虞。蹇叔曰:"虞有贤臣宫之奇者,吾之故人也,相别已久,吾亦欲访之。弟若还虞,吾当同行。"遂与奚同至虞国。时奚妻杜氏,贫极不能自给,已流落他方,不知去处,奚感伤不已。

蹇叔与宫之奇相见,因言百里奚之贤。宫之奇遂荐奚于虞公,虞公拜奚为中大夫。蹇叔曰:"吾观虞君见小而自用,亦非可与有为之主。"奚曰:"弟久贫困,譬之鱼在陆地,急欲得勺水自濡沾湿、浸渍矣!"蹇叔曰:"弟为贫而仕,吾难阻汝,异日若见访,当于宋之鸣鹿村。其地幽雅,吾将卜居于此。"蹇叔辞去,奚遂留事虞公。及虞公失国,奚周旋不舍,曰:"吾既不智矣,敢不忠乎?"至是,晋用奚为媵于秦。奚叹曰:"吾抱济世之才,不遇明主而展其大志,又临老为人媵,比于仆妾,辱莫大焉!"行至中途而逃。将适宋,道阻,乃适楚。及宛城,宛之野人出猎,疑为奸细,执而缚之。奚曰:"我虞人也,因国亡逃难至此。"野人问:"何能?"奚曰:"善饲牛。"野人释其缚,使之喂牛,牛日肥泽。野人大悦,闻于楚王。楚王召奚问曰:"饲牛有道乎?"奚对曰:"时其食,恤其力,心与牛而为一。"楚王曰:"善哉,子之言!非独牛也,可通于马。"乃使为圉人,牧马于南海。

却说秦穆公见晋媵有百里奚之名,而无其人,怪之。公子絷曰:"故虞臣也,今逃矣。"穆公谓公孙枝曰:"子桑在晋,必知百里奚之略,是何等人也?"公孙枝对曰:"贤人也。知虞公之不可谏而不谏,是其智。从虞公于晋,而义不臣晋,是其忠。且其人有经世之才,但不遇其时耳!"穆公曰:"寡人安得百里奚而用之?"公孙枝曰:"臣闻奚之妻子在楚,其亡必于楚,何不使人往楚访之?"使者往楚,还报:"奚在海滨,为楚君牧马。"穆公曰:"孤以重币求之,楚其许我乎?"公孙枝曰:"百里奚不来矣。"穆公曰:"何故?"公孙枝曰:"楚之使奚牧马者,为不知奚之贤也。君以重币求之,是告以奚之贤也。楚知奚之贤,必自用之,肯畀我乎?君不若以逃媵为罪,而贱赎之,此管夷吾所以脱身于鲁也。"穆公曰："善。"乃使人持羖 gǔ 羊之皮五，进于楚王曰："敝邑有贱臣百里奚者，逃在上国。寡人欲得而加罪以警亡者，请以五羊皮赎归。"楚王恐失秦欢，乃使东海人囚百里奚以付秦人。百里奚将行，东海人谓其就戮，持之而泣。奚笑曰："吾闻秦君有伯王之志，彼何急于一媵？夫求我于楚，将以用我也。此行且富贵矣，又何泣焉！"遽上囚车而去。

将及秦境，秦穆公使公孙枝往迎于郊。先释其囚，然后召而见之。问："年几何？"奚对曰："才七十岁。"穆公叹曰："惜乎老矣！"奚曰："使奚逐飞鸟，搏猛兽，则臣已老。若使臣坐而策国事，臣尚少也。昔吕尚年八十，钓于渭滨，文王载之以归，拜为尚父，卒定周鼎。臣今日遇君，较吕尚不更早十年乎？"穆公壮其言，正容而问曰："敝邑介在戎狄，不与中国会盟，叟何以教寡人，俾敝邑不后于诸侯。幸甚！"奚对曰："君不以臣为亡国之虏、衰残之年，乃虚心下问，臣敢不竭其愚？夫雍、岐之地，文、武所兴，山如犬牙，原如长蛇，周不能守，而以畀之秦，此天所以开秦也。且夫介在戎狄则兵强，不与会盟则力聚。今西戎之间，为国不啻 chì 数十，并其地足以耕，籍其民可以战，此中国诸侯所不能与君争者。君以德抚而以力征，既全有西陲，然后扼山川之险，以临中国，俟隙而进，则恩威在君掌中，而伯业成矣。"穆公不觉起立曰："孤之有井伯，犹齐之得仲父也。"一连与语三日，言无不合。遂爵为上卿，任以国政。因此秦人都称奚为"五羖大夫"。又相传以为穆公举奚于牛口之下，以奚曾饲牛于楚，秦用五羖皮赎回故也。髯翁有诗云：

　　脱囚拜相事真奇，仲后重闻百里奚。

　　从此西秦名显赫，不亏身价五羊皮。

百里奚辞上卿之位，举荐一人以自代。不知所举何人，且听下回分解。

歌寡里妻認百

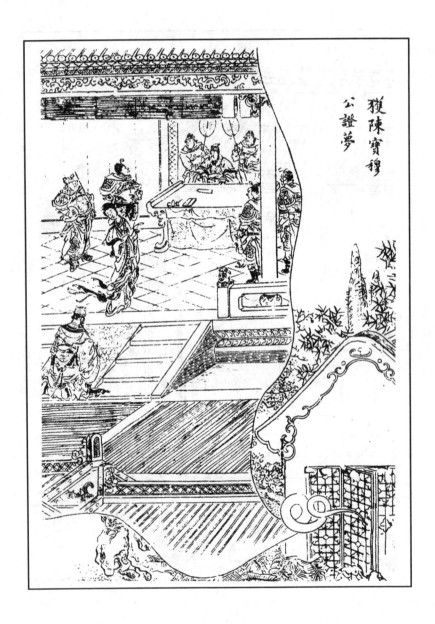

獲陳寶穆
公證夢

第二十六回　歌扊扅百里认妻　获陈宝穆公证梦

话说秦穆公深知百里奚之才，欲爵为上卿，百里奚辞曰："臣之才，不如臣友蹇叔十倍。君欲治国家，请任蹇叔而臣佐之。"穆公曰："子之才，寡人见之真矣，未闻蹇叔之贤也。"奚对曰："蹇叔之贤，岂惟君未之闻，虽齐、宋之人，亦莫之闻也。然而臣独知之。臣尝出游于齐，欲委质于公子无知，蹇叔止臣曰：'不可。'臣因去齐，得脱无知之祸。嗣游于周，欲委质于王子颓，蹇叔复止臣曰：'不可。'臣复去周，得脱子颓之祸。后臣归虞，欲委质于虞公，蹇叔又止臣曰：'不可。'臣时贫甚，利其爵禄，姑且留事，遂为晋俘。夫再用其言，以脱于祸，一不用其言，几至杀身，此其智胜于中人远矣。今隐于宋之鸣鹿村，宜速召之。"穆公乃遣公子絷假作商人，以重币聘蹇叔于宋。百里奚另自作书致意。

公子絷收拾行囊，驾起犊车二乘，径投鸣鹿村来。见数人息耕于陇上，相赓 gēng 连续、继续而歌。歌曰：

> 山之高兮无樑，途之污兮无烛。相将陇上兮，泉甘而土沃。勤吾四体兮，分吾五谷。三时不害兮饔飧①足，乐此天命兮无荣辱。

絷在车中，听其音韵，有绝尘之致，乃叹谓御者曰："古云'里有君子，而鄙俗化'。今入蹇叔之乡，其耕者皆有高遁之风，信乎其贤也。"乃下车，问耕者曰："蹇叔之居安在？"耕者曰："子问之何为？"絷曰："其故人百里奚有书，托吾致之。"耕者指示曰："前去竹林深处，左泉右石，中间一小茅庐，乃其所也。"絷拱手称谢。复登车，行将半里，来至其处。絷举目观看，风景果是幽雅。陇西居士有隐居诗云：

> 翠竹林中景最幽，人生此乐更何求？
>
> 数方白石堆云起，一道清泉接涧流。
>
> 得趣猿猴堪共乐，忘机忘机②麋鹿可同游。
>
> 红尘一任漫天去，高卧先生百不忧。

絷停车于草庐之外，使从者叩其柴扉。有一小童子，启门而问曰："贵客何

---

① 饔飧（yōng sūn）：早饭和晚饭；饭食。　②忘机：消除机巧之心，清静无为。

来?"絷曰:"吾访蹇先生来也。"童子曰:"吾主不在。"絷曰:"先生何往?"童子曰:"与邻叟观泉于石梁,少顷便回。"絷不敢轻造其庐,遂坐于石上以待之。童子将门半掩,自入户内。须臾之间,见一大汉,浓眉环眼,方面长身,背负鹿蹄二只,从田塍 chéng 田间的土埂 西路而来。絷见其容貌不凡,起身迎之。那大汉即置鹿蹄于地,与絷施礼。絷因叩其姓名,大汉答曰:"某蹇氏,丙名,字白乙。"絷曰:"蹇叔是君何人?"对曰:"乃某父也。"絷重复施礼,口称:"久仰!"大汉曰:"足下何人,到此贵干?"絷曰:"有故人百里奚,今仕于秦,有书信托某奉候尊公。"蹇丙曰:"先生请入草堂少坐,吾父即至矣。"言毕,推开双扉,让公子絷先入。蹇丙复取鹿蹄负之,至于草堂,童子收进鹿蹄。蹇丙又复施礼,分宾主坐定。公子絷与蹇丙谈论些农桑之事,因及武艺,丙讲说甚有次第。絷暗暗称奇,想道:"有其父方有其子,井伯之荐不虚也。"献茶方罢,蹇丙使童子往门首伺候其父。少顷,童子报曰:"翁归矣!"

却说蹇叔与邻叟二人肩随而至,见门前有车二乘,骇曰:"吾村中安得有此车耶?"蹇丙趋出门外,先道其故。蹇叔同二叟进入草堂,各各相见,叙次安排次序坐定。蹇叔曰:"适小儿言吾弟井伯有书,乞以见示!"公子絷遂将百里奚书信呈上。蹇叔启缄观之,略曰:

> 奚不听兄言,几蹈虞难。幸秦君好贤,赎奚于牧竖之中,委以秦政。奚自量才智不逮恩兄,举兄同事。秦君敬慕若渴,特命大夫公子絷布币奉迎。惟冀幡然出山,以酬生平未足之志。如兄恋恋山林,奚亦当弃爵禄相从于鸣鹿之乡矣。

蹇叔曰:"井伯何以见知于秦君也?"公子絷将百里奚为媵逃楚,秦君闻其贤,以五羊皮赎归始末,叙述一遍。"今寡君欲爵以上卿,井伯自言不及先生,必求先生至秦,方敢登仕 登上仕途,指做官。寡君有不腆之币,使絷致命。"言讫,即唤左右于车厢中取出征书礼币,排列草堂之中。邻叟俱山野农夫,从未见此盛仪,相顾惊骇,谓公子絷曰:"吾等不知贵人至此,有失回避。"絷曰:"何出此言?寡君望蹇先生之临,如枯苗望雨。烦二位老叟相劝一声,受赐多矣!"二叟谓蹇叔曰:"既秦邦如此重贤,不可虚贵人来意。"蹇叔曰:"昔虞公不用井伯,以致败亡。若秦君肯虚心仕贤,一井伯已足。老夫用世之念久绝,不得相从。所赐礼币,望乞收回,求大夫善为我辞。"公子絷曰:"若先生不往,井伯亦必不独留。"蹇叔沉吟半晌,叹曰:"井伯怀才未试,求仕已久,今适遇明主,吾不得不成其志。勉为井伯一行,不久仍归耕于此耳。"童子报:"鹿蹄已熟。"蹇叔命取床头新酿,醑之以奉客。公子絷西席,二叟相陪,瓦杯木箸,宾主劝酬,欣然醉饱。不觉天色已晚,遂留縶于草堂安宿。次早,二叟携樽饯行,依前叙坐。良久,公子縶夸白乙之才,亦要他同至秦邦,蹇叔许之。乃以秦君所赠礼币,分赠二叟,嘱咐看觑家间:"此去不久,便再得相叙。"再吩咐家人:"勤力稼穑,勿致荒芜。"二叟珍重而别。蹇叔登车,白乙丙为御。公子縶另自一车,并驾而行。夜宿晓驰,将近秦郊,公子縶先驱入朝,参谒了秦穆公,言:"蹇先生已到郊外,其子蹇丙亦有挥霍之才,臣并取至,以备任使。"穆公大喜,乃命百里奚往迎。

蹇叔既至,穆公降阶加礼,赐坐而问之曰:"井伯数言先生之贤,先生何以教寡人乎?"蹇叔对曰:"秦僻在西土,邻于戎狄,地险而兵强,进足以战,退足以守。所以不列于中华者,威德不及故也。非威何畏,非德何怀;不畏不怀,何以成霸?"穆公曰:"威与德二者孰先?"蹇叔对曰:"德为本,威济之。德而不威,其国外削;威而不德,其民内溃。"穆公曰:"寡人欲布德而立威,何道可立?"蹇叔对曰:"秦杂戎俗,民鲜礼教,等威不辨,贵贱不明,臣请为君先教化而后刑罚。教化既行,民知尊敬其上,然后恩施而知感,刑用而知惧,上下之间,如手足头目之相为。管夷吾节制之师_{纪律严明的军队},所以号令天下而无敌也。"穆公曰:"诚如先生之言,遂可以霸天下乎?"蹇叔对曰:"未也。夫霸天下者有三戒:毋贪,毋忿,毋急。贪则多失,忿则多难,急则多蹶_{jué 僵仆,跌倒}。夫审大小而图之,乌用贪?衡彼己而施之,乌用忿?酌缓急而布之,乌用急?君能戒此三者,于霸也近矣。"穆公曰:"善哉言乎!请为寡人酌今日之缓急。"蹇叔对曰:"秦立国西戎,此祸福之本也。今齐侯已耄,霸业将衰。君诚善抚雍、渭之众,以号召诸戎,而征其不服者。诸戎既服,然后敛兵以俟中原之变,拾齐之遗,而布其德义。君虽不欲霸,不可得而辞矣。"穆公大悦,曰:"寡人得二老,真庶民之长也!"乃封蹇叔为右庶长,百里奚为左庶长,位皆上卿,谓之"二相",并召白乙丙为大夫。自二相兼政,立法教民,兴利除害,秦国大治。史官有诗云:

> 子縶荐奚奚荐叔,转相汲引布秦庭。
> 但能好士如秦穆,人杰何须问地灵。

穆公见贤才多出于异国,益加采访。公子縶荐秦人西乞术之贤,穆公亦召用之。百里奚素闻晋人繇余负经纶_{抱负和才干}之略,私询于公孙枝。枝曰:"繇余在晋不遇,今已仕于西戎矣。"奚叹惜不已。

却说百里奚之妻杜氏,自从其夫出游,纺绩度日,后遇饥荒,不能存活,携其子趁食_{谋食,谋生}他乡,展转流离,遂入秦国,以浣衣为活。其子名视,字孟明,日与乡人打猎角艺,不肯营生。杜氏屡谕不从。及百里奚相秦,杜氏闻其姓名,曾于军中望见,未敢相认。因府中求浣衣妇,杜氏自愿入府浣衣,勤于捣濯,府中人皆喜,然未得见奚之面也。一日,奚坐于堂上,乐工在庑下作乐。杜氏向府中人曰:"老妾颇知音律,愿引至庑,一听其声。"府中人引至庑下,言于乐工,问其所习。杜氏曰:"能琴亦能歌。"乃以琴授之。杜氏援琴而鼓,其声凄怨。乐工俱倾耳静听,自谓不及。再使之歌,杜氏曰:"老妾自流移至此,未尝发声。愿言于相君,请得升堂而歌之。"乐工禀知百里奚,奚命之立于堂左。杜氏低眉敛袖,扬声而歌。歌曰:

> 百里奚,五羊皮! 忆别时,烹伏雌,舂黄齑①,炊扊扅。今日富贵忘我为? 百里奚,五羊皮! 父粱肉,子啼饥,夫文绣,妻浣衣。嗟乎! 富贵忘我为? 百里奚,五羊皮! 昔之日,君行而我啼,今之日,君坐而我离。嗟乎! 富贵忘我为?

百里奚闻歌愕然,召至前询之,正其妻也,遂相持大恸。良久,问:"儿子何在?"杜氏曰:"村中射猎。"使人召之。是日,夫妻父子再得完聚。穆公闻百里奚妻子俱到,赐以粟千钟,金帛一车。次日,奚率其子孟明视朝见谢恩。穆公亦拜视为大夫,与西乞术、白乙丙并号将军,谓之"三帅",专掌征伐之事。

姜戎子吾离,桀骜凶暴倔强侵掠,三帅统兵征之。吾离兵败奔晋,遂尽有瓜州之地。时西戎主赤斑见秦人强盛,使其臣繇余聘秦,以观穆公之为人。穆公与之游于苑囿,登三休之台,夸以宫室苑囿之美。繇余曰:"君之为此者,役鬼耶,抑役人耶? 役鬼劳神,役人劳民!"穆公异其言,曰:"汝戎夷无礼乐法度,何以为治?"繇余笑曰:"礼乐法度,此乃中国所以乱也。自上圣创为文法,以约束百姓,仅仅小治。其后日渐骄淫,借礼乐之名,以粉饰其身,假法度之威,以督责其下,人民怨望,因生篡夺。若戎夷则不然,上含淳德以遇其下,下怀忠信以事其上,上下一体,无形迹之相欺,无文法之相扰,不见其治,乃为至治。"穆公默然,退而述其言于百里奚。奚对曰:"此晋国之大贤人,臣熟闻其名矣。"穆公蹴然不悦曰:"寡人闻之:'邻国有圣人,敌国之忧也。'今繇余贤而用于戎,将为秦患奈何?"奚对曰:"内史廖多奇智,君可谋之。"穆公即召内史廖,告以其故。廖对曰:"戎主僻处荒徼,未闻中国之声。君试遗之女乐,以夺其志。留繇余不遣,以爽其期。使其政事怠废,上下相

---

① 黄齑(jī):小米。

疑,虽其国可取,况其臣乎?"穆公曰:"善。"乃与繇余同席而坐,共器而食,居常使蹇叔、百里奚、公孙枝等轮流作伴,叩其地形险夷崎岖和平坦,兵势强弱之实。一面装饰美女能音乐者六人,遣内史廖至戎报聘,以女乐献之。戎主赤斑大悦,日听音而夜御女,遂疏于政事。繇余留秦一年乃归。戎主怪其来迟,繇余曰:"臣日夜求归,秦君固留不遣。"戎主疑其有二心于秦,意颇疏之。繇余见戎主耽于女乐,不理政事,不免苦口进谏,戎主拒而不纳。穆公因密遣人招之。繇余弃戎归秦,即擢亚卿,与二相同事。繇余遂献伐戎之策。三帅兵至戎境,宛如熟路,戎主赤斑不能抵敌,遂降于秦。后人有诗云:

> 虞违百里终成虏,戎失繇余亦丧邦。

> 毕竟贤才能干国,请看齐霸与秦强。

　　西戎主赤斑乃诸戎之领袖,向者诸戎俱受服役。及闻赤斑归秦,无不悚惧,纳土称臣者相继不绝。穆公论功行赏,大宴群臣。群臣更番上寿,不觉大醉,回宫一卧不醒。宫人惊骇,事闻于外。群臣皆叩宫门问安。世子罃 yīng 召太医入宫诊脉,脉息如常,但闭目不能言动。太医曰:"是有鬼神。"欲命内史廖行祷。内史廖曰:"此是尸厥突然昏倒不省人事,必有异梦。须俟其自复,不可惊之,祷亦无益。"世子罃守于床席之侧,寝食俱不敢离。直候至第五日,穆公方醒,颡 sǎng 额头间汗出如雨,连叫:"怪哉!"世子罃跪而问曰:"君体安否? 何睡之久也?"穆公曰:"顷刻耳。"罃曰:"君睡已越五日,得无有异梦乎?"穆公惊问曰:"汝何以知之?"世子罃曰:"内史廖固言之。"

　　穆公乃召廖至榻前,言曰:"寡人今者梦一妇人,妆束宛如妃嫔,容貌端好,肌如冰雪,手握天符,言奉上帝之命,来召寡人。寡人从之。忽若身在云中,缥缈无际,至一宫阙,丹青炳焕,玉阶九尺,上悬珠帘,妇人引寡人拜于阶下。须臾帘卷,见殿上黄金为柱,壁衣锦绣,精光夺目。有王者冕旒 liú 华衮,凭玉几上坐,左右侍立,威仪甚盛。王者传命:'赐礼!'有如内侍者,以碧玉斝赐寡人酒,甘香无比。王者以一简授左右,即闻堂上大声呼寡人名曰:'任好听旨,尔平晋乱!'如是者再。妇人遂教寡人拜谢,复引出宫阙。寡人问妇人何名,对曰:'妾乃宝夫人也,居于太白山之西麓,在君宇下,君不闻乎? 妾夫叶君,别居南阳,或一二岁来会妾。君能为妾立祠,当使君霸,传名万载。'寡人因问:'晋有何乱,乃使寡人平之?'宝夫人曰:'此天机不可预泄。'已闻鸡鸣,声大如雷霆,寡人遂惊觉,不知此何祥也?"廖对曰:"晋侯方宠骊姬,疏太子,保无乱乎? 天命及君,君之福也!"穆公曰:"宝夫人何为者?"廖对曰:"臣闻先君文公之时,有陈仓人于土中得一异物,形如满囊,色间黄白,短尾多足,嘴有利喙。陈仓人谋献之先君。中途遇二童子,拍手笑曰:'汝虐于死人,今乃遭生人之手乎?'陈仓人请问其说,二童子曰:'此物名猬,在地下惯食死人之脑,得其精气,遂能变化。汝谨持之!'猬亦张喙忽作人言曰:'彼二童子者,一雌一雄,名曰陈宝,乃野雉之精。得雄者王,得雌者霸。'陈仓人遂舍猬而逐童子,二童子忽化为雉飞去。陈仓人以告先君,命书其事于简,藏之内府,臣实掌之,可启而视也。夫陈仓正在太白山之西,君试猎于两山之间,以求其迹,则可明矣。"穆公命取文公藏简观之,果如廖之语,因使廖详记其梦,并藏内府。

次日,穆公视朝,群臣毕贺。穆公遂命驾车,猎于太白山。迤逦而西,将至陈仓山,猎人举网得一雄鸡,玉色无瑕,光采照人。须臾化为石鸡,色光不减。猎者献于穆公。内史廖贺曰:"此所谓宝夫人也。得雌者霸,殆霸征乎?君可建祠于陈仓,必获其福。"穆公大悦,命沐以兰汤,覆以锦衾,盛以玉匮。即日鸠工伐木,建祠于山上,名其祠曰"宝夫人祠"。改陈仓山为宝鸡山。有司春秋二祭,每祭之晨,山上闻鸡鸣,其声闻三里之外。间一年或二年,望见赤光长十余丈,雷声殷殷然,此乃叶君来会之期。叶君者,即雄雉之神,所谓别居南阳者也。至四百余年后,汉光武生于南阳,起兵诛王莽,复汉祚,为后汉皇帝,乃是得雄者王之验。毕竟秦穆公如何定晋乱,再看下回分解。

驪姬
巧計
殺申
生

默臨眈眈
公屬於息苗

第二十七回　骊姬巧计杀申生　献公临终嘱荀息

话说晋献公既并虞、虢二国,群臣皆贺,惟骊姬心中不乐。他本意欲遣世子申生伐虢,却被里克代行,又一举成功,一时间无题目可做,乃复与优施相议,言:"里克乃申生之党,功高位重,我无以敌之,奈何?"优施曰:"荀息以一璧、马灭虞、虢二国,其智在里克之上,其功亦不在里克之下。若求荀息为奚齐、卓子之傅,则可以敌里克有余矣。"骊姬请于献公,遂使荀息傅奚齐、卓子。骊姬又谓优施曰:"荀息已入我党矣。里克在朝,必破我谋,何计可以去之? 克去而申生乃可图也。"优施曰:"里克为人,外强而中多顾虑。诚以利害动之,彼必持两端,然后可收而为我用。克好饮,夫人能为我具特羊之飨,我因侍饮而以言探之。其入,则夫人之福也;即不入,我优人亦聊与为戏,何罪焉?"骊姬曰:"善。"乃代为优施治饮具。

优施预请于里克曰:"大夫驱驰虞、虢间,劳苦甚。施有一杯之献,愿取闲邀大夫片刻之欢,何如?"里克许之。乃携酒至克家,克与内子卿大夫的嫡妻孟皆西坐为客。施再拜进觞,因侍饮于侧,调笑甚洽。酒至半酣,施起舞为寿,因谓孟曰:"主啖我,我有新歌,为主歌之。"孟酌兕觥 sì gōng 古代一种酒器以赐施,啖以羊脾,问曰:"新歌何名?"施对曰:"名《暇豫》,大夫得此事君,可保富贵也。"乃顿嗓而歌。歌曰:

> 暇豫之吾吾兮,不如鸟鸟。众皆集于菀兮,尔独于枯。菀何荣且茂兮? 枯招斧柯! 斧柯行及兮,奈尔枯何!

歌讫,里克笑曰:"何谓菀 wǎn 菊科草本植物? 何谓枯?"施曰:"譬之于人,其母为夫人,其子将为君。本深枝茂,众鸟依托,所谓菀也。若其母已死,其子又得谤,祸害将及。本摇叶落,鸟无所栖,斯为枯矣。"言罢,遂出门。

里克心中怏怏,即命撤馔 zhuàn 饮食,起身径入书房,独步庭中,回旋良久。是夕不用晚餐,挑灯就寝,展转床褥,不能成寐,左思右想:"优施内外俱宠,出入宫禁,今日之歌,必非无谓而发。彼欲言未竟,俟天明当再叩之。"捱至半夜,心中急不能忍,遂吩咐左右:"密唤优施到此问话。"优施已心知其故,连忙衣冠整齐,跟着来人直达寝所。里克召优施坐于床间,以手抚其膝,问曰:"适来'菀枯'之说,我已略喻,岂非谓曲沃乎? 汝必有所闻,可与我详言,不可隐也。"施对曰:"久欲告知,因大夫乃曲沃之傅,且未敢直言,恐见怪耳。"里克曰:"使我预图免祸之地,是汝爱我也,何怪之有?"施乃俯首就枕畔低语曰:"君已许夫人杀太子而立奚齐,有成谋矣。"里克曰:"犹可止乎?"施对曰:"君夫人之得君,子所知也。中大夫之得君,亦子所知也。夫人主乎内,中大夫主乎外,虽欲止,得乎?"里克曰:"从君而杀太子,我不忍也。辅太子以抗君,我不及也。中立而两无所为,可以自脱否?"施对曰:"可。"施退,里克坐以待旦,取往日所书之简视之,屈指恰是十年,叹曰:"卜筮之理,何其神也!"遂造大夫丕pī郑父之家,屏去左右,告之曰:"史苏、卜偃之言,验于今矣!"丕郑父曰:"有闻乎?"里克曰:"夜来优施告我曰:'君将杀太子而立奚齐也。'"丕郑父曰:"子何以复之?"里克曰:"我告以中立。"丕郑父曰:"子之言,如见火而益之薪也。为子计,宜阳通"佯",假装为不信,彼见子不信,必中忌而缓其谋。子乃多树太子之党,以固其位,然后乘间而进言,以夺君之志改变君主的想法,成败犹未有定。今子曰'中立',则太子孤矣。祸可立而待也!"里克顿足曰:"惜哉! 不早与吾子商之!"里克别去登车,诈坠于车下。次日遂称伤足,不能赴朝。史臣有诗云:

> 特羊具享优人舞,断送储君一曲歌。
>
> 堪笑大臣无远识,却将中立佐操戈。

优施回复骊姬,骊姬大悦,乃夜谓献公曰:"太子久居曲沃,君何不召之,但言妾之思见太子。妾因以为德于太子,冀免旦夕何如?"献公果如其言,以召申生。申生应呼而至,先见献公,再拜问安,礼毕,入宫参见骊姬。骊姬设飨待之,言语甚欢。次日,申生入宫谢宴,骊姬又留饭。是夜,骊姬复向献公垂泪言曰:"妾欲回太子之心,故召而礼之,不意太子无礼更甚。"献公曰:"何如?"骊姬曰:"妾留太子午餐,索饮,半酣,戏谓妾曰:'我父老矣,若母何?'妾怒而不应。太子又曰:'昔我祖老,而以我母姜氏遗于我父。今我父老,必有所遗,非子而谁?'欲前执妾手,妾拒之乃免。君若不信,妾试与太子同游于囿 yòu园林,君从台上观之,必有睹焉。"献公曰:"诺。"及明,骊姬召申生同游于囿。骊姬预以蜜涂其发,蜂蝶纷纷,皆集其鬓。姬曰:"太子盍为我驱蜂蝶乎?"申生从后以袖麾之。献公望见,以为真有调戏之事矣。心中大怒,即欲执申生行诛。骊姬跪而告曰:"妾召之而杀之,是妾杀太子也。且宫中暧昧之事,外人未知,姑忍之。"献公乃使申生还曲沃,而使人阴求其罪。

过数日,献公出田于翟桓。骊姬与优施商议,使人谓太子曰:"君梦齐姜诉曰'苦饥无食',必速祭之。"齐姜别有祠在曲沃,申生乃设祭,祭齐姜,使人送胙于献公。献公未归，乃留胙于宫中。六日后，献公回宫。骊姬以鸩入酒，以毒药傅通"附"，附着肉，而献之曰："妾梦齐姜苦饥不可忍，因君之出也，以告太子而使祭焉。今致胙于此，待君久矣。"献公取觯，欲尝酒。骊姬跪而止之曰："酒食自外来者，不可不试。"献公曰："然。"乃以酒沥地，地即坟起。又呼犬，取一臠 luán 肉掷之，犬啖肉立死。骊姬佯为不信，再呼小内侍，使尝酒肉。小内侍不肯，强之，才下口，七窍流血亦死。骊姬佯大惊，疾趋下堂而呼曰："天乎！天乎！国固太子之国也。君老矣，岂旦暮之不能待，而必欲弑之？"言罢，双泪俱下。复跪于献公之前，带噎而言曰："太子所以设此谋者，徒以妾母子故也。愿君以此酒肉赐妾，妾宁代君而死，以快太子之志！"即取酒欲饮。献公夺而覆之，气咽不能出语。骊姬哭倒在地，恨曰："太子真忍心哉！其父而且欲弑之，况他人乎？始君欲废之，妾固不肯。后囿中戏我，君又欲杀之，我犹力劝。今几害我君，妾误君甚矣！"献公半晌方言，以手扶骊姬曰："尔起。孤便当暴之群臣，诛此贼子！"当时出朝，召诸大夫议事。惟狐突久杜门，里克称足疾，䢺郑父托以他出不至，其余毕集朝堂。

献公以申生逆谋，告诉群臣。群臣知献公畜谋已久，皆面面相觑，不敢置对对答，答辩。东关五进曰："太子无道，臣请为君讨之。"献公乃使东关五为将，梁五副之，率车二百乘以讨曲沃。嘱之曰："太子数将兵，善用众，尔其慎之！"狐突虽然杜门，时刻使人打听朝事，闻"二五"戒车，心知必往曲沃，急使人密报太子申生。申生以告太傅杜原款，原款曰："昨已留宫六日，其为宫中置毒明矣。子必以状自理，群臣岂无相明者？毋束手就死为也！"申生曰："君非姬氏，居不安，食不饱。我自理而不明，是增罪也。幸而明，君护姬，未必加罪，又以伤君之心，不如我死！"原款曰："且适他国，以俟后图如何？"申生曰："君不察其无罪而行讨于我，我被弑父之名以出，人将以我为鸱鸮 chī xiāo 猫头鹰，古人认为是不祥鸟，常用来比喻贪恶之人矣！若出而归罪于君，是恶君也。且彰君父之恶，必见笑于诸侯。内困于父母，外困于诸侯，是重困也。弃君脱罪，是逃死也。我闻之：'仁不恶君，智不重困，勇不逃死。'"乃为书以复狐突曰："申生有罪，不敢爱死。虽然，君老矣，子少，国家多难，伯氏努力以辅国家，申生虽死，受伯氏之赐实多！"于是北向再拜，自缢而死。死之明日，东关五兵到，知申生已死，乃执杜原款囚之，以报献公曰："世子自知罪不可逃，乃先死也。"献公使原款证成太子之罪，原款大呼曰："天乎冤哉！原款所以不死而就俘者，正欲明太子之心也！昨留宫六日，岂有毒而久不变者乎？"骊姬从屏后急呼曰："原款辅导无状，何不速杀之？"献公使力士以铜锤击破其脑而死,群臣皆暗暗流涕。

梁五、东关五谓优施曰:"重耳、夷吾与太子一体也。太子虽死,二公子尚在,我窃忧之。"优施言于骊姬,使引二公子。骊姬夜半复泣诉献公曰:"妾闻重耳、夷吾实同申生之谋。申生之死,二公子归罪于妾,终日治兵,欲袭晋而杀妾,以图大事,君不可不察!"献公意犹未信。蚤朝,近臣报:"蒲、屈二公子来觐,已至关,闻太子之变,即时俱回辕去矣。"献公曰:"不辞而去,必同谋也。"乃遣寺人勃鞮 dī 率师往蒲,擒拿公子重耳,贾华率师往屈,擒拿公子夷吾。狐突唤其次子狐偃至前,谓曰:"重耳骈胁重瞳,状貌伟异,又素贤明,他日必能成事。且太子既死,次当及之。汝可速往蒲,助之出奔,与汝兄毛同心辅佐,以图后举。"狐偃遵命,星夜奔蒲城来投重耳。重耳大惊,与狐毛、狐偃方商议出奔之事,勃鞮车马已到。蒲人欲闭门拒守,重耳曰:"君命不可抗也。"勃鞮攻入蒲城,围重耳之宅。重耳与毛偃急趋后园,勃鞮挺剑逐之。毛偃先逾墙出,推墙以招重耳。勃鞮执重耳衣袂,剑起袂绝,重耳得脱去,勃鞮收袂回报。三人遂出奔翟国。

翟君先梦苍龙蟠于城上,见晋公子来到,欣然纳之。须臾,城下有小车数乘相继而至,叫开城甚急。重耳疑是追兵,便教城上放箭。城下大叫曰:"我等非追兵,乃晋臣愿追随公子者。"重耳登城观看,认得为首一人,姓赵,名衰,字子余,乃大夫赵威之弟,仕晋朝为大夫。重耳曰:"子余到此,孤无虑矣。"即命开门放入。余人乃胥臣、魏犨 chōu、狐射姑、颠颉 xié、介子推、先轸,皆知名之士。其他愿执鞭负橐 tuó 口袋,奔走效劳,又有壶叔等数十人。重耳大惊曰:"公等在朝,何以至此?"赵衰等齐声曰:"主上失德,宠妖姬,杀世子,晋国旦晚必有大乱。素知公子宽仁下士,所以愿从出亡。"翟君教开门放入,众人进见。重耳泣曰:"诸君子能协心相辅,如肉傅骨,生死不敢忘德。"魏犨攘臂前曰:"公子居蒲数年,蒲人咸乐为公子死。若借助于狄,以用蒲人之众,杀入绛城,朝中积愤已深,必有起为内应者。因以除君侧之恶,安社稷而抚民人,岂不胜于流离道途为逋 bū 客逃亡的人哉?"重耳曰:"子言虽壮,然震惊君父,非亡人所敢出也。"魏犨乃一勇之夫,见重耳不从,遂咬牙切齿,以足顿地曰:"公子畏骊姬辈如猛虎蛇蝎,何日能成大事乎?"狐偃谓犨曰:"公子非畏骊姬,畏名义耳。"犨乃不言。昔人有古风一篇,单道重耳从亡诸臣之盛:

> 蒲城公子遭谗变,轮蹄西指奔如电。
> 担囊仗剑何纷纷,英雄尽是山西彦。

山西诸彦争相从，吞云吐雨星罗胸。

文臣高等擎天柱，武将雄夸驾海虹。

君不见，赵成子，冬日之温彻人髓。

又不见，司空季，六韬三略饶经济。

二狐肺腑兼尊亲，出奇制变圆如轮。

魏犨矫矫人中虎，贾佗强力轻千钧。

颠颉昂藏独行意，直哉先轸胸无滞。

子推介节谁与俦，百炼坚金任磨砺。

颉颃上下如掌股，周流遍历秦齐楚。

行居寝食无相离，患难之中定臣主。

古来真主百灵扶，风虎云龙自不孤。

梧桐种就鸾凤集，何问朝中菀共枯？

重耳自幼谦恭下士，自十七岁时已父事狐偃，师事赵衰，长事狐射姑，凡朝野知名之士，无不纳交，故虽出亡，患难之际，豪杰愿从者甚众。

惟大夫郤xì芮与吕饴甥腹心之契，虢射是夷吾之母舅，三人独奔屈以就夷吾。相见之间，告以："贾华之兵，旦暮且至"。夷吾即令敛兵为城守计。贾华原无必获夷吾之意，及兵到，故缓其围，使人阴告夷吾曰："公子宜速去，不然，晋兵继至，不可当也。"夷吾谓郤芮曰："重耳在翟，今奔翟何如？"郤芮曰："君固言二公子同谋，以是为讨。今异出而同走，骊姬有辞矣。晋兵且至翟，不如之梁。梁与秦近，秦方强盛，且婚姻之国，君百岁后，可借其力以图归也。"夷吾乃奔梁国。贾华佯追之不及，以逃奔复命。献公大怒曰："二子不获其一，何以用兵？"叱左右欲缚贾华斩之，丕郑父奏曰："君前使人筑二城，使得聚兵为备，非贾华之罪也。"梁五亦奏曰："夷吾庸才无足虑，重耳有贤名，多士从之，朝堂为之一空。且翟吾世仇，不伐翟除重耳，后必为患。"献公乃赦贾华，使召勃鞮。鞮闻贾华几不免，乃自请率军伐翟，献公许之。勃鞮兵至翟城，翟君亦盛陈兵于采桑，相守二月余。丕郑父进曰："父子无绝恩之理，二公子罪恶未彰，既已出奔，而必追杀之，得无已甚乎？且翟未可必胜，徒老使……疲劳我师，为邻国笑。"献公意稍转，即召勃鞮还师。

献公疑群公子多重耳、夷吾之党，异日必为奚齐之梗，乃下令尽逐群公子，晋之公族无敢留者。于是立奚齐为世子。百官自"二五"及荀息之外，无不人人扼腕自己以一手握住另一手腕部，形容思虑、愤怒、激动等心情，多有称疾告老者。时周襄王之元年，晋献公之二十六年也。

　　是秋九月，献公奔赴葵丘之会不果，于中途得疾，至国还宫，骊姬坐于足，泣曰："君遭骨肉之衅，尽逐公族，而立妾之子。一旦设有不讳，我妇人也，奚齐年又幼，倘群公子挟外援以求入，妾母子所靠何人？"献公曰："夫人勿忧。太傅荀息忠臣也，忠不二心，孤当以幼君托之。"于是召荀息至于榻前，问曰："寡人闻'士之立身，忠信为本'，何以谓之忠信？"荀息对曰："尽心事主曰忠，死不食言曰信。"献公曰："寡人欲以弱孤累大夫，大夫其许我乎？"荀息稽首对曰："敢不竭死力！"献公不觉堕泪，骊姬哭声闻幕外。数日，献公薨。骊姬抱奚齐以授荀息，时年才十一岁。荀息遵遗命，奉奚齐主丧，百官俱就位哭泣。骊姬亦以遗命，拜荀息为上卿，梁五、东关五加左右司马，敛兵巡行国中，以备非常。国中大小事体，俱关白荀息而后行。以明年为新君元年，告讣诸侯。毕竟奚齐能得几日为君，且看下回分解。

里克
兩弒
狐
主

献帝下旨乔国老

第二十八回　里克两弑孤主　穆公一平晋乱

话说荀息拥立公子奚齐，百官都至丧次^{停灵治丧的地方}哭临，惟狐突托言病笃不至。里克私谓丕郑父曰："孺子遂立矣，其若亡公子何？"丕郑父曰："此事全在荀叔，姑与探之。"二人登车，同往荀息府中。息延入，里克告曰："主上晏驾，重耳、夷吾俱在外，叔为国大臣，乃不迎长公子嗣位，而立嬖 bì ^{宠爱人之子}之子，何以服人？且三公子之党，怨奚齐子母入于骨髓，只碍主上耳。今闻大变，必有异谋。秦、翟辅之于外，国人应之于内，子何策以御之？"荀息曰："我受先君遗托而傅奚齐，则奚齐乃我君矣。此外不知更有他人！万一力不从心，惟有一死，以谢先君而已。"丕郑父曰："死无益也，何不改图？"荀息曰："我既以忠信许先君矣，虽无益，敢食言乎？"二人再三劝谕，荀息心如铁石，终不改言，乃相辞而去。里克谓郑父曰："我以叔有同僚之谊，故明告以利害。彼坚执不听，奈何？"郑父曰："彼为奚齐，我为重耳，各成其志，有何不可。"

于是二人密约，使心腹力士变服杂于侍卫服役之中，乘奚齐在丧次，就刺杀于苦块 shān ^{草席土块}之侧。时优施在旁，挺剑来救，亦被杀。一时幕间大乱。荀息哭临方退，闻变大惊，疾忙趋入，抚尸大恸曰："我受遗命托孤，不能保护太子，我之罪也！"便欲触柱而死。骊姬急使人止之曰："君柩在殡，大夫独不念乎？且奚齐虽死，尚有卓子在，可辅也。"荀息乃诛守幕者数十人，即日与百官会议，更扶卓子为君，时年才九岁。

里克、丕郑父佯为不知，独不与议。梁五曰："孺子之死，实里、丕二人为先太子报仇也，今不与公议，其迹昭然，请以兵讨之！"荀息曰："二人者，晋之老臣，根深党固，七舆大夫^{主管诸侯副车的七大夫。春秋时，侯伯出行有副车七乘，每车有一大夫主管}半出其门，讨而不胜，大事去矣。不如姑隐之，以安其心而缓其谋。俟丧事既毕，改元正位，外结邻国，内散其党，然后乃可图矣。"梁五退谓东关五曰："荀卿忠而少谋，作事迂缓，不可恃也。里、丕虽同志，而克为先太子之冤，衔怨独深。若除克，则丕氏之心惰矣。"东关五曰："何策除之？"梁五曰："今丧事在迩，诚伏甲东门，视其送葬，突起攻之，此一夫之力也。"东关五曰："善。我有客屠岸夷者，能负三千钧绝地而驰，若啖以爵禄，此人可使也。"乃召屠岸夷而语之。夷素与大夫雅遄 zhuī chuán 相厚，密以其谋告于雅遄，问："此事可行否？"遄曰："故太子之冤，举国莫不痛之，皆因骊姬母子之故。今里、丕二大夫欲歼骊姬之党，迎立公子重耳为君，此义举也。汝若辅佞仇忠，干此不义之事，我等必不容汝，徒受万代骂名，不可，不可！"夷曰："我侪 chái 辈小人不知也，今辞之何如？"雅遄曰："辞之，则必复遣他人矣。子不如佯诺，而反戈以诛逆党，我以迎立之功与子，子不失富贵，而且有令名，与为不义杀身，孰得？"屠岸夷曰："大夫之教是也。"雅遄曰："得无变否？"夷曰："大夫见疑，则请盟！"乃割鸡而为盟。夷去，遄即与丕郑父言之，郑父亦言于里克，各整顿家甲，约定送葬日齐发。

至期，里克称病不会葬。屠岸夷谓东关五曰："诸大夫皆在葬，惟里克独留，此天夺其命也，请授甲兵三百人，围其宫而歼之。"东关五大悦，与甲士三百，伪围里克之家。里克故意使人如墓亦变。荀息惊问其故，东关五曰："闻里克将乘隙为乱，五等辄使家客，以兵守之。成则大夫之功，不成不相累也。"荀息心如芒刺，草草毕葬，即使"二五"勒兵助攻，自己奉卓子坐于朝堂，以俟好音。东关五之兵先至东市，屠岸夷来见，托言禀事，猝以臂拉其颈，颈折坠。军中大乱，屠岸夷大呼曰："公子重耳引秦、翟之兵，已在城外，我奉里大夫之命，为故太子申生伸冤，诛奸佞之党，迎立重耳为君。汝等愿从者皆来，不愿者自去。"军士闻重耳为君，无不踊跃愿从者。梁五闻东关五被杀，急趋朝堂，欲同荀息奉卓子出奔，却被屠岸夷追及。里克、丕郑父、雅遄各率家甲，一时亦到。梁五料不能脱，拔剑自刎，不断，被屠岸夷只手擒来，里克趁势挥刀，劈为两段。时左行大夫共华亦统家甲来助，一齐杀入朝门。里克仗剑先行，众人随之，左右皆惊散。荀息面不改色，左手抱卓子，右手举袖掩之。卓子惧而啼。荀息谓里克曰："孺子何罪？宁杀我，乞留此先君一块肉！"里克曰："申生安在？亦先君一块肉也！"顾屠岸夷曰："还不下手！"屠岸夷就荀息手中夺来，掷之于阶，但闻跂 kē 踢一声，化为肉饼。荀息大怒，挺佩剑来斗里克，亦被屠岸夷斩之。遂杀入宫中。骊姬先奔贾君之宫，贾君闭门不纳，走入后园，从桥上投水中而死，里克命戮其尸。骊姬之娣，虽生卓子，无宠无权，恕不杀，锢之别室。尽灭"二五"及优施之族。髯仙有诗叹骊姬云：

谮杀申生意若何？要将稚子掌山河。

一朝母子遭骈戮，笑杀当年《暇豫》歌。

又有诗叹荀息从君之乱命，而立庶孽，虽死不足道也。诗云：

昏君乱命岂宜从？犹说硁硁效死忠。

璧马智谋何处去？君臣束手一场空。

里克大集百官于朝堂，议曰："今庶孽已除，公子中惟重耳最长且贤，当立。'诸大夫同心者，请书名于简！"丕郑父曰："此事非狐老大夫不可。"里克即使人以车迎之。狐突辞曰："老夫二子从亡，若与迎，是同弑也。突老矣，惟诸大夫之命是听！"里克遂执笔先书己名，次丕郑父，以下共华、贾华、雅逷等共三十余人，后至者俱不及书。以上士之衔假屠岸夷，使之奉表往翟，奉迎公子重耳。重耳见表上无狐突名，疑之。魏犨曰："迎而不往，欲长为客乎？"重耳曰："非尔所知也。群公子尚多，何必我？且二孺子新诛，其党未尽，入而求出，何可得也？天若祚 zuò 赐福，保佑我，岂患无国？"狐偃亦以乘丧因乱，皆非美名，劝公子勿行。乃谢使者曰："重耳得罪于父，逃死四方，生既不得展问安侍膳之诚，死又不得尽视含哭位之礼，何敢乘乱而贪国。大夫其更立他子，重耳不敢违！"屠岸夷还报，里克欲遣使再往，大夫梁繇靡曰："公子孰非君者，盍迎夷吾乎？"里克曰："夷吾贪而忍，贪则无信，忍则无亲，不如重耳。"梁繇靡曰："不犹愈于群公子乎？"众人俱唯唯。里克不得已，乃使屠岸夷辅梁繇靡迎夷吾于梁。

且说公子夷吾在梁，梁伯以女妻之，生一子，名曰圉。夷吾安居于梁，日夜望国中有变，乘机求入。闻献公已薨，即命吕饴甥袭屈城据之。荀息为国中多事，亦不暇问。及闻奚齐、卓子被杀，诸大夫往迎重耳，吕饴甥以书报夷吾，夷吾与虢射、郤芮商议，要来争国。忽见梁繇靡等来迎，以手加额曰："天夺国于重耳，以授我也！"不觉喜形于色。郤芮进曰："重耳非恶得国者，其不行必有疑也，君勿轻信。夫在内而外求君者，是皆有大欲焉。方今晋臣用事，里、丕为首，君宜捐厚赂以啖之，虽然，犹有危。夫入虎穴者，必操利器。君欲入国，非借强国之力为助不可。邻晋之国，惟秦最强，子盍遣使卑辞以求纳于秦乎？秦许我，则国可入矣。"夷吾用其言，乃许里克以汾阳之田百万，许丕郑父以负葵之田七十万，皆书契而缄之。先使屠岸夷还报，留梁繇靡使达手书于秦，并道晋国诸大夫奉迎之意。

秦穆公谓蹇叔曰："晋乱待寡人而平，上帝先示梦矣。寡人闻重耳、夷吾皆贤公子也。寡人将择而纳之，未知孰胜？"蹇叔曰："重耳在翟，夷吾在梁，地皆密迩靠近，君何不使人往吊，以观二公子之为人？"穆公曰："诺。"乃使公子絷 zhí 先吊重耳，次吊夷吾。公子絷至翟，见公子重耳，以秦君之命称吊。礼毕，重耳即退。絷使阍者传语："公子宜乘时图入，寡君愿以敝赋为前驱。"

重耳以告赵衰,赵衰曰:"却内之迎而借外宠以求入,虽入不光矣!"重耳乃出见使者曰:"君惠吊亡臣重耳,辱以后命。亡人无宝,仁亲为宝,父死之谓何,而敢有他志?"遂伏地大哭,稽颡而退,绝无一私语。公子絷见重耳不从,心知其贤,叹息而去。遂吊夷吾于梁,礼毕,夷吾谓絷曰:"大夫以君命下吊亡人,亦何以教亡人乎?"絷亦以"乘时图入"相劝。夷吾稽颡称谢。入告郤芮曰:"秦人许纳我矣!"郤芮曰:"秦人何私于我? 亦将有取于我也! 君必大割地以赂之。"夷吾曰:"大割地不损晋乎?"郤芮曰:"公子不返国,则梁山一匹夫耳,能有晋尺寸之土乎? 他人之物,公子何惜焉?"夷吾复出见公子絷,握其手谓曰:"里克、丕郑皆许我矣,亡人皆有以酬之,且不敢薄也。苟假君之宠入主社稷,惟是河外五城,所以便君之东游者,东尽虢地,南及华山,内以解梁为界,愿入之于君,以报君德于万一。"出契于袖中,面有德色。公子絷方欲谦让,夷吾又曰:"亡人另有黄金四十镒,白玉之珩 héng 古玉器六双,愿纳于公子之左右。乞公子好言于君,亡人不忘公子之赐。"公子絷乃皆受之。史臣有诗云:

> 重耳忧亲为丧亲,夷吾利国喜津津。
>
> 但看受吊相悬处,成败分明定两人。

　　絷返命于穆公,备述详尽地叙述两公子相见之状。穆公曰:"重耳之贤,过夷吾远矣! 必纳重耳。"公子絷对曰:"君之纳晋君也,忧晋乎? 抑欲成名于天下乎?"穆公曰:"晋何与我事? 寡人亦欲成名于天下耳。"公子絷曰:"君如忧晋,则为之择贤君。第欲成名于天下,则不如置不贤者。均之有置君之名,而贤者出我上,不贤者出我下,二者孰利?"穆公曰:"子之言,开我肺腑。"乃使公孙枝出车三百乘,以纳夷吾。秦穆公夫人乃晋世子申生之娣,是为穆姬,幼育于献公次妃贾君之宫,甚有贤德。闻公孙枝将纳夷吾于晋,遂为手书以属夷吾,言:"公子入为晋君,必厚视贾君。其群公子因乱出奔,皆无罪。闻叶茂者本荣,必尽纳之,亦所以固我藩也。"夷吾恐失穆姬之意,随以手书复之,一一如命。

　　时齐桓公闻晋国有乱,欲合诸侯谋之,乃亲至高梁之地。又闻秦师已出,周惠王亦遣大夫王子党率师至晋,乃遣公孙隰朋会周、秦之师,同纳夷吾。吕饴甥亦自屈城来会。桓公遂回齐。里克、丕郑父请出国舅狐突做主,率群臣备法驾,迎夷吾于晋界。夷吾入绛都即位,是为惠公。即以本年为元年。按晋惠公之元年,实周襄王之二年也。国人素慕重耳之贤,欲得为君,及失重耳得夷吾,乃大失望。

　　惠公既即位，遂立子圉为世子，以狐突、虢射为上大夫，吕饴甥、郤芮俱为中大夫，屠岸夷为下大夫，其余在国诸臣，一从其旧。使梁繇靡从王子党如周，韩简从隰朋如齐，各拜谢纳国之恩，惟公孙枝以索取河西五城之地，尚留晋国。惠公有不舍之意，乃集群臣议之。虢射目视吕饴甥，饴甥进曰："君所以赂秦者为未入，则国非君之国也。今既入矣，国乃君之国矣，虽不畀 bì 给予秦，秦其奈君何？"里克曰："君始得国而失信于强邻，不可，不如与之。"郤芮曰："去五城是去半晋矣。秦虽极兵力，必不能取五城于我。且先君百战经营，始有此地，不可弃也。"里克曰："既知先君之地，何以许之？许而不与，不怒秦乎？且先君立国于曲沃，地不过蕞尔，惟自强于政，故能兼并小国，以成其大。君能修政而善邻，何患无五城哉？"郤芮大喝曰："里克之言，非为秦也，为取汾阳之田百万，恐君不与，故以秦为例耳！"丕郑父以臂推里克，克遂不敢复言。惠公曰："不与则失信，与之则自弱，畀一二城可乎？"吕饴甥曰："畀一二城，未为全信也，而适以挑秦之争，不如辞之。"惠公乃命吕饴甥作书辞秦。书略曰：

　　　　始夷吾以河西五城许君。今幸入守社稷，夷吾念君之赐，欲即践言①。大臣皆曰："地者，先君之地。君出亡在外，何得擅许他人？"寡人争之弗能得。惟君少缓其期，寡人不敢忘也。

惠公问："谁人能为寡人谢秦 向秦国道歉 者？"丕郑父愿往，惠公从之。

　　原来惠公求入国时，亦曾许丕郑父负葵之田七十万，惠公既不与秦城，安肯与里、丕二人之田？郑父口虽不言，心中怨恨，特地讨此一差，欲诉于秦耳。郑父随公孙枝至于秦国，见了穆公，呈上国书。穆公览毕，拍案大怒曰："寡人固知夷吾不堪为君，今果被此贼所欺！"欲斩丕郑父。公孙枝奏曰："此非郑父之罪也，望君恕之！"穆公余怒未尽，问曰："谁使夷吾负寡人者？寡人愿得而手刃之！"丕郑父曰："君请屏左右，臣有所言。"穆公色稍和，命左右退于帘下，揖郑父进而问之。郑父对曰："晋之诸大夫无不感君之恩，愿归地者，惟吕饴甥、郤芮二人从中阻挠。君若重币聘问而以好言召此二人，二人至，则杀之。君纳重耳，臣与里克逐夷吾，为君内应，请得世世事君，何如？"穆公曰："此计妙哉！固寡人之本心也！"于是遣大夫冷至随丕郑父行聘于晋，欲诱吕饴甥、郤芮而杀之。不知吕、郤性命何如，且看下回分解。

_____

①践言：履行诺言。

晋
惠公
大诛
群臣

管夷吾病榻論相

第二十九回　晋惠公大诛群臣　管夷吾病榻论相

话说里克主意，原要奉迎公子重耳，因重耳辞不肯就，夷吾又以重赂求入，因此只得随众行事。谁知惠公即位之后，所许之田分毫不给，又任用虢射、吕饴甥、郤芮一班私人，将先世旧臣，一概疏远，里克心中已自不服。及劝惠公畀地于秦，分明是公道话，郤芮反说他为己而设，好生不忿，忍了一肚子气，敢怒而不敢言。出了朝门，颜色之间不免露些怨望之意。及丕郑父使秦，郤芮等恐其与里克有谋，私下遣人窥瞰。郑父亦虑郤芮等有人伺察，遂不另别里克而行。里克使人邀郑父说话，则郑父已出城矣。克自往追之，不及而还。早有人报知郤芮。芮求见惠公，奏曰："里克谓君夺其权政，又不与汾阳之田，心怀怨望。今闻丕郑父聘秦，自驾往追，其中必有异谋。臣素闻里克善于重耳，君之立非其本意，万一与重耳内应外合，何以防之？不若赐死，以绝其患。"惠公曰："里克有功于寡人，今何辞以戮之？"郤芮曰："克弑奚齐，又弑卓子，又杀顾命之臣_{受国君临终遗命的大臣}荀息，其罪大矣！念其入国之功，私劳也；讨其弑逆之罪，公义也。明君不以私劳而废公议，臣请奉君命行讨！"惠公曰："大夫往矣！"郤芮遂诣里克之家，谓里克曰："晋侯有命，使芮致之吾子。晋侯云：'微子寡人不得立，寡人不敢忘子之功。虽然，子弑二君，杀一大夫，为尔君者难矣！寡人奉先君之遗命，不敢以私劳而废大义，惟子自图之！'"里克曰："不有所废，君何以兴？欲加之罪，何患无辞？臣闻命矣！"郤芮复迫之，克乃拔佩剑跃地大呼曰："天乎冤哉！忠而获罪，死若有知，何面目见荀息乎？"遂自刎其喉而死。郤芮还报惠公，惠公大悦。髯仙有诗云：

> 才入夷吾身受兵，当初何不死申生？
>
> 方知中立非完策，不及荀家有令名。

惠公杀了里克，群臣多有不服者。祁举、共华、贾华、雅遏辈俱口出怨言，惠公欲诛之，郤芮曰："丕郑在外，而多行诛戮，以启其疑叛之心，不可。君且忍之。"惠公曰："秦夫人有言，托寡人善视贾君，而尽纳群公子，何如？"郤芮曰："群公子谁无争心，不可纳也。善视贾君，以报秦夫人可矣。"惠公乃入见贾君。时贾君色尚未衰，惠公忽动淫心，谓贾君曰："秦夫人属寡人与君为欢,君其无拒。"即往抱持贾君,宫人皆含笑避去。贾君畏惠公之威,勉强从命。事毕,贾君垂泪言曰:"妾不幸事先君不终,今又失身于君。妾身不足惜,但乞君为故太子申生白冤,妾得复于秦夫人,以赎失身之罪!"惠公曰:"二竖子见杀,先太子之冤已白矣。"贾君曰:"闻先太子尚藁葬新城,君必迁冢 zhǒng 坟墓而为之立谥,庶冤魂获安,亦国人之所望于君者也。"惠公许之。乃命郤芮之从弟郤乞,往曲沃择地改葬。使太史议谥,以其孝敬,谥曰"共世子"。再使狐突往彼设祭告墓。

先说郤乞至曲沃,别制衣衾棺椁 guǒ 外棺及冥器木偶之类,极其整齐。掘起申生之尸,面色如生,但臭不可当。役人俱掩鼻欲呕,不能用力。郤乞焚香再拜曰:"世子生而洁,死而不洁乎?若不洁,不在世子,愿无骇众!"言讫,臭气顿息,转为异香。遂重殓入棺,葬于高原。曲沃之人空城来送,无不堕泪。葬之三日,狐突赍祭品来到,以惠公之命,设位拜奠,题其墓曰"晋共太子之墓"。事毕,狐突方欲还国,忽见旌旗对对,戈甲层层,簇拥一队车马,狐突不知是谁,仓忙欲避。只见副车一人,须发斑白,袍笏整齐,从容下车,至于狐突之前,揖曰:"太子有话奉迎,请国舅那步。"突视之,太傅杜原款也。恍惚中忘其已死,问曰:"太子何在?"原款指后面大车曰:"此即太子之车矣。"突乃随至车前,见太子申生冠缨剑佩,宛如生前。使御者下引狐突升车,谓曰:"国舅亦念申生否?"突垂泪对曰:"太子之冤,行道之人无不悲涕,突何人,能勿念乎?"申生曰:"上帝怜我仁孝,已命我为乔山之主矣。夷吾行无礼于贾君,吾恶其不洁,欲却其葬,恐违众意而止。今秦君甚贤,吾欲以晋畀秦,使秦人奉吾之祀,舅以为何如?"突对曰:"太子虽恶晋君,其民何罪?且晋之先君又何罪?太子舍同姓而求食于异姓,恐乖仁孝之德也。"申生曰:"舅言亦是,然吾已具奏于上帝矣。今当再奏,舅为姑留七日,新城之西偏有巫者,吾将托之以复舅也。"杜原款在车下唤曰:"国舅可别矣!"牵狐突下车,失足跌仆于地,车马一时不见,突身乃卧于新城外馆。心中大惊,问左右:"吾何得在此?"左右曰:"国舅祭奠方毕,焚祝辞神,忽然仆于席上,呼唤不醒。吾等扶至车中,载归此处安息,今幸无恙。"狐突心知是梦,暗暗称异,不与人言,只推抱恙,留车外馆。至第七日未申之交,门上报:"有城西巫者求见。"突命召入,预屏左右以待之。巫者入见,自言:"素与鬼神通语。今有乔山主者,乃晋国故太子申生,托传语致意国舅:'今已覆奏上帝,但辱其身,斩其胤 yìn 后代,子孙,以示罚罪而已,无害于晋。'"狐突佯为不知,闻曰:"所罚者,何人之罪?"巫曰:"太子但命传语如此,我亦不知所指何事也。"突命左右以金帛酬巫者,戒勿妄言。巫者叩谢而去。狐突归国,私与丕郑父之子丕豹言之,豹曰:"君举动乖张,必不克终。有晋国者,其重耳乎?"正叙谈间,阍人来报:"丕大夫使秦已归,见在朝中复命。"二人遂各别而归。

却说丕郑父同秦大夫冷至赍着礼币数车,如晋报聘。行及绛郊,忽闻诛里克之信,郑父心中疑虑,意欲转回秦国,再作商量。又念其子豹在绛城:"我一走,必累及豹。"因此去住两难,踌躇不决。恰遇大夫共华在于郊外,遂邀与相见。郑父叩问里克缘由,共华一一叙述了。郑父曰:"吾今犹可入否?"共华曰:"里克同事之人尚多,如华亦在其内,今止诛克一人,其余并不波及。况子出使在秦,若为不知可也。如惧而不入,是自供其罪矣。"郑父从其言,乃催车入城。郑父先复命讫,引进冷至朝见,呈上国书礼物。惠公启书看之,略曰:

> 晋、秦甥舅之国,地之在晋,犹在秦也。诸大夫亦各忠其国,寡人何敢曰必得地,以伤诸大夫之义。但寡人有疆场之事,欲与吕、郤二大夫面议。幸旦暮一来,以慰寡人之望!

书尾又一行云:"原地券纳还。"惠公是见小之人,看见礼币隆厚,又且缴还地券,心中甚喜,便欲遣吕饴甥、郤芮报秦。

郤芮私谓饴甥曰:"秦使此来,不是好意。其币重而言甘,殆诱我也。吾等若往,必劫我以取他矣。"饴甥曰:"吾亦料秦之欢晋,不至若是。此必丕郑父闻里克之诛,自惧不免,与秦共为此谋,欲使秦人杀吾等而后作乱耳。"郤芮曰:"郑父与克同功一体之人,克诛,郑父安得不惧?子金之料是也。今群臣半是里、丕之党,若郑父有谋,必更有同谋之人,且先归秦使而徐察之。"饴甥曰:"善。"乃言于惠公,先遣冷至回秦,言:"晋国未定,稍待二臣之暇,即当趋命。"冷至只得回秦。吕、郤二人使心腹每夜伏于丕郑父之门,伺察动静。郑父见吕、郤全无行色,乃密请祁举、共华、贾华、雅遄等,夜至其家议事,五鼓方回。心腹回报所见,如此如此。郤芮曰:"诸人有何难决之事?必逆谋也。"乃与饴甥商议,使人请屠岸夷至,谓曰:"子祸至矣,奈何?"屠岸夷大惊曰:"祸从何来?"郤芮曰:"子前助里克弑幼君,今克已伏法,君将有讨于子。吾等以子有迎立之功,不忍见子之受诛,是以告也。"屠岸夷泣曰:"夷乃一勇之夫,听人驱遣,不知罪之所在,惟大夫救之!"郤芮曰:"君怒不可解也。独有一计,可以脱祸。"夷遂跪而问计。郤芮慌忙扶起,密告曰:"今丕郑父党于里克,有迎立之心,与七舆大夫阴谋作乱,欲逐君而纳公子重耳。子诚伪为惧诛者而见郑父,与之同谋。若尽得其情,先事出首_{检举、告发},吾即以所许郑父负葵之田,割三十万以酬子功。子且重用,又何罪之足患乎?"夷喜曰:"夷死而得生,大夫之赐也,敢不效力!但我不善为辞,奈何?"吕饴甥曰:"吾当教子。"乃拟为问答之语,使夷熟记。

是夜,夷遂叩丕郑父之门,言有密事。郑父辞以醉寝,不与相见。夷守门内,更深犹不去,乃延之入。夷一见郑父,便下跪曰:"大夫救我一命!"郑父惊问其故。夷曰:"君以我助里克弑卓子,将加戮于我,奈何?"郑父曰:"吕、郤二人为政,何不求之?"夷曰:"此皆吕、郤之谋也。吾恨不得食二人之肉,求之何益?"郑父犹未深信,又问曰:"汝意欲何如?"夷曰:"公子重耳仁孝,能得士心,国人皆愿戴之为君,而秦人恶夷吾之背约,亦欲改立重耳。诚得大夫手书,夷星夜往致重耳,使合秦、翟之众,大夫亦纠故太子之党,从中而起,先斩吕、郤之首,然后逐君而纳重耳,无不济矣。"郑父曰:"子意得无变否?"夷即啮一指出血,誓曰:"夷若有贰心,当使合族受诛!"郑父方才信之。约次日三更,再会定议。至期,屠岸夷复往,则祁举、共华、贾华、雅遄皆先在,又有叔坚、累虎、特宫、山祈四人,皆故太子申生门下,与郑父、屠岸夷共是十人,重复对天歃血,共扶公子重耳为君。后人有诗云:

只疑屠岸来求救,谁料奸谋吕郤为?

强中更有强中手,一人行诈九人危。

丕郑父款待众人,尽醉而别。屠岸夷私下回报郤芮。芮曰:"汝言无据,必得郑父手书,方可正罪。"夷次夜再至郑父之家,索其手书,往迎重耳。郑父已写就了,简后署名,共是十位,其九人俱先有花押,第十屠岸夷也。夷亦请笔书押。郑父缄封停当,交付夷手,嘱他:"小心在意,不可漏泄。"屠岸夷得书,如获至宝,一径投郤芮家,呈上芮看。芮乃匿夷于家,将书怀于袖中,同吕饴甥往见国舅虢射,备言如此如此。"若不早除,变生不测。"虢射夜叩宫门,见了惠公,细述丕郑父之谋:"明日早朝,便可面正其罪,以手书为证。"

次日,惠公早朝,吕、郤等预伏武士于壁衣之内。百官行礼已毕,惠公召丕郑父问曰:"知汝欲逐寡人而迎重耳,寡人敢请其罪!"郑父方欲致辩,郤芮仗剑大喝曰:"汝遣屠岸夷将手书迎重耳,赖吾君洪福,屠岸夷已被吾等伺候于城外拿下,搜出其书。同事共是十人,今屠岸夷已招出,汝等不必辩矣。"惠公将原书掷于案下,吕饴甥拾起,按简呼名,命武士擒下。只有共华告假在家未到,另行捕拿。见在八人,面面相觑,真个是有口难开,无地可入。惠公喝教:"押出朝门斩首!"内中贾华大呼曰:"臣先年奉命伐屈,曾有私放吾君之功,求免一死,可乎?"吕饴甥曰:"汝事先君而私放吾主,今事吾主,复私通重耳，此反覆小人，速宜就戮。"贾华语塞。八人束手受刑。

却说共华在家，闻郑父等事泄被诛，即忙拜辞家庙，欲赴朝中领罪。其弟共赐谓曰："往则就死，盍何不逃乎？"共华曰："干大夫之入，吾实劝之。陷人于死，而己独生，非丈夫也！吾非不爱生，不敢负干大夫耳！"遂不待捕至，疾趋入朝，请死。惠公亦斩之。干豹闻父遭诛，飞奔秦国逃难。惠公欲尽诛里、干诸大夫之族。邰芮曰："罪人不孥ⁿú通"奴"，作奴婢，古之制也。乱人行诛，足以儆众矣。何必多杀，以惧众心？"惠公乃赦各族不诛。进屠岸夷为中大夫，赏以负葵之田三十万。

却说干豹至秦，见了穆公，伏地大哭。穆公问其故，干豹将其父始谋及被害缘由，细述一遍，乃献策曰："晋侯背秦之大恩，而修国之小怨，百官耸惧，百姓不服。若以偏师往伐，其众必内溃，废置惟君所欲耳。"穆公问于群臣，蹇叔对曰："以干豹之言而伐晋，是助臣伐君，于义不可。"百里奚曰："若百姓不服，必有内变，君且俟其变而图之。"穆公曰："寡人亦疑此言。彼一朝而杀九大夫，岂众心不附，而能如此？况兵无内应，可必有功乎？"干豹遂留仕秦为大夫。时晋惠公之二年，周襄王之三年也。

是年周王子带，以赂结好伊、雒之戎，使戎伐京师，而己从中应之。戎遂入寇，围王城。周公孔与召伯廖悉力固守，带不敢出会戎师。襄王遣使告急于诸侯。秦穆公、晋惠公皆欲结好周王，各率师伐戎以救周。戎知诸侯兵至，焚掠东门而去。惠公与穆公相见，面有惭色。惠公又接得穆姬密书，书中数责备晋侯无礼于贾君，又不纳群公子，许多不是，教他速改前非，不失旧好。惠公遂有疑秦之心，急急班师。干豹果劝穆公夜袭晋师，穆公曰："同为勤王而来此，虽有私怨，未可动也。"乃各归其国。

时齐桓公亦遣管仲将兵救周，闻戎兵已解，乃遣人诘责责问戎主。戎主惧齐兵威，使人谢曰："我诸戎何敢犯京师？尔甘叔招我来耳！"襄王于是逐王子带，子带出奔齐国。戎主使人诣京师，请罪求和，襄王许之。襄王追念管仲定位之功，今又有和戎之劳，乃大飨管仲，待以上卿之礼。管仲对曰："有国、高二子在，臣不敢当。"再三谦让，受下卿之礼而还。

是冬，管仲病，桓公亲往问之。见其瘠甚，乃执其手曰："仲父之疾甚矣，不幸而不起，寡人将委政于何人？"时宁戚、宾须无先后俱卒，管仲叹曰："惜哉乎，宁戚也！"桓公曰："宁戚之外，岂无人乎？吾欲任鲍叔牙，何如？"仲对曰："鲍叔牙，君子也。虽然，不可以为政。其人善恶过于分明。夫好善可也，恶恶已甚厌恶邪恶太过，人谁堪之？鲍叔牙见人之一恶，终身不忘，是其短也。"桓公曰:"隰朋何如?"仲对曰:"庶乎可矣。隰朋不耻下问,居其家不忘公门。"言毕,喟然叹曰:"天生隰朋,以为夷吾舌也。身死,舌安得独存?恐君之用隰朋不能久耳!"桓公曰:"然则易牙何如?"仲对曰:"君即不问,臣亦将言之。彼易牙、竖貂、开方三人,必不可近也!"桓公曰:"易牙烹其子,以适寡人之口,是爱寡人胜于爱子,尚可疑耶?"仲对曰:"人情莫爱于子,其子且忍之,何有于君?"桓公曰:"竖貂自宫以事寡人,是爱寡人胜于爱身,尚可疑耶?"仲对曰:"人情莫重于身,其身且忍之,何有于君?"桓公曰:"卫公子开方,去其千乘之太子,而臣于寡人,以寡人之爱幸之也。父母死不奔丧,是爱寡人胜于父母,无可疑矣。"仲对曰:"人情莫亲于父母,其父母且忍之,又何有于君?且千乘之封,人之大欲也。弃千乘而就君,其所望有过于千乘者矣。君必去之勿近,近必乱国!"桓公曰:"此三人者,事寡人久矣,仲父平日何不闻一言乎?"仲对曰:"臣之小言,将以适君之意也。譬之于水,臣为之堤防焉,勿令泛滥。今堤防去矣,将有横流之患,君必远之!"桓公默然而退。毕竟管仲性命如何,且看下回分解。

穆姬登臺要救大

第三十回　秦晋大战龙门山　穆姬登台要大赦

话说管仲于病中,嘱桓公斥远易牙、竖貂、开方三人,荐隰 xí 朋为政。左右有闻其言者,以告易牙。易牙见鲍叔牙,谓曰:"仲父之相,叔所荐也。今仲病,君往问之,乃言叔不可以为政,而荐隰朋,吾意甚不平焉。"鲍叔牙笑曰:"是乃牙之所以荐仲也。仲忠于为国,不私其友。夫使牙为司寇,驱逐佞人,则有余矣。若使国为政,即尔等何所容身乎?"易牙大惭而退。逾一日,桓公复往视仲,仲已不能言,鲍叔牙、隰朋莫不垂泪。是夜,仲卒。桓公哭之恸,曰:"哀哉,仲父! 是天折吾臂也!"使上卿高虎董监督、管理其丧,殡葬从厚。生前采邑,悉与其子,令世为大夫。易牙谓大夫伯氏曰:"昔君夺子骈邑三百以赏仲之功,今仲父已亡,子何不言于君,而取还其邑? 吾当从旁助子。"伯氏泣曰:"吾惟无功,是以失邑。仲虽死,仲之功尚在也,吾何面目求邑于君乎?"易牙叹曰:"仲死犹能使伯氏心服,吾侪真小人矣!"

且说桓公念管仲遗言,乃使公孙隰朋为政。未一月,隰朋病卒。桓公曰:"仲父其圣人乎? 何以知朋之用于吾不久也?"于是使鲍叔牙代朋之位,牙固辞。桓公曰:"今举朝无过于卿者,卿欲让之何人?"牙对曰:"臣之好善恶恶,君所知也。君必用臣,请远易牙、竖貂、开方,乃敢奉命。"桓公曰:"仲父固言之矣,寡人敢不从子!"即日罢斥三人,不许入朝相见,鲍叔牙乃受事。时有淮夷侵犯杞国,杞人告急于齐。齐桓公合宋、鲁、陈、卫、郑、许、曹七国之君,亲往救杞,迁其都于缘陵。诸侯尚从齐之令,以能用鲍叔,不改管仲之政故也。

话分两头。却说晋自惠公即位,连岁麦禾不熟,至五年,复大荒,仓廪空虚,民间绝食,惠公欲乞籴 dí 买入粮食于他邦。思想惟秦毗邻地近,且婚姻之国,但先前负约未偿,不便开言。郤芮进曰:"吾非负秦约也,特告缓其期耳。若乞籴而秦不与,秦先绝我,我乃负之有名矣。"惠公曰:"卿言是也。"乃使大夫庆郑,持宝玉如秦告籴。穆公集群臣计议:"晋许五城不与,今因饥乞籴,当与之否?"蹇叔、百里奚同声对曰:"天灾流行,何国无之,救灾恤邻,理之常也。顺理而行,天必福我。"穆公曰:"吾之施于晋已重矣。"公孙枝对曰:"若重施而获报,何损于秦? 其或不报,曲在彼矣。民憎其上,孰与我敌? 君必与之。"丕豹思念父仇,攘臂言曰:"晋侯无道,天降之灾,乘其饥而伐之,可以灭晋，此机不可失！"蹇余曰："仁者不乘危以邀利，智者不侥幸以成功。与之为当。"穆公曰："负我者，晋君也。饥者，晋民也。吾不忍以君故，迁祸于民。"于是运粟数万斛于渭水，直达河、汾、雍、绛之间，舳舻 zhú lú 船头船尾相接，命曰"泛舟之役"，以救晋之饥。晋人无不感悦。史官有诗称穆公之善云：

晋君无道致天灾，雍绛纷纷送粟来。

谁肯将恩施怨者，穆公德量果奇哉！

　　明年冬，秦国年荒，晋反大熟。穆公谓蹇叔、百里奚曰："寡人今日乃思二卿之言也，丰凶互有。若寡人去冬遏晋之籴，今日岁饥，亦难乞于晋矣。"丕豹曰："晋君贪而无信，虽乞之，必不与。"穆公不以为然，乃使冷至亦赍宝玉，如晋告籴。惠公将发河西之粟，以应秦命，郤芮进曰："君与秦粟，亦将与秦地乎？"惠公曰："寡人但与粟耳，岂与地哉？"芮曰："君之与粟为何？"惠公曰："亦报其'泛舟之役'也。"芮曰："如以泛舟为秦德，则昔年纳君，其德更大。君舍其大而报其小，何哉？"庆郑曰："臣去岁奉命乞籴于秦，秦君一诺无辞，其意甚美。今乃闭籴不与，秦怨我矣！"吕饴甥曰："秦与晋粟，非好晋也，为求地也。不与粟而秦怨，与粟而不与地，秦亦怨，均之怨也，何为与之？"庆郑曰："幸人之灾，不仁。背人之施不报答别人的帮助，不义。不义不仁，何以守国？"韩简曰："郑之言是也。使去岁秦闭我籴，君意何如？"虢射曰："去岁天饥晋以授秦，秦弗知取，而贷我粟，是甚愚也！今岁天饥秦以授晋，晋奈何逆天而不取？以臣愚意，不如约会梁伯，乘机伐秦，共分其地，是为上策。"惠公从虢射之言，乃辞冷至，曰："敝邑连岁饥馑，百姓流离，今冬稍稔 rěn 庄稼成熟，引申为丰收，流亡者渐归故里，仅能自给，不足以相济也。"冷至曰："寡君念婚姻之谊，不责地，不闭籴，固曰：'同患相恤也。'寡君济君之急，而不得报于君，下臣难以复命。"吕饴甥、郤芮大喝曰："汝前与丕郑父合谋，以重币诱我，幸天破奸谋，不堕汝计。今番又来饶舌！可归语汝君，要食晋粟，除非用兵来取！"冷至含愤而退。庆郑出朝，谓太史郭偃曰："晋侯背德怒邻，祸立至矣。"郭偃曰："今秋沙鹿山崩，草木俱偃。夫山川国之主也，晋将有亡国之祸，其在此乎？"史臣有诗讥晋惠公云：

泛舟远道赈饥穷，偏遇秦饥意不同。

自古负恩人不少，无如晋惠负秦公。

　　冷至回复秦君，言："晋不与秦粟，反欲纠合梁伯，共兴伐秦之师。"穆公大怒曰："人之无道，乃至出于意料若此！寡人将先破梁，而后伐晋。"百里奚曰："梁伯好土功指治水、筑城、建造宫殿等工程，国之旷地皆筑城建室，而无民以实之，百姓胥怨，此其不能用众助晋明矣。晋君虽无道，而吕、郤俱强力自任，若起绛州之众，必然震惊西鄙。兵法云：'先发制人。'今以君之贤，诸大夫之用命，往声晋侯负德之罪，胜可必也。因以余威，乘梁之敝，如振槁叶耳！"穆公然之。乃大起三军，留蹇叔、繇余辅太子罃守国，孟明视引兵巡边，弹压诸戎。穆公同百里奚亲将中军，西乞术、白乙丙保驾。公孙枝将右军，公子絷将左军，共车四百乘，浩浩荡荡，杀奔晋国来。

　　晋之西鄙告急于惠公，惠公问于群臣曰："秦无故兴兵犯界，何以御之？"庆郑进曰："秦兵为主上背德之故，是以来讨，何谓无故？依臣愚见，只宜引罪请和，割五城以全信，免动干戈。"惠公大怒曰："以堂堂千乘之国，而割地求和，寡人何面目为君哉？"喝令："先斩庆郑，然后发兵迎敌！"虢射曰："未出兵，先斩将，于军不利。姑赦令从征，将功折罪。"惠公准奏。当日大阅车马，选六百乘，命郤步扬、家仆徒、庆郑、蛾晰分将左右，己与虢射居中军调度，屠岸夷为先锋，离绛州望西进发。晋侯所驾之马，名曰"小驷"，乃郑国所献。其马身材小巧，毛鬣liè润泽，步骤快慢缓急安稳，惠公平昔甚爱之。庆郑又谏曰："古者出征大事，必乘本国出产之马。其马生在本土，解人心意，安其教训，服习道路，故遇战随人所使，无不如志。今君临大敌，而乘异产之马，恐不利也。"惠公叱曰："此吾惯乘，汝勿多言！"

　　却说秦兵已渡河东，三战三胜，守将皆奔窜，长驱而进，直至韩原下寨。晋惠公闻秦军至韩，乃蹙cù额曰："寇已深矣，奈何？"庆郑曰："君自招之，又何问焉？"惠公曰："郑无礼，可退！"晋兵离韩原十里下寨，使韩简往探秦兵多少。简回报曰："秦师虽少于我，然其斗气十倍于我。"惠公曰："何故？"简对曰："君始以秦近而奔梁，继以秦援而得国，又以秦赈而免饥，三受秦施而无一报。君臣积愤，是以来伐，三军皆有责负之心，其气锐甚，岂止十倍而已！"惠公愠yùn曰："此乃庆郑之语，定伯亦为此言乎？寡人当与秦决一死敌！"遂命韩简往秦军请战曰："寡人有甲车六百乘，足以待君。君若退师，寡人之愿；若其不退，寡人即欲避君，其奈此三军之士何！"穆公笑曰："孺子何骄也！"乃使公孙枝代对曰："君欲国，寡人纳之。君欲粟，寡人给之。今君欲战，寡人敢拒命乎？"韩简退曰："秦理直，吾不知死所矣！"晋惠公使郭偃卜车右，诸人莫吉，惟庆郑为可。惠公曰："郑党于秦，岂可任哉？"乃改用家仆徒为车右，而使郤步扬御车，逆秦师于韩原。

　　百里奚登垒，望见晋师甚众，谓穆公曰："晋侯将致死于我，君其勿战。"穆公指天曰："晋负我已甚，若无天道则已，天而有知，吾必胜之！"乃于龙门山下，整列以待。须臾，晋兵亦布阵毕，两阵对圆，中军各鸣鼓进兵。屠岸夷恃勇，手握浑铁枪一条，何止百斤之重，先撞入对阵，逢人便刺，秦军披靡。正遇白乙丙，两下交战，约莫五十余合，杀得性起，各跳下车来，互相扭结。屠岸夷曰："我与你拼个死活，要人帮助的，不为好汉！"白乙丙曰："正要独手擒拿你，方是英雄！"吩咐众人："都莫来！"两个拳捶脚踢，直推入阵后去了。晋惠公见屠岸夷陷阵冲入敌阵，急叫韩简、梁繇靡引军冲其左，自引家仆徒等冲其右，约于中军取齐。穆公见晋分兵两路冲来，亦分作两路迎敌。

　　且说惠公之车，正遇见公孙枝，惠公遂使家仆徒接战。那公孙枝有万夫不当之勇，家仆徒如何斗得过？惠公教步扬："用心执辔，寡人亲自助战。"公孙枝横戟大喝曰："会战者一齐上来！"只这一声喝，如霹雳震天，把个国舅虢射吓得伏于车中，不敢出气。那小驷未经战阵，亦被惊吓，不繇御人做主，向前乱跑，遂陷于泥淖之中。步扬用力鞭打，奈马小力微，拔脚不起。正在危急，恰好庆郑之车从前而过，惠公呼曰："郑速救我！"庆郑曰："虢射何在？乃呼郑耶？"惠公又呼曰："郑速将车来载寡人！"郑曰："君稳乘小驷，臣当报他人来救也！"遂催辕转左而去。步扬欲往觅他车，争奈秦兵围裹将来，不能得出。

　　再说韩简一军冲入，恰遇着秦穆公中军，遂与秦将西乞术交战，三十余合，未分胜败。蛾晰引军又到，两下夹攻，西乞术不能当，被韩简一戟刺于车下。梁繇靡大叫："败将无用之物，可协力擒捉秦君！"韩简不顾西乞术，驱率晋兵，径奔戎辂，来捉穆公。穆公叹曰："我今日反为晋俘，天道何在？"才叹一声，只见正西角上一队勇士，约三百余人，高叫："勿伤吾恩主！"穆公抬头看之，见那三百余人，一个个蓬首袒肩，脚穿草履，步行如飞，手中皆执大砍刀，腰悬弓箭，如混世魔王手下鬼兵一般，脚踪到处，将晋兵乱砍。韩简与梁繇靡慌忙迎敌。又见一人飞车从北而至，乃庆郑也，高叫："勿得恋战，主公已被秦兵困于龙门山泥泞之中，可速往救驾！"韩简等无心厮杀，撇了那一伙壮士，径奔龙门山来救晋侯。谁知晋惠公已被公孙枝所获，并家仆徒、虢射、步扬等一齐就缚，已归大寨去了。韩简顿足曰："获秦君犹可相抵，庆郑误我矣！"梁繇靡曰："君已在此，我辈何归？"遂与韩简各弃兵仗，来投秦寨，与惠公做一处。

　　再说那壮士三百余人救了秦穆公，又救了西乞术，秦兵乘胜掩杀，晋兵大溃，龙门山下尸积如山，六百乘得脱者，十分中之二三耳。庆郑闻晋君见擒，遂偷出秦军，遇蛾晰被伤在地，扶之登车，同回晋国。髯翁有诗咏韩原大战之事，诗曰：

龙门山下叹舆尸①，只为昏君不报施。

善恶两家分胜败，明明天道岂无知！

却说秦穆公还于大寨，谓百里奚曰："不听井伯之言，几为晋笑。"那壮士三百余人，一齐到营前叩首。穆公问曰："汝等何人，乃肯为寡人出死力耶？"壮士对曰："君不记昔年亡善马乎？吾等皆食马肉之人也。"原来穆公曾出猎于梁山，夜失良马数匹，使吏求之。寻至岐山之下，有野人三百余，群聚而食马肉。吏不敢惊之，趋报穆公："速遣兵往捕，可尽得。"穆公叹曰："马已死矣，又因而戮人，百姓将谓寡人贵畜而贱人也。"乃索军中美酒数十瓮，使人赍往岐下，宣君命而赐之曰："寡君有言：'食良马肉，不饮酒伤人。'今以美酒赐汝。"野人叩头谢恩，分饮其酒，齐叹曰："盗马不罪，更虑我等之伤而赐以美酒，君之恩大矣，何以报之！"至是，闻穆公伐晋，三百余人皆舍命趋至韩原，前来助战。恰遇穆公被围，一齐奋勇救出。真个是：种瓜得瓜，种豆得豆。施薄报薄，施厚报厚。有施无报，何异禽兽！穆公仰天叹曰："野人且有报德之义，晋侯独何人哉？"乃问："众人中有愿仕者，寡人能爵禄之。"壮士齐声应曰："吾侪 chái 野人，但报恩主一时之惠，不愿仕也！"穆公各赠金帛，野人不受而去。穆公叹息不已。后人有诗云：

韩原山下两交锋，晋甲重重困穆公。

当日若诛收马士，今朝焉得出樊笼？

穆公点视将校不缺，单不见白乙丙一人。使军士遍处搜寻。闻土窟中有哼声，趋往视之，乃是白乙丙与屠岸夷相持滚入窟中，各各力尽气绝，尚扭定不放手。军士将两下拆开，抬放两个车上，载回本寨。穆公问白乙丙，已不能言。有人看见他两人拼命之事，向前奏知如此如此。穆公叹曰："两人皆好汉也！"问左右："有识晋将姓名者乎？"公子絷就车中观看，奏曰："此乃勇士屠岸夷也。臣前吊晋二公子，夷亦奉本国大臣之命来迎，相遇于旅次旅途中的暂住之地，是以识之。"穆公曰："此人可留为秦用乎？"公子絷曰："弑卓子，杀里克，皆出其手。今日正当顺天行诛。"穆公乃下令将屠岸夷斩首。亲解锦袍以覆白乙丙，命百里奚先以温车载回秦国就医。丙服药，吐血数斗，半年之后，方才平复，此是后话。

再说穆公大获全胜，拔寨都起，使人谓晋侯曰："君不欲避寡人，寡人今亦不能避君，愿至敝邑而请罪焉！"惠公俯首无言。穆公使公孙枝率车百乘，

---

①舆尸：以车装运尸体。

押送晋君至秦。虢射、韩简、梁繇靡、家仆徒、郤步扬、郭偃、郤乞等，皆披发垢面，草行露宿相随，如奔丧之状。穆公复使人吊诸大夫，且慰之曰："尔君臣谓'要食晋粟，用兵来取'，寡人之留尔君，聊以致晋之粟耳，敢为已甚乎？二三子何患无君？勿过戚 悲伤，忧愁也！"韩简等再拜稽首曰："君怜寡君之愚，及于宽政，不为已甚，皇天后土，实闻君语。臣等敢不拜赐！"秦兵回至雍州界上，穆公集群臣议曰："寡人受上帝之命，以平晋乱，而立夷吾。今晋君背寡人之德，即得罪于上帝也。寡人欲用晋君，郊祀上帝，以答天贶 kuàng 上天的恩赐，何如？"公子絷曰："君言甚当。"公孙枝进曰："不可。晋大国也，吾俘虏其民，已取怨矣。又杀其君，以益其忿，晋之报秦，将甚于秦之报晋也！"公子絷曰："臣意非徒杀晋君已也，且将以公子重耳代之。杀无道而立有道，晋人德我不暇，又何怨焉？"公孙枝曰："公子重耳，仁人也。父子兄弟，相去一间耳。重耳不肯以父丧为利，其肯以弟死为利乎？若重耳不入，别立他人，与夷吾何择？如其肯入，必且为弟而仇秦。君废前德于夷吾，而树新仇于重耳，臣窃以为不可。"穆公曰："然则逐之乎？囚之乎？抑复之乎？三者孰利？"公孙枝对曰："囚之，一匹夫耳，于秦何益？逐之，必有谋纳者。不如复之。"穆公曰："不丧功乎？"枝对曰："臣意亦非徒复之已也，必使归吾河西五城之地，又使其世子圉留质于吾国，然后许成焉。如是，则晋君终身不敢恶秦，且异日父死子继，吾又以为德于圉。晋世世戴秦，利孰大乎？"穆公曰："子桑之算，及于数世矣！"乃安置惠公于灵台山之离宫，以千人守之。

穆公发遣晋侯，方欲起程，忽见一班内侍，皆服衰绖 cuī dié 丧服而至。穆公意谓有夫人之变，方欲问之，那内侍口述夫人之命，曰："上天降灾，使秦、晋两君，弃好即戎。晋君之获，亦婢子 穆姬谦称之羞也。若晋君朝入，则婢子朝死，夕入，则婢子夕死！今特使内侍以丧服迎君之师，若赦晋侯，犹赦婢子，惟君亮之！"穆公大惊，问："夫人在宫作何状？"内侍奏曰："夫人自闻晋君见获，便携太子服丧服，徒步出宫，至于后园崇台之上，立草舍而居。台下俱积薪数十层，送饔飧者履薪上下，吩咐：'只待晋君入城，便自杀于台上。纵火焚吾尸，以表兄弟之情也。'"穆公叹曰："子桑劝我，勿杀晋君。不然，几丧夫人之命矣！"于是使内侍去其衰绖，以报穆姬曰："寡人不日归晋侯也。"穆姬方才回宫。内侍跪而问曰："晋侯见利忘义，背吾君之约，又负君夫人之托，今日乃自取囚辱，夫人何为哀痛如此？"穆姬曰："吾闻'仁者虽怨不忘亲，虽怒不弃礼'。若晋侯遂死于秦，吾亦与有罪矣！"内侍无不诵君夫人之贤德。毕竟晋侯如何回国，且看下回分解。

晉惠公怒殺慶鄭

介子推割股啖君

第三十一回　晋惠公怒杀庆郑　介子推割股啖君

　　话说晋惠公因于灵台山，只道穆姬见怪，全不知衰绖逆迎接君之事，遂谓韩简曰："昔先君与秦议婚时，史苏已有'西邻责言，不利婚媾'之占。若从其言，必无今日之事矣。"简对曰："先君之败德，岂在婚秦哉？且秦不念婚姻，君何以得入？入而又伐，以好成仇，秦必不然，君其察之。"惠公嘿然同"默然"。未几，穆公使公孙枝至灵台山问候晋侯，许以复归。公孙枝曰："敝邑群臣无不欲甘心于君者，寡君独以君夫人登台请死之故，不敢伤婚姻之好。前约河外五城，可速交割，再使太子圉为质，君可归矣。"惠公方才晓得穆姬用情，愧惭无地。即遣大夫郤乞归晋，吩咐吕省以割地质子之事。省特至王城，会秦穆公，将五城地图及钱谷户口之数献之，情愿纳质归君。穆公问："太子如何不到？"省对曰："国中不和，故太子暂留敝邑，俟寡君入境之日，太子即出境矣。"穆公曰："晋国为何不和？"省对曰："君子自知其罪，惟思感秦之德。小人不知其罪，但欲报秦之仇。以此不和也。"穆公曰："汝国犹望君之归乎？"省对曰："君子以为必归，便欲送太子以和秦。小人以为必不归，坚欲立太子以拒秦。然以臣愚见，执吾君可以立威，舍吾君又可以见德，德威兼济，此伯主之所以行乎诸侯也。伤君子之心，而激小人之怒，于秦何益？弃前功而坠伯业，料君之必不然矣。"穆公笑曰："寡人意与饴甥正合！"命孟明往定五城之界，设官分守。迁晋侯于郊外之公馆，以宾礼待之。馈以七牢，遣公孙枝引兵同吕省护送晋侯归国。凡牛羊豕各一，谓之一牢，七牢，礼之厚者，此乃穆公修好之意也。

　　惠公自九月战败，因于秦，至十一月才得释。与难诸臣，一同归国，惟虢射病死于秦，不得归。蛾晰闻惠公将入，谓庆郑曰："子以救君误韩简，君是以被获。今君归，子必不免，盍奔他国以避之？"庆郑曰："军法：'兵败当死，将为虏当死。'况误君而贻以大辱，又罪之甚者？君若不还，吾亦将率其家属以死于秦，况君归矣，乃令失刑乎？吾之留此，将使君行法于我，以快君之心，使人臣知有罪之无所逃也。又何避焉？"蛾晰叹息而去。

　　惠公将至绛，太子圉率领狐突、郤芮、庆郑、蛾晰、司马说、寺人勃鞮dī等，出郊迎接。惠公在车中望见庆郑，怒从心起，使家仆徒召之来前，问曰：

"郑何敢来见寡人?"庆郑对曰:"君始从臣言报秦之施,必不伐;继从臣言,与秦讲和,必不战;三从臣言,不乘'小驷',必不败;臣之忠于君也至矣!何为不见?"惠公曰:"汝今日尚有何言?"庆郑对曰:"臣有死罪三:有忠言而不能使君必听,罪之一也;卜车右吉而不能使君必用,罪之二也;以救君召二三子而不能使君必不为人擒,罪之三也。臣请受刑,以明臣罪。"惠公不能答,使梁繇靡代数其罪。梁繇靡曰:"郑所言,皆非死法也。郑有死罪三,汝不自知乎?君在泥泞之中,急而呼汝,汝不顾,一宜死;我几获秦君,汝以救君误之,二宜死;二三子俱受执缚捆绑,汝不力战,不面伤,全身逃归,三宜死。"庆郑曰:"三军之士皆在此,听郑一言:有人能坐以待刑,而不能力战面伤者乎?"蛾晰谏曰:"郑死不避刑,可谓勇矣!君可赦之,使报韩原之仇。"梁繇靡曰:"战已败矣,又用罪人以报其仇,天下不笑晋为无人乎?"家仆徒亦谏曰:"郑有忠言三,可以赎死。与其杀之以行君之法,不若赦之以成君之仁。"梁繇靡又曰:"国所以强,惟法行也。失刑乱法,谁复知惧!不诛郑,今后再不能用兵矣!"惠公顾司马说,使速行刑,庆郑引颈受戮。髯仙有诗叹惠公器量之浅,不能容一庆郑也。诗曰:

　　　　闲桑谁教负泛舟?反容奸佞杀忠谋。
　　　　惠公褊急①无君德,只合灵台永作囚!

梁繇靡当时围住秦穆公,自谓必获,却被庆郑呼云:"急救主公!"遂弃之而去。以此深恨庆郑,必欲诛之。诛郑之时,天昏地惨,日色无光,诸大夫中多有流涕者。蛾晰请其尸葬之,曰:"吾以报载我之恩也!"惠公既归国,遂使世子圉随公孙枝入秦为质,因请屠岸夷之尸,葬以上大夫之礼,命其子嗣为中大夫。

　　惠公一日谓郤芮曰:"寡人在秦三月,所忧者惟重耳,恐其乘变求入,今日才放心也。"郤芮曰:"重耳在外,终是心腹之疾。必除了此人,方绝后患。"惠公问:"何人能为寡人杀重耳者?寡人不吝重赏。"郤芮曰:"寺人勃鞮,向年伐蒲,曾斩重耳之衣袂,常恐重耳入国,或治其罪。君欲杀重耳,除非此人可用。"惠公召勃鞮,密告以杀重耳之事。勃鞮对曰:"重耳在翟十二年矣。翟人伐咎如,获其二女,曰叔隗、季隗,皆有美色。以季隗妻重耳,而以叔隗妻赵衰,各生有子,君臣安于室家之乐,无复虞我之意。臣今往伐,翟人必助重耳兴兵拒战,胜负未卜。愿得力士数人,微行至翟,乘其出游,刺而杀之。"惠公曰:"此计大妙!"遂与勃鞮黄金百镒,使购求力士,自去行事:"限汝三日

---

①褊急:气量狭小,性情急躁。

内便要起身,事毕之日,当加重用。"自古道:若要不知,除非莫为。若要不闻,除非莫言。惠公所托,虽是勃鞮一人,内侍中多有闻其谋者。狐突闻勃鞮挥金如土,购求力士,心怀疑惑,密地里访问其故。那狐突是老国舅,那个内侍不相熟? 不免把这密谋来泄漏于狐突之耳。狐突大惊,即时密写一信,遣人星夜往翟,报与公子重耳知道。

却说重耳是日正与翟君猎于渭水之滨,忽有一人冒围而入,求见狐氏兄弟,说:"有老国舅家书在此。"狐毛、狐偃曰:"吾父素不通外信,今有家书,必然国中有事。"即召其人至前。那人呈上书信,叩了一头,转身就走。毛、偃心疑,启函读之,书中云:"主公谋刺公子,已遣寺人勃鞮,限三日内起身。汝兄弟禀知公子,速往他国,无得久延取祸。"二狐大惊,将书禀知重耳。重耳曰:"吾妻子皆在此,此吾家矣。欲去将何之?"狐偃曰:"吾之适此,非以营家,将以图国也。以力不能适远,故暂休足于此。今为日已久,宜徙大国,勃鞮之来,殆天遣之以促公子之行乎?"重耳曰:"即行,适何国为可?"狐偃曰:"齐侯虽耄,伯业尚存,收恤 收容救济 诸侯,录用贤士。今管仲、隰朋新亡,国无贤佐,公子若至齐,齐侯必然加礼。倘晋有变,又可借齐之力,以图复也。"重耳以为然。乃罢猎归,告其妻季隗曰:"晋君将使人行刺于我,恐遭毒手,将远适大国,结连秦、楚,为复国之计。子宜尽心抚育二子,待我二十五年不至,方可别嫁他人。"季隗泣曰:"男子志在四方,非妾敢留。然妾今二十五岁矣,再过二十五年,妾当老死,尚嫁人乎? 妾自当待子,子勿虑也!"赵衰亦嘱咐叔隗,不必尽述。

次早,重耳命壶叔整顿车乘,守藏小吏头须收拾金帛。正吩咐间,只见狐毛、狐偃仓皇而至,言:"父亲老国舅见勃鞮受命次日,即便起身,诚恐公子未行,难以提防,不及写书,又遣能行快走之人,星夜赶至,催促公子速速逃避,勿淹时刻!"重耳闻信,大惊曰:"鞮来何速也?"不及装束,遂与二狐徒步出于城外。壶叔见公子已行,止备犊车一乘,追上与公子乘坐。赵衰、臼季诸人陆续赶上,不及乘车,都是步行。重耳问:"头须如何不来?"有人说:"头须席卷藏中所有逃去,不知去向了。"重耳已失窠巢,又没盘费,此时情绪,好不愁闷! 事已此,不得不行,正是忙忙似丧家之犬,急急如漏网之鱼。公子出城半日,翟君始知,欲赠资装,已无及矣。有诗为证:

> 流落夷邦十二年,困龙伏蛰未升天。
>
> 豆箕何事相煎急? 道路于今又播迁。

却说惠公原限寺人勃鞮三日内起身,往翟干事,如何次日便行? 那勃鞮原是个寺人，专以献勤取宠为事。前番献公差他伐蒲，失了公子重耳，仅割到衣袂而回，料想重耳必然衔恨。今番又奉惠公之差，若能够杀却重耳，不惟与惠公立功，兼可除自己之患。故此纠合力士数人，先期疾走，正要公子不知防备，好去结果他性命。谁知老国舅两番送信，漏泄其情，比及勃鞮到翟，访问公子消息，公子已不在了。翟君亦为公子面上，吩咐关津设在关口或渡口的关卡，凡过往之人，加意盘诘，十分严紧。勃鞮在晋国，还是个近侍的宦者，今日为杀重耳而来，做了奸人刺客之流，若被盘诘，如何答应？因此过不得翟国，只得怏怏而回，复命于惠公。惠公没法，只得暂时搁起。

　　再说公子重耳一心要往齐国，却先要经繇同"由"卫国，这是"登高必自卑，行远必自迩"。重耳离了翟境，一路穷苦之状，自不必说。数日，至于卫界，关吏叩其来历。赵衰曰："吾主乃晋公子重耳，避难在外，今欲往齐，假道于上国耳。"吏开关延入，飞报卫侯。上卿宁速，请迎之入城。卫文公曰："寡人立国楚丘，并不曾借晋人半臂之力。卫、晋虽为同姓，未通盟好。况出亡之人，何关轻重？若迎之，必当设宴赠贿赠送财物，费多少事，不如逐之。"乃吩咐守门阍者，不许放晋公子入城。重耳乃从城外而行。魏犨、颠颉进曰："卫毁无礼，公子宜临城责之。"赵衰曰："蛟龙失势，比于蚯蚓。公子且宜含忍，无徒责礼于他人也。"犨、颉曰："既彼不尽主人之礼，剽掠村落，以助朝夕，彼亦难怪我矣。"重耳曰："剽掠者谓之盗，吾宁忍饿，岂可行盗贼之事乎？"

　　是日，公子君臣尚未早餐，忍饥而行。看看过午，到一处，地名五鹿，见一伙田夫同饭于陇上。重耳令狐偃问之求食。田夫问："客从何来？"偃曰："吾乃晋客，车上者乃吾主也。远行无粮，愿求一餐！"田夫笑曰："堂堂男子，不能自资，而问吾求食耶？吾等乃村农，饱食方能荷锄，焉有余食及于他人？"偃曰："纵不得食，乞赐一食器！"田夫乃戏以土块与之，曰："此土可为器也！"魏犨大骂："村夫焉敢辱吾！"夺其食器，掷而碎之。重耳亦大怒，将加鞭扑。偃急止之曰："得饭易，得土难，土地，国之基也。天假手野人，以土地授公子，此乃得国之兆，又何怒焉？公子可降拜受之。"重耳果依其言，下车拜受。田夫不解其意，乃群聚而笑曰："此诚痴人耳！"后人有诗曰：

　　　　土地应为国本基，皇天假手慰艰危。

　　　　高明子犯窥先兆，田野愚民反笑痴。

　　再行约十余里，从者饥不能行，乃休于树下。重耳饥困，枕狐毛之膝而卧。狐毛曰："子余尚携有壶餐，其行在后，可俟之。"魏犨曰："虽有壶餐，不够子余一人之食，料无存矣。"众人争采蕨薇 jué wēi 野菜煮食，重耳不能下咽。

忽见介子推捧肉汤一盂以进,重耳食之而美。食毕,问:"此处何从得肉?"介子推曰:"臣之股肉也。臣闻'孝子杀身以事其亲,忠臣杀身以事其君'。今公子乏食,臣故割股以饱公子之腹。"重耳垂泪曰:"亡人累子甚矣! 将何以报?"子推曰:"但愿公子早归晋国,以成臣等股肱之义,臣岂望报哉!"髯仙有诗赞云:

> 孝子重归全,亏体谓亲辱。
>
> 嗟嗟介子推,割股充君腹。
>
> 委质称股肱,腹心同祸福。
>
> 岂不念亲遗,忠孝难兼局。
>
> 彼哉私身家,何以食君禄?

良久,赵衰始至。众人问其行迟之故,衰曰:"被棘刺损足胫,故不能前。"乃出竹笥中壶餐,以献于重耳。重耳曰:"子余不苦饥耶? 何不自食?"衰对曰:"臣虽饥,岂敢背君而自食耶?"狐毛戏魏犨曰:"此浆若落子手,在腹中且化矣。"魏犨惭而退。重耳即以壶浆赐赵衰,衰汲水调之,遍食从者。重耳叹服。重耳君臣一路觅食,半饥半饱,至于齐国。

齐桓公素闻重耳贤名,一知公子进关,即遣使往郊,迎入公馆,设宴款待。席间问:"公子带有内眷否?"重耳对曰:"亡人一身不能自卫,安能携家乎?"桓公曰:"寡人独处一宵,如度一年。公子绁在行旅,而无人以侍巾栉,寡人为公子忧之!"于是择宗女中之美者,纳于重耳。赠马二十乘,自是从行之众。皆有车马。桓公又使廪人致粟,庖人致肉,日以为常。重耳大悦,叹曰:"向闻齐侯好贤礼士,今始信之! 其成伯,不亦宜乎?"其时周襄王之八年,乃齐桓公之四十二年也。

桓公自从前岁委政鲍叔牙,一依管仲遗言,将竖貂、雍巫、开方三人逐去,食不甘味,夜不醋寝,口无谑语调笑的话,面无笑容。长卫姬进曰:"君逐竖貂诸人,而国不加治,容颜日悴,意者左右使令供使唤的人,不能体君之心,何不召之?"桓公曰:"寡人亦思念此三人,但已逐之,而又召之,恐拂鲍叔牙之意也。"长卫姬曰:"鲍叔牙左右,岂无给使令者? 君老矣,奈何自苦如此! 君但以调味,先召易牙,则开方、竖貂可不烦招而致也。"桓公从其言,乃召雍巫和五味。鲍叔牙谏曰:"君岂忘仲父遗言乎? 奈何召之?"桓公曰:"此三人有益于寡人,而无害于国。仲父之言,无乃太过!"遂不听叔牙之言,并召开方、竖貂。三人同时皆令复职,给事左右。鲍叔牙愤郁发病而死,齐事从此大坏矣。后来毕竟如何,且看下回分解。

曇鸞兒喻
塘殉節

群公
子大
鬧朝
堂

第三十二回　晏蛾儿逾墙殉节　群公子大闹朝堂

话说齐桓公背了管仲遗言，复用竖貂、雍巫、开方三人，鲍叔牙谏诤不从，发病而死。三人益无忌惮，欺桓公老耄无能，遂专权用事。顺三人者，不贵亦富，逆三人者，不死亦逐。这话且搁过一边。

且说是时有郑国名医，姓秦，名缓，字越人，寓于齐之卢村，因号卢医。少时开邸舍，有长桑君来寓，秦缓知其异人，厚待之，不责其直同"值"，价值。长桑君感之，授以神药，以上池水服之，眼目如镜，暗中能见鬼物，虽人在隔墙，亦能见之，以此视人病症，五脏六腑无不洞烛，特以诊脉为名耳。古时有个扁鹊，与轩辕黄帝同时，精于医药。人见卢医手段高强，遂比之古人，亦号为扁鹊先生。扁鹊曾游虢国，适值虢太子暴蹶突然昏倒而死，扁鹊过其宫中，自言能医。内侍曰："太子已死矣，安能复生？"扁鹊曰："请试之。"内侍报知虢公，虢公流泪沾襟，延扁鹊入视。扁鹊教其弟子阳厉用砭石针之，须臾，太子苏，更进以汤药，过二旬复故。世人共称扁鹊有回生起死之术。扁鹊周游天下，救人无数。一日，游至临淄，谒见齐桓公，奏曰："君有病在腠理，不治将深。"桓公曰："寡人不曾有疾。"扁鹊出。后五日复见，奏曰："君病在血脉，不可不治。"桓公不应。后五日又见，奏曰："君之病已在肠胃矣，宜速治也！"桓公复不应。扁鹊退，桓公叹曰："甚矣，医人之喜于见功也！无疾而谓之有疾。"过五日，扁鹊又求见，望见桓公之色，退而却走。桓公使人问其故，曰："君之病在骨髓矣！夫腠理，汤熨之所及也。血脉，针砭之所及也。肠胃，酒醪láo 浊酒之所及也。今在骨髓，虽司命掌管人生死的神其奈之何？臣是以不言而退也。"又过五日，桓公果病，使人召扁鹊，其馆人曰："秦先生五日前已束装而去矣。"桓公懊悔无已。

桓公先有三位夫人，曰王姬、徐姬、蔡姬，皆无子。王姬、徐姬相继先卒，蔡姬退回蔡国。以下又有如夫人六位，俱因他得君宠爱，礼数与夫人无别，故谓之如夫人。六位各生一子：第一位长卫姬，生公子无亏；第二位少卫姬，生公子元；第三位郑姬，生公子昭；第四位葛嬴，生公子潘；第五位密姬，生公子商人；第六位宋华子，生公子雍。其余姜媵，有子者尚多，不在六位如夫人之数。那六位如夫人中，惟长卫姬事桓公最久。六位公子中，亦惟无亏年齿最长。桓公嬖臣雍巫、竖貂，俱与卫姬相善，巫、貂因请于桓公，许立无亏为嗣。后又爱公子昭之贤，与管仲商议，在葵丘会上，嘱咐宋襄公，以昭为太子。卫公子开方独与公子潘相善，亦为潘谋嗣立。公子商人性喜施予，颇得民心，因母密姬有宠，未免萌觊觎之心。内中只公子雍出身微贱，安分守己。其他五位公子，各树党羽，互相猜忌，如五只大虫，各藏牙爪，专等人来搏噬。桓公虽然是个英主，却不道剑老无芒，人老无刚，他做了多年的侯伯，志足意满，且是耽于酒色之人，不是个清心寡欲的，到今日衰耄之年，志气自然昏惰了。况又小人用事，蒙蔽耳目，但知乐境无忧境，不听忠言听谀言。那五位公子，各使其母求为太子，桓公也一味含糊答应，全没个处分的道理。正所谓："人无远虑，必有近忧。"

忽然桓公疾病，卧于寝室。雍巫见扁鹊不辞而去，料也难治了，遂与竖貂商议出一条计策，悬牌宫门，假传桓公之语。牌上写道：

　　　　寡人有怔忡之疾，恶闻人声，不论群臣子姓，一概不许入宫，着寺
　　貂紧守宫门，雍巫率领宫甲巡逻。一应国政，俱俟寡人病痊日奏闻。

巫、貂二人假写悬牌，把住宫门，单留公子无亏住长卫姬宫中，他公子问安，不容入宫相见。过三日，桓公未死，巫、貂将他左右侍卫之人，不问男女，尽行逐出，把宫门塞断。又于寝室周围，筑起高墙三丈，内外隔绝，风缝不通。止存墙下一穴，如狗窦 dòu 一般，早晚使小内侍钻入，打探生死消息。一面整顿宫甲，以防群公子之变，不在话下。

再说桓公伏于床上，起身不得，呼唤左右，不听得一人答应，光着两眼，呆呆而看。只见扑蹋一声，似有人自上而坠，须臾推窗入来。桓公睁目视之，乃贱妾晏蛾儿也。桓公曰："我腹中觉饿，正思粥饮，为我取之！"蛾儿对曰："无处觅粥饮。"桓公曰："得热水亦可救渴。"蛾儿对曰："热水亦不可得。"桓公曰："何故？"蛾儿对曰："易牙与竖貂作乱，守禁宫门，筑起三丈高墙，隔绝内外，不许人通，饮食从何处而来？"桓公曰："汝如何得至于此？"蛾儿对曰："妾曾受主公一幸之恩，是以不顾性命，逾墙而至，欲以视君之瞑闭眼，引申为去世也。"桓公曰："太子昭安在？"蛾儿对曰："被二人阻挡在外，不得入宫。"桓公叹曰："仲父不亦圣乎？圣人所见，岂不远哉！寡人不明，宜有今日。"乃奋气大呼曰："天乎！天乎！小白乃如此终乎？"连叫数声，吐血数口，谓蛾儿曰："我有宠妾六人，子十余人，无一人在目前者。单只你一人送终，深愧平日未曾厚汝。"蛾儿对曰："主公请自保重，万一不幸，妾情愿以死送君！"桓公叹曰："我死若无知则已，若有知，何面目见仲父于地下？"乃以衣袂自掩其

面,连叹数声而绝。计桓公即位于周庄王十二年之夏五月,薨于周襄王九年之冬十月,在位共四十有三年,寿七十三岁。潜渊先生有诗单赞桓公好处:

> 姬辙东迁纲纪亡,首倡列国共尊王。
>
> 南征僭楚包茅贡,北启顽戎朔漠疆。
>
> 立卫存邢仁德著,定储明禁义声扬。
>
> 正而不谲《春秋》许,五伯之中业最强。

髯仙又有一绝,叹桓公一生英雄,到头没些结果。诗云:

> 四十余年号方伯,南摧西抑雄无敌。
>
> 一朝疾卧牙貂狂,仲父原来死不得。

晏蛾儿见桓公命绝,痛哭一场,欲待叫唤外人,奈墙高声不得达,欲待逾墙而出,奈墙内没有衬脚之物,左思右想,叹口气曰:"吾曾有言:'以死送君'。若殡殓之事,非妇人所知也!"乃解衣以覆桓公之尸,复肩负窗槅二扇以盖之,权当掩覆之意。向床下叩头曰:"君魂且勿远去,待妾相随!"遂以头触柱,脑裂而死。贤哉此妇也!

是夜,小内侍钻墙穴而入,见寝室堂柱之下,血泊中挺着一个尸首,惊忙而出,报与巫、貂二人曰:"主公已触柱自尽矣!"巫、貂二人不信,使内侍辈掘开墙垣,二人亲自来看,见是个妇人尸首,大惊。内侍中有认得者,指曰:"此晏蛾儿也。"再看牙床之上,两扇窗槅 gé 窗上的格子,掩盖着个不言不动、无知无觉的齐桓公。呜呼哀哉,正不知几时气绝的。

竖貂便商议发丧之事,雍巫曰:"且慢,且慢,必须先定了长公子的君位,然后发丧,庶免争竞。"竖貂以为然。当下二人同到长卫姬宫中,密奏曰:"先公已薨逝矣!以长幼为序,合当夫人之子。但先公存日,曾将公子昭嘱托宋公,立为太子,群臣多有知者;倘闻先公之变,必然辅助太子。依臣等之计,莫若乘今夜仓卒之际,即率本宫甲士,逐杀太子,而奉长公子即位,则大事定矣!"长卫姬曰:"我妇人也,惟卿等好为之!"于是雍巫、竖貂各率宫甲数百,杀入东宫,来擒世子。

且说世子昭不得入宫问疾,闷闷不悦。是夕方挑灯独坐,恍惚之间,似梦非梦,见一妇人前来谓曰:"太子还不速走,祸立至矣!妾乃晏蛾儿也,奉先公之命,特来相报。"昭方欲叩之,妇人把昭一推,如坠万丈深渊,忽然惊醒,不见了妇人。此兆甚奇,不可不信,忙呼侍者取行灯相随,开了便门,步至上卿高虎之家,急扣其门。高虎迎入,问其来意,公子昭诉称如此。高虎曰:"主公抱病半月,被奸臣隔绝内外,声息不通。世子此梦,凶多吉少。梦中口称先公,主公必已薨逝了。宁可信其有,不可信其无,世子且宜暂出境外,以防不测。"昭曰:"何处可以安身?"高虎曰:"主公曾将世子嘱咐宋公,今宜适宋,宋公必能相助。虎乃守国之臣,不敢同世子出奔。吾有门下士崔夭,见管东门锁钥,吾使人吩咐开门,世子可乘夜出城也。"言之未已,阍人传报:"宫甲围了东宫。"吓得世子昭面如土色。高虎使昭变服,与从人一般,差心腹人相随,至于东门,传谕崔夭,令开钥放出世子。崔夭曰:"主公存亡未知,吾私放太子,罪亦不免。太子无人侍从,如不弃崔夭,愿一同奔宋。"世子昭大喜曰:"汝若同行,吾之愿也!"当下开了城门,崔夭见有随身车仗,让世子登车,自己执辔,望宋国急急而去。

话分两头。却说巫、貂二人率领宫甲,围了东宫,遍处搜寻,不见世子昭的踪影。看看鼓打四更,雍巫曰:"吾等擅围东宫,不过出其不意,若还迟至天明,被他公子知觉,先据朝堂,大事去矣。不如且归宫,拥立长公子,看群情如何,再作道理。"竖貂曰:"此言正合吾意。"二人收甲,未及还宫,但见朝门大开,百官纷纷而集,不过是高氏、国氏、管氏、鲍氏、陈氏、隰氏、南郭氏、北郭氏、闾丘氏这一班子孙臣庶,其名也不可尽述。这些众官员闻说巫、貂二人,率领许多甲士出宫,料必宫中有变,都到朝房打听消息。宫内已漏出齐侯凶信了。又闻东宫被围,不消说得,是奸臣乘机作乱。"那世子是先公所立,若世子有失,吾等何面目为齐臣?"三三两两,正商议去救护世子。恰好巫、貂二人兵转,众官员一拥而前,七嘴八张的都问道:"世子何在?"雍巫拱手答曰:"世子无亏,今在宫中。"众人曰:"无亏未曾受命册立,非吾主也,还我世子昭来!"竖貂仗剑大言曰:"昭已逐去了! 今奉先公临终遗命,立长子无亏为君,有不从者,剑下诛之。"众人愤愤不平,乱嚷乱骂:"都是你这班奸佞,欺死蔑生,擅权废置。你若立了无亏,吾等誓不为臣!"大夫管平挺身出曰:"今日先打死这两个奸臣,除却祸根,再作商议。"手挺牙笏,望竖貂顶门便打。竖貂用剑架住。众官员却待上前相助,只见雍巫大喝曰:"甲士们,今番还不动手,平日养你们何干?"数百名甲士各挺器械,一齐发作,将众官员乱砍。众人手无兵器,况且寡不敌众,弱不敌强,如何支架得来? 正是:"白玉阶前为战地,金銮殿上见阎王。"百官死于乱军之手者,十分之三。其余带伤者甚多,俱乱窜出朝门去了。

再说巫、貂二人,杀散了众百官,天已大明,遂于宫中扶出公子无亏,至朝堂即位。内侍们鸣钟击鼓,甲士环列两边,阶下拜舞称贺者,刚刚只有雍巫、竖貂二人。无亏又惭又怒。雍巫奏曰:"大丧未发,群臣尚未知送旧,安知迎新乎？此事必须召国、高二老入朝，方可号召百官，压服人众。"无亏准奏，即遣内侍分头宣召右卿国懿仲、左卿高虎。这两位是周天子所命监国之臣，世为上卿，群僚钦服，所以召之。国懿仲与高虎闻内侍将命，知齐侯已死，且不具朝服，即时披麻带孝，入朝奔丧。巫、貂二人急忙迎住于门外，谓曰："今日新君御殿，老大夫权且从吉。"国、高二老齐声答曰："未殡旧君，先拜新君，非礼也。谁非先公之子，老夫何择，惟能主丧者，则从之。"巫、貂语塞。国、高乃就门外，望空再拜，大哭而出。无亏曰："大丧未殡，群臣又不服，如之奈何？"竖貂曰："今日之事，譬如搏虎，有力者胜。主上但据住正殿，臣等列兵两庑，俟公子有入朝者，即以兵劫之。"无亏从其言。长卫姬尽出本宫之甲，凡内侍悉令军装，宫女长大有力者，亦凑甲士之数，巫、貂各统一半，分布两庑。不在话下。

且说卫公子开方闻巫、貂拥立无亏，谓葛嬴之子潘曰："太子昭不知何往，若无亏可立，公子独不可立乎？"乃悉起家丁死士，列营于右殿。密姬之子商人与少卫姬之子元共议："同是先公骨血，江山莫不有分。公子潘已据右殿，吾等同据左殿。世子昭若到，大家让位，若其不来，把齐国四分均分。"元以为然。亦各起家甲，及平素所养门下之士，成队而来。公子元列营于左殿，公子商人列营于朝门，相约为犄角之势。巫、貂畏三公子之众，牢把正殿，不敢出攻。三公子又畏巫、貂之强，各守军营，谨防冲突。正是："朝中成敌国，路上绝行人。"有诗为证：

> 凤阁龙楼虎豹嘶，纷纷戈甲满丹墀。
> 分明四虎争残肉，那个降心肯伏低？

其时只有公子雍怕事，出奔秦国去讫，秦穆公用为大夫，不在话下。

且说众官知世子出奔，无所朝宗，皆闭门不出。惟有老臣国懿仲、高虎心如刀刺，只想解结解除仇怨，未得其策。如此相持，不觉两月有余。高虎曰："诸公子但知夺位，不思治丧，吾今日当以死争。"国懿仲曰："子先入言，我则继之，同舍一命，以报累朝爵禄之恩可也。"高虎曰："只我两人开口，济得甚事？凡食齐禄者，莫非臣子，吾等沿门唤集，同到朝堂，且奉公子无亏主丧何如？"懿仲曰："立子以长，立无亏不为无名。"于是分头四下，招呼群臣，同去哭临。众官员见两位老大夫做主，放着胆各具丧服，相率入朝。寺貂拦住问曰："老大夫此来何意？"高虎曰："彼此相持，无有了期。吾等专请公子主丧而来，无他意也。"貂乃揖虎而进。虎将手一招，国懿仲同群臣俱入，直至朝堂，告无亏曰："臣等闻'父母之恩，犹天地也'。故为人子者，生则致敬，死则殡葬，未闻父死不殓而争富贵者。且君者臣之表，君既不孝，臣何忠焉？今先君已死六十七日矣，尚未入棺，公子虽御正殿，于心安乎？"言罢，群臣皆伏地痛哭。无亏亦泣下曰："孤之不孝，罪通于天。孤非不欲成丧礼，其如元等之见逼何？"国懿仲曰："太子已外奔，惟公子最长。公子若能主丧事，收殓先君，大位自属。公子元等虽分据殿门，老臣当以义责之，谁敢与公子争者！"无亏收泪下拜曰："此孤之愿也。"高虎吩咐巫、貂仍守殿庑，群公子但衰麻入临者，便放入宫，如带挟兵仗者，即时拿住正罪。寺貂先至寝宫，安排殡殓。

却说桓公尸在床上，日久无人照顾，虽则冬天，血肉狼藉，尸气所蒸，生虫如蚁，直散出于墙外。起初众人尚不知虫从何来，及入寝室，发开窗槅，见虫攒尸骨，无不凄惨。无亏放声大哭，群臣皆哭。即日取梓 zǐ 棺盛殓，皮肉皆腐，仅以袍带裹之，草草而已。惟晏蛾儿面色如生，形体不变，高虎等知为忠烈之妇，叹息不已，亦命取棺殓之。高虎等率群臣奉无亏居主丧之位，众人各依次哭临。是夜，同宿于枢侧。却说公子元、公子潘、公子商人，列营在外，见高、国老臣率群臣丧服入内，不知何事。后闻桓公已殡，群臣俱奉无亏主丧，戴以为君，各相传语，言："高、国为主，吾等不能与争矣！"乃各散去兵众，俱衰麻入宫奔丧，兄弟相见，各各大哭。当时若无高、国说下无亏，此事不知如何结局也！胡曾先生有诗叹曰：

> 违背忠臣宠佞臣，致令骨肉肆纷争。
>
> 若非高国行和局，白骨堆床葬不成。

却说齐世子昭逃奔宋国，见了宋襄公，哭拜于地，诉以雍巫、竖貂作乱之事。其时，宋襄公乃集群臣问曰："昔齐桓公曾以公子昭嘱托寡人，立为太子，屈指十年矣。寡人中心藏之，不敢忘也。今巫、貂内乱，太子见逐，寡人欲约会诸侯，共讨齐罪，纳昭于齐，定其君位而返。此举若遂，名动诸侯，便可倡率会盟，以绍桓公之伯业，卿等以为何如？"忽有一大臣出班奏曰："宋国有三不如齐，焉能伯诸侯乎？"襄公视之，其人乃桓公之长子，襄公之庶兄，因先年让国不立，襄公以为上卿，公子目夷字子鱼也。襄公曰："子鱼言'三不如齐'，其故安在？"目夷曰："齐有泰山、渤海之险，琅琊、即墨之饶，我国小土薄，兵少粮稀，一不如也。齐有高、国世卿，以干其国，有管仲、宁戚、隰朋、鲍叔牙以谋其事，我文武不具，贤才不登，二不如也。桓公北伐山戎，俞儿开道，猎于郊外，委蛇现形。我今年春正月，五星陨地，俱化为石，二月又有大风之异，六鹢 yì 退飞，此乃上而降下，求进反退之象，三不如也。有此三不如齐，自保且不暇，何暇顾他人乎？"襄公曰："寡人以仁义为主，不救遗孤，非仁也。受人嘱而弃之，非义也。"遂以纳太子昭，传檄诸侯，约以来年春正月，共集齐郊。檄至卫国，卫大夫宁速进曰："立子以嫡，无嫡立长，礼之常也。无亏年长，且有戍卫之劳，于我有恩，愿君勿与。"卫文公曰："昭已立为世子，天下莫不知之。夫戍卫，私恩也，立世子，公义也。以私废公，寡人不为也。"檄至鲁国，鲁僖公曰："齐侯托昭于宋，不托寡人，寡人惟知长幼之序矣。若宋伐无亏，寡人当救之。"

周襄王十年，齐公子无亏元年三月，宋襄公亲合卫、曹、邾三国之师，奉世子昭伐齐，屯兵于郊。时雍巫已进位中大夫，为司马，掌兵权矣。无亏使统兵出城御敌，寺貂居中调度，高、国二卿分守城池。高虎谓国懿仲曰："吾之立无亏，为先君之未殡，非奉之也。今世子已至，又得宋助，论理则彼顺，较势则彼强。且巫、貂戕杀百官，专权乱政，必为齐患。不若乘此除之，迎世子奉以为君，则诸公于绝觊觎之望，而齐有泰山之安矣。"懿仲曰："易牙统兵驻郊，吾召竖貂，托以议事，因而杀之，率百官奉迎世子，以代无亏之位。吾谅易牙无能为也。"高虎曰："此计大妙！"乃伏壮士于城楼，托言机密重事，使人请竖貂相会。正是："做就机关擒猛虎，安排香饵钓鳌鱼。"不知竖貂性命如何，且看下回分解。

宋公伐齊納子昭

楚王伏兵叔敖盟主

第三十三回　宋公伐齐纳子昭　楚王伏兵劫盟主

话说高虎乘雍巫统兵出城，遂伏壮士于城楼，使人请竖貂议事。竖貂不疑，昂然而来。高虎置酒楼中相待，三杯之后，高虎开言："今宋公纠合诸侯，起大兵送太子到此，何以御之？"竖貂曰："已有易牙统兵出郊迎敌矣。"虎曰："众寡不敌，奈何？老夫欲借重吾子，以救齐难。"竖貂曰："貂何能为？如老大夫有差遣，惟命是听！"虎曰："欲借子之头，以谢罪于宋耳！"刁愕然遽起。虎顾左右喝曰："还不下手！"壁间壮士突出，执竖貂斩之。虎遂大开城门，使人传呼曰："世子已至城外，愿往迎者随我！"国人素恶雍巫、竖貂之为人，因此不附无亏，见高虎出迎世子，无不攘臂乐从，随行者何止千人。国懿仲入朝，直叩宫门，求见无亏，奏言："人心思戴世子，相率奉迎，老臣不能阻当，主公宜速为避难之计。"无亏问："雍巫、竖貂安在？"懿仲曰："雍巫胜败未知，竖貂已为国人所杀矣。"无亏大怒曰："国人杀竖貂，汝安得不知？"顾左右欲执懿仲，懿仲奔出朝门。

无亏带领内侍数十人，乘一小车，愤然仗剑出宫，下令欲发丁壮授甲，亲往御敌。内侍辈东唤西呼，国中无一人肯应，反叫出许多冤家出来。正是：

恩德终须报，冤仇撤不开。从前作过事，没兴一齐来。

这些冤家，无非是高氏、国氏、管氏、鲍氏、宁氏、陈氏、晏氏、东郭氏、南郭氏、北郭氏、公孙氏、闾丘氏众官员子姓。当初只为不附无亏，被雍巫、竖貂杀害的，其家属人人含怨，个个衔冤，今日闻宋君送太子入国，雍巫统兵拒战，论起私心，巴不得雍巫兵败。又怕宋国兵到，别有一番杀戮之惨，大家怀着鬼胎。及闻高老相国杀了竖貂，往迎太子，无不喜欢，都道："今日天眼方开！"齐带器械防身，到东门打探太子来信，恰好撞见无亏乘车而至，仇人相见，分外眼睁，一人为首，众人相助，各各挺着器械，将无亏围住。内侍喝道："主公在此，诸人不得无礼！"众人道："那里是我主公！"便将内侍乱砍，无亏抵挡不住，急忙下车逃走，亦被众人所杀。东门鼎沸比喻吵闹、乱糟糟的样子，却得国懿仲来抚慰一番，众人方才分散。懿仲将无亏尸首抬至别馆殡殓，一面差人飞报高虎。

再说雍巫正屯兵东关，与宋相持，忽然军中夜乱，传说："无亏、竖貂俱死,高虎相国率领国人,迎接太子昭为君,吾等不可助逆。"雍巫知军心已变,心如芒刺,急引心腹数人,连夜逃奔鲁国去讫。天明,高虎已到,安抚雍巫所领之众,直至郊外,迎接世子昭,与宋、卫、曹、邾四国请和,四国退兵。高虎奉世子昭行至临淄城外,暂停公馆,使人报国懿仲整备法驾,同百官出迎。

却说公子元、公子潘闻知其事,约会公子商人一同出郭奉迎新君。公子商人怫(fú)然不悦的样子曰:"我等在国奔丧,昭不与哭泣之位,今乃借宋兵威,以少凌长,强夺齐国,于理不顺。闻诸侯之兵已退,我等不如各率家甲,声言为无亏报仇,逐杀子昭。吾等三人中,凭大臣公议一人为君,也免得受宋国节制,灭了先公盟主的志气。"公子元曰:"若然,当奉宫中之令而行,庶为有名。"乃入宫禀知长卫姬。长卫姬泣曰:"汝能为无亏报仇,我死无恨矣。"即命纠集无亏旧日一班左右人众,合着三位公子之党,同拒世子。竖貂手下亦有心腹,欲为其主报仇,也来相助,分头据住临淄城各门。国懿仲畏四家人众,将府门紧闭,不敢出头了。高虎谓世子昭曰:"无亏、竖貂虽死,余党尚存,况有三公子为主,闭门不纳,若欲求入,必须交战,倘战而不胜,前功尽弃,不如仍走宋国求救为上。"世子昭曰:"但凭国老主张。"高虎乃奉世子昭复奔宋国。

宋襄公才班师及境,见世子昭来到,大惊,问其来意。高虎一一告诉明白。襄公曰:"此寡人班师太早之故也。世子放心,有寡人在,何愁不入临淄哉?"即时命大将公孙固增添车马。先前有卫、曹、邾三国同事,止用二百乘,今日独自出车,加至四百乘。公子荡为先锋,华御事为合后,亲将中军,护送世子,重离宋境,再入齐郊。时有高虎前驱,把关将吏,望见是高相国,即时开门延入,直逼临淄下寨。宋襄公见国门紧闭,吩咐三军准备攻城器具。城内公子商人谓公子元、公子潘曰:"宋若攻城,必然惊动百姓。我等率四家之众,乘其安息未定,合力攻之。幸而胜固善,不幸而败,权且各图避难,再作区处。强如死守于此,万一诸侯之师毕集,如之奈何?"元、潘以为然。乃于是日,夜开城门,各引军出来劫宋寨,不知虚实,单劫了先锋公子荡的前营。荡措手不及,弃寨而奔。中军大将公孙固闻前寨有失,急引大军来救。后军华御事同齐国老大夫高虎,亦各率部下接应。两下混战,直至天明。四家党羽虽众,各为其主,人心不齐,怎当得宋国大兵。当下混战了一夜,四家人众,被宋兵杀得七零八落。公子元恐世子昭入国,不免于祸,乘乱引心腹数人,逃奔卫国避难去讫。公子潘、公子商人收拾败兵入城,宋兵紧随其后,不能闭门,崔夭为世子昭御车,长驱直入。上卿国懿仲闻四家兵散,世子已进城，乃聚集百官，同高虎拥立世子昭即位。即以本年为元年，是为孝公。孝公嗣位，论功行赏，进崔夭为大夫。大出金帛，厚犒宋军。襄公留齐境五日，方才回宋。时鲁僖公起大兵来救无亏，闻孝公已立，中道而返，自此鲁、齐有隙，不在话下。

再说公子潘与公子商人计议，将出兵拒敌之事，都推在公子元身上。国、高二国老，明知四家同谋，欲孝公释怨修好，单治首乱雍巫、竖貂二人之罪，尽诛其党，余人俱赦不问。是秋八月，葬桓公于牛首坬之上，连起三大坟，以晏蛾儿附葬于旁，另起一小坟。又为无亏、公子元之故，将长卫姬、少卫姬两宫内侍宫人，悉令从葬，死者数百人。后至晋永嘉末年，天下大乱，有村人发桓公冢，冢前有水银池，寒气触鼻，人不敢入，经数日，其气渐消。乃牵猛犬入冢中，得金蚕数十斛，珠襦玉匣，缯彩军器，不可胜数，冢中骸骨狼藉，皆殉葬之人也。足知孝公当日葬父之厚矣。亦何益哉！髯仙有诗云：

疑冢三堆峻似山，金蚕玉匣出人间。

从来厚蓄多遭发，薄葬须知不是悭。

话分两头。却说宋襄公自败了齐兵，纳世子昭为君，自以为不世奇功，便想号召诸侯，代齐桓公为盟主。又恐大国难致，先约滕、曹、邾、鄫 zēng 小国，为盟于曹国之南。曹、邾二君到后，滕子婴齐方至。宋襄不许婴齐与盟，拘之一室。鄫君惧宋之威，亦来赴会，已逾期二日矣。宋襄公问于群臣曰："寡人甫 刚刚 倡盟好，鄫小国，辄敢怠慢，后期二日，不重惩之，何以立威！"大夫公子荡进曰："向者齐桓公南征北讨，独未服东夷之众。君欲威中国，必先服东夷，欲服东夷，必用鄫子。"襄公曰："用之何如？"公子荡曰："睢水之次，有神能致风雨，东夷皆立社祠之，四时不缺。君诚用鄫子为牺牲，以祭睢神，不惟神将降福，使东夷闻之，皆谓君能生杀诸侯，谁不耸惧来服？然后借东夷之力，以征诸侯，伯业成矣。"上卿公子目夷谏曰："不可，不可！古者小事不用大牲，重物命也，况于人乎？夫祭祀，以为人祈福也。杀人以祈人福，神必不飨。且国有常祀，宗伯所掌。睢水河神，不过妖鬼耳！夷俗所祀，君亦祀之，未见君之胜于夷也，而谁肯服之？齐桓公主盟四十年，存亡继绝，岁有德施于天下。今君才一举盟会，而遂戮诸侯以媚妖神，臣见诸侯之惧而叛我，未见其服也。"公子荡曰："子鱼之言谬 miù 错误 矣！君之图伯与齐异。齐桓公制国二十余年，然后主盟，君能待乎？夫缓则用德，急则用威，迟速之序，不可不察也。不同夷，夷将疑我；不惧诸侯，诸侯将玩我。内玩而外疑，何以成伯？昔武王斩纣头，悬之太白旗，以得天下，此诸侯之行于天子者也，而何有于小国之君？君必用之。”

　　襄公本心急于欲得诸侯，遂不听目夷之言，使邾文公执鄫子杀而烹之，以祭睢水之神。遣人召东夷君长，俱来睢水会祭。东夷素不习宋公之政，莫有至者。滕子婴齐大惊，使人以重赂求释，乃解婴齐之囚。曹大夫僖负羁谓曹共公襄曰：“宋躁而虐，事必无成，不如归也。”共公辞归，遂不具地主之礼。襄公怒，使人责之曰：“古者国君相见，有脯<small>㿝肉干</small>资饩牢，以修宾主之好。寡君逗留于君之境上，非一日矣。三军之众，尚未知主人之所属。愿君图之！”僖负羁对曰：“夫授馆致饩，朝聘之常礼也。今君以公事涉于南鄙，寡人亟于奔命，未及他图。今君责以主人之礼，寡君愧甚，惟君恕之！”曹共公遂归。襄公大怒，传令移兵伐曹。公子目夷又谏曰：“昔齐桓公会盟之迹，遍于列国，厚往薄来<small>给予丰厚而接受微薄</small>，不责其施，不诛其不及，所以宽人之力，而恤人之情也。曹之缺礼，于君无损，何必用兵？”襄公不听，使公子荡将兵车三百乘，伐曹围其城。僖负羁随方设备<small>依据情势加以防备</small>，与公子荡相持三月，荡不能取胜。是时，郑文公首先朝楚，约鲁、齐、陈、蔡四国之君，与楚成王为盟于齐境。宋襄公闻之大惊。一来恐齐、鲁两国之中，或有倡伯者，宋不能与争，二来又恐公子荡攻曹失利，挫了锐气，贻笑于诸侯，乃召荡归。曹共公亦恐宋师再至，遣人至宋谢罪。自此宋、曹相睦如初。

　　再说宋襄公一心求伯，见小国诸侯纷纷不服，大国反远与楚盟，心中愤急，与公子荡商议。公子荡进曰：“当今大国，无过齐、楚。齐虽伯主之后，然纷争方定，国势未张。楚僭<small>jiàn越级</small>王号，乍通中国，诸侯所畏。君诚不惜卑词厚币，以求诸侯于楚，楚必许之。借楚力以聚诸侯，复借诸侯以压楚，此一时权宜之计也。”公子目夷又谏曰：“楚有诸侯，安肯与我？我求诸侯于楚，楚安肯下我？恐争端从此开矣！”襄公不以为然。即命公子荡以厚赂如楚，求见楚成王。成王问其来意，许以明年之春，相会于鹿上之地。公子荡归报襄公，襄公曰：“鹿上齐地，不可不闻之齐侯。”复遣公子荡如齐修聘，述楚王期会之事，齐孝公亦许之。时宋襄公之十一年，乃周襄王之十二年也。

　　次年春正月，宋襄公先至鹿上，筑盟坛以待齐、楚之君。二月初旬，齐孝公始至。襄公自负有纳孝公之功，相见之间，颇有德色。孝公感宋之德，亦颇尽地主之礼。又二十余日，楚成王方到。宋、齐二君接见之间，以爵为序。楚虽僭王号，实是子爵。宋公为首，齐侯次之，楚子又次之，这是宋襄公定的位次。至期，共登鹿上之坛，襄公毅然以主盟自居，先执牛耳，并不谦让。楚成王心中不悦，勉强受歃。襄公拱手言曰：“兹父忝先代之后，作宾王家<small>作周</small>

王的宾客，不自揣德薄力微，窃欲修举盟会之政。恐人心不肃，欲借重二君之余威，以合诸侯于敝邑之盂地，以秋八月为期。若君不弃，倡率诸侯，徼惠于盟，寡人愿世敦兄弟之好。自殷先王以下，咸拜君之赐，岂独寡人乎？"齐孝公拱手以让楚成王，成王亦拱手以让孝公，二君互相推让，良久不决。襄公曰："二君若不弃寡人，请同署之。"乃出征会征召诸侯会盟之牍，不送齐侯，却先送楚成王求署。孝公心中亦怀怏怏。楚成王举目观览，牍中叙合诸侯修会盟之意，效齐桓公衣裳之会，不以兵车。牍尾宋公先已署名。楚成王暗暗含笑，谓襄公曰："诸侯君自能致，何必寡人？"襄公曰："郑、许久在君之宇下，而陈、蔡近者复受盟于齐，非乞君之灵，惧有异同，寡人是以借重于上国。"楚成王曰："然则齐君当署，次及寡人可也。"孝公曰："寡人于宋，犹宇下也，所难致者，上国之威令耳。"楚王笑而署名，以笔授孝公。孝公曰："有楚不必有齐。寡人流离万死之余，幸社稷不陨，得从末歃为荣，何足重轻，而亵此简牍为耶？"坚不肯署。论齐孝公心事，却是怪宋襄公先送楚王求署，识透他重楚轻齐，所以不署。宋襄公自负有恩于齐，却认孝公是衷肠之语，遂收牍而藏之。三君于鹿上又叙数日，叮咛而别。髯仙有诗叹曰：

诸侯原自属中华，何用纷纷乞楚家。
错认同根成一树，谁知各自有丫叉？

楚成王既归，述其事于令尹子文。子文曰："宋君狂甚！吾王何以征会许之？"楚王笑曰："寡人欲主中华之政久矣，恨不得其便耳。今宋公倡衣裳之会，寡人因之以合诸侯，不亦可乎？"大夫成得臣进曰："宋公为人好名而无实，轻信而寡谋，若伏甲以劫之，其人可虏也。"楚王曰："寡人意正如此。"子文曰："许人以会而复劫之，人谓楚无信矣，何以服诸侯？"得臣曰："宋喜于主盟，必有傲诸侯之心。诸侯未习宋政，莫之与也。劫之以示威，劫而释之，又可以示德。诸侯耻宋之无能，不归楚，将谁归乎？夫拘小信而丧大功，非策也。"子文奏曰："子玉之计，非臣所及。"楚王乃使成得臣、斗勃二人为将，各选勇士五百人，操演听令，预定劫盟之计，不必详说，下文便见。

且说宋襄公归自鹿上，欣然有喜色，谓公子目夷曰："楚已许我诸侯矣。"目夷谏曰："楚，蛮夷也，其心不测。君得其口，未得其心，臣恐君之见欺也。"襄公曰："子鱼太多心了。寡人以忠信待人，人其忍欺寡人哉？"遂不听目夷之言，传檄征会。先遣人于盂地筑起坛壝wěi 围绕祭坛的矮墙，增修公馆，务极华丽。仓场中储积刍粮，以待各国军马食费。凡献享犒劳之仪，一一从厚，无不预备。

　　至秋七月，宋襄公命乘车赴会。目夷又谏曰："楚强而无义，请以兵车往。"襄公曰："寡人与诸侯约为'衣裳之会'，若用兵车，自我约之，自我堕之，异日无以示信于诸侯矣。"目夷曰："君以乘车全信，臣请伏兵车百乘于三里之外，以备缓急如何？"襄公曰："子用兵车，与寡人用之何异？必不可！"临行之际，襄公又恐目夷在国起兵接应，失了他信义，遂要目夷同往。目夷曰："臣亦放心不下，也要同去。"于是君臣同至会所。楚、陈、蔡、许、曹、郑六国之君，如期而至，惟齐孝公心怀怏怏，鲁僖公未与楚通，二君不到。襄公使候人迎接六国诸侯，分馆安歇，回报："都用乘车。楚王侍从虽众，亦是乘车。"襄公曰："吾知楚不欺吾也。"

　　太史卜盟日之吉，襄公命传知各国。先数日，预派定坛上执事人等。是早五鼓，坛之上下，皆设庭燎古代庭中照明的火炬，照耀如同白日。坛之旁，另有憩息之所，襄公先往以待。陈穆公谷、蔡庄公甲午、郑文公捷、许僖公业、曹共公襄五位诸侯，陆续而至。伺候良久，天色将明，楚成王熊恽 yùn 方到。襄公且循地主之礼，揖让了一番，分左右两阶登坛。右阶宾登，众诸侯不敢僭楚成王，让之居首，成得臣、斗勃二将相随。众诸侯亦各有从行之臣，不必细说。左阶主登，单只宋襄公及公子目夷君臣二人。方才升阶之时，论个宾主，既登盟坛之上，陈牲歃血，要天矢日，列名载书，便要推盟主为尊了。宋襄公指望楚王开口，以目视之。楚王低头不语。陈、蔡诸国面面相觑，莫敢先发。襄公忍不住了，乃昂然而出曰："今日之举，寡人欲修先伯主齐桓公故业，尊王安民，息兵罢战，与天下同享太平之福，诸君以为何如？"诸侯尚未答应，楚王挺身而前曰："君言甚善！但不知主盟今属何人？"襄公曰："有功论功，无功论爵，更有何言！"楚王曰："寡人冒爵为王久矣。宋虽上公，难列王前，寡人告罪占先了。"便立在第一个位次。目夷扯襄公之袖，欲其权且忍耐，再作区处。襄公把个盟主捏在掌中，临时变卦，如何不恼？包着一肚子气，不免疾言遽色，谓楚王曰："寡人徼福先代，忝为上公，天子亦待以宾客之礼。君言冒爵，乃僭号也，奈何以假王而压真公乎？"楚王曰："寡人既是假王，谁教你请寡人来此？"襄公曰："君之至此，亦是鹿上先有成议，非寡人之谩约随意邀约也。"成得臣在旁大喝曰："今日之事，只问众诸侯，为楚来乎？为宋来乎？"陈、蔡各国平素畏服于楚，齐声曰："吾等实奉楚命，不敢不至。"楚王呵呵大笑曰："宋君更有何说？"

　　襄公见不是头，欲待与他讲理，他又不管理之长短，欲作脱身之计，又无片甲相护，正在踌躇。只见成得臣、斗勃卸去礼服，内穿重铠，腰间各插小红旗一面,将旗向坛下一招,那跟随楚王人众,何止千人,一个个俱脱衣露甲,手执暗器,如蜂攒蚁聚,飞奔上坛。各国诸侯,俱吓得魂不附体。成得臣先把宋襄公两袖紧紧捻定,同斗勃指挥众甲士掳掠坛上所陈设玉帛器皿之类。一班执事,乱窜奔逃。宋襄公见公子目夷紧随在旁,低声谓曰:"悔不听子言,以至如此,速归守国,勿以寡人为念!"目夷料想跟随无益,乃乘乱逃回。不知宋襄公如何脱身,且看下回分解。

宋襄公假仁失衆

齊姜氏棄醉遣夫

第三十四回　宋襄公假仁失众　齐姜氏乘醉遣夫

话说楚成王假饰乘车赴会,跟随人众俱是壮丁,内穿暗甲,身带暗器,都是成得臣、斗勃选练来的,好不勇猛!又遣芳吕臣、斗般二将统领大军,随后而进,准备大大厮杀。宋襄公全然不知,堕其圈套,正是"没心人遇有心人,要脱身时难脱身"了!楚王拿住了襄公,众甲士将公馆中所备献享犒劳之仪,及仓中积粟,掳掠一空。随行车乘,皆为楚有。陈、蔡、郑、许、曹五位诸侯,人人悚惧,谁敢上前说个方便。楚成王邀众诸侯至于馆寓,面数宋襄公六罪,曰:"汝伐齐之丧,擅行废置,一罪也;滕子赴会稍迟,辄加絷 zhí 捆绑 辱,二罪也;用人代牲,以祭淫鬼,三罪也;曹缺地主之仪,其事甚小,汝乃恃强围之,四罪也;以亡国之余,不能度德量力,天象示戒,犹思图伯,五罪也;求诸侯于寡人,而妄自尊大,全无逊让之礼,六罪也。天夺其魄,单车赴会,寡人今日统甲车千乘,战将千员,踏碎睢阳城,为齐、鄫各国报仇!诸君但少驻车驾,看寡人取宋而回,更与诸君痛饮十日方散。"众诸侯莫不唯唯。襄公顿口无言,似木雕泥塑一般,只多着两行珠泪。须臾,楚国大兵俱集,号曰千乘,实五百乘。楚成王赏劳了军士,拔寨都起,带了宋襄公,杀向睢阳城来。列国诸侯,奉楚王之命,俱屯盂地,无敢归者。史官有诗讥宋襄之失。诗云:

> 无端媚楚反遭殃,引得睢阳做战场。
>
> 昔日齐桓曾九合,何尝容楚近封疆?

却说公子目夷自盂地盟坛逃回本国,向司马公孙固说知宋公被劫一事:"楚兵旦暮且到,速速调兵,登陴 pí 城垛把守。"公孙固曰:"国不可一日无君,公子须暂摄君位,然后号令赏罚,人心始肃 安定。"目夷附公孙固之耳曰:"楚人执我君以伐我,有挟而求也。必须如此如此,楚人必放吾君归国。"固曰:"此言甚当。"乃向群臣言:"吾君未必能归矣!我等宜推戴公子目夷,以主国事。"群臣知目夷之贤,无不欣然。公子目夷告于太庙,南面摄政。三军用命,铃柝 tuò 梆子 严明,睢阳各路城门,把守得铁桶相似。方才安排停当,楚王大军已到,立住营寨,使将军斗勃向前打话,言:"尔君已被我拘执在此,生杀在我手,早早献土纳降,保全汝君性命!"公孙固在城楼答曰:"赖社稷神灵,国人已立新君矣。生杀任你,欲降不可得也。"斗勃曰:"汝君见在,安得复立一君乎?"公孙固曰:"立君以主社稷也,社稷无主,安得不立新君?"斗勃曰:"某等愿送汝君归国,何以相酬?"公孙固曰:"故君被执,已辱社稷,虽归亦不得为君矣。归与不归,惟楚所命。若要决战,我城中甲车未曾损折,情愿决一死敌!"斗勃见公孙固答语硬挣,回报楚王。楚王大怒,喝教攻城。城上矢石如雨,楚兵多有损伤。连攻三日,干折便宜白白断送了优势,不能取胜。楚王曰:"彼国既不用宋君,杀之何如?"成得臣对曰:"王以杀鄫子为宋罪,今杀宋公,是效尤也。杀宋公犹杀匹夫耳,不能得宋而徒取怨,不如释之。"楚王曰:"攻宋不下,又释其君,何以为名?"得臣对曰:"臣有计矣。今不与盂之会者,惟齐、鲁二国。齐与我已两次通好,且不必较。鲁礼义之邦,一向辅齐定伯,目中无楚。若以宋之俘获献鲁,请鲁君于亳都相会,鲁见宋俘,必恐惧而来。鲁、宋是葵丘同盟之人,况鲁侯甚贤,必然为宋求情,我因以为鲁君之德,是我一举而兼得宋、鲁也。"楚王鼓掌大笑曰:"子玉真有见识!"乃退兵屯于亳都,用宜申为使,将卤获数车如曲阜献捷。其书云:

> 宋公傲慢无礼,寡人已幽之于亳。不敢擅功,谨献捷于上国,望君辱临,同决其狱。

鲁僖公览书大惊,正是"兔死狐悲,物伤其类"。明知楚使献捷,词意夸张,是恐吓之意,但鲁弱楚强,若不往会,恐其移师来伐,悔无及矣!乃厚待宜申,先发回书,驰报楚王,言:"鲁侯如命,即日赴会。"鲁僖公随后发驾,大夫仲遂从行。来至亳都,仲遂因宜申先容事先联络,用私礼先见了成得臣,嘱其于楚王前每事方便。得臣引鲁僖公与楚成王相见,各致敬慕之意。其时,陈、蔡、郑、许、曹五位诸侯,俱自盂地来会,和鲁僖公共是六位,聚于一处商议。郑文公开言,欲尊楚王为盟主,诸侯嗫嚅 niè rú 窃窃私语的样子未应。鲁僖公奋然曰:"盟主须仁义布闻,人心悦服。今楚王恃兵车之众,袭执上公,有威无德,人心疑惧。吾等与宋俱有同盟之谊,若坐视不救,惟知奉楚,恐被天下豪杰耻笑。楚若能释宋公之囚,终此盟好,寡人敢不惟命是听!"众诸侯皆曰:"鲁侯之言甚善!"仲遂将这话私告于成得臣,得臣转闻于楚王。楚王曰:"诸侯以盟主之义责寡人,寡人其可违乎?"乃于亳郊更筑盟坛,期以十二月癸丑日,歃血要神,同赦宋罪。

约会已定,先一日,将宋公释放,与众诸侯相见。宋襄公且羞且愤,满肚不乐,却又不得不向诸侯称谢。至日,郑文公拉众诸侯,敦请诚恳地邀请楚成王登坛主盟。成王执牛耳,宋、鲁以下次第受歃。襄公敢怒而不敢言。事毕,诸侯各散。宋襄公讹闻公子目夷已即君位,将奔卫以避之。公子目夷遣使已到,致词曰:"臣所以摄位者,为君守也。国固君之国,何为不入?"须臾,法驾齐备,迎襄公以归,目夷退就臣列。胡曾先生论襄公之释,全亏公子目夷定计,神闲气定,全不以旧君为意;若手忙脚乱,求归襄公,楚益视为奇货,岂肯轻放。有诗赞云:

> 金注何如瓦注奇? 新君能解旧君围。
>
> 为君守位仍推位,千古贤名诵目夷。

又有诗说六位诸侯公然媚楚求宽,明明把中国操纵之权授之于楚,楚目中尚有中国乎? 诗云:

> 从来兔死自狐悲,被劫何人劫是谁?
>
> 用夏媚夷全不耻,还夸释宋得便宜。

宋襄公志欲求伯,被楚人捉弄一场,反受大辱,怨恨之情,痛入骨髓,但恨力不能报。又怪郑伯倡议,尊楚王为盟主,不胜_{不能承受}其愤,正要与郑国作对。时周襄王之十四年春三月,郑文公如楚行朝礼,宋襄公闻之大怒,遂起倾国之兵,亲讨郑罪,使上卿公子目夷辅世子王臣居守。目夷谏曰:"楚、郑方睦,宋若伐郑,楚必救之。此行恐不能取胜,不如修德待时为上。"大司马公孙固亦谏。襄公怒曰:"司马不愿行,寡人将独往!"固不敢复言,遂出师伐郑。襄公自将中军,公孙固为副,大夫乐仆伊、华秀老、公子荡、向訾 _{zī} 守等皆从行。

谍人报知郑文公,文公大惊,急遣人告急于楚。楚成王曰:"郑事我如父,宜亟救之。"成得臣进曰:"救郑不如伐宋。"楚成王曰:"何故?"得臣对曰:"宋公被执,国人已破胆矣。今复不自量,以大兵伐郑,其国必虚,乘虚而捣之,其国必惧,此不待战而知胜负者也。若宋还而自救,彼亦劳矣,以逸制劳,安往而不得志耶?"楚王以为然。即命得臣为大将,斗勃副之,兴兵伐宋。

宋襄公正与郑相持,得了楚兵之信,兼程而归,列营于泓 _{hóng} 水之南以拒楚。成得臣使人下战书。公孙固谓襄公曰:"楚师之来,为救郑也。吾以释郑谢楚,楚必归,不可与战。"襄公曰:"昔齐桓公兴兵伐楚,今楚来伐而不与战,何以继桓公之业乎?"公孙固又曰:"臣闻'一姓不再兴',天之弃商久矣,君欲兴之,得乎? 且吾之甲不如楚坚,兵不如楚利,人不如楚强。宋人畏楚如畏蛇蝎,君何恃以胜楚?"襄公曰:"楚兵甲有余,仁义不足。寡人兵甲不足,仁义有余。昔武王虎贲 _{bēn} 勇士三千而胜殷亿万之众,惟仁义也。以有道之君而避无道之臣,寡人虽生不如死矣。"乃批战书之尾,约以十一月朔日,交战于泓阳。命建大旗一面于辂尾,旗上写"仁义"二字。公孙固暗暗叫苦,私谓乐仆伊曰："战主杀而言仁义,吾不知君之仁义何在也? 天夺君魄矣,窃为危之! 吾等必戒慎其事,毋致丧国足矣。"至期,公孙固未鸡鸣而起,请于襄公,严阵以待。

且说楚将成得臣屯兵于泓水之北,斗勃请"五鼓济师,防宋人先布阵以扼_{控制,据守}我"。得臣笑曰:"宋公专务迂阔,全不知兵。吾早济早战,晚济晚战,何所惧哉?"天明,甲乘始陆续渡水。公孙固请于襄公曰:"楚兵天明始渡,其意甚轻。我今乘其半渡,突前击之,是吾以全军而制楚之半也。若令皆济,楚众我寡,恐不敌,奈何?"襄公指大旗曰:"汝见'仁义'二字否? 寡人堂堂之阵,岂有半济而击之理?"公孙固又暗暗叫苦。须臾,楚兵尽济。成得臣服琼弁 biàn 帽子,结玉璎,绣袍软甲,腰挂雕弓,手执长鞭,指挥军士东西布阵,气宇昂昂,旁若无人。公孙固又请于襄公曰:"楚方布阵,尚未成列,急鼓之必乱。"襄公唾其面曰:"咄 duō! 汝贪一击之利,不顾万世之仁义耶? 寡人堂堂之阵,岂有未成列而鼓之之理?"公孙固又暗暗叫苦。楚兵阵势已成,人强马壮,漫山遍野,宋兵皆有惧色。襄公使军中发鼓,楚军中亦发鼓。襄公自挺长戈,带着公子荡、向訾守二将,及门官之众,催车直冲楚阵。得臣见来势凶猛,暗传号令,开了阵门,只放襄公一队车骑进来。公孙固随后赶上护驾,襄公已杀入阵内去了。只见一员上将挡住阵门,口口声声叫道:"有本事的快来决战!"那员将乃斗勃也。公孙固大怒,挺戟直刺斗勃,勃即举刀相迎。两下交战,未及二十合,宋将乐仆伊引军来到,斗勃微有着忙之意,恰好阵中又冲出一员上将茾氏吕臣,接住乐仆伊厮杀。公孙固乘忙,觑个方便,拨开刀头,驰入楚军。斗勃提刀来赶,宋将华秀老又到,牵住斗勃,两对儿在阵前厮杀。

公孙固在楚阵中,左冲右突,良久,望见东北角上甲士如林,围裹甚紧,疾驱赴之。正遇宋将向訾守,流血被_{同"披"}面,急呼曰:"司马可速来救主!"公孙固随着訾守,杀入重围,只见门官之众,一个个身带重伤,兀自仍旧与楚军死战不退。原来襄公待下人极有恩,所以门官皆尽死力。楚军见公孙固英勇,稍稍退却。公孙固上前看时,公子荡要害被伤,卧于车下,"仁义"大旗已被楚军夺去了。襄公身被数创,右股中箭,射断膝筋,不能起立。公子荡见公孙固到来,张目曰:"司马好扶主公,吾死于此矣!"言讫而绝。公孙固感伤不已,扶襄公于自己车上,以身蔽之,奋勇杀出。向訾守为后殿,门官等一路拥卫,且战且走。比及脱离楚阵,门官之众,无一存者。宋之甲车,十丧八九。乐仆伊、华秀老见宋公已离虎穴,各自逃回。成得臣乘胜追之,宋军大败，辎重器械，委弃殆尽。公孙固同襄公连夜奔回。宋兵死者甚众，其父母妻子皆相讪于朝外，怨襄公不听司马之言，以致于败。襄公闻之，叹曰："君子不重 chóng 伤再次攻击已受伤的人，不擒二毛头发花白的老人。寡人将以仁义行师，岂效此乘危扼险之举哉？"举国无不讥笑。后人相传，以为宋襄公行仁义失众而亡，正指战泓之事。髯翁有诗叹云：

> 不恤滕鄫恤楚兵，宁甘伤股博虚名。
>
> 宋襄若可称仁义，盗跖文王两不明。

楚兵大获全胜，复渡泓水，奏凯而还。方出宋界，哨马报："楚王亲率大军接应，见屯柯泽。"得臣即于柯泽谒见楚王献捷。楚成王曰："明日郑君将率其夫人至此劳军，当大陈俘馘 guó 古代战争中割取敌人的左耳以计数献功以夸示之。"原来郑文公的夫人芈氏，正是楚成王之妹，是为文芈，以兄妹之亲，驾了辎轷，随郑文公至于柯泽，相会楚王。楚王示以俘获之盛，郑文公夫妇称贺，大出金帛，犒赏三军。郑文公敦请楚王来日赴宴。次早，郑文公亲自出郭，邀楚王进城，设享于太庙之中，行九献礼，比于天子。食品数百，外加笾豆均为盛食品的容器六器，宴享之侈，列国所未有也。文芈所生二女，曰伯芈、叔芈，未嫁在室。文芈又率之以甥礼见舅，楚王大喜。郑文公同妻女更番进寿，自午至戌，吃得楚王酩酊大醉。楚王谓文芈曰："寡人领情过厚，已逾量矣！妹与二甥送我一程何如？"文芈曰："如命。"郑文公送楚王出城，先别。文芈及二女与楚王并驾而行，直至军营。原来楚王看上了二甥美貌，是夜拉入寝室，遂成枕席之欢，文芈彷徨于帐中，一夜不寐，然畏楚王之威，不敢出声。以舅纳甥，真禽兽也！次日，楚王将军获之半，赠于文芈，载其二女以归，纳之后宫。郑大夫叔詹叹曰："楚王其不得令终乎？享以成礼，礼而无别，是不终也。"

且不说楚、宋之事。再表晋公子重耳，自周襄王八年适齐，至襄王十四年，前后留齐共七年了。遭桓公之变，诸子争立，国内大乱，及至孝公嗣位，又反先人之所为，附楚仇宋，纷纷多事，诸侯多与齐不睦，赵衰等私议曰："吾等适齐，谓伯主之力可借以图复也。今嗣君失业，诸侯皆叛，此其不能为公子谋亦明矣。不如更适他国，别作良图。"乃相与见公子，欲言其事。公子重耳溺爱齐姜，朝夕欢宴，不问外事。众豪杰伺候十日，尚不能见。魏犨 chōu 怒曰："吾等以公子有为，故不惮 dàn 害怕劳苦，执鞭从游。今留齐七载，偷安惰志，日月如流，吾等十日不能一见，安能成其大事哉？"狐偃曰："此非聚谈之处，诸君都随我来。"乃共出东门外里许，其地名曰桑阴，一望都是老桑，绿荫重重,日色不至。赵衰等九位豪杰,打一圈儿席地而坐。赵衰曰:"子犯计将安出?"狐偃曰:"公子之行,在我而已。我等商议停妥,预备行装,一等公子出来,只说邀他郊外打猎,出了齐城,大家齐心劫他上路便了。但不知此行,得力在于何国?"赵衰曰:"宋方图伯,且其君好名之人,盍往投之?如不得志,更适秦、楚,必有遇焉。"狐偃曰:"吾与公孙司马有旧,且看如何?"众人商议许久方散。

　　只道幽僻之处,无人知觉,却不道:"若要不闻,除非莫说,若要不知,除非莫作。"其时姜氏的婢妾十余人,正在树上采桑喂蚕,见众人环坐议事,停手而听之,尽得其语,回宫时,如此恁般这样,都述于姜氏知道。姜氏喝道:"那有此话,不得乱道!"乃命蚕妾十余人幽之一室,至夜半尽杀之,以灭其口,推公子重耳起,告之曰:"从者将以公子更适他国,有蚕妾闻其谋,吾恐泄漏其机,或有阻当,今已除却矣。公子宜早定行计。"重耳曰:"人生安乐,谁知其他。吾将老此,誓不他往。"姜氏曰:"自公子出亡以来,晋国未有宁岁。夷吾无道,兵败身辱,国人不悦,邻国不亲,此天所以待公子也。公子此行,必得晋国,万勿迟疑!"重耳迷恋姜氏,犹弗肯。次早,赵衰、狐偃、臼季、魏犨四人立宫门之外,传语:"请公子郊外射猎!"重耳尚高卧未起,使宫人报曰:"公子偶有微恙,尚未梳栉,不能往也。"齐姜闻言,急使人单召狐偃入宫。姜氏屏去左右,问其来意。狐偃曰:"公子向在翟国,无日不驰车骤马,伐狐击兔。今在齐,久不出猎,恐其四肢懒惰,故来相请,别无他意。"姜氏微笑曰:"此番出猎,非宋即秦、楚耶?"狐偃大惊曰:"一猎安得如此之远?"姜氏曰:"汝等欲劫公子逃归,吾已尽知,不得讳也。吾夜来亦曾苦劝公子,奈彼执意不从。今晚吾当设宴,灌醉公子,汝等以车夜载出城,事必谐矣。"狐偃顿首曰:"夫人割房闱闺房,代指夫妻之爱之爱,以成公子之名,贤德千古罕有!"狐偃辞出,与赵衰等说知其事。凡车马人众鞭刀糗糒 qiǔ bèi 泛指干粮之类,收拾一一完备,赵衰、狐毛等先押往郊外停泊。只留狐偃、魏犨、颠颉三人,将小车二乘伏于宫门左右,专等姜氏送信,即便行事。正是:要为天下奇男子,须历人间万里程。

　　是晚,姜氏置酒宫中,与公子把盏。重耳曰:"此酒为何而设?"姜氏曰:"知公子有四方之志,特具一杯饯行耳。"重耳曰:"人生如白驹过隙,苟可适志,何必他求?"姜氏曰:"纵欲怀安,非丈夫之事也。从者乃忠谋,子必从之!"重耳勃然变色,搁杯不饮。姜氏曰:"子真不欲行乎?抑诳妾也?"重耳曰:"吾不行。谁诳汝!"姜氏带笑言曰:"行者,公子之志,不行者,公子之情。

此酒为饯公子，今且以留公子矣。愿与公子尽欢可乎？"重耳大喜，夫妇交酢 zuò，更使侍女歌舞进觞。重耳已不胜饮，再四强之，不觉酩酊大醉，倒于席上。姜氏覆之以衾，使人召狐偃。狐偃知公子已醉，急引魏犨、颠颉二人入宫，和衾连席，抬出宫中。先用重褥衬贴，安顿车上停当。狐偃拜辞姜氏，姜氏不觉泪流。有词为证：

> 公子贪欢乐，佳人慕远行。
>
> 要成鸿鹄志，生割凤鸾情。

狐偃等催趱小车二乘，赶黄昏离了齐城，与赵衰等合做一处，连夜驱驰。约行五六十里，但闻得鸡声四起，东方微动。重耳方才在车儿上翻身，唤宫人取水解渴。时狐偃执辔在傍，对曰："要水须待天明。"重耳自觉摇动不安，曰："可扶我下床。"狐偃曰："非床也，车也。"重耳张目曰："汝为谁？"对曰："狐偃。"重耳心下恍然，知为偃等所算，推衾而起，大骂子犯："汝等如何不通知我，将我出城，意欲何为？"狐偃曰："将以晋国奉公子也。"重耳曰："未得晋，先失齐，吾不愿行！"狐偃诳曰："离齐已百里矣。齐侯知公子之逃，必发兵来追，不可复也。"重耳勃然发怒，见魏犨执戈侍卫，乃夺其戈以刺狐偃。不知生死如何，且看下回分解。

晉重耳
周遊列國

秦懷嬴重婚公子

第三十五回　晋重耳周游列国　秦怀嬴重婚公子

话说公子重耳怪狐偃用计去齐,夺魏犨之戈以刺偃,偃急忙下车走避,重耳亦跳下车挺戈逐之。赵衰、臼季、狐射姑、介子推等一齐下车解劝,重耳投戟于地,恨恨不已。狐偃叩首请罪曰:"杀偃以成公子,偃死愈于生矣!"重耳曰:"此行有成则已,如无所成,吾必食舅氏之肉!"狐偃笑而答曰:"事若不济,偃不知死在何处,焉得与尔食之? 如其克济能够成功,子当列鼎而食,偃肉腥臊,何足食?"赵衰等并进曰:"某等以公子负大有为之志,故舍骨肉,弃乡里,奔走道途,相随不舍,亦望垂功名于竹帛耳。今晋君无道,国人孰不愿戴公子为君? 公子自不求入,谁走齐国而迎公子者! 今日之事,实出吾等公议,非子犯一人之谋,公子勿错怪也。"魏犨亦厉声曰:"大丈夫当努力成名,声施后世,奈何恋恋儿女子目前之乐,而不思终身之计耶?"重耳改容曰:"事既如此,惟诸君命。"狐毛进干糒bèi,介子推捧水以进,重耳与诸人各饱食。壶叔等割草饲马,重施衔勒,再整轮辕,望前进发。有诗为证:

> 凤脱鸡群翔万仞,虎离豹穴奔千山。
>
> 要知重耳能成伯,只在周游列国间。

不一日行至曹国。却说曹共公为人,专好游嬉,不理朝政,亲小人,远君子,以谀佞为腹心,视爵位如粪土。朝中服赤芾fú红色蔽膝,为大夫以上所服乘轩车者三百余人,皆里巷市井之徒,胁肩谄笑之辈。见晋公子带领一班豪杰到来,正是"薰莸yóu香草和臭草不同器"了,惟恐其久留曹国,都阻挡曹共公不要延接他。大夫僖负羁谏曰:"晋、曹同姓,公子穷而过我,宜厚礼之。"曹共公曰:"曹,小国也,而居列国之中,子弟往来,何国无之? 若一一待之以礼,则国微费重,何以支吾应付,应对?"负羁又曰:"晋公子贤德闻于天下,且重瞳骈胁,大贵之征,不可以寻常子弟视也。"曹共公一团稚气,说贤德他也不管。说到重瞳骈胁,便道:"重瞳寡人知之,未知骈胁如何?"负羁对曰:"骈胁者,骈胁骨相合如一,乃异相也。"曹共公曰:"寡人不信,姑留馆中,俟其浴而观之。"乃使馆人自延公子进馆,以水饭相待,不致饩,不设享,不讲宾主之礼。重耳怒而不食。馆人进澡盆请浴,重耳道路腌臜ā za,正想洗涤尘垢,乃解衣就浴。曹共公与嬖幸数人,微服至馆,突入浴堂,迫接近,靠近近公子,看他的

骈胁，言三语四，嘈杂一番而去。狐偃等闻有外人，急忙来看，犹闻嬉笑之
声。询问馆人，乃曹君也。君臣无不愠怒。

却说僖负羁谏曹伯不听，归到家中，其妻吕氏迎之，见其面有忧色，问：
"朝中何事？"负羁以晋公子过曹，曹君不礼为言。吕氏曰："妾适往郊外采
桑，正值晋公子车从过去。妾观晋公子犹未的，但从行者数人，皆英杰也。
吾闻：'有其君者，必有其臣；有其臣者，必有其君。'以从行诸子观之，晋公子
必能光复晋国，此时兴兵伐曹，玉石俱焚，悔之无及。曹君既不听忠言，子当
私自结纳可也。妾已备下食品数盘，可藏白璧于中，以为贽见之礼。结交在
未遇之先，子宜速往。"僖负羁从其言，夜叩公馆。重耳腹中方馁，含怒而坐，
闻曹大夫僖负羁求见馈飧，乃召之入。负羁再拜，先为曹君请罪，然后述自
家致敬之意。重耳大悦，叹曰："不意曹国有此贤臣！亡人幸而返国，当图相
报！"重耳进食，得盘中白璧，谓负羁曰："大夫惠顾亡人，使不饥饿于土地足
矣，何用重贿？"负羁曰："此外臣一点敬心，公子万乞勿弃！"重耳再三不受。
负羁退而叹曰："晋公子穷困如此，而不贪吾璧，其志不可量也！"次日，重耳
即行，负羁私送出城十里方回。史官有诗云：

　　　错看龙虎作貏貐[1]，盲眼曹共识见微。
　　　堪叹乘轩三百辈，无人及得负羁妻！

重耳去曹适宋，狐偃前驱先到，与司马公孙固相会。公孙固曰："寡君不
自量，与楚争胜，兵败股伤，至今病不能起。然闻公子之名，向慕久矣。必当
扫除馆舍，以候车驾。"公孙固入告于宋襄公，襄公正恨楚国，日夜求贤人相
助，以为报仇之计。闻晋公子远来，晋乃大国，公子又有贤名，不胜之喜！其
奈伤股未痊，难以面会，随命公孙固郊迎授馆，待以国君之礼，馈之七牢。次
日，重耳欲行。公孙固奉襄公之命，再三请其宽留，私问狐偃："当初齐桓公
如何相待？"偃备细告以纳姬赠马之事。公孙固回复宋公。宋公曰："公子昔
年已婚宋国矣。纳女吾不能，马则如数可也。"亦以马二十乘相赠，重耳感激
不已。住了数日，馈问不绝。狐偃见宋襄公病体没有痊好之期，私与公孙固
商议复国一事。公孙固曰："公子若惮风尘之劳，敝邑虽小，亦可以息足。如
有大志，敝邑新遭丧败，力不能振，更求他大国，方可济耳。"狐偃曰："子之
言，肺腑也。"即日告知公子，束装起程。宋襄公闻公子欲行，复厚赠资粮衣
履之类，从人无不欢喜。

---

[1] 貏貐（pī tuān）：野兽名。

自晋公子去后，襄公箭疮日甚一日，不久而薨。临终，谓世子王臣曰："吾不听子鱼之言，以及如此！汝嗣位，当以国委之。楚，大仇也，世世勿与通好。晋公子若返国，必然得位，得位必能合诸侯，吾子孙谦事之，可以少安。"王臣再拜受命。襄公在位十四年薨。王臣主丧即位，是为成公。髯仙有诗论宋襄公德力俱无，不当列于五伯之内。诗云：

> 一事无成身死伤，但将迂语自称扬。

> 腐儒全不稽名实，五伯犹然列宋襄。

再说重耳去宋，将至郑国，早有人报知郑文公。文公谓群臣曰："重耳叛父而逃，列国不纳，屡至饥馁，此不肖之人，不必礼之。"上卿叔詹谏曰："晋公子有三助，乃天祐之人，不可慢也。"郑伯曰："何为三助？"叔詹对曰："'同姓为婚，其类不蕃 fán 繁多。'今重耳乃狐女所生，狐与姬同宗，而生重耳，处有贤名，出无祸患，此一助也。自重耳出亡，国家不靖，岂非天意有待治国之人乎？此二助也。赵衰、狐偃皆当世英杰，重耳得而臣之，此三助也。有此三助，君其礼之。礼同姓，恤困穷，尊贤才，顺天命，四者皆美事也。"郑伯曰："重耳且老矣，是何能为？"叔詹对曰："君若不能尽礼，则请杀之，毋留仇雠，以遗后患。"郑伯笑曰："大夫之言甚矣！既使寡人礼之，又使寡人杀之。礼之何恩，杀之何怨？"乃传令门官，闭门勿纳。

重耳见郑不相延接，遂驱车竟过。行至楚国，谒见楚成王。成王亦待以国君之礼，设享九献。重耳谦让不敢当。赵衰侍立，谓公子曰："公子出亡在外十余年矣，小国犹轻慢，况大国乎？此天命也，子勿让。"重耳乃受其享。终席，楚王恭敬不衰。重耳言词亦愈逊。由此两人甚相得，重耳遂安居于楚。一日，楚王与重耳猎于云梦之泽，楚王卖弄武艺，连射一鹿一兔，俱获之。诸将皆伏地称贺。适有人熊一头，冲车而过，楚王谓重耳曰："公子何不射之？"重耳拈弓搭箭，暗暗祝祷："某若能归晋为君，此箭去，中其右掌。"飕的一箭，正穿右掌之上，军士取熊以献。楚王惊服曰："公子真神箭也！"须臾，围场中发起喊来，楚王使左右视之，回报道："山谷中赶出一兽，似熊非熊，其鼻如象，其头似狮，其足似虎，其发如豺，其鬣 liè 似野豕，其尾似牛，其身大于马，其文黑白斑驳，剑戟刀箭俱不能伤，嚼铁如泥，车轴裹铁俱被啃食，矫捷无伦，人不能制，以此喧闹。"楚王谓重耳曰："公子生长中原，博闻多识，必知此兽之名？"重耳回顾赵衰，衰前进曰："臣能知之。此兽其名曰'貘 mò'，秉天地之金气而生，头小足卑，好食铜铁，便溺所至，五金见之，皆消化为水，其骨实无髓，可以代槌，取其皮为褥，能辟瘟去湿。"楚王曰："然则何以制之?"赵衰曰:"皮肉皆铁所结,惟鼻孔中有虚窍,可以纯钢之物刺之,或以火炙,立死,金性畏火故也。"言毕,魏犨厉声曰:"臣不用兵器,活擒此兽,献于驾前。"跳下车来,飞奔去了。楚王谓重耳曰:"寡人与公子同往观之。"即命驰车而往。

且说魏犨赶入西北角围中,一见那兽,便挥拳连击几下。那兽全然不怕,大叫一声,如牛鸣之响,直立起来,用舌一舐,将魏犨腰间鎏 liú 金锃 zèng 带舐去一段。魏犨大怒曰:"孽畜不得无礼!"耸身一跃,离地约五尺许,那兽就地打一滚,又蹲在一边。魏犨心中愈怒,再复跃起。趁这一跃之势,用尽平生威力腾身跨在那兽身上,双手将他项子抱住。那兽奋力踯躅,魏犨随之上下,只不放手。挣扎多时,那兽力势渐衰,魏犨凶猛有余,两臂抱持愈紧。那兽项子被勒,气塞不通,全不动弹。魏犨乃跳下身来,再舒铜筋铁骨这只臂膊,将那兽的象鼻一手捻定,如牵犬羊一般,直至二君之前。真虎将也!赵衰命军士取火熏其鼻端,火气透入,那兽便软做一堆。魏犨方才放手,拔起腰间宝剑砍之,剑光迸起,兽毛亦不损伤。赵衰曰:"欲杀此兽取皮,亦当用火围而炙之。"楚王依其言。那兽皮肉如铁,经四围火炙,渐渐柔软,可以开剥。楚王曰:"公子相从诸杰,文武俱备,吾国中万不及一也!"时楚将成得臣在旁,颇有不服之意,即奏楚王曰:"吾王夸晋臣之武,臣愿与之比较。"楚王不许曰:"晋君臣,客也,汝当敬之。"

是日猎罢,会饮大欢。楚王谓重耳曰:"公子若返晋国,何以报寡人?"重耳曰:"子女男女奴隶玉帛,君所余也,羽毛齿革,则楚地之所产,何以报君王?"楚王笑曰:"虽然,必有所报。寡人愿闻之。"重耳曰:"若以君王之灵,得复晋国,愿同欢好,以安百姓。倘不得已,与君王以兵车会暗指两国交战于平原广泽之间,请避君王三舍。"按行军三十里一停,谓之一舍,三舍九十里。言异日晋、楚交兵,当退避三舍,不敢即战,以报楚相待之恩。当日饮罢,楚将成得臣怒言于楚王:"王遇晋公子甚厚,今重耳出言不逊,异日归晋,必负楚恩,臣请杀之。"楚王曰:"晋公子贤,其从者皆国器,似有天助,楚其敢违天乎?"得臣曰:"王即不杀重耳,且拘留狐偃、赵衰数人,勿令与虎添翼。"楚王曰:"留之不为吾用,徒取怨焉。寡人方施德于公子,以怨易德,非计也!"于是待晋公子益厚。

话分两头。却说周襄王十五年,实晋惠公之十四年,是岁惠公抱病在身,不能视朝。其太子圉久质秦国,圉之母家乃梁国也。梁君无道,不恤民力,日以筑凿为事,万民嗟怨,往往流徙入秦,以逃苛役。秦穆公乘民心之变,命百里奚兴兵袭梁,灭之,梁君为乱民所杀。太子圉闻梁见灭,叹曰:"秦灭我外家,是轻我也!"遂有怨秦之意。及闻惠公有疾,思想:"只身在外,外无哀怜之交,内无腹心之援,万一君父不测,诸大夫更立他公子,我终身客死于秦,与草木何异? 不如逃归侍疾,以安国人之心。"乃夜与其妻怀嬴,枕席之间,说明其事:"我如今欲不逃归,晋国非我之有,欲逃归,又割舍不得夫妇之情。你可与我同归晋国,公私两尽。"怀嬴泣下,对曰:"子一国太子,乃拘辱于此,其欲归不亦宜乎? 寡君使婢子侍巾栉,欲以固子之心也。今从子而归,背弃君命,妾罪大矣。子自择便,勿与妾言。妾不敢从,亦不敢泄子之语于他人也。"太子圉遂逃归于晋。秦穆公闻子圉不别而行,大骂:"背义之贼,天不祐汝!"乃谓诸大夫曰:"夷吾父子俱负寡人,寡人必有以报之!"自悔当时不纳重耳,乃使人访重耳踪迹,知其在楚已数月矣,于是遣公孙枝聘于楚王,因迎重耳至秦,欲以纳之。重耳假意谓楚王曰:"亡人委命于君王,不愿入秦。"楚王曰:"楚、晋隔远,公子若求入晋,必须更历数国。秦与晋接境,朝发夕到。且秦君素贤,又与晋君相恶,此公子天赞_{上天助佑}之会也,公子其勉行!"重耳拜谢。楚王厚赠金帛车马,以壮其行色。重耳在路复数月,方至秦界。虽然经历尚有数国,都是秦、楚所属,况有公孙枝同行,一路安稳,自不必说。

　　秦穆公闻重耳来信,喜形于色,郊迎授馆,礼数极丰。秦夫人穆姬亦敬爱重耳,而恨子圉,劝穆公以怀嬴妻重耳,结为姻好。穆公使夫人告于怀嬴,怀嬴曰:"妾已失身公子圉矣,可再字_{嫁人}乎?"穆姬曰:"子圉不来矣! 重耳贤而多助,必得晋国。得晋国,必以汝为夫人,是秦、晋世为婚姻也。"怀嬴默然良久,曰:"诚如此,妾何惜一身以成两国之好?"穆公乃使公孙枝通语于重耳。子圉与重耳有叔侄之分,怀嬴是嫡亲侄妇,重耳恐干碍伦理,欲辞不受。赵衰进曰:"吾闻怀嬴美而才,秦君及夫人之所爱也。不纳秦女,无以结秦欢。臣闻之:'欲人爱己,必先爱人;欲人从己,必先从人。'无以结秦欢,而欲用秦之力,必不可得也。公子其毋辞!"重耳曰:"同姓为婚,犹有避焉,况犹子侄子乎?"臼季进曰:"古之同姓,为同德也,非谓族也。昔黄帝、炎帝俱有熊国君少典之子,黄帝生于姬水,炎帝生于姜水,二帝异德,故黄帝为姬姓,炎帝为姜姓。姬、姜之族,世为婚姻。黄帝之子二十五人,得姓者十四人,惟姬、己各二,同德故也。德同姓同,族虽远,婚姻不通。德异姓异,族虽近,男女不避。尧为帝喾_{kù}之子、黄帝五代之孙,而舜为黄帝八代之孙,尧之女于舜为祖姑,而尧以妻舜,舜未尝辞。古人婚姻之道若此。以德言,子圉之德岂同公子？以亲言，秦女之亲不比祖姑。况收其所弃，非夺其所欢，是何伤哉？"重耳复谋于狐偃曰："舅犯以为可否？"狐偃问曰："公子今求入，欲事之乎？抑代之也？"重耳不应。狐偃曰："晋之统系将在围矣。如欲事之，是为国母。如欲代之，则仇雠之妻，又何问焉？"重耳犹有惭色。赵衰曰："方夺其国，何有于妻？成大事而惜小节，后悔何及？"重耳意乃决，公孙枝复命于穆公。重耳择吉布币，就公馆中成婚。怀嬴之貌，更美于齐姜，又妙选宗女四名为媵，俱有颜色，重耳喜出望外，遂不知有道路之苦矣。史官有诗论怀嬴之事云：

> 一女如何有二夫？况于叔侄分相悬。
>
> 只因要结秦欢好，不恤人言礼义愆。

秦穆公素重晋公子之品，又添上甥舅之亲，情谊愈笃。三日一宴，五日一飨。秦世子罃 yīng 亦敬事重耳，时时馈问。赵衰、狐偃等因与秦臣蹇叔、百里奚、公孙枝等深相结纳，共踌躇 chóu chú 思量，考虑复国之事。一来公子新婚，二来晋国无衅，以此不敢轻易举动。自古道："运到时来，铁树花开。"天生下公子重耳，有晋君之分，有名的伯主，自然生出机会。

再说太子圉自秦逃归，见了父亲晋惠公，惠公大喜曰："吾抱病已久，正愁付托无人。今吾子得脱樊笼，复还储位，吾心安矣。"是秋九月，惠公病笃，托孤于吕省、郤芮二人，使辅子圉："群公子不足虑，只要谨防重耳。"吕、郤二人，顿首受命。是夜，惠公薨，太子圉主丧即位，是为怀公。怀公恐重耳在外为变，乃出令："凡晋臣从重耳出亡者，因亲及亲，限三个月内俱要唤回。如期回者，仍复旧职，既往不咎。若过期不至，禄籍做官食禄的名册除名，丹书注死。父子兄弟坐视不召者，并死不赦！"

老国舅狐突二子狐毛、狐偃，俱从重耳在秦，郤芮私劝狐突作书，唤二子归国。狐突再三不肯。郤芮乃谓怀公曰："二狐有将相之才，今从重耳，如虎得翼。突不肯唤归，其意不测，主公当自与言之。"怀公即使人召狐突，突与家人诀别而行，来见怀公，奏曰："老臣病废在家，不知宣召何言？"怀公曰："毛、偃在外，老国舅曾有家信去唤否？"突对曰："未曾。"怀公曰："寡人有令：'过期不至者，罪及亲党。'老国舅岂不闻乎？"突对曰："臣二子委质重耳，非一日矣。忠臣事君，有死无二！二子之忠于重耳，犹在朝诸臣之忠于君也，即使逃归，臣犹将数其不忠，戮于家庙，况召之乎？"怀公大怒，喝令二力士以白刃交加其颈，谓曰："二子若来，免汝一死！"因索简置突前，郤芮执其手，使书之，突呼曰："勿执我手，我当自书。"乃大书"子无二父，臣无二君"八字。

怀公大怒曰："汝不惧耶?"突对曰："为子不孝,为臣不忠,老臣之所惧也。若死,乃臣子之常事,有何惧焉!"舒颈受刑。怀公命斩于市曹。太卜郭偃见其尸,叹曰："君初嗣位,德未及于匹夫,而诛戮老臣,其败不久矣!"即日称疾不出。狐氏家臣,急忙逃奔秦国,报与毛、偃知道。不知毛、偃如何,且看下回分解。

秦穆公再平晉亂

　　话说狐毛、狐偃兄弟从公子重耳在秦，闻知父亲狐突被子圉所害，捶胸大哭。赵衰、臼季等都来问慰，赵衰曰："死者不可复生，悲之何益？且同见公子，商议大事。"毛、偃收泪，同赵衰等来见重耳。毛、偃言："惠公已薨，子圉即位，凡晋臣从亡者，立限唤回，如不回，罪在亲党。怪老父不召臣等兄弟，将来杀害。"说罢，痛上心来，重复大哭。重耳曰："二舅不必过伤，孤有复国之日，为汝父报仇。"即时驾车来见穆公，诉以晋国之事。穆公曰："此天以晋国授公子，不可失也！寡人当身任之。"赵衰代对曰："君若庇荫重耳，幸速图之！若待子圉改元告庙，君臣之分已定，恐动摇不易也。"穆公深然其言。重耳辞回甥馆，方才坐定，只见门官通报："晋国有人到此，说有机密事，求见公子。"公子召入，问其姓名。其人拜而言曰："臣乃晋大夫栾 luán 枝之子栾盾也。因新君性多猜忌，以杀为威，百姓胥怨，群臣不服，臣父特遣盾私送款于公子。子圉心腹只有吕省、郤芮二人，旧臣郤步扬、韩简等一班老臣，俱疏远不用，不足为虑。臣父已约会郤溱、舟之侨等，敛集私甲，只等公子到来，便为内应。"重耳大喜，与之订约，以明年岁首为期，决至河上。

　　栾盾辞去，重耳对天祷祝，以蓍布筮，得《泰卦》六爻安静，重耳疑之，召狐偃占其吉凶，偃拜贺曰："是为天地配享，小往大来，上吉之兆。公子此行，不惟得国，且有主盟之分。"重耳乃以栾盾之言告狐偃，偃曰："公子明日便与秦公请兵，事不宜迟。"重耳乃于次日复入朝谒秦穆公，穆公不待开言，便曰："寡人知公子急于归国矣。恐诸臣不任其事，寡人当亲送公子至河。"重耳拜谢而出。秊豹闻穆公将纳公子重耳，愿为先锋效力，穆公许之。太史择吉于冬之十二月。先三日，穆公设宴，饯公子于九龙山，乃赠以白璧十双，马四百匹，帷席器用，百物俱备，粮草自不必说。赵衰等九人各白璧一双，马四匹。重耳君臣俱再拜称谢。

　　至日，穆公自统谋臣百里奚、繇余，大将公子絷、公孙枝，先锋秊豹等，率兵车四百乘，送公子重耳离了雍州城，望东进发。秦世子罃与重耳素本相得彼此相投，依依不舍，直送至渭阳，垂泪而别。诗曰：

　　　　猛将精兵似虎狼，共扶公子立边疆。

怀公空自诛狐突，只手安能掩太阳？

周襄王十六年，晋怀公圉之元年，春正月，秦穆公同晋公子重耳行至黄河岸口。渡河船只俱已预备齐整，穆公重设饯筵，丁宁重耳曰："公子返国，毋忘寡人夫妇也。"乃分军一半，命公子絷、丕豹护送公子济河，自己大军屯于河西。正是："眼望捷旌旗，耳听好消息。"

却说壶叔主掌管，管理公子行李之事，自出奔以来，曹、卫之间担饥受饿，不止一次，正是无衣惜衣，无食惜食，今日渡河之际，收拾行装，将日用的坏笾残豆、敝席破帷，件件搬运入船，有吃不尽的酒铺之类，亦皆爱惜如宝，摆列船内。重耳见了，呵呵大笑，曰："吾今日入晋为君，玉食一方，要这些残敝之物何用？"喝教抛弃于岸，不留一些。狐偃私叹曰："公子未得富贵，先忘贫贱，他日怜新弃旧，把我等同守患难之人，看做残敝器物一般，可不枉了这十九年辛苦！乘今日尚未济河，不如辞之，异时还有相念之日。"乃以秦公所赠白璧一双，跪献于重耳之前曰："公子今已渡河，便是晋界，内有诸臣，外有秦将，不愁晋国不入公子之手。臣之一身，相从无益，愿留秦邦，为公子外臣。所有白璧一双，聊表寸意。"重耳大惊曰："孤方与舅氏共享富贵，何出此言？"狐偃曰："臣自知有三罪于公子，不敢相从。"重耳曰："三罪何在？"狐偃对曰："臣闻：'圣臣能使其君尊，贤臣能使其君安。'今臣不肖，使公子困于五鹿，一罪也；受曹、卫二君之慢，二罪也；乘醉出公子于齐城，致触公子之怒，三罪也。向以公子尚在羁旅寄居他乡，臣不敢辞。今入晋矣，臣奔走数年，惊魂几绝，心力并耗，譬之余笾残豆，不可再陈，敝破席帷，不可再设。留臣无益，去臣无损，臣是以求去耳！"重耳垂泪而言曰："舅氏责孤甚当，乃孤之过也。"即命壶叔将已弃之物，一一取回；复向河设誓曰："孤返国，若忘了舅氏之劳，不与同心共政者，子孙不昌！"即取白璧投之于河曰："河伯为盟证也！"时介子推在他船中，闻重耳与狐偃立盟，笑曰："公子之归，乃天意也，子犯欲窃以为己功乎？此等贪图富贵之辈，吾羞与同朝！"自此有栖隐之意。

重耳济了黄河，东行至于令狐，其宰邓惛 hūn 发兵登城拒守，秦兵围之。丕豹奋勇先登，遂破其城，获邓惛斩之。桑泉、臼衰望风迎降。晋怀公闻谍报大惊，悉起境内车乘甲兵，命吕省为大将，郤芮副之，屯于庐柳，以拒秦兵，畏秦之强，不敢交战。公子絷乃为秦穆公书，使人送吕、郤军中。略曰：

> 寡人之为德于晋，可谓至矣。父子背恩，视秦如仇，寡人忍其父，不能复忍其子。今公子重耳，贤德著闻，多士为辅，天人交助，内外归心。寡人亲率大军，屯于河上，命絷护送公子归晋，主其社稷。子大夫

若能别识贤愚,倒戈来迎,转祸为福,在此一举!

吕、郤二人览书,半晌不语。欲接战,诚恐敌不过秦兵,又如龙门山故事;欲迎降,又恐重耳记着前仇,将他偿里克、丕郑之命。踌躇了多时,商量出一个计较来,乃答书于公子絷,其略云:

> 某等自知获罪公子,不敢释甲,然翼戴公子,实某等之愿也! 倘得与从亡诸子共矢天日,各无相害,子大夫任其无咎,敢不如命。

公子絷读其回书,已识透其狐疑犹豫不决之意,乃单车造于庐柳,来见吕、郤。吕、郤欣然出迎,告以衷腹曰:“某等非不欲迎降,惧公子不能相容,欲以盟为信耳。”絷曰:“大夫若退军于西北,絷将以大夫之诚,告于公子,而盟可成也。”吕、郤应诺。候公子絷别去,即便出令,退屯于郇 xún 城。重耳使狐偃同公子絷至郇城,与吕、郤相会。是日,刑牲歃血,立誓共扶重耳为君,各无二心。盟讫,即遣人相随狐偃至臼衰,迎接重耳到郇城大军之中,发号施令。怀公不见吕、郤捷音,使寺人勃鞮至晋军催战。行至中途,闻吕、郤退军郇城,与狐偃、公子絷讲和,叛了怀公,迎立重耳,慌忙回报。怀公大惊,急集郤步扬、韩简、栾枝、士会等一班朝臣计议。那一班朝臣,都是向着公子重耳的,平昔见怀公专任吕、郤,心中不忿:“今吕、郤等尚且背叛,事到临头,召我等何用。”一个个托辞,有推病的,有推事的,没半个肯上前。怀公叹了一口气道:“孤不该私自逃回,失了秦欢,以致如此!”勃鞮奏曰:“群臣私约共迎新君,主公不可留矣! 臣请为御,暂适高梁避难,再作区处。”

不说怀公出奔高梁,再说公子重耳,因吕、郤遣人来迎,遂入晋军。吕省、郤芮叩首谢罪,重耳将好言抚慰。赵衰、臼季等从亡诸臣,各各相见,吐露心腹,共保无虞。吕、郤大悦,乃奉重耳入曲沃城中,朝于武公之庙。绛都旧臣,栾枝、郤溱为首,引着士会、舟之侨、羊舌职、荀林父、先蔑箕、郑先都等三十余人,俱至曲沃迎驾。郤步扬、梁繇靡、韩简、家仆徒等另做一班,俱往绛都郊外邀接。重耳入绛城即位,是为文公。按重耳四十三岁奔翟,五十五岁适齐,六十一岁适秦,及复国为君,年已六十二岁矣。

文公既立,遣人至高梁刺杀怀公。子圉自去年九月嗣位,至今年二月被杀,首尾为君不满六个月。哀哉! 寺人勃鞮收而葬之,然后逃回,不在话下。

却说文公宴劳秦将公子絷等,厚犒其军。有丕豹哭拜于地,请改葬其父丕郑,文公许之。文公欲留用丕豹,豹辞曰:“臣已委质于秦庭,不敢事二君也。”乃随公子絷到河西,回复秦穆公。穆公班师回国。史臣有诗美秦穆公云：

> 辚辚车骑过河东，龙虎乘时气象雄。
>
> 假使雍州无义旅，纵然多助怎成功？

　　却说吕省、郤芮迫于秦势，虽然一时迎降，心中疑虑，到底不能释然，对着赵衰、臼季诸人，未免有惭愧之意。又见文公即位数日，并不曾爵一有功，戮一有罪，举动不测，怀疑益甚。乃相与计较，欲率家甲造反，焚烧公宫，弑了重耳，别立他公子为君，思想："在朝无可与商者，惟寺人勃鞮乃重耳之深仇，今重耳即位，勃鞮必然惧诛，此人胆力过人，可邀与共事。"使人招之，勃鞮随呼而至。吕、郤告以焚宫之事，勃鞮欣然领命。三人歃血为盟，约定二月晦日_{农历每月最后一天}会齐，夜半一齐举事。吕、郤二人各往封邑暗集人众，不在话下。

　　却说勃鞮虽然当面应承，心中不以为然，思量道："当初奉献公之命去伐蒲城，又奉惠公所差去刺重耳，这是桀犬吠尧，各为其主。今日怀公已死，重耳即位，晋国方定，又干此大逆无道之事，莫说重耳有天人之助，未必成事；纵使杀了重耳，他从亡许多豪杰，休想轻轻放过了我。不如私下往新君处出首，把这话头反做个进身之阶。此计甚妙。"又想："自己是个有罪之人，不便直叩公宫。"遂于深夜往见狐偃。狐偃大惊，问曰："汝得罪新君甚矣！不思远引避祸，而黄夜至此何也？"勃鞮曰："某之此来，正欲见新君，求国舅一引进耳！"狐偃曰："汝见主公，乃自投死也。"勃鞮曰："某有机密事来告，欲救一国人性命，必面见主公，方可言之。"

　　狐偃遂引至公宫门首，偃叩门先入，见了文公，述勃鞮求见之语。文公曰："鞮有何事，救得一国人性命？此必托言求见，借舅氏作面情_{作情面讨饶}耳。"狐偃曰："刍荛_{ráo 打柴割草的人}之言，圣人择焉。主公新立，正宜捐弃小忿，广纳忠告，不可拒之。"文公意犹未释，乃使近侍传语责之曰："汝斩寡人之袂，此衣犹在，寡人每一见之寒心；汝又至翟行刺寡人，惠公限汝三日起身，汝次日即行，幸我天命见祐，不遭毒手。今寡人入国，汝有何面目来见？可速逃遁，迟则执汝付刑矣！"勃鞮呵呵大笑曰："主公在外奔走十九年，世情尚未熟透耶？先君献公，与君父子，惠公则君之弟也。父仇其子，弟仇其兄，况勃鞮乎？勃鞮小臣，此时惟知有献、惠，安知有君哉？昔管仲为公子纠射桓公中其钩，桓公用之，遂伯天下。如君所见，将修射钩之怨，而失盟主之业矣。不见臣，不为臣损，但恐臣去，而君之祸不远也。"狐偃奏曰："勃鞮必有所闻而来，君必见之。"文公乃召勃鞮入宫。勃鞮并不谢罪，但再拜口称："贺喜!"文公曰:"寡人嗣位久矣,汝今日方称贺,不已晚乎?"勃鞮对曰:"君虽即位,未足贺也。得勃鞮,此位方稳,乃可贺耳!"文公怪其言,屏开左右,愿闻其说。勃鞮将吕、郤之谋,如此恁般,细述一遍:"今其党布满城中,二贼又往封邑聚兵。主公不若乘间与狐国舅微服出城,往秦国起兵,方可平此难也。臣请留此,为诛二贼之内应。"狐偃曰:"事已迫矣!臣请从行。国中之事,子余必能料理。"文公叮嘱勃鞮:"凡事留心,当有重赏!"勃鞮叩首辞出。

文公与狐偃商议了多时,使狐偃预备温车于宫之后门,只用数人相随。文公召心腹内侍,吩咐如此如此,不可泄漏。是晚,依旧如常就寝。至五鼓,托言感寒疾腹病,使小内侍执灯如厕,遂出后门,与狐偃登车出城而去。次早,宫中俱传主公有病,各来寝室问安,俱辞不见,宫中无有知其出外者。天明,百官齐集朝门,不见文公视朝,来至公宫询问。只见朱扉双闭,门上挂着一面免朝牌,守门者曰:"主公夜来偶染寒疾,不能下床。直待三月朔视朝,方可接见列位也。"赵衰曰:"主公新立,百事未举,忽有此疾,正是'天有不测风云,人有旦夕祸福。'"众人信以为真,各各叹息而去。吕、郤二人闻知文公患病不出,直至三月朔方才视朝,暗暗欢喜曰:"天教我杀重耳也!"

且说晋文公、狐偃潜行秘密走离了晋界,直入秦邦,遣人致密书于秦穆公,约于王城相会。穆公闻晋侯微行来到,心知国中有变,乃托言出猎,即日命驾,竟至王城来会晋侯。相见之间,说明来意。穆公笑曰:"天命已定,吕、郤辈何能为哉?吾料子余诸人,必能办贼,君勿虑也!"乃遣大将公孙枝屯兵河口,打探绛都消息,便宜行事。晋侯权住王城。

却说勃鞮恐吕、郤二人见疑,数日前,便寄宿于郤芮之家,假作商量。至二月晦日,勃鞮说郤芮曰:"主公约来早视朝,想病当小愈。宫中火起,必然出外。吕大夫守住前门,郤大夫守住后门,我领家众据朝门,以遏救火之人,重耳虽插翅难逃也!"郤芮以为然,言于吕省。是晚,家众各带兵器火种,分头四散埋伏。约莫三更时分,于宫门放起火来。那火势好不凶猛!宫人都在睡梦中惊醒,只道宫中遗漏,大惊小怪,一齐都乱起来。火光中但见戈甲纷纷,东冲西撞,口内大呼:"不要走了重耳!"宫人遇火者烂额焦头,逢兵者伤肢损体,哀哭之声,耳不忍闻。吕省仗剑直入寝宫,来寻文公,并无踪影。撞见郤芮亦仗剑从后宰门入来,问吕省:"曾了事否?"吕省对答不出,只是摇头。二人又冒火覆身搜寻一遍,忽闻外面喊声大举,勃鞮仓忙来报曰:"狐、赵、栾、魏等各家,悉起兵众前来救火,若至天明,恐国人俱集,我等难以脱身,不如乘乱出城,候至天明,打听晋侯死生的确,再作区处。"吕、郤此时不曾杀得重耳，心中早已着忙了，全无主意，只得号召其党，杀出朝门而去。史官有诗云：

　　　　毒火无情杀械成，谁知车驾在王城！

　　　　晋侯若记留袂恨，安得潜行会舅甥？

　　且说狐、赵、栾、魏等各位大夫，望见宫中失火，急忙敛集兵众，准备挠钩水桶，前来救火，原不曾打仗厮杀。直至天明，将火扑灭，方知吕、郤二人造反。不见了晋侯，好大吃惊！有先前吩咐心腹内侍，火中逃出，告知："主公数日前，于五鼓微服出宫，不知去向。"赵衰曰："此事问狐国舅便知。"狐毛曰："吾弟子犯亦于数日前入宫，是夜便不曾归家。想君臣相随，必然预知二贼之逆谋。吾等只索严守都城，修葺qì宫寝，以待主公之归可也。"魏犫曰："贼臣造逆，焚宫弑主，今虽逃不远，乞付我一旅之师，追而斩之。"赵衰曰："甲兵，国家大权，主公不在，谁敢擅动？二贼虽逃，不久当授首交出头，即被杀矣。"

　　再说吕、郤等屯兵郊外，打听得晋君未死，诸大夫闭城谨守，恐其来追，欲奔他国，但未决所向。勃鞮诳欺骗之曰："晋君废置，从来皆出秦意，况二位与秦君原有旧识，今假说公宫失火，重耳焚死。去投秦君，迎公子雍而立之，重耳虽不死，亦难再入矣。"吕省曰："秦君向与我有王城之盟，今日只合投之，但未知秦肯容纳否？"勃鞮曰："吾当先往道意，如其慨许，即当偕往。不然，再作计较。"勃鞮行至河口，闻公孙枝屯兵河西，即渡河求见，各各吐露心腹，说出真情。公孙枝曰："既贼臣见投，当诱而诛之，以正国法，无负便宜之托可也。"乃为书托勃鞮往召吕、郤。书略曰：

　　　　新君入国，与寡君原有割地之约。寡君使枝宿兵河西，理明疆界，
　　　　恐新君复如惠公故事也。今闻新君火厄，二大夫有意于公子雍，此寡
　　　　君之所愿闻，大夫其速来共计！

吕、郤得书，欣然而往。至河西军中，公孙枝出迎，叙话之后，设席相款。吕、郤坦然不疑。谁知公孙枝预遣人报知秦穆公，先至王城等候。吕、郤等留连三日，愿见秦君。公孙枝曰："寡君驾在王城，同往可也。车徒暂屯此地，俟大夫返驾，一同济河何如？"吕、郤从其言。行至王城，勃鞮同公孙枝先驱入城，见了秦穆公，使丕豹往迎吕、郤。穆公伏晋文公于围屏之后，吕、郤等继至，谒见已毕，说起迎立子雍之事。穆公曰："公子雍已在此了！"吕、郤齐声曰："愿求一见。"穆公呼曰："新君可出矣！"只见围屏后一位贵人，不慌不忙，又手步出。吕、郤睁眼看之，乃文公重耳也。吓得吕省、郤芮魂不附体，口

称："该死!"叩头不已。穆公邀文公同坐。文公大骂："逆贼! 寡人何负于汝而反? 若非勃鞮出首,潜出宫门,寡人已为灰烬矣!"吕、郤此时,方知为勃鞮所卖。报称:"勃鞮实歃血同谋,愿与俱死。"文公笑曰:"勃鞮若不共歃,安知汝谋如此?"喝叫武士拿下,就命勃鞮监斩。须臾,二颗人头献于阶下。可怜吕省、郤芮辅佐惠、怀,也算一时豪杰,索性屯军庐柳之时,与重耳做个头敌_{对头},不失为从一忠臣! 既已迎降,又复背叛,今日为公孙枝所诱,死于王城,身名俱败,岂不哀哉! 文公即遣勃鞮,将吕、郤首级往河西招抚其众,一面将捷音驰报国中。众大夫皆喜曰:"不出子余所料也!"赵衰等忙备法驾,往河东迎接晋侯。要知后事如何,且看下回分解。

分子推局志焚殿上

太叔帝怗

寵入宮

中

第三十七回　介子推守志焚绵上　太叔带怙宠入宫中

话说晋文公在王城诛了吕省、郤芮，向秦穆公再拜称谢。因以亲迎夫人之礼，请逆怀嬴归国。穆公曰："弱女已失身子圉，恐不敢辱君之宗庙，得备嫔嫱 pín qiáng 之数足矣。"文公曰："秦、晋世好，非此不足以主宗祀，舅其勿辞！且重耳之出，国人莫知，今以大婚为名，不亦美乎？"穆公大喜，乃邀文公复至雍都，盛饰辎軿 zī píng，以怀嬴等五人归之。又亲送其女，至于河上，以精兵三千护送，谓之"纪纲之仆"。今人称管家为纪纲，盖始于此。文公同怀嬴等济河，赵衰诸臣早备法驾于河口，迎接夫妇升车。百官扈 hù 从，旌旗蔽日，鼓乐喧天，好不闹热！昔时宫中夜遁，如入土之龟，缩头缩尾；今番河上荣归，如出冈之凤，双宿双飞。正所谓"彼一时，此一时"也。文公至绛，国人无不额手称庆。百官朝贺，自不必说。遂立怀嬴为夫人。

当初晋献公嫁女伯姬之时，使郭偃卜卦，其繇 zhòu 通"籀"，占卜的文辞 云："世作甥舅，三定我君。"伯姬为秦穆公夫人，穆公女怀嬴又为晋文公夫人，岂不是"世作甥舅"？穆公先送夷吾归国，又送重耳归国，今日文公避难而出，又亏穆公诱诛吕、郤，重整山河，岂不是"三定我君"？又穆公曾梦宝夫人，引之游于天阙，谒见上帝，遥闻殿上呼穆公之名曰："任好听旨，汝平晋乱！"如是者再。穆公先平里克之乱，复平吕、郤之乱，一签一梦，无不应验。诗云：

> 万物荣枯皆有定，浮生碌碌空奔忙。
>
> 笑彼愚人不安命，强觅冬雷和夏霜。

文公追恨吕、郤二人，欲尽诛其党，赵衰谏曰："惠、怀以严刻失人心，君宜更之以宽。"文公从其言，乃颁行大赦。吕、郤之党甚众，虽见赦文，犹不自安，讹言日起，文公心以为忧。忽一日侵晨，小吏头须叩宫门求见。文公方解发而沐，闻之怒曰："此人窃吾库藏，致寡人行资缺乏，乞食曹、卫，今日尚何见为？"阍人如命辞之。头须曰："主公得无方沐乎？"阍者惊曰："汝何以知之？"头须曰："夫沐者，俯首曲躬，其心必覆；心覆则出言颠倒，宜我之求见而不得也。且主公能容勃鞮，得免吕、郤之难，今独不能容头须耶？头须此来，有安晋国之策。君必拒之，头须从此逃矣。"阍人遽以其言告于文公，文公曰："是吾过也。"亟索冠带装束，召头须入见。头须叩头请罪讫，然后言曰：

"主公知吕、郤之党几何？"文公蹙眉而言曰："众甚。"头须奏曰："此辈自知罪重，虽奉赦犹且怀疑，主公当思所以安之。"文公曰："安之何策？"头须奏曰："臣窃主公之财，使主公饥饿，臣之获罪，国人尽知。若主公出游而用臣为御，使举国之人，闻且见之，皆知主公之不念旧恶，而群疑尽释矣。"文公曰："善。"乃托言巡城，用头须为御。吕、郤之党见之，皆私语曰："头须窃君之藏，今且仍旧录用，况他人乎？"自是讹言顿息。文公仍用头须掌库藏之事。因有恁般容人之量，所以能安定晋国。

文公先为公子时，已娶过二妻。初娶徐嬴早卒。再娶偪姞，生一子一女，子名驩huān，女曰伯姬。偪姞亦薨于蒲城。文公出亡时，子女俱幼，弃之于蒲，亦是头须收留，寄养于蒲民遂氏之家，岁给粟帛无缺。一日，乘间言于文公。文公大惊曰："寡人以为死于兵刃久矣，今犹在乎？何不早言？"头须奏曰："臣闻'母以子贵，子以母贵'。君周游列国，所至送女，生育已繁。公子虽在，未卜君意何如，是以不敢遽白耳。"文公曰："汝如不言，寡人几负不慈不疼爱子女之名！"即命头须往蒲，厚赐遂氏，迎其子女以归，使怀嬴母之。遂立驩为太子，以伯姬赐与赵衰为妻，谓之赵姬。

翟君闻晋侯嗣位，遣使称贺，送季隗归晋。文公问季隗之年，对曰："别来八载，今三十有二矣。"文公戏曰："犹幸不及二十五年也。"齐孝公亦遣使送姜氏于晋，晋侯谢其玉成之美。姜氏曰："妾非不贪夫妇之乐，所以劝驾者，正为今日耳。"文公将齐、翟二姬平昔贤德，述于怀嬴。怀嬴称赞不已，固请让夫人之位于二姬。于是更定宫中之位，立齐女为夫人，翟女次之，怀嬴又次之。赵姬闻季隗之归，亦劝其夫赵衰迎接叔隗母子。衰辞曰："蒙主公赐婚，不敢复念翟女也！"赵姬曰："此世俗薄德之语，非妾所愿闻也。妾虽贵，然叔隗先配，且有子矣，岂可怜新而弃旧乎？"赵衰口虽唯唯，意犹未决。赵姬乃入宫奏于文公曰："妾夫不迎叔隗，欲以不贤之名遗妾，望父侯作主！"文公乃使人至翟，迎叔隗母子以归。赵姬以内子之位让翟女，赵衰又不可。赵姬曰："彼长而妾幼，彼先而妾后，长幼先后之序，不可乱也。且闻子盾，齿已长矣，而又有才，自当立为嫡子。妾居偏房，理所当然。若必不从，妾惟有退居宫中耳！"衰不得已，以姬言奏于文公。文公曰："吾女能推让如此，虽周太妊rèn周文王之母，传说很贤德莫能过也！"遂宣叔隗母子入朝，立叔隗为内子，立盾为嫡子。叔隗亦固辞，文公喻以赵姬之意，乃拜受谢恩而出。盾时年十七岁，生得气宇轩昂，举动有则，通诗书，精射御，赵衰甚爱之。后赵姬生三子，曰同，曰括，曰婴，其才皆不及盾，此是后话。史官叙赵姬之贤德，赞云：

阴性好闭，不嫉则妒，惑夫逞骄，篡嫡敢怒。褒进申绌，服欢白怖，理显势穷，误人自误。贵而自贱，高而自卑，同括下盾，陒压于姬。谦谦令德，君子所师，文公之女，成季之妻。

再说晋文公欲行复国之赏，乃大会群臣，分为三等：以从亡为首功，送款者次之，迎降者又次之。三等之中，又各别其劳之轻重，而上下其赏。第一等从亡中，以赵衰、狐偃为最；其他狐毛、胥臣、魏犨、狐射姑、先轸、颠颉，以次而叙。第二等送款者，以栾枝、郤溱为最；其他士会、舟之侨、孙伯纠、祁满等，以次而叙。第三等迎降者，郤步扬、韩简为最；其他梁繇靡、家仆徒、郤乞、先蔑、屠击等，以次而叙。无采地者赐地，有采地者益封。别以白璧五双赐狐偃曰：“向者投璧于河，以此为报。”又念狐突冤死，立庙于晋阳之马鞍山，后人因名其山曰狐突山。又出诏令于国门：“倘有遗下功劳未叙者，许其自言。”小臣壶叔进曰：“臣自蒲城相从主公，奔走四方，足踵俱裂。居则侍寝食，出则戒车马，未尝顷刻离左右也。今主公行从亡之赏，而不及于臣，意者臣有罪乎？”文公曰：“汝来前，寡人为汝明之。夫导我以仁义，使我肺腑开通者，此受上赏；辅我以谋议，使我不辱诸侯者，此受次赏；冒矢石，犯锋镝，以身卫寡人者，此复受次赏。故上赏赏德，其次赏才，又其次赏功。若夫奔走之劳，匹夫之力，又在其次。三赏之后，行且及汝矣。”壶叔愧服而退。文公乃大出金帛，遍赏舆儓 tái 古代对最下一级奴仆的称谓仆隶之辈，受赏者无不感悦。惟魏犨、颠颉二人，自恃才勇，见赵衰、狐偃都是文臣，以辞令为事，其赏却在己上，心中不悦，口内稍有怨言。文公念其功劳，全不计较。

又有介子推，原是从亡人数，他为人狷 juàn 介性情正直，洁身自好无比，因济河之时，见狐偃有居功之语，心怀鄙薄，耻居其列，自随班朝贺一次以后，托病居家，甘守清贫，躬自织屦，以侍奉其老母。晋侯大会群臣，论功行赏，不见子推，偶尔忘怀，竟置不问了。邻人解张见子推无赏，心怀不平；又见国门之上，悬有诏令：“倘有遗下功劳未叙，许其自言。”特地叩子推之门，报此消息。子推笑而不答。老母在厨下闻之，谓子推曰：“汝效劳十九年，且曾割股救君，劳苦不小，今日何不自言？亦可冀数钟之粟米，共朝夕之饔飧 yōng sūn，岂不胜于织屦乎？”子推对曰：“献公之子九人，惟主公最贤。惠、怀不德，天夺其助，以国属于主公。诸臣不知天意，争据其功，吾方耻之！吾宁终身织屦，不敢贪天之功以为己力也！”老母曰：“汝虽不求禄，亦宜入朝一见，庶不没汝割股之劳。”子推曰：“孩儿既无求于君，何以见为？”老母曰：“汝能为廉士，吾岂不能为廉士之母？吾母子当隐于深山，毋溷 hùn 混杂于市井中也。”子推大喜曰："孩儿素爱绵上，山高谷深，今当归此。"乃负其母奔绵上，结庐于深谷之中，草衣木食，将终其身焉。邻舍无知其去迹者，惟解张知之，乃作书夜悬于朝门。文公设朝，近臣收得此书，献于文公。文公读之，其词曰：

> 有龙矫矫，悲失其所；数蛇从之，周流天下。龙饥乏食，一蛇割股；
> 龙返于渊，安其壤土。数蛇入穴，皆有宁宇；一蛇无穴，号于中野。

文公览毕，大惊曰："此介子推之怨词也！昔寡人过卫乏食，子推割股以进。今寡人大赏功臣，而独遗子推，寡人之过何辞？"即使人往召子推，子推已不在矣。文公拘其邻舍，诘问子推去处："有能言者，寡人并官之。"解张进曰："此书亦非子推之书，乃小人所代也。子推耻于求赏，负其母隐于绵上深谷之中。小人恐其功劳泯没淹没，埋没，是以悬书代为白之。"文公曰："若非汝悬书，寡人几忘子推之功矣！"遂拜解张为下大夫，即日驾车，用解张为前导，亲往绵山，访求子推。只见峰峦叠叠，草树萋萋，流水潺潺，行云片片，林鸟群噪，山谷应声，竟不得子推踪迹。正是："只在此山中，云深不知处。"左右拘得农夫数人到来，文公亲自问之。农夫曰："数日前，曾有人见一汉子，负一老妪 yù，息于此山之足，汲水饮之，复负之登山而去，今则不知所之也。"文公命停车于山下，使人遍访，数日不得。文公面有愠色，谓解张曰："子推何恨寡人之深耶？吾闻子推甚孝，若举火焚林，必当负其母而出矣。"魏犨进曰："从亡之日，众人皆有功劳，岂独子推哉？今子推隐身以要君，逗留车驾，虚费时日。待其避火而出，臣当羞之！"乃使军士于山前山后，周围放火，火烈风猛，延烧数里，三日方息。子推终不肯出，子母相抱，死于枯柳之下。军士寻得其骸骨，文公见之，为之流涕，命葬于绵山之下，立祠祀之。环山一境之田，皆作祠田，使农夫掌其岁祀。"改绵山曰介山，以志寡人之过！"后世于绵上立县，谓之介休，言介子推休息于此也。焚林之日，乃三月五日清明之候。国人思慕子推，以其死于火，不忍举火，为之冷食一月，后渐减至三日。至今太原、上党、西河、雁门各处，每岁冬至后一百五日，预作干糒，以冷水食之，谓之"禁火"，亦曰"禁烟"。因以清明前一日为寒食节，遇节，家家插柳于门，以招子推之魂，或设野祭，焚纸钱，皆为子推也。胡曾有诗云：

> 羁绁从游十九年，天涯奔走备颠连。
> 食君刳股心何赤，辞禄焚躯志甚坚。
> 绵上烟高标气节，介山祠壮表忠贤。
> 只今禁火悲寒食，胜却年年挂纸钱。

文公既定君臣之赏，大修国政，举善任能，省刑薄敛，通商礼宾，拯寡救乏,国中大治。周襄王使太宰周公孔及内使叔兴,赐文公以侯伯之命。文公待之有加礼。叔兴归见襄王,言:"晋侯必伯诸侯,不可不善也。"襄王自此疏齐而亲晋,不在话下。

是时郑文公臣服于楚,不通中国,恃强凌弱,怪滑伯事卫不事郑,乃兴师伐之,滑伯惧而请成。郑师方退,滑仍旧事卫,不肯服郑。郑文公大怒,命公子士泄为将,堵俞弥副之,再起大军伐滑。卫文公与周方睦,诉郑于周。周襄王使大夫游孙伯、伯服至郑,为滑求解。未至,郑文公闻之,怒曰:"郑、卫一体也,王何厚于卫,而薄于郑耶?"命拘游孙伯、伯服于境上,俟破滑凯旋,方可释之。孙伯被拘,其左右奔回,诉知周襄王。襄王骂曰:"郑捷欺朕太甚,朕必报之!"问群臣:"谁能为朕问罪于郑者?"大夫颓叔、桃子二人进曰:"郑自先王兵败,益无忌惮。今又挟荆蛮为重,虐执王臣。若兴兵问罪,难保必胜。以臣之愚,必借兵于翟,方可伸威。"大夫富辰连声曰:"不可,不可!古人云:'疏不间亲。'郑虽无道,乃子友之后,于天子兄弟也。武公著东迁之劳,厉公平子颓之乱,其德均不可忘。翟乃戎狄豺狼,非我同类。用异类而蔑同姓,修小怨而置大德,臣见其害,未见其利也。"颓叔、桃子曰:"昔武王伐商,九夷俱来助战,何必同姓? 东山之征,实因管、蔡。郑之横逆,犹管、蔡也。翟之事周,未尝失礼,以顺诛逆,不亦可乎?"襄王曰:"二卿之言是也。"乃使颓叔、桃子如翟,谕以伐郑之事。翟君欣然奉命,假以出猎为名,突入郑地,攻破栎城,以兵戍之,遣使同二大夫告捷于周。周襄王曰:"翟有功于朕,朕今中宫新丧,欲以翟为婚姻何如?"颓叔、桃子曰:"臣闻翟人之歌曰:'前叔隗,后叔隗,如珠比玉生光辉。'言翟有二女,皆名叔隗,并有殊色。前叔隗乃咎如国之女,已嫁晋侯。后叔隗乃翟君所生,今尚未聘,王可求之。"襄王大喜,复命颓叔、桃子往翟求婚。翟人送叔隗至周,襄王欲立为继后。富辰又谏曰:"王以翟为有功,劳之可也。今以天子之尊,下配夷女,翟恃其功,加以姻亲,必有窥伺之患矣。"襄王不听,遂以叔隗主中宫之政。

说起那叔隗,虽有韶色,素无闺德。在本国专好驰马射箭,翟君每出猎,必自请随行,日与将士们驰逐原野,全无拘束。今日嫁与周王,居于深宫,如笼中之鸟,槛内之兽,甚不自在。一日,请于襄王曰:"妾幼习射猎,吾父未尝禁也。今郁郁宫中,四肢懈倦,将有痿痹 wěi bì 萎缩,麻痹之疾。王何不举大狩,使妾观之?"襄王宠爱方新,言无不从。遂命太史择日,大集车徒,较猎于北邙山。有司张幕于山腰,襄王与隗后坐而观之。襄王欲悦隗后之意,出令曰:"日中为期,得三十禽者赏辒 tún 车三乘,得二十禽者赏以幢 chōng 车二乘,得十禽者赏以轃 cháo 车一乘，不逾十禽者无赏。"一时王子王孙及大小将士，击狐伐兔，无不各逞其能，以邀厚赏。打围良久，太史奏："日已中矣。"襄王传令撤回，诸将各献所获之禽，或一十，或二十，惟有一位贵人，所献逾三十之外。那贵人生得仪容俊伟，一表人物，乃襄王之庶弟，名曰带，国人皆称曰太叔，爵封甘公。因先年夺嫡不遂，又召戎师以伐周，事败出奔齐国，后来惠后再三在襄王面前辩解求恕，大夫富辰亦劝襄王兄弟修好，襄王不得已，召而复之。今日在打围中，施逞精神，拔了个头筹。襄王大喜，即赐轃车如数。其余计获多少，各有赐赏 jī 赠送，送给。隗后坐于王侧，见甘公带才貌不凡，射艺出众，夸奖不迭。问之襄王，知是金枝玉叶，十分心爱。遂言于襄王曰："天色尚早，妾意欲自打一围，以健筋骨，幸吾王降旨。"襄王本意欲取悦隗后，怎好不准其奏，即命将士重整围场。

　　隗后解下绣袍。原来袍内，预穿就窄袖短衫，罩上异样黄金锁子轻细之甲。腰系五彩纯丝绣带。用玄色轻绡 xiāo 六尺，周围抹额，笼蔽凤笄，以防尘土。腰悬箭箙 fú 用竹、木或皮做成的盛箭器具，手执朱弓，妆束得好不齐整！有诗为证：

　　　　花般绰约玉般肌，幻出戎装态更奇。
　　　　仕女班中夸武艺，将军队里擅娇姿。

隗后这回装束，别是一般丰采，喜得襄王微微含笑。左右驾戎辂以待。隗后曰："车行不如骑迅。妾随行诸婢，凡翟国来的，俱惯驰马，请于王前试之。"襄王命多选良马，鞴 bèi 装备车马勒停当。侍婢陪骑者，约有数人。隗后方欲跨马，襄王曰："且慢。"遂问同姓诸卿中"谁人善骑？保护王后下场"。甘公带奏曰："臣当效劳。"这一差，正暗合了隗后之意。侍婢簇拥隗后，做一队儿骑马先行。甘公带随后跨着名驹赶上，不离左右。隗后要在太叔面前，施逞精神。太叔亦要在隗后面前，夸张手段。未试弓箭，且试跑马。隗后将马连鞭几下，那马腾空一般去了。太叔亦跃马而前。转过山腰，刚刚两骑马，讨个并头。隗后将丝缰勒住，夸奖甘公曰："久慕王子大才，今始见之！"太叔马上欠身曰："臣乃学骑耳，不及王后万分之一！"隗后曰："太叔明早可到太后宫中问安，妾有话讲。"言犹未毕，侍女数骑俱到，隗后以目送情，甘公轻轻点头，各勒马而回。恰好山坡下，赶出一群麋鹿来，太叔左射麋，右射鹿，俱中之，隗后亦射中一鹿，众人喝彩一番。隗后复跑马至于山腰，襄王出幕相迎曰："王后辛苦！"隗后以所射之鹿，拜献襄王，太叔亦以一麋一鹿呈献，襄王大悦。众将及军士又驰射一番，方才撤围。御庖将野味烹调以进，襄王颁赐群臣，欢饮而散。

次日，甘公带入朝谢赐，遂至惠后宫中问安，其时隗后已先在矣。隗后预将贿赂，买嘱随行宫侍，遂与太叔眉来眼去，两下意会，托言起身，遂私合于侧室之中。男贪女爱，极其眷恋之情，临别两不相舍。隗后嘱咐太叔："不时入宫相会。"太叔曰："恐王见疑。"隗后曰："妾自能周旋，不必虑也。"惠后宫人颇知其事，只因太叔是太后的爱子，况且事体重大，不敢多口。惠后心上亦自觉着，反吩咐宫人："闲话少说。"隗后的宫侍已自遍受赏赐，做了一路，为之耳目。太叔连宵达旦，潜住宫中，只瞒得襄王一人。史官有诗叹曰：

> 太叔无兄何有嫂？襄王爱弟不防妻。
>
> 一朝射猎成私约，始悔中宫女是夷。

又有诗讥襄王不该召太叔回来，自惹其祸。诗云：

> 明知篡逆性难悛①，便不行诛也绝亲。
>
> 引虎入门谁不噬？襄王真是梦中人！

大凡做好事的心，一日小一日；做歹事的胆，一日大一日，甘公带与隗后私通，走得路熟，做得事惯，渐渐不避耳目，不顾利害，自然败露出来。那隗后少年贪欲，襄王虽则宠爱，五旬之人到底年力不相当了，不时在别寝休息。太叔用些贿，使些势，那把守宫门的，无过是内侍之辈，都想道："太叔是太后的爱子，周王一旦晏驾，就是太叔为王了，落得他些赏赐，管他甚帐？"以此不分早晚，出入自如。

却说宫婢中有个小东，颇有几分颜色，善于音律。太叔一夕欢宴之际，使小东吹玉箫，太叔歌而和之。是夕开怀畅饮，醉后不觉狂荡，便按住小东求欢。小东惧怕隗后，解衣脱身，太叔大怒，拔剑赶逐，欲寻小东杀之。小东竟奔襄王别寝，叩门哭诉，说太叔如此恁般，如今见在宫中。襄王大怒，取了床头宝剑，趋至中宫，要杀太叔。毕竟性命如何，且看下回分解。

---

①悛（quān）：停止，悔改。

周襄王避亂屋範

晉公守信
老友降廓

第三十八回　周襄王避乱居郑　晋文公守信降原

话说周襄王闻宫人小东之语,心头一时火起,急取床头宝剑,趋至中宫,来杀太叔。才行数步,忽然转念:"太叔乃太后所爱,我若杀之,外人不知其罪,必以我为不孝矣。况太叔武艺高强,倘然不逊,挺剑相持,反为不美。不如暂时隐忍,俟明日询有实迹,将隗后贬退,谅太叔亦无颜复留,必然出奔外境,岂不稳便?"叹了一口气,掷剑于地,复回寝宫,便随身内侍打探太叔消息。回报:"太叔知小东来诉我王,已脱身出宫去矣。"襄王曰:"宫门出入,如何不禀命于朕?亦朕之疏于防范也!"次早,襄王命拘中宫侍妾审问。初时抵赖,唤出小东面证,遂不能隐,将前后丑情,一一招出。襄王将魂后贬入冷宫,封锁其门,穴墙在墙上挖洞以通饮食。太叔带自知有罪,逃奔翟国去了。惠太后惊成心疾,自此抱病不起。

却说颓叔、桃子闻隗后被贬,大惊曰:"当初请兵伐郑,是我二人;请婚隗氏,又是我二人。今忽然被斥,翟君必然见怪。太叔今出奔在翟,定有一番假话,哄动翟君。倘然翟兵到来问罪,我等何以自解自我辩解?"即日乘轻车疾驰,赶上太叔,做一路商量:"若见翟君,须得如此如此。"不一日,行到翟国,太叔停驾于郊外,颓叔、挑子先入城见了翟君,告诉道:"当初我等原为太叔请婚,周王闻知美色,乃自取之,立为正宫。只为往太后处问安,与太叔相遇,偶然太叔叙起前因,说话良久,被宫人言语诬谤,周王轻信,不念贵国伐郑之劳,遂将王后贬入冷宫,太叔逐出境外。忘亲背德,无义无恩,乞假一旅之师,杀入王城,扶立太叔为王,救出王后,仍为国母,诚贵国之义举也。"翟君信其言,问:"太叔何在?"颓叔、桃子曰:"现在郊外候命。"翟君遂迎太叔入城。太叔请以甥舅之礼相见,翟君大喜,遂拨步骑五千,使大将赤丁同颓叔、桃子,奉太叔以伐周。

周襄王闻翟兵临境,遣大夫谭伯为使,至翟军中,谕以太叔内乱之罪。赤丁杀之,驱兵直逼王城之下。襄王大怒,乃拜卿士原伯贯为将,毛卫副之,率车三百乘,出城御敌。伯贯知翟兵勇猛,将辎车联络为营,如坚城一般,赤丁冲突数次,俱不能入,连日搦 nuò 战,亦不出应。赤丁愤甚,乃定下计策,于翠云山搭起高台,上建天子旌旗,使军士假扮太叔,在台上饮宴歌舞为乐,却教颓叔、桃子各领一千骑兵,伏于山之左右,只等周兵到时,台上放炮为号,一齐拢杀将来。又教亲儿赤风子引骑兵五百,直逼其营辱骂,以激其怒,若彼开营出战,佯输诈败,引他走翠云山一路,便算功劳。赤丁与太叔引大队在后准备接应。分拨停当。

却说赤风子引五百骑兵搦战,原伯贯登垒望之,欺其寡少,便欲出战。毛卫谏曰:"翟人诡诈多端,只宜持重,俟其懈怠,方可击也。"挨至午牌时分,翟军皆下马坐地,口中大骂:"周王无道之君,用这般无能之将,降又不降,战又不战,待要何如?"亦有卧地而骂者。原伯贯忍耐不住,喝教开营。营门开处,涌出车乘百余,车上立着一员大将,金盔绣袄,手执大杆刀,乃原伯贯也。赤风子忙叫:"孩儿们快上马!"自挺铁槊 shuò 同"槊",即长矛来迎战,不上十合,拨马往西而走。军士多有上马不及者,周军乱抢马匹,全无行列。赤风子回马,又战数合,渐渐引至翠云山相近。赤风子委弃马匹器械殆尽,引数骑奔山后去了。原伯贯抬头一望,见山上飞龙赤旗飘飐 zhǎn,绣伞之下,盖着太叔。大吹大擂饮酒。原伯贯曰:"此贼命合尽于吾手!"乃拣平坦处驱车欲上。山上檑木炮石打将下来,原伯正没计较,忽闻山坳中连珠炮响,左有颓叔,右有桃子,两路铁骑,如狂风骤雨,围裹将来。原伯心知中计,急教回车,来路上已被翟军砍下乱木,纵横道路,车不能行。原伯喝令步卒开路,军士都心慌胆落,不战而溃。原伯无计可施,卸下绣袍,欲杂于众中逃命。有小军叫曰:"将军到这里来!"颓叔听得叫声,疑为原伯,指挥翟骑追之,擒获二十余人,原伯果在其内。比及赤丁大军到时,已大获全胜,车马器械,悉为所俘。有逃脱的军士,回营报知毛卫。毛卫只教坚守,一面遣人驰奏周王,求其添兵助将。不在话下。

颓叔将原伯贯绑缚献功于太叔,太叔命囚之于营。颓叔曰:"今伯贯被擒,毛卫必然丧胆。若夜半往劫其营,以火攻之,卫可擒也。"太叔以为然,言于赤丁。赤丁用其策,暗传令令。是夜三鼓之后,赤丁自引步军千余,俱用利斧,劈开索链,劫入大营,就各车上将芦苇放起火来。顷刻延烧,遍营中火球乱滚,军士大乱。颓叔、桃子各引精骑,乘势杀入,锐不可当。毛卫急乘小车,从营后而遁。正遇着步卒一队,为首乃是太叔带,大喝:"毛卫那里走?"毛卫着忙,被太叔一枪刺于车下。翟军大获全胜,遂围王城。

周襄王闻二将被擒,谓富辰曰:"早不从卿言,致有此祸。"富辰曰:"翟势甚狂,吾王暂尔暂且,暂时出巡,诸侯必有倡义纳王者。"周公孔奏曰:"王师虽败,若悉起百官家属,尚可背城一战。奈何轻弃社稷,委命于诸侯乎?"召公过奏曰："言战者,乃危计也。以臣愚见,此祸皆本于叔隗,吾王先正其诛,然后坚守以待诸侯之救,可以万全。"襄王叹曰："朕之不明,自取其祸! 今太后病危,朕暂当避位,以慰其意。若人心不忘朕,听诸侯自图之可也。"因谓周、召二公曰："太叔此来,为隗后耳。若取隗氏,必惧国人之谤,不敢居于王城。二卿为朕缮兵固守,以待朕之归可也。"周、召二公顿首受命。襄王问于富辰曰："周之接壤,惟郑、卫、陈三国,朕将安适?"富辰对曰："陈、卫弱,不如适郑。"襄王曰："朕曾用翟伐郑,郑得无怨乎?"富辰曰："臣之劝王适郑者,正为此也。郑之先世,有功于周,其嗣必不忘。王以翟伐郑,郑心不平,固日夜望翟之背周,以自明其顺也。今王适郑,彼必喜于奉迎,又何怨焉?"襄王意乃决。富辰又请曰："王犯翟锋而出,恐翟人悉众与王为难,奈何? 臣愿率家属与翟决战,王乘机出避可也。"乃尽召子弟亲党,约数百人,勉以忠义,开门直犯翟营,牵住翟兵。襄王同简师父、左鄢 yān 父等十余人,出城望郑国而去。富辰与赤丁大战,所杀伤翟兵甚众,辰亦身被重伤,遇颓叔、桃子,慰之曰："子之忠谏,天下所知也,今日可以无死。"富辰曰："昔吾屡谏王,王不听,以及此。若我不死战,王必以我为怼 duì 怨恨矣。"复力战多时,力尽而死。子弟亲党,同死者三百余人。史官有诗赞曰:

> 用夷凌夏岂良谋? 纳女宣淫祸自求。
> 骤谏不从仍死战,富辰忠义播春秋。

富辰死后,翟人方知襄王已出王城。时城门复闭,太叔命释原伯贯之囚,使于门外呼之。周、召二公立于城楼之上,谓太叔曰："本欲开门奉迎,恐翟兵入城剽掠,是以不敢。"太叔请于赤丁,求其屯兵城外,当出府库之藏为犒,赤丁许之。太叔遂入王城,先至冷宫,放出隗后,然后往谒惠太后。太后见了太叔,喜之不胜,一笑而绝。太叔且不治丧,先与隗后宫中聚阔。欲寻小东杀之,小东惧罪,先已投井自尽矣。呜呼哀哉!

次日,太叔假传太后遗命,自立为王,以叔隗为王后,临朝受贺。发府藏大犒翟军,然后为太后发丧。国人为之歌曰:

> 暮丧母,旦娶妇,妇得嫂,臣娶后。为不惭,言可丑,谁其逐之? 我
> 与尔左右!

太叔闻国人之歌,自知众论不服,恐生他变,乃与隗氏移驻于温,大治宫室,日夜取乐。王城内国事,悉委周、召二公料理,名虽为王,实未尝与臣民相接也。原伯贯逃往原城去了。这边话且搁过不提。

且说周襄王避出王城,虽然望郑国而行,心中未知郑意好歹。行至

氾 fán 地,其地多竹而无公馆,一名竹川。襄王询土人,知入郑界,即命停车,借宿于农民封氏草堂之内。封氏问:"官居何职?"襄王言曰:"我周天子也。为国中有难,避而到此。"封氏大惊,叩头谢罪曰:"吾家二郎,夜来梦红日照于草堂,果有贵人下降。"即命二郎杀鸡为黍。襄王问:"二郎何人?"对曰:"民之后母弟也。与民同居于此,共爨 cuàn 炉灶同耕,以奉养后母。"襄王叹曰:"汝农家兄弟,如此和睦,朕贵为天子,反受母弟之害,朕不如此农民多矣!"因凄然泪下。大夫左鄢父进曰:"周公大圣,尚有骨肉之变。吾主不必自伤,作速告难于诸侯,料诸侯必不坐视。"襄王乃亲作书稿,使人分告齐、宋、陈、郑、卫诸国。略曰:

　　　不穀①不德,得罪于母之宠子弟带,越在郑地氾。敢告。

简师父奏曰:"今日诸侯有志图伯者,惟秦与晋。秦有蹇叔、百里奚、公孙枝诸贤为政,晋有赵衰、狐偃、胥臣诸贤为政,必能劝其君以勤王之义,他国非所望也。"襄王乃命简师父告于晋,使左鄢父告于秦。

　　且说郑文公闻襄王居氾,笑曰:"天子今日方知翟之不如郑也。"即日使工师往氾地创立庐舍,亲往起居,省视器具,一切供应,不敢菲薄。襄王见郑文公颇有惭色。鲁、宋诸国亦遣使问安,各有馈献,惟卫文公不至。鲁大夫臧孙辰字文仲,闻之叹曰:"卫侯将死矣!诸侯之有王,犹木之有本,水之有源也。木无本必枯,水无源必竭,不死何为?"时襄王十八年之冬十月也。至明年春,卫文公薨,世子郑立,是为成公,果应臧文仲之言。此是后话。

　　再说简师父奉命告晋,晋文公询于狐偃。偃对曰:"昔齐桓之能合诸侯,惟尊王也。况晋数易其君,民以为常,不知有君臣之大义。君盍纳王而讨太叔之罪,使民知君之不可贰乎?继文侯辅周之勋,光武公启晋之烈,皆在于此。若晋不纳,秦必纳之,则伯业独归于秦矣。"文公使太史郭偃卜之,偃曰:"大吉!此黄帝战于阪泉之兆。"文公曰:"寡人何敢当此!"偃对曰:"周室虽衰,天命未改。今之王,古之帝也,其克叔带必矣。"文公曰:"更为我筮之。"得《乾》下《离》上《大有》之卦,第三爻动,变为《兑》下《离》上《睽》卦。偃断之曰:"《大有》之九三云:'公用享于天子。'战克而王享,吉莫大焉!《乾》为天,《离》为日,日丽于天,昭明之象。《乾》变而《兑》,《兑》为泽,泽在下,以当《离》日之焰 zhào。是天子之恩光焰临晋国,又何疑焉?"文公大悦,乃大阅车徒,分左右二军,使赵衰将左军,魏犨佐之;郤溱将右军,颠颉佐之;文公引狐

---

　　①不穀(gǔ):古代帝王、诸侯自称的谦词。

偃、栾枝等，左右策应。

临发时，河东守臣报称："秦伯亲统大兵勤王，已在河上，不日渡河矣。"狐偃进曰："秦公志在勤王，所以顿兵河上者，为东道之不通故也。如草中之戎，丽土之狄，皆车马必由之路，秦素未与通，恐其不顺，是以怀疑不进。君诚行赂于二夷，谕以假道勤王之意，二夷必听。更使人谢秦君，言晋师已发，秦必退矣。"文公然其言。一面使狐偃之子狐射姑，赍金帛之类，行赂于戎狄，一面使胥臣往河上辞秦。胥臣谒见穆公，致晋侯之命曰："天子蒙尘蒙受风尘，多指君王流亡在外在外，君之忧，即寡君之忧也。寡君已扫境内兴师，代君之劳，已有成算，毋敢烦大军远涉。"穆公曰："寡人恐晋君新立，军师未集，是以奔走在此，以御天子之难。既晋君克举大义，寡人当静听捷音。"蹇叔、百里奚皆曰："晋侯欲专大义，以服诸侯，恐主公分其功业，故遣人止我之师。不如乘势而下，共迎天子，岂不美哉？"穆公曰："寡人非不知勤王美事，但东道未通，恐戎狄为梗。晋初为政，无大功何以定国，不如让之。"乃遣公子絷随左鄗父至氾，问劳襄王。穆公班师而回。

却说胥臣以秦君退师回报，晋兵遂进屯阳樊，守臣苍葛出郊外劳军。文公使右军将军郤溱等围温，左军将军赵衰等迎襄王于氾。襄王以夏四月丁巳日复至王城，周、召二公迎之入朝。不在话下。温人闻周王复位，乃群聚攻颓叔、桃子，杀之，大开城门以纳晋师。太叔带忙携隗后登车，欲夺门出走翟国。守门军士闭门不容其去。太叔仗剑砍倒数人，却得魏犨追到，大喝："逆贼那里去走？"太叔曰："汝放孤出城，异日厚报。"魏犨曰："问天子肯放你时，魏犨就做人情。"太叔大怒，挺剑刺来，被魏犨跃上其车，一刀斩之。军士擒隗氏来见，犨曰："此淫妇，留他何用！"命众军乱箭攒射。可怜如花夷女，与太叔带半载欢娱，今日死于万箭之下。胡曾先生咏史诗云：

> 逐兄盗嫂据南阳，半载欢娱并罹殃。
>
> 淫逆倘然无速报，世间不复有纲常。

魏犨带二尸以报郤溱，溱曰："何不槛送天子，明正其戮？"魏犨曰："天子避杀弟之名，假手于晋，不如速诛之为快也！"郤溱叹息不已，乃埋二尸于神农涧之侧。一面安抚温民，一面使人报捷于阳樊。

晋文公闻太叔和隗氏俱已伏诛，乃命驾亲至王城，朝见襄王奏捷。襄王设醴酒以飨之，复大出金帛相赠。文公再拜谢曰："臣重耳不敢受赐，但死后得用隧葬，臣沐恩于地下无穷矣。"襄王曰："先王制礼，以限隔上下，止有此生死之文，朕不敢以私劳而乱大典。叔父大功，朕不敢忘！"乃割畿内温、原、阳樊、攒茅四邑，以益其封。文公谢恩而退。百姓携老扶幼，填塞街市，争来识认晋侯，叹曰："齐桓公今复出也！"晋文公下令两路俱班师。大军屯于太行山之南，使魏犫定阳樊之田，颠颉定攒茅之田，栾枝定温之田，晋侯亲率赵衰定原之田。为何定原之田，文公亲往？那原乃周卿士原伯贯之封邑，原伯贯兵败无功，襄王夺其邑以与晋，伯贯见在原城，恐其不服，所以必须亲往。颠颉至攒茅，栾枝至温，守臣俱携酒食出迎。

却说魏犫至阳樊，守臣苍葛谓其下曰："周弃岐、丰，余地几何！而晋复受四邑耶？我与晋同是王臣，岂可服之？"遂率百姓持械登城。魏犫大怒，引兵围之，大叫："早早降顺，万事俱休，若打破城池，尽皆屠戮！"苍葛在城上答曰："吾闻'德以柔中国，刑以威四夷'。今此乃王畿之地，畿内百姓，非王之宗族，即王之亲戚。晋亦周之臣子，忍以兵威相劫耶？"魏犫感其言，遣人驰报文公。文公致书于苍葛，略曰：

> 四邑之地，乃天子之赐，寡人不敢违命。将军若念天子之姻亲，率
> 以归国，亦惟将军之命是听。

因谕魏犫缓其攻，听阳民自徙。苍葛得书，命城中百姓："愿归周者去，愿从晋者留。"百姓愿去者大半，苍葛尽率之，迁于轵 zhǐ 村。魏犫定其疆界而还。

再说文公同赵衰略地至原，原伯贯诒 dòu 欺骗其下曰："晋兵围阳樊，尽屠其民矣！"原人恐惧，共誓死守，晋兵围之。赵衰曰："民所以不服晋者，不信故也。君示之以信，将不攻而下矣。"文公曰："示信若何？"赵衰对曰："请下令，军士各持三日之粮，若三日攻原不下，即当解围而去。"文公依其言。到第三日，军吏告察："军中只有今日之粮了！"文公不答。是日夜半，有原民缒 zhuì 用绳悬物往下送城而下，言："城中已探知阳樊之民未尝遭戮，相约于明晚献门。"文公曰："寡人原约攻城以三日为期，三日不下，解围去之。今满三日矣，寡人明早退师。尔百姓自尽守城之事，不必又怀二念。"军吏请曰："原民约明晚献门，主公何不暂留一日，拔一城而归？即使粮尽，阳樊去此不远，可驰取也。"文公曰："信，国之宝也，民之所凭也。三日之令，谁不闻之？若复留一日，是失信矣！得原而失信，民尚何凭于寡人？"黎明，即解原围。原民相顾曰："晋侯宁失城，不失信，此有道之君！"乃争建降旗于城楼，缒城以追文公之军者，纷纷不绝。原伯贯不能禁止，只得开城出降。髯仙有诗云：

> 口血犹含起战戈，谁将片语作山河？
> 去原毕竟原来服，谲诈何如信义多！

晋军行三十里，原民追至，原伯贯降书亦到。文公命扎住车马，以单车

直入原城，百姓鼓舞称庆。原伯贯来见，文公待以王朝卿士之礼，迁其家于河北。文公择四邑之守曰："昔子余以壶飱从寡人于卫，忍饥不食，此信士也。寡人以信得原，还以信守之。"使赵衰为原大夫，兼领阳樊。又谓郤溱曰："子不私其族，首同栾氏通款于寡人，寡人不敢忘。"乃以郤溱为温大夫，兼守攒茅，各留兵二千戍其地而还。后人论文公纳王示义，伐原示信，乃图伯之首事也。毕竟何时称伯，且看下回分解。

柳下惠授

辭却�{敵}

晉文
公伐
衛破
曹

第三十九回　柳下惠授词却敌　晋文公伐卫破曹

　　话说晋文公定了温、原、阳樊、攒茅四邑封境，直通太行山之南，谓之南阳。此周襄王十七年之冬也。时齐孝公亦有嗣伯继承霸业之意。自无亏之死，恶了鲁僖公。鹿上不署，别了宋襄公。盂会不赴，背了楚成王。诸侯离心，朝聘不至。孝公心怀愤怒，欲用兵中原，以振先业，乃集群臣问曰："先君桓公在日，无岁不征，无日不战。今寡人安坐朝堂，如居蜗壳之中，不知外事，寡人愧之！昔年鲁侯谋救无亏，与寡人为难，此仇未报。今鲁北与卫结，南与楚通，倘结连伐齐，何以当之？闻鲁岁饥，寡人意欲乘此加兵，以杜其谋。诸卿以为何如？"上卿高虎奏曰："鲁方多助，伐之未必有功。"孝公曰："虽无功，且试一行，以观诸侯离合之状。"乃亲率车徒二百乘，欲侵鲁之北鄙。

　　边人闻信，先来告急。鲁正值饥馑jǐn饥荒之际，民不胜兵，大夫臧孙辰言于僖公曰："齐挟忿深入，未可与争胜负也，请以辞令谢之！"僖公曰："当今善为辞令者何人？"臧孙辰对曰："臣举一人，乃先朝司空无骇之子，展氏获名，字子禽，官拜士师，食邑柳下。此人外和内介，博文达理，因居官执法，不合于时，弃职归隐。若得此人为使，定可不辱君命，取重于齐矣。"僖公曰："寡人亦素知其人，今安在？"曰："见在柳下。"使人召之，展获辞以病不能行。臧孙辰曰："禽有从弟名喜，虽在下僚，颇有口辩。若令喜就获之家，请其指授，必有可听。"僖公从之。展喜至柳下，见了展获，道达君命。展获曰："齐之伐我，欲绍桓公之伯业也。夫图伯莫如尊王，若以先王之命责之，何患无辞？"展喜复于僖公曰："臣知所以却齐矣。"僖公已具下犒师之物，无非是牲醴粟帛之类，装做数车，交与展喜。

　　喜至北鄙，齐师尚未入境，乃迎将上去。至汶南地方，刚遇齐兵前队，乃崔夭为先锋。展喜先将礼物呈送崔夭。崔夭引至大军，谒见齐侯，呈上犒军礼物，曰："寡君闻君亲举玉趾，将辱临于敝邑，使下臣喜奉犒执事。"孝公曰："鲁人闻寡人兴师，亦恐惧乎？"喜答曰："小人则或者恐惧矣，若君子，则全无恐惧也。"孝公曰："汝国文无施伯之智，武无曹刿之勇，况正逢饥馑，野无青草，何所恃而不惧？"喜答曰："敝邑别无所恃，所恃者先王之命耳。昔周先王封太公于齐，封我先君伯禽于鲁，使周公与太公割牲为盟，誓曰：'世世子孙，同奖王室，无相害也。'此语载在盟府，太史掌之。桓公是以九合诸侯，而先与庄公为柯之盟，奉王命也。君嗣位九年，敝邑君臣引领望齐曰：'庶几修先伯主之业，以亲睦诸侯。'若弃成王之命，违太公之誓，堕桓公之业，以好为仇，度君侯之必不然也。敝邑恃此不惧。"孝公曰："子归语鲁侯，寡人愿修睦，不复用兵矣。"即日传令班师。潜渊有诗，讥臧孙辰知柳下惠之贤，不能荐引同朝。诗云：

> 北望烽烟鲁势危，片言退敌奏功奇。
>
> 臧孙不肯开贤路，柳下仍淹展士师。

展喜还鲁，复命于僖公。臧孙辰曰："齐师虽退，然其意实轻鲁。臣请偕仲遂如楚，乞师伐齐，使齐侯不敢正眼觑鲁，此数年之福也。"僖公以为然，乃使公子遂为正使，臧孙辰为副使，行聘于楚。

臧孙辰素与楚将成得臣相识，使得臣先容于楚王，谓楚王曰："齐背鹿上之约，宋为泓水之战，二国者，皆楚仇也。王若问罪于二国，寡君愿悉索敝赋，为王前驱。"楚成王大喜，即拜成得臣为大将，申公叔侯副之，率兵伐齐。取阳谷之地，以封齐桓公之子雍，使雍巫相之。留甲士千人，从申公叔侯屯成，以为鲁之声援。成得臣奏凯还朝。令尹子文时已年老，请让政于得臣。楚王曰："寡人怨宋，甚于怨齐。子玉已为我报齐矣，卿为我伐宋，以报郑之仇。俟凯旋之日，听卿自便何如？"子文曰："臣才万不及子玉，愿以自代，必不误君王之事。"楚王曰："宋方事晋，楚若伐宋，晋必救之。两当晋、宋，非卿不可，卿强为寡人一行。"乃命子文治兵于暌 kuí，简阅车马，申明军法。子文满意欲显子玉之能，是日草草完事，终朝毕事，不戮一人。楚王曰："卿阅武而不戮一人，何以立威？"子文奏曰："臣之才力，比于强弩之末矣。必欲立威，非子玉不可。"楚王更使得臣治兵于芳。得臣简阅精细，用法严肃，有犯不赦，竟一日之长，方才事毕。总计鞭七人之背，贯三人之耳，真个钟鼓添声，旌旗改色。楚王喜曰："子玉果将才也！"子文复请致政，楚王许之。乃以得臣为令尹，掌中军元帅事。群臣皆造子文之宅，贺其举荐得人，致酒相款。时文武毕集，惟大夫芳吕臣有微恙不至。酒至半酣，阍人报："门外有一小儿求见。"子文命召入。那小儿举手鞠躬，竟造末席而坐，饮酒啖炙，傍若无人。有人认识此儿，乃芳吕臣之子，名曰芳贾，年方一十三岁。子文异之，问曰："某为国得一大将，国老无不贺，尔小子独不贺，何也？"芳贾曰："诸公以为可贺，愚以为可吊耳！"子文怒曰："汝谓可吊，有何说？"贾曰："愚观子玉为人，勇于任事，而昧于决机_{不善于决策}。能进而不能退，可使佐斗，不可专任也。若以军政委之，必至偾_{fèn}败坏，覆亡事。谚云‘太刚则折’，子玉之谓矣！举一人而败国，又何贺焉？如其不败，贺未晚也。”左右曰：“此小儿狂言，不须听之。”蒍贾大笑而出，众公卿俱散。

明日，楚王拜得臣为大将，亲统大兵，纠合陈、蔡、郑、许四路诸侯，一同伐宋，围其缗_{mín}邑。宋成公使司马公孙固如晋告急。晋文公集群臣问计，先轸进曰：“方今惟楚强横，而于君有私恩。今楚戍谷伐宋，生事中原，此天授我以救灾恤患之名也。取威定伯，在此举矣！”文公曰：“寡人欲解齐、宋之患，如何而可？”狐偃进曰：“楚始得曹而新婚于卫，是二国又皆主公之仇也。若兴师以伐曹、卫，楚必移兵来救，则齐、宋宽矣。”文公曰：“善。”乃以其谋告公孙固，使回报宋公，令其坚守。公孙固领命去了。文公以兵少为虑，赵衰进曰：“古者大国三军，次国二军，小国一军。我曲沃武公，始以一军受命。献公始作二军，以灭霍、魏、虞、虢诸国，拓地千里。晋在今日，不得为次国，宜作三军。”文公曰：“三军既作，遂可用否？”赵衰曰：“未也。民未知礼，虽聚而易散。君盍大搜以示之礼，使民知尊卑长幼之序，动亲上死长之心，然后可用。”文公曰：“作三军，必须立元帅，谁堪其任？”赵衰对曰：“夫为将者，有勇不如有智，有智不如有学。君如求智勇之将，不患无人。若求有学者，臣所见惟郤縠_{hú}一人耳。縠年五十余矣，好学不倦，说《礼》《乐》而敦《诗》《书》。夫《礼》《乐》《诗》《书》，先王之法，德义之府也。民生以德义为本，兵事以民为本。惟有德义者，方能恤民。能恤民者，方能用兵。”文公曰：“善。”乃召郤縠为元帅，縠辞不受。文公曰：“寡人知卿，卿不可辞！”强之再三，乃就职。择日，大搜于被庐，作中上下三军。郤縠将中军，郤溱佐之，祁瞒掌大将旗鼓。使狐偃将上军，偃辞曰：“臣兄在前，弟不可以先兄。”乃命狐毛将上军，狐偃佐之。使赵衰将下军，衰辞曰：“臣贞慎不如栾枝，有谋不如先轸，多闻不如胥臣。”乃命栾枝将下军，先轸佐之。荀林父御戎，魏犨为车右，赵衰为大司马。郤縠登坛发令，三通鼓罢，操演阵法，少者在前，长者在后，坐作进退，皆有成规。有不能者，教之；三教而不遵，以违令论，然后用刑。一连操演三日，奇正_{兵法术语，指用兵方法变化变化}，指挥如意。众将见郤縠宽严得体，无不悦服。方欲鸣金收军，忽将台之下，起一阵旋风，竟将大帅旗杆吹为两段，众皆变色。郤縠曰：“帅旗倒折，主将当应之。吾不能久与诸子同事，然主公必成大功。”众问其说，縠但笑而不答。时周襄王十九年冬十二月之事也。

明年春,晋文公议分兵以伐曹、卫,谋于郤縠。縠对曰:"臣已与先轸商议停当矣。今日非与曹、卫为难也,分兵可以当曹、卫,而不可以当楚。主公宜以伐曹为名,假道于卫,卫、曹方睦,必然不允。我乃从南河济师,出其不意,直捣卫境,所谓'迅雷不及掩耳',胜有八九。既胜卫,然后乘势而临曹。曹伯素失民心,又慑于败卫之威,其破曹必矣!"文公喜曰:"子真有学之将也!"即使人如卫假道伐曹。卫大夫元咺 xuān 请于成公曰:"始晋君出亡过我,先君未尝加礼。今来假道,君必听之。不然,彼将先卫而后曹矣。"成公曰:"寡人与曹共服于楚,若假以伐曹之路,恐未结晋欢,而先取楚怒也。怒晋,犹恃有楚,并怒楚,将何恃乎?"遂不许。晋使回报文公。文公曰:"不出元帅所料也!"乃命迁道南行。

渡了黄河,行至五鹿之野,文公曰:"嘻!此介子推割股处也!"不觉凄然泪下,诸将皆感叹助悲。魏犫曰:"吾等当拔城取邑,为君雪往年之耻,何用叹息?"先轸曰:"武子之言是也。臣愿率本部之兵,独取五鹿。"文公壮其言,许之。魏犫曰:"吾当助子一臂。"二将升车前进。先轸令军士多带旗帜,凡所过山林高阜之处,便教悬插,务要透出林表。魏犫曰:"吾闻'兵行诡道',今遍张旗表,反使敌人知备,不知何意?"先轸曰:"卫素臣服于齐,近改事荆蛮,国人不顺,每虞中国之来讨。吾主欲继齐图伯,不可示弱,当以先声夺之。"

却说五鹿百姓,不意晋兵猝然来到,登城了望,但见旌旗布满山林,正不知兵有多少。不论城内城外居民,争先逃窜,守臣禁止不住。先轸兵到,无人守御,一鼓拔之,遣人报捷于文公。文公喜形于色,谓狐偃曰:"舅云得土,今日验矣!"乃留老将郤步扬屯守五鹿,大军移营,进屯敛盂。郤縠忽然得病,文公亲往视之。郤縠曰:"臣蒙主公不世之遇,本欲涂肝裂脑,以报知己,奈天命有限,当应折旗之兆,死在旦夕!尚有一言奉启。"文公曰:"卿有何言?寡人无不听教。"縠曰:"君之伐曹、卫,本谋固以致楚也。致楚必先计战,计战必先合齐、秦。秦远而齐近,君速遣一使结好齐侯,愿与结盟。齐方恶楚,亦思结晋。倘得齐侯降临,则卫、曹必惧而请成,因而收秦。此制楚之全策也。"文公曰:"善。"遂遣使通好于齐,叙述桓公先世之好,愿与结盟,同攘荆蛮。

时齐孝公已薨,国人推立其弟潘,是为昭公。潘,葛嬴所生也,新嗣大位,以取谷之故,正欲结晋以抗楚。闻知晋侯屯军敛盂,即日命驾至卫地相会。卫成公见五鹿已失,忙使宁速之子宁俞,前来谢罪请成。文公曰:"卫不容假道,今惧而求成,非其本心,寡人旦夕当踏平楚丘矣。"宁俞还报卫侯。时楚丘城中,讹传晋兵将到,一夕五惊。俞谓卫成公曰:"晋怒方盛,国人震恐,君不如暂出城避之。晋知主公已出,必不来攻楚丘,然后再乞晋好,保全社稷可也。"成公叹曰:"先君不幸失礼于亡公子,寡人又一时不明,不允假道,以至如此。累及国人,寡人亦无面目居于中国!"乃使大夫咺同其弟叔武摄国事,自己避居襄牛之地;一面使大夫孙炎求救于楚。时乃春二月也。髯翁有诗云:

> 患难何须具主宾? 纳姬赠马怪纷纷。
>
> 谁知五鹿开疆者,便是当年求乞人!

是月,郤縠卒于军。晋文公悼惜不已,使人护送其丧归国。以先轸有取五鹿之功,升为元帅。用胥臣佐下军,以补先轸之缺。因赵衰前荐胥臣多闻,是以任之。文公欲遂灭卫国,先轸谏曰:"本为楚困齐、宋,来拯其危,今齐、宋之患未解,而先覆人国,非伯者存亡恤小之义也。况卫虽无道,其君已出,废置在我。不如移兵东伐曹,比及楚师救卫,则我已在曹矣。"文公然其言。

三月,晋师围曹。曹共公集群臣问计,僖负羁进曰:"晋君此行,为报观胁之怨也。其怒方深,不可较力。臣愿奉使谢罪请平,以救一国百姓之难。"曹共公曰:"晋不纳卫,肯独纳曹乎?"大夫于朗进曰:"臣闻晋侯出亡过曹,负羁私馈饮食,今又自请奉使,此乃卖国之计,不可听之。主公先斩负羁,臣自有计退晋。"曹共公曰:"负羁谋国不忠,姑念世臣,免杀罢官。"负羁谢恩出朝去了。正是:闭门不管窗前月,吩咐梅花自主张。共公问于朗:"计将安出?"于朗曰:"晋侯恃胜,其气必骄。臣请诈为密书,约以黄昏献门。预使精兵挟弓弩,伏于城壖 ruán 古代宫殿的外墙之内,哄得晋侯入城,将悬门放下,万矢俱发,不愁不为齑 jī 粉。"曹共公从其计。晋侯得于朗降书,便欲进城。先轸曰:"曹力未亏,安知非诈? 臣请试之。"乃择军中长须伟貌者,穿晋侯衣冠代行。寺人勃鞮自请为御。黄昏左侧,城上竖起降旗一面,城门大开,假晋侯引着五百余人,长驱而入。未及一半,但闻城壖之内,梆声乱响,箭如飞蝗射来。急欲回车,门已下闸。可惜勃鞮及三百余人,死做一堆! 幸得晋侯不去,不然,"昆岗失火,玉石俱焚"了。晋文公先年过曹,曹人多有认得的,其夜仓卒不辨真伪。于朗只道晋侯已死,在曹共公面前,好不夸嘴! 及至天明辨验,方知是假的,早减了一半兴。

其未曾入城者,逃命来见晋侯。晋侯怒上加怒,攻城愈急。于朗又献计曰:"可将射死晋兵,暴尸于城上,彼军见之,必然惨沮,攻不尽力。再延数日,楚救必至,此乃摇动军心之计也。"曹共公从之。晋军见城头用桛竿悬尸,累累相望,口中怨叹不绝。文公谓先轸曰:"军心恐变,如之奈何?"先轸对曰:"曹国坟墓,俱在西门之外。请分军一半,列营于墓地,若将发掘者,城中必惧,惧必乱,而后乃可乘也。"文公曰:"善。"乃令军中扬言:"将发曹人之墓。"使狐毛、狐偃率所部之众,移屯墓地,备下锹锄,限定来日午时,各以墓中髑髅dú lóu 头骨,一般指死人头骨献功。城内闻知此信,心胆俱裂。曹共公使人于城上大叫:"休要发墓,今番真正愿降!"先轸亦使人应曰:"汝诱杀我军,复磔zhé 车裂,古代分裂肢体的酷刑尸城上,众心不忍,故将发墓,以报此恨!汝能殡殓死者,以棺送还吾军,吾当敛兵而退矣。"曹人覆曰:"既如此,请宽限三日!"先轸应曰:"三日内不送尸棺,难怪我辱汝祖宗也!"曹共公果然收取城上尸骸,计点数目,各备棺木,三日之内,盛敛得停停当当,装载乘车之上。先轸定下计策,预令狐毛、狐偃、栾枝、胥臣整顿兵车,分作四路埋伏,只等曹人开门出棺,四门一齐攻打进去。

到第四日,先轸使人于城下大叫:"今日还我尸棺否?"曹人城上应曰:"请解围退兵五里,即当交纳。"先轸禀知文公,传令退兵,果退五里之远。城门开处,棺车分四门推出。才出得三分之一,忽闻炮声大举,四路伏兵一齐发作,城门被丧车填塞,急切不能关闭,晋兵乘乱攻入。曹共公方在城上弹压,魏犫在城外看见,从车中一跃登城,劈胸揪住,缚做一束。于朗越城欲遁,被颠颉获住斩之。晋文公率众将登城楼受捷。魏犫献曹伯襄,颠颉献于朗首级,众将各有擒获。晋文公命取仕籍观之,乘轩者三百人,各有姓名,按籍拘拿,无一脱者。籍中不见僖负羁名字,有人说:"负羁为劝曹君行成,已除籍为民矣。"文公乃面数曹伯之罪曰:"汝国只有一贤臣,汝不能用,却任用一班宵小小人,伪君子,如小儿嬉戏,不亡何待?"喝教:"幽于大寨,俟胜楚之后,待听处分。"其乘轩三百人,尽行诛戮,抄没其家,以赏劳军士。僖负羁有盘飧之惠,家住北门,环北门一带,传令:"不许惊动,如有犯僖氏一草一木者斩首!"晋侯分调诸将,一半守城,一半随驾,出屯大寨。胡曾先生咏史诗云:

曹伯慢贤遭絷虏,负羁行惠免诛夷。

眼前不肯行方便,到后方知是与非。

却说魏犫、颠颉二人,素有挟功骄恣之意,今日见晋侯保全僖氏之令,魏犫忿然曰:"吾等今日擒君斩将,主公并无一言褒奖。些须盘飧,所惠几何,却如此用情,真个轻重不分了!"颠颉曰:"此人若仕于晋,必当重用,我等被他欺压,不如一把火烧死了他,免其后患。便主公晓得,难道真个斩首不成?"魏犨曰:"言之有理。"二人相与饮酒,候至夜静,私领军卒,围住僖负羁之家,前后门放起火来,火焰冲天。魏犨乘醉恃勇,跃上门楼,冒着火势,在檐溜上奔走如飞,欲寻僖负羁杀之。谁知栋榱即椽子焚毁,倒塌下来,扑陆一声,魏犨失脚坠地,跌个仰面朝天。只听得天崩地裂之声,一根败栋刮喇的,正打在魏犨胸脯上。魏犨大痛无声,登时口吐鲜血,前后左右,火球乱滚,只得挣扎起来,兀自攀着庭柱,仍跃上屋,盘旋而出。满身衣服,俱带着火,扯得赤条条,方免焚身之祸。魏犨虽然勇猛,此时不繇不困倒了。刚遇颠颉来到,扶到空闲去处,解衣衣之,一同上车,回寓安歇。

却说狐偃、胥臣在城内,见北门火起,疑有军变,慌忙引兵来视。见僖负羁家中被火,急教军士扑灭,已自焚烧得七零八落。僖负羁率家人救火,触烟而倒,比及救起,已中火毒,不省人事。其妻曰:"不可使僖氏无后!"乃抱五岁孩儿僖禄奔后园,立污池中得免。乱到五更,其火方熄。僖氏家丁死者数人,残毁房舍民居数十余家。狐偃、胥臣访知是魏犨、颠颉二人放的火,大惊,不敢隐瞒,飞报大寨。那大寨离城五里,是夜虽望见城中火光,不甚明白,直到天明,文公接得申报,方知其故。即刻驾车入城,先到北门来看僖负羁,负羁张目一看,遂瞑 míng 闭眼,去世。文公叹息不已。负羁妻抱着五岁孩儿僖禄,哭拜于地。文公亦为垂泪,谓曰:"贤嫂不必愁烦,寡人为汝育之。"即怀中拜为大夫,厚赠金帛,殡葬负羁,携其妻子归晋。直待曹伯归附之后,负羁妻愿归乡省墓,乃遣人送归。僖禄长成,仍仕于曹为大夫,此是后话。

当日文公命司马赵衰议违命放火之罪,欲诛魏犨、颠颉。赵衰奏曰:"此二人有十九年从亡奔走之劳,近又立有大功,可以赦之!"文公怒曰:"寡人所以取信于民者,令也。臣不遵令,不谓之臣,君不能行令于臣,不谓之君。不君不臣,何以立国?诸大夫有劳于寡人者甚众,若皆可犯令擅行,寡人自今不复能出一令矣!"赵衰复奏曰:"主公之言甚当。然魏犨材勇,诸将莫及,杀之诚为可惜!且罪有首从,臣以为借颠颉一人,亦足警众,何必并诛?"文公曰:"闻魏犨伤胸不能起,何惜此旦暮将死之人,而不以行吾法乎?"赵衰曰:"臣请以君命问之,如其必死,诚如君言。倘尚可驱驰,愿留此虎将,以备缓急。"文公点头道:"是。"乃使荀林父往召颠颉,使赵衰视魏犨之病。不知魏犨性命如何,且看下回分解。

先軫說謀子激正

晋楚
城濮
大交
兵

第四十回　先轸诡谋激子玉　晋楚城濮大交兵

话说赵衰奉了晋侯密旨，乘车来看魏犨。时魏犨胸脯伤重，病卧于床，问："来者是几人?"左右曰："止赵司马单车至此。"魏犨曰："此探吾死生，欲以我行法耳!"乃命左右取匹帛："为我束胸，我当出见使者。"左右曰："将军病甚，不宜轻动。"魏犨大喝曰："病不至死，汝勿多言!"如常装束而出。赵衰问曰："闻将军病，犹能起乎? 主公使衰问子所苦。"魏犨曰："君命至此，不敢不敬，故勉强束胸以见吾子。犨自知有罪当死，万一获赦，尚将以余息报君父之恩，其敢自逸!"于是距跃者三，曲踊者三。赵衰曰："将军保重，衰当为主公言之。"乃复命于文公，言："魏犨虽伤，尚能跃踊，且不失臣礼，不忘报效。君若赦之，后必得其死力。"文公曰："苟足以申法而警众，寡人亦何乐乎多杀?"

须臾，荀林父拘颠颉 jié 至，文公骂曰："汝焚僖大夫之家何意?"颠颉曰："介子推割股啖君，亦遭焚死，况盘飧乎? 臣欲使僖负羁附于介山之庙也!"文公大怒曰："介子推逃禄不仕，何与寡人?"乃问赵衰曰："颠颉主谋放火，违命擅刑，合当何罪?"赵衰应曰："如令当斩首!"文公喝命军正军中执法官用刑。刀斧手将颠颉拥出辕门斩之。命以其首祭负羁于僖氏之家，悬其首于北门，号令曰："今后有违寡人之令者，视此!"文公又问赵衰曰："魏犨与颠颉同行，不能谏阻，合当何罪?"赵衰应曰："当革职，使立功赎罪。"文公乃革魏犨戎右之职，以舟之侨代之。将士皆相顾曰："颠、魏二将，有十九年从亡大功，一违君命，或诛或革，况他人乎? 国法无私，各宜谨慎!"自此三军肃然知畏。史官有诗云：

> 乱国全凭用法严，私劳公议两难兼。
> 只因违命功难赎，岂为盘飧一夕淹?

话分两头。却说楚成王伐宋，克了缗邑，直至睢阳，四面筑起长围，欲俟其困，迫而降之。忽报："卫国遣使臣孙炎告急。"楚王召问其事，孙炎将晋取五鹿，及卫君出居襄牛之事，备细诉说："如救兵稍迟，楚丘不守。"楚王曰："吾舅受困，不得不救。"乃分申、息二邑之兵，留元帅成得臣及斗越椒、斗勃、宛春一班将佐，同各路诸侯围宋。自统芳吕臣、斗宜申等，率中军两广，亲往救卫。四路诸侯，亦虑本国有事，各各辞回，止留其将统兵。陈将辕选、蔡将公子印、郑将石癸、许将百畴俱听得臣调度。

　　单说楚王行至半途，闻晋兵已移向曹国，正议救曹，未几，报至："晋兵已破曹，执其君。"楚王大惊曰："晋之用兵，何神速乃尔？"遂驻军于申城，遣人往谷，取回公子雍及易牙等，以谷地仍复归齐，使申公叔侯与齐讲和，撤戍而还。又遣人往宋，取回成得臣之师，且戒谕之曰："晋侯在外十九年矣，年逾六旬而果得晋国，备尝险阻，通达民情，殆天假之年，以昌大晋国之业，非楚所能敌也，不如让之。"使命致谷，申公叔侯致谷修好于齐，班师回楚。惟成得臣自恃其才，愤愤不平，谓众诸侯曰："宋城旦暮且破，奈何去之？"斗越椒亦以为然。得臣使回见楚王："愿少待破宋，奏凯而回。如遇晋师，请决一死战，若不能取胜，甘伏军法。"楚王召子文问曰："孤欲召子玉还，而子玉请战，于卿何如？"子文曰："晋之救宋，志在图伯，然晋之伯，非楚利也。能与晋抗者惟楚，楚若避晋，则晋遂伯矣。且曹、卫我之与国附属国，见楚避晋，必惧而附晋，姑令相持，以坚曹、卫之心，不亦可乎？王但戒子玉勿轻与晋战，若讲和而退，犹不失南北之局也。"楚王如其言，吩咐越椒，戒得臣勿轻战，可和则和。成得臣闻越椒回复之话，且喜不即班师，攻宋愈急，昼夜不息。

　　宋成公初时得公孙固报言，晋侯将伐曹、卫以解宋围，乃悉力固守。及楚成王分兵一半，救卫去了，得臣之围愈急，心下转慌。大夫门尹般进曰："晋知救卫之师已行，未知围宋之师未退也。臣请冒死出城，再见晋君，乞其救援。"宋成公曰："求人至再，岂可以空言往乎？"乃籍登记造册库藏中宝玉重器之数，造成册籍，献于晋侯，以求进兵，只等楚兵宁静，便照册输纳。门尹般再要一人帮行，宋公使华秀老同之。二人辞了宋公，觑个方便，缒城而出，偷过敌寨，一路挨访晋军，到于何处，径奔军前告急。门尹般、华秀老二人见了晋侯，涕泣而言："敝邑亡在旦夕，寡君惟是不腆宗器，愿纳左右，乞赐哀怜！"文公谓先轸曰："宋事急矣！若不往救，是无宋也。若往救，必须战楚。郤縠 xì hú 曾为寡人策之，非合齐、秦为助不可。今楚归谷地于齐，与之通好，秦、楚又无隙，未肯合谋，将若之何？"先轸对曰："臣有一策，能使齐、秦自来战楚。"文公欣然，问："卿有何妙计，使齐、秦自来战楚？"先轸对曰："宋之赂我，可谓厚矣！受赂而救，君何义焉？不如辞之，使宋以赂晋之物，分赂齐、秦，求二国向楚宛转，乞其解围。二国自谓力能得之于楚，必遣使至楚。楚若不从，则齐、秦之隙成矣。"文公曰："倘请之而从，齐、秦将以宋奉楚，与我何利焉？"先轸对曰："臣又有一策，能使楚必不从齐、秦之请。"文公曰："卿又有何计,使楚必不从齐、秦之请?"先轸曰:"曹、卫,楚所爱也;宋,楚所嫉也。我已逐卫侯,执曹伯矣。二国土地,在我掌握,与宋连界。诚割取二国田土,以畀宋人,则楚之恨宋愈甚。齐、秦虽请,其肯从乎? 齐、秦怜宋而怒楚,虽欲不与晋合,不可得也。"文公抚掌称善。乃使门尹般以宝玉重器之数,分作二籍,转献齐、秦二国。门尹般如秦,华秀老如齐,约定一般说话,相见之间,须要极其哀恳。

秀老至齐,参见了昭公,言:"晋、楚方恶,此难非上国不解。若因上国得保社稷,不惟先朝重器不敢爱,愿年年聘好,子孙无间。"齐昭公问曰:"今楚君何在?"华秀老曰:"楚王亦肯解围,已退师于申矣。惟楚令尹成得臣新得楚政,谓敝邑旦暮可下,贪功不退,是以乞怜于上国耳!"昭公曰:"楚王前日取我谷邑,近日复归于我,结好而退,此无贪功之心。既令尹成得臣不肯解围,寡人为宋曲意请之。"乃命崔夭为使,径至宋地,往见得臣,为宋求释。

门尹般到秦,亦如华秀老之言。秦穆公亦遣公子絷为使,如楚军与得臣讨情。齐、秦两不相照,各自遣使。门尹般和华秀老俱转到晋军回话。文公谓之曰:"寡人已灭曹、卫,其田近宋者,不敢自私。"乃命狐偃同门尹般收取卫田,命胥臣同华秀老收取曹田,把两国守臣尽行赶逐。崔夭、公子絷正在成得臣幕下替宋讲和,恰好那些被逐的守臣,纷纷来诉,说:"宋大夫门尹般、华秀老倚晋之威,将本国国土都割据去了。"得臣大怒,谓齐、秦使者曰:"宋人如此欺负曹、卫,岂像个讲和的? 不敢奉命,休怪,休怪!"崔夭和公子絷一场没趣,即时辞回。晋侯闻得臣不准齐、秦二国之请,预遣人于中途邀迎二国使臣,到于营中,盛席款待,诉以:"楚将骄悍无礼,即日与晋交战,望二国出兵相助。"崔夭、公子絷领命去了。

且说得臣誓于众曰:"不复曹、卫,宁死必不回军!"楚将宛春献策:"小将有一计,可以不劳兵刃,而复曹、卫之封。"得臣问曰:"子有何计?"宛春曰:"晋之逐卫君,执曹伯,皆为宋也。元帅诚遣一使至晋军,好言讲解,要晋复了曹、卫之君,还其田土,我这里亦解宋围,大家罢战休兵,岂不为美?"得臣曰:"倘晋不见听如何?"宛春曰:"元帅先以解围之说,明告宋人,姑缓其攻。宋人思脱楚祸,如倒悬之望解,若晋侯不允,不惟曹、卫二国怨晋,宋亦怒之。聚三怨以敌一晋,我之胜数多矣。"得臣曰:"谁人敢使晋军?"宛春曰:"元帅若以见委,春不敢辞。"得臣乃缓宋国之攻,命宛春为使,乘单车直造晋军,谓文公曰:"君之外臣得臣,再拜君侯麾下:楚之有曹、卫,犹晋之有宋也。君若复卫封曹,得臣亦愿解围去宋,彼此修睦,各免生灵涂炭之苦。"言犹未毕,只见狐偃在旁,咬牙怒目骂道:"子玉好没道理! 你释了一个未亡之宋,却要我这里复两个已亡之国,你直恁便宜!"先轸急蹑狐偃之足,谓宛春曰:"曹、卫罪不至灭亡,寡君亦欲复之。且请暂住后营,容我君臣计议施行。"栾枝引宛春归于后营。

狐偃问于先轸曰:"子载真欲听宛春之请乎?"轸曰:"宛春之请,不可听,不可不听。"偃曰:"何谓也?"轸曰:"宛春此来,盖子玉奸计,欲居德于己,而归怨于晋也。不听,则弃三国,怨在晋矣;听之,则复三国,德又在楚矣。为今之计,不如私许曹、卫,以离其党,再拘执宛春以激其怒,得臣性刚而躁,必移兵索战于我,是宋围不求解而自解也。倘子玉自与宋通和,则我遂失宋矣。"文公曰:"子载之计甚善! 但寡人前受楚君之惠,今拘执其使,恐于报施之理有碍。"栾枝对曰:"楚吞噬小国,凌辱大邦,此皆中原之大耻;君不图伯则已,如欲图伯,耻在于君,乃怀区区之小惠乎?"文公曰:"微卿言,寡人不知也!"遂命栾枝押送宛春于五鹿,交付守将郤步扬小心看管。其原来车骑从人尽行驱回,教他传话令尹曰:"宛春无礼,已行囚禁,待拿得令尹一同诛戮。"从人抱头鼠窜而去。文公打发宛春事毕,使人告曹共公曰:"寡人岂为出亡小忿,求过于君? 所以不释然于君者,以君之附楚故也。君若遣一介告绝于楚,以明君之与晋,即当送君还曹耳。"曹共公急于求释,信以为然,遂为书遗得臣云:

> 孤惧社稷之陨,死亡不免,不得已即安于晋,不得复事上国。上国若能驱晋以为孤宁宇,孤敢有二心耶?

文公又使人往襄牛见卫成公,亦以复国许之。成公大喜。宁俞谏曰:"此晋国反间之计,不可信之。"成公不听,亦致书得臣,大约如曹伯之语。时得臣方闻宛春被拘之报,咆哮叫跳,大骂:"晋重耳,你是跑不伤饿不死的老贼! 当初在我国中,是我刀砧 zhēn 砧板上一块肉,今才得返国为君,辄如此欺负人! 自古'两国相争,不罪来使',如何将我使臣拿住? 吾当亲往与他讲理。"正在发怒,帐外小卒报道:"曹、卫二国,各有书札上达元帅。"得臣想道:"卫侯、曹伯流离之际,有甚书来通我? 必是打探得晋国什么破绽,私来报我,此乃天助我成功也!"启书看时,如此恁般,却是从晋绝楚的话头,气得心头一片无明火,直透上三千丈不止,大叫道:"这两封书,又是老贼逼他写的! 老贼,老贼! 今日不是你就是我,定要拼个死活!"吩咐大小三军,撒了宋围,且去寻晋重耳做对。"待我败了晋军,怕残宋走往那里去!"斗越椒曰:"吾王曾叮咛'不可轻战',若元帅要战之时,还须禀命而行。况齐、秦二国曾为宋求情,恨元帅不从,必然遣兵助晋。我国虽有陈、蔡、郑、许相帮,恐非齐、秦之敌。必须入朝请添兵益将,方可赴敌。"得臣曰:"就烦大夫一行,以速为贵。"

越椒奉元帅将令,径到申邑,来见楚王,奏知请兵交战之意。楚王怒曰:"寡人戒勿与战,子玉强要出师,能保必胜乎?"越椒对曰:"得臣有言在前:'如若不胜,甘当军令。'"楚王终不快意,乃使斗宜申将西广之兵而往。楚兵二广,东广在左,西广在右,凡精兵俱在东广,止分西广之兵,不过千人,又非精卒,乃是楚王疑其兵败,不肯多发之意。成得臣之子成大心,聚集宗人之兵,约六百人,自请助战,楚王许之。斗宜申同越椒领兵至宋,得臣看兵少,心中愈怒,大言曰:"便不添兵,难道我胜不得晋?"即日约会四路诸侯之兵,拔寨都起。这一去,正中了先轸的机谋了。髯翁有诗云:

久困睢阳功未收,勃然一怒战群侯。

得臣纵有冲天志,怎脱今朝先轸谋!

得臣以西广戎车,兼成氏本宗之兵,自将中军。使斗宜申率申邑之师,同郑、许二路兵将为左军。使斗勃率息邑之兵,同陈、蔡二路兵将为右军。雨骤风驰,直逼晋侯大寨,做三处屯聚。

晋文公集诸将问计,先轸曰:"本谋致楚,欲以挫之。且楚自伐齐围宋,以至于今,其师老矣。必战楚,毋失敌!"狐偃曰:"主公昔日在楚君面前,曾有一言:'他日治兵中原,请避君三舍。'今遂与楚战,是无信也。主公向不失信于原人,乃失信于楚君乎? 必避楚。"诸将皆艴 bó 生气,不悦貌然曰:"以君避臣,辱甚矣! 不可,不可!"狐偃曰:"子玉虽刚狠,然楚君之惠,不可忘也。吾避楚,非避子玉。"诸将又曰:"倘楚兵追至,奈何?"狐偃曰:"若我退,楚亦退,必不能复围宋矣。如我退而楚进,则以臣逼君,其曲在彼。避而不得,人有怒心,彼骄我怒,不胜何为?"文公曰:"子犯之言是也。"传令:"三军俱退!"晋军退三十里,军吏来禀曰:"已退一舍之地矣。"文公曰:"未也。"又退三十里,文公仍不许驻车。直退到九十里之程,地名城濮,恰是三舍之远,方教安营息马。时齐孝公命上卿国懿仲之子国归父为大将,崔夭副之;秦穆公使其次子小子慭 yìn 为大将,白乙丙副之;各率大兵,协同晋师战楚,俱于城濮下寨。宋围已解,宋成公亦遣司马公孙固如晋军拜谢,就留军中助战。

却说楚军见晋军移营退避,各有喜色。斗勃曰:"晋侯以君避臣,于我亦有荣名矣。不如借此旋师,虽无功,亦免于罪。"得臣怒曰:"吾已请添兵将,若不一战,何以复命? 晋军既退,其气已怯,宜疾追之!"传令:"速进!"楚军行九十里,恰与晋军相遇,得臣相度地势,凭山阻泽,据险为营。晋诸将言于先轸曰:"楚若据险,攻之难拔,宜出兵争之。"先轸曰:"夫据险以固守也。子玉远来,志在战而不在守。虽据险,安所用之?"时文公亦以战楚为疑,狐偃奏曰:"今日对垒,势在必战。战而胜,可以伯诸侯;即使不胜,我国外河内山,足以自固。楚其奈我何?"文公意犹未决。是夜就寝,忽得一梦,梦见如先年出亡之时,身在楚国,与楚王手搏为戏,气力不加,仰面倒地,楚王伏于身上,击破其脑,以口喋 zhá 之。既觉,大惧。时狐偃同宿帐中,文公呼而告之,如此恁般:"梦中斗楚不胜,被饮吾脑,恐非吉兆乎?"狐偃称贺曰:"此大吉之兆也。君必胜矣!"文公曰:"吉在何处?"狐偃对曰:"君仰面倒地,得天相照;楚王伏于身上,乃伏地请罪也。脑所以柔物,君以脑予楚,柔服之矣,非胜而何?"文公意乃释然。天色乍明,军吏报:"楚国使人来下战书。"文公启而观之,书云:

　　　请与君之士戏,君凭轼而观之,得臣与寓目焉。

狐偃曰:"战,危事也,而曰戏,彼不敬其事矣,能无败乎?"文公使栾枝答其书云:

　　　寡人未忘楚君之惠,是以敬退三舍,不敢与大夫对垒。大夫必欲观兵,敢不惟命! 诘朝①相见。

　　楚使者去后,文公又使先轸再阅兵车,共七百乘,精兵五万余人。齐、秦之众,不在其内。文公登有莘之墟,以望其师,见其少长有序,进退有节,叹曰:"此郤縠之遗教也,以此应敌可矣。"使人伐其山木,以备战具。先轸分拨兵将,使狐毛、狐偃引上军,同秦国副将白乙丙攻楚左师,与斗宜申交战。使栾枝、胥臣引下军,同齐国副将崔夭,攻楚右师,与斗勃交战。各授计策行事。自与郤溱、祁瞒中军结阵,与成得臣相持。却教荀林父、士会各率五千人为左右翼,准备接应。再教国归父、小子慭各引本国之兵,从间道抄出楚军背后埋伏,只等楚军败北,便杀入据其大寨。时魏犨胸疾已愈,自请为先锋。先轸曰:"留老将军有用处。从有莘南去,地名空桑,与楚连谷地面接壤,老将军可引一枝兵,伏于彼处,截楚败兵归路,擒拿楚将。"魏犨欣然去了。赵衰、孙伯纠、羊舌突、茅茷等一班文武,保护晋文公于有莘山上观战。再教舟之侨于南河整顿船只,伺候装载楚军辎重,临期无误。次日黎明,晋军列阵于有莘之北,楚军列阵于南,彼此三军,各自成列。得臣传令,教:"左右二军

---

① 诘朝:平明,清晨。

先进,中军继之。"

　　且说晋下军大夫栾枝,打探楚右师用陈、蔡为前队,喜曰:"元帅密谓我曰:'陈、蔡怯战而易动。'先挫陈、蔡,则右师不攻而自溃矣。"乃使白乙丙出战。陈辕选、蔡公子印欲在斗勃前建功,争先出车。未及交锋,晋兵忽然退后。二将方欲追赶,只见对阵门旗开处,一声炮响,胥臣领着一阵大车,冲将出来。驾车之马,都用虎皮蒙背,敌马见之,认为真虎,惊惶跳踯,执辔者拿把不住,牵车回走,反冲动斗勃后队。胥臣和白乙丙乘乱掩杀,胥臣斧劈公子印于车下,白乙丙箭射斗勃中颊。斗勃带箭而逃,楚右师大败,死者枕藉_{纵横交错躺在一起,形容死人很多},不计其数。

　　栾枝遣军卒,假扮作陈、蔡军人,执着彼处旗号,往报楚军,说:"右师已得胜,速速进兵,共成大功。"得臣凭轼望之,但见晋军北奔,烟尘蔽天,喜曰:"晋下军果败矣!"急催左师并力前进。斗宜申见对阵大旆 pèi 旌旗高悬,料是主将,抖擞精神,冲杀过来。这里狐偃迎住,略战数合,只见阵后大乱,狐偃回辕便走,大旆亦往后退行。宜申只道晋军已溃,招引郑、许二将尽力追逐。忽然鼓声大震,先轸、郤溱引精兵一枝,从半腰里横冲过来,将楚军截做二段。狐毛、狐偃翻身复战,两下夹攻。郑、许之兵先自惊溃,宜申支架不住,拼死命杀出,遇着齐将崔夭,又杀一阵,尽弃其车马器械,杂于步卒之中,爬山而遁_{逃跑}。原来晋下军伪作北奔,烟尘蔽天,却是栾枝砍下有莘山之木,曳于车后,车驰木走,自然刮地尘飞,哄得左军贪功索战。狐毛又诈设大旆,教人曳之而走,装作奔溃之形。狐偃佯败,诱其驱逐。先轸早已算定,吩咐祁瞒虚建大将旗,守定中军,任他敌军搦战,切不可出应,自引兵从阵后抄出,横冲过来,恰与二狐夹攻,遂获全胜。这都是先轸预定下的计策。有诗为证:

　　　　临机何用阵堂堂?先轸奇谋不可当。
　　　　只用虎皮蒙马计,楚军左右尽奔亡。

　　话说楚元帅成得臣虽则恃勇求战,想着楚王两番教诫之语,却也十分持重。传闻左右二军,俱已进战得利,追逐晋兵,遂令中军击鼓,使其子小将军成大心出阵。祁瞒先时也守着先轸之戒,坚守阵门,全不招架。楚中军又发第三通鼓,成大心手提画戟,在阵前耀武扬威。祁瞒忍耐不住,使人察之,回报:"是十五岁的孩子。"祁瞒曰:"谅童子有何本事! 手到拿来,也算我中军一功。"喝教:"擂鼓!"战鼓一鸣,阵门开处,祁瞒舞刀而出,小将军便迎住交锋。约斗二十余合,不分胜败。斗越椒在门旗之下,见小将军未能取胜,即忙驾车而出，拈弓搭箭，觑得较亲准确，一箭正射中祁瞒的盔缨。祁瞒吃了一惊，欲待退回本阵，恐冲动了大军，只得绕阵而走。斗越椒大叫："此败将不须追之，可杀入中军，擒拿先轸！"不知胜负如何，且看下回分解。

連尚城子玉自殺

踐土壇晉侯盟眾

第四十一回　连谷城子玉自杀　践土坛晋侯主盟

话说楚将斗越椒与小将军成大心不去追赶祁瞒，竟杀入中军。越椒见大将旗迎风荡扬，一箭射将下来。晋军不见了帅旗，即时大乱。却得荀林父、先蔑两路接应兵到，荀林父接住斗越椒厮杀，先蔑便接住成大心厮杀。成得臣麾军大进，攘臂大呼曰："今日若容晋军一个生还，誓不回军！"正在施设，先轸、郤溱兵到，两下混战多时。栾枝、胥臣、狐毛、狐偃一齐都到，如铜墙铁壁，围裹将来。得臣方知左右二军已溃，无心恋战，急急传令鸣金收军。怎当得晋兵众盛，把楚家兵将分做十来处围住。小将军成大心一枝画戟，神出鬼没，率领宗兵六百人，无不一以当百，保护其父得臣，拼命杀出重围。不见了斗越椒，复翻身杀入。那斗越椒乃是子文之从弟，生得状如熊虎，声若豺狼，有万夫不当之勇，精于射艺，矢无虚发。在晋军中左冲右突，正寻觅成家父子。恰好成大心遇见，说："元帅有了，将军可快行！"两个遂合做一处，各奋神威，复救出许多楚军，溃围而出。

晋文公在有莘 shēn 山上，观见晋兵得胜，忙使人教先轸传谕各军："但逐楚兵出了宋、卫之境足矣，不必多事擒杀，以伤两国之情，负了楚王施惠之意。"先轸遂约住诸军，不行追赶。祁瞒违令出战，因于后军，伺候发落。胡曾先生有诗云：

> 避兵三舍为酬恩，又诫穷追免楚军。
>
> 两敌交锋尚如此，平居负义是何人？

陈、蔡、郑、许四国，损兵折将，各自逃生，回本国去了。

单说成得臣同成大心、斗越椒出了重围，急投大寨。前哨报："寨中已竖起齐、秦两家旗号了！"原来国归父、小子慭二将杀散楚兵，据了大寨，辎重粮草，尽归其手。得臣不敢经过，只得倒转从有莘山后，沿睢水一路而行。斗宜申、斗勃各引残兵来会。行至空桑地面，忽然连珠炮响，一军当路，旗上写"大将魏"字。魏犨先在楚国独制貔兽，楚人无不服其神勇，今日路当险处，遇此劲敌，那残兵又都是个伤弓之鸟，谁人不丧胆消魂，早已望风而溃了。斗越椒大怒，叫小将军保护元帅，奋起精神，独力拒战。斗宜申、斗勃也只得勉强相帮。魏犨力战三将，水泄不漏。正在相持，忽见北来一人，飞马而至，大叫："将军罢战，先元帅奉主公之命，放楚将生还本国，以报出亡时款待之德。"魏犫方才住手，教军士分开两下，大喝："饶你去！"得臣等奔走不迭，回至连谷，点检残军，中军虽有损折，尚十存六七；其申息之师，分属左右二军者，所存十无一二。哀哉！古人有吊战场诗云：

> 胜败兵家不可常，英雄几个老沙场？
>
> 禽奔兽骇投坑阱，肉颤筋飞饱剑铓。
>
> 鬼火荧荧魂宿草，悲风飒飒骨侵霜。
>
> 劝君莫羡封侯事，一将功成万命亡！

得臣大恸曰："本图为楚国扬万里之威，不意中晋人诡谋，贪功败绩，罪复何辞？"乃与斗宜申、斗勃俱自囚于连谷，使其子大心部领 率领，统率残军，去见楚王，自请受诛。时楚成王尚在申城，见成大心至，大怒曰："汝父有言在前：'不胜甘当军令。'今又何言？"大心叩头曰："臣父自知其罪，便欲自杀，臣实止之；欲使就君之戮，以申国法也。"楚王曰："楚国之法，兵败者死。诸将速宜自裁，毋污吾斧锧 zhì 腰斩刑具，斧类！"大心见楚王无怜赦之意，号泣而出，回复得臣。得臣叹曰："纵楚王赦我，我亦何面目见申、息之父老乎？"乃北向再拜，拔佩剑自刎而死。

却说芳贾在家，问其父芳吕臣曰："闻令尹兵败，信乎？"吕臣曰："信。"芳贾曰："王何以处之？"芳吕臣曰："子玉与诸将请死，王听之矣。"芳贾曰："子玉刚愎而骄，不可独任；然其人强毅不屈，使得智谋之士以为之辅，可使立功。今虽兵败，他日能报晋仇者，必子玉也，父亲何不谏而留之？"吕臣曰："王怒甚，恐言之无益。"芳贾曰："父亲不记范巫矞 yù 似之言乎？"吕臣曰："汝试言之。"芳贾曰："矞似善相人，主上为公子时，矞似曾言：'主上与子玉、子西三人，日后皆不得其死。'主上切记其言，即位之日，即赐子玉、子西免死牌各一面，欲使矞似之言不验也。主上怒中，偶忘之耳。父亲若言及此，主上必留二臣无疑矣。"吕臣即时往见楚王，奏曰："子玉罪虽当死，然吾王曾有免死牌在彼，可以赦之。"楚王愕然曰："岂非范巫矞似之故耶？微子言，寡人几忘之矣！"乃使大夫潘尪 wāng 同成大心乘急传宣楚王命："败将一概免死！"比及到连谷时，得臣先死半日矣。左师将军斗宜申悬梁自缢，因身躯重大，悬帛断绝，恰好免死命至，留下性命。斗勃原要收殓子玉、子西之尸，方才自尽，故此亦不曾死。单死了个成得臣，岂非命乎？潜渊居士有诗吊之云：

> 楚国昂藏一丈夫，气吞全晋挟雄图。
>
> 一朝失足身躯丧，始信坚强是死徒。

成大心殡殓父尸。斗宜申、斗勃、斗越椒等随潘尪到申城谒楚王,伏地拜谢不杀之恩。楚王知得臣自杀,懊悔不已。还驾郢都,升芳吕臣为令尹,贬斗宜申为商邑尹,谓之商公;斗勃出守襄城。楚王转怜得臣之死,拜其子成大心、成嘉俱为大夫。令尹子文致政居家,闻得臣兵败,叹曰:"不出芳贾所料!吾之识见,反不如童子,宁不自羞!"呕血数升,伏床不起。召其子斗般嘱曰:"吾死在旦夕,惟有一言嘱汝:汝叔越椒,自初生之日,已有熊虎之状,豺狼之声,此灭族之相也。吾此时曾劝汝祖勿育之,汝祖不听。吾观芳吕臣不寿,勃与宜申皆非善终之相,楚国为政,非汝则越椒。越椒傲狠好杀,若为政,必有非理之望,斗氏之祖宗其不祀乎?吾死后,椒若为政,汝必逃之,无与其祸也。"般再拜受命,子文遂卒。未几,芳吕臣亦死。成王追念子文之功,使斗般嗣为令尹,越椒为司马,芳贾为工正。不在话下。

却说晋文公既败楚师,移屯于楚大寨。寨中所遗粮草甚广,各军资之以食,戏曰:"此楚人馆谷款待食宿我也。"齐、秦及诸将等,皆北面称贺。文公谢不受,面有忧色。诸将曰:"君胜敌而忧,何也?"文公曰:"子玉非甘出人下者,胜不可恃,能勿惧乎?"国归父、小子憖等辞归,文公以军获之半遗之,二国奏凯而还。宋公孙固亦归本国,宋公自遣使拜谢齐、秦。不在话下。

先轸因祁瞒至文公之前,奏其违命辱师之罪。文公曰:"若非上下二军先胜,楚兵尚可制乎?"命司马赵衰定其罪,斩祁瞒以徇巡行示众于军,号令曰:"今后有违元帅之令者,视此!"军中益加悚惧。大军留有莘三日,然后下令班师。行至南河,哨马禀复:"河下船只,尚未齐备。"文公使召舟之侨,侨亦不在。原来舟之侨是虢国降将,事晋已久,满望重用立功,却差他南河拘集船只,心中不平。恰好接得家报,其妻在家病重,侨料晋、楚相持,必然日久,未必便能班师,因此暂且回国看视。不想夏四月戊辰,师至城濮,己巳交战,便大败楚师,休兵三日,至癸酉大军遂还,前后不过六日,晋侯便至河下,遂误了济河之事。文公大怒,欲令军士四下搜捕民船。先轸曰:"南河百姓,闻吾败楚,谁不震恐?若使搜捕,必然逃匿,不若出令以厚赏募之。"文公曰:"善。"才悬赏军门,百姓争舣 yǐ 船应募,顷刻舟集如蚁,大军遂渡了黄河。文公谓赵衰曰:"曹、卫之耻已雪矣,惟郑仇未报,奈何?"赵衰对曰:"君旋师过郑,不患郑之不来也。"文公从之。

行不数日,遥见一队车马,簇拥着一位贵人,从东而来。前队栾枝迎住,问:"来者何人?"答曰:"吾乃周天子之卿士王子虎也。闻晋侯伐楚得胜,少安中国,故天子亲驾銮舆,来犒三军,先令虎来报知。"栾枝即引子虎来见文公。文公问于群下曰："今天子下劳寡人,道路之间,如何行礼?"赵衰曰:"此去衡雍不远,有地曰践土,其地宽平,连夜建造王宫于此,然后主公引列国诸侯迎驾,以行朝礼,庶不失君臣之义也。"文公遂与王子虎订期,约以五月之吉,于践土候周王驾临。子虎辞去。

大军望衡雍而进,途中又见车马一队,有一使臣来迎,乃是郑大夫子人九,奉郑伯之命,恐晋兵来讨其罪,特遣行成。晋文公怒曰:"郑闻楚败而惧,非出本心,寡人俟觐王之后,当亲率师徒,至于城下。"赵衰进曰:"自我出师以来,逐卫君,执曹伯,败楚师,兵威已大震矣。又求多于郑,奈劳师何?君必许之。若郑坚心来归,赦之可也;如其复贰,姑休息数月,讨之未晚。"文公乃许郑成。大军至衡雍下寨,一面使狐毛、狐偃帅本部兵,往践土筑造王宫;一面使栾枝入郑城,与郑伯为盟。郑伯亲至衡雍,致饩谢罪。文公复与歃血订好。话间,因夸美子玉之英勇。郑伯曰:"已自杀于连谷矣。"文公叹息久之。郑伯既退,文公私谓诸臣曰:"吾今日不喜得郑,喜楚之失子玉也。子玉死,余人不足虑,诸卿可高枕而卧矣!"髯翁有诗云:

> 得臣虽是莽男儿,胜负将来未可知。
>
> 尽说楚兵今再败,可怜连谷有舆尸!

却说狐毛、狐偃筑王宫于践土,照依明堂之制。怎见得?有《明堂赋》为证:

> 赫赫明堂,居国之阳。嵬峨特立,镇压殊方。所以施一人之政令,朝万国之侯王。面室有三,总数惟九。间太庙于正位,处太室于中霤[①];启闭乎三十六户,罗列乎七十二牖。左个右个,为季孟之交分;上圆下方,法天地之奇偶。及夫诸位散设,三公最崇。当中阶而列位,与群臣而不同。诸侯东阶之东,西面而北上;诸伯西阶之西,东面而相向;诸子应门之东而鹄立,诸男应门之西而鹤望。戎夷金木之户外,蛮狄水火而位配。九采外屏之右以成列,四塞外屏之左而遥对。朱干玉戚,森耸以相参;龙旗豹韬,抑扬而相错。肃肃沉沉,峦崇壑深。烟收而卿士齐列,日出而天颜始临。戴冕旒以当轩,见八纮之稽颡[②];负斧扆[③]而南面,知万国之归心。

王宫左右,又别建馆舍数处,昼夜并工,月余而毕。传檄诸侯:"俱要五月朔

---

①霤(liù):屋檐。　②稽颡(qǐ sǎng):古代一种跪拜礼,表示极度虔诚。　③扆(yǐ):古代宫殿窗和门之间的地方。

日,践土取齐。"是时,宋成公王臣、齐昭公潘俱系旧好,郑文公捷是新附之国,率先来赴。他如鲁僖公申,与楚通好;陈穆公款、蔡庄公甲午,与楚连兵,都是楚党,至是惧罪,亦来赴会。邾、莒小国,自不必说。惟许僖公业事楚最久,不愿从晋。秦穆公任好虽与晋合,从未与中国会盟,迟疑不至。卫成公郑出在襄牛,曹共公襄见拘五鹿,晋侯曾许以复国,尚未明赦,亦不与会。

单说卫成公闻晋将合诸侯,谓宁俞曰:"征会不及于卫,晋怒尚未息也,寡人不可留矣。"宁俞对曰:"君徒出奔,谁纳君者?不如让位于叔武,使元咺奉之,以乞盟于践土,君若为逊避而出。天如祚卫,武获与盟,武之有国,犹君有之。况武素孝友,岂忍代立?必当为复君之计矣。"卫侯心虽不愿,到此地位,无可奈何,使孙炎以君命致国于叔武,如宁俞之言。孙炎领命,往楚丘去了。卫侯又问于宁俞曰:"寡人今欲出奔,何国而可?"俞踌躇未答。卫侯又曰:"适楚何如?"俞对曰:"楚虽婚姻,实晋仇也,且前已告绝,不可复往,不如适陈。陈将事晋,又可藉为通晋之地也。"卫侯曰:"不然,告绝非寡人意,楚必谅之。晋、楚将来,事未可定。使武事晋而我托于楚,两途观望,不亦可乎?"卫侯遂适楚,楚边人追而詈[lì 骂,咒骂]之,乃改适陈,始服宁俞之先见矣。

孙炎见叔武,致卫侯之命。武曰:"吾之守国,摄也,敢受让乎?"即同元咺赴会。使孙炎回复卫侯,言:"见晋之时,必当为兄乞怜求复也。"元咺曰:"君性多猜忌,吾不遣亲子弟相从,何以取信?"乃使其子元角伴孙炎以往,名虽问候,实则留质之意。公子歂[chuán]犬私谓元咺曰:"君之不复,亦可知矣。子何不以让国之事,明告国人,拥立夷叔而相之?晋人必喜。子挟晋之重以临卫,是子与武共卫也。"元咺曰:"叔武不敢无兄,吾敢无君乎?此行且请复吾君矣。"歂犬语塞而退,恐卫侯一旦复国,元咺泄其言,未免得罪,乃私往陈国,密报卫侯,反说:"元咺已立叔武为君,谋会晋以定其位。"卫成公惑其言,以问孙炎。孙炎对曰:"臣不知也。元角见在君所,其父有谋,角必与闻,君何不问之?"卫侯复问于元角,角言并无是事。宁俞亦言曰:"咺若不忠于君,肯遣子出侍乎?君勿疑也。"公子歂犬私见卫侯曰:"咺之设谋拒君,非一日矣。其遣子,非忠于君也,将以窥君之动静,而为之备也。若使乞怜于晋,以求复吾君,必辞会而不敢与,如公然与会,则为君信矣。君其察之。"卫侯果阴使人往践土,伺察叔武、元咺之事。胡曾先生有诗云:

> 弟友臣忠无间然,何堪歂犬肆谗言?
>
> 从来富贵生猜忌,忠孝常含万古冤。

却说周襄王以夏五月丁未日,驾幸践土。晋侯率诸侯,预于三十里外迎接,驻跸 bì 古代帝王的车驾王宫。襄王御殿,诸侯谒拜稽首。起居礼毕,晋文公献所获楚俘于王:被甲之马凡百乘,步卒千人,器械衣甲十余车。襄王大悦,亲劳之曰:"自伯舅齐侯即世之后,荆楚复强,凭陵中夏,得叔父仗义翦伐,以尊王室,自文武以下,皆赖叔父之休,岂惟朕躬?"晋侯再拜稽首曰:"臣重耳幸歼楚寇,皆仗天子之灵,臣何功焉?"

次日,襄王设醴 lǐ 甜酒酒以享晋侯,使上卿尹武公、内史叔兴策命晋侯为方伯,赐大辂之服,服鷩 bì 鸟名。这里指一种绣有鷩形图案的礼服冕;戎辂之服,服韦弁 biàn 古代诸侯大夫的礼冠,用熟皮制成;彤弓一,彤矢百,玈 lú 黑色弓十,玈矢千,秬鬯 jù chàng 古代一种用香草酿的酒,用于祭祀及赏赐一卣一种青铜酒器,虎贲 bēn 之士三百人。宣命曰:"俾 bǐ 尔晋侯,得专征伐,以纠王慝 tè 差错,过错。"晋侯逊谢再三,然后敢受。遂以王命布告于诸侯。襄王复命王子虎册封晋侯为盟主,合诸侯修盟会之政。晋侯于王宫之侧,设下盟坛,诸侯先至王宫行觐礼,然后各趋会所。王子虎监临其事。晋侯先登,执牛耳,诸侯以次而登。元咺已引叔武谒过晋侯了。是日,叔武摄卫君之位,附于载书之末。子虎读誓词曰:"凡兹同盟,皆奖王室,毋相害也。有背盟者,明神殛 jí 诛杀,惩罚之,殃及子孙,陨命绝祀!"诸侯齐声曰:"王命修睦,敢不敬承!"各各歃血为信。潜渊读史诗云:

> 晋国君臣建大猷,取威定伯服诸侯。
>
> 扬旌城濮观俘馘,连袂王宫觐冕旒。
>
> 更羡今朝盟践土,谩夸当日会葵丘。
>
> 桓公末路留遗恨,重耳能将此志酬。

盟事既毕,晋侯欲以叔武见襄王,立为卫君,以代成公。叔武涕泣辞曰:"昔宁母之会,郑子华以子奸父,齐桓公拒之。今君方继桓公之业,乃令武以弟奸兄乎?君侯若嘉惠于武,赐之矜怜,乞复臣兄郑之位,臣兄郑事君侯,不敢不尽!"元咺亦叩头哀请,晋侯方才首肯。不知卫侯何时复国,再看下回分解。

唐襄王河易受觀

衛元�&& 公館對獄

第四十二回　周襄王河阳受觐　卫元咺公馆对狱

话说周襄王二十年,下劳晋文公于践土,事毕归周,诸侯亦各辞回本国。卫成公疑歂犬之言,遣人密地打探,见元咺奉叔武入盟,名列载书,不暇致详,即时回报卫侯。卫侯大怒曰:"叔武果自立矣!"大骂:"元咺背君之贼!自己贪图富贵,扶立新君,却又使儿子来窥吾动静。吾岂容汝父子乎?"元角方欲置辩,卫侯拔剑一挥,头已坠地。冤哉!元角从人慌忙逃回,报知其父咺。咺曰:"子之生死,命也!君虽负咺,咺岂可负太叔乎?"司马瞒谓元咺曰:"君既疑子,子亦当避嫌,何不辞位而去,以明子之心耶?"咺叹曰:"咺若辞位,谁与太叔共守此国者?夫杀子,私怨也,守国,大事也,以私怨而废大事,非人臣所以报国之义也。"乃言于叔武,使奉书晋侯,求其复成公之位。此乃是元咺的好处,这事暂且搁过一边。

再说晋文公受了册命而回,虎贲弓矢,摆列前后,另是一番气象。入国之日,一路百姓,扶老携幼,争睹威仪,箪食dān壶浆<small>百姓用箪盛饭,用壶盛米汁,形容军队受到百姓拥护、欢迎的情景</small>,共迎师旅。叹声啧啧,都夸"吾主英雄";喜色欣欣,尽道"晋家兴旺"。正是:

> 捍艰复缵①文侯绪,攘楚重修桓伯勋。
>
> 十九年前流落客,一朝声价上青云。

晋文公临朝受贺,论功行赏,以狐偃为首功,先轸次之。诸将请曰:"城濮之役,设奇破楚,皆先轸之功,今反以狐偃为首,何也?"文公曰:"城濮之役,轸曰:'必战楚,毋失敌。'偃曰:'必避楚,毋失信。'夫胜敌者,一时之功也;全信者,万世之利也。奈何以一时之功,而加万世之利乎?是以先之。"诸将无不悦服。狐偃又奏:"先臣荀息死于奚齐、卓子之难,忠节可嘉,宜录其后,以励臣节。"文公准奏,遂召荀息之子荀林父为大夫。舟之侨正在家中守着妻子,闻晋侯将到,赶至半路相迎,文公命囚之后车。行赏已毕,使司马赵衰议罪,当诛。舟之侨自陈妻病求宽,文公曰:"事君者不顾其身,况妻子乎?"喝命斩首示众。文公此番出军,第一次斩了颠颉,第二次斩了祁瞒,今日第三次又

---

①缵(zuǎn):继承。

斩了舟之侨。这三个都是有名的宿将,违令必诛,全不轻宥 yòu,所以三军畏服,诸将用命。正所谓:"赏罚不明,百事不成;赏罚若明,四方可行。"此文公所以能伯诸侯也。文公与先轸等商议,欲增军额,以强其国,又不敢上同天子之六军,乃假名添作"三行"。以荀林父为中行大夫,先蔑、屠击为左右行大夫。前后三军三行,分明是六军,但避其名而已。以此兵多将广,天下莫比其强。

一日,文公坐朝,正与狐偃等议曹、卫之事,近臣奏:"卫国有书到。"文公曰:"此必叔武为兄求宽也。"启而观之,书曰:

> 君侯不泯卫之社稷,许复故君,举国臣民咸引领以望高义,惟君侯早图之!

陈穆公亦有使命至晋,代卫郑致悔罪自新之意。文公乃各发回书,听其复归故国,谕郤步扬不必领兵邀阻。叔武得晋侯宽释之信,急发车骑如陈,往迎卫侯。陈穆公亦遣人劝驾。公子歂犬谓成公曰:"太叔为君已久,国人归附,邻国同盟,此番来迎,不可轻信。"卫侯曰:"寡人亦虑之。"乃遣宁俞先到楚丘,探其实信。宁俞只得奉命而行。至卫,正值叔武在朝中议政。宁俞入朝,望见叔武设座于殿堂之东,西向而坐。一见宁俞,降坐而迎,叙礼甚恭。宁俞佯问曰:"太叔摄位而不御正,何以示观瞻耶?"叔武曰:"此正位吾兄所御,吾虽侧其傍,尚栗栗不自安,敢居正乎?"宁俞曰:"俞今日方见太叔之心矣。"叔武曰:"吾思兄念切,朝暮悬悬,望大夫早劝君兄还朝,以慰我心也。"俞遂与订期,约以六月辛未吉日入城。宁俞出朝,采听人言,但闻得百官之众,纷纷议论,言:"故君若复入,未免分别居行二项,行者有功,居者有罪,如何是好?"宁俞曰:"我奉故君来此传谕尔众:'不论行居,有功无罪。'如或不信,当歃血立誓。"众皆曰:"若能共盟,更有何疑!"俞遂对天设誓曰:"行者卫主,居者守国,若内若外,各宣其力。君臣和协,共保社稷,倘有相欺,明神是殛!"众皆欣然而散,曰:"宁子不欺吾也。"叔武又遣大夫长牂 zāng,专守国门,吩咐:"如有南来人到,不拘早晚,立刻放入。"

却说宁俞回复卫侯,言:"叔武真心奉迎,并无歹意。"卫侯也自信得过了。怎奈歂犬谗毁在前,恐临时不合,反获欺谤之罪,又说卫侯曰:"太叔与宁大夫定约,焉知不预作准备,以加害于君? 君不如先期而往,出其不意,可必入也。"卫侯从其言,即时发驾。歂犬请为前驱,除宫备难,卫侯许之。宁俞奏曰:"臣已与国人订期矣。君若先期而往,国人必疑。"歂犬大喝曰:"俞不欲吾君速入,是何主意?"宁俞乃不敢复谏,只得奏言:"君驾若即发,臣请先行一程，以晓谕臣民，而安上下之心。"卫侯曰："卿为国人言之，寡人不过欲早见臣民一面，并无他故。"宁俞去后，歂犬曰："宁之先行，事可疑也，君行不宜迟矣！"卫侯催促御人，并力而驰。

　　再说宁俞先到国门，长牂询知是卫侯之使，即时放入。宁俞曰："君即至矣。"长牂曰："前约辛未，今尚戊辰，何速也？子先入城报信，吾当奉迎。"宁才转身时，歂犬前驱已至，言："卫侯只在后面。"长牂急整车从，迎将上去。歂犬先入城去了。时叔武方亲督舆隶，扫除宫室，就便在庭中沐发，闻宁俞报言君至，且惊且喜，仓卒之间，正欲问先期之故，忽闻前驱车马之声，认是卫侯已到，心中喜极，发尚未干，等不得挽髻，急将一手握发，疾趋而出，正撞了歂犬。歂犬恐留下叔武，恐其兄弟相逢，叙出前因，远远望见叔武到来，遂弯弓搭箭，飕的发去，射个正好。叔武被箭中心窝，望后便倒。宁俞急忙上前扶救，已无及矣。哀哉！元咺闻叔武被杀，吃了一惊，大骂："无道昏君！枉杀无辜，天理岂能容汝？吾当投诉晋侯，看你坐位可稳？"痛哭了一场，急忙逃奔晋国去了。髯翁有诗云：

　　　　坚心守国为君兄，弓矢无情害有情。

　　不是卫侯多忌忮①，前驱安敢擅加兵？

　　却说成公至城下，见长牂来迎，叩其来意。长牂述叔武吩咐之语，早来早入，晚来晚入。卫侯叹曰："吾弟果无他意也！"比及入城，只见宁俞带泪而来，言："叔武喜主公之至，不等沐完，握发出迎，谁知枉被前驱所杀，使臣失信于国人，臣该万死！"卫侯面有惭色，答曰："寡人已知夷叔之冤矣！卿勿复言。"趋车入朝，百官尚未知觉，一路迎谒，先后不齐。宁俞引卫侯视叔武之尸，两目睁开如生。卫侯枕其头于膝上，不觉失声大哭，以手抚之曰："夷叔，夷叔！我因尔归，尔为我死！哀哉痛哉！"只见尸目闪烁有光，渐渐而瞑。宁俞曰："不杀前驱，何以谢太叔之灵？"卫侯即命拘之。时歂犬谋欲逃遁，被宁俞遣人擒至。歂犬曰："臣杀太叔，亦为君也！"卫侯大怒曰："汝谤毁吾弟，擅杀无辜，今又归罪于寡人。"命左右将歂犬斩首号令，吩咐以君礼厚葬叔武。国人初时，闻叔武被杀，议论哄然，及闻诛歂犬，葬叔武，群心始定。

　　话分两头。再说卫大夫元咺逃奔晋国，见了晋文公，伏地大哭，诉说卫侯疑忌叔武，故遣前驱射杀之事。说了又哭，哭了又说。说得晋文公发恼起来，把几句好话，安慰了元咺，留在馆驿。因大集群臣问曰："寡人赖诸卿之

---

①忮(zhì)：嫉妒，忌恨。

力,一战胜楚。践土之会,天子下劳,诸侯景从。伯业之盛,窃比齐桓。奈秦人不赴约,许人不会朝,郑虽受盟,尚怀疑贰之心,卫方复国,擅杀受盟之弟。若不再申约誓,严行诛讨,诸侯虽合必离,诸卿计将安出?"先轸进曰:"征会讨贰,伯主之职。臣请厉兵秣 mò 磨好兵器,喂饱战马,形容准备战斗 马,以待君命。"狐偃曰:"不然。伯主所以行乎诸侯者,莫不挟天子之威。今天子下劳,而君之觐礼未修,我实有缺,何以服人?为君计,莫若以朝王为名,号召诸侯,视其不至者,以天子之命临之。朝王,大礼也;讨慢王之罪,大名也。行大礼而举大名,又大业也。君其图之!"赵衰曰:"子犯之言甚善。然以臣愚见,恐入朝之举,未必遂也。"文公曰:"何为不遂?"赵衰曰:"朝觐之礼,不行久矣。以晋之强,五合六聚,以临京师,所过之地,谁不震惊?臣惧天子之疑君而谢君也。谢而不受,君之威亵 xiè 轻慢,不恭敬矣。莫若致王于温,而率诸侯以见之。君臣无猜,其便一也。诸侯不劳,其便二也。温有叔带之新宫,不烦造作,其便三也。"文公曰:"王可致乎?"赵衰曰:"王喜于亲晋,而乐于受朝,何为不可?臣请为君使于周,而商入朝之事,度天子之计,亦必出此。"文公大悦,乃命赵衰如周。

赵衰谒见周襄王,稽首再拜,奏言:"寡君重耳,感天王下劳锡命之恩,欲率诸侯至京师,修朝觐之礼,伏乞圣鉴!"襄王嘿然。命赵衰就使馆安歇,即召王子虎计议,言:"晋侯拥众入朝,其心不测,何以辞之?"子虎对曰:"臣请面见晋侯而探其意,可辞则辞。"子虎辞了襄王,到馆驿见了赵衰,叙起入朝之事。子虎曰:"晋侯倡率诸姬,尊奖天子,举累朝废坠之旷典,诚王室之大幸也!但列国鳞集,行李充塞,车徒众盛,士民目未经见,妄加猜度,讹言易起,或相讥讪,反负晋侯一片忠爱之意,不如已之。"赵衰曰:"寡君思见天子,实出至诚。下臣行日,已传檄各国,相会于温邑取齐。若废而不举,是以王事为戏也,下臣不敢复命。"子虎曰:"然则奈何?"赵衰曰:"下臣有策于此,但不敢言耳。"子虎曰:"子余有何良策?敢不如命!"赵衰曰:"古者天子有时巡之典,省方观民,况温亦畿 jī 内故地也。天子若以巡狩为名,驾临河阳,寡君因率诸侯以展觐,上不失王室尊严之体,下不负寡君忠敬之诚,未知可否?"子虎曰:"子余之策,诚为两便,虎即当转达天子。"子虎入朝,述其语于襄王,襄王大喜,约于冬十月之吉,驾幸河阳。赵衰回复晋侯。晋文公以朝王之举,播告诸侯,俱约冬十月朔于温地取齐。

至期,齐昭公潘、宋成公王臣、鲁僖公申、蔡庄公甲午、秦穆公任好、郑文公捷陆续俱到。秦穆公言:"前此践土之会,因惮 dàn 担心,害怕路远后期,是以不果，今番愿从诸侯之后。"晋文公称谢。时陈穆公款新卒，子共公朔新立，畏晋之威，墨衰 cuī 黑色的丧服 而至。郕、莒小国，无不毕集。卫侯郑自知有罪，意不欲往，宁俞谏曰："若不往，是益罪也，晋讨必至矣。"成公乃行，宁俞与鍼 qián 庄子、士荣，三人相从。比至温邑，文公不许相见，以兵守之。惟许人终于负固，不奉晋命。总计晋、齐、宋、鲁、蔡、秦、郑、陈、郕、莒，共是十国，先于温地叙会。不一日，周襄王驾到，晋文公率众诸侯迎至新宫驻跸。上前起居，再拜稽首。次日五鼓，十路诸侯，冠裳佩玉，整整齐齐，舞蹈扬尘，锵锵济济。方物有贡，各伸地主之仪；就位惟恭，争睹天颜之喜。这一朝，比践土更加严肃。有诗为证：

衣冠济济集河阳，争睹云车降上方。

虎拜朝天鸣素节，龙颜垂地沐恩光。

酆宫胜事空前代，郏鄏虚名愧下堂。

虽则致王非正典，托言巡狩亦何妨？

朝礼既毕，晋文公将卫叔武冤情，诉于襄王，遂请王子虎同决其狱。襄王许之。文公邀子虎至于公馆，宾主叙坐。使人以王命呼卫侯，卫侯因服而至，卫大夫元咺亦到。子虎曰："君臣不便对理，可以代之。"乃停卫侯于庑下。宁俞侍卫侯之侧，寸步不离。鍼庄子代卫侯，与元咺对理；士荣摄治狱之官，质正其事。元咺口如悬河，将卫侯自出奔襄牛起首，如何嘱咐太叔守国，以后如何先杀元角，次杀太叔，备细铺叙出来。鍼庄子曰："此皆歂犬谗谮之言，以致卫君误听，不全縣卫君之事。"元咺曰："歂犬初与咺言，要拥立太叔。咺若从之，君岂得复入？只为咺仰体太叔爱兄之心，所以拒歂犬之请，不意彼反肆离间。卫君若无猜忌太叔之意，歂犬之谮，何由而入？咺遣儿子角，往从吾君，正是自明心迹。本是一团美意，乃无辜被杀。就他杀吾子角之心，便是杀太叔之心了。"士荣折之曰："汝挟杀子之怨，非为太叔也。"元咺曰："咺常言：'杀子私怨，守国大事。'咺虽不肖，不敢以私怨而废大事。当日太叔作书致晋，求复其兄，此书稿出于咺手。若咺挟怨，岂肯如此？只道吾君一时之误，还指望他悔心之萌，不意又累太叔受此大枉。"士荣又曰："太叔无篡位之情，吾君亦已谅之。误遭歂犬之手，非出君意。"元咺曰："君既知太叔无篡位之情，从前歂犬所言，都是虚谬，便当加罪，如何又听他先期而行？比及入国，又用为前驱，明明是假手歂犬，难言不知。"鍼庄子低首不出一语。士荣又折之曰："太叔虽受枉杀，然太叔臣也，卫侯君也。古来人臣，被君枉杀者，不可胜计。况卫侯已诛歂犬，又于太叔加礼厚葬，赏罚分明，尚有何罪？"元咺曰："昔者桀枉杀关龙逢，汤放之。纣枉杀比干，武王伐之。汤与武王，并为桀、纣之臣子，目击忠良受枉，遂兴义旅，诛其君而吊其民。况太叔同气，又有守国之功，非龙逢、比干之比。卫不过侯封，上制于天王，下制于方伯，又非桀、纣贵为天子，富有四海之比，安得云无罪乎？"士荣语塞，又转口曰："卫君固然不是，汝为其臣，既然忠心为君，如何君一入国，汝便出奔？不朝不贺，是何道理？"元咺曰："咺奉太叔守国，实出君命；君且不能容太叔，能容咺乎？咺之逃，非贪生怕死，实欲为太叔伸不白之冤耳！"

晋文公在座，谓子虎曰："观士荣、元咺往复数端，种种皆是元咺的理长。卫郑乃天子之臣，不敢擅决，可先将卫臣行刑。"喝教左右："凡相从卫君者，尽加诛戮。"子虎曰："吾闻宁俞，卫之贤大夫，其调停于兄弟君臣之间，大费苦心，无如卫君不听何？且此狱与宁俞无干，不可累之。士荣摄为士师，断狱不明，合当首坐。鍼庄子不发一言，自知理曲，可从末减。惟君侯鉴裁！"文公依其言，乃将士荣斩首，鍼庄子刖足，宁俞姑赦不问。卫侯上了槛车，文公同子虎带了卫侯，来见襄王，备陈卫家君臣两造狱词："如此冤情，若不诛卫郑，天理不容，人心不服。乞命司寇行刑，以彰天罚！"襄王曰："叔父之断狱明矣，虽然，不可以训。朕闻：'《周官》设两造以讯平民，惟君臣无狱，父子无狱。'若臣与君讼，是无上下也。又加胜焉，为臣而诛君，为逆已甚。朕恐其无以彰罚，而适以教逆也。朕亦何私于卫哉？"文公惶恐谢曰："重耳见不及此。既天王不加诛，当槛送京师，以听裁决。"文公仍带卫侯，回至公馆，使军士看守如初。一面打发元咺归卫，听其别立贤君，以代卫郑之位。元咺至卫，与群臣计议，诡言："卫侯已定大辟，今奉王命，选立贤君。"群臣共举一人，乃是叔武之弟名适，字子瑕，为人仁厚。元咺曰："立此人，正合'兄终弟及'之礼。"乃奉公子瑕即位，元咺相之。司马瞒、孙炎、周歂、冶廑 qín 一班文武相助，卫国粗定。毕竟卫事如何结束，且看下回分解。

智寗俞假
酲救主

老焗武
縋城
説秦

第四十三回　智宁俞假鸩复卫　老烛武缒城说秦

　　话说周襄王受朝已毕,欲返洛阳,众诸侯送襄王出河阳之境,就命先蔑押送卫侯于京师。时卫成公有微疾,晋文公使随行医衍,与卫侯同行,假以视疾为名,实使之鸩杀卫侯,以泄胸中之忿:"若不用心,必死无赦!"又吩咐先蔑:"作急在意,了事之日,一同医衍回话。"

　　襄王行后,众诸侯未散,晋文公曰:"寡人奉天子之命,得专征伐。今许人一心事楚,不通中国。王驾再临,诸君趋走不暇,颍 yǐng 阳密迩,置若不闻,怠慢莫甚!愿偕诸君问罪于许。"众诸侯皆曰:"敬从君命。"时晋侯为主,齐、宋、鲁、蔡、陈、秦、莒、邾八国诸侯,皆率车徒听命,一齐向颍阳进发。只有郑文公捷,原是楚王姻党,惧晋来附,见晋文公处置曹、卫太过,心中有不平之意,思想:"晋侯出亡之时,自家也曾失礼于他,看他亲口许复曹、卫,兀自不肯放手。如此怀恨,未必便忘情于郑也。不如且留楚国一路,做个退步,后来患难之时,也有个依靠。"上卿叔詹见郑伯踌躇,似有背晋之意,遂进谏曰:"晋幸辱收郑矣,君勿贰也,贰且获罪不赦。"郑伯不听,使人扬言:"国中有疫。"托言祈祷,遂辞晋先归,阴使人通款于楚曰:"晋侯恶许之暱 亲近就上国也,驱率诸侯,将问罪焉。寡君畏上国之威,不敢从兵,敢告。"许人闻有诸侯之兵,亦遣人告急于楚。楚成王曰:"吾兵新败,勿与晋争。俟其厌兵之后,而求成焉。"遂不救许。诸侯之兵,围了颍阳,水泄不漏。

　　时曹共公襄,尚羁五鹿城中,不见晋侯赦令,欲求能言之人,往说晋侯。小臣侯獳 nòu,请携重赂以行,曹共公许之。侯獳闻诸侯在许,径至颍阳,欲求见晋文公。适文公以积劳之故,因染寒疾,梦有衣冠之鬼,向文公求食,叱之而退,病势愈加,卧不能起,方召太卜郭偃,占问吉凶。侯獳遂以金帛一车,致于郭偃,告之以情,使借鬼神之事,为曹求解,须如此恁般进言。郭偃受其贿嘱,许为讲解。既见,晋侯示之以梦。布卦得"天泽"之象,阴变为阳。偃献繇于文公,其词曰:

　　　　阴极生阳,蛰虫开张;大赦天下,钟鼓堂堂。

文公问曰:"何谓也?"郭偃对曰:"以卦合之于梦,必有失祀之鬼神,求赦于君也。"文公曰:"寡人于祀事,有举无废。且鬼神何罪,而求赦耶?"偃曰:"以臣之愚度之,其曹乎?曹叔振铎,文之昭也。晋先君唐叔,武之穆也。昔齐桓公为会,而封邢、卫异姓之国。今君为会,而灭曹、卫同姓之国,况二国已蒙许复矣。践土之盟,君复卫而不复曹,同罪异罚,振铎失祀,其见梦不亦宜乎?君若复曹伯,以安振铎之灵,布宽仁之令,享钟鼓之乐,又何疾之足患?"这一席话,说得文公心下豁然,觉病势顿去其半。即日遣人召曹伯襄于五鹿,使复归本国为君,所界宋国田土,亦吐还之。曹伯襄得释,如笼鸟得翔于霄汉,槛猿复升于林木,即统本国之兵,趋至颍阳,面谢晋侯复国之恩,遂协助众诸侯围许。文公病亦渐愈。许僖公见楚救不至,乃面缚衔璧两手反绑面向前,口含碧玉以示不生。古代用以表示投降请罪,向晋军中乞降,大出金帛犒军。文公乃与诸侯解围而去。

秦穆公临别,与晋文公相约:"异日若有军旅之事,秦兵出,晋必助之,晋兵出,秦亦助之,彼此同心协力,不得坐视。"二君相约已定,各自分路。晋文公在半途,闻郑国遣使复通款于楚,勃然大怒,便欲移兵伐郑。赵衰谏曰:"君玉体乍平,未可习劳。且士卒久敝,诸侯皆散,不如且归,休息一年,而后图之。"文公乃归。

话分两头。再表周襄王回至京师,群臣谒见称贺毕。先蔑稽首,致晋侯之命,乞以卫侯付司寇。时周公阅为太宰秉政,阅请羁卫侯于馆舍,听其修省。襄王曰:"置大狱太重,舍公馆太轻。"乃于民间空房,别立囚室而幽之。襄王本欲保全卫侯,只因晋文公十分忿恨,又有先蔑监押,恐拂其意,故幽之别室,名为囚禁,实宽之也。宁俞紧随其君,寝处必偕,一步不离,凡饮食之类,必亲尝过,方才进用。先蔑催促医衍数次,奈宁俞防范甚密,无处下手。医衍没奈何,只得以实情告于宁俞曰:"晋君之强明,子所知也。有犯必诛,有怨必报。衍之此行,实奉命用鸩,不然,衍且得罪。衍将为脱死之计,子勿与知可也。"宁俞附耳言曰:"子既剖腹心以教我,敢不曲为子谋乎?子之君老矣,远于人谋,而近于鬼谋。近闻曹君获宥,特以巫史一言,子若薄其鸩以进,而托言鬼神,君必不罪。寡君当有薄献。"医衍会意而去。

宁俞假以卫侯之命,向衍取药酒疗疾,因密致宝玉一函。衍告先蔑曰:"卫侯死期至矣!"遂调鸩于瓯ōu 盆、盂一类瓦器以进,用毒甚少,杂他药以乱其色。宁俞请尝,衍佯不许,强逼卫侯而灌之。才灌下两三口,衍张目仰看庭中,忽然大叫倒地,口吐鲜血,不省人事,仆瓯于地,鸩酒狼藉。宁俞故意大惊小怪,命左右将太医扶起。半晌方苏,问其缘故,衍言:"方灌酒时,忽见一神人,身长丈余,头大如斛hú 古代一种量器,装束威严,自天而下,直入室中,

言：'奉唐叔之命，来救卫侯。'遂用金锤，击落酒瓯，使我魂魄俱丧也！"卫侯
自言所见，与衍相同。宁俞佯怒曰："汝原来用毒以害吾君，若非神人相救，
几不免矣。我与汝义不俱生！"即奋臂欲与衍斗，左右为之劝解。先蔑闻其
事，亦飞驾来视，谓宁俞曰："汝君既获神祐，后禄未艾，蔑当复于寡君。"卫侯
服鸩，又薄又少，以此受毒不深，略略患病，随即痊安。先蔑与医衍还晋，将
此事回复文公。文公信以为然，赦医衍不诛。史臣有诗云：

　　　鸩酒何名毒卫侯？漫教医衍碎磁瓯。
　　文公怒气虽如火，怎脱今朝宁武谋！

　　却说鲁僖公原与卫世相亲睦，闻得医衍进鸩不死，晋文公不加责罪，乃
问于臧孙辰曰："卫侯尚可复乎？"辰对曰："可复。"僖公曰："何以见之？"辰对
曰："凡五刑之用，大者甲兵斧钺 yuè，次者刀锯钻笮 zuó，最下鞭扑，或陈之原
野，或肆之市朝，与百姓共明其罪。今晋侯于卫，不用刑而私鸩焉；又不诛医
衍，是讳杀卫侯之名也。卫侯不死，其能老于周乎？若有诸侯请之，晋必赦
卫。卫侯复国，必益亲于鲁，诸侯谁不诵鲁之高义？"僖公大悦，使臧孙辰先
以白璧十双，献于周襄王，为卫求解。襄王曰："此晋侯之意也。若晋无后
言，朕何恶于卫君？"辰对曰："寡君将使辰哀请于晋，然非天王有命，下臣不
敢自往。"襄王受了白璧，明是依允之意。臧孙辰随到晋国，见了文公，亦以
白璧十双为献，曰："寡君与卫，兄弟也，卫侯得罪君侯，寡君不遑宁处。今闻
君已释曹伯，寡君愿以不腆之赋，为卫君赎罪。"文公曰："卫侯已在京师，王
之罪人，寡人何得自专乎？"臧孙辰曰："君侯代天子以令诸侯，君侯如释其
罪，虽王命又何殊也？"先蔑进曰："鲁亲于卫，君为鲁而释卫，二国交亲，以附
于晋，君何不利焉？"文公许之，即命先蔑再同臧孙辰如周，共请于襄王，乃释
卫成公之囚，放之回国。

　　时元咺已奉公子瑕为君，修城缮备，出入稽察甚严。卫成公恐归国之
日，元咺发兵相拒，密谋于宁俞。俞对曰："闻周歂、冶廑以拥子瑕之功，求为
卿而不得，中怀怨望，此可结为内援也。臣有交厚一人，姓孔名达，此人乃宋
忠臣孔父之后，胸中广有经纶，周、冶二人，亦是孔父相识。若使孔达奉君之
命，以卿位啖二人，使杀元咺，其余俱不足惧矣。"卫侯曰："子为我密致之，若
事成，卿位固不吝也。"宁俞乃使心腹人一路扬言："卫侯虽蒙宽释，无颜回
国，将往楚国避难矣。"因取卫侯手书，付孔达为信，教他私结周歂、冶廑二
人，如此恁般。歂、廑相与谋曰："元咺每夜必亲自巡城，设伏兵于城闉 yīn 瓮城
的门隐处，突起刺之，因而杀入宫中，并杀子瑕，扫清宫室，以迎卫侯，功无出

我二人上者。"两家各自约会家丁，埋伏停当。

黄昏左侧，元咺巡至东门，只见周歂、冶廑二人一齐来迎，元咺惊曰："二位为何在此？"周歂曰："外人传言故君已入卫境，旦晚至此，大夫不闻乎？"元咺愕然曰："此言从何来？"冶廑曰："闻宁大夫有人入城，约在位诸臣往迎，大夫何以处之？"元咺曰："此乱言，不可信之。况大位已定，岂有复迎故君之理？"周歂曰："大夫身为正卿，当洞观万里。如此大事，尚然不知，要你则甚！"冶廑便拿住元咺双手。元咺急待挣扎，周歂手拔佩刀，大喝一声，劈头砍来，去了半个天灵盖。伏兵齐起，左右一时惊逃。周歂、冶廑率领家丁，沿途大呼："卫侯引齐、鲁之兵，见集城外矣！尔百姓各宜安居，勿得扰动！"百姓家家闭户，处处关门。便是为官在朝的，此时也半疑半信，正不知甚么缘故，一个个袖手静坐，以待消息。周歂、冶廑二人，杀入宫中。公子适方与其弟子仪在宫中饮酒，闻外面有兵变，子仪拔剑在手，出宫探信。正遇周歂，亦被所杀。寻觅公子适不见。宫中乱了一夜，至天明，方知子适已投井中死矣。周歂、冶廑将卫侯手书，榜于朝堂，大集百官，迎接卫成公入城复位。后人论宁武子能委曲以求复成公，可谓智矣！然使当此之时，能谕之让国于子瑕，瑕知卫君之归，未必引兵相拒，或退居臣位，岂不两全？乃导周歂、冶廑行袭取之事，遂及弑逆。骨肉相残，虽卫成公之薄，武子不为无罪也。有诗叹曰：

> 前驱一矢正含冤，又迫新君赴井泉。
>
> 终始贪残无谏阻，千秋空说宁俞贤。

卫成公复位之后，择日祭享太庙。不负前约，封周歂、冶廑并受卿职，使之服卿服，陪祭于庙。是日五鼓，周歂升车先行，将及庙门，忽然目睛反视，大叫："周歂穿窬 yú 凿穿墙壁，指窃贼小人，蛇豕奸贼！我父子尽忠为国，汝贪卿位之荣，戕害我命。我父子含冤九泉，汝盛服陪祀，好不快活！我拿你去见太叔及子瑕，看你有何理说？吾乃上大夫元咺是也！"言毕，九窍流血，僵死车中。冶廑后到，吃一大惊，慌忙脱卸卿服，托言中寒而返。卫成公至太庙，改命宁俞、孔达陪祀。还朝之时，冶廑辞爵表章已至。卫侯知周歂死得希奇，遂不强其受。未逾月，冶廑亦病亡。可怜周、冶二人止为贪图卿位，干此不义之事，未享一日荣华，徒取千年唾骂，岂不愚哉！卫侯以宁俞有保护之功，欲用为上卿。俞让于孔达，乃以达为上卿，宁俞为亚卿。达为卫侯画策，将咺、瑕之死，悉推在已死周歂、冶廑二人身上，遣使往谢晋侯。晋侯亦付之不问。

时周襄王十二年,晋兵已休息岁余,文公一日坐朝,谓群臣曰:"郑人不礼之仇未报,今又背晋款楚,吾欲合诸侯问罪何如?"先轸曰:"诸侯屡勤矣,今以郑故,又行征发,非所以靖中国也。况我军行无缺,将士用命,何必外求?"文公曰:"秦君临行有约,必与同事。"先轸对曰:"郑为中国咽喉,故齐桓欲伯天下,每争郑地。今若使秦共伐,秦必争之,不如独用本国之兵。"文公曰:"郑邻晋而远于秦,秦何利焉?"乃使人以兵期告秦,约于九月上旬同集郑境。文公临发,以公子兰从行。兰乃郑伯捷之庶弟,向年逃晋,仕为大夫。及文公即位,兰周旋左右,忠谨无比,故文公爱近之。此行盖欲借为向导也。兰辞曰:"臣闻:'君子虽在他乡,不忘父母之国。'君有讨于郑,臣不敢与其事。"文公曰:"卿可谓不背本矣。"乃留公子兰于东鄙,自此有扶持他为郑君之意。晋师既入郑境,秦穆公亦引着谋臣百里奚、大将孟明视、副将杞子、逢孙、杨孙等,车二百乘来会。两下合兵攻破郊关,直逼曲洧,筑长围而守之。晋兵营于函陵,在郑城之西。秦兵营于氾南,在郑城之东。游兵日夜巡警,樵采俱断。慌得郑文公手足无措。

大夫叔詹进曰:"秦、晋合兵,其势甚锐,不可与争。但得一舌辩之士,往说秦公,使之退兵,秦若退师,晋势已孤,不足畏矣。"郑伯曰:"谁可往说秦公者?"叔詹对曰:"佚之狐可。"郑伯命佚之狐。狐对曰:"臣不堪也,臣愿举一人以自代。此人乃口悬河汉,舌摇山岳之士,但其老不见用。主公若加其官爵,使之往说,不患秦公不听矣。"郑伯问:"是何人?"狐曰:"考城人也,姓烛名武,年过七十,事郑国为圉正,三世不迁官。乞主公加礼而遣之!"郑伯遂召烛武入朝,见其须眉尽白,伛偻其身,蹒跚其步,左右无不含笑。烛武拜见了郑伯,奏曰:"主公召老臣何事?"郑伯曰:"佚之狐言子舌辩过人,欲烦子说退秦师,寡人将与子共国。"烛武再拜辞曰:"臣学疏才拙,当少壮时,尚不能建立尺寸之功,况今老耄 mào 年老,高龄,筋力既竭,语言发喘,安能犯颜进说,动千乘之听乎?"郑伯曰:"子事郑三世,老不见用,孤之过也。今封子为亚卿,强为寡人一行。"佚之狐在旁赞言曰:"大丈夫老不遇时,委之于命。今君知先生而用之,先生不可再辞。"烛武乃受命而出。

时二国围城甚急,烛武知秦东晋西,各不相照。是夜命壮士以绳索缒下东门,径奔秦寨。将士把持,不容入见。武从营外放声大哭,营吏擒来禀见穆公。穆公问:"是谁人?"武曰:"老臣乃郑之大夫烛武是也。"穆公曰:"所哭何事?"武曰:"哭郑之将亡耳!"穆公曰:"郑亡,汝安得在吾寨外号哭?"武曰:"老臣哭郑,兼亦哭秦。郑亡不足惜,独可惜者秦耳!"穆公大怒,叱曰:

"吾国有何可惜？言不合理，即当斩首！"武面无惧色，叠着两个指头，指东画西，说出一段利害来。正是：

> 说时石汉皆开眼，道破泥人也点头。
>
> 红日朝升能夜出，黄河东逝可西流。

烛武曰："秦晋合兵临郑，郑之亡，不待言矣。若亡郑而有益于秦，老臣又何敢言？不惟无益，又且有损，君何为劳师费财，以供他人之役乎？"穆公曰："汝言无益有损，何说也？"烛武曰："郑在晋之东界，秦在晋之西界，东西相距，千里之遥。秦东隔于晋，南隔于周，能越周、晋而有郑乎？郑虽亡，尺土皆晋之有，于秦何与？夫秦、晋两国毗邻并立，势不相下，晋益强则秦益弱矣。为人兼地以自弱其国，智者计不出此。且晋惠公曾以河外五城许君，既入而旋背之，君所知也。君之施于晋者，累世矣，曾见晋有分毫之报于君乎？晋侯自复国以来，增兵设将，日务兼并为强。今日拓地于东，既亡郑矣，异日必思拓地于西，患且及秦。君不闻虞、虢之事乎？假虞君以灭虢，旋反戈而中虞。虞公不智，助晋自灭，可不鉴哉！君之施晋既不足恃，晋之用秦又不可测，以君之贤智，而甘堕晋之术中，此臣所谓'无益而有损'，所以痛哭者此也！"

穆公静听良久，耸然动色，频频点首曰："大夫之言是也！"百里奚进曰："烛武辩士，欲离吾两国之好，君不可听之！"烛武曰："君若肯宽目下之围，定立盟誓，弃楚降秦。君如有东方之事，行李往来，取给于郑，犹君外府也。"穆公大悦，遂与烛武歃血为誓，反使杞子、逢孙、杨孙三将，留卒二千人助郑戍守，不告于晋，密地班师而去。早有探骑报入晋营。文公大怒，狐偃在旁，请追击秦师。不知文公从否，且看下回分解。

丱角擺泉抗晋矣

北高假命犒秦軍

第四十四回　叔詹据鼎抗晋侯　弦高假命犒秦军

　　话说秦穆公私与郑盟，背晋退兵，晋文公大怒。狐偃进曰："秦虽去不远，臣请率偏师追击之。军有归心，必无斗志，可一战而胜也。既胜秦，郑必丧胆，将不攻自下矣。"文公曰："不可。寡人昔赖其力，以抚有社稷。若非秦君，寡人何能及此？以子玉之无礼于寡人，寡人犹避之三舍，以报其施，况婚姻乎？且无秦，何患不能围郑？"乃分兵一半，营于函陵，攻围如故。郑伯谓烛武曰："秦兵之退，子之力也。晋兵未退，如之奈何？"烛武对曰："闻公子兰有宠于晋侯，若使人迎公子兰归国，以请成于晋，晋必从矣。"郑伯曰："此非老大夫，亦不堪使也。"石申父曰："武劳矣，臣愿代一行。"乃携重宝出城，直叩晋营求见。文公命之入。石申父再拜，将重宝上献，致郑伯之命曰："寡君以密迩荆蛮，不敢显绝，然实不敢离君侯之宇下也。君侯赫然震怒，寡君知罪矣。不腆世藏，愿效赆于左右。寡君有弟兰，获侍左右，今愿因兰以乞君侯之怜。君侯使兰监郑之国，当朝夕在庭，其敢有二心！"文公曰："汝离我于秦，明欺我不能独下郑也，今又来求成，莫非缓兵之计，欲俟楚救耶？若欲我退兵，必依我二事方可。"石申父曰："请君侯命之！"文公曰："必迎立公子兰为世子，且献谋臣叔詹出来，方表汝诚心也。"

　　石申父领了晋侯言语，入城回复郑伯。郑伯曰："孤未有子，闻子兰昔有梦征，立为世子，社稷必享之。但叔詹乃吾股肱之臣，岂可去孤左右？"叔詹对曰："臣闻：'主忧则臣辱，主辱则臣死。'今晋人索臣，臣不往，兵必不解，是臣避死不忠，而遗君以忧辱也。臣请往！"郑伯曰："子往必死，孤不忍也！"叔詹对曰："君不忍于一詹，而忍于百姓之危困，社稷之陨坠乎？舍一臣以救百姓而安社稷，君何爱惜焉？"郑伯涕泪而遣之。石申父同侯宣多送叔詹于晋军，言："寡君畏君之灵，二事俱不敢违。今使詹听罪于幕下，惟君侯处裁，且求赐公子兰为敝邑之适嗣，以终上国之德。"晋侯大悦，即命狐偃召公子兰于东鄙，命石申父、侯宣多在营中等候。

　　且说晋侯见了叔詹，大喝："汝执郑国之柄，使其君失礼于宾客，一罪也；受盟而复怀贰心，二罪也。"命左右速具鼎镬，将烹之。叔詹面不改色，拱手谓文公曰："臣愿得尽言而死。"文公曰："汝有何言？"詹对曰："君侯辱临敝邑,臣常言于君曰:'晋公子贤明,其左右皆卿才,若返国,必伯诸侯。'及温之盟,臣又劝吾君:'必终事晋,无得罪,罪且不赦。'天降郑祸,言不见纳。今君侯委罪于执政,寡君明其非辜,坚不肯遣,臣引'主辱臣死'之义,自请就诛,以救一城之难。夫料事能中,智也;尽心谋国,忠也;临难不避,勇也;杀身救国,仁也。仁、智、忠、勇俱全,有臣如此,在晋国之法,固宜烹矣!"乃据鼎耳而号曰:"自今已往,事君者以詹为戒!"文公悚然,命赦勿杀,曰:"寡人聊以试子,子真烈士也!"加礼甚厚。不一日,公子兰取至,文公告以相召之意,使叔詹同石申父、侯宣多等,即以世子之礼相见,然后跟随入城。郑伯立公子兰为世子,晋师方退。自是秦、晋有隙。髯翁有诗叹云:

> 甥舅同兵意不欺,却因烛武片言移。
>
> 为贪东道蝇头利,数世兵连那得知?

是年魏犨醉后,坠车折臂,内伤病复发,呕血斗余死。文公录其子魏颗嗣爵。未几,狐毛、狐偃亦相继而卒。晋文公哭之恸曰:"寡人得脱患难,以有今日,多赖舅氏之力,不意弃我而去,使寡人失其右臂矣。哀哉!"胥臣进曰:"主公惜二狐之才,臣举一人,可为卿相,惟主公主裁!"文公曰:"卿所举何人也?"胥臣曰:"臣前奉使,舍于冀野,见一人方秉耒而耨除草,其妻馈以午餐,双手捧献,夫亦敛容接之。夫祭而后食,其妻侍立于旁。良久食毕,夫俟其妻行而后复耨,始终无惰容。夫妻之间,相敬如宾,况他人乎?臣闻'能敬者必有德。'往问姓名,乃郤芮之子郤缺也。此人若用于晋,不弱于子犯。"文公曰:"其父有大罪,安可用其子乎?"胥臣曰:"以尧、舜为父,而有丹朱、商均之不肖;以鲧为父,而有禹之圣;贤不肖之间,父子不相及也。君奈何因已往之恶,而弃有用之才乎?"文公曰:"善。卿为我召之。"胥臣曰:"臣恐其逃奔他国,为敌所用,已携归在臣家中矣。君以使命往,方是礼贤之道。"文公依其言,使内侍以簪缨袍服往召郤缺。郤缺再拜稽首,辞曰:"臣乃冀野农夫,君不以先臣之罪加之罪戮,已荷宽宥,况敢赖宠以玷朝班?"内侍再三传命劝驾,郤缺乃簪佩入朝。郤缺生得身长九尺,隆准丰颐,声如洪钟。文公一见大喜,乃迁胥臣为下军元帅,使郤缺佐之。复改二行为二军,谓之"新上"、"新下"。以赵衰将"新上军",箕郑佐之;胥臣之子胥婴将"新下军",先都佐之。旧有三军,今又添二军,共是五军。亚于天子之制,豪杰向用,军政无阙。楚成王闻之而惧,乃使大夫斗章请平于晋。晋文公念其旧德,许之通好,使大夫阳处父报聘于楚。不在话下。

周襄王二十四年,郑文公捷薨。群臣奉其弟公子兰即位,是为穆公,果应昔日梦兰之兆。是冬,晋文公有疾,召赵衰、先轸、狐射姑、阳处父诸臣,入受顾命,使辅世子骦huān为君,勿替伯业。复恐诸子不安于国,预遣公子雍出仕于秦,公子乐出仕于陈。雍乃杜祁所生,乐乃辰嬴所生也。又使其幼子黑臀,出仕于周,以亲王室。文公薨,在位八年,享年六十八岁。史臣有诗赞云:

道路奔驰十九年,神龙返穴遂乘权。

河阳再觐忠心显,城濮三军义问宣。

雪耻酬恩中始快,赏功罚罪政无偏。

虽然广俭由天授,左右匡扶赖众贤。

世子骦主丧即位,是为襄公。襄公奉文公之柩,殡于曲沃。方出绛城,柩中忽作大声,如牛鸣然,其柩重如泰山,车不能动。群臣无不大骇。太卜郭偃卜之,献其繇曰:

有鼠西来,越我垣墙。我有巨梃,一击三伤。

偃曰:“数日内,必有兵信自西方来。我军击之,大捷。此先君有灵,以告我也。”群臣皆下拜,柩中声顿止,亦觉不重,遂如常而行。先轸曰:“西方者,秦也。”随使人密往秦国探信不题。

话分两头。却说秦将杞子、逢孙、杨孙三人屯戍于郑之北门,见晋国送公子兰归郑,立为世子,忿然曰:“我等为他戍守,以拒晋兵,他又降服晋国,显得我等无功了。”已将密报知会本国。秦穆公心亦不忿,只碍着晋侯,敢怒而不敢言。及公子兰即位,待杞子等无加礼,杞子遂与逢孙、杨孙商议:“我等屯戍在外,终无了期,不若劝吾主潜师袭郑,吾等皆可厚获而归。”正商议间,又闻晋文公亦薨,举手加额曰:“此天赞吾成功也!”遂遣心腹人归秦,言于穆公曰:“郑人使我掌北门之管钥匙,若遣兵潜来袭郑,我为内应,郑可灭也。晋有大丧,必不能救郑,况郑君嗣位方新,守备未修,此机不可失。”秦穆公接此密报,遂与蹇叔及百里奚商议。二臣同声进谏曰:“秦去郑千里之遥,非能得其地也,特利其俘获耳。夫千里劳师,跋涉日久,岂能掩人耳目?若彼闻吾谋而为之备,劳而无功,中途必有变。夫以兵戍人,还而谋之,非信也;乘人之丧而伐之,非仁也;成则利小,不成则害大,非智也。失此三者,臣不知其可也!”穆公艴然曰:“寡人三置晋君,再平晋乱,威名著于天下。只因晋侯败楚城濮,遂以伯业让之。今晋侯即世,天下谁为秦难者?郑如困鸟依人,终当飞去。乘此时灭郑,以易晋河东之地,晋必听之。何不利之有?”蹇叔又曰:“君何不使人行吊于晋,因而吊郑,以窥郑之可攻与否?毋为杞子辈虚言所惑也。"穆公曰："若待行吊而后出师，往返之间，又几一载。夫用兵之道，疾雷不及掩耳，汝老耄何知？"乃阴约来人："以二月上旬，师至北门，里应外合，不得有误。"

于是召孟明视为大将，西乞术、白乙丙副之，挑选精兵三千余人，车三百乘，出东门之外。孟明乃百里奚之子，白乙乃蹇叔之子。出师之日，蹇叔与百里奚，号哭而送之曰："哀哉，痛哉！吾见尔之出，而不见尔之入也！"穆公闻之大怒，使人让二臣曰："尔何为哭吾师？敢沮吾军心耶？"蹇叔、百里奚并对曰："臣安敢哭君之师？臣自哭吾子耳！"白乙见父亲哀哭，欲辞不行。蹇叔曰："吾父子食秦重禄，汝死自分内事也。"乃密授以一简，封识甚固，嘱之曰："汝可依吾简中之言。"白乙领命而行，心下又惶惑，又凄楚。惟孟明自恃才勇，以为成功可必，恬不为意。

大军既发，蹇叔谢病不朝，遂请致政辞官交权。穆公强之，蹇叔遂称病笃，求还铚 zhì 村。百里奚造其家问病，谓蹇叔曰："奚非不知见几之道，所以苟留于此者，尚冀吾子生还一面耳！吾兄何以教我？"蹇叔曰："秦兵此去必败。贤弟可密告子桑，备舟楫于河下，万一得脱，接应西还。切记，切记！"百里奚曰："贤兄之言，即当奉行。"穆公闻蹇叔决意归田，赠以黄金二十斤，彩缎百束，群臣俱送出郊关而返。百里奚握公孙枝之手，告以蹇叔之言，如此恁般："吾兄不托他人，而托子桑，以将军忠勇，能分国家之忧也。将军不可泄漏，当密图之！"公孙枝曰："敬如命。"自去准备船只，不在话下。

却说孟明见白乙领父密简，疑有破郑奇计在内，是夜安营已毕，特来索看。白乙丙启而观之，内有字二行曰："此行郑不足虑，可虑者晋也。崤 xiáo 山地险，尔宜谨戒。我当收尔骸骨于此！"孟明掩目急走，连声曰："咄，咄！晦气，晦气！"白乙意亦以为未必然。三帅自冬十二月丙戌日出师，至明年春正月，从周北门而过，孟明曰："天子在是，虽不敢以戎事谒见，敢不敬乎？"传令左右，皆免胄下车。前哨牙将褒蛮子骁勇无比，才过都门，即从平地超越登车，疾如飞鸟，车不停轨。孟明叹曰："使人人皆褒蛮子，何事不成？"众将士哗然曰："吾等何以不如褒蛮子？"于是争先攘臂呼于众曰："有不能超乘者，退之殿后！"凡行军以殿为怯，军败则以殿为勇，此言殿后者，辱之也。一军凡三百乘，无不超腾而上者。登车之后，车行迅速，如疾风闪电一般，霎时不见。

时周襄王使王子虎同王孙满往观秦师，过讫，回复襄王。王子虎叹曰："臣观秦师骁健如此，谁能敌者？此去郑必无幸矣！"王孙满时年甚小，含笑而不言。襄王问曰："尔童子以为何如?"满对曰："礼,过天子门,必卷甲束兵而趋。今止于免胄,是无礼也。又超乘而上,其轻甚矣。轻则寡谋,无礼则易乱。此行也,秦必有败衄nǜ 挫败,损伤之辱,不能害人,只自害耳!"

却说郑国有一商人,名曰弦高,以贩牛为业。自昔王子颓爱牛,郑、卫各国商人贩牛至周,颇得重利,今日弦高尚袭其业。此人虽则商贾之流,倒也有些忠君爱国之心,排患解纷之略,只为无人荐引,屈于市井之中。今日贩了数百肥牛,往周买卖,行近黎阳津,遇一故人,名曰蹇他,乃新从秦国而来。弦高与蹇他相见,问:"秦国近有何事?"他曰:"秦遣三帅袭郑,以十二月丙戌日出兵,不久即至矣。"弦高大惊曰:"吾父母之邦忽有此难,不闻则已,若闻而不救,万一宗社沦亡,我何面目回故乡也?"遂心生一计,辞别了蹇他,一面使人星夜奔告郑国,教他速作准备,一面打点犒军之礼,选下肥牛二十头随身,余牛俱寄顿客舍。弦高自乘小车,一路迎秦师上去。

来至滑国,地名延津,恰好遇见秦兵前哨,弦高拦住前路,高叫:"郑国有使臣在此,愿求一见!"前哨报入中军。孟明倒吃一惊,想道:"郑国如何便知我兵到来,遣使臣远远来接? 且看他来意如何。"遂与弦高车前相见。弦高诈传郑君之命,谓孟明曰:"寡君闻三位将军将行师出于敝邑,不腆之赋,敬使下臣高远犒从者。敝邑摄乎大国之间,外侮迭至,为久劳远戍,恐一旦不戒,或有不测,以得罪于上国,日夜儆备,不敢安寝。惟执事谅之!"孟明曰:"郑君既犒师,何无国书?"弦高曰:"执事以冬十二月丙戌日出兵,寡君闻从者驱驰甚力,恐俟词命之修,或失迎犒,遂口授下臣,匍匐请罪,非有他也。"孟明附耳言曰:"寡君之遣视,为滑故也,岂敢及郑?"传令:"住军于延津!"弦高称谢而退。西乞、白乙问孟明:"驻军延津何意?"孟明曰:"吾师千里远涉,止以出郑人之不意,可以得志。今郑人已知吾出军之日,其为备也久矣。攻之则城固而难克,围之则兵少而无继。今滑国无备,不若袭滑而破之,得其卤获,犹可还报吾君,师出不为无名也。"是夜三更,三帅兵分作三路,并力袭破滑城,滑君奔翟。秦兵大肆掳掠,子女玉帛为之一空。史臣论此事,谓秦帅目中已无郑矣。若非弦高矫命犒师,以杜三帅之谋,则灭国之祸,当在郑而不在滑也。有诗赞云:

　　千里驱兵狼似狼,岂因小滑逞锋铓。

　　弦高不假军前犒,郑国安能免灭亡?

滑自被残破,其君不能复国,秦兵去后,其地遂为卫国所并,不在话下。

却说郑穆公接了商人弦高密报,犹未深信。时当二月上旬,使人往客馆窥觇 chān 窥视，查看杞子、逢孙、杨孙所为。则已收束车乘，厉兵秣马，整顿器械，人人装束，个个抖擞，只等秦兵到来，这里准备献门。使者回报，郑伯大惊，乃使老大夫烛武先见杞子、逢孙、杨孙，各以束帛为赆 jìn 古代指见面时赠送的礼物，谓之曰："吾子淹久于敝邑，敝邑以供给之故，原圃之麋鹿俱竭矣。今闻吾子戒严，意者有行色乎？孟明诸将在周、滑之间，盍往从之？"杞子大惊，暗思："吾谋已泄，师至无功，反将得罪，不惟郑不可留，秦亦不可归矣。"乃缓词以谢烛武，即日引亲随数十人，逃走齐国。逢孙、杨孙亦奔宋国避罪。戍卒无主，屯聚于北门，欲为乱。郑穆公使佚之狐多赏行粮，分散众人，导之还乡。郑穆公录弦高之功，拜为军尉。自此郑国安靖。

却说晋襄公在曲沃殡宫守丧，闻谍报："秦国孟明将军统兵东去，不知何往？"襄公大惊，即使人召群臣商议。先轸预已打听明白，备知秦君袭郑之谋，遂来见襄公。不知先轸如何计较，且看下回分解。

晉公經
秦墨敗

先元帥
兔冑殉羅

第四十五回　晋襄公墨缞败秦　先元帅免胄殉翟

话说中军元帅先轸已备知秦国袭郑之谋,遂来见襄公曰:"秦违蹇叔、百里奚之谏,千里袭人,此卜偃所谓'有鼠西来,越我垣墙'者也。急击之,不可失!"栾枝进曰:"秦有大惠于先君,未报其德,而伐其师,如先君何?"先轸曰:"此正所以继先君之志也。先君之丧,同盟方吊恤之不暇,秦不加哀悯,而兵越吾境,以伐我同姓之国,秦之无礼甚矣。先君亦必含恨于九泉,又何德之足报?且两国有约,彼此同兵,围郑之役,背我而去,秦之交情亦可知矣。彼不顾信,我岂顾德?"栾枝又曰:"秦未犯吾境,击之毋乃太过?"先轸曰:"秦之树吾先君于晋,非好晋也,以自辅也。君之伯诸侯,秦虽面从,心实忌之。今乘丧用兵,明欺我之不能庇郑也,我兵不出,真不能矣!袭郑不已,势将袭晋,谚云:'一日纵敌,数世贻殃。'若不击秦,何以自立?"赵衰曰:"秦虽可击,但吾主苫 diàn 块指为父母居丧,古礼孝子居丧以草荐为席,土块为枕之中,遽兴兵革,恐非居丧之礼。"先轸曰:"礼,人子居丧,寝处苫块,以尽孝也。翦强敌以安社稷,孝孰大焉?诸卿若云不可,臣请独往!"胥臣等皆赞成其谋。

先轸遂请襄公墨缞治兵,襄公曰:"元帅料秦兵何时当返?从何路行?"先轸屈指算之曰:"臣料秦兵必不能克郑。远行无继,势不可久,总计往返之期,四月有余,初夏必过渑 miǎn 池。渑池乃秦、晋之界,其西有崤山两座,自东崤至于西崤,相去三十五里,此乃秦归必由之路。其地树木丛杂,山石崚嶒 líng céng 高峻重叠的样子,有数处车不可行,必当解骖下走。若伏兵于此处,出其不意,可使秦之兵将尽为俘虏。"襄公曰:"但凭元帅调度。"先轸乃使其子先且居同屠击引兵五千,伏于崤山之左;使胥臣之子胥婴同狐鞫 jū 居引兵五千,伏于崤山之右;候秦兵到日,左右夹攻。使狐偃之子狐射姑同韩子舆引兵五千,伏于西崤山,预先砍伐树木,塞其归路。使梁繇靡之子梁弘同莱驹引兵五千,伏于东崤山,只等秦兵尽过,以兵追之。先轸同赵衰、栾枝、胥臣、阳处父、先蔑一班宿将,跟随晋襄公,离崤山二十里下寨,各分队伍,准备四下接应。正是:整顿窝弓射猛虎,安排香饵钓鳌鱼。

再说秦兵于春二月中,灭了滑国,掳其辎重,满载而归。只为袭郑无功,指望以此赎罪。时夏四月初旬,行及渑池,白乙丙言于孟明曰:"此去从渑池而西，正是崤山险峻之路，吾父谆谆叮嘱谨慎，主帅不可轻忽。"孟明曰："吾驱驰千里，尚然不惧，况过了崤山，便是秦境，家乡密迩ěr近，接近，缓急可恃，又何虑哉？"西乞术曰："主帅虽然虎威，然慎之无失。恐晋有埋伏，卒然而起，何以御之？"孟明曰："将军畏晋如此，吾当先行，如有伏兵，吾自当之！"乃遣骁将褒蛮子，打着元帅百里旗号，前往开路。孟明做第二队，西乞第三队，白乙第四队，相离不过一二里之程。

　　却说褒蛮子惯使着八十斤重的一柄方天画戟，抡动如飞，自谓天下无敌。驱车过了渑池，望西路进发。行至东崤山，忽然山凹里鼓声大震，飞出一队车马，车上立着一员大将，当先拦路，问："汝是秦将孟明否？吾等候多时矣。"褒蛮子曰："来将可通姓名。"那将答曰："吾乃晋国大将莱驹是也！"蛮子曰："教汝国栾枝、魏犨来到，还斗上几合便耍，汝乃无名小卒，何敢拦吾归路？快快闪开，让我过去，若迟慢时，怕你捱不得我一戟！"莱驹大怒，挺长戈劈胸刺去，蛮子轻轻拨开，就势一戟刺来，莱驹急闪，那戟来势太重，就刺在那车衡之上。蛮子将戟一绞，把衡木折做两段。莱驹见其神勇，不觉赞叹一声道："好孟明，名不虚传！"蛮子呵呵大笑曰："我乃孟明元帅部下牙将褒蛮子便是！我元帅岂肯与汝鼠辈交锋耶？汝速速躲避，我元帅随后兵到，汝无噍jiào活着的人或动物类矣！"莱驹吓得魂不附体，想道："牙将且如此英雄，不知孟明还是如何？"遂高声叫曰："我放汝过去，不可伤害吾军！"遂将车马约在一边，让褒蛮子前队过去。蛮子即差军士传报主帅孟明，言："有些小晋军埋伏，已被吾杀退，可速上前合兵一处，过了崤山，便没事了。"孟明得报大喜，遂催趱zǎn西乞、白乙两军，一同进发。且说莱驹引兵来见梁弘，盛述褒蛮子之勇。梁弘笑曰："虽有鲸蛟，已入铁网，安能施其变化哉？吾等按兵勿动，俟其尽过，从后驱之，可获全胜。"

　　再说孟明等三帅，进了东崤，约行数里，地名上天梯、堕马崖、绝命岩、落魂涧、鬼愁窟、断云峪，一路都是有名的险处，车马不能通行。前哨褒蛮子已自去得远了，孟明曰："蛮子已去，料无埋伏矣。"吩咐军将，解了辔pèi索，卸了甲胄，或牵马而行，或扶车而过，一步两跌，备极艰难，七断八续，全无行伍。有人问道："秦兵当日出行，也从崤山过去的，不见许多艰阻。今番回转，如何说得恁般？"这有个缘故。当初秦兵出行之日，乘着一股锐气，且没有晋兵拦阻，轻车快马，缓步徐行，任意经过，不觉其苦。今日往来千里，人马俱疲困了，又掳掠得滑国许多子女金帛，行装重滞，况且遇过晋兵一次，虽然硬过，还怕前面有伏，心下慌忙，倍加艰阻，自然之理也。

孟明等过了上天梯第一层险隘,正行之间,隐隐闻鼓角之声,后队有人报道:"晋兵从后追至矣!"孟明曰:"我既难行,他亦不易,但愁前阻,何怕后追?吩咐各军,速速前进便了!"教白乙前行:"我当亲自断后,以御追兵。"又蓦过了堕马崖。将近绝命岩了,众人发起喊来,报道:"前面有乱木塞路,人马俱不能通,如何是好?"孟明想:"这乱木从何而来?莫非前面果有埋伏?"乃亲自上前来看,但见岩旁有一碑,镌上五字道:"文王避雨处。"碑旁竖立红旗一面,旗竿约长三丈有余,旗上有一"晋"字。旗下都是纵横乱木。孟明曰:"此是疑兵之计也。事已至此,便有埋伏,只索上前。"遂传令教军士先将旗竿放倒,然后搬开柴木,以便跋涉。谁知这面晋字红旗,乃是伏军的记号。他伏于岩谷僻处,望见旗倒,便知秦兵已到,一齐发作。秦军方才搬运柴木,只闻前面鼓声如雷,远远望见旌旗闪烁,正不知多少军马。白乙丙且教安排器械,为冲突之计。只见山岩高处,立着一位将军,姓狐名射姑,字贾季,大叫道:"汝家先锋褒蛮子已被缚在此了,来将早早投降,免遭屠戮!"原来褒蛮子恃勇前进,堕于陷坑之中,被晋军将挠钩搭起,绑缚上囚车了。白乙丙大惊,使人报知西乞术与主将孟明,商议并力夺路。

孟明看这条路径,只有尺许之阔,一边是危峰峻石,一边临着万丈深溪,便是落魂涧了,虽有千军万马,无处展施。心生一计,传令:"此非交锋之地。教大军一齐退转东嵿宽展处,决一死战,再作区处。"白乙丙奉了将令,将军马退回,一路闻金鼓之声,不绝于耳。才退至堕马崖,只见东路旌旗,连接不断,却是大将梁弘同副将莱驹引着五千人马,从后一步步袭来。秦军过不得堕马崖,只得又转。此时好像蚂蚁在热盘之上,东旋西转,没有个定处。孟明教军士从左右两旁,爬山越溪,寻个出路。只见左边山头上金鼓乱鸣,左有一枝军占住,叫道:"大将先且居在此,孟明早早投降!"右边隔溪一声炮响,山谷俱应,又竖起大将胥婴的旗号。孟明此时,如万箭攒心,没摆布一头处。军士每分头乱窜,爬山越溪,都被晋兵斩获。孟明大怒,同西乞、白乙二将,仍杀到堕马崖来。那柴木上都掺有硫黄焰硝引火之物,被韩子舆放起火来,烧得焰腾腾烟涨迷天,红赫赫火星撒地。后面梁弘军马已到,逼得孟明等三帅叫苦不迭。左右前后都是晋兵布满,孟明谓白乙丙曰:"汝父真神算也!今日困于绝地,我死必矣!你二人变服,各自逃生。万一天幸,有一人得回秦国,奏知吾主,兴兵报仇,九泉之下,亦得吐气!"西乞术、白乙丙哭曰:"吾等生则同生,死则同死,纵使得脱,何面目独归故国?"言之未已,手下军兵看看散尽,委弃车仗器械连路堆积。孟明等三帅无计可施,聚于岩下,坐以待缚。晋兵四下围裹将来,如馒头一般,把秦家兵将做个馂_{dàn 以薄饼卷肉}子,一个个束手受擒。杀得血污溪流,尸横山径,匹马只轮,一些不曾走漏。髯翁有诗云:

> 千里雄心一旦灰,西崤无复只轮回。
>
> 休夸晋帅多奇计,蹇叔先曾堕泪来。

先且居诸将会集于东崤之下,将三帅及褒蛮子上了囚车。俘获军士及车马,并滑国掳掠来许多子女玉帛,尽数解到晋襄公大营。襄公墨缞受俘,军中欢呼动地。襄公问了三帅姓名,又问:"褒蛮子何人也?"梁弘曰:"此人虽则牙将,有兼人之勇,莱驹曾失利一阵,若非落于陷坑,亦难制缚。"襄公骇然曰:"既如此骁勇,留之恐有他变!"唤莱驹上前:"汝前日战输与他,今日在寡人面前,可斩其头以泄恨。"莱驹领命,将褒蛮子缚于庭柱,手握大刀,方欲砍去。那蛮子大呼曰:"汝是我手下败将,安敢犯吾?"这一声,就如半空中起个霹雳一般,屋宇俱震动。蛮子就呼声中,将两臂一撑,麻索俱断。莱驹吃一大惊,不觉手颤,堕刀于地,蛮子便来抢这把大刀。有个小校,名曰狼瞫_{shěn},从旁观见,先抢刀在手,将蛮子一刀劈倒,再复一刀,将头割下,献于晋侯之前。襄公大喜曰:"莱驹之勇,不及一小校也!"乃黜退莱驹不用,立狼瞫为车右之职。狼瞫谢恩而出,自谓受知于君,不往元帅先轸处拜谢。先轸心中颇有不悦之意。

次日,襄公同诸将奏凯而归,因殡在曲沃,且回曲沃,欲俟还绛之后,将秦帅孟明等三人献俘于太庙,然后施刑。先以败秦之功,告于殡宫,遂治窀穸之事。襄公墨缞视葬,以表战功。母夫人嬴氏,因会葬亦在曲沃,已知三帅被擒之信,故意问襄公曰:"闻我兵得胜,孟明等俱被囚执,此社稷之福也,但不知已曾诛戮否?"襄公曰:"尚未。"文嬴曰:"秦、晋世为婚姻,相与甚欢。孟明等贪功起衅,妄动干戈,使两国恩变为怨,吾量秦君必深恨此三人。我国杀之无益,不如纵之还秦,使其君自加诛戮,以释二国之怨,岂不美哉?"襄公曰:"三帅用事于秦,获而纵之,恐贻晋患。"文嬴曰:"兵败者死,国有常刑。楚兵一败,得臣伏诛。岂秦国独无军法乎?况当时晋惠公被执于秦,秦君且礼而归之,秦之有礼于我如此。区区败将,必欲自我行戮,显见我国无情也。"襄公初时不肯,闻说到放还惠公之事,悚然动心。即时诏有司释三帅之囚,纵归秦国。孟明等得脱囚系,更不入谢,抱头鼠窜而逃。先轸方在家用饭,闻晋侯已赦三帅,吐哺入见,怒气冲冲,问襄公:"秦囚何在?"襄公曰:"母夫人请放归即刑,寡人已从之矣。"

先轸勃然唾襄公之面曰："咄！孺子不知事如此！武夫千辛万苦，方获此囚，乃坏于妇人之片言耶？放虎归山，异日悔之晚矣！"襄公方才醒悟，拭面而谢，曰："寡人之过也！"遂问班部中："谁人敢追秦囚者？"阳处父愿往。先轸曰："将军用心，若追得，便是第一功也。"阳处父驾起追风马，抢起斩将刀，出了曲沃西门，来追孟明。史臣有诗赞襄公能容先轸，所以能嗣伯业。诗曰：

妇人轻丧武夫功，先轸当时怒气冲。

拭面容言无愠意，方知嗣伯属襄公。

却说孟明等三人得脱大难，路上相议曰："我等若得渡河，便是再生，不然，犹恐晋君追悔，如之奈何？"比到河下，并无一个船只，叹曰："天绝我矣！"叹声未绝，见一渔翁，荡着小艇，从西而来，口中唱歌曰：

囚猿离槛兮，囚鸟出笼。有人遇我兮，反败为功。

孟明异其言，呼曰："渔翁渡我！"渔翁曰："我渡秦人，不渡晋人！"孟明曰："吾等正是秦人，可速渡我！"渔翁曰："子非崤中失事之人耶？"孟明应曰："然。"渔翁曰："吾奉公孙将军将令，特舣舟在此相候，已非一日矣。此舟小，不堪重载，前行半里之程有大舟，将军可以速往。"说罢，那渔翁反棹而西，飞也似去了。三帅循河而西，未及半里，果有大船数只泊于河中，离岸有半箭之地，那渔舟已自在彼招呼。孟明和西乞、白乙跣 xiǎn 足_{赤脚}下船，未及撑开，东岸上早有一位将官，乘车而至，乃大将阳处父也。大叫："秦将且住！"孟明等各各吃惊。须臾之间，阳处父停车河岸，见孟明已在舟中，心生一计，解自家所乘左骖之马，假托襄公之命，赐与孟明："寡君恐将军不给于乘，使处父将此良马，追赠将军，聊表相敬之意，伏乞将军俯纳！"阳处父本意要哄孟明上岸相见，收马拜谢，乘机缚之。那孟明漏网之鱼，"脱却金钩去，回头再不来"，心上也防这一着，如何再肯登岸，乃立于船头之上，遥望阳处父，稽首拜谢曰："蒙君不杀之恩，为惠已多，岂敢复受良马之赐？此行寡君若不加戮，三年之后，当亲至上国，拜君之赐耳！"阳处父再欲开口，只见舟师水手运桨下篙，船已荡入中流去了。阳处父惘然如有所失，闷闷而回，以孟明之言，奏闻于襄公。先轸忿然进曰："彼云'三年之后，拜君之赐'者，盖将伐晋报仇也。不如乘其新败丧气之日，先往伐之，以杜其谋。"襄公以为然，遂商议伐秦之事。

话分两头。再说秦穆公闻三帅为晋所获，又闷又怒，寝食俱废。过了数日，又闻三帅已释放还归，喜形于色。左右皆曰："孟明等丧帅辱国，其罪当诛。昔楚杀得臣以警三军,君亦当行此法也。"穆公曰:"孤自不听蹇叔、百里奚之言,以累及三帅,罪在于孤,不在他人。"乃素服迎之于郊,哭而唁 yàn对遭遇变故者的慰问之,复用三帅主兵,愈加礼待。百里奚叹曰:"吾父子复得相会,已出望外矣!"遂告老致政。穆公乃以繇余、公孙枝为左右庶长,代蹇叔、百里奚之位。此话且搁过一边。

再说晋襄公正议伐秦,忽边吏驰报:"今有翟主白部胡,引兵犯界,已过箕城,望乞发兵防御!"襄公大惊曰:"翟、晋无隙,如何相犯?"先轸曰:"先君文公出亡在翟,翟君以二隗妻我君臣,一住十二年,礼遇甚厚。及先君返国,翟君又遣人拜贺,送二隗还晋。先君之世,从无一介束帛以及于翟。翟君念先君之好,隐忍不言。今其子白部胡嗣位,自恃其勇,故乘丧来伐耳。"襄公曰:"先君勤劳王事,未暇报及私恩。今翟君伐我之丧,是我仇也,子载为寡人创之。"先轸再拜辞曰:"臣忿秦帅之归,一时怒激,唾君之面,无礼甚矣!臣闻'兵事尚整,惟礼可以整民'。无礼之人,不堪为帅。愿主公罢臣之职,别择良将!"襄公曰:"卿为国发愤,乃忠为所激,寡人岂不谅之?今御翟之举,非卿不可,卿其勿辞!"先轸不得已,领命而出,叹曰:"我本欲死于秦,谁知却死于翟也!"闻者亦莫会其意。襄公自回绛都去了。

单说先轸升了中军帐,点集诸军,问众将:"谁肯为前部先锋者?"一人昂然而出曰:"某愿往。"先轸视之,乃新拜右车将军狼曋也。先轸因他不来谒谢,已有不悦之意,今番自请冲锋,愈加不喜,遂骂曰:"尔新进小卒,偶斩一囚,遂获重用。今大敌在境,汝全无退让之意,岂觑我帐下无一良将耶?"狼曋曰:"小将愿为国家出力,元帅何故见阻?"先轸曰:"眼前亦不少出力之人,汝有何谋勇,辄敢掩诸将之上?"遂叱去不用。以狐鞫居有崤山夹战之功,用以代之。狼曋垂首叹气,恨恨而出。遇其友人鲜伯于途,问曰:"闻元帅选将御敌,子安能在此闲行?"狼曋曰:"我自请冲锋,本为国家出力,谁知反触了先轸那厮之怒。他道我有何谋勇,不该掩诸将之上,已将我罢职不用矣!"鲜伯大怒曰:"先轸妒贤嫉能,我与你共起家丁,刺杀那厮,以出胸中不平之气,便死也落得爽快!"狼曋曰:"不可,不可!大丈夫死必有名。死而不义,非勇也。我以勇受知于君,得为戎右,先轸以为无勇而黜之,若死于不义,则我今日之被黜,乃黜一不义之人,反使嫉妒者得藉其口矣。子姑待之。"鲜伯叹曰:"子之高见,吾不及也!"遂与狼曋同归,不在话下。后人有诗议先轸黜狼曋之非,诗曰:

　　提戈斩将勇如贲,车右超升属主恩。

效力何辜遭黜逐？从来忠勇有冤吞。

再说先轸用其子先且居为先锋，栾盾、郤缺为左右队，狐射姑、狐鞫居为合后，发车四百乘，出绛都北门，望箕城进发。两军相遇，各安营停当。先轸唤集诸将授计曰："箕城有地名曰大谷，谷中宽衍，正乃车战之地。其旁多树木，可以伏兵。栾、郤二将可分兵左右埋伏，待且居与翟交战，佯败，引至谷中，伏兵齐起，翟主可擒也！二狐引兵接应，以防翟兵驰救。"诸将如计而行。先轸将大营移后十余里安扎。

次早，两下结阵，翟主白部胡亲自索战。先且居略战数合，引车而退。白部胡引着百余骑，奋勇来追，被先且居诱入大谷，左右伏兵俱起。白部胡施逞精神，左一冲，右一突，胡骑百余，看看折尽。晋兵亦多损伤。良久，白部胡杀出重围，众莫能御。将至谷口，遇着一员大将，刺斜里飕的一箭，正中白部胡面门，翻身落马，军士上前擒之。射箭者，乃新拜下军大夫郤缺也。箭透脑后，白部胡登时身死。郤缺认得是翟主，割下首级献功。时先轸在中营，闻知白部胡被获，举首向天连声曰："晋侯有福！晋侯有福！"遂索纸笔，写表章一道，置于案上。不通诸将得知，竟与营中心腹数人，乘单车驰入翟阵。

却说白部胡之弟白暾 tūn，尚不知其兄之死，正欲引兵上前接应。忽见有单车驰到，认是诱敌之兵，白暾急提刀出迎。先轸横戈于肩，瞪目大喝一声，目眦尽裂，血流及面。白暾大惊，倒退数十步，见其无继，传令弓箭手围而射之。先轸奋起神威，往来驰骤，手杀头目三人，兵士二十余人，身上并无点伤。原来这些弓箭手惧怕先轸之勇，先自手软，箭发的没力了。又且先轸身被重铠，如何射得入去？先轸见射不能伤，自叹曰："吾不杀敌，无以明吾勇；既知吾勇矣，多杀何为？吾将就死于此！"乃自解其甲以受箭，箭集如蝟，身死而尸不僵仆。白暾欲断其首，见其怒目扬须，不异生时，心中大惧。有军士认得的，言："此乃晋中军元帅先轸。"白暾乃率众罗拜，叹曰："真神人也！"祝曰："神许我归翟供养乎？则仆。"尸僵立如故。乃改祝曰："神莫非欲还晋国否？我当送回。"祝毕，尸遂仆于车上。要知如何送回晋国，且看下回分解。

楚
臣
入
宮
弑

楚
雷

秦穆公
濟河
焚舟

第四十六回　楚商臣宫中弑父　秦穆公殽谷封尸

话说翟主白部胡被杀，有逃命的败军，报知其弟白暾，白暾涕泣曰："俺说'晋有天助，不可伐之'。吾兄不听，今果遭难也！"欲将先轸尸首与晋打换部胡之尸，遣人到晋军打话。且说郤缺提了白部胡首级，同诸将到中军献功，不见了元帅。有守营军士说道："元帅乘单车出营去了，但吩咐'紧守寨门'，不知何往？"先且居心疑，偶于案上见表章一道，取而观之，云：

> 臣中军大夫先轸奏言：臣自知无礼于君，君不加诛讨，而复用之，幸而战胜，赏费将及矣。臣归而不受赏，是有功而不赏也；若归而受赏，是无礼而亦可论功也。有功不赏，何以劝功？ 无礼论功，何以惩罪？ 功罪紊乱，何以为国？ 臣将驰入翟军，假手翟人，以代君之讨。臣子且居有将略，足以代臣。臣轸临死冒昧！

且居曰："吾父驰翟师死矣！"放声大哭，便欲乘车闯入翟军，查看其父下落。此时郤缺、栾盾、狐鞠居、狐射姑等毕集营中，死劝方住。众人商议："必先使人打听元帅生死，方可进兵。"忽报："翟主之弟白暾，差人打话。"召而问之，乃是彼此换尸之事。且居知死信真实，又复痛哭了一场。约定："明日军前，各抬亡灵，彼此交换。"翟使回复去后，先且居曰："戎狄多诈，来日不可不备。"乃商议令郤缺、栾盾仍旧张两翼于左右，但有交战之事，便来夹攻。二狐同守中军。

次日，两边结阵相持，先且居素服登车，独出阵前，迎接父尸。白暾畏先轸之灵，拔去箭翎，将香水浴净，自脱锦袍包裹，装载车上，如生人一般，推出阵前，付先且居收领。晋军中亦将白部胡首级，交割还翟。翟送还的是香喷喷一具全尸，晋送去的只是血淋淋一颗首级。白暾心怀不忍，便叫道："你晋家好欺负人！如何不把全尸还我？"先且居使人应曰："若要取全尸，你自去大谷中乱尸内寻认！"白暾大怒，手执开山大斧，指挥翟骑冲杀过来。这里用辒 tún 车结阵，如墙一般，连冲突数次，皆不能入，引得白暾蹎躇咆哮，有气莫吐。忽然晋军中鼓声骤起，阵门开处，一员大将，横载而出，乃狐射姑也。白暾便与交锋，战不多合，左有郤缺，右有栾盾，两翼军士围裹将来。白暾见晋兵众盛，急忙拨转马头，晋军从后掩杀，翟兵死者，不计其数。狐射姑认定白暾,紧紧追赶。白暾恐冲动本营,拍马从剌斜里跑去。射姑不舍,随着马尾赶来。白暾回首一看,带转马头,问曰:"将军面善,莫非贾季乎?"射姑答曰:"然也。"白暾曰:"将军别来无恙?将军父子俱住吾国十二年,相待不薄,今日留情,异日岂无相见?我乃白部胡之弟白暾是也。"狐射姑见提起旧话,心中不忍,便答道:"我放汝一条生路,汝速速回军,无得淹久于此。"言毕回车,至于大营。晋兵已自得胜,便拿不着白暾,众俱无话。是夜白暾潜师回翟,白部胡无子,白暾为之发丧,遂嗣位为君。此是后话。

且说晋师凯旋而归,参见晋襄公,呈上先轸的遗表。襄公怜轸之死,亲殓其尸。只见两目复开,勃勃有生气,襄公抚其尸曰:"将军死于国事,英灵不泯,遗表所言,足见忠爱,寡人不敢忘也!"乃即柩前,拜先且居为中军元帅,以代父职,其目遂瞑。后人于箕城立庙祀之。襄公嘉郤缺杀白部胡之功,仍以冀为之食邑,谓曰:"尔能盖父之愆,故还尔父之封也。"又谓胥臣曰:"举郤缺者,吾子之功。微子,寡人何由任缺?"乃以先茅之县赏之。诸将见襄公赏当其功,无不悦服。

时许、蔡二国,因晋文公之变,复受盟于楚。晋襄公拜阳处父为大将,帅师伐许,因而侵蔡。楚成王命斗勃同成大心,帅师救之。行及泜 zhǐ 水,隔岸望见晋军,遂逼泜水下寨。晋军营于泜水之北,两军只隔得一层水面,击柝之声,彼此相闻。晋军为楚师所拒,不能前进。如此相持,约有两月。看看岁终,晋军粮食将尽,阳处父意欲退军。既恐为楚所乘,又嫌于避楚为人所笑,乃使人渡泜水,直入楚军,传语斗勃曰:"谚云:'来者不惧,惧者不来。'将军若欲与吾战,吾当退去一舍之地,让将军济水而阵,决一死敌;如将军不肯济,将军可退一舍之地,让我渡河南岸,以请战期。若不进不退,劳师费财,何益于事?处父今驾马于车,以候将军之命,惟速裁决!"斗勃忿然曰:"晋欺我不敢渡河耶?"便欲渡河索战。成大心急止曰:"晋人无信,其言退舍,殆诱我耳。若乘我半济而击之,我进退俱无据矣。不如姑退,以让晋涉,我为主,晋为客,不亦可乎?"斗勃悟曰:"孙伯之言是也!"乃传令军中,退三十里下寨,让晋济水,使人回复阳处父。处父使改其词,宣言于众,只说:"楚将斗勃畏晋不敢涉水,已遁去矣。"军中一时传遍。处父曰:"楚师已遁,我何济为?岁暮天寒,且归休息,以俟再举可也。"遂班师还晋。斗勃退舍二日,不见晋师动静,使人侦之,已去远矣,亦下令班师而回。

却说楚成王之长子名曰商臣,先时欲立为太子,问于斗勃。勃对曰:"楚国之嗣,利于少,不利于长,历世皆然。且商臣之相,蜂目豺声,其性残忍,今日爱而立之,异日复恶而黜之,其为乱必矣。"成王不听,竟立为嗣,使潘崇傅之。商臣闻斗勃不欲立己,心怀怨恨。及斗勃救蔡,不战而归,商臣潜zèn 说坏话诬陷别人于成王曰:"子上受阳处父之赂,故避之以为晋名。"成王信其言,遂不许斗勃相见,使人赐之以剑。斗勃不能自明,以剑刎喉而死。成大心自诣成王之前,叩头涕泣,备述退师之故,如此怙般:"并无受赂之事,若以退为罪,罪宜坐臣。"成王曰:"卿不必引咎,孤亦悔之矣!"自此成王有疑太子商臣之意。后又爱少子职,遂欲废商臣而立职,诚恐商臣谋乱,思寻其过失而诛之。宫人颇闻其语,传播于外,商臣犹豫未信,以告于太傅潘崇。崇曰:"吾有一计,可察其说之真假。"商臣问:"计将安出?"潘崇曰:"王妹芈 mǐ 氏,嫁于江国,近因归宁来楚,久住宫中,必知其事。江芈性最躁急,太子诚为设享,故加怠慢,以激其怒,怒中之言,必有泄漏。"商臣从其谋,乃具享以待江芈。芈氏来至东宫,商臣迎拜甚恭,三献之后,渐渐疏慢,中馈但使庖人供馔,自不起身,又故意与行酒侍儿窃窃私语,芈氏两次问话,俱失应答。芈氏大怒,拍案而起,骂曰:"役夫不肖如此,宜王之欲杀汝而立职也!"商臣假意谢罪,芈氏不顾,竟上车而去,骂声犹不绝口。

　　商臣连夜告于潘崇,因叩以自免之策。潘崇曰:"子能北面古时君主面朝南坐,对人称臣称北面而事职乎?"商臣曰:"吾不能以长事少也。"潘崇曰:"若不能屈首事人,盍适他国?"商臣曰:"无因也,只取辱焉。"潘崇曰:"舍此二者,别无策矣!"商臣固请不已,潘崇曰:"有一策,甚便捷,但恐汝不忍耳!"商臣曰:"死生之际,有何不忍?"潘崇附耳曰:"除非行大事,乃可转祸为福。"商臣曰:"此事吾能之!"乃部署宫甲,至夜半,托言宫中有变,遂围王宫。潘崇仗剑,同力士数人入宫,径造成王之前,左右皆惊散。成王问曰:"卿来何事?"潘崇答曰:"王在位四十七年矣,成功者退,今国人思得新王,请传位于太子!"成王惶遽 huáng jù 慌张惊恐的样子答曰:"孤即当让位,但不知能相活否?"潘崇曰:"一君死,一君立,国岂有二君耶? 何王之老而不达也?"成王曰:"孤方命庖人治熊掌,俟其熟而食之,虽死不恨!"潘崇厉声曰:"熊掌难熟,王欲延时刻,以待外救乎? 请王自便,勿俟臣动手!"言毕,解束带投于王前。成王仰天呼曰:"好斗勃! 好斗勃! 孤不听忠言,自取其祸,复何言哉!"遂以带自挽其颈,潘崇命左右拽之,须臾气绝。江芈曰:"杀吾兄者,我也!"亦自缢而死。时周襄王二十六年冬十月之丁未日也。髯翁论此事,谓成王以弟弑兄,其子商臣遂以子弑父,天理报应,昭昭不爽。有诗叹曰:

　　　楚君昔日弑熊囏,今日商臣报叔冤。

天遣潘崇为逆傅，痴心犹想食熊蹯。

商臣既弑其父，遂以暴疾讣 fù 报丧于诸侯，自立为王，是为穆王。加潘崇之爵为太师，使掌环列之尹，复以为太子之室赐之。令尹斗般等皆知成王被弑，无人敢言。商公斗宜申闻成王之变，托言奔丧，因来郢都，与大夫仲归谋弑穆王。事露，穆王使司马斗越椒擒宜申、仲归杀之。巫者范巫 yù 似言："楚成王与子玉、子西三人，俱不得其死。"至是，其言果验矣！斗越椒觊令尹之位，乃说穆王曰："子扬常向人言：'父子世秉楚政，受先王莫大之恩，愧不能成先王之志。'其意欲扶公子职为君。子西之来，子扬实召之。今子西伏诛，子扬意不自安，恐有他谋，不可不备。"穆王疑之，乃召斗般使杀公子职，斗般辞以不能。穆王怒曰："汝欲成先王之志耶？"自举铜锤击杀之。公子职欲奔晋，斗越椒追杀之于郊外。穆王拜成大心为令尹，未几，大心亦卒，遂迁斗越椒为令尹，芍贾为司马。后穆王复念子文治楚之功，录斗克黄为箴尹 楚国官名。克黄字子仪，乃斗般之子，子文之孙也。

晋襄公闻楚成王之死，问于赵盾曰："天其遂厌楚乎？"赵盾对曰："楚君虽横，犹可以礼义化诲。商臣不爱其父，况其他乎？臣恐诸侯之祸，方未艾耳！"不几年，穆王遣兵四出，先灭江，次灭六，灭蓼，又用兵陈、郑，中原多事，果如赵盾之言。此是后话。

却说周襄王二十七年春二月，秦孟明视请于穆公，欲兴师伐晋，以报崤山之败。穆公壮其志，许之。孟明遂同西乞、白乙率车四百乘伐晋。晋襄公虑秦有报怨之举，每日使人远探，一得此信，笑曰："秦之拜赐者至矣！"遂拜先且居为大将，赵衰为副，狐鞫居为车右，迎秦师于境上。大军将发之际，狼瞫 shěn 自请以私属效劳，先且居许之。时孟明等尚未出境，先且居曰："与其俟秦至而战，不如伐秦。"遂西行至于彭衙，方与秦兵相遇，两边各排成阵势。狼瞫请于先且居曰："昔先元帅以瞫为无勇，罢黜不用，今日瞫请自试，非敢求录功，但以雪前之耻耳。"言毕，遂与其友鲜伯等百余人，直犯秦阵，所向披靡，杀死秦兵无算。鲜伯为白乙所杀。先且居登车，望见秦阵已乱，遂驱大军掩杀前去。孟明等不能当，大败而走。先且居救出狼瞫，瞫遍体皆伤，呕血斗余，逾日而亡。晋兵凯歌还朝，且居奏于襄公曰："今日之胜，狼瞫之力，与臣无与也。"晋襄公命以上大夫之礼，葬狼瞫于西郭，使群臣皆送其葬。此是襄公激励人才的好处。史臣有诗夸狼瞫之勇云：

壮哉狼车右，斩囚如割鸡！

被黜不妄怒，轻身犯敌威。

一死表生平，秦师因以摧。

重泉若有知，先轸应低眉。

却说孟明兵败回秦，自分必死，谁知穆公一意引咎，全无嗔 chēn 怪之意，依旧使人郊迎慰劳，任以国政如初。孟明自愧不胜，乃增修国政，尽出家财以恤阵亡之家。每日操演军士，勉以忠义，期来年大举伐晋。是冬，晋襄公复命先且居，纠合宋大夫公子成、陈大夫辕选、郑大夫公子归生，率师伐秦，取江及彭衙二邑而还，戏曰："吾以报拜赐之役也。"昔郭偃卜繇有"一击三伤"之语，至是三败秦师，其言果验。孟明不请师御晋，秦人皆以为怯，惟穆公深信之，谓群臣曰："孟明必能报晋，但时未至耳。"至明年夏五月，孟明补卒搜乘，训练已精，请穆公自往督战："若今次不能雪耻，誓不生还！"穆公曰："寡人凡三见败于晋矣，若再无功，寡人亦无面目返国也。"乃选车五百乘，择日兴师。凡军士从行者，皆厚赠其家，三军踊跃，皆愿效死。

兵由蒲津关而出，既渡黄河，孟明出令，使尽焚其舟。穆公怪而问曰："元帅焚舟，何意也？"孟明视奏曰："兵以气胜。吾屡挫之后，气已衰矣。幸而胜，何患不济？吾之焚舟，示三军之必死，有进无退，所以作其气也。"穆公曰："善。"孟明自为先锋，长驱直入，破王官城，取之。谍报至绛州，晋襄公大集群臣，商议出兵拒敌。赵衰曰："秦怒已甚，此番起倾国之兵，将致死于我。且其君亲行，不可当也，不如避之，使稍逞其志，可以息两国之争。"先且居亦曰："困兽犹能斗，况大国乎？秦君耻败，而三帅俱好勇，其志不胜不已。兵连祸结，未有已时，子余之言是也。"襄公乃传谕四境坚守，毋与秦战。繇余谓穆公曰："晋惧我矣！君可乘此兵威，收殽山死士之骨，可以盖昔之耻。"穆公从之。遂引兵渡黄河上岸，自茅津济师，屯于东殽，晋兵无一人一骑敢相迎者。穆公命军士于堕马崖、绝命岩、落魂涧等处，收检尸骨，用草为衬，埋藏于山谷僻坳之处。宰牛杀马，大陈祭享。穆公素服，亲自沥酒，放声大哭。孟明诸将伏地不能起，哀动三军，无不堕泪。髯仙有诗云：

曾嗔二老哭吾师，今日如何自哭之？

莫道封尸豪举事，殽山虽险本无尸。

江及彭衙二邑百姓闻穆公伐晋得胜，哄然相聚，逐去晋之守将，还复归秦。秦穆公奏凯班师，以孟明为亚卿，与二相同秉国政，西乞、白乙俱加封赏。改蒲津关为大庆关，以志军功。

却说西戎主赤班，初时见秦兵屡败，欺秦之弱，欲倡率诸戎叛秦。及伐晋回来，穆公遂欲移师伐戎。繇余请传檄戎中，征其朝贡，若其不至，然后攻之。赤班打听孟明得胜，正怀忧惧，一见檄文，遂率西方二十余国纳地请朝，尊穆公为西戎伯主。史臣论秦事，以为"千军易得，一将难求"。穆公信孟明之贤，能始终任用，所以卒成伯业。

是时秦之威名直达京师，周襄王谓尹武公曰："秦、晋匹也，其先世皆有功于王室。昔重耳主盟中夏，朕册命为侯伯。今秦伯任好，强盛不亚于晋，朕亦欲册之如晋。卿以为何如？"尹武公曰："秦自伯西戎，未若晋之能勤王也。今秦、晋方恶，而晋侯骧能继父业，若册命秦，则失晋欢矣。不若遣使颁赐以贺秦，则秦知感而晋亦无怨。"襄王从之。要知后事如何，再看下回分解。

弄玉歇簫雙跨鳳

趙盾背秦立靈公

第四十七回　弄玉吹箫双跨凤　赵盾背秦立灵公

话说秦穆公并国二十,遂伯西戎。周襄王命尹武公赐金鼓以贺之。秦伯自称年老,不便入朝,使公孙枝如周谢恩。是年,繇余病卒,穆公心加痛惜,遂以孟明为右庶长。公孙枝自周还,知穆公意向孟明,亦告老致政。不在话下。

却说秦穆公有幼女,生时适有人献璞,琢之,得碧色美玉。女周岁,宫中陈晬 zuì 周年盘古时婴儿满周岁日,以盘盛纸笔等物,听其抓取,来预测其将来志趣。盛物的盘子称晬盘,女独取此玉,弄之不舍,因名弄玉。稍长,姿容绝世,且又聪明无比,善于吹笙,不由乐师,自成音调。穆公命巧匠,剖此美玉为笙。女吹之,声如凤鸣。穆公钟爱其女,筑重楼以居之,名曰凤楼,楼前有高台,亦名凤台。弄玉年十五,穆公欲为之求佳婿。弄玉自誓曰:“必是善笙人,能与我唱和者,方是我夫,他非所愿也。”穆公使人遍访,不得其人。忽一日,弄玉于楼上卷帘闲看,见天净云空,月明如镜,呼侍儿焚香一炷,取碧玉笙,临窗吹之。声音清越,响入天际,微风拂拂,忽若有和之者。其声若远若近,弄玉心异之,乃停吹而听,其声亦止,余音犹袅袅不断。弄玉临风悯然,如有所失,徙倚夜半,月昃 zè 香消,乃将玉笙置于床头,勉强就寝。梦见西南方,天门洞开,五色霞光,照耀如昼。一美丈夫羽冠鹤氅 chǎng,骑彩凤自天而下,立于凤台之上,谓弄玉曰:“我乃太华山之主也。上帝命我与尔结为婚姻,当以中秋日相见,宿缘应尔。”乃于腰间解赤玉箫,倚栏吹之。其彩凤亦舒翼鸣舞,凤声与箫声,唱和如一,宫商协调,喤喤盈耳。弄玉神思俱迷,不觉问曰:“此何曲也?”美丈夫对曰:“此《华山吟》第一弄也。”弄玉又问曰:“曲可学乎?”美丈夫对曰:“既成姻契,何难相授?”言毕,直前执弄玉之手。弄玉猛然惊觉,梦中景象,宛然在目。

及旦,自言于穆公,乃使孟明以梦中形象于太华山访之。有野夫指之曰:“山上明星岩,有一异人,自七月十五日至此,结庐独居,每日下山沽酒自酌。至晚,必吹箫一曲,箫声四彻,闻者忘卧,不知何处人也。”孟明登太华山,至明星岩下,果见一人羽冠鹤氅,玉貌丹唇,飘飘然有超尘出俗之姿。孟明知是异人,上前揖之,问其姓名。对曰:“某萧姓,史名。足下何人? 来此何事?"孟明曰:"某乃本国右庶长,百里视是也。吾主为爱女择婿,女善吹笙,必求其匹。闻足下精于音乐,吾主渴欲一见,命某奉迎。"萧史曰:"某粗解宫商,别无他长,不敢辱命。"孟明曰:"同见吾主,自有分晓。"乃与共载而回。

孟明先见穆公,奏知其事,然后引萧史入谒。穆公坐于凤台之上,萧史拜见曰:"臣山野匹夫,不知礼法,伏祈矜宥!"穆公视萧史形容萧洒,有离尘绝俗之韵,心中先有三分欢喜,乃赐坐于旁,问曰:"闻子善箫,亦善笙乎?"萧史曰:"臣止能箫,不能笙也。"穆公曰:"本欲觅吹笙之侣,今箫与笙不同器,非吾女匹也。"顾孟明使引退。弄玉遣侍者传语穆公曰:"箫与笙一类也。客既善箫,何不一试其长?奈何令怀技而去乎?"穆公以为然,乃命萧史奏之。萧史取出赤玉箫一枝,玉色温润,赤光照耀人目,诚稀世之珍也。才品一曲,清风习习而来;奏第二曲,彩云四合;奏至第三曲,见白鹤成对,翔舞于空中,孔雀数双,栖集于林际,百鸟和鸣,经时方散。穆公大悦。时弄玉于帘内,窥见其异,亦喜曰:"此真吾夫矣!"穆公复问萧史曰:"子知笙、箫何为而作?始于何时?"萧史对曰:"笙者,生也,女娲氏所作,义取发生,律应太簇。箫者,肃也,伏羲氏所作,义取肃清,律应仲吕。"穆公曰:"试详言之。"萧史对曰:"臣执艺在箫,请但言箫。昔伏羲氏,编竹为箫,其形参差,以象凤翼;其声和美,以象凤鸣。大者谓之'雅箫',编二十三管,长尺有四寸;小者谓之'颂箫',编十六管,长尺有二寸,总谓之箫管。其无底者,谓之'洞箫'。其后黄帝使伶伦伐竹于昆溪,制为笛,横七孔,吹之亦象凤鸣,其形甚简。后人厌箫管之繁,专用一管而竖吹之。又以长者名箫,短者名管。今之箫,非古之箫矣。"穆公曰:"卿吹箫,何以能致珍禽也?"史又对曰:"箫制虽减,其声不变,作者以象凤鸣,凤乃百鸟之王,故皆闻凤声而翔集也。昔舜作箫韶之乐,凤凰应声而来仪。凤且可致,况他鸟乎?"

萧史应对如流,音声洪亮。穆公愈悦,谓史曰:"寡人有爱女弄玉,颇通音律,不欲归之盲婚,愿以室吾子。"萧史敛容再拜辞曰:"史本山僻野人,安敢当王侯之贵乎?"穆公曰:"小女有誓愿在前,欲择善笙者为偶,今吾子之箫,能通天地,格万物,更胜于笙多矣。况吾女复有梦征,今日正是八月十五中秋之日,此天缘也,卿不能辞。"萧史乃拜谢。穆公命太史择日婚配,太史奏今夕中秋上吉,月圆于上,人圆于下。乃使左右具汤沐,引萧史洁体,赐新衣冠更换,送至凤楼,与弄玉成亲。夫妻和顺,自不必说。

次早,穆公拜萧史为中大夫。萧史虽列朝班,不与国政,日居凤楼之中,不食火食，时或饮酒数杯耳。弄玉学其导气之方，亦渐能绝粒。萧史教弄玉吹箫，为《来凤》之曲。约居半载，忽然一夜，夫妇于月下吹箫，遂有紫凤集于台之左，赤龙盘于台之右。萧史曰："吾本上界仙人，上帝以人间史籍散乱，命吾整理。乃以周宣王十七年五月五日，降生于周之萧氏，为萧三郎。至宣王末年，史官失职，吾乃连缀本末，备典籍之遗漏。周人以吾有功于史，遂称吾为萧史，今历一百十余年矣。上帝命我为华山之主，与子有凤缘，故以箫声作合，然不应久住人间。今龙凤来迎，可以去矣。"弄玉欲辞其父，萧史不可，曰："既为神仙，当脱然无虑，岂容于眷属生系恋耶？"于是萧史乘赤龙，弄玉乘紫凤，自凤台翔云而去。今人称佳婿为"乘龙"，正谓此也。是夜，有人于太华山闻凤鸣焉。次早，宫侍报知穆公，穆公惘然，徐叹曰："神仙之事，果有之也！倘此时有龙凤迎寡人，寡人视弃山河，如弃敝屣耳！"命人于太华踪迹之，杳然无所见闻。遂立祠于明星岩，岁时以酒果祀之，至今称为萧女祠，祠中时闻凤鸣也。六朝鲍照有《萧史曲》云：

> 萧史爱少年，赢女悉①童颜。
>
> 火粒愿排弃，霞雾好登攀。
>
> 龙飞逸天路，凤起出秦关。
>
> 身去长不返，箫声时往还。

又江总亦有诗云：

> 弄玉秦家女，萧史仙处童。
>
> 来时兔月满，去后凤楼空。
>
> 密笑开还敛，浮声咽更通。
>
> 相期红粉色，飞向紫烟中。

穆公自是厌言兵革，遂超然有世外之想，以国政专任孟明，日修清净无为之业。未几，公孙枝亦卒。孟明荐子车氏之三子奄息、仲行、鍼虎并有贤德，国中称为"三良"。穆公皆拜为大夫，恩礼甚厚。又三年，为周襄王三十一年春二月望日，穆公坐于凤台观月，想念其女弄玉，不知何往，更无会期，蓦然睡去。梦见萧史与弄玉控一凤来迎，同游广寒之宫，清冷彻骨。既醒，遂得寒疾，不数日薨，人以为仙去矣。在位三十九年，年六十九岁。穆公初娶晋献公女，生太子罃 yīng，至是即位，是为康公。葬穆公于雍，用西戎之俗，以生人殉葬，凡用一百七十七人，子车氏之三子亦与其数。国人哀之，为赋

①悉(lìn)：同"吝"，过分爱惜。

《黄鸟》之诗,诗见《毛诗·国风》。后人论穆公用"三良"殉葬,以为死而弃贤,失贻谋之道,惟宋苏东坡学士有题秦穆公墓诗,出人意表。诗云:

> 橐泉①在城东,墓在城中无百步,乃知昔未有此城,秦人以此识公墓。昔公生不诛孟明,岂有死之日,而忍用其良?乃知三子殉公意,亦如齐之二子从田横。古人感一饭,尚能杀其身。今人不复见此等,乃以所见疑古人。古人不可望,今人益可伤!

话分两头。却说晋襄公六年,立其子夷皋为世子,使庶弟公子乐出仕于陈。是年,赵衰、栾枝、先且居、胥臣先后皆卒,连丧四卿,位署俱虚。明年,乃大搜车徒于夷,舍二军,仍复三军之旧。襄公欲使士谷、梁益耳将中军,使箕郑父、先都将上军。先且居之子先克进曰:"狐、赵有大功于晋,其子不可废也。且士谷位司空,与梁益耳俱未有战功,骤为大将,恐人心不服。"襄公从之。乃以狐射姑为中军元帅,赵盾佐之;以箕郑父为上军元帅,荀林父佐之;以先蔑为下军元帅,先都佐之。狐射姑登坛号令,指挥如意,傍若无人。其部下军司马臾骈谏曰:"骈闻之:'师克在和。'今三军之帅,非贵将,即世臣也。元帅宜虚心谘访,常存谦退。夫刚而自矜,子玉所以败于晋也,不可不戒。"射姑大怒,喝曰:"吾发令之始,匹夫何敢乱言,以慢军士?"叱左右鞭之一百,众人俱有不服之意。

再说士谷、梁益耳闻先克阻其进用,心中大恨。先都不得上军元帅之职,亦深恨之。时太傅阳处父聘于卫,不与其事。及处父归国,闻狐射姑为元帅,乃密奏于襄公曰:"射姑刚而好上,不得民心,此非大将之才也。臣曾佐子余之军,与其子盾相善,极知盾贤而且能。夫尊贤使能,国之令典。君如择帅,无如盾者。"襄公用其言,乃使阳处父改搜于董。狐射姑未知易帅之事,欣然长中军之班,襄公呼其字曰:"贾季,向也寡人使盾佐吾子,今吾子佐盾。"射姑不敢言,唯唯而退。襄公乃拜赵盾为中军元帅,而使狐射姑佐之。其上军、下军如故。赵盾自此当国,大修政令,国人悦服。有人谓阳处父曰:"子孟言无隐,忠则忠矣,独不虞_{担心,忧虑}取怨于人乎?"处父曰:"苟利国家,何敢避私怨也?"次日,狐射姑独见襄公,问曰:"蒙主公念先人之微劳,不以臣为不肖,使司戎政;忽然更易,臣未知罪。意者以先臣偃之勋,不如衰乎?抑别有所谓耶?"襄公曰:"无他也。阳处父谓寡人,言吾子不得民心,难为大将,是以易之。"射姑嘿然而退。

---

① 橐(tuó)泉:秦宫殿名。

是年秋八月，晋襄公病，将死，召太傅阳处父、上卿赵盾及诸臣在榻前，嘱曰："寡人承父业，破狄伐秦，未尝挫锐气于外国。今不幸命之不长，将与诸卿长别。太子夷皋年幼，卿等宜尽心辅佐，和好邻国，不失盟主之业可也。"群臣再拜受命，襄公遂薨。次日，群臣欲奉太子即位，赵盾曰："国家多难，秦、狄为仇，不可以立幼主。今杜祁之子公子雍见仕于秦，好善而长，可迎之以嗣大位。"群臣莫对。狐射姑曰："不如立公子乐。其母，君之嬖也。乐仕于陈，而陈素睦于晋，非若秦之为怨，迎之则朝发而夕至矣。"赵盾曰："不然。陈小而远，秦大而近。迎君于陈不加睦，而迎于秦可以释怨而树援，必公子雍乃可。"众议方息。乃使先蔑为正使，士会副之，如秦报丧，因迎公子雍为君。将行，荀林父止之曰："夫人、太子皆在，而欲迎君于他国，恐事之不成，将有他变，子何不托疾以辞之？"先蔑曰："政在赵氏，何变之有？"林父谓人曰："同官为僚。吾与士伯为同僚，不敢不尽吾心。彼不听吾言，恐有去日，无来日矣。"

不说先蔑往秦，且说狐射姑见赵盾不从其言，怒曰："狐、赵等也，今有赵其无狐耶？"亦阴使人召公子乐于陈，将为争立之计。早有人报知赵盾。盾使其客公孙杵臼率家丁百人，伏于中路，候公子乐行讨，要而杀之。狐射姑益怒曰："使赵孟有权者，阳处父也。处父族微无援，今出宿郊外，主诸国会葬之事，刺之易耳。盾杀公子乐，我杀处父，不亦可乎？"乃与其弟狐鞫居谋。鞫居曰："此事吾力能任之。"与家人诈为盗，夜半逾墙而入，处父尚秉烛观书，鞫居直前击之，中肩。处父惊而走，鞫居逐杀之，取其首以归。阳处父之从人，有认得鞫居者，走报赵盾。盾佯为不信，叱曰："阳太傅为盗所害，安敢诬人？"令人收殓其尸，此九月中事。

至冬十月，葬襄公于曲沃。襄夫人穆嬴同太子夷皋送葬，谓赵盾曰："先君何罪？其适嗣亦何罪？乃舍此一块肉，而外求君于他国耶？"赵盾曰："此国家大事，非盾一人之私也。"葬毕，奉主入庙。赵宣子即庙中谓诸大夫曰："先君惟能用刑赏，以伯诸侯。今君柩在殡，而狐鞫居擅杀太傅，为诸臣者，谁不自危？此不可不讨也！"乃执鞫居付司寇，数其罪而斩之。即于其家，搜出阳处父之首，以线缝于颈而葬之。狐射姑惧赵盾已知其谋，乃夜乘小车，出奔翟国，投翟主白暾去讫。

时翟国有长人曰侨如，身长一丈五尺，谓之长翟。力举千钧，铜头铁额，瓦砾不能伤害。白暾用之为将，使之侵鲁。文公使叔孙得臣帅师拒之。时值冬月，冻雾漫天，大夫富父终甥知将雨雪，进计曰："长翟骁勇异常，但可智取,不可力敌。"乃于要道深掘陷坑数处,将草蕗掩盖,上用浮土。是夜果降大雪,铺平地面,不辨虚实。富父终甥引一枝军,去劫侨如之寨。侨如出战,终甥诈败,侨如奋勇追杀。终甥留下暗号,认得路径,沿坑而走。侨如随后赶来,遂坠于深坑之中。得臣伏兵悉起,杀散翟兵。终甥以戈刺侨如之喉而杀之,取其尸载以大车,见者都骇,以为防风氏之骨,不是过也。得臣适生长子,遂名曰叔孙侨如,以志军功。自此鲁与齐、卫合兵伐翟,白暾走死,遂灭其国。狐射姑转入赤翟潞国,依潞大夫酆舒。赵盾曰:"贾季,吾先人同时出亡者,左右先君,功劳不浅。吾诛鞫居,正以安贾季也。彼惧罪而亡,何忍使孤身栖止于翟境乎?"乃使臾骈送其妻子往潞。臾骈唤集家丁,将欲起行,众家丁禀曰:"昔搜夷之日,主人尽忠于狐帅,反被其辱,此仇不可不报。今元帅使主人押送其妻孥,此天赐我也。当尽杀之,以雪其恨!"臾骈连声曰:"不可,不可! 元帅以送孥见委,宠我也。元帅送之,而我杀之,元帅不怒我乎?乘人之危,非仁也;取人之怒,非智也。"乃迎其妻子登车,将家财细细登籍,亲送出境,毫无遗失。射姑闻之,叹曰:"吾有贤人而不知,吾之出奔,宜也!"赵盾自此重臾骈之人品,有重用之意。

再说先蔑同士会如秦,迎公子雍为君。秦康公喜曰:"吾先君两定晋君,当寡人之身,复立公子雍,是晋君世世自秦出也。"乃使白乙丙率车四百乘,送公子雍于晋。

却说襄夫人穆嬴自送葬归朝之后,每日侵晨必抱太子夷皋于怀,至朝堂大哭,谓诸大夫曰:"此先君世子也,奈何弃之!"既散朝,则命车适于赵氏,向赵盾顿首曰:"先君临终,以此子嘱卿,尽心辅佐。君虽弃世,言犹在耳。若立他人,将置此子于何地耶? 不立吾儿,吾子母有死而已。"言毕,号哭不已。国人闻之,无不哀怜穆嬴,而归咎于赵盾。诸大夫亦以迎雍失策为言。赵盾患之,谋于郤缺曰:"士伯已往秦迎长君矣,何可再立太子?"缺曰:"今日舍幼子而立长君,异日幼子渐长,必然有变。可亟遣人往秦,止住士伯为上。"盾曰:"先定君,然后发使,方为有名。"即时会集群臣,奉夷皋即位,是为灵公,时年才七岁耳。

百官朝贺方毕,忽边谍报称:"秦遣大兵送公子雍已至河下。"诸大夫曰:"我失信于秦矣,何以谢之?"赵盾曰:"我若立公子雍,则秦吾宾客也。既不受其纳,是敌国矣。使人往谢,彼反有辞于我,不如以兵拒之。"乃使上军元帅箕郑父辅灵公居守,盾自将中军,先克为副,以代狐射姑之职。荀林父独将上军,先都因先蔑往秦,亦独将下军。三军整顿,出迎秦师,屯于堇阴。秦师已济河而东，至令狐下寨。闻前有晋军，犹以为迎公子雍而来，全不戒备。先蔑先至晋军来见赵盾，盾告以立太子之故。先蔑睁目视曰："谋迎公子，是谁主之？今又立太子而拒我乎？"拂袖而出，见荀林父曰："吾悔不听子言，以至今日。"林父止之曰："子，晋臣也。舍晋安归？"先蔑曰："我受命往秦迎雍，则雍是我主，秦为吾主之辅。岂可自背前言，苟图故乡之富贵乎？"遂奔秦寨。赵盾曰："士伯不肯留晋，来日秦师必然进逼，不如乘夜往劫秦寨，出其不意，可以得志。"遂出令秣谷饲马，军士于寝蓐饱食，衔枚古时行军士兵口中咬着枚，以防出声疾走，比至秦寨，恰好三更，一声呐喊，鼓角齐鸣，杀入营门。秦师在睡梦中惊觉，马不及披甲，人不及操戈，四下乱窜。晋兵直追至刭首之地，白乙丙死战得脱，公子雍死于乱军之中。先蔑叹曰："赵孟背我，我不可背秦！"乃奔秦。士会亦叹曰："吾与士伯同事，士伯既往秦，吾不可以独归也！"亦从秦师而归，秦康公俱拜为大夫。荀林父言于赵盾曰："昔贾季奔狄，相国念同僚之义，归其妻孥。今士伯、随季与某亦有僚谊，愿效相国昔日之事。"赵盾曰："荀伯重义，正合吾意。"遂令卫士送两宅家眷及家财于秦。胡曾先生有诗云：

> 谁当越境送妻孥？只为同僚义气多。
>
> 近日人情相忌刻，一般僚谊却如何？

又髯翁有诗，讥赵宣子轻于迎雍，以宾为寇：

> 弈棋下子必踌躇，有嫡如何又外求？
>
> 宾寇须臾成反覆，赵宣谋国是何筹？

按此一战，各军将皆有俘获，惟先克部下骁将蒯 kuǎi 得，贪进不顾，为秦所败，反丧失戎车五乘。先克欲按军法斩之，诸将皆代为哀请。先克言于赵盾，乃夺其田禄。蒯得恨恨不已。

再说箕郑父与士谷、梁益耳素相厚善，自赵盾升为中军元帅，士谷、梁益耳俱失了兵柄，连箕郑父也有不平之意。时郑父居守，士谷、梁益耳俱聚做一处，说起："赵盾废置自由，目中无人。今闻秦以重兵送公子雍，若两军相持，急未能解，我这里从中为乱，反了赵盾，废夷皋迎公子雍，大权皆归于吾党之手。"商议已定。不知成败如何，且看下回分解。

刺先克
又將閣晉

处士曾画蜀葵图

第四十八回　刺先克五将乱晋　召士会寿余绐^①秦

话说箕郑父、士谷、梁益耳三人商议,只等秦兵紧急,便从中作乱,欲更赵盾之位,不意赵盾袭败秦兵,奏凯而回,心中愈愤。先都为下军佐,因主将先蔑为赵盾所卖,出奔于秦,亦恨赵盾。凑着蒯得被先克以军事夺其田禄,中怀怨望,诉于士谷。谷曰:"先克倚恃赵孟之属,故敢横行如此。盾所专制,惟中军耳。诚得一死士,先往刺克,则盾势孤矣。此事非得先子会不可!"蒯得曰:"子会因主帅为盾所卖,意亦恨之。"士谷曰:"既如此,则克不难办也。"遂附耳曰:"只须如此恁般,便可了事。"蒯得大喜曰:"吾当即往言之。"蒯得往见先都,倒是先都开口说起:"赵孟背了士季,袭败秦师,全无信义,难与同事。"蒯得遂以士谷之言,告于先都。都曰:"诚如此,晋国之幸也!"

时冬月将尽,约至新春,先克往箕城,谒拜其祖先轸之祠。先都使家丁伏于箕城之外,只等先克过去,远远跟定,觑个空隙,群起刺杀之,从人惊散。赵盾闻先克为贼所杀,大怒,严令司寇缉获,五日一比。先都等情慌,与蒯得商议,怂恿士谷、梁益耳等作速举事。梁益耳醉中泄其语于梁弘,弘大惊曰:"此灭族之事也!"乃密告于臾骈,骈转闻于赵盾。盾即聚甲戒车,吩咐伺候听令。先都闻赵氏聚甲戒车,疑其谋已泄,急走士谷处,催并速发。箕郑父欲借上元节晋侯赐酺〔pú 会聚饮食〕,乘乱行事,议久不决。赵盾先遣臾骈围先都之家,执都付狱。梁益耳、蒯得慌忙之际,欲与箕郑父、士谷团集四族家丁,劫出先都,一同为乱。赵盾使人反以先都之谋,告于箕郑父,请他入朝商议。箕郑父曰:"赵孟见召,殆不疑我也。"遂轻身而往。原来赵孟为箕郑父见为上军元帅,恐其鼓众同乱,假意召之。郑父不知是计,坦然入朝。赵盾留住于朝房,与之议先都之事。密遣荀林父、郤缺、栾盾领着三枝军马,分头拿捕士谷、梁益耳、蒯得三人,俱下狱讫。荀林父等三将至朝房回话。林父大声喝曰:"箕郑父亦在作乱数内,如何还不就狱?"郑父曰:"我有居守之劳,彼时三军在外,我独居中,不以此时为乱,今日诸卿济济,乃求死耶?"赵盾

---

①绐(dài):通"诒",欺骗,欺诈。

曰:"汝之迟于为乱,正欲待先都、蒯得也。我已访知的实,不须多辩!"箕郑父俯首就狱。

赵盾奏闻晋灵公,欲将先都等五人行诛。灵公年幼,唯唯而已。灵公既入宫,襄夫人闻五人在狱,问灵公曰:"相国如何处置?"灵公曰:"相国言:'罪并应诛。'"襄夫人曰:"此辈事起争权,原无篡逆之谋,且主谋杀先克者,不过一二人,罪有首从,岂可一概诛戮?迩年近年来老成雕丧,人才稀少,一朝而戮五臣,恐朝堂之位遂虚矣,可不虑乎?"明日,灵公以襄夫人之言述于赵盾。盾奏曰:"主少国疑,大臣擅杀,不大诛戮,何以惩后?"遂将先都、士谷、箕郑父、梁益耳、蒯得五人,坐以不君之罪,斩于市曹。录先克之子先縠为大夫。国人畏赵盾之严,无不股栗。

狐射姑在潞国闻其事,骇曰:"幸哉!我之得免于死也。"一日,潞大夫酆 fēng 舒问于狐射姑曰:"赵盾比赵衰二人孰贤?"射姑曰:"赵衰乃冬日之日,赵盾乃夏日之日,冬日赖其温,夏日畏其烈。"酆舒笑曰:"卿宿将,亦畏赵孟耶?"

闲话休提。却说楚穆王自篡位之后,亦有争伯中原之志。间谍报:"晋君新立,赵盾专政,诸大夫自相争杀。"乃召群臣计议,欲加兵于郑。大夫范山进曰:"晋君年幼,其臣志在争权,不在诸侯。乘此时出兵以争北方,谁能当者!"穆王大悦,使斗越椒为大将,蒍贾副之,帅车三百乘伐郑。自引两广精兵,屯于狼渊,以为声援。别遣息公子朱为大将,公子茷 fá 副之,帅车三百乘伐陈。

且说郑穆公闻楚兵临境,急遣大夫公子坚、公子庞 páng 通"庞"、乐耳三人,引兵拒楚于境上,嘱以固守勿战,别遣人告急于晋。越椒连日挑战,郑兵不出。蒍贾密言于越椒曰:"自城濮之后,楚兵久不至郑矣。郑人恃有晋救,不与我战。乘晋之未至,诱而擒之,可以雪往日之耻。不然,迁延日久,诸侯毕集,恐复如子玉故事,将奈何?"越椒曰:"今欲诱之,当用何计?"蒍贾附耳曰:"必须如此恁般。"越椒从其谋,乃传令军中,言:"粮食将缺,可于村落掠取,以供食用。"自于帐中鼓乐饮酒,每日至夜半方散。有人传至狼渊,楚穆王疑斗越椒,欲自往督战。范山曰:"伯嬴智士,此必有计,不出数日,捷音当至矣。"

再说公子坚等见楚兵不来搦战,心中疑虑,使人探听。回言:"楚兵四出掳掠为食,斗元帅中军日逐鼓乐饮酒,酒后谩骂,言郑人无用,不堪厮杀。"公子坚喜曰:"楚兵四出掳掠,其营必虚;楚将鼓乐饮酒,其心必懈;若夜劫其营，可获全胜。"公子龙、乐耳皆以为然。是夜结束饱食，公子龙欲分作前中后三队，次第而进。公子坚曰："劫营与对阵不同，乃一时袭击之计，可分左右，不可分前后也。"于是三将并进。将及楚营，远远望见灯烛辉煌，笙歌嘹亮。公子坚曰："伯棼 fèn 命合休矣！"麾车直进，楚军全不抵当。公子坚先冲入寨中，乐人四散奔走，惟越椒呆坐不动。上前看时，吃一大惊，乃是束草为人，假扮作越椒模样。公子坚急叫："中计！"退出寨时，忽闻寨后炮声大震，一员大将领军杀来，大叫："斗越椒在此！"公子坚奔走不迭，会合公子龙及乐耳二将，做一路逃奔。行不一里，对面炮声又起，却是芳贾预先埋伏一枝军马，在于中路，邀截郑兵。前有芳贾，后有越椒，首尾夹攻，郑兵大败，公子龙、乐耳先被擒。公子坚舍命来救，马踬 zhì 跌倒，被绊倒车覆，亦为楚兵所获。郑穆公大惧，谓群臣曰："三将被擒，晋救不至，如何？"群臣皆曰："楚势甚盛，若不乞降，早晚打破城池，虽晋亦无如之何矣！"郑穆公乃遣公子丰至楚营谢罪，纳赂求和，誓不反叛。斗越椒使人请命于穆王，穆王许之。乃释公子坚、公子龙、乐耳三人之囚，放还郑国。

　　楚穆王传令班师。行至中途，楚公子朱伐陈兵败，副将公子茷为陈所获，打从狼渊一路来见穆王，请兵复仇。穆王大怒，正欲加兵于陈，忽报："陈有使命，送公子茷还楚，上书乞降。"穆王拆书看之，略曰：

　　　　寡人朔，壤地褊小，未获接待君王之左右。蒙君王一旅训定，边人愚莽，获罪于公子。朔惶悚，寝不能寐，敬使一介，具车马致之大国。朔愿终依宇下，以求荫庇。惟君王辱收之！

穆王笑曰："陈惧我讨罪，是以乞附，可谓见几之士矣。"乃准其降。传檄征取郑、陈二国之君同蔡侯，以冬十月朔于厥貉取齐相会。

　　却说晋赵盾因郑人告急，遣人约宋、鲁、卫、许四国之兵，一同救郑。未及郑境，闻郑人降楚，楚师已还，又闻陈亦降楚。宋大夫华耦、鲁大夫公子遂俱请伐陈、郑。赵盾曰："我实不能驰救，以失二国，彼何罪焉？不如退而修政。"乃班师。髯翁有诗叹云：

　　　谁专国柄主诸侯？却令荆蛮肆蠢谋。
　　　今日郑陈连臂去，中原伯气黯然收。

　　再说陈侯朔与郑伯兰，于秋末齐至息地，候楚穆王驾到。相见礼毕，穆王问曰："原订厥貉相会，如何逗遛此地？"陈侯、郑伯齐声答曰："蒙君王相约，诚恐后期获罪，故预于此地奉候随行。"穆王大喜。忽谍报："蔡侯甲午已先到厥貉境上。"穆王遂同陈、郑二君登车疾走，蔡侯迎穆王于厥貉，以臣礼见,再拜稽首。陈侯、郑伯大惊,私语曰:"蔡屈礼如此,楚必以我为慢矣。"乃相与请于穆王曰:"君王税驾解驾,停车休息于此,宋君不来参谒,君王可以伐之。"穆王笑曰:"孤之顿兵于此,正欲为伐宋计也。"早有人报入宋国。

时宋成公王臣已卒,子昭公杵臼已立三年,信用小人,疏斥公族。穆、襄之党作乱,杀司马公子卬,司城荡意诸奔鲁,宋国大乱。赖司寇华御事调停国事,请复意诸之官,国以粗安。至是,闻楚合诸侯于厥貉,有窥宋之意,华御事请于宋公曰:"臣闻:'小不事大,国所以亡。'今楚臣服陈、郑,所不得者宋耳,请先往迎之。若待其见伐,然后请成,无及也。"宋公以为然,乃亲造厥貉,迎谒楚王。且治田猎之具,请较猎于孟诸之薮sǒu 湖泽,特指有浅水和茂草的沼泽地带,穆王大悦。陈侯请为前队开路,宋公为右阵,郑伯为左阵,蔡侯为后队,相从楚穆王出猎。穆王出令,命诸侯从田者,于侵晨驾车,车中各载燧,以备取火之用。合围良久,穆王驰入右师,偶赶逐群狐,狐入深窟,穆王回顾宋公,取燧熏之。车中无燧,楚司马申无畏奏曰:"宋公违令,君不可以加刑,请治其仆。"乃叱宋公之御者,挞之三百,以儆于诸侯。宋公大惭。此周顷王二年事。是时楚最强横,遣斗越椒行聘于齐、鲁,俨然以中原伯主自恃,晋不能制也。

周顷王四年,秦康公集群臣议曰:"寡人衔令狐之恨,五年于兹矣!今赵盾诛戮大臣,不修边政。陈、蔡、郑、宋交臂事楚,晋莫能禁,其弱可知。此时不伐晋,更何待乎?"诸大夫皆曰:"愿效死力!"康公乃大阅车徒,使孟明居守,拜西乞术为大将,白乙丙副之,士会为参谋,出车五百乘,浩浩荡荡,济河而东,攻羁马,拔之。赵盾闻报,急为应敌之计。自将中军,迁上军大夫荀林父为中军佐,以补先克之缺。用提弥明为车右,使郤缺代箕郑父为上军元帅。盾有从弟赵穿,乃晋襄公之爱婿,自请为上军之佐。盾曰:"汝年少好勇,未曾历练,姑待异日。"乃用臾骈为之。使栾盾为下军元帅,补先蔑之缺;胥臣之子胥甲为副,补先都之缺。赵穿又自请以其私属附于上军,立功报效,赵盾许之。军中缺司马,韩子舆之子韩厥,自幼育于赵盾之家,长为门客,贤而有才,盾乃荐于灵公而用之。三军方出绛城,甚是整肃。行不十里,忽有乘车冲入中军,韩厥使人问之,御者对曰:"赵相国忘携饮具,奉军令来取,特此追送。"韩厥怒曰:"兵车行列已定,岂容乘车擅入?法当斩!"御者涕泣曰:"此相国之命也!"韩厥曰:"厥忝为司马,但知有军法,不知有相国也。"斩御者而毁其车。诸帅言于赵盾曰:"相国举韩厥,而厥戮相国之车,此人负恩,恐不可用。"赵盾微笑,即使人召韩厥,诸将以盾必辱厥以报其怨。厥既至,盾乃降席而礼之曰:"吾闻:'事君者,比而不党。'子能执法如此,不负吾举矣。勉之!"厥拜谢而退。盾又谓诸将曰:"他日执晋政者,必厥也! 韩氏其将昌矣。"晋师营于河曲,臾骈献策曰:"秦师蓄锐数年而为此举,其锋不可当,请深沟高垒,固守勿战。彼不能持久,必退,退而击之,胜可万全。"赵盾从其计。

　　秦康公求战不得,问计于士会。士会对曰:"赵氏新任一人,姓臾名骈,此人广有智谋。今日坚壁不战,盖用其谋,以老我师也。赵有庶子赵穿,晋先君之爱婿。闻其求佐上军,赵孟不从而用骈,穿意必然怀恨。今赵孟用骈之谋,穿必不服,故自以私属从行,其意欲夺臾骈之功。若使轻兵挑其上军,即臾骈不出,赵穿必恃勇来追,因之以求一战,不亦可乎?"秦康公从其谋,乃使白乙丙率车百乘,袭晋上军挑战,郤缺与臾骈俱坚持不动。赵穿闻秦兵掩至,即率私属百乘出迎。白乙丙回车便走,车行甚速,赵穿追十余里,不及而返。怪臾骈等不肯协力同追,乃召军吏大骂曰:"裹粮披甲,本欲求战,今敌来而不出击,岂上军皆妇人乎?"军吏曰:"主帅自有破敌之谋,不在今日。"穿复大骂曰:"鼠辈有何深谋? 直是畏死耳! 别人怕秦,我赵穿偏不怕! 我将独奔秦军,拼死一战,以雪坚壁之耻。"遂驱车复进,呼号于众曰:"有志气者,都跟我来!"三军莫应,惟有下军副将胥甲叹曰:"此人真正好汉,吾当助之。"正欲出军。却说上军元帅郤缺,急使人以赵穿之事报之赵盾,盾大惊曰:"狂夫独出,必为秦擒,不可不救也。"乃传令三军,一时并出,与秦交战。

　　再说赵穿驰入秦壁,白乙丙接住交锋,约战三十余合,彼此互有杀伤。西乞术方欲夹攻,见对面大军齐至,两下不敢混战,各鸣金收军。赵穿回至本阵,问于赵盾曰:"我欲独破秦军,为诸将雪耻,何以鸣金之骤也?"盾曰:"秦大国,未可轻敌,当以计破之。"穿曰:"用计用计,吃了一肚子好气!"言犹未毕,报:"秦国有人来下战书。"赵盾使臾骈接之,使者将书呈上,臾骈转呈于赵盾。盾启而观之,书曰:"两国战士皆未有缺,请以来日决一胜负!"盾曰:"谨如命!"使者去后,臾骈谓赵盾曰:"秦使者口虽请战,然其目彷徨四顾,似有不宁之状,殆惧我也,夜必遁矣。请伏兵于河口,乘其将济而击之,必大获全胜。"赵盾曰:"此计甚妙!"正欲发令埋伏,胥甲闻其谋,告于赵穿。穿遂与胥甲同至军门,大呼曰:"众军士听吾一言:我晋国兵强将广,岂在西秦之下? 秦来约战,已许之矣! 又欲伏兵河口,为掩袭之计,是岂大丈夫所为耶?"赵盾闻之,召谓曰:"我原无此意,勿得挠乱军心也!"秦谍者探得赵穿和胥甲军门之语，乃连夜遁走，复侵入瑕邑，出桃林塞而归。赵盾亦班师，回国治泄漏军情之罪，以赵穿为君婿，且是从弟，特免其议；专委罪于胥甲，削其官爵，逐去卫国安置。又曰："臼季之功，不可斩也！"仍用胥甲之子胥克为下军佐。髯仙有诗议赵盾之不公。诗云：

> 同呼军门罪不殊，独将胥甲正刑书。
>
> 相君庇族非无意，请把桃园问董狐。

周顷王五年，赵盾惧秦师复至，使大夫詹嘉居瑕邑，以守桃林之塞。臾骈进曰："河曲之战，为秦画策者，士会也。此人在秦，吾辈岂能高枕而卧耶？"赵盾以为然，乃于诸浮之别馆，大集六卿而议之。那六卿：赵盾、郤缺、栾盾、荀林父、臾骈、胥克。是日，六卿毕至，赵盾开言曰："今狐射姑在狄，士会在秦，二人谋害晋国，当何策以待之？"荀林父曰："请召射姑而复之。射姑堪境外之事，且子犯旧勋，宜延其赏。"郤缺曰："不然。射姑虽系宿勋，然有擅杀大臣之罪。若复之，何以儆将来乎？不如召士会。士会顺柔而多智，且奔秦非其罪也。狄远而秦近，欲除秦害，先去其助，言召士会者是。"赵盾曰："秦方宠任士会，请之必不从，何计而可复之？"臾骈曰："骈所善一人，乃先臣毕万之孙，名寿余，即魏犨之从子也。见今食邑于魏，虽在国中带名世爵，未有职任。此人颇能权变，要招来士会，只在此人身上。"乃附赵盾之耳曰："如此恁般，何如？"盾大喜曰："烦吾子为我致之。"六卿既散，臾骈即夕往叩寿余之门，寿余相迎坐定。臾骈请至密室，以招士会之策告于寿余，寿余应允。臾骈回复了赵盾。

次早，赵盾奏知灵公，言："秦人屡次侵晋，宜令河东诸邑宰各各团练甲伍，结寨于黄河岸口，轮番戍守。并责成食采之人，往督其事，倘有失利，即行削夺，庶肯用心防范。"灵公准奏。赵盾又曰："魏，大邑也。魏倡之，诸邑无敢不从矣。"乃以灵公之命召魏寿余，使督责有司，团兵出戍。寿余奏曰："臣蒙主上录先世之功，衣食大县，从未知军旅之事。况河上绵延百余里，处处可济，暴露军士，守之无益。"赵盾怒曰："小臣何敢挠吾大计？限汝三日内，取军籍呈报！再若抗违，当正军法！"寿余叹息而出，回家闷闷不悦。妻子叩问其故，寿余曰："赵盾无道，欲我督戍河口，何日了期？汝可收拾家资，随我往秦国，从士会去可也。"吩咐家人整备车马。是夜索酒痛饮，以进馔不洁鞭膳夫百余，犹恨恨不绝，言欲杀之。膳夫奔赵府，首告寿余欲叛晋奔秦之事，赵盾使韩厥帅兵往捕之。厥放走寿余，只擒获其妻子，下于狱中。

寿余连夜遁往秦国，见秦康公，告诉赵盾如此恁般，强横无道："妻子陷狱,某孤身走脱,特来投降。"康公问士会:"真否?"士会曰:"晋人多诈,不可信也。若寿余果真降,当以何物献功?"寿余于袖中出一文书,乃是魏邑土地人民之数,献于康公曰:"明公能收寿余,愿以食邑奉献。"康公又问士会:"魏可取否?"寿余以目盼士会,且蹑其足。士会虽奔在秦,然心亦思晋,见寿余如此光景,阴会其意,乃对曰:"秦弃河东五城,为姻好也。今两国治兵相攻,数年不息,攻城取邑,惟力是视。河东诸城,无大于魏者,若得魏而据之,以渐收河东之地,亦是长策。只恐魏有司惧晋之讨,不肯来归耳!"寿余曰:"魏有司虽晋臣,实魏氏之私也。若明公率一军屯于河西,遥为声援,臣力能致之。"秦康公顾士会曰:"卿熟知晋事,须同寡人一行。"乃拜西乞术为将,士会副之,亲率大军前进。

既至河口,安营了毕,前哨报:"河东有一枝军屯扎,不知何意?"寿余曰:"此必魏人闻有秦兵,故为备耳。彼未知臣之在秦也。诚得一东方之人,熟知晋事者,与臣先往,谕以祸福,不愁魏有司不从。"康公命士会同往,士会顿首辞曰:"晋人虎狼之性,暴不可测。倘臣往谕而从,是国家之福也。万一不从,拘执臣身,君复以臣不堪事之故,加罪于臣之妻孥,无益于君,而臣之身家,枉被其殃,九泉之下,可追悔乎?"康公不知士会为诈,乃曰:"卿宜尽心前往,若得魏地,重加封赏,倘被晋人拘留,寡人当送还家口,以表相与之情。"与士会指黄河为誓。秦大夫绕朝谏曰:"士会,晋之谋臣,此去如巨鱼纵壑,必不来矣。君奈何轻信寿余之言,而以谋臣资敌乎?"康公曰:"此事寡人能任之,卿其勿疑。"士会同寿余辞康公而行。绕朝慌忙驾车追送,以皮鞭赠士会曰:"子莫欺秦国无智士也,但主公不听吾言耳。子持此鞭马速回,迟则有祸。"士会拜谢,遂驰车急走。史臣有诗云:

策马挥衣古道前,殷勤赠友有长鞭。

休言秦国无名士,争奈康公不纳言。

士会等渡河而东。未知如何归晋,再看下回分解。

古子鮑子施厚國賈

齊
懿
竹池巹娑

第四十九回　公子鲍厚施买国　齐懿公竹池遇变

话说士会同寿余济了黄河，望东而行。未及里许，只见一位年少将军，引着一队军马来迎，在车上欠身曰："随季别来无恙？"士会近前视之，那将军姓赵名朔，乃赵相国盾之子也。三人下车相见，士会问其来意，朔曰："吾奉父命，前来接应吾子还朝，后面复有大军至矣。"当下一声炮响，车如水，马如龙，簇拥士会同寿余入晋去了。秦康公使人隔河了望，回报康公，大怒，便欲济河伐晋。前哨又报："探得河东复有大军到来，大将乃是荀林父、郤缺二人。"西乞术曰："晋既有大军接应，必不容我济河，不如归也。"乃班师。荀林父等见秦军已去，亦还晋国。士会去秦三载，今日复进绛城，不胜感慨。入见灵公，肉袒谢罪。灵公曰："卿无罪也。"使列于六卿之间。赵盾嘉魏寿余之劳，言于灵公，赐车十乘。秦康公使人送士会之妻孥于晋，曰："吾不负黄河之誓也！"士会感康公之义，致书称谢，且劝以息兵养民，各保四境。康公从之。自此秦、晋不交兵者数十年。

周顷王六年，崩，太子班即位，是为匡王，即晋灵公之八年也。时楚穆王薨，世子旅嗣位，是为庄王。赵盾以楚新有丧，乘此机会，思复先世盟主之业，乃大合诸侯于新城。宋昭公杵臼、鲁文公兴、陈灵公平国、卫成公郑、郑穆公兰、许昭公锡我，并至会所。宋、陈、郑三国之君，各诉前日从楚之情，出于不得已，赵盾亦各各抚慰，诸侯始复附于晋。惟蔡侯附楚如故，不肯赴会。赵盾使郤缺引军伐之，蔡人求和，乃还。

齐昭公潘本欲赴会，适患病，未及盟期，昭公遂薨，太子舍即位。其母乃鲁女子叔姬，谓之昭姬。昭姬虽为昭公夫人，不甚得宠。世子舍才望庸常，亦不为国人所敬重。公子商人，齐桓公之妾密姬所生，素有篡位之志，赖昭公待之甚厚，此念中沮阻止，中止，俟 zhuān 同"专"俟昭公死后，方举大事。昭公末年，召公子元于卫，任以国政。商人忌公子元之贤，意欲结纳人心，乃尽出其家财，周恤贫民，如有不给，借贷以继之，百姓无不感激。又多聚死士在家，朝夕训练，出入跟随。及世子舍即位，适彗星出于北斗，商人使人占之，曰："宋、齐、晋三国之君，皆将死乱。"商人曰："乱齐者，非我而谁？"命死士即于丧幕中，刺杀世子舍。商人以公子元年长，乃伪言曰："舍无人君之威，不可居大位,吾此举为兄故也。"公子元大惊曰:"吾知尔之求为君也久矣,何乃累我? 我能事尔,尔不能事我也,但尔为君以后,得容我为齐国匹夫,以寿终足矣!"商人即位,是为懿公。子元心恶商人之所为,闭门托病,并不入朝。此乃是公子元的好处。

且说昭姬痛其子死于非命,日夜悲啼。懿公恶之,乃因于别室,节其饮食。昭姬阴赂宫人,使通信于鲁。鲁文公畏齐之强,命大夫东门遂如周,告于匡王,欲借天子恩宠,以求释昭姬之囚。匡王命单伯往齐,谓懿公曰:"既杀其子,焉用其母,何不纵之还鲁,以明齐之宽德?"懿公讳弑舍之事,闻"杀子"之语,面颊发赤,嘿然无语。单伯退就客馆。懿公迁昭姬于他宫,使人诱单伯曰:"寡君于国母未之敢慢,况承天子降谕,敢不承顺? 吾子何不谒见国母,使知天子眷顾宗国之意?"单伯只道是好话,遂驾车随使者入宫谒见昭姬。昭姬垂涕,略诉苦情,单伯尚未及答,不虞懿公在外掩至,大骂曰:"单伯如何擅入吾宫,私会国母,欲行苟且之事耶? 寡人将讼之天子!"遂并单伯拘禁,与昭姬各囚于一室。恨鲁人以王命压之,兴兵伐鲁。论者谓懿公弑幼主,囚国母,拘天使,虐邻国,穷凶极恶,天理岂能容乎? 但当时高国世臣济济在朝,何不奉子元以声商人之罪,而乃纵其凶恶,绝无一言? 时事至此,可叹矣! 有诗云:

> 欲图大位欺孤主,先散家财买细民。
>
> 堪恨朝中绶若若,也随市井媚凶人!

鲁使上卿季孙行父如晋告急。晋赵盾奉灵公合宋、卫、蔡、陈、郑、曹、许共八国诸侯,聚于扈地,商议伐齐。齐懿公纳赂于晋,且释单伯还周,昭姬还鲁,诸侯遂散归本国。鲁闻晋不果伐齐,亦使公子遂纳赂于齐以求和。不在话下。

却说宋襄公夫人王姬,乃周襄王之女兄,宋成公王臣之母,昭公杵臼之祖母也。昭公自为世子时,与公子卬、公孙孔叔、公孙钟离三人,以田猎游戏相善。既即位,惟三人之言是听,不任六卿,不朝祖母,疏远公族,怠弃民事,日以从田为乐。司马乐豫知宋国必乱,以其官让于公子卬。司城公孙寿亦虑祸及,告老致政,昭公即用其子荡意诸,嗣为司城之官。襄夫人王姬老而好淫,昭公有庶弟公子鲍,美艳胜于妇人,襄夫人心爱之,醉以酒,因逼与之通,公子鲍力拒得免,然襄夫人终有心,遂欲废昭公而立公子鲍。昭公畏穆、襄之族太盛,与公子卬等谋逐之。王姬阴告于二族,遂作乱,围公子卬、公孙钟离二人于朝门而杀之,司城荡意诸惧而奔鲁。公子鲍素能敬事六卿,至是，同在国诸卿与二族讲和，不究擅杀之罪，召荡意诸于鲁，复其位。

公子鲍闻齐公子商人以厚施买众心，得篡君位，乃效其所为，亦散家财，以周给贫民。昭公七年，宋国岁饥，公子鲍尽出其仓廪之粟，以济贫者。又敬老尊贤，凡国中年七十以上，月致粟帛，加以饮食珍味，使人慰问安否。其有一才一艺之人，皆收致门下，厚糈管待。公卿大夫之门，月有馈送。宗族无亲疏，凡有吉凶之费，倾囊助之。昭公八年，宋复大饥，公子鲍仓廪已竭，襄夫人尽出宫中之藏以助之施，举国无不颂公子鲍之仁。宋国之人，不论亲疏贵贱，人人愿得公子鲍为君。公子鲍知国人助己，密告于襄夫人，谋弑昭公。襄夫人曰："闻杵臼将猎于孟诸之薮，乘其驾出，我使公子须闭门，子帅国人以攻之，无不克矣。"鲍依其言。

司城荡意诸，颇有贤名，公子鲍素敬礼之。至是，闻襄夫人之谋，以告昭公曰："君不可出猎，若出猎，恐不能返。"昭公曰："彼若为逆，虽在国中，其能免乎？"乃使右师华元、左师公孙友居守，遂尽载府库之宝，与其左右，以冬十一月望孟诸进发。才出城，襄夫人召华元、公孙友留之宫中，而使公子须闭门。公子鲍使司马华耦号于军中曰："襄夫人有命：'今日扶立公子鲍为君。'吾等除了无道昏君，共戴有道之主，众议以为何如？"军士皆踊跃曰："愿从命！"国人亦无不乐从。华耦率众出城，追赶昭公。昭公行至半途闻变，荡意诸劝昭公出奔他国，以图后举。昭公曰："上自祖母，下及国人，无不与寡人为仇，诸侯谁纳我者？与其死于他国，宁死于故乡耳！"乃下令停车治餐，使从田者皆饱食。食毕，昭公谓左右曰："罪在寡人一身，与汝等何与？汝等相从数年，无以为赠，今国中宝玉，俱在于此，分赐汝等，各自逃生，毋与寡人同死也！"左右皆哀泣曰："请君前行，倘有追兵，我等愿拼死一战。"昭公曰："徒杀身，无益也。寡人死于此，汝等勿恋寡人！"少顷，华耦之兵已至，将昭公围住，口传襄夫人之命："单诛无道昏君，不关众人之事。"昭公急麾左右，奔散者大半，惟荡意诸仗剑立于昭公之侧。华耦再传襄夫人之命，独召意诸。意诸叹曰："为人臣而避其难，虽生不如死！"华耦乃操戈直逼昭公，荡意诸以身蔽之，挺剑格斗。众军民齐上，先杀意诸，后杀昭公，左右不去者，尽遭屠戮。伤哉！史臣有诗云：

> 昔年华督弑殇公，华耦今朝又助凶。
>
> 贼子乱臣原有种，蔷薇桃李不相同。

华耦引军回报襄夫人。右师华元、左师公孙友等合班启奏："公子鲍仁厚得民，宜嗣大位。"遂拥公子鲍为君，是为文公。华耦朝贺毕，回家患心疼暴卒。

文公嘉荡意诸之忠,用其弟荡虺huǐ为司马,以代华耦。母弟公子须为司城,以补荡意诸之缺。

赵盾闻宋有弑君之乱,乃命荀林父为将,合卫、陈、郑之师伐宋。宋右师华元至晋军,备陈国人愿戴公子鲍之情,且敛金帛数车,为犒军之礼,求与晋和。荀林父欲受之,郑穆公曰:"我等鸣钟击鼓,以从将军于宋,讨无君也。若许其和,乱贼将得志矣。"荀林父曰:"齐、宋一体也,吾已宽齐,安得独诛宋乎?且国人所愿,因而定之,不亦可乎?"遂与宋华元盟,定文公之位而还。郑穆公退而言曰:"晋惟赂是贪,有名无实,不能复伯诸侯矣。楚王新立,将有事于征伐,不如弃晋从楚,可以自安。"乃遣人通款于楚,晋亦无如之何也。髯仙有诗云:

> 仗义除残是伯图,兴师翻把乱臣扶。
>
> 商人无恙鲍安位,笑杀中原少丈夫。

再说齐懿公商人,赋性贪横,自其父桓公在位时,曾与大夫邴bǐng原争田邑之界。桓公使管仲断其曲直,管仲以商人理曲,将田断归邴氏,商人一向衔恨于心。及是弑舍而自立,乃尽夺邴氏之田,又恨管仲党于邴氏,亦削其封邑之半。管氏之族惧罪,逃奔楚国,子孙遂仕于楚。懿公犹恨邴原不已,时邴原已死,知其墓在东郊,因出猎过其墓所,使军士掘墓,出其尸,断其足。邴原之子邴歜chù随侍左右,懿公问曰:"尔父罪合断足否?卿得无怨寡人乎?"歜应曰:"臣父生免刑诛,已出望外,况此朽骨,臣何敢怨?"懿公大悦曰:"卿可谓干蛊之子矣!"乃以所夺之田还之。邴歜请掩其父,懿公许之。复购求国中美色,淫乐惟日不足。有人誉大夫阎职之妻甚美,因元旦出令,凡大夫内子俱令朝于中宫,阎职之妻亦在其内,懿公见而悦之,因留宫中,不遣之归,谓阎职曰:"中宫爱尔妻为伴,可别娶也。"阎职敢怒而不敢言。

齐西南门有地名申池,池水清洁可浴,池旁竹木甚茂。时夏五月,懿公欲往申池避暑,乃命邴歜御车,阎职骖乘。右师华元私谏曰:"君刖邴歜之父,纳阎职之妻,此二人者,安知不衔怨于君?而君乃亲近之。齐臣中未尝缺员,何必此二人也?"懿公曰:"二子未尝敢怨寡人也,卿勿疑。"乃驾车游于申池,饮酒甚乐。懿公醉甚,苦热,命取绣榻,置竹林密处,卧而乘凉。邴歜与阎职浴于申池之中,邴歜恨懿公甚深,每欲弑之,以报父仇,未得同事之人,知阎职有夺妻之怨,欲与商量而难于启口,因在池中同浴,心生一计,故意以折竹击阎职之头。职怒曰:"奈何欺我?"邴歜带笑言曰:"夺汝之妻,尚然不怒,一击何伤,乃不能忍耶?"阎职曰:"失妻虽吾之耻,然视刖父之尸,轻重何如？子忍于父，而责我不能忍于妻，何其昧也！”邴歜曰：“我有心腹之言，正欲语子，一向隐忍不言，惟恐子已忘前耻，吾虽言之，无益于事耳。”阎职曰：“人各有心，何日忘之，但恨力不及也。”邴歜曰：“今凶人醉卧竹中，从游者惟吾二人，此天遣我以报复之机，时不可失！”阎职曰：“子能行大事，吾当相助。”二人拭体穿衣，相与入竹林中，看时，懿公正在熟睡，鼻息如雷，内侍守于左右。邴歜曰：“主公酒醒，必觅汤水，汝辈可预备以侍。”内侍往备汤水，阎职执懿公之手，邴歜扼其喉，以佩剑刎之，头坠于地。二人扶其尸，藏于竹林之深处，弃其头于池中。懿公在位才四年耳。内侍取水至，邴歜谓之曰：“商人弑君而立，齐先君使我行诛。公子元贤孝，可立为君也。”左右等唯唯，不敢出一言。邴歜与阎职驾车入城，复置酒痛饮，欢呼相庆。早有人报知上卿高倾、国归父，高倾曰：“盍讨其罪而戮之，以戒后人？”国归父曰：“弑君之人，吾不能讨，而人讨之，又何罪焉？”邴、阎二人饮毕，命以大车装其家资，以軿车载其妻子，行出南门，家人劝使速驰，邴歜曰：“商人无道，国人方幸其死，吾何惧哉？”徐徐而行，俱往楚国去讫。高倾与国归父聚集群臣商议，请公子元为君，是为惠公。髯翁有诗云：

仇人岂可与同游？密迩仇人仇报仇。
不是逆臣无远计，天教二憾逞凶谋。

话分两头。却说鲁文公名兴，乃僖公嫡夫人声姜之子，于周襄王二十六年嗣位。文公娶齐昭公女姜氏为夫人，生二子，曰恶，曰视。其嬖妾秦女敬嬴亦生二子，曰倭，曰叔肸 xī。四子中惟倭年长。而恶乃嫡夫人所生，故文公立恶为世子。时鲁国任用三桓为政。孟孙氏曰公孙敖，生子曰谷，曰难。叔孙氏曰公孙兹，生子曰叔仲彭生，曰叔孙得臣。文公以彭生为世子太傅。季孙氏曰季无佚，乃季友之子，无佚生行父，即季文子也。鲁庄公有庶子曰公子遂，亦曰仲遂，住居东门，亦曰东门遂，自僖公之世，已与三桓一同用事。论起辈数，公孙敖与仲遂为再从兄弟，季孙行父又是下一辈了。因公孙敖得罪于仲遂，客死于外，故孟孙氏失权，反是仲孙氏、叔孙氏、季孙氏三家为政。

且说公孙敖如何得罪。敖娶莒女戴己为内子，即谷之母；其娣声己，即难之母也。戴己病卒，敖性淫，复往聘己氏之女。莒人辞曰：“声己尚在，当为继室。”敖曰：“吾弟仲遂未娶，即与遂纳聘可也。”莒人许之。鲁文公七年，公孙敖奉君命如莒修聘，因顺便为仲遂逆迎接女。及鄢 yān 陵，敖登城而望，见己氏色甚美，是夜竟就己氏同宿，自娶归家。仲遂见夺其妻，大怒，诉于文公,请以兵攻之。叔仲彭生谏曰:"不可。臣闻之:'兵在内为乱,在外为寇。'幸而无寇,可启乱乎?"文公乃召公孙敖,使退还己氏于莒,以释仲遂之憾。敖与遂兄弟讲和如故。敖一心思念己氏,至次年,奉命如周,奔襄王之丧,不至京师,竟携吊币,私往莒国,与己氏夫妇相聚。鲁文公亦不追究,立其子谷主孟氏之祀。其后敖忽思故国,使人言于谷,谷转请于其叔仲遂。遂曰:"汝父若欲归,必依我三件事,乃可:无入朝,无与国政,无携带己氏。"谷使人回复公孙敖。敖急于求归,欣然许之。

敖归鲁三年,果然闭户不出。忽一日,尽取家中宝货金帛,复往莒国。孟孙谷想念其父,逾年病死。其子仲孙蔑尚幼,乃立孟孙难为卿。未几,己氏卒,公孙敖复思归鲁,悉以家财纳于文公,并及仲遂,使其子难为父请命。文公许之,遂复归。至齐,病不能行,死于堂阜。孟孙难固请归其丧于鲁。难乃罪人之后,又权主宗祀,以待仲蔑之长,所以不甚与事。季孙行父让仲遂与彭生、得臣是叔父行,每事不敢自专。而彭生仁厚,居师傅之任。得臣屡掌兵权,所以仲遂、得臣二人,尤当权用事。敬嬴恃文公之宠,恨其子不得为嗣,乃以重赂交结仲遂,因以其子倭托之,曰:"异日倭得为君,鲁国当与子共之。"仲遂感其相托之意,有心要推戴公子倭。念:"叔仲彭生乃是世子恶之傅,必不肯同谋。而叔孙得臣性贪贿赂,可以利动。"时时以敬嬴所赐分赠之,曰:"此嬴氏夫人命我赠子者。"又使公子倭时时诣得臣之门,谦恭请教,故得臣亦心向之。

周匡王四年,鲁文公十有八年也。是年春,文公薨,世子恶主丧即位。各国皆遣使吊问。时齐惠公元新即大位,欲反商人之暴政,特地遣人至鲁,会文公之葬。仲遂谓叔孙得臣曰:"齐、鲁世好也,桓、僖二公,欢若兄弟。孝公结怨,延及商人,遂为仇敌。今公子元新立,我国未曾致贺,而彼先遣人会葬,此修好之美意,不可不往谢之。乘此机会,结齐为援,以立公子倭,此一策也。"叔孙得臣曰:"子去,我当同行。"毕竟二人如齐,商量出甚事来,且看下回分解。

東門遂援立子接

御圃桃園
趙宣孟
張諫

第五十回　东门遂援立子倭　赵宣子桃园强谏

话说仲孙遂同叔孙得臣二人如齐拜贺新君，且谢会葬之情。行礼已毕，齐惠公赐宴，因问及鲁国新君："何以名恶？世间嘉名颇多，何偏用此不美之字？"仲遂对曰："先寡君初生此子，使太史占之，言：'当恶死，不得享国。'故先寡君名之曰恶，欲以厌之。然此子非先寡君所爱也，所爱者长子名倭，为人贤孝，能敬礼大臣，国人皆思奉之为君，但压于嫡耳。"惠公曰："古来亦有'立子以长'之义，况所爱乎？"叔孙得臣曰："鲁国故事，立子以嫡，无嫡方立长。先寡君狃 niǔ 于常礼，置倭而立恶，国人皆不顺焉。上国若有意为鲁改立贤君，愿结婚姻之好，专事上国，岁时朝聘，不敢有阙。"惠公大悦曰："大夫能主持于内，寡人惟命是从，岂敢有违？"仲遂、叔孙得臣请歃血立誓，因设婚约，惠公许之。遂等既返，谓季孙行父曰："方今晋业已替，齐将复强，彼欲以嫡女室公子倭，此厚援不可失也。"行父曰："嗣君，齐侯之甥也。齐侯有女，何不室嗣君，而乃归之公子乎？"仲遂曰："齐侯闻公子倭之贤，立心与倭交欢，愿为甥舅。若夫人姜氏，乃昭公之女，桓公诸子相攻如仇敌，故四世皆以弟代兄，彼不有其兄，何有于甥？"行父嘿然，归而叹曰："东门氏将有他志矣！"仲遂家住东门，故呼为东门氏。行父密告于叔仲彭生，彭生曰："大位已定，谁敢贰心耶？"殊不以为意。

仲遂与敬嬴私自定计，伏勇士于厩中，使圉人伪报："马生驹甚良！"敬嬴使公子倭同恶与视，往厩看驹毛色，勇士突起，以木棍击恶杀之，并杀视。仲遂曰："太傅彭生尚在，此人不除，事犹未了。"乃使内侍假传嗣君有命，召叔仲彭生入宫。彭生将行，其家臣公冉务人素知仲遂结交宫禁之事，疑其有诈，止之曰："太傅勿入，入必死。"彭生曰："有君命，虽死，其可逃乎？"公冉务人曰："果君命，则太傅不死矣。若非君命而死，死之何名？"彭生不听，务人牵其袂而泣。彭生绝袂登车，径造宫中，问嗣君何在。内侍诡对曰："内厩马生驹，在彼阅之。"即引彭生往厩所。勇士复攒击杀之，埋其尸于马粪之中。敬嬴使人告姜氏曰："君与公子视被劣马踶 dì 踢啮，俱死矣。"姜氏大哭，往厩视之，则二尸俱已移出于宫门之外。

季孙行父闻恶、视之死，心知仲遂所为，不敢明言，私谓仲遂曰："子作事太毒,吾不忍闻也。"仲遂曰:"此嬴氏夫人所为,与某无与。"行父曰:"晋若来讨,何以待之?"仲遂曰:"齐、宋往事,已可知矣。彼弑其长君,尚不成讨;今二孺子死,又何讨焉?"行父抚嗣君之尸,哭之不觉失声。仲遂曰:"大臣当议大事,乃效儿女子悲啼何益!"行父乃收泪。叔孙得臣亦至,问其兄彭生何在? 仲遂辞以不知。得臣笑曰:"吾兄死为忠臣,是其志也,何必讳哉?"仲遂乃私告以尸处,且曰:"今日之事,立君为急。公子倭贤而且长,宜嗣大位。"百官莫不唯唯。乃奉公子倭为君,是为宣公,百官朝贺。胡曾先生咏史诗云:

> 外权内宠私谋合,无罪嗣君一旦休。
> 可笑模棱季文子,三思不复有良谋。

得臣掘马粪,出彭生之尸而殡之,不在话下。

再说嫡夫人姜氏,闻二子俱被杀,仲遂扶公子倭为君,捶胸大哭,绝而复苏者几次。仲遂又献媚于宣公,引"母以子贵"之文,尊敬嬴为夫人,百官致贺。姜夫人不安于宫,日夜啼哭,命左右收拾车仗,为归齐之计。仲遂伪使人留之曰:"新君虽非夫人所出,然夫人嫡母也,孝养自当不缺,奈何向外家寄活乎?"姜氏骂曰:"贼遂! 我母子何负于汝,而行此惨毒之事? 今乃以虚言留我? 鬼神有知,决不汝宥也!"姜氏不与敬嬴相见,一径出了宫门,登车而去。经过大市通衢,放声大哭,叫曰:"天乎,天乎! 二孺子何罪? 婢子又何罪? 贼遂蔑理丧心,杀嫡立庶! 婢子今与国人永辞,不复再至鲁国矣!"路人闻者,莫不哀之,多有泣下者。是日,鲁国为之罢市,因称姜氏为哀姜,又以出归于齐,谓之出姜。出姜至齐,与昭公夫人母子相见,各诉其子之冤,抱头而哭。齐惠公恶闻哭声,另筑室以迁其母子。出姜竟终于齐。

却说鲁宣公同母之弟叔肸xī,为人忠直,见其兄藉仲遂之力,杀弟自立,意甚非之,不往朝贺。宣公使人召之,欲加重用。肸坚辞不往。有友人问其故,肸曰:"吾非恶富贵,但见吾兄,即思吾弟,是以不忍耳!"友人曰:"子既不义其兄,盍适他国乎?"肸曰:"兄未尝绝我,我何敢于绝兄乎?"适宣公使有司候问,且以粟帛赠之,肸对使者拜辞曰:"肸幸不至冻饿,不敢费公帑tǎng国家库藏的金帛钱财。"使者再三致命,肸曰:"俟有缺乏,当来乞取,今决不敢受也。"友人曰:"子不受爵禄,亦足以明志矣。家无余财,稍领馈遗,以给朝夕饔飧之资,未为伤廉。并却之,不已甚乎?"肸笑而不答,友人叹息而去。使者不敢留,回复宣公,宣公曰:"吾弟素贫,不知何以为生?"使人夜伺其所为,方挑灯织屦,俟明早卖之,以治朝餐。宣公叹曰:"此子欲学伯夷、叔齐,采首阳之薇耶？吾当成其志可也。"肸至宣公末年方卒，终其身未尝受其兄一寸之丝，一粒之粟，亦终其身未尝言兄之过。史臣有赞云：

> 贤者叔肸，感时泣血。织屦自赡，于公不屑。顽民耻周，采薇甘绝。惟叔嗣音，入而不涅①。一乳同枝，兄顽弟洁。形彼东门，言之污舌。

鲁人高叔肸之义，称颂不置。成公初年，用其子公孙婴齐为大夫。于是叔孙氏之外，另有叔氏。叔老、叔弓、叔辄、叔鞅、叔诣，皆其后也。此是后话，搁过一边。

再说周匡王五年，为宣公元年。正旦，朝贺方毕，仲遂启奏："君内主尚虚，臣前与齐侯，原有婚媾gòu之约，事不容缓。"宣公曰："谁为寡人使齐者？"仲遂对曰："约出自臣，臣愿独往。"乃使仲遂如齐，请婚纳币。遂于正月至齐，二月迎夫人姜氏以归，因密奏宣公曰："齐虽为甥舅，将来好恶，未可测也。况国有大故者，必列会盟，方成诸侯。臣曾与齐侯歃血为盟，约以岁时朝聘，不敢有阙。盖预以定位嘱之。君必无恤重赂，请齐为会。若彼受赂而许会，因恭谨以事之，则两国相亲，有唇齿之固，君位安于泰山矣。"宣公然其言，随遣季孙行父往齐谢婚，致词曰：

> 寡君赖君之灵宠，备守宗庙，恐恐焉惧不得列于诸侯，以为君羞。君若惠顾寡君，赐以会好，所有不腆济西之田，晋文公所以贶②先君者，愿效贽于上国，惟君辱收之。

齐惠公大悦，乃约鲁君以夏五月，会于平州之地。

至期，鲁宣公先往，齐侯继至，先叙甥舅之情，再行两君相见之礼。仲遂捧济西土田之籍以进，齐侯并不推辞。事毕，宣公辞齐侯回鲁。仲遂曰："吾今日始安枕而卧矣。"自此，鲁或朝或聘，君臣如齐，殆无虚日，无令不从，无役不共。至齐惠公晚年，感鲁侯承顺之意，仍以济西田还之。此是后话。

话分两头，却说楚庄王旅即位三年，不出号令，日事田猎。及在宫中，惟日夜与妇人饮酒为乐，悬令于朝门曰："有敢谏者，死无赦！"大夫申无畏入谒，庄王右抱郑姬，左抱蔡女，踞jù坐蹲坐，表示一种傲慢、不谦逊的态度于钟鼓之间，问曰："大夫之来，欲饮酒乎？闻乐乎？抑有所欲言也？"申无畏曰："臣非饮酒听乐也。适臣行于郊，有以隐语进臣者，臣不能解，愿闻之于大王。"庄王曰："噫！是何隐语，而大夫不能解，盍为寡人言之！"申无畏曰："有大鸟，

①涅：黑，染黑。　②贶(kuàng)：赐予。

身被五色,止于楚之高阜三年矣。不见其飞,不闻其鸣,不知此何鸟也?"庄王知其讽己,笑曰:"寡人知之矣!是非凡鸟也。三年不飞,飞必冲天。三年不鸣,鸣必惊人。子其俟之。"申无畏再拜而退。

居数日,庄王淫乐如故。大夫苏从请间见庄王,至而大哭。庄王曰:"苏子何哀之甚也?"苏从对曰:"臣哭夫身死而楚国之将亡也!"庄王曰:"子何为而死?楚国又何为而亡乎?"苏从曰:"臣欲进谏于王,王不听,必杀臣,臣死而楚国更无谏者。恣王之意,以堕楚政,楚之亡可立而待矣。"庄王勃然变色曰:"寡人有令:'敢谏者死。'明知谏之必死,而又欲入犯寡人,不亦愚乎?"苏从曰:"臣之愚,不及王之愚之甚也!"庄王益怒曰:"寡人胡以愚甚?"苏从曰:"大王居万乘之尊,享千里之税,士马精强,诸侯畏服,四时贡献,不绝于庭,此万世之利也。今荒于酒色,溺于音乐,不理朝政,不亲贤才,大国攻于外,小国叛于内,乐在目前,患在日后。夫以一时之乐,而弃万世之利,非甚愚而何?臣之愚,不过杀身。然大王杀臣,后世将呼臣为忠臣,与龙逄、比干并肩,臣不愚也。君之愚,乃至求为匹夫而不可得。臣言毕于此矣,请借大王之佩剑,臣当刎 wěn 颈王前,以信大王之令!"庄王幡 fān 然起立曰:"大夫休矣!大夫之言,忠言也,寡人听子。"乃绝钟鼓之悬,屏郑姬,疏蔡女,立樊姬为夫人,使主宫政。曰:"寡人好猎,樊姬谏我不从,遂不食鸟兽之肉,此吾贤内助也。"任芳贾、潘尪、屈荡,以分令尹斗越椒之权。早朝宴罢,发号施令:令郑公子归生伐宋,战于大棘,获宋右师华元。命芳贾救郑,与晋帅战于北林,获晋将解扬以归,逾年放还。自是楚势日强,庄王遂侈然有争伯中原之志。

却说晋上卿赵盾,因楚日强横,欲结好于秦以拒楚。赵穿献谋曰:"秦有属国曰崇,附秦最久,诚得偏师以侵崇国,秦必来救,因与讲和,如此,则我占上风矣。"赵盾从之。乃言于灵公,出车三百乘,遣赵穿为将,侵崇。赵朔曰:"秦、晋之仇深矣,又侵其属国,秦必益怒,焉肯与我议和?"赵盾曰:"吾已许之矣。"朔复言于韩厥,厥微微冷笑,附朔耳言曰:"尊公此举,欲树穿以固赵宗,非为和秦也。"赵朔默然而退。秦闻晋侵崇,竟不来救,兴兵伐晋,围焦。赵穿还兵救焦,秦师始退。穿自此始与兵政。臾骈病卒,穿遂代之。

是时晋灵公年长,荒淫暴虐,厚敛于民,广兴土木,好为游戏。宠任一位大夫,名屠岸贾,乃屠击之子,屠岸夷之孙。岸贾阿谀取悦,言无不纳。命岸贾于绛州城内,起一座花园,遍求奇花异草,种植其中。惟桃花最盛,春间开放,烂如锦绣,名曰桃园。园中筑起三层高台,中间建起一座绛霄楼,画栋雕

梁,丹楹刻桷,四围朱栏曲槛,凭栏四望,市井俱在目前。灵公览而乐之,不
时登临,或张弓弹鸟,与岸贾赌赛饮酒取乐。一日,召优人呈百戏于台上,园
外百姓聚观,灵公谓岸贾曰:"弹鸟何如弹人? 寡人与卿试之。中目者为胜,
中肩臂者免,不中者以大斗罚之。"灵公弹右,岸贾弹左。台上高叫一声:"看
弹!"弓如月满,弹似流星,人丛中一人弹去了半只耳朵,一个弹中了左腓。
吓得众百姓每乱惊乱逃,乱嚷乱挤,齐叫道:"弹又来了!"灵公大怒,索性教
左右会放弹的,一齐都放。那弹丸如雨点一般飞去,百姓躲避不迭,也有破
头的,伤额的,弹出眼乌珠的,打落门牙的,啼哭号呼之声,耳不忍闻。又有
唤爹的,叫娘的,抱头鼠窜的,推挤跌倒的,仓忙奔避之状,目不忍见。灵公
在台望见,投弓于地,呵呵大笑,谓岸贾曰:"寡人登台,游玩数遍,无如今日
之乐也!"自此百姓每望见台上有人,便不敢在桃园前行走。市中为之谚云:

　　莫看台,飞丸来。出门笑且忻,归家哭且哀!

又有周人所进猛犬,名曰灵獒,身高三尺,色如红炭,能解人意。左右有过,
灵公即呼獒使噬之。獒起立啮其颡,不死不已。有一奴,专饲此犬,每日啖
以羊肉数斤,犬亦听其指使。其人名獒奴,使食中大夫之俸。灵公废了外
朝,命诸大夫皆朝于内寝。每视朝或出游,则獒奴以细链牵犬,侍于左右,见
者无不悚然。其时列国离心,万民嗟怨,赵盾等屡屡进谏,劝灵公礼贤远佞,
勤政亲民,灵公如瑱tiàn 古代冠冕的玉质饰件,系于冕。自两侧垂于耳旁,用来塞耳,又称"充
耳"充耳,全然不听,反有疑忌之意。

　　忽一日,灵公朝罢,诸大夫皆散,惟赵盾与士会尚在寝门,商议国家之
事,互相怨叹。只见有二内侍抬一竹笼,自闱宫中小门而出。赵盾曰:"宫中安
有竹笼出外? 此必有故。"遥呼:"来,来!"内侍只低头不应。盾问曰:"竹笼
中所置何物?"内侍曰:"尔相国也,欲看时可自来看,我不敢言。"盾心中愈
疑,邀士会同往察之,但见人手一只,微露笼外。二位大夫拉住竹笼细看,乃
支解过的一个死人。赵盾大惊,问其来历,内侍还不肯说。盾曰:"汝再不
言,吾先斩汝矣!"内侍方才告诉道:"此人乃宰夫也。主公命煮熊蹯,急欲下
酒,催促数次,宰夫只得献上。主公尝之,嫌其未熟,以铜斗击杀之,又砍为
数段,命我等弃于野外,立限时刻回报,迟则获罪矣。"赵盾乃放内侍依旧扛
抬而去。盾谓士会曰:"主上无道,视人命如草菅 jiān,国家危亡,只在旦夕。
我与子同往苦谏一番,何如?"士会曰:"我二人谏而不从,更无继者。会请先
入谏,若不听,子当继之。"时灵公尚在中堂,士会直入。灵公望见,知其必有
谏诤之言,乃迎而谓曰:"大夫勿言,寡人已知过矣,今当改之!"士会稽首对

曰："人谁无过，过而能改，社稷之福也，臣等不胜欣幸！"言毕而退，述于赵盾。盾曰："主公若果悔过，且晚必有施行。"

至次日，灵公免朝，命驾车往桃园游玩。赵盾曰："主公如此举动，岂像改过之人？吾今日不得不言矣！"乃先往桃园门外，候灵公至，上前参谒。灵公讶曰："寡人未尝召卿，卿何以至此？"赵盾稽首再拜，口称："死罪！微臣有言启奏，望主公宽容采纳！臣闻：'有道之君，以乐乐人，无道之君，以乐乐身。'夫宫室嬖 bì 幸，田猎游乐，一身之乐止此矣，未有以杀人为乐者。今主公纵犬噬人，放弹打人，又以小过支解膳夫，此有道之君所不为也，而主公为之。人命至重，滥杀如此，百姓内叛，诸侯外离，桀、纣灭亡之祸，将及君身！臣今日不言，更无人言矣。臣不忍坐视君国之危亡，故敢直言无隐。乞主公回辇 niǎn 人挽或推的车入朝，改革前非，毋荒游，毋嗜杀。使晋国危而复安，臣虽死不恨！"灵公大惭，以袖掩面曰："卿且退，容寡人只今日游玩，下次当依卿言。"赵盾身蔽园门，不放灵公进去。屠岸贾在旁言曰："相国进谏，虽是好意，然车驾既已至此，岂可空回，被人耻笑？相国暂请方便。如有政事，俟主公明日早朝，于朝堂议之，何如？"灵公接口曰："明日早朝，当召卿也。"赵盾不得已，将身闪开，放灵公进园，瞋 chēn 睁大眼睛目视岸贾曰："亡国败家，皆由此辈！"恨恨不已。

岸贾侍灵公游戏，正在欢笑之际，岸贾忽然叹曰："此乐不可再矣！"灵公问曰："大夫何发此叹？"岸贾曰："赵相国明早必然又来聒 guō 喧哗，嘈杂絮，岂容主公复出耶？"灵公忿然作色曰："自古臣制于君，不闻君制于臣。此老在，甚不便于寡人，何计可以除之？"岸贾曰："臣有客鉏麑 chú ní 者，家贫，臣常周给之，感臣之惠，愿效死力。若使行刺相国，主公任意行乐，又何患哉？"灵公曰："此事若成，卿功非小！"是夜，岸贾密召鉏麑，赐以酒食，告以："赵盾专权欺主，今奉晋侯之命，使汝往刺。汝可伏于赵相国之门，俟其五鼓赴朝刺杀，不可误事。"鉏麑领命而行，扎缚停当，带了雪花般匕首，潜伏赵府左右。闻谯 qiáo 古代城门上建的楼鼓已交五更，便趐 xué 盘旋，来回走到赵府门首，见重门洞开，乘车已驾于门外，望见堂上灯光影影。鉏麑乘间趐进中门，躲在暗处，仔细观看。堂上有一位官员，朝衣朝冠，垂绅正笏，端然而坐。此位官员正是相国赵盾，因欲趋朝，天色尚早，坐以待旦。鉏麑大惊，退出门外，叹曰："不忘恭敬，民之主也！贼杀民主，则为不忠，受君命而弃之，则为不信，不忠不信，何以立于天地之间哉？"乃呼于门曰："我鉏麑也，宁违君命，不忍杀忠臣，我今自杀！恐有后来者，相国谨防之！"言罢，望着门前一株大槐，一头触

去,脑浆迸裂而死。史臣有赞云:

> 壮哉钼麑,刺客之魁! 闻义能徙,视死如归。报屠存赵,身灭名垂。
> 槐阴所在,生气依依!

此时惊动了守门人役,将钼麑如此惨般,报知赵盾。盾之车有提弥明曰:"相国今日不可入朝,恐有他变。"赵盾曰:"主公许我早朝,我若不往,是无礼也。死生有命,吾何虑哉?"吩咐家人,暂将钼麑浅埋于槐树之侧。赵盾登车入朝,随班行礼。灵公见赵盾不死,问屠岸贾以钼麑之事。岸贾答曰:"钼麑去而不返,有人说道触槐而死,不知何故。"灵公曰:"此计不成,奈何?"岸贾奏曰:"臣尚有一计,可杀赵盾,万无一失。"灵公曰:"卿有何计?"岸贾曰:"主公来日,召赵盾饮于宫中,先伏甲士于后壁。俟三爵之后,主公可向赵盾索佩剑观看,盾必捧剑呈上。臣从旁喝破:'赵盾拔剑于君前,欲行不轨,左右可救驾!'甲士齐出,缚而斩之。外人皆谓赵盾自取诛戮,主公可免杀大臣之名,此计如何?"灵公曰:"妙哉,妙哉! 可依计而行。"

明日,复视朝,灵公谓赵盾曰:"寡人赖吾子直言,以得亲于群臣。敬治薄享,以劳吾子。"遂命屠岸贾引入宫中。车右提弥明从之,将升阶,岸贾曰:"君宴相国,余人不得登堂。"弥明乃立于堂下。赵盾再拜,就坐于灵公之右,屠岸贾侍于君左。庖人献馔,酒三巡,灵公谓赵盾曰:"寡人闻吾子所佩之剑,盖利剑也,幸解下与寡人观之。"赵盾不知是计,方欲解剑,提弥明在堂下望见,大呼曰:"臣侍君宴,礼不过三爵,何为酒后拔剑于君前耶?"赵盾悟,遂起立。弥明怒气勃勃,直趋上堂,扶盾而下。岸贾呼獒奴纵灵獒,令逐紫袍者。獒疾走如飞,追及盾于宫门之内。弥明力举千钧,双手搏獒,折其颈,獒死。灵公怒甚,出壁中伏甲以攻盾,弥明以身蔽盾,教盾急走。弥明留身独战,寡不敌众,遍体被伤,力尽而死。史臣赞云:

> 君有獒,臣亦有獒;君之獒,不如臣之獒。君之獒,能害人;臣之獒,克保身。呜呼二獒,吾谁与亲?

话说赵盾亏弥明与甲士格斗,脱身先走。忽有一人狂追及盾,盾惧甚。其人曰:"相国无畏,我来相救,非相害也。"盾问曰:"汝何人?"对曰:"相国不记翳 yì 桑之饿人乎? 则我灵辄便是。"原来五年之前,赵盾曾往九原山打猎而回,休于翳桑之下,见有一男子卧地,盾疑为刺客,使人执之。其人饿不能起,问其姓名,曰:"灵辄也。游学于卫三年,今日始归,囊空无所得食,已饿三日矣。"盾怜之,与之饭及脯,辄出一小筐,先藏其半而后食。盾问曰:"汝藏其半何意?"辄对曰:"家有老母,住于西门,小人出外日久,未知母存亡何如？今近不数里，倘幸而母存，愿以大人之馔，充老母之腹。"盾叹曰："此孝子也！"使尽食其余，别取箪食与肉，置囊中授之。灵辄拜谢而去。今绛州有哺饥坂，因此得名。后灵辄应募为公徒，适在甲士之数，念赵盾昔日之恩，特地上前相救。时从人闻变，俱已逃散，灵辄背负赵盾，趋出朝门。众甲士杀了提弥明，合力来追。恰好赵朔悉起家丁，驾车来迎，扶盾登车。盾急召灵辄欲共载，辄已逃去矣。甲士见赵府人众，不敢追逐。赵盾谓朔曰："吾不得复顾家矣！此去或翟或秦，寻一托身之处可也。"于是父子同出西门，望西路而进。不知赵宣子出奔何处，再看下回分解。

責趙盾董狐直筆

诛阎罗绛绡大会

第五十一回　责赵盾董狐直笔　诛斗椒绝缨大会

话说晋灵公谋杀赵盾，虽然其事不成，却喜得赵盾离了绛城，如村童离师，顽竖顽劣不成器的人离主，觉得胸怀舒畅，快不可言，遂携带宫眷于桃园住宿，日夜不归。再说赵穿在西郊射猎而回，正遇见盾、朔父子，停车相见，询问缘由。赵穿曰："叔父且莫出境，数日之内，穿有信到，再决行止。"赵盾曰："既然如此，吾权住首阳山，专待好音。汝凡事谨慎，莫使祸上加祸！"赵穿别了盾、朔父子，回至绛城，知灵公住于桃园，假意谒见，稽首谢罪，言："臣穿虽忝宗戚，然罪人之族，不敢复侍左右，乞赐罢斥！"灵公信为真诚，乃慰之曰："盾累次欺蔑寡人，寡人实不能堪，与卿何与？卿可安心供职。"穿谢恩毕，复奏曰："臣闻'所贵为人主者，惟能极人生声色之乐也。'主公钟鼓虽悬，而内宫不备，何乐之有？齐桓公嬖幸满宫，正娶之外，如夫人者六人。先君文公虽出亡，患难之际，所至纳姬，迄于返国，年逾六旬，尚且妾媵无数。主公既有高台广囿，以为寝处之所，何不多选良家女子，充牣 rèn满，充满其中，使明师教之歌舞，以备娱乐，岂不美哉？"灵公曰："卿所言，正合寡人之意。今欲搜刮国中女色，何人可使？"穿对曰："大夫屠岸贾可使。"灵公遂命屠岸贾专任其事。不拘城内郊外，有颜色女子，年二十以内未嫁者，咸令报名选择，限一月内回话。赵穿借此公差，遣开了屠岸贾，又奏于灵公曰："桃园侍卫单弱，臣于军中精选骁勇二百人，愿充宿卫，伏乞主裁！"灵公复准其奏。

赵穿回营，果然挑选了二百名甲士。那甲士问道："将军有何差遣？"赵穿曰："主上不恤民情，终日在桃园行乐，命我挑选汝等，替他巡警。汝等俱有室家，此去立风宿露，何日了期？军士皆嗟怨曰："如此无道昏君，何不速死？若相国在此，必无此事。"赵穿曰："吾有一语，与汝等商量，不知可否？"众军士皆曰："将军能救拔我等之苦，恩同再生！"穿曰："桃园不比深宫邃密，汝等以二更为候，攻入园中，托言讨赏，我挥袖为号，汝等杀了晋侯，我当迎还相国，别立新君。此计何如？"军士皆曰："甚善！"赵穿皆劳以酒食，使列于桃园之外，入告灵公。灵公登台阅之，人人精勇，个个刚强。灵公大喜，即留赵穿侍酒，饮至二更，外面忽闻喊声，灵公惊问其故。赵穿曰："此必宿卫军士驱逐夜行之人耳。臣往谕之，勿惊圣驾。"当下赵穿命掌灯，步下层台，甲士二百人已毁门而入。赵穿稳住了众人,引至台前,升楼奏曰:“军士知主公饮宴,欲求余沥犒劳,别无他意。”公传旨,教内侍取酒分犒众人,倚栏看给。赵穿在旁呼曰:“主公亲犒汝等,可各领受!”言毕,以袖麾之,众甲士认定了晋侯,一涌而上。灵公心中着忙,谓赵穿曰:“甲士登台何意?卿可传谕速退!”赵穿曰:“众人思见相国盾,意欲主公召还归国耳。”灵公未及答言,戟已攒刺,登时身死。左右俱各惊走。赵穿曰:“昏君已除,汝等勿得妄杀一人,宜随我往迎相国还朝也。”只为晋侯无道好杀,近侍朝夕惧诛,所以甲士行逆,莫有救者。百姓怨苦日久,反以晋侯之死为快,绝无一人归罪于赵穿。七年之前,彗星入北斗,占云:“齐、宋、晋三国之君,皆将死乱。”至是验矣。髯翁有诗云:

崇台歌管未停声,血溅朱楼起外兵。
莫怪台前无救者,避丸之后绝人行。

屠岸贾正在郊外,捱门捱户的访问美色女子,忽报:“晋侯被弑!”吃了大惊,心知赵穿所为,不敢声张,潜回府第。士会等闻变,趋至桃园,寂无一人。亦料赵穿往迎相国,将园门封锁,静以待之。不一日,赵盾回车,入于绛城,巡到桃园,百官一时并集。赵盾伏于灵公之尸,痛哭了一场,哀声闻于园外。百姓闻者皆曰:“相国忠爱如此,晋侯自取其祸,非相国之过也。”赵盾吩咐将灵公殡殓,归葬曲沃。一面会集群臣,议立新君。时灵公尚未有子,赵盾曰:“先君襄公之殁,吾常倡言欲立长君,众谋不协,以及今日。此番不可不慎!”士会曰:“国有长君,社稷之福,诚如相国之言。”赵盾曰:“文公尚有一子,始生之时,其母梦神人以黑手涂其臀,因名曰黑臀。今仕于周,其齿已长,吾意欲迎立之,何如?”百官不敢异同,皆曰:“相国处分甚当。”赵盾欲解赵穿弑君之罪,乃使穿如周,迎公子黑臀归晋,朝于太庙,即晋侯之位,是为成公。

成公既立,专任赵盾以国政,以其女妻赵朔,是为庄姬。盾因奏曰:“臣母乃狄女,君姬氏有逊让之美,遣人迎臣母子归晋,臣得僭居适子,遂主中军。今君姬氏三子同、括、婴皆长,愿以位归之。”成公曰:“卿之弟,乃吾娣所钟爱,自当并用,毋劳过让。”乃以赵同、赵括、赵婴并为大夫,赵穿佐中军如故。穿私谓盾曰:“屠岸贾谄事先君,与赵氏为仇,桃园之事,惟岸贾心怀不顺。若不除此人,恐赵氏不安!”盾曰:“人不罪汝,汝反罪人耶?吾宗族贵盛,但当与同朝修睦,毋用寻仇为也。”赵穿乃止。岸贾亦谨事赵氏,以求自免。

赵盾终以桃园之事为歉。一日,步至史馆,见太史董狐,索简观之。董狐将史简呈上。赵盾观简上明写："秋七月乙丑,赵盾弑其君夷皋于桃园。"盾大惊曰："太史误矣! 吾已出奔河东,去绛城二百余里,安知弑君之事? 而子乃归罪于我,不亦诬乎?"董狐曰："子为相国,出亡未尝越境,返国又不讨贼,谓此事非子主谋,谁其信之?"盾曰："犹可改乎?"狐曰："是是非非,号为信史。吾头可断,此简不可改也!"盾叹曰："嗟乎! 史臣之权,乃重于卿相! 恨吾未即出境,不免受万世之恶名,悔之无及。"自是赵盾事成公,益加敬谨。赵穿自恃其功,求为正卿,盾恐碍公论,不许。穿愤恚 huì 愤怒,怨恨,疽发于背而死。穿子赵旃 zhān 求嗣父职,盾曰："待汝他日有功,虽卿位不难致也。"史臣论赵盾不私赵穿父子,皆董狐直笔所致。有赞云:

> 庸史纪事,良史诛意。穿弑其君,盾蒙其罪。宁断吾头,敢以笔媚? 卓哉董狐,是非可畏!

时乃周匡王之六年也。是年,匡王崩,其弟瑜立,是为定王。

定王元年,楚庄王兴师伐陆浑之戎,遂涉雒水,扬兵于周之疆界,欲以威喝天子,与周分制天下。定王使大夫王孙满问劳庄王,庄王问曰："寡人闻大禹铸有九鼎,三代相传,以为世宝,今在雒阳。不知鼎形大小与其轻重何如? 寡人愿一闻之!"王孙满曰："三代以德相传,岂在鼎哉! 昔禹有天下,九牧贡金,取铸九鼎。夏桀无道,鼎迁于商。商纣暴虐,鼎又迁于周。若其有德,鼎虽小亦重,如其无德,虽大犹轻! 成王定鼎于郏鄏 jiá rǔ,卜世三十,卜年七百,天命有在,鼎未可问也。"庄王惭而退,自是不敢复萌窥周之志。

却说楚令尹斗越椒,自庄王分其政权,心怀怨望,嫌隙已成。自恃才勇无双,且先世功劳,人民信服,久有谋叛之意,常言："楚国人才,惟司马伯嬴一人,余不足数也!"庄王伐陆浑时,亦虑越椒有变,特留芳贾在国。越椒见庄王统兵出征,遂决意作乱,欲尽发本族之众,斗克不从,杀之,遂袭杀司马芳贾。贾子敖扶其母奔于梦泽以避难,越椒出屯蒸野之地,欲邀截庄王归路。庄王闻变,兼程而行,将及漳澨 shì,越椒引兵来拒,军威甚壮。越椒贯弓挺戟,在本阵往来驰骤,楚兵望之,皆有惧色。庄王曰："斗氏世有功勋于楚,宁伯棼负寡人,寡人不负伯棼也!"乃使大夫苏从造越椒之营,与之讲和,赦其擅杀司马之罪,且许以王子为质。越椒曰："吾耻为令尹耳,非望赦也,能战则来。"苏从再三谕之,不听。苏从去后,越椒命军士击鼓前进。庄王问诸将:"何人可退越椒?"大将乐伯应声而出,越椒之子斗贲皇便接住厮杀。潘尪见乐伯战贲皇不下,即忙驱车出阵,越椒之从弟斗旗亦驱车应之。庄王在戎辂之上,亲自执枹 fú 鼓槌,鸣鼓督战。越椒远远望见,飞车直奔庄王,弯着劲弓，一箭射来。那枝箭直飞过车辕，刚刚中在鼓架之上，骇得庄王连鼓槌都掉下车来。庄王急教避箭，左右各将大笠前遮。越椒又复一箭，恰恰的把左笠射个对穿。庄王且教回车，鸣金收兵。越椒奋勇赶来，却得右军大将公子侧、左军大将公子婴齐两军一齐杀到，越椒方退。乐伯、潘尪闻金声，亦弃阵而回。

楚军颇有损折，退至皇浒下寨。取越椒箭视之，其长半倍于他箭，鹳翎为羽，豹齿为镞，锋利非常，左右传观，无不吐舌。至夜，庄王自出巡营，闻营中军卒，三三五五相聚，都说："斗令尹神箭可畏，难以取胜！"庄王乃使人谬言于众曰："昔先君文王之世，闻戎蛮造箭最利，使人问之，戎蛮乃献箭样二枝，名'透骨风'，藏于太庙，为越椒所窃得。今尽于两射矣，不必虑也，明日当破之。"众心始定。庄王乃下令退兵随国，扬言："欲起汉东诸国之众，以讨斗氏。"苏从曰："强敌在前，一退必为所乘，王失计矣！"公子侧曰："此王之谬言耳。吾等入见，必别有处分。"乃与公子婴齐夜见庄王。庄王曰："逆椒势锐，可计取，不可力敌也。"吩咐二将，如此恁般，埋伏预备。二将领计去了。

次早，鸡鸣，庄王引大军退走。越椒探听得实，率众来追。楚军兼程疾走，已过竟陵而北。越椒一日一夜行二百余里，至清河桥。楚军在桥北晨炊，望见追兵来到，弃其釜爨而遁。越椒令曰："擒了楚王，方许朝餐。"众人劳困之后，又忍着饥饿，勉强前进，追及后队潘尪之军。潘尪立于车中，谓越椒曰："吾子志在取王，何不速驰？"越椒信为好语，乃舍潘尪，前驰六十里，至青山，遇楚将熊负羁，问："楚王安在？"负羁曰："王尚未至也。"越椒心疑，谓负羁曰："子肯为我伺王，如得国，当与子分治。"负羁曰："吾观子众饥困，且饱食，乃可战耳。"越椒以为然，乃停车治爨 cuàn 烧火做饭。爨尚未熟，只见公子侧、公子婴齐两路军杀到。越椒之军不能复战，只得南走。回至清河桥，桥已拆断。原来楚庄王亲自引兵，伏于桥之左右，只等越椒过去，便将桥梁拆断，绝其归路。越椒大惊，吩咐左右测水深浅，欲为渡河之计。只见隔河一声炮响，楚军于河畔大叫："乐伯在此！越椒速速下马受缚！"越椒大怒，命隔河放箭。

乐伯军中有一小校，精于射艺，姓养名由基，军中称为神箭养叔。自请于乐伯，愿与越椒较射，乃立于河口大叫曰："河阔如此，箭何能及？闻令尹善射，吾当与比较高低，可立于桥堵之上，各射三矢，死生听命！"越椒问曰："汝何人也？"应曰："吾乃乐将军部下小将养由基也。"越椒欺其无名，乃曰："汝要与我比箭，须让我先射三矢。"养由基曰："莫说三矢，就射百矢，吾何惧哉！躲闪的不算好汉！"乃各约住后队，分立于桥堵之南北。越椒挽弓先发一箭，恨不得将养由基连头带脑射下河来。谁知"忙者不会，会者不忙"，养由基见箭来，将弓梢一拨，那箭早落在水中。高叫："快射，快射！"越椒又将第二箭搭上弓弦，觑得亲切，嗖的发来。养由基将身一蹲，那枝箭从头而过。越椒叫曰："你说不许躲闪，如何蹲身躲箭？非丈夫也！"由基答曰："你还有一箭，吾今不躲，你若这箭不中，须还我射来。"越椒想道："他若不躲闪，这枝箭管情射着。"便取第三枝箭，端端正正的射去，叫声："着了！"养由基两脚站定，并不转动，箭到之时，张开大口，刚刚的将箭镞咬住。越椒三箭都不中，心下早已着慌，只是大丈夫出言在前，不好失信，乃叫道："让你也射三箭，若射不着，还当我射。"养由基笑曰："要三箭方射着你，便是初学了。我只须一箭，管教你性命遭于我手！"越椒曰："你口出大言，必有些本事，好歹由你射来。"心下想道："那里一箭便射得正中？若一箭不中，我便喝住他。"大着胆由他射出。谁知养由基的箭，百发百中。那时养由基取箭在手，叫一声："令尹看射！"虚把弓拽一拽，却不曾放箭。越椒昕得弓弦响，只说箭来，将身往左一闪。养由基曰："箭还在我手，不曾上弓，讲过'躲闪的，不算好汉'。你如何又闪去？"越椒曰："怕人躲闪的，也不算会射！"由基又虚把弓弦拽响，越椒又往右一闪。养由基乘他那一闪时，接手放一箭来，斗越椒不知箭到，躲闪不迭，这箭直贯其脑，可怜好个斗越椒，做了楚国数年令尹，今日死于小将养由基的一箭之下！髯仙有诗云：

> 人生知足最为良，令尹贪心又想王。
>
> 神箭将军聊试技，越椒已在隔桥亡。

斗家军已自饥困，看见主将中箭，慌得四散奔走。楚将公子侧、公子婴齐分路追逐，杀得尸同山积，血染河红。越椒子斗贲皇逃奔晋国，晋侯用为大夫，食邑于苗，谓之苗贲皇。

庄王已获全胜，传令班师，有被擒者，即于军前斩首。凯歌还于郢都，将斗氏宗族，不拘大小，尽行斩首。只有斗班之子名曰克黄，官拜箴尹，是时庄王遣使行聘齐、秦二国。斗克黄领命使齐，归及宋国，闻越椒作乱之事，左右曰："不可入矣！"克黄曰："君犹天也，天命其可弃乎？"命驰入郢都，复命毕，自诣司寇请囚，曰："吾祖子文，曾言'越椒有反相，必主灭族'。临终嘱吾父逃避他国。吾父世受楚恩，不忍他适，为越椒所诛。今日果应吾祖之言！既不幸为逆臣之族，又不幸违先祖之训，今日死其分也！安敢逃刑耶？"庄王闻之，叹曰："子文真神人也。况治楚功大，何忍绝其嗣乎？"乃赦克黄之罪，曰：

"克黄死不逃刑,乃忠臣也。"命复其官,改名曰斗生,言其宜死而得生也。

　　庄王嘉由基一箭之功,厚加赏赐,使将亲军,掌车右之职。因令尹未得其人,闻沈尹虞邱之贤,使权主国事。置酒大宴群臣于渐台之上,妃嫔皆从。庄王曰:"寡人不御钟鼓,已六年于此矣。今日叛臣授首,四境安靖,愿与诸卿同一日之游,名曰'太平宴'。文武大小官员,俱来设席,务要尽欢而止。"群臣皆再拜,依次就坐。庖人进食,太史奏乐。饮至日落西山,兴尚未已。庄王命秉烛再酌,使所幸许姬、姜氏,遍送诸大夫之酒,众俱起席立饮。忽然一阵怪风,将堂烛尽灭,左右取火未至,席中有一人,见许姬美貌,暗中以手牵其袂 mèi 衣袖。许姬左手绝袂,右手揽其冠缨,缨绝,其人惊惧放手。许姬取缨在手,循步至庄王之前,附耳奏曰:"妾奉大王命,敬百官之酒,内有一人无礼,乘烛灭强牵妾袖。妾已揽得其缨,王可促火察之。"庄王急命掌灯者:"且莫点烛!寡人今日之会,约与诸卿尽欢,诸卿俱去缨痛饮,不绝缨者不欢。"于是百官皆去其缨,方许秉烛,竟不知牵袖者为何人也。席散回宫,许姬奏曰:"妾闻'男女不渎',况君臣乎?今大王使妾献觞 shāng 于诸臣,以示敬也。牵妾之袂,而王不加察,何以肃上下之礼,而正男女之别乎?"庄王笑曰:"此非妇人所知也!古者君臣为享,礼不过三爵,但卜其昼,不卜其夜。今寡人使群臣尽欢,继之以烛,酒后狂态,人情之常。若察而罪之,显妇人之节,而伤国士之心,使群臣俱不欢,非寡人出令之意也。"许姬叹服。后世名此宴为"绝缨会"。髯翁有诗云:

　　　　暗中牵袂醉中情,玉手如风已绝缨。

　　　　尽说君王江海量,畜鱼水忌十分清。

　　一日,与虞邱论政,至于夜分,方始回宫。夫人樊姬问曰:"朝中今日何事,而晏罢如此?"庄王曰:"寡人与虞邱论政,殊不觉其晏也。"樊姬曰:"虞邱何如人?"庄王曰:"楚之贤者。"樊姬曰:"以妾观之,虞邱未必贤矣!"庄王曰:"子何以知虞邱之非贤?"樊姬曰:"臣之事君,犹妇之事夫也。妾备位中宫,凡宫中有美色者,未常不进于王前。今虞邱与王论政,动至夜分,然未闻进一贤者。夫一人之智有限,而楚国之士无穷,虞邱欲役一人之智,以掩无穷之士,又乌得为贤乎?"庄王善其言,明早以樊姬之言述于虞邱。虞邱曰:"臣智不及此,当即图之。"乃遍访于群臣。斗生言芳贾之子芳敖之贤:"为避斗越椒之难,隐居梦泽,此人将相才也。"虞邱言于庄王。庄王曰:"伯嬴智士,其子必不凡。微子言,吾几忘之。"即命虞邱同斗生驾车往梦泽,取芳敖入朝听用。

　　却说芳敖字孙叔，人称为孙叔敖。奉母逃难，居于梦泽，力耕自给。一日，荷锄而出，见田中有蛇两头，骇曰："吾闻两头蛇不祥之物，见者必死，吾其殆 dài 危险，危亡矣！"又想道："若留此蛇，倘后人复见之，又丧其命，不如我一人自当！"乃挥锄杀蛇，埋于田岸，奔归向母而泣。母问其故，敖对曰："闻见两头蛇者必死，儿今已见之，恐不能终母之养，是以泣也。"母曰："蛇今安在？"敖对曰："儿恐后人复见，已杀而埋之矣。"母曰："人有一念之善，天必祐之。汝见两头蛇，恐累后人，杀而埋之，此其善岂止一念哉？汝必不死，且将获福矣。"逾数日，虞邱等奉使命至，取用孙叔敖。母笑曰："此埋蛇之报也。"敖与其母随虞邱归郢。

　　庄王一见，与语竟日，大悦曰："楚国诸臣，无卿之比！"即日拜为令尹。孙叔敖辞曰："臣起自田野，骤执大政，何以服人？请从诸大夫之后！"庄王曰："寡人知卿，卿可不辞。"叔敖谦让再三，乃受命为令尹。考求楚国制度，立为军法：凡军行，在军右者，挟辕为战备；在军左者，追求草蓐，为宿备；前茅虑无，中权后劲。前茅虑无者，旌帜在前，以觇贼之有无，而为之谋虑。中权者，权谋皆出中军，不得旁挠。后劲者，以劲兵为后殿，战则用为奇兵，归则用为断后。王之亲兵分为二广，每广车十五乘，每乘用步卒百人，后以二十五人为游兵。右广管丑、寅、卯、辰、巳五时；左广管午、未、申、酉、戌五时。每日鸡鸣时分，右广驾马以备驱驰，至于日中，则左广代之，黄昏而止。内宫分班捱次，专主巡亥、子二时，以防非常之变。用虞邱将中军，公子婴齐将左军，公子侧将右军，养由基将右广，屈荡将左广。四时搜阅，各有常典，三军严肃，百姓无扰。又筑芍波 què bēi "波"通"陂"。芍陂为孙叔敖主持修建的一处著名的水利工程。在今安徽寿县 以兴水利，六、蓼之境，灌田万顷，民咸颂之。楚诸臣见庄王宠任叔敖，心中不服，及见叔敖行事井井有条，无不叹息曰："楚国有幸，得此贤臣，子文其复起矣！"当初令尹子文善治楚国，今得叔敖，如子文之再生也。

　　是时郑穆公兰薨，世子夷即位，是为灵公。公子宋与公子归生当国，尚依违于晋、楚之间，未决所事。楚庄王与孙叔敖商议欲兴兵伐郑，忽闻郑灵公被公子归生所弑，庄王曰："吾伐郑益有名矣！"不知归生如何弑君，且看下回分解。

苕子宋嘗黿進逆

瞰靈公
袒服
戮朝

第五十二回　公子宋尝鼋构逆　陈灵公衵^①服戏朝

话说公子归生字子家，公子宋字子公，二人皆郑国贵戚之卿也。郑灵公夷元年，公子宋与归生相约早起，将入见灵公。公子宋之食指，忽然翕翕xǐ自动。何谓食指？第一指曰拇指，第三指曰中指，第四指曰无名指，第五指曰小指。惟第二指，大凡取食必用着他，故曰食指。公子宋将食指跳动之状，与归生观看，归生异之。公子宋曰："无他。我每常若跳动，是日必尝异味。前使晋食石花鱼，后使楚一食天鹅，一食合欢橘，指皆预动，无次不验。不知今日尝何味耶？"将入朝门，内侍传命，唤宰夫甚急。公子宋问之曰："汝唤宰夫何事？"内侍曰："有郑客从汉江来，得一大鼋yuán 大鳖，重二百余斤，献于主公，主公受而赏之，今缚于堂下，使我召宰夫割烹，欲以享诸大夫也。"公子宋曰："异味在此，吾食指岂虚动耶？"既入朝，见堂柱缚鼋甚大，二人相视而笑，谒见之际，余笑尚在。灵公问曰："卿二人今日何得有喜容？"公子归生对曰："宋与臣入朝时，其食指忽动，言'每常如此，必得异味而尝之'。今见堂下有巨鼋，度主公烹食，必将波及诸臣，食指有验，所以笑耳！"灵公戏之曰："验与不验，权尚在寡人也！"二人既退，归生谓宋曰："异味虽有，倘君不召子，如何？"宋曰："既享众，能独遗我乎？"

至日晡，内侍果遍召诸大夫。公子宋欣然而入，见归生笑曰："吾固知君之不得不召我也。"已而，诸臣毕集，灵公命布席叙坐，谓曰："鼋乃水族佳味，寡人不敢独享，愿诸卿共之。"诸臣合词谢曰："主公一食不忘，臣等何以为报！"坐定，宰夫告鼋味已调，乃先献灵公，公尝而美之。命人赐鼋羹一鼎，象箸一双，自下席派起，至于上席。恰到第一第二席，止剩得一鼎。宰夫禀道："羹已尽矣，只有一鼎，请命赐与何人？"灵公曰："赐子家。"宰夫将羹致归生之前。灵公大笑曰："寡人命遍赐诸卿，而偏缺子公，是子公数不当食鼋也！食指何尝验耶？"原来灵公故意吩咐庖人，缺此一鼎，欲使宋之食指不验，以为笑端。却不知公子宋已在归生面前说了满话，今日百官俱得赐食，已独不与，羞变成怒，径趋至灵公面前，以指探其鼎，取鼋肉一块啖之，曰："臣已得

---

① 衵(yì)：贴身内衣。

尝矣！食指何尝不验也？"言毕，直趋而出。灵公亦怒，投箸曰："宋不逊，乃欺寡人！岂以郑无尺寸之刃，不能斩其头耶？"归生等俱下席俯伏曰："宋恃肺腑之爱，欲均沾君惠，聊以为戏，何敢行无礼于君乎？愿君恕之！"灵公恨恨不已，君臣皆不乐而散。归生即趋至公子宋之家，告以君怒之意："明日可入朝谢罪。"公子宋曰："吾闻：'慢轻慢，无礼人者，人亦慢之。'君先慢我，乃不自责而责我耶？"归生曰："虽然如此，君臣之间，不可不谢。"

次日，二人一同入朝。公子宋随班行礼，全无觳觫 hú sù 恐惧发抖的样子伏罪之语。倒是归生心上不安，奏曰："宋惧主公责其染指之失，特来告罪，战兢不能措辞，望主公宽容之！"灵公曰："寡人恐得罪子公，子公岂惧寡人耶？"拂衣而起。公子宋出朝，邀归生至家，密语曰："主公怒我甚矣！恐见诛，不如先作难，事成可以免死。"归生掩耳曰："六畜岁久，犹不忍杀之，况一国之君，敢轻言弑逆乎？"公子宋曰："吾戏言，子勿泄也。"归生辞去。公子宋探知归生与灵公之弟公子去疾相厚，数有往来，乃扬言于朝曰："子家与子良早夜相聚，不知所谋何事，恐不利于社稷也。"归生急牵宋之臂，至于静处，谓曰："是何言与？"公子宋曰："子不与我协谋，吾必使子先我一日而死！"归生素性懦弱，不能决断，闻宋之言，大惧曰："汝意欲何如？"公子宋曰："主上无道之端，已见于分鼋。若行大事，吾与子共扶子良为君，以亲昵于晋，郑国可保数年之安矣。"归生想了一回，徐答曰："任子所为，吾不汝泄也。"公子宋乃阴聚家众，乘灵公秋祭斋宿，用重赂结其左右，夜半潜入斋宫，以土囊压灵公而杀之，托言"中魇暴薨"。归生知其事而不敢言。按孔子作《春秋》，书："郑公子归生弑其君夷。"释公子宋而罪归生，以其身为执政，惧潜从逆，所谓"任重者，责亦重"也。圣人书法，垂戒人臣，可不畏哉！

次日，归生与公子宋共议，欲奉公子去疾为君。去疾大惊，辞曰："先君尚有八子，若立贤，则去疾无德可称，若立长，则有公子坚在。去疾有死，不敢越也。"于是扶公子坚即位，是为襄公。总计穆公共有子十三人：灵公夷被弑，襄公坚嗣立，以下尚有十一子：曰公子去疾，字子良；曰公子喜，字子罕；曰公子骓，字子驷；曰公子发，字子国；曰公子嘉，字子孔；曰公子偃，字子游；曰公子舒，字子印；又有公子丰、公子羽、公子然、公子志。襄公忌诸弟党盛，恐他日生变，私与公子去疾商议，欲独留去疾，而尽逐其诸弟。去疾曰："先君梦兰而生，卜曰：'是必昌姬氏之宗。'夫兄弟为公族，譬如枝叶盛茂，本是以荣，若剪枝去叶，本根俱露，枯槁可立而待矣。君能容之，固所愿也。若不能容，吾将同行，岂忍独留于此，异日何面目见先君于地下乎？"襄公感悟，乃拜其弟十一人皆为大夫,并知郑政。公子宋遣使求成于晋,以求安其国。此周定王二年事也。

明年,为郑襄公元年,楚庄王使公子婴齐为将,率师伐郑,问曰:"何故弑君?"晋使荀林父救之,楚遂移兵伐陈。郑襄公从晋成公盟于黑壤。

周定王三年,晋上卿赵盾卒,郤缺代为中军元帅,闻陈与楚平,乃言于成公,使荀林父从成公率宋、卫、郑、曹四国伐陈。晋成公于中途病薨,乃班师。立世子孺为君,是为景公。是年,楚庄王亲统大军,复伐郑,师于柳棼。晋郤缺率师救之,袭败楚师。郑人皆喜,公子去疾独有忧色,襄公怪而问之。去疾对曰:"晋之败楚,偶也。楚将泄怒于郑,晋可长恃乎? 行见楚兵之在郊矣!"明年,楚庄王复伐郑,屯兵于颍水之北。适公子归生病卒,公子去疾追治尝鼋之事,杀公子宋,暴其尸于朝,斫 zhuó 用刀斧等砍削子家之棺而逐其族,遣使谢楚王曰:"寡人有逆臣归生与宋,今俱伏诛。寡君愿因陈侯而受献于上国。"庄王许之,遂欲合陈、郑同盟于辰陵之地,遣使约会陈侯。使者自陈还,言:"陈侯为大夫夏征舒所弑,国内大乱。"有诗为证:

> 周室东迁世乱离,纷纷篡弑岁无虚。
>
> 妖星入斗征三国,又报陈侯遇夏舒。

话说陈灵公讳平国,乃陈共公朔之子,在周顷王六年嗣位。为人轻佻惰慢,绝无威仪,且又耽于酒色,逐于游戏,国家政务,全然不理。宠着两位大夫,一个姓孔名宁,一个姓仪名行父,都是酒色队里打锣鼓的。一君二臣,志同气合,语言戏亵,各无顾忌。其时朝中有个贤臣,姓泄名冶,是个忠良正直之辈,遇事敢言,陈侯君臣甚畏惮 dàn 畏惧之。又有个大夫夏御叔,其父公子少西,乃是陈定公之子。少西字子夏,故御叔以夏为字,又曰少西氏,世为陈国司马之官,食采于株林。御叔娶郑穆公之女为妻,谓之夏姬。那夏姬生得蛾眉凤眼,杏脸桃腮,有骊姬、息妫之容貌,兼妲己、文姜之妖淫。见者无不消魂丧魄,颠之倒之。更有一桩奇事,十五岁时,梦见一伟丈夫,星冠羽服,自称上界天仙,与之交合,教以吸精导气之法。与人交接,曲尽其欢,就中采阳补阴,却老还少,名为"素女采战之术"。在国未嫁,先与郑灵公庶兄公子蛮兄妹私通,不勾三年,子蛮夭 yāo 同"夭"。夭折,短命死。后嫁于夏御叔为内子,生下一男,名曰征舒。征舒字子南,年十二岁上,御叔病亡。夏姬因有外交,留征舒于城内,从师习学,自家退居株林。

孙宁、仪行父向与御叔同朝相善,曾窥见夏姬之色,各有窥诱之意。夏姬有侍女荷华,伶俐风骚,惯与主母做脚揽主顾。孔宁一日与征舒射猎郊外,因送征舒至于株林,留宿其家。孔宁费一片心机,先勾搭上了荷华,赠以簪珥，求荐于主母，遂得入马，窃穿其锦裆以出，夸示于仪行父。行父慕之，亦以厚币交结荷华，求其通款。夏姬平日窥见仪行父身材长大，鼻准丰隆，也有其心，遂遣荷华约他私会。仪行父广求助战奇药，以媚夏姬，夏姬爱之，倍于孔宁。仪行父谓夏姬曰："孔大夫有锦裆之赐，今既蒙垂盼，亦欲乞一物为表记，以见均爱。"夏姬笑曰："锦裆彼自窃去，非妾所赠也。"因附耳曰："虽在同床，岂无厚薄？"乃自解所穿碧罗襦为赠，仪行父大悦。自此行父往来甚密，孔宁不免稍疏矣。有古诗为证：

> 郑风何其淫？桓武化已渺。
> 士女竞私奔，里巷失昏晓。
> 仲子墙欲逾，子充性偏狡。
> 东门忆茹藘①，野外生蔓草。
> 褰裳望匪遥，驾车去何杳？
> 青衿萦我心，琼琚破人老。
> 风雨鸡鸣时，相会密以巧。
> 扬水流束薪，谗言莫相搅！
> 习气多感人，安能自美好？

仪行父为孔宁将锦裆骄了他，今得了碧罗襦，亦夸示于孔宁。孔宁私叩荷华，知夏姬与仪行父相密，心怀妒忌，无计拆他，想出一条计策来：那陈侯性贪淫药，久闻夏姬美色，屡次言之，相慕颇切，恨不到手："不如引他一同入马，陈侯必然感我。况陈侯有个暗疾，医书上名曰'狐臭'，亦名'腋气'，夏姬定不喜欢。我去做个贴身帮闲，落得捉空调情，讨些便宜。少不得仪大夫稀疏一二分，出了我这点捻酸的恶气。好计，好计！"遂独见灵公，闲话间，说及夏姬之美，天下绝无。灵公曰："寡人亦久闻其名，但年齿已及四旬，恐三月桃花，未免改色矣！"孔宁曰："夏姬熟晓房中之术，容颜转嫩，常如十七八岁好女子模样。且交接之妙，大异寻常，主公一试，自当魂消也。"灵公不觉欲火上炎，面颊发赤，向孔宁曰："卿何策使寡人与夏姬一会？寡人誓不相负！"孔宁奏曰："夏氏一向居株林，其地竹木繁盛，可以游玩。主公来早只说要幸株林，夏氏必然设享相迎。夏姬有婢，名曰荷华，颇知情事，臣当以主公之意达之，万无不谐之理。"灵公笑曰："此事全仗爱卿作成。"

次日传旨驾车，微服出游株林，只教大夫孔宁相随。孔宁先送信于夏

---

①茹藘（lú），即茜草，根可以作红色染料。

姬,教他治具相候。又露其意于荷华,使之转达。那边夏姬也是个不怕事的主顾,凡事预备停当。灵公一心贪着夏姬,把游幸当个名色,正是:窃玉偷香真有意,观山玩水本无心。略蹉一时,就转到夏家。夏姬具礼服出迎,入于厅坐,拜谒致词曰:"妾男征舒,出就外傅,不知主公驾临,有失迎接。"其声如新莺巧啭,呖呖可听。灵公视其貌,真天人也!六宫妃嫔罕有其匹。灵公曰:"寡人偶尔闲游,轻造尊府,幸勿惊讶。"夏姬敛衽 rèn 衣襟 对曰:"主公玉趾下临,敝庐增色。贱妾备有蔬酒,未敢献上。"灵公曰:"既费庖厨,不须礼席,闻尊府园亭幽雅,愿入观之,主人盛馔,就彼相扰可也。"夏姬对曰:"自亡夫即世,荒圃久废扫除,恐慢大驾,贱妾预先告罪!"夏姬应对有序,灵公心中愈加爱重,命夏姬:"换去礼服,引寡人园中一游。"夏姬卸下礼服,露出一身淡妆,如月下梨花,雪中梅蕊,别是一般雅致。夏姬前导,至于后园。虽然地段不宽,却有乔松秀柏,奇石名葩,池沼一方,花亭几座。中间高轩一区,朱栏绣幕,甚是开爽,此乃宴客之所。左右俱有厢房。轩后曲房数层,回廊周折,直通内寝。园中立有马厩,乃是养马去处。园西空地一片,留为射圃。灵公观看了一回,轩中筵席已具,夏姬执盏定席。灵公赐坐于旁,夏姬谦让不敢。灵公曰:"主人岂可不坐?"乃命孔宁坐右,夏姬坐左:"今日略去君臣之分,图个尽欢。"饮酒中间,灵公目不转睛,夏姬亦流波送盼。灵公酒兴带了痴情,又有孔大夫从旁打和事鼓,酒落快肠,不觉其多。

　　日落西山,左右进烛,洗盏更酌,灵公大醉,倒于席上,鼾鼾睡去。孔宁私谓夏姬曰:"主公久慕容色,今日此来,立心与你求欢,不可违拗。"夏姬微笑不答。孔宁便宜行事,出外安顿随驾人众,就便宿歇。夏姬整备锦衾绣枕,假意送入轩中,自己香汤沐浴,以备召幸,止留荷华侍驾。少顷,灵公睡醒,张目问:"是何人?"荷华跪而应曰:"贱婢乃荷华也。奉主母之命,伏侍千岁爷爷。"因取酸梅醒酒汤以进。灵公曰:"此汤何人所造?"荷华答曰:"婢所煎也。"灵公曰:"汝能造梅汤,能为寡人作媒乎?"荷华佯为不知,对曰:"贱婢虽不惯为媒,亦颇知效奔走,但不知千岁爷属意何人?"灵公曰:"寡人为汝主母神魂俱乱矣!汝能成就吾事,当厚赐汝。"荷华对曰:"主母残体,恐不足当贵人,倘蒙不弃,贱婢即当引入。"灵公大喜,即命荷华掌灯引导,曲曲弯弯,直入内室。夏姬明灯独坐,如有所待。忽闻脚步之声,方欲启问,灵公已入户内。荷华便将银灯携出,灵公更不攀话,拥夏姬入帷,解衣共寝。肌肤柔腻,着体欲融,欢会之时,宛如处女。灵公怪而问之。夏姬对曰:"妾有内视之法,虽产子之后,不过三日,充实如故。"灵公叹曰:"寡人虽遇天上神仙,亦只如此矣!"论起灵公淫具,本不及孔、仪二大夫，况带有暗疾，没讨好处。因他是一国之君，妇人家未免带三分势利，不敢嗔嫌，枕席上虚意奉承，灵公遂以为不世之奇遇矣。

　　睡至鸡鸣，夏姬促灵公起身，灵公曰："寡人得交爱卿，回视六宫，有如粪土。但不知爱卿心下有分毫及寡人否？"夏姬疑灵公已知孔、仪二人往来之事，乃对曰："贱妾实不相欺，自丧先夫，不能自制，未免失身他人。今既获侍君侯，从兹当永谢外交，敢复有二心，以取罪戾！"灵公欣然曰："爱卿平日所交，试为寡人悉数之，不必隐讳。"夏姬对曰："孔、仪二大夫因抚遗孤，遂及于乱，他实未有也。"灵公笑曰："怪道孔宁说卿交接之妙，大异寻常，若非亲试，何以知之？"夏姬对曰："贱妾得罪在先，望乞宽宥！"灵公曰："孔宁有荐贤之美，寡人方怀感激，卿其勿疑。但愿与卿常常相见，此情不绝，其任卿所为，不汝禁也。"夏姬对曰："主公能源源而来，何难常常而见乎？"须臾，灵公起身，夏姬抽自己贴体汗衫，与灵公穿上，曰："主公见此衫，如见贱妾矣！"荷华取灯，由旧路送归轩下。

　　天明后，厅事上已备早膳，孔宁率从人驾车伺候。夏姬请灵公登堂，起居问安，庖人进馔，众人俱有酒食犒劳。食毕，孔宁为灵公御车回朝。百官知陈侯野宿，是日俱集朝门伺候。灵公传令："免朝。"径入宫门去了。仪行父扯住孔宁，盘问主公夜来宿处，孔宁不能讳，只得直言。仪行父知是孔宁所荐，顿足曰："如此好人情，如何让你独做？"孔宁曰："主公十分得意，第二次你做人情便了。"二人大笑而散。

　　次日，灵公早朝，礼毕，百官俱散，召孔宁至前，谢其荐举夏姬之事。又召仪行父问曰："如此乐事，何不早奏寡人？你二人却占先头，是何道理？"孔宁、仪行父齐曰："臣等并无此事。"灵公曰："是美人亲口所言，卿等不必讳矣。"孔宁对曰："譬如君有味，臣先尝之；父有味，子先尝之。若尝而不美，不敢进于君也。"灵公笑曰："不然。譬如熊掌，就让寡人先尝也不妨。"孔、仪二人俱笑。灵公又曰："汝二人虽曾入马，他偏有表记送我。"乃扯衬衣示之曰："此乃美人所赠，你二人可有么？"孔宁曰："臣亦有之。"灵公曰："赠卿何物？"孔宁撩衣，见其锦裆，曰："此姬所赠。不但臣有，行父亦有之。"灵公问行父："卿又是何物？"行父解开碧罗襦，与灵公观看。灵公大笑曰："我等三人，随身俱有质证，异日同往株林，可作连床大会矣！"一君二臣，正在朝堂戏谑。把这话传出朝门，恼了一位正直之臣，咬牙切齿，大叫道："朝廷法纪之地，却如此胡乱，陈国之亡，屈指可待矣！"遂整衣端简，复身闯入朝门进谏。不知那位官员是谁，再看下回分解。

莊王仗義討徐舒

鄭伯南羊迎楚君

第五十三回　楚庄王纳谏复陈　晋景公出师救郑

　　却说陈灵公与孔宁、仪行父二大夫，俱穿了夏姬所赠亵衣，在朝堂上戏谑。大夫泄冶闻之，乃整襟端笏，复身趋入朝门。孔、仪二人素惮泄冶正直，今日不宣自至，必有规谏，遂先辞灵公而出。灵公抽身欲起御座，泄冶腾步上前，牵住其衣，跪而奏曰："臣闻：'君臣主敬，男女主别。'今主公无《周南》之化，使国中有失节之妇；而又君臣宣淫，互相标榜，朝堂之上，秽语难闻，廉耻尽丧，体统俱失。君臣之敬，男女之别，沦灭已极！夫不敬则慢，不别则乱，慢而且乱，亡国之道也。君必改之！"灵公自觉汗颜，以袖掩面曰："卿勿多言，寡人行且悔之矣！"泄冶辞出朝门，孔、仪二人尚在门外打探，见泄冶怒气冲冲出来，闪入人丛中避之。泄冶早已看见，将二人唤出，责之曰："君有善，臣宜宣之，君有不善，臣宜掩之。今子自为不善，以诱其君，而复宣扬其事，使士民公然见闻，何以为训？宁不羞耶？"二人不能措对，唯唯谢教。

　　泄冶去了，孔、仪二人求见灵公，述泄冶责备其君之语："主公自今更勿为株林之游矣！"灵公曰："卿二人还往否？"孔、仪二人对曰："彼以臣谏君，与臣等无与。臣等可往，君不可往。"灵公奋然曰："寡人宁得罪于泄冶，安肯舍此乐地乎？"孔、仪二人复奏曰："主公若再往，恐难当泄冶絮聒，如何？"灵公曰："二卿有何策，能止泄冶勿言？"孔宁曰："若要泄冶勿言，除非使他开口不得。"灵公笑曰："彼自有口，寡人安能禁之使不开乎？"仪行父曰："宁之言，臣能知之。夫人死则口闭，主公何不传旨，杀了泄冶，则终身之乐无穷矣！"灵公曰："寡人不能也。"孔宁曰："臣使人刺之何如？"灵公点首曰："由卿自为。"二人辞出朝门，做一处商议。将重贿买出刺客，伏于要路，候泄冶入朝，突起杀之。国人皆认为陈侯所使，不知为孔、仪二人之谋也。史臣有赞云：

　　　　陈丧明德，君臣宣淫；缨绅衵服，大廷株林。壮哉泄冶，独矢直音！
　　身死名高，龙血比心。

自泄冶死后，君臣益无忌惮，三人不时同往株林，一二次还是私偷，以后习以为常，公然不避。国人作《株林》之诗以讥之。诗曰：

　　　　胡为乎株林？从夏南！匪适株林，从夏南！

征舒字子南，待人忠厚，故不曰夏姬，而曰夏南，言从南而来也。

　　陈侯本是个没偝僆(tà sà)的人，孔、仪二人一味奉承帮衬，不顾廉耻，更兼夏姬善于调停，打成和局，弄做了一妇三夫，同欢同乐，不以为怪。征舒渐渐长大知事，见其母之所为，心如刀刺，只是干碍陈侯，无可奈何。每闻陈侯欲到株林，往往托故避出，落得眼中清净。那一班淫乐的男女，亦以征舒不在为方便。光阴似箭，征舒年一十八岁，生得长躯伟干，多力善射。灵公欲悦夏姬之意，使嗣父职为司马，执掌兵权。征舒谢恩毕，回株林拜见其母夏姬。夏姬曰："此陈侯恩典，汝当恪供乃职，为国分忧，不必以家事分念。"征舒辞了母亲，入朝理事。

　　忽一日，陈灵公与孔、仪二人复游株林，宿于夏氏。征舒因感嗣爵之恩，特地回家设享，款待灵公。夏姬因其子在坐，不敢出陪。酒酣之后，君臣复相嘲谑，手舞足蹈。征舒厌恶其状，退入屏后，潜听其言。灵公谓仪行父曰："征舒躯干魁伟，有些象你，莫不是你生的？"仪行父笑曰："征舒两目炯炯，极象主公，还是主公所生。"孔宁从旁插嘴曰："主公与仪大夫年纪小，生他不出，他的爹极多，是个杂种，便是夏夫人自家也记不起了！"三人拍掌大笑。征舒不听犹可，听见之时，不觉羞恶之心，勃然难遏。正是：怒从心上起，恶向胆边生。暗将夏姬锁于内室，却从便门溜出，吩咐随行军众："把府第团团围住，不许走了陈侯及孔、仪二人。"军众得令，发一声喊，围了夏府。征舒戎妆披挂，手执利刃，引着得力家丁数人，从大门杀进。口中大叫："快拿淫贼！"陈灵公口中还在那里不三不四，要笑弄酒，却是孔宁听见了，说道："主公不好了！征舒此席，不是好意。如今引兵杀来，要拿淫贼，快跑罢！"仪行父曰："前门围断，须走后门。"三人常在夏家穿房入户，路道都是识熟的。陈侯还指望跑入内室，求救于夏姬，见中门锁断，慌上加慌，急向后园奔走。征舒随后赶来。陈侯记得东边马厩有短墙可越，遂望马厩而奔，征舒叫道："昏君休走！"攀起弓来，飕的一箭，却射不中。陈侯奔入马厩，意欲藏躲，却被群马惊嘶起来，即忙退身而出。征舒刚刚赶近，又复一箭，正中当心。可怜陈侯平国，做了一十五年诸侯，今日死于马厩之下！孔宁、仪行父先见陈侯向东走，知征舒必然追赶，遂望西边奔入射圃。征舒果然只赶陈侯，孔、仪二人遂从狗窦中钻出，不到家中，赤身奔入楚国去了。

　　征舒既射杀了陈侯，拥兵入城，只说陈侯酒后暴疾身亡，遗命立世子午为君，是为成公。成公心恨征舒，力不能制，隐忍不言。征舒亦惧诸侯之讨，乃强逼陈侯往朝于晋，以结其好。

　　再说楚国使臣奉命约陈侯赴盟辰陵，未到陈国，闻乱而返。恰好孔宁、仪行父二人逃到,见了庄王,瞒过君臣淫乱之情,只说:"夏征舒造反,弑了陈侯平国。"与使臣之言相合。庄王遂集群臣商议。却说楚国一位公族大夫,屈氏名巫,字子灵,乃屈荡之子。此人仪容秀美,文武全材,只有一件毛病,贪淫好色,专讲彭祖房中之术。数年前,曾出使陈国,遇夏姬出游,窥见其貌,且闻其善于采炼,却老还少,心甚慕之。及闻征舒弑逆,欲借此端,掳取夏姬,力劝庄王兴师伐陈。令尹孙叔敖亦言:"陈罪宜讨。"庄王之意遂决。时周定王九年,陈成公午之元年也。楚庄王先传一檄至于陈国,檄上写道:

> 楚王示尔:少西氏弑其君,神人共愤。尔国不能讨,寡人将为尔讨
> 之。罪有专归,其余臣民,静听无扰!

陈国见了檄文,人人归咎征舒,巴不能够假手于楚,遂不为御敌之计。

楚庄王亲引三军,带领公子婴齐、公子侧、屈巫一班大将,云卷风驰,直造陈都,如入无人之境,所至安慰居民,秋毫无犯。夏征舒知人心怨己,潜奔株林。时陈成公尚在晋国未归,大夫辕颇,与诸臣商议:"楚王为我讨罪,诛止征舒。不如执征舒献于楚军,遣使求和,保全社稷,此为上策。"群臣皆以为然。辕颇乃命其子侨如统兵,往株林擒拿征舒。侨如未行,楚兵已至城下。陈国久无政令,况陈侯不在国,百姓做主,开门迎楚,楚庄王整队而入。诸将将辕颇等拥至庄王面前,庄王问:"征舒何在?"辕颇对曰:"在株林。"庄王问曰:"谁非臣子,如何容此逆贼,不加诛讨?"辕颇对曰:"非不欲讨,力不加也。"庄王即命辕颇为向导,自引大军往株林进发,却留公子婴齐一军,屯扎城中。

再说征舒正欲收拾家财,奉了母亲夏姬,逃奔郑国。只争一刻,楚兵围住株林,将征舒拿住。庄王命囚于后车。问:"何以不见夏姬?"使将士搜其家,于园中得之。荷华逃去,不知所适。夏姬向庄王再拜言曰:"不幸国乱家亡,贱妾妇人命悬大王之手,倘赐矜宥,愿充婢役!"夏姬颜色妍丽,语复详雅,庄王一见,心志迷惑,谓诸将曰:"楚国后宫虽多,如夏姬者绝少,寡人意欲纳之,以备妃嫔,诸卿以为何如?"屈巫谏曰:"不可,不可! 吾主用兵于陈,讨其罪也。若纳夏姬,是贪其色也。讨罪为义,贪色为淫。以义始而以淫终,伯主举动,不当如此。"庄王曰:"子灵之言甚正,寡人不敢纳矣。只是此妇世间尤物,若再经寡人之眼,必然不能自制。"叫军士凿开后垣,纵其所之。时将军公子侧在旁,亦贪夏姬美貌,见庄王已不收用,跪而请曰:"臣中年无妻,乞我王赐臣为室。"屈巫又奏曰:"君王不可许也。"公子侧怒曰:"子灵不容我娶夏姬,是何缘故?"屈巫曰:"此妇乃天地间不祥之物,据吾所知者言

之：殀子蛮，杀御叔，弑陈侯，戮夏南，出孔、仪，丧陈国，不祥莫大焉！天下多美妇人，何必取此淫物，以贻后悔？"庄王曰："如子灵所言，寡人亦畏之矣！"公子侧曰："既如此，我亦不娶了。只是一件，你说主公娶不得，我亦娶不得，难道你娶了不成？"屈巫连声曰："不敢，不敢！"庄王曰："物无所主，人必争之。闻连尹襄老，近日丧偶，赐为继室可也。"时襄老引兵从征，在于后队，庄王召至，以夏姬赐之，夫妇谢恩而出。公子侧倒也罢了。只是屈巫谏止庄王，打断公子侧，本欲留与自家，见庄王赐与襄老，暗暗叫道："可惜，可惜！"又暗想道："这个老儿，如何当得起那妇人？少不得一年半载。仍做寡妇，到其间再作区处。"这是屈巫意中之事，口里却不曾说出。庄王居株林一宿，仍至陈国，公子婴齐迎接入城。庄王传令将征舒囚出栗门，车裂以殉，如齐襄公处高渠弥之刑。史臣有诗云：

> 陈主荒淫虽自取，征舒弑逆亦违条。
>
> 庄王吊伐如时雨，泗上诸侯望羽旄。

　　庄王号令征舒已毕，将陈国版图查明，灭陈以为楚县，拜公子婴齐为陈公，使守其地。陈大夫辕颇等，悉带回郢都。南方属国，闻楚王灭陈而归，俱来朝贺，各处县公，自不必说。独有大夫申叔时使齐未归。其时齐惠公薨，世子无野即位，是为顷公。齐、楚一向交好，故庄王遣申叔时往行吊旧贺新之礼。这一差还在未伐陈以前。及庄王归楚三日之后，申叔方才回转，复命而退，并无庆贺之言。庄王使内侍传语责之曰："夏征舒无道，弑其君，寡人讨其罪而戮之，版图收于国中，义声闻于天下。诸侯县公无不称贺，汝独无一言，岂以寡人讨陈之举为非耶？"申叔时随使者求见楚王，请面毕其辞，庄王许之。申叔时曰："王闻'蹊田夺牛'之说乎？"庄王曰："未闻也。"申叔时曰："今有人牵牛取径于他人之田者，践其禾稼，田主怒夺其牛。此狱若在王前，何以断之？"庄王曰："牵牛践田，所伤未多也。夺其牛，太甚矣！寡人若断此狱，薄责牵牛者，而还其牛，子以为当否？"申叔时曰："王何明于断狱，而昧于断陈也？夫征舒有罪，止于弑君，未至亡国也，王讨其罪足矣。又取其国，此与牵牛何异？又何贺乎？"庄王顿足曰："善哉此言！寡人未之闻也！"申叔时曰："王既以臣言为善，何不效反牛之事？"庄王立召陈大夫辕颇，问："陈君何在？"颇答曰："向往晋国，今不知何在。"言讫，不觉泪下。庄王惨然曰："吾当复封汝国，汝可迎陈君而立之。世世附楚，勿依违南北，有负寡人之德。"又召孔宁、仪行父吩咐："放汝归国，共辅陈君！"辕颇明知孔、仪二人是个祸根，不敢在楚王面前说明，只是含糊一同拜谢而行。将出楚境，正遇陈侯午自晋而归，闻其国已灭，亦欲如楚，面见楚王。辕颇乃述楚王之美意，君臣并驾至陈。守将公子婴齐已接得楚王之命，召还本国，遂将版图交割还陈，自归楚国去了。此乃楚庄王第一件好处。髯翁有诗云：

> 县陈谁料复封陈？跖①舜还从一念新。
>
> 南楚义声驰四海，须知贤主赖贤臣。

孔宁归国，未一月，白日见夏征舒来索命，因得狂疾，自赴池中而死。死之后，仪行父梦见陈灵公、孔宁与征舒三人，来拘他到帝廷对狱，梦中大惊，自此亦得暴疾卒。此乃淫人之报也！

再说公子婴齐既返楚国，入见庄王，犹自称陈公婴齐。庄王曰："寡人已复陈国矣，当别图所以偿卿也。"婴齐遂请申、吕之田，庄王将许之，屈巫奏曰："此北方之赋，国家所恃以御晋寇者，不可以充赏。"庄王乃止。及申叔时告老，庄王封屈巫为申公，屈巫并不推辞。婴齐由是与屈巫有隙，周定王十年，楚庄王之十七年也。

庄王以陈虽南附，郑犹从晋，未肯服楚，乃与诸大夫计议。令尹孙叔敖曰："我伐郑，晋救必至，非大军不可。"庄王曰："寡人意正如此。"乃悉起三军两广之众，浩浩荡荡，杀奔荥阳而来，连尹襄老为前部。临发时，健将唐狡请曰："郑小国，不足烦大军，狡愿自率部下百人，前行一日，为三军开路。"襄老壮其志，许之。唐狡所至力战，当者辄败，兵不留行，每夕扫除营地，以待大军。庄王率诸将直抵郑郊，未曾有一兵之阻，一日之稽。庄王怪其神速，谓襄老曰："不意卿老而益壮，勇于前进如此！"襄老对曰："非臣之能，乃副将唐狡力战所致也。"庄王即召唐狡，欲厚赏之。唐狡对曰："臣受君王之赐已厚，今日聊以报效，敢复邀赏乎？"庄王讶曰："寡人未尝识卿，何处受寡人之赐？"唐狡对曰："绝缨会上，牵美人之袂者，即臣也。蒙君王不杀之恩，故舍命相报。"庄王叹息曰："嗟乎！使寡人当时明烛治罪，安得此人之死力哉？"命军正纪其首功，俟平郑之后，将重用之。唐狡谓人曰："吾得死罪于君，君隐而不诛，是以报之。然既已明言，不敢以罪人徼后日之赏。"即夜遁去，不知所往。庄王闻之，叹曰："真烈士矣！"

大军攻破郊关，直抵城下。庄王传令，四面筑长围攻之，凡十有七日，昼夜不息。郑襄公恃晋之救，不即行成议和，军士死伤者甚众。城东北角崩陷数十丈，楚兵将登，庄王闻城内哭声震地，心中不忍，麾军退十里。公子婴齐

---

①跖(zhí)：人名，春秋时的大盗。

进曰:"城陷正可乘势,何以退师?"庄王曰:"郑知吾威,未知吾德。姑退以示德,视其从违,以为进退可也。"郑襄公闻楚师退,疑晋救已至,乃驱百姓修筑城垣,男女皆上城巡守。庄王知郑无乞降之意,复进兵围之。郑坚守三月,力不能支。楚将乐伯率众自皇门先登,劈开城门。庄王下令,不许虏掠,三军肃然。行至逵路,郑襄公肉袒牵羊,以迎楚师,辞曰:"孤不德,不能服事大国,使君王怀怒,以降师于敝邑,孤知罪矣!存亡死生,一惟君王命。若惠顾先人之好,不遽剪灭,延其宗祀,使得比于附庸,君王之惠也!"公子婴齐进曰:"郑力穷而降,赦之复叛,不如灭之。"庄王曰:"申公若在,又将以蹊田夺牛见诮矣!"即麾军退三十里。郑襄公亲至楚军,谢罪请盟,留其弟公子去疾为质。

庄王班师北行,次于郔 yán,谍报:"晋国拜荀林父为大将,先縠为副,出车六百乘,前来救郑,已过黄河。"庄王问于诸将曰:"晋师将至,归乎?抑战乎?"令尹孙叔敖对曰:"郑之未成,战晋宜也。已得郑矣,又寻仇于晋,焉用之?不如全帅而归,万无一失。"嬖人伍参奏曰:"令尹之言非也。郑谓我力不及,是以从晋;若晋来而避之,真我不及矣。且晋知郑之从楚,必以兵临郑,晋以救来,我亦以救往,不亦可乎?"孙叔敖曰:"昔岁入陈,今岁入郑,楚兵已劳敝矣。若战而不捷,虽食参之肉,岂足赎罪?"伍参曰:"若战而捷,令尹为无谋矣,如其不捷,参之肉将为晋军所食,何能及楚人之口?"庄王乃遍问诸将,各授以笔,使书其掌,主战者写"战"字,主退者写"退"字。诸将写讫,庄王使开掌验之。惟中军元帅虞邱及连尹襄老、裨将蔡鸠居、彭名四人,掌中写"退"字,其他公子婴齐、公子侧、公子谷臣、屈荡、潘党、乐伯、养繇基、许伯、熊负羁、许偃等二十余人,俱"战"字。庄王曰:"虞邱老臣之见,与令尹合,言'退'者是矣。"乃传令南辕反斾,来日饮马于河而归。

伍参夜求见庄王曰:"君王何畏于晋,而弃郑以畀 bì 给予,付予之也?"庄王曰:"寡人未尝弃郑也。"伍参曰:"楚兵顿郑城下九十日,而仅得郑成。今晋来而楚去,使晋得以救郑为功而收郑,楚自此不复有郑矣,非弃郑而何?"庄王曰:"令尹言战晋未必捷,是以去之。"伍参曰:"臣已料之审矣。荀林父新将中军,威信未孚于众。其佐先縠,先轸之孙,先且居之子,恃其世勋,且刚愎不仁,非用命之将也。栾、赵之辈,皆累世名将,各行其意,号令不一。晋师虽多,败之易耳。且王以一国之主,而避晋之诸臣,将遗笑于天下,况能有郑乎?"庄王愕然曰:"寡人虽不能军,何至出晋诸臣之下?寡人从子战矣!"即夜使人告令尹孙叔敖,将乘辕一齐改为北向,进至管城,以待晋师。不知胜负如何,且看下回分解。

绣像本古典小说名著

东周列国志 下

[明] 冯梦龙　原著

[清] 蔡元放　改编

凌霄　注

长江出版传媒｜崇文书局

顯儒
軒偶
悟呈

第五十四回　荀林父纵属亡师　孟侏儒托优悟主

话说晋景公即位三年,闻楚王亲自伐郑,谋欲救之。乃拜荀林父为中军元帅,先谷副之;士会为上军元帅,郤克副之;赵朔为下军元帅,栾书副之。赵括、赵婴齐为中军大夫,巩朔、韩穿为上军大夫,荀首、赵同为下军大夫,韩厥为司马。更有部将魏锜 qí、赵旃 zhān、荀罃 yīng、逢伯、鲍癸等数十员,起兵车共六百乘,以夏六月自绛州进发。到黄河口,前哨探得郑城被楚久困,待救不至,已出降于楚,楚兵亦将南归矣。荀林父召诸将商议行止。士会曰:"救之不及,战楚无名,不如班师,以俟再举。"林父善之,遂命诸将班师。中军一员上将,挺身出曰:"不可,不可! 晋能伯诸侯者,以其能扶倾救难故也。今郑待救不至,不得已而降楚,我若挫楚,郑必归晋。今弃郑而逃楚,小国何恃之有? 晋不复能伯诸侯矣! 元帅必欲班师,小将情愿自率本部前进。"荀林父视之,乃中军副将先谷,字彘 zhì 子。林父曰:"楚王亲在军中,兵强将广,汝偏师独济,如以肉投馁虎,何益于事?"先谷咆哮大叫曰:"我若不往,使人谓堂堂晋国,没一个敢战之人,岂不可耻? 此行虽死于阵前,犹不失志气。"说罢,竟出营门,遇赵同、赵括兄弟,告以:"元帅畏楚班师,我将独济。"同、括曰:"大丈夫正当如此。我弟兄愿率本部相从。"三人不秉将令,引军济河。荀首不见了赵同,军士报道:"已随先将军去迎楚军矣。"荀首大惊,告于司马韩厥。韩厥特造中军,来见荀林父,曰:"元帅不闻彘子之济河乎? 如遇楚师,必败。子总中军,而彘子丧师,咎专在子,将若之何?"林父悚然问计。韩厥曰:"事已至此,不如三军俱进。如其捷,子有功矣。万一不捷,六人均分其责,不犹愈于专罪乎?"林父下拜曰:"子言是也。"遂传令三军并济,立营于敖、鄗 hào 二山之间。先谷喜曰:"固知元帅不能违吾之言也。"

话分两头。且说郑襄公探知晋兵众盛,恐一旦战胜,将讨郑从楚之罪,乃集群臣计议。大夫皇戍进曰:"臣请为君使于晋军,劝之战楚。晋胜则从晋,楚胜则从楚,择强而事,何患焉?"郑伯善其谋,遂使皇戍往晋军中,致郑伯之命曰:"寡君待上国之救,如望时雨,以社稷之将危,偷安于楚,聊以救亡,非敢背晋也。楚师胜郑而骄,且久出疲敝,晋若击之,敝邑愿为后继。"先谷曰:"败楚服郑,在此一举矣。"栾书曰:"郑人反覆,其言未可信也。"赵同、赵括曰："属国助战,此机不可失,嬖子之言是也。"遂不由林父之命,同先谷竟与皇成定战楚之约。谁知郑襄公又别遣使往楚军中,亦劝楚王与晋交战,是两边挑斗,坐观成败的意思。

孙叔敖虑晋兵之盛,言于楚王曰："晋人无决战之意,不如请成,请而不获,然后交兵,则曲在晋矣。"庄王以为然。使蔡鸠居往晋请罢战修和。荀林父喜曰："此两国之福也!"先谷对蔡鸠居骂曰："汝夺我属国,又以和局缓我,便是我元帅肯和,我先谷决不肯,务要杀得你片甲不回,方见我先谷手段!快去报与楚君,教他早早逃走,饶他性命!"蔡鸠居被骂一场,抱头而窜。将出营门,又遇赵同、赵括兄弟,以剑指之曰："汝若再来,先教你吃我一剑!"鸠居出了晋营,又遇晋将赵旃,弯弓向之,说道:"你是我箭头之肉,少不得早晚擒到! 烦你传话,只教你蛮王仔细!"

鸠居回转本寨,奏知庄王。庄王大怒,问众将:"谁人敢去挑战?"大将乐伯应声而出曰:"臣愿往!"乐伯乘单车,许伯为御,摄叔为车右。许伯驱车如风,径逼晋垒。乐伯故意代御执辔,使许伯下车饰马正鞅^{羁马的绳索},以示闲暇。有游兵十余人过之,乐伯不慌不忙,一箭发去,射倒一人;摄叔跳下车,又只手生擒一人,飞身上车,余兵发声喊都走。许伯仍为御,望本营而驰。晋军知楚将挑战杀人,分为三路追赶将来。鲍癸居中,左有逢宁,右有逢盖。乐伯大喝曰:"吾左射马,右射人,射错了,就算我输!"乃将雕弓挽满,左一箭,右一箭,忙忙射去,有分有寸,不差一些。左边连射倒三四匹马,马倒,车遂不能行。右边逢盖面门亦中一箭,军士被箭伤者甚多。左右二路追兵,俱不能进。只有鲍癸紧紧随后,看看赶着。乐伯只存下一箭了,搭上弓靶,欲射鲍癸,想道:"我这箭若不中,必遭来将之手。"正转念间,车驰马骤之际,赶出一头麋来,在乐伯面前经过。乐伯心下转变,一箭望麋射去,刚刚的直贯麋心。乃使摄叔下车取麋,以献鲍癸曰:"愿充从者之膳。"鲍癸见乐伯矢无虚发,心中正在惊惧,因其献麋,遂假意叹曰:"楚将有礼,我不可犯也!"麾左右回车。乐伯徐行而返。有诗为证:

> 单车挑战骋豪雄,车似雷轰马似龙。
>
> 神箭将军谁不怕? 追军缩首去如风。

晋将魏锜知鲍癸放走了乐伯,心中大怒曰:"楚来挑战,晋国独无一人敢出军前,恐被楚人所笑也。小将亦愿以单车,探楚之强弱。"赵旃曰:"小将愿同魏将军走遭。"林父曰:"楚来求和,然后挑战。子若至楚军,也将和议开谈,方是答礼。"魏锜答曰:"小将便去请和。"赵旃先送魏锜登车,谓魏锜曰:

"将军报鸠居之使，我报乐伯，各任其事可也。"

却说上军元帅士会，闻赵、魏二将讨差往楚，慌忙来见荀林父，欲止其行。比到中军，二将已去矣。士会私谓林父曰："魏锜、赵旃自恃先世之功，不得重用，每怀怨望之心。况血气方刚，不知进退，此行必触楚怒。倘楚兵猝然乘我，何以御之？"时副将郤克亦来言："楚意难测，不可不备。"先谷大叫曰："且晚厮杀，何以备为！"荀林父不能决。士会退谓郤克曰："荀伯木偶耳！我等宜自为计。"乃使郤克约会上军大夫巩朔、韩穿，各率本部兵，分作三处，伏于敖山之前。中军大夫赵婴齐亦虑晋师之败，预遣人具舟于黄河之口。

话分两头。再说魏锜一心忌荀林父为将，欲败其名，在林父面前只说请和，到楚军中，竟自请战而还。楚将潘党知蔡鸠居出使晋营，受了晋将辱骂，今日魏锜到此，正好报仇。忙趋入中军，魏锜已自出营去了，乃策马追之。魏锜行及大泽，见追将甚紧，方欲对敌，忽见泽中有麋六头，因想起楚将战麋之事，弯起弓来，也射倒一麋，使御者献于潘党曰："前承乐将军赐鲜，敬以相报。"潘党笑曰："彼欲我描旧样耳！我若追之，显得我楚人无礼。"亦命御者回车而返。魏锜还营，诡说："楚王不准讲和，定要交锋，决一胜负。"荀林父问："赵旃何在？"魏锜曰："我先行，彼在后，未曾相值。"林父曰："楚既不准和，赵将军必然吃亏。"乃使荀䓨率轮车二十乘，步卒千五百人，往迎赵旃。

却说赵旃夜至楚军，布席于军门之外，车中取酒，坐而饮之。命随从二十余人，效楚语，四下巡绰，得其军号，混入营中。有兵士觉其伪，盘诘之，其人拔刀伤兵士。营中乱嚷起来，举火搜贼，被获一十余人，其余逃出。见赵旃尚安坐席上，扶之起，登车，觅御人，已没于楚军矣。天色渐明，赵旃亲自执辔鞭马，马饿不能驰。楚庄王闻营中有贼遁去，自驾戎辂，引兵追赶，其行甚速。赵旃恐为所及，弃其车，奔入万松林内，为楚将屈荡所见，亦下车逐之。赵旃将甲裳挂于小小松树之上，轻身走脱。屈荡取甲裳并车马，以献庄王。方欲回辕，望见单车风驰而至，视之，乃潘党也。党指北向车尘，谓楚王曰："晋师大至矣！"这车尘却是荀林父所遣轮车，迎接赵旃者。潘党远远望见，误认以为大军，未免轻事重报，吓得庄王面如土色。忽听得南方鼓角喧天，为首一员大臣，领着一队车马飞到。这员大臣是谁？乃是令尹孙叔敖。庄王心下稍安，问："相国何以知晋军之至，而来救寡人？"孙叔敖对曰："臣不知也。但恐君王轻进，误入晋军，臣先来救驾，随后三军俱至矣。"庄王北向再看时，见尘头不高，曰："非大军也。"孙叔敖对曰："兵法有云：'宁可我迫人，莫使人迫我。'诸将既已到齐，吾王可传令，只顾杀向前去。若挫其中军，余二军皆不能存扎矣。"

　　庄王果然传令:使公子婴齐同副将蔡鸠居以左军攻晋上军,公子侧同副将工尹齐以右军攻晋下军,自引中军两广之众,直捣荀林父大营。庄王亲自援枹fú鼓槌击鼓。众军一齐擂鼓,鼓声如雷,车驰马骤,步卒随着车马,飞奔前行。晋军全没准备。荀林父闻鼓声,才欲探听,楚军漫山遍野,已布满于营外,真是出其不意了。林父仓忙无计,传令并力混战。楚兵人人耀武,个个扬威,分明似海啸山崩,天摧地塌。晋兵如久梦乍回,大醉方醒,还不知东西南北。没心人遇有心人,怎生抵敌得过? 一时鱼奔鸟散,被楚兵砍瓜切菜,乱杀一回,杀得四分五裂,七零八碎。荀罃乘着轺车,迎不着赵旃,却撞着楚将熊负羁,两下交锋。楚兵大至,寡不敌众,步卒奔散,荀罃所乘左骖,中箭先倒,遂为熊负羁所擒。

　　再说晋将逢伯引其二子逢宁、逢盖,共载一小车,正在逃奔。恰好赵旃脱身走到,两趾俱裂,看见前面有乘车者,大叫:"车中何人? 望乞挈带!"逢伯认得是赵旃声音,吩咐二子:"速速驰去,勿得反顾。"二子不解其父之意,回头看之,赵旃即呼曰:"逢君可载我!"二子谓父曰:"赵叟在后相呼。"逢伯大怒曰:"汝既见赵叟,合当让载也!"叱二子下车,以辔授赵旃,使登车同载而去。逢宁、逢盖失车,遂死于乱军之中。

　　荀林父同韩厥从后营登车,引着败残军卒,取路山右,沿河而走,弃下车马器仗无算。先谷自后赶上,额中一箭,鲜血淋漓,扯战袍裹之。林父指曰:"敢战者亦如是乎?"行至河口,赵括亦到,诉称其兄赵婴齐私下预备船只,先自济河。"不通我们得知,是何道理?"林父曰:"死生之际,何暇相闻也?"赵括恨恨不已,自此与婴齐有隙。林父曰:"我兵不能复战矣! 目前之计,济河为急。"乃命先谷往河下招集船只。那船俱四散安泊,一时不能取齐。正扰攘之际,沿河无数人马,纷纷来到。林父视之,乃是下军正副将赵朔、栾书,被楚将公子侧袭败,驱率残兵,亦取此路而来。两军一齐在岸,那一个不要渡河? 船数一发少了。南向一望,尘头又起,林父恐楚兵乘胜穷追,乃击鼓出令曰:"先济河者有赏!"两军夺舟,自相争杀。及至船上人满了,后来者攀附不绝,连船覆水,又坏了三十余艘。先谷在舟中喝令军士:"但有攀舷扯桨的,用刀乱砍其手。"各船俱效之。手指砍落舟中,如飞花片片,数掬不尽,皆投河中。岸土哭声震响,山谷俱应,天昏地惨,日色无光。史臣有诗云:

　　　　舟翻巨浪连帆倒,人逐洪波带血流。

　　　　可怜数万山西卒,半丧黄河作水囚!

后面尘头又起，乃是荀首、赵同、魏锜、逢伯、鲍癸一班败将，陆续逃至。荀首已登舟，不见其子荀罃，使人于岸呼之。有小军看见荀罃被楚所获，报知荀首。荀首曰："吾子既失，吾不可以空返。"乃重复上岸，整车欲行。荀林父阻之曰："罃已陷楚，往亦无益。"荀首曰："得他人之子，犹可换回吾子也。"魏锜素与荀罃相厚，亦愿同行，荀首甚喜。聚起荀氏家兵，尚有数百人。更兼他平昔恤民爱士，大得军心，故下军之众，在岸者无不乐从，即已在舟中者，闻说下军荀大夫欲入楚军寻小将军，亦皆上岸相从，愿效死力。此时一股锐气，比着全军初下寨时，反觉强旺。荀首在晋亦算是数一数二的射手，多带良箭，撞入楚军。遇着老将连尹襄老正在掠取遗车弃仗，不意晋兵猝至，不作整备，被荀首一箭射去，恰穿其颊，倒于车上。公子谷臣看见襄老中箭，驰车来救，魏锜就迎住厮杀。荀首从旁觑定，又复一箭，中其右腕。谷臣负痛拔箭，被魏锜乘势将谷臣活捉过来，并载襄老之尸。荀首曰："有此二物，可以赎吾子矣！楚师强甚，不可当也。"乃策马急驰。比及楚军知觉，欲追之，已无及矣。

且说公子婴齐来攻上军，士会预料有事，探信最早，先已结阵，且战且走。婴齐追及敖山之下，忽闻炮声大震，一军杀出，当头一员大将在车中高叫："巩朔在此，等候多时矣！"婴齐倒吃了一惊。巩朔接住婴齐厮杀，约斗二十余合，不敢恋战，保着士会，徐徐而走。婴齐不舍，再复追来，前面炮声又起，韩穿起兵来到。偏将蔡鸠居出车迎敌，方欲交锋，山凹里炮声又震，旗旆如云，大将郤克引兵又至。婴齐见埋伏甚众，恐堕晋计，鸣金退师。士会点查将士，并不曾伤折一个人，遂依敖山之险，结成七个小寨，连络如七星，楚不敢逼。直到楚兵尽退，方才整旆而还。此是后话。

再说荀首兵转河口，林父大兵尚未济尽，心甚惊惶。却喜得赵婴齐渡过北岸，打发空船南来接应。时天已昏黑，楚军已至邲bì城。伍参请速追晋师，庄王曰："楚自城濮失利，贻羞社稷，此一战可雪前耻矣。晋、楚终当讲和，何必多杀？"乃下令安营。晋军乘夜济河，纷纷扰扰，直乱到天明方止。史臣论荀林父智不能料敌，才不能御将，不进不退，以至此败，遂使中原伯气，尽归于楚，岂不伤哉！有诗云：

> 阃外元戎无地天，如何裨将敢挠权？
> 舟中掬指真堪痛，纵渡黄河也觍然①！

————

①觍（miǎn）然：惭愧的样子。

郑襄公知楚师得胜,亲自至邲城劳军,迎楚王至于衡雍,僭居王宫,大设筵席庆贺。潘党请收晋尸,筑为“京观”,以彰武功于万世。庄王曰:“晋非有罪可讨,寡人幸而胜之,何武功之足称耶?”命军士随在掩埋遗骨,为文祭祀河神,奏凯而还。论功行赏,嘉伍参之谋,用为大夫。伍举、伍奢、伍尚、伍员即其后也。令尹孙叔敖叹曰:“胜晋大功,出自嬖人,吾当愧死矣!”遂郁郁成疾。

话分两头。却说荀林父引败兵还见景公,景公欲斩林父,群臣力保曰:“林父先朝大臣,虽有丧师之罪,皆是先谷故违军令,所以致败。主公但斩先谷,以戒将来足矣。昔楚杀子玉而文公喜,秦留孟明而襄公惧。望主公赦林父之罪,使图后效。”景公从其言,遂斩先谷,复林父原职。命六卿治兵练将,为异日报仇之举。此周定王十年事也。

定王十二年春三月,楚令尹孙叔敖病笃,嘱其子孙安曰:“吾有遗表一通,死后为我达于楚王。楚王若封汝官爵,汝不可受。汝碌碌庸才,非经济之具,不可滥厕_置于,置身冠裳也。若封汝以大邑,汝当固辞,辞之不得,则可以寝丘为请。此地瘠薄,非人所欲,庶几可延后世之禄耳。”言毕遂卒。孙安取遗表呈上,楚庄王启而读之,表曰:

　　　　臣以罪废之余,蒙君王拔之相位,数年以来,愧乏大功,有负重任。今赖君王之灵,获死牖下,臣之幸矣!臣止一子,不肖,不足以玷冠裳。臣之从子蒍①凭,颇有才能,可任一职。晋号世伯,虽偶败绩,不可轻视。民苦战斗已久,惟息兵安民为上。人之将死,其言也善。愿王察之!

庄王读罢,叹曰:“孙叔死不忘国,寡人无福,天夺我良臣也!”即命驾往视其殓,抚棺痛哭,从行者莫不垂泪。次日,以公子婴齐为令尹,召蒍凭为箴尹,是为蒍氏。庄王欲以孙安为工正,安守遗命,力辞不拜,退耕于野。

庄王所宠优人孟侏儒,谓之优孟,身不满五尺,平日以滑稽调笑,取欢左右。一日出郊,见孙安砍下柴薪,自负而归。优孟迎而问曰:“公子何自劳苦负薪?”孙安曰:“父为相数年,一钱不入私门,死后家无余财,吾安得不负薪乎?”优孟叹曰:“公子勉之,王行且召子矣!”乃制孙叔敖衣冠剑履一具,并习其生前言动,摹拟三日,无一不肖,宛如叔敖之再生也。值庄王宴于宫中,召群优为戏。优孟先使他优扮为楚王,为思慕叔敖之状,自己扮叔敖登场。楚

---

① 蒍:wěi。

王一见，大惊曰："孙叔无恙乎？寡人思卿至切，可仍来辅相寡人也。"优孟对曰："臣非真叔敖，偶似之耳。"楚王曰："寡人思叔敖不得见，见似叔敖者，亦足少慰寡人之思，卿勿辞，可即就相位。"优孟对曰："王果用臣，于臣甚愿。但家有老妻，颇能通达世情，容归与老妻商议，方敢奉诏。"乃下场，复上曰："臣适与老妻议之，老妻劝臣勿就。"楚王问曰："何故？"优孟对曰："老妻有村歌劝臣，臣请歌之！"遂歌曰：

> 贪吏不可为而可为，廉吏可为而不可为。贪吏不可为者，污且卑；而可为者，子孙乘坚而策肥。廉吏可为者，高且洁；而不可为者，子孙衣单而食缺。君不见楚之令尹孙叔敖，生前私殖无分毫，一朝身没家凌替，子孙丐食栖蓬蒿。劝君勿学孙叔敖，君王不念前功劳！

庄王在席上见优孟问答，宛似叔敖，心中已是凄然，及闻优孟歌毕，不觉潸然泪下曰："孙叔之功，寡人不敢忘也！"即命优孟往召孙安。孙安敝衣草屦而至，拜见庄王，庄王曰："子穷困至此乎？"优孟从旁答曰："不穷困，不见前令尹之贤。"庄王曰："孙安不愿就职，当封以万家之邑。"安固辞。庄王曰："寡人主意已定，卿不可却。"孙安奏曰："君王倘念先臣尺寸之劳，给臣衣食，愿得封寝丘，臣愿足矣。"庄王曰："寝丘瘠恶之土，卿何利焉？"孙安曰："先臣有遗命，非此不敢受也。"庄王乃从之。后人以寝丘非善地，无人争夺，遂为孙氏世守，此乃孙叔敖先见之明。史臣有诗单道优孟之事。诗曰：

> 清官遗计子孙贫，身死褒崇赖主君。
>
> 不是侏儒能讽谏，庄王安肯念先臣？

却说晋臣荀林父闻孙叔敖新故，知楚兵不能骤出，乃请师伐郑，大掠郑郊，扬兵而还。诸将请遂围郑，林父曰："围之未可遽克，万一楚救忽至，是求敌也，姑使郑人惧而自谋耳。"郑襄公果大惧，遣使谋之于楚，且以其弟公子张换公子去疾回郑，共理国事。庄王曰："郑苟有信，岂在质乎？"乃悉遣之，因大集群臣计议。不知所议何事，且看下回分解。

華登元
劫床
子反

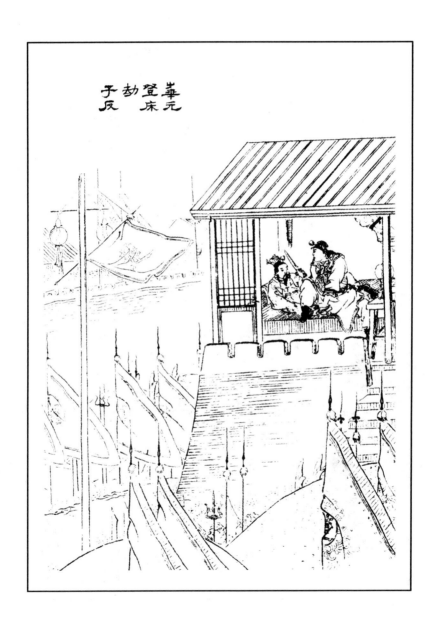

第五十五回　华元登床劫子反　老人结草亢杜回

　　话说楚庄王大集群臣,计议却晋之事,公子侧进曰:"楚所善无如齐,而事晋之坚无过于宋。若我兴师伐宋,晋方救宋不暇,敢与我争郑乎?"庄王曰:"子策虽善,然未有隙也。自先君败宋于泓,伤其君股,宋能忍之,及厥貉之会,宋君亲受服役。其后昭公见弑,子鲍嗣立,今十八年矣,伐之当奉何名?"公子婴齐对曰:"是不难。齐君屡次来聘,尚未一答。今宜遣使报聘于齐,竟自过宋,令勿假道,且以探之。若彼不较,是惧我也,君之会盟,必不拒矣。如以无礼之故,辱我使臣,我借此为辞,何患无名哉?"庄王曰:"何人可使?"婴齐对曰:"申无畏曾从厥貉之会,此人可使也。"

　　庄王乃命无畏如齐修聘,无畏奏曰:"聘齐必经宋国,须有假道文书送验,方可过关。"庄王曰:"汝畏阻绝使臣耶?"无畏答曰:"向者厥貉之会,诸君田于孟诸,宋君违令,臣执其仆而戮之,宋恨臣必深。此行若无假道文书,必然杀臣。"庄王曰:"文书上与汝改名曰申舟,不用无畏旧名可矣。"无畏犹不肯行,曰:"名可改,面不可改。"庄王怒曰:"若杀子,我当兴兵破灭其国,为子报仇!"无畏乃不敢复辞。

　　明日,率其子申犀谒见庄王,曰:"臣以死殉国,分也,但愿王善视此子。"庄王曰:"此寡人之事,子勿多虑。"申舟领了出使礼物,拜辞出城。子犀送至郊外,申舟吩咐曰:"汝父此行,必死于宋。汝必请于君王,为我报仇,切记吾言!"父子洒泪而别。

　　不一日,行至睢阳,关吏知是楚国使臣,要索假道文验。申舟答言:"奉楚王之命,但有聘齐文书,却没有假道文书。"关吏遂将申舟留住,飞报宋文公。时华元为政,奏于文公曰:"楚,吾世仇也。今遣使公然过宋,不循假道之礼,欺我甚矣! 请杀之!"宋公曰:"杀楚使,楚必伐我,奈何?"华元对曰:"欺我之耻,甚于受伐,况欺我,势必伐我,均之受伐,且雪吾耻。"乃使人执申舟至宋廷,华元一见,认得就是申无畏,怒上加怒,责之曰:"汝曾戮我先公之仆,今改名,欲逃死耶?"申舟自知必死,大骂宋鲍:"汝奸祖母,弑嫡侄,幸免天诛;又妄杀大国之使,楚兵一到,汝君臣为齑粉矣!"华元命先割其舌,而后杀之。将聘齐的文书、礼物,焚弃于郊外。从人弃车而遁,回报庄王。庄王方进午膳,闻申舟见杀,投箸于席,奋袂而起。即拜司马公子侧为大将,申叔时副之,立刻整车,亲自伐宋,使申犀为军正,从征。按申舟以夏四月被杀,楚兵以秋九月即造宋境,可谓速之至矣。潜渊有诗云:

> 明知欺宋必遭屯,君命如天敢惜身。
> 投袂兴师风雨至,华元应悔杀行人。

楚兵将睢阳城围困,造楼车高与城等,四面攻城。华元率兵民巡守,一面遣大夫乐婴齐奔晋告急。晋景公欲发兵救之,谋臣伯宗谏曰:"林父以六百乘而败于邲城,此天助楚也,往救未必有功。"景公曰:"当今惟宋与晋亲,若不救,则失宋矣。"伯宗曰:"楚距宋二千里之遥,粮运不继,必不能久。今遣一使往宋,只说:'晋已起大军来救。'谕使坚守。不过数月,楚师将去。是我无敌楚之劳,而有救宋之功也。"景公然其言,问:"谁能与我使宋国者?"大夫解扬请行。景公曰:"非子虎不胜此任也。"解扬微服行及宋郊,被楚之游兵盘诘获住,献于庄王。庄王认得是晋将解扬,问曰:"汝来何事?"解扬曰:"奉晋侯之命,来谕宋国,坚守待救。"楚庄王曰:"原来是晋使臣!尔前者北林之役,汝为我将芳贾所擒,寡人不杀,放汝回国;今番又来自投罗网,有何理说?"解扬曰"晋、楚仇敌,见杀分也,又何说乎?"庄王搜得身边文书,看毕,谓曰:"宋城破在旦夕矣,汝能反书中之言,说汝国中有事,'急切不能相救,恐误你国之事,特遣我口传相报'。如此,则宋人绝望,必然出降,省得两国人民屠戮之惨。事成之日,当封你为县公,留仕楚国。"解扬低头不应。庄王曰:"不然,当斩汝矣!"解扬本欲不从,恐身死于楚军,无人达晋君之命,乃佯许曰:"诺。"庄王升解扬于楼车之上,使人从旁促之。扬遂呼宋人曰:"我晋国使臣解扬也,被楚军所获,使我诱汝出降。汝切不可!我主公亲率大军来救,不久必至矣。"庄王闻其言,命速牵下楼车,责之曰:"尔既许寡人,而又背之,尔自无信,非寡人之过也。"叱左右斩讫报来。解扬全无惧色,徐声答曰:"臣未尝无信也。臣若全信于楚,必然失信于晋,假使楚有臣而背其主之言,以取略于外国,君以为信乎?不信乎?臣请就诛,以明楚国之信,在外不在内!"庄王叹曰:"忠臣不惧死,子之谓矣!"纵之使归。

宋华元因解扬之告,缮守益坚。公子侧使军士筑土堙 yīn 为攻城而堆的土山于外,如敌楼之状,亲自居之,以阚城内,一举一动皆知。华元亦于城内筑土堙以向之。自秋九月围起,至明年之夏五月,彼此相拒九个月头,睢阳城中,粮草俱尽,人多饿死。华元但以忠义激劝其下,百姓感泣,甚至易子为食相互交换孩子作为食物,拾骸骨为爨,全无变志。庄王没奈何了。军吏禀道:"营中只有七日之粮矣!"庄王曰:"吾不意宋国难下如此!"乃亲自登车,阅视宋城,见守陴军士甚是严整,叹了一口气,即召公子侧议班师。

申犀哭拜于马前曰:"臣父以死奉王之命,王乃失信于臣父乎?"庄王面有惭色。申叔时时为庄王执辔在车,乃献计曰:"宋之不降,度我不能久耳。若使军士筑室耕田,示以长久之计,宋必惧矣。"庄王曰:"此计甚善!"乃下令,军士沿城一带起建营房,即拆城外民居,并砍伐竹木为之。每军十名,留五名攻城,五名耕种,十日一更番,军士互相传说。华元闻之,谓宋文公曰:"楚王无去志矣!晋救不至,奈何?臣请入楚营,面见子反,劫之以和,或可侥幸成事也。"宋文公曰:"社稷存亡,在此一行,小心在意。"

华元探知公子侧在土堙敌楼上住宿,预得其左右姓名,及奉差守宿备细。捱至夜分,扮作谒者模样,悄地从城上缒 zhuì 用绳索悬物往下送 下,直到土堙边。遇巡军击柝而来,华元问曰:"主帅在上乎?"巡军曰:"在。"又问曰:"已睡乎?"巡军曰:"连日辛苦,今夜大王赐酒一罇,饮之已就枕矣。"华元走上土堙,守堙军士阻之。华元曰:"我谒者庸僚也,大王有紧要机密事吩咐主帅。因适才赐酒,恐其醉卧,特遣我来当面叮嘱,立等回复。"军士认以为真,让华元登堙。堙内灯烛尚明,公子侧和衣睡倒,华元径上其床,轻轻的以手推之。公子侧醒来,要转动时,两袖被华元坐住了,急问:"汝是何人?"华元低声答曰:"元帅勿惊,吾乃宋国右师华元也。奉主公之命,特地夜至求和。元帅若见从,当世从盟好;若还不允,元与元帅之命,俱尽于今夜矣!"言毕,左手按住卧席,右手于袖中掣出雪白一柄匕首,灯光之下,晃上两晃。公子侧慌忙答曰:"有事大家商量,不须粗卤。"华元收了匕首,谢曰:"死罪勿怪!情势已急,不得从容也。"公子侧曰:"子国中如何光景?"华元曰:"易子而食,拾骨而爨,已十分狼狈矣。"公子侧惊曰:"宋之困敝,一至此乎?吾闻军事'虚者实之,实者虚之',子奈何以实情告我?"华元曰:"君子矜人之厄,小人利人之危。元帅乃君子,非小人,元是以不敢匿情。"公子侧曰:"然则何以不降?"华元曰:"国有已困之形,人有不困之志。君民效死,与城俱碎,岂肯为城下之盟哉?倘蒙矜厄之仁,退师三十里,寡君愿以国从,誓无二志!"公子侧曰:"我不相欺,军中亦止有七日之粮矣。若过七日,城不下,亦将班师。筑室耕田之令,聊以相恐耳。明日我当奏知楚王,退军一舍,尔君臣亦不可失信。"华元曰:"元情愿以身为质,与元帅共立誓词,各无反悔。"二人设誓已毕,公子侧遂与华元结为兄弟,将令箭一枝付与华元,吩咐:"速行。"华元有了令箭,公然行走,直到城下,口中一个暗号,城上便放下兜子,将华元吊上城堙去了。华元连夜回复宋公，欢欢喜喜，专等明日退军消息。

次早天明，公子侧将夜来华元所言告于庄王，言："臣之一命，几丧于匕首。幸华元仁心，将国情实告于我，哀恳退师，臣已许之。乞我王降旨！"庄王曰："宋困急如此，寡人当取此而归。"公子侧顿首曰："我军止有七日之粮，臣已告之矣。"庄王勃然怒曰："子何为以实情输敌？"公子侧对曰："区区弱宋，尚有不欺人之臣；岂堂堂大楚，而反无之？臣故不敢隐讳。"庄王颜色顿霁，曰："司马之言是也。"即降旨退军，屯于三十里之外。申犀见军令已出，不敢复阻，捶胸大哭。庄王使人安慰之曰："子勿悲，终当成汝之孝。"楚军安营已定，华元先到楚军，致宋公之命，请受盟约。公子侧随华元入城，与宋文公歃血为誓。宋公遣华元送申舟之棺于楚营，即留身为质。庄王班师归楚，厚葬申舟，举朝皆往送葬。葬毕，使申犀嗣为大夫。

华元在楚，因公子侧又结交公子婴齐，与婴齐相善。一日，聚会之间，论及时事，公子婴齐叹曰："今晋、楚分争，日寻干戈，天下何时得太平耶？"华元曰："以愚观之，晋、楚互为雌雄，不相上下，诚得一人合二国之成，各朝其属，息兵修好，生民免于涂炭，诚为世道之大幸。"婴齐曰："此事子能任之乎？"华元曰："元与晋将栾书相善，向年聘晋时，亦曾言及于此，奈无人从中联合耳。"明日，婴齐以华元之言，告于公子侧。侧曰："二国尚未厌兵，此事殆未可轻议也。"华元留楚凡六年，至周定王十八年，宋文公鲍卒，子共公固立，华元请归奔丧，始返宋国。此是后话。

却说晋景公闻楚人围宋，经年不解，谓伯宗曰："宋之城守倦矣，寡人不可失信于宋，当往救之。"正欲发兵，忽报："潞国有密书送到。"按潞国乃赤狄别种，隗 wěi 姓，子爵，与黎国为邻。周平王时，潞君逐黎侯而有其地，于是赤狄益强。此时潞子名婴儿，娶晋景公之娣伯姬为夫人。婴儿微弱，其国相酆舒专权用事。先时，狐射姑奔在彼国，他是晋国勋臣，识多才广，酆舒还怕他三分，不敢放恣。自射姑死后，酆舒益无忌惮，欲潞子绝晋之好，诬伯姬以罪，逼其君使缢杀之。又与潞子出猎郊外，醉后君臣打弹为戏，赌弹飞鸟。酆舒放弹，误伤潞子之目，投弓于地，笑曰："弹得不准，臣当罚酒一卮！"潞子不堪其虐，力不能制，遂写密书送晋，求晋起兵来讨酆舒之罪。谋臣伯宗进曰："若戮酆舒，兼并潞地，因及旁国，尽有狄土，则西南之疆益拓，而晋之兵赋益充，此机不可失也。"景公亦怒潞子婴儿不能庇其妻，乃命荀林父为大将，魏颗副之，出车三百乘伐潞。

酆舒率兵拒于曲梁，战败奔卫。卫穆公速方与晋睦，囚酆舒以献于晋军。荀林父令缚至绛都,杀之。晋师长驱直入潞城,潞子婴儿迎于马首,林父数其诬杀伯姬之罪,并执以归。托言曰:"黎人思其君久矣。"乃访黎侯之裔,割五百家,筑城以居之,名为复黎,实则灭潞也。婴儿痛其国亡,自刎而死。潞人哀之,为之立祠。今黎城南十五里有潞祠山是也。

晋景公恐林父未能成功,自率大军屯于稷山。林父先至稷山献捷,留副将魏颗略定赤狄之地。还至辅氏之泽,忽见尘头蔽日,喊杀连天,晋兵不知为谁。前哨飞报:"秦国遣大将杜回起兵来到。"按秦康公薨于周匡王之四年,子共公稻立,因赵穿侵崇起衅,秦兵围焦无功,遂厚结酆舒,共图晋国。共公立四年薨,子桓公荣立。此时乃秦桓公之十一年,闻晋伐酆舒,方欲起兵来救,又闻晋已杀酆舒,执潞子,遂遣杜回引兵来争潞地。

那杜回是秦国有名的力士,生得牙张银凿,眼突金睛,拳似铜锤,脸如铁钵 bō,虬须卷发,身长一丈有余。力举千钧,惯使一柄开山大斧,重一百二十斤。本白翟人氏,曾于青眉山,一日拳打五虎,皆剥其皮以归。秦桓公闻其勇,聘为车右将军。又以三百人破嵯峨山贼寇万余,威名大振,遂为大将。

魏颗排开阵势,等待交锋。杜回却不用车马,手执大斧,领着惯战杀手三百人,大踏步直冲入阵来。下砍马足,上劈甲将,分明是天降下神煞一般!晋兵从来未见此凶狠,遮拦不住,大败一阵。魏颗下令,扎住营垒,且莫出战。杜回领着一队刀斧手,在营外跳跃叫骂,一连三日,魏颗不敢出应。忽报本国有兵来到,其将乃颗弟魏锜也。锜曰:"主公恐赤狄之党,结连秦国生变,特遣弟来帮助。"魏颗述秦将杜回,如此悍般,勇不可当,正欲遣人请兵。魏锜不信,曰:"彼草寇何能为?来日弟当见阵,管取胜之。"

至明日,杜回又来挑战,魏锜忿然欲出,魏颗止之,不听。当下领着新来甲士,驱车直进,秦兵却四散奔走,魏锜分车逐之。忽然呼哨一声,三百个杀手,复合为一,都跟着杜回,大刀阔斧,下砍马足,上劈甲将。北边步卒随车行转,辂车不便转折,被他左右前后觑便就砍,魏锜大败。亏着魏颗引兵接应,回营去了。

是夜,魏颗在营中闷坐,左思右想,没有良策。坐至三更困倦,朦胧睡去,耳边似有人言"青草坡"三字,醒来不解其义,再睡,仍复如前。乃向魏锜言之,魏锜曰:"辅氏左去十里,有个大坡,名为青草坡,或者秦军合败于此地也。弟先引一军往彼埋伏,兄诱敌军至此。左右夹攻,可以取胜。"魏锜自去行埋伏之事。魏颗传令:"拔寨都起。"扬言:"且回黎城。"杜回果然来追,魏颗略斗数合,回车就走,渐渐引近青草坡来。一声炮响,魏锜伏兵俱起。魏颗复身转来,将杜回团团围住,两下夹攻。杜回全不畏惧,轮着一百二十斤的开山大斧,横劈竖劈,当者辄死,虽然众杀手颇有损伤,不能取胜。二魏督率众军,力战杜回不退。看看杀至青草坡中间,杜回忽然一步一跌,如油靴踏着层冰,立脚不住,军中发起喊来。魏颗举眼看时,遥见一老人,布袍芒履,似庄家之状,将青草一路挽结,以攀杜回之足。魏颗、魏锜双车碾到,二戟并举,把杜回搠倒在地,活捉过来。众杀手见主将被擒,四散逃走,俱为晋兵追而获之,三百人逃不得四五十人。魏颗问杜回曰:"汝自逞英雄,何以见擒?"杜回曰:"吾双足似有物攀住,不能展动,乃天绝我命,非力不及也。"魏颗暗暗称奇。魏锜曰:"彼既有绝力,留于军中,恐有他变。"魏颗曰:"吾意正虑及此。"即时将杜回斩首,解往稷山请功。

是夜,魏颗始得安睡,梦日间所见老人,前来致揖曰:"将军知杜回所以获乎? 是老汉结草以御之,所以颠踬 zhì 跌倒、被绊倒被获耳。"魏颗大惊曰:"素不识叟面,乃蒙相助,何以奉酬?"老人曰:"我乃祖姬之父也。尔用先人之治命,善嫁吾女,老汉九泉之下,感子活女之命,特效微力,助将军成此军功。将军勉之,后当世世荣显,子孙贵为王侯,无忘吾言。"

原来魏颗之父魏犨 chōu 有一爱妾,名曰祖姬。犨每出征,必嘱魏颗曰:"吾若战死沙场,汝当为我选择良配,以嫁此女,勿令失所,吾死亦瞑目矣。"乃魏犨病笃之时,又嘱颗曰:"此女吾所爱惜,必用以殉吾葬,使吾泉下有伴也。"言讫而卒。魏颗营葬其父,并不用祖姬为殉。魏锜曰:"不记父临终之嘱乎?"颗曰:"父平日吩咐必嫁此女,临终乃昏乱之言。孝子从治命,不从乱命。"葬事毕,遂择士人而嫁之。有此阴德,所以老人有结草之报。魏颗梦觉,述于魏锜曰:"吾当时曲体亲心,不杀此女,不意女父衔恩地下如此。"魏锜叹息不已。髯仙有诗云:

　　　结草何人亢杜回? 梦中明说报恩来。
　　　劝人广积阴功事,理顺心安福自该。

秦国败兵,回到雍州,知杜回战死,君臣丧气。晋景公嘉魏颗之功,封以令狐之地,复铸大钟,以纪其事,备载年月。后人因晋景公所铸,因名曰"景钟"。晋景公复遣士会领兵攻灭赤狄余种,共灭三国:曰甲氏,曰留吁,及留吁之属国曰铎辰。自是赤狄之土,尽归于晋。

时晋国岁饥,盗贼蜂起,荀林父访国中之能察盗者,得一人,乃郤氏之族,名雍。此人善于亿逆测度、逆料,尝游市井间,忽指一人为盗,使人拘而审之,果真盗也。林父问:"何以知之?"郤雍曰:"吾察其眉睫之间,见市中之物有贪色，见市中之人有愧色，闻吾之至而有惧色，是以知之。"郤雍每日获盗数十人，市井悚惧，而盗贼愈多。大夫羊舌职谓林父曰："元帅任郤雍以获盗也，盗未尽获而郤雍之死期至矣。"林父惊问："何故?"不知羊舌职说出甚话来，且看下回分解。

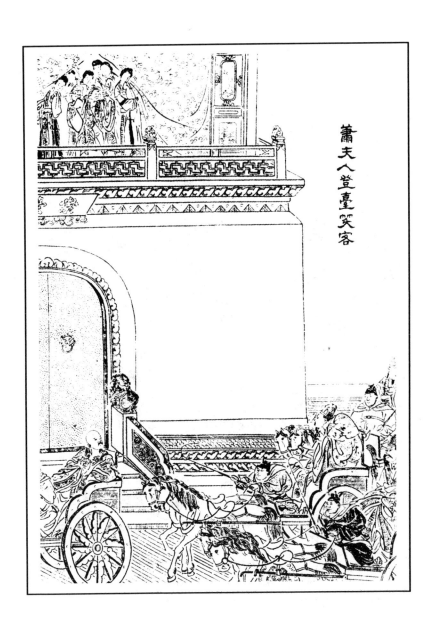

萧夫人登臺笑客

逢五
易父
免服
君

第五十六回　萧夫人登台笑客　逄丑父易服免君

话说荀林父用郤雍治盗，羊舌职度郤雍必不得其死，林父请问其说。羊舌职对曰："周谚有云：'察见渊鱼者不祥，智料隐匿者有殃。'恃郤雍一人之察，不可以尽群盗，而合群盗之力，反可以制郤雍，不死何为？"未及三日，郤雍偶行郊外，群盗数十人，合而攻之，割其头以去。荀林父忧愤成疾而死。晋景公闻羊舌职之言，召而问曰："子之料郤雍当矣，然弭盗何策？"羊舌职对曰："夫以智御智，如用石压草，草必罅裂缝，缝隙生。以暴禁暴，如用石击石，石必两碎。故弭盗之方，在乎化其心术，使知廉耻，非以多获为能也。君如择朝中之善人，显荣之于民上，彼不善者将自化，何盗之足患哉？"景公又问曰："当今晋之善人，何者为最？卿试举之。"羊舌职曰："无如士会。其为人，言依于信，行依于义，和而不谄，廉而不矫，直而不亢，威而不猛，君必用之。"及士会定赤狄而还，晋景公献狄俘于周，以士会之功，奏闻周定王。定王赐士会以黻冕之服，位为上卿。遂代林父之任，为中军元帅，且加太傅之职，改封于范，是为范氏之始。士会将缉盗科条尽行除削，专以教化劝民为善，于是奸民皆逃奔秦国，无一盗贼，晋国大治。

景公复有图伯之意，谋臣伯宗进曰："先君文公始盟践土，列国景从。襄公之世，犹受盟新城，未敢贰也。自令狐失信，始绝秦欢。及齐、宋弑逆，我不能讨，山东诸国遂轻晋而附楚。至救郑无功，救宋不果，复失二国。晋之宇下，惟卫、曹等寥寥三四国耳。夫齐、鲁天下之望，君欲复盟主之业，莫如亲齐、鲁。盍使人行聘于二国，以联属其情，而伺楚之间，可以得志。"晋景公以为然，乃遣上军元帅郤克使鲁及齐，厚其礼币。

却说鲁宣公以齐惠公定位之故，奉事惟谨，朝聘俱有常期。至顷公无野嗣立，犹循旧规，未曾缺礼。郤克至鲁修聘，礼毕，辞欲往齐，鲁宣公亦当聘齐之期，乃使上卿季孙行父同郤克一齐启行。方及齐郊，只见卫上卿孙良夫、曹大夫公子首也为聘齐来到。四人相见，各道来由，不期而会，足见同志了。四位大夫下了客馆，次日朝见，各致主君之意。礼毕，齐顷公看见四位大夫容貌，暗暗称怪，道："大夫请暂归公馆，即容设飨相待。"四位大夫退出朝门。

顷公入宫,见其母萧太夫人,忍笑不住。太夫人乃萧君之女,嫁于齐惠公。自惠公薨后,萧夫人日夜悲泣。顷公事母至孝,每事求悦其意,即闾巷中有可笑之事,亦必形容称述,博其一启颜也。是日,顷公含笑,不言其故。萧太夫人问曰:"外面有何乐事,而欢笑如此?"顷公对曰:"外面别无乐事,乃见一怪事耳!今有晋、鲁、卫、曹四国各遣大夫来聘,晋大夫郤克,是个瞎子,只有一只眼光着看人;鲁大夫季孙行父,是个秃子,没一根毛发;卫大夫孙良夫,是个跛子,两脚高低的;曹公子首,是个驼背,两眼观地。吾想生人抱疾,五形四体不全者有之,但四人各占一病,又同时至于吾国,堂上聚着一班鬼怪,岂不可笑?"萧太夫人不信,曰:"吾欲一观之可乎?"顷公曰:"使臣至国,公宴后,例有私享,来日儿命设宴于后苑,诸大夫赴宴必从崇台之下经过。母亲登于台上,张帷而窃观之,有何难哉?"

话中略过公宴不题,单说私宴,萧太夫人已在崇台之上了。旧例:使臣来到,凡车马仆从,都是主国供应,以暂息客人之劳。顷公主意,专欲发其母之一笑,乃于国中密选眇 miǎo一只眼睛失明者、秃者、跛者、驼者各一人,使分御四位大夫之车。郤克眇,即用眇者为御;行父秃,即用秃者为御;孙良夫跛,即用跛者为御;公子首驼,即用驼者为御。齐上卿国佐谏曰:"朝聘,国之大事。宾主主敬,敬以成礼,不可戏也。"顷公不听。车中两眇、两秃、双驼、双跛行过台下,萧夫人启帷望见,不觉大笑,左右侍女,无不掩口,笑声直达于外。

郤克初见御者眇目,亦认为偶然,不以为怪,及闻台上有妇女嬉笑之声,心中大疑。草草数杯,即忙起身,回至馆舍,使人诘问:"台上何人?""乃国母萧太夫人也。"须臾,鲁、卫、曹三国使臣,皆来告诉郤克,言:"齐国故意使执鞭之人,戏弄我等,以供妇人观笑,是何道理?"郤克曰:"我等好意修聘,反被其辱,若不报此仇,非丈夫也!"行父等三人齐声曰:"大夫若兴师伐齐,我等奏过寡君,当倾国相助。"郤克曰:"众大夫果有同心,便当歃血为盟。伐齐之日,有不竭力共事者,明神殛之!"四位大夫聚于一处,竟夜商量,直至天明,不辞齐侯,竟自登车,命御人星驰,各还本国而去。国佐叹曰:"齐患自此始矣!"史臣有诗云:

　　主宾相见敬为先,残疾何当配执鞭?

　　台上笑声犹未寂,四郊已报起烽烟。

是时鲁卿东门仲遂、叔孙得臣俱卒,季孙行父为正卿,执政当权。自聘齐被笑而归,誓欲报仇。闻郤克请兵于晋侯,因与太傅士会主意不合,故晋

侯未许,行父心下躁急,乃奏知宣公,使人往楚借兵。值楚庄王旅病薨,世子审即位,时年才十岁,是为共王。史臣有楚庄王赞云:

> 於赫庄王,干父之蛊;始不飞鸣,终能张楚。樊姬内助,孙叔外辅。戮舒播义,衄①晋觌②武。窥周围宋,威声如虎。蠢尔荆蛮,桓文为伍!

楚共王方有新丧,辞不出师。行父正在愤懑mèn愤怒之际,有人自晋国来述:"郤克日夜言伐齐之利,不伐齐难以图伯,晋侯惑之。士会知郤克意不可回,乃告老让之以政。今郤克为中军元帅,主晋国之事,不日兴师报齐矣。"行父大喜,乃使仲遂之子公孙归父行聘于晋,一来答郤克之礼,二来订伐齐之期。鲁宣公因仲遂得国,故宠任归父,异于群臣。时鲁孟孙、叔孙、季孙三家,子孙众盛,宣公每以为忧。知子孙必为三家所凌,乃于归父临行之日,握其手密嘱之曰:"三桓日盛,公室日卑,子所知也。公孙此行,觑便与晋君臣密诉其情,倘能借彼兵力,为我逐去三家,情愿岁输币帛,以报晋德,永不贰志。卿小心在意,不可泄漏!"归父领命,赍重赂至晋,闻屠岸贾复以谀佞得宠于景公,官拜司寇。乃纳赂于岸贾,告以主君欲逐三家之意。岸贾为得罪赵氏,立心结交栾、郤二族,往来甚密。乃以归父之言,告于栾书。书曰:"元帅方与季孙氏同仇,恐此谋未必协也。吾试探之。"栾书乘间言于郤克,克曰:"此人欲乱鲁国,不可听之。"遂写密书一封,遣人星夜至鲁,飞报季孙行父。行父大怒曰:"当年弑杀公子恶及公子视,皆是东门遂主谋,我欲图国家安靖,稳忍其事,为之庇护。今其子乃欲见逐,岂非养虎留患耶?"乃以郤克密书,面致叔孙侨如看之。侨如曰:"主公不视朝将一月矣。言有疾病,殆托词也。吾等同往问疾,而造主公榻前请罪,看他如何?"亦使人邀仲孙蔑,蔑辞曰:"君臣无对质是非之理,蔑不敢往。"乃拉司寇臧孙许同行。三人行至宫门,闻宣公病笃,不及请见,但致问候而返。

次日,宣公报薨矣,时周定王之十六年也。季孙行父等拥立世子黑肱,时年一十三岁,是为成公。成公年幼,凡事皆决于季氏。季孙行父集诸大夫于朝堂,议曰:"君幼国弱,非大明政刑不可。当初杀嫡立庶,专意媚齐,致失晋好,皆东门遂所为也。仲遂有误国大罪,宜追治之。"诸大夫皆唯唯听命。行父遂使司寇臧孙许逐东门氏之族。公孙归父自晋归鲁,未及境,知宣公已薨,季氏方治其先人之罪,乃出奔于齐国,族人俱从之。后儒论仲遂躬行弑逆,援立宣公,身死未几,子孙被逐,作恶者亦何益哉?髯翁有诗叹云:

---

①衄(nǜ):挫败,损伤。　②觌(dí):显示,显现。

援宣富贵望千秋，谁料三桓作寇仇？

槚折东门乔木萎，独余青简恶名留。

鲁成公即位二年，齐顷公闻鲁与晋合谋伐齐，一面遣使结好于楚，以为齐缓急之助；一面整顿车徒，躬先伐鲁，由平阴进兵，直至龙邑。齐侯之嬖人卢蒲就魁轮进，为北门军士所获。顷公使人登车，呼城上人语之曰："还我卢蒲将军，即当退师。"龙人不信，杀就魁，磔其尸于城楼之上。顷公大怒，令三军四面攻之，三日夜不息。城破，顷公将城北一角，不论军民，尽皆杀死，以泄就魁之恨。

正欲深入，哨马探得卫国大将孙良夫统兵将入齐境。顷公曰："卫窥吾之虚，来犯吾界，合当反戈迎之。"乃留兵戍龙邑，班师而南。行至新筑界口，恰遇卫兵前队副将石稷已到，两下各结营垒。石稷诣中军告于孙良夫曰："吾受命侵齐，乘其虚也。今齐师已归，其君亲在，不可轻敌。不如退兵，让其归路，俟晋、鲁合力并举，可以万全。"孙良夫曰："本欲报齐君一笑之仇，今仇人在前，奈何避之？"遂不听石稷之谏，是夜率中军往劫齐寨。齐人也虑卫军来袭，已有整备。良夫杀入营门，劫了空营。方欲回车，左有国佐，右有高固两员大将，围裹将来。齐侯自率大军掩至，大叫："跛夫！且留下头颅！"良夫死命相持，没抵当一头处，正在危急，却得宁相、向禽两队车马前来接应，救出良夫北奔，卫军大败。齐侯招引二将从后追来，卫将石稷之兵亦至，迎着孙良夫叫道："元帅只顾前行，吾当断后。"良夫引军急走，未及一里，只见前面尘头起处，车声如雷。良夫叹曰："齐更有伏兵，吾命休矣！"车马看看近前，一员将在车中鞠躬言曰："小将不知元帅交兵，救援迟误，伏乞恕罪！"良夫问曰："子何人也？"那员将答曰："某乃守新筑大夫，仲叔于奚是也。悉起本境之众，有百余乘在此，足以一战，元帅勿忧。"良夫方才放心，谓于奚曰："石将军在后，子可助之。"仲叔于奚应声麾车而去。

再说齐兵遇石稷断后之兵，正欲交战，见北路车尘蔽天，探是仲叔于奚领兵来到。齐顷公身在卫地，恐兵力不继，遂鸣金收军，止掠取辎重而回。石稷和于奚亦不追赶。后与晋人胜齐归国，卫侯因于奚有救孙良夫之功，欲以邑赏之。于奚辞曰："邑不愿受，得赐'曲县''繁缨'，以光宠于缙绅之中，于愿足矣。"按《周礼》：天子之乐，四面皆县 xuán 同"悬"，悬挂乐器，谓之"宫县"；诸侯之乐，止县三面，独缺南方，谓之"曲县"，亦曰"轩县"；大夫则左右县耳。"繁缨"，乃诸侯所以饰马者。二件皆诸侯之制，于奚自恃其功，以此为请。卫侯笑而从之。孔子修《春秋》，论此事，以为惟名器分别贵贱，不可假人。

卫侯为失其赏矣！此是后话，表过不提。

却说孙良夫收拾败军，入新筑城中。歇息数日，诸将请示归期，良夫曰："吾本欲报齐，反为所败，何面目归见吾主？便当乞师晋国，生缚齐君，方出我胸中之气！"乃留石稷等屯兵新筑，自己亲往晋国借兵。适值鲁司寇臧宣叔亦在晋请师。二人先通了郤克，然后谒见晋景公，内外同心，彼唱此和，不由晋景公不从。郤克虑齐之强，请车八百乘，晋侯许之。郤克将中军，解张为御，郑丘缓为车右。士燮将上军，栾书将下军，韩厥为司马。于周定王十八年夏六月，师出绛州城，望东路进发。臧孙许先期归报，季孙行父同叔孙侨如帅师来会，同至新筑。孙良夫复约会曹公子首。各军俱于新筑取齐，摆成队伍，次第前行，连接三十余里，车声不绝。

齐顷公预先使人于鲁境上觇探，已知臧司寇乞得晋兵消息。顷公曰："若待晋师入境，百姓震惊，当以兵逆之于境上。"乃大阅车徒，挑选五百乘，三日三夜，行五百余里，直至鞌地扎营。前哨报："晋军已屯于靡笄山下。"顷公遣使请战，郤克许来日决战。大将高固请于顷公曰："齐、晋从未交兵，未知晋人之勇怯，臣请探之。"乃驾单车，径入晋垒挑战。有末将亦乘车自营门而出，高固取巨石掷之，正中其脑，倒于车上，御人惊走。高固腾身一跃，早跳在晋车之上，脚踹晋囚，手挽辔索，驰还齐垒，周围一转，大呼曰："出卖余勇！"齐军皆笑。晋军中觉而逐之，已无及矣。高固谓顷公曰："晋师虽众，能战者少，不足畏也。"

次日，齐顷公亲自披甲出阵，邴夏御车，逢丑父为车右。两家各结阵于鞌。国佐率右军以遏鲁，高固帅左军以遏卫、曹，两下相持，各不交锋，专候中军消息。齐侯自恃其勇，目无晋人，身穿锦袍绣甲，乘着金舆，令军士俱控弓以俟，曰："视吾马足到处，万矢俱发。"一声鼓响，驰车直冲入晋阵。箭如飞蝗，晋兵死者极多。解张手肘，连中二箭，血流下及车轮，犹自忍痛，勉强执辔。郤克正击鼓进军，亦被箭伤左胁，摽血及屦，鼓声顿缓。解张曰："师之耳目，在于中军之旗鼓，三军因之以为进退。伤未及死，不可不勉力趋战！"郑丘缓曰："张侯之言是也！死生命耳！"郤克乃援枹连击，解张策马，冒矢而进。郑丘缓左手执笠，以卫郤克，右手奋戈杀敌。左右一齐击鼓，鼓声震天。晋军只道本阵已得胜，争先驰逐，势如排山倒海，齐军不能当，大败而奔。韩厥见郤克伤重，曰："元帅且暂息，某当力追此贼！"言毕，招引本部驱车来赶，齐军纷纷四散。

顷公绕华不注山而走，韩厥遥望金舆，尽力逐之。逢丑父顾邴夏曰："将军急急出围，以取救兵，某当代将军执辔。"邴夏下车去了。晋兵到者益多，围华不注山三匝。逢丑父谓顷公曰："事急矣！主公快将锦袍绣甲脱下，与臣穿之，假作主公。主公可穿臣之衣，执辔于旁，以误晋人之目。倘有不测，臣当以死代君，君可脱也。"顷公依其言。更换方毕，将及华泉，韩厥之车，已到马首。韩厥见锦袍绣甲，认是齐侯，遂手揽其绊马之索，再拜稽首曰："寡君不能辞鲁、卫之请，使群臣询其罪于上国。臣厥忝在戎行，愿御君侯，以辱临于敝邑！"丑父诈称口渴不能答言，以瓢授齐侯曰："丑父可为我取饮。"齐侯下车，假作华泉取饮，水至，又嫌其浊，更取清者。齐侯遂绕山左而遁，恰遇齐将郑周父御副车而至，曰："邴夏已陷于晋军中矣！晋势浩大，惟此路兵稀，主公可急乘之！"乃以辔授齐侯，齐侯登车走脱。韩厥先遣人报入晋军曰："已得齐侯矣！"郤克大喜。及韩厥以丑父献，郤克见之曰："此非齐侯也！"郤克曾使齐，认得齐侯，韩厥却不认得，因此被他设计赚去。韩厥怒问丑父曰："汝是何人？"对曰："某乃车右将军逢丑父。欲问吾君，方才往华泉取饮者就是。"郤克亦怒曰："军法：'欺三军者，罪应死！'汝冒认齐侯，以欺我军，尚望活耶？"叱左右："缚丑父去斩！"丑父大呼曰："晋军听吾一言，自今无有代其君任患者。丑父免君于患，今且为戮矣！"郤克命解其缚，曰："人尽忠于君，我杀之不祥。"使后车载之。潜渊居士有诗云：

> 绕山戈甲密如林，绣甲君王险被擒。
>
> 千尺华泉源不竭，不如丑父计谋深。

后人名华不注山为金舆山，正以齐侯金舆驻此而得名也。

顷公既脱归本营，念丑父活命之恩，复乘轻车驰入晋军，访求丑父，出而复入者三次。国佐、高固二将闻中军已败，恐齐侯有失，各引军来救驾，见齐侯从晋军中出，大惊曰："主公何轻千乘之尊，而自探虎穴耶？"顷公曰："逢丑父代寡人陷于敌中，未知生死，寡人坐不安席，是以求之。"言未毕，哨马报："晋兵分五路杀来了！"国佐奏曰："军气已挫，主公不可久留于此。且回国中坚守，以待楚救之至可也。"齐侯从其言，遂引大军回至临淄去了。郤克引大军，及鲁、卫、曹三国之师，长驱直入，所过关隘尽行烧毁，直抵国都，志在灭齐。不知齐国如何应敌，再看下回分解。

晋郅臣亚

秠卓

卫

園下宮程嬰匿孤

第五十七回　娶夏姬巫臣逃晋　围下宫程婴匿孤

　　话说晋兵追齐侯,行四百五十里,至一地,名袁娄,安营下寨,打点攻城。齐顷公心慌,集诸臣问计。国佐进曰:"臣请以纪侯之甗 yǎn 古代一种炊器,此处指一种国宝礼器及玉磬行赂于晋,而请与晋平;鲁、卫二国,则以侵地还之。"顷公曰:"如卿所言,寡人之情已尽矣。再若不从,惟有战耳!"国佐领命,捧着纪甗玉磬二物,径造晋军。先见韩厥,致齐侯之意。韩厥曰:"鲁、卫以齐之侵削无已,故寡君怜而拯之,寡君则何仇于齐乎?"国佐答曰:"佐愿言于寡君,返鲁、卫之侵地如何?"韩厥曰:"有中军主帅在,厥不敢专。"韩厥引国佐来见郤克,克盛怒以待之,国佐辞气俱恭。郤克曰:"汝国亡在旦夕,尚以巧言缓我耶? 倘真心请平,只依我两件事。"国佐曰:"敢问何事?"郤克:"一来,要萧君同叔之女为质于晋;二来,必使齐封内垄亩尽改为东西行。万一齐异日背盟,杀汝质,伐汝国,车马从西至东,可直达也。"国佐勃然发怒曰:"元帅差矣! 萧君之女非他,乃寡君之母,以齐、晋匹敌言之,犹晋君之母也。那有国母为质人国的道理? 至于垄亩纵横,皆顺其地势之自然,若惟晋改易,与失国何异? 元帅以此相难,想不允和议了。"郤克曰:"便不允汝和,汝奈我何?"国佐曰:"元帅勿欺齐太甚也! 齐虽褊小,其赋千乘;诸臣私赋,不下数百。今偶一挫衄,未及大亏。元帅必不允从,请收合残兵,与元帅决战于城下! 一战不胜,尚可再战,再战不胜,尚可三战,若三战俱败,举齐国皆晋所有,何必质母、东亩为哉? 佐从此辞矣!"委甗、磬于地,朝上一揖,昂然出营去了。

　　季孙行父与孙良夫在幕后闻其言,出谓郤克曰:"齐恨我深矣,必将致死于我。兵无常胜,不如从之。"郤克曰:"齐使已去,奈何?"行父曰:"可追而还也。"乃使良马驾车,追及十里之外,强拉国佐,复转至晋营。郤克使与季孙行父、孙良夫相见,乃曰:"克恐不胜其事,以获罪于寡君,故不敢轻诺。今鲁、卫大夫合辞以请,克不能违也,克听子矣。"国佐曰:"元帅已俯从敝邑之请,愿同盟为信。齐认朝晋,且反鲁、卫之侵地;晋认退师,秋毫无犯;各立誓书。"郤克命取牲血共歃,订盟而别,释放逢丑父复归于齐。齐顷公进逢丑父为上卿,晋、鲁、卫、曹之师皆归本国。宋儒论此盟,谓郤克恃胜而骄,出令不恭,致触国佐之怒,虽取成而还,殊不足以服齐人之心也。

晋师归献齐捷,景公嘉战鞍之功,郤克等皆益地。复作新上中下三军:以韩厥为新军元帅,赵括佐之;巩朔为新上军元帅,韩穿佐之;荀骓（zhuī）为新下军元帅,赵旃佐之,爵皆为卿。自是晋有六军,复兴伯业。司寇屠岸贾见赵氏复盛,忌之益深,日夜搜赵氏之短,潜于景公。又厚结栾、郤二家,以为己援。此事且搁过一边,表白在后。

齐顷公耻其兵败,吊死问丧,恤民修政,志欲报仇。晋君臣恐齐侵伐,复失伯业,乃托言齐国恭顺可嘉,使各国仍还其所侵之地。自此诸侯以晋无信义,渐渐离心。此是后话。

且说陈夏姬嫁连尹襄老,未及一年,襄老从军于邲,夏姬遂与其子黑要烝淫。及襄老战死,黑要恋夏姬之色,不往求尸,国人颇有议论。夏姬以为耻,欲借迎尸之名,谋归郑国。申公屈巫遂赂其左右,使传语于夏姬曰:“申公相慕甚切,若夫人朝归郑国,申公晚即来聘矣。”又使人谓郑襄公曰:“姬欲归宗国,盍往迎之?”郑襄公果然遣使来迎夏姬。楚庄王问于诸大夫曰:“郑人迎夏姬何意?”屈巫独对曰:“姬欲收葬襄老之尸,郑人任其事,以为可得,故使姬往迎之耳。”庄王曰:“尸在晋,郑安从得之?”屈巫对曰:“荀罃者,荀首之爱子也。罃为楚囚,首念其子甚切。今首新佐中军,而与郑大夫皇戌素相交厚,其必借郑皇戌居间,使讲解于楚,而以王子及襄老之尸,交易荀罃。郑君以邲之战,惧晋行讨,亦将借此以献媚于晋,此真情无疑矣。”话犹未毕,夏姬入朝辞楚王,奏闻归郑之故。言下泪珠如雨,曰:“若不得尸,妾誓不反楚!”楚庄王怜而许之。

夏姬方行,屈巫遂致书于郑襄公,求聘夏姬为内子。襄公不知庄王及公子婴齐欲娶前因,以屈巫重用于楚,欲结为姻亲,乃受其聘币,楚人无知之者。屈巫复使人至晋,通信于荀首,教他将二尸易荀罃于楚,以实其言。荀首致书皇戌,求为居间说合。庄王欲得其子公子谷臣之尸,及归荀罃于晋,晋亦以二尸畀楚。楚人信屈巫之言为实,不疑其有他故也。及晋师伐齐,齐顷公请救于楚,值楚新丧,未即发兵。后闻齐师大败,国佐已及晋盟,楚共王曰:“齐之从晋,为楚失救之故,非齐志也。寡人当为齐伐卫、鲁,以雪鞍耻,谁能为寡人达此意于齐侯者?”申公屈巫应声曰:“微臣愿往!”共王曰:“卿此去经由郑国,就便约郑师以冬十月之望在卫境取齐,即以此期告于齐侯可也。”屈巫领命归家,托言往新邑收赋,先将家属及财帛,装载十余车,陆续出城。自己乘轺（yáo）轻便小车车在后,星驰往郑,致楚王师期之命。遂与夏

姬在馆舍成亲,二人之乐可知矣! 有诗为证:

> 佳人原是老妖精,到处偷情旧有名。
>
> 采战一双今作配,这回鏖战定输赢。

夏姬枕畔谓屈巫曰:"此事曾禀知楚王否?"屈巫将庄王及公子婴齐欲娶之事,诉说一遍:"下官为了夫人,费下许多心机,今日得谐鱼水,生平愿足! 下官不敢回楚,明日与夫人别寻安身之处,偕老百年,岂不稳便?"夏姬曰:"原来如此。夫君既不回楚,那使齐之命,如何消缴?"屈巫曰:"我不往齐国去了。方今与楚抗衡,莫如晋国,我与汝适晋可也。"次早,修下表章一通,付与从人,寄复楚王,遂与夏姬同奔晋国。

晋景公方以兵败于楚为耻,闻屈巫之来,喜曰:"此天以此人赐我也!"即日拜为大夫,赐邢地为之采邑。屈巫乃去屈姓以巫为氏,名臣,至今人称为申公巫臣。巫臣自此安居于晋。楚共王接得巫臣来表,拆而读之,略云:

> 蒙郑君以夏姬室臣,臣不肖,遂不能辞。恐君王见罪,暂寓晋国。

使齐之事,望君王别遣良臣。死罪! 死罪!

共王见表大怒,召公子婴齐、公子侧使观之。公子侧对曰:"楚、晋世仇,今巫臣适晋,是反叛也,不可不讨。"公子婴齐复曰:"黑要烝母,是亦有罪,宜并讨之。"共王从其言,乃使公子婴齐领兵抄没巫臣之族,使公子侧领兵擒黑要而斩之。两族家财,尽为二将分得享用。巫臣闻其家族被诛,乃遗书于二将,略云:尔以贪谗事君,多杀不辜,余必使尔等疲于道路以死! 婴齐等秘其书,不使闻于楚王。巫臣为晋画策,请通好于吴国,因以车战之法,教导吴人。留其子狐庸仕于吴为行人,使通晋、吴之信,往来不绝。自此吴势日强,兵力日盛,尽夺取楚东方之属国,寿梦遂僭爵为王。楚边境被其侵伐,无宁岁矣。后巫臣死,狐庸复屈姓,遂留仕吴,吴用为相国,任以国政。

冬十月,楚王拜公子婴齐为大将,同郑师伐卫,残破其郊。因移师侵鲁,屯于杨桥之地。仲孙蔑请赂之,乃括国中良匠及织女针女各百人,献于楚军,请盟而退。晋亦遣使邀鲁侯同伐郑国,鲁成公复从之。周定王二十年,郑襄公坚薨,世子费嗣位,是为悼公。因与许国争田界,许君诉于楚,楚共王为许君理直,使人责郑。郑悼公怒,乃弃楚从晋。是年,郤克以箭伤失于调养,左臂遂损,乃告老,旋卒,栾书代为中军元帅。明年,楚公子婴齐帅师伐郑,栾书救之。

时晋景公以齐、郑俱服,颇有矜慢之心,宠用屠岸贾,游猎饮酒,复如灵公之日。赵同、赵括与其兄赵婴齐不睦,诬以淫乱之事,逐之奔齐,景公不能禁止。时梁山无故自崩，壅塞河流，三日不通。景公使太史卜之。屠岸贾行赂于太史，使以"刑罚不中"为言。景公曰："寡人未常过用刑罚，何为不中？"屠岸贾奏曰："所谓刑罚不中者，失入失出，皆不中也。赵盾弑灵公于桃园，载在史册，此不赦之罪，成公不加诛戮，且以国政任之。延及于今，逆臣子孙布满朝中，何以惩戒后人乎？且臣闻赵朔、原、屏等，自恃宗族众盛，将谋叛逆。楼婴欲行谏沮，被逐出奔。栾、郤二家，畏赵氏之势，隐忍不言。梁山之崩，天意欲主公声灵公之冤，正赵氏之罪耳。"景公自战邲时，已恶同、括专横，遂惑其言。问于韩厥，厥对曰："桃园之事与赵盾何与？况赵氏自成季以来，世有大勋于晋。主公奈何听细人之言，而疑功臣之后乎？"景公意未释然，复问于栾书、郤锜。二人先受岸贾之嘱，含糊其词，不肯替赵氏分辩。景公遂信岸贾之言，以为实然。乃书赵盾之罪于版，付岸贾曰："汝好处分，勿惊国人！"

韩厥知岸贾之谋，夜往下宫，报知赵朔，使预先逃遁。朔曰："吾父抗先君之诛，遂受恶名。今岸贾奉有君命，必欲见杀，朔何敢避？但吾妻见有身孕，已在临月，倘生女不必说了，天幸生男，尚可延赵氏之祀。此一点骨血，望将军委曲保全，朔虽死犹生矣。"韩厥泣曰："厥受知于宣孟，以有今日，恩同父子。今日自愧力薄，不能断贼之头！所命之事，敢不力任？但贼臣蓄愤已久，一时发难，玉石俱焚，厥有力亦无用处。及今未发，何不将公主潜送公宫，脱此大难？后日公子长大，庶有报仇之日也。"朔曰："谨受教！"二人洒泪而别。

赵朔私与庄姬约："生女当名曰文，若生男当名曰武，文人无用，武可报仇。"独与门客程婴言之。庄姬从后门上温车，程婴护送，径入宫中，投其母成夫人去了。夫妻分别之苦，自不必说。

比及天明，岸贾自率甲士，围了下宫。将景公所书罪版，悬于大门，声言："奉命讨逆。"遂将赵朔、赵同、赵括、赵旃各家老幼男女，尽行诛戮。旃子赵胜时在邯郸，独免；后闻变，出奔于宋。当时杀得尸横堂户，血浸庭阶。简点人数，单单不见庄姬。岸贾曰："公主不打紧，但闻怀妊将产，万一生男，留下逆种，必生后患。"有人报说："夜半有温车入宫。"岸贾曰："此必庄姬也。"即时来奏晋侯，言："逆臣一门，俱已诛绝，只有公主走入宫中，伏乞主裁！"景公曰："吾姑乃母夫人所爱，不可问也。"岸贾又奏曰："公主怀妊将产，万一生男，留下逆种，异日长大，必然报仇，复有桃园之事，主公不可不虑！"景公曰："生男则除之。"岸贾乃日夜使人探伺庄姬生产消息。数日后，庄姬果然生下一男。成夫人吩咐宫中假说生女。屠岸贾不信，欲使家中乳媪入宫验之。庄姬情慌，与其母成夫人商议，推说所生女已死。此时景公耽于淫乐，国事全托于岸贾，恣其所为。岸贾亦疑所生非女，且未死，乃亲率女仆遍索宫中。庄姬乃将孤儿置于裤中，对天祝告曰："天若灭绝赵宗，儿当啼；若赵氏还有一脉之延，儿则无声。"及女仆牵出庄姬，搜其宫，一无所见，裤中绝不闻啼号之声。岸贾当时虽然出宫去了，心中到底狐疑。或言："孤儿已寄出宫门去了。"岸贾遂悬赏于门："有人首告孤儿真信，与之千金；知情不言，与窝藏反贼一例，全家处斩。"又吩咐宫门上出入盘诘。

却说赵盾有两个心腹门客，一个是公孙杵臼，一个是程婴。先前闻屠岸贾围了下宫，公孙杵臼约程婴同赴其难。婴曰："彼假托君命，布词讨贼，我等与之俱死，何益于赵氏？"杵臼曰："明知无益，但恩主有难，不敢逃死耳！"婴曰："姬氏有孕，若男也，吾与尔共奉之；不幸生女，死犹未晚。"及闻庄姬生女，杵臼泣曰："天果绝赵乎！"程婴曰："未可信也，吾当察之。"乃厚赂宫人，使通信于庄姬，庄姬知程婴忠义，密书一"武"字递出。程婴私喜曰："公主果生男矣！"及岸贾搜索宫中不得，程婴谓杵臼曰："赵氏孤在宫中，索之不得，此天幸也！但可瞒过一时耳。后日事泄，屠贼又将搜索。必须用计，偷出宫门，藏于远地，方保无虞。"杵臼沉吟了半日，问婴曰："立孤与死难，二者孰难？"婴曰："死易耳，立孤难也。"杵臼曰："子任其难，我任其易，何如？"婴曰："计将安出？"杵臼曰："诚得他人婴儿诈称赵孤，吾抱往首阳山中，汝当出首告发别人，说孤儿藏处。屠贼得伪孤，则真孤可免矣。"程婴曰："婴儿易得也，必须窃得真孤出宫，方可保全。"杵臼曰："诸将中惟韩厥受赵氏恩最深，可以窃孤之事托之。"程婴曰："吾新生一儿，与孤儿诞期相近，可以代之。然子既有藏孤之罪，必当并诛，子先我而死，我心何忍？"因泣下不止。杵臼怒曰："此大事，亦美事，何以泣为？"婴乃收泪而去。

夜半，抱其子付于杵臼之手。即往见韩厥，先以"武"字示之，然后言及杵臼之谋。韩厥曰："姬氏方有疾，命我求医。汝若哄得屠贼亲往首阳山，吾自有出孤之计。"程婴乃扬言于众曰："屠司寇欲得赵孤乎？曷为索之宫中？"屠氏门客闻之，问曰："汝知赵氏孤所在乎？"婴曰："果与我千金，当告汝。"门客引见岸贾，岸贾叩其姓氏。对曰："程氏名婴，与公孙杵臼同事赵氏。公主生下孤儿，即遣妇人抱出宫门，托吾两人藏匿。婴恐日后事露，有人出首，彼获千金之赏，我受全家之戮，是以告之。"岸贾曰："孤在何处？"婴曰："请屏左右，乃敢言。"岸贾即命左右退避。婴告曰："在首阳山深处，急往可得，不久当奔秦国矣。然须大夫自往,他人多与赵氏有旧,勿轻托也。"岸贾曰:"汝但随吾往,实则重赏,虚则死罪。"婴曰:"吾亦自山中来此,腹馁甚,幸赐一饭。"岸贾与之酒食。婴食毕,又催岸贾速行。岸贾自率家甲三千,使程婴前导,径往首阳山。纡回数里,路极幽僻,见临溪有草庄数间,柴门双掩。婴指曰:"此即杵臼孤儿处也。"婴先叩门,杵臼出迎,见甲士甚众,为仓皇走匿之状。婴喝曰:"汝勿走,司寇已知孤儿在此,亲自来取,速速献出可也。"言未毕,甲士缚杵臼来见岸贾。岸贾问:"孤儿何在?"杵臼赖曰:"无有。"岸贾命搜其家,见壁室有锁甚固。甲士去锁,入其室,室颇暗。仿佛竹床之上,闻有小儿惊啼之声。抱之以出,锦绷绣褓,俨如贵家儿。杵臼一见,即欲夺不得前,乃大骂曰:"小人哉,程婴也!昔下宫之难,我约汝同死,汝说:'公主有孕,若死,谁作保孤之人!'今公主将孤儿付我二人,匿于此山,汝与我同谋做事,却又贪了千金之赏,私行出首。我死不足惜,何以报赵宣孟之恩乎?"千小人,万小人,骂一个不住。程婴羞惭满面,谓岸贾曰:"何不杀之?"岸贾喝令:"将公孙杵臼斩首!"自取孤儿掷之于地,一声啼哭,化为肉饼,哀哉!髯翁有诗云:

　　　一线宫中赵氏危,宁将血胤代孤儿。
　　　屠奸纵有弥天网,谁料公孙已售欺?

　　屠岸贾起身往首阳山擒捉孤儿,城中那一处不传遍?也有替屠家欢喜的,也有替赵家叹息的,那宫门盘诘就怠慢了。韩厥却教心腹门客假作草泽民间医人,入宫看病,将程婴所传"武"字,粘于药囊之上。庄姬看见,已会其意。诊脉已毕,讲几句胎前产后的套语,庄姬见左右宫人俱是心腹,即以孤儿裹置药囊之中。那孩子啼哭起来,庄姬手抚药囊祝曰:"赵武,赵武!我一门百口冤仇,在你一点血泡身上,出宫之时,切莫啼哭!"吩咐已毕,孤儿啼声顿止,走出宫门,亦无人盘问。韩厥得了孤儿,如获至宝,藏于深室,使乳妇育之,虽家人亦无知其事者。

　　屠岸贾回府,将千金赏赐程婴,程婴辞不愿赏。岸贾曰:"汝原为邀赏出首,如何又辞?"程婴曰:"小人为赵氏门客已久,今杀孤儿以自脱,已属非义,况敢利多金乎?倘念小人微劳,愿以此金收葬赵氏一门之尸,亦表小人门下之情于万一也。"岸贾大喜曰:"子真信义之士也!赵氏遗尸,听汝收取不禁,即以此金为汝营葬之资。"程婴乃拜而受之。尽收各家骸骨,棺木盛殓,分别葬于赵盾墓侧。事毕,复往谢岸贾。岸贾欲留用之,婴流涕言曰:"小人一时贪生怕死,作此不义之事,无面目复见晋人,从此将糊口远方矣。"程婴辞了岸贾，往见韩厥。厥将乳妇及孤儿交付程婴。婴抚为己子，携之潜入盂山藏匿。后人因名其山曰藏山，以藏孤得名也。

　　后三年，晋景公游于新田，见其土沃水甘，因迁其国，谓之新绛，以故都为故绛。百官朝贺。景公设宴于内宫，款待群臣。日色过晡 bū夜,晚，左右将治烛，忽然怪风一阵，卷入堂中，寒气逼人，在座者无不惊颤。须臾，风过，景公独见一蓬头大鬼，身长丈余，披发及地，自户外而入，攘臂大骂曰："天乎！我子孙何罪，而汝杀之？我已诉闻于上帝，来取汝命！"言毕，将铜锤来打景公。景公大叫："群臣救我！"拔佩剑欲斩其鬼，误劈自己之指，群臣不知为何，慌忙抢剑。景公口吐鲜血，闷倒在地，不省人事。未知性命如何，且看下回分解。

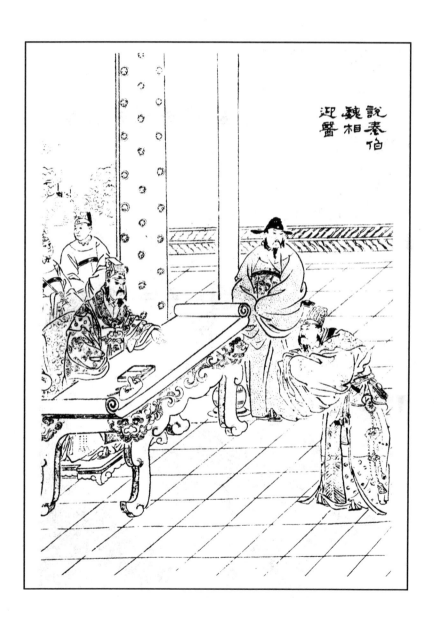

秦伯說魏相迎醫

報魏銷養朰獸蓺

第五十八回　说秦伯魏相迎医　报魏锜养叔献艺

话说晋景公被蓬头大鬼所击，口吐鲜血，闷倒在地。内侍扶入内寝，良久方醒，群臣皆不乐而散。景公遂病不能起。左右或言："桑门大巫，能白日见鬼，盍往召之？"桑门大巫奉晋侯之召，甫入寝门，便言："有鬼！"景公问："鬼状何如？"大巫对曰："蓬头披发，身长丈余，以手拍胸，其色甚怒。"景公曰："巫言与寡人所见正合，言寡人枉杀其子孙，不知此何鬼也？"大巫曰："先世有功之臣，其子孙被祸最惨者是也。"景公愕然曰："莫非赵氏之祖乎？"屠岸贾在旁，即奏曰："巫者乃赵盾门客，故借端为赵氏讼冤，吾君不可听信。"景公嘿然良久，又问曰："鬼可禳ráng 除邪消灾的祭祀否？"大巫曰："怒甚，禳之无益。"景公曰："然则寡人大限何如？"大巫曰："小人冒死直言，恐君之病，不能尝新麦也。"屠岸贾曰："麦熟只在月内，君虽病，精神犹旺，何至如此？若主公得尝新麦，汝当死罪！"不繇景公发落，叱之使出。大巫去后，景公病愈深，晋国医生入视，不识其症，不敢下药。

大夫魏锜之子魏相言于众曰："吾闻秦有名医二人高和、高缓，得传授于扁鹊，能达阴阳之理，善攻内外之症，见为秦国太医。欲治主公之病，非此人不可，盍往请之？"众曰："秦乃吾之仇国，岂肯遣良医以救吾君哉？"魏相又曰："恤患分灾，邻国之美事。某虽不才，愿掉三寸之舌，必得名医来晋。"众曰："如此，则举朝皆拜子之赐矣！"

魏相即日束装，驰轺车星夜往秦。秦桓公问其来意，魏相奏曰："寡君不幸而沾狂病，闻上国有良医和、缓，有起死回生之术，臣特来敦请，以救寡君。"桓公曰："晋国无理，屡败我兵，吾国虽有良医，岂救汝君哉？"魏相正色曰："明公之言差矣！夫秦、晋比邻之国，故我献公与尔穆公，结婚定好，世世相亲。尔穆公始纳惠公，复有韩原之来战；继纳文公，又有汜南之背盟。不终其好，皆尔为之。文公即世，穆公又过听孟明，欺我襄公之幼弱，师出崤山，袭我属国，自取败衄。我获三帅，赦而不诛，旋违誓言，夺我王官。灵、康之世，我一侵崇，尔即伐晋。及我景公问罪于齐，明公又遣杜回兴救齐之师。败不知惩，胜不知止，弃好寻仇，莫不由秦。明公试思：晋犯秦乎？秦犯晋乎？今寡君有负兹之忧，欲借针砭于高邻，诸臣皆曰：'秦绝我甚,必不许。'臣曰:'不然。秦君屡举不当,安知不悔于厥心?此行也,将假国手以修先君之旧好。'明公若不许,则诸臣之料秦者中矣!夫邻有恤患之谊,而明公废之;医有活人之心,而明公背之。窃为明公不取也。"秦桓公见魏相言辞慷慨,分剖详明,不觉起敬曰:"大夫以正见责寡人,敢不听教!"即诏太医高缓往晋。魏相谢恩,遂与高缓同出雍州,星夜望新绛而来。有诗为证:

婚媾于今作寇仇,幸灾乐祸是良谋。

若非魏相澜翻舌,安得名医到绛州?

时晋景公病甚危笃,日夜望秦医不至,忽梦有二竖子,从己鼻中跳出,一竖曰:"秦高缓乃当世之名医,彼若至,用药,我等必然被伤,何以避之?"又一竖子曰:"若躲在肓 huāng 古代医家指心脏和隔膜之间 之上,膏之下,彼能奈我何哉?"须臾,景公大叫心膈间疼痛,坐卧不安。少顷,魏相引高缓至,入宫诊脉毕,缓曰:"此病不可为矣!"景公曰:"何故?"缓对曰:"此病居肓之上,膏之下,既不可以灸攻,又不可以针达;即使用药之力,亦不能及。此殆天命也。"景公叹曰:"所言正合吾梦,真良医矣!"厚其饯送之礼,遣归秦国。

时有小内侍江忠,服侍景公辛苦,早间不觉失睡。梦见背负景公,飞腾于天上,醒来与左右言之。值屠岸贾入宫问疾,闻其梦,贺景公曰:"天者阳明,病者阴暗;飞腾天上,离暗就明,君之疾必渐平矣。"晋侯是日,亦自觉胸膈稍宽,闻言甚喜。忽报:"甸人来献新麦。"景公欲尝之,命饔人取其半,春而屑之为粥。屠岸贾恨桑门大巫言赵氏之冤,乃奏曰:"前巫者言主公不能尝新麦,今其言不验矣,可召而示之。"景公从其言,召桑门大巫入宫,使岸贾责之曰:"新麦在此,犹患不能尝乎?"巫者曰:"尚未可知。"景公色变。岸贾曰:"小臣咒诅,当斩!"即命左右牵去。大巫叹曰:"吾因明于小术,以自祸其身,岂不悲哉!"左右献大巫之首,恰好饔 yōng 人 厨师 将麦粥来献,时日已中矣。景公方欲取尝,忽然腹胀欲泄,唤江忠:"负我登厕。"才放下厕,一阵心疼,立脚不住,坠入厕中,江忠顾不得污秽,抱他起来,气已绝矣。到底不曾尝新麦,屈杀了桑门大巫,皆屠岸贾之过也!上卿栾书率百官奉世子州蒲举哀即位,是为厉公。众议江忠曾梦负公登天,后负公以出于厕,正应其梦,遂用江忠为殉葬焉。当时若不言其梦,无此祸矣。口舌害身,不可不慎也!因晋景公为厉鬼击死,晋人多有言赵门冤枉之事者,只为栾、郤二家都与屠岸贾交通相善,只有一个韩厥,孤掌难鸣,是以不敢为赵氏伸冤。

时宋共公遣上卿华元行吊于晋,兼贺新君。因与栾书商议,欲合晋、楚之成,免得南北交争,生民涂炭。栾书曰:"楚未可信也。"华元曰:"元善于子重,可以任之。"栾书乃使其幼子栾鍼同华元至楚,先与公子婴齐相见。婴齐见栾鍼年青貌伟,问于华元,知是中军元帅之子,欲试其才,问曰:"上国用兵法何如?"鍼对曰:"整。"又问:"更有何长?"鍼答曰:"暇。"婴齐曰:"人乱我整,人忙我暇,何战不胜? 二字可谓简而尽矣!"由此倍加敬重。遂引见楚王,定议两国通和,守境安民,动干戈者,鬼神殛之! 遂订期为盟。晋士燮、楚公子罢共歃血于宋国西门之外。

楚司马公子侧自以不曾与议,大怒曰:"南北之不相通久矣! 子重欲擅合成之功,吾必败之。"探知巫臣纠合吴子寿梦,与晋、鲁、齐、宋、卫、郑各国大夫会于钟离,公子侧遂说楚王曰:"晋、吴通好,必有谋楚之情。宋、郑俱从,楚之宇下一空矣。"共王曰:"孤欲伐郑,奈西门之盟何?"公子侧曰:"宋、郑受盟于楚非一日矣,惟不顾盟,是以附晋。今日之事,惟利则进,何以盟为?"共王乃命公子侧帅师伐郑,郑复背晋从楚。此周简王十年事也。

晋厉公大怒,集诸大夫计议伐郑。时栾书虽则为政,而三郤擅权。那三郤? 乃郤锜、郤犨、郤至。锜为上军元帅,犨为上军副将,至为新军副将,犨子郤毅、至弟郤乞并为大夫用事。伯宗为人,正直敢言,屡向厉公言:"郤氏族大势盛,宜分别贤愚,稍抑其权,以保全功臣之后。"厉公不听。三郤恨伯宗入骨,遂谮伯宗谤毁朝政。厉公信之,反杀伯宗。其子伯州犁奔楚,楚用为太宰,与之谋晋。厉公素性骄侈,兼好内外嬖幸甚多。外嬖胥童、夷羊五、长鱼矫、匠丽氏等一班少年,皆拜为大夫。内嬖美姬爱婢,不计其数。日事淫乐,好谀恶直,政事不修,群臣解体。士燮见朝政日非,不欲伐郑。郤至曰:"不伐郑,何以求诸侯?"栾书曰:"今日失郑,鲁、宋亦将离心,温季之言是也。"楚降将苗贲皇亦劝伐郑,厉公从其言,独留荀䓨居守,遂亲率大将栾书、士燮、郤锜、荀偃、韩厥、郤至、魏锜、栾鍼等,出车六百乘,浩浩荡荡,杀奔郑国。一面使郤犨往鲁、卫各国,请兵助战。

郑成公闻晋兵势大,欲谋出降。大夫姚钩耳曰:"郑地褊小,间于两大,只宜择一强者而事之,岂可朝楚暮晋,而岁岁受兵乎?"郑成公曰:"然则何如?"钩耳曰:"依臣之见,莫如求救于楚。楚至,吾与之夹攻,大破晋兵,可保数年之安也。"成公遂遣钩耳往楚求救。楚共王终以西门之盟为嫌,不欲起兵,问于令尹婴齐。婴齐对曰:"我实无信,以致晋师,又庇郑而与之争,勤民以逞,胜不可必,不如待之。"公子侧进曰:"郑人不忍背楚,是以告急。前不救齐,今又不救郑,是绝归附者之望也。臣虽不才,愿提一旅,保驾前往,务要再奏'掬指'之功。"共王大悦,乃拜司马公子侧为中军元帅,令尹公子婴齐为左军,右尹公子壬夫将右军。自统亲军两广之众,望北进发,来救郑国。日行百里,其疾如风,早有哨马报入晋军。士燮私谓栾书曰:"君幼不知国事,吾伪为畏楚而避之,以儆君心,使知戒惧,犹可少安。"栾书曰:"畏避之名,书不敢居也。"士燮退而叹曰:"此行得败为幸,万一战胜,外宁必有内忧,吾甚惧之!"

时楚兵已过鄢陵,晋兵不能前进,留屯彭祖冈,两下各安营下寨。来日,县六月甲午大尽之日,名为晦日。晦不行兵,晋军不做准备。五鼓漏尽,天色犹未大明,忽然寨外喊声大振。守营军士忙忙来报:"楚军直逼本营,排下阵势。"栾书大惊曰:"彼既压我军而阵,我军不能成列,交兵恐致不利。且坚守营垒,待从容设计以破之。"诸将纷纷议论,有言选锐突阵者,有言移兵退后者。时士燮之子名匄 gài,年才一十六岁,闻众议不决,乃突入中军,禀于栾书曰:"元帅患无战地乎? 此易事也。"栾书曰:"子有何计?"士匄曰:"传令牢把营门,军士于寨内暗暗将灶土尽皆削平,并用木板掩盖,不过半个时辰,结阵有余地矣。既成列于军中,决开营垒以为战道,楚其奈我何哉?"栾书曰:"井灶乃军中急务,平灶塞井,何以为食?"匄曰:"先命各军预备干粮净水,足支一二日,俟布阵已定,分拨老弱于营后另作井灶就之。"士燮本不欲战,见其子进计,大怒,骂曰:"兵之胜负关系天命,汝童子有何知识,敢在此摇唇鼓舌?"遂拔戈逐之。众将把士燮抱住,士匄方能走脱。栾书笑曰:"此童子之智,胜于范孟也。"乃从士匄之计,令各寨多造干粮,然后平灶掩井,摆列阵势,准备来日交兵。胡曾咏史诗云:

军中列阵本奇谋,士燮抽戈若寇仇。

岂是心机逊童子,老成忧国有深筹。

却说楚共王直逼晋营而阵,自谓出其不意,军中必然扰乱。却寂然不见动静,乃问于太宰伯州犁曰:"晋兵坚垒不动,子晋人也,必知其情。"州犁曰:"请王登轈 cháo 古代军中窥敌的兵车 车而望之。"楚王登轈车,使州犁立于其侧。王问曰:"晋兵驰骋,或左或右者何也?"州犁对曰:"召军吏也。"王曰:"今又群聚于中军矣。"州犁曰:"合而为谋也。"又望曰:"忽然张幕何故?"州犁曰:"虔告于先君也。"又望曰:"今又撤幕矣。"对曰:"将发军令也。"又望曰:"军中为何喧哗,飞尘不止?"对曰:"彼因不得成列,将塞井平灶为战地耳。"又望曰:"车皆驾马矣,将士升车矣。"对曰:"将结阵也。"又望曰:"升车者何以复下?"对曰:"将战而祷神也。"又望曰:"中军势似甚盛,其君在乎?"对曰:"栾、范之族挟公而阵,不可轻敌也。"楚王尽知晋国之情,乃戒谕军中,打点来日交锋之事。楚之降将苗贲皇亦侍于晋侯之侧,献策曰:"自令尹孙叔之死,军政无常,两广精兵,久不选换,老不堪战者多矣。且左右二帅不相和睦,此一战楚可败也。"髯翁有诗云:

> 楚用州犁本晋良,晋人用楚是贲皇。
>
> 人才难得须珍重,莫把谋臣借外邦。

是日,两军各坚垒相持,未战,楚将潘党于营后试射红心,连中三矢,众将哄然赞美。适值养由基至,众将曰:"神箭手来矣!"潘党怒曰:"我的箭何为不如养叔?"养由基曰:"汝但能射中红心,未足为奇,我之箭能百步穿杨!"众将问曰:"何为百步穿杨?"由基曰:"曾有人将颜色认记杨树一叶,我于百步外射之,正穿此叶中心,故曰百步穿杨。"众将曰:"此间亦有杨树,可试射否?"由基曰:"何为不可。"众将大喜曰:"今日乃得观养叔神箭也!"乃取墨涂记杨枝一叶,使由基于百步外射之,其箭不见落下。众将往察之,箭为杨枝挂住,其镞正贯于叶心。潘党曰:"一箭偶中耳!若依我说,将三叶次第记认,你次第射中,方见高手。"由基曰:"恐未必能,且试为之。"潘党于杨树上高低不等,涂记了三叶,写个"一""二""三"字。养由基也认过了,退于百步之外,将三矢也记个"一""二""三"的号数,以次发之,依次而中,不差毫厘。众将皆拱手曰:"养叔真神人也!"

潘党虽然暗暗称奇,终不免自家要显所长,乃谓由基曰:"养叔之射,可谓巧矣!然杀人还以力胜,吾之射能贯数层坚甲,亦当为诸君试之。"众将皆曰:"愿观。"潘党教随行组甲之士,脱下甲来,叠至五层。众将曰:"足矣。"潘党命更迭二层,共是七层。众将想道:"七层甲差不多有一尺厚,如何射得过?"潘党教把那七层坚甲绷于射鹄之上,也立在百步之外,挽起黑雕弓,拈着狼牙箭,左手如托泰山,右手如抱婴儿,觑得端端正正,尽力发去。扑的一声,叫道:"着了!"只见箭上,不见箭落,众人上前看时,齐声喝采起来道:"好箭,好箭!"原来弓劲力深,枝箭直透过七层坚甲,如钉钉物,穿的坚牢,摇也摇不动。潘党面有德色,叫军士将层甲连箭取下,欲以遍夸营中。养由基且教:"莫动!吾亦试射一箭,未知何如?"众将曰:"也要看养叔神力。"由基拈niān弓在手,欲射复止。众将曰:"养叔如何不射?"由基曰:"只依样穿札,未为希罕，我有个送箭之法。"说罢，搭上箭，飕的射去，叫声："正好！"这枝箭不上不下，不左不右，恰恰的将潘党那一枝箭，兜底送出布鹄那边去了。由基这枝箭，依旧穿于层甲孔内。众将看时，无不吐舌。潘党方才心服，叹曰："养叔妙手，吾不及也！"史传上载楚王猎于荆山，山上有通臂猿，善能接矢。楚兵围之数重，王命左右发矢，俱为猿所接。乃召养由基。猿闻由基之名，即便啼号。及由基到，一发而中猿心。其为春秋第一射手，名不虚传矣。潜渊有诗云：

> 落鸟贯虱名无偶，百步穿杨更罕有。
>
> 穿札将军未足奇，强中更有强中手。

众将曰："晋、楚相持，吾王正在用人之际，两位将军有此神箭，当奏闻吾王，美玉不可韫 yùn 椟而藏 放在匣子里藏起来，比喻隐藏才能。"乃命军士将箭穿层甲，抬到楚共王面前，养由基和潘党一同过去。众将将两人先后赌射之事，细细禀知楚王："我国有神箭如此，何愁晋兵百万？"楚王大怒曰："将以谋胜，奈何以一箭侥幸耶？尔自恃如此，异日必以艺死！"尽收由基之箭，不许复射，养由基羞惭而退。

次日五鼓，两军中各鸣鼓进兵。晋上军元帅郤锜攻楚左军，与公子婴齐对敌；下军元帅韩厥攻楚右军，与公子壬夫对敌；栾书、士燮各帅本部车马，中军护驾，与楚共王和公子侧对敌。这边晋厉公是郤毅为御，栾鍼为车右将军，郤至等引新军为后队接应。那边楚共王出阵，上午本该乘右广，那右广却是养由基为将，共王怪由基恃射夸嘴，不用右广，反乘了左广，却是彭名为御，屈荡为车右将军。郑成公引本国车马为后队接应。

却说厉公头带冲天凤翅盔，身披蟠龙红锦战袍，腰悬宝剑，手提方天大戟，乘着金叶包裹的戎辂，右有栾书，左有士燮，展开军门，杀奔楚阵来。谁知阵前却有一窝泥淖 nào 烂泥，泥沼，黎明时候，未曾看得仔细，郤毅御车勇猛，刚刚把晋侯车轮陷于淖中，马不能走。楚共王之子熊茷，他少年好勇，领着前队，望见晋侯车陷，驱车飞赶过来。那边栾鍼忙跳下车，立于泥淖之中，尽平生气力，双手将两轮扶起，车浮马动，一步步挣出泥淖来。那边熊茷将次赶到，这里栾书的军马亦到，大喝："小将不得无礼！"熊茷见旗上有"中军元帅"字，知是大军，吃了一惊，回车便走，被栾书追上，活捉过来。楚军见熊茷有失，一齐来救，却得士燮引兵杀出，后队郤至等俱到，楚兵恐堕埋伏，收兵回营。晋兵亦不追赶，各自归寨。哨马探听楚左军持重，晋上军不曾交战，下军战二十余合，互有杀伤。胜负未分，约定来日再战。栾书将熊茷献功，晋侯欲斩之，苗贲皇进曰："楚王闻其子被擒，明日必来亲自出战，可囚熊茷于军前，往来诱之。"晋侯曰："善。"一夜安息无话。

黎明，栾书命开营索战，大将魏锜告书曰："吾夜来梦见天上一轮明月，遂弯弓射之，正中月心，射出月中一股金光，直泻下来。慌忙退步，不觉失脚，陷于营前泥淖之内，猛然惊觉。此何兆也？"栾书详之曰："周之同姓为日，异姓为月。射月而中，必楚君矣。然泥淖乃泉壤之中，退入于泥，亦非吉兆，将军必慎之！"魏锜曰："苟能破楚，虽死何恨！"栾书遂许魏锜打阵。楚将工尹襄出头，战不数合，晋兵推出囚车，在阵上往来。楚共王见其子熊茷被囚于阵，急得心生烟火，忙叫彭名鞭马上前，来抢囚车。魏锜望见，撇了尹襄，径追楚王，架起一枝箭，飕的射去，正中楚王的左眼。潘党力战，保得楚王回车。楚王负痛拔箭，其瞳子随镞而出，掷于地下，有小卒拾而献曰："此龙睛，不可轻弃。"楚王乃纳于箭袋之中。

晋兵见魏锜得利，一齐杀上。公子侧引兵抵死拒敌，救脱了楚共王。郤至围住了郑成公，赖御者将大旆藏于弓衣之内，成公亦走脱。时楚王怒甚，急唤神箭将军养由基速来救驾。养由基闻唤，慌忙驰到，身边并无一箭。楚王乃抽二矢付之曰："射寡人乃绿袍虬髯者，将军为寡人报仇。将军绝艺，想不费多矢也。"由基领箭，飞车赶入晋阵，正撞见绿袍虬髯者，知是魏锜，大骂："匹夫有何本事，辄敢射伤吾主？"魏锜方欲答话，由基发箭已到，正射中魏锜项下，伏于弓衣而死。栾书引军夺回其尸。由基余下一矢，缴还楚王，奏曰："仗大王威灵，已射杀绿袍虬髯将矣！"共王大喜，自解锦袍赐之，并赐狼牙箭百枝。军中称为"养一箭"，言不消第二箭也。有诗为证：

　　鞭马飞车虎下山，晋兵一见胆生寒。

　　万人丛里诛名将，一矢成功奏凯还。

却说晋兵追逐楚兵至紧，养由基抽矢控弦，立于阵前，追者辄射杀之，晋兵乃不敢逼。楚将婴齐、壬夫闻楚王中箭，各来接应，混战一场，晋兵方退。栾鍼望见令尹旗号，知是公子婴齐之军，请于晋侯曰："臣前奉使于楚，楚令尹子重问晋国用兵之法，臣以'整暇'二字对。今混战未见其整，各退未见其暇。臣愿使行人持饮献之，以践昔日之言。"晋侯曰："善。"栾鍼乃使行人执酒榼盛酒的容器，造于婴齐之军，曰："寡君乏人，命鍼持矛车右，故不得亲犒从者，使某代进一觞。"婴齐悟昔日"整暇"之言，乃叹曰："小将军可谓记事矣。"受其榼，对使饮之，谓使者曰："来日阵前，当面谢也。"行人归述其语。栾鍼曰："楚君中矢，其师尚未肯退，奈何！"苗贲皇曰："搜阅车乘，补益士卒，秣马厉兵,修阵固列,鸡鸣饱食,决一死战,何畏乎楚?"时郤犨、栾黡 yǎn 从鲁、卫请兵回转,言二国各起兵来助,已在二十里远近。楚谍探知,报闻楚王。楚王大惊曰:"晋兵已众,鲁、卫又来,如之奈何?"即使左右召中军元帅公子侧商议。不知后事如何,且看下回分解。

宠贤重
誉国
大臣

誅峏賈
誷氏
撢阴

第五十九回　宠胥童晋国大乱　诛岸贾赵氏复兴

话说楚中军元帅公子侧平日好饮,一饮百觥不止,一醉竟日不醒。楚共王知其有此毛病,每出军,必戒使绝饮。今日晋、楚相持,有大事在身,涓滴不入于口。是日,楚王中箭回寨,含羞带怒,公子侧进曰:"两军各已疲劳,明日且暂休息一日,容臣从容熟计,务要与主公雪此大耻。"公子侧辞回中军,坐至半夜,计未得就。有小竖名谷阳,乃公子侧贴身宠用的,见主帅愁思劳苦,客中藏有三重美酒,暖一瓯 ōu 以进。公子侧嗅之,愕然曰:"酒乎?"谷阳知主人欲饮,而畏左右传说,乃诡言曰:"非酒,乃椒汤耳。"公子侧会其意,一吸而尽,觉甘香快嗓,妙不可言,问:"椒汤还有否?"谷阳曰:"还有。"谷阳只说椒汤,只顾满斟献上。公子侧枯肠久渴,口中只叫:"好椒汤!竖子爱我!"斟来便吞,正不知饮了多少,颓然大醉,倒于坐席之上。

楚王闻晋令鸡鸣出战,且鲁、卫之兵又到,急遣内侍往召公子侧来,共商应敌之策。谁知公子侧沉沉冥冥,已入醉乡,呼之不应,扶之不起。但闻得一阵酒臭,知是害酒,回复楚王。楚王一连遣人十来次催并。公子侧越催得急,越睡得熟。小竖谷阳泣曰:"我本爱元帅而送酒,谁知反以害之!楚王知道,连我性命难保,不如逃之。"时楚王见司马不到,没奈何,只得召令尹婴齐计议。婴齐原与公子侧不合,乃奏曰:"臣逆知晋兵势盛,不可必胜,故初议不欲救郑,此来都出司马主张。今司马贪杯误事,臣亦无计可施。不如乘夜悄悄班师,可免挫败之辱。"楚王曰:"虽然如此,司马醉在中军,必为晋军所获,辱国非小。"乃召养由基:"仗汝神箭,可拥护司马回国也。"当下暗传号令,拔寨都起,郑成公亲帅兵护送出境,只留养由基断后。由基思想道:"等待司马酒醒,不知何时?"即命左右便将公子侧扶起,用革带缚于车上,叱令逐队前行,自己率弓弩手三百人,缓缓而退。

黎明,晋军开营素战,直逼楚营,见是空幕,方知楚军已遁去矣。栾书欲追之,士燮力言不可。谍者报:"郑国各处严兵固守。"栾书度郑不可得,乃唱凯而还。鲁、卫之兵,亦散归本国。

却说公子侧行五十里之程,方才酒醒,觉得身子绷急,大叫:"谁人缚我?"左右曰:"司马酒醉,养将军恐乘车不稳,所以如此。"乃急将革带解去。

公子侧双眼尚然朦胧,问道:"如今车马往那里走?"左右曰:"是回去的路。"又问:"如何便回?"左右曰:"夜来楚王连召司马数次,司马醉不能起。楚王恐晋军来战,无人抵敌,已班师矣。"公子侧大哭曰:"竖子害杀我也!"急唤谷阳,已逃去不知所之矣。楚共王行二百里,不见动静,方才放心。恐公子侧惧罪自尽,乃遣使传命曰:"先大夫子玉之败,我先君不在军中;今日之战,罪在寡人,无与司马之事。"婴齐恐公子侧不死,别遣使谓公子侧曰:"先大夫子玉之败,司马所知也。纵吾王不忍加诛,司马何面目复临楚军之上乎?"公子侧叹曰:"令尹以大义见责,侧其敢贪生乎?"乃自缢而死。楚王叹息不已。此周简王十一年事。髯仙有诗言酒之误事。诗云:

　　　　眇目君王资老谋,英雄谁想困糟丘?

　　　　竖儿爱我翻成害,谩说能消万事愁。

　　话分两头。却说晋厉公胜楚回朝,自以为天下无敌,骄侈愈甚。士燮逆料晋国必乱,郁郁成疾,不肯医治,使太祝祈神,只求早死。未几卒,子范匄嗣。时胥童巧佞便给_{机巧奸诈,阿谀奉承},最得宠幸,厉公欲用为卿,奈卿无缺。胥童奏曰:"今三郤并执兵权,族大势重,举动自专,将来必有不轨之事,不如除之。若除郤氏之族,则位署多虚,但凭主公择爱而立之,谁敢不从?"厉公曰:"郤氏反状未明,诛之恐群臣不服。"胥童又奏曰:"鄢陵之战,郤至已围郑君,两下并车,私语多时,遂解围放郑君去了。其间必先有通楚事情。只须问楚公子熊茷,便知其实。"厉公即命胥童往召熊茷。

　　胥童谓熊茷曰:"公子欲归楚乎?"茷对曰:"思归之甚,恨不能耳!"胥童曰:"汝能依我一事,当送汝归。"熊茷曰:"惟命。"胥童遂附耳言:"若见晋侯,问起郤至之事,必须如此恁般登答。"熊茷应允。胥童遂引至内朝来见。晋厉公屏去左右,问:"郤至曾与楚私通否?汝当实言,我放汝回国。"熊茷曰:"恕臣无罪,臣方敢言。"厉公曰:"正要你说实话,何罪之有?"熊茷曰:"郤氏与吾国子重,二人素相交善,屡有书信相通,言:'君侯不信大臣,淫乐无度,百姓胥怨,非吾主也。人心更思襄公,襄公有孙名周,见在京师。他日南北交兵,幸而师败,吾当奉孙周以事楚。'独此事臣素知之,他未闻也。"按晋襄公之庶长子名谈,自赵盾立灵公,谈避居于周,在单襄公门下。后谈生下一子,因是在周所生,故名曰周。当时灵公被弑,人心思慕文公,故迎立公子黑臀。黑臀传骥,骥传州蒲。至是,州蒲淫纵无子,人心复思慕襄公。故胥童教熊茷使引孙周,以摇动厉公之意。熊茷言之未已,胥童接口曰:"怪得前日鄢陵之战,郤犨与婴齐对阵,不发一矢,其交通之情可见矣。郤至明纵郑君,又何疑焉？主公若不信，何不遣郤至往周告捷，使人窥之，若果有私谋，必与孙周私下相会。"厉公曰："此计甚当。"遂遣郤至献楚捷于周。胥童阴使人告孙周曰："晋国之政，半在郤氏，今温季来王都献捷，何不见之？他日公孙复还故国，也有个相知。"孙周以为然。郤至至周，公事已毕，孙周遂至公馆相拜。未免详叩本国之事，郤至一一告之，谈论半日而别。厉公使人探听回来，传说如此。熊茷所言，果然是实，遂有除郤氏之意，尚未发也。

一日，厉公与妇人饮酒，索鹿肉为馔甚急，使寺人孟张往市取鹿，市中适当缺乏。郤至自郊外载一鹿于车上，从市中而过。孟张并不分说，夺之以去。郤至大怒，弯弓搭箭，将孟张射死，复取其鹿。厉公闻之，怒曰："季子太欺余也！"遂召胥童、夷羊五等一班嬖人共议，欲杀郤至。胥童曰："杀郤至则郤锜、郤犨必叛，不如并除之。"夷羊五曰："公私甲士约可八百人，以君命夜帅以往，乘其无备，可必胜也。"长鱼矫曰："三郤家甲倍于公宫，斗而不胜，累及君矣。方今郤至兼司寇之职，郤犨又兼士师，不如诈为狱讼，觑便刺之，汝等引兵接应可也。"厉公曰："妙哉！我使力士清沸魋 tuí 助汝。"长鱼矫打听三郤是日在讲武堂议事，乃与清沸魋各以鸡血涂面，若争斗相杀者，各带利刀，扭结到讲武堂来，告诉曲直。郤犨不知是计，下坐问之。清沸魋假作禀话，捱到近身，抽刃刺犨，中其腰，扑地便倒。郤锜急拔佩刀来砍沸魋，却是长鱼矫接住，两个在堂下战将起来。郤至捉空趋出，升车而逃。沸魋把郤犨再砍一刀，眼见得不活了，便来夹攻郤锜。锜虽是武将，争奈沸魋有千斤力气的人，长鱼矫且是年少手活，一个人怎战得他两个人过，亦被沸魋擉 chuò 刺，戳倒。长鱼矫见走了郤至，道："不好了！我追赶他去。"也是三郤合当同日并命，正走之间，遇着胥童、夷羊五引着八百甲士来到，口中齐叫："晋侯有旨，只拿谋反郤氏，不得放走了！"郤至见不是头，回车转来，劈面撞见长鱼矫，一跃上车。郤至早已心慌，不及措手，被长鱼矫乱砍，便割了头。清沸魋把郤锜、郤犨都割了头，血淋淋的三颗首级，提入朝门。有诗为证：

> 无道君昏臣不良，纷纷嬖幸擅朝堂。
> 一朝过听谗人语，演武堂前起战场。

却说上军副将荀偃，闻本帅郤锜在演武堂遇贼，还不知何人，即时驾车入朝，欲奏闻讨贼。中军元帅栾书不约而同，亦至朝门，正遇胥童引兵到来，书、偃不觉大怒，喝曰："我只道何人为乱，原来是你鼠辈！禁地威严，甲士谁敢近前？还不散去！"胥童也不答话，即呼于众曰："栾书、荀偃与三郤同谋反叛，甲士与我一齐拿下，重重有赏！甲士奋勇上前，围裹了书、偃二人，直拥至朝堂之上。厉公闻长鱼矫等干事回来，即时御殿，看见甲士纷纷，倒吃了一惊，问胥童曰："罪人已诛，众军如何不散？"胥童奏曰："拿得叛党书、偃，请主公裁决！"厉公曰："此事与书、偃无与。"长鱼矫跪至晋侯膝前，密奏曰："栾、郤同功一体之人，荀偃又是郤锜部将。三郤被诛，栾、荀二氏必不自安，不久将有为郤氏复仇之事。主公今日不杀二人，朝中不得太平。"厉公曰："一朝而杀三卿，又波及他族，寡人不忍也！"乃恕书、偃无罪，还复原职。书、偃谢恩回家。长鱼矫叹曰："君不忍二人，二人将忍于君矣！"即时逃奔西戎去了。

厉公重赏甲士，将三郤尸首号令朝门，三日，方听改葬。其郤氏之族，在朝为官者，姑免死罪，尽罢归田。以胥童为上军元帅，代郤锜之位；以夷羊五为新军元帅，代郤犨之位；以清沸魋为新军副将，代郤至之位。楚公子熊茷释放回国。胥童既在卿列，栾书、荀偃羞与同事，每每称病不出。胥童恃晋侯之宠，不以为意。

一日，厉公同胥童出游于嬖臣匠丽氏之家。家在太阴山之南，离绛城二十余里，三宿不归。荀偃私谓栾书曰："君之无道，子所知也。吾等称疾不朝，目下虽得苟安，他日胥童等见疑，复诬我等以怨望之名，恐三郤之祸终不能免，不可不虑。"栾书曰："然则何如？"荀偃曰："大臣之道，社稷为重，君为轻。今百万之众，在子掌握。若行不测之事，别立贤君，谁敢不从？"栾书曰："事可必济乎？"荀偃曰："龙之在渊，没入不可窥也，及其离渊就陆，童子得而制之。君游于匠丽氏，三宿不返，此亦离渊之龙矣，尚何疑哉？"栾书叹曰："吾世代忠于晋家，今日为社稷存亡，出此不得已之计，后世必议我为弑逆，我亦不能辞矣！"乃商议忽称病愈，欲见晋侯议事。预使牙将程滑将甲士三百人，伏于太阴山之左右。二人到匠丽氏谒见厉公，奏言："主公弃政出游，三日不归，臣民失望，臣等特来迎驾还朝。"厉公被强不过，只得起驾。胥童前导，书、偃后随。行至太阴山下，一声炮响，伏兵齐起。程滑先将胥童砍死。厉公大惊，从车上倒跌下来。书、偃吩咐甲士将厉公拿住。屯兵于太阴山下，囚厉公于军中。栾书曰："范、韩二氏，将来恐有异言，宜假君命以召之"荀偃曰："善。"乃使飞车二乘，分召士匄、韩厥二将。使者至士匄之家，士匄问："主公召我何事？"使者不能答。匄曰："事可疑矣。"即遣心腹左右，打听韩厥行否。韩厥先以病辞。匄曰："智者所见略同也。"栾书见匄、厥俱不至，问荀偃："此事如何？"偃曰："子已骑虎背，尚欲下耶？"栾书点头会意。是夜，命程滑献鸩酒于厉公，公饮之而薨。即于军中殡殓，葬于翼城东门之外。士匄、韩厥骤闻君薨，一齐出城奔丧，亦不问君死之故。

葬事既毕，栾书集诸大夫共议立君。荀偃曰："三郤之死，胥童谤谓欲扶立孙周，此乃谶也。灵公死于桃园，而襄遂绝后。天意有在，当往迎之。"群臣皆喜。栾书乃遣荀罃如京师，迎孙周为君。周是时十四岁矣，生得聪颖绝人，志略出众。见荀罃来迎，问其备细，即日辞了单襄公，同荀罃归晋。行至地名清原，栾书、荀偃、士匄、韩厥一班卿大夫，齐集迎接。孙周开言曰："寡人羁旅他邦，且不指望还乡，岂望为君乎？但所贵为君者，以命令所自出也。若以名奉之，而不遵其令，不如无君矣。卿等肯用寡人之命，只在今日，如其不然，听卿等更事他人。孤不能拥空名于上，为州蒲之续也。"栾书等俱战栗再拜曰："群臣愿得贤君而事，敢不从命！"既退，栾书谓诸臣曰："新君非旧比也，当以小心事之。"

孙周进了绛城，朝于太庙，嗣晋侯之位，是为悼公。即位之次日，即面责夷羊五、清沸魋等逢君于恶之罪，命左右推出朝门斩之，其族俱逐出境外。又将厉公之死坐罪程滑，磔之于市。吓得栾书终夜不寐。次日，即告老致政，荐韩厥以自代。未几，惊忧成疾而卒。悼公素闻韩厥之贤，拜为中军元帅，以代栾书之位。

韩厥托言谢恩，私奏于悼公曰："臣等皆赖先世之功，得侍君左右。然先世之功，无有大于赵氏者。衰佐文公，盾佐襄公，俱能输忠竭悃 kǔn 至诚，诚心，取威定伯。不幸灵公失政，宠信奸臣屠岸贾，谋杀赵盾，出奔仅免。灵公遭兵变，被弑于桃园。景公嗣立，复宠屠岸贾。岸贾欺赵盾已死，假称赵氏弑逆，追治其罪，灭绝赵宗，臣民愤怨，至今不平。天幸赵氏有遗孤赵武尚在，主公今日赏功罚罪，大修晋政，既已正夷羊五等之罚，岂可不追录赵氏之功乎？"悼公曰："此事寡人亦闻先人言之，今赵氏何在？"韩厥对曰："当时岸贾索赵氏孤儿甚急，赵之门客曰公孙杵臼、程婴，杵臼假抱遗孤，甘就诛戮，以脱赵武；程婴将武藏匿于盂山，今十五年矣。"悼公曰："卿可为寡人召之。"韩厥奏曰："岸贾尚在朝中，主公必须秘密其事。"悼公曰："寡人知之矣。"

韩厥辞出宫门，亲自驾车，往迎赵武于盂山。程婴为御，当初从故绛城而出，今日从新绛城而入，城郭俱非，感伤不已。韩厥引赵武入内宫，朝见悼公。悼公匿于宫中，诈称有疾。明日，韩厥率百官入宫问安，屠岸贾亦在。悼公曰："卿等知寡人之疾乎？只为功劳簿上有一件事不明，以此心中不快耳！"诸大夫叩首问曰："不知功劳簿上，那一件不明？"悼公曰："赵衰、赵盾两世立功于国家，安忍绝其宗祀？"众人齐声应曰："赵氏灭族，已在十五年前，今主公虽追念其功，无人可立。"悼公即呼赵武出来，遍拜诸将。诸将曰："此位小郎君何人？"韩厥曰："此所谓孤儿赵武也。向所诛赵孤，乃门客程婴之子耳。"屠岸贾此时魂不附体，如痴醉一般，拜伏于地上，不能措一词。悼公曰："此事皆岸贾所为，今日不族岸贾，何以慰赵氏冤魂于地下？"叱左右："将岸贾绑出斩首！"即命韩厥同赵武领兵围屠岸贾之宅，无少长皆杀之。赵武请岸贾之首，祭于赵朔之墓。国人无不称快。潜渊咏史诗曰：

岸贾当时灭赵氏，今朝赵氏灭屠家。

只争十五年前后，怨怨仇仇报不差！

晋悼公既诛岸贾，即召赵武于朝堂，加冠，拜为司寇，以代岸贾之职。以前田禄，悉给还之。又闻程婴之义，欲用为军正。婴曰："始吾不死者，以赵氏孤未立也。今已复官报仇矣，岂可自贪富贵，令公孙杵臼独死？吾将往报杵臼于地下！"遂自刎而亡。赵武抚其尸痛哭，请于晋侯，殡殓从厚，与公孙杵臼同葬于云中山，谓之"二义"冢。赵武服齐衰三年，以报其德。有诗为证：

阴谷深藏十五年，裤中儿报祖宗冤。

程婴杵臼称双义，一死何须问后先！

再说悼公既立赵武，遂召赵胜于宋，复以邯郸畀之。又大正群臣之位，贤者尊之，能者使之。录前功，赦小罪，百官济济，各称其职。且说几个有名的官员：韩厥为中军元帅，士匄副之；荀罃为上军元帅，荀偃副之；栾黡为下军元帅，士鲂副之；赵武为新军元帅，魏相副之；祁奚为中军尉，羊舌职副之；魏绛为中军司马，张老为候奄；韩无忌掌公族大夫；士渥 wò 浊为太傅；贾辛为司空；栾纠为亲军戎御；荀宾为车右将军；程郑为赞仆；铎遏寇为舆尉；籍偃为舆司马。百官既具，大修国政：蠲逋 juān bū 免除积欠的租税薄敛，济乏省役，振废起滞，恤鳏惠寡，百姓大悦。宋、鲁诸国闻之，莫不来朝。惟有郑成公因楚王为他射损其目，感切于心，不肯事晋。

楚共王闻厉公被弑，喜形于色，正思为复仇之举。又闻新君嗣位，赏善罚恶，用贤图治，朝廷清肃，内外归心，伯业将复兴，不觉喜变为愁，即召群臣商议，要去扰乱中原，使晋不能成伯。令尹婴齐束手无策。公子壬夫进曰："中国惟宋爵尊国大，况其国介于晋、吴之间，今欲扰乱晋伯，必自宋始。今宋大夫鱼石、向为人、鳞朱、向带、鱼府五人，与右师华元相恶，见今出奔在楚。若资以兵力，用之伐宋，取得宋邑，即以封之，此以敌攻敌之计。晋若不救，则失诸侯矣；若救宋，必攻鱼石，我坐而观其成败，亦一策也。"共王乃用其谋，即命壬夫为大将，用鱼石等为向导，统大军伐宋。不知胜负如何，且看下回分解。

智芒子
方軍
敨肆

第六十回　智武子分军肆敌　偪阳城三将斗力

话说周简王十三年夏四月,楚共王用右尹壬夫之计,亲统大军,同郑成公伐宋。以鱼石等五大夫为向导,攻下彭城。使鱼石等据之,留下三百乘,屯戍其地。共王谓五大夫曰:"晋方通吴,与楚为难,而彭城乃吴、晋往来之径。今留重兵助汝,进战则可以割宋国之封,退守亦可以绝吴、晋之使。汝宜用心任事,勿负寡人之托!"共王归楚。

是冬,宋成公使大夫老佐帅师围彭城,鱼石统戍卒迎战,为老佐所败。楚令尹婴齐闻彭城被围,引兵来救。老佐恃勇轻敌,深入楚军,中箭而亡。婴齐遂进兵侵宋。宋成公大惧,使右师华元至晋告急。韩厥言于悼公曰:"昔文公之伯,自救宋始。兴衰之机,在此一举,不可以不勤也。"乃大发使,征兵于诸侯。悼公亲统大将韩厥、荀偃、栾黡等先屯兵于台谷。婴齐闻晋兵大至,乃班师归楚。

周简王十四年,悼公帅宋、鲁、卫、曹、莒、邾、滕、薛八国之兵,进围彭城。宋大夫向戍使辊车,向城上四面呼曰:"鱼石等背君之贼,天理不容! 今晋统二十万之众,蹂破孤城,寸草不留。汝等若知顺逆,何不擒逆贼来降? 免使无辜被戮。"如此传呼数遍,彭城百姓闻之,皆知鱼石理亏,开门以纳晋师。时楚戍虽众,鱼石等不加优恤,莫肯效力。晋悼公入城,戍卒俱奔散。韩厥擒鱼石,栾黡、荀偃擒鱼府,宋向戍擒向为人、向带,鲁仲孙蔑擒鳞朱,各解到晋悼公处献功。悼公命将五大夫斩首,安置其族于河东壶丘之地,遂移师问罪于郑。楚右尹壬夫侵宋以救郑,诸侯之师还救宋,因各散归。

是年,周简王崩,世子泄心即位,是为灵王。灵王自始生时,口上便有髭zī须,故周人谓之髭王。髭王元年夏,郑成公疾笃,谓上卿公子騑bī曰:"楚君以救郑之故,矢及于目,寡人未之敢忘。寡人死后,诸卿切勿背楚!"嘱罢遂薨。公子騑等奉世子髡顽即位,是为僖公。

晋悼公以郑人未服,大合诸侯于戚以谋之。鲁大夫仲孙蔑献计曰:"郑地之险,莫如虎牢,且楚、郑相通之要道也。诚筑城设关,留重兵以逼之,郑必从矣。"楚降将巫臣献计曰:"吴与楚一水相通,自臣往岁聘吴,约与攻楚,吴人屡次侵扰楚属,楚人苦之。今莫若更遣一介,导吴伐楚,楚东苦吴兵,安能北与我争郑乎?"晋悼公两从之。时齐灵公亦遣世子光同上卿崔杼来会所,听晋之命。悼公乃合九路诸侯兵力,大城虎牢,增置墩台。大国抽兵千人,小国五百三百,共守其地。郑僖公果然恐惧,始行成于晋,晋悼公乃还。

　　时中军尉祁奚年七十余矣,告老致政。悼公问曰:"孰可以代卿者?"奚对曰:"莫如解狐。"悼公曰:"闻解狐卿之仇也,何以举之?"奚对曰:"君问可,非问臣之仇也。"悼公乃召解狐,未及拜官,狐已病死。悼公复问曰:"解狐之外,更有何人?"奚对曰:"其次莫如午。"悼公曰:"午非卿之子耶?"奚对曰:"君问可,非问臣之子也。"悼公曰:"今中军尉副羊舌职亦死,卿为我并择其代。"奚对曰:"职有二子,曰赤,曰肸,二人皆贤,惟君所用。"悼公从其言,以祁午为中军尉,羊舌赤副之。诸大夫无不悦服。

　　话分两头。再说巫臣之子巫狐庸,奉晋侯命,如吴见吴王寿梦,请兵伐楚。寿梦许之,使世子诸樊为将,治兵于江口。早有谍人报入楚国。楚令尹婴齐奏曰:"吴师从未至楚,若一次入境,后将复来,不如先期伐之。"共王以为然。婴齐乃大阅舟师,简精卒二万人,由大江袭破鸠兹,遂欲顺流而下。骁将邓廖进曰:"长江水溜 水势迅猛,进易退难。小将愿率一军前行,得利则进,失利亦不至于大败。元帅屯兵于郝山矶,相机观变,可以万全。"婴齐然其策,乃选组甲三百人,被练袍者三千人,皆气强力大,一可当十者,大小舟共百艘,一声炮响,船头望东进发。早有哨船探知鸠兹失事,来报世子诸樊。诸樊曰:"鸠兹既失,楚兵必乘胜东下,宜预备之。"乃使公子夷昧帅舟师数十艘,于东西梁山诱敌,公子余祭伏兵于采石港。邓廖兵过郝山矶,望梁山有兵船,奋勇前进。夷昧略战,即佯败东走。邓廖追过采石矶,遇诸樊大军,方接战,未十余合,采石港中炮声大振,余祭伏兵从后夹攻,前后矢发如雨点,邓廖面中三矢,犹拔箭力战。夷昧乘艨艟 méng chōng 古代战船名 大舰至,舰上俱精选勇士,以大枪乱捣敌船,船多覆溺。邓廖力尽被执,不屈而死。余军得逃者,惟组甲八十,被练甲者三百人而已。婴齐惧罪,方欲掩败为功,谁知吴世子诸樊乘胜,反进兵袭楚,婴齐大败而回,鸠兹仍复归吴。婴齐羞愤成疾,未至郢都,遂卒。史臣有诗云:

　　　乘车射御教吴人,从此东方起战尘。
　　　组甲成擒名将死,当年错着族巫臣。

　　共王乃进右尹壬夫为令尹。壬夫赋性贪鄙,索赂于属国,陈成公不能堪,乃使辕侨如请服于晋。晋悼公大合诸侯于鸡泽,再会诸侯于戚。吴子寿梦亦来会好,中国之势大振。楚共王怒失陈国,归罪于壬夫,杀之,用其弟公子贞字子囊者代为令尹。大阅师徒，出车五百乘伐陈。时陈成公午已薨，世子弱嗣位，是为哀公。惧楚兵威，复归附于楚。晋悼公闻之大怒，欲起兵与楚争陈。忽报无终国君嘉父遣大夫孟乐至晋，献虎豹之皮百个。奏言："山戎诸国，自齐桓公征服，一向平靖。近因燕、秦微弱，山戎窥中国无伯，复肆侵掠。寡君闻晋君精明，将绍桓、文之业，因此宣晋威德，诸戎情愿受盟。因此寡君遣微臣奉闻，惟赐定夺。"悼公集诸将商议，皆曰："戎狄无亲，不如伐之。昔者，齐桓公之伯，先定山戎，后征荆楚，正以豺狼之性，非兵威不能制也。"司马魏绛独曰："不可。今诸侯初合，大业未定，若兴兵伐戎，楚兵必乘虚而生事，诸侯必叛晋而朝楚。夫夷狄，禽兽也。诸侯，兄弟也。今得禽兽而失兄弟，非策也。"悼公曰："戎可和乎？"魏绛对曰："和戎之利有五：戎与晋邻，其地多旷，贱土贵货，我以货易土，可以广地，其利一也；侵掠既息，边民得安意耕种，其利二也；以德怀远，兵车不劳，其利三也；戎狄事晋，四邻震动，诸侯畏服，其利四也；我无北顾之忧，得以专意于南方，其利五也。有此五利，君何不从？"悼公大悦，即命魏绛为和戎之使，同孟乐至无终国，与国王嘉父商议停当。嘉父乃号召山戎诸国，并至无终，歃血定盟："方今晋侯嗣伯，主盟中华，诸戎愿奉约束，捍卫北方，不侵不叛，各保安宁。如有背盟，天地不佑！"诸戎受盟，各各欢喜，以土宜献魏绛，绛分毫不受。诸戎相顾曰："上国使臣廉洁如此！"倍加敬重。魏绛以盟约回报悼公，悼公大悦。

　　时楚令尹公子贞已得陈国，又移兵伐郑。因虎牢有重兵戍守，不走汜水一路，却由许国望颍水而来。郑僖公髡顽大惧，集六卿共议。那六卿：公子騑，字子驷；公子发，字子国；公子嘉，字子孔，三位俱穆公之子，于僖公为叔祖辈。公孙辄，字子耳，乃公子去疾之子；公孙虿（chài），字子蟜，乃公子偃之子；公孙舍之，字子展，乃公子喜之子，三位俱穆公之孙，袭父爵为卿，于僖公为叔辈。这六卿都是尊行，素执郑政。僖公髡顽心高气傲，不甚加礼，以此君臣积不相能，上卿公子騑尤为凿枘。今日会议之际，僖公主意，欲坚守以待晋救。公子騑开言曰："谚云：'远水岂能救近火？'不如从楚。"僖公曰："从楚则晋师又至，何以当之？"公子騑对曰："晋与楚谁怜我者？我亦何择于二国？惟强者则事之。今后请以牺牲玉帛待于境外，楚来则盟楚，晋来则盟晋。两雄并争，必有大屈。强弱既分，吾因择强者而庇民焉，不亦可乎？"僖公不从其计，曰："如驷言，郑朝夕待盟，无宁岁矣！"欲遣使求援于晋。诸大夫惧违公子騑之意，莫肯往者。僖公发愤自行，是夜宿于驿舍。公子騑使门客伏而刺之，托言暴疾，立其弟嘉为君，是为简公。使人报楚曰："从晋皆髡顽之意,今髡顽已死,愿听盟罢兵!"楚公子贞受盟而退。

晋悼公闻郑复从楚,乃问于诸大夫曰:"今陈、郑俱叛,伐之何先?"荀罃对曰:"陈国小地偏,无益于成败之数。郑为中国之枢,自来图伯,必先眼郑。宁失十陈,不可失一郑也。"韩厥曰:"子羽识见明决,能定郑者必此人,臣力衰智耄,愿以中军斧钺让之。"悼公不许,厥坚请不已,乃从之。韩厥告老致政,荀罃遂代为中军元帅,统大军伐郑。兵至虎牢,郑人请盟,荀罃许之。比及晋师返旆,楚共王亲自伐郑,复取成而归。悼公大怒,问于诸大夫曰:"郑人反覆,兵至则从,兵撤复叛,今欲得其坚附,当用何策?"荀罃献计曰:"晋所以不能收郑者,以楚人争之甚力也。今欲收郑,必先敝楚,欲敝楚,必用'以逸待劳'之策。"悼公曰:"何谓'以逸待劳'之策?"荀罃对曰:"兵不可以数动,数动则疲,诸侯不可以屡勤,屡勤则怨。内疲而外怨,以此御楚,臣未见其胜也。臣请举四军之众,分而为三,将各国亦分派配搭。每次只用一军,更番出入,楚进则我退,楚退则我复进,以我之一军,牵楚之全军。彼求战不得,求息又得,我无暴骨之凶,彼有道途之苦,我能亟往,彼不能亟来,如是而楚可疲,郑可固也。"悼公曰:"此计甚善!"即命荀罃治兵于曲梁,三分四军,定更番之制。荀罃登坛出令,坛上竖起一面杏黄色大旆,上写"中军元帅智"。他本荀氏,为何却写"智"字?因荀罃、荀偃叔侄同为大将,军中一姓,嫌无分别。罃父荀首食采于智,偃父荀庚自晋作三行时,曾为中行将军,故又以智氏、中行氏别之。自此荀罃号为智罃,荀偃号为中行偃,军中耳目,就不乱了。这都是荀罃的法度。坛下分立三军:第一军,上军元帅荀偃,副将韩起,鲁、曹、邾三国以兵从,中军副将范匄接应;第二军,下军元帅栾黡,副将士鲂,齐、滕、薛三国以兵从,中军上大夫魏颉接应;第三军,新军元帅赵武,副将魏相,宋、卫、郳三国以兵从,中军下大夫荀会接应。

荀罃传令:第一次上军出征,第二次下军出征,第三次新军出征。中军兵将,分配接应,周而复始。但取盟约归报,便算有功,更不许与楚兵交战。公子杨干,乃悼公之同母弟,年方一十九岁,新拜中军戎御之职,血气方刚,未经战阵。闻得治兵伐郑,摩拳擦掌,巴不得独当一队,立刻上前厮杀。不见智罃点用,心中一股锐气,按纳不住,遂自请为先锋,愿效死力。智罃曰:"吾今日分军之计,只要速进速退,不以战胜为功。分派已定,小将军虽勇,无所用之。"杨干固请自效。荀罃曰:"既小将军坚请,权于荀大夫部下接应新军。"杨干又道:"新军派在第三次出征,等待不及,求拨在第一军部下。"智罃不从。

杨干恃自家是晋侯亲弟,径将本部车卒,自成一队,列于中军副将范匄之后。司马魏绛奉将令整肃行伍,见杨干越次成列,即鸣鼓告于众曰:“杨干故违将令,乱了行伍之序,论军法本该斩首。念是晋侯亲弟,姑将仆御代戮,以肃军政。”即命军校擒其御车之人斩之,悬首坛下,军中肃然。杨干素骄贵自恣,不知军法,见御人被戮,吓得魂不附体,十分惧怕中,又带了三分羞,三分恼,当下驾车驰出军营,径奔晋悼公之前,哭拜于地,诉说魏绛如此欺负人,无颜见诸将之面。悼公爱弟之心,不暇致详,遂怫然大怒曰:“魏绛辱寡人之弟,如辱寡人。必杀魏绛,不可纵也!”乃召中军尉副羊舌职往取魏绛。羊舌职入宫见悼公曰:“绛志节之士,有事不避难,有罪不避刑,军事已毕,必当自来谢罪,不须臣往。”顷刻间,魏绛果至,右手仗剑,左手执书,将入朝待罪。至午门,闻悼公欲使人取己,遂以书付仆人,令其申奏,便欲伏剑而死。只见两位官员喘吁吁的奔至,乃是下军副将士鲂、主候大夫张老。见绛欲自刎,忙夺其剑曰:“某等闻司马入朝,必为杨公子之事,所以急趋而至,欲合词禀闻主公,不识司马为何轻生如此?”魏绛具说晋侯召羊舌大夫之意。二人曰:“此乃国家公事,司马奉法无私,何必自丧其身? 不须令仆上书,某等愿代为启奏。”三人同至宫门,士鲂、张老先入,请见悼公,呈上魏绛之书。悼公启而览之,略云:

> 君不以臣为不肖,使承中军司马之乏。臣闻:“三军之命,系于元帅;元帅之权,在乎命令。”有令不遵,有命不用,此河曲之所以无功,邲城之所以致败也。臣戮不用命者,以尽司马之职。臣自知上触介弟,罪当万死! 请伏剑于君侧,以明君侯亲亲之谊。

悼公读罢其书,急问士鲂、张老曰:“魏绛安在?”鲂等答曰:“绛惧罪欲自杀,臣等力止之,见在宫门待罪!”悼公悚然起席,不暇穿履,遂跣 xiǎn 足,光脚步出宫门,执魏绛之手,曰:“寡人之言,兄弟之情也;子之所行,军旅之事也。寡人不能教训其弟,以犯军刑,过在寡人,于卿无与,卿速就职。”羊舌职在旁大声曰:“君已恕绛无罪,绛宜退!”魏绛乃叩谢不杀之恩。羊舌职与士鲂、张老同时稽首称贺曰:“君有奉法之臣如此,何患伯业不就?”四人辞悼公一齐出朝。悼公回宫,大骂杨干:“不知礼法,几陷寡人于过,杀吾爱将!”使内侍押往公族大夫韩无忌处,学礼三月,方许相见。杨干含羞郁郁而去。髯翁有诗云:

> 军法无亲敢乱行,中军司马面如霜。
> 悼公伯志方磨励,肯使忠臣剑下亡?

　　智䓨定分军之令，方欲伐郑，廷臣传报："宋国有文书到来。"悼公取览，乃是楚、郑二国相比，屡屡兴兵，侵掠宋境，以偪阳为东道，以此告急。上军元帅荀偃请曰："楚得陈、郑而复侵宋，意在与晋争伯也。偪阳为楚伐宋之道，若兴师先向偪阳，可一鼓而下。前彭城之围，宋向戍有功，因封之以为附庸，使断楚道，亦一策也。"智䓨曰："偪阳虽小，其城甚固，若围而不下，必为诸侯所笑。"中军副将士匄曰："彭城之役，我方伐郑，楚则侵宋以救之。虎牢之役，我方平郑，楚又侵宋以报之。今欲得郑，非先为固宋之谋不可，偃言是也。"智䓨曰："二子能料偪阳必可灭乎？"荀偃、士匄同声应曰："都在小将二人身上。如若不能成功，甘当军令！"悼公曰："伯游倡之，伯瑕助之，何忧事不济乎？"乃发第一军往攻偪阳，鲁、曹、邾三国皆以兵从。偪阳大夫妘 yún 斑献计曰："鲁师营于北门，我伪启门出战，其师必入攻；俟其半入，下悬门以截之。鲁败，则曹、邾必惧，而晋之锐气亦挫矣。"偪阳子用其计。

　　却说鲁将孟孙蔑率其部将叔梁纥、秦堇 qín 父、狄虒 sī 弥等攻北门，只见悬门不闭，堇父同虒弥恃勇先进，叔梁纥继之。忽闻城上豁喇一声，将悬门当着叔梁纥头顶上放将下来。纥即投戈于地，举双手把悬门轻轻托起，后军就鸣金起来。堇父、虒弥二将恐后队有变，急忙回身。城内鼓角大振，妘斑引着大队人车，尾后追逐。望见一大汉，手托悬门，以出军将。妘斑大骇，想道："这悬门自上放下，不是千斤力气，怎抬得住？若闯出去，反被他将门放下，可不利害！"且自停车观望。叔梁纥待晋军退尽，大叫道："鲁国有名上将叔梁纥在此！有人要出城的，趁我不曾放手，快些出去！"城中无人敢应。妘斑弯弓搭箭，方欲射之，叔梁纥把双手一掀，就势撒开，那悬门便落了闸口。纥回至本营，谓堇父、虒弥曰："二位将军之命，悬于我之两腕也。"堇父曰："若非鸣金，吾等已杀入偪阳城，成其大功矣。"虒弥曰："只看明日，我要独攻偪阳，显得鲁人本事。"

　　至次日，孟孙蔑整队向城上搦战，每百人为一队。狄虒弥曰："我不要人帮助，只单身自当一队足矣。"乃取大车轮一个，以坚甲蒙之，紧紧束缚，左手执以为橹，右握大戟，跳跃如飞。偪阳城上，望见鲁将施逞勇力，乃悬布于城下，叫曰："我引汝登城，谁人敢登，方见真勇。"言犹未已，鲁军队中一将出应曰："有何不敢！"此将乃秦堇父也。即以手牵布，左右更换，须臾盘至城堞 dié 城上齿状矮墙。偪阳人以刀割断其布，堇父从半空中蹴将下来。偪阳城高数仞，若是别人，这一跌，纵然不死，也是重伤。堇父全然不觉。城上布又垂下，问道："再敢登么？"堇父又应曰："有何不敢！"手借布力，腾身复上。又被偪阳人断布扑地，又一大跌。才爬起来，城上布又垂下，问道："还敢不敢？"董父声愈厉，答曰："不敢不算好汉！"挽布如前。偪阳人看见董父再坠再登，全无畏惧，倒着了忙，急割布时，已被董父捞着一人，望城下一摔，跌个半熟。董父亦随布坠下，反向城上叫道："你还敢悬布否？"城上应曰："已知将军神勇，不敢复悬矣。"董父遂取断布三截，遍示诸队，众人无不吐舌。孟孙蔑叹曰："诗云：'有力如虎。'此三将足当之矣！"妘斑见鲁将凶猛，一个赛一个，遂不敢出战，吩咐军民竭力固守。各军自夏四月丙寅日围起，至五月庚寅，凡二十四日，攻者已倦，应者有余。忽然天降大雨，平地水深三尺，军中惊恐不安。荀偃、士匄虑水患生变，同至中军来禀智罃，欲求班师。不知智罃肯听从否，再看下回分解。

晋悼公有会萧衆庶

孙林父因歌逐献公

第六十一回　晋悼公驾楚会萧鱼　孙林父因歌逐献公

话说晋及诸侯之兵，围了偪阳城二十四日，攻打不下。忽然天降大雨，平地水深三尺。荀偃、士匄二将，虑军心有变，同至中军来禀智罃曰："本意谓城小易克，今围久不下。天降大雨，又时当夏令，水潦将发。泡水在西，薛水在东，漷 kuò 水在东北，三水皆与泗水相通。万一连雨不止，三水横溢，恐班师不便。不如暂归，以俟再举。"智罃大怒，取所凭之几，向二将掷之，骂曰："老夫可曾说来，'城小而固，未易下也'。竖子自任可灭，在晋侯面前，一力承当。牵帅老夫，至于此地！攻围许久，不见尺寸之效，偶然天雨，便欲班师。来由得你，去由不得你！今限汝七日之内，定要攻下偪阳。若还无功，照军令状斩首！速去！勿再来见！"二将吓得面如土色，喏喏连声而退。谓本部军将曰："元帅立下严限，七日若不能破城，必取吾等之首。今我亦与尔等立限，六日不能破城，先斩汝等，然后自到 jǐng 断头，以申军法。"众将皆面面相觑。偃、匄曰："军中无戏言！吾二人当亲冒矢石，昼夜攻之，有进无退。"约会鲁、曹、邾三国，一齐并力。时水势稍退，偃、匄乘辒车，身先士卒，城上矢石如雨，全然不避。自庚寅日攻起，至甲午日，城中矢石俱尽。荀偃附堞先登，士匄继之，各国军将，亦乘势蚁附而上。妘斑巷战而死。智罃入城，偪阳君率群臣迎降于马首。智罃尽收其族，留于中军。计攻城至城破之日，才五日耳，若非智罃发怒，此举无功矣。髯翁有诗云：

仗钺登坛无地天，偏裨何事敢侵权？

一人投杌①三军惧，不怕隆城铁石坚。

时悼公恐偪阳难下，复挑选精兵二千人，前来助战。行至楚丘，闻智罃已成大功，遂遣使至宋，以偪阳之地封宋向戌。向戌同宋平公亲至楚丘来见晋侯。向戌辞不受封，悼公乃归地于宋公。宋、卫二君，各设享款待晋侯。智罃述鲁三将之勇，悼公各赐车服，乃归。悼公以偪阳子助楚，废为庶人，选其族人之贤者，以主妘姓之祀，居于霍城。其秋，荀会卒，悼公以魏绛能执法，使为新军副将，以张老为司马。

---

①杌（wù）：多指小凳，作坐具或搁物。

是冬,第二军伐郑,屯于牛首,复添虎牢之戍。适郑人尉止作乱,杀公子騑、公子发、公孙辄于西宫之朝。騑之子公孙夏字子西、发之子公孙侨字子产,各帅家甲攻贼,贼败走北宫。公孙虿亦率众来助,遂尽诛尉止之党,立公子嘉为上卿。栾黡请曰:"郑方有乱,必不能战,急攻之可拔也。"智罃曰:"乘乱不义。"命缓其攻。公子嘉使人行成,智罃许之。比及楚公子贞来救郑,则晋师已尽退矣。郑复与楚盟。传称:"晋悼公三驾服楚。"此乃"三驾"之一。周灵王九年事也。

明年夏,晋悼公以郑人未服,复以第三军伐郑。宋向戍之兵先至东门,卫上卿孙林父帅师同郳 ní 人屯于北鄙,晋新军元帅赵武等营于西郊之外,荀罃帅大军自北林而西,扬兵于郑之南门,约会各路军马,同日围郑。郑君臣大惧,又遣使行成。荀罃又许之,乃退师于宋地。郑简公亲至亳城之北,大犒诸军,与荀罃等歃血为盟,晋、宋各军方散。此乃"三驾"之二。楚共王大怒,使公子贞往秦借兵,约共伐郑。时秦景公之妹嫁为楚王夫人,两国有姻好,乃使大将嬴詹帅车三百乘助战。共王亲帅大军,望荥阳进发,曰:"此番不灭郑,誓不班师!"

却说郑简公自亳城北盟晋而归,逆知楚军旦暮必至,大集群臣计议。诸大夫皆曰:"方今晋势强盛,楚不如也。但晋兵来甚缓,去甚速,两国未尝见个雌雄,所以交争不息。若晋肯致死于我,楚力不逮,必将避之,从此可专事于晋矣。"公孙舍之献策曰:"欲晋致死于我,莫如怒之。欲激晋之怒,莫如伐宋。宋与晋最睦,我朝伐宋,晋夕伐我。晋能骤来,楚必不能,我乃得有词于楚也。"诸大夫皆曰:"此计甚善!"正计议间,谍人探得楚国借兵于秦的消息来报。公孙舍之喜曰:"此天使我事晋也!"众人不解其意。舍之曰:"秦、楚交伐,郑必重困。乘其未入境,当往迎之,因导之使同伐宋国。一则免楚之患,二则激晋之来,岂非一举两得?"郑简公从其谋,即命公孙舍之乘单车星夜南驰,渡了颍水,行不一舍,正遇楚军。公孙舍之下车拜伏于马首之前。楚共王厉色问曰:"郑反覆无信,寡人正来问罪,汝来却是何意?"舍之奏曰:"寡君怀大王之德,畏大王之威,所愿终身宇下,岂敢离遏 tì?无奈晋人暴虐,与宋合兵,侵扰无已。寡君惧社稷颠覆,不能事君,姑与之和,以退其师。晋师既退,仍是大王贡献之邑也。恐大王未鉴敝邑之诚,特遣下臣奉迎,布其心腹。大王若能问罪于宋,寡君愿执鞭为前部,稍效犬马,以明誓不相背之意。"共王回嗔作喜曰:"汝君若从寡人伐宋,寡人又何说乎?"舍之又奏曰:"下臣束装之日,寡君已悉索敝赋,俟大王于东鄙,不敢后也。"共王曰:"虽然如此,但秦庶长约在荥阳城下相会,须与同事方可。"舍之复奏曰:"雍州辽远,必越晋过周,方能至郑。大王遣一介之使,犹可及止。以大王之威,楚兵之劲,何必借助于西戎哉?"共王悦其言,果使人辞谢秦师,遂同公孙舍之东行。及有莘之野,郑简公帅师来会,遂同伐宋国,大掠而还。

宋平公遣向戌如晋,诉告楚、郑连兵之事。悼公果然大怒,即日便欲兴师。此番又轮该第一军出征了。智䓨进曰:"楚之借师于秦者,正以连年奔走道路,不胜其劳也。我一岁而再伐,楚其能复来乎?此番得郑必矣。当示以强盛之形,坚其归志。"悼公曰:"善。"乃大合宋、鲁、卫、齐、曹、莒、邾、滕、薛、杞、小邾各国,一齐至郑,观兵于郑之东门,一路俘获甚众。此师乃"三驾"之三也。郑简公谓公孙舍之曰:"子欲激晋之怒,使之速来,今果至矣,为之奈何?"舍之对曰:"臣请一面求成于晋,一面使人请救于楚。楚兵若能亟来,必当交战,吾择其胜者而从之。若楚不能至,吾受晋盟,因以重赂结晋,晋必庇我,又何楚之足患乎?"简公以为然,乃使大夫伯骈行成于晋,使公孙良霄、太宰石㚟chuò如楚告曰:"晋师又至郑矣,从者十一国,兵势甚盛,郑亡已在旦夕。君王若能以兵威慑晋,孤之愿也。不然,孤惧社稷不保,不得不即安于晋,惟君王怜之,恕之!"楚共王大怒,召公子贞问计。公子贞曰:"我兵乍归,喘息未定,岂能复发?姑让郑于晋,后取之,何患无日!"共王余怒未平,乃囚良霄、石㚟于军府,不放归国。髯仙有诗云:

楚晋争锋结世仇,晋兵迭至楚兵休。

行人何罪遭拘执?始信分军是善谋。

时晋军营于萧鱼,伯骈来至晋军,悼公召入,厉声问曰:"汝以行成哄我,已非一次矣,今番莫非又是缓兵之计?"伯骈叩首曰:"寡君已别遣行人先告绝于楚,敢有二心乎?"悼公曰:"寡人以诚信待汝,汝若再怀反覆,将犯诸侯之公恶,岂独寡人!汝且回去,与汝君商议详确,再来回话。"伯骈又奏曰:"寡君薰沐而遣下臣,实欲委国于君侯,君侯勿疑。"悼公曰:"汝意既决,交盟可也。"乃命新军元帅赵武同伯骈入城,与郑简公歃血订盟。简公亦遣公孙舍之随赵武出城,与悼公要约。是冬十二月,郑简公亲入晋军,与诸侯同会,因请受歃。悼公曰:"交盟已在前矣,君若有信,鬼神鉴之,何必再歃?"乃传令:"将一路俘获郑人,悉解其缚,放归本国。禁诸军不得犯郑国分毫,如有违者,治以军法!虎牢戍兵,尽行撤去,使郑人自为守望。"诸侯皆谏曰:"郑未可恃也。倘更有反覆,重复设戍难矣。"悼公曰:"久劳苦诸国将士,恨无了期。今当与郑更始,委以腹心,寡人不负郑,郑其负寡人乎?"乃谓郑简公曰:

"寡人知尔苦兵,欲相与休息。今后从晋从楚,出于尔心,寡人不强。"简公感激流涕曰:"伯君以至诚待人,虽禽兽可格到达,至,况某犹人类,敢忘覆庇?再有异志,鬼神必殛!"简公辞去。明日使公孙舍之献略为谢:乐师三人,女乐十六人,歌钟三十二枚,镈 bó 古代一种钟形乐器磬相副,针指女工三十人,轴车广车共十五乘,他兵车复百乘,甲兵具备。悼公受之。以女乐八人、歌钟十二赐魏绛,曰:"子教寡人和诸戎狄,以正诸华。诸侯亲附,如乐之和,愿与子同此乐也。"又以兵车三分之一赐智罃,曰:"子教寡人分军敝楚,今郑人获成,皆子之功。"绛、罃二将,皆顿首辞曰:"此皆仗君之灵,与诸侯之劳,臣等何力之有?"悼公曰:"微二卿,寡人不能至此,卿勿固却。"乃皆拜受。于是十二国车马同日班师。悼公复遣使行聘各国,谢其向来用师之劳,诸侯皆悦。自此郑国专心归晋,不敢萌二三之念矣。史臣有诗云:

> 郑人反覆似猱狙①,晋伯偏将诈力锄。
> 二十四年归宇下,万知忠信胜兵戈。

时秦景公伐晋以救郑,败晋师于栎,闻郑已降晋,乃还。

明年为周灵王十一年,吴子寿梦病笃,召其四子诸樊、余祭、夷昧、季札至床前,谓曰:"汝兄弟四人,惟札最贤,若立之,必能昌大吴国。我一向欲立为世子,奈札固辞不肯。我死之后,诸樊传余祭,余祭传夷昧,夷昧传季札,传弟不传孙。务使季札为君,社稷有幸。违吾命者,即为不孝,上天不祐!"言讫而绝。诸樊让国于季札曰:"此父志也。"季札曰:"弟辞世子之位于父生之日,肯受君位于父死之后乎?兄若再逊,弟当逃之他国矣。"诸樊不得已,乃宣明次传之约,以父命即位。晋悼公遣使吊贺,不在话下。

又明年为周灵王十二年,晋将智罃、士鲂、魏相,相继而卒。悼公复治兵于绵山,欲使士匄将中军,匄辞曰:"伯游长。"乃使中行荀偃代智罃之任,士匄为副。又欲使韩起将上军,起曰:"臣不如赵武之贤。"乃使赵武代荀偃之任,韩起为副。栾黡将下军如故,魏绛为副。其新军尚无帅,悼公曰:"宁可虚位以待人,不可以人而滥位。"乃使其军吏率官属卒乘,以附于下军。诸大夫皆曰:"君之慎于名器如此。"乃各修其职,弗敢懈怠,晋国大治,复兴文、襄之业。未几,废新军并入三军,以守侯国之礼。

是年秋九月,楚共王审薨,世子昭立,是为康王。吴王诸樊命大将公子党帅师伐楚。楚将养繇基迎敌,射杀公子党,吴师败还。诸樊遣使告败于

---

① 猱狙(náo jū):猕猴。此处指像猴子一样狡猾。

晋,悼公合诸侯于向以谋之。晋大夫羊舌肸进曰:"吴伐楚之丧,自取其败,不足恤也。秦、晋邻国,世有姻好,今附楚救郑,败我师于栎,此宜先报。若伐秦有功,则楚势益孤矣。"悼公以为然。使荀偃率三军之众,同鲁、宋、齐、卫、郑、曹、莒、邾、滕、薛、杞、小邾十二国大夫伐秦,晋悼公待于境上。

秦景公闻晋师将至,使人以毒药数囊,沉于泾水之上流。鲁大夫叔孙豹同莒师先济,军士饮水中毒,多有死者,各军遂不肯济。郑大夫公子蟜谓卫大夫北宫括曰:"既已从人,敢观望乎?"公子蟜帅郑师渡泾,北宫括继之。于是诸侯之师皆进,营于棫林。谍报:"秦军相去不远。"荀偃令各军:"鸡鸣驾车,视我马首所向而行!"下军元帅栾黡素不服中行偃,及闻令,怒曰:"军旅之事,当集众谋,即使偃能独断,亦宜明示进退,乌有使三军之众视其马首者? 我亦下军之帅也,我马首欲东。"遂帅本部东归。副将魏绛曰:"吾职在从帅,不敢俟中行伯矣。"亦随栾黡班师。早行人报知中行偃,偃曰:"出令不明,吾实有过。令既不行,何望成功?"乃命诸侯之师各归本国,晋师亦还。时栾鍼为下军戎右,独不肯归,谓范匄之子范鞅曰:"今日之役,本为报秦,若无功而返,是益耻也。吾兄弟二人,并在军中,岂可一时皆返? 子能与我同赴秦师乎?"范鞅曰:"子以国耻为念,鞅敢不从!"乃各引本部驰入秦军。

却说秦景公引大将嬴詹及公子无地,帅车四百乘,离棫林五十里安营,正遣人探听晋兵进止,忽见东角尘头起处,一彪车马飞来,急使公子无地率军迎敌。栾鍼奋勇上前,范鞅助之,连刺杀甲将十余人。秦军披靡欲走,望其后军无继,复鸣鼓合兵围之。范鞅曰:"秦兵势大,不可当也!"栾鍼不听。嬴詹大军又到,栾鍼复手杀数人,身中七箭,力尽而死。范鞅脱甲,乘单车疾驰得免。栾黡见范鞅独归,问曰:"吾弟何在?"鞅曰:"已没于秦军矣!"黡大怒,拔戈直刺范鞅。鞅不敢相抗,走入中军。黡随后赶到,鞅避去。其父范匄迎谓曰:"贤婿何怒之甚也?"黡妻栾祁,乃范匄之女,故以婿呼之。黡怒气勃勃,不能制,大声答曰:"汝子诱吾弟同入秦师,吾弟战死,而汝子生还,是汝子杀吾弟也。汝必逐鞅,犹可恕,不然,我必杀鞅,以偿吾弟之命!"范匄曰:"此事老夫不知也,今当逐之。"范鞅闻其语,遂从幕后出奔秦国。

秦景公问其来意,范鞅叙述始末。景公大喜,待以客卿之礼。一日,问曰:"晋君何如人?"对曰:"贤君也,知人而善任。"又问:"晋大夫谁最贤?"对曰:"赵武有文德,魏绛勇而不乱,羊舌肸习于《春秋》,张老笃信有智,祁午临事镇定,臣父匄能识大体,皆一时之选。其他公卿,亦皆习于令典,克守其官,鞅未敢轻议也。"景公又曰:"然则晋大夫中,何人先亡?"鞅对曰:"栾氏将先亡。"景公曰:"岂非以汰侈故乎?"范鞅曰:"栾黡虽汰侈,犹可及身,其子盈必不免。"景公:"何故?"鞅对曰:"栾武子恤民爱士,人心所归,故虽有弑君之恶,而国中不以为非,戴其德也。思召公者,爱及甘棠,况其子乎?黡若死,盈之善未能及人,而武之德已远,修黡之怨者,必此时矣。"景公叹曰:"卿可谓知存亡之故者也!"乃因范鞅而通于范匄,使庶长武聘晋,以修旧好,并请复范鞅之位。悼公从之,范鞅归晋。悼公以鞅及栾盈并为公族大夫,且谕栾黡勿得修怨。自此秦、晋通和,终春秋之世,不相加兵。有诗为证:

> 西邻东道世婚姻,一旦寻仇斗日新。
>
> 玉帛既通兵革偃,从来好事是和亲。

是年栾黡卒,子栾盈代为下军副将。

话分两头,却说卫献公名衎kàn,自周简王十年代父定公即位。因居丧不戚,其嫡母定姜,逆知其不能守位,屡屡规谏,献公不听。及在位,日益放纵,所亲看无非谗谄面谀之人,所喜者不过鼓乐田猎之事。自定公之世,有同母弟公子黑肩,怙宠专政。黑肩之子公孙剽嗣父爵为大夫,颇有权略。上卿孙林父、亚卿宁殖见献公无道,皆与剽结交。林父又暗结晋国为外援,将国中器币宝货尽迁于戚,使妻子居之。献公疑其有叛心,一来形迹未著,二来畏其强家,所以含忍不发。

忽一日,献公约孙、宁二卿共午食。二卿皆朝服待命于门,自朝至午,不见使命来召,宫中亦无一人出来。二卿心疑。看看日斜,二卿饥困已甚,乃叩宫门请见。守阍内侍答曰:"主公在后圃演射,二位大夫若要相见,可自往之。"孙、宁二人心中大怒,乃忍饥径造后圃,望见献公方戴皮冠,与射师公孙丁较射。献公见孙、宁二人近前,不脱皮冠,挂弓于臂而见之,问:"二卿今日来此何事?"孙、宁二人齐声答曰:"蒙主公约共午食,臣等伺候至今,腹且馁矣。恐违君命,是以来此。"献公曰:"寡人贪射,偶尔忘之。二卿且退,俟改日再约可也。"言罢,适有鸿雁飞鸣而过,献公谓公孙丁曰:"与尔赌射此鸿。"孙、宁二人含羞而退。林父曰:"主公耽于游戏,狎近群小,全无敬礼大臣之意。我等将来必不免于祸,如何?"宁殖曰:"君无道,止自祸耳,安能祸人?"林父曰:"我意欲奉公子剽为君,子以为何如?"宁殖曰:"此举甚当,你我相机而动便了。"言罢各别。

林父回家,饭毕,连夜径往戚邑,密唤家臣庚公差、尹公佗等,整顿家甲,为谋叛之计。遣其长子孙蒯往见献公,探其口气。孙蒯至卫,见献公于内朝,假说:"臣父林父,偶染风疾,权且在河上调理,望主公宽宥。"献公笑曰:

"尔父之疾,想因过饿所致,寡人今不敢复饿子。"命内侍取酒相待,唤乐工歌诗侑 yòu 酒。太师请问:"歌何诗?"献公曰:"《巧言》之卒章,颇切时事,何不歌之?"太师奏曰:"此诗语意不佳,恐非欢宴所宜。"师曹喝曰:"主公要歌便歌,何必多言!"原来师曹善于鼓琴,献公使教其嬖妾,嬖妾不率教,师曹鞭之十下,妾泣诉于献公,献公当嬖妾之前,鞭师曹三百,师曹怀恨在心,今日明知此诗不佳,故意欲歌之,以激孙蒯之怒,遂长声而歌曰:

> 彼何人斯,居河之糜? 无拳无勇,职为乱阶。

献公的主意,因孙林父居于河上,有叛乱之形,故借歌以惧之。孙蒯闻歌,坐不安席,须臾辞去。献公曰:"适师曹所歌,子与尔父述之。尔父虽在河上,动息寡人必知,好生谨慎,将息病体。"孙蒯叩头,连声"不敢"而退。回戚,述于林父。林父曰:"主公忌我甚矣! 我不可坐而待死。大夫蘧 qú 伯玉,卫之贤者,若得彼同事,无不济矣。"乃私至卫,往见蘧瑗 yuàn 曰:"主公暴虐,子所知也。恐有亡国之事,将若之何?"瑗对曰:"人臣事君,可谏则谏,不可谏则去之,他非瑗所知矣。"林父度瑗不可动,遂别去。瑗即日逃奔鲁国。

林父聚徒众于戚宫,将攻献公。献公惧,遣使至戚宫,与林父讲和,林父杀之。献公使视宁殖,已戒车将应林父矣。乃召北宫括,括推病不出。公孙丁曰:"事急矣! 速出奔,尚可求复。"献公乃集宫甲约二百余人为一队,公孙丁挟弓矢相从,启东门而出,欲奔齐国。孙蒯、孙嘉兄弟二人引兵追及于河泽,大杀一阵,二百余名宫甲尽皆逃散,存者仅十数人而已。赖得公孙丁善射,矢无虚发,近者辄中箭而死,保着献公,且战且走,二孙不敢穷追而返。才走不上三里,只见庾公差、尹公佗二将引兵而至,言:"奉相国之命,务取卫侯回报。"孙蒯、孙嘉曰:"有一善箭者相随,将军可谨防之!"庾公差曰:"得非吾师公孙丁乎?"原来尹公佗学射于庾公差,公差又学射于公孙丁,三人是一线传授,彼此皆知其能。尹公佗曰:"卫侯前去不远,姑且追之。"约驰十五里,赶着了献公。因御人被伤,公孙丁在车执辔,回首一望,远远的便认得是庾公差了,谓献公曰:"来者是臣之弟子,弟子无害师之事,主公勿忧。"乃停车待之。庾公差既到,谓尹公佗曰:"此真吾师也。"乃下车拜见。公孙丁举手答之,麾之使去。庾公差登车曰:"今日之事,各为其主。我若射,则为背师,若不射,则又为背主,我如今有两尽之道。"乃抽矢叩轮,去其镞,扬声曰:"吾师勿惊!"连发四矢,前中轼,后中轸,左右中两旁,单单空着君臣二人,分明显个本事,卖个人情的意思。庾公差射毕,叫声:"师傅保重!"喝教回车。公孙丁亦引辔而去。尹公佗先遇献公,本欲逞艺,因庾公差是他业师,不敢自专;回至中途,渐渐懊悔起来,谓庾公差曰:"子有师弟之分,所以用情,弟子已隔一层,师恩为轻,主命为重。若无功而返,何以复吾恩主?"庾公差曰:"吾师神箭,不下养由基,尔非其敌,枉送性命!"尹公佗不信庾公之言,当下复身来追卫侯。不知结末如何,再看下回分解。

諸侯同也圍齊國

晋臣合计
延璀盈

第六十二回　诸侯同心围齐国　晋臣合计逐栾盈

　　话说尹公佗不信庾公之言,复身来追卫侯,驰二十余里,方才赶着。公孙丁问其来意,尹公佗曰:"吾师庾公与汝有师弟之恩,我乃庾公弟子,未尝受业,于子如路人耳。岂可徇私情于路人,而废公义于君父乎?"公孙丁曰:"汝曾学艺于庾公,可想庾公之艺从何而来? 为人岂可忘本! 快快回转,免伤和气。"尹公佗不听,将弓拽满,望公孙丁便射。公孙丁不慌不忙,将辔授与献公,候箭到时,用手一绰,轻轻接住。就将来箭搭上弓弦,回射尹公佗。尹公佗急躲避时,扑的一声,箭已贯其左臂。尹公佗负痛,弃弓而走。公孙丁再复一箭,结果了尹公性命,吓得随行军士,弃车逃窜。献公曰:"若非吾子神箭,寡人一命休矣。"公孙丁仍复执辔奔驰。又十余里,只见后面车声震动,飞也似赶来。献公曰:"再有追兵,何以自脱?"正在慌急之际,后车看看相近,视之,乃同母之弟公子鱄 zhuān 冒死赶来从驾。献公方才放心,遂做一路奔至齐国,齐灵公馆之于莱城。宋儒有诗谓献公不敬大臣,自取奔亡。诗曰:

　　　　尊如天地赫如神,何事人臣敢逐君?
　　　　自是君纲先缺陷,上梁不正下梁蹲。

　　孙林父既逐献公,遂与宁殖合谋迎公子剽为君,是为殇公。使人告难于晋。晋悼公问于中行偃曰:"卫人出一君复立一君,非正也,当何以处之?"偃对曰:"卫衍元道,诸侯莫不闻,今臣民自愿立剽,我勿与知可也。"悼公从之。齐灵公闻晋侯不讨孙、宁逐君之罪,乃叹曰:"晋侯之志惰矣! 我不乘此时图伯,更待何时?"乃帅师伐鲁北鄙,围郕 chéng,大掠而还。时周灵王之十四年也。

　　原来齐灵公初娶鲁女颜姬为夫人,无子,其媵鬷 zōng 姬生子曰光,灵公先立为太子。又有嬖妾戎子亦无子,其娣仲子生子曰牙,戎子抱牙以为己子,他姬生公子杵臼,无宠。戎子恃爱,要得立牙为太子,灵公许之。仲子谏曰:"光之立也久矣,又数会诸侯,今无故而废之,国人不服,后必有悔!"灵公曰:"废立在我,谁敢不服?"遂使太子光率兵守即墨。光去后,即传旨废之,更立牙为太子,使上卿高厚为太傅,寺人夙沙卫强而有智,以为少傅。鲁襄公闻齐太子光之废,遣使来请其罪。灵公不能答,反虑鲁国将来助光争国,所以与鲁为仇,首先加兵,欲以兵威胁鲁,然后杀光。此乃灵公无道之极也! 鲁使人告急于晋,因悼公抱病,不能救鲁。

是冬,晋悼公薨,群臣奉世子彪即位,是为平公。鲁又使叔孙豹吊贺,且告齐患。荀偃曰:"俟来春当会诸侯,若齐不赴会,讨之未晚。"周灵王十五年,晋平公元年,大合诸侯于溴chòu梁。齐灵公不至,使大夫高厚代。荀偃大怒,欲执高厚,高厚逃归。复兴师伐鲁北鄙,围防,杀守臣臧坚。叔孙豹再至晋国求救。平公乃命大将中行偃合诸侯之兵,大举伐齐。中行偃点军方回,是夜得一梦,梦见黄衣使者执一卷文书,来拘偃对证。偃随之行,至一大殿宇,上有王者冕旒端坐。使者命偃跪于丹墀之下。觑同跪者,乃是晋厉公、栾书、程滑、胥童、长鱼矫、三郤一班人众。偃心下暗暗惊异。闻胥童等与三郤争辩良久,不甚分明。须臾狱卒引去,止留厉公、栾书、中行偃、程滑四人。厉公诉被弑始末,栾书辩曰:"下手者,程滑也。"程滑曰:"主谋皆出书、偃,滑不过奉命而已,安得独归罪于我?"殿上王者降旨曰:"此时栾书执政,宜坐首恶,五年之内,子孙绝灭。"厉公忿然曰:"此事亦由逆偃助力,安得无罪?"即起身抽戈击偃之首。梦中觉首坠于前,偃以手捧其首,跪而戴之,走出殿门,遇梗阳巫者灵皋,皋谓曰:"子首何歪也?"代为正之。觉痛极而醒,深以为异。

次日入朝,果遇见灵皋于途,乃命之登车,将夜来所梦,细述一遍。灵皋曰:"冤家已至,不死何为?"偃问曰:"今欲有事东方,犹可及乎?"皋对曰:"东方恶气太重,伐之必克,主虽死,犹可及也。"偃曰:"能克齐,虽死可矣!"乃帅师济河,会诸侯于鲁济之地。晋、宋、鲁、卫、郑、曹、莒、邾、滕、薛、杞、小邾共十二路车马,一同往齐国进发。齐灵公使上卿高厚辅太子牙守国,自帅崔杼、庆封、析归父、殖绰、郭最、寺人夙沙卫等,引晋大军,屯于平阴之城。城南有防,防有门,使析归父于防门之外,深掘壕堑,横广一里,选精兵把守,以遏敌师。寺人夙沙卫进曰:"十二国人心不一,乘其初至,当出奇击之,败其一军,则余军俱丧气矣。如不欲战,莫如择险要而守之,区区防门之堑,未可恃也。"齐灵公曰:"有此深堑,彼军安能飞渡耶?"

却说中行偃闻齐师掘堑而守,笑曰:"齐畏我矣! 必不能战,当以计破之。"乃传令使鲁、卫之兵自须句取路,使邾、莒之兵自城阳取路,俱由琅琊láng yá而入。我等大兵从平阴攻进,约定在临淄城下相会。四国领计去了。使司马张君臣,凡山泽险要之处,俱虚张旗帜,布满山谷,又束草为人,蒙以衣甲，立于空车之上，将断木缚于车辕，车行木动，扬尘蔽天，力士挽大斾引车，往来于山谷之间，以为疑兵。荀偃、士匄率宋、郑之兵居中，赵武、韩起率上军，同滕、薛之兵在右，魏绛、栾盈率下军，同曹、杞、小邾之兵在左，分作三路，命车中各载木石，步卒每人携土一囊。行至防门，三路炮声相应，各将车中木石抛于堑中，加以土囊数万，把壕堑顷刻填平，大刀阔斧，杀将进去。齐兵不能当抵，杀伤大半。析归父几为晋兵所获，仅以身免，逃入平阴城中，告诉灵公，言："晋兵三路填堑而进，势大难敌。"灵公始有惧色，乃登巫山以望敌军。见到处山泽险要之地都有旗帜飘扬，车马驰骤，大惊曰："诸侯之师，何其众也！且暂避之。"问诸将："谁人敢为后殿？"凤沙卫曰："小臣愿引一军断后，力保主公无虞。"灵公大喜。忽有二将并出奏曰："堂堂齐国，岂无一勇力之士？而使寺人殿其师，岂不为诸侯笑乎？臣二人情愿让凤沙卫先行。"二将者，乃殖绰、郭最也，俱有万夫不当之勇。灵公曰："将军为殿，寡人无后顾之忧矣。"凤沙卫见齐侯不用，羞惭满面而退，只得随齐侯先走。约行二十余里，至石门山，乃是险隘去处，两边俱是大石，只中间一条路径。凤沙卫怀恨绰、最二人，欲败其功，候齐军过尽，将随行马三十余匹，杀之以塞其路，又将大车数乘，联络如城，横截山口。

再说绰、最二将领兵断后，缓缓而退。将及石门隘口，见死马纵横，又有大车拦截，不便驰驱，乃相顾曰："此必凤沙卫衔恨于心，故意为此。"急教军士搬运死马，疏通路径。因前有车阻，逐一一要退后抬出，撇于空处，不知费了多少工夫。军士虽多，其奈路隘，有力无用。背后尘头起处，晋骁将州绰一军早到。殖绰方欲回车迎敌，州绰一箭飞来，恰射中殖绰的左肩。郭最弯弓来救，殖绰摇手止之。州绰见殖绰如此光景，亦不动手。殖绰不慌不忙，拔箭而问曰："来将何人？能射殖绰之肩，也算好汉了！愿通姓名。"对曰："吾乃晋国名将州绰也。"殖绰曰："小将非别，齐国名将殖绰的便是。将军岂不闻人语云：'莫相谑，怕二绰？'我与将军以勇力齐名，好汉惜好汉，何忍自相戕贼乎？"州绰曰："汝言虽当，但各为其主，不得不然。将军若肯束身归顺，小将力保将军不死。"殖绰曰："得无相欺否？"州绰曰："将军如不见信，请为立誓！若不能保全将军之命，愿与俱死。"殖绰曰："郭最性命，今亦交付将军。"言罢，二人双双就缚。随行士卒，尽皆投降。史臣有诗云：

　　　　绰最赳赳二虎臣，相逢狭路志难伸。
　　　　覆军擒将因私怨，辱国依然是寺人。

州绰将绰、最二将解至中军献功，且称其骁勇可用。中行偃命暂囚于中军，候班师定夺。大军从平阴进发，所过城郭，并不攻掠，径抵临淄外郭之下。鲁、卫、郑、莒兵俱到。范鞅先攻雍门。雍门多芦荻，以火焚之。州绰焚申池之竹木，各军一齐俱火攻，将四郭尽行焚毁，直逼临淄城下，四面围住，喊声震地，矢及城楼。城中百姓慌乱。灵公十分恐惧，暗令左右驾车，欲开东门出走。高厚知之，疾忙上前，抽佩剑断其辔索，涕泣而谏曰："诸军虽锐，然深入岂无后虞？不久将归矣。主公一去，都城不可守也。愿更留十日，如力竭势亏，走犹未晚。"灵公乃止。高厚督率军民，协力固守。

　　却说各兵围齐，至第六日，忽有郑国飞报来到，乃是大夫公孙舍之与公孙夏连名缄封，内中有机密至紧之事。郑简公发而视之，略云：

> 臣舍之、臣夏，奉命与子孔守国。不意子孔有谋叛之心，私自送款于楚，欲招引楚兵伐郑，已为内应。今楚兵已次鱼陵，旦夕将至。事在危急，幸星夜返旆，以救社稷！

郑简公大惧，即持书至晋军中，送与晋平公看了。平公召中行偃议之。偃对曰："我兵不攻不战，竟走临淄，指望乘此锐气，一鼓而下。今齐守未亏，郑国又有楚警，若郑国有失，咎在于晋，不如且归，为救郑之计。此番虽不曾破齐，料齐侯已丧胆，不敢复侵犯鲁国矣。"平公是其言，乃解围而去。郑简公辞晋先归。

　　诸侯行至祝阿，平公以楚师为忧，与诸侯饮酒，不乐。师旷曰："臣请以声卜之。"乃吹律歌《南风》，又歌《北风》。《北风》和平可听，《南风》声不扬，且多肃杀之声。旷奏曰："《南风》不竞，其声近死，不惟无功，且将自祸。不出三日，当有好音至矣。"师旷字子野，乃晋国第一聪明之士。从幼好音乐，苦其不专，乃叹曰："技之不精，由于多心；心之不一，由于多视。"乃以艾叶薰瞎其目，专意音乐。遂能察气候之盈虚，明阴阳之消长，天时人事，审验无差，风角鸟鸣，吉凶如见。为晋太师掌乐之官，平时为晋侯所深信，故行军必以相随。至是闻其言，乃驻军以待之，使人前途远探。未三日，探者同郑大夫公孙虿来回报，言："楚师已去。"晋平公讶问其详，公孙虿对曰："楚自子庚代子囊为令尹，欲报先世之仇，谋伐郑国。公子嘉阴与楚通，许楚兵到日，诈称迎敌，以兵出城相会。赖公孙舍之、公孙夏二人预知子嘉之谋，敛甲守城，严讥稽查，盘问出入。子嘉不敢出会楚师。子庚涉颍水，不见内应消息，乃屯兵于鱼齿山下。值大雨雪，数日不止，营中水深尺余，军人皆择高阜处躲雨，寒甚，死者过半，士卒怨詈，子庚只得班师而回矣。寡君讨子嘉之罪，已行诛戮，恐烦军师，特遣下臣虿连夜奔告。"平公大喜曰："子野真圣于音者矣！"

乃将楚伐郑无功,遍告诸侯,各回本国。史臣有诗赞师旷云:

歌罢《南风》又《北风》,便知两国吉和凶。

音当精处通天地,师旷从来是瞽①宗。

时周灵王十七年,冬十二月事也。比及晋师济河,已在十八年之春矣。

中行偃行至中途,忽然头上生一疡疽 yáng jū 痈疮,中医指一种皮肤肿胀变硬的皮肤病,痛不可忍,乃逗遛于著雍之地。延至二月,其疡溃烂,目睛俱脱而死。坠首之梦,与梗阳巫者之言,至是俱验矣。殖绰、郭最乘偃之变,破械而出,逃回齐国去了。范匄同偃之子吴,迎丧以归。晋侯使吴嗣为大夫,以范匄为中军元帅,以吴为副将,仍以荀为氏,称荀吴。

是年夏五月,齐灵公有疾,大夫崔杼与庆封商议,使人用温车 古代的一种卧车迎故太子光于即墨。庆封帅家甲,夜叩太傅高厚之门,高厚出迎,执而杀之。太子光同崔杼入宫,光杀戎子,又杀公子牙。灵公闻变大惊,呕血数升,登时气绝。光即位,是为庄公。寺人夙沙卫率其家属奔高唐,齐庄公使庆封帅师追之,夙沙卫据高唐以叛。齐庄公亲引大军围而攻之,月余不下。高唐人工偻 lóu 有勇力,沙卫用之以守东门。工偻知沙卫不能成事,乃于城上射下羽书,书中约夜半于东北角伺候大军登城。庄公犹未准信,殖绰、郭最请曰:"彼既相约,必有内应。小将二人愿往,当生擒奄狗 丧失了生殖能力的男人,古人多用以在宫中服役,俗称"宦官",以雪石门山阻隘之恨!"庄公曰:"汝小心前往,寡人自来接应。"绰、最引军至东北角,候至夜半,城上忽放长绳下来,约有数处。绰、最各附绳而上,军士陆续登城。工偻引着殖绰竟来拿夙沙卫,郭最便去砍开城门,放齐兵入城。城中大乱,互相杀伤,约有一个更次方定。齐庄公入城,工偻同殖绰绑缚夙沙卫解到。庄公大骂:"奄狗!寡人何负于汝,汝却辅少夺长?今公子牙何在!汝既为少傅,何不相辅于地下?"夙沙卫垂首无言。庄公命牵出斩之,以其肉为醢 肉酱,遍赐从行诸臣。即用工偻守高唐,班师而退。

时晋上卿范匄,以前番围齐,未获取成,乃请于平公,复率大军侵齐。才济黄河,闻齐灵公凶信,乃曰:"齐新有丧,伐之不仁!"即时班师。早有人报知齐国,大夫晏婴进曰:"晋不伐我丧,施仁于我,我背之不义,不如请成,免两国干戈之苦。"那晏婴字平仲,身不满五尺,乃是齐国第一贤智之士。庄公亦以国家粗定,恐晋师复至,乃从婴之言,使人如晋谢罪请盟。晋平公大合

①瞽(gǔ):眼瞎,古代常以眼瞎的人作乐师。

诸侯于澶 chán 渊，范匄为相，与齐庄公歃血为盟，结好而散，自此年余无事。

却说下军副将栾盈，乃栾黡之子，黡乃范匄之婿，匄女嫁黡，谓之栾祁。栾氏自栾宾、栾成、栾枝、栾盾、栾书、栾黡，至于栾盈，顶针七代卿相，贵盛无比。晋朝文武半出其门，半属姻党。魏氏有魏舒，智氏有智起，中行氏有中行喜，羊舌氏有叔虎，籍氏有籍偃，箕氏有箕遗，皆与栾盈声势相倚，结为死党。更兼盈自少谦恭下士，散财结客，故死士多归之，如州绰、邢蒯、黄渊、箕遗，都是他部下骁将。更有力士督戎，力举千钧，手握二戟，刺无不中，是他随身心腹，寸步不离的。又有家臣辛俞、州宾等，奔走效劳者不计其数。

栾黡死时，其夫人栾祁才及四旬，不能守寡。因州宾屡次入府禀事，栾祁在屏后窥之，见其少俊，遂密遣侍儿道意，因与私通。栾祁尽将室中器币，赠与州宾。盈从晋侯伐齐，州宾公然宿于府中，不复避忌。盈归，闻知其事，尚碍母亲面皮，乃把他事，鞭治内外守门之吏，严稽家臣出入。栾祁一来老羞变怒，二则淫心难绝，三则恐其子害了州宾性命，因父范匄生辰，以拜寿为名，来至范府，乘间诉其父曰："盈将为乱，奈何？"范匄询其详，栾祁曰："盈尝言'鞅杀吾兄，吾父逐之，复纵之归国，不诛已幸，反加宠位。今父子专国，范氏日盛，栾氏将衰，吾宁死，与范氏誓不两立！'日夜与智起、羊舌虎等聚谋密室，欲尽去诸大夫，而立其私党。恐我泄其消息，严敕守门之吏，不许与外家相通。今日勉强来此，异日恐不得相见！吾以父子恩深，不敢不言。"时范鞅在旁，助之曰："儿亦闻之，今果然矣。彼党羽至盛，不可不防也。"一子一女，声口相同，不由范匄不信。乃密奏于平公，请逐栾氏。

平公私问于大夫阳毕。阳毕素恶栾黡而睦于范氏，乃对曰："栾书实弑厉公，黡世其凶德，以及于盈，百姓暗于栾氏久矣。若除栾氏，以明弑逆之罪，而立君之威，此国家数世之福也。"平公曰："栾书援立先君，盈罪未著，除之无名，奈何？"阳毕对曰："书之援立先君，以掩罪也。先君忘国仇而徇私德，君又纵之，滋害将大。若以盈恶未著，宜翦除其党，赦盈而遣之。彼若求逞，诛之有名；若逃死于他方，亦君之惠也。"平公以为然，召范匄入宫，共议其事。范匄曰："盈未去而翦其党，是速之为乱也。君不如使盈往筑著邑之城，盈去，其党无主，乃可图矣。"平公曰："善。"乃遣栾盈往城著邑。盈临行，其党箕遗谏曰："栾氏多怨，主所知也。赵氏以下宫之难怨栾氏，中行氏以伐秦之役怨栾氏，范氏以范鞅之逐怨栾氏，智朔夭死，智盈尚少，而听于中行，程郑嬖于公，栾氏之势孤矣。城著非国之急事，何必使子？子盍辞之，以观君意之若何，而为之备。"栾盈曰："君命不可辞也。盈如有罪，其敢逃死？如其无罪，国人将怜我，孰能害之？”乃命督戎为御，出了绛州，望著邑而去。

盈去三日，平公御朝，谓诸大夫曰："栾书昔有弑逆之罪，未正刑诛。今其子孙在朝，寡人耻之！将若之何？"诸大夫同声应曰："宜逐之。"乃宣布栾书罪状，悬于国门，遣大夫阳毕将兵往逐栾盈。其宗族在国中者，尽行逐出，收其栾邑。栾乐、栾鲂率其宗人，同州绰、邢蒯俱出了绛城，竟往奔栾盈去了。叔虎拉了箕遗、黄渊随后出城，城门已闭，传闻将搜治栾氏之党，乃商议各聚家丁，欲乘夜为乱，斩东门而出。赵氏有门客章铿 kēng，居与叔虎家相邻，闻其谋，报知赵武。赵武转报范匄。匄使其子范鞅率甲士三百，围叔虎之第。不知后事如何，且看下回分解。

老祁奚
力
救羊舌

小范鞭
智劫魏
舒

第六十三回　老祁奚力救羊舌　小范鞅智劫魏舒

话说箕遗正在叔虎家中，只等黄渊到来，夜半时候，一齐发作。却被范鞅领兵围住府第，外面家丁，不敢聚集，远远观望，亦多有散去者。叔虎乘梯向墙外问曰："小将军引兵至此，何故？"范鞅曰："汝平日党于栾盈，今又谋斩关出应，罪同叛逆，吾奉晋侯之命，特来取汝。"叔虎曰："我并无此事，是何人所说？"范鞅即呼章鞬上前，使证之。叔虎力大，扳起一块墙石，望章鞬当头打去，打个正着，把顶门都打开了。范鞅大怒，教军士放火攻门。叔虎慌急了，向箕遗说："我等宁可死里逃生，不可坐以待缚。"遂提戟当先，箕遗仗剑在后，发声喊，冒火杀出。范鞅在火光中，认得二人，教军士一齐放箭。此时火势熏灼，已难躲避，怎当得箭如飞蝗，二人纵有冲天本事，亦无用处，双双被箭射倒。军士将挠钩搭出，已自半死，绑缚车中。救灭了火。只听得车声辚辚辚uò 辚，火炬烛天而至，乃是中军副将荀吴，率本部兵前来接应。中途正遇黄渊，亦被擒获。范、荀合兵一处，将叔虎、箕遗、黄渊解到中军元帅范匄处。范匄曰："栾党尚多，只擒此三人，尚未除患，当悉拘之。"乃复分路搜捕。绛州城中，闹了一夜。直至天明，范鞅拘到智起、籍偃、州宾等，荀吴拘到中行喜、辛俞，及叔虎之兄羊舌赤，弟羊舌肸，都囚于朝门之外，俟候晋平公出朝，启奏定夺。

单说羊舌赤字伯华，羊舌肸字叔向，与叔虎虽同是羊舌职之子，叔虎是庶母所生。当初叔虎之母原是羊舌夫人房中之婢，甚有美色，其夫欲之，夫人不遣侍寝。时伯华、叔向俱已年长，谏其母勿妒。夫人笑曰："吾岂妒妇哉！吾闻有甚美者，必有甚恶。深山大泽，实生龙蛇。恐其生龙蛇，为汝等之祸，是以不遣耳。"叔向等顺父之意，固请于母，乃遣之。一宿而有孕，生叔虎。及长成，美如其母，而勇力过人。栾盈自幼与之同卧起，相爱宛如夫妇。他是栾党中第一个相厚的，所以兄弟并行因禁。

大夫乐王鲋fù 字叔鱼，其时方嬖幸于平公。平日慕羊舌赤、肸兄弟之贤，意欲纳交而不得。至是，闻二人被囚，特到朝门，正遇羊舌肸，揖而慰之曰："子勿忧，吾见主公，必当力为子请。"羊舌肸嘿然不应，乐王鲋有惭色。羊舌赤闻之，责其弟曰："吾兄弟毕命于此，羊舌氏绝矣！乐大夫有宠于君，言无不从，倘借其片语，天幸赦宥，不绝先人之宗，汝奈何不应，以失要人之意。"羊占肸笑曰："死生命也。若天意降祐，必由祁老大夫，叔鱼何能为哉？"羊舌赤曰："以叔鱼之朝夕君侧，汝曰'不能'，以祁老大夫之致政闲居，而汝曰'必由之'，吾不知其解也！"羊舌肸曰："叔鱼行媚者也，君可亦可，君否亦否。祁老大夫外举不避仇，内举不避亲，岂独遗羊舌氏乎？"

少顷，晋平公临朝，范匄以所获栾党姓名奏闻。平公亦疑羊舌氏兄弟三人皆在其数，问于乐王鲋曰："叔虎之谋，赤与肸实与闻否？"乐王鲋心愧叔向，乃应曰："至亲莫如兄弟，岂有不知？"平公乃下诸人于狱，使司寇议罪。时祁奚已告老，退居于祁。其子祁午与羊舌赤同僚相善，星夜使人报信于父，求其以书达范匄，为赤求宽。奚闻信大惊曰："赤与肸皆晋国贤臣，有此奇冤，我当亲往救之。"乃乘车连夜入都，未及与祁午相会，便叩门来见范匄。匄曰："大夫老矣，冒风露而降之，必有所谕。"祁奚曰："老夫为晋社稷存亡而来，非为别事。"范匄大惊，问曰："不知何事关系社稷，有烦老大夫如此用心？"祁奚曰："贤人，社稷之卫也。羊舌职有劳于晋室，其子赤、肸能嗣其美。一庶子不肖，遂聚而歼之，岂不可惜！昔郤芮为逆，郤缺升朝，父子之罪，不相及也，况兄弟乎？子以私怨，多杀无辜，使玉石俱焚，晋之社稷危矣。"范匄蹴然离席曰："老大夫所言甚当。但君怒未解，匄与老大夫同诣君所言之。"于是并车入朝，求见平公，奏言："赤、肸与叔虎，贤不肖不同，必不与闻栾氏之事。且羊舌之劳，不可废也。"平公大悟，宣赦，赦出赤、肸二人，使复原职，智起、中行喜、籍偃、州宾、辛俞皆斥为庶人，惟叔虎与箕遗、黄渊处斩。赤、肸二人蒙赦，入朝谢恩，事毕，羊舌赤谓其弟曰："当往祁老大夫处一谢。"肸曰："彼为社稷，非为我也，何谢焉？"竟登车归第。羊舌赤心中不安，自往祁午处请见祁奚。午曰："老父见过晋君，即时回祁去矣，未尝少留须臾也。"羊舌赤叹曰："彼固施不望报者，吾自愧不及肸之高见也！"髯翁有诗云：

> 尺寸微劳亦望酬，拜恩私室岂知羞。
> 必如奚肸才公道，笑杀纷纷货赂求。

州宾复与栾祁往来，范匄闻之，使力士刺杀州宾于家。

却说守曲沃大夫胥午，昔年曾为栾书门客。栾盈行过曲沃，胥午迎款，极其殷勤。栾盈言及城著，胥午许以曲沃之徒助之。留连三日，栾乐等报信已至，言："阳毕领兵将到。"胥戎曰："晋兵若至，便与交战，未必便输与他。"州绰、邢蒯曰："专为此事，恐恩主手下乏人，吾二人特来相助。"栾盈曰："吾未尝得罪于君，特为怨家所陷耳。若与拒战，彼有辞矣。不如逃之，以俟君之见察。"胥午亦言拒战之不可。即时收拾车乘,盈与午洒泪而别,出奔于楚。比及阳毕兵到著邑,邑人言:"盈未曾到此,在曲沃已出奔了。"阳毕班师而归,一路宣布栾氏之罪。百姓皆知栾氏功臣,且栾盈为人,好施爱士,无不叹惜其冤者。

范匄言于平公,严禁栾氏故臣,不许从栾盈,从者必死!家臣辛俞初闻栾盈在楚,乃收拾家财数东出城,欲往从之。被守门吏盘住,执辛俞以献于平公。平公曰:"寡人有禁,汝何犯之?"辛俞再拜言曰:"臣愚甚,不知君所以禁从栾氏者,诚何说也?"平公曰:"从栾氏者无君,是以禁之。"辛俞曰:"诚禁无君,则臣知免于死矣。臣闻之:'三世仕其家则君之,再世则主之。事君以死,事主以勤。'臣自祖若父,以无大援于国,世隶于栾氏,食其禄,今三世矣。栾氏固臣之君也。臣惟不敢无君,是以欲从栾氏,又何禁乎?且盈虽得罪,君逐之而不诛,得无念其先世犬马之劳,赐以生全乎?今羁旅他方,器用不具,衣食不给,或一朝填于沟壑,君之仁德,无乃不终?臣之此去,尽臣之义,成君之仁,且使国人闻之曰:'君虽危难,不可弃也。'于以禁无君者,大矣。"平公悦其言曰:"子姑留事寡人,寡人将以栾氏之禄禄子。"辛俞曰:"臣固言之矣:'栾氏,臣之君也。'舍一君又事一君,其何以禁无君者?必欲见留,臣请死!"平公曰:"子往矣!寡人姑听子,以遂子之志。"辛俞再拜稽首,仍领了数车辎重,昂然出绛州城而去。史臣有诗称辛俞之忠。诗曰:

> 翻云覆雨世情轻,霜雪方知松柏荣。
> 三世为臣当效死,肯将晋主换栾盈?

却说栾盈栖楚境上数月,欲往郢都见楚王,忽转念曰:"吾祖父宣力国家,与楚世仇,倘不相容,奈何?"欲改适齐,而资斧空乏,却得辛俞驱辎重来到,得济其用。遂修整车从,望齐国进发,此周灵王二十一年事也。

再说齐庄公为人,好勇喜胜,不屑居人之下,虽然受命澶渊,终以平阴之败为耻。尝欲广求勇力之士,自为一队,亲率之以横行天下。由是于卿大夫士之外,别立"勇爵",禄比大夫,必须力举千斤,射穿七札者,方与其选。先得殖绰、郭最,次又得贾举、邴师、公孙傲、封具、铎甫、襄尹、偻堙等,共是九人。庄公日日召至宫中,相与驰射击刺,以为笑乐。一日,庄公视朝,近臣报道:"今有晋大夫栾盈被逐,来奔齐国。"庄公喜曰:"寡人正思报晋之怨,今其世臣来奔,寡人之志遂矣。"欲遣人往迎之。大夫晏婴出奏曰:"不可,不可!小所以事大者,信也。吾新与晋盟,今乃纳其逐臣,倘晋人来责,何以对之?"庄公大笑曰:"卿言差矣!齐、晋匹敌,岂分小大?昔之受盟,聊以纾 shū 解除,排除一时之急耳。寡人岂终事晋,如鲁、卫、曹、邾者耶?"遂不听晏婴之言,使人迎栾盈入朝。盈谒见,稽首哭诉其见逐之繇。庄公曰:"卿勿忧,寡人助卿一臂,必使卿复还晋国。"栾盈再拜称谢。庄公赐以大馆,设宴相款。州绰、邢蒯侍于栾盈之傍,庄公见其身大貌伟,问其姓名,二人以实告。庄公曰:"向日平阴之役,擒我殖绰、郭最者非尔耶?"绰、蒯叩首谢罪。庄公曰:"寡人慕尔久矣!"命赐酒食,因谓盈曰:"寡人有求于卿,卿不可辞。"盈对曰:"苟可以应君命者,即发肤无所爱。"庄公曰:"寡人无他求,欲暂乞二勇士为伴耳。"栾盈不敢拒,只得应允,怏怏登车,叹曰:"幸彼未见督戎,不然,亦为所夺矣!"

庄公得州绰、邢蒯,列于"勇爵"之末,二人心中不服。一日,与殖绰、郭最同侍于庄公之侧,二人假意佯惊,指绰、最曰:"此吾国之囚,何得在此?"郭最应曰:"吾等昔为奄狗所误,须不比你跟人逃窜也。"州绰怒曰:"汝乃我口中之虿,尚敢跳动耶?"殖绰亦怒曰:"汝今日在我国中,也是我盘中之肉矣。"邢蒯曰:"既然汝等不能相容,即当复归吾主。"郭最曰:"堂堂齐国,难道少了你两人不成!"四人语硬面赤,各以手抚佩剑,渐有相并之意。庄公用好言劝解,取酒芳之。谓州绰、邢蒯曰:"寡人固知二卿不屑居齐人之下也。"乃更"勇爵"之名为"龙""虎"二爵,分为左右。右班"龙爵",州绰、邢蒯为首,又选得齐人卢蒲癸、王何,使列其下。左班"虎爵",则以殖绰、郭最为首,贾举等七人依旧次序。众人与其列者,皆以为荣,惟州、邢、殖、郭四人,到底心下各不和顺。时崔杼、庆封以援立庄公之功,位皆上卿,同执国政。庄公常造其第,饮酒作乐,或时舞剑射棚,无复君臣之隔。

单说崔杼之前妻,生下二子,曰成,曰疆,数岁而妻死。再娶东郭氏,乃是东郭偃之妹,先嫁与棠公为妻,谓之棠姜,生一子,名曰棠无咎。那棠姜有美色,崔杼因往吊棠公之丧,窥见姿容,央东郭偃说合,娶为继室,亦生一子,曰明。崔杼因宠爱继室,遂用东郭偃、棠无咎为家臣,以幼子崔明托之,谓棠姜曰:"俟明长成,当立为适同"嫡"子。"此一段话,且搁过一边。

且说齐庄公一日饮于崔杼之室,崔杼使棠姜奉酒,庄公悦其色,乃厚赂东郭偃,使之通意,乘间与之私合。来往多遍,崔杼渐渐知觉,盘问棠姜。棠姜曰:"诚有之。彼挟国君之势以临我,非一妇人所敢拒也。"杼曰:"然则汝何不言?"棠姜曰:"妾自知有罪,不敢言耳。"崔杼嘿然久之,曰:"此事与汝无干。"自此有谋弑庄公之意。

周灵王二十二年,吴王诸樊求婚于晋,晋平公以女嫁之。齐庄公谋于崔杼曰："寡人许纳栾盈，未得其便。闻曲沃守臣乃栾盈之厚交，今欲以送媵为名，顺便纳栾盈于曲沃，使之袭晋。此事如何？"崔杼衔恨齐侯，私心计较，正欲齐侯结怨于晋，待晋侯以兵来讨，然后委罪于君，弑之以为媚晋之计。今日庄公谋纳栾盈，正中其计。乃对曰："曲沃人虽为栾氏，恐未能害晋。主公必然亲率一军，为之后继。若盈自曲沃而入，主公扬言伐卫，由濮阳自南而北，两路夹攻，晋必不支。"庄公深以为然。以其谋告于栾盈，栾盈甚喜。家臣辛俞谏曰："俞之从王，以尽忠也，亦愿主之忠于晋君也！"盈曰："晋君不以我为臣，奈何？"辛俞曰："昔纣囚文王于羑 yǒu 里，文王三分天下，以服事殷。晋君不念栾氏之勋，黜逐吾主，糊口于外，谁不怜之？一为不忠，何所容于天地之间耶？"栾盈不听。辛俞泣曰："吾主此行，必不免！俞当以死相送！"乃拔佩刀自刎而死。史臣有赞云：

> 盈出则从，盈叛则死，公不背君，私不背主。卓哉辛俞，晋之义士！

齐庄公遂以宗女姜氏为媵，遣大夫析归父送之于晋。多用温车，载栾盈及其宗族，欲送至曲沃。州绰、邢蒯请从，庄公恐其归晋，乃使殖绰、郭最代之，嘱曰："事栾将军，犹事寡人也。"行过曲沃，盈等遂易服入城，夜叩大夫胥午之门，午惊异，启门而出，见栾盈，大惊曰："小恩主安得到此？"盈曰："愿得密室言之。"午乃迎盈入于深室之中。盈执胥午之手，欲言不言，不觉泪下。午曰："小恩主有事，且共商议，不须悲泣。"盈乃收泪告曰："吾为范、赵诸大夫所陷，宗祀不守。今齐侯怜其非罪，致我于此，齐兵且踵至矣。子若能兴曲沃之甲，相与袭绛，齐兵攻其外，我等攻其内，绛可入也。然后取诸家之仇我者而甘心焉，因奉晋侯以和于齐。栾氏复兴，在此一举！"午曰："晋势方强，范、赵、智、荀诸家又睦，恐不能侥幸，徒以自贼，奈何？"盈曰："吾有力士督戎一人，可当一军；且殖绰、郭最，齐国之雄；栾乐、栾鲂，强力善射；晋虽强，不足惧也。昔我佐魏绛于下军，其孙舒每有请托，我无不周旋，彼感吾意，每思图报，若更得魏氏为内助，此事可八九矣。万一举事不成，虽死无恨！"午曰："俟来日探人心何如，乃可行也。"盈等遂藏于深室。

至次日，胥午托言梦共太子，祭于其祠，以馂 jùn 吃剩下的食物余飨其官属，伏栾盈于壁后。三觞乐作，胥午命止之，曰："昔共太子之冤，吾等忍闻乐乎？"众皆嗟叹。胥午曰："臣子，一例也。今栾氏世有大功，同朝谮而逐之，亦何异共太子乎？"众皆曰："此事通国皆不平，不知孺子犹能返国否？"胥午曰："假如孺子今日在此，汝等何以处之？"众皆曰："若得孺子为主，愿为尽力，虽死无悔！"坐中多有泣下者。胥午曰："诸君勿悲，栾孺子见在此。"栾盈从屏后趋出，向众人便拜，众人俱拜。盈乃自述还晋之意："若得重到绛州城中，死亦瞑目！"众人俱踊跃愿从。是日畅饮而散。

次日，栾盈写密信一封，托曲沃贾人送至绛州魏舒处。舒亦以范、赵所行太过，得此密信，即写回书，言："某裹甲以待，只等曲沃兵到，即便相迎。"栾盈大喜。胥午搜括曲沃之甲，共二百二十乘，栾盈率之。栾之族人能战者皆从，老弱俱留曲沃。督戎为先锋，殖绰、栾乐在右，郭最、栾鲂在左，黄昏起行，来袭绛都。自曲沃至绛，止隔六十余里，一夜便到。坏郭而入，直抵南门，绛人犹然不知，正是"疾雷不及掩耳"，刚刚掩上城门，守御一无所设，不消一个时辰，被督戎攻破，招引栾兵入城，如入无人之境。

时范匄在家，朝饔 yōng 早上的饭食方彻，忽然乐王鲋喘吁而至，报言："栾氏已入南门。"范匄大惊，急呼其子范鞅敛甲拒敌。乐王鲋曰："事急矣！奉主公走固宫，犹可坚守。"固宫者，晋文公为吕、郤焚宫之难，乃于公宫之东隅别筑此宫，以备不测，广宽十里有余，内有宫室台观，积粟甚多，轮选国中壮甲三千人守之，外掘沟堑，墙高数仞，极其坚固，故曰固宫。范匄忧国中有内应，鲋曰："诸大夫皆栾怨家，可虑惟魏氏耳。若速以君命召之，犹可得也。"范匄以为然。乃使范鞅以君命召魏舒，一面催促仆人驾车。乐王鲋又曰："事不可知，宜晦其迹。"时平公有外家之丧，范匄与乐王鲋俱衰甲加墨缞，以绖蒙其首，诈为妇人，直入宫中，奏知平公，即御公以入于固宫。

却说魏舒家在城北隅，范鞅乘轺车疾驱而往，但见车徒已列门外，舒戎装在车，南向将往迎栾盈矣。范鞅下车，急趋而进曰："栾氏为逆，主公已在固宫，鞅之父与诸大臣皆聚于君所，使鞅来迎吾子。"魏舒未及答语，范鞅踊身一跳，早已登车，右手把剑，左手牵魏舒之带，唬得魏舒不敢做声。范鞅喝令："速行！"舆人请问："何往？"范鞅厉声曰："东行往固宫！"于是车徒转向东行，径到固宫。未知后事何如，再看下回分解。

曲沃城
盈稟
滅族

且于門巋杞丸簑

第六十四回　曲沃城栾盈灭族　且于门杞梁死战

却说范匄虽遣其子范鞅往迎魏舒，未知逆顺如何，心中委决不下。亲自登城而望，见一簇车徒，自西北方疾驱而至，其子与魏舒同在一车之上，喜曰："栾氏孤矣！"即开宫门纳之。魏舒与范匄相见，兀自颜色不定。匄执其手曰："外人不谅，颇言将军有私于栾氏，匄固知将军之不然也。若能共灭栾氏者，当以曲沃相劳。"舒此时已落范氏牢笼之内，只得唯唯惟命，遂同谒平公，共商议应敌之计。须臾，赵武、荀吴、智朔、韩无忌、韩起、祁午、羊舌赤、羊舌肹、张孟趯 tì 诸臣陆续而至，皆带有车徒，军势益盛。固宫止有前后两门，俱有重关。范匄使赵、荀两家之军协守南关二重，韩无忌兄弟协守北关二重，祁午诸人周围巡徼。匄与鞅父子不离平公左右。

栾盈已入绛城，不见魏舒来迎，心内怀疑，乃屯于市口，使人哨探，回报："晋侯已往固宫，百官皆从，魏氏亦去矣。"栾盈大怒曰："舒欺我，若相见，当手刃之！"即抚督戎之背曰："用心往攻固宫，富贵与子共也！"督戎曰："戎愿分兵一半，独攻南关，恩主率诸将攻北关，且看谁人先入？"此时殖绰、郭最则与盈同事，然州绰、邢蒯却是栾盈带往齐国去的，齐侯作兴了他，绰、最每受其奚落，俗语云："怪树怪丫叉。"绰、最与州、邢二将有些心病，原原本本，未免迁怒到栾盈身上。况栾盈口口声声只夸督戎之勇，并无俯仰绰、最之意，绰、最怎肯把热气去呵他冷面，也有坐观成败的意思，不肯十分出力。栾盈所靠只是督戎一人。当下督戎手提双戟，乘车径往固宫，要取南关。在关外阅看形势，一驰一骤，威风凛凛，杀气腾腾，分明似一位黑煞神下降。晋军素闻其勇名，见之无不胆落。赵武啧啧叹羡不已。

武部下有两员骁将，叫做解雍、解肃，兄弟二人，皆使长枪，军中有名。闻主将叹羡，心中不服曰："督戎虽勇，非有三头六臂，某弟兄不揣，欲引一枝兵下关，定要活捉那厮献功！"赵武曰："汝须仔细，不可轻敌。"二将装束齐整，飞车出关，隔堑大叫："来将是督将军否？可惜你如此英勇，却跟随叛臣。早早归顺，犹可反祸为福。"督戎闻叫大怒，喝教军士填堑而渡。军士方负土运石，督戎性急，将双戟按地，尽力一跃，早跳过堑北。二解倒吃了一惊，挺枪来战督戎。督戎舞戟相迎，全无惧怯。解雍的驾马，早被督戎一戟打去，折了背脊,车不能动。连解肃的驾马,嘶鸣起来,也不行走。二解欺他单身,跳下车来步战。督戎两枝大戟,一左一右,使得呼呼的响。解肃一枪刺来,督戎一戟拉去;戟势去重,磕的一声,那枝枪碏 lā 折断为两段。解肃撒了枪杆便走。解雍也着了忙,手中迟慢,被督戎一戟刺倒。便去追赶解肃。解肃善走,径奔北关,缒城而上。督戎赶不着,退转来要结果解雍,已被军将救入关去了。督戎气忿忿的,独自挺戟而立,叫道:"有本事的,多着几个出来,一总厮杀,省得费了工夫!"关上无人敢应。督戎守了一会,仍回本营,吩咐军士,打点明日攻关。是夜解雍伤重而死,赵武痛惜不已。解肃曰:"明日小将再决一战,誓报兄仇,虽死不恨!"荀吴曰:"我部下有老将牟登,他有二子牟刚、牟劲,俱有千斤之力,见在晋侯麾下侍卫。今夜使牟登唤来,明日同解将军出战,三人战一个,难道又输与他?"赵武曰:"如此甚好!"荀吴自去吩咐牟登去了。

次早,牟刚、牟劲俱到。赵武看之,果然身材魁伟,气象狰狞,慰劳了一番,命解肃一同下关。那边督戎早把坑堑填平,直逼关下搦战。这里三员猛将,开关而出。督戎大叫:"不怕死的都来!"三将并不打话,一枝长枪,两柄大刀,一齐都奔督戎。督戎全无惧怯。杀得性起,跳下车来,将双戟飞舞,尽着气力,落戟去处,便有千钧之重。牟劲车轴被督戎打折,只得也跳下车来,着了督戎一戟,打得稀烂。牟刚大怒,拼命上前,怎奈戟风如箭,没处进步。老将牟登喝叫:"且歇!"关上鸣起金来。牟登亲自出关,接应牟刚、解肃进去。督戎教军士攻关,关上矢石如雨,军士多有伤损,惟督戎不动分毫,真勇将也。

赵武与荀吴连败二阵,遣人告急于范匄。范匄曰:"一督戎胜他不得,安能平栾氏乎?"是夜秉烛而坐,闷闷不已。有一隶人侍侧,叩首而问曰:"元帅心怀郁郁,莫非忧督戎否?"范匄视其人,姓斐名豹,原是屠岸贾手下骁将斐成之子,因坐屠党,没官为奴,在中军服役。范匄奇其言,问曰:"尔若有计除得督戎,当有重赏。"斐豹曰:"小人名在丹书,枉有冲天之志,无处讨个出身。元帅若于丹书上除去豹名,小人当杀督戎,以报厚德。"范匄曰:"尔若杀了督戎,吾当请于晋侯,将丹书尽行焚弃,收尔为中军牙将。"斐豹曰:"元帅不可失信。"范匄曰:"若失信,有如红日!但不知用车徒多少?"斐豹曰:"督戎向在绛城,与小人相识,时常角力赌胜。其人恃勇性躁,专好独斗,若以车徒往,不能胜也。小人情愿单身下关,自有擒督戎之计。"范匄曰:"汝莫非去而不返?"斐豹曰:"小人有老母,今年七十八岁,又有幼子娇妻,岂肯罪上加罪,作此不忠不孝之事？如有此等，亦如红日！"范匄大喜，劳以酒食，赏兕 sì 古代犀牛一类的野兽甲一副。

　　次日，斐豹穿甲于内，外加练袍，扎缚停当。头带韦弁，足穿麻屦，腰藏利刃，手中提一铜锤，重五十二斤，来辞范匄曰："小人此去，杀得督戎，奏凯而回。不然，亦死于督戎之手，决不两存。"范匄曰："我当亲往，看汝用力。"即时命驾车，使斐豹骖乘，同至南关。赵武、荀吴接见，诉以督戎如此英雄，连折二将。范匄曰："今日斐豹单身赴敌，只看晋侯福分。"言犹未已，关下督戎大呼搦战。斐豹在关上呼曰："督君还认得斐大否？"豹行大，故自称斐大，乃昔年彼此所呼也。督戎曰："斐大，汝今还敢来赌一死生么？"斐豹曰："他人怕你，我斐豹不怕你！你把兵车退后，我与你两人，只在地下赌斗，双手对双手，兵器对兵器，不是你死我活，就是我死你活，也落得个英名传后。"督戎曰："此论正合吾意。"遂将军士约退。这里关门开处，单单放一个斐豹出来。两个就在关下交战，约二十余合，未分胜败。斐豹诈言道："我一时内急，可暂住手。"督戎那里肯放。斐豹先瞧见西边空处，有一带短墙，捉个空隙就走。督戎随后赶来，大喝："走向那里去？"范匄等在关上，看见督戎往追斐豹，慌捏一把汗。谁知斐豹却是用计，奔近短墙，扑的跳将进去。督戎见斐豹进墙去了，亦逾墙而入。只道斐豹在前面，却不知斐豹隐身在一棵大树之下，专等督戎进墙，出其不意，提起五十二斤的铜锤，自后击之，正中其脑。脑浆迸裂，扑地便倒，兀自把右脚飞起，将斐豹胸前兕甲碾去一片。斐豹急拔出腰间利刃，剁下首级，复跳墙而出。关上望见斐豹手中提有血淋淋的人头，已知得胜，大开关门。解肃、牟刚引兵杀出，栾军大败，一半杀了，一半投降，逃去者十无一二。范匄仰天沥酒曰："此晋侯之福也！"即酌酒亲赐斐豹，就带他往见晋侯。晋侯赏以兵车一乘，注功绩第一。潜渊先生有诗云：

> 督戎神力世间无，敌手谁知出隶夫？
>
> 始信用人须破格，笑他肉食似雕瓠！

　　再说栾盈引大队车马，攻打北关，连接督戎捷报，盈谓其下曰："吾若有两督戎，何患固宫不破耶？"殖绰践郭最之足，郭最以目答之，各低头不语。惟有栾乐、栾鲂思欲建功，不避矢石。韩无忌、韩起因前关屡败，不敢轻出，只是严守。到第三日，栾盈得败军之报，言："督戎被杀，全军俱没。"吓得手足无措，方请殖绰、郭最商议。绰、最笑曰："督戎且失利，况我曹乎？"栾盈垂泪不已。栾乐曰："我等死生，决于今夜，当令将士毕聚北门，于三更之后悉登辇车，放火烧关，或可入也。"栾盈从其计。晋侯喜督戎之死，置酒庆贺，韩无忌、韩起俱来献觞上寿,饮至二更方散。才回北关,点视方毕,忽然车声轰起,栾氏军马大集,辒车高与关齐,火箭飞蝗般射来,延烧关门。火势凶猛,关内军士存扎不牢,栾乐当先,栾鲂继之,乘势遂占了外关。韩无忌等退守内关,遣人飞报中军求救。范匄命魏舒往南关,替回荀吴一枝军马,往北关帮助二韩。遂同晋侯登台北望,见栾兵屯于外关,寂然无声,范匄曰:"此必有计。"传令内关用心防御。守至黄昏,栾兵复登辒车,仍用火器攻门。这里预备下皮帐,帐用牛皮为之,以水浸透,撑开遮蔽,火不能入。乱了一夜,两下暂息。范匄曰:"贼已逼近,傥久而不退,齐复乘之,国必殆矣。"遂命其子范鞅率斐豹引一枝军,从南关转至北门,从外而攻,刻定时辰,约会二韩守关,荀吴率牟刚引一枝兵,从内关杀出外关,腹背夹攻,教他两下不能相顾。使赵武、魏舒移兵屯于关外,以防南逸。调度已毕,奉晋侯登台观战。范鞅临行,请于匄曰:"鞅年少望轻,愿假以中军旗鼓。"匄许之。鞅仗剑登车,建旆而行。方出南关,谓其下曰:"今日之战,有进无退! 若兵败,吾先自刭,必不令诸君独死!"众皆踊跃。

　　却说荀吴奉范匄将令,使将士饱食结束,专等时候。只见栾兵纷纷扰扰,俱退出外关,心知外兵已到,一声鼓响,关门大开,牟刚在前,荀吴在后,甲士步卒,一齐杀出。栾盈亦虑晋军内外夹攻,使栾鲂用铁叶车塞外门之口,分兵守之。荀吴之兵,不能出外。范鞅兵到,栾乐见大旆,惊曰:"元帅亲至乎?"使人察之,回报曰:"小将军范鞅也。"乐曰:"不足虑矣!"乃张弓挟矢,立于车中,顾左右曰:"多带绳索,射倒者则牵之。"驰入晋军,左射右射,发无不中。其弟栾荣同在车中,谓曰:"矢可惜也! 多射无名。"乐乃不射。少顷,望见一车远远而来,车中一将,韦弁练袍,形容古怪。栾荣指曰:"此人名斐豹,即杀我督将军者,可以射之。"栾乐曰:"俟近百步,汝当为我喝采!"言未毕,又一车从旁经过,栾乐认得车中乃是小将军范鞅,想道:"若射得范鞅,却不胜如斐豹?"乃驱车逐范鞅而射之。栾乐之箭,从来百发百中,偏是这一箭射个落空。范鞅回顾,见是栾乐,大骂:"反贼! 死在头上,尚敢射我?"栾乐便教回车退走。他不是怕惧范鞅,因射他不着,欲回车诱他赶来,觑得亲切,好端的放箭。谁知殖绰、郭最亦在军中,忌栾乐善射,惟恐他成功,一见他退走,遂大呼曰:"栾乐败矣!"御人闻呼,又错认别枝兵败了,举头四望,辔乱马逸。路上有大槐根,车轮误触之而覆,把栾乐跌将出来。恰恰的斐豹赶到,用长戟钩之,断其手肘。可怜栾乐是栾族第一个战将,今日死于槐根之侧,岂非天哉! 髯翁有诗云:

　　猿臂将军射不空，偏教一矢误英雄。

　　老天已绝栾家祀，肯许军中建大功？

　　栾荣先跳下车，不敢来救栾乐，急逃而免。殖绰、郭最难回齐国，郭最奔秦，殖绰奔卫。栾盈闻栾乐之死，放声大哭，军士无不哀涕。栾鲂守不住门口，收兵保护栾盈，望南而奔。荀吴与范鞅合兵，从后追来，盈、鲂同曲沃之众，抵死拒敌，大杀一场，晋兵才退。盈、鲂亦身带重伤，行至南门，又遇魏舒引兵拦住。栾盈垂泪告曰："魏伯独不忆下军共事之日乎？盈知必死，然不应死于魏伯之手也！"魏舒意中不忍，使车徒分列左右，让栾盈一路。栾盈、栾鲂引着残兵，急急奔回曲沃去了。须臾，赵武军到，问魏舒曰："栾孺子已过，何不追之？"魏舒曰："彼如釜中之鱼，瓮中之鳖，自有庖人动手。舒念先人僚谊，诚不忍操刀也！"赵武心中恻然，亦不行追赶。范匄闻栾盈已去，知魏舒做人情，置之不言。乃谓范鞅曰："从盈者，皆曲沃之甲，此去必还曲沃。彼爪牙已尽，汝率一军围之，不忧不下也。"荀吴亦愿同往，范匄许之。二将帅车三百乘，围栾盈于曲沃。范匄奉晋平公复回公宫，取丹书焚之，因斐豹得脱隶籍者二十余家。范匄遂收斐豹为牙将。

　　话分两头。却说齐庄公自打发栾盈，转身便大选车徒，以王孙挥为大将，申鲜虞副之，州绰、邢蒯为先锋，晏氂 máo 为合后，贾举、邴师等随身扈驾，择吉出师。先侵卫地，卫人做守，不敢出战。齐兵也不攻城，遂望帝丘而北，直犯晋界，围朝歌，三日取之。庄公登朝阳山犒军，遂分军为二队：王孙挥同诸将为前队，从左取路孟门隘；庄公自率"龙""虎"二爵为后队，从右取路共山；俱于太行山取齐。一路杀掠，自不必说。邢蒯露宿共山之下，为毒蛇所螫 shì 毒虫或毒蛇咬刺，腹肿而死，庄公甚惜之。不一日，两军俱至太行，庄公登山以望二绛，正议袭绛之事，闻栾盈败走曲沃，晋侯悉起大军将至，庄公曰："吾志不遂矣！"遂观兵于少水而还。守邯郸大夫赵胜，起本邑之兵追之。庄公只道大军来到，前队又已先发，仓皇奔走，只留晏氂断后。氂兵败，被赵胜斩之。

　　范鞅、荀吴围曲沃月余，盈等屡战不胜，城中死者过半，力尽不能守，城遂破。胥午伏剑而死，栾盈、栾荣俱被执。盈曰："吾悔不用辛俞之言，乃至于此！"荀吴欲囚栾盈，解至绛城，范鞅曰："主公优柔不断，万一乞哀而免之，是纵仇也。"乃夜使人缢杀之，并杀栾荣，尽诛灭栾氏之族。惟栾鲂缒城而遁，出奔宋国去了。鞅等班师回奏，平公命以栾氏之事，播告于诸侯。诸侯多遣人来称贺。史臣有赞云：

　　　　宾傅桓叔,枝佐文君,传盾及书,世为国桢。靥一汰侈,遂坠厥勋;

　　　　盈虽好士,适殒其身。保家有道,以诫子孙。

于是范匄告老,赵武代之为政。不在话下。

　　再说齐庄公以伐晋未竟其功,雄心不死,还至齐境,不肯入,曰:"平阴之役,莒人欲自其乡袭齐,此仇亦不可不报也!"乃留屯于境上,大搜车乘。州绰、贾举等各赐坚车五乘,名为"五乘之宾"。贾举称临淄人华周、杞梁之勇,庄公即使人召之。周、梁二人来见,庄公赐以一车,使之同乘,随军立功。华周退而不食,谓杞梁曰:"君之立'五乘之宾',以勇故也。君之召我二人,亦以勇故也。彼一人而五乘,我二人而一乘,此非用我,乃辱我耳! 盍辞之他往乎?"杞梁曰:"梁家有老母,当禀命而行之。"杞梁归告其母,母曰:"汝生而无义,死而无名,虽在'五乘之宾',人孰不笑汝! 汝勉之,君命不可逃也。"杞梁以母之语述于华周,华周曰:"妇人不忘君命,吾敢忘乎?"遂与杞梁共车,侍于庄公。庄公休兵数日,传令留孙挥统大军屯扎境上,单用"五乘之宾"及选锐三千,衔枚卧鼓,往袭莒国。华周、杞梁自请为前队,庄公问曰:"汝用甲乘几何?"华周、杞梁曰:"臣等二人只身谒君,亦愿只身前往。君所赐一车,已足吾乘矣。"庄公欲试其勇,笑而许之。华周、杞梁约更番为御,临行曰:"更得一人为戎右,可当一队矣。"有小卒挺身出曰:"小人愿随二位将军一行,不知肯提挈否?"华周曰:"汝何姓名?"小卒对曰:"某乃本国人隰侯重也。慕二位将军主义勇,是以乐从。"

　　三人遂同一乘,建一旗一鼓,风驰而去。先到莒郊,露宿一夜。次早,莒黎比公知齐师将到,亲率甲士三百人巡郊,遇华周、杞梁之车,方欲盘问,周、梁瞋 chēn 睁大眼睛目大呼曰:"我二人乃齐将也,谁敢与我决斗?"黎比公吃了一惊,察其单车无继,使甲士重重围之。周、梁谓隰侯重曰:"汝为我击鼓勿休!"乃各挺长戟,跳下车来,左右冲突,遇者辄死,三百甲士,被杀伤了一半。黎比公曰:"寡人已知二将军之勇矣! 不须死战,愿分莒国与将军共之!"周、梁同声对曰:"去国归敌,非忠也;受命而弃之,非信也。深入多杀者,为将之事,若莒国之利,非臣所知!"言毕,奋戟复战。黎比公不能当,大败而走。齐庄公大队已到,闻知二将独战得胜,使人召之还,曰:"寡人已知二将军之勇矣! 不必更战,愿分齐国,与将军共之!"周、梁同声对曰:"君立'五乘之宾',而吾不与焉,是少吾勇也。又以利啖我,是污吾行也。深入多杀者,为将之事,若齐国之利,非臣所知!"乃掷去使者,弃车步行,直逼且于门。黎比公令人于狭道掘沟炙炭,炭火腾焰,不能进步。隰侯重曰:"吾闻古之士,能立名于后世者，惟捐生也，吾能使子逾沟。"乃仗楯自伏于炭上，令二子乘之而进。华周、杞梁既逾沟，回顾隰侯重，已焦灼矣，乃向之而号。杞梁收泪，华周哭犹未止。杞梁曰："汝畏死耶？何哭之久也？"华周曰："我岂怕死者哉？此人之勇，与我同也，乃能先我而死，是以哀之！"黎比公见二将已越火沟，急召善射者百人，伏于门之左右，俟其近，即攒射之。华周、杞梁直前夺门，百矢俱发，二将冒矢突战，复杀二十七人。守城军士，环立城上，皆注矢下射。杞梁重伤先死。华周身中数十箭。力尽被执，气犹未绝，黎比公载归城中。有诗为证：

> 争羡赳赳五乘宾，形如熊虎力千钧。
>
> 谁知陷阵捐躯者，却是单车殉义人！

却说齐庄公得使者回信，知周、梁有必死之心，遂引大队前进，至且于门，闻三人俱已战死，大怒，便欲攻城。黎比公遣使至齐军中谢曰："寡君徒见单车，不知为大国所遣，是以误犯。且大国死者三人，敝邑被杀者已百余人矣。彼自求死，非敝邑敢于加兵也。寡君畏君之威，特命下臣百拜谢罪，愿岁岁朝齐，不敢有贰。"庄公怒气方盛，不准行成。黎比公复遣使相求，欲送还华周，并归杞梁之尸，且以金帛犒军。庄公犹未许。忽传王孙挥有急报至，言："晋侯与宋、鲁、卫、郑各国之君会于夷仪，谋伐齐国，请主公作速班师。"庄公得此急信，乃许莒成。莒黎比公大出金帛为献，以温车载华周，以辇载杞梁之尸，送归齐军。惟隰侯重尸在炭中，已化为灰烬，不能收拾。庄公即日班师，命将杞梁殡于齐郊之外。庄公方入郊，适遇杞梁之妻孟姜来迎夫尸。庄公停车，使人吊之。孟姜对使者再拜曰："梁若有罪，敢辱君吊？若其无罪，犹有先人之敝庐在。郊非吊所，下妾敢辞！"庄公大惭曰："寡人之过也！"乃为位于杞梁之家而吊焉。孟姜奉夫棺，将窆 biǎn 泛指埋葬于城外。乃露宿三日，抚棺大恸，涕泪俱尽，继之以血。齐城忽然崩陷数尺，由哀恸迫切，精诚之所感也。后世传秦人范杞梁差筑长城而死，其妻孟姜女送寒衣至城下，闻夫死痛哭，城为之崩。盖即齐将杞梁之事，而误传之耳。华周归齐，伤重，未几亦死。其妻哀恸，倍于常人。按《孟子》称："华周、杞梁之妻，善哭其夫而变国俗。"正谓此也。史臣有诗云：

> 忠勇千秋想杞梁，颓城悲恸亦非常。
>
> 至今齐国成风俗，嫠妇①哀哀学孟姜。

---

①嫠（lí）妇：寡妇。

按此乃周灵王二十二年之事。是年大水,谷水与洛水斗,黄河俱泛滥,平地水深尺余。晋侯伐齐之议遂中止。

　　却说齐右卿崔杼恶庄公之淫乱,巴不得晋师来伐,欲行大事,已与左卿庆封商议事成之日,平分齐国,及闻水阻,心中郁郁。庄公有近侍贾竖,尝以小事,受鞭一百,崔杼知其衔怨,乃以重赂结之,凡庄公一动一息,俱令相报。毕竟崔杼做出甚事来,再看下回分解。

栽齊
光慶專權
雀

納衛
術甯
喜
政擅

第六十五回　弑齐光崔庆专权　纳卫衎宁喜擅政

话说周灵王二十三年夏五月，莒黎比公因许齐侯岁岁来朝，是月，亲自至临淄朝齐。庄公大喜，设飨于北郭，款待黎比公。崔氏府第，正在北郭。崔杼有心拿庄公破绽，诈称寒疾不能起身，诸大夫皆侍宴，惟杼不往，密使心腹叩信于贾竖。竖密报云："主公只等席散，便来问相国之病。"崔杼笑曰："君岂忧吾病哉？正以吾病为利，欲行无耻之事耳。"乃谓其妻棠姜曰："我今日欲除此无道昏君！汝若从吾之计，吾不扬汝之丑，当立汝子为适嗣；如不从吾言，先斩汝母子之首。"棠姜曰："妇人，从夫者也。子有命，焉敢不依？"崔杼乃使棠无咎伏甲士百人于内室之左右，使崔成、崔疆伏甲于门之内，使东郭偃伏甲于门之外。分拨已定，约以鸣钟为号。再使人送密信于贾竖："君若来时，须要如此恁般。"

且说庄公爱棠姜之色，心心念念，寝食不忘，只因崔杼防范稍密，不便数数来往。是日见崔杼辞病不至，正中其怀，神魂已落在棠姜身上。燕享之仪，了事而已。事毕，趋驾往崔氏问疾。阍者谬对曰："病甚重，方服药而卧。"庄公曰："卧于何处？"对曰："卧于外寝。"庄公大喜，竟入内室。时州绰、贾举、公孙傲、偻堙四人从行。贾竖曰："君之行事，子所知也。盍待于外，无混入以惊相国。"州绰等信以为然，遂俱止于门外。惟贾举不肯出，曰："留一人何害？"乃独止堂中。贾竖闭中门而入，阍者复掩大门，拴而锁之。庄公至内室，棠姜艳妆出迎，未交一言，有侍婢来告："相国口燥，欲索蜜汤。"棠姜曰："妾往取蜜即至也。"棠姜同侍婢自侧户冉冉而去。庄公倚槛待之，望而不至，乃歌曰：

> 室之幽兮，美所游兮。室之邃兮，美所会兮。不见美兮，忧心胡底兮！

歌方毕，闻廊下有刀戟之声，庄公讶曰："此处安得有兵？"呼贾竖不应。须臾间，左右甲士俱起。庄公大惊，情知有变，急趋后户，户已闭。庄公力大，破户而出，得一楼登之。棠无咎引甲士围楼，声声只叫："奉相国之命，来拿淫贼！"庄公倚槛谕之曰："我，尔君也，幸舍我去！"无咎曰："相国有命，不敢自专。"庄公曰："相国何在？愿与立盟，誓不相害！"无咎曰："相国病不能来也。"庄公曰:"寡人知罪矣! 容至太庙中自尽,以谢相国何如?"无咎又曰:"我等但知拿奸淫之人,不知有君。君既知罪,即请自裁,毋徒取辱。"庄公不得已,从楼牖中跃出,登花台,欲逾墙走。无咎引弓射之,中其左股,从墙上倒坠下来。甲士一齐俱上,刺杀庄公。无咎即使人鸣钟数声。

时近黄昏,贾举在堂中侧耳而听,忽见贾竖启门,携烛而出曰:"室中有贼,主公召尔。尔先入,我当报州将军等。"贾举曰:"与我烛。"贾竖授烛,失手坠地,烛灭。举仗剑摸索,才入中门,遇绊索踬地。崔疆从门旁突出,击而杀之。州绰等大门外,不知门内之事。东郭偃伪为结好,邀至旁舍中,秉烛具酒肉,且劝使释剑乐饮,亦遍饮从者。忽闻宅内鸣钟,东郭偃曰:"主公饮酒矣。"州绰曰:"不忌相国乎?"偃曰:"相国病甚,谁忌之?"有顷,钟再鸣,偃起曰:"吾当入视。"偃去,甲士悉起。州绰等急简兵器,先被东郭偃使人盗去了。州绰大怒,视门前有升车石,礰以投人。偻堙适趋过,误中堙,折其一足,惧而走。公孙傲拔杀马柱而舞,甲士多伤。众人以火炬攻之,须发尽燎。时大门忽启,崔成、崔疆复率甲自内而出,公孙傲以手拉崔成,折其臂,崔疆以长戈刺傲,立死,并杀偻堙。州绰夺甲士之戟,复来寻斗,东郭偃大呼:"昏君奸淫无道,已受诛戮,不干众人之事,何不留身以事新主?"州绰乃投戟于地曰:"吾以羁旅亡命,受齐侯知己之遇,今日不能出力,反害偻堙,殆天意也! 惟当舍一命以报君宠,岂肯苟活,为齐、晋两国所笑乎?"即以头触石垣三四,石破头亦裂。邴师闻庄公之死,自刭于朝门之外。封具缢于家。铎父与襄尹相约,往哭庄公之尸,中路闻贾举等俱死,遂皆自杀。髯翁有诗云:

似虎如龙勇绝伦,因怀君宠命轻尘。

私恩只许私恩报,殉难何曾有大臣?

时王何约卢蒲葵同死,葵曰:"无益也,不如逃之,以俟后图。幸有一人复国,必当相引。"王何曰:"请立晋!"誓成,王何遂出奔莒国。卢蒲葵将行,谓其弟卢蒲嫳 piè 曰:"君之立勇爵,以自卫也。与君同死,何益于君? 我去,子必求事崔、庆而归我,我因以为君报仇,如此,则虽死不虚矣!"嫳许之。葵乃出奔晋国。卢蒲嫳遂求事庆封,庆封用为家臣。申鲜虞出奔楚,后仕楚为右尹。时齐国诸大夫闻崔氏作乱,皆闭门待信,无敢至者。惟晏婴直造崔氏,入其室,枕庄公之股,放声大哭。既起,又踊跃三度,然后趋出。棠无咎曰:"必杀晏婴,方免众谤。"崔杼曰:"此人有贤名,杀之恐失人心。"晏婴遂归,告于陈须无曰:"盍议立君乎?"须无曰:"守有高、国,权有崔、庆,须无何能为?"婴退,须无曰:"乱贼在朝,不可与共事也。"驾而奔宋。晏婴复往见高止、国夏,皆言:"崔氏将至,且庆氏在,非吾所能张主也。"婴乃叹息而去。未几,庆封使其子庆舍搜捕庄公余党,杀逐殆尽。以车迎崔杼入朝,然后使召高、国,共议立君之事。高、国让于崔、庆,庆封复让于崔杼。崔杼曰:"灵公之子杵臼,年已长,其母为鲁大夫叔孙侨如之女,立之可结鲁好。"众人皆唯唯。于是迎公子杵臼为君,是为景公。

时景公年幼,崔杼自立为右相,立庆封为左相。盟群臣于太公之庙,刑牲歃血,誓其众曰:"诸君有不与崔、庆同心者,有如日!"庆封继之,高、国亦从其誓。轮及晏婴,婴仰天叹曰:"诸君能忠于君,利于社稷,而婴不与同心者,有如上帝!"崔、庆俱色变。高、国曰:"二相今日之举,正忠君利社稷之事也。"崔、庆乃悦。时莒黎比公尚在齐国,崔、庆奉景公与黎比公为盟,黎比公乃归莒。崔杼命棠无咎敛州绰、贾举等之尸,与庄公同葬于北郭,减其礼数,不用兵甲,曰:"恐其逞勇于地下也。"命太史伯以疟疾书庄公之死,太史伯不从,书于简曰:"夏五月乙亥,崔杼弑其君光。"杼见之大怒,杀太史。太史有弟三人,曰仲、叔、季。仲复书如前,杼又杀之;叔亦如之,杼复杀之;季又书,杼执其简谓季曰:"汝三兄皆死,汝独不爱性命乎? 若更其语,当免汝。"季对曰:"据事直书,史氏之职也。失职而生,不如死! 昔赵穿弑晋灵公,太史董狐以赵盾位为正卿,不能讨贼,书曰:'赵盾弑其君夷皋。'盾不为怪,知史职不可废也。某即不书,天下必有书之者。不书不足以盖相国之丑,而徒贻识者之笑,某是以不爱其死,惟相国裁之!"崔杼叹曰:"吾惧社稷之陨,不得已而为此。虽直书,人必谅我。"乃掷简还季。季捧简而出,将至史馆,遇南史氏方来,季问其故。南史氏曰:"闻汝兄弟俱死,恐遂没夏五月乙亥之事,吾是以执简而来也。"季以所书简示之,南史氏乃辞去。髯翁读史至此,有赞云:

朝纲纽解,乱臣接迹;斧钺不加,诛之以笔。不畏身死,而畏溺职;南史同心,有遂无格。皎日青天,奸雄夺魄;彼哉谀语,羞此史册!

崔杼愧太史之笔,乃委罪贾竖而杀之。是月,晋平公以水势既退,复大合诸侯于夷仪,将为伐齐之举。崔杼使左相庆封以庄公之死告于晋师,言:"君臣惧大国之诛,社稷不保,已代大国行讨矣。新君杵臼出自鲁姬,愿改事上国,勿替旧好。所攘朝歌之地,仍归上国,更以宗器若干、乐器若干为献。"诸侯亦皆有赂。平公大悦,班师而归,诸侯皆散。自此晋、齐复合。时殖绰在卫,闻州绰、邢蒯皆死,复归齐国。卫献公衍出奔在齐,素闻其勇,使公孙丁以厚币招之,绰遂留事献公。此事搁过一边。

　　是年吴王诸樊伐楚，过巢，攻其门。巢将牛臣隐身于短墙而射之，诸樊中矢而死。群臣守寿梦临终之戒，立其弟余祭为王。余祭曰："吾兄非死于巢也，以先王之言，国当次及，欲速死以传季弟，故轻生耳。"乃夜祷于天，亦求速死。左右曰："人所欲者，寿也。王乃自祈早死，不亦远于人情乎？"余祭曰："昔我先人太王，废长立幼，竟成大业。今吾兄弟四人，以次相承，若俱考终命，札且老矣。吾是以求速也。"此段话且搁过一边。

　　却说卫大夫孙林父、宁殖既逐其君衎，奉其弟剽为君。后宁殖病笃，召其子宁喜谓曰："宁氏自庄、武以来，世笃忠贞。出君之事，孙子为之，非吾意也，而人皆称曰：'孙宁'。吾恨无以自明，即死，无颜见祖父于地下！子能使故君复位，盖吾之愆，方是吾子。不然，吾不享汝之祀矣。"喜泣拜曰："敢不勉图！"殖死，喜嗣为左相，自是日以复国为念。奈殇公剽屡会诸侯，四境无故；上卿孙林父又是献公衎的嫡仇，无间可乘。

　　周灵王二十四年，卫献公袭夷仪据之，使公孙丁私入帝丘城，谓宁喜曰："子能反父之意，复纳寡人，卫国之政，尽归于子，寡人但主祭祀而已。"宁喜正有遗嘱在心，今得此信，且有委政之言，不胜之喜。又思："卫侯一时求复，故以甜言相哄，倘归而悔之，奈何？公子鱄贤而有信，若得他为证明，他日定不相负。"乃为复书，密付来使，书中大约言："此乃国家大事，臣喜一人，岂能独力承当？子鲜乃国人所信，必得他到此面订，方有商量。"子鲜者，公子鱄之字也。献公谓公子鱄曰："寡人复国，全由宁氏，吾弟必须为我一行。"子鱄口虽答应，全无去意。献公屡屡促之，鱄对曰："天下无无政之君。君曰'政由宁氏'，异日必悔之。是使鱄失信于宁氏也，鱄所以不敢奉命。"献公曰："寡人今窜身一隅，犹无政也。倘先人之祀，延及子孙，寡人之愿足矣，岂敢食言，以累吾弟。"鱄对曰："君意既决，鱄何敢避事，以败君之大功。"乃私入帝丘城，来见宁喜，复申献公之约。宁喜曰："子鲜若能任其言，喜敢不任其事！"鱄向天誓曰："鱄若负此言，不能食卫之粟。"喜曰："子鲜之誓，重于泰山矣。"公子鱄回复献公去了。宁喜以殖之遗命，告于蘧瑗。瑗掩耳而走曰："瑗不与闻君之出，又敢与闻其入乎？"遂去卫适鲁。喜复告于大夫石恶、北宫遗，二人皆赞成之。喜乃告于右宰谷，谷连声曰："不可，不可！新君之立十二年矣，未有失德。今谋复故君，必废新君，父子得罪于两世，天下谁能容之？"喜曰："吾受先人遗命，此事断不可已。"右宰谷曰："吾请往见故君，观其为人视往日如何，而后商之。"喜曰："善。"

　　右宰谷乃潜往夷仪，求见献公。献公方濯足，闻谷至，不及穿履，徒跣而出，喜形于面，谓谷曰："子从左相处来，必有好音矣。"谷对曰："臣以便道奉候，喜不知也。"献公曰："子第为寡人致左相，速速为寡人图成其事。左相纵不思复寡人，独不思得卫政乎？"谷对曰："所乐为君者，以政在也。政去，何以为君？"献公曰："不然。所谓君者，受尊号，享荣名，美衣玉食，崇阶华宫，乘高车，驾上驷，府库充盈，使令满前，入有嫔御姬侍之奉，出有田猎毕_{用网捕}取_{鸟兽弋}之娱，岂必劳心政务，然后为乐哉？"谷嘿然而退，复见公于鱄。谷述献公之言，鱄曰："君淹恤日久，苦极望甘，故为此言。夫所谓君者，敬礼大臣，录用贤能，节财而用之，恤民而使之，作事必宽，出言必信，然后能享宋名，而受尊号，此皆吾君之所熟闻也。"右宰谷归谓宁喜曰："吾见故君，其言粪土耳！无改于旧。"喜曰："曾见子鲜否？"谷曰："子鲜之言合道，然非君所能行也。"喜曰："吾恃子鲜矣。吾有先臣之遗命，虽知其无改，安能已乎？"谷曰："必欲举事，请俟其间。"

时孙林父年老，同其庶长子孙蒯居戚，留二子孙嘉、孙襄在朝。周灵王二十五年春二月，孙嘉奉殇公之命，出使聘齐，惟孙襄居守。适献公又遣公孙丁来讨信，右宰谷谓宁喜曰："子欲行事，此其时矣。父兄不在，襄可取也，得襄，则子叔无能为矣。"喜曰："子言正合吾意。"遂阴集家甲，使右宰谷同公孙丁帅之以伐孙襄。孙氏府第壮丽，亚于公宫，墙垣坚厚，家甲千人，有家将雍鉏、褚带二人，轮班值日巡警。是日褚带当班，右宰谷兵到，褚带闭门登楼问故。谷曰："欲见舍人，有事商议。"褚带曰："议事何须用兵？"欲引弓射之。谷急退，帅卒攻门。孙襄亲至门上，督视把守。褚带使善射者更番迭进，将弓持满，临楼牖_{yǒu 木窗}而立，近者辄射之，死者数人。雍鉏闻府第有事，亦起军丁来接应。两下混战，互有杀伤。右宰谷度不能取胜，引兵而回。孙襄命开门亲自驰良马追赶，遇右宰谷，以长铙_{náo}挽其车。右宰谷大呼："公孙为我速射！"公孙丁认得是孙襄，弯弓搭箭，一发正中其胸，却得雍、褚二将齐上，救回去了。胡曾先生咏史诗云：

> 孙氏无成宁氏昌，天教一矢中孙襄。
> 安排兔窟千年富，谁料寒灰发火光！

右宰谷转去，回复宁喜，说孙家如此难攻，"若非公孙神箭射中孙襄，追兵还不肯退。"宁喜曰："一次攻他不下，第二次越难攻了。既然箭中其主，军心必乱，今夜吾自往攻之。如再无功，即当出奔，以避其祸。我与孙氏，已无两立之势矣。"一面整顿车仗，先将妻子送出郊外，恐一时兵败，脱身不及，一面遣人打听孙家动静。约莫黄昏时候，打探者回报："孙氏府第内有号哭之声,门上人出入,状甚仓皇。"宁喜曰:"此必孙襄伤重而亡也。"言未毕,北宫遗忽至,言:"孙襄已死,其家无主,可速攻之。"时漏下已三更,宁喜自行披挂,同北宫遗、右宰谷、公孙丁等,悉起家众,重至孙氏之门。雍鉏、褚带方临尸哭泣,闻报宁家兵又到,急忙披挂,已被攻入大门,鉏等急闭中门,奈孙氏家甲先自逃散,无人协守,亦被攻破。雍鉏逾后墙而遁,奔往戚邑去了,褚带为乱军所杀。其时天已大明,宁喜灭孙襄之家,断襄之首,携至公宫,来见殇公,言:"孙氏专政日久,有叛逆之情,某已勒兵往讨,得孙襄之首矣。"殇公曰:"孙氏果谋叛,奈何不令寡人闻之?既无寡人在目,又来见寡人何事?"宁喜起立,抚剑言曰:"君乃孙氏所立,非先君之命,群臣百姓,复思故君,请君避位,以成尧舜之德。"殇公怒曰:"汝擅杀世臣,废置任意,真乃叛逆之臣也!寡人南面为君已十三载,宁死不能受辱!"即操戈以逐宁喜。喜趋出宫门。殇公举目一看,只见刀枪济济,戈甲森森,宁家之兵布满宫外,慌忙退步。宁喜一声指麾,甲士齐上,将殇公拘住。世子角闻变,仗剑来救,被公孙丁赶上,一戟刺死。宁喜传令,囚殇公于太庙,逼使饮鸩而亡。此周灵王二十五年春二月辛卯日事也。宁喜使人迎其妻子,复归府第。乃集群臣于朝堂,议迎立故君。各官皆到,惟有太叔仪乃是卫成公之子,卫文公之孙,年六十余,独称病不至。人问其故,仪曰:"新旧皆君也。国家不幸有此事,老臣何忍与闻乎?"

宁喜迁殇公之宫眷于外,扫除宫室,即备法驾,遣右宰谷、北宫遗同公孙丁往夷仪迎接献公。献公星夜驱驰,三日而至。大夫公孙免余直至境外相见。献公感其远迎之意,执其手曰:"不图今日复为君臣。"自此免余有宠。诸大夫皆迎于境内,献公自车揖之。既谒庙临朝,百官拜贺,太叔仪尚称病不朝。献公使人责之曰:"太叔不欲寡人返国乎?何为拒寡人?"仪顿首对曰:"昔君之出,臣不能从,臣罪一也;君之在外,臣不能怀贰心,以通内外之言,罪二也;及君求入,臣又不能与闻大事,罪三也。君以三罪责臣,臣敢逃死!"即命驾车,欲谋出奔,献公亲往留之。仪见献公,垂泪不止,请为殇公成丧,献公许之,然后出就班列。

献公使宁喜独相卫国,凡事一听专决,加食邑三千室。北宫遗、右宰谷、石恶、公孙免余等俱增秩禄。公孙丁、殖绰有从亡之劳,公孙无地、公孙臣,其父有死难之节,俱进爵大夫。其他太叔仪、齐恶、孔羁、褚师申等俱如旧。召蘧瑗于鲁,复其位。

却说孙嘉聘齐而回,中道闻变,径归戚邑。林父知献公必不干休,乃以戚邑附晋,诉说宁喜弑君之恶,求晋侯做主。恐卫侯不日遣兵伐戚,乞赐发兵,协力守御。晋平公以三百人助之。孙林父使晋兵专戍茅氏之地,孙蒯谏曰:"戍兵单薄,恐不能拒卫人,奈何?"林父笑曰:"三百人不足为吾轻重,故委之东鄙。若卫人袭杀晋戍,必然激晋之怒,不愁晋人不助我也。"孙蒯曰:"大人高见,儿万不及。"宁喜闻林父请兵,晋仅发三百人,喜曰:"晋若真助林父,岂但以三百人塞责哉?"乃使殖绰将选卒千人,往袭茅氏。不知胜负如何,且看下回分解。

殺宵喜子縛
出奔

庆封独相
戮雀杼

第六十六回　杀宁喜子鱄出奔　戮崔杼庆封独相

　　话说殖绰帅选卒千人,去袭晋戍,三百人不勾一扫,遂屯兵于茅氏,遣人如卫报捷。林父闻卫兵已入东鄙,遣孙蒯同雍鉏引兵救之。探知晋戍俱已杀尽,又知殖绰是齐国有名的勇将,不敢上前拒敌,全军而返,回复林父。林父大怒曰:"恶鬼尚能为厉,况人乎? 一个殖绰不能与他对阵,倘卫兵大至,何以御之? 汝可再往,如若无功,休见我面!"孙蒯闷闷而出,与雍鉏商议,雍鉏曰:"殖绰勇敌万夫,必难取胜,除非用诱敌之计方可。"孙蒯曰:"茅氏之西,有地名圉村,四周树木茂盛,中间一村人家。村中有小小土山,我使人于山下掘成陷坑,以草覆之,汝先引百人与战,诱至村口,我屯兵于山上,极口詈骂,彼怒,必上山来擒我,中吾计矣。"

　　雍鉏如其言,帅一百人驰往茅氏,如探敌之状,一遇殖绰之兵,佯为畏惧,回头便走。殖绰恃勇,欺雍鉏兵少,不传令开营,单带随身军甲数十人,乘轻车追之。雍鉏弯弯曲曲,引至圉村,却不进村,径打斜往树林中去了。殖绰也疑心林中有伏,便教停车。只见土山之上,又屯着一簇步卒,约有二百人数,簇拥着一员将。那员将小小身材,金鍪^{móu 古代武士的头盔}绣甲,叫着殖绰的姓名,骂道:"你是齐邦退下来的歪货! 栾家用不着的弃物! 今揳身在我卫国吃饭,不知羞耻,还敢出头! 岂不晓得我孙氏是八代世臣,敢来触犯! 全然不识高低,禽兽不如!"殖绰闻之大怒。卫兵中有人认得的指道:"这便是孙相国的长子,叫做孙蒯。"殖绰曰:"擒得孙蒯,便是半个孙林父了。"那土山平稳,颇不甚高。殖绰喝教:"驱车!"车驰马骤,刚刚到山坡之下,那车势去得凶猛,踏着陷坑,马就牵车下去,把殖绰掀下坑中。孙蒯恐他勇力难制,预备弓弩,一等陷下,攒箭射之。可怜好一员猛将,今日死于庸人之手! 正是:瓦罐不离井上破,将军多在阵前亡。有诗为证:

　　　　神勇将军孰敢当? 无名孙蒯已奔忙。

　　　　只因一激成奇绩,始信男儿当自强。

孙蒯用挠钩搭起殖绰之尸,割了首级,杀散卫军,回报孙林父。林父曰:"晋若责我不救戍卒,我有罪矣,不如隐其胜而以败告。"乃使雍鉏如晋告败。

晋平公闻卫杀其戍卒,大怒,命正卿赵武合诸大夫于澶渊,将加兵于卫。卫献公同宁喜如晋,面诉孙林父之罪,平公执而囚之。齐大夫晏婴言于齐景公曰:"晋侯为孙林父而执卫侯,国之强臣皆将得志矣。君盍如晋请之,寓莱之德,不可弃也。"景公曰:"善。"乃遣使约会郑简公一同至晋,为卫求解。晋平公虽感其来意,然有林父先入之言,尚未肯统口。晏平仲私谓羊舌肹曰:"晋为诸侯之长,恤患补阙,扶弱抑强,乃盟主之职也。林父始逐其君,既不能讨,今又为臣而执君,为君者不亦难乎?昔文公误听元咺 xuān 之言,执卫成公归于京师,周天子恶其不顺,文公愧而释之。夫归于京师,而犹不可,况以诸侯囚诸侯乎?诸君子不谏,是党臣而抑君,其名不可居也。婴惧晋之失伯,敢为子私言之。"肹乃言于赵武,固请于平公,乃释卫侯归国,尚未肯释宁喜。右宰谷劝献公饰女乐十二人,进于晋以赎喜。晋侯悦,并释喜。喜归,愈有德色,每事专决,全不禀命。诸大夫议事者,竟在宁氏私第请命,献公拱手安坐而已。

时宋左师向戌与晋赵武相善,亦与楚令尹屈建相善。向戌聘于楚,言及昔日华元欲为晋、楚合成之事。屈建曰:"此事甚善,只为诸侯各自分党,所以和议迄于无成。若使晋、楚属国互相朝聘,欢好如同一家,干戈可永息矣。"向戌以为然。乃倡议晋、楚二君相会于宋,面定弭兵交见之约。楚自共王至今,屡为吴国侵扰,边境不宁,故屈建欲好晋以专事于吴。而赵武亦因楚兵屡次伐郑,指望和议一成,可享数年安息之福。两边皆欣然乐从,遂遣使往各属国订期。

晋使至于卫国,宁喜不通知献公,径自委石恶赴会。献公闻之大怒,诉于公孙免余,免余曰:"臣请以礼责之。"免余即往见宁喜,言:"会盟大事,岂可使君不与闻?"宁喜艴 bó 然曰:"子鲜有约言矣,吾岂犹臣也乎哉?"免余回报献公曰:喜无礼甚矣!何不杀之?"献公曰:"若非宁氏,安有今日?约言实出自寡人,不可悔也。"免余曰:"臣受主公特达 特殊知遇之知,无以为报,请自以家属攻宁氏,事成则利归于君,不成则害独臣当之。"献公曰:"卿斟酌而行,勿累寡人也。"免余乃往见其宗弟公孙无地、公孙臣曰:"相国之专,子所知也。主公犹执硁硁 kēng 坚决、固执之信,隐忍不言,异日养成其势,祸且倚于孙氏矣,奈何?"无地与臣同辞而对曰:"何不杀之?"免余曰:"吾言于君,君不从也。若吾等伪为作乱,幸而成,君之福,不成,不过出奔耳。"无地曰:"吾弟兄愿为先驱。"免余请歃血为信。

时周灵王二十六年,宁喜方治春宴,无地谓免余曰:"宁氏治春宴,必不备吾请先尝之，子为之继。"免余曰："盍卜之？"无地曰："事在必行，何卜之有？"无地与臣悉起家众以攻宁氏。宁氏门内，设有伏机，伏机者，掘地为深窟，上铺木板，别以木为机关，触其机，则势从下发，板启而人陷，日间去机，夜则设之。是日因春宴，家属皆于堂中观优，无守门者，乃设机以代巡警。无地不知，误触其机，陷于窟中。宁氏大惊，争出捕贼，获无地。公孙臣挥戈来救，宁氏人众，臣战败被杀。宁喜问无地曰："子之此来，何人主使？"无地瞋目大骂曰："汝恃功专恣，为臣不忠，吾兄弟特为社稷诛尔，事之不成，命也！岂由人主使耶？"宁喜怒，缚无地于庭柱，鞭之至死，然后斩之。右宰谷闻宁喜得贼，夜乘车来问。宁氏方启门，免余帅兵适至，乘之而入。先斩右宰谷于门。宁氏堂中大乱，宁喜惊忙中，遽问："作贼者何人？"免余曰："举国之人皆在，何问姓名乎？"喜惧而走，免余夺剑逐之，绕堂柱三周，喜身中两剑，死于柱下。免余尽灭宁氏之家，还报献公。

献公命取宁喜及右宰谷之尸，陈之于朝。公子鱄闻之，徒跣入朝，抚宁喜之尸，哭曰："非君失信，我实欺子。子死，我何面目立卫之朝乎？"呼天长号者三，遂趋出，即以牛车载其妻小，出奔晋国。献公使人留之，鱄不从。行及河上，献公复使大夫齐恶驰驿追及之，齐恶致卫侯之意，必要子鱄回国。子鱄曰："要我还卫，除是宁喜复生方可！"齐恶犹强之不已，子鱄取活雉一只，当齐恶前拔佩刀剁落雉头，誓曰："鱄及妻子，今后再履卫地，食卫粟，有如此雉！"齐恶知不可强，只得回。子鱄遂奔晋国，隐于邯郸，与家人织屦易粟而食，终身不言一"卫"字。史臣有诗云：

> 他乡不似故乡亲，织屦萧然竟食贫。
>
> 只为约言金石重，违心恐负九泉人。

齐恶回复献公，献公感叹不已，乃命收殓二尸而葬之。欲立免余为正卿，免余曰："臣望轻，不如太叔。"乃使太叔仪为政，自此卫国稍安。

话分两头。却说宋左师向戍倡为弭兵之会，面议交见之事。晋正卿赵武，楚令尹屈建俱至宋地，各国大夫陆续俱至。晋之属国鲁、卫、郑，从晋营于左；楚之属国蔡、陈、许，从楚营于右。以车为城，各据一偏。宋是地主，自不必说。议定：照朝聘常期，楚之属朝聘于晋，晋之属亦朝聘于楚。其贡献礼物，各省其半，两边分用。其大国齐、秦算做敌体与国，不在属国之数，各不相见。晋属小国，如邾、莒、滕、薛，楚属小国，如顿、胡、沈、麇，有力者自行朝聘，无力者从附庸一例，附于邻近之国。遂于宋西门之外，歃血订盟。楚屈建暗暗传令，衷甲将事，意欲劫盟，袭杀赵武，伯州犁固谏乃止。赵武闻楚衷甲,以问羊舌肹,欲预备对敌之计。羊舌肹曰:"本为此盟以弭兵也。若楚用兵,彼先失信于诸侯,诸侯其谁服之! 子守信而已,何患焉?"及将盟,楚屈建又欲先歃,使向戌传言于晋。向戌造晋军,不敢出口,其从人代述之。赵武曰:"昔我先君文公,受王命于践土,绥服四国,长有诸夏,楚安得先于晋?"向戌还述于屈建,建曰:"若论王命,则楚亦尝受命于惠王矣。所以交见者,谓楚、晋匹敌也。晋主盟已久,此番合当让楚。若仍先晋,便是楚弱于晋了,何云敌国?"向戌复至晋营言之。赵武犹未肯从,羊舌肹谓赵武曰:"主盟以德不以势,若其有德,歃虽后,诸侯戴之。如其无德,歃虽先,诸侯叛之。且合诸侯以弭兵为名,夫弭兵,天下之利也,争歃则必用兵,用兵则必失信,是失所以利天下之意矣。子姑让楚。"赵武乃许楚先歃,定盟而散。时卫石恶与盟,闻宁喜被杀,不敢归卫,遂从赵武留于晋国。自是晋、楚无事,不在话下。

再说齐右相崔杼,自弑庄公,立景公,威震齐国。左相庆封性嗜酒,好田猎,常不在国中。崔杼独秉朝政,专恣益甚,庆封心中阴怀嫉忌。崔杼原许棠姜立崔明为嗣,因怜长子崔成损臂,不忍出口。崔成窥其意,请让嗣于明,愿得崔邑养老,崔杼许之。东郭偃与棠无咎不肯,曰:"崔,宗邑也,必以授宗子。"崔杼谓崔成曰:"吾本欲以崔予汝,偃与无咎不听,奈何?"崔成诉于其弟崔疆,崔疆曰:"内子之位且让之矣,一邑尚吝不予乎? 吾父在,东郭等尚然把持;父死,吾弟兄求为奴仆不能矣。"崔成曰:"姑浼左相为我请之。"成、疆二人求见庆封,告诉其事。庆封曰:"汝父惟偃与无咎之谋是从,我虽进言,必不听也。异日恐为汝父之害,何不除之?"成、疆曰:"某等亦有此心,但力薄,恐不能济事。"庆封曰:"容更商之。"成、疆去,庆封召卢蒲嫳述二子之言。卢蒲嫳曰:"崔氏之乱,庆氏之利也。"庆封大悟。过数日,成、疆又至,复言东郭偃、棠无咎之恶。庆封口:"汝若能举能,吾当以甲助子。"乃赠之精甲百具,兵器如数。成、疆大喜,夜半率家众披甲执兵,散伏于崔氏之近侧。东郭偃、棠无咎每日必朝崔氏,候其入门,甲士突起,将东郭偃、棠无咎攒戟刺死。崔杼闻变大怒,急呼人使驾车,舆仆逃匿皆尽,惟圉人在厩。乃使圉人驾马,一小竖为御,往见庆封,哭诉以家难。

庆封佯为不知,讶曰:"崔、庆虽为二氏,实一体也。孺子敢无上至此! 子如欲讨,吾当效力。"崔杼信以为诚,乃谢曰:"倘得除此二逆,以安崔宗,我使明也拜子为父。"庆封乃悉起家甲,召卢蒲嫳使率之,吩咐如此如此。卢蒲嫳受命而往。崔成、崔疆见卢蒲嫳兵至,欲闭门自守。卢蒲嫳诱之曰:"吾奉左相之命而来,所以利子,非害子也。"成谓疆曰:"得非欲除孽弟明乎?"疆曰:"容有之。"乃启门纳卢蒲嫳。嫳入门,甲士俱入。成、疆阻遏不住,乃问嫳曰:"左相之命何如?"嫳曰:"左相受汝父之诉,吾奉命来取汝头耳!"喝令甲士:"还不动手!"成、疆未及答言,头已落地。卢蒲嫳纵甲士抄掳其家,车马服器取之无遗,又毁其门户。棠姜惊骇,自缢于房。惟崔明先在外,不及于难。卢蒲嫳悬成、疆之首于车,回复崔杼。杼见二尸,且愤且悲,问嫳曰:"得无震惊内室否?"嫳曰:"夫人方高卧未起。"杼有喜色,谓庆封曰:"吾欲归,奈小竖不善执辔,幸借一御者。"卢蒲嫳曰:"某请为相国御。"崔杼向庆封再三称谢,登车而别。行至府第,只见重门大开,并无一人行动。比入中堂,直望内室,窗户门阒,空空如也。棠姜悬梁,尚未解索。崔杼惊得魂不附体,欲问卢蒲嫳,已不辞而去矣。遍觅崔明不得,放声大哭曰:"吾今为庆封所卖,吾无家矣,何以生为?"亦自缢而死。杼之得祸,不亦惨乎? 髯翁有诗曰:

> 昔日同心起逆戎,今朝相轧便相攻。
>
> 莫言崔杼家门惨,几个奸雄得善终!

崔明半夜,潜至府第,盗崔杼与棠姜之尸,纳于一枢之中,车载以出,掘开祖墓之穴,下其枢,仍加掩覆,惟圉人一同做事,此外无知者。事毕,崔明出奔鲁国。庆封奏景公曰:"崔杼实弑先君,不敢不讨也。"景公唯唯而已。庆封遂独相景公,以公命召陈须无复归齐国。须无告老,其子陈无宇代之。此周灵王二十六年事也。

时吴、楚屡次相攻,楚康王治舟师以伐吴,吴有备,楚师无功而还。吴王余祭方立二年,好勇轻生,怒楚见伐,使相国屈狐庸诱楚之属国舒鸠叛楚。楚令尹屈建师伐舒鸠,养由基自请为先锋。屈建曰:"将军老矣! 舒鸠蕞尔国,不忧不胜,无相烦也。"养由基曰:"楚伐舒鸠,吴必救之。某屡拒吴兵,熟知军情,愿随一行,虽死不恨!"屈建见他说个"死"字,心中恻然。基又曰:"某受先王知遇,尝欲以身报国,恨无其地。今须发俱改,脱一旦病死牖下,乃令尹负某矣。"屈建见其意已决,遂允其请,使大夫息桓助之。养由基行至离城,吴王之弟夷昧同相国屈狐庸率兵来救。息桓欲俟大军,养由基曰:"吴人善水,今弃舟从陆,且射御非其长,乘其初至未定,当急击之。"遂执弓贯矢,身先士卒,所射辄死,吴师稍却。基追之,遇狐庸于车,骂曰:"叛国之贼! 敢以面目见我耶?"欲射狐庸。狐庸引车而退,其疾如风,基骇曰:"吴人亦善御耶? 恨不早射也。"说犹未毕,只见四面铁叶车围裹将来,把基困于垓心。乘车将士,皆江南射手,万矢齐发,养由基死于乱箭之下。楚共王曾言其恃艺必死,验于此矣。息桓收拾败军,回报屈建。建叹曰:"养叔之死,乃自取也!"乃伏精兵于栜山,使别将子疆以私属诱吴交锋,才十余合遂走,狐庸意其有伏不追。夷眛登高望之,不见楚军,曰:"楚已遁矣!"遂空壁逐之。至栜山之下,子疆回战,伏兵尽起,将夷眛围住,冲突不出。却得狐庸兵到,杀退楚兵,救出夷眛。吴师败归,屈建遂灭舒鸠。

明年,楚康王复欲伐吴,乞师于秦,秦景公使弟公子铖帅兵助之。吴盛兵以守江口,楚不能入,以郑久服事晋,遂还师侵郑。楚大夫穿封戌擒郑将皇颉于阵。公子围欲夺之,穿封戌不与。围反诉于康王,言:"已擒皇颉,为穿封戌所夺。"未几,穿封戌解皇颉献功,亦诉其事。康王不能决,使太宰伯州犁断之。犁奏曰:"郑囚乃大夫,非细人也,问囚自能言之。"乃立囚于庭下,伯州犁立于右,公子围与穿封戌立于左,犁拱手向上曰:"此位是王子围,寡君之介弟也。"复拱手向下曰:"此位为穿封戌,乃方城外之县尹也。谁实擒汝?可实言之!"皇颉已悟犁之意,有心要奉承王子围,伪张目视围,对曰:"颉遇此位王子不胜,遂被获。"穿封戌大怒,遂于架上抽戈欲杀公子围,围惊走,戌逐之不及。伯州犁追上,劝解而还。言于康王,两分其功,复自置酒,与围、戌二人讲和。今人论徇私曲庇之事,辄云"上下其手",盖本伯州犁之事也。后人有诗叹云:

> 斩擒功绩辨虚真,私用机门媚贵臣。
> 幕府计功多类此,肯持公道是何人!

却说吴之邻国名越,子爵,乃夏王禹之后裔,自无余始封,自夏历周,凡三十余世,至于允常。允常勤于为治,越始强盛,吴忌之。余祭立四年,始用兵伐越,获其宗人,刖其足,使为阍,守"余皇"大舟。余祭观舟醉卧,宗人解余祭之佩刀,刺杀余祭。从人始觉,共杀宗人。余祭弟夷眛,以次嗣立,以国政任季札。札请戢兵安民,通好上国,夷眛从之。乃使礼首聘鲁国,求观五代及列国之乐,札一一评品,辄当其情,鲁人以为知音。次聘齐,与晏婴相善。次聘郑,与公孙侨相善。及卫,与蘧瑷相善。遂适晋,与赵武、韩起、魏舒相善。所善皆一时贤臣,札之贤亦可知矣。要知后事,再看下回分解。

靈蒲癸計
逐封慶

楚靈王大合諸侯

第六十七回　卢蒲癸计逐庆封　楚灵王大合诸侯

话说周灵王长子名晋，字子乔，聪明天纵，好吹笙，作凤凰鸣，立为太子。年十七，偶游伊、洛，归而死。灵王甚痛之。有人报道："太子于缑 gōu 岭上，跨白鹤吹笙，寄语土人曰：'好谢天子，吾从浮丘公住嵩山，甚乐也！不必怀念。'"浮丘公，古仙人也。灵王使人发其冢，惟空棺耳，乃知其仙去矣。至灵王二十七年，梦太子晋控鹤来迎，既觉，犹闻笙声在户外。灵王曰："儿来迎我，我当去矣。"遗命传位次子贵，无疾而崩。贵即位，是为景王。是年，楚康王亦薨。令尹屈建与群臣共议，立其母弟麇 jūn 为王。未几，屈建亦卒，公子围代为令尹。此事叙明，且搁过一边。

再说齐相国庆封，既专国政，益荒淫自纵。一日，饮于卢蒲嫳之家，卢蒲嫳使其妻出而献酒，封见而悦之，遂与之通。因以国政交付于其子庆舍，迁其妻妾财币于卢蒲嫳之家，封与嫳妻同宿，嫳亦与封之妻妾相通，两不禁忌。有时两家妻小，合做一处，饮酒欢谑，醉后罗唣，左右皆掩口，封与嫳不以为意。嫳请召其兄卢蒲癸于鲁，庆封从之。癸既归齐，封使事其子庆舍。舍膂 lǚ 力体力，力气兼人，癸亦有勇，且善谀，故庆舍爱之，以其女庆姜妻癸，翁婿相称，宠信弥笃。癸一心只要报庄公之仇，无同心者，乃因射猎，极口夸王何之勇。庆舍问："王何今在何处？"癸曰："在莒国。"庆舍使召之。王何归齐，庆舍亦爱之。自崔、庆造乱之后，恐人暗算，每出入，必使亲近壮士执戈，先后防卫，遂以为例。庆舍因宠信卢蒲癸、王何，即用二人执戈，余人不敢近前。

旧规，公家供卿大夫每日之膳，例用双鸡。时景公性爱食鸡跖 zhí 脚掌，爪子，一食数千，公卿家效之，皆以鸡为食中之上品。鸡价腾贵，御厨以旧额不能供应，往庆氏请益。卢蒲嫳欲扬庆氏之短，劝庆舍勿益，谓御厨曰："供膳任尔，何必鸡也？"御厨乃以鹜 wù 代之。仆辈疑鹜非膳品，又窃食其肉。是日，大夫高虿字子尾、栾灶字子雅侍食于景公，见食品无鸡，但鹜骨耳，大怒曰："庆氏为政，刻减公膳，而慢我至此！"不食而出。高虿欲往责庆封，栾灶劝止之。早有人告知庆封，庆封谓卢蒲嫳曰："子尾、子雅怒我矣！将若之何？"卢蒲嫳曰："怒则杀之，何惧焉！"卢蒲嫳告其兄癸。癸与王何谋曰："高、栾二家与庆氏有隙，可借助也。"何乃夜见高虿，诡言庆氏谋攻高、栾二家。

高虿大怒曰：“庆封实与崔杼同弑庄公。今崔氏已灭，惟庆氏在，吾等当为先君报仇。”王何曰：“此何之志也！大夫谋其外，何与卢蒲氏谋其内，事蔑不济矣。”高虿阴与栾灶商议，伺间而发。陈无宇、鲍国、晏婴等无不知之，但恶庆氏之专横，莫肯言者。卢蒲癸与王何卜攻庆氏，卜者献繇词曰：“虎离穴，彪见血。”癸以龟兆问于庆舍曰：“有欲攻仇家者，卜得其兆，请问吉凶？”庆舍视兆曰：“必克。虎与彪，父子也；离而见血，何不克焉？所仇者何人？”癸曰：“乡里之平人耳。”庆舍更不疑惑。

秋八月，庆封率其族人庆嗣、庆遗往东莱田猎，亦使陈无宇同往。无宇别其父须无，须无谓曰：“庆氏祸将及矣！同行恐与其难，何不辞之？”无宇对曰：“辞则生疑，故不敢。若诡以他故召我，可图归也。”遂从庆封出猎。去讫，卢蒲癸喜曰：“卜人所谓‘虎离穴’者，此其验矣。”将乘尝祭举事。陈须无知之，恐其子与于庆封之难，诈称其妻有病，使人召无宇归家。无宇求庆封卜之，暗中祷告，却通陈庆氏吉凶。庆封曰：“此乃‘灭身’之卦。下克其上，卑克其尊，恐老夫人之病，未得痊也。”无宇捧龟，涕泣不止，庆封怜之，乃遣归。庆嗣见无宇登车，问：“何往？”曰：“母病不得不归。”言毕而驰。庆嗣谓庆封曰：“无宇言母病，殆诈也。国中恐有他变，夫子当速归！”庆封曰：“吾儿在彼何虑？”无宇既济河，乃发梁凿舟，以绝庆封之归路，封不知也。

时八月初旬将尽矣，卢蒲癸部署家甲，匆匆有战斗之色，其妻庆姜谓癸曰：“子有事而不谋于我，必不捷矣！”癸笑曰：“汝妇人也，安能为我谋哉？”庆姜曰：“子不闻有智妇人胜于男子乎？武王有乱臣十人，邑姜与焉。何为不可谋也？”癸曰：“昔郑大夫雍纠以郑君之密谋，泄于其妻雍姬，卒致身死君逐，为世大戒。吾甚惧之！”庆姜曰：“妇人以夫为天，夫唱则妇随之，况重以君命乎？雍姬惑于母言，以害其夫，此闺阃之蟊贼，何是道哉？”癸曰：“假如汝居雍姬之地，当若何？”庆姜曰：“能谋则共之，即不能，亦不敢泄。”癸曰：“今齐侯苦庆氏之专，与栾、高二大夫谋逐汝族，吾是以备之，汝勿泄也。”庆姜曰：“相国方出猎，时可乘矣。”癸曰：“欲俟尝祭之日。”庆姜曰：“夫子刚愎自任，耽于酒色，怠于公事，无以激之，或不出，奈何？妾请往止其行，彼之出乃决矣。”癸曰：“吾以性命托子，子勿效雍姬也。”庆姜往告庆舍曰：“闻子雅、子尾将以尝祭之隙，行不利于夫子，夫子不可出也！”庆舍怒曰：“二子者，譬如禽兽，吾寝处之！谁敢为难？即有之，吾亦何惧！”庆姜归报卢蒲癸，预作准备。

至期，齐景公行尝祭于太庙，诸大夫皆从，庆舍莅事，庆绳主献爵，庆氏以家甲环守庙宫。卢蒲癸、王何执寝戈，立于庆舍之左右，寸步不离。陈、鲍二家有圉人善为优戏，故意使在鱼里街上搬演。庆氏有马，惊而逸走，众军士逐而得之，乃尽絷其马，解甲释兵，共往观优。栾、高、陈、鲍四族家丁俱集于庙门之外，卢蒲癸托言小便，出外约会停当，密围太庙。癸复入，立于庆舍之后，倒持其戟，以示高虿。虿会意，使从人以闶击门扉三声，甲士蜂拥而入。庆舍惊起，尚未离坐，卢蒲癸从背后刺之，刃入于胁；王何以戈击其左肩，肩折。庆舍目视王何曰："为乱者乃汝曹乎？"以右手取俎壶投王何，何立死。卢蒲癸呼甲士先擒庆绳杀之。庆舍伤重，负痛不能忍，只手抱庙柱摇撼之，庙脊俱为震动，大叫一声而绝。景公见光景利害，大惊欲走避。晏婴密奏曰："群臣为先君，欲诛庆氏以安社稷，无他虑也。"景公方才心定，脱了祭服，登车，入于内宫。卢蒲癸为首，同四姓之甲，尽灭庆氏之党。各姓分守城门，以拒庆封，防守严密，水泄不通。

却说庆封田猎而回，至于中途，遇庆舍逃出家丁，前来告乱。庆封闻其子被杀，大怒，遂还攻西门。城中守御严紧，不能攻克，卒徒渐渐逃散。庆封惧，遂出奔鲁国。齐景公使人让鲁，不当收留作叛之臣。鲁人将执庆封以畀齐人，庆封闻而惧，复奔吴国。吴王夷昧以朱方居之，厚其禄入，视齐加富，使伺察楚国动静。鲁大夫子服何闻之，谓叔孙豹曰："庆封又富于吴，殆天福淫人乎？"叔孙豹曰："'善人富，谓之赏；淫人富，谓之殃。'庆氏之殃至矣，又何福焉？"庆封既奔，于是高虿、栾灶为政，乃宣崔、庆之罪于国中，陈庆舍之尸于朝以殉。求崔杼之柩不得，悬赏购之：有能知柩处来献者，赐以崔氏之拱璧。崔之圉人贪其璧，遂出首。于是发崔氏祖墓，得其柩斲之，见二尸，景公欲并陈之。晏婴曰："戮及妇人，非礼也。"乃独陈崔杼之尸于市，国人聚观，犹能识认，曰："此真崔子矣！"诸大夫分崔、庆之邑，以庆封家财俱在卢蒲嫳之室，责嫳以淫乱之罪，放之于北燕，卢蒲癸亦从之，二氏家财，悉为众人所有，惟陈无宇一无所取。庆氏之庄，有木材百余车，众议纳之陈氏，无宇悉以施之国人，由是国人咸颂陈氏之德。此周景王初年事也。

其明年，栾灶卒，子栾施嗣为大夫，与高虿同执国政。高虿忌高厚之子高止，以二高并立为嫌，乃逐高止，止亦奔北燕。止之子高竖据卢邑以叛。景公使大夫闾丘婴帅师围卢。高竖曰："吾非叛，惧高氏之不祀也。"闾丘婴许为高氏立后，高竖遂出奔晋国。闾丘婴复命于景公。景公乃立高酀以守高傒之祀。高虿怒曰："本遣闾丘欲除高氏，去一人，立一人，何择焉？"乃潜杀闾丘婴。诸公子子山、子商、子周等皆为不平，纷纷讥议。高虿怒，以他事悉逐之,国中侧目。未几,高虿卒,子高彊嗣为大夫。高彊年幼,未立为卿,大权悉归于栾施矣。此段话且搁过一边。

是时晋、楚通和,列国安息。郑大夫良霄,伯有,乃公子去疾之孙,公孙辄之子,时为上卿执政。性汰侈,嗜酒,每饮辄通宵。饮时恶见他人,恶闻他事,乃窟地为室,置饮具及钟鼓于中,为长夜之饮,家臣来朝者皆不得见。日中乘醉入朝,言于郑简公,欲遣公孙黑往楚修聘。公孙黑方与公孙楚争娶徐吾犯之妹,不欲远行,来见良霄求免。阍人辞曰:“主公已进窟室,不敢报也。”公孙黑大怒,遂悉起家甲,乘夜同印段围其第,纵火焚之。良霄已醉,众人扶之上车,奔雍梁。良霄方醒,闻公孙黑攻己,大怒。居数日,家臣渐次俱到,述国中之事,言:“各族结盟以拒良氏,惟国氏、罕氏不与盟。”霄喜曰:“二氏助我矣!”乃还攻郑之北门。公孙黑使其侄驷带,同印段率勇士拒之。良霄战败,逃于屠羊之肆,为兵众所杀,家臣尽死。公孙侨闻良霄死,亟趋雍梁,抚良霄之尸而哭之曰:“兄弟相攻,天乎,何不幸也!”尽敛家臣之尸,与良霄同葬于斗城之村。公孙黑怒曰:“子产乃党良氏耶?”欲攻之。上卿罕虎止之曰:“子产加礼于死者,况生者乎?礼,国之干也,杀有礼不祥!”黑乃不攻。郑简公使罕虎为政,罕虎曰:“臣不如子产。”乃使公孙侨为政,时周景王之三年也。公孙侨既执郑政,乃使都鄙有章,上下有服,田有封洫,庐井有伍,尚忠俭,抑泰侈。公孙黑乱政,数其罪而杀之。又铸《刑书》以威民,立乡校以闻过。国人乃歌诗曰:

> 我有子弟,子产诲之。我有田畴,子产殖之。子产而死,谁其嗣之?

一日,郑人出北门,恍惚间遇见良霄,身穿介胄,提戈而行,曰:“带与段害我,我必杀之!”其人归述于他人,遂患病。于是国中风吹草动,便以为良霄来矣!男女皆奔走若狂,如避戈矛。未几,驷带病卒。又数日,印段亦死。国人大惧,昼夜不宁。公孙侨言于郑君,以良霄之子良止为大夫,主良氏之祀,并立公子嘉之子公孙泄,于是国中讹言顿息。行人游吉,字子羽,问于侨曰:“立后而讹言顿息,是何故也?”侨曰:“凡凶人恶死,其魂魄不散,皆能为厉。若有所归依,则不复然矣。吾立祀为之归也。”游吉曰:“若然,立良氏可矣,何以并立公孙泄?岂虑子孔亦为厉乎?”侨曰:“良霄有罪,不应立后,若因为厉而立之,国人皆惑于鬼神之说,不可以为训。吾托言于存七穆之绝祀,良、孔二氏并立,所以除民之惑也。”游吉乃叹服。

再说周景王二年,蔡景公为其世子般娶楚女芈mǐ氏为室。景公私通于芈氏,世子般怒曰:"父不父,则子不子矣!"乃伪为出猎,与心腹内侍数人,潜伏于内室。景公只道其子不在,遂入东宫,径造芈氏之室。世子般率内侍突出,砍杀景公,以暴疾讣于诸侯,遂自立为君,是为灵公。史臣论般以子弑父,千古大变! 然景公淫于子妇,自取悖逆,亦不能无罪也。有诗叹云:

> 新台丑行污青史,蔡景如何复蹈之?
> 逆刃忽从宫内起,因思急子可怜儿!

蔡世子般虽以暴疾讣于诸侯,然弑逆之迹,终不能掩。自本国传扬出来,各国谁不晓得,但是时盟主偷惰,不能行诛讨之法耳!

其年秋,宋宫中夜失火,夫人乃鲁女伯姬也。左右见火至,禀夫人避火,伯姬曰:"妇人之义,傅母不在,宵不下堂。火势虽迫,岂可废义?"比及傅母来时,伯姬已焚死矣。国人皆为叹息。时晋平公以宋有合成之功,怜其被火,乃大合诸侯于澶渊,各出财币以助宋。宋儒胡安国论此事,以为不讨蔡世子弑父之罪,而谋恤宋灾,轻重失其等矣。此平公所以失霸也。

周景王四年,晋、楚以宋之盟,故将复会于虢。时楚公子围代屈建为令尹。围乃共王之庶子,年齿最长,为人桀骜不恭,耻居人下,恃其才器,阴畜不臣之志,欺熊麇微弱,事多专决。忌大夫薳掩之忠直,诬以谋叛,杀之而并其室。交结大夫薳罢、伍举为腹心,日谋篡逆。尝因出田郊外,擅用楚王旌旗,行至芊邑,芊尹申无宇数其僭分,收其旌旗于库,围稍戢。至是,将赴虢之会,围请先行聘于郑,欲娶丰氏之女。临行,谓楚王熊麇曰:"楚已称王位,在诸侯之上。凡使臣乞得用诸侯之礼,庶使列国知楚之尊。"熊麇许之。公子围遂僭用国君之仪,衣服器用拟于侯伯,用二人执戈前导。将及郑郊,郊人疑为楚王,惊报国中。郑君臣俱大骇,星夜匍匐出迎,及相见,乃公子围也。公孙侨恶之,恐其一入国中,或生他变,乃使行人游吉辞以城中舍馆颓坏,未及修葺,乃馆于城外。

公子围使伍举入城,议婚丰氏,郑伯许之。既行聘,筐篚甚盛。临娶时,公子围忽萌袭郑之意,欲借迎女为名,盛饰车乘,乘机行事。公孙侨曰:"围之心不可测,必去众而后可。"游吉曰:"吉请再往辞之。"于是游吉往见公子围曰:"闻令尹将用众迎,敝邑褊小,不足以容从者,请除地于城外,以听迎妇之命。"公子围曰:"君辱贶 kuàng 寡大夫围,赐以丰氏之婚,若迎于野外,何以成礼?"游吉曰:"礼,军容不入国,况婚姻乎? 令尹若必用众,以壮观瞻,请去兵备。"伍举密言于围曰:"郑人知备我矣,不如去兵。"乃使士卒悉弃弓矢,垂櫜 gāo 收藏盔甲、弓箭的器具 而入。迎丰氏于馆舍,遂赴会所。晋赵武及宋、鲁、齐、卫、陈、蔡、郑、许各国大夫，俱已先在。公子围使人言于晋曰："楚、晋有盟在前，今此番寻好，不必再立誓书，重复歃血。但将盟宋旧约，表白一番，令诸君勿忘足矣。"祁午谓赵武曰："围之此言，恐晋争先也。前番让楚先晋，今番晋合先楚，若读旧书，楚常先矣，子以为何如？"赵武曰："围之在会，缉蒲为王宫，威仪与楚王无二。其志不惟外亢，将有内谋，不如姑且听之，以骄其志。"祁午曰："虽然，前番子木衷甲赴会，幸而不发，今围更有甚焉，吾子宜为之备。"赵武曰："所以寻好者，寻弭兵之约也。武知有守信而已，不知其他。"既登坛，公子围请读旧书，加于牲上。赵武唯唯。既毕事，公子围遽归。诸大夫皆知围之将为楚君也。史臣有诗云：

> 任教贵倨称公子，何事威仪效楚王？
>
> 列国尽知成跋扈，郑敖燕雀尚怡堂。

赵武心中终以读旧书先楚为耻，恐人议论，将守信之语，向各国大夫再三分剖，说了又说。及还过郑，鲁大夫叔孙豹同行，武复言之。豹曰："相君谓弭兵之约，可终守乎？"武曰："吾等偷食，朝夕图安，何暇问久远？"豹退谓郑大夫罕虎曰："赵孟将死矣！其语偷，不为远计，且年未五十，而谆谆焉如八九十岁老人，其能久乎？"未几，赵武卒，韩起代之为政，不在话下。

再说楚公子围归国，值熊麇抱病在宫。围入宫问疾，托言有密事启奏，遣开媵侍，解冠缨加熊麇之颈，须臾而死。麇有二子，曰幕，曰平夏，闻变，挺剑来杀公子围，勇力不敌，俱为围所杀。麇弟右尹熊比字子干、宫厩尹熊黑肱字子晳，闻楚王父子被杀，惧祸，比出奔晋，黑肱出奔郑。公子围讣于诸侯曰："寡君麇不禄土死曰不禄，此处谦指君主之亡即世，寡大夫围应为后。"伍举更其辞曰："共王之子围为长。"围于是嗣即王位，改名熊虔，是为灵王。以蔿罢为令尹，郑丹为右尹，伍举为左尹，斗成然为郊尹。太宰伯州犁有公事在郏，楚王虑其不服，使人杀之。因葬楚王麇于郏，谓之郏敖。以蔿启疆代为太宰，立长子禄为世子。灵王既得志，愈加骄恣，有独霸中原之意。使伍举求诸侯于晋，又以丰氏女族微，不堪为夫人，并求婚于晋侯。晋平公新丧赵武，惧楚之强，不敢违抗，一一听之。

周景王六年，为楚灵王之二年，冬十二月，郑简公、许悼公如楚，楚灵王留之，以待伍举之报。伍举还楚复命，言："晋侯二事俱诺。"灵王大悦，遣使大征会于诸侯，约以明年春三月为会于申。郑简公请先往申地，迎待诸侯，灵王许之。至次年之春，诸国赴会者，接踵不绝，惟鲁、卫托故不至，宋遣大夫向戌代行。其他蔡、陈、徐、滕、顿、胡、沈、小邾等国君，俱亲身赴会。楚灵王大率兵车，来至申地，诸侯俱来相见。右尹伍举进曰："臣闻欲图霸者，必先得诸侯；欲得诸侯者，必先慎礼。今吾王始求诸侯于晋，宋向戌、郑公孙侨皆大夫之良，号为知礼者，不可不慎也。"灵王曰："古者合诸侯之礼何如？"伍举曰："夏启有钧台之享，商汤有景亳之命，周武有孟津之誓，成王有岐阳之蒐，康王有酆宫之朝，穆王有涂山之会，齐桓公有召陵之师，晋文公有践土之盟，此六王二公所以合诸侯者，莫不有礼，惟君所择。"灵王曰："寡人欲霸诸侯，当用齐桓公召陵之礼，但不知其礼如何？"伍举对曰："夫六王二公之礼，臣闻其名，实未之习也。以所闻齐桓公伐楚，退师召陵，楚使先大夫屈完如齐师，桓公大陈八国车乘，以众强夸示屈完，然后合诸侯与屈完盟会。今诸侯新服，吾王亦惟示以众强之势，使其怖畏，然后征会讨贰，不敢不从矣。"灵王曰："寡人欲用兵诸侯，效桓公伐楚之事，谁当先者？"伍举对曰："齐庆封弑其君，逃于吴国，吴不讨其罪，又加宠焉，处以朱方之地，聚族而居，富于其旧，齐人愤怨。夫吴，我之仇也。若用兵伐吴，以诛庆封为名，则一举而两得矣。"灵王曰："善。"于是盛陈车乘，以恐胁诸侯，即申地为会盟。以徐君是吴姬所出，疑其附吴，系之三日，徐子愿为伐吴向导，乃释之。使大夫屈申率诸侯之师伐吴，围朱方，执齐庆封，尽灭其族。屈申闻吴人有备，遂班师，以庆封献功。灵王欲戮庆封，以徇于诸侯。伍举谏曰："臣闻：'无瑕者，可以戮人。'若戮庆封，恐其反唇而稽也。"灵王不听，乃负庆封以斧钺，绑示军前，以刀按其颈，迫使自言其罪曰："各国大夫听者：无或如齐庆封弑其君，弱其孤，以盟其大夫。"庆封遂大声叫曰："各国大夫听者：无或如楚共王之庶子围，弑其君兄之子麇而代之，以盟诸侯。"观者皆掩口而笑。灵王大惭，使速杀之。胡曾先生咏史诗云：

> 乱贼还将乱贼诛，虽然势屈肯心输。
>
> 楚虔空自夸天讨，不及庄王戮夏舒。

灵王自申归楚，怪屈申从朱方班师，不肯深入，疑其有贰心于吴，杀之，以屈生代为大夫。薳罢如晋，迎夫人姬氏以归，薳罢遂为令尹。

是年冬，吴王夷昧帅师伐楚，入棘、栎、麻，以报方之役。楚灵王大怒，复起诸侯之师伐吴。越君允常恨吴侵掠，亦使大夫常寿过帅师来会。楚将薳启疆为先锋，引舟师先至鹊岸，为吴人所败。楚灵王自引大兵至于罗汭。吴王夷昧使其宗弟蹶繇犒师，灵王怒而执之，将杀其血，以衅军鼓，先使人问曰："汝来时曾卜吉凶否？"蹶繇对曰："卜之甚吉！"使者曰："君王将取汝血以衅军鼓，何吉之有？"蹶繇对曰："吴所卜，乃社稷之事，岂为一人吉凶哉？寡君之遣繇犒师，盖以察王怒之疾徐，而为守御之缓急。君若欢焉，好迎使臣，使敝邑忘于儆备，亡无日矣。若以使臣衅鼓，敝邑知君之震怒而修其武备，于以御楚有余矣。吉孰大焉！"灵王曰："此贤士也！"乃赦之归。楚兵至吴界，吴设守甚严，不能攻入而还。灵王乃叹曰："向乃枉杀屈申矣！"灵王既归，耻其无功，乃大兴土木，欲以物力制度夸示诸侯。筑一宫名曰章华，广袤四十里，中筑高台，以望四方，台高三十仞，曰章华台，亦名三休台。以其高峻，凡登台必三次休息，始陟其颠也。其中宫室亭榭，极其壮丽，环以民居。凡有罪而逃亡者，皆召使归国，以实其宫。宫成，遣使征召四方诸侯，同来落成。不知诸侯几位到来，且看下回分解。

賀屍祁
師頒辦
新聲

敝家賦陳氏買齊國

第六十八回　贺虒祁师旷辨新声　散家财陈氏买齐国

话说楚灵王有一癖性，偏好细腰，不问男女，凡腰围粗大者，一见便如眼中之钉。既成章华之宫，选美人腰细者居之，以此又名曰细腰宫。宫人求媚于王，减食忍饿，以求腰细，甚有饿死而不悔者。国人化之，皆以腰粗为丑，不敢饱食。虽百官入朝，皆用软带紧束其腰，以免王之憎恶。灵王恋细腰之宫，日夕酣饮其中，管弦之声，昼夜不绝。

一日，登台作乐，正在欢宴之际，忽闻台下喧闹之声。须臾，潘子臣拥一位官员至前，灵王视之，乃芋尹申无宇也。灵王惊问其故。潘子臣奏曰："无宇不由王命，闯入王宫，擅执守卒，无礼之甚。责在于臣，故拘使来见，惟我王详夺！"灵王问申无宇曰："汝所执何人？"申无宇对曰："臣之阍人也。托使守阍，乃逾墙盗臣酒器，事觉逃窜，访之岁余不得。今窜入王宫，谬充守卒，臣是以执之。"灵王曰："既为寡人守宫，可以赦之。"申无宇对曰："天有十日，人有十等。自王以下，公、卿、大夫、士、皂、舆、僚、仆、台，递相臣服，以上制下，以下事上，上下相维，国以不乱。臣有阍人而臣不能行其法，使借王宫以自庇，苟得所庇，盗贼公行，又谁禁之！臣宁死不敢奉命。"灵王曰："卿言是也。"遂命以阍人畀无宇，免其擅执之罪。无宇谢恩而出。

过数日，大夫蒍启疆邀请鲁昭公至，楚灵王大喜。启疆奏言："鲁侯初不肯行，臣以鲁先君成公与先大夫婴齐盟蜀之好，再三叙述，胁以攻伐之事，方始惧而束装。鲁侯习于礼仪，愿我王留心，勿贻鲁笑。"灵王问曰："鲁侯之貌如何？"启疆曰："白面长身，须垂尺余，威仪甚可观也。"灵王乃密传一令，精选国中长躯长髯，出色大汉十人，伟其衣冠，使习礼三日，命为傧相，然后接见鲁侯。鲁侯乍见，错愕不已。遂同游章华之宫，鲁侯见土木壮丽，夸奖之声不绝。灵王曰："上国亦有此宫室之美乎？"鲁侯鞠躬对曰："敝邑褊小，安敢望上国万分之一。"灵王面有骄色，遂陟章华之台。怎见得台高？有诗为证：

> 高台半出云，望望高不极。
>
> 草木无参差，山河同一色。

台势高峻逶迤，盘数层而上，每层俱有明廊曲槛。预选楚中美童，年二十以内者,装束鲜丽,略如妇人,手捧雕盘玉斝 jiǎ,唱郢歌劝酒,金石丝竹,纷然响和。既升绝顶,乐声嘹亮,俱在天际,觥筹交错,粉香相逐,飘飘乎如入神仙洞府,迷魂夺魄,不自知其在人间矣。大醉而别,灵王赠鲁侯以"大屈"之弓。大屈者,弓名,乃楚库所藏之宝弓也。

次日,灵王心中不舍此弓,有追悔之意,与蓬启疆言之。启疆曰:"臣能使鲁侯以弓还归于楚。"启疆乃造公馆,见鲁侯,佯为不知,问曰:"寡君昨宴好之际,以何物遗君?"鲁侯出弓示之。启疆见弓,即再拜称贺。鲁侯曰:"一弓何足为贺?"启疆曰:"此弓名闻天下,齐、晋与越三国,皆遣人相求,寡君嫌有厚薄,未敢轻许。今特传之于君,彼三国者将望鲁而求之,鲁其备御三邻,慎守此宝。敢不贺乎?"鲁侯蹴然曰:"寡人不知弓之为宝,若此,何敢登受?"乃遣使还弓于楚,遂辞归。伍举闻之,叹曰:"吾王其不终乎!以落成召诸侯,诸侯无有至者,仅一鲁侯辱临,而一弓之不忍,甘于失信。夫不能舍己,必将取人,取人必多怨,亡无日矣。"此周景王十年事也。

却说晋平公闻楚以章华之宫号召诸侯,乃谓诸大夫曰:"楚,蛮夷之国,犹能以宫室之美夸示诸侯,岂晋而反不如耶?"大夫羊舌肸进曰:"伯者之服诸侯,闻以德,不闻以宫室。章华之筑,楚失德也,君奈何效之!"平公不听,乃于曲沃汾水之傍起造宫室,略仿章华之制,广大不及,而精美过之,名曰虒 sī 祁之宫。亦遣使布告诸侯。髯翁有诗叹云:

> 章华筑怨万民愁,不道虒祁复效尤。
> 堪笑伯君无远计,却将土木召诸侯!

列国闻落成之命,莫不窃笑其为者,然虽如此,却不敢不遣使来贺。惟郑简公因前赴楚灵王之会,未曾朝晋,卫灵公元新嗣位,未见晋侯,所以二国之君,亲自至晋。二国中又是卫君先到。单表卫灵公行至濮水之上,天晚宿于驿舍,夜半不能成寝,耳中如闻鼓琴之声,乃披衣起坐,倚枕而听之。其音甚微,而泠泠 líng 可辨,从来乐工所未奏,真新声也。试问左右,皆曰弗闻。灵公素好音乐,有太师名涓,善制新声,能为四时之曲,灵公爱之,出入必使相从。乃使左右召师涓。师涓至,曲犹未终,灵公曰:"子试听之,其状颇似鬼神。"师涓静听,良久声止。师涓曰:"臣能识其略矣。更须一宿,臣能写之。"灵公乃复留一宿。夜半,其声复发,师涓援琴而习之,尽得其妙。

既至晋,朝贺礼毕,平公设宴于虒祁之台。酒酣,平公曰:"素闻卫有师涓者,善为新声,今偕来否?"灵公起对曰:"见在台下。"平公曰:"试为寡人召之。"灵公召师涓登台。平公亦召师旷,相者扶至,二人于阶下叩首参谒。平公赐师旷坐，即令师涓坐于旷之傍。平公问师涓曰："近日有何新声？"师涓奏曰："途中适有所闻，愿得琴而鼓之。"平公命左右设几，取古桐之琴，置于师涓之前。涓先将七弦调和，然后拂指而弹。才奏数声，平公称善。曲未及半，师旷遽以手按琴曰："且止。此亡国之音，不可奏也。"平公曰："何以见之？"师旷奏曰："殷末时，乐师名延者，与纣为靡靡之乐，纣听之而忘倦，即此声也。及武王伐纣，师延抱琴东走，自投于濮水之中。有好音者过此，其声辄自水中而出。涓之途中所闻，其必在濮水之上矣。"卫灵公暗暗惊异。平公又问曰："此前代之乐，奏之何伤？"师旷曰："纣因淫乐，以亡其国，此不祥之音，故不可奏。"平公曰："寡人所好者，新声也。涓其为寡人终之。"师涓重整弦声，备写抑扬之态，如诉如泣。平公大悦，问师旷曰："此曲名为何调？"师旷曰："此所谓《清商》也。"平公曰："《清商》固最悲乎？"师旷曰："《清商》虽悲，不如《清徵》。"平公曰："《清徵》可得而闻乎？"师旷曰："不可。古之听《清徵》者，皆有德义之君也。今君德薄，不当听此曲。"平公曰："寡人酷嗜新声，子其无辞。"师旷不得已，援琴而鼓。一奏之，有玄鹤一群，自南方来，渐集于宫门之栋，数之得八双。再奏之，其鹤飞鸣，序立于台之阶下，左右各八。三奏之，鹤延颈而鸣，舒翼而舞，音中宫商，声达霄汉。平公鼓掌大悦，满坐生欢，台上台下，观者莫不踊跃称奇。

　　平公命取白玉卮 zhī，满斟醇酿，亲赐师旷，旷接而饮之。平公叹曰："音至《清徵》，无以加矣！"师旷曰："更不如《清角》。"平公大惊曰："更有加于《清徵》者乎？何不并使寡人听之？"师旷曰："《清角》更不比《清徵》，臣不敢奏也。昔者黄帝合鬼神于泰山，驾象车而御蛟龙，毕方并辖 xiá 车键，车轴两端扣住辖的插栓，蚩尤居前，风伯清尘，雨师洒道，虎狼前驱，鬼神后随，螣 téng 蛇古书上说的一种会飞的蛇伏地，凤凰覆上，大合鬼神，作为《清角》。自后君德日薄，不足以服鬼神，神人隔绝。若奏此声，鬼神毕集，有祸无福。"平公曰："寡人老矣！诚一听《清角》，虽死不恨。"师旷固辞。平公起立，迫之再三。师旷不得已，复援琴而鼓。一奏之，有玄云从西方而起。再奏之，狂风骤发，裂帘幠 mù 同"幕"，摧俎豆，屋瓦乱飞，廊柱俱拔，顷之，疾雷一声，大雨如注，台下水深数尺，台中无不沾湿。从者惊散，平公恐惧，与灵公伏于廊室之间。良久，风息雨止，从者渐集，扶携两君下台而去。

　　是夜，平公受惊，遂得心悸之病。梦中见一物，色黄，大如车轮，蹒跚而至，径入寝门。察之，其状如鳖，前二足，后一足，所至水涌。平公大叫一声曰："怪事！"忽然惊醒，怔忡不止。及旦，百官至寝门问安，平公以梦中所见告之群臣,皆莫能解。须臾,驿使报:"郑君为朝贺,已到馆驿。"平公遣羊舌肹往劳。羊舌肹喜曰:"君梦可明矣。"众问其故。羊舌肹曰:"吾闻郑大夫子产博学多闻,郑伯相礼,必用此人,吾当问之。"肹至馆驿致饩,兼道晋君之意,病中不能相见。时卫灵公亦以同时受惊,有微恙告归。郑简公亦遂辞归,独留公孙侨候疾。羊舌肹问曰:"寡君梦见有物如鳖,黄身三足,入于寝门,此何祟也?"公孙侨曰:"以侨所闻,鳖三足者,其名曰'能'。昔禹父曰鲧,治水无功,舜摄尧政,乃殛鲧于东海之羽山,截其一足,其神化为'黄能',入于羽渊。禹即帝位,郊祀其神。三代以来,祀典不缺。今周室将衰,政在盟主,宜佐天子,以祀百神。君或者未之祀乎?"羊舌肹以其言告于平公,平公命大夫韩起祀鲧如郊礼。平公病稍定,叹曰:"子产真博物君子也!"以莒国所贡方鼎赐之。公孙侨将归郑,私谓羊舌肹曰:"君不恤民隐,而效楚人之侈,心已僻矣,疾更作,将不可为。吾所对,乃权词以宽其意也。"其时有人早起,过魏榆地方,闻山下有若数人相聚之声,议论晋事。近前视之,惟顽石十余块,并无一人。既行过,声复如前。急回顾之,声自石出。其人大惊,述于土人。土人曰:"吾等闻石言数日矣。以其事怪,未敢言也。"此语传闻于绛州,平公召师旷问曰:"石何以能言?"旷对曰:"石不能言,乃鬼神凭之耳。夫鬼神以民为依,怨气聚于民,则鬼神不安,鬼神不安,则妖兴。今君崇饰宫室,以竭民之财力,石言其在是乎?"平公嘿然。师旷退,谓羊舌肹曰:"神怒民怨,君不久矣!侈心之兴,实起于楚,虽楚君之祸,可计日而俟也。"月余,平公病复作,竟成不起。自筑虒祁宫至薨日,不及三年,又皆在病困之中,枉害百姓,不得安享,岂不可笑。史臣有诗云:

> 崇台广厦奏新声,竭尽民脂怨黩盈。
> 物怪神妖催命去,虒祁空自费经营!

平公薨后,群臣奉世子夷嗣位,是为昭公。此是后话。

再说齐大夫高彊,自其父虿逐高止,潜杀闾邱婴,举朝皆为不平,及彊嗣为大夫,年少嗜酒,栾施亦嗜酒,相得甚欢,与陈无宇、鲍国踪迹少疏,四族遂分为二党。栾、高二人每聚饮,醉后辄言陈、鲍两家长短。陈、鲍闻之,渐生疑忌。忽一日,高彊因醉中鞭扑小竖,栾施复助之,小竖怀恨,乃乘夜奔告陈无宇,言:"栾、高欲聚家众,来袭陈、鲍二家,期在明日矣。"复奔告鲍国,鲍国信之,忙令小竖往约陈无宇,共攻栾、高。无宇授甲于家众,即时登车,欲诣鲍国之家。途中遇见高彊,亦乘车而来。彊已半醉,在车中与无宇拱手,问:"率甲何往?"无宇谩应曰:"往讨一叛奴耳!"亦问:"子良何往?"彊对曰:"吾将饮于栾氏也。"既别，无宇令舆人速骋，须臾，遂及鲍门。只见车徒济济，戈甲森森，鲍国亦贯甲持弓，方欲升车矣。二人合做一处商量。无宇述子良之言："将饮于栾氏"，"未知的否，可使人探之。"鲍国遣使往栾氏觇视，回报："栾、高二位大夫皆解衣去冠，蹲踞而赛饮。"鲍国曰："小竖之语妄矣。"无宇曰："竖言虽不实，然子良于途中见我率甲，问我何往，我谩应以将讨叛奴。今无所致讨，彼心必疑，倘先谋逐我，悔无及矣。不如乘其饮酒，不做准备，先往袭之。"鲍国曰："善。"两家甲士同时起行，无宇当先，鲍国押后，杀向栾家，将前后府门团团围住。栾施方持巨觥欲吸，闻陈、鲍二家兵到，不觉觥坠于地。高强虽醉，尚有三分主意，谓栾施曰："亟聚家徒，授甲入朝，奉主公以伐陈、鲍，无不克矣。"栾施乃悉聚家众。高强当先，栾施在后，从后门突出，杀开一条血路，径奔公宫。陈无宇、鲍国恐其挟齐侯为重，紧紧追来。高氏族人闻变，亦聚众来救。景公在宫中，闻四族率甲相攻，正不知事从何起，急命阍者紧闭虎门，以宫甲守之，使内侍召晏婴入宫。栾施、高强攻虎门不能入，屯于门之右；陈、鲍之甲屯于门之左，两下相持。须臾，晏婴端冕委弁，驾车而至。四家皆使人招之，婴皆不顾，谓使者曰："婴惟君命是从，不敢自私。"阍者启门，晏婴入见。景公曰："四族相攻，兵及寝门，何以待之？"晏婴奏曰："栾、高怙累世之宠，专行不忌，已非一日。高止之逐，闾邱之死，国人胥怨，今又伐寝门，罪诚不宥。但陈、鲍不候君命，擅兴兵甲，亦不为无罪也。惟君裁之！"景公曰："栾、高之罪重于陈、鲍，宜去之，谁堪使者？"晏婴对曰："大夫王黑可使也。"景公传命，使王黑以公徒助陈、鲍攻栾、高，栾、高兵败，退于大衢。国人恶栾、高者，皆攘臂助战。高强酒犹未醒，不能力战。栾施先奔东门，高强从之。王黑同陈、鲍追及，又战于东门。栾、高之众渐渐奔散，乃夺门而出，遂奔鲁国。

　　陈、鲍逐两家妻子，而分其家财。

　　晏婴谓陈无宇曰："子擅命以逐世臣，又专其利，人将议子，何不以所分得者，悉归诸公，子无所利，人必以让德称子，所得多矣。"无宇曰："多谢指教！无宇敢不从命。"于是将所分食邑及家财尽登簿籍，献于景公，景公大悦。景公之母夫人曰孟姬，无宇又私有所献。孟姬言于景公曰："陈无宇诛翦强家，以振公室，利归于公，其让德不可没也。何不以高唐之邑赐之？"景公从其言，陈氏始富。陈无宇有心要做好人，言："群公子向被高虿所逐，实出无辜，宜召而复之。"景公以为然。无宇以公命召子山、子商、子周等，凡帷幕器用及从人之衣屦，皆自出家财，私下完备，遣人分头往迎。诸公子得归故国,已自欢喜,及见器物毕具,知是陈无宇所赐,感激无已。无宇又大施恩惠于公室,凡公子公孙之无禄者,悉以私禄分给之。又访求国中之贫苦孤寡者,私与之粟。凡有借贷,以大量出,以小量入,贫不能偿者,即焚其券,国中无不颂陈氏之德,愿为效死而无地也。史臣论:陈氏厚施于民,乃异日移国之渐,亦由君不施德,故臣下得借私恩小惠以结百姓之心耳。有诗云:

　　　威福君权敢上侵,辄将私惠结民心。

　　　请看陈氏移齐计,只为当时感德深。

景公用晏婴为相国,婴见民心悉归陈氏,私与景公言之,劝景公宽刑薄敛,兴发补助,施泽于民,以挽留人心。景公不能从。

　　话分两头。再说楚灵王成章华之宫,诸侯落成者甚少,闻晋筑虒祁宫,诸侯皆贺,大有不平之意,召伍举商议,欲兴师以侵中原。伍举曰:"王以德义召诸侯,而诸侯不至,是其罪也。以土木召诸侯,而责其不至,何以服人?必欲用兵以威中华,必择有罪者征之,方为有名。"灵王曰:"今之有罪者何国?"伍举奏曰:"蔡世子般弑其君父,于今九年矣。王初合诸侯,蔡君来会,是以隐忍不诛。然弑逆之贼,虽子孙犹当伏法,况其身乎?蔡近于楚,若讨蔡而兼其地,则义利两得矣。"说犹未了,近臣报:"陈国有讣音到,言陈侯弱已薨,公子留嗣位。"伍举曰:"陈世子偃师名在诸侯之策簡册,今立公子留,置偃师于何地?以臣度之,陈国必有变矣。"毕竟陈事如何,且看下回分解。

楚靈
王挟
诈滅
陳蔡

齊晏子
巧辯
服荆蠻

第六十九回　楚灵王挟诈灭陈蔡　晏平仲巧辩服荆蛮

话说陈哀公名弱，其元妃郑姬生子偃师，已立为世子矣。次妃生公子留，三妃生公子胜。次妃善媚得宠，既生留，哀公极其宠爱，但以偃师已立，废之无名，乃以其弟司徒公子招为留太傅，公子过为少傅，嘱付招、过："异日偃师当传位于子留。"周景王十一年，陈哀公病废在床，久不视朝。公子招谓公子过曰："公孙吴且长矣，若偃师嗣位，必复立吴为世子，安能及留？是负君之托也。今君病废已久，事在吾等掌握，及君未死，假以君命，杀偃师而立留，可以无悔。"公子过以为然，乃与大夫陈孔奂商议。孔奂曰："世子每日必入宫问疾三次，朝夕在君左右，命不可假也。不若伏甲于宫巷，俟其出入，乘便刺之，一夫之力耳。"过遂与招定计，以其事托孔奂，许以立留之日，益封大邑。孔奂自去阴召心腹力士，混于守门人役数内，阍人又认做世子亲随，并不疑虑。世子偃师问安毕，夜出宫门，力士灭其火，刺杀之，宫门大乱。须臾，公子招同公子过到，佯作惊骇之状，一面使人搜贼，一面倡言："陈侯病笃，宜立次子留为君。"陈哀公闻变，愤恚 huì 愤怒，怨恨 自缢而死。史臣有诗云：

> 嫡长宜君国本安，如何宠庶起争端？
> 古今多少偏心父，请把陈哀仔细看！

司徒招奉公子留主丧即位，遣大夫于征师以病薨赴告于楚。时伍举侍于灵王之侧，闻陈已立公子留为君，不知世子偃师下落，方在疑惑，忽报："陈侯第三子公子胜同侄儿公孙吴求见。"灵王召之，问其来意，二人哭拜于地。公子胜开言："嫡兄世子偃师被司徒招与公子过设谋枉杀，致父亲自缢而死。擅立公子留为君，我等恐其见害，特来相投。"灵王诘问于征师，征师初犹抵赖，却被公子胜指实，无言可答。灵王怒曰："汝即招、过之党也！"喝教刀斧手，将征师绑下斩讫。伍举奏曰："王已诛逆臣之使，宜奉公孙吴以讨招、过之罪，名正言顺，谁敢不服？既定陈国，次及于蔡，先君庄王之绩不足道也。"灵王大悦，乃出令兴师伐陈。公子留闻于征师见杀，惧祸不愿为君，出奔郑国去了。或劝司徒招："何不同奔？"招曰："楚师若至，我自有计退之。"

却说楚灵王大兵至陈，陈人皆怜偃师之死，见公孙吴在军中，无不踊跃，咸箪食壶浆,以迎楚师。司徒招事急,使人请公子过议事。过来坐定,问曰:"司徒云'有计退楚',计将安出?"招曰:"退楚只须一物,欲问汝借。"过又问:"何物?"招曰:"借汝头耳!"过大惊,方欲起身,招左右鞭捶乱下,将过击倒,即拔剑斩其首,亲自持赴楚军,稽首诉曰:"杀世子立留,皆公子过之所为。招今仗大王之威,斩过以献,惟君赦臣不敏之罪!"灵王听其言词卑逊,心中已自欢喜。招又膝行而前,行近王座,密奏曰:"昔庄王定陈之乱,已县陈矣,后复封之,遂丧其功。今公子留惧罪出奔,陈国无主,愿大王收为郡县,勿为他姓所有也。"灵王大喜曰:"汝言正合吾意。汝且归国,为寡人辟除宫室,以候寡人之巡幸。"司徒招叩谢而去。公子胜闻灵王放招还国,复来哭诉,言:"造谋俱出于招,其临时行事,则过使大夫孔奂为之。今乃委罪于过,冀以自解,先君先太子目不瞑于地下矣。"言罢,痛哭不已,一军为之感动。灵王慰之曰:"公子勿悲,寡人自有处分。"次日,司徒招备法驾仪从,来迎楚王入城。灵王坐于朝堂,陈国百官俱来参谒。灵王唤陈孔奂至前,责之曰:"戕贼世子,皆汝行凶,不诛何以儆众!"叱左右将孔奂斩讫,与公子过二首共悬于国门。复诮 qiào 责备。呵斥司徒招曰:"寡人本欲相宽,奈公论不容何? 今赦汝一命,便可移家远窜东海。"招仓皇不敢措辞,只得拜辞。灵王使人押往越国安置去讫。公子胜率领公孙吴拜谢讨贼之恩,灵王谓公孙吴曰:"本欲立汝,以延胡公之祀。但招、过之党尚多,怨汝必深,恐为汝害,汝姑从寡人归楚。"乃命毁陈之宗庙,改陈国为县。以穿封戌争郑囚皇颉事,不为谄媚,使守陈地,谓之陈公。陈人大失望。髯翁有诗叹云:

> 本兴义旅诛残贼,却爱山河立县封。
>
> 记得蹊田夺牛语,恨无忠谏似申公!

灵王携公孙吴以归,休兵一载,然后伐蔡。伍举献谋曰:"蔡般怙恶已久,忘其罪矣。若往讨,彼反有词,不知诱而杀之。"灵王从其计。乃托言巡方,驻军于申地,使人致币于蔡,请灵公至申地相会。使人呈上国书,蔡侯启而读之,略云:

> 寡人愿望君侯之颜色,请君侯辱临于申。不腆之仪,预以犒从者。

蔡侯将戎车起行,大夫公孙归生谏曰:"楚王为人贪而无信,今使人之来,币重而言卑,殆诱我也。君不可往!"蔡侯曰:"蔡之地不能当楚之一县,召而不往,彼若加兵,谁能抗之?"归生曰:"然则请立世子而后行。"蔡侯从之,立其子有为世子,使归生辅之监国。即日命驾至申,谒见灵王。灵王曰:"自此地一别,于今八年矣,且喜君丰姿如旧。"蔡侯对曰:"般荷上国辱收盟籍,以君王之灵,镇抚敝邑,感恩非浅。闻君王拓地商墟,方欲驰贺,使命下临,敢不趋承。"灵王即于申地行宫,设宴款待蔡侯,大陈歌舞,宾主痛饮甚乐。复迁席于他寝,使伍举劳从者于外馆。蔡侯欢饮,不觉酕醄 máo táo 大醉貌 大醉。壁衣中伏有甲士,灵王掷杯为号,甲士突起,缚蔡侯于席上,蔡侯醉中,尚不知也。灵王使人宣言于众曰:"蔡般弑其君父,寡人代天行讨。从者无罪,降者有赏,愿归者听。"原来蔡侯待下极有恩礼,从行诸臣无一人肯降者。灵王一声号令,楚军围裹将来,俱被擒获。蔡侯方才酒醒,知身被束缚,张目视灵王曰:"般得何罪?"灵王曰:"汝亲弑其父,悖逆天理,今日死犹晚矣。"蔡侯叹曰:"吾悔不用归生之言也!"灵王命将蔡侯磔死,从死者共七十人,舆隶最贱者,俱诛不赦。大书蔡侯般弑逆之罪于版,宣布国中。遂命公子弃疾统领大军,长驱入蔡。宋儒论蔡般罪固当诛,然诱而杀之,非法也。髯翁有诗云:

> 蔡般无父亦无君,鸣鼓方能正大伦。

> 莫怪诱诛非法典,楚灵原是弑君人。

却说蔡世子有,自其父发驾之后,旦晚使谍者探听。忽报蔡侯被杀,楚兵不日临蔡,世子有即时纠集兵众,授兵登埤。楚兵至,围之数重,公孙归生曰:"蔡虽久附于楚,然晋、楚合成,归生实与载书。不若遣人求救于晋,傥惠顾前盟,或者肯来相援。"世子有从其计,募国人能使晋者。蔡洧 wěi 之父蔡略,从蔡侯于申,在被杀七十人之中。洧欲报父雠,应募而出,领了国书,乘夜缒城北走,直达晋国,来见晋昭公,哭诉其事。昭公集群臣问之。荀吴奏曰:"晋为盟主,诸侯依赖以为安。既不救陈,又不救蔡,盟主之业堕矣。"昭公曰:"楚虔暴横,吾兵力不逮,奈何?"韩起对曰:"虽知不逮,可坐视乎?何不合诸侯以谋之?"昭公乃命韩起约诸国会于厥慭 yìn。宋、齐、鲁、卫、郑、曹各遣大夫至会所听命。韩起言及救蔡之事,各国大夫人人伸舌,个个摇首,没一个肯担当主张的。韩起曰:"诸君畏楚如此,将听其蚕食乎?倘楚兵由陈、蔡渐及诸国,寡君亦不敢与闻矣。"众人面面相觑,莫有应者。时宋国右师华亥在会,韩起独谓华亥曰:"盟宋之役,汝家先右师实倡其谋,约定南北弭兵,有先用兵者,各国共伐之。今楚首先败约,加兵陈、蔡,汝袖手不发一言,非楚无信,乃尔国之欺谩也。"华亥觳觫 hú sù 对曰:"下国何敢欺谩,得罪主盟?但蛮夷不顾信义,下国无如之何耳!今各国久弛武备,一旦用兵,胜负未卜。不若遵弭兵之约,遣一使为蔡请宥,楚必无辞。"韩起见各国大夫俱有惧楚之意,料救蔡一事鼓舞不来,乃商议修书一封,遣大夫狐父径至申城来见楚灵王。蔡洧见各国不肯发兵救蔡,号泣而去。

狐父到申城将书呈上，灵王拆书看之，略云：

> 日者，宋之盟，南北交见，本以弭兵为名。虢之会，再申旧约，鬼神临之。寡君率诸侯恪守成言，不敢一试干戈。今陈、蔡有罪，上国赫然震怒，兴帅往讨，义愤所激，聊以从权。罪人既诛，兵犹未解，上国其何说之辞？诸国大夫执政皆走集敝邑，责寡君以拯溺解纷之义，寡君愧焉！犹惧以征发师徒，自干盟约，遣下臣起合诸大夫共此尺书，为蔡请命。倘上国惠顾前好，存蔡之宗庙，寡君及同盟，咸受君赐，岂惟蔡人？

书末，宋、齐各国大夫俱署有名字。灵王览毕笑曰：“蔡城旦暮且下，汝以空言解围，以三尺童子待寡人耶？汝去回复汝君，陈、蔡乃孤家属国，与汝北方无与，不劳照管。”狐父再欲哀恳，灵王遽起身入内，亦无片纸回书。狐父怏怏而回。晋君臣虽则恨楚，无可奈何。正是：

> 有力无心空负力，有心无力枉劳心。
>
> 若还心力齐齐到，涸海移山孰敢禁！

蔡洧回至蔡国，被楚巡军所获，解到公子弃疾帐前。弃疾胁使投降，蔡洧不从，乃囚于后军。弃疾知晋救不至，攻城益力。归生曰：“事急矣！臣当拼一命，径往楚营，说之退兵。万一见听，免至生灵涂炭。”世子有曰：“城中调度，全赖大夫，安可舍孤而去？”归生对曰：“殿下若不相舍，臣子朝吴可使也。”世子召朝吴至，含泪遣之。朝吴出城往见弃疾，弃疾待之以礼。朝吴曰：“公子重兵加蔡，蔡知亡矣，然未知罪之在也。若以先君般失德，不蒙赦宥，则世子何罪？蔡之宗社何罪？幸公子怜而察之！”弃疾曰：“吾亦知蔡无灭亡之道，但受命攻城，若无功归报，必得罪矣。”朝吴曰：“吴更有一言，请屏左右。”弃疾曰：“汝第言之，吾左右无妨也。”朝吴曰：“楚王得国非正，公子宁不知之？凡有人心，莫不怨愤！又内竭脂膏于土木，外竭筋骨于干戈，用民不恤，贪得无厌，昔岁灭陈，今复诱蔡。公子不念君仇，奉其驱使，怨黷〔dú 怨恨〕诽谤方作，公子将分其半矣！公子贤明著誉，且有‘当璧’之祥，楚人皆欲得公子为君，诚反戈内向，诛其弑君虐民之罪，人心响应，谁能为公子抗者！孰与事无道之君，敛万民之怨乎？公子倘幸听愚计，吴愿率死亡之余，为公子先驱。”弃疾怒曰：“匹夫敢以巧言离间我君臣！本该斩首，姑寄汝头于颈上，传语世子，速速面缚出降，尚可保全余喘也。”叱左右牵朝吴出营。

原来当初楚共王有宠妾之子五人：长曰熊昭，即康王；次曰围，即灵王虔；三曰比，字子干；四曰黑肱，字子皙；末即公子弃疾也。共王欲于五子之中，立一人为世子，心中不决，乃大祀群神，奉璧密祷曰：“请神于五人中，择一贤而有福者,使主社稷。"乃以璧密埋于太室之庭中,暗记其处,使五子各斋戒三日后,五更入庙,次第谒祖。视其拜当璧处者,即神所选立之人矣。康王先入,跨过埋璧,拜于其前。灵王拜时,手肘及于璧上。子干、子皙去璧甚远。弃疾时年尚幼,使傅母抱之入拜,正当璧纽之上。共王心知神佑弃疾,宠爱益笃。因共王薨时,弃疾年尚未长,所以康王先立,然楚大夫闻埋璧之事者,无不知弃疾之当为楚王矣。今日朝吴说及"当璧"之祥,弃疾恐此语传扬,为灵王所忌,故佯怒而遣之。

　　朝吴还入城中,述弃疾之语。世子有曰:"国君死社稷,乃是正理。某虽未成丧嗣位,然既摄位守国,便当与此城相为存亡,岂可屈膝仇人,自同奴隶乎?"于是固守益力。自夏四月围起,直至冬十一月,公孙归生积劳成病,卧不能起,城中食尽,饿死者居半,守者疲困,不能御敌。楚师蚁附而上,城遂破。世子端坐城楼,束手受缚。弃疾入城,抚慰居民;将世子有上了囚车,并蔡洧解到灵王处报捷。以朝吴有当璧之言,留之不遣。未几,归生死,朝吴遂留事弃疾。此周景王十四年事也。

　　时灵王驾已回郢,梦有神人来谒,自称九冈山之神,曰:"祭我,我使汝得天下。"既觉大喜,遂命驾至九冈山。适弃疾捷报到,即命取世子有充作牺牲,杀以祭神。申无宇谏曰:"昔宋襄用鄫子于次睢之社,诸侯叛之。王不可蹈其覆辙!"灵王曰:"此逆贼之子,罪人之后,安得比于诸侯? 正当六畜用之耳。"申无宇退而叹曰:"王汰虐已甚,其不终乎!"遂告老归田,去讫。蔡洧见世子被杀,哀泣三日。灵王以为忠,乃释而用之。蔡洧之父先为灵王所杀,阴怀复仇之志,说灵王曰:"诸侯所以事晋而不事楚者,以晋近而楚远也。今王奄有陈、蔡,与中华接壤,若高广其城,各赋千乘,以威示诸侯,四方谁不畏服? 然后用兵吴、越,先服东南,次图西北,可以代周而为天子。"灵王悦其谀言,日渐宠用。于是重筑陈、蔡之城,倍加高广,即用弃疾为蔡公,以酬其灭蔡之功。又筑东西二不羹城,据楚之要害,自以天下莫强于楚,指顾可得天下。召太卜将守龟卜之,问:"寡人何日为王?"太卜曰:"君既已称王矣,尚何问?"灵王曰:"楚、周并立,非真王也。得天下者,方为真王耳。"太卜爇 ruò 焚烧,烘烤龟,龟裂。太卜曰:"所占无成。"灵王掷龟于地,攘臂大呼曰:"天乎,天乎! 区区天下,不肯与我,生我熊虔何用?"蔡洧奏曰:"事在人为耳,彼朽骨者何知。"灵王乃悦。

　　诸侯畏楚之强,小国来朝,大国来聘,贡献之使,不绝于道。就中单表一人,乃齐国上大夫晏婴,字平仲,奉齐景公之命,修聘楚国。灵王谓群下曰:

"晏平仲身不满五尺,而贤名闻于诸侯。当今海内诸国,惟楚最盛,寡人欲耻辱晏婴,以张楚国之威,卿等有何妙计?"太宰薳启疆密奏曰:"晏平仲善于应对,一事不足以辱之,必须如此如此。"灵王大悦。薳启疆夜发卒徒于郢城东门之傍,另凿小窦,刚刚五尺,吩咐守门军士:"候齐国使臣到时,却将城门关闭,使之由窦而入。"不一时,晏婴身穿破裘,轻车赢léi马,来至东门。见城门不开,遂停车不行,使御者呼门。守者指小门示之曰:"大夫出入此窦,宽然有余,何用启门?"晏婴曰:"此狗门,非人所出入也!使狗国者,从狗门入;使人国者,还须从人门入。"使者以其言,飞报灵王。王曰:"吾欲戏之,反被其戏矣。"乃命开东门,延之入城。

晏子观看郢都城郭坚固,市井稠密,真乃地灵人杰,江南胜地也。怎见得?宋学士苏东坡有《咏荆门》诗为证:

> 游人出三峡,楚地尽平川。
>
> 北客随南广,吴樯开蜀船。
>
> 江侵平野断,风掩白沙旋。
>
> 欲问兴亡意,重城自古坚。

晏婴正在观览,忽见有车骑二乘从大衢来,车上俱长躯长鬣,精选的出色大汉,盔甲鲜明,手握大弓长戟,状如天神,来迎晏子,欲以形晏子之短小。晏子曰:"今日为聘好而来,非为攻战,安用武士!"叱退一边,驱车直进。

将入朝,朝门外有十余位官员,一个个峨冠博带,济济彬彬,列于两行。晏子知是楚国一班豪杰,慌忙下车。众官员向前逐一相见,权时分左右叙立,等侯朝见。就中一后生,先开口问曰:"大夫莫非夷维晏平仲乎?"晏子视之,乃斗韦龟之子斗成然也,官拜郊尹。晏子答曰:"然。大夫有何教益?"成然曰:"吾闻齐乃太公所封之国,兵甲敌于秦、楚,货财通于鲁、卫。何自桓公一霸之后,篡夺相仍,宋、晋交伐,今日朝晋暮楚,君臣奔走道路,殆无宁岁?夫以齐侯之志,岂下桓公,平仲之贤不让管子,君臣合德,乃不思大展经纶,丕振旧业,以光先人之绪,而服事大国,自比臣仆,诚愚所不解也。"晏子扬声对曰:"夫识时务者为俊杰,通机变者为英豪。夫自周纲失驭,五霸迭兴,齐、晋霸于中原,秦霸西戎,楚霸南蛮,虽曰人材代出,亦是气运使然。夫以晋文雄略,丧次被兵;秦穆强盛,子孙遂弱;庄王之后,楚亦每受晋、吴之侮,岂独齐哉?寡君知天运之盛衰,达时务之机变,所以养兵练将,待时而举。今日交聘,乃邻国往来之礼,载在王制,何谓臣仆?尔祖子文,为楚名臣,识时通变,倘子非其嫡裔耶?何言之悖也。"成然满面羞惭,缩颈而退。

　　须臾，左班中一士问曰："平仲固自负识时通变之士，然崔、庆之难，齐臣自贾举以下，效节死义者无数，陈文子有马十乘，去而违之，子乃齐之世家，上不能讨贼，下不能避位，中不能致死，何恋恋于名位耶？"晏子视之，乃楚上大夫阳匄字子瑕，乃穆王之曾孙也。晏子即对曰："抱大节者，不拘小谅；有远虑者，岂在近谋？吾闻君死社稷，臣当从之。今先君庄公，非为社稷而死；其从死者，皆其私暱ⁿì 亲近。婴虽不才，何敢厕身宠幸之列，以一死沽名哉？且人臣遇国家之难，能则图之，不能则去之。吾之不去，欲定新君，以保宗祀，非贪位也。使人人尽去，国事何赖？况君父之变，何国无之？子谓楚国诸公在朝列者，人人皆讨贼死难之士乎？"这一句话，暗指着楚熊虔弑君，诸臣反戴之为君，但知责人，不知责己。公孙瑕无言可答。

　　少倾，右班中又一人出曰："平仲！汝云'欲定新君，以保宗祀'，言太夸矣。崔、庆相图，栾、高、陈、鲍相并，汝依违观望其间，并不见出奇画策，无非因人成事。尽心报国者，止于此乎？"晏子视之，乃右尹郑丹字子革。晏子笑曰："子知其一，未知其二。崔、庆之盟，婴独不与。四族之难，婴在君所。宜刚宜柔，相机而动，主于保全君国，此岂旁观者所得而窥哉？"

　　左班中又一人出曰："大丈夫匡时遇主，有大才略，必有大规模。以愚观平仲，未免为鄙吝之夫矣。"晏子视之，乃太宰薳启疆也。晏子曰："足下何以知婴鄙吝乎？"启疆曰："大丈夫身仕明主，贵为相国，固当美服饰，盛车马，以彰君之宠锡同"赐"，恩赐。奈何敝裘羸léi 马出使外邦，岂不足于禄食耶？且吾闻平仲少服狐裘，三十年不易。祭祀之礼，豚肩不能掩豆，非鄙吝而何？"晏子抚掌大笑曰："足下之见，何其浅也！婴自居相位以来，父族皆衣裘，母族皆食肉，至于妻族，亦无冻馁。草莽之士，待婴而举火者，七十余家。吾家虽俭，而三族肥，身似吝，而群士足。以此彰君之宠锡，不亦大乎？"

　　言未毕，右班中又一人出，指晏子大笑曰："吾闻成汤身长九尺而作贤王，子桑力敌万夫而为名将。古之明君达士，皆由状貌魁梧，雄勇冠世，乃能立功当时，垂名后代。今子身不满五尺，力不胜一鸡，徒事口舌，自以为能，宁不可耻！"晏子视之，乃公子真之孙囊瓦字子常，见为楚王车右之职。婴乃微微而笑，对曰："吾闻秤锤虽小，能压千斤；舟桨空长，终为水役。侨如身长而戮于鲁，南宫万绝力而戮于宋，足下身长力大，得无近之？婴自知无能，但有问则对，又何敢自逞其口舌耶？"囊瓦不能复对。忽报："令尹薳罢来到。"众人俱拱立候之。伍举遂揖晏子入于朝门，谓诸大夫曰："平仲乃齐之贤士，诸君何得以口语相加？"

　　须臾,灵王升殿,伍举引晏子入见。灵王一见晏子,遽问曰:"齐国固无人耶?"晏子曰:"齐国中呵气成云,挥汗成雨,行者摩肩,立者并迹,何谓无人?"灵王曰:"然则何为使小人来聘吾国?"晏子曰:"敝邑出使有常典,贤者奉使贤国,不肖者奉使不肖国,大人则使大国,小人则使小国。臣小人,又最不肖,故以使楚。"楚王惭其言,然心中暗暗惊异。使事毕,适郊人献合欢橘至,灵王先以一枚赐婴,婴遂带皮而食。灵王鼓掌大笑曰:"齐人岂未尝橘耶? 何为不剖?"晏子对曰:"臣闻:'受君赐者,瓜桃不削,橘柑不剖。'今蒙大王之赐,犹吾君也,大王未尝谕剖,敢不全食?"灵王不觉起敬,赐坐命酒。

　　少顷,武士三四人,缚一囚从殿下而过。灵王遽问:"囚何处人?"武士对曰:"齐国人。"灵王曰:"所犯何罪?"武士对曰:"坐盗。"灵王乃顾谓晏子曰:"齐人惯为盗耶?"晏子知其故意设弄,欲以嘲己,乃顿首曰:"臣闻江南有橘,移之江北,则化而为枳。所以然者,地土不同也。今齐人生于齐,不为盗,至楚则为盗,楚之地土使然,于齐何与焉?"灵王嘿然良久,曰:"寡人本将辱子,今反为子所辱矣。"乃厚为之礼,遣归齐国。

　　齐景公嘉晏婴之功,尊为上相,赐以千金之裘,欲割地以益其封,晏子皆不受。又欲广晏子之宅,晏子亦力辞之。一日,景公幸晏子之家,见其妻,谓晏子曰:"此卿之内子耶?"婴对曰:"然。"景公笑曰:"嘻! 老且丑矣! 寡人有爱女,年少而美,愿以纳之于卿。"婴对曰:"人以少姣事人者,以他年老恶,可相托也。臣妻虽老且丑,然向已受其托矣,安忍倍之?"景公叹曰:"卿不倍其妻,况君父乎?"于是深信晏子之忠,益隆委任。要知后事,且看下回分解。

殺三兄楚平王
即位

劫齊
晉公尋盟
魯昭

第七十回　杀三兄楚平王即位　劫齐鲁晋昭公寻盟

话说周景王十二年，楚灵王既灭陈、蔡，又迁许、胡、沈、道、房、申六小国于荆山之地，百姓流离，道路嗟怨。灵王自谓天下可唾手而得，日夜宴息于章华之台，欲遣使至周，求其九鼎，以为楚国之镇。右尹郑丹曰："今齐、晋尚强，吴、越未服，周虽畏楚，恐诸侯有后言也。"灵王愤然曰："寡人几忘之。前会申之时，赦徐子之罪，同于伐吴，徐旋附吴，不为尽力。今寡人先伐徐，次及吴，自江以东，皆为楚属，则天下已定其半矣。"乃使薳罢同蔡洧奉世子禄居守，大阅车马，东行狩于州来，次于颍水之尾。使司马督率车三百乘伐徐，围其城。灵王大军屯于乾溪，以为声援。时周景王之十五年，楚灵王之十一年也。

冬月，值大雪，积深三尺有余。怎见得？有诗为证：

> 彤云蔽天风怒号，飞来雪片如鹅毛。
>
> 忽然群峰失青色，等闲平地生银涛。
>
> 千树寒巢僵鸟雀，红炉不暖重裘薄。
>
> 比际从军更可怜，铁衣冰凝愁难着。

灵王问左右："向有秦国所献'复陶裘''翠羽被'，可取来服之。"左右将裘被呈上。灵王服裘加被，头带皮冠，足穿豹舄 xì 加木底的鞋，执紫丝鞭，出帐前看雪。有右尹郑丹来见，灵王去冠被，舍鞭，与之立而语。灵王曰："寒甚！"郑丹对曰："王重裘豹舄，身居虎帐，犹且苦寒，况军士单褐露踝，顶兜穿甲，执兵于风雪之中，其苦何如？王何不返驾国都，召回伐徐之师，俟来春天气和暖，再图征进，岂不两便？"灵王曰："卿言甚善！然吾自用兵以来，所向必克，司马旦晚必有捷音矣。"郑丹对曰："徐与陈、蔡不同。陈、蔡近楚，久在宇下，而徐在楚东北三千余里，又附吴为重。王贪伐徐之功，使三军久顿于外，受劳冻之苦，万一国有内变，军士离心，窃为王危之。"灵王笑曰："穿封戌在陈，弃疾在蔡，伍举与太子居守，是三楚也。寡人又何虑哉？"言未毕，左史倚相趋过王前，灵王指谓郑丹曰："此博物之士也。凡《三坟》《五典》《八索》《九邱》无不通晓，子革其善视之。"郑丹对曰："王之言过矣。昔周穆王乘八骏之马，周行天下，祭公谋父作《祈招》之诗，以谏止王心，穆王闻谏返国，得免于祸。臣曾以此诗问倚相,相不知也。本朝之事,尚然不知,安能及远乎?"灵王曰:"《祈招》之诗如何? 能为寡人诵之否?"郑丹对曰:"臣能诵之。诗曰:'祈招之愔愔 yīn 安静和悦的样子,式昭德音。思我王度,式如玉,式如金。形民之力,而无醉饱之心。'"灵王曰:"此诗何解?"郑丹对曰:"愔愔者,安和之貌。言祈父所掌甲兵,享安和之福,用能昭我王之德音,比于玉之坚,金之重。所以然者,由我王能恤民力,适可而止,去其醉饱过盈之心故也。"灵王知其讽己,默然无言。良久,曰:"卿且退,容寡人思之。"是夜,灵王意欲班师,忽谍报:"司马督屡败徐师,遂围徐。"灵王曰:"徐可灭也。"遂留乾溪。自冬逾春,日逐射猎为乐,方役百姓筑台建宫,不思返国。

时蔡大夫归生之子朝吴臣事蔡公弃疾,日夜谋复蔡国,与其宰观从商议。观从曰:"楚王黩兵远出,久而不返,内虚外怨,此天亡之日也。失此机会,蔡不可复封矣。"朝吴曰:"欲复蔡,计将安出?"观从曰:"逆虔之立,三公子心皆不服,独力不及耳。诚假以蔡公之命,召子干、子皙,如此恁般,楚可得也。得楚,则逆虔之巢穴已毁,不死何为? 及嗣王之世,蔡必复矣。"朝吴从其谋,使观从假传蔡公之命,召子干于晋,召子皙于郑,言:"蔡公愿以陈、蔡之师,纳二公子于楚,以拒逆虔。"子干、子皙大喜,齐至蔡郊,来会弃疾。观从先归报朝吴。朝吴出郊谓二公子曰:"蔡公实未有命,然可劫而取也。"子干、子皙有惧色。朝吴曰:"王佚游不返,国虚无备,而蔡洎念杀父之仇,以有事为幸。斗成然为郊尹,与蔡公相善,蔡公举事,必为内应。穿封戍虽封于陈,其意不亲附王,若蔡公召之,必来。以陈、蔡之众袭空虚之楚,如探囊取物,公子勿虑不成也。"这几句话,说透利害,子干、子皙方才放心,曰:"愿终听教。"朝吴请盟,乃刑牲歃血,誓为先君郏敖报仇。口中说誓,虽则如此,誓书上却把蔡公装首,言欲与子干、子皙共袭逆虔。掘地为坎,用牲加书于上而埋之。

事毕,遂以家众导子干、子皙袭入蔡城。蔡公方朝餐,猝见二公子到,出自意外,大惊,欲起避。朝吴随至,直前执蔡公之袂曰:"事已至此,公将何往?"子干、子皙抱蔡公大哭,言:"逆虔无道,弑兄杀侄,又放逐我等,我二人此来,欲借汝兵力,报兄之仇,事成,当以王位属之。"弃疾仓皇无计,答曰:"且请从容商议。"朝吴曰:"二公子馁矣,有餐且共食。"子干、子皙食讫,朝吴使速行。遂宣言于众:"蔡公实召二公子,同举大事,已盟于郊,遣二公子先行入楚矣。"弃疾止之曰:"勿诬我!"朝吴曰:"郊外坎牲载书,岂无有见之者? 公勿讳,但速速成军,共取富贵,乃为上策。"朝吴乃复号于市曰:"楚王无道，灭我蔡国，今蔡公许复封我，汝等皆蔡百姓，岂忍宗祀沦亡？可共随蔡公赶上二公子，一同入楚。"蔡人闻呼，一时俱集，各执器械，集于蔡公之门。朝吴曰："人心已齐，公宜急抚而用之，不然有变！"弃疾曰："汝迫我上虎背耶？计将安出？"朝吴曰："二公子尚在郊，宜急与之合，悉起蔡众。吾往说陈公，帅师从公。"弃疾从之。子干、子皙率其众与蔡合。朝吴使观从星夜至陈，欲见陈公，路中遇陈人夏啮，乃夏征舒之玄孙，与观从平素相识，告以复蔡之意。夏啮曰："吾在陈公门下用事，亦思为复陈之计，今陈公病已不起，子不必往见。子先归蔡，吾当率陈人为一队。"观从回报蔡公。朝吴又作书密致蔡洧，使为内应。蔡公以家臣须务牟为先锋，史猈副之，使观从为向导，率精甲先行。恰好陈夏啮亦起陈众来到。夏啮曰："穿封戍已死，吾以大义晓谕陈人，特来助义。"蔡公大喜，使朝吴率蔡人为右军，夏啮率陈人为左军，曰："掩袭之事，不可迟也！"乃星夜望郢都进发。

蔡洧闻蔡公兵到，先遣心腹出城送款，斗成然迎蔡公于郊外。令尹蓬罢方欲敛兵设守，蔡洧开门以纳蔡师，须务牟先入，呼曰："蔡公攻杀楚王于乾溪，大军已临城矣！"国人恶灵王无道，皆愿蔡公为王，无肯拒敌者。蓬罢欲奉世子禄出奔，须务牟兵已围王宫，蓬罢不能入，回家中自刎而死。哀哉！胡曾先生有诗云：

> 漫夸私党能扶主，谁料强都已酿奸。
> 若遇郏敖泉壤下，一般恶死有何颜？

蔡公大兵随后俱到，攻入王宫，遇世子禄及公子罢敌，皆杀之。蔡公扫除王宫，欲奉子干为王，子干辞。蔡公曰："长幼不可废也。"子干乃即位，以子皙为令尹，蔡公为司马。朝吴私谓蔡公曰："公首倡义举，奈何以王位让人耶？"蔡公曰："灵王犹在乾溪，国未定也，且越二兄而自立，人将议我。"朝吴已会其意，乃献谋曰："王卒暴露已久，必然思归，若遣人以利害招之，必然奔溃。大军继之，王可擒也。"蔡公以为然，乃使观从往乾溪，告其众曰："蔡公已入楚，杀王二子，奉子干为王矣。今新王有令：'先归者复其田里，后归者劓 yì
<small>古代割掉鼻子的刑罚</small>之，有相从者罪及三族，或以饮食馈献，罪亦如之。'"军士闻之，一时散其大半。

灵王尚醉卧于乾溪之台，郑丹慌忙入报。灵王闻二子被杀，自床上投身于地，放声大哭。郑丹曰："军心已离，王宜速返！"灵王拭泪言曰："人之爱其子，亦如寡人否？"郑丹曰："鸟兽犹知爱子，何况人也？"灵王叹曰："寡人杀人子多矣！人杀吾子，何足怪！"少顷，哨马报："新王遣蔡公为大将，同斗成

然率陈、蔡二国之兵,杀奔乾溪来了。"灵王大怒曰:"寡人待成然不薄,安敢叛吾? 宁一战而死,不可束手就缚!"遂拔寨都起,自夏口从汉水而上,至于襄州,欲以袭郢。士卒一路奔逃,灵王自拔剑杀数人,犹不能止,比到訾梁,从者才百人耳。灵王曰:"事不济矣!"乃解其冠服,悬于岸柳之上。郑丹曰:"王且至近郊,以察国人之向背何如?"灵王曰:"国人皆叛,何待察乎?"郑丹曰:"若不然,出奔他国,乞师以自救亦可。"灵王曰:"诸侯谁爱我者? 吾闻大福不再,徒自取辱。"郑丹见不从其计,恐自己获罪,即与倚相私奔归楚。

灵王不见了郑丹,手足无措,徘徊于鳌泽之间,从人尽散,只剩单身。腹中饥馁,欲往乡村觅食,又不识路径。村人也有晓得是楚王的,因闻逃散的军士传说,新王法令甚严,那个不怕,各远远闪开。灵王一连三日,没有饮食下咽,饿倒在地,不能行动。单单只有两目睁开,看着路旁,专望一识面之人,经过此地,便是救星。忽遇一人前来,认得是旧时守门之吏,比时唤作涓人,名畴。灵王叫道:"畴,可救我!"涓人畴见是灵王呼唤,只得上前叩头。灵王曰:"寡人饿三日矣! 汝为寡人觅一盂饭,尚延寡人呼吸之命。"畴曰:"百姓皆惧新王之令,臣何从得食?"灵王叹气一口,命畴近身而坐,以头枕其股,且安息片时。畴候灵王睡去,取土块为枕以代股,遂奔逃去讫。灵王醒来,唤畴不应,摸所枕,乃土块也。不觉呼天痛哭,有声无气。

须臾,又有一人乘小车而至,认得灵王声音,下车视之,果是灵王,乃拜倒在地,问曰:"大王为何到此地位?"灵王流泪满面,问曰:"卿何人也?"其人奏曰:"臣姓申名亥,乃芊尹申无宇之子也。臣父两次得罪于吾王,王赦不诛。臣父往岁临终嘱臣曰:'吾受王两次不杀之恩,他日王若有难,汝必舍命相从!'臣牢记在心,不敢有忘。近传闻郢都已破,子干自立,星夜奔至乾溪,不见吾王,一路追寻到此,不期天遣相逢。今遍地皆蔡公之党,王不可他适。臣家在棘村,离此不远,王可暂至臣家,再作商议。"乃以干糒跪进,灵王勉强下咽,稍能起立。申亥扶之上车,至于棘村。灵王平昔住的是章华之台,崇宫邃室,今日观看申亥农庄之家,筚门蓬户,低头而入,好生凄凉,泪流不止。申亥跪曰:"吾王请宽心。此处幽僻,无行人来往,暂住数日,打听国中事情,再作进退。"灵王悲不能语。申亥又跪进饮食,灵王只是啼哭,全不沾唇。亥乃使其亲生二女侍寝,以悦灵王之意。王衣不解带,一夜悲叹,至五更时分,不闻悲声。二女启门报其父曰:"王已自缢于寝所矣。"胡曾先生咏史诗曰:

> 茫茫衰草没章华,因笑灵王昔好奢。
>
> 台土未干箫管绝,可怜身死野人家。

申亥闻灵王之死，不胜悲恸，乃亲自殡殓，杀其二女以殉葬焉。后人论申亥感灵王之恩，葬之是矣，以二女殉，不亦过乎？有诗叹曰：

> 章华霸业已沉沦，二女何辜伴夃窀^①。
> 堪恨暴君身死后，余殃犹自及闺人。

时蔡公引着斗成然、朝吴、夏啮众将，追灵王于乾溪。半路遇着郑丹、倚相二人，述楚王如此恁般："今侍卫俱散，独身求死，某不忍见，是以去之。"蔡公曰："汝今何往？"二人曰："欲还国中耳。"蔡公曰："公等且住我军中，同访楚王下落，然后同归可也。"蔡公引大军寻访，及于訾梁，并无踪迹。有村人知是蔡公，以楚王冠服来献，言："三日前，于岸柳上得之。"蔡公问曰："汝知王生死否？"村人曰："不知。"蔡公收其冠服，重赏之而去。蔡公更欲追寻，朝吴进曰："楚王去其衣冠，势穷力竭，多分死于沟渠，不足再究。但子干在位，若发号施令，收拾民心，不可图矣。"蔡公曰："然则若何？"朝吴曰："楚王在外，国人未知下落，乘此人心未定之时，使数十小卒，假称败兵，绕城相呼，言：'楚王大兵将到！'再令斗成然归报子干，如此如此。子干、子皙皆懦弱无谋之辈，一闻此信，必惊惶自尽。明公徐徐整旅而归，稳坐宝位，高枕无忧，岂不美哉？"蔡公然之。乃遣观从引小卒百余人，诈作败兵，奔回郢都，绕城而走，呼曰："蔡公兵败被杀，楚王大兵，随后便至！"国人信以为实，莫不惊骇。须臾，斗成然至，所言相同。国人益信，皆上城瞭望。成然奔告子干，言："楚王甚怒，来讨君擅立之罪，欲如蔡般、齐庆封故事。君须早自为计，免致受辱，臣亦逃命去矣。"言讫，奔狂而出。子干乃召子皙言之，子皙曰："此朝吴误我也。"兄弟相抱而哭。宫外又传："楚王兵已入城！"子皙先拔佩剑，刎其喉而死。子干慌迫，亦取剑自刭。宫中大乱，宦官宫女，相惊自杀者，横于宫掖，号哭之声不绝。斗成然引众复入，扫除尸首，率百官迎接蔡公。国人不知，尚疑来者是灵王；及入城，乃蔡公也，方悟前后报信，皆出蔡公之计。

蔡公既入城，即位，改名熊居，是为平王。昔年共王曾祷于神，当璧而拜者为君，至是果验矣。国人尚未知灵王已死，人情汹汹，尝中夜讹传王到，男女皆惊起，开门外探。平王患之，乃密与观从谋，使于汉水之傍，取死尸加以灵王冠服，从上流放至下流，诈云已得楚王尸首，殡于訾梁，归报平王。平王使斗成然往营葬事，谥曰灵王。然后出榜安慰国人，人心始定。后三年，平王复访求灵王之尸，申亥以葬处告，乃迁葬焉。此是后话。

---

①夃窀(xī zhūn)：坟墓，墓穴。

却说司马督等围徐,久而无功,惧为灵王所诛,不敢归,阴与徐通,列营相守。闻灵王兵溃被杀,乃解围班师。行至豫章,吴公子光率师要击,败之,司马督与三百乘悉为吴所获。光乘胜取楚州来之邑。此皆灵王无道之所致也。

再说楚平王安集楚众,以公子之礼葬子干、子皙。录功用贤,以斗成然为令尹,阳匄字子瑕为左尹。念薳掩、伯州犁之冤死,乃以犁子郤宛为右尹,掩弟薳射、薳越俱为大夫,朝吴、夏啮、蔡洧俱拜下大夫之职,以公子鲂敢战,使为司马。时伍举已卒,平王嘉其生前有直谏之美,封其子伍奢于连,号曰连公。奢子尚亦封于棠,为棠宰,号曰棠君。其他薳启疆、郑丹等一班旧臣,官职如故。欲官观从,从言其先人开卜:“愿为卜尹。”平王从之。群臣谢恩,朝吴与蔡洧独不谢,欲辞官而去。平王问之,二人奏曰:“本辅吾王兴师袭楚,欲复蔡国,今王大位已定,而蔡之宗祀未沾血食,臣何面目立于王之朝乎?昔灵王以贪功兼并致失人心,王反其所为方能令人心悦服。欲反其所为,莫如复陈、蔡之祀。”平王曰:“善。”乃使人访求陈、蔡之后,得陈世子偃师之子名吴,蔡世子有之子名庐,乃命太史择吉,封吴为陈侯,是为陈惠公,庐为蔡侯,是为蔡平公,归国奉宗祀。朝吴、蔡洧随蔡平公归蔡,夏啮随陈惠公归陈。所率陈、蔡之众各从其主,厚加犒劳。前番灵王掳掠二国重器货宝,藏于楚库者,悉给还之。其所迁荆山六小国,悉令还归故土,秋毫无犯。各国君臣上下,欢声若雷,如枯木之再荣,朽骨之复活。此周景王十六年事也。髯翁有诗云:

> 枉竭民脂建二城,留将后主作人情。
> 早知故物仍还主,何苦当时受恶名。

平王长子名建,字子木,乃蔡国郧 yún 阳封人之女所生,时年已长,乃立为世子,使连尹伍奢为太师。有楚人费无极,素事平王,善于贡谀,平王宠之,任为大夫。无极请事世子,乃以为少师,以奋扬为东官司马。平王既即位,四境安谧,颇事声色之乐。吴取州来,王不能报。无极虽为世子少师,日在平王左右,从于淫乐。世子建恶其谄佞,颇疏远之。令尹斗成然恃功专恣,无极谮而杀之,以阳匄为令尹。世子建每言成然之冤,无极心怀畏惧,由是阴与世子建有隙。无极又荐鄢将师于平王,使为右领,亦有宠。这段情节,且暂搁起。

话分两头。再说晋自筑虒祁宫之后,诸侯窥其志在苟安,皆有贰心。昭公新立,欲修复先人之业,闻齐侯遣晏婴如楚修聘,亦使人征朝于齐。齐景公见晋、楚多事。亦有意乘间图伯，欲观晋昭公之为人，乃装束如晋，以勇士古冶子从行。方渡黄河，其左骖之马，乃景公所最爱者，即令圉人于从舟取至，系于船头，亲督圉人饲料。忽大雨骤至，波涛汹涌，舟船将覆。有大鼋舒头于水面，张开巨口，抢向船头，衔左骖之马，入于深渊。景公大惊。古冶子在侧，言曰："君勿惧也，臣请为君索之。"乃解衣裸体，拔剑跃于水中，凌波踢浪而去。载沉载浮，顺流九里，望之无迹。景公叹曰："冶子死矣！"少顷，风浪顿息，但见水面流红，古冶子左手挽骖马之尾，右手提血沥沥一颗鼋头，浴波而出。景公大骇曰："真神勇也！先君徒设勇爵，焉有勇士如此哉！"遂厚赏之。

既至绛州，见了晋昭公，昭公设宴享之。晋国是荀吴相礼，齐国是晏婴相礼。酒酣，晋侯曰："筵中无以为乐，请为君侯投壶古代一种传统礼仪和宴饮游戏赌酒。"景公曰："善。"左右设壶进矢，齐侯拱手让晋侯先投。晋侯举矢在手，荀吴进辞曰："有酒如淮，有肉如坻 chí。寡君中此，为诸侯师。"晋侯投矢，果中中壶，将余矢弃掷于地。晋臣皆伏地称："千岁。"齐侯意殊不怿 yì 喜悦，高兴，举矢亦效其语曰："有酒如渑，有肉如陵。寡人中此，与君代兴。"扑的投去，恰在中壶，与晋矢相并，齐侯大笑，亦弃余矢。晏婴亦伏地呼："千岁！"晋侯勃然变色。荀吴谓齐景公曰："君失言矣！今日辱贶 kuàng 敝邑，正以寡君世主夏盟之故。君曰'代兴'，是何言也？"晏婴代答曰："盟无常主，惟有德者居焉。昔齐失霸业，晋方代之，若晋有德，谁敢不服？如其无德，吴、楚亦将迭进，岂惟敝邑！"羊舌肸曰："晋已师诸侯矣，安用壶矢？此乃荀伯之失言也！"荀吴自知其误，嘿然不语。齐臣古冶子立于阶下，厉声曰："日昃君劳，可辞席矣！"齐侯即逊谢而出，次日遂行。羊舌肸曰："诸侯将有离心，不以威胁之，必失霸业。"晋侯以为然，乃大阅甲兵之数，总计有四千乘，甲士三十万人。羊舌肸曰："德虽不足，而众可用也。"于是先遣使如周，请王臣降临为重，因遍请诸侯，约以秋七月俱集平丘相会。诸侯闻有王臣在会，无敢不赴者。

至期，晋昭公留韩起守国，率荀吴、魏舒、羊舌肸、羊舌鲋、籍谈、梁丙、张骼、智跞 lì 等，尽起四千乘之众，望濮阳城进发，连络三十余营，遍卫地皆晋兵。周卿士刘献公挚先到，齐、宋、鲁、卫、郑、曹、莒、邾、滕、薛、杞、小邾十二路诸侯毕集，见晋师众盛，人人皆有惧色。既会，羊舌肸捧盘盂进曰："先臣赵武误从弭兵之约，与楚通好。楚虏无信，自取陨灭。今寡君欲效践土故事，徼惠于天子，以镇抚诸夏，请诸君同歃为信！"诸侯皆俯首曰："敢不听命!"惟齐景公不应。羊舌肸曰:"齐侯岂不愿盟耶?"景公曰:"诸侯不服,是以寻盟;若皆用命,何以盟为?"羊舌肸曰:"践土之盟,不服者何国? 君若不从,寡君惟是甲车四千乘,愿请罪于城下。"说犹未毕,坛上鸣鼓,各营俱建起大旆。景公虑其见袭,乃改辞谢曰:"大国既以盟不可废,寡人敢自外耶?"于是晋侯先歃,齐、宋以下相继。刘挚王臣不使与盟,但监临其事而已。邾、莒以鲁国屡屡侵伐,诉于晋侯。晋侯辞鲁昭公于会,执其上卿季孙意如,闭之幕中。子服何私谓荀吴曰:"鲁地十倍邾、莒,晋若弃之,将改事齐、楚,于晋何益? 且楚灭陈、蔡不救,而复弃兄弟之国乎?"荀吴然其言,以告韩起。起言于晋侯,乃纵意如奔归。自是诸侯益不直晋,晋不复能主盟矣。史臣有诗叹云:

> 侈心效楚筑虒祁,列国离心复示威。
>
> 壶矢有灵侯统散,山河如故事全非。

要知后事如何,且看下回分解。

晏平仲二桃殺三士

楚平王娶媳逐世子

第七十一回　晏平仲二桃杀三士　楚平王娶媳逐世子

话说齐景公归自平丘，虽然惧晋兵威，一时受歃，已知其无远大之谋，遂有志复桓公之业，谓相国晏婴曰："晋霸西北，寡人霸东南，何为不可？"晏婴对曰："晋劳民于兴筑，是以失诸侯。君欲图伯，莫如恤民。"景公曰："恤民何如？"晏婴对曰："省刑罚，则民不怨；薄赋敛，则民知恩。古先王春则省耕，补其不足，夏则省敛，助其不给。君何不法之？"景公乃除去烦刑，发仓廪以贷贫穷，国人感悦。于是征聘于东方诸侯。徐子不从，乃用田开疆为将，帅师伐之。大战于蒲隧，斩其将嬴爽，获甲士五百余人。徐子大惧，遣使行成于齐。齐侯乃约郯子、莒子同徐子结盟于蒲隧。徐以甲父之鼎赂之。晋君臣虽知，而不敢问。齐自是日强，与晋并霸。景公录田开疆平徐之功，复嘉古冶子斩鼋之功，仍立"五乘之宾"以旌之。田开疆复举荐公孙捷之勇。那公孙捷生得面如靛 diàn 染，目睛突出，身长一丈，力举千钧。景公见而异之，遂与之俱猎于桐山。忽然山中赶出一只吊睛白额虎来，那虎咆哮发喊，飞奔前来，径扑景公之马。景公大惊。只见公孙捷从车上跃下，不用刀枪，双拳直取猛虎，左手揪住项皮，右手挥拳，只一顿，将那只大虫打死，救了景公。景公嘉其勇，亦使与"五乘之宾"。公孙捷遂与田开疆、古冶子结为兄弟，自号"齐邦三杰"，挟功恃勇，口出大言，凌铄闾里，简慢公卿。在景公面前，尝以尔我相称，全无礼体。景公惜其才勇，亦姑容之。时朝中有个佞臣唤做梁丘据，专以先意逢迎，取悦于君，景公甚宠爱之。据内则献媚景公，以固其宠；外则结交三杰，以张其党。况其时陈无宇厚施得众，已伏移国之兆，那田开疆与陈氏是一族，异日声势相倚，将为国家之患，晏婴深以为忧。每欲除之，但恐其君不听，反结了三人之怨。

忽一日，鲁昭公以不合于晋之故，欲结交于齐，亲自来朝。景公设宴相待。鲁国是叔孙婼 chuò 相礼，齐国是晏婴相礼。三杰带剑，立于阶下，昂昂自若，目中无人。二君酒至半酣，晏子奏曰："园中金桃已熟，可命荐新，为两君寿。"景公准奏，宣园吏取金桃来献。晏子奏曰："金桃难得之物，臣当亲往监摘。"晏子领钥匙去讫。景公曰："此桃自先公时，有东海人，以巨核来献，名曰'万寿金桃'，出自海外度索山，亦名'蟠桃'。植之三十余年，枝叶虽茂，花而不实。今岁结有数颗，寡人惜之，是以封锁园门。今日君侯降临，寡人不敢独享，特取来与贤君臣共之。"鲁昭公拱手称谢。

少顷，晏子引着园吏，将雕盘献上。盘中堆着六枚桃子，其大如碗，其赤如炭，香气扑鼻，真珍异之果也。景公问曰："桃实止此数乎？"晏子曰："尚有三四枚未熟，所以只摘得六枚。"景公命晏子行酒。晏子手捧玉爵，恭进鲁侯之前，左右献上金桃，晏子致词曰："桃实如斗，天下罕有；两君食之，千秋同寿！"鲁侯饮酒毕，取桃一枚食之，甘美非常，夸奖不已。次及景公，亦饮酒一杯，取桃食讫。景公曰："此桃非易得之物，叔孙大夫贤名著于四方，今又有赞礼之功，宜食一桃。"叔孙婼跪奏曰："臣之贤，万不及相国。相国内修国政，外服诸侯，其功不小。此桃宜赐相国食之，臣安敢僭 jiàn 超越身份，过分？"景公曰："既叔孙大夫推让相国，可各赐酒一杯，桃一枚。"二臣跪而领之，谢恩而起。

晏子奏曰："盘中尚有二桃，主公可传令诸臣中，言其功深劳重者，当食此桃，以彰其贤。"景公曰："此言甚善！"即命左右传谕，使阶下诸臣，有自信功深劳重，堪食此桃者，出班自奏，相国评功赐桃。公孙捷挺身而出，立于筵上，而言曰："昔从主公猎于桐山，力诛猛虎，其功若何？"晏子曰："擎天保驾，功莫大焉！可赐酒一爵，食桃一枚，归于班部。"古冶子奋然便出曰："诛虎未足为奇。吾曾斩妖鼋于黄河，使君危而复安，此功若何？"景公曰："此时波涛汹涌，非将军斩绝妖鼋，必至覆溺，此盖世奇功也！饮酒食桃，又何疑哉？"晏子慌忙进酒赐桃。只见田开疆撩衣破步而出："吾曾奉命伐徐，斩其名将，俘甲首五百余人，徐君恐惧，致赂乞盟，郯、莒畏威，一时皆集，奉吾君为盟主，此功可以食桃乎？"晏子奏曰："开疆之功，比于二将，更自十倍。争奈无桃可赐，赐酒一杯，以待来年。"景公曰："卿功最大，可惜言之太迟，以此无桃，掩其大功。"田开疆按剑而言曰："斩鼋打虎，小可事耳！吾跋涉千里之外，血战成功，反不能食桃，受辱于两国君臣之间，为万代耻笑，何面目立于朝廷之上耶？"言讫，挥剑自刎而死。公孙捷大惊，亦拔剑而言曰："我等微功而食桃，田君功大，反不能食。夫取桃不让，非廉也；视人之死而不能从，非勇也。"言讫，亦自刎。古冶子奋气大呼曰："吾三人义均骨肉，誓同生死，二人已亡，吾独苟活，于心何安？"亦自刎而亡。景公急使人止之，已无及矣。

鲁昭公离席而起曰："寡人闻三臣皆天下奇勇，可惜一朝俱尽矣。"景公闻言嘿然，变色不悦。晏婴从容进曰："此皆吾国一勇之夫，虽有微劳，何足挂齿？"鲁侯曰："上国如此勇将，还有几人？"晏婴对曰："筹策庙堂，威加万里,负将相之才者数十人;若血气之勇,不过备寡君鞭策之用而已,其生死何足为齐轻重哉!"景公意始释然。晏子更进觞于两君,欢饮而散。三杰墓在荡阴里。后汉诸葛孔明《梁父吟》,正咏其事:

步出齐东门,遥望荡阴里。

里中有三坟,累累正相似。

问是谁家冢? 田疆古冶子。

力能排南山,文能绝地纪。

一朝中阴谋,二桃杀三士!

谁能为此者? 相国齐晏子。

鲁昭公别后,景公召晏婴问曰:"卿于席间,张大其辞,虽然存了齐国一时体面,只恐三杰之后,难乎其继,如之奈何?"晏子对曰:"臣举一人,足兼三杰之用。"景公曰:"何人?"曰:"有田穰 ráng 苴者,文能附众,武能威敌,真大将之才也!"景公曰:"得非田开疆一宗乎?"晏子对曰:"此人虽出田族,然庶孽微贱,不为田氏所礼,故屏居东海之滨。君欲选将,无过于此。"景公曰:"卿既知其贤,何不早闻?"晏子对曰:"善仕者不但择君,兼欲择友。田疆、古冶辈血气之夫,穰苴岂屑与之比肩哉?"景公口虽唯唯,终以田、陈同族为嫌,踌躇不决。

忽一日,边吏报道:"晋国探知三杰俱亡,兴兵犯东阿之境,燕国亦乘机侵扰北鄙 biān 境。"景公大惧,于是令晏子以缯帛诣东海之滨,聘穰苴入朝。苴敷陈兵法,深合景公之意,即日拜为将军,使帅车五百乘,北拒燕、晋之兵。穰苴请曰:"臣素卑贱,君擢之闾里之中,骤然授以兵权,人心不服。愿得吾君宠臣一人,为国人素所尊重者,使为监军,臣之令乃可行也。"景公从其言,命嬖大夫庄贾往监其军。苴与贾同时谢恩而出,至朝门之外,庄贾问穰苴出军之期,苴曰:"期在明日午时,某于军门专候同行,勿过日中也。"言毕别去。

至次日午前,穰苴先至军中,唤军吏立木为表,以察日影;因使人催促庄贾。贾年少,素骄贵,恃景公宠幸,看穰苴全不在眼。况且自为监军,只道权尊势敌,缓急自由。是日亲戚宾客,俱设酒钱行,贾留连欢饮,使者连催,坦然不以为意。穰苴候至日影移西,军吏已报未牌,不见庄贾来到,遂吩咐将木表放倒,倾去漏水,竟自登坛誓众,申明约束。号令方完,日已将晡,遥见庄贾高车驷马,徐驱而至,面带酒容。既到军门,乃从容下车,左右拥卫,踱上将台。穰苴端然危坐,并不起身,但问:"监军何故后期?"庄贾拱手而对曰:"今日远行,蒙亲戚故旧携酒钱送,是以迟迟也。"穰苴曰:"夫为将者,受命之日,即忘其家;临军约束,则忘其亲;秉枹 fú 鼓,犯矢石,则忘其身。今敌国侵凌,边境骚动,吾君寝不安席,食不甘昧,以三军之众托吾两人,冀旦夕立功,以救百姓倒悬之急,何暇与亲旧饮酒为乐哉?"庄贾尚含笑对曰:"幸未误行期,元帅不须过责。"穰苴拍案大怒曰:"汝倚仗君宠,怠慢军心,倘临敌如此,岂不误了大事!"即召军政司问曰:"军法期而后至,当得何罪?"军政司曰:"按法当斩!"庄贾闻一"斩"字,才有惧意,便要奔下将台。穰苴喝教手下,将庄贾捆缚,牵出辕门斩首,吓得庄贾滴酒全无,口中哀叫讨饶不已。左右从人,忙到齐侯处报信求救,连景公也吃一大惊,急叫梁丘据持节往谕,特免庄贾一死;吩咐乘轺车疾驱,诚恐缓不及事。那时庄贾之首,已号令辕门了。梁丘据尚然不知,手捧符节,望军中驰去。穰苴喝令阻住,问军政司曰:"军中不得驰车,使者当得何罪?"答曰:"按法亦当斩!"梁丘据面如土色,战做一团,口称:"奉命而来,不干某事。"穰苴曰:"既有君命,难以加诛,然军法不可废也。"乃毁车斩骖,以代使者之死。梁丘据得了性命,抱头鼠窜而去。于是大小三军莫不股栗因紧张害怕而腿发抖。

穰苴之兵未出郊外,晋师闻风遁去,燕人亦渡河北归。苴追击之,斩首万余。燕人大败,纳赂请和。班师之日,景公亲劳于郊,拜为大司马,使掌兵权。史臣有诗云:

> 宠臣节使且罹刑,国法无私令必行。
> 安得穰苴今日起,大张敌忾慰苍生。

诸侯闻穰苴之名,无不畏服。景公内有晏婴,外有穰苴,国治兵强,四境无事,日惟田猎饮酒,略如桓公任管仲之时也。

一日,景公在宫中与姬妾饮酒,至夜,意犹未畅,忽思晏子,命左右将酒具移于其家。前驱往报晏子曰:"君至矣!"晏子玄端束带,执笏拱立于大门之外。景公尚未下车,晏子前迎,惊惶而问曰:"诸侯无有故乎? 国家得无有故乎?"景公曰:"无有。"晏子曰:"然则君何为非时而夜辱于臣家?"景公曰:"相国政务烦劳,今寡人有酒醴之味,金石之声,不敢独乐,愿与相国共享。"晏子对曰:"夫安国家,定诸侯,臣请谋之。若夫布荐席,除簠簋者,君左右自有其人,臣不敢与闻也。"景公命回车,移于司马穰苴之家,前驱报如前。司马穰苴冠缨披甲,操戟拱立于大门之外,前迎景公之车,鞠躬而问曰:"诸侯得无有兵乎? 大臣得无有叛者乎?"景公曰:"无有。"穰苴曰:"然则昏夜辱于臣家者何也?"景公曰:"寡人无他,念将军军务劳苦,寡人有酒醴之味,金石之乐,思与将军共之耳。"穰苴对曰:"夫御寇敌,诛悖乱,臣请谋之。若夫布荐席，陈簠簋，君左右不乏，奈何及于介胄之士耶？”景公意兴索然。左右问曰：“将回宫乎？”景公曰：“可移于梁丘大夫之家。”前驱驰报亦如前。景公车未及门，梁丘据左操琴，右挈竽，口中行歌而迎景公于巷口。景公大悦，于是解衣卸冠，与梁丘据欢呼于丝竹之间，鸡鸣而返。明日，晏婴、穰苴同入朝谢罪，且谏景公不当夜饮于人臣之家。景公曰：“寡人无二卿，何以治吾国？无梁丘据，何以乐吾身？寡人不敢妨二卿之职，二卿亦勿与寡人之事也。”史臣有诗云：

双柱擎天将相功，小臣便辟岂相同？

景公得士能专任，赢得芳名播海东。

是时中原多故，晋不能谋，昭公立六年薨，世子去疾即位，是为顷公。顷公初年，韩起、羊舌肸俱卒，魏舒为政，荀跞、范鞅用事，以贪冒闻。祁氏家臣祁胜通于邬臧之室，祁盈执祁胜。胜行赂于荀跞，跞谮于顷公，反执祁盈。羊舌食我党于祁氏，为之杀祁胜。顷公怒，杀祁盈、食我，尽灭祁、羊舌二氏之族，国人冤之。其后鲁昭公为强臣季孙意如所逐，荀跞复取货于意如，不纳昭公。于是齐景公合诸侯于鄟陵，以谋鲁难，天下俱高其义。齐景公之名，显于诸侯。此是后话。

却说周景王十九年，吴王夷昧在位四年，病笃，复申父兄之命，欲传位于季札。札辞曰：“吾不受位明矣！昔先君有命，札不敢从，富贵于我如秋风之过耳，吾何爱焉？”遂逃归延陵。群臣奉夷昧之子州于为王，改名曰僚，是为王僚。诸樊之子名光，善于用兵，王僚用之为将，与楚战于长岸，杀楚司马公子鲂 fáng，楚人惧，筑城于州来，以御吴。

时费无极以谗佞得宠，蔡平公庐已立嫡子朱为世子，其庶子名东国，欲谋夺嫡，纳货于无极。无极先谮朝吴，逐之奔郑。及蔡平公薨，世子朱立，无极诈传楚王之命，使蔡人逐朱，立东国为君。平王问曰：“蔡人何以逐朱？”无极对曰：“朱将叛楚，蔡人不愿，是以逐之。”平王遂不问。无极又心忌太子建，欲离间其父子，而未有计。一日，奏平王曰：“太子年长矣，何不为之婚娶？欲求婚，莫如秦国。秦，强国也，而睦于楚，两强为婚，楚势益张矣。”平王从之，遂遣费无极往聘秦国，因为世子求婚。秦哀公召群臣谋其可否，群臣皆言：“昔秦、晋世为婚姻，今晋好久绝，楚势方盛，不可不许。”秦哀公遂遣大夫报聘，以长妹孟嬴许婚，今俗家小说称为无祥公主者是也。公主之号，自汉代始有之，春秋时焉有此号哉？平王复命无极领金珠彩币，往秦迎娶。无极随使者入秦，呈上聘礼。哀公大悦，即诏公子蒲送孟嬴至楚，装资百辆，从媵之妾数十余人。孟嬴拜辞其兄秦伯而行。

无极于途中，察知孟嬴有绝世之色，又见媵女内有一人，仪容颇端，私访其来历，乃是齐女，自幼随父宦秦，遂入宫中，为孟嬴侍妾。无极访得备细，因宿馆驿，密召齐女，谓曰："我相你有贵人之貌，有心要抬举你，做个太子正妃，汝能隐吾之计，管你将来富贵不尽。"齐女低首无言。无极先一日行，趋入宫中，回奏平王，言："秦女已到，约有三舍之远。"平王问曰："卿曾见否？其貌若何？"无极知平王是酒色之徒，正要夸张秦女之美，动其邪心，恰好平王有此一问，正中其计。遂奏曰："臣阅女子多矣，未见有如孟嬴之美者。不但楚国后宫无有其对，便是相传古来绝色，如妲己、骊姬，徒有其名，恐亦不如孟嬴之万一矣！"平王闻秦女之美，面皮通红，半晌不语，徐徐叹曰："寡人枉自称王，不遇此等绝色，诚所谓虚过一生耳！"无极请屏左右，遂密奏曰："王慕秦女之美，何不自取之？"平王曰："既聘为子妇，恐碍人伦。"无极对曰："无害也。此女虽聘于太子，尚未入东宫，王迎入宫中，谁敢异议？"平王曰："群臣之口可钳，何以塞太子之口？"无极对曰："臣观从媵之中，有齐女才貌不凡，可充作秦女。臣请先进秦女于王宫，复以齐女进于东宫，嘱以毋漏机关，则两相隐匿，而百美俱全矣。"平王大喜，嘱无极机密行事。无极谓公子蒲曰："楚国婚礼与他国异，先入宫见舅姑，而后成婚。"公子蒲曰："惟命。"无极遂命辀ping古代一种有帷幕的车将孟嬴及妾媵俱送入王宫，留孟嬴而遣齐女。令宫中侍妾扮作秦媵，齐女假作孟嬴，令太子建迎归东宫成亲。满朝文武及太子皆不知无极之诈。孟嬴问："齐女何在？"则云："已赐太子矣。"潜渊咏史诗云：

卫宣作俑是新台，蔡固奸淫长逆胎。

堪恨楚平伦理尽，又招秦女入宫来。

平王恐太子知秦女之事，禁太子入宫，不许他母子相见。朝夕与秦女在后宫宴乐，不理国政。外边沸沸扬扬，多有疑秦女之事者。无极恐太子知觉，或生祸变，乃告平王曰："晋所以能久霸天下者，以地近中原故也。昔灵王大城陈、蔡，以镇中华，正是争霸之基。今二国复封，楚仍退守南方，安能昌大其业？何不令太子出镇城父，以通北方？王专事南方，天下可坐而策也。"平王踌躇未答。无极又附耳密言曰："秦婚之事，久则事泄。若远屏太子，岂不两得其利？"平王恍然大悟，遂命太子建出镇城父，以奋扬为城父司马，谕之曰："事太子如事寡人也！"伍奢知无极之谗，将欲进谏。无极知之，复言于平王，使伍奢往城父辅助太子。

太子行后，平王遂立秦女孟嬴为夫人，出蔡姬归于郧。太子到此，方知秦女为父所换，然无可奈何矣。孟嬴虽蒙王宠爱，然见平王年老，心甚不悦。平王自知非匹，不敢问之。逾年，孟嬴生一子，平王爱如珍宝，遂名曰珍。珍周岁之后，平王始问孟嬴曰："卿自入宫，多愁叹，少欢笑，何也？"孟嬴曰："妾承兄命，适事君王。亲自以为秦、楚相当，青春两敌。及入宫庭，见王春秋鼎盛，妾非敢怨王，但自叹生不及时耳！"平王笑曰："此非今生之事，乃宿世之姻契也。卿嫁寡人虽迟，然为后则不知早几年矣。"孟嬴心惑其言，细细盘问宫人，宫人不能隐瞒，遂言其故。孟嬴凄然垂泪。平王觉其意，百计媚之，许立珍为世子，孟嬴之意稍定。

费无极终以太子建为虑，恐异日嗣位为王，祸必及己，复乘间谮 zèn 于平王曰："闻世子与伍奢有谋叛之心，阴使人通于齐、晋二国，许为之助，王不可不备。"平王曰："吾儿素柔顺，安有此事？"无极曰："彼以秦女之故，久怀怨望，今在城父缮甲厉兵有日矣。常言穆王行大事，其后安享楚国，子孙繁盛，意欲效之。王若不行，臣请先辞，逃死于他国，免受诛戮。"平王本欲废太子建而立少子珍，又被无极说得心动，便不信也信了，即欲传令废建。无极奏曰："世子握兵在外，若传令废之，是激其反也。太师伍奢是其谋主，王不如先召伍奢，然后遣兵袭执世子，则王之祸患可除矣。"平王然其计，即使人召伍奢。奢至，平王问曰："建有叛心，汝知之否？"伍奢素刚直，遂对曰："王纳子妇已过矣！又听细人之说，而疑骨肉之亲，于心何忍？"平王惭其言，叱左右执伍奢而囚之。无极奏曰："奢斥王纳妇，怨望明矣。太子知奢见囚，能不动乎？齐、晋之众，不可当也。"平王曰："吾欲使人往杀世子，何人可遣？"无极对曰："他人往，太子必将抗斗，不若密谕司马奋扬，使袭杀之。"平王乃使人密谕奋扬，曰："杀太子，受上赏；纵太子，当死！"奋扬得令，即使己心腹私报太子，教他："速速逃命，无迟顷刻！"太子建大惊。时齐女已生子名胜，建遂与妻子连夜出奔宋国。奋扬知世子已去，使城父人将自己囚系，解到郢都，来见平王，言："世子逃矣！"平王大怒曰："言出于余口，入于尔耳，谁告建耶？"奋扬曰："臣实告之。君王命臣曰：'事建如事寡人。'臣谨守斯言，不敢贰心，是以告之。后思罪及于身，悔已无及矣！"平王曰："你既私纵太子，又敢来见寡人，不畏死乎？"奋扬对曰："既不能奉王之后命，又畏死而不来，是二罪也。且世子未有叛形，杀之无名，苟君王之子得生，臣死为幸矣。"平王恻然，似有愧色，良久曰："奋扬虽违命，然忠直可嘉也！"遂赦其罪，复为城父司马。史臣有诗云：

　　　　无辜世子已偷生，不敢逃刑就鼎烹。

　　　　谗佞纷纷终受戮，千秋留得奋扬名。

平王乃立秦女所生之子珍为太子，改费无极为太师。

　　无极又奏曰："伍奢有二子，曰尚、曰员，皆人杰也。若使出奔吴国，必为楚患，何不使其父以免罪召之？彼爱其父，必应召而来；来则尽杀之，可免后患。"平王大喜，狱中取出伍奢，令左右授以纸笔，谓曰："汝教太子谋反，本当斩首示众；念汝祖父有功于先朝，不忍加罪。汝可写书，召二子归朝，改封官职，赦汝归田。"伍奢心知楚王挟诈，欲召其父子同斩，乃对曰："臣长子尚，慈温仁信，闻臣召必来。少子员，少好于文，长习于武，文能安邦，武能定国，蒙垢忍辱，能成大事。此前知之士，安肯来耶？"平王曰："汝但如寡人之言，作书往召；召而不来，无与尔事。"奢念君父之命，不敢抗违，遂当殿写书，略云：

　　　书示尚、员二子：吾因进谏忤旨，待罪缧绁①。感吾王念先人功绩，
　　免我其一死，已听群臣议功赎罪，改封尔等官职。尔兄弟可星夜前来。
　　若违命延迁，必至获罪。书到速速！

　　伍奢写毕，呈上平王看过，缄封停当，仍复收狱。平王遣鄢将师为使，驾驷马，持封函印绶，往棠邑来。伍尚已回城父矣。鄢将师再至城父，见伍尚，口称："贺喜！"尚曰："父方被囚，何贺之有？"鄢将师曰："王误信人言，囚系尊公，今有群臣保举，称君家三世忠臣，王内惭过听，外愧诸侯之耻，反拜尊公为相国，封二子为侯，尚赐鸿都侯，员赐盖侯。尊公久系初释，思见二子，故复作手书，遣某奉迎。必须早早就驾，以慰尊公之望。"伍尚曰："父在囚系，中心如割，得免为幸，何敢贪印绶哉？"将师曰："此王命也，君其勿辞。"伍尚大喜，乃将父书入室，来报其弟伍员。不知伍员肯同赴召否，且看下回分解。

────────

　　①缧绁(léi xiè)：捆绑犯人的绳索，借指监狱。

棠谿尚捐躯奔父難

伍子胥
微服
過昭關

第七十二回　棠公尚捐躯奔父难　伍子胥微服过昭关

话说伍员字子胥，监利人，生得身长一丈，腰大十围，眉广一尺，目光如电，有扛鼎拔山之勇，经文纬武之才，乃世子太师连尹奢之子，棠君尚之弟。尚与员俱随其父奢于城父。鄢将师奉楚平王之命，欲诱二子入朝，先见了伍尚，因请见员。尚乃持父手书入内，与员观看，曰："父幸免死，二子封侯，使者在门，弟可出见之。"员曰："父得免死，已为至幸，二子何功，而复封侯？此诱我也。往必见诛！"尚曰："父见有手书，岂相诳哉？"员曰："吾父忠于国家，知我必欲报仇，故使并命于楚，以绝后虑。"尚曰："吾弟乃臆度之语。万一父书果是真情，吾等不孝之罪何辞？"员曰："兄且安坐，弟当卜其吉凶。"员布卦已毕，曰："今日甲子日，时加于巳，支伤日下，气不相受。主君欺其臣，父欺其子。去且就诛，何封侯之有哉？"尚曰："非贪侯爵，思见父耳。"员曰："楚人畏吾兄弟在外，必不敢杀吾父。兄若误往，是速父之死也。"尚曰："父子之爱，恩从中出。若得一面而死，亦所甘心！"于是伍员乃仰天叹曰："与父俱诛，何益于事？兄必欲往，弟从此辞矣！"尚泣曰："弟将何往？"员曰："能报楚者，吾即从之。"尚曰："吾之智力，远不及弟。我当归楚，汝适他国。我以殉父为孝，汝以复仇为孝。从此各行其志，不复相见矣！"伍员拜了伍尚四拜，以当永诀。尚拭泪，出见鄢将师，言："弟不愿封爵，不能强之。"将师只得同伍尚登车。既见平王，王并囚之。

伍奢见伍尚单身归楚，叹曰："吾固知员之不来也！"无极复奏曰："伍员尚在，宜急捕之，迟且逃矣。"平王准奏，即遣大夫武城黑领精卒二百人，往袭伍员。员探知楚兵来捕己，哭曰："吾父兄果不免矣！"乃谓其妻贾氏曰："吾欲逃奔他国，借兵以报父兄之仇，不能顾汝，奈何？"贾氏睁目视员曰："大丈夫含父兄之怨，如割肺肝，何暇为妇人计耶？子可速行，勿以妾为念！"遂入户自缢。伍员痛哭一场，藁葬其尸，即时收拾包裹，身穿素袍，贯弓佩剑而去。未及半日，楚兵已至，围其家，搜伍员不得，度员必东走，遂命御者疾驱追之。约行三百里，及于旷野无人之处，员乃张弓布矢，射杀御者，复注矢欲射武城黑。黑惧，下车欲走。伍员曰："本欲杀汝。姑留汝命归报楚王，欲存楚国宗祀，必留我父兄之命。若其不然，吾必灭楚，亲斩楚王之头，以泄吾恨!"武城黑抱头鼠窜,归报平王,言:"伍员已先逃矣。"平王大怒,即命费无极押伍奢父子于市曹斩之。临刑,伍尚唾骂无极,谗言惑主,杀害忠良。伍奢止曰:"见危授命,人臣之职。忠佞自有公论,何以詈为!但员儿不至,吾虑楚国君臣,自今以后,不得安然朝食矣。"言罢,引颈受戮。百姓观者,无不流涕。是日天昏日暗,悲风惨冽。史臣有诗云:

> 惨惨悲风日失明,三朝忠裔忽遭坑。
> 楚庭从此皆谗佞,引得吴兵入郢城。

平王问:"伍奢临刑有何怨言?"无极曰:"并无他语,但言伍员不至,楚国君臣不能安食也。"平王曰:"员虽走,必不远,宜更追之。"乃遣左司马沈尹戌率三千人,穷其所往。伍员行及大江,心生一计,将所穿白袍挂于江边柳树之上,取双履弃于江边,足换芒鞋,沿江直下。沈尹戌追至江口,得其袍履,回奏:"伍员不知去向。"无极进曰:"臣有一计,可绝伍员之路。"王问:"何计?"无极对曰:"一面出榜四处悬挂,不拘何人,有能捕获伍员来者,赐粟五万石,爵上大夫;容留及纵放者,全家处斩。诏各路关津渡口,凡来往行人,严加盘诘。又遣使遍告列国诸侯,不得收藏伍员。彼进退无路,纵一时不能就擒,其势已孤,安能成其大事哉?"平王悉从其计,画影图形,访拿伍员,各关隘十分紧急。

再说伍员沿江东下,一心欲投吴国,奈路途遥远,一时难达。忽然想起:"太子建逃奔宋国,何不从之?"遂望睢阳一路而进。行至中途,忽见一簇车马前来。伍员疑是楚兵截路,不敢出头,伏于林中窥之,乃故人申包胥也,与员有八拜之交,因出使他国回转,在此经过。伍员趋出,立于车左。包胥慌忙下车相见,问:"子胥何故独行至此?"伍员把平王枉杀父兄之事,哭诉一遍。包胥闻之,恻然动容,问曰:"子今何往?"员曰:"吾闻:'父母之仇,不共戴天。'吾将奔往他国,借兵伐楚,生嚼楚王之肉,车裂无极之尸,方泄此恨!"包胥劝曰:"楚王虽无道,君也;子累世食其禄,君臣之分定矣。奈何以臣而仇君乎?"员曰:"昔桀、纣见诛于其臣,惟无道也。楚王纳子妇,弃嫡嗣,信谗佞,戮忠良,吾请兵入郢,乃为楚国扫荡污秽,况又有骨肉之仇乎?若不能灭楚,誓不立于天地之间!"包胥曰:"吾欲教子报楚,则为不忠;教子不报,又陷子于不孝。子勉之!行矣!朋友之谊,吾必不漏泄于人。然子能覆楚,吾必能存楚;子能危楚,吾必能安楚。"伍员遂辞包胥而行。不一日,到了宋国,寻见了太子建,抱头而哭,各诉平王之过恶。员曰:"太子曾见宋君否?"建曰:"宋国方有乱,君臣相攻,吾尚未通谒也。"

却说宋君名佐，乃宋平公嬖妾之子。平公听寺人伊戾之谗，杀太子痤而立佐。周景王十三年，平公薨，佐嗣立，是为元公。元公为人貌丑而性柔，多私无信。恶世卿华氏之强，与公子寅、公子御戎、向胜、向行等谋欲除去之。向胜泄其谋于向宁，宁与华向、华定、华亥相善，谋先期作乱。华亥乃伪为有病，群臣皆来问疾。华亥执公子寅与御戎杀之，囚向胜、向行于仓廪之中。元公闻之，亟驾车亲至华氏之门，请释二向。华亥并执元公，索要世子及亲臣为质，方从其请。元公曰："周、郑交质，自昔有之。寡人以世子质于卿家，卿之子亦应质于寡人。"华氏商议，将华亥之子无戚、华定之子启、向宁之子向罗，质于公所。元公亦召世子栾与母弟辰、公子地，质于华亥之家。华亥始释向胜、向行，从元公还朝。元公与夫人心念世子栾，每日必至华氏，视世子食毕方归。华亥嫌其不便，欲送世子归宫，元公甚喜。向宁不肯曰："所以质太子者，惟不信也。若质去，祸必至矣。"元公闻华亥中悔，大怒，召大司马华费遂，将帅甲攻华氏。费遂对曰："世子在彼，君不念耶？"元公曰："死生有命，寡人不能忍其耻辱！"费遂曰："君意既决，老臣安敢庇其私族，以违君命哉？"即日整顿兵甲。元公遂将所质华无戚、华启、向罗尽皆斩首，将攻华氏。华登素善于华亥，奔往告之。华亥忙集家甲迎战，兵败。向宁欲杀世子，华亥曰："得罪于君，又杀君子，人将议我。"乃尽归其质，与其党出奔陈国。

华费遂有三子，长华䝙chū、次华多僚，华登其第三子也。多僚与䝙素不睦，因华氏之乱，谮于元公，言："华䝙实与亥、定同谋，今自陈召之，将为内应。"元公信之，使寺人宜僚告于费遂。费遂曰："此必多僚谮言也。君既疑䝙，则请逐之。"华䝙之家臣张匄微闻其事，讯于宜僚。宜僚不肯言。张匄拔剑在手，曰："汝若不言，吾即杀汝！"宜僚惧，尽吐其实。张匄报于华䝙，请杀多僚。华䝙曰："登出奔，已伤司马之心矣。吾兄弟复相残，何以自立？吾将避之。"华䝙往辞其父，张匄从行。恰好费遂自朝中出，多僚为之御车。张匄一见，怒气勃发，拔佩剑砍杀多僚。劫华费遂同出卢门，屯于南里。使人至陈，招回华亥、向宁等一同谋叛。宋元公拜乐大心为大将，率兵围南里。华登如楚借兵，楚平王使薳越帅师来救华氏。伍员闻楚师将到，曰："宋不可居矣！"乃与太子建及其母子西奔郑国。有诗为证：

> 千里投人未息肩，卢门金鼓又喧天。
>
> 孤臣孽子多颠沛，又向荥阳快着鞭。

楚兵来救华氏，晋顷公亦率诸侯救宋，诸侯不欲与楚战，劝宋解南里之围，纵华亥、向宁等出奔楚国,两下罢兵。此是后话。

是时郑上卿公孙侨新卒,郑定公不胜痛悼。素知伍员乃三代忠臣之后,英雄无比,况且是时晋、郑方睦,与楚为仇,闻太子建之来,甚喜,使行人致馆,厚其廪饩。建与伍员每见郑伯,必哭诉其冤情。郑定公曰:“郑国微兵寡,不足用也。子欲报仇,何不谋之于晋?”世子建留伍员于郑,亲往晋国,见晋顷公。顷公叩其备细,送居馆驿,召六卿共议伐楚之事。那六卿:魏舒、赵鞅、韩不信、士鞅、荀寅、荀跞。时六卿用事,各不相下,君弱臣强,顷公不能自专。就中惟魏舒、韩不信有贤声,余四卿皆贪权怙势之辈,而荀寅好赂尤甚。郑子产当国,执礼相抗,晋卿畏之。及游吉代为执政,荀寅私遣人求货于吉,吉不从,由是寅有恶郑之心。至是,密奏顷公曰:“郑阴阳晋楚之间,其心不定,非一日矣。今楚世子在郑,郑必信之。世子能为内应,我起兵灭郑,即以郑封太子,然后徐图灭楚,有何不可?”顷公从其计,即命荀寅以其谋私告世子建,建欣然诺之。建辞了晋顷公,回至郑国,与伍员商议其事。员谏曰:“昔秦将杞子、杨孙谋袭郑国,事既不成,窜身无所。夫人以忠信待我,奈何谋之? 此侥幸之计,必不可!”建曰:“吾已许晋君臣矣。”员曰:“不为晋应,未有罪也。若谋郑,则信义俱失,何以为人? 子必行之,祸立至矣。”建贪于得国,遂不听伍员之谏,以家财私募骁勇,复交结郑伯左右,冀其助己。左右受其贿赂,转相要结。因晋国私遣人至建处,约会日期,其谋渐泄,遂有人密地投首。郑定公与游吉计议,召太子建游于后圃,从者皆不得入,三杯酒罢,郑伯曰:“寡人好意容留太子,不曾怠慢,太子奈何见图?”建曰:“从无此意。”定公使左右面质其事,太子建不能讳。郑伯大怒,喝令力士,擒建于席上,斩之,并诛左右受赂不出首者二十余人。伍员在馆驿,忽然肉跳不止,曰:“太子危矣!”少顷,建从人逃回驿中,言太子被杀之事。伍员即时携建子胜出了郑城,思量无路可奔,只得往吴国逃难。髯翁有诗,单咏太子建自取杀身之祸。诗云:

> 亲父如仇隔釜鬵①,郑君假馆反谋侵。
> 人情难料皆如此,冷尽英雄好义心。

再说伍员同公子胜惧郑国来追,一路昼伏夜行,千辛万苦,不必细述。行过陈国,知陈非驻足之处,复东行数日,将近昭关。那座关,在小岘 xiàn 山之西,两山并峙,中间一口,为庐濠往来之冲,出了此关,便是大江,通吴的水

---

① 鬵(xín):古代炊具。

路了。形势险隘，原设有官把守，近因盘诘伍员，特遣右司马蔿越带领大军驻扎于此。伍员行至历阳山，离昭关约六十里之程，偃息深林，徘徊不进。忽有一老父携杖而来，径入林中，见伍员，奇其貌，乃前揖之。员亦答礼。老父曰："君能非伍氏子乎？"员大骇曰："何为问及于此？"老父曰："吾乃扁鹊之弟子东皋公也。自少以医术游于列国，今年老，隐居于此。数日前，蔿将军有小恙，邀其往视，见关上悬有伍子胥形貌，与君正相似，是以问之。君不必讳，寒舍只在山后，请那步暂过，有话可以商量。"伍员知其非常人，乃同公子胜随东皋公而行。

约数里，有一茅庄，东皋公揖伍员而入。进了草堂，伍员再拜。东皋公慌忙答礼曰："此尚非君停足之处。"复引至堂后西偏，进一小小笆门，过一竹园，园后有土屋三间，其门如窦 dòu 孔穴，低头而入。内设床几，左右开小窗透光，东皋公推伍员上座。员指公子胜曰："有小主在，吾当侧侍。"东皋公问："何人？"员曰："此即楚太子建之子，名胜，某实子胥也。以公长者，不敢隐情。某有父兄切骨之仇，誓欲图报，幸公勿泄！"东皋公乃坐胜于上，自己与伍员东西相对，谓员曰："老夫但有济人之术，岂有杀人之心哉！此处虽住一年半载，亦无人知觉。但昭关设守甚严，公子如何可过？必思一万全之策，方可无虞。"员下跪曰："先生何计能脱我难？日后必当重报！"东皋公曰："此处荒僻无人，公子且宽留。容某寻思一策，送尔君臣过关。"员称谢。东皋公每日以酒食款待，一住七日，并不言过关之事。伍员乃谓东皋公曰："某有大仇在心，以刻为岁，迁延于此，宛如死人。先生高义，宁不哀乎？"东皋公曰："老夫思之已熟，欲待一人未至耳。"伍员狐疑不决。

是夜，寝不能寐。欲要辞了东皋公前行，恐不能过关，反惹其祸；欲待再住，又恐担搁时日，所待者又不知何人。展转寻思，反侧不安，身心如在芒刺之中；卧而复起，绕室而走，不觉东方发白。只见东皋公叩门而入，见了伍员，大惊曰："足下须鬓，何以忽然改色？得无愁思所致耶？"员不信，取镜照之，已苍然斑白矣！世传伍子胥过昭关，一夜愁白了头，非浪言也。员乃投镜于地，痛哭曰："一事无成，双鬓已斑，天乎，天乎！"东皋公曰："足下勿得悲伤，此乃足下佳兆也。"员拭泪问曰："何谓佳兆？"东皋公曰："公状貌雄伟，见者易识。今须鬓顿白，一时难辨，可以混过俗眼。况吾友，老夫已请到，吾计成矣。"员曰："先生计安在？"东皋公曰："吾友复姓皇甫，名讷，从此西南七十里龙洞山居住。此人身长九尺，眉广八寸，仿佛与足下相似。教他假扮作足下，足下却扮为仆者，倘吾友被执，纷论之间，足下便可抢过昭关矣。"伍员曰：“先生之计虽善，但累及贵友，于心不安！”东皋公曰：“这个不妨，自有解救之策在后，老夫已与吾友备细言之。此君亦慷慨之士，直任无辞，不必过虑。”言毕，遂使人请皇甫讷至土室中，与伍员相见。员视之，果有三分相像，心中不胜之喜。东皋公又将药汤与伍员洗脸，变其颜色。捱至黄昏，使伍员解其素服，与皇甫讷穿之。另将紧身褐衣与员穿着，扮作仆者。芈胜亦更衣，如村家小儿之状。伍员同公子胜拜了东皋公四拜：“异日倘有出头之日，定当重报！”东皋公曰：“老夫哀君受冤，故欲相脱，岂望报也！”员与胜跟随皇甫讷连夜望昭关而行，黎明已到，正值开关。

却说楚将蓮越坚守关门，号令：“凡北人东渡者，务要盘诘明白，方许过关。”关前画有伍子胥面貌查对，真个水泄不通，鸟飞不过。皇甫讷刚到关门，关卒见其状貌，与图形相似，身穿素缟，且有惊悸之状，即时盘住，入报蓮越。越飞驰出关，遥望之曰：“是矣！”喝令左右一齐下手，将讷拥入关上。讷诈为不知其故，但乞放生。那些守关将士，及关前后百姓，初闻捉得子胥，尽皆踊跃观看。伍员乘关门大开，带领公子胜，杂于众人之中，一来扰攘之际，二来装扮不同，三来子胥面色既改，须鬓俱白，老少不同，急切无人认得，四来都道子胥已获，便不去盘诘了。遂捱捱挤挤，混出关门。正是：鲤鱼脱却金钩去，摆尾摇头再不来。有诗为证：

> 千群虎豹据雄关，一介亡臣已下山。
>
> 从此勾吴添胜气，郢都兵革不能闲。

再说楚将蓮越欲将皇甫讷绑缚拷打，责令供状，解去郢都。讷辩曰：“吾乃龙洞山下隐士皇甫讷也。欲从故人东皋公出关东游，并无触犯，何故见擒？”蓮越闻其声音，想道：“子胥目如闪电，声若洪钟。此人形貌虽然相近，其声低小，岂途路风霜所致耶？”正疑惑间，忽报东皋公来见。蓮越命押在一边，延东皋公入，各序宾主而坐。东皋公曰：“老汉欲出关东游，闻将军捉得亡臣伍子胥，特来称贺！”蓮越曰：“小卒拿得一人，貌类子胥，而未肯招承。”东皋公曰：“将军与子胥父子共立楚朝，岂不能辨别真伪耶？”蓮越曰：“子胥目如闪电，声如洪钟。此人目小而声雌，吾疑憔悴已久，失其故态耳。”东皋公曰：“老汉与子胥亦有一面，请借此人与吾辨之，便知虚实。”蓮越命取原囚至前。讷望见东皋公，遽呼曰：“公相期出关，何不早至？累我受辱！”东皋公笑谓蓮越曰：“将军误矣！此吾乡友皇甫讷也。约吾同游，期定关前相会，不意他先行一程。将军不信，老夫有过关文牒在此，焉可诬为亡臣耶？”言毕，即于袖中取出文牒，呈与蓮越观看。越大惭，亲释其缚，命酒压惊曰：“此乃小卒识认不真,万勿见怪!"东皋公曰:"此将军为朝廷执法,老夫何怪之有。"蓮越又取金帛相助,为东游之资。二人称谢下关。蓮越号令将士,坚守如故。

再说伍员过了昭关,心中暗喜,放步而行。走不上数里,遇着一人,伍员认得他姓左名诚,见为昭关击柝小吏。他原是城父人,曾跟随伍家父子射猎,所以识认颇真。见伍员,大惊曰:"朝廷索公子甚急,公子如何过关?"伍员曰:"主公知我有颗夜明之珠,问我取索,此珠已落人手,将往取之,适才禀过蓮将军,蒙他释放来的。"左诚不信曰:"楚王有令:'纵放公子者,全家处斩。'某请同公子暂回关上,问明了主将,方才可行。"伍员曰:"若见主将,我说美珠已交付与你,恐汝难于分剖。不如做人情放我,他日好相见也。"左诚知伍员英勇,不敢相抗,遂纵之东行,回到关上,隐过其事不提。

伍员疾行,至于鄂渚,遥望大江,茫茫浩浩,波涛万顷,无舟可渡。伍员前阻大水,后虑追兵,心中十分危急。忽见有渔翁乘船,从下流泝水而上,员喜曰:"天不绝我命也!"乃急呼曰:"渔父渡我! 渔父速速渡我!"那渔父方欲拢船,见岸上又有人行动,乃放声歌曰:"日月昭昭乎侵已驰,与子期乎芦之漪。"伍员闻歌会意,即望下流沿江趋走,至于芦洲,以芦荻自隐。少顷,渔翁将船拢岸,不见了伍员,复放声歌曰:"日已夕兮,予心忧悲;月已驰兮,何不渡为?"伍员同芈胜从芦丛中钻出,渔翁急招之。二人践石登舟,渔翁将船一篙点开,轻撑兰桨,飘飘而去。不勾一个时辰,达于对岸。渔翁曰:"夜来梦将星坠于吾舟,老汉知必有异人问渡,所以荡桨出来,不期遇子。观子容貌,的非常人,可实告我,勿相隐也。"伍员遂告姓名。渔翁嗟呀不已,曰:"子面有饥色,吾往取食啖子,子姑少待。"渔翁将舟系于绿杨下,入村取食,久而不至。员谓胜曰:"人心难测,安知不聚徒擒我?"乃复隐于芦花深处。

少顷,渔翁取麦饭、鲍鱼羹、盎浆,来至树下,不见伍员,乃高唤曰:"芦中人! 芦中人! 吾非以子求取利者也!"伍员乃出芦中而应。渔翁曰:"知子饥困,特为取食,奈何相避耶?"伍员曰:"性命属天,今属于丈人矣。忧患所积,中心皇皇,岂敢相避?"渔翁进食,员与胜饱餐一顿,临去,解佩剑以授渔翁,曰:"此先王所赐,吾祖父佩之三世矣。中有七星,价值百金,以此答丈人之惠。"渔翁笑曰:"吾闻楚王有令:'得伍员者,赐粟五万石,爵上大夫。'吾不图上卿之赏,而利汝百金之剑乎? 且君子无剑不游,子所必需,吾无所用也。"员曰:"丈人既不受剑,愿乞姓名,以图后报!"渔翁怒曰:"吾以子含冤负屈,故渡汝过江。子以后报啖我,非丈夫也!"员曰:"丈人虽不望报,某心何以自安?"固请言之。渔翁曰:"今日相逢,子逃楚难,吾纵楚贼,安用姓名为哉?况我舟楫活计,波浪生涯,虽有名姓,何期而会?万一天遣相逢,我但呼子为'芦中人',子呼我为'渔丈人',足为志记耳。"员乃欣然拜谢。方行数步,复转身谓渔翁曰:"倘若有追兵来至,勿泄吾机。"只因转身一言,有分丧了渔翁性命。要知后事,且看下回分解。

伍員吹
簫乞
吳市

專諸進炙刺王僚

第七十三回 伍员吹箫乞吴市 专诸进炙刺王僚

话说渔丈人已渡伍员，又与饮食，不受其剑。伍员去而复回，求丈人秘密其事，恐引追兵前至，有负盛意。渔翁仰天叹曰："吾为德于子，子犹见疑。倘若追兵别渡，吾何以自明？请以一死绝君之疑！"言讫，解缆开船，拔舵放桨，倒翻船底，溺于江心。史臣有诗云：

> 数载逃名隐钓纶，扁舟渡得楚亡臣。
>
> 绝君后虑甘君死，千古传名渔丈人。

至今武昌东北通淮门外，有解剑亭，当年子胥解剑赠渔父处也。伍员见渔丈人自溺，叹曰："我得汝而活，汝为我而死，岂不哀哉！"伍员与芈胜遂入吴境。

行至溧阳，馁而乞食。遇一女子，方浣纱于濑水之上，筥（jǔ 一种盛食物的圆筐）中有饭。伍员停足问曰："夫人可假一餐乎？"女子垂头应曰："妾独与母居，三十未嫁，岂敢售餐于行客哉？"伍员曰："某在穷途，愿乞一饭自活！夫人行赈恤之德，又何嫌乎？"女子抬头看见伍员状貌魁伟，乃曰："妾观君之貌，似非常人，宁以小嫌，坐视穷困？"于是发其筥，取盎浆，跪而进之。胥与胜一餐而止。女子曰："君似有远行，何不饱食？"二人乃再餐，尽其器。临行谓女子曰："蒙夫人活命之恩，恩在肺腑，某实亡命之夫，倘遇他人，愿夫人勿言！"女子凄然叹曰："嗟乎！妾侍寡母三十未嫁，贞明自矢，何期馈饭，乃与男子交言。败义堕节，何以为人！子行矣。"伍员别去，行数步，回头视之，此女抱一大石，自投濑水中而死。后人有赞云：

> 溧水之阳，击绵之女，惟治母餐，不通男语。矜此旅人，发其筐筥，君腹虽充，吾节已窳①。捐此孱躯，以存壸②矩，濑流不竭，兹人千古！

伍员见女子投水，感伤不已，咬破指头，沥血书二十字于石上，曰：

> 尔浣纱，我行乞；我腹饱，尔身溺。十年之后，千金报德！

伍员题讫，复恐后人看见，掬土以掩之。

过了溧阳，复行三百余里，至一地，名吴趋。见一壮士，碓颡（duì sǎng 形状像碓的高额头）而深目，状如饿虎，声若巨雷，方与一大汉厮打，众人力劝不止。

---

①窳（yǔ）：败坏，腐败。 ②壸（kǔn）：妇女居住的内室。

门内有一妇人唤曰："专诸不可!"其人似有畏惧之状,即时敛手归家。员深怪之,问于旁人曰："如此壮士,而畏妇人乎?"旁人告曰："此吾乡勇士,力敌万人,不畏强御,平生好义,见人有不平之事,即出死力相为。适才门内唤声,乃其母也。所唤专诸,即此人姓名。素有孝行,事母无违,虽当盛怒,闻母至即止。"员叹曰："此真烈士矣!"次日,整衣相访。专诸出迎,叩其来历。员具道姓名,并受冤始末。专诸曰："公负此大冤,何不求见吴王,借兵报仇?"员曰："未有引进之人,不敢自媒。"专诸曰："君言是也。今日下顾荒居,有何见谕?"员曰："敬子孝行,愿与结交。"专诸大喜,乃入告于母,即与伍员八拜为交。员长于诸二岁,呼员为兄。员请拜见专诸之母。专诸复出其妻子相见,杀鸡为黍,欢如骨肉,遂留员、胜二人宿了一夜。次早,员谓专诸曰:"某将辞弟入都,觅一机会,求事吴王。"专诸曰:"吴王好勇而骄,不如公子光亲贤下士,将来必有所成。"员曰:"蒙弟指教,某当牢记。异日有用弟之处,万勿见拒!"专诸应诺,三人分别。

　　员、胜相随前进,来到梅里,城郭卑隘,朝市粗立。舟车嚷嚷,举目无亲,乃藏芈胜于郊外,自己被发佯狂,跣足涂面,手执斑竹箫一管,在市中吹之,往来乞食。其箫曲第一叠云:伍子胥! 伍子胥! 跋涉宋、郑身无依,千辛万苦凄复悲! 父仇不报,何以生为? 第二叠云:伍子胥! 伍子胥! 昭关一度变须眉,千惊万恐凄复悲! 兄仇不报,何以生为? 第三叠云:伍子胥! 伍子胥!芦花渡口溧阳溪,千生万死及吴陲,吹箫乞食凄复悲! 身仇不报,何以生为?市人无有识者。时周景王二十五年,吴王僚之七年也。

　　再说吴公子姬光,乃吴王诸樊之子。诸樊薨,光应嗣位,因守父命,欲以次传位于季札,故余祭、夷昧以次相及。及夷昧薨后,季札不受国,仍该立诸樊之后,争奈王僚贪得不让,竟自立为王。公子光心中不服,潜怀杀僚之意,其如群臣皆为僚党,无与同谋,隐忍于中。乃求善相者曰被离,举为吴市吏,嘱以谘访豪杰,引为己辅。一日,伍员吹箫过于吴市,被离闻箫声甚哀,再一听之,稍辨其音。出见员,乃大惊曰:"吾相人多矣,未见有如此之貌也!"乃揖而进之,逊于上坐,伍员谦让不敢。被离曰:"吾闻楚杀忠臣伍奢,其子子胥出亡外国,子殆是乎?"员踟蹰⸺心中局促不安的样子⸺未对。被离又曰:"吾非祸子者。吾见子状貌非常,欲为子求富贵地耳。"伍员乃诉其实。早有侍人知其事,报知王僚。僚召被离引员入见。被离一面使人私报姬光得知,一面使伍员沐浴更衣,一同入朝,进谒王僚。王僚奇其貌,与之语,知其贤,即拜为大夫之职。次日,员入谢,道及父兄之冤,咬牙切齿,目中火出。王僚壮其气,意复怜之,许为兴师复仇。

　　姬光素闻伍员智勇,有心收养他,闻先谒王僚,恐为僚所亲用,心中微愠 yùn 怨恨,含怒。乃往见王僚曰:"光闻楚之亡臣伍员来奔我国,王以为何如人?"僚曰:"贤而且孝。"光曰:"何以见之?"僚曰:"勇壮非常,与寡人筹策国事,无不中窾 kuǎn 法则,规矩,是其贤也。念父兄之冤,未曾须臾忘报,乞师于寡人,是其孝也。"光曰:"王许以复仇乎?"僚曰:"寡人怜其情,已许之矣。"光谏曰:"万乘之主不为匹夫兴师。今吴、楚构兵已久,未见大胜。若为子胥兴师,是匹夫之恨,重于国耻也。胜则彼快其愤,不胜则我益其辱,必不可!"王僚以为然,遂罢伐楚之议。伍员闻光之入谏,曰:"光方有内志,未可说以外事也。"乃辞大夫之职不受。光复言于王僚曰:"子胥以王不肯兴师,辞职不受,有怨望之心,不可用之。"僚遂疏伍员,听其辞去,但赐以阳山之田百亩。员与胜遂耕于阳山之野。

　　姬光私往见之,馈以米粟布帛,问曰:"子出入吴、楚之境,曾遇有才勇之士,略如子胥者乎?"员曰:"某何足道,所见有专诸者,真勇士也!"光曰:"愿因子胥得交于专先生。"员曰:"专诸去此不远,当即召之,明旦可入谒也。"光曰:"既是才勇之士,某即当造请,岂敢召乎?"乃与伍员同车共载,直造专诸之家。专诸方在街坊磨刀,为人屠豕,见车马纷纷,方欲走避。伍员在车上呼曰:"愚兄在此。"专诸慌忙停刀,候伍员下车相见。员指公子光曰:"此吴国长公子,慕吾弟英雄,特来造见,弟不可辞。"专诸曰:"某闾巷小民,有何德能,敢烦大驾。"遂揖公子光而进。筚门蓬户,低头而入。公子光先拜,致生平相慕之意。专诸答拜。光奉上金帛为贽,专诸固让。伍员从旁力劝,方才肯受。自此专诸遂投于公子光门下。光使人日馈粟肉,月给布帛,又不时存问其母,专诸甚感其意。

　　一日,问光曰:"某村野小人,蒙公子豢养之恩,无以为报。倘有差遣,惟命是从。"光乃屏左右,述其欲刺王僚之意。专诸曰:"前王夷昧卒,其子分自当立,公子何名而欲害之?"光备言祖父遗命,以次相传之故:"季札既辞,宜归适长,适长之后,即光之身也。僚安得为君哉?吾力弱不足以图大事,故欲借助于有力者。"专诸曰:"何不使近臣从容言于王侧,陈前王之命,使其退位?何必私备剑士,以伤先王之德?"光曰:"僚贪而恃力,知进之利,不能退让,若与之言,反生忌害。光与僚势不两立!"专诸奋然曰:"公子之言是也。但诸有老母在堂,未敢以死相许。"光曰:"吾亦知尔母老子幼,然非尔无与图事者。苟成其事,君之子母,即吾子母也,自当尽心养育,岂敢有负于君哉?"

专诸沉思良久,对曰:"凡事轻举无功,必图万全。夫鱼在千仞之渊,而入渔人之手者,以香饵在也。欲刺王僚,必先投王之所好,乃能亲近其身。不知王所好何在?"光曰:"好味。"专诸曰:"味中何者最甘?"光曰:"尤好鱼炙。"专诸曰:"某请暂辞。"公子光曰:"壮士何往?"专诸曰:"某往学治味,庶可近吴王耳。"专诸遂往太湖学炙鱼,凡三月,尝其炙者,皆以为美。然后复见姬光,光乃藏专诸于府中。髯翁有诗云:

> 刚直人推伍子胥,也因献媚进专诸。
>
> 欲知弑械从何起?三月湖边学炙鱼。

姬光召伍子胥,谓:"专诸已精其味矣,何以得近吴王?"员对曰:"夫鸿鹄所以不可制者,以羽翼在也。欲制鸿鹄,必先去其羽翼。吾闻公子庆忌筋骨如铁,万夫莫当,手能接飞鸟,步能格猛兽,王僚得一庆忌旦夕相随,尚且难以动手。况其母弟掩余、烛庸并握兵权,虽有擒龙搏虎之勇,鬼神不测之谋,安能济事。公子欲除王僚,必先去此三子,然后大位可图。不然,虽幸而成事,公子能安然在位乎?"光俯思半晌,恍然曰:"君言是也。且归尔田,俟有闲隙,然后相议耳。"员乃辞去。

是年,周景王崩其嫡世子曰猛,次曰匄,长庶子曰朝。景王宠爱朝,嘱于大夫宾孟,欲更立世子之位,未行而崩。刘献公挚亦卒,子刘卷字伯蚡 fén 嗣立。素与宾孟有隙,遂同单穆公旗杀宾孟,立世子猛,是为悼王。尹文公固、甘平公鳅 qiū、召庄公奂,素附子朝,三家合兵,使上将南宫极率之以攻刘卷。卷出奔扬,单旗奉王猛次于皇。子朝使其党郭 xún 胎伐皇,胎败死。晋顷公闻王室大乱,遣大夫籍谈、荀跞帅师纳王于王城。尹固亦立子朝于京。未几,王猛病卒,单旗、刘卷复立其弟匄,是为敬王,居翟泉。周人呼匄为东王,朝为西王。二王互相攻杀,六年不决。召庄公奂卒,南宫极为天雷震死,人心耸惧。晋大夫荀跞复率诸侯之师,纳敬王于成周,擒尹固,子朝兵溃。召奂之子嚚 yín 反攻子朝,朝出奔楚,诸侯遂城成周而还。敬王以召嚚为反覆,与尹固同斩于市,周人快之。此是后话。

且说周敬王即位之元年,吴王僚之八年也。时楚故太子建之母在郹,费无极恐其为伍员内应,劝平王诛之。建母闻之,阴使人求救于吴。吴王僚使公子光往郹取建母,行及钟离,楚将薳越帅师拒之,驰报郢都。平王拜令尹阳匄为大将,并征陈、蔡、胡、沈、许五国之师。胡子名髡 kūn,沈子名逞,二君亲自引兵。陈遣大夫夏啮,顿、胡二国亦遣大夫助战。胡、沈、陈之兵营于右,顿、许、蔡之兵营于左,薳越大军居中。姬光亦驰报吴王。王僚同公子掩

余率大军一万,罪人三千,来至鸡父下寨。两边尚未约战,适楚令尹阳匄暴
疾卒,薳越代领其众,姬光言于王僚曰:"楚亡大将,其军已丧气矣。诸侯相
从者虽众,然皆小国,畏楚而来,非得已也。胡、沈之君,幼不习战,陈夏啮勇
而无谋,顿、许、蔡三国久困楚令,其心不服,不肯尽力。七国同役而不同心.
楚帅位卑无威,若分师先犯胡、沈与陈,必先奔。诸国乖乱,楚必震惧,可全
败也。请示弱以诱之,而以精卒持其后。"王僚从其计。乃为三阵,自率中
军,姬光在左,公子掩余在右,各饱食严阵以待。先遣罪人三千,乱突楚之右
营。时秋七月晦日,兵家忌晦,故胡子髡、沈子逞及陈夏啮俱不做整备,及闻
吴兵到,开营击之。罪人原无纪律,或奔或止;三国以吴兵散乱,彼此争功追
逐,全无队伍。姬光帅左军乘乱进击,正遇夏啮,一戟刺于马下。胡、沈二君
心慌,夺路欲走。公子掩余右军亦到,二君如飞禽入网,无处逃脱,俱为吴军
所获。军士死者无数,生擒甲士八百余人。姬光喝教将胡、沈二君斩首。却
纵放甲士,使奔报楚之左军,言:"胡、沈二君及陈大夫俱被杀矣!"许、蔡、顿
三国将士,吓得心胆堕地,不敢出战,各寻走路。王僚合左右二军,如泰山一
般倒压下来。中军薳越未及成阵,军士散其大半。吴兵随后掩杀,杀得尸横
遍野,流血成渠。薳越大败,奔五十里方脱。姬光直入郧阳,迎取楚夫人以
归,蔡人不敢拒敌。薳越收拾败兵,止存其半,闻姬光单师来郧阳取楚夫人,
乃星夜赴之。比及楚军至蔡,吴兵已离郧阳二日矣。薳越知不可追,仰天叹
曰:"吾受命守关,不能缉获亡臣,是无功也。既丧七国之师,又失君夫人,是
有罪也。无一功而负二罪,何面复见楚王乎?"遂自缢而死。

　楚平王闻吴师势大,心中甚惧,用囊瓦为令尹,以代阳匄之位。瓦献计
谓郢城卑狭,更于其东辟地,筑一大城,比旧高七尺,广二十余里,名旧城为
纪南城,以其在纪山之南也;新城仍名郢,徙都居之。复筑一城于西,以为右
臂,号曰麦城。三城似品字之形,联络有势,楚人皆以为瓦功。沈尹戌笑曰:
"子常不务修德政,而徒事兴筑,吴兵若至,虽十郢城何益哉?"囊瓦欲雪鸡父
之耻,大治舟楫,操演水军。三月,水手习熟,囊瓦率舟师,从大江直逼吴疆,
耀武而还。吴公子光闻楚师犯边,星夜来援,比至境上,囊瓦已还师矣。姬
光曰:"楚方耀武而还,边人必不为备。"乃潜师袭巢灭之,并灭钟离,奏凯
而归。

　楚平王闻二邑被灭,大惊,遂得心疾,久而不愈,至敬王四年,疾笃,召囊
瓦及公子申至于榻前,以太子珍嘱之而薨。囊瓦与郤宛商议曰:"太子珍年
幼,且其母乃太子建所聘,非正也。子西长而好善,立长则名顺,建善则国

治,诚立子西,楚必赖之。"郤宛以囊瓦之言,告于公子申。申怒曰:"若废太子,是彰君王之秽行也。太子奉出,其母已立为君夫人,可谓非嫡嗣乎?弃嫡而失大援,外内恶之。令尹欲以利祸我,其病狂乎?再言及,吾必杀之!"囊瓦惧,乃奉珍主丧即位,改名曰轸,是为昭王。囊瓦仍为令尹,伯郤宛为左尹,鄢将师为右尹,费无极以师傅旧恩同执国政。

却说郑定公闻吴人取楚夫人以归,乃使人赍珠玉簪珥追送之,以解杀建之恨。楚夫人至吴,吴王赐宅西门之外,使芈胜奉之。伍员闻平王之死,捶胸大哭,终日不止。公子光怪而问曰:"楚王乃子仇人,闻死当称快,胡反哭之?"员曰:"某非哭楚王也,恨吾不能枭彼之头,以雪吾恨,使得终于牖下耳。"光亦为嗟叹。胡曾先生有诗曰:

> 父兄冤恨未曾酬,已报淫狐获首邱。
>
> 手刃不能偿夙愿,悲来霜鬓又添秋。

伍员自恨不能及平王之身,报其仇怨,一连三夜无眠,心中想出一个计策来,谓姬光曰:"公子欲行大事,尚无间可乘耶?"光曰:"昼夜思之,未得其便。"员曰:"今楚王新殁,朝无良臣,公子何不奏过吴王,乘楚丧乱之中,发兵南伐,可以图霸?"光曰:"倘遣吾为将,奈何?"员曰:"公子误为坠车而得足疾者,王必不遣。然后荐掩余、烛庸为将,更使公子庆忌结连郑、卫,共攻楚国,此一网而除三翼,吴王之死在目下矣。"光又问曰:"三翼虽去,延陵季子在朝,见我行篡,能容我乎?"员曰:"吴、晋方睦,再令季子使晋,以窥中原之衅。吴王好大而疏于计,必然听从。待其远使归国,大位已定,岂能复议废立哉?"光不觉下拜曰:"孤之得子胥,乃天赐也!"次日,以乘丧伐楚之利,入言于王僚,僚欣然听之。光曰:"此事某应效劳,奈因坠车损其足胫,方就医疗,不能任劳。"僚曰:"然则何人可将?"光曰:"此大事,非至亲信者,不可托也,王自择之。"僚曰:"掩余、烛庸可乎?"光曰:"得人矣。"光又曰:"向来晋、楚争霸,吴为属国。今晋既衰微,而楚复屡败,诸侯离心,未有所归,南北之政,将归于东。若遣公子庆忌往收郑、卫之兵,并力攻楚;而使延陵季子聘晋,以观中原之衅;王简练舟师,以拟其后,霸可成也。"王僚大喜,使掩余、烛庸帅师伐楚,季札聘于晋国,惟庆忌不遣。

单说掩余、烛庸引师二万,水陆并进,围楚潜邑。潜邑大夫坚守不出,使人入楚告急。时楚昭王新立,君幼臣谗,闻吴兵围潜,举朝慌急无措。公子申进曰:"吴人乘丧来伐,若不出兵迎敌,示之以弱,启其深入之心。依臣愚见,速令左司马沈尹戌率陆兵一万救潜,再遣左尹郤宛率水军一万,从淮汭顺流而下，截住吴兵之后，使他首尾受敌，吴将可坐而擒矣。"昭王大喜，遂用子西之计，调遣二将，水陆分道而行。

却说掩余、烛庸正围潜邑，谍者报："救兵来到。"二将大惊，分兵一半围城，一半迎敌。沈尹戍坚壁不战，使人四下将樵汲之路，俱用石子垒断。二将大惊。探马又报："楚将郤宛引舟师从淮汭塞断江口。"吴兵进退两难，乃分作两寨，为犄角之势，与楚将相持，一面遣人入吴求救。姬光曰："臣向者欲征郑、卫之兵，正为此也。今日遣之，尚未为晚。"王僚乃使庆忌纠合郑、卫。四公子俱调开去了，单留姬光在国。

伍员乃谓光曰："公子曾觅利匕首乎？欲用专诸，此其时矣。"光曰："然。昔越王允常使欧冶子造剑五枚，献其三枚于吴，一曰'湛庐'，二曰'磐郢'，三曰'鱼肠'。鱼肠，乃匕首也。形虽短狭，砍铁如泥。先君以赐我，至今宝之，藏于床头，以备非常。此剑连夜发光，意者神物欲自试，将饱王僚之血乎？"遂出剑与员观之，员夸奖不已，即召专诸以剑付之。专诸不待开言，已知光意，慨然曰："王信可杀也。二弟远离，公子出使，彼孤立耳，无如我何。但死生之际，不敢自主，候禀过老母，方敢从命。"专诸归视其母，不言而泣。母曰："诸何悲之甚也？岂公子欲用汝耶？吾举家受公子恩养，大德当报，忠孝岂能两全？汝必亟往，勿以我为念！汝能成人之事，垂名后世，我死亦不朽矣。"专诸犹依依不舍。母曰："吾思饮清泉，可于河下取之。"专诸奉命汲泉于河，比及回家，不见老母在堂，问其妻。妻对曰："姑适言困倦，闭户思卧，戒勿惊之。"专诸心疑，启牖而入，老母自缢于床上矣。髯仙有诗云：

愿子成名不惜身，肯将孝子换忠臣。

世间尽为贪生误，不及区区老妇人。

专诸痛哭一场，收拾殡殓，葬于西门之外。谓其妻曰："吾受公子大恩，所以不敢尽死者，为老母也。今老母已亡，吾将赴公子之急。我死，汝母子必蒙公子恩眷，勿为我牵挂。"言毕，来见姬光，言母死之事。光十分不过意，安慰了一番。良久，然后复论及王僚之事。专诸曰："公子盍设享以来吴王？王若肯来，事八九济矣。"光乃入见王僚曰："有庖人从太湖来，新学炙鱼，味甚鲜美，异于他炙。请王辱临下舍而尝之！"王僚好的是鱼炙，遂欣然许诺："来日当过王兄府上，不必过费。"光是夜预伏甲士于窟室之中，再命伍员暗约死士百人，在外接应，于是大张饮具。

次早，复请王僚。僚入宫，告其母曰："公子光具酒相延，得无有他谋乎？"母曰："光心气怏怏，常有愧恨之色，此番相请，谅无好意，何不辞之？"僚曰："辞则生隙，若严为之备，又何惧哉！"于是被犷猊 táng ní 野兽名，古代多用其皮作铠甲之甲三重，陈设兵卫，自王宫起，直至光家之门，街衢皆满，接连不断。僚驾及门，光迎入拜见。既入席安坐，光侍坐于傍。僚之亲戚近信布满堂阶。侍席力士百人，皆操长戟，带利刀，不离王之左右。庖人献馔，皆从庭下搜简更衣，然后膝行而前，十余力士握剑夹之以进。庖人置馔，不敢仰视，复膝行而出。光献觞致敬，忽作蹉足，伪为痛苦之状，乃前奏曰："光足疾举发，痛彻心髓，必用大帛缠紧，其痛方止。幸王宽坐须臾，容裹足便出。"僚曰："王兄请自方便。"光一步一踬，入内潜进窟室中去了。少顷，专诸告进鱼炙，搜简如前。谁知这口鱼肠短剑，已暗藏于鱼腹之中。力士挟专诸膝行至于王前，用手擘鱼以进，忽地抽出匕首，径刺王僚之胸。手势去得十分之重，直贯三层坚甲，透出背脊。王僚大叫一声，登时气绝。侍卫力士一拥齐上，刀戟并举，将专诸剁做肉泥，堂中大乱。姬光在窟室中知已成事，乃纵甲士杀出，两下交斗。这一边知专诸得手，威加十倍，那一边见王僚已亡，势减三分。僚众一半被杀，一半奔逃，其所设军卫，俱被伍员引众杀散。奉姬光升车入朝，聚集群臣，将王僚背约自立之罪，宣布国人明白："今日非光贪位，实乃王僚之不义也。光权摄大位，待季子返国，仍当奉之。"乃收拾王僚尸首，殡殓如礼。又厚葬专诸，封其子专毅为上卿。封伍员为行人之职，待以客礼而不臣。市吏被离举荐伍员有功，亦升大夫之职。散财发粟，以赈穷民，国人安之。

姬光心念庆忌在外，使善走者觇其归期，姬光自率大兵，屯于江上以待之。庆忌中途闻变，即驰去。姬光乘驷马追之，庆忌弃车而走，其行如飞，马不能及。光命集矢射之。庆忌挽手接矢，无一中者。姬光知庆忌必不可得，乃诫西鄙严为之备，遂还吴国。又数日，季札自晋归，知王僚已死，径往其墓，举哀成服。姬光亲诣墓所，以位让之，曰："此祖父诸叔之意也。"季札曰："汝求而得之，又何让为？苟无废祀，民无废主，能立者即吾君矣。"光不能强，乃即吴王之位，自号为阖闾，季札退守臣位。此周敬王五年事也。札耻争国之事，老于延陵，终身不入吴国，不与吴事，时人高之。及季札之死，葬于延陵，孔子亲题其碑曰："有吴延陵季子之墓。"史臣有赞云：

　　　　贪夫殉利，箪豆见色。《春秋》争弑，不顾骨肉。孰如季子，始终让国，堪愧僚光，无惭泰伯。

宋儒又论季札辞国生乱，为贤名之玷。有诗云：

　　　　只因一让启群争，辜负前人次及情。

若使延陵成父志，苏台麋鹿岂纵横？

且说掩余、烛庸困在潜城，日久救兵不至，正在踌躇脱身之计，忽闻姬光弑主夺位，二人放声大哭，商议道："光既行弑夺之事，必不相容。欲要投奔楚国，又恐楚不相信。正是有家难奔，有国难投，如何是好？"烛庸曰："目今困守于此，终无了期。且乘夜从僻路逃奔小国，以图后举。"掩余曰："楚兵前后围裹，如飞鸟入笼，焉能自脱？"烛庸曰："吾有一计，传令两寨将士，诈称来日欲与楚兵交锋，至夜半，与兄微服密走，楚兵不疑。"掩余然其言。两寨将士秣马蓐 zì 食，专候军令布阵。掩余与烛庸同心腹数人扮作哨马小军，逃出本营。掩余投奔徐国，烛庸投奔钟吾。及天明，两寨皆不见其主将，士卒混乱，各抢船只奔归吴国。所弃甲兵无数，皆被郤宛水军所获。诸将欲乘吴之乱，遂伐吴国，郤宛曰："彼乘我丧非义，吾奈何效之？"乃与沈尹戌一同班师，献吴俘。楚昭王以郤宛有功，以所获甲兵之半赐之，每事谘访，甚加敬礼。费无极忌之益深，乃生一计，欲害郤宛。毕竟费无极用何计策，且看下回分解。

襄瓦懼謗誅無極

要離貪名刺
慶忌

第七十四回　囊瓦惧谤诛无极　要离贪名刺庆忌

话说费无极心忌伯郤宛，与鄢将师商量出一个计策来，诈谓囊瓦曰："子恶欲设享相延，托某探相国之意，未审相国肯降重屈驾光临否？"囊瓦曰："彼若见招，岂有不赴之理？"无极又谓郤宛曰："令尹向吾言，欲饮酒于吾子之家，未知子肯为治具设宴否？托吾相探。"郤宛不知是计，应曰："某位居下僚，蒙令尹枉驾，诚为荣幸！明日当备草酌奉候，烦大夫致意。"无极曰："子享令尹，以何物致敬？"郤宛曰："未知令尹所好何在？"无极曰："令尹最好者，坚甲利兵也。所以欲饮酒于公家者，以吴之俘获半归于子，故欲借观耳。子尽出所有，吾为子择之。"郤宛果然将楚平王所赐，及家藏兵甲，尽出以示无极。无极取其坚利者，各五十件，曰："足矣。子帷动词，设帷帐而置诸门，令尹来必问，问则出以示之。令尹必爱而玩之，因以献焉。若他物，非所好也。"郤宛信以为然，遂设帷于门之左，将甲兵置于帷中。盛陈肴核，托费无极往邀囊瓦。囊瓦将行，无极曰："人心不可测也。吾为子先往，探其设享之状，然后随行。"无极去少顷，踉跄而来，喘吁未定，谓囊瓦曰："某几误相国。子恶今日相请，非怀好意，将不利于相国也。适见帷兵甲于门，相国误往，必遭其毒！"囊瓦曰："子恶素与我无隙，何至如此？"无极曰："彼恃王之宠，欲代子为令尹耳。且吾闻子恶阴通吴国，救潜之役，诸将欲遂伐吴国，子恶私得吴人之赂，以为乘乱不义，遂强在司马班师而回。夫吴乘我丧，我乘吴乱，正好相报，奈何去之！非得吴赂，焉肯违众轻退？子恶若得志，楚国危矣。"囊瓦意犹未信，更使左右往视，回报："门幕中果伏有甲兵。"囊瓦大怒，即使人请鄢将师至，诉以郤宛欲谋害之事。将师曰："郤宛与阳令终、阳完、阳佗、晋陈三族合党，欲专楚政，非一日矣。"囊瓦曰："异国匹夫，乃敢作乱，吾当手刃之！"遂奏闻楚王，令鄢将师率兵甲以攻伯氏。伯郤宛知为无极所卖，自刎而死，其子伯嚭 pǐ 惧祸逃出郊外去了。囊瓦命焚伯氏之居，国人莫肯应者。瓦益怒，出令曰："不焚伯氏，与之同罪！"众人尽知郤宛是个贤臣，谁肯焚烧其宅，被囊瓦逼迫不过，各取禾藁一把在手，投于伯氏门外而走。瓦乃亲率家众，将前后门围住，放起大火。可怜左尹府第一区登时化为灰烬，连郤宛之尸，亦烧毁无存，尽灭伯氏之族，复拘阳令终、阳完、阳佗、晋陈，诬以通吴谋叛，皆杀之,国中无不称冤者。

忽一日,囊瓦于月夜登楼,闻市上歌声,朗然可辨。瓦听之,其歌云:

莫学郤大夫,忠而见诛,身既死,骨无余。楚国无君,惟费与鄢。

令尹木偶,为人作茧。天若有知,报应立显。

瓦急使左右察其人不得。但兄市廛 chán 城邑中的房屋家家祀神,香火相接,问:"神何姓名?"答曰:"即楚忠臣伯郤宛也。无罪枉杀,冀其上诉于天耳。"左右还报囊瓦。瓦乃访之朝中,公子申等皆言:"郤宛无通吴之事。"瓦心中颇悔。沈尹戌闻郊外赛神者,皆咒诅令尹,乃来见囊瓦曰:"国人胥怨矣!相国独不闻乎?夫费无极,楚之谗人也,与鄢将师共为蒙蔽。去朝吴,出蔡侯朱,教先王为灭伦之事,致太子建身死外国,冤杀伍奢父子,今又杀左尹,波及阳、晋二家,百姓怨此二人,入于骨髓。皆云相国纵其为恶,怨詈咒诅,遍于国中。夫杀人以掩谤,仁者犹不为,况杀人以兴谤乎?子为令尹而纵谗慝 tè 邪恶以失民心,他日楚国有事,寇盗兴于外,国人叛于内,相国其危哉!与其信谗以自危,孰若除谗以自安耶?"囊瓦瞿然吃惊的样子下席,曰:"是瓦之罪也。愿司马助吾一臂,诛此二贼!"沈尹戌曰:"此社稷之福,敢不从命!"沈尹戌即使人扬言于国中曰:"杀左尹者,皆费、鄢二人所为,令尹已觉其奸,今往讨之,国人愿从者皆来!"言犹未毕,百姓争执兵先驱。囊瓦乃收费无极、鄢将师数其罪,枭之于市。国人不待令尹之命,将火焚两家之宅,尽灭其党,于是谤诅方息。史臣有诗云:

不焚伯氏焚鄢费,公论公心在国人。

令尹早同司马计,谗言何至害忠臣!

又有一诗,言鄢、费二人一生害人,还以自害,谗口作恶,亦何益哉?诗云:

顺风放火去烧人,忽地风回烧自身。

毒计奸谋浑似此,恶人几个不遭屯①!

再说吴王阖闾元年,乃周敬王之六年也。阖闾访国政于伍员,曰:"寡人欲强国图霸,如何而可?"伍员顿首垂泪而对曰:"臣,楚国之亡虏也,父兄含冤,骸骨不葬,魂不血食指受祭祀。古代牲取血用于祭祀,故称,蒙垢受辱,来归命于大王,幸不加戮,何敢与闻吴国之政?"阖闾曰:"非夫子,寡人不免屈于人下。今幸蒙一言之教,得有今日,方且托国于子,何故中道忽生退志?岂以寡人为不足耶?"伍员对曰:"臣非以大王为不足也。臣闻:'疏不间亲,远不间

_____
①屯:难艰,危难。

近。'臣岂敢以羁旅之身,居吴国谋臣之上乎？况臣大仇未报,方寸摇摇心神不安的样子,自不知谋,安能谋国？"阖闾曰:"吴国谋臣,无出子右者,子勿辞。俟国事稍定,寡人为子报仇,惟子所命!"伍员曰:"王所谋者,何也？"阖闾曰:"吾国僻在东南,险阻卑湿,又有海潮之患,仓库不设,田畴不垦,国无守御,民无固志,无以威示邻国,为之奈何？"伍员对曰:"臣闻治民之道,在安居而理。夫霸王之业,从近制远。必先立城郭,设守备,实仓廪,治兵革,使内有可守,而外可以应敌。"阖闾曰:"善。寡人委命于子,子为寡人图之。"伍员乃相土形之高卑,尝水味之咸淡,乃于姑苏山东北三十里得善地,造筑大城,周回四十七里,陆门八,象天八风;水门八,法地八聪。那八门:南曰盘门、蛇门,北曰齐门、平门,东曰娄门、匠门,西曰阊门、胥门。盘门者,以水之盘曲也;蛇门者,以在巳方,生肖属蛇也;齐门者,以齐国在其北也;平门者,水陆地相称也;娄门者,娄江之水所聚也;匠门者,聚匠作于此也;阊门者,通阊阖之气也;胥门者,向姑胥山也。越在东南,正在巳方,故蛇门之上刻有木蛇,其首向内,示越之臣服于吴也。南向复筑小城,周围十里,南北西俱有门,惟东不开门,欲以绝越之光明也。吴地在东为辰方,生肖属龙,故小城南门上为两鲵_{ní},以象龙角。城郭既成,迎阖闾自梅里徙都于此。城中前朝后市,左祖右社_{左边是祖庙,右边是社坛},仓廪府库,无所不备。大选民卒,教以战阵射御之法。别筑一城于凤凰山之南,以备越寇,名南武城。

阖闾以"鱼肠"为不祥之物,函封不用。筑冶城于牛首山,铸剑数千,号曰"扁诸"。又访得吴人干将,与欧冶子同师,使居匠门,别铸利剑。干将乃采五山之铁精,六合之金英,候天伺地,妙选时日,天地下降,百神临观,聚炭如丘,使童男童女三百人,装炭鼓囊_{tuó 古代冶炼时使用的鼓风用具的外壳装置,类似今天的风箱}。如是三月,而金铁之精不销,干将不知其故。其妻莫邪谓曰:"夫神物之化,须人气而后成。今子作剑三月不就,得无待人而成乎？"干将曰:"昔吾师为冶不化,夫妻俱入炉中,然后成物。至今即山作冶,必麻绖_{dié 古代服丧期间结在头上或腰部的葛麻布袋}草衣祭炉,然后敢发。今吾铸剑不成,亦若是耶？"莫邪曰:"师能烁身以成神器,吾何难效之？"于是莫邪沐浴断发剪爪,立于炉傍,使男女复鼓囊,炭火方烈,莫邪自投于炉。顷刻销铄,金铁俱液,遂泻成二剑。先成者为阳,即名"干将";后成者为阴,即名"莫邪"。阳作龟文,阴作漫理。干将匿其阳,止以"莫邪"献于吴王。王试之石,应手而开,今虎丘"试剑石"是也。王赏之百金。

其后吴王知干将匿剑,使人往取,如不得剑,即当杀之。干将取剑出观,其剑自匣中跃出，化为青龙，干将乘之，升天而去，疑已作剑仙矣。使者还报，吴王叹息，自此益宝"莫邪"。"莫邪"留吴，不知下落。直至六百余年之后，晋朝张华丞相见牛、斗之间有紫气，闻雷焕妙达象纬，召而问之。焕曰："此宝剑之精，在豫章丰城。"华即补焕为丰城令。焕既到县，掘狱屋基，得一石函，长逾六尺，广三尺，开视之，内有双剑。以南昌西山之土拭之，光芒艳发。以一剑送华，留一剑自佩之。华报曰："详观剑文，乃'干将'也。尚有'莫邪'，何为不至？虽然，神物终当合耳。"其后焕同华佩剑过延平津，剑忽跃出入水，急使人入水求之，惟见两龙张鬣 liè 胡须相向，五色炳耀，使人恐惧而退。以后二剑更不出现，想神物终归天上矣。今丰城县有剑池，池前石函，土瘞 yì 埋，掩埋其半，俗呼石门，即雷焕得剑处。此乃"干将"、"莫邪"之结末也。后人有《宝剑铭》云：

> 五山之精，六气之英；炼为神器，电烨霜凝。虹蔚波映，龙藻龟文；断金切玉，威动三军。

话说吴王阖闾既宝"莫邪"，复募人能作金钩者，赏以百金。国人多有作钩来献者。有钩师贪王之重赏，将二子杀之，取其血以衅金，遂成二钩，献于吴王。越数日，其人诣宫门求赏。吴王曰："为钩者众，尔独求赏，尔之钩何以异于人乎？"钩师曰："臣利王之赏，杀二子以成钩，岂他人可比哉？"王命取钩，左右曰："已混入众钩之中，形制相似，不能辨识。"钩师曰："臣请观之。"左右悉取众钩，置于钩师之前，钩师亦不能辨。乃向钩呼二子之名曰："吴鸿，扈稽！我在于此，何不显灵于王前也？"叫声未绝，两钩忽飞出，贴于钩师之胸。吴王大惊曰："尔言果不谬矣！"乃以百金赏之，遂与"莫邪"俱佩服于身。

其时楚伯嚭出奔在外，闻伍员已显用于吴，乃奔吴，先谒伍员。员与之相对而泣，遂引见阖闾。阖闾问曰："寡人僻处东海，子不远千里，远辱下土，将何以教寡人乎？"嚭曰："臣之祖父效力于楚再世两代矣。臣父无罪，横被焚戮。臣亡命四方，未有所属。今闻大王高义，收伍子胥于穷厄，故不远千里，束身归命。惟大王死生之！"阖闾恻然，使为大夫，与伍员同议国事。吴大夫被离私问于伍员曰："子何见而信嚭乎？"员曰："吾之怨正与嚭同，谚云：'同疾相怜，同忧相救。'惊翔之鸟，相随而集；濑 lài 沙石上流过的水下之水，因复俱流。子何怪焉？"被离曰："子见其外，未见其内也。吾观嚭之为人，鹰视虎步，其性贪佞，专功而擅杀，不可亲近。若重用之，必为子累。"伍员不以为然，遂与伯嚭俱事吴王。后人论被离既识伍员之贤，又识伯嚭之佞，真神相

也。员不信其言,岂非天哉! 有诗云:

　　　能知忠勇辨奸回①,神相如离亦异哉!
　　　若使子胥能预策,岂容麋鹿到苏台?

　　话分两头。再说公子庆忌逃奔于艾城,招纳死士,结连邻国,欲待时乘隙,伐吴报仇。阖闾闻其谋,谓伍员曰:"昔专诸之事,寡人全得子力。今庆忌有谋吴之心,饮食不甘味,坐不安席,子更为寡人图之。"伍员对曰:"臣不忠无行,与大王图王僚于私室之中,今复图其子,恐非皇天之意。"阖闾曰:"昔武王诛纣,复杀武庚,周人不以为非。皇天所废,顺天而行。庆忌若存,王僚未死,寡人与子成败共之,宁可以小不忍而酿大患? 寡人更得一专诸,事可了矣。子访求谋勇之士,已非一日,亦有其人否乎?"伍员曰:"难言也。臣所厚有一细人地位卑微的人,似可与谋者。"阖闾曰:"庆忌力敌万人,岂细人所能谋哉?"员对曰:"是虽细人,实有万人之勇。"阖闾曰:"其人为谁? 子何以知其勇? 试为寡人言之。"伍员遂将勇士姓名出处备细说来。正是:

　　　说时华岳山摇动,话到长江水逆流。
　　　只为子胥能举荐,要离姓字播春秋。

　　伍员曰:"其人姓要名离,吴人也。臣昔曾见其折辱壮士椒邱诉xīn,是以知其勇。"阖闾曰:"折辱之事如何?"员对曰:"椒邱诉者,东海土人也。有友人仕于吴而死,诉至吴奔其丧,车过淮津,欲饮马于津。津吏曰:'水中有神,见马即出取之,君勿饮也。'诉曰:'壮士在此,何神敢干我哉!'乃使从者解骖,饮于津水,马果嘶而入水。津吏曰:'神取马去矣!'椒邱诉大怒,袒裼tǎn xī赤膊持剑入水,求神决战。神兴涛鼓浪,终不能害。三日三夜,椒邱诉从水中出,一目为神所伤,遂眇。至吴行吊,坐于丧席,诉恃其与水神决战之勇,以气凌人,轻傲于士大夫,言词不逊。时要离与诉对坐,忽然有不平之色,谓诉曰:'子见士大夫而有傲色,得无以勇士自居耶? 吾闻勇士之斗也,与日战不移表古代测量日影的竿、柱,用于记时,与鬼神战不旋踵转动脚跟,引申为不畏缩退避,与人战不违声,宁死不受其辱。今子与神斗于水,失马不能追,又受眇目之羞,形残名辱,不与并命,而犹恋恋于余生,此天地间最无用之物。且不当以面目见人,况傲士乎!'椒邱诉被詈,顿口无言,含愧出席而去。要离至晚还舍,诫其妻曰:'我辱勇士椒邱诉于大家之丧,恨怨郁积,今夜必来杀我,以报其耻。吾当僵卧室中,以待其来,慎勿闭门。'妻知要离之勇,从其言。椒邱

诉果于夜半挟利刃径造要离之舍，见门扉不掩，堂户大开，直趋其室。见一人垂手放发，临窗僵卧，观之，乃要离也。见诉来，直挺不动，亦无惧意。诉以剑承要离之颈，数之曰：'汝有当死者三，汝知之乎？'离曰：'不知。'诉曰：'汝辱我于大家之丧，一死也；归不关闭，二死也；见我而不起避，三死也。汝自求死，勿以我为怨！'要离曰：'我无三死之过，尔有三不肖之愧，尔知之乎？'诉曰：'不知。'要离曰：'吾辱尔于千人之众，尔不敢酬一言，一不肖也；入门不咳，登堂无声，有掩袭之心，二不肖也；以剑承吾之颈，尚敢大言，三不肖也。尔有三不肖，而反责我，不可鄙哉？'椒邱诉乃收剑叹曰：'吾之勇，自计世人莫有及者，离乃加吾之上，真乃天下勇士。吾若杀之，岂无贻笑于人？然不能杀汝，亦难以勇称于世矣！'乃投剑于地，以头触牖 yǒu 窗户而死。方其在丧席之时，臣亦与坐，故知其详。岂非有万人之勇乎？"阖闾曰："子为我召之。"伍员乃往见要离曰："吴王闻吾子高义，愿一见颜色。"离惊曰："吾乃吴下小民，有何德能，敢奉吴王之诏？"伍员再申言吴王愿见之意，要离乃随伍员入谒。

阖闾初闻伍员夸要离之勇，意必魁伟非常，及见离，身材仅五尺余，腰围一束，形容丑陋，大失所望，心中不悦。问曰："子胥称勇士要离，乃子乎？"离曰："臣细小无力，迎风则伏，负背风则僵仰倒，何勇之有？然大王有所遣，不敢不尽其力。"阖闾嘿然不应。伍员已知其意，奏曰："夫良马不在形之高大，所贵者力能任重，足能致远而已。要离形貌虽陋，其智术非常，非此人不能成事，王勿失之！"阖闾乃延入后宫赐坐。要离进曰："大王意中所患，得非亡王之公子乎？臣能杀之。"阖闾笑曰："庆忌骨腾肉飞善于奔跑跳跃，走逾奔马，矫捷如神，万夫莫当，子恐非其敌也！"要离曰："善杀人者，在智不在力。臣能近庆忌，刺之如割鸡耳。"阖闾曰："庆忌明智之人，招纳四方亡命，岂肯轻信国中之客而近子哉？"要离曰："庆忌招纳亡命，将以害吴。臣诈以负罪出奔，愿王戮臣妻子，断臣右手，庆忌必信臣而近之矣，如是而后可图也。"阖闾愀 qiǎo 然忧愁的样子不乐曰："子无罪，吾何忍加此惨祸于子哉？"要离曰："臣闻：'安妻子之乐，不尽事君之义，非忠也；怀室家之爱，不能除君之患，非义也。'臣得以忠义成名，虽举家就死，其甘如饴矣！"伍员从旁进曰："要离为国忘家，为主忘身，真千古之豪杰！但于功成之后，旌表古时用于立牌坊或挂匾额等方法表扬遵守礼教的人其妻孥 nú 妻子儿女，不没其绩，使其扬名后世足矣。"阖闾许之。

次日，伍员同要离入朝，员荐要离为将，请兵伐楚。阖闾骂曰："寡人观要离之力，不及一小儿，何能胜伐楚之任哉！况寡人国事粗定，岂堪用兵？"要离进曰："不仁哉王也！子胥为王定吴国，王乃不为子胥报仇乎？"阖闾大怒曰："此国家大事，岂野人所知？奈何当朝责辱寡人！"叱力士执要离断其右臂，囚于狱中，遣人收其妻子。伍员叹息而出，群臣皆不知其繇。过数日，伍员密谕狱吏宽要离之禁，要离乘间逃出。阖闾遂戮其妻子，焚弃于市。宋儒论此事，以为杀一不辜无罪的人而得天下，仁人不肯为之。今乃无故戮人妻子，以求售其诈谋，阖闾之残忍极矣！而要离与王无生平之恩，特以贪勇侠之名，残身害家，亦岂得为良士哉？有诗云：

　　　只求成事报吾君，妻子无辜枉杀身。

　　　莫向他邦夸勇烈，忍心害理是吴人！

要离奔出吴境，一路上逢人诉冤，访得庆忌在卫，遂至卫国求见。庆忌疑其诡诈，不纳。要离乃脱衣示之。庆忌见其右臂果断，方信为实，乃问曰："吴王既杀汝妻子，刑汝之躯，今来见我何为？"离曰："臣闻吴王弑公子之父，而夺大位，今公子连结诸侯，将有复仇之举，故臣以残命相投。臣能知吴国之情，诚以公子之勇，用臣为向导，吴可入也。大王报父仇，臣亦少雪妻子之恨！"庆忌犹未深信。未几，有心腹人从吴中探事者归报，要离妻子果焚弃于市上，庆忌遂坦然不疑。问要离曰："吾闻吴王任子胥、伯嚭为谋主，练兵选将，国中大治。吾兵微力薄，焉能泄胸中之气乎？"离曰："伯嚭乃无谋之徒，何足为虑？吴臣止一子胥，智勇足备，今亦与吴王有隙矣。"庆忌曰："子胥乃吴王之恩人，君臣相得彼此投合，何云有隙？"要离曰："公子但知其一，未知其二。子胥所以尽心于阖闾者，欲借兵伐楚，报其父兄之仇。今平王已死，费无极亦亡，阖闾得位，安于富贵，不思与子胥复仇，臣为子胥进言，致触王怒，加臣惨戮，子胥之心怨吴王亦明矣。臣之幸脱囚系，亦赖子胥周全之力。子胥嘱臣曰：'此去必见公子，观其志向何如，若肯为伍氏报仇，愿为公子内应，以赎窜室同谋之罪。'公子不乘此时发兵向吴，待其君臣复合，臣与公子之仇，俱无再报之日矣！"言罢大哭，以头撞柱，欲自触死。庆忌急止之曰："吾听子！吾听子！"遂与要离同归艾城，任为腹心，使之训练士卒，修治舟舰。三月之后，顺流而下，欲袭吴国。庆忌与要离同舟，行至中流，后船不相接属。要离曰："公子可亲坐船头，戒饬舟人。"庆忌来至船头坐定，要离只手执短矛侍立。忽然江中起一阵怪风，要离转身立于上风，借风势以矛刺庆忌，透入心窝，穿出背外。庆忌倒提要离，溺其头于水中，如此三次，乃抱要离置于膝上，顾而笑曰："天下有如此勇士哉？乃敢加刃于我！"左右持戈戟欲攒刺之,庆忌摇手曰:"此天下之勇士也。岂可一日之间,杀天下勇士二人哉!"乃诫左右:"勿杀要离,可纵之还吴,以旌其忠。"言毕,推要离于膝下,自以手抽矛,血流如注而死。不知要离性命如何,且看下回分解。

孫武子演陣斬美姬

蔡昭侯納質
乞吳師

第七十五回　孙武子演阵斩美姬　蔡昭侯纳质乞吴师

话说庆忌临死，诫左右勿杀要离，以成其名。左右欲释放要离，要离不肯行，谓左右曰："吾有三不容于世，虽公子有命，吾敢偷生乎？"众问曰："何谓三不容于世？"要离曰："杀吾妻子而求事吾君，非仁也；为新君而杀故君之子，非义也；欲成人之事，而不免于残身灭家，非智也。有此三恶，何面目立于世哉！"言讫，遂投身于江。舟人捞救出水，要离曰："汝捞我何意？"舟人曰："君返国，必有爵禄，何不俟之？"要离笑曰："吾不爱室家性命，况于爵禄？汝等以吾尸归，可取重赏。"于是夺从人佩剑，自断其足，复刎喉而死。史臣有赞云：

> 古人一死，其轻如羽；不惟自轻，并轻妻子。阖门①毕命，以殉一人；一人既死，吾志已伸。专诸虽死，尚存其胤②；伤哉要离，死无形影！岂不自爱？遂人之功；功遂名立，虽死犹荣！击剑死侠，酿成风俗；至今吴人，趋义如鹄③。

又有诗单道庆忌力敌万人，死于残疾匹夫之手，世人以勇力恃者可戒矣。诗云：

> 庆忌骁雄天下少，匹夫一臂须臾了。
> 世人休得逞强梁④，牛角伤残鼷鼠饱⑤。

众人收要离肢体，并载庆忌之尸，来投吴王阖闾。阖闾大悦，重赏降卒，收于行伍。以上卿之礼，葬要离于阊门城下，曰："藉凭凭借子之勇，为吾守门。"追赠其妻子。与专诸同立庙，岁时祭祀。以公子之礼，葬庆忌于王僚之墓侧。大宴群臣。伍员泣奏曰："王之祸患皆除，但臣之仇何日可复？"伯嚭亦垂泪请兵伐楚。阖闾曰："俟明旦当谋之。"

次早，伍员同伯嚭复见阖闾于宫中，阖闾曰："寡人欲为二卿出兵，谁人为将？"员、嚭齐声曰："惟王所用，敢不效命！"阖闾心念："二子皆楚人，但报己仇，未必为吴尽力。"乃嘿然不言，向南风而啸，顷之，复长叹。伍员已窥其

---

①阖门：一家，全家。　②胤（yìn）：后代。　③鹄（gǔ）：箭靶的中心。　④强梁：强壮有力，勇武。
⑤牛角伤残鼷鼠饱：语出《左传·成公七年》："鼷鼠食郊牛角。改卜牛，又食其角。"这里以牛角比喻庆忌，以鼷鼠比喻要离，比喻勇士反被小人物所杀。

意,复进曰:"王虑楚之兵多将广乎?"阖闾曰:"然。"员曰:"臣举一人,可保必胜。"阖闾欣然问曰:"卿所举何人? 其能若何?"员对曰:"姓孙名武,吴人也。"阖闾闻说是吴人,便有喜色。员复奏曰:"此人精通韬略,有鬼神不测之机,天地包藏之妙,自著《兵法》十三篇,世人莫知其能,隐于罗浮山之东。诚得此人为军师,虽天下莫敌,何论楚哉?"阖闾曰:"卿试为寡人召之。"员对曰:"此人不轻仕进,非寻常之比,必须以礼聘之,方才肯就。"阖闾从之。乃取黄金十镒古代的重量单位,二十两为一镒、白璧一双,使员驾驷马,往罗浮山取聘孙武。员见武,备道吴王相慕之意。乃相随出山,同见阖闾。阖闾降阶而迎,赐坐,问以兵法。孙武将所著十三篇,次第进上。阖闾令伍员从头朗诵一遍,每终一篇,赞不容已。那十三篇:

一曰《始计》篇、二曰《作战》篇、三曰《谋攻》篇、四曰《军形》篇、五曰《兵势》篇、六曰《虚实》篇、七曰《军争》篇、八曰《九变》篇、九曰《行军》篇、十曰《地形》篇、十一曰《就地》篇、十二曰《火攻》篇、十三曰《用间》篇。

阖闾顾伍员曰:"观此《兵法》,真通天彻地之才也。但恨寡人国小兵微,如何而可?"孙武对曰:"臣之《兵法》,不但可施于卒伍,虽妇人女子,奉吾军令,亦可驱而用之。"阖闾鼓掌而笑曰:"先生之言何迂阔迂腐而不切实际也! 天下岂有妇人女子,可使其操戈习战者?"孙武曰:"王如以臣言为迂,请将后宫女侍与臣试之。令如不行,臣甘欺罔之罪。"阖闾即召宫女三百,令孙武操演。孙武曰:"得大王宠姬二人,以为队长,然后号令方有所统。"阖闾又宣宠姬二人,名曰右姬、左姬至前,谓武曰:"此寡人所爱,可充队长乎?"孙武曰:"可矣。然军旅之事,先严号令,次行赏罚,虽小试,不可废也。请立一人为执法,二人为军吏,主传谕之事;二人值鼓,力士数人,充为牙将,执斧锧zhì 刀戟,列于坛上,以壮军容。"阖闾许于中军选用。孙武吩咐宫女,分为左右二队,右姬管辖右队,左姬管辖左队,各披挂持兵,示以军法:一不许混乱行伍,二不许言语喧哗,三不许故违约束。明日五鼓,皆集教场听操。王登台而观之。

次日五鼓,宫女二队俱到教场,一个个身披甲胄,头戴兜鍪dōu móu 古代武士的头盔,右手操剑,左手握盾。二姬顶盔束甲,充做将官,分立两边,伺候孙武升帐。武亲自区画绳墨设立法度,布成阵势。使传谕官将黄旗二面,分授二姬,令执之为前导;众女跟随队长之后,五人为伍,十人为总,各要步迹相继,随鼓进退,左右回旋,寸步不乱。传谕已毕,令二队皆伏地听令。少顷,下令曰:"闻鼓声一通,两队齐起;闻鼓声二通,左队右旋,右队左旋;闻鼓声三通,各挺剑为争战之势。听鸣金,然后敛队而退。"众宫女皆掩口嬉笑。鼓吏禀:"鸣鼓一通。"宫女或起或坐,参差不齐。孙武离席而起曰:"约束不明,申令不信,将之罪也!"使军吏再申前令。鼓吏复鸣鼓,宫女咸起立,倾斜相接,其笑如故。孙武乃揎 xuān 捋起袖子露出双臂 起双袖,亲操枹以击鼓,又申前令,二姬及宫女无不笑者。孙武大怒,两目忽张,发上冲冠,遽唤:"执法何在?"执法者前跪。孙武曰:"约束不明,申令不信,将之罪也;既已约束再三,而士不用命,士之罪矣!于军法当如何?"执法曰:"当斩!"孙武曰:"士难尽诛,罪在队长。"顾左右:"可将女队长斩讫示众!"左右见孙武发怒之状,不敢违令,便将左右二姬绑缚。阖闾在望云台上看孙武操演,忽见绑其二姬,急使伯嚭持节驰救之,令曰:"寡人已知将军用兵之能,但此二姬侍寡人巾栉 毛巾和梳子,引申为梳洗,甚适寡人之意,寡人非此二姬,食不甘味,请将军赦之!"孙武曰:"军中无戏言。臣已受命为将,将在军,虽君命不得受。若徇君命而释有罪,何以服众?"喝令左右:"速斩二姬!"枭其首于军前。于是二队宫女,无不股栗失色,不敢仰视。孙武于队中再取二人,为左右队长。再申令击鼓:一鼓起立,二鼓旋行,三鼓合战,鸣金收军。左右进退,回旋往来,皆中绳墨,毫发不差,自始至终,寂然无声。乃使执法往报吴王曰:"兵已整齐,愿王观之,惟王所用。虽使赴汤蹈火,亦不敢退避矣。"髯翁有诗咏孙武试兵之事云:

> 强兵争霸业,试武耀军容。
>
> 尽出娇娥辈,犹如战斗雄。
>
> 戈挥罗袖卷,甲映粉颜红。
>
> 掩笑分旗下,含羞立队中。
>
> 闻声趋必肃,违令法难通。
>
> 已借妖姬首,方知上将风。
>
> 驱驰赴汤火,百战保成功。

阖闾痛此二姬,乃厚葬之于横山,立祠祭之,名曰爱姬祠。因思念爱姬,遂有不用孙武之意。伍员进曰:"臣闻:'兵者,凶器也。'不可虚谈。诛杀不果,军令不行。大王欲征楚而伯天下,思得良将,夫将以果毅为能,非孙武之将,谁能涉淮逾泗,越千里而战者乎?夫美色易得,良将难求,若因二姬而弃一贤将,何异爱莠 yǒu 草狗尾草而弃嘉禾哉!"阖闾始悟,乃封孙武为上将军,号为军师,责成以伐楚之事。伍员问孙武曰:"兵从何方而进?"孙武曰:"大凡行兵之法,先除内患,然后方可外征。吾闻王僚之弟掩余在徐,烛庸在钟吾,二人俱怀报怨之心。今日进兵,宜先除二公子,然后南伐。"伍员然之。
奏过吴王,王曰:"徐与钟吾皆小国,遣使往索逋 bū 逃亡臣,彼不敢不从。"乃
发二使,一往徐国取掩余,一往钟吾取烛庸。徐子章羽不忍掩余之死,私使
人告之,掩余逃去。路逢烛庸亦逃出,遂相与商议,往奔楚国。楚昭王喜曰:
"二公子怨吴必深,宜乘其穷而厚结之。"乃居于舒城,使之练兵以御吴。阖
闾怒二国之违命,令孙武将兵伐徐,灭之,徐子章羽奔楚。遂伐钟吾,执其君
以归。复袭破舒城,杀掩余、烛庸。阖闾便欲乘胜入郢,孙武曰:"民劳未可
骤用也。"遂班师。于是伍员献谋曰:"凡以寡胜众,以弱胜强者,必先明于劳
逸之数。晋悼公三分四军,以敝楚师,卒收萧鱼之绩指晋悼公率诸侯伐郑,驻扎萧
鱼,后来郑国投降一事,惟自逸而以劳予人也。楚执政皆贪庸之辈,莫肯任患,请
为三师以扰楚。我出一师,彼必皆出,彼出则我归,彼归则我复出,使彼力疲
而卒惰,然后猝然乘之,无不胜矣。"阖闾以为然。乃三分其军,迭出以扰楚
境,楚遣将来救,吴兵即归,楚人苦之。

　　吴王有爱女名胜玉,因内宴,庖人进蒸鱼,王食其半,而以其余赐女,女
怒曰:"王乃以剩鱼辱我,我何用生为?"退而自杀。阖闾悲之,厚为殓具,营
葬于国西阊门之外。凿池积土,所凿之处,遂成太湖,今女坟湖是也。又斫
文石以为椁外棺,金鼎、玉杯、银尊、珠襦 rú 以珠玉为饰的短衣之宝,府库几倾其
半,又取"磐郢"名剑,皆以送女。乃舞白鹤于吴市之中,令万民随而观之,因
令观者皆入隧门墓道的门送葬。隧道内设有伏机,男女既入,遂发其机,门闭,
实之以土,男女死者万人。阖闾曰:"使吾女得万人为殉,庶不寂寞也。"至今
吴俗殡事,丧亭上制有白鹤,乃其遗风。杀生送死,阖闾之无道极矣! 史臣
有诗云:

　　　　三良殉葬共非秦,鹤市何当杀万人?
　　　　不待夫差方暴骨,阖闾今日已无民!

　　话分两头。却说楚昭王卧于宫中,既醒,见枕畔有寒光,视之,得一宝
剑。及旦,召相剑者风胡子入宫,以剑示之。风胡子观剑大惊曰:"君王何从
得此?"昭王曰:"寡人卧觉,得之于枕畔,不知此剑何名?"风胡子曰:"此名
'湛卢'之剑,乃吴中剑师欧冶子所铸。昔越王铸名剑五口,吴王寿梦闻而求
之,越王乃献其三,曰'鱼肠''磐郢''湛卢'。'鱼肠'以刺王僚,'磐郢'以送
亡女,惟'湛卢'之剑在焉。臣闻此剑乃五金之英,太阳之精,出之有神,服之
则威。然人君行逆理之事,其剑即出。此剑所在之国,其国祚国运必绵远昌
炽。今吴王弑王僚自立,又坑杀万人,以葬其女,吴人悲怨,故'湛卢'之剑,

去无道而就有道也。"昭王大悦，即佩于身，以为至宝，宣示国人，以为天瑞。

　　阖闾失剑，使人访求之，有人报："此剑归于楚国。"阖闾怒曰："此必楚王赂吾左右而盗吾剑也！"杀左右数十人。遂使孙武、伍员、伯嚭率师伐楚，复遣使征兵于越。越王允常未与楚绝，不肯发兵。孙武等拔楚六、潜二邑，因后兵不继，遂班师。阖闾怒越之不同于伐楚，复谋伐越。孙武谏曰："今年岁星在越，伐之不利。"阖闾不听，遂伐越，败越兵于檇 zuì 李，大掠而还。孙武私谓伍员曰："四十年之后，越强而吴尽矣！"伍员默记其言。此阖闾五年事也。其明年，楚令尹囊瓦率舟师伐吴，以报潜、六之役。阖闾使孙武、伍员击之，败楚师于巢，获其将芈繁以归。阖闾曰："不入郢都，虽败楚兵，犹无功也。"员对曰："臣岂须臾忘郢都哉！顾楚国天下莫强，未可轻敌，囊瓦虽不得民心，而诸侯未恶。闻其索赂无厌，不久诸侯有变，乃可乘矣。"遂使孙武演习水军于江口。伍员终日使人探听楚事。忽一日，报："有唐、蔡二国遣使臣通好，已在郊外。"伍员喜曰："唐、蔡皆楚属国，无故遣使远来，必然与楚有怨，天使吾破楚入郢也。"

　　原来楚昭王为得了"湛卢"之剑，诸侯毕贺，唐成公与蔡昭侯亦来朝楚。蔡侯有羊脂白玉佩一双，银貂鼠裘二副，以一裘一佩献于楚昭王，以为贺礼，自己佩服其一。囊瓦见而爱之，使之求之于蔡侯。蔡侯爱此裘佩，不与囊瓦。唐侯有名马二匹，名曰"肃霜"。"肃霜"乃雁名，其羽如练之白，高首而长颈，马之形色似之，故以为名。后人复加马旁曰骕骦，乃天下希有之马也。唐侯以此马驾车来楚，其行速而稳。囊瓦又爱之，使人求之于唐侯，唐侯亦不与。二君朝礼既毕，囊瓦即谮于昭王曰："唐、蔡私通吴国，若放归，必导吴伐楚，不如留之。"乃拘二君于馆驿，各以千人守之，名为护卫，实则监押。其时昭王年幼，国政皆出于囊瓦。二君一住三年，思归甚切，不得起身。唐世子不见唐侯归国，使大夫公孙哲至楚省视，知其见拘之故，奏曰："二马与一国孰重？君何不献马以求归？"唐侯曰："此马希世之宝，寡人惜之！且不肯献于楚王，况令尹乎？且其人贪而无厌，以威劫寡人，寡人宁死，决不从之。"公孙哲私谓从者曰："吾主不忍一马，而久淹于楚，何其重畜而轻国哉。我等不如私盗骕骦，献于令尹。倘得主公归唐，吾辈虽坐盗马之罪，亦何所恨！"从者然之，乃以酒灌醉圉人，私盗二马献于囊瓦曰："吾主以令尹德尊望重，故令某等献上良马，以备驱驰之用。"囊瓦大喜，受其所献。次日，入告昭王曰："唐侯地褊狭小兵微，谅不足以成大事，可赦之归国。"昭王遂放唐成公出城。唐侯既归，公孙哲与众从者，皆自系于殿前待罪。唐侯曰："微诸卿献马于贪夫,寡人不能返国,此寡人之罪,二三子勿怨寡人足矣。"各厚赏之。今德安府随州城北,有骕骦陂,因马过此得名也。唐胡曾先生有诗云:

> 行行西至一荒陂,因笑唐公不见机。

> 莫惜骕骦输令尹,汉东官阙早时归。

又髯仙有诗云:

> 三年拘系辱难堪,只为名驹未售贪。

> 不是便宜私窃马,君侯安得离荆南?

蔡侯闻唐侯献马得归,亦解裘佩以献瓦。瓦复告昭王曰:"唐、蔡一体,唐侯既归,蔡不可独留也。"昭王从之。

蔡侯出了郢都,怒气填胸,取白璧沉于汉水,誓曰:"寡人若不能伐楚,而再南渡者,有如大川!"及返国,次日,即以世子元为质于晋,借兵伐楚。晋定公为之诉告于周,周敬王命卿士刘卷以王师会之。宋、齐、鲁、卫、陈、郑、许、曹、莒、邾、顿、胡、滕、薛、杞、小邾子连蔡,共是十七路诸侯,个个恨囊瓦之贪,皆以兵从。晋士鞅为大将,荀寅副之,诸军毕集于召陵之地。荀寅自以为蔡兴师,有功于蔡,欲得重货,使人谓蔡侯曰:"闻君有裘佩以遗楚君臣,何独敝邑而无之? 吾等千里兴师,专为君侯,不知何以犒师也?"蔡侯对曰:"孤以楚令尹瓦贪冒不仁,弃而投晋,惟大夫念盟主之义,灭强楚以扶弱小,则荆襄五千里,皆犒师之物也,利孰大焉。"荀寅闻之甚愧。其时周敬王十四年之春三月,偶然大雨连旬,刘卷患疟,荀寅遂谓士鞅曰:"昔五伯莫盛于齐桓,然驻师召陵,未尝少损于楚。先君文公仅一胜之,其后构兵不已。自交见以后,晋、楚无隙,自我开之不可。况水潦方降,疾疟方兴,恐进未必胜,退为楚乘,不可不虑。"士鞅亦是个贪夫,也思蔡侯酬谢,未遂其欲,托言雨水不利,难以进兵,遂却蔡侯之质,传令班师。各路诸侯见晋不做主,各散回本国。髯仙有诗云:

> 冠裳济济拥兵车,直捣①荆襄力有余。

> 谁道中原无义士,也同囊瓦索苞苴②。

蔡侯见诸军解散,大失所望。归过沈国,怪沈子嘉不从伐楚,使大夫公孙姓袭灭其国,虏其君杀之,以泄其愤。楚囊瓦大怒,兴师伐蔡,围其城。公孙姓进曰:"晋不足恃矣,不如东行求救于吴。子胥、伯嚭诸臣与楚有大仇,必能出力。"蔡侯从之。即令公孙姓约会唐侯,共投吴国借兵,以其次子公子

---

①捣:同"捣"。　②苞苴(bāo jū):馈赠的礼物,又指贿赂。

乾为质。伍员引见阖闾曰："唐、蔡以伤心之怨,愿为先驱。夫救蔡显名,破楚厚利,王欲入郢,此机不可失也。"阖闾乃受蔡侯之质,许以出兵,先遣公孙姓归报。阖闾正欲调兵,近臣报道："今有军师孙武自江口归,有事求见。"阖闾召入,问其来意。孙武曰："楚所以难攻者,以属国众多,未易直达其境也。今晋侯一呼,而十八国群集,内中陈、许、顿、胡皆素附于楚,亦弃而从晋,人心怨楚,不独唐、蔡,此楚势孤之时矣。"阖闾大悦,使被离、专毅辅太子波居守,拜孙武为大将,伍员、伯嚭副之,亲弟公子夫概为先锋,公子山专督粮饷,悉起吴兵六万,号为十万,从水路渡淮,直抵蔡国。囊瓦见吴兵势大,解围而走,又恐吴兵追赶,直渡汉水,方才屯扎,连打急报至郢都告急。

再说蔡侯迎接吴王,泣诉楚君臣之恶,未几唐侯亦到。二君愿为左右翼,相从灭楚。临行,孙武忽传令军士登陆,将战舰尽留于淮水之曲。伍员私问舍舟之故,孙武曰："舟行水逆而迟,使楚得徐为备,不可破矣。"员服其言。大军自江北陆路走章山,直趋汉阳。楚军屯于汉水之南,吴兵屯于汉水之北。囊瓦日夜愁吴军济汉,闻其留舟于淮水,心中稍安。楚昭王闻吴兵大举,自召诸臣问计。公子申曰："子常非大将之才,速令左司马沈尹戌领兵前往,勿使吴人渡汉。彼远来无继,必不能久。"昭王从其言,使沈尹戌率兵一万五千,同令尹协力拒守。

沈尹戌来至汉阳,囊瓦迎入大寨。戌问曰："吴兵从何而来,如此之速?"瓦曰："弃舟于淮汭 ruì,从陆路自豫章至此。"戌连笑数声曰："人言孙武用兵如神,以此观之,真儿戏耳!"瓦曰："何谓也?"戌曰："吴人惯习舟楫,利于水战,今乃舍舟从陆,但取便捷,万一失利,更无归路,吾所以笑之。"瓦曰："彼兵见屯汉北,何计可破?"戌曰："吾分兵五千与子,子沿汉列营,将船只尽拘集于南岸,再令轻舟旦夕往来于江之上下,使吴军不得掠舟而渡。我率一军从新息抄出淮汭,尽焚其舟,再将汉东隘道用木石磊断。然后令尹引兵渡汉江,攻其大寨,我从后而击之。彼水陆路绝,首尾受敌,吴君臣之命,皆丧于吾手矣。"囊瓦大喜曰："司马高见,吾不及也。"于是沈尹戌留大将武城黑统军五千相助囊瓦,自引一万人望新息进发。不知后来胜败如何,且看下回分解。

楚北
王棄
郢西
奔

伍子胥掘墓鞭屍

第七十六回　楚昭王弃郢西奔　伍子胥掘墓鞭尸

　　话说沈尹戌去后，吴、楚夹汉水而军，相持数日。武城黑欲献媚于令尹，进言曰："吴人舍舟从陆，违其所长，且又不识地理，司马已策其必败矣。今相持数日，不能渡江，其心已怠，宜速击之。"瓦之爱将史皇亦曰："楚人爱令尹者少，爱司马者多，若司马引兵焚吴舟，塞隘道，则破吴之功，彼为第一也。令尹官高名重，屡次失利，今又以第一之功让于司马，何以立于百僚之上？司马且代子为政矣。不如从武城将军之计，渡江决一胜负为上。"囊瓦惑其言，遂传令三军，俱渡汉水，至小别山列成阵势。史皇出兵挑战，孙武使先锋夫概迎之。夫概选勇士三百人，俱用坚木为大棒，一遇楚兵，没头没脑乱打将去。楚兵从未见此军形，措手不迭，被吴兵乱打一阵，史皇大败而走。囊瓦曰："子令我渡江，今才交兵便败，何面目来见我？"史皇曰："战不斩将，攻不擒王，非兵家之大勇。今吴王大寨扎在大别山之下，不如今夜出其不意，往劫之，以建大功。"囊瓦从之。遂挑选精兵万人，披挂衔枚，从间道偏僻的小路杀出大别山后。诸军得令，依计而行。

　　却说孙武闻夫概初战得胜，众皆相贺。武曰："囊瓦乃斗筲 shāo 斗和筲都是容量不大的容器，比喻人的器量狭小或见识短浅之辈，贪功侥幸，今史皇小挫，未有亏损，今夜必来掩袭突然袭击大寨，不可不备。"乃令夫概、专毅各引本部，伏于大别山之左右，但听哨角为号，方许杀出，使唐、蔡二君分两路接应。又令伍员引兵五千，抄出小别山，反劫囊瓦之寨，却使伯嚭接应。孙武又使公子山保护吴王，移屯于汉阴山，以避冲突。大寨虚设旌旗，留老弱数百守之。号令已毕，时当三鼓，囊瓦果引精兵，密从山后抄出。见大寨中寂然无备，发声喊，杀入军中，不见吴王，疑有埋伏，慌忙杀出。忽听得哨角齐鸣，专毅、夫概两军左右突出夹攻，囊瓦且战且走，三停兵士折了一停。才得走脱，又闻炮声大震，右有蔡侯，左有唐侯，两下截住。唐侯大叫："还我肃霜马，免汝一死！"蔡侯又叫："还我裘佩，饶汝一命！"囊瓦又羞又恼，又慌又怕。正在危急，却得武城黑引兵来，大杀一阵，救出囊瓦。约行数里，一起守寨小军来报："本营已被吴将伍员所劫，史将军大败，不知下落。"囊瓦心胆俱裂，引着败兵，连夜奔驰，直到柏举，方才驻足。良久，史皇亦引残兵来到，余兵渐集，复立营寨。囊瓦曰:"孙武用兵,果有机变! 不如弃寨逃归,请兵复战。"史皇曰:"令尹率大兵拒吴,若弃寨而归,吴兵一渡汉江,长驱入郢,令尹之罪何逃? 不如尽力一战,便死于阵上,也留个香名于后!"

囊瓦正在踌躇,忽报:"楚王又遣一军来接应。"囊瓦出寨迎接,乃大将蓮射也。射曰:"主上闻吴兵势大,恐令尹不能取胜,特遣小将带军一万,前来听命。"因问从前交战之事。囊瓦备细详述了一遍,面有惭色。蓮射曰:"若从沈司马之言,何至如此。今日之计,惟有深沟高垒,勿与吴战,等待司马兵到,然后合击。"囊瓦曰:"某因轻兵劫寨,所以反被其劫。若两阵相当,楚兵岂遽弱于吴哉! 今将军初到,乘此锐气,宜决一死战。"蓮射不从,遂与囊瓦各自立营,名虽互为犄角,相去有十余里。囊瓦自恃爵高位尊,不敬蓮射;蓮射又欺囊瓦无能,不为之下,两边各怀异意,不肯和同商议。吴先锋夫概探知楚将不和,乃入见吴王曰:"囊瓦贪而不仁,素失人心;蓮射虽来赴援,不遵约束。三军皆无斗志,若追而击之,可必全胜。"阖闾不许。夫概退曰:"君行其令,臣行其志,吾将独往,若幸破楚军,郢都可入也。"晨起,率本部兵五千竟奔囊瓦之营。孙武闻之,急调伍员引兵接应。

却说夫概打入囊瓦大寨,瓦全不准备,营中大乱,武城黑舍命敌住。瓦不及乘车,步出寨后,左胛已中一箭,却得史皇率本部兵到,以车载之。谓瓦曰:"令尹可自方便,小将当死于此!"囊瓦卸下袍甲,乘车疾走,不敢回郢,竟奔郑国逃难去了。髯翁有诗云:

> 披裘佩玉驾名驹,只道千年住郢都。
> 兵败一身逃难去,好教万口笑贪夫。

伍员兵到,史皇恐其追逐囊瓦,乃提戟引本部杀入吴军,左冲右突,杀死吴兵将二百余人。楚兵死伤,数亦相当,史皇身被重伤而死。武城黑战夫概不退,亦被夫概斩之。蓮射之子蓮延,闻前营有失,报知其父,欲提兵往救。蓮射不许,自立营前弹压,令军中:"乱动者斩!"囊瓦败军皆归于蓮射,点视尚有万余,合成一军,军势复振。蓮射曰:"吴军乘胜掩至,不可当也。及其未至,整队而行,退至郢都,再作区处。"乃令大军拔寨都起,蓮延先行,蓮射亲自断后。夫概探得蓮射移营,尾其后追之,及于清发,楚兵方收集船只,将谋渡江。吴兵便欲上前奋击,夫概止之曰:"困兽犹斗,况人乎? 若逼之太急,将致死力。不如暂且驻兵,待其半渡,然后击之。已渡者得免,未渡者争先,谁肯死斗? 胜之必矣!"乃退二十里安营。中军孙武等俱到,闻夫概之言,人人称善。阖闾谓伍员曰:"寡人有弟如此,何患郢都不入。"伍员曰:"臣闻被离曾相夫概，言其毫毛倒生，必有背国叛主之事，虽则英勇，不可专任。"阖闾不以为然。

再说蘧射闻吴兵来追，方欲列阵拒敌，又闻其复退，喜曰："固知吴人怯，不敢穷追也。"乃下令五鼓饱食，一齐渡江。刚刚渡及十分之三，夫概兵到，楚军争渡大乱。蘧射禁止不住，只得乘车疾走。军士未渡者，都随着主将乱窜。吴军从后掩杀，掠取旗鼓戈甲无数。孙武命唐、蔡二君各引本国军将，夺取渡江船只，沿江一路接应。蘧射奔至雍澨 shì，将卒饥困，不能奔走。所喜追兵已远，暂且停留，埋锅造饭。饭才熟，吴兵又到，楚兵将不及下咽，弃食而走，留下现成熟饭，反与吴兵受用。吴兵饱食，复尽力追逐。楚兵自相践踏，死者更多。蘧射车踬 zhì 跌倒，绊倒，被夫概一戟刺死。其子蘧延亦被吴兵围住，延奋勇冲突，不能得出。忽闻东北角喊声大振，蘧延曰："吴又有兵到，吾命休矣！"原来那枝兵却是左司马沈尹戍行至新息，得囊瓦兵败之信，遂从旧路退回，却好在雍澨遇着吴兵围住蘧延。戍遂将部下万人，分作三路杀入。夫概恃其屡胜，不以为意，忽见楚三路进兵，正不知多少军马，没抵敌一头处，遂解围而走。沈尹戍大杀一阵，吴兵死者千余人。沈尹戍正欲追杀，吴王阖闾大军已到，两下扎营相拒。沈尹戍谓其家臣吴句卑曰："令尹贪功，使吾计不遂，天也！今敌患已深，明日吾当决一死战。幸而胜，兵不及郢，楚国之福。万一战败，以首托汝，勿为吴人所得。"又谓蘧延曰："汝父已殁于敌，汝不可以再死，宜亟归，传语子西，为保郢计。"蘧延下拜曰："愿司马驱除东寇，早建大功！"垂泪而别。明旦，两下列阵交锋。沈尹戍平昔抚士有方，军卒用命，无不尽力死斗。夫概虽勇，不能取胜，看看欲败。孙武引大军杀来，右有伍员、蔡侯，左有伯嚭、唐侯，强弓劲弩在前，短兵在后，直冲入楚军，杀得七零八落。戍死命杀出重围，身中数箭，僵卧车中，不能复战，乃呼吴句卑曰："吾无用矣！汝可速取吾首，去见楚王！"句卑犹不忍。戍尽力大喝一声，遂瞑目不视。句卑不得已，用剑断其首，解裳裹而怀之，复掘土掩盖其尸，奔回郢都去了。吴兵遂长驱而进。史官有赞云：

　　楚谋不臧，贼贤升佞；伍族既捐，郤宗复尽。表表沈尹，一木支厦；
　　操敌掌中，败于贪瓦。功隳 huī 身亡，凌霜暴日；天祐忠臣，归元于国。

话说蘧延先归，见了昭王，哭诉囊瓦败奔，其父被杀之事。昭王大惊，急召子西、子期等商议，再欲出军接应。随后吴句卑亦到，呈上沈尹戍之首，备述兵败之由："皆因令尹不用司马之计，以至如此。"昭王痛哭曰："孤不能早用司马，孤之罪也。"因大骂囊瓦："误国奸臣，偷生于世，犬豕不食其肉！"句卑曰:"吴兵日逼,大王须早定保郢之计。"昭王一面召沈诸梁领回父首,厚给葬具,封诸梁为叶公;一面议弃城西走。子西号哭谏曰:"社稷陵寝,尽在郢都,王若弃去,不可复入矣。"昭王曰:"所恃江、汉为险,今已失其险。吴师旦夕将至,安能束手受擒乎?"子期奏曰:"城中壮丁尚有数万,王可悉出宫中粟帛,激励将士,固守城堞 dié 城墙。遣使四出,往汉东诸国,令合兵入援。吴人深入我境,粮饷不继,岂能久哉?"昭王曰:"吴因 依靠,依赖 粮于我,何患乏食?晋人一呼,顿、胡皆往,吴兵东下,唐、蔡为导,楚之宇下,尽已离心,不可恃也。"子西又曰:"臣等悉师拒敌,战而不胜,走犹未晚。"昭王曰:"国家存亡,皆在二兄,当行则行,寡人不能与谋矣。"言罢,含泪入宫。子西与子期计议,使大将斗巢引兵五千,助守麦城,以防北路;大将宋木引兵五千,助守纪南城,以防西北路;子西自引精兵一万,营于鲁洑 fú 江,以扼东渡之路;惟西路川江,南路湘江,俱是楚地,地方险远,非吴入楚之道,不必置备。子期督令王孙繇于、王孙圉 yǔ、钟建、申包胥等在内巡城,十分严紧。

再说吴王阖闾聚集诸将,问入郢之期。伍员进曰:"楚虽屡败,然郢都全盛,且三城联络,未易拔也。西去鲁洑江,乃入楚之径路,必有重兵把守。必须从北打大宽转 绕个大弯,分军为三:一军攻麦城,一军攻纪南城,大王率大军直捣郢都,彼疾雷不及掩耳,顾此失彼,二城若破,郢不守矣。"孙武曰:"子胥之计甚善!"乃使伍员同公子山引兵一万,蔡侯以本国之师助之,去攻麦城;孙武同夫概引兵一万,唐侯以本国之师助之,去攻纪南城;阖闾同伯嚭等引大军攻郢城。

且说伍员东行数日,谍者报:"此去麦城止一舍之远,有大将斗巢引兵守把。"员命屯住军马,换了微服,小卒二人跟随,步出营外,相度 duó 地形。来至一村,见村人方牵驴磨麦,其人以棰击驴,驴走磨转,麦屑纷纷而下。员忽悟曰:"吾知所以破麦城矣!"当下回营,暗传号令:"每军士一名,要布袋一个,内皆盛土,又要草一束,明日五鼓交割,如无者斩!"至次日五更,又传一令:"每车要带乱石若干,如无者斩!"比及天明,分军为二队:蔡侯率一队往麦城之东,公子乾率一队往麦城之西,吩咐各将所带石土、草束筑成小城,以当营垒。员身自规度,督率军士用力,须臾而就。东城狭长,以象驴形,名曰"驴城";西城正圆,以象磨形,名曰"磨城"。蔡侯不解其意,员笑曰:"东驴西磨,何患'麦'之不下耶?"斗巢在麦城闻知吴兵东西筑城,急忙引兵来争,谁知二城已立,屹如坚垒。斗巢先至东城,城上旌旗布满,铎 duó 古乐器,一种大铃,宣布教令或有战事时使用 声不绝。斗巢大怒,便欲攻城。只见辕门开处,一员少年将军引兵出战。斗巢问其姓名，答曰："吾乃蔡侯少子姬乾也。"斗巢曰："孺子非吾敌手！伍子胥安在？"姬乾曰："已取汝麦城去矣！"斗巢愈怒，挺着长戟，直取姬乾。姬乾奋戈相迎，两下交锋，约二十余合。忽有哨马飞报："今有吴兵攻打麦城，望将军速回！"斗巢恐巢穴有失，急鸣金收军，军伍已乱。姬乾乘势掩杀一陈，不敢穷追而返。

斗巢回至麦城，正遇伍员指挥军马围城。斗巢横戈拱手曰："子胥别来无恙？足下先世之冤，皆由无极，今谗人已诛，足下无冤可报矣。宗国三世之恩，足下岂忘之乎？"员对曰："吾先人有大功于楚，楚王不念，冤杀父兄，又欲绝吾之命，幸蒙天祐，得脱于难。怀之十九年，乃有今日，子如相谅，速速远避，勿撄 yīng 接触吾锋，可以相全。"斗巢大骂："背主之贼！避汝不算好汉。"便挺戟来战伍员，员亦持戟相迎。略战数合，伍员曰："汝已疲劳，放汝入城，明日再战。"斗巢曰："来日决个死敌！"两下各自收军。城上看见自家人马，开门接应入城去了。至夜半，忽然城上发起喊来，报道："吴兵已入城矣！"原来伍员军中多有楚国降卒，故意放斗巢入城，却教降卒数人，一样妆束，杂在楚兵队里混入，伏于僻处，夜半于城上放下长索，吊上吴军。比及知觉，城上吴军已有百余，齐声呐喊，城外大军应之，守城军士乱窜，斗巢禁约不住，只得乘辂 yáo 车出走。伍员也不追赶，得了麦城，遣人至吴王处报捷。潜渊有诗云：

> 西磨东驴下麦城，偶因触目得功成。
>
> 子胥智勇真无敌，立见荆蛮右臂倾！

话说孙武引兵过虎牙山，转入当阳阪，望见漳江在北，水势滔滔，纪南地势低下，西有赤湖，湖水通纪南及郢都城下。武看在肚里，心生一计，命军士屯于高阜之处，各备畚锸 běn chā 挖运泥土的工具，畚用来装土，锸用来挖土，限一夜之间，要掘开深壕一道，引漳江之水，通于赤湖，却筑起长堤，坝住江水。那水进无所泄，平地高起二三丈，又遇冬月，西风大发，即时灌入纪南城中。守将宋木只道江涨，驱城中百姓奔郢都避水。那水势浩大，连郢都城下，一望如江湖了。孙武使人于山上砍竹造筏，吴军乘筏薄城。城中方知此水乃吴人决漳江所致，众心惶惧，各自逃生。楚王知郢都难守，急使箴尹固具舟西门，取其爱妹季芈一同登舟。子期在城上，正欲督率军士捍水堵水，闻楚王已行，只得同百官出城保驾，单单走出一身，不复顾其家室矣。郢都无主，不攻自破。史官有诗云：

> 虎踞方城阻汉川，吴兵迅扫若飞烟。

忠良弃尽谗贪售,不怕隆城高入天。

　　孙武遂奉阖闾入郢都城,即使人掘开水坝,放水归江,合兵以守四郊。伍员亦自麦城来见。阖闾升楚王之殿,百官拜贺已毕,然后唐、蔡二君亦入朝致词称庆。阖闾大喜,置酒高会。是晚,阖闾宿于楚王之宫,左右得楚王夫人以进。阖闾欲使侍寝,意犹未决。伍员曰:"国尚有之,况其妻乎?"王乃留宿,淫其妾媵殆遍。左右或言:"楚王之母伯嬴乃太子建之妻,平王以其美而夺之,今其齿尚少,色未衰也。"阖闾心动,使人召之,伯嬴不出。阖闾怒,命左右:"牵来见寡人。"伯嬴闭户,以剑击户而言曰:"妾闻诸侯者,一国之教也。礼,男女居不同席,食不共器,所以示别。今君王弃其表仪,以淫乱闻于国人,未亡人宁伏剑而死,不敢承命。"阖闾大惭,乃谢曰:"寡人敬慕夫人,愿识颜色,敢及乱乎? 夫人休矣。"使其旧侍为之守户,诫从人不得妄入。伍员求楚昭王不得,乃使孙武、伯嚭等,亦分据诸大夫之室,淫其妻妾以辱之。唐侯、蔡侯同公子山往搜囊瓦之家,裘佩尚依然在笥_{古时一种用竹、苇编制的盛衣物的}箱子,肃霜马亦在厩中,二君各取其物,俱转献于吴王。其他宝货金帛,充牣_{rèn 充满}室中,恣左右运取,狼藉道路。囊瓦一生贪贿,何曾受用? 公子山欲取囊瓦夫人,夫概至,逐山而自取之。是时君臣宣淫,男女无别,郢都城中,几于兽群而禽聚矣。髯翁有诗云:

　　　行淫不避楚君臣,但快私心渎大伦。
　　　只有伯嬴持晚节,清风一线未亡人。

　　伍员言于吴王,欲将楚宗庙尽行拆毁。孙武进曰:"兵以义动,方为有名。平王废太子建而立秦女之子,任用谗贪,内戮忠良,而外行暴于诸侯,是以吴得至此。今楚都已破,宜召太子建之子芈胜,立之为君,使主宗庙,以更昭王之位。楚人怜故太子无辜,必然相安,而胜怀吴德,世世贡献不绝。王虽赦楚,犹得楚也。如此,则名实俱全矣!"阖闾贪于灭楚,遂不听孙武之言,乃焚毁其宗庙,唐、蔡二君各辞归本国去讫。阖闾复置酒章华之台,大宴群臣,乐工奏乐,群臣皆喜,惟伍员痛哭不已。阖闾曰:"卿报楚之志已酬矣,又何悲乎?"员含泪而对曰:"平王已死,楚王复逃,臣父兄之仇,尚未报万分之一也。"阖闾曰:"卿欲何如?"员对曰:"乞大王许臣掘平王之冢墓,开棺斩首,方可泄臣之恨。"阖闾曰:"卿为德于寡人多矣,寡人何爱于枯骨,不以慰卿之私耶?"遂许之。

　　伍员访知平王之墓,在东门外地方室丙庄寥台湖,乃引本部兵往。但见平原衰草,湖水茫茫,并不知墓之所在,使人四下搜觅,亦无踪影。伍员乃捶胸向天而号曰："天乎,天乎! 不令我报父兄之怨乎?"忽有老父至前,揖而问曰:"将军欲得平王之冢何故?"员曰:"平王弃子夺媳,杀忠任佞,灭吾宗族,吾生不能加兵其颈,死亦当戮其尸,以报父兄于地下。"老父曰:"平王自知多怨,恐人发掘其墓,故葬于湖中。将军必欲得棺,须涸湖水而求之,乃可见也。"因登寥台,指示其处。员使善没之士,入水求之,于台东果得石椁。乃令军士各负沙一囊,堆积墓旁,瓮 yōng 堵塞住流水;然后凿开石椁,得一棺甚重,发之,内惟衣冠及精铁数百斤而已。老叟曰:"此疑棺也,真棺尚在其下。"更去石板下层,果然有一棺。员令毁棺,拽出其尸,验之,果楚平王之身也。用水银殓过,肤肉不变。员一见其尸,怨气冲天,手持九节铜鞭,鞭之三百,肉烂骨折。于是左足践其腹,右手抉 jué 挖出其目,数之曰:"汝生时枉有目珠,不辨忠佞,听信谗言,杀吾父兄,岂不冤哉!"遂断平王之头,毁其衣衾棺木,同骸骨弃于原野。髯翁有赞云:

　　　怨不可积,冤不可极。极冤无君长,积怨无存殁。匹夫逃死,僇①及朽骨。泪血洒鞭,怨气昏日。孝意夺忠,家仇及国。烈哉子胥,千古犹为之饮泣!

伍员既挞平王之尸,问老叟曰:"子何以知平王葬处及其棺木之诈?"老叟曰:"吾非他人,乃石工也。昔平王令吾石工五十余人,砌造疑冢,恐吾等泄漏其机,冢成之后,将诸工尽杀冢内,独老汉私逃得免。今日感将军孝心诚切,特来指明,亦为五十余冤鬼,稍偿其恨耳。"员乃取金帛厚酬老叟而去。

再说楚昭王乘舟西涉沮 jū 水,又转而南渡大江,入于云中。有草寇数百人,夜劫昭王之舟,以戈击昭王。时王孙繇于在旁,以背蔽王,大喝曰:"此楚王也,汝欲何为?"言未毕,戈中其肩,流血及踵,昏倒于地。寇曰:"吾辈但知有财帛,不知有王! 且令尹大臣尚且贪贿,况小民乎?"乃大搜舟中金帛宝货之类,箴尹固急扶昭王登岸避之。昭王呼曰:"谁为我护持爱妹,勿令有伤!"下大夫钟建背负季芈,以从王于岸。回顾群盗放火焚舟,乃夜走数里。至明旦,子期同宋木、斗辛、斗巢陆续踪迹而至。斗辛曰:"臣家在郧 yún,去此不及四十里,吾王且勉强到彼,再作区处。"少顷,王孙繇于亦至,昭王惊问曰:"子负重伤,何以得免?"繇于曰:"臣负痛不能起,火及臣身,忽若有人推臣上岸,昏迷中闻其言曰:'吾乃楚之故令尹孙叔敖也。传语吾王,吴师不久自退,社稷绵远。'因以药敷臣之肩,醒来时血止痛定,故能及此。"昭王曰:"孙

---

① 僇(lù):通"戮",残害。

叔产于云中,其灵不泯。"相与嗟叹不已。斗巢出干糒 bèi 粮食同食,箴尹固解匏 páo 葫芦瓢汲水以进。昭王使斗辛觅舟于成臼之津,辛望见一舟东来,载有妻小,察之,乃大夫蓝尹亹 wěi 也。辛呼曰:"王在此,可以载之。"蓝尹亹曰:"亡国之君,吾何载焉!"竟去不顾。斗辛伺候良久,复得渔舟,解衣以授之,才肯舣舟拢岸。王遂与季芈同渡,得达郧邑。

斗辛之仲弟斗怀,闻王至出迎。辛令治馔,斗怀进食,屡以目视昭王。斗辛疑之,乃与季弟巢亲侍王寝。至夜半,闻淬 cuì 原指铸造刀剑时将刀剑加热到一定温度,然后浸入水中冷却,此处指磨刀刀声,斗辛开门出看,乃斗怀也,手执霜刃,怒气勃勃。辛曰:"弟淬刃欲何为乎?"怀曰:"欲弑王耳!"辛曰:"汝何故生此逆心?"怀曰:"昔吾父忠于平王,平王听费无极谗言而杀之。平王杀我父,我杀平王之子,以报其仇,有何不可。"辛怒骂曰:"君犹天也,天降祸于人,人敢仇乎?"怀曰:"王在国则为君,今失国则为仇,见仇不杀,非人也。"辛曰:"古者怨不及嗣,王又悔前人之失,录用我兄弟,今乘其危而弑之,天理不容。汝若萌此意,吾先斩汝!"斗怀挟刃出门而去,恨恨不已。昭王闻户外叱喝之声,披衣起窃听,备闻其故,遂不肯留郧。斗辛、斗巢与子期商议,遂奉王北奔随国。

却说子西在鲁洑江把守,闻郢都已破,昭王出奔,恐国人遣散,乃服王服,乘王舆,自称楚王,立国于脾泄,以安人心。百姓避吴乱者,依之以居。已而闻王在随,晓谕百姓,使知王之所在,然后至随,与王相从。伍员终以不得楚昭王为恨,言于阖闾曰:"楚王未得,楚未可灭也。臣愿率一军西渡,踪迹昏君,执之以归。"阖闾许之。伍员一路追寻,闻楚王在随,竟往随国,致书随君,要索取楚王。毕竟楚王如何得免,且看下回分解。

泣秦庭申包胥借兵

楊吴師楚昭王返國

第七十七回　泣秦庭申包胥借兵　退吴师楚昭王返国

话说伍员屯兵于随国之南鄙,使人致书于随侯,书中大约言:"周之子孙,在汉川者,被楚吞噬殆尽。今天祐吴国,问罪于楚君。若出楚珍,与吴为好,汉阳之田,尽归于君,寡君与君世为兄弟,同事周室。"随侯看毕,集群臣计议。楚臣子期面貌与昭王相似,言于随侯曰:"事急矣! 我伪为王而以我出献,王乃可免也。"随侯使太史卜其吉凶,太史献繇曰:

> 平必陂,往必复。故勿弃,新勿欲。西邻为虎,东邻为肉。

随侯曰:"楚故而吴新,鬼神示我矣。"乃使人辞伍员曰:"敝邑依楚为国,世有盟誓。楚君若下辱,不敢不纳。然今已他徙矣,惟将军察之!"

伍员以囊瓦在郑,疑昭王亦奔郑,且郑人杀太子建,仇亦未报,遂移兵伐郑,围其郊。时郑贤臣游吉新卒,郑定公大惧,归咎囊瓦,瓦自杀。郑伯献瓦尸于吴军,说明楚王实未至郑。吴师犹不肯退,必欲灭郑,以报太子之仇。诸大夫请背城一战,以决存亡。郑伯曰:"郑之兵马孰若楚? 楚且破,况于郑乎?"乃出令于国中曰:"有能退吴军者,寡人愿与分国而治。"悬令三日。时鄂渚渔丈人之子,因避兵亦逃在郑城之中,闻吴国用伍员为主将,乃求见郑君,自言:"能退吴军。"郑定公曰:"卿退吴兵,用车徒几何?"对曰:"臣不用一寸之兵,一斗之粮,只要与臣一桡 ráo 船桨,行歌道中,吴兵便退。"郑伯不信,然一时无策,只得使左右以一桡授之:"果能退吴,不吝上赏。"渔丈人之子,缒 zhuì 用绳子拴住从高处放下城而下,直入吴军,于营前叩桡而歌曰:

> 芦中人! 芦中人! 腰间宝剑七星文,不记渡江时,麦饭鲍鱼羹?

军士拘之,来见伍员,其人歌"芦中人"如故。员下席惊问曰:"足下是何人?"举桡而对曰:"将军不见吾手中所操乎? 吾乃鄂渚渔丈人之子也。"员恻然曰:"汝父因吾而死,正思报恩,恨无其路。今日幸得相遇,汝歌而见我,意何所须?"对曰:"别无所须也。郑国惧将军兵威,令于国中:'有能退吴军者,与之分国而治。'臣念先人与将军有仓卒之遇指渔丈人渡伍子胥过河之事,今欲从将军乞赦郑国。"员乃仰天叹曰:"嗟乎! 员得有今日,皆渔丈人所赐,上天苍苍,岂敢忘也!"即日下令解围而去。渔丈人之子回报郑伯,郑伯大喜,乃以百里之地封之,国人称之曰"渔大夫"。至今溱 zhēn、洧 wěi 之间,有丈人村,即所封地也。髯翁有诗云：

> 密语芦洲隔死生，桡歌强似楚歌声。
>
> 三军既散分茅土①，不负当时江上情。

伍员既解郑国之围，还军楚境，各路分截守把，大军营于麇地，遣人四出招降楚属，兼访求昭王甚急。

却说申包胥自郢都破后，逃避在夷陵石鼻山中，闻子胥掘墓鞭尸，复求楚王，乃遣人致书于子胥，其略曰：

> 子故平王之臣，北面事之，今乃僇辱其尸，虽云报仇，不已甚乎？
>
> 物极必反，子宜速归。不然，胥当践"复楚"之约！

伍员得书，沉吟半晌，乃谓来使曰："某因军务倥偬 kǒng zǒng 事物繁忙而急迫，不能答书，借汝之口，为我致谢申君：忠孝不能两全，吾日暮途远，故倒行而逆施耳！"使者回报包胥，包胥曰："子胥之灭楚必矣，吾不可坐而待之。"想起楚平王夫人乃秦哀公之女，楚昭王乃秦之甥，要解楚难，除是求秦。乃昼夜西驰，足踵俱开，步步流血，裂裳而裹之。奔至雍州，来见秦哀公曰："吴贪如封豕 大猪，比喻贪婪之人，毒如长蛇，久欲荐食 不断吞食、吞并 诸侯，兵自楚始。寡君失守社稷，逃于草莽之间，特命下臣，告急于上国，乞君念甥舅之情，代为兴兵解厄。"秦哀公曰："秦僻在西陲，兵微将寡，自保不暇，安能为人？"包胥曰："楚、秦连界，楚遭兵而秦不救，吴若灭楚，次将及秦，君之存楚，亦以固秦也。若秦遂有楚国，不犹愈于吴乎？倘能抚而存之，不绝其祀，情愿世世北面事秦。"秦哀公意犹未决，曰："大夫姑就馆驿安下，容孤与群臣商议。"包胥对曰："寡君越在草莽，未得安居，下臣何敢就馆自便乎？"时秦哀公沉湎于酒，不恤国事。包胥请命愈急，哀公终不肯发兵。于是，包胥不脱衣冠，立于秦庭之中，昼夜号哭，不绝其声。如此七日七夜，水浆一勺不入其口。哀公闻之，大惊曰："楚臣之急其君，一至是乎？楚有贤臣如此，吴犹欲灭之；寡人无此贤臣，吴岂能相容哉？"为之流涕，赋《无衣》之诗以旌之。诗曰：

> 岂曰无衣？与子同袍。王于兴师，与子同仇。

包胥顿首称谢，然后始进壶飧。

秦哀公命大将子蒲、子虎帅车五百乘，从包胥救楚。包胥曰："吾君在随望救，不啻 chì 不异于 如大旱之望雨。胥当先往一程，报知寡君。元帅从商谷

---

①茅土：古代天子分封王侯时，用代表方位的五色土筑坛，按封地所在方向取一色土，包以白茅而授之，作为受封者有国建社的象征。后以茅土指王侯封爵。

而东,五日可至襄阳,折而南,即荆门。而胥以楚之余众,自石梁山南来,计不出二月,亦可相会。吴恃其胜,必不为备,军士在外,日久思归,若破其一军,自然瓦解。"子蒲曰:"吾未知路径,必须楚兵为导,大夫不可失期。"

包胥辞了秦帅,星夜至随,来见昭王,言:"臣请得秦兵,已出境矣。"昭王大喜,谓随侯曰:"卜人所言:'西邻为虎,东邻为肉。'秦在楚之西,而吴在其东,斯言果验矣。"时蒍wěi延、宋木等亦收拾余兵,从王于随。子西、子期并起随众,一齐进发。秦师屯于襄阳,以待楚师。包胥引子西、子期等与秦帅相见。楚兵先行,秦兵在后,遇夫概之师于沂水,子蒲谓包胥曰:"子率楚师先与吴战,吾当自后会之。"包胥便与夫概交锋。夫概恃勇,看包胥有如无物。约斗十余合,未分胜败。子蒲、子虎驱兵大进。夫概望见旗号有秦字,大惊曰:"西兵何得至此?"急急收军,已折大半。子西、子期等乘胜追逐五十里方止。夫概奔回郢都,来见吴王,盛称秦兵势锐,不可抵当。阖闾有惧色。孙武进曰:"兵,凶器,可暂用而不可久也。且楚土地尚广,人心未肯服吴,臣前请王立芈胜以抚楚,正虞今日之变耳。为今之计,不如遣使与秦通好,许复楚君;割楚之西鄙西方的边邑,以益吴疆,君亦不为无利也。若久恋楚宫,与之相持,楚人愤而力,吴人骄而惰,加以虎狼之秦,臣未保其万全。"伍员知楚王必不可得,亦以武言为然。阖闾将从之,伯嚭进曰:"吾兵自离东吴,一路破竹而下,五战拔郢,遂夷楚社。今一遇秦兵,即便班师,何前勇而后怯耶?愿给臣兵一万,必使秦兵片甲不回。如若不胜,甘当军令!"阖闾壮其言,许之。

孙武与伍员力止不可交兵,伯嚭不从,引兵出城,两军相遇于军祥,排成阵势。伯嚭望见楚军行列不整,便教鸣鼓,驰车突入,正遇子西,大骂:"汝万死之余,尚望寒灰再热耶?"子西亦骂:"背国叛夫!今日何颜相见?"伯嚭大怒,挺戟直取子西,子西亦挥戈相迎。战不数合,子西诈败而走。伯嚭追之,未及二里,左边沈诸梁一军杀来,右边蒍延一军杀来,秦将子蒲、子虎引生力军,从中直贯吴阵。三路兵将吴兵截为三处,伯嚭左冲右突,不能得脱。却得伍员兵到,大杀一阵,救出伯嚭。一万军马,所存不上二千人。伯嚭自囚,入见吴王待罪。孙武谓伍员曰:"伯嚭为人,矜功自任,久后必为吴国之患,不如乘此兵败,以军令斩之。"伍员曰:"彼虽有丧师之罪,然前功不小,况敌在目前,不可斩一大将。"遂奏吴王赦其罪。秦兵直逼郢都,阖闾命夫概同公子山守城,自引大军屯于纪南城,伍员、伯嚭分屯磨城驴城,以为犄角之势,与秦兵相持。又遣使征兵于唐、蔡。楚将子西谓子蒲曰:"吴以郢为巢穴,故坚壁相持,若唐、蔡更助之,不可敌矣!不若乘间加兵于唐,唐破则蔡人必惧而自守,吾乃得专力于吴。"子蒲然其计。于是子蒲同子期分兵一支,袭破唐城,杀唐成公,灭其国。蔡哀公惧,不敢出兵助吴。

却说夫概自恃有破楚之首功,因沂水一败,吴王遂使协守郢都,心中郁郁不乐。及闻吴王与秦相持不决,忽然心动,想道:"吴国之制,兄终弟及,我应嗣位。今王立子波为太子,我不得立矣!乘此大兵出征,国内空虚,私自归国,称王夺位,岂不胜于久后相争乎?"乃引本部军马,偷出郢都东门,渡汉而归。诈称:"阖闾兵败于秦,不知所往,我当次立。"遂自称吴王,使其子扶臧悉众据淮水,以遏吴王之归路。吴世子波与专毅闻变,登城守御,不纳夫概。夫概乃遣使由三江通越,说其进兵,夹攻吴国,事成割五城为谢。

再说阖闾闻秦兵灭唐,大惊,方欲召诸将计议战守之事,忽公子山报到,言:"夫概不知何故,引本部兵私回吴国去了。"伍员曰:"夫概此行,其反必矣。"阖闾曰:"将若之何?"伍员曰:"夫概一勇之夫,不足为虑。所虑者,越人或闻变而动耳。王宜速归,先靖内乱。"阖闾于是留孙武、子胥退守郢都,自与伯嚭以舟师顺流而下。既渡汉水,得太子波告急信,言:"夫概造反称王,又结连越兵入寇,吴都危在旦夕。"阖闾大惊曰:"不出子胥所料也。"遂遣使往郢都,取回孙武、伍员之兵。一面星夜驰归,沿江传谕将士:"去夫概来归者,复其本位,后到者诛。"淮上之兵,皆倒戈来归,扶臧奔回谷阳。夫概欲驱民授甲,百姓闻吴王尚在,俱走匿。夫概乃独率本部出战。阖闾问曰:"我以手足相托,何故反叛?"夫概对曰:"汝弑王僚,非反叛耶?"阖闾怒,教伯嚭:"为我擒贼!"战不数合,阖闾麾大军直进。夫概虽勇,急争众寡不敌,大败而走。扶臧具舟于江,以渡夫概,逃奔宋国去了。阖闾抚定居民,回至吴都,太子波迎接入城,打点拒越之策。

却说孙武得吴王班师之诏,正与伍员商议,忽报:"楚军中有人送书到。"伍员命取书看之,乃申包胥所遣也。书略云:

> 子君臣据郢三时,而不能定楚,天意不欲亡楚,亦可知矣。子能践"覆楚"之言,吾亦欲酬"复楚"之志。朋友之义,相成而不相伤。子不竭吴之威,吾亦不尽秦之力。

伍员以书示孙武曰:"夫吴以数万之众,长驱入楚,焚其宗庙,堕其社稷,鞭死者之尸,处生者之室,自古人臣报仇,未有如此之快者。且秦兵虽败我余军,于我未有大损也。《兵法》:'见可而进,知难则退。'幸楚未知吾急,可以退矣。"孙武曰:"空退为楚所笑,子何不以芈胜为请?"伍员曰:"善。"乃复书曰:

> 平王逐无罪之子,杀无罪之臣,某实不胜其愤,以至于此。昔齐桓

公存邢立卫，秦穆公三置晋君，不贪其土，传诵至今。某虽不才，窃闻兹义。今太子建之子胜，糊口于吴，未有寸土。楚若能归胜，使奉故太子之祀，某敢不退避，以成吾子之志。

申包胥得书，言于子西。子西曰："封故太子之后，正吾意也。"即遣使迎芈胜于吴。沈诸梁谏曰："太子已废，胜为仇人，奈何养仇以害国乎？"子西曰："胜，匹夫耳！何伤？"竟以楚王之命召之，许封大邑。

楚使既发，孙武与伍员遂班师而还。凡楚之府库宝玉，满载以归，又迁楚境户口万家，以实吴空虚之地。伍员使孙武从水路先行，自己从陆路打从历阳山经过，欲求东皋公报之，其庐舍俱不存矣。再遣使于龙洞山问皇甫讷，亦无踪迹。伍员叹曰："真高士也！"就其地再拜而去。至昭关，已无楚兵把守，员命毁其关。复过溧阳濑水之上，乃叹曰："吾尝饥困于此，向一女子乞食，女子以盎浆及饭饲我，遂投水而亡。吾曾留题石上，未知在否？"使左右发土，其石字宛然不磨。欲以千金报之，未知其家，乃命投金于濑水中曰："女子如有知，明吾不相负也！"行不一里，路傍一老姬，视兵过而哭泣。军士欲执之，问曰："姬何哭之悲？"姬曰："吾有女守居三十年不嫁，往年浣纱于濑，遇一穷途君子，而辄饭之，恐事泄，自投濑水。闻所饭者，乃楚亡臣伍君也。今伍君兵胜而归，不得其报，自伤虚死 _{自我哀悼白白死去的人}，是以悲耳。"军士乃谓姬曰："吾主将正伍君也。欲报汝千金，不知其家，已投金于水中，盍往取之？"姬遂取金而归。至今名其水为投金濑。髯仙有诗云：

投金濑下水溅溅，犹忆亡臣报德时。

三十年来无匹偶，芳名已共子胥垂。

越子允常闻孙武等兵回吴国，知武善于用兵，料难取胜，亦班师而回，曰："越与吴敌也。"遂自称为越王。不在话下。

阖闾论破楚之功，以孙武为首。孙武不愿居官，固请还山，王使伍员留之。武私谓员曰："子知天道乎？暑往则寒来，春还则秋至。王恃其强盛，四境无虞，骄乐必生。夫功成不退，将有后患。吾非徒自全，并欲全子。"员不谓然，武遂飘然而去。赠以金帛数车，俱沿路散于百姓之贫者。后不知其所终。史臣有赞云：

孙子之才，彰于伍员；法行二嫔，威振三军。御[1]众如一，料敌若神；大伸于楚，小挫于秦。智非偏拙，谋不尽行；不受爵禄，知亡知存。

---

[1]御：指挥。

　　身出道显,身去名成;书十三篇,兵家所尊。

阖闾乃立伍员为相国,亦仿齐仲父、楚子文之意,呼为子胥而不名。伯嚭为太宰,同预国政。更名阊门曰破楚门,复垒石于南界,留门使兵守之,以拒越人,号曰石门关。越大夫范蠡亦筑城于浙江之口,以拒吴,号曰固陵,言其可固守也。此周敬王十五年事。

　　话分两头。再说子西与子期重入郢城,一面收葬平王骸骨,将宗庙社稷重新草创,一面遣申包胥以舟师迎昭王于随。昭王遂与随君定盟,誓无侵伐。随君亲送昭王登舟,方才回转。昭王行至大江之中,凭栏四望,想起来日之苦,今日重渡此江,中流自在,心中甚喜。忽见水面一物,如斗之大,其色正红,使水手打捞得之,遍问群臣,皆莫能识。乃拔佩刀砍开,内有瓤似瓜,试尝之,甘美异常,乃遍赐左右曰:“此无名之果,可识之,以俟博物之士也。”不一日,行至云中,昭王叹曰:“此寡人遇盗之处,不可以不识。”乃泊舟江岸,使斗辛督人夫筑一小城于云梦之间,以便行旅投宿。今云梦县有地名楚王城,即其故址。子西、子期等离郢都五十里,迎接昭王,君臣交相慰劳。

　　既至郢城,见城外白骨如麻,城中宫阙半已残毁,不觉凄然泪下。遂入宫来见其母伯嬴,子母相向而泣。昭王曰:“国家不幸,遭此大变,至于庙社凌夷,陵墓受辱,此恨何时可雪?”伯嬴曰:“今日复位,宜先明赏罚,然后抚恤百姓,徐俟气力完足,以图恢复可也。”昭王再拜受教。是日不敢居寝,宿于斋宫。次日,祭告宗庙社稷,省视坟墓,然后升殿,百官称贺。昭王曰:“寡人任用匪人,几至亡国,若非卿等,焉能重见天日。失国者,寡人之罪;复国者,卿等之功也。”诸大夫皆稽首谢不敢。昭王先宴劳秦将,厚犒其师,遣之归国。然后论功行赏,拜子西为令尹,子期为左尹。以申包胥乞师功大,欲拜为右尹,申包胥曰:“臣之乞师于秦,为君也,非为身也。君既返国,臣志遂矣,敢因以为利乎?”固辞不受。昭王强之,包胥乃挈 qiè 带领 其妻子而逃。妻曰:“子劳形疲神,以乞秦师,而定楚国,赏其分也,又何逃乎?”包胥曰:“吾始为朋友之义,不泄子胥之谋,使子胥破楚,吾之罪也。以罪而冒功,吾实耻之!”遂逃入深山,终身不出。昭王使人求之不得,乃旌表其闾曰:“忠臣之门。”以王孙繇于为右尹,曰:“云中代寡人受戈,不敢忘也。”其他沈诸梁、钟建、宋木、斗辛、斗巢、蓫延等俱进爵加邑,亦召斗怀欲赏。子西曰:“斗怀欲行弑逆之事,罪之为当,况可赏乎?”昭王曰:“彼欲为父报仇,乃孝子也。能为孝子,何难为忠臣?”亦使为大夫。蓝尹亹求见昭王,王思成曰不肯同载之恨,欲执而诛之,使人谓曰:“尔弃寡人于道路,今敢复来,何也?”蓝尹亹对曰："囊瓦惟弃德树怨,是以败于柏举。王奈何效之? 夫成臼之舟,孰若郢都之宫之安? 臣之弃王于成臼,以儆王也! 今日之来,欲观大王之悔悟与否。王不省失国之非,而记臣不载之罪,臣死不足惜,所惜者楚宗社耳。"子西奏曰:"亹之言直,王宜赦之,以无忘前败。"昭王乃许亹入见,使复为大夫如故。群臣见昭王度量宽洪,莫不大悦。昭王夫人自以失身阖闾,羞见其夫,自缢而死。时越方与吴构难,闻楚王复国,遣使来贺,因进其宗女于王,王立为继室。越姬甚有贤德,为王所敬礼。王念季芈相从患难,欲择良婿嫁之。季芈曰:"女子之义,不近男人。钟建常负我矣,是即我夫也,敢他适指女子出嫁乎?"昭王乃以季芈嫁钟建,使建为司乐大夫。又思故相孙叔敖之灵,使人立祠于云中祭之。

子西以郢都残破,且吴人久居,熟其路径,复择都 ruò 地筑城建宫,立宗庙社稷,迁都居之,名曰新郢。昭王置酒新宫,与群臣大会,饮酒方酣,乐师扈子恐昭王安今之乐,忘昔之苦,复蹈平王故辙,乃抱琴于王前奏曰:"臣有《穷蚵 nǜ》之曲,愿为大王鼓之。"昭王曰:"寡人愿闻。"扈子援琴而鼓,声甚凄怨。其词曰:

> 王耶王耶何乖劣? 不顾宗庙听谗孽! 任用无忌多所杀,诛夷忠孝大纲绝。二子东奔适吴越,吴王哀痛助忉怛[1]。垂涕举兵将西伐,子胥伯嚭孙武决。五战破郢王奔发,留兵纵骑虏荆阙。先王骸骨遭发掘,鞭辱腐尸耻难雪! 几危宗庙社稷灭,君王逃死多跋涉。卿士凄怆民泣血,吴军虽去怖不歇。愿王更事抚忠节,勿为谗口能谤亵[2]!

昭王深知琴曲之情,垂涕不已。扈子收琴下阶,昭王遂罢宴。自此早朝晏罢,勤于国政,省刑薄敛,养士训武,修复关隘,严兵固守。芈胜既归,楚昭王封为白公胜,筑城名白公城,遂以白为氏,聚其本族而居。夫概闻楚王不念旧怨,自宋来奔。王知其勇,封之堂溪,号为堂溪氏。子西以祸起唐、蔡,唐已灭而蔡尚存,乃请伐蔡报仇。昭王曰:"国事粗定,寡人尚未敢劳民也。"按《春秋传》楚昭王十年出奔,十一年返国,直至二十年,方才用兵灭顿,掳顿子牂 zāng。二十一年灭胡,掳胡子豹,报其从晋侵楚之仇。二十二年围蔡,问其从吴入郢之罪,蔡昭侯请降,迁其国于江、汝之间。中间休息民力近十年,所以师辄有功,楚国复兴,终符"湛卢"之祥、"萍实"之瑞也。要知后事,且看下回分解。

---

①忉怛(dāo dá):忧伤,悲痛。　②谤亵:诽谤诋毁。

會稽尚斷虫
却齊

陸三
都聞
人伏
法

第七十八回　会夹谷孔子却齐　堕三都闻人伏法

话说齐景公见晋不能伐楚，人心星散，代兴之谋愈急，乃纠合卫、郑，自称盟主。鲁昭公前为季孙意如所逐，景公谋纳之。意如固拒不从，昭公改而求晋。晋荀跞得意如贿赂，亦不果纳。昭公客死。意如遂废太子衍及其母弟务人，而援立庶子宋为君，是为定公。因季氏与荀跞通贿，遂事晋而不事齐。齐侯大怒，用世臣国夏为将，屡侵鲁境，鲁不能报。未几，季孙意如卒，子斯立，是为季康子。说起季、孟、叔三家，自昭公在国之日，已三分鲁国，各用家臣为政，鲁君不复有公臣。于是家臣又窃三大夫之权，展转恣肆，凌铄其主。今日季孙斯、孟孙无忌、叔孙州仇，虽然三家鼎立，邑宰各据其城，以为己物，三家号令不行，无可奈何。季氏之宗邑曰费，其宰公山不狃 niǔ；孟氏之宗邑曰成，其宰公敛阳；叔氏之宗邑曰郈 hòu，其宰公若貌。这三处城垣，皆三家自家增筑，极其坚厚，与曲阜都城一般。那三个邑宰中，惟公山不狃尤为强横。更有家臣一人，姓阳名虎字货，生得鸢肩巨颡，身长九尺有余，勇力过人，智谋百出，季斯起初任为腹心，使为家宰，后渐专季氏之家政，擅作威福。季氏反为所制，无可奈何。季氏内为陪臣所制，外受齐国侵凌，束手无策。时又有少正卯者，为人博闻强记，巧辩能言，通国号为"闻人"，三家倚之为重。卯面是背非，阴阳 阳奉阴违 其说，见三家则称颂其佐君匡国之功，见阳虎等又托为强公室抑私家之说，使之挟鲁侯以令三家，挑得上下如水火，而人皆悦其辨给，莫悟其奸。

内中单说孟孙无忌，乃是仲孙貜 jué 之子，仲孙蔑之孙。貜在位之日，慕鲁国孔仲尼之名，使其子从之学礼。那孔仲尼名丘，其父叔梁纥 hé 尝为邹邑大夫，即偪 fú 阳手托悬门之勇士也。纥娶于鲁之施氏，多女而无子。其妾生一子曰孟皮，病足成废人。乃求婚于颜氏。颜氏有五女，俱未聘，疑纥年老，谓诸女曰："谁愿适邹大夫者？"诸女莫对。最幼女曰徵在，出应曰："女子之义，在家从父，惟父所命，何问焉？"颜氏奇其语，即以徵在许婚。既归纥，夫妇忧无子，共祷于尼山之谷。徵在升山时，草木之叶皆上起，及祷毕而下，草木之叶皆下垂。是夜，徵在梦黑帝见召，嘱曰："汝有圣子，若产，必于'空桑'之中。"觉而有孕。一日，恍惚若梦，见五老人列于庭，自称"五星之精"，狃一兽,似小牛而独角,文如龙鳞,向徵在而伏。口吐玉尺,上有文曰:"水精之子,继衰周而素王有帝王之德而不居帝王之位。"徵在心知其异,以绣绂系其角而去。告于叔梁纥,纥曰:"此兽必麒麟也。"及产期,徵在问:"地有名'空桑'者乎?"叔梁纥曰:"南山有空窦,窦有石门而无水,俗名亦呼空桑。"徵在曰:"吾将往产于此。"纥问其故,徵在乃述前梦,遂携卧具于空窦中。其夜,有二苍龙自天而下,守于山之左右,又有二神女擎香露于空中,以沐徵在,良久乃去。徵在遂产孔子。石门中忽有清泉流出,自然温暖,浴毕,泉即涸。今曲阜县南二十八里,俗呼女陵山,即空桑也。孔子生有异相,牛唇虎掌,鸳肩龟脊,海口辅喉,顶门状如反宇。父纥曰:"此儿秉尼山之灵。"因名曰丘,字仲尼。仲尼生未几而纥卒,育于徵在。既长,身长九尺六寸,人呼为"长人"。有圣德,好学不倦。周游列国,弟子满天下,国君无不敬慕其名,而为权贵当事所忌,竟无能用之者。

是时适在鲁国,无忌言于季斯曰:"欲定内外之变,非用孔子不可。"季斯召孔子,与语竟日,如在江海中,莫窥其际。季斯起更衣,忽有费邑人至,报曰:"穿井者得土缶,内有羊一只,不知何物?"斯欲试孔子之学,嘱使勿言,既入座,谓孔子曰:"或穿井于土中得狗,此何物也?"孔子曰:"以某言之,此必羊也,非狗也。"斯惊问其故。孔子曰:"某闻山之怪曰夔kuí、魍魉 wǎng liǎng,水之怪曰龙、罔象,土之怪曰羵fén羊。今得之穿井,是在土中,其为羊必矣。"斯曰:"何以谓之羵羊?"孔子曰:"非雌非雄,徒有其形。"斯乃召费人问之,果不成雌雄者。于是大惊曰:"仲尼之学,果不可及!"乃用为中都宰。此事传闻至楚,楚昭王使人致币于孔子,询以渡江所得之物。孔子答使者曰:"是名萍实,可剖而食也。"使者曰:"夫子何以知之?"孔子曰:"某曾问津于楚,闻小儿谣曰:'楚王渡江得萍实,大如斗,赤如日,剖而尝之甜如蜜。'是以知之。"使者曰:"可常得乎?"孔子曰:"萍者,浮泛不根之物,乃结而成实,虽于百年不易得也。此乃散而复聚,衰而复兴之兆,可为楚王贺矣。"使者归告昭王,昭王叹服不已。孔子在中都大治,四方皆遣人观其政教,以为法则。鲁定公知其贤,召为司空。

周敬王十九年,阳虎欲乱鲁而专其政,知叔孙辄无宠于叔孙氏,而与费邑宰公山不狃相厚,乃与二人商议,欲以计先杀季孙,然后并除仲叔,以公山不狃代斯之位,以叔孙辄代州仇之位,己代孟孙无忌之位。虎慕孔子之贤,欲招致门下,以为己助,使人讽之来见,孔子不从。乃以蒸豚小猪馈之,孔子曰:"虎诱我往谢而见我也。"令弟子伺虎出外,投刺名帖于门而归,虎竟不能屈。孔子密言于无忌曰："虎必为乱，乱必始于季氏，子预为之备，乃可免也。"无忌伪为筑室于南门之外，立栅聚材，选牧圉 yǔ 养马之壮勇者三百人为佣，名曰兴工，实以备乱。又语成宰公敛阳，使缮甲待命，倘有报至，星夜前来赴援。

是年秋八月，鲁将行禘 dì 祭。虎请以禘之明日享季孙于蒲圃。无忌闻之曰："虎享季孙，事可疑矣。"乃使人驰告公敛阳，约定日中率甲由东门至南门，一路观变。至享期，阳虎亲至季氏之门，请季斯登车。阳虎在前为导，虎之从弟堂弟阳越在后，左右皆阳氏之党。惟御车者林楚，世为季氏门下之客。季斯心疑有变，私语林楚曰："汝能以吾车适孟氏乎？"林楚点头会意。行至大衢，林楚遽 jù 匆忙，仓猝挽辔南向，以鞭策连击其马，马怒而驰。阳越望见，大呼："收辔！"林楚不应，复加鞭，马行益急。阳越怒，弯弓射楚，不中，亦鞭其马，心急鞭坠，越拾鞭，季氏之车已去远矣。季斯出南门，径入孟氏之室，闭其栅，号曰："孟孙救我！"无忌使三百壮士，挟弓矢伏于栅门以待。须臾，阳越至，率其徒攻栅。三百人从栅内发矢，中者辄倒，阳越身中数箭而死。

且说阳虎行及东门，回顾不见了季孙，乃转辕复循旧路，至大衢，问路人曰："见相国车否？"路人曰："马惊，已出南门矣。"语未毕，阳越之败卒亦到，方知越已射死，季孙已避入孟氏新宫。虎大怒，驱其众急往公宫，劫定公以出朝。遇叔孙州仇于途，并劫之，尽发公宫之甲与叔孙氏家众，共攻孟氏于南门。无忌率三百人力拒之。阳虎命以火焚栅，季斯大惧。无忌使视日方中，曰："成兵且至，不足虑也。"言未毕，只见东角上一员猛将，领兵呼哨而至，大叫："勿犯吾主！公敛阳在此！"阳虎大怒，便奋长戈，迎住公敛阳厮杀。二将各施逞本事，战五十余合，阳虎精神愈增，公敛阳渐渐力怯。叔孙州仇遽从后呼曰："虎败矣！"即率其家众，前拥定公西走，公徒亦从之。无忌引壮士开栅杀出，季氏之家臣苦 shān 越亦帅甲而至。阳虎孤寡无助，倒戈而走，入讙 huān 阳关据之。三家合兵以攻关，虎力不能支，命放火焚莱门。鲁师避火却退，虎冒火而出，遂奔齐国。见景公，以所据讙阳之田献之，欲借兵伐鲁。大夫鲍国进曰："鲁方用孔某，不可敌也。不如执阳虎而归其田，以媚孔某。"景公从之，乃囚虎于西鄙。虎以酒醉守者，乘辎车逃奔宋国，宋使居于匡。阳虎虐用匡人，匡人欲杀之，复奔晋国，仕于赵鞅为臣。不在话下。宋儒论阳虎以陪臣而谋贼其家主，固为大逆，然季氏放逐其君，专执鲁政，家臣从旁窃视，已非一日，今日效其所为，乃天理报施之常，不足怪也。有诗云：

　　　　当时季氏凌孤主，今日家臣叛主君。

自作忠奸还自受，前车音响后车闻。

又有言：鲁自惠公之世，僭用天子礼乐，其后三桓之家舞八佾 yì 每列八人的舞列，共六十四人，古时为天子专用。诸侯、大夫舞八佾为僭越礼制的行为，歌雍彻，大夫目无诸侯，故家臣亦目无大夫，悖逆相仍，其来远矣。诗云：

九成干戚舞团团，借问何人启僭端？

要使国中无叛逆，重将礼乐问《周官》。

齐景公失了阳虎，又恐鲁人怪其纳叛，乃使人致书鲁定公，说明阳虎奔宋之故，就约鲁侯于齐、鲁界上夹谷山前，为乘车之会，以通两国之好，永息干戈。定公得书，即召三家商议。孟孙无忌曰："齐人多诈，主公不可轻往。"季孙斯曰："齐屡次加兵于我，今欲修好，奈何拒之？"定公曰："寡人若去，何人保驾？"无忌曰："非臣师孔某不可。"定公即召孔子，以相礼赞礼之事属之。乘车已具，定公将行，孔子奏曰："臣闻：'有文事者，必有武备。'文武之事，不可相离。古者，诸侯出疆，必具官以从，宋襄公会盂之事可鉴也。请具左右司马，以防不虞。"定公从其言，乃使大夫申句须为右司马，乐颀 qí 为左司马，各率兵车五百乘，远远从行。又命大夫兹无还率兵车三百乘，离会所十里下寨。

既至夹谷，齐景公先在，设立坛位，为土阶三层，制度简略。齐侯幕于坛之右，鲁侯幕于坛之左。孔子闻齐国兵卫甚盛，亦命申句须、乐颀紧紧相随。时齐大夫黎弥以善谋称，自梁丘据死后，景公特宠信之。是夜，黎弥叩幕请见。景公召入，问："卿有何事，昏夜来此？"黎弥奏曰："齐、鲁为仇，非一日矣。止为孔某贤圣，用事于鲁，恐其他日害齐，故为今日之会耳。臣观孔某为人，知礼而无勇，不习战伐之事。明日主公会礼毕后，请奏四方之乐以娱鲁君，乃使莱夷三百人假做乐工，鼓噪而前，觑 qù 便瞅个方便的机会拿住鲁侯，并执孔某。臣约会车乘，从坛下杀散鲁众，那时鲁国君臣之命悬于吾手，凭主公如何处分，岂不胜于用兵侵伐耶？"景公曰："此事可否，当与相国谋之。"黎弥曰："相国素与孔某有交，若通彼得知，其事必不行矣。臣请独任！"景公曰："寡人听卿，卿须仔细！"黎弥自去暗约莱兵行事去了。

次早，两君集于坛下，揖让而登。齐是晏婴为相，鲁是孔子为相。两相一揖之后，各从其主，登坛交拜，叙太公、周公之好，交致玉帛酬献之礼。既毕，景公曰："寡人有四方之乐，愿与君共观之。"遂传令先使莱人上前，奏其本土之乐。于是坛下鼓声大振，莱夷三百人，杂旍 jīng 旍、羽被 fú、矛戟、剑楯 dùn 用"盾"，蜂拥而至，口中呼哨之声，相和不绝。历阶之半，定公色变，孔子全无惧意，趋立于景公之前，举袂而言曰："吾两君为好会，本行中国之礼，安用夷狄之乐？请命有司去之。"晏子不知黎弥之计，亦奏景公曰："孔某所言，乃正礼也。"景公大惭，急麾莱夷使退。黎弥伏于坛下，只等莱夷动手，一齐发作，见齐侯打发下来，心中甚愠，乃召本国优人，吩咐："筵席中间召汝奏乐，要歌《敝笱 gǒu》《诗经》中讽刺鲁庄公夫人文姜淫乱的一篇之诗，任情戏谑，若得鲁君臣或笑或怒，我这里有重赏。"原来那诗乃文姜淫乱故事，欲以羞辱鲁国。黎弥升阶奏于齐侯曰："请奏宫中之乐，为两君寿。"景公曰："宫中之乐，非夷乐也，可速奏之。"黎弥传齐侯之命，倡优侏儒二十余人，异服涂面，装女扮男，分为二队，拥至鲁侯面前，跳的跳，舞的舞，口中齐歌的都是淫词，且歌且笑。孔子按剑张目，觑定景公奏曰："匹夫戏诸侯者，罪当死，请齐司马行法！"景公不应，优人戏笑如故。孔子曰："两国既已通好，如兄弟然，鲁国之司马，即齐之司马也。"乃举袖向下麾之，大呼："申句须、乐颀何在？"二将飞驰上坛，于男女二队中，各执领班一人，当下斩首，余人惊走不迭。景公心中骇然。鲁定公随即起身。黎弥初意还想于坛下邀截鲁侯，一来见孔子有此手段，二来见申、乐二将英雄，三来打探得十里之外，即有鲁军屯扎，遂缩颈而退。

　　会散，景公归幕，召黎弥责之曰："孔某相其君，所行者皆是古人之道，汝偏使寡人入夷狄之俗。寡人本欲修好，今反成仇矣。"黎弥惶恐谢罪，不敢对一语。晏子进曰："臣闻：'小人知其过，谢之以文；君子知其过，谢之以质。'今鲁有汶 wèn 阳之田三处，其一曰讙，乃阳虎所献不义之物；其二曰郓 yùn，乃昔年所取以寓鲁昭公者；其三曰龟阴，乃先君顷公时仗晋力索之于鲁者。那三处皆鲁故物，当先君桓公之日，曹沫登坛劫盟，单取此田，田不归鲁，鲁志不甘，主公乘此机以三田谢过，鲁君臣必喜，而齐、鲁之交固矣。"景公大悦，即遣晏子致三田于鲁。此周敬王二十四年事也。史臣有诗云：

> 纷然鼓噪起莱戈，无奈坛前片语何？
> 知礼之人偏有勇，三田买得两君和。

又诗单赞齐景公能虚心谢过，所以为贤君，几于复霸。诗云：

> 盟坛失计听黎弥，臣谏君从两得之。
> 不惜三田称谢过，显名千古播华夷。

这汶阳田原是昔时鲁僖 xī 公赐与季友者，今日名虽归鲁，实归季氏。以此季斯心感孔子，特筑城于龟阴，名曰谢城，以旌孔子之功；言于定公，升孔子为大司寇之职。

　　时齐之南境忽来一大鸟，约长三尺，黑身白颈，长喙独足，鼓双翼舞于田间，野人逐之不得，飞腾望北而去。季斯闻有此怪，以问孔子。孔子曰："此鸟名曰'商羊',生于北海之滨。天降大雨,商羊起舞,所见之地,必有淫雨为灾。齐、鲁接壤,不可不预为之备。"季斯预戒汶上百姓,修堤盖屋。不三日,果然天降大雨,汶水泛溢,鲁民有备无患。其事传布齐邦,景公益以孔子为神。自是孔子博学之名,传播天下,人皆呼为"圣人"矣。有诗为证:

> 五典三坟漫究详,谁知萍实辨商羊?
>
> 多能将圣由天纵,赢得芳名四海扬。

季斯访人才于孔子之门,孔子荐仲由、冉求可使从政,季氏俱用为家臣。忽一日,季斯问于孔子曰:"阳虎虽去,不狃复兴,何以制之?"孔子曰:"欲制之,先明礼制。古者臣无藏甲,大夫无百雉^{古代计算城墙面积的单位。长三丈、高一丈}为一雉之城,故邑宰无所据以为乱。子何不堕其城,撤其武备?上下相安,可以永久。"季斯以为然,转告于孟、叔二氏。孟孙无忌曰:"苟利家国,吾岂恤其私哉?"时少正卯忌孔子师徒用事,欲败其功,使叔孙辄密地送信于公山不狃。不狃欲据城以叛,知孔子素为鲁人所敬重,亦思借助,乃厚致礼币,遗以书曰:

> 鲁自三桓擅政,君弱臣强,人心积愤。不狃虽为季宰,实慕公义,愿以费归公为公臣,辅公以锄强暴,俾①鲁国复见周公之旧。夫子倘见许,愿移驾过费,面决其事。不腆路犒,伏惟不鄙②。

孔子谓定公曰:"不狃若叛,未免劳兵。臣愿轻身一往,说其回心改过,何如?"定公曰:"国家多事,全赖夫子主持,岂可去寡人左右耶?"孔子遂却其书币。不狃见孔子不往,遂约会成宰公敛阳、郈宰公若藐同时起兵为逆,阳与藐俱不从。

却说郈邑马正侯犯勇力善射,为郈人所畏服,素有不臣之志,遂使圉人刺藐杀之,自立为郈宰,发郈众登城为拒命之计。州仇闻郈叛,往告无忌,无忌曰:"吾助子一臂,当共灭此叛奴。"于是孟、叔二家连兵往讨,遂围郈城。侯犯悉力拒战,攻者多死,不能取胜。无忌教州仇求援于齐。时叔氏家臣驷赤在郈城中,伪附侯犯,侯犯亲信之。赤谓犯曰:"叔氏遣使如齐乞师矣。齐、鲁合兵,不可当也。子何不以郈降齐?齐外虽亲鲁,内实忌之。得郈可以逼鲁,齐必大喜,而偿以他地酬子。总之得地,而可去危以就安,又何不利之有?"侯犯曰:"此计甚善!"即遣人乞降于齐,以郈邑献之。齐景公召晏婴问曰:"叔孙氏乞兵伐郈,侯犯又以郈来降,寡人将何适从?"晏子对曰:"方与鲁讲好,岂可受其叛臣之献乎?助叔孙氏为是。"景公笑曰:"郈乃叔孙私邑,

---

① 俾(bǐ):使。　② 不鄙:不嫌弃。

于鲁侯无与无关，不相干。况叔孙氏君臣自相鱼肉，鲁之不幸，实齐之幸也。寡人有计在此，当两许其使以误之。"乃使司马穰苴 ráng jū 屯兵于界上，以观其变。若侯犯能御叔孙，更分兵据郈，迎侯犯归于齐国；若叔孙胜了侯犯，便说助攻郈城，临时便宜行事。此是齐景公的奸雄处。

却说驷赤见侯犯遣使往齐去了，复谓犯曰："齐新与鲁侯为会，助鲁助郈，未可定也。宜多置兵甲于门，万一事变不测，可以自卫。"侯犯乃一勇之夫，信为好语，遂选精甲利兵，留于门下。驷赤将羽书射于城外，鲁兵拾得，献于州仇。州仇发书看之，书中言："臣赤已安排逆犯十有七八，不日城中当有内变，主君不须挂念。"州仇大喜，报知无忌，严兵以待。数日后，侯犯使者自齐回，言："齐侯已许下矣，愿以他邑相偿。"驷赤入贺侯犯而出，使人宣言于众曰："侯氏将迁郈民以附齐，使者回言齐师将至，奈何！"一时人情汹汹，多有造驷赤处问信者。赤曰："吾亦闻之，齐新与鲁好，不便得地，将迁尔户口，以实聊摄之虚耳。"自古道：安土重迁。说了离乡背井，那一个不怕的？众人听说，互相传语，各有怨心。忽一夜，驷赤探知侯犯饮酒方酣，遂命心腹数十人，绕城大呼曰："齐师已至城外矣！吾等速治行李，三日内便要起身。"因继以哭。郈众大惊，俱集于侯氏之门，此时老弱惟有涕泣，那壮者无不咬牙切齿，愤恨侯犯。忽见门内藏甲甚多，正适其用，大家抢得穿着起来，各执兵器，发声喊，将侯犯家四面围住。连守城之兵都反了侯氏，与众助兴了。驷赤亟入告侯犯曰："郈众不愿附齐，满城俱变，子更有甲兵否？吾请率而攻之。"犯曰："甲兵俱被众掠取矣。今日之事，免祸为上。"驷赤曰："吾舍命送子。"遂出谓众曰："汝等让一路，容侯氏出奔，侯氏出，齐师亦不至矣。"众人依言，放开一路。驷赤当先，侯犯在后，家属尚有百余人，车十余乘，驷赤直送出东门。因引鲁兵入于郈城，安抚百姓。无忌请追侯犯，驷赤曰："臣已许之免祸矣。"乃纵之不追。遂堕郈城三尺，即用驷赤为郈宰。侯犯奔齐师，穰苴知鲁师已定郈，乃班师还齐。州仇、无忌亦回鲁国。

公山不狃 niǔ 初闻侯犯据郈以叛，叔、仲二家往讨，喜曰："季氏孤矣！乘虚袭鲁，国可得也。"遂尽驱费众，杀至曲阜，叔孙辄为内应，开门纳之。定公急召孔子问计。孔子曰："公徒弱，不足用也。臣请御君以往季氏。"遂驱车至季氏之宫，宫内有高台，坚固可守，定公居之。少顷，司马申句须、乐颀俱至。孔子命季斯尽出其家甲，以授司马，使伏于台之左右，而使公徒列于台前。公山不狃同叔孙辄商议曰："我等此举，以扶公室抑私家为名，不奉鲁侯为主，季氏不可克也。"乃齐叩公宫，索定公不得。盘桓 逗留，迟疑许久，知已往季氏，遂移兵来攻。与公徒战，公徒皆散走。忽然左右大噪，申句须、乐颀二将领着精甲杀至。孔子扶定公立于台上，谓费人曰："吾君在此，汝等岂不知顺逆之理？速速解甲，既往不咎！"费人知孔子是个圣人，谁敢不听，俱舍兵拜伏台下。公山不狃、叔孙辄势穷，遂出奔吴国去了。

叔孙州仇回鲁，言及郈都已堕。季斯亦命堕了费城，复其初制。无忌亦欲堕成都，成宰公敛阳问计于少正卯，卯曰："郈、费因叛而堕，若并堕成，何以别子于叛臣乎？汝但云：'成乃鲁国北门之守，若堕城，齐师侵我北鄙，何以御之？'坚持其说，虽拒命不为叛也。"阳从其计，使其徒穿甲而登城，谢叔孙氏曰："吾非为叔孙氏守，为鲁社稷守也。恐齐兵旦暮猝至，无守御之具，愿捐此性命，与城俱碎，不敢动一砖一土！"孔子笑曰："阳不辨此语，必'闻人'教之耳。"季斯嘉孔子定费之功，自知不及万分之一，使摄行相事，每事谘谋而行。孔子有所陈说，少正卯辄变乱其词，听者多为所惑。孔子密奏于定公曰："鲁之不振，由忠佞不分，刑赏不立也。夫护嘉苗者，必去莠草。愿君勿事姑息，请出太庙中斧钺，陈于两观之下。"定公曰："善。"明日，使群臣参议成城不堕利害，但听孔子裁决。众人或言当堕，或言不当堕。少正卯欲迎合孔子之意，献堕成六便。何谓六便？一，君无二尊；二，归重都城形势；三，抑私门；四，使跛扈家臣无所凭借；五，平三家之心；六，使邻国闻鲁国兴革当理，知所敬重。孔子奏曰："卯误矣！成已作孤立之势，何能为哉？况公敛阳忠于公室，岂跛扈之比？卯辩言乱政，离间君臣，按法当诛！"群臣皆曰："卯乃鲁闻人，言或不当，罪不及死。"孔子复奏曰："卯言伪而辩，行僻而坚行为邪僻而又固执己见，徒有虚名惑众，不诛之无以为政。臣职在司寇，请正斧钺之典。"遂命力士缚卯于两观之下，斩之。群臣莫不变色，三家心中亦俱凛然。史臣有诗云：

养高华士太公诛，孔子偏将少正除。

不是圣人开正眼，世间尽读两人书。

自少正卯诛后，孔子之意始得发舒，定公与三家皆虚心以听之。孔子乃立纲陈纪，教以礼义，养其廉耻，故民不扰而事治。三月之后，风俗大变。市中鬻 yù 售卖 羔豚者，不饰虚价；男女行路，分别左右，不乱；遇路有失物，耻非己有，无肯拾取者。四方之客，一入鲁境，皆有常供，不至缺乏，宾至如归。国人歌之曰："衮衣章甫 衮衣，古代天子、诸侯的礼服。章甫，古代的一种礼帽。来适我所；章甫衮衣，慰我无私。"此歌诗传至齐国，齐景公大惊曰："吾国必为鲁所并矣！"不知景公如何计较，且看下回分解。

镇女乐樊迟孔子

棲會稽文種
通寧嫠

第七十九回　归女乐黎弥阻孔子　栖会稽文种通宰嚭

话说齐侯自会夹谷归后,晏婴病卒,景公哀泣数日,正忧朝中乏人,复闻孔子相鲁,鲁国大治,惊曰:"鲁相孔子必霸,霸必争地,齐为近邻,恐祸之先及,奈何?"大夫黎弥进曰:"君患孔子之用,何不沮之?"景公曰:"鲁方任以国政,岂吾所能沮乎?"黎弥曰:"臣闻治安之后,骄逸必生。请盛饰女乐,以遗鲁君,鲁君幸而受之,必然怠于政事,而疏孔子。孔子见疏,必弃鲁而适他国,君可安枕而卧矣。"景公大悦,即命黎弥于女闾齐桓公时始设于宫中的淫乐场所之中,择其貌美年二十以内者共八十人,分为十队,各衣锦绣,教之歌舞。其舞曲名《康乐》,声容皆出新制,备态极妍,前所未有。教习已成,又用良马一百二十匹,金勒雕鞍,毛色各别,望之如锦,使人致献鲁侯。使者张设锦棚二处,于鲁南门之外,东棚安放马群,西棚陈列女乐。先致国书于定公,公发书看之,书曰:

> 杵臼顿首启鲁贤侯殿下:孤向者获罪夹谷,愧未忘心。幸贤侯鉴其谢过之诚,克终会好。日以国之多虞,聘问缺然,兹有歌婢十群,可以侑①欢,良马三十驷,可以服车,敬致左右,聊申悦慕。伏惟存录!

且说鲁相国季斯安享太平,忘其所自,侈乐之志,已伏胸中。忽闻齐馈女乐,如此之盛,不胜艳慕。即时换了微服,与心腹数人乘车潜出南门往看。那乐长方在演习,歌声遏云,舞态生风,一进一退,光华夺目,如游天上,睹仙姬,非复人间思想所及。季斯看了多时,又阅其容色之美,服饰之华,不觉手麻脚软,目眵口呆,意乱神迷,魂消魄夺。鲁定公一日三宣,季斯为贪看女乐,竟不赴召。至次日,方入宫来见定公,定公以国书示之。季斯奏曰:"此齐君美意,不可却也。"定公亦有想慕之意,便问:"女乐何在? 可试观否?"季斯曰:"见列高门之外,车驾如往,臣当从行,但恐惊动百官,不如微服为便。"于是君臣皆更去法服,各乘小车,驰出南门,竟到西棚之下。早有人传出:"鲁君易服亲来观乐了!"使者吩咐女子用心献技。那时歌喉转娇,舞袖增艳,十队女子更番迭进,真乃盈耳夺目,应接不暇,把鲁国君臣二人,喜得手

---

①侑(yòu):辅助。

舞足蹈,不知所以。有诗为证:

> 一曲娇歌一块金,一番妙舞一盘琛①。
>
> 只因十队女人面,改尽君臣两个心。

从人又夸东棚良马。定公曰:"只此已是极观,不必又问马矣。"是夜,定公入宫,一夜不寐,耳中犹时闻乐声,若美人之在枕畔也。恐群臣议论不一,次早独宣季斯入宫,草就答书,书中备述感激之意,不必尽述。又将黄金百镒赠与齐使,将女乐收入宫中,以三十人赐季斯,其马付于圉人喂养。定公与季斯新得女乐,各自受用,日则歌舞,夜则枕席,一连三日不去视朝听政。孔子闻知此事,凄然长叹。时弟子仲子路在侧,进曰:"鲁君怠于政事,夫子可以行矣。"孔子曰:"郊祭已近,倘大礼不废,国犹可为也。"及祭之期,定公行礼方毕,即便回宫,仍不视朝,并胙 zuò 肉祭祀求福用的肉亦无心分给。主胙者叩宫门请命,定公诿 wěi 推托之季孙,季孙又诿之家臣。孔子从祭而归,至晚,不见胙肉颁到,乃告子路曰:"吾道不行,命也夫!"乃援琴而歌曰:

> 彼妇之口,可以出走。彼女之谒,可以死败。优哉游哉,聊以卒岁!

歌毕,遂束装去鲁,子路、冉有亦弃官从孔子而行,自此鲁国复衰。史臣有诗云:

> 几行红粉胜钢刀,不是黎弥巧计高。
>
> 天运凌夷成瓦解,岂容鲁国独甄陶②。

孔子去鲁适卫,卫灵公喜而迎之,问以战阵之事。孔子对曰:"丘未之学也。"次日遂行。过宋之匡邑,匡人素恨阳虎,见孔子之貌相似,以为阳虎复至,聚众围之。子路欲出战,孔子止之曰:"某无仇于匡,是必有故,不久当自解。"乃安坐鸣琴。适灵公使人追还孔子,匡人乃知其误,谢罪而去。孔子复还卫国,主于贤大夫蘧瑗 qú yuàn 之家。

且说灵公之夫人曰南子,宋女也,有美色而淫。在宋时,先与公子朝相通。朝亦男子中绝色,两美相爱,过于夫妇,既归灵公,生蒯聩 kuǎi guì,已长,立为世子,而旧情不断。时又有美男子曰弥子瑕,素得君之宠爱,尝食桃及半,以其余,推入灵公之口。灵公悦而啖之,夸于人曰:"子瑕爱寡人甚矣!一桃味美,不忍自食,而分啖寡人。"群臣无不窃笑。子瑕恃宠弄权,无所不至。灵公外嬖子瑕,而内惧南子,思以媚之。乃时时召宋朝与夫人相会,丑

---

①琛:珍宝。　②甄陶:烧制瓦器,比喻培养、造就人才。

声遍传,灵公不以为耻。蒯聩深恨其事,使家臣戏阳速因朝见之际,刺杀南子,以灭其丑。南子觉之,诉于灵公。灵公逐蒯聩,聩奔宋,转又奔晋。灵公立蒯聩之子辄为世子。及孔子再至,南子请见之,知孔子为圣人,倍加敬礼。忽一日,灵公与南子同车而出,使孔子为陪乘,过街市,市人歌曰:"同车者色耶? 从车者德耶?"孔子叹曰:"君之好德不如好色!"乃去卫适宋,与弟子习礼于大树之下。宋司马桓魋(tuí)亦以男色得宠于景公,方贵幸用事,忌孔子之来,遂使人伐其树,欲求孔子杀之。孔子微服去宋适郑。将适晋,至河,闻赵鞅杀贤臣窦犨(chōu)、舜华,叹曰:"鸟兽恶伤其类,况人乎?"复返卫。未几,卫灵公卒,国人立辄为君,是为出公。蒯聩亦借晋援,与阳虎袭戚据之。是时,卫父子争国,晋助蒯聩,齐助辄。孔子恶其逆理,复去卫适陈,又将适蔡。

　　楚昭王闻孔子在陈、蔡之间,使人聘之。陈、蔡大夫相议,以为楚用孔子,陈、蔡危矣,乃相与发兵围孔子于野。孔子绝粮三日,而弦歌不辍。今开封府陈州界有地名桑落,其地有台,名曰厄台,即孔子当时绝粮处。宋刘敞有诗云:

> 四海栖栖一旅人,绝粮三日死生邻。
> 自是天心劳木铎,岂关陈蔡有愚臣。

忽一晚,有异人长九尺余,皂衣高冠,披甲持戈,向孔子大咤(zhà喝、叱),声动左右。子路引出与战于庭,其人力大,子路不能取胜。孔子从旁谛视良久,谓子路曰:"何不探其胁?"子路遂探其胁,其人力尽手垂,败而仆地,化为大鲇鱼。弟子怪之。孔子曰:"凡物老而衰,则群精附焉。杀之则已,何怪之有。"命弟子烹之以充饥。弟子皆喜曰:"天赐也!"楚使者发兵以迎孔子。孔子至楚,昭王大喜,将以千社之地封孔子。令尹子西谏曰:"昔文王在丰,武王在镐,地仅百里,能修其德,卒以代殷。今孔子之德不下文、武,弟子又皆大贤,若得据土壤,其代楚不难矣。"昭王乃止。孔子知楚不能用,乃复还卫。卫出公欲任以国政,孔子拒之。鲁相国季孙肥亦来召其门人冉有,孔子因而返鲁,鲁以大夫告老之礼待之。于是诸弟子中,子路、子羔仕于卫,子贡、冉有、有若、宓(fú)子贱仕于鲁。这都是后话,叙明留作话柄。

　　再说吴王阖闾自败楚之后,威震中原,颇事游乐。乃大治宫室,建长乐宫于国中,筑高台于姑苏山。山在城西南三十里,一名姑胥山。于胥门外为径九曲,以通山路。春夏则治于城外,秋冬则治于城中。忽一日,想起越人伐吴之恨,谋欲报之。忽闻齐与楚交通聘使,怒曰:"齐、楚通好,此我北方之忧也!"欲先伐齐,后及越。相国子胥进曰:"交聘乃邻国之常,未必助楚害吴,不可遽兴兵旅。今太子波元妃已殁 mò死亡,未有继室,王何不遣使求婚于齐? 如其不从,伐之未晚。"阖闾从之,使大夫王孙骆往齐,为太子波求婚。时景公年已老耄,志气衰颓,不能自振。宫中止一幼女未嫁,不忍弃之吴地。无奈朝无良臣,边无良将,恐一拒吴命,兴师来伐,如楚国之受祸,悔之何及!大夫黎弥亦劝景公结婚于吴,勿激其怒。景公不得已,以女少姜许婚。王孙骆回复吴王,王复遣纳币于齐,迎齐女归国。景公爱女畏吴,两念交迫,不觉流泪出涕,叹曰:"若平仲、穰苴二人在此,孤岂忧吴人哉?"谓大夫鲍牧曰:"烦卿为寡人致女于吴,此寡人之爱女,嘱吴王善视之。"临行,亲扶少姜登车,送出南门而返。鲍牧奉少姜至吴,敬致齐侯之命;因慕子胥之贤,深相结纳。不在话下。

话说少姜年幼,不知夫妇之乐,与太子波成婚之后,一心只想念父母,日夜号泣。太子波再三抚慰,其哀不止,遂抑郁成病。阖闾怜之,乃改造北门城楼,极其华焕,更其名曰望齐门,令少姜日游其上。少姜凭栏北望,不见齐国,悲哀愈甚,其病转增。临绝命,嘱太子波曰:"妾闻虞山之巅,可见东海,乞葬我于此,倘魂魄有知,庶几表示推测,或许可以一望齐国也!"波奏闻其父,乃葬于虞山顶上。今常熟县虞山有齐女墓,又有望海亭是也。有张洪《齐女坟》诗为证,诗曰:

> 南风初劲北风微,争长诸姬复娶齐。
> 越境定须千两送? 半途应拭万行啼。
> 望乡不惮登台远,埋恨惟嫌起冢低。
> 蔓草垂垂犹泣露,倩谁滴向故乡泥?

太子波忆念齐女亦得病,未几卒。阖闾欲于诸公子中择可立者,意犹未定,欲召子胥决之。太子波前妃生子名夫差,年已二十六岁矣,生得昂藏英伟,一表人材。闻其祖阖闾择嗣,乃先趋见子胥曰:"我嫡孙也,欲立太子,舍我其谁! 此在相国一言耳。"子胥许之。少顷,阖闾使人召子胥,商议立储之事。子胥曰:"立子以嫡,则乱不生。今太子虽不禄诸侯、士大夫死亡的讳称,有嫡孙夫差在。"阖闾曰:"吾观夫差愚而不仁,恐不能奉吴之统。"子胥曰:"夫差信以爱人,敦于礼义,父死子代,经之明文,又何疑焉?"阖闾曰:"寡人听子,子善辅之。"遂立夫差为太孙。夫差至子胥家稽首称谢。

周敬王二十四年,阖闾年老,性益躁,闻越王允常薨,子句践新立,遂欲乘丧伐越。子胥谏曰:"越虽有袭吴之罪,然方有大丧,伐之不祥,宜少待之。"阖闾不听,留子胥与太孙夫差守国,自引伯嚭、王孙骆、专毅等,选精兵三万,出南门望越国进发。越王句践亲自督师御之,诸稽郢为大将,灵姑浮为先锋,畴无余、胥犴àn为左右翼,与吴兵相遇于檇zuì李。相距十里,各自安营下寨。两下挑战,不分胜负。阖闾大怒,遂悉众列陈于五台山,戒军中毋得妄动,俟越兵懈怠,然后乘之。句践望见吴阵上队伍整齐,戈甲精锐,谓诸稽郢曰:“彼兵势甚振,不可轻敌,必须以计乱之。”乃使大夫畴无余、胥犴督敢死之士,左五百人各持长枪,右五百人各持大戟,一声呐喊,杀奔吴军。吴阵上全然不理,阵脚都用弓弩手把住,坚如铁壁。冲突三次,俱不能入,只得回转。句践无可奈何,诸稽郢密奏曰:“罪人可使也。”句践悟。

次日,密传军令,悉出军中所携死罪者,共三百人,分为三行,俱祖衣注剑于颈,安步造于吴军。为首者前致辞曰:“吾主越王不自量力,得罪于上国,致辱下讨。臣等不敢爱死,愿以死代越王之罪。”言毕,以次自刭。吴兵从未见如此举动,甚以为怪,皆注目而观之,互相传语,正不知其何故。越军中忽然鸣鼓,鼓声大振,畴无余、胥犴帅死士二队,各拥大楯dùn同“盾”,持短兵,呼哨而至。吴兵心忙,队伍遂乱。句践统大军继进,右有诸稽郢,左有灵姑浮,冲开吴阵。王孙骆舍命与诸稽郢相持。灵姑浮奋长刀左冲右突,寻人斯杀,正遇吴王阖闾。灵姑浮将刀便砍,阖闾望后一闪,刀砍中右足,伤其将指大拇趾,一屦坠于车下。却得专毅兵到,救了吴王。专毅身被重伤。王孙骆知吴王有失,不敢恋战,急急收兵,被越兵掩杀一阵,死者过半。阖闾伤重,即刻班师回寨。灵姑浮取吴王之屦献功,句践大悦。

却说吴王因年老不能忍痛,回至七里之外,大叫一声而死。伯嚭护丧先行,王孙骆引兵断后,徐徐而返。越兵亦不追赶。史臣有诗论阖闾用兵不息,致有此祸。诗曰:

> 破楚凌齐意气豪,又思吞越起兵刀。
>
> 好兵终在兵中死,顺水叮咛莫放篙。

吴太孙夫差迎丧以归,成服嗣位。卜葬于破楚门外之海涌山,发工穿山为穴,以专诸所用鱼肠之剑殉葬,其他剑甲六千副,金玉之玩,充牣其中。既葬,尽杀工人以殉。三日后,有人望见葬处,有白虎蹲踞其上,因名曰虎丘山,识者以为埋金之气所现。后来秦始皇使人发阖闾之墓,凿山求剑无所得,其凿处遂成深涧,今虎丘剑池是也。专毅伤重亦死,附葬于山后,今亦不知其处矣。夫差既葬其祖,立长子友为太子。使侍者十人更番立于庭中,每自己出入经由,必大声呼其名而告曰:“夫差!尔忘越王杀尔之祖乎?”即泣而对曰:“唯!不敢忘!”欲以徼惕jīng tì戒惧其心。命子胥、伯嚭练水兵于太湖,又立射棚于灵岩山以训射,俟三年丧毕,便为报仇之举。此周敬王二十四年事也。

是时,晋顷公失政,六卿树党争权,自相鱼肉_{摧残,残害}。荀寅与士吉射相睦,结为婚姻,韩不信、魏曼多忌之。荀跞有宠臣曰梁婴父,跞欲以为卿。婴父恃荀跞之爱,谋逐荀寅而代其位。故荀跞亦与范氏、中行氏相恶。上卿赵鞅有族子名午,封于邯郸。午之母,荀寅之娣,故寅呼午为甥。先年,卫灵公与齐景公合谋叛晋,晋赵鞅帅师伐卫,卫惧,贡户口五百家谢罪,鞅留于邯郸,谓之"卫贡"。未几,鞅欲迁五百家以实晋阳,午恐卫人不服,未即奉命。鞅怒午之抗己,遂诱午至晋阳,执而杀之。荀寅怒赵鞅私杀其甥,因与士吉射商议,欲共伐赵氏,为邯郸午报仇。赵氏有谋臣曰董安于,时为赵氏守晋阳城,闻二氏之谋,特至绛州,告于赵鞅曰:"范、中行方睦,一旦作乱,恐不可制,主君宜先为之备。"赵鞅曰:"晋国有令,始祸必诛,待其先发而后应之可也。"董安于曰:"与其多害百姓,宁我独死,若有事,安于当之。"鞅不可。安于乃私具甲兵,以伺其变。荀寅、士吉射倡言于众曰:"董安于治兵,将以害我。"于是连兵以伐赵氏,围其宫。却得董安于有备,引兵杀开一条血路,保护赵鞅奔晋阳城。恐二氏来攻,建垒自守。荀跞谓韩不信、魏曼多曰:"赵氏六卿之长,寅与吉射不由君命而擅逐之,政其归二家矣。"韩不信曰:"盍以始祸为罪,而并逐之?"三人遂同请于定公,各率家甲,奉定公以伐二家,寅、吉射悉力拒战,不能取胜。吉射谋劫定公,韩不信遽使人呼于市中曰:"范、中行氏谋反,来劫其君矣!"国人信其言,各执兵器,来救定公。三家借国人之众,杀败范、中行之兵,寅、吉射奔于朝歌以叛。韩不信告于定公曰:"范、中行实为首祸,今已逐矣。赵氏世有大功于晋,宜复鞅位。"定公言无不从,遂召鞅于晋阳,复其爵禄。

梁婴父欲代荀寅为卿,荀跞言于赵鞅。鞅问董安于,安于曰:"晋惟政出多门,故祸乱不息。若立婴父,是乃又置一荀寅也!"鞅乃不从。婴父怒,知为董安于所阻,谓荀跞曰:"韩、魏党于赵,智氏之势孤矣。赵氏所恃者,其谋臣董安于也,何不去之?"跞问曰:"去之何策?"婴父曰:"安于私具甲兵,以激成范、中行之变,若论始祸,还是安于为首。"荀跞如婴父之言,以责赵鞅,鞅惧。董安于曰:"臣向者固以死自期矣。臣死而赵氏安,是死贤于生也。"乃退而自缢。赵鞅乃陈其尸于市,使人告于荀跞曰:"安于已伏罪矣。"荀跞乃与赵鞅结盟,各无相害。鞅私祀董安于于家庙之中,以答其劳。寅、吉射久据朝歌,诸侯叛晋者,皆欲借之以害晋。赵鞅屡次兴师攻之,齐、鲁、郑、卫遣使输粟助兵，以救二氏，鞅不能克。直至周敬王三十年，赵鞅合韩、魏、智三家之兵，攻下朝歌，寅、吉射奔邯郸，再奔柏人。未几，柏人城复破，其党范皋夷、张柳朔俱战死；豫让为荀跞子荀甲所获，甲子荀瑶请而活之，遂为智氏之臣。寅、吉射逃奔齐国去讫。可怜荀林父五传至寅，士芳（wěi）七传至吉射，祖宗俱晋室股肱之臣也，子孙贪横，遂至灭宗，岂不哀哉！晋六卿自此只有赵、韩、魏、智四卿矣。此是后话。髯仙有诗云：

> 六卿相并或存亡，总是私门作主张。
>
> 四氏瓜分谋愈急，不如留却范中行。

且说周敬王二十六年春二月，吴王夫差除丧已久，乃告于太庙，兴倾国之兵，使子胥为大将，伯嚭副之，从太湖取水道攻越。越王句践集群臣计议，出师迎敌。大夫范蠡字少伯，出班奏曰："吴耻丧其君，誓矢图报者，三年于兹矣。其志愤，其力齐，不可当也，宜敛兵为坚守之计。"大夫文种字会，奏曰："以愚见，莫若卑词谢罪，以乞其和，俟其兵退而后图之。"句践曰："二卿言守言和，皆非至计。夫吴，吾世仇也，伐而不战，以我不能军矣。"乃悉起国中丁壮，共三万人，迎于椒山之下。初合战，吴兵稍却，杀伤约百十人。句践趋利直进，约行数里，正遇夫差大军，两下布阵大战。夫差立于船头，亲自秉枹击鼓，以激厉将士，勇气十倍。忽北风大起，波涛汹涌，子胥、伯嚭各乘余皇大舰，顺风扬帆而下，俱用强弓劲弩，箭如飞蝗般射来。越兵迎风，不能抵敌，大败而走，吴兵分三路逐之。越将灵姑浮舟覆溺水而死，胥犴中箭亦亡，吴兵乘胜追逐，杀死不计其数。句践奔至固城自保，吴兵围之数重，绝其汲道。夫差喜曰："不出十日，越兵俱渴死矣。"谁知山顶之上，自有灵泉，泉有嘉鱼，句践命取鱼数百头，以馈吴王，吴王大惊。句践留范蠡坚守，自帅残兵，乘间奔会稽山。点阅甲楯之数，才剩得五千余人，句践叹曰："自先君至于孤，三十年来未尝有此败也！悔不听范、文二大夫之言，以至如此。"

吴兵攻固城益急，子胥营于右，伯嚭营于左，范蠡告急，一日三至，越王大恐。文种献谋曰："事急矣！及今请成，犹可及也。"句践曰："吴不许成，奈何？"文种对曰："吴有太宰伯嚭者，其人贪财好色，忌功嫉能，与子胥同朝而志趣不合。吴王畏事子胥，而昵于嚭。若私诣太宰之营，结其欢心，与定行成之约，太宰言于吴王，无不听。子胥虽知而阻之，亦无及矣。"句践曰："卿见太宰，以何为赂？"种对曰："军中所乏者，女色耳。诚得美女而献之，天若祚 zuò 赐福越，嚭当见听。"句践乃连夜遣使至都城，命夫人选宫中之有色者得八人，盛其容饰，加以白璧二十双，黄金千镒，夜造太宰之营，求见太宰。

　　嚭初欲拒绝，姑使人探其来状，闻有所赍献，乃召入。嚭倨 jù 坐蹲坐，表示傲慢以待之，文种跪而致词曰："寡君句践，年幼无知，不能善事大国，以致获罪。今寡君已悔恨无及。愿举国请为吴臣，而恐王见咎不纳，知太宰以巍巍功德，外为吴之干城捍卫，捍卫者，内作王之心膂 lǚ 重要而得力之人，寡君使下臣种，先叩首于辕门，借重一言，收寡君于宇下。不腆之仪，聊效薄贽，自此当源源而来矣。"乃以贿单呈上。嚭犹作色发怒的样子谓曰："越国旦暮且破灭矣，凡越所有，何患不归吴？而以此区区者唉我为耶？"种复进曰："越兵虽败，然保会稽者，尚有精卒五千，堪当一战。战而不捷，将尽焚库藏之积，窜身异国，以图楚王之事，安得遽为吴有耶？即使吴尽有之，然大半归于王宫，太宰同诸将不过瓜分一二。孰若主越之成，寡君非委身于王，实委身于太宰也，春秋贡献，未入王宫，先入宰府，是太宰独擅全越之利，诸将不得与焉。况困兽犹斗，背城一战，尚有不可测之事乎？"这一席话，说入伯嚭之心，不觉点头微笑。文种又指单上所开美人曰："此八人者，皆出自越宫，若民间更有美于此者，寡君若生还越国，当竭力搜求，以备太宰扫除之数。"伯嚭起立曰："大夫舍右营而趋左，以某无乘危害人之意也。某来朝当引子先见吾王，以决其议。"逐尽收所献，留种于营中，叙宾主之礼。

　　次早，同造中军，来见夫差。伯嚭先入，备道越王句践使文种请成之意。夫差勃然曰："越与寡人有不共戴天之恨，安得允其成哉？"嚭对曰："王不记孙武之言乎？'兵凶器，可暂用而不可久也。'越虽得罪于吴，然其下吴者已至矣。其君请为吴臣，其妻请为吴妾，越国之宝器珍玩，尽扫以贡于吴宫，所乞于王者，仅存宗祀一线耳。夫受越之降，厚实也，赦越之罪，显名也。名实俱收，吴可以伯。必欲穷兵力以诛越，彼句践将焚宗庙，杀妻子，沉金玉于江，率死士五千人，致死于吴，得无有所伤于王之左右乎？与其杀是人，孰若得是国之为利？"夫差曰："今文种安在？"嚭对曰："见在幕外候宣。"夫差乃命种入见。种膝行而前，复申前说，加以卑逊。夫差曰："汝君请为臣妾，能从寡人入吴否？"种稽首曰："既为臣妾，死生在君，敢不服事于左右！"嚭曰："句践夫妇愿来吴国，吴名虽赦越，实已得之矣，王又何求焉？"夫差乃许其成。

　　早有人到右营报知子胥。子胥急趋至中军，见伯嚭同文种立于王侧。子胥怒气盈面。问吴王曰："王已许越和乎？"王曰："已许之矣。"子胥连叫曰："不可，不可！"吓得文种倒退几步，静听其说。子胥谏曰："越与吴邻，有不两立之势，若吴不灭越，越必灭吴。夫秦、晋之国，我攻而胜之，得其地，不能居，得其车，不能乘。如攻越而胜之，其地可居，其舟可乘，此社稷之利，不可弃也。况又有先王大仇,不灭越,何以谢立庭之誓乎?"夫差语塞不能对,惟以目视伯嚭。伯嚭前奏曰:"相国之言误矣! 先王建国,水陆并封,吴、越宜水,秦、晋宜陆。若以其地可居,其舟可乘,谓吴、越必不能共存,则秦、晋、齐、鲁皆陆国也,其地亦可居,其车亦可乘,彼四国者,亦将并而为一乎? 若谓先王大仇,必不可赦,则相国之仇楚者更甚,何不遂灭楚国而遽许其和耶? 今越王夫妇皆愿服役于吴,视楚仅纳芈胜更不相同,相国自行忠厚之事,而欲王居刻薄之名,忠臣不如是也。"夫差喜曰:"太宰之言有理,相国且退,俟越国贡献至日,当分赠汝。"气得子胥面如土色,叹曰:"吾悔不听被离之言,与此佞臣同事!"口中恨恨不绝,只得步出幕府,谓大夫王孙雄曰:"越十年生聚休养生息,聚集财富,再加以十年之教训,不过二十年,吴宫为沼矣。"雄意殊未深信。子胥含愤,自回右营。

　　夫差命文种回复越王,再到吴军申谢。夫差问越王夫妇入吴之期,文种对曰:"寡君蒙大王赦而不诛,将暂假归国,悉敛其玉帛子女,以贡于吴,愿大王稍宽其期。其或负心失信,安能逃大王之诛乎?"夫差许诺,遂约定五月中旬,夫妇入臣于吴。遂遣王孙雄押文种同至越国,催促起程。太宰伯嚭屯兵一万于吴山以候之,如过期不至,灭越归报。夫差引大军先回。毕竟越王如何入吴,且看下回分解。

夫差逼殺伍子胥

勾踐竭力事

吳

第八十回　夫差违谏释越　句践竭力事吴

话说越大夫文种蒙吴王夫差许其行成,回报越王,言:"吴王已班师矣。遣大夫王孙雄随臣到此,催促起程,太宰屯兵江上,专候我王过江。"越王句践不觉双眼流泪。文种曰:"五月之期迫矣！王宜速归,料理国事,不必为无益之悲。"越王乃收泪,回至越都,见市井如故,丁壮萧然,甚有惭色。留王孙雄于馆驿,收拾库藏宝物,装成车辆,又括国中女子三百三十人,以三百人送吴王,三十人送太宰。时尚未有行动之日,王孙雄连连催促。句践泣谓群臣曰:"孤承先人余绪,兢兢业业,不敢怠荒。今夫椒一败,遂至国亡家破,千里而作俘囚,此行有去日,无归日矣！"群臣莫不挥涕。文种进曰:"昔者汤囚于夏台,文王系于羑yǒu里,一举而成王;齐桓公奔莒jǔ,晋文公奔翟,一举而成伯。夫艰苦之境,天之所以开王伯也。王善承天意,自有兴期,何必过伤,以自损其志乎?"句践于是即日祭祀宗庙,王孙雄先行一日,句践与夫人随后进发,群臣皆送至浙江之上。范蠡具舟于固陵,迎接越王,临水祖道。文种举觞shāng王前,祝曰:

> 皇天祐助,前沉后扬;祸为德根,忧为福堂。威人者灭,服从者昌;王虽淹滞,其后无殃。君臣生离,感动上皇;众夫哀悲,莫不感伤！臣请荐脯,行酒二觞。

句践仰天叹息,举杯垂涕,默无所言。范蠡进曰:"臣闻:'居不幽者志不广,形不愁者思不远。'古之圣贤,皆遇困厄之难,蒙不赦之耻,岂独君王哉?"句践曰:"昔尧任舜、禹而天下治,虽有洪水,不为人害。寡人今将去越入吴,以国属诸大夫,大夫何以慰寡人之望乎?"范蠡谓同列曰:"吾闻:'主忧臣辱,主辱臣死。'今主上有去国之忧,臣吴之辱,以吾浙东之士,岂无一二豪杰,与主上分忧辱者乎?"于是诸大夫齐声曰:"谁非臣子? 惟王所命！"句践曰:"诸大夫不弃寡人,愿各言尔志,谁可从难? 谁可守国?"文种曰:"四境之内,百姓之事,蠡不如臣;与君周旋,临机应变,臣不如蠡。"范蠡曰:"文种自处已审,主公以国事委之,可使耕战足备,百姓亲睦。至于辅危主,忍垢辱,往而必反,与君复仇者,臣不敢辞。"于是诸大夫以次自述。太宰苦成曰:"发君之令,明君之德,统烦理剧处理繁杂困难的事物,使民知分,臣之事也。"行人古时指通使、聘问的人曳庸曰:"通使诸侯,解纷释疑,出不辱命,入不被尤,臣之事也。"司直皓进曰:"君非臣谏,举过决疑,直心不挠,不阿亲戚,臣之事也。"司马诸稽郢曰:"望敌设阵,飞矢扬兵,贪进不退,流血滂滂,臣之事也。"司农皋如曰:"躬亲抚民,吊死存疾,食不二味,蓄陈储新,臣之事也。"太史计倪曰:"候天察地,纪历阴阳,福见知吉,妖出知凶,臣之事也。"句践曰:"孤虽入于北国,为吴穷虏,诸大夫怀德抱术,各显所长,以保社稷,孤何忧焉!"乃留众大夫守国,独与范蠡偕行,君臣别于江口,无不流涕。句践仰天叹曰:"死者,人之所畏,若孤之闻死,胸中绝无怵惕 chù tì 恐惧警惕。"遂登船径去。送者皆哭拜于江岸下,越王终不返顾。有诗为证:

> 斜阳山外片帆开,风卷春涛动地回。
>
> 今日一樽沙际别,何时重见渡江来?

越夫人乃据舷而哭,见乌鹊啄江渚之虾,飞去复来,意甚闲适,因哭而歌之,曰:

> 仰飞鸟兮乌鸢,凌玄虚兮翩翩;集洲渚兮优恣,奋健翮①兮云间;啄素虾兮饮水,任厥性兮往还。妾无罪兮负地,有何辜兮谴天? 风飘飘兮西往,知再返兮何年? 心辍辍兮若割,泪泫泫②兮双悬!

越王闻夫人怨歌,心中内恸,强笑以慰夫人之心曰:"孤之六翮备矣,高飞有日,复何忧哉!"

越王既入吴界,先遣范蠡见太宰伯嚭于吴山,复以金帛女子献之。嚭问曰:"文大夫何以不至?"蠡曰:"为吾主守国,不得偕来也。"嚭遂随范蠡来见越王,越王深谢其覆庇之德。嚭一力担承,许以返国,越王之心稍安。伯嚭引军押送越王,至于吴下,引入见吴王。句践肉袒伏于阶下,夫人亦随之。范蠡将宝物女子开单呈献于下,越王再拜稽首曰:"东海役臣句践,不自量力,得罪边境。大王赦其深辜,使执箕帚 jī zhǒu 畚箕和扫帚,代指奴仆,诚蒙厚恩,得保须臾之命,不胜感戴! 句践谨叩首顿首。"夫差曰:"寡人若念先君之仇,子今日无生理!"句践复叩首曰:"臣实当死,惟大王怜之!"时子胥在旁,目若燎 biāo 火星迸飞火,声如雷霆,乃进曰:"夫飞鸟在青云之上,尚欲弯弓而射之,况近集于庭庑 wǔ 堂下四周的廊屋乎? 句践为人机险,今为釜中之鱼,命制庖人,故诣词令色,以求免刑诛。一旦稍得志,如放虎于山,纵鲸于海,不复可制矣!"夫差曰:"孤闻诛降杀服,祸及三世。孤非爱越而不诛,恐见咎于

---

①翮(hé):鸟的翅膀。 ②泫(xuàn):流泪的样子。

天耳！"太宰嚭曰："子胥明于一时之计，不知安国之道。吾王诚仁者之言也！"子胥见吴王信伯嚭之佞言，不用其谏，愤愤而退。夫差受越贡献之物，使王孙雄于阖闾墓侧，筑一石室，将句践夫妇贬入其中，去其衣冠，蓬首垢衣，执养马之事。伯嚭私馈食物，仅不至于饥饿。吴王每驾车出游，句践执马箠 chuí 马鞭步行车前，吴人皆指曰："此越王也！"句践低首而已。有诗为证：

> 堪叹英雄值坎坷，平生意气尽销磨。
>
> 魂离故苑归应少，恨满长江泪转多。

　　句践在石室二月，范蠡朝夕侍侧，寸步不离。忽一日，夫差召句践入见，句践跪伏于前，范蠡立于后。夫差谓范蠡曰："寡人闻：'哲妇不嫁破亡之家，名贤不官灭绝之国。'今句践无道，国已将亡，子君臣并为奴仆，羁囚 拘禁，囚禁一室，岂不鄙乎？寡人欲赦子之罪，子能改过自新，弃越归吴，寡人必当重用。去忧患而取富贵，子意何如？"时越王伏地流涕，惟恐范蠡之从吴也。只见范蠡稽首而对曰："臣闻：'亡国之臣，不敢语政；败军之将，不敢语勇。'臣在越不忠不信，不能辅越王为善，致得罪于大王，幸大王不即加诛，得君臣相保，入备扫除，出给趋走，臣愿足矣。尚敢望富贵哉？"夫差曰："子既不移其志，可仍归石室。"蠡曰："谨如君命。"夫差起，入宫中，句践与范蠡趋入石室。越王服犊鼻 一种有裆的短裤，借为贫贱的代称，著樵头，斫剉 zhuó cuò 切剁草料养马。夫人衣无缘之裳，施左关之襦 rú，汲水除粪洒扫。范蠡拾薪炊爨，面目枯槁。夫差时使人窥之，见其君臣力作，绝无几微怨恨之色，终夜亦无愁叹之声，以此谓其无志思乡，置之度外。

　　一日，夫差登姑苏台，望见越王及夫人端坐于马粪之旁，范蠡操箠而立于左，君臣之礼存，夫妇之仪具。夫差顾谓太宰嚭曰："彼越王不过小国之君，范蠡不过一介之士，虽在穷厄之地，不失君臣之礼，寡人心甚敬之。"伯嚭对曰："不惟可敬，亦可怜也。"夫差曰："诚如太宰之言，寡人目不忍见。倘彼悔过自新，亦可赦乎？"嚭对曰："臣闻：'无德不复。'大王以圣王之心，哀孤穷之士，加恩于越，越岂无厚报？愿大王决意。"夫差曰："可命太史择吉日，赦越王归国。"伯嚭密遣家人以五鼓投石室，将喜信报知句践。句践大喜，告于范蠡。蠡曰："请为王占之。今日戊寅，以卯时闻信，戊为囚日，而卯复剋戊。其繇 zhòu 通"籀"。卦兆辞曰：'天网四张，万物尽伤，祥反为殃。'虽有信，不足喜也。"句践闻言，喜变为忧。

　　却说子胥闻吴王将赦越王，急入见曰："昔桀因汤而不诛，纣因文王而不杀,天道还反,祸转成福,故桀为汤所放,商为周所灭。今大王既囚越君,而不行诛,诚恐夏殷之患至矣。"夫差因子胥之言,复有杀越王之意,使人召之。伯嚭复先报句践,句践大惊,又告于范蠡。蠡曰:"王勿惧也。吴王囚王已三年矣。彼不忍于三年,而能忍于一日乎?去必无恙。"句践曰:"寡人所以隐忍不死者,全赖大夫之策耳。"乃入城来见吴王,候之三日,吴王并不视朝。伯嚭从宫中出,奉吴王之命,使句践复归石室。句践怪问其故,伯嚭曰:"王惑子胥之言,欲加诛戮,所以相召。适王感寒疾不能起,某入宫问疾,因言:'禳 ráng 灾祈祷消除灾殃宜作福事。今越王匍匐待诛于阙下,怨苦之气,上干于天。王宜保重,且权放还石室,待疾愈而图之。'王听某之言,故遣君出城耳。"句践感谢不已。

句践居石室,忽又三月,闻吴王病尚未愈,使范蠡卜其吉凶。蠡布卦已成,对曰:"吴王不死,至己巳日当减,壬申日必全愈。愿大王请求问疾,倘得入见,因求其粪而尝之,观其颜色,再拜称贺,言病起之期。至期若逾,必然心感大王,而赦可望矣。"句践垂泪言曰:"孤虽不肖,亦曾南面为君,奈何含污忍辱,为人尝泄便乎?"蠡对曰:"昔纣囚西伯于羑里,杀其子伯邑考,烹而饷之,西伯忍痛而食子肉。夫欲成大事者,不矜细行。吴王有妇人之仁,而无丈夫之决,已欲赦越,忽又中变,不如此,何以取其怜乎?"句践即日投太宰府中,见伯嚭曰:"人臣之道,主疾则臣忧。今闻主公抱疴不瘳 chōu 病愈,句践心孤失望,寝食不安,愿从太宰问疾,以伸臣子之情。"嚭曰:"君有此美意,敢不转达。"伯嚭入见吴王,曲道句践相念之情,愿入问疾。夫差在沉困之中,怜其意而许之。嚭引句践入于寝室,夫差强目视曰:"句践亦来见孤耶?"句践叩首奏曰:"囚臣闻龙体失调,如摧肝肺,欲一望颜色而无由也。"言未毕,夫差觉腹涨欲便,麾使出。句践曰:"臣在东海,曾事医师,观人泄便,能知疾之瘥 chài 病愈剧。"乃拱立于户下。侍人将余桶近床,扶夫差便讫,将出户外。句践揭开桶盖,手取其粪,跪而尝之。左右皆掩鼻。句践复入叩首曰:"囚臣敢再拜敬贺大王,王之疾,至己巳日有瘥,交三月壬申全愈矣。"夫差曰:"何以知之?"句践曰:"臣闻于医师:'夫粪者,谷味也。顺时气则生,逆时气则死。'今因臣窃尝大王之粪,味苦且酸,正应春夏发生之气,是以知之。"夫差大悦曰:"仁哉句践也!臣子之事君父,孰肯尝粪而决疾者?"时太宰嚭在旁,夫差问曰:"汝能乎?"嚭摇首曰:"臣虽甚爱大王,然此事亦不能。"夫差曰:"不但太宰,虽吾太子亦不能也。"即命句践离其石室,就便栖止:"待孤疾瘥,即当遣伊还国。"句践再拜谢恩而出。自此僦 jiù 租,租赁居民舍,执牧养之事如故。

　　夫差病果渐愈，一一如句践所刻之期。心念其忠，既出朝，命置酒于文台之上，召句践赴宴。句践佯为不知，仍前囚服而来。夫差闻之，即令沐浴，改换衣冠。句践再三辞谢，方才奉命。更衣入谒，再拜稽首。夫差慌忙扶起，即出令曰："越王仁德之人，焉可久辱！寡人将释其囚役，免罪放还。今日为越王设北面^{坐北朝南}，为君主之位之坐，群臣以客礼事之。"乃揖让使就客坐，诸大夫皆列坐于旁。子胥见吴王忘仇待敌，心中不忿，不肯入坐，拂衣而出。伯嚭进曰："大王以仁者之心，赦仁者之过。臣闻：'同声相和，同气相求。'今日之坐，仁者宜留，不仁者宜去。相国刚勇之夫，其不坐，殆自惭乎？"夫差笑曰："太宰之言当矣。"酒三行，范蠡与越王俱起进觞，为吴王寿，口致祝辞曰：

　　　　皇王在上，恩播阳春；其仁莫比，其德日新。於乎休哉！传德无极；延寿万步，长保吴国。四海咸承，诸侯宾服；觞酒既升，永受万福！

吴王大悦，是日尽醉方休。命王孙雄送句践于客馆："三日之内，孤当送尔归国。"

　　至次早，子胥入见吴王曰："昨日大王以客礼待仇人，果何见也？句践内怀虎狼之心，外饰温恭之貌，大王爱须臾之谀，不虑后日之患，弃忠直而听谗言，溺小仁而养大仇，譬如纵毛于炉炭之上，而幸其不焦，投卵于千钧之下，而望其必全，岂可得耶？"吴王怫^{fú}然曰："寡人卧疾三月，相国未尝有一言相慰，是相国之不忠也；不进一好物相送，是相国之不仁也。为人臣不仁不忠，要他何用！越王弃其国家，千里来归寡人，献其货财，身为奴婢，是其忠也；寡人有疾，亲为尝粪，略无毫无，全无怨恨之心，是其仁也。寡人若徇相国私意，诛此善士，皇天必不佑寡人矣。"子胥曰："王何言之相反也。夫虎卑其势，将有击也；狸缩其身，将有取也。越王入臣于吴，怨恨在心，大王何得知之？其下尝大王之粪，实上食大王之心，王若不察，中其奸谋，吴必为擒矣。"吴王曰："相国置之勿言，寡人意已决！"子胥知不可谏，遂郁郁而退。

　　至第三日，吴王复命置酒于蛇门之外，亲送越王出城。群臣皆捧觞饯行，惟子胥不至。夫差谓句践曰："寡人赦君返国，君当念吴之恩，勿记吴之怨。"句践稽首曰："大王哀臣孤穷，使得生还故国，当生生世世，竭力报效。苍天在上，实鉴臣心，如若负吴，皇天不佑！"夫差曰："君子一言为定，君其遂行，勉之，勉之！"句践再拜跪伏，流涕满面，有依恋不舍之状。夫差亲扶句践登车，范蠡执御，夫人亦再拜谢恩，一同升辇，望南而去。时周敬王二十九年事也。史臣有诗云：

> 越王已作釜中鱼，岂料残生出会稽？
>
> 可笑夫差无远虑，放开罗网纵鲸鲵。

句践回至浙江之上，望见隔江山川重秀，天地再清，乃叹曰："孤自意永辞万民，委骨异域，岂期复得返国而奉祀乎？"言罢，与夫人相向而泣，左右皆感动流泪。文种早知越王将至，率守国群臣、城中百姓，拜迎于浙水之上，欢声动地。句践命范蠡卜日到国，蠡屈指曰："异哉，王之择日也，无如来日最吉，王宜疾趋以应之。"于是策马飞舆，星夜还都。告庙临朝，都不必叙。句践心念会稽之耻，欲立城于会稽，迁都于此，以自警惕，乃专委其事于范蠡。蠡乃观天文，察地理，规造新城，包会稽山于内。西北立飞翼楼于卧龙山，以象天门；东南伏漏石窦，以象地户。外郭周围，独缺西北，扬言："已臣服于吴，不敢壅塞贡献之道。"实阴图进取之便。城既成，忽然城中涌出一山，周围数里，其象如龟，天生草木盛茂，有人认得此山，乃琅琊东武山，不知何故，一夕飞至。范蠡奏曰："臣之筑城，上应天象，故天降'昆仑'，以启越之伯也。"越王大喜，乃名其山曰怪山，亦曰飞来山，亦曰龟山。于山巅立灵台，建三层楼，以望灵物。制度俱备，句践自诸暨迁而居之，谓范蠡曰："孤实不德，以至失国亡家，身为奴隶。苟非相国及诸大夫赞助，焉有今日？"蠡曰："此乃大王之福，非臣等之功也。但愿大王时时勿忘石室之苦，则越国可兴，而吴仇可报矣。"句践曰："敬受教！"于是以文种治国政，以范蠡治军旅，尊贤礼士，敬老恤贫，百姓大悦。

越王自尝粪之后，常患口臭。范蠡知城北有山，出蔬菜一种，其名曰蕺 jí，可食，而微有气息，乃使人采蕺，举朝食之，以乱其气，后人因名其山曰蕺山。句践迫欲复仇，乃苦身劳心，夜以继日。目倦欲合，则攻之以蓼 liǎo 植物名，味辛；足寒欲缩，则渍之以水。冬常抱冰，夏还握火；累薪而卧，不用床褥。又悬胆于坐卧之所，饮食起居，必取而尝之。中夜潜泣，泣而复啸，会稽二字，不绝于口。以丧败之余，生齿亏减，乃著令使壮者勿娶老妻，老者勿娶少妇。女子十七不嫁，男子二十不娶，其父母俱有罪。孕妇将产，告于官，使医守之，生男赐以壶酒一犬，生女赐以壶酒一豚；生子三人，官养其二，生子二人，官养其一。有死者，亲为哭吊。每出游，必载饭与羹于后车，遇童子必餔 bū 喂食，给食而啜之，问其姓名。遇耕时，躬身秉耒 lěi 古代耕地的农具。夫人自织，与民间同其劳苦，七年不收民税。食不加肉，衣不重采，惟问候之使，无一月不至于吴。复使男女入山采葛，作黄丝细布，欲献吴王；尚未及进，吴王嘉句践之顺,使人增其封。于是东至句甬,西至檇李,南至姑蔑,北至平原,纵横八百余里,尽为越壤。句践乃治葛布十万匹,甘蜜百坛,狐皮五双,晋竹十艘,以答封地之礼。夫差大悦,赐越王羽毛之饰。子胥闻之,称疾不朝。

夫差见越已臣服不贰,遂深信伯嚭之言。一日,问伯嚭曰:"今日四境无事,寡人欲广宫室以自娱,何地相宜?"嚭奏曰:"吴都之下,崇台胜境,莫若姑苏,然前王所筑,不足以当巨览。王不若重将此台改建,令其高可望百里,宽可容六千人,聚歌童舞女于上,可以极人间之乐矣。"夫差然之,乃悬赏购求大木。文种闻之,进于越王曰:"臣闻:'高飞之鸟,死于美食;深泉之鱼,死于芳饵。'今王志在报吴,必先投其所好,然后得制其命。"句践曰:"虽得其所好,岂遂能制其命乎?"文种对曰:"臣所以破吴者有七术:一曰捐货币,以悦其君臣;二曰贵籴dí买入粮食粟藁,以虚其积聚;三曰遗美女,以惑其心志;四曰遗之巧工良材,使作宫室,以罄其财;五曰遗之谀臣,以乱其谋;六曰强其谏臣使自杀,以弱其辅;七曰积财练兵,以承其弊。"句践曰:"善哉! 今日先行何术?"文种对曰:"今吴王方改筑姑苏台,宜选名山神材,奉而献之。"

越王乃使木工三千余人,入山伐木,经年无所得。工人思归,皆有怨望之心,乃歌《术客之吟》曰:

朝采木,暮采木,朝朝暮暮入山曲,穷岩绝壑徒往复。天不生兮地不育,木客何辜兮,受此劳酷?

每深夜长歌,闻者凄绝。忽一夜,天生神木一双,大二十围,长五十寻,在山之阳者曰梓,在山之阴者曰楠。木工惊睹,以为目未经见,奔告越王。群臣皆贺曰:"此大王精诚格天,故天生神木,以慰王衷也。"句践大喜,亲往设祭而后伐之。加以琢削磨砻磨砺,用丹青错画为五采龙蛇之文,使文种浮江而至,献于吴王曰:"东海贱臣句践,赖大王之力,窃为小殿,偶得巨材,不敢自用,敢因下吏献于左右。"夫差见木材异常,不胜惊喜。子胥谏曰:"昔桀起灵台,纣起鹿台,穷竭民力,遂致灭亡。句践欲害吴,故献此木,王勿受之。"夫差曰:"句践得此良材,不自用而献于寡人,乃其好意,奈何逆之?"遂不听,乃将此木建姑苏之台。三年聚材,五年方成,高三百丈,广八十四丈,登台望彻二百里。旧有九曲径以登山,至是更广之。百姓昼夜并作,死于疲劳者,不可胜数。有梁伯龙诗为证:

千仞高台面太湖,朝钟暮鼓宴姑苏。

威行海外三千里,霸占江南第一都。

越王闻之,谓文种曰:"子所云'遗之巧匠良材,使作宫室,以尽其财',此计已行。今崇台之上,必妙选歌舞以充之,非有绝色,不足侈其心志。子其为寡人谋之!"文种对曰:"兴亡之数,定于上天,既生神木,何患无美女。但搜求民间,恐惊动人心,臣有一计,可阅国中之女子,惟王所择。"不知文种又是何计,且看下回分解。

第一計瞞天過海圖

言語科子貢紛列國

第八十一回　美人计吴宫宠西施　言语科子贡说列国

话说越王句践欲访求境内美女，献于吴王，文种献计曰："愿得王之近竖贴身侍臣百人，杂以善相人者，使挟其术，遍游国中，得有色者，而记其人地，于中选择，何患无人？"句践从其计。半年之中，开报美女，何止二十余人。句践更使人复视，得尤美者二人，因图其形以进。那二人是谁？西施、郑旦。那西施乃苎 zhù 萝山下采薪者之女。其山有东西二村，多施姓者，女在西村，故以西施别之。郑旦亦在西村，与施女毗邻，临江而居，每日相与浣纱于江，红颜花貌，交相映发，不啻如并蒂之芙蓉也。句践命范蠡各以百金聘之。服以绮罗之衣，乘以重帷之车，国人慕美人之名，争欲识认，都出郊外迎候，道路为之壅塞。范蠡乃停西施、郑旦于别馆，传谕："欲见美人者，先输金钱一文。"设柜收钱，顷刻而满。美人登朱楼，凭栏而立，自下望之，飘飘乎天仙之步虚矣。美人留郊外三日，所得金钱无算，悉辇 niǎn 用辇运送于府库，以充国用。句践亲送美人别居土城，使老乐师教之歌舞，学习容步，俟其艺成，然后敢进吴邦。时周敬王三十一年，句践在位之七年也。

先一年，齐景公杵臼薨，幼子荼 tú 嗣立。是年楚昭王轸薨，世子章嗣立。其时楚方多故，而晋政复衰，齐自晏婴之死，鲁因孔子之去，国俱不振，独吴国之强，甲于天下。夫差恃其兵力，有荐食山东之志，诸侯无不畏之。就中单说齐景公，夫人燕姬有子而夭，诸公子庶出者凡六人，阳生最长，荼最幼。荼之母鬻姒 yù sì 贱而有宠，景公因母及子，爱荼特甚，号为安孺子。景公在位五十七年，年已七十余岁，不肯立世子，欲待安孺子长成，而后立之。何期一病不起，乃属同"嘱"，嘱托世臣国夏、高张使辅荼为君。大夫陈乞素与公子阳生相结，恐阳生见诛，劝使出避。阳生遂与其子壬及家臣阚 kàn 止，同奔鲁国。景公果使国、高二氏逐群公子，迁于莱邑。景公薨，安孺子荼既立，国夏、高张左右秉政。陈乞阳为承顺，中实忌之，遂于诸大夫面前诡言："高、国有谋，欲去旧时诸臣，改用安孺子之党。"诸大夫信之，皆就陈乞求计。陈乞因与鲍牧倡首，率诸大夫家众共攻高、国，杀高张，国夏出奔莒国。于是鲍牧为右相，陈乞为左相，立国书、高无平以继二氏之祀。

安孺子年才数岁，言动随人，不能自立。陈乞有心要援立公子阳生，阴使人召之于鲁。阳生夜至齐郊，留阚止与其子壬于郊外，自己单身入城，藏于陈乞家中。陈乞假称祀先^{祭祀先祖}，请诸大夫至家，共享祭余。诸大夫皆至，鲍牧别饮于他所，最后方到。陈乞候众人坐定，乃告曰："吾新得精甲，请共观之。"众皆曰："愿观。"于是力士负巨囊自内门出，至于堂前。陈乞手自启囊，只见一个人从囊中伸头出来，视之，乃公子阳生也。众人大惊。陈乞扶阳生出，南向立，谓诸大夫曰："立以长，古今通典。安孺子年幼，不堪为君，今奉鲍相国之命，请改事长公子。"鲍牧睁目言曰："吾本无此谋，何得相诬？欺我醉耶？"阳生向鲍牧揖曰："废兴之事，何国无之？惟义所在。大夫度义可否，何问谋之有无？"陈乞不待言终，强拉鲍牧下拜。诸大夫不得已，皆北面稽首。陈乞同诸大夫歃血定盟。车乘已具，齐奉阳生升车入朝，御殿即位，是为悼公。即日迁安孺子于宫外，杀之。悼公疑鲍牧不欲立己，访于陈乞。乞亦忌牧位在己上，遂阴潛^{zèn}诬陷_{诬陷}牧与群公子有交，不诛牧，国终不靖。于是悼公复诛鲍牧，立鲍息，以存鲍叔牙之祀。陈乞独相齐国。国人见悼公诛杀无辜，颇有怨言。

再说悼公有妹，嫁与邾子益为夫人。益傲慢无礼，与鲁不睦。鲁上卿季孙斯言于哀公，引兵伐邾，破其国，执邾子益，囚于负瑕。齐悼公大怒曰："鲁执邾君，是欺齐也。"遂遣使乞师于吴，约同伐鲁。夫差喜曰："吾欲试兵山东，今有名矣！"遂许齐出师。鲁哀公大惧，即释放邾子益复归其国，使人谢_{道歉}齐。齐悼公使大夫公孟绰辞于吴王，言："鲁已服罪，不敢劳大王之军旅。"夫差怒曰："吴师行止，一凭齐命，吴岂齐之属国耶？寡人当视至齐国，请问前后二命之故。"叱公孟绰使退。鲁闻吴王怒齐，遂使人送款与吴，反约吴王同伐齐国。夫差欣然即日起师，同鲁伐齐，围其南鄙。齐举国惊惶，皆以悼公无端召寇，怨言益甚。时陈乞已卒，子陈恒秉政，乘国人不顺，谓鲍息曰："子盍行大事，外解吴怨，而内以报家门之仇？"息辞以不能。恒曰："吾为子行之。"乃因悼公阅师，进鸩酒，毒杀悼公，以疾讣于吴军曰："上国膺受天命，寡君得罪，遂遘暴疾，上天代大王行诛，幸赐矜恤，勿陨社稷，愿世世服事上国。"夫差乃班师而退，鲁师亦归。国人皆知悼公死于非命，因畏爱陈氏，无敢言者。陈恒立悼公之子壬，是为简公。简公欲分陈氏之权，乃以陈恒为右相，阚止为左相。昔人论齐祸皆启于景公。诗曰：

　　从来溺爱智逾昏，继统如何乱弟昆？

莫怨强臣与强寇，分明自己凿凶门。

　　时越王教习美女三年，技态尽善，饰以珠幌，坐以宝车，所过街衢，香风闻于远近，又以美婢旋波、移光等六人为侍女，使相国范蠡进之吴国。夫差自齐回吴，范蠡入见，再拜稽首曰："东海贱臣句践，感大王之恩，不能亲率妻妾伏侍左右，遍搜境内，得善歌舞者二人，使陪臣纳之王宫，以供洒扫之役。"夫差望见，以为神仙之下降也，魂魄俱醉。子胥谏曰："臣闻：'夏亡以妹 mò 喜，殷亡以妲己，周亡以褒姒。'夫美女者，亡国之物，王不可受！"夫差曰："好色，人之同心。句践得此美女不自用，而进于寡人，此乃尽忠于吴之证也，相国勿疑。"遂受之。二女皆绝色，夫差并宠爱之，而娇艳善媚，更推西施为首。于是西施独夺歌舞之魁，居姑苏之台，擅专房之宠，出入仪制，拟于妃后。郑旦居吴宫，妒西施之宠，郁郁不得志，经年而死。夫差哀之，葬于黄茅山，立祠祀之。此是后话。

　　且说夫差宠幸西施，令王孙雄特建馆娃宫于灵岩之上，铜沟玉槛，饰以珠玉，为美人游息之所。建"响屟 xiè 廊"，何为响屟？屟用鞋名，凿空廊下之地，将大瓮铺平，覆以厚板，令西施与宫人步屟绕之，铮铮有声，故名响屟。今灵岩寺圆照塔前小斜廊，即其址也。高启《馆娃宫》诗云：

　　　　馆娃宫中馆娃阁，画栋侵云峰顶开。

　　　　犹恨当时高未极，不能望见越兵来！

王禹偁 chēng 有《响屟廊》诗云：

　　　　廊坏空留响屟名，为因西子绕廊行。

　　　　可怜伍相终尸谏，谁记当时曳履声！

山上有玩花池、玩月池。又有井，名吴王井，井泉清碧，西施可照泉而妆，夫差立于旁，亲为理发。又有洞名西施洞，夫差与西施同坐于此。洞外石有小陷，今俗名西施迹。又尝与西施鸣琴于山巅，今有琴台。又令人种香于香山，使西施与美人泛舟采香。今灵岩山南望，一水直如矢，俗名箭泾，即采香泾故处。又有采莲泾，在郡城东南，吴王与西施采莲处。又于城中开凿大濠，自南直北，作锦帆以游，号锦帆泾。高启诗云：

　　　　吴王在日百花开，画船载乐洲边来。

　　　　吴王去后百花落，歌吹无闻洲寂寞。

　　　　花开花落年年春，前后看花应几人？

　　　　但见枝枝映流水，不知片片堕行尘。

　　　　年年风雨荒台畔，日暮黄鹂肠欲断。

岂惟世少看花人，从来此地无花看。

又城南有长洲苑，为游猎之所。又有鱼城养鱼，鸭城畜鸭，鸡陂畜鸡，酒城造酒。又尝与西施避暑于西洞庭之南湾，湾可十余里，三面皆山，独南面如门阙。吴王曰："此地可以消夏。"因名消夏湾。张羽又有《苏台歌》云：

> 馆娃宫中百花开，西施晓上姑苏台。霞裙翠袂当空举，身轻似展凌风羽。遥望三江水一杯，两点微茫洞庭树。转面凝眸未肯回，要见君王射麋处。城头落日欲栖鸦，下阶戏折棠梨花。隔岸行人莫倚盼，干将莫邪光粲粲。

夫差自得西施，以姑苏台为家，四时随意出游，弦管相逐，流连忘返。惟太宰嚭、王孙雄常侍左右，子胥求见，往往辞之。

越王句践闻吴王宠幸西施，日事游乐，复与文种谋之。文种对曰："臣闻：'国以民为本，民以食为天。'今岁年谷歉收，粟米将贵，君可请贷于吴，以救民饥。天若弃吴，必许我贷。"句践即命文种以重币贿伯嚭，使引见吴王。吴王召见于姑苏台之宫，文种再拜请曰："越国洿〔wū 下地势低注〕下，水旱不调，年谷不登，人民饥困。愿从大王乞太仓之谷万石，以救目前之馁，明年谷熟，即当奉偿。"夫差曰："越王臣服于吴，越民之饥即吴民之饥也，吾何爱积谷，不以救之？"时子胥闻越使至，亦随至苏台，得见吴王，及闻许其请谷，复谏曰："不可，不可！今日之势，非吴有越，即越有吴。吾观越王之遣使者，非真饥困而乞籴也，将以空吴之粟也。与之不加亲，不与未成仇，王不如辞之。"吴王曰："句践因于吾国，却行〔倒退着行走〕马前，诸侯莫不闻知。今吾复其社稷，恩若再生，贡献不绝，岂复有背叛之虞乎？"子胥曰："吾闻越王早朝晏罢，恤民养士，志在报吴，大王又输粟以助之，臣恐麋鹿将游于姑苏之台矣。"吴王曰："句践业已称臣，乌有臣而伐君者？"子胥曰："汤伐桀，武王伐纣，非臣伐君乎？"伯嚭从旁叱之曰："相国出言太甚，吾王岂桀、纣之比耶？"因奏曰："臣闻葵邱之盟，遏籴有禁，为恤邻也。况越，吾贡献之所自出乎？明岁谷熟，责其如数相偿，无损于吴，而有德于越，何惮而不为也？"夫差乃与越粟万石，谓文种曰："寡人逆群臣之议，而输粟于越，年丰必偿，不可失信！"文种再拜稽首曰："大王哀越而救其饥馁，敢不如约。"文种领谷万石，归越，越王大喜，群臣皆呼万岁。句践即以粟颁赐国中之贫民，百姓无不颂德。

次年，越国大熟，越王问于文种曰："寡人不偿吴粟，则失信；若偿之，则损越而利吴矣。奈何？"文种对曰："宜择精粟，蒸而与之，彼爱吾粟，而用以布种，吾计乃得矣。"越王用其计，以熟谷还吴，如其斗斛之数。吴王叹曰："越王真信人也！"又见其谷粗大异常，谓伯嚭曰："越地肥沃，其种甚嘉，可散与吾民植之。"于是国中皆用越之粟种。不复发生，吴民大饥，夫差犹认以为地土不同，不知粟种之蒸熟也。文种之计亦毒矣！此周敬王三十六年事也。越王闻吴国饥困，便欲兴兵伐吴。文种谏曰："时未至也，其忠臣尚在。"越王又问于范蠡，蠡对曰："时不远矣！愿王益习战以待之。"越王曰："攻战之具，尚未备乎？"蠡对曰："善战者，必有精卒，精卒必有兼人胜过他人之技，大者剑戟，小者弓弩，非得明师教习，不得尽善。臣访得南林有处女，精于剑戟；又有楚人陈音，善于弓矢，王其聘之。"越王分遣二使，持重币往聘处女及陈音。

单说处女不知名姓，生于深林之中，长于无人之野，不由师傅，自然工于击刺。使者至南林，致越王之命，处女即随使北行。至山阴道中，遇一白须老翁，立于车前，问曰："来者莫非南林处女乎？有何剑术敢受越王之聘？愿请试之！"处女曰："妾不敢自隐，惟公指教！"老翁即挽林内之竹，如摘腐草，欲以刺处女。竹折，末堕于地，处女即接取竹末，以刺老翁。老翁忽飞上树，化为白猿，长啸一声而去。使者异之。处女见越王，越王赐坐，问以击刺之道。处女曰："内实精神，外示安佚，见之如妇，夺之似虎。布形候气，与神俱往，捷若腾兔，追形还影，纵横往来，目不及瞬。得吾道者，一人当百，百人当万。大王不信，愿得试之。"越王命勇士百人，攒戟以刺处女。处女连接其戟而投之，越王乃服。使教习军士，军士受其教者三千人。岁余，处女辞归南林，越王再使人请之，已不在矣。或曰：天欲兴越亡吴，故遣神女下授剑术，以助越也。

再说楚人陈音以杀人避仇于越，范蠡见其射必命中，言于越王，聘为射师。王问音曰："请闻弓弩何所而始？"陈音对曰："臣闻弩生于弓，弓生子弹，弹生于古之孝子。古者人民朴实，饥食鸟兽，渴饮雾露，死则裹以白茅，投于中野。有孝子不忍见其父母为禽兽所食，故作弹以守之。时为之歌曰：'断木续竹，飞土逐肉。'至神农皇帝兴，弦木为弧，剡 yǎn 削木为矢，以立威于四方。有弧父者，生于楚之荆山，生不见父母，自为儿时，习用弓欠，所射无脱。以其道传于羿 yì，羿传于逢 páng 蒙，逢蒙传于琴氏。琴氏以为诸侯相伐，弓矢不能制服，乃横弓著臂，施机设枢，加之以力，其名曰弩。琴氏传之楚三侯，楚由是世世以桃弓棘矢用荆棘做的箭备御邻国。臣之前人，受其道于楚，五世于兹矣。弩之所向，鸟不及飞，兽不及走，惟王试之！"越王亦遣士三千,使音教习于北郊之外。音授以连弩之法,三矢连续而去,人不能防。三月尽其巧。陈音病死,越王厚葬之,名其山曰陈音山。此是后话。髯仙诗云:

> 击剑弯弓总为吴,卧薪尝胆泪几枯。
>
> 苏台歌舞方如沸,遑问邻邦事有无。

　　子胥闻越王习武之事,乃求见夫差,流涕而言曰:"大王信越之臣顺,今越用范蠡日夜训练士卒,剑戟弓矢之艺无不精良。一旦乘吾间而入,吾国祸不支矣。王如不信,何不使人察之?"夫差果使人探听越国,备知处女、陈音之事,回报夫差。夫差谓伯嚭曰:"越已服矣,复治兵欲何为乎?"嚭对曰:"越蒙大王赐地,非兵莫守。夫治兵,乃守国之常事,王何疑焉?"夫差终不释然,遂有兴师伐越之意。

　　话分两头。再说齐国陈氏,世得民心,久怀擅国之志。及陈恒嗣位,逆谋愈急,惮高、国之党尚众,思尽去之。乃奏于简公曰:"鲁邻国而共吴伐齐,此仇不可忘也。"简公信其言。恒因荐国书为大将,高无平、宗楼副之,大夫公孙夏、公孙挥、闾兵明等皆从。悉车千乘,陈恒亲送其师。屯于汶水之上,誓欲灭鲁方还。时孔子在鲁,删述《诗》《书》。一日,门人琴牢字子张,自齐至鲁,来见其师。孔子问及齐事,知齐兵在境上,大惊曰:"鲁乃父母之国,今被兵,不可不救!"因问群弟子:"谁能为某出使于齐,以止伐鲁之兵者?"子张、子石俱愿往,孔子不许。子贡离席而问曰:"赐可以去乎?"孔子曰:"可矣。"

　　子贡即日辞行,至汶上,求见陈恒。恒知子贡乃孔门高弟,此来必有游说之语,乃预作色变脸色,发怒以待之。子贡坦然而入,旁若无人。恒迎入相见,坐定,问曰:"先生此来,为鲁作说客耶?"子贡曰:"赐之来,为齐非为鲁也。夫鲁,难伐之国,相国何为伐之?"陈恒曰:"鲁何难伐也?"子贡曰:"其城薄以卑,其池狭以浅,其君弱,大臣无能,士不习战,故曰'难伐'。为相国计,不如伐吴。吴城高而池广,兵甲精利,又有良将为守,此易攻耳。"恒勃然曰:"子所言难易,颠倒不情,恒所不解。"子贡曰:"请屏左右,为相国解之。"恒乃屏去从人,前席请教。子贡曰:"赐闻'忧在外者攻其弱,忧在内者攻其强'。赐窃窥相国之势,非能与诸大臣共事者也。今破弱鲁以为诸大臣之功,而相国无与焉,诸大臣之势日盛,而相国危矣!若移师于吴,大臣外困于强敌,而相国专制齐国,岂非计之最便乎?"陈恒色顿解,欣然问曰:"先生之言,彻恒肺腑。然兵已在汶上,若移而向吴,人将疑我,奈何?"子贡曰:"但按兵勿动,赐请南见吴王,使救鲁而伐齐,如是而战吴,不患无词。"陈恒大悦,乃谓国书曰:"吾闻吴将伐齐,吾兵姑驻此,未可轻动。打探吴人动静,须先败吴兵,然后伐鲁。"国书领诺,陈恒遂归齐国。

再说子贡星夜行至东吴,来见吴王夫差,说曰:"吴、鲁连兵伐齐,齐恨入骨髓。今其兵已在汶上,将以伐鲁,其次必及吴。大王何不伐齐以救鲁?夫败万乘之齐,而收千乘之鲁,威加强晋,吴遂霸矣。"夫差曰:"前者齐许世世服事吴国,寡人以此班师。今朝聘不至,寡人正欲往问其罪。但闻越君勤政训武,有谋吴之心,寡人欲先伐越国,然后及齐未晚。"子贡曰:"不可!越弱而齐强,伐越之利小,而纵齐之患大。夫畏弱越而避强齐,非勇也;逐小利而忘大患,非智也;智勇俱失,何以争霸?大王必虑越国,臣请为大王东见越王,使亲橐鞬 gāo jiàn 藏弓和剑的器具,引申为兵器以从下吏何如?"夫差大悦曰:"诚如此,孤之愿也。"

子贡辞了吴王,东行至越。越王句践闻子贡将至,使候人预为除道,郊迎三十里,馆之上舍,鞠躬而问曰:"敝邑僻处东海,何烦高贤远辱?"子贡曰:"特来吊君!"句践再拜稽首曰:"孤闻'祸与福为邻'。先生下吊,孤之福矣,请闻其说。"子贡曰:"臣今者见吴王,说以救鲁而伐齐,吴王疑越谋之,其意欲先加诛于越。夫无报人之志,而使人疑之者,拙也;有报人之志,而使人知之者,危也。"句践愕然长跪曰:"先生何以救我?"子贡曰:"吴王骄而好佞,宰嚭专而善谀,君以重器悦其心,以卑辞尽其礼,亲率一军,从于伐齐,彼战而不胜,吴自此削矣;若战而胜,必侈然有霸诸侯之心,将以兵临强晋,如此,则吴国有间,而越可乘也。"句践再拜曰:"先生之来,实出天赐。如起死人而肉白骨使人死而复活,比喻给人再造之恩,孤敢不奉教!"乃赠子贡以黄金百镒,宝剑一口,良马二匹。子贡固辞不受。

还见吴王,报曰:"越王感大王生全之德,闻大王有疑,意甚悚惧,且暮遣使来谢矣。"夫差使子贡就馆,留五日,越果遣文种至吴,叩首于吴王之前曰:"东海贱臣句践,蒙大王不杀之恩,得奉宗祀,虽肝脑涂地,未能为报!今闻大王兴大义,诛强救弱,故使下臣种贡上前王所藏精甲二十领,'屈卢'之矛、'步光'之剑以贺军吏。句践请问师期,将悉四境之内,选士三千人,以从下吏。句践愿披坚执锐,亲受矢石,死无所惧。"夫差大悦,乃召子贡谓曰:"句践果信义人也。欲率选士三千,以从伐齐之役,先生以为可否?"子贡曰:"不可。夫用人之众,又役及其君。亦太过矣。不如许其师而辞其君。"夫差从之。

　　子贡辞吴,复北往晋国,见晋定公,说曰:"臣闻:'无远虑者,必有近忧。'今吴之战齐有日矣。战而胜,必与晋争伯,君宜修兵休卒以待之。"晋侯曰:"谨受教。"比及子贡反鲁,齐兵已为吴所败矣。不知吴如何败齐,再看下回分解。

殺胥子夫差畝

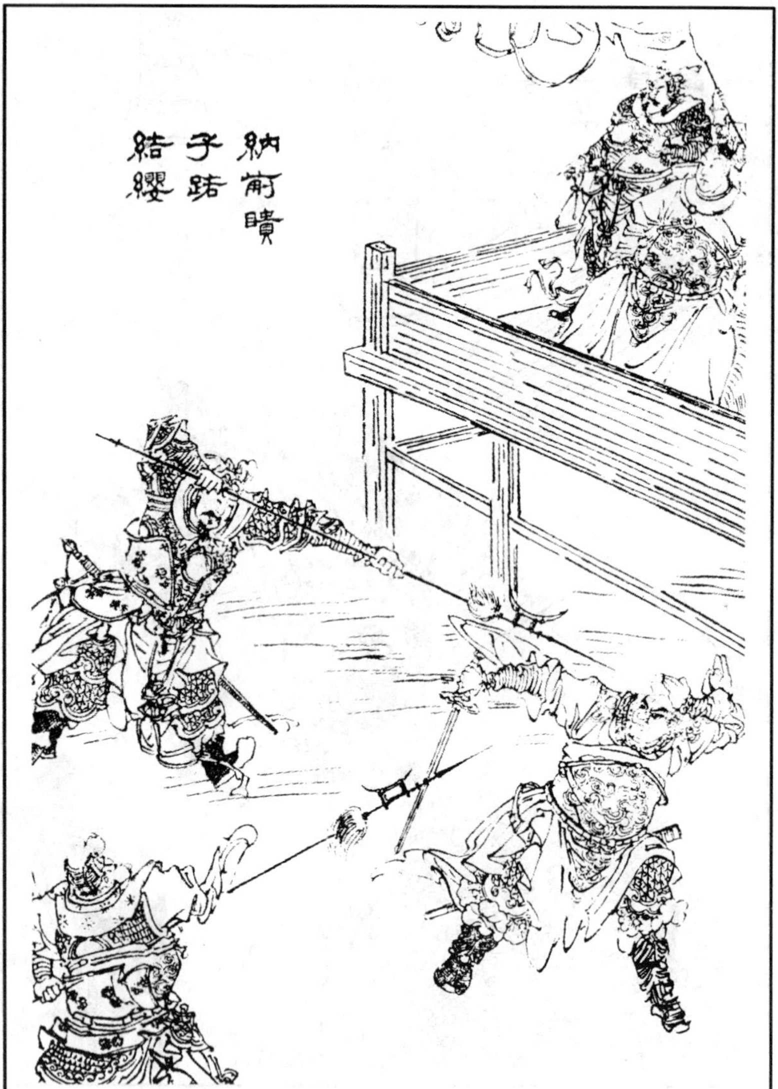
納蒯聵
子路結纓

第八十二回　杀子胥夫差争歃　纳蒯聩子路结缨

　　话说周敬王三十六年春,越王句践使大夫诸稽郢帅兵三千,助吴攻齐。吴王夫差遂征九郡之兵,大举伐齐。预遣人建别馆于句曲,遍植秋梧,号曰梧宫。使西施移居避暑,俟胜齐回日,即于梧宫过夏方归。吴兵将发,子胥又谏曰:"越在,我心愎之病也;若齐,特疥癣耳。今王兴十万之师,行粮千里,以争疥癣 jiè lài 皮肤病,比喻小毛病之患,而忘大毒之在腹心,臣恐齐未必胜而越祸已至也。"夫差怒曰:"孤发兵有期,老贼故出不祥之语,阻挠大计,当得何罪?"意欲杀之。伯嚭密奏曰:"此前王之老臣,不可加诛。王不若遣之往齐约战,假手齐人。"夫差曰:"太宰之计甚善。"乃为书数齐伐鲁慢吴之罪,命子胥往见齐君,冀其激怒而杀子胥也。子胥料吴必亡,乃私携其子伍封同行,至临淄,致吴王之命。齐简公大怒,欲杀子胥,鲍息谏曰:"子胥乃吴之忠臣,屡谏不入,已成水火。今遣来齐,欲齐杀之,以自免其谤。宜纵之使归,令其忠佞自相攻击,而夫差受其恶名矣。"简公乃厚待子胥,报以战期,定于春末。子胥原与鲍牧相识,故鲍息谏齐侯勿杀子胥也。鲍息私叩吴事,子胥垂泪不言,但引其子伍封,使拜鲍息为兄,寄居于鲍氏,今后只称王孙封,勿用伍姓。鲍息叹曰:"子胥将以谏死,故预谋存祀于齐耳。"不说子胥父子分离之苦。

　　再说吴王夫差择日于西门出军,过姑苏台午膳,膳毕忽然睡去,得其异梦。既觉,心中恍惚,乃召伯嚭告曰:"寡人昼寝午睡片时,所梦甚多。梦入章明宫,见两釜炊而不熟;又有黑犬二只,一嗥 háo 吼叫南,一嗥北;又有钢锹二把,插于宫墙之上;又流水汤汤,流于殿堂;后房非鼓非钟,声若锻工;前园别无他植,横生枝叶丛生梧桐。太宰为寡人占其吉凶!"伯嚭稽首称贺曰:"美哉!大王之梦,应在兴师伐齐矣。臣闻:章明者,破敌成功,声朗朗也;两釜炊而不熟者,大王德盛,气有余也;两犬嗥南嗥北者,四夷宾服,朝诸侯也;两锹插宫墙者,农工尽力,田夫耕也;流水入殿堂首,邻国贡献,财货充也;后房声若锻工者,宫女悦乐,声相谐也;前园横生梧桐者,桐作琴瑟,音调和也。大王此行,美不可言。"夫差虽喜其谀,而心中终未快然。复告于王孙骆,骆对曰:"臣愚昧,不能通微。城西阳山有一异士,唤做公孙圣,此人多见博闻,大王心上狐疑,何不召而决之?"夫差曰:"子即为我召来。"

骆承命,驰车往迎公孙圣。圣闻其故,伏地涕泣。其妻从旁笑曰:"子性太鄙,希见人主,卒闻宣召,涕泪如雨。"圣仰天长叹曰:"悲哉!非汝所知。吾曾自推寿数,尽于今日。今将与汝永别,是以悲耳。"骆催促登车,遂相与驰至姑苏之台。夫差召而见之,告以所梦之详。公孙圣曰:"臣知言而必死,然虽死不敢不言。怪哉!大王之梦,应在兴师伐齐也。臣闻:章者,战不胜,走章皇也;明者,去昭昭,就冥冥也。两釜炊而不熟者,大王败走,不火食_{煮熟}的食物也。黑犬嗥南嗥北者,黑为阴类,走阴方也。两锹插宫墙者,越兵入吴,掘社稷也。流水入殿堂者,波涛漂没,后宫空也。后房声若锻工者,宫女为俘,长叹息也。前园横生梧桐者,桐作冥器,待殉葬也。愿大王罢伐齐之师,更遣太宰嚭解冠肉袒,稽首谢罪于句践,则国可安而身可保矣。"伯嚭从旁奏曰:"草野匹夫,妖言肆毁,合加诛戮!"公孙圣睁目大骂曰:"太宰居高官,食重禄,不思尽忠报主,专事谄谀,他日越兵灭吴,太宰独能保其首领乎?"夫差大怒曰:"野人无识,一味乱言,不诛必然惑众!"顾力士石番:"可取铁锤击杀此贼!"圣乃仰天大呼曰:"皇天,皇天!知我之冤!忠而获罪,身死无辜,死后不愿葬埋,愿撇我在阳山之下,后作影响_{影子和回声,形容反应迅速},以报大王也。"夫差已击杀圣,使人投其尸于阳山之下,数之曰:"豺狼食汝肉,野火烧汝骨,风扬汝骸,形销影灭,何能为声响报我哉!"伯嚭捧觞趋进曰:"贺大王,妖孽已灭,愿进一觞,兵便可发矣。"史臣有诗云:

妖梦先机已兆凶,骄君尚恋伐齐功。

吴庭多少文和武,谁似公孙肯尽忠!

夫差自将中军,太宰嚭为副,胥门巢将上军,王子姑曹将下军,兴师十万,同越兵三千,浩浩荡荡,望山东一路进发。先遣人约会鲁哀公合兵攻齐。子胥于中途复命,称病先归,不肯从师。

却说齐将国书屯兵汶上,闻吴、鲁连兵来伐,聚集诸将商议迎敌。忽报:"陈相国遣其弟陈逆来到。"国书同诸将迎入中军,叩问:"子行此来何意?"陈逆曰:"吴兵长驱,已过嬴、博,国家安危,在于呼吸_{形容时间极短暂}。相国恐诸君不肯用力,遣小将至此督战。今日之事,有进无退,有死无生,军中只许鸣鼓,不许鸣金。"诸将皆曰:"吾等誓决一死敌!"国书传令,拔寨都起,往迎吴军。至于艾陵,吴将胥门巢上军先到。国书问:"谁人敢冲头阵?"公孙挥欣然愿往,率领本部车马,疾驱而出。胥门巢急忙迎敌,两下交锋,约三十余合,不分胜败。国书一股锐气,按纳不住,自引中军夹攻。军中鼓声如雷,胥门巢不能支,大败而走。国书胜了一阵,意气愈壮,令军士临阵,各带长绳一条,曰:"吴俗断发,当以绳贯其首。"一军若狂,以为吴兵旦暮可扫也。胥门巢引败兵来见吴王,吴王大怒,欲斩巢以徇。巢奏曰:"臣初至不知虚实,是以偶挫;若再战不胜,甘伏军法!"伯嚭亦力为劝解。夫差叱退,以大将展如代领其军。适鲁将叔孙州仇引兵来会,夫差赐以剑甲各一具,使为向导,离艾陵五里下寨。国书使人下战书,吴王批下:"来日决战。"次早,两下各排阵势,夫差命叔孙州仇打第一阵,展如打第二阵,王子姑曹打第三阵。使胥门巢率越兵三千,往来诱敌。自与伯嚭引大军屯于高阜,相机救援,留越将诸稽郢于身旁观战。

　　却说齐军列阵方完,陈逆令诸将各具含玉古代贵族殡殓时口中含玉,曰:"死即入殓!"公孙夏、公孙挥使军中皆歌送葬之词,誓曰:"生还者,不为烈丈夫也!"国书曰:"诸君以必死自励,何患不胜乎!"两阵对圆,胥门巢先来搦 nuò 战。国书谓公孙挥曰:"此汝手中败将,可便擒之。"公孙挥奋戟而出,胥门巢便走,叔孙州仇引兵接住公孙挥厮杀。胥门巢复身又来,国书恐其夹攻,再使公孙夏出车。胥门巢又走,公孙夏追之,吴阵上大将展如引兵便接住公孙夏厮杀。胥门巢又回车帮战,恼得齐将高无平、宗楼性起,一齐出阵,王子姑曹挺身独战二将,全无惧怯。两军各自奋力,杀伤相抵。国书见吴兵不退,亲自执桴 fú 鸣鼓,悉起大军前来助战。吴王在高阜处看得亲切,见齐兵十分奋勇,吴兵渐渐失了便宜,乃命伯嚭引兵一万,先去接应。国书见吴兵又至,正欲分军迎敌,忽闻金声大震,钲铎皆鸣。齐人只道吴兵欲退,不防吴王夫差自引精兵三万,分为三股,反以鸣金为号,从刺斜里直冲齐阵,将齐兵隔绝三处。展如、姑曹等闻吴王亲自临阵,勇气百倍,杀得齐军七零八落。展如就阵上擒了公孙夏,胥门巢刺杀公孙挥于车中,夫差亲射宗楼,中之。闾邱明谓国书曰:"齐兵将尽矣!元帅可微服遁去,再作道理。"国书叹曰:"吾以十万强兵,败于吴人之手,何面目还朝?"乃解甲冲入吴军,为乱军所杀。闾邱明伏于草中,亦被鲁将州仇搜获。夫差大胜齐师,诸将献功,共斩上将国书、公孙挥二人,生擒公孙夏、闾邱明二人,即斩首讫,只单走了高无平、陈逆二人,其他擒斩不计其数,革车八百乘,尽为吴所有,无得免者。夫差谓诸稽郢曰:"子观吴兵强勇,视越何如?"郢稽首曰:"吴兵之强,天下莫当,何论弱越!"夫差大悦,重赏越兵,使诸稽郢先回报捷。齐简公大惊,与陈恒、阚止商议,遣使大贡金币,谢罪请和。夫差主张齐、鲁复修兄弟之好,各无侵害,二国俱听命受盟。夫差乃歌凯而回。吏臣有诗曰:

艾陵白骨垒如山，尽道吴王奏凯还。

壮气一时吞宇宙，隐忧谁想伏吴关？

夫差回至句曲新宫，见西施谓曰："寡人使美人居此者，取相见之速耳。"西施拜贺且谢。时值新秋，桐阴正茂，凉风吹至，夫差与西施登台饮酒甚乐。至夜深，忽闻有众小儿和歌之声，夫差听之，歌曰：

桐叶冷，吴王醒未醒？梧叶秋，吴王愁更愁！

夫差恶之，使人拘群儿至宫，问："此歌谁人所教？"群儿曰："有一绯衣童子，不知何来，教我为歌，今不知何往矣。"夫差怒曰："寡人天之所生，神之所使，有何愁哉！"欲诛众小儿。西施力劝乃止。伯嚭进曰："春至而万物喜，秋至而万物悲，此天道也。大王悲喜与天同道，何所虑乎？"夫差乃悦。在梧宫三日，即起驾还吴。

吴王升殿，百官迎贺，子胥亦到，独无一言。夫差乃让责备之曰："子谏寡人不当伐齐，今得胜而回，子独无功，宁不自羞？"子胥攘臂大怒，释剑面对曰："天之将亡人国，先逢其小喜而后授之以大忧。胜齐不过小喜也，臣恐大忧之即至也。"夫差愠曰："久不见相国，耳边颇觉清净，今又来絮聒 guō 唠叨耶？"乃掩耳瞑目，坐于殿上。顷间，忽睁眼直视，久之，大叫："怪事！"群臣问曰："王何所见？"夫差曰："吾见四人相背而倚，须臾四分而走，又见殿下两人相对，北向人杀南向人。诸卿曾见之否？"群臣皆曰："不见。"子胥奏曰："四人相背而走，四方离散之象也。北向人杀南向人，为下贼上，臣弑君。王不知儆省，必有身弑国亡之祸。"夫差怒曰："汝言太不祥，孤所恶闻！"伯嚭曰："四方离散，奔走吴庭；吴国霸王，将有代周之事，此亦下贼其上，臣犯其君也。"夫差曰："太宰之言，足启心胸，相国耄矣，有不足采。"

过数日，越王句践率群臣亲至吴邦来朝，并贺战胜；吴庭诸臣，俱有馈赂赠送、贿赂的礼物。伯嚭曰："此奔走吴庭之应也。"吴王置酒于文台之上，越王侍坐，诸大夫皆侍立于侧。夫差曰："寡人闻之：'君不忘有功之臣，父不没有力之子。'今太宰嚭为寡人治兵有功，吾将赏为上卿；越王孝事寡人始终不倦，吾将再增其国，以酬助伐之功。于众大夫之意如何？"群臣皆曰："大王赏功酬劳，此霸王之事也。"于是子胥伏地涕泣曰："呜呼哀哉！忠臣掩口，谗夫在侧，邪说谀辞，以曲为直。养乱畜奸，将灭吴国，庙社为墟，殿生荆棘。"夫差大怒曰："老贼多诈，为吴妖孽，乃欲专权擅威，倾覆吾国。寡人以前王之故，不忍加诛，今退自谋，无劳再见！"子胥曰："老臣若不忠不信，不得为前王之臣。譬如龙逢逢桀，比干逢纣，臣虽见诛，君亦随灭，臣与王永辞，不复见矣。"遂趋出。

吴王怒犹未息,伯嚭曰:"臣闻子胥使齐,以其子托于齐臣鲍氏,有叛吴之心,王其察之!"夫差乃使人赐子胥以"属镂"之剑。子胥接剑在手,叹曰:"王欲吾自裁也!"乃徒跣下阶,立于中庭,仰天天呼曰:"天乎,天乎!昔先王不欲立汝,赖吾力争,汝得嗣位。吾为汝破楚败越,威加诸侯。今汝不用吾言,反赐我死!我今日死,明日越兵至,掘汝社稷矣。"乃谓家人曰:"吾死后,可抉 jué 挖出吾之目,悬于东门,以观越兵之入吴也!"言讫,自刎其喉而绝。使者取剑还报,述其临终之嘱。夫差往视其尸,数之曰:"胥,汝一死之后,尚何知哉?"乃自断其头,置于盘门城楼之上;取其尸,盛以鸱夷之器,使人载去,投于江中,谓曰:"日月炙汝骨,鱼鳖食汝肉,汝骨变形灰,复何所见!"尸入江中,随流扬波,依潮来往,荡激崩岸。土人惧,乃私捞取,埋之于吴山,后世因改称胥山,今山有子胥庙。陇西居士有古风一篇云:

> 将军自幼称英武,磊落雄才越千古。
>
> 一旦蒙谗杀父兄,褰流誓济吞荆楚。
>
> 贯弓①亡命欲何之?荥阳睢水空栖迟。
>
> 昭关锁钥愁无翼,鬓毛一夜成霜丝。
>
> 浣女沉溪渔丈死,箫声吹入吴人耳。
>
> 鱼肠作合定君臣,复为强兵进孙子。
>
> 五战长驱据楚官,君王含泪逃云中。
>
> 掘墓鞭尸吐宿恨,精诚贯日生长虹。
>
> 英雄再振匡吴业,夫椒一战栖强越。
>
> 釜中鱼鳖宰夫手,纵虎归山还自啮。
>
> 姑苏台上西施笑,谗臣称贺忠臣吊。
>
> 可怜两世辅吴功,到头翻把属镂报!
>
> 鸱夷激起钱塘潮,朝朝暮暮如呼号。
>
> 吴越兴衰成往事,忠魂千古恨难消!

夫差既杀子胥,乃进伯嚭为相国。欲增越之封地,句践固辞乃止。如是句践归越,谋吴益急。夫差全不在念,意益骄恣,乃发卒数万,筑邗城,穿沟,东北通射阳湖,西北使江、淮水合,北达于沂,西达于济。太子友知吴王复欲与中国会盟,欲切谏,恐触怒,思以讽谏感悟其父。清旦怀丸持弹,从后

---

① 贯弓:弯弓,拉满弓。

园而来,衣履俱湿,吴王怪而问之。友对曰:"孩儿适游后园,闻秋蝉鸣于高树,往而观之,望见秋蝉趋风迎风长鸣,自谓得所,不知螳螂超枝缘条,曳腰耸距,欲捕蝉而食之;螳螂一心只对秋蝉,不知黄雀徘徊绿阴,欲啄螳螂;黄雀一心只对螳螂,不知孩儿挟弹持弓,欲弹黄雀;孩儿一心只对黄雀,又不知旁有空坎,失足堕陷;以此衣履俱沾湿,为父王所笑。"吴王曰:"汝但贪前利,不顾后患,天下之愚,莫甚于此。"友对曰:"天下之愚,更有甚者。鲁承周公之后,有孔子之教,不犯邻国,齐无故谋伐之,以为遂有鲁矣,不知吴悉境内之士,暴师_{军队在外,蒙受风霜雨露}千里而攻之。吴国大败齐师,以为遂有齐矣,不知越王将选死士,出三江之口,入五湖之中,屠我吴国,灭我吴宫。天下之愚,莫甚于此!"吴王怒曰:"此伍员之唾余,久已厌闻,汝复拾之,以挠我大计耶?再多言,非吾子也!"太子友悚然辞出。夫差乃使太子友同王子地、王孙弥庸守国,亲帅国中精兵,由邗沟北上,会鲁哀公于橐皋 tuó gāo,会卫出公于发阳,遂约诸侯,大会于黄池,欲与晋争盟主之位。

越王句践闻吴王已出境,乃与范蠡计议,发习流_{熟悉水性的士兵}二千人、俊士四万、君子六千人,从海道通江以袭吴。前队畴无余先及吴郊,王孙弥庸出战,不数合,王子地引兵夹攻,畴无余马蹶 jué 被擒。次日,句践大军齐到。太子友欲坚守,王孙弥庸曰:"越人畏吴之心尚在,且远来疲敝,再胜之,必走。即不胜,守犹未晚。"太子友惑其言,乃使弥庸出师迎敌,友继其后。句践亲立于行阵,督兵交战。阵方合,范蠡、泄庸两翼呼噪而至,势如风雨。吴兵精勇惯战者,俱随吴王出征,其国中皆未教之卒,那越国是数年训练就的精兵,弓弩剑戟十分劲利,又范蠡、泄庸俱是宿将,怎能抵当,吴兵大败,王孙弥庸为泄庸所杀。太子友陷于越军,冲突不出,身中数箭,恐被执辱,自刎而亡。越兵直造城下,王子地把城门牢闭,率民夫上城把守,一面使人往吴王处告急。句践乃留水军屯于太湖,陆营屯于胥、阊之间,使范蠡焚姑苏之台,火弥月不息,其余皇大舟,悉徙于湖中。吴兵不敢复出。

再说吴王夫差与鲁、卫二君同至黄池,使人请晋定公赴会,晋定公不敢不至。夫差使王孙骆与晋上卿赵鞅议载书名次之先后。赵鞅曰:"晋世主夏盟,又何让焉?"王孙骆曰:"晋祖叔虞乃成王之弟,吴祖太伯乃武王之伯祖,尊卑隔绝数辈。况晋虽主盟,会宋会虢 guó,已出楚下,今乃欲踞吴之上乎?"于是彼此争论,连日不决。忽王子地密报至,言:"越兵入吴,杀太子,焚姑苏台,见今围城,势甚危急。"夫差大惊。伯嚭拔剑砍杀使者,夫差问曰:"尔杀使人何意?"伯嚭曰:"事之虚实,尚未可知,留使者泄漏其语,齐、晋将乘危生事,大王安得晏然_{安宁、安定}而归乎?"夫差曰:"尔言是也。然吴、晋争长未定,又有此报,孤将不会而归乎? 抑会而先晋乎?"王孙骆进曰:"二者俱不可。不会而归,人将窥我之急,若会而先晋,我之行止将听命于晋;必求主会,方保无虞。"夫差曰:"欲主会,计将安出?"王孙骆密奏曰:"事在危急,请王鸣鼓挑战,以夺晋人之气。"夫差曰:"善。"

　　是夜出令,中夜士皆饱食秣 mò 马,衔枚疾驱,去晋军才一里,结为方阵。百人为一行,一行建一大旗,百二十行为一面。中军皆白舆、白旗、白甲、白羽之矰 zēng 短箭,望之如白茅吐秀,吴王亲自仗钺,秉素旄,中阵而立。左军面左,亦百二十行,皆赤舆、赤旗、丹甲、朱羽之矰,一望若火,太宰嚭主之。右军面右,亦百二十行,皆黑舆、黑旗、玄甲、乌羽之矰,一望如墨,王孙骆主之。带甲之士,共三万六千人。黎明阵定,吴王亲执枹鸣鼓,军中万鼓皆鸣,钟声铎声,丁宁錞 chún 于古代铜制打击军中乐器,一时齐扣。三军哗吟 _{大声喧哗、吼叫},响震天地。晋军大骇,不知其故,乃使大夫董褐至吴军请命。夫差亲对曰:"周王有旨,命寡人主盟中夏,以缝诸姬之阙。今晋君逆命争长,迁延不决,寡人恐烦使者往来,亲听命于藩篱之外,从与不从,决于此日!"董褐还报晋侯,鲁、卫二君皆在坐。董褐私谓赵鞅曰:"臣观吴王口强而色惨,中心似有大忧,或者越人入其国都乎? 若不许其先,必逞其毒于我,然而不可徒让也,必使之去王号以为名。"赵鞅言于晋侯,使董褐再入吴军,致晋侯之命曰:"君以王命宣布于诸侯,寡君敢不敬奉! 然上国以伯肇 zhào 开始封,而号曰吴王,谓周室何? 君若去王号而称公,惟君所命。"夫差以其言为正,乃敛兵就幕,与诸侯相见,称吴公,先歃,晋次之,鲁、卫以次受歃。

　　会毕,即班师从江、淮水路而回。于途中连得告急之报,军士已知家国被袭,心胆俱碎,又且远行疲敝,皆无斗志。吴王犹率众与越相持,吴军大败。夫差惧,谓伯嚭曰:"子言越必不叛,故听子而归越王。今日之事,子当为我请成于越。不然,子胥'属镂'之剑犹在,当以属子!"伯嚭乃造越军,稽首于越王,求赦吴罪,其犒军之礼,悉如越之昔日。范蠡曰:"吴尚未可灭也,姑许成,以为太宰之惠。吴自今亦不振矣。"句践乃许吴成,班师而归。此周敬王三十八年事也。

　　明年,鲁哀公狩于大野,叔孙氏家臣鉏 chú 商获一兽,麇 jūn 獐子身牛尾,其角有肉,怪而杀之,以问孔子。孔子观之曰:"此麟也!"视其角,赤绂 fú 系官印的丝带犹在,识其为颜母昔日所系,叹曰:"吾道其终穷矣!"使弟子取而埋之。今巨野故城东十里有土台,广轮四十余步,俗呼为获麟堆,即麟葬处。

孔子援琴作歌曰：

明王作兮麟凤游，今非其时欲何求？麟兮麟兮我心忧！

于是取《鲁史》，自鲁隐公元年，至哀公获麟之岁，共二百四十二年之事，笔削笔，记载；削，删改而成《春秋》，与《易》《诗》《书》《礼》《乐》，号为"六经"。

是年，齐右相陈恒知吴为越所破，外无强敌，内无强家，单单只碍一阚止，乃使其族人陈逆、陈豹等攻杀阚止，齐简公出奔，陈恒追而弑之，尽灭阚氏之党。立简公弟骜，是为平公，陈恒独相。孔子闻齐变，斋三日，沐浴而朝哀公，请兵伐齐，讨陈恒弑君之罪。哀公使告三家，孔子曰："臣知有鲁君，不知有三家。"陈恒亦惧诸侯之讨，乃悉归鲁、卫之侵地，北结好于晋之四卿，南行聘于吴、越。复修陈桓子之政，散财输粟以赡贫乏，国人悦服。乃渐除鲍、晏、高、国诸家及公族子姓，而割国之大半，为己封邑。又选国中女子长七尺以上者，纳于后房，不下百人，纵其宾客出入不禁，生男子七十余人，欲以自强其宗。齐都邑大夫宰，莫非陈氏。此是后话。

再说卫世子蒯聩在戚，其子出公辄率国人拒之，大夫高柴谏不听。蒯聩之姊嫁于大夫孔圉，生子曰孔悝 kuī，嗣为大夫，事出公，执卫政。孔氏小臣曰浑良夫，身长而貌美，孔圉卒，良夫通于孔姬。孔姬使浑良夫往戚，问候其弟蒯聩。蒯聩握其手言曰："子能使我入国为君，使子服冕乘轩，三死无与三次死罪都可以赦免。"浑良夫归，言于孔姬。孔姬使良夫以妇人之服，往迎蒯聩。昏夜，良夫与蒯聩同为妇装，勇士石乞、孟黡 yǎn 为御，乘温车，诡称婢妾，溷 hùn 同"混"入城中，匿于孔姬之室。孔姬曰："国家之事，皆在吾儿掌握，今饮于公宫，俟其归，当以威劫之，事乃有济耳。"使石乞、孟黡、浑良夫皆被甲怀剑以俟，伏蒯聩于台上。须臾，孔悝自朝带醉而回，孔姬召而问曰："父母之族，孰为至亲？"悝曰："父则伯叔，母则舅氏而已。"孔姬曰："汝既知舅氏为母至亲，何故不纳吾弟？"孔悝曰："废子立孙，此先君遗命，悝不敢违也。"遂起身如厕。孔姬使石乞、孟黡候于厕外，俟悝出厕，左右帮定，曰："太子相召。"不由分说，拥之上台，来见蒯聩。孔姬已先在侧，喝曰："太子在此，孔悝如何不拜！"悝只得下拜。孔姬曰："汝今日肯从舅氏否？"悝曰："惟命。"孔姬乃杀豭，使蒯聩与悝歃血定盟。孔姬留石乞、孟黡守悝于台上，而以悝命召聚家甲，使浑良夫帅之袭公宫。出公辄醉而欲寝，闻乱，使左右往召孔悝。左右曰："为乱者，正孔悝也！"辄大惊，即时取宝器，驾轻车，出奔鲁国。群臣不愿附蒯聩者，皆四散逃窜。

仲子路为孔悝家臣，时在城外，闻孔悝被劫，将入城来救。遇大夫高柴自城中出,曰:"门已闭矣!政不在子,不必与其难也。"子路曰:"由已食孔氏之禄,敢坐视乎?"遂疾趋及门,门果闭矣。守门者公孙敢谓子路曰:"君已出奔,子何入为?"子路曰:"吾恶夫食人之禄,而避其难者,是以来也。"适有人自内而出,子路乘门开,遂入城,径至台下,大呼曰:"仲由在此,孔大夫可下台矣!"孔悝不敢应。子路欲取火焚台。蒯聩惧,使石乞、孟黡二人持戈下台,来敌子路。子路仗剑来迎。怎奈乞、黡双戟并举,攒刺群起而刺子路,又砍断其冠缨。子路身负重伤,将死,曰:"礼,君子死不免冠。"乃整结其冠缨而死。孔悝奉蒯聩即位,是为庄公。立次子疾为太子,以浑良夫为卿。

时孔子在卫,闻蒯聩之乱,谓众弟子曰:"柴也其归乎!由也其死乎!"弟子问其故,孔子曰:"高柴知大义,必能自全;由好勇轻生,昧于取裁,其死必矣。"说犹未了,高柴果然奔归,师弟相见,且悲且喜。卫之使者接踵而至,见孔子曰:"寡君新立,敬慕夫子,敢献奇味。"孔子再拜而受,启视则肉醢。孔子遽命覆之。谓使者曰:"得非吾弟子仲由之肉乎?"使者惊曰:"然也。夫子何以知之?"孔子曰:"非此,卫君必不以见颁分赏也。"遂命弟子埋其醢,痛哭曰:"某尝恐由不得其死,今果然矣!"使者辞去。未几,孔子遂得疾不起,年七十有三岁。时周敬王四十一年夏四月己丑也。史臣有赞云:

尼丘诞圣,阙里生德;七十升堂,四方取则。行诛两观,摄相夹谷;

叹凤遽衰,泣麟何促。九流仰镜,万古钦躅 zhuó 迹,追随!

弟子营葬于北阜之曲,冢大一顷,鸟雀不敢栖止其树。累朝封大成至圣文宣王,今改为大成至圣先师,天下俱立文庙,春秋二祭,子孙世袭为衍圣公不绝。不在话下。

再说卫庄公蒯聩疑孔悝为出公辄之党,醉以酒而逐之,孔悝奔宋。庄公为府藏俱空,召浑良夫计议:"用何计策,可复得宝器?"浑良夫密奏曰:"亡君亦君之子也,何不召之?"不知庄公曾召出公否,且看下回分解。

誅白勝
葉公定楚

第八十三回　诛芈胜叶公定楚　灭夫差越王称霸

　　话说卫庄公蒯聩因府藏宝货俱被出公辄取去，谋于浑良夫。良夫曰："太子疾与亡君，皆君之子，君何不以择嗣召之？亡君若归，器可得也。"有小竖闻其语，私告于太子疾。疾使壮士数人，载豭 jiā 从己，乘间劫庄公，使歃血立誓，勿召亡君，且必杀浑良夫。庄公曰："勿召辄易耳。业与良夫有盟在前，免其三死，奈何？"太子疾曰："请俟四罪，然后杀之。"庄公许诺。未几，庄公新造虎幕，召诸大夫落成。浑良夫紫衣狐裘而至，袒裘，不释剑而食。太子疾使力士牵良夫以退。良夫曰："臣何罪？"太子疾数之曰："臣见君有常服，侍食必释剑。尔紫衣，一罪也；狐裘，二罪也；不释剑，三罪也。"良夫呼曰："有盟免三死！"疾曰："亡君以子拒父，大逆不孝，汝欲召之，非四罪乎？"良夫不能答，俯首受刑。他日，庄公梦厉鬼被发北面而噪曰："余为浑良夫，叫天无辜！"庄公觉，使卜大夫胥弥赦占之，曰："不害也。"既辞出，谓人曰："冤鬼为厉，身死国危，兆已见矣。"遂逃奔宋。蒯聩立二年，晋怒其不朝，上卿赵鞅帅师伐卫。卫人逐庄公，庄公奔戎国，戎人杀之，并杀太子疾。国人立公子般师。齐陈恒帅师救卫，执般师，立公子起。卫大夫石圃逐起，复迎出公辄为君。辄既复国，逐石圃。诸大夫不睦于辄，逐辄奔越。国人立公子默，是为悼公。自是卫臣服于晋，国益微弱，依赵氏。此段话搁过不提。

　　再说白公胜自归楚国，每念郑人杀父之仇，思以报之。只为伍子胥是白公胜的恩人，子胥前已赦郑，况郑服事昭王，不敢失礼，故胜含忍不言。及昭王已薨 hōng，令尹子西、司马子期奉越女之子章即位，是为惠王。白公胜自以故太子之后，冀子西召己，同秉楚政。子西竟不召，又不加禄，心怀怏怏。及闻子胥已死，曰："报郑此其时矣！"使人请于子西曰："郑人肆毒于先太子，令尹所知也。父仇不报，无以为人，令尹倘哀先太子之无辜，发一旅以声郑罪，胜愿为前驱，死无所恨！"子西辞曰："新王方立，楚国未定，子姑待我。"白公胜乃托言备吴，使心腹家臣石乞筑城练兵，盛为战具。复请于子西，愿以私卒为先锋，伐郑。子西许之。尚未出师，晋赵鞅以兵伐郑，郑请救于楚。子西帅师救郑，晋兵乃退，子西与郑定盟班师。白公怒曰："不伐郑而救郑，令尹欺我甚矣！当先杀令尹，然后伐郑。"召其宗人白善于澧阳。善曰："从子而乱其国，则不忠于君；背子而发其私，则不仁于族。"遂弃禄，筑圃灌园终其身。楚人因名其圃曰："白善将军药圃。"白公闻白善不来，怒曰："我无白善，遂不能杀令尹耶？"即召石乞议曰："令君与司马各用五百人，足以当之否？"石乞曰："未足也。市南有勇士熊宜僚者，若得此人，可当五百人之用。"白公乃同石乞造于市南，见熊宜僚。宜僚大惊曰："王孙贵人奈何屈身至此？"白公曰："某有事，欲与子谋之。"遂告以杀子西之事。宜僚摇首曰："令尹有功于国而无仇于僚，僚不敢奉命。"白公怒，拔剑指其喉曰："不从，先杀汝！"宜僚面不改色，从容对曰："杀一宜僚，如去蝼蚁，何以怒为？"白公乃投剑于地，叹曰："子真勇士，吾聊试子耳！"即以车载回，礼为上宾，饮食必共，出入必俱。宜僚感其恩，遂以身许白公。

　　及吴王夫差会黄池时，楚国畏吴之强，戒饬边人，使修儆备。白公胜托言吴兵将谋袭楚，乃反以兵袭吴边境，颇有所掠。遂张大其功，只说："大败吴师，得其铠仗兵器若干，欲亲至楚庭献捷，以张国威。"子西不知其计，许之。白公悉出自己甲兵，装作卤获掳掠所获百余乘，亲率壮士千人，押解入朝献功。惠王登殿受捷，子西、子期侍立于旁。白公胜参见已毕，惠王见阶下立着两筹量词，用以指人好汉，全身披挂，问："是何人？"胜答曰："此乃臣部下将士石乞、熊宜僚，伐吴有功者。"遂以手招二人。二人举步，方欲升阶，子期喝曰："吾王御殿，边臣只许在下叩头，不得升阶！"石乞、熊宜僚那肯听从，大踏步登阶。子期使侍卫阻之，熊宜僚用手一拉，侍卫东倒西歪，二人径入殿中。石乞拔剑来砍子西，熊宜僚拔剑来砍子期。白公大喝："众人何不齐上！"壮士千人，齐执兵器，蜂拥而登。白公绑住惠王，不许转动。石乞生缚子西，百官皆惊散。子期素有勇力，遂拔殿戟，与宜僚交战。宜僚弃剑，前夺子期之戟。子期拾剑，以劈宜僚，中其左肩。宜僚亦刺中子期之腹。二人兀自相持不舍，搅做一团，死于殿庭。子西谓胜曰："汝糊口吴邦，我念骨肉之亲，召汝还国，封为公爵，何负于汝而反耶？"胜曰："郑杀吾父，汝与郑讲和，汝即郑也。吾为父报仇，岂顾私恩哉？"子西叹曰："悔不听沈诸梁之言也！"白公胜手剑斩子西之头，陈其尸于朝。石乞曰："不弑王，事终不济。"胜曰："孺子者阿罪？废之可也。"乃拘惠王于高府楚国宫中储存粮食的府库，欲立王子启为王。启固辞，遂杀之。石乞又劝胜自立。胜曰："县公尚众，当悉召之。"乃屯兵于太庙。大夫管修率家甲往攻白公，战三日，修众败被杀。圉公阳乘间使人掘高府之墙为小穴，夜潜入，负惠王以出，匿于昭夫人之宫。

　　叶公沈诸梁闻变，悉起叶众，星夜至楚。及郊，百姓遮道拦路迎之。见叶公未曾甲胄，诃曰："公胡_{为什么}不胄？国人望公之来，如赤子_{婴儿}之望父母，万一盗贼之矢，伤害于公，民何望焉？"叶公乃披挂戴胄而进。将近都城，又遇一群百姓，前来迎接，见叶公戴胄，又诃曰："公胡不胄？国人望公之来，如凶年之望谷米，若得见公之面，犹死而得生也，虽老稚，谁不为公致死力者！奈何掩蔽其面，使人怀疑，无所用力乎？"叶公乃解胄而进。叶公知民心附己，乃建大斾于车。箴尹固因白公之召，欲率私属入城，既见大旗上"叶"字，遂从叶公守城。兵民望见叶公来到，大开城门，以纳其众。叶公率国人攻白公胜于太庙。石乞兵败，扶胜登车，逃往龙山，欲适他国，未定。叶公引兵追至，胜自缢而死，石乞埋尸于山后。叶公兵至，生擒石乞，问："白公何在？"对曰："已自尽矣！"又问："尸在何处？"石乞坚不肯言。叶公命取鼎镬_{huò 古时一种无足的鼎，用于烹饪，也用作酷刑}，扬火沸汤，置于乞前，谓曰："再不言，当烹汝！"石乞自解其衣，笑曰："事成贵为上卿，事不成则就烹，此乃理之当然也。吾岂肯卖死骨以自免乎？"遂跳入镬中，须臾糜烂。胜尸竟不知所在。石乞虽所从不正，亦好汉也！叶公迎惠王复位。时陈国乘楚乱，以兵侵楚。叶公请于惠王，帅师伐陈，灭之。以子西之子宁嗣为令尹，子期之子宽嗣为司马，自己告老归叶。自此楚国危而复安。此周敬王四十二年事也。

　　是年，越王句践探听得吴王自越兵退后，荒于酒色，不理朝政，况连岁凶荒，民心愁怨，乃复悉起境内士卒大举伐吴。方出郊，于路上见一大蛙，目睁腹涨，似有怒气，句践肃然，凭轼而起。左右问曰："君何敬？"句践曰："吾见怒蛙如欲斗之士，是以敬之。"军中皆曰："吾王敬及怒蛙，吾等受数年教训，岂反不如蛙乎？"于是交相劝勉，以必死为志。国人各送其子弟于郊境之上，皆泣涕诀别，相语曰："此行不灭吴，不复相见！"句践复诏于军曰："父子俱在军中者，父归；兄弟俱在军中者，兄归；有父母无昆弟者，归养；有疾病不能胜兵者，以告，给医药糜粥。"军中感越王爱才之德，欢声如雷。行及江口，斩有罪者，以申军法，军心肃然。

　　吴王夫差闻越兵再至，亦悉起士卒，迎敌于江上。越兵屯于江南，吴兵屯于江北。越王将大军分为左右二阵，范蠡率右军，文种率左军。君子之卒六千人，从越王为中阵。明日，将战于江中。乃于黄昏左侧，令左军衔枚，溯_{逆流而上}江而上五里，以待吴兵，戒以夜半鸣鼓而进。复令右军衔枚，逾江十里，只等左军接战，右军上前夹攻，各用大鼓，务使鼓声震闻远近。吴兵至夜半，忽闻鼓声震天，知是越军来袭，仓皇举火，尚未看得明白，远远的鼓声又起，两军相应，合围拢来。夫差大惊，急传令分军迎战。不期越王潜引私卒六千,金鼓不鸣,于黑暗中径冲吴中军。此时天色尚未明,但觉前后左右中央尽是越军,吴兵不能抵当,大败而走。句践率三军紧紧追之,及于笠泽,复战,吴师又败。一连三战三北,名将王子姑曹、胥门巢等俱死。夫差连夜遁回,闭门自守。句践从横山进兵,即今越来溪是也。筑一城于胥门之外,谓之越城,欲以困吴。

越王围吴多时,吴人大困。伯嚭托疾小出,夫差乃使王孙骆肉袒^{脱去上衣,露出身体,表示谢罪}膝行而前,请成于越王,曰:“孤臣夫差异日得罪于会稽,夫差不敢逆命,得与君王结成以归。今君王举兵而诛孤臣,孤臣意者亦望君王如会稽之赦罪!”句践不忍其言,意欲许之。范蠡曰:“君王早朝晏罢,谋之二十年,奈何垂成而弃之?”遂不准其行成。吴使往返七次,种、蠡坚执不肯。遂鸣鼓攻城,吴人不能复战。种、蠡商议欲毁胥门而入。其夜望见吴南城上有伍子胥头,巨若车轮,目若耀电,须发四张,光射十里。越将士无不畏惧,暂且屯兵。至夜半,暴风从南门而起,疾雨如注,雷轰电掣^{chè}飞驰,飞石扬沙,疾于弓弩。越兵遭者,不死即伤,船索俱解,不能连属。范蠡、文种情急,乃肉袒冒雨,遥望南门,稽颡^{qǐ sǎng 屈膝下拜,以额触地,表示极度虔诚}谢罪。良久,风息雨止,种、蠡坐而假寐,以待天明。梦见子胥乘白马素车而至,衣冠甚伟,俨如生时,开言曰:“吾前知越兵必至,故求置吾头于东门,以观汝之入吴。吴王置吾头于南门,吾忠心未绝,不忍汝从吾头下而入,故为风雨,以退汝军。然越之有吴,此乃天定,吾安能止哉?汝如欲入,更从东门,我当为汝开道,贯城以通汝路。”二人所梦皆同,乃告于越王,使士卒开渠,自南而东。将及蛇、匠二门之间,忽然太湖水发,自胥门汹涌而来,波涛冲击,竟将罗城荡开一大穴,有鱄鲋^{zhuān fù 均为鱼名}无数,随涛而入。范蠡曰:“此子胥为我开道也!”遂驱兵入城。其后因穴为门,名曰鱄鲋门,因水多莼草,又名莼门。其水名莼溪。此乃子胥显灵古迹也。

夫差闻越兵入城,伯嚭已降,遂同王孙骆及其三子奔于阳山。昼驰夜走,腹馁口饥,目视昏眩,左右挼^{ruó 揉搓}得生稻,剥之以进。吴王嚼之,伏地掬^{jū 用两手捧}饮沟中之水,问左右曰:“所食者,何物也?”左右对曰:“生稻。”夫差曰:“此公孙圣所言‘不得火食走章皇’也。”王孙骆曰:“饱食而去,前有深谷,可以暂避。”夫差曰:“妖梦已准,死在旦夕,暂避何为?”乃止于阳山,谓王孙骆曰:“吾前戮公孙圣,投于此山之巅,不知尚有灵响否?”骆曰:“王试呼之。”夫差乃大呼曰:“公孙圣!”山中亦应曰:“公孙圣。”三呼而三应。夫差心中恐惧,乃迁于干隧。

　　句践率千人追至，围之数重。夫差作书，系于矢上，射入越军。军人拾取呈上，种、蠡二人同启，视其词曰："吾闻'狡兔死而良犬烹'。敌国如灭，谋臣必亡，大夫何不存吴一线，以自为余地？"文种亦作书系矢而答之曰："吴有大过者六：戮忠臣伍子胥，大过一也；以直言杀公孙圣，大过二也；太宰谗佞，而听用之，大过三也；齐、晋无罪，数伐其国，大过四也；吴、越同壤而侵伐，大过五也；越亲戕吴之前王，不知报仇，而纵敌贻患，大过六也。有此六大过，欲免于亡，得乎？昔天以越赐吴，吴不肯受，今天以吴赐越，越其敢违天之命！"夫差得书，读至第六款大过，垂泪曰："寡人不诛句践，忘先王之仇，为不孝之子，此天之所以弃吴也！"王孙骆曰："臣请再见越王而哀恳之。"夫差曰："寡人不愿复国，若许为附庸，世世事越，固所愿矣。"骆至越军，种、蠡拒之不得入。句践望见吴使者泣涕而去，意颇怜之，使人谓吴王曰："寡人念君昔日之情，请置君于甬东，给夫妇五百家，以终王之世。"夫差含泪而对曰："君王幸赦吴，吴亦君之外府也。若覆社稷，废宗庙，而以五百家为？臣孤老矣，不能从编氓之列，孤有死耳！"越使者去，夫差犹未肯自裁。句践谓种、蠡曰："二子何不执而诛之？"种、蠡对曰："人臣不敢加诛于君，愿主公自命之！天诛当行，不可久稽停留、延迟。"句践乃仗"步光"之剑，立于军前，使人告吴王曰："世无万岁之君，总之一死，何必使吾师加刃于王耶？"夫差乃太息数声，四顾而望，泣曰："吾杀忠臣子胥、公孙圣，今自杀晚矣！"谓左右曰："使死者有知，无面目见子胥、公孙圣于地下，必重罗三幅，以掩吾面！"言罢，拔佩剑自刎。王孙骆解衣以覆吴王之尸，即以组带自缢于傍。句践命以侯礼葬于阳山，使军士每人负土一蔂 léi 藤制的筐，须臾，遂成大冢。流其三子于龙尾山，后人名其里为吴山里。诗人张羽有诗叹曰：

　　　　荒台独上故城西，辇路凄凉草木悲。

　　　　废墓已无金虎卧，坏墙时有夜乌啼。

　　　　采香径断来麋鹿，响屟廊空变黍离①。

　　　　欲吊伍员何处所？淡烟斜月不堪题！

杨诚斋《苏台吊古》诗云：

　　　　插天四塔云中出，隔水诸峰雪后新。

　　　　道是远瞻三百里，如何不见六千人？

胡曾先生咏史诗云：

---

①黍离：《诗经·王风》篇名，抒发亡国之痛。

> 吴王恃霸逞雄才，贪向姑苏醉绿醅①。
>
> 不觉钱塘江上月，一宵西送越兵来。

元人萨都剌诗云：

> 阊门杨柳自春风，水殿幽花泣露红。
>
> 飞絮年年满城郭，行人不见馆娃宫。

唐人陆龟蒙咏西施云：

> 半夜娃宫作战场，血腥犹杂宴时香。
>
> 西施不及烧残蜡，犹为君王泣数行。

再说越王入姑苏城，据吴王之宫，百官称贺。伯嚭亦在其列，恃其旧日周旋之恩，面有德色。句践谓曰："子，吴太宰也，寡人敢相屈乎？汝君在阳山，何不从之？"伯嚭惭而退。句践使力士执而杀之，灭其家，曰："吾以报子胥之忠也！"句践抚定吴民，乃以兵北渡江、淮，与齐、晋、宋、鲁诸侯会于舒州，使人致贡于周。时周敬王已崩，太子名仁嗣位，是为元王。元王使人赐句践衮冕、圭璧、彤弓、弧矢，命为东方之伯。句践受命，诸侯悉遣人致贺。其时楚灭陈国，惧越兵威，亦遣使修聘。句践割淮上之地以与楚，割泗水之东、地方百里以与鲁，以吴所侵宋地归宋。诸侯悦服，尊越为霸。

越王还吴国，遣人筑贺台于会稽，以盖昔日被栖之耻。置酒吴宫文台之上，与群臣为乐，命乐工作《伐吴》之曲，乐师引琴而鼓之。其词曰：

> 吾王神武蓄兵威，欲诛无道当何时？大夫种蠡前致词：吴杀忠臣伍子胥，今不伐吴又何须？良臣集谋迎天禧，一战开疆千里余。恢恢功业勒常彝②，赏无所吝罚不违。君臣同乐酒盈卮。

台上群臣大悦而笑，惟句践面无喜色。范蠡私叹曰："越王不欲功归臣下，疑忌之端已见矣！"次日，入辞越王曰："臣闻'主辱臣死'。向者大王辱于会稽，臣所以不死者，欲隐忍成越之功也。今吴已灭矣，大王倘免臣会稽之诛，愿乞骸骨，老于江湖。"越王恻然，泣下沾衣，言曰："寡人赖子之力，以有今日，方思图报，奈何弃寡人而去乎？留则与子共国，去则妻子为戮！"蠡曰："臣则宜死，妻子何罪？死生惟王，臣不顾矣。"是夜，乘扁舟出齐女门，涉三江，入五湖。至今齐门外有地名蠡口，即范蠡涉三江之道也。次日，越王使人召范蠡，蠡已行矣。越王愀 qiǎo 然形容神色变得严肃或不愉快变色，谓文种曰："蠡可追乎？"文种曰："蠡有鬼神不测之机，不可追也。"种既出，有人持书一封投之。

---

①醅（pēi）：未过滤的酒。　②彝：青铜器的通称，常用于祭祀。

种启视,乃范蠡亲笔。其书曰:

> 子不记吴王之言乎?"狡兔死,走狗烹;敌国破,谋臣亡。"越王为
> 人,长颈鸟喙,忍辱妒功;可与共患难,不可与共安乐。子今不去,祸必
> 不免!

文种看罢,欲召送书之人,已不知何往矣。种怏怏不乐,然犹未深信其言,叹曰:"少伯何虑之过乎?"

过数日,句践班师回越,携西施以归。越夫人潜使人引出,负以大石,沉于江中,曰:"此亡国之物,留之何为?"后人不知其事,讹传范蠡载入五湖,遂有"载去西施岂无意? 恐留倾国误君王"之句。按范蠡扁舟独往,妻子且弃之,况吴宫宠妃,何敢私载乎? 又有言范蠡恐越王复迷其色,乃以计沉之于江,此亦谬也。罗隐有诗辨西施之冤云:

> 家国兴亡自有时,时人何苦咎西施?
> 西施若解亡吴国,越国亡来又是谁?

再说越王念范蠡之功,收其妻子,封以百里之地,复使良工铸金,象范蠡之形,置之座侧,如蠡之生也。

却说范蠡自五湖入海,忽一日,使人取妻子去,遂入齐。改名曰鸱夷子皮,仕齐为上卿。未几,弃官隐于陶山,畜五牝 pìn 雌性的牲畜,生息获利千金,自号曰陶朱公。后人所传《致富奇书》,云是陶朱公之遗术也。其后吴人祀范蠡于吴江,与晋张翰、唐陆龟蒙为"三高祠"。宋人刘寅有诗云:

> 人谓吴痴信不虚,建崇越相果何如?
> 千年亡国无穷恨,只合江边祀子胥。

句践不行灭吴之赏,无尺土寸地分授,与旧臣疏远,相见益稀,计倪佯狂辞职,曳庸等亦多告老,文种心念范蠡之言,称疾不朝。越王左右有不悦文种者,潜于王曰:"种自以功大赏薄,心怀怨望,故不朝耳。"越王素知文种之才能,以为灭吴之后无所用之,恐其一旦为乱,无人可制,欲除之,又无其名。其时鲁哀公与季、孟、仲三家有隙,欲借越兵伐鲁,以除去三家,乃借朝越为名,来至越国。句践心虞文种,故不为发兵,哀公遂死于越。

再说越王忽一日往视文种之疾,种为病状,强迎王入。王乃解剑而坐,谓曰:"寡人闻之:'志士不忧其身之死,而忧其道之不行。'子有七术,寡人行其三,而吴已破灭,尚有四术,安所用之?"种对曰:"臣不知所用也。"越王曰:"愿以四术,为我谋吴之前人于地下可乎?"言毕,即升舆而去,遗下佩剑于座。种取视之,剑匣有"属镂"二字,即夫差赐子胥自刎之剑也。种仰天叹

曰："古人云：'大德不报。'吾不听范少伯之言，乃为越王所戮，岂非愚哉！"复自笑曰："百世而下，论者必以吾配子胥，亦复何恨！"遂伏剑而死。越王知种死，乃大喜，葬种于卧龙山，后人因名其山曰种山。葬一年，海水大发，穿山胁，冢忽崩裂，有人见子胥同文种前后逐浪而去。今钱塘江上，海潮重叠，前为子胥，后乃文种也。髯翁有《文种赞》曰：

> 忠哉文种，治国之杰！三术亡吴，一身殉越。不共蠡行，宁同胥灭，千载生气，海潮叠叠。

句践在位二十七年而薨，周元王之七年也。其后子孙，世称为霸。

　　话分两头。却说晋国六卿，自范、中行二氏灭后，止存智、赵、魏、韩四卿。智氏、荀氏因与范氏同出于荀，欲别其族，乃循智罃_{yīng}之旧，改称智氏，时智瑶为政，号为智伯。四家闻田氏弑君专国，诸侯莫讨，于是私自立议，各择便据地，以为封邑。晋出公之邑反少于四卿，无可奈何。就中单表赵简子名鞅，有子数人，长子名伯鲁，其最幼者名无恤，乃贱婢所生。有善相人者姓姑布名子卿，至于晋，鞅召诸子使相之。子卿曰："无为将军者。"鞅叹曰："赵氏其灭矣！"子卿曰："吾来时遇一少年在途，相从者皆君府中人，此得非君之子耶？"鞅曰："此吾幼子无恤，所出甚贱，岂足道哉？"子卿曰："天之所废，虽贵必贱；天之所兴，虽贱必贵。此子骨相似异诸公子，吾未得详视之，君可召之。"鞅使人召无恤至。子卿望见，遽起拱立曰："此真将军矣！"鞅笑而不答。他日悉召诸子，叩其学问，无恤有问必答，条理分明，鞅始知其贤。乃废伯鲁而立无恤为适_{通"嫡"}子。

　　一日，智伯怒郑之不朝，欲同赵鞅伐郑。鞅偶患疾，使无恤代将以往。智伯以酒灌无恤，无恤不能饮。智伯醉而怒，以酒斝投无恤之面，面伤出血。赵氏将士俱怒，欲攻智伯。无恤曰："此小耻，吾姑忍之。"智伯班师回晋，反言无恤之过，欲鞅废之，鞅不从。无恤自此与智伯有隙。赵鞅病笃，谓无恤曰："异日晋国有难，惟晋阳可恃，汝可识之。"言毕遂卒。无恤代立，是为赵襄子。此乃周贞定王十一年之事。

　　时晋出公愤四卿之专，密使人乞兵于齐、鲁，请伐四卿。齐田氏、鲁三家反以其谋告于智伯。智伯大怒，同韩康子虎、魏桓子驹、赵襄子无恤，合四家之众，反伐出公，出公出奔于齐。智伯立昭公之曾孙骄为晋君，是为哀公。自此晋之大权，尽归于智伯瑶。瑶遂有代晋之志，召集家臣商议。毕竟智伯成败如何，且看下回分解。

智伯决水灌晋阳

孫策擊報
襄衣亀于

第八十四回　智伯决水灌晋阳　豫让击衣报襄子

　　话说智伯名瑶，乃智武子跞之孙，智宣子徐吾之子。徐吾欲建嗣，谋于族人智果曰："吾欲立瑶何如？"智果曰："不如宵也。"徐吾曰："宵才智皆逊于瑶，不如立瑶。"智果曰："瑶有五长过人，惟一短耳。美须长大过人，善射御过人，多技艺过人，强毅果敢过人，智巧便给过人，然而贪残不仁，是其一短。以五长凌人，而济之以不仁，谁能容之？若果立瑶，智宗必灭！"徐吾不以为然。竟立瑶为适子。智果叹曰："吾不别族，惧其随波而溺也！"乃私谒太史，求改氏谱，自称辅氏。

　　及徐吾卒，瑶嗣位，独专晋政。内有智开、智国等肺腑之亲，外有绤疵 chī cī、豫让等忠谋之士，权尊势重，遂有代晋之志，召诸臣密议其事。谋士绤疵进曰："四卿位均力敌，一家先发，三家拒之。今欲谋晋室，先削三家之势。"智伯曰："削之何道？"绤疵曰："今越国方盛，晋失主盟，主公托言兴兵与越争霸，假传晋侯之命，令韩、赵、魏三家各献地百里，率其赋以为军资。三家若从命割地，我坐而增三百里之封，智氏益强，而三家日削矣。有不从者，矫晋侯之命，率大军先除灭之。此'食果去皮'之法也。"智伯曰："此计甚妙！但三家先从那家割起？"绤疵曰："智氏睦于韩、魏而与赵有隙，宜先韩次魏，韩、魏既从，赵不能独异也。"智伯即遣智开至韩虎府中，虎延入中堂，叩其来意。智开曰："吾兄奉晋侯之命，治兵伐越，令三卿各割采地百里，入于公家，取其赋以充公用。吾兄命某致意，愿乞地界回复。"韩虎曰："子且暂回，某来日即当报命。"智开去，韩康子虎召集群下谋曰："智瑶欲挟晋侯以弱三家，故请割地为名。吾欲兴兵先除此贼，卿等以为何如？"谋士段规曰："智伯贪而无厌，假君命以削吾地，若用兵是抗君也，彼将借以罪我，不如与之。彼得吾地，必又求之于赵、魏。赵、魏不从，必相攻击，吾得安坐而观其胜负。"韩虎然之。

　　次日，令段规画出地界百里之图，亲自进于智伯。智伯大喜，设宴于蓝台之上，以款韩虎。饮酒中间，智伯命左右取画一轴，置于几上，同虎观之，乃鲁卞庄子刺三虎战国时陈轸说秦惠王，引卞庄子刺老虎为喻，两虎相斗必有一死，乘机刺杀剩下的一只，会收到杀死两只老虎的效果之图。上有题赞云：

　　　　三虎啖羊，势在必争。其斗可俟，其倦可乘。一举兼收，卞庄之能！

智伯戏谓韩虎曰："某尝稽^{考核、核查}诸史册，列国中与足下同名者，齐有高虎，郑有罕虎，今与足下而三矣。"时段规待侧，进曰："礼，不呼名，惧触讳也。君之戏吾主，毋乃甚乎？"段规生得身材矮小，立于智伯之旁，才及乳下。智伯以手拍其顶曰："小儿何知，亦来饶舌！三虎所啖之余，得非汝耶？"言毕，拍手大笑。段规不敢对，以目视韩虎。虎佯醉，闭目应曰："智伯之言是也。"即时辞去。智国闻之，谏曰："主公戏其君而侮其臣，韩氏之恨必深，若不备之，祸且至矣。"智伯瞋目大言曰："我不祸人足矣，谁敢兴祸于我？"智国曰："蚋^{ruì 蚊子}蚁蜂虿^{chài 蝎子一类的毒虫}犹能害人，况君相乎？主公不备，异日悔之何及！"智伯曰："吾将效卞庄子一举刺三虎，蚋蚁蜂虿，我何患哉！"智国叹息而出。史臣有诗云：

　　　　智伯分明井底蛙，眼中不复置王家。

　　　　宗英空进兴亡计，避害谁如辅果嘉？

次日，智伯再遣智开求地于魏桓子驹，驹欲拒之。谋臣任章曰："求地而与之，失地者必惧，得地者必骄，骄则轻敌，惧则相亲，以相亲之众，待轻敌之人，智氏之亡可待矣。"魏驹曰："善。"亦以万家之邑献之。智伯乃遣其兄智宵求蔡皋狼之地于赵氏。赵襄子无恤衔其旧恨，怒曰："土地乃先世所传，安敢弃之？韩、魏有地自予，吾不能媚人也！"智宵回报，智伯大怒，尽出智氏之甲，使人邀韩、魏二家共攻赵氏，约以灭赵氏之日，三分其地。韩虎、魏驹一来惧智伯之强，二来贪赵氏之地，各引一军，从智伯征进。智伯自将中军，韩军在右，魏军在左，杀奔赵府中，欲擒赵无恤。赵氏谋臣张孟谈预知兵到，奔告无恤曰："寡不敌众，主公速宜逃难！"无恤曰："逃在何处方好？"张孟谈曰："莫如晋阳。昔董安于曾筑公宫于城内，又经尹铎经理一番，百姓受尹铎数十年宽恤之恩，必能效死。先君临终有言：'异日国家有变，必往晋阳。'主公宜速行，不可迟疑。"无恤即率家臣张孟谈、高赫等，望晋阳疾走。智伯勒二家之兵，以追无恤。

却说无恤有家臣原过，行迟落后，于中途遇一神人，半云半雾，惟见上截金冠锦袍，面貌亦不甚分明，以青竹二节授之，嘱曰："为我致赵无恤。"原过追上无恤，告以所见，以竹管呈之。无恤亲剖其竹，竹中有朱书二行："告赵无恤，余霍山之神也。奉上帝命，三月丙戌，使汝灭智氏。"无恤令秘其事。行至晋阳，晋阳百姓感尹铎仁德，携老扶幼，迎接入城，驻扎公宫。无恤见百姓亲附，又见晋阳城堞高固，仓廪充实，心中稍安。即时晓谕百姓，登城守望。点阅军器，戈戟钝敝，箭不满千，愀然神色变得严肃、不愉快不乐，谓张孟谈曰："守城之器，莫利于弓矢，今箭不过数百，不够分给，奈何？"孟谈曰："吾闻董安于之治晋阳也，公宫之墙垣，皆以荻 dí 蒿 hāo 楛 hù 楚荻、蒿、楛：野草、荆类，可作箭杆；楚：木名，可作弓聚而筑之。主公何不发其墙垣，以验虚实？"无恤使人发其墙垣，果然都是箭簳 gǎn 之料。无恤曰："箭已足矣，奈无金以铸兵器何？"孟谈曰："闻董安于建宫之时，堂室皆练精铜为柱，卸而用之，铸兵有余也。"无恤再发其柱，纯是练过的精铜。即使冶工碎柱，铸为剑戟刀枪，无不精利，人情益安。无恤叹曰："甚哉，治国之需贤臣也！得董安于而器用备，得尹铎而民心归，天祚赵氏，其未艾停止、灭绝乎？"

再说智、韩、魏三家兵到，分作三大营，连络而居，把晋阳围得铁桶相似。晋阳百姓情愿出战者甚众，齐赴公宫请令。无恤召张孟谈商之。孟谈曰："彼众我寡，战未必胜，不如深沟高垒，坚闭不出，以待其变。韩、魏无仇于赵，特为智伯所迫耳。两家割地，亦非心愿，虽同兵而实不同心，不出数月，必有自相疑猜之事，安能久乎？"无恤纳其言，亲自抚谕百姓，示以协力固守之意。军民互相劝勉，虽妇女童稚亦皆欣然愿效死力。有敌兵近城，辄以强弩射之，三家围困岁余，不能取胜。

智伯乘小车周行城外，叹曰："此城坚如铁瓮，安可破哉？"正怀闷间，行至一山，见山下泉流万道，滚滚望东而逝。拘土人问之，答曰："此山名曰龙山，山腹有巨石如瓮，故又名悬瓮山。晋水东流，与汾水合，此山乃发源之处也。"智伯曰："离城几何里？"土人曰："自此至城西门，可十里之遥。"智伯登山以望晋水，复绕城东北，相度了一回，忽然省悟曰："吾得破城之策矣！"即时回寨，请韩、魏二家商议，欲引水灌城。韩虎曰："晋水东流，安能决之使西乎？"智伯曰："吾非引晋水也。晋水发源于龙山，其流如注，若于山北高阜处，掘成大渠，预为蓄水之地，然后将晋水上流坝断，使水不归于晋川，势必尽注新渠。方今春雨将降，山水必大发，俟水至之日，决堤灌城，城中之人，皆为鱼鳖矣。"韩、魏齐声赞曰："此计妙哉！"智伯曰："今日便须派定路数，各司其事。韩公守把东路，魏公守把南路，须早夜用心，以防奔突。某将大营移屯龙山，兼守西北二路，专督开渠筑堤之事。"韩、魏领命辞去。智伯传下号令，多备锹锸，凿渠于晋水之北，次将各处泉流下泻之道尽皆坝断，复于渠之左右筑起高堤，凡山坳泄水之处，都有堤坝。那泉源泛溢，奔激无归，只得望北而走，尽注新渠。却将铁枋 fāng 木桩筑成的堰闸板渐次增添，截住水口，其水便有留而无去，有增而无减了。今晋水北流一支，名智伯渠，即当日所凿

也。一月之后,果然春雨大降,山水骤涨,渠高顿与堤平。智伯使人决开北面,其水从北溢出,竟灌入晋阳城来。有诗为证:

> 向闻洪水汩山陵,复见壅泉灌晋城。
>
> 能令阳侯添胆大,便教神禹也心惊。

时城中虽被围困,百姓向来富庶,不苦冻馁。况城基筑得十分坚厚,虽经水浸,并无剥损。过数日,水势愈高,渐渐灌入城中,房屋不是倒塌,便是淹没,百姓无地可栖,无灶可爨 cuàn 烧火做饭,皆构巢而居,悬釜而炊。公宫虽有高台,无恤不敢安居,与张孟谈不时乘竹筏,周视城垣。但见城外水声淙淙,一望江湖,有排山倒峡之势,再加四五尺,便冒过城头了。无恤心下暗暗惊恐,且喜守城军民昼夜巡警,未尝疏怠,百姓皆以死自誓,更无二心。无恤叹曰:“今日方知尹铎之功矣!”乃私谓张孟谈曰:“民心虽未变,而水势不退,倘山水再涨,阖城俱为鱼鳖,将若之何? 霍山神其欺我乎?”孟谈曰:“韩、魏献地,未必甘心,今日从兵,迫于势耳。臣请今夜潜出城外,说韩、魏之君反攻智伯,方脱此患。”无恤曰:“兵围水困,虽插翅亦不能飞出也。”孟谈曰:“臣自有计,吾主不必忧虑,主公但令诸将多造船筏,利兵器,倘徼天之幸比喻希望得到意外的成功,臣说得行,智伯之头,指日可取矣。”无恤许之。

孟谈知韩康子屯兵于东门,乃假扮智伯军士,于昏夜缒城而出,径奔韩家大寨,只说:“智元帅有机密事,差某面禀。”韩虎正坐帐中,使人召入。其时军中严急,凡进见之人,俱搜简干净,方才放进。张孟谈既与军士一般打扮,身边又无夹带,并不疑心。孟谈既见韩虎,乞屏左右。虎命从人闪开,叩其所以。孟谈曰:“某非军士,实乃赵氏之臣张孟谈也。吾主被围日久,亡在旦夕,恐一旦身死家灭,无由布其腹心,故特遣臣假作军士,夜潜至此,求见将军,有言相告。将军容臣进言,臣敢开口,如不然,臣请死于将军之前。”韩虎曰:“汝有话但说,有理则从。”孟谈曰:“昔日六卿和睦,同执晋政,自范氏、中行氏不得众心,自取覆灭,今存者惟智、韩、魏、赵四家耳。智伯无故欲夺赵氏蔡皋狼之地,吾主念先世之遗,不忍遽割,未有得罪于智伯也。智伯自恃其强,纠合韩、魏,欲攻灭赵氏,赵氏亡,则祸必次及于韩、魏矣。”韩虎沉吟未答。孟谈又曰:“今日韩、魏所以从智伯而攻赵者,指望城下之日,三分赵氏之地耳。夫韩、魏不尝割万家之邑,以献智伯乎? 世传疆宇,彼尚垂涎而夺之,未闻韩、魏敢出一语相抗也,况他人之地哉? 赵氏灭,则智氏益强。韩、魏能引今日之劳,与之争厚薄乎? 即使今日三分赵地,能保智氏异日之不复请乎? 将军请细思之!”韩虎曰:“子之意欲如何?”孟谈曰:“依臣愚见,莫若与吾主私和，反攻智伯，均之得地，而智氏之地多倍于赵，且以除异日之患，三君同心，世为唇齿，岂不美哉？"韩虎曰："子言亦似有理，俟吾与魏家计议。子且去，三日后来取回复。"孟谈曰："臣万死一生，此来非同容易，军中耳目，难保不泄，愿留麾 huī 下三日，以待尊命。"

韩虎使人密召段规，告以孟谈所言。段规受智伯之侮，怀恨未忘，遂深赞孟谈之谋。韩虎使孟谈与段规相见，段规留孟谈同幕而居，二人深相结纳。次日，段规奉韩虎之命，亲往魏桓子营中，密告以赵氏有人到军中讲话，如此恁般："吾主不敢擅便，请将军裁决！"魏驹曰："狂贼悖嫚 bèi màn 傲悖逆慢，吾亦恨之！但恐缚虎不成，反为所噬耳。"段规曰："智伯不能相容，势所必然，与其悔于后日，不如断于今日。赵氏将亡，韩、魏存之，其德我必深，不犹愈于与凶人共事乎？"魏驹曰："此事当熟思而行，不可造次。"段规辞去。

到第二日，智伯亲自行水，遂治酒于悬瓮山，邀请韩、魏二将军同视水势。饮酒中间，智伯喜形于色，遥指着晋阳城，谓韩、魏曰："城不没者，仅三版矣！吾今日始知水之可以亡人国也。晋国之盛，表里山河，汾、浍 kuài、晋、绛皆号巨川，以吾观之，水不足恃，适足速亡耳。"魏驹私以肘撑韩虎，韩虎蹑魏驹之足，二人相视，皆有惧色。须臾席散，辞别而去。絺疵谓智伯曰："韩、魏二家必反矣！"智伯曰："子何以知之？"絺疵曰："臣未察其言，已观其色。主公与二家约，灭赵之日，三分其地，今赵城旦暮必破，二家无得地之喜，而有虑患之色，是以知其必反也。"智伯曰："吾与二氏方欢然同事，彼何虑焉？"絺疵曰："主公言水不足恃，适速其亡。夫晋水可以灌晋阳，汾水可以灌安邑，绛水可以灌平阳。主公言及晋阳之水，二君安得不虑乎？"

至第三日，韩虎、魏驹亦移酒于智伯营中，答其昨日之情。智伯举觞未饮，谓韩、魏曰："瑶素负直性，能吐不能茹 rú 吃，吞咽，昨有人言，二位将军有中变 中途叛变之意，不知果否？"韩虎、魏驹齐声答曰："元帅信乎？"智伯曰："吾若信之，岂肯面询于将军哉？"韩虎曰："闻赵氏大出金帛，欲离间吾三人，此必谗臣受赵氏之私，使元帅疑我二家，因而懈于攻围，庶几脱祸耳。"魏驹亦曰："此言甚当。不然，城破在迩，谁不愿剖分其土地，乃舍此目前必获之利，而蹈不可测之祸乎？"智伯笑曰："吾亦知二位必无此心，乃絺疵之过虑也。"韩虎曰："元帅今日虽然不信，恐早晚复有言者，使吾两人忠心无以自明，宁不堕谗臣之计乎？"智伯以酒酹 lèi 地曰："今后彼此相猜，有如此酒！"虎、驹拱手称谢。是日饮酒倍欢，将晚而散。絺疵随后入见智伯曰："主公奈何以臣之言泄于二君耶？"智伯曰："汝又何以知之？"絺疵曰："适臣遇二君于辕门,二君端目视臣,已而疾走。彼谓臣已知其情,有惧臣之心,故遑遽huáng jù惊惧不安如此。"智伯笑曰:"吾与二子酹酒为誓,各不相猜,子勿妄言,自伤和气。"絺疵退而叹曰:"智氏之命不长矣!"乃诈言暴得寒疾,求医治疗,遂逃奔秦国去讫。髯翁有诗咏絺疵云:

> 韩魏离心已见端,絺疵远识讵能瞒?
>
> 一朝托疾飘然去,明月清风到处安。

再说韩虎、魏驹从智伯营中归去,路上二君定计,与张孟谈歃血订约:"期于明日夜半,决堤泄水,你家只看水退为信,便引城内军士杀将出来,共擒智伯。"孟谈领命入城,报知无恤。无恤大喜,暗暗传令,结束停当,等待接应。至期,韩虎、魏驹暗地使人袭杀守堤军士于西面掘开水口,水从西决,反灌入智伯之寨。军中惊乱,一片声喊起,智伯从睡梦中惊醒起来,水已及于卧榻,衣被俱湿。还认道巡视疏虞,偶然堤漏,急唤左右快去救水塞堤。须臾,水势益大,却得智国、豫让率领水军,驾筏相迎,扶入舟中。回视本营,波涛滚滚,营垒俱陷,军粮器械,飘荡一空。营中军士,尽从水中浮沉挣命。智伯正在凄惨,忽闻鼓声大震,韩、魏两家之兵各乘小舟,趁着水势杀来,将智家军乱砍,口中只叫:"拿智瑶来献者重赏!"智伯叹曰:"吾不信絺疵之言,果中其诈!"豫让曰:"事已急矣!"主公可从山后逃匿,奔入秦邦请兵。臣当以死拒敌。"智伯从其言,遂与智国掉小舟转出山背。谁知赵襄子也料智伯逃奔秦国,却遣张孟谈从韩、魏二家追逐智军,自引一队,伏于龙山之后,凑巧相遇。无恤亲缚智伯,数其罪斩之。智国投水溺死。豫让鼓励残兵,奋勇迎战,争奈寡不敌众,手下渐渐解散,及闻智伯已擒,遂变服逃往石室山中。智氏一军尽没。无恤查是日,正三月丙戌日也。天神所赐竹书,其言验矣。

三家收兵在于一处,将各路坝闸尽行拆毁,水复东行,归于晋川,晋阳城中之水,方才退尽。无恤安抚居民已毕,谓韩、魏曰:"某赖二公之力,保全贱城,实出望外。然智伯虽死,其族尚存,斩草留根,终为后患。"韩、魏曰:"当尽灭其宗,以泄吾等之恨!"无恤即同韩、魏回至绛州,诬智氏以叛逆之罪,围其家,无男女少长尽行屠戮,宗族俱尽。惟智果已出姓为辅氏,得免于难,到此方知果之先见矣。韩、魏所献地各自收回,又将智氏食邑三分均分,无一民尺土入于公家。此周贞定王十六年事也。

无恤论晋阳之功,左右皆推张孟谈为首,无恤独以高赫为第一。孟谈曰:"高赫在围城之中,不闻画一策,效一劳,而乃居首功,受上赏,臣窃不解。"无恤曰:"吾在厄困中,众俱慌错,惟高赫举动敬谨,不失君臣之礼。夫功在一时,礼垂万世,受上赏,不亦宜乎?"孟谈愧服。无恤感山神之灵,为之立祠于霍山,使原过世守其祀。又憾智伯不已,漆其头颅为溲 sōu 便 biàn 溺之器。豫让在石室山中,闻知其事,涕泣曰:"士为知己者死。吾受智氏厚恩,今国亡族灭,辱及遗骸,吾偷生于世,何以为人?"乃更姓名,诈为囚徒服役者,挟利匕首,潜入赵氏内厕之中,欲候无恤如厕,乘间刺之。无恤到厕,忽然心动,使左右搜厕中,牵豫让出见无恤。无恤乃问曰:"子身藏利器,欲行刺于吾耶?"豫让正色答曰:"吾智氏亡臣。欲为智伯报仇耳!"左右曰:"此人叛逆宜诛!"无恤止之曰:"智伯身死无后,而豫让欲为之报仇,真义士也! 杀义士者不祥。"令放豫让还家。临去,复召问曰:"吾分纵子,能释前仇否? 豫让曰:"释臣者,主之私恩;报仇者,臣之大义。"左右曰:"此人无礼,纵之必为后患。"无恤曰:"吾已许之,可失信乎? 今后但谨避之可耳。"即日归治晋阳,以避豫让之祸。

却说豫让回至家中,终日思报君仇,未能就计。其妻劝其再仕韩、魏,以求富贵。豫让怒,拂衣而出。思欲再入晋阳,恐其识认不便,乃削须去眉,漆其身为癞子之状,乞丐于市中。妻往市跟寻跟踪寻找,闻呼乞声,惊曰:"此吾夫之声也!"趋视,见豫让,曰:"其声似而其人非。"遂舍去。豫让嫌其声音尚在,复吞炭变为哑喉,再乞于市。妻虽闻声,亦不复讶。有友人素知豫让之志,见乞者行动,心疑为让,潜呼其名,果是也。乃邀至家中进饮食,谓曰:"子报仇之志决矣! 然未得报之术也。以子之才,若诈投赵氏,必得重用。此时乘隙行事,唾手而得,何苦毁形灭性,以求济其事乎?"豫让谢曰:"吾既臣赵氏,而复行刺,是贰心也。今吾漆身吞炭,为智伯报仇,正欲使人臣怀贰心者,闻吾风而知愧耳! 请与子诀,勿复相见。"遂奔晋阳城来,行乞如故,更无人识之者。

赵无恤在晋阳观智伯新渠已成之业,不可复废,乃使人建桥于渠上,以便来往,名曰赤桥。赤乃火色,火能克水,因晋水之患,故以赤桥厌压,镇住之。桥既成,无恤驾车出观。豫让预知无恤观桥,复怀利刃,诈为死人,伏于桥梁之下。无恤之车,将近赤桥,其马忽悲嘶却步,御者连鞭数策,亦不前进。张孟谈进曰:"臣闻'良骥不陷其主'。今此马不渡赤桥,必有奸人藏伏,不可不察。"无恤停车,命左右搜简。回报:"桥下并无奸细,只有一死人僵卧。"无恤曰:"新筑桥梁,安得便有死尸? 必豫让也。"命曳出,视之,形容虽变,无恤尚能识认。骂曰:"吾前已曲法赦子,今又来谋刺,皇天岂佑汝哉!"命牵去斩之。豫让呼天而号,泪与血下。左右曰:"子畏死耶?"让曰:"某非畏死,痛某死之后,别无报仇之人耳!"无恤召回问曰:"子先事范氏,范氏为智伯所灭,子忍耻偷生,反事智伯,不为范氏报仇。今智伯之死,子独报之甚切,何也?"豫让曰:"夫君臣以义合。君待臣如手足,则臣待君如腹心;君待臣如犬马,则臣待君如路人。某向事范氏,止以众人相待,吾亦以众人报之。及事智伯,蒙其解衣推食_{脱下自己的衣服给人穿,把自己的食物给人吃,形容对人关心},以国士相待,吾当以国士_{国家中才能出众的人}报之。岂可一例而观耶?"无恤曰:"子心如铁石不转,吾不复赦子矣!"遂解佩剑,责令自裁。豫让曰:"臣闻:'忠臣不忧身之死,明主不掩人之义。'蒙君赦宥,于臣已足,今日臣岂望再活?但两计不成,愤无所泄。请君脱衣与臣击之,以寓报仇之意,臣死亦瞑目矣!"无恤怜其志,脱下锦袍,使左右递与豫让。让掣剑在手,怒目视袍,如对无恤之状,三跃而三砍之,曰:"吾今可以报智伯于地下矣。"遂伏剑而死。至今此桥尚存,后人改名为豫让桥。无恤见豫让自刎,心甚悲之,即命收葬其尸。军士提起锦袍,呈与无恤,无恤视所砍之处,皆有鲜血点污。此乃精诚之所感也。无恤心中惊骇,自是染病。不知性命何如,且看下回分解。

樂羊子怒中山羹

西門豹高送河伯娘

第八十五回　乐羊子怒啜中山羹　西门豹乔送河伯妇

话说赵无恤被豫让三击其衣,连打三个寒噤,豫让死后,无恤视衣砍处,皆有血迹,自此患病,逾年不瘳。无恤生有五子,因其兄伯鲁为己而废,欲以怕鲁之子周为嗣,而周先死,乃立周之子浣为世子。无恤临终,谓世子赵浣曰:"三卿灭智氏,地土宽饶,百姓悦服。宜乘此时,约韩、魏三分晋国,各立庙社,传之子孙。若迟疑数载,晋或出英主,揽权勤政,收拾民心,则赵氏之祀不保矣。"言讫而瞑。赵浣治丧已毕,即以遗言告于韩虎。时周考王之四年,晋哀公薨,子柳立,是为幽公。韩虎与魏、赵合谋,只以绛州、曲沃二邑为幽公俸食,余地皆三分入于三家,号曰三晋。幽公微弱,反往三家朝见,君臣之分倒置矣。

再说齐相国田盘闻三晋尽分公家之地,亦使其兄弟宗人尽为齐都邑大夫,遣使致贺于三晋,与之通好。自是列国交际,田、赵、韩、魏四家自出名往来,齐、晋之君拱手如木偶而已。时周考王封其弟揭于河南王城,以续周公之官职。揭少子班别封于巩。因巩在王城之东,号曰东周公,而称河南曰西周公,此东西二周之始。考王薨,子午立,是为威烈王。威烈王之世,赵浣卒,子赵籍代立。而韩虔嗣韩,魏斯嗣魏,田和嗣田,四家相结益深,约定彼此互相推援相互帮助,共成大事。

威烈王二十三年,有雷电击周之九鼎,鼎俱摇动。三晋之君,闻此私议曰:"九鼎乃三代传国之重器,今忽震动,周运其将终矣。吾等立国已久,未正名号,乘此王室衰微之际,各遣使请命于周王,求为诸侯,彼畏吾之强,不敢不许。如此则名正言顺,有富贵之实,而无篡夺之名,岂不美哉?"于是各遣心腹之使,魏遣田文、赵遣公仲连,韩遣侠累,各赍金帛及土产之物,贡献于威烈王,乞其册命。威烈王问于使者曰:"晋地皆入于三家乎?"魏使田文对曰:"晋失其政,外离内叛,三家自以兵力征讨叛臣,而有其地,非攘之于公家也。"威烈王又曰:"三晋既欲为诸侯,何不自立,乃复告于朕乎?"赵使公仲连对曰:"以三晋累世之强,自立诚有余,所以必欲禀命者,不敢忘天子之尊耳。王若册封三晋之君,俾 bǐ 世笃忠贞,为周藩屏屏障,捍卫,于王室何不利焉?"威烈王大悦,即命内史作策命,赐籍为赵侯,虔为韩侯,斯为魏侯,各赐黼 fǔ 冕圭璧全副。田文等回报，于是赵、韩、魏三家各以王命宣布国中。赵都中牟，韩都平阳，魏都安邑，立宗庙社稷。复遣使遍告列国，列国亦多致贺。惟秦国自弃晋附楚之后，不通中国，中国亦以夷狄待之，故独不遣贺。未几，三家废晋靖公为庶人，迁于纯留，而复分其余地。晋自唐叔传至靖公，凡二十九世，其祀遂绝。髯翁有诗叹云：

> 六卿归四四归三，南面称侯自不惭。
>
> 利器莫教轻授柄，许多昏主导奸贪。

又有诗讥周王不当从三晋之命，导人叛逆。诗云：

> 王室单微似赘瘤，怎禁三晋不称侯？
>
> 若无册命终成窃，只怪三侯不怪周。

却说三晋之中，惟魏文侯斯最贤，能虚心下士。时孔子高弟卜商，字子夏，教授于西河，文侯从之受经。魏成荐田子方之贤，文侯与之为友。成又言："西河人段干木，有德行，隐居不仕。"文侯即命驾车往见。干木闻车驾至门，乃窬 yú 通"逾"，越过后垣而避之。文侯叹曰："高士也！"遂留西河一月，日日造门请见，将近其庐，即凭轼起立，不敢倨坐。干木知其诚，不得已而见之，文侯以安车载归，与田子方同为王宾，四方贤士闻风来归。又有李克、翟璜、田文、任座一班谋士济济在朝，当时人才之盛，无出魏右。秦人屡次欲加兵于魏，畏其多贤，为之寝兵。文侯尝与虞人期定午时猎于郊外，其日早朝，值天雨寒甚，赐群臣酒，君臣各饮，方在浃洽之际，文侯问左右曰："时及午乎？"答曰："时午矣。"文侯遽命撤酒，促舆人速速驾车适野。左右曰："雨，不可猎矣，何必虚此一出乎？"文侯曰："吾与虞人有约，彼必相候于郊，虽不猎，敢不亲往以践约哉？"国人见文侯冒雨而出，咸以为怪，及闻赴虞人之约，皆相顾语曰："我君之不失信于人如此。"于是凡有政教，朝令夕行，无敢违者。

却说晋之东，有国名中山，姬姓，子爵，乃白狄之别种，亦号鲜虞。自晋昭公之世，叛服不常，屡次征讨，赵简子率师围之，始请和，奉朝贡。及三晋分国，无所专属。中山子姬窟好为长夜之饮，以日为夜，以夜为日，疏远大臣，狎昵群小，黎民失业，灾异屡见。文侯谋欲伐之。魏成进曰："中山西近赵，而南远于魏，若攻而得之，未易守也。"文侯曰："若赵得中山，则北方之势愈重矣。"翟璜奏曰："臣举一人，姓乐名羊，本国谷邱人也。此人文武全才，可充大将之任。"文侯曰："何以见之？"翟璜对曰："乐羊尝行路，得遗金，取之以归，其妻唾之曰：'志士不饮盗泉之水，廉者不受嗟来之食 指带有侮辱性的施舍。此金不知来历，奈何取之，以污素行乎？'乐羊感妻之言，乃抛金于野，别其妻而出,游学于鲁、卫。过一年来归,其妻方织机,问夫:'所学成否?'乐羊曰:'尚未也。'妻取刀断其机丝,乐羊惊问其故。妻曰:'学成而后可行,犹帛成而后可服。今子学尚未成,中道而归,何异于此机之断乎?'乐羊感悟,复往就学,七年不返。今此人见在本国,高自期许,不屑小仕,何不用之?"文侯即命翟璜 huáng 以辂车召乐羊,左右阻之曰:"臣闻乐羊长子乐舒,见仕中山,岂可任哉?"翟璜曰:"乐羊,功名之士也。子在中山曾为其君招乐羊,羊以中山君无道不往。主公若寄以斧钺之任,何患不能成功乎?"文侯从之。乐羊随翟璜入朝见文侯,文侯曰:"寡人欲以中山之事相委,奈卿子在彼国何?"乐羊曰:"丈夫建功立业,各为其主,岂以私情废公事哉? 臣若不能破灭中山,甘当军令!"文侯大喜曰:"子能自信,寡人无不信子。"遂拜为元帅,使西门豹为先锋,率兵五万,往伐中山。

姬窟遣大将鼓须屯兵楸山,以拒魏师。乐羊屯兵于文山。相持月余,未分胜负。乐羊谓西门豹曰:"吾在主公面前,任军令状而来,今出兵月余,未有寸功,岂不自愧! 吾视楸山多楸树,诚得一胆勇之士,潜师而往,纵火焚林,彼兵必乱,乱而乘之,无不胜矣。"西门豹愿往。其时八月中秋,中山子姬窟遣使赍羊酒到楸山,以劳鼓须。鼓须对月畅饮,乐而忘怀。约至三更,西门豹率兵壮衔枚突至,每人各持长炬一根,俱枯枝扎成,内灌有引火药物,四下将楸木焚烧。鼓须见军中火起,延及营寨,带醉率军士救火,只见哔哔啵啵 bì bì bō bō,遍山皆着,没救一头处,军中大乱。鼓须知前营有魏兵,急往山后奔走,正遇乐羊亲自引兵从山后袭来,中山兵大败。鼓须死战得脱,奔至白羊关,魏兵紧追在后,鼓须弃关而走。乐羊长驱直入,所向皆破。彭须引败兵见姬窟,言乐羊勇智难敌。

须臾,乐羊引兵围了中山,姬窟大怒。大夫公孙焦进曰:"乐羊者,乐舒之父,舒仕于本国。君令舒于城上说退父兵,此为上策。"姬窟依计,谓乐舒曰:"尔父为魏将攻城,如说得退兵,当封汝大邑。"乐舒曰:"臣父前不肯仕中山,而仕于魏,今各为其主,岂臣说之可行哉?"姬窟强之。乐舒不得已,只得登城大呼,请其父相见。乐羊披挂登于轈 cháo 车,一见乐舒,不等开口,遽责曰:"君子不居危国,不事乱朝。汝贪于富贵,不识去就。吾奉君命吊民伐罪,可劝汝君速降,尚可相见。"乐舒曰:"降不降在君,非男所得专也。但求父暂缓其攻,容我君臣从容计议。"乐羊曰:"吾且休兵一月,以全父子之情。汝君臣可早早定议,勿误大事。"乐羊果然出令,只教软困围而不攻,不去攻城。姬窟恃着乐羊爱子之心,决不急攻,且图延缓,全无主意。过了一月,乐羊使人讨取降信。姬窟又叫乐舒求宽,乐羊又宽一月。如此三次,西门豹进曰:"元帅不欲下中山乎? 何以久而不攻也?"乐羊曰:"中山君不恤百姓,吾故伐之。若攻之太急,伤民益甚。吾之三从其情,不独为父子之情,亦所以收民心也。"

却说魏文侯左右见乐羊新进,骤得大用,俱有不平之意。及闻其三次辍攻,遂谮于文侯曰:"乐羊乘屡胜之威,势如破竹,特因乐舒一语,三月不攻,父子情深,亦可知矣。主公若不召回,恐老师军队出征日久而疲惫费财,无益于事。"文侯不应;问于翟璜,璜曰:"此必有计,主公勿疑。"自此群臣纷纷上书,有言中山将分国之半与乐羊者,有言乐羊谋与中山共攻魏国者,文侯俱封置箧内,但时时遣使劳苦,预为治府第于都中,以待其归。乐羊心甚感激,见中山不降,遂率将士尽力攻击。中山城坚厚,且积粮甚多,鼓须与公孙焦昼夜巡警,拆城中木石,为捍御之备。攻至数月,尚不能破,恼得乐羊性起,与西门豹亲立于矢石之下,督令四门急攻。鼓须方指挥军士,脑门中箭而死。

城中房屋墙垣渐已拆尽。公孙焦言于姬窟曰:"事已急矣! 今日止有一计,可退魏兵。"窟问:"何计?"公孙焦曰:"乐舒三次求宽,羊俱听之,足见其爱子之情矣。今攻击至急,可将乐舒绑缚,置于高竿,若不退师,当杀其子,使乐舒哀呼乞命,乐羊之攻,必然又缓。"姬窟从其言。乐舒在高竿上,大呼:"父亲救命!"乐羊见之,大骂曰:"不肖子! 汝仕于人国,上不能出奇运策,使其主有战胜之功;下不能见危委命,使君决行成之计;尚敢如含乳小儿,以哀号乞怜乎?"言毕,架弓搭矢,欲射乐舒。舒叫苦下城,见姬窟曰:"吾父志在为国,不念父子之情。主公自谋战守,臣请死于君前,以明不能退兵之罪。"公孙焦曰:"其父攻城,其子不能无罪,合当赐死。"姬窟曰:"非乐舒之过也。"公孙焦曰:"乐舒死,臣便有退兵之计。"姬窟遂以剑授舒,舒自刭而亡。公孙焦曰:"人情莫亲于父子,今将乐舒烹羹以遗乐羊,羊见羹必然不忍,乘其哀泣之际,无心攻战,主公引一军杀出,大战一场,幸而得胜,再作计较。"姬窟不得已而从之。命将乐舒之肉烹羹,并其首送于乐羊曰:"寡君以小将军不能退师,已杀而烹之,谨献其羹。小将军尚有妻孥,元帅若再攻城,即当尽行诛戮。"乐羊认得是其子首,大骂曰:"不肖子! 事无道昏君,固宜取死。"即取羹对使者食之,尽一器,谓使者曰:"蒙汝君馈羹,破城日面谢。吾军中亦有鼎镬,以待汝君也。"使者还报。姬窟见乐羊全无痛子之心,攻城愈急,恐城破见辱,遂入后宫自缢。公孙焦开门出降,乐羊数其谗谄败国之罪,斩之。抚慰居民已毕，留兵五千，使西门豹居守。尽收中山府藏宝玉，班师回魏。

魏文侯闻乐羊成功，亲自出城迎劳曰："将军为国丧子，实孤之过也。"乐羊顿首曰："臣义不敢顾私情，以负主公斧钺之寄。"乐羊朝见毕，呈上中山地图，及宝货之数。群臣称贺。文侯设宴于内台之上，亲捧觞以赐乐羊。羊受觞饮之，足高气扬，大有矜功恃功而骄之色。宴毕，文侯命左右挈二箧，封识关闭并贴上封条甚固，送乐羊归第。左右将二箧交割，乐羊想道："箧内必是珍珠金玉之类。主公恐群臣相妒，故封识赠我。"命家人抬进中堂，启箧视之，俱是群臣奏本，本内尽说乐羊反叛之事。乐羊大惊曰："原来朝中如此造谤！若非吾君相信之深，不为所惑，怎得成功？"次日，入朝谢恩，文侯议加上赏，乐羊再拜辞曰："中山之灭，全赖主公力持于内。臣在外稍效犬马，何力之有？"文侯曰："非寡人不能任卿，非卿亦不能副寡人之任也。然将军劳矣，盍就封安食乎？"即以灵寿封羊，称为灵寿君，罢其兵权。翟璜进曰："君既知乐羊之能，奈何不使将兵备边，而纵其安闲乎？"文侯笑而不答。璜出朝以问李克，克曰："乐羊不爱其子，况他人哉？此管仲所以疑易牙也。"翟璜乃悟。

文侯思中山地远，必得亲信之人为守，乃保无虞，乃使其世子击为中山君。击受命而出，遇田子方乘敝车而来。击慌忙下车，拱立道旁致敬。田子方驱车直过，傲然不顾。击心怀不平，乃使人牵其车索，上前曰："击有问于子，富贵者骄人乎？贫贱者骄人乎？"子方笑曰："自古以来，只有贫贱骄人，那有富贵骄人之理？国君而骄人则不保社稷，大夫而骄人则不保宗庙。楚灵王以骄亡其国，智伯瑶以骄亡其家，富贵之不足恃明矣。若夫贫贱之士，食不过藜藿 lí huò 均为野菜名，指粗劣的饭菜，衣不过布褐粗布短衣，无求于人，无欲于世，惟好士之主，自乐而就之，言听计合，勉为之留。不然，则浩然长往，谁能禁焉？武王能诛万乘之纣，而不能屈首阳之二士，盖贫贱之足贵如此。"太子击大惭，谢罪而去。文侯闻子方不屈于世子，益加敬礼。

时邺都缺守，翟璜曰："邺介于上党、邯郸之间，与韩、赵为邻，必得强明之士以守之，非西门豹不可。"文侯即用西门豹为邺都守。豹至邺城，见闾里萧条，人民稀少，召父老至前，问其所苦。父老皆曰："苦为河伯娶妇。"豹曰："怪事，怪事！河伯如何娶妇？汝为我详言之。"父老曰："漳水自沾岭而来，由沙城而东，经于邺，为漳河。河伯即清漳之神也。其神好美妇，岁纳一夫人。若得妇嫁之，常保年丰岁稔，雨水调均。不然，神怒，致水波泛溢，漂溺人家。"豹曰："此事谁人倡始？"父老曰："此邑之巫觋 xí 男巫所言也。俗畏水患，不敢不从。每年里豪及廷掾与巫觋共计，赋民钱数百万，用二三十万为河伯娶妇之费，其余则共分用之。"豹问曰："百姓任其瓜分，宁无一言乎？"父老曰："巫觋主祝祷河伯之事，三老、廷掾有科敛科捐摊派奔走之劳，分用公费，固所甘心。更有至苦，当春初布种，巫觋遍访人家女子，有几分颜色者，即云'此女当为河伯夫人'。不愿者多将财帛买免，别觅他女。有贫民不能买免，只得将女与之。巫觋治斋宫于河上，绛帷床席铺设一新，将此女沐浴更衣，居于斋宫之内。卜一吉日，编苇为舟，使女登之，浮于河，流数十里乃灭。人家苦此烦费，又有爱女者，恐为河伯所娶，携女远窜，所以城中益空。"豹曰："汝邑曾受漂溺之患否？"父老曰："赖岁载娶妇，不曾触河神之怒，但漂溺虽免，奈本邑土高路远，河水难达，每逢岁旱，又有干枯之患。"豹曰："神既有灵，当嫁女时，吾亦欲往送，当为汝祷之。"

及期，父老果然来禀，西门豹具衣冠亲往河上。凡邑中官属、三老、豪户、里长、父老，莫不毕集，百姓远近皆会，聚观者数千人。三老、里长等引大巫来见，其貌甚倨。豹观之，乃一老女子也。小巫女弟子二十余人，衣冠楚楚，悉持巾栉、炉香之类，随侍其后。豹曰："劳苦大巫，烦呼河伯妇来，我欲视之。"老巫顾弟子使唤至。豹视女子，鲜衣素袜，颜色中等。豹谓巫姬及三老众人曰："河伯贵神，女必有殊色，方才相称。此女不佳，烦大巫为我入报河伯，但传太守之语：'更当别求好女，于后日送之。'"即使吏卒数人，共抱老巫，投之于河，左右莫不惊骇失色。豹静立俟之，良久曰："姬年老不干事，去河中许久，尚不回话，弟子为我催之。"复使吏卒抱弟子一人，投于河中。少顷，又曰："弟子去何久也？"复使弟子一人催之。又嫌其迟，更投一人。凡投弟子三人，入水即没。豹曰："是皆女子之流，传语不明，烦三老入河，明白言之。"三老方欲辞。豹喝："快去，即取回覆。"吏卒左牵右拽，不由分说，又推河中，逐波而去。旁观者皆为吐舌。豹簪笔鞠躬，向河恭敬以待。约莫又一个时辰，豹曰："三老年高，亦复不济。须得廷掾、豪长者往告。"那廷掾、里豪吓得面如土色，流汗浃背，一齐皆叩头求哀，流血满面，坚不肯起。西门豹曰："且俟须臾。"众人战战兢兢，又过一刻，西门豹曰："河水滔滔，去而不返，河伯安在？枉杀民间女子，汝曹罪当偿命！"众人复叩头谢曰："从来都被巫姬所欺，非某等之罪也。"豹曰："巫姬已死，今后再有言河伯娶妇者，即令其人为媒，往报河伯。"于是廷掾 yuàn、里豪、三老干没侵吞公家或他人的财物财赋，悉追出散还民间。又使父老即于百姓中，询其年长无妻者，以女弟子嫁之，巫风遂绝。百姓逃避者，复还乡里。有诗为证：

河伯何曾见娶妻？愚民无识被巫欺。

一从贤令除疑网，女子安眠不受亏。

豹又相度地形，视漳水可通处，发民凿渠各十二处，引漳水入渠，既杀河势，又腹内田亩，得渠水浸灌，无旱干之患，禾稼倍收，百姓乐业。今临漳县有西门渠，即豹所凿也。

文侯谓翟璜曰："寡人听子之言，使乐羊伐中山，使西门豹治邺，皆胜其任，寡人赖之。今西河在魏西鄙，为秦人犯魏之道，卿思何人可以为守？"翟璜沉思半晌，答曰："臣举一人，姓吴名起，此人大有将才，今自鲁奔魏，主公速召而用之，若迟则又他适矣。"文侯曰："起非杀妻以求为鲁将者乎？闻此人贪财好色，性复残忍，岂可托以重任哉？"翟璜曰："臣所举者，取其能为君成一日之功，若素行平时的行为不足计也。"文侯曰："试为寡人召之。"不知吴起如何在魏立功，且看下回分解。

吳起
殺妻
求將

第八十六回　吴起杀妻求将　驺忌鼓琴取相

话说吴起卫国人,少居里中,以击剑无赖,为母所责。起自啮其臂出血,与母誓曰:"起今辞母,游学他方,不为卿相,拥节旄古代旌节上的牦牛尾饰,借指地位很高,乘高车,不入卫城,与母相见!"母泣而留之,起竟出北门不顾。往鲁国,受业于孔门高弟曾参,昼研夜诵,不辞辛苦。有齐国大夫田居至鲁,嘉其好学,与之谈沦,渊渊不竭,乃以女妻之。起在曾参之门,岁余,参知其家中尚有老母,一日,问曰:"子游学六载,不归省亲,人子之心安乎?"起对曰:"起曾有誓词在前:'不为卿相,不入卫城。'"参曰:"他人可誓,母安可誓也!"由是心恶其人。未几,卫国有信至,言起母已死,起仰天三号,旋即收泪,诵读如故。参怒曰:"吴起不奔母丧,忘本之人! 夫水无本则竭,木无本则折,人而无本,能令终乎? 起非吾徒矣。"命弟子绝之,不许相见。起遂弃儒学兵法,三年学成,求仕于鲁。鲁相公仪休常与论兵,知其才能,言于穆公,任为大夫。起禄入既丰,遂多买姜婢,以自娱乐。

时齐相国田和谋篡其国,恐鲁与齐世姻,或讨其罪,乃修艾陵之怨,兴师伐鲁,欲以威力胁而服之。鲁相国公仪休进曰:"欲却齐兵,非吴起不可。"穆公口虽答应,终不肯用。及闻齐师已拔成邑,休复请曰:"臣言吴起可用,君何不行?"穆公曰:"吾固知起有将才,然其所娶乃田宗之女,夫至爱莫如夫妻,能保无观望之意乎? 吾是以踌躇而不决也。"公仪休出朝,吴起已先在相府候见,问曰:"齐寇已深,主公已得良将否? 今日不是某夸口自荐,若用某为将,必使齐兵只轮不返。"公仪休曰:"吾言之再三,主公以子婚于田宗,以此持疑未决。"吴起曰:"欲释主公之疑,此特易耳。"乃归家问其妻田氏曰:"人之所贵有妻者,何也?"田氏曰:"有外有内,家道始立。所贵有妻,以成家耳。"吴起曰:"夫位为卿相,食禄万钟,功垂于竹帛,名留于千古,其成家也大矣,岂非妇之所望于夫者乎?"田氏曰:"然。"起曰:"吾有求于子,子当为我成之。"田氏曰:"妾妇人,安得助君成其功名?"起曰:"今齐师伐鲁,鲁侯欲用我为将,以我娶于田宗,疑而不用。诚得子之头,以谒见鲁侯,则鲁侯之疑释,而吾之功名可就矣。"田氏大惊,方欲开口答话,起拔剑一挥,田氏头已落地。史臣有诗云:

一夜夫妻百夜恩，无辜忍使作冤魂？

母丧不顾人伦绝，妻子区区何足论。

于是以帛裹田氏头，往见穆公，奏曰："臣报国有志，而君以妻故见疑，臣今斩妻之头，以明臣之为鲁不为齐也。"穆公惨然不乐，曰："将军休矣！"少顷，公仪休入见，穆公谓曰："吴起杀妻以求将，此残忍之极，其心不可测也。"公仪休曰："起不爱其妻，而爱功名，君若弃之不用，必反而为齐矣。"穆公乃从休言，即拜吴起为大将，使泄柳、申详副之，率兵二万，以拒齐师。起受命之后，在军中与士卒同衣食，卧不设席，行不骑乘，见士卒裹粮负重，分而荷之，有卒病疽，起亲为调药，以口吮其脓血，士卒感起之恩，如同父子，咸摩拳擦掌，愿为一战。

却说田和引大将田忌、段朋长驱而入，直犯南鄙，闻吴起为鲁将，笑曰："此田氏之婿，好色之徒，安知军旅事耶？鲁国合败，故用此人也。"及两军对垒，不见吴起挑战，阴使人觇其作为。见起方与军士中之最贱者席地而坐，分羹同食。使者还报，田和笑曰："将尊则士畏，士畏则战力。起举动如此，安能用众？吾无虑矣。"再遣爱将张丑假称愿与讲和，特至鲁军，探起战守之意。起将精锐之士藏于后军，悉以老弱见客，谬假装为恭谨，延入礼待。丑曰："军中传闻将军杀妻求将，果有之乎？"起縠觫 hú sù 因恐惧而发抖而对曰："某虽不肖，曾受学于圣门，安敢为此不情之事？吾妻自因病亡，与军旅之命适会其时，君之所闻，殆非其实。"丑曰："将军若不弃田宗之好，愿与将军结盟通和。"起曰："某书生，岂敢与田氏战乎？若获结成，此乃某之至愿也。"起留张丑于军中，欢饮三日，方才遣归，绝不谈及兵事。临行，再三致意，求其申好。丑辞去，起即暗调兵将，分作三路，尾其后而行。田和得张丑回报，以起兵既弱，又无战志，全不挂意在意。忽然辕门外鼓声大振，鲁兵突然杀至，田和大惊。马不及甲，车不及驾，军中大乱。田忌引步军出迎，段朋急令军士整顿车乘接应，不提防泄柳、申详二军分为左右，一齐杀入，乘乱夹攻。齐军大败，杀得僵尸满野，直追过平陆方回。

鲁穆公大悦，进起上卿。田和责张丑误事之罪，丑曰："某所见如此，岂知起之诈谋哉。"田和乃叹曰："起之用兵，孙武、穰苴 ráng jū 之流也。若终为鲁用，齐必不安。吾欲遣一人至鲁，暗与通和，各无相犯，子能去否？"丑曰："愿舍命一行，将功折罪。"田和乃购求美女二人，加以黄金千镒，令张丑诈为贾客，携至鲁，私馈吴起。起贪财好色，见即受之，谓丑曰："致意齐相国，使齐不侵鲁，鲁何敢加齐哉？"张丑既出鲁城，故意泄其事于行人。遂沸沸扬扬,传说吴起受贿通齐之事。穆公曰:"吾固知起心不可测也。"欲削起爵究罪。起闻而惧,弃家逃奔魏国,主于翟璜之家。适文侯与璜谋及守西河之人,璜遂荐吴起可用。文侯召起见之,谓起曰:"闻将军为鲁将有功,何以见辱敝邑?"起对曰:"鲁侯听信谗言,信任不终,故臣逃死于此。慕君侯折节下士,豪杰归心,愿执鞭马前。倘蒙驱使,虽肝脑涂地,亦无所恨。"文侯乃拜起为西河守。起至西河,修城治池,练兵训武,其爱恤士卒,一如为鲁将之时。筑城以拒秦,名曰吴城。

时秦惠公薨,太子名出子嗣位。惠公乃简公之子,简公乃灵公之季父。方灵公之薨,其子师隰 xí 年幼,群臣乃奉简公而立之。至是三传,及于出子,而师隰年长,谓大臣曰:"国,吾父之国也。吾何罪而见废?"大臣无辞以对,乃相与杀出子而立师隰,是为献公。吴起乘秦国多事之日,兴兵袭秦,取河西五城,韩、赵皆来称贺。文侯以翟璜荐贤有功,欲拜为相国,访于李克。克曰:"不如魏成。"文侯点头。克出朝,翟璜迎而问曰:"闻主公欲卜相,取决于子,今已定乎? 何人也?"克曰:"已定魏成。"翟璜忿然曰:"君欲伐中山,吾进乐羊,君忧邺,吾进西门豹,君忧西河,吾进吴起。吾何以不若魏成哉?"李克曰:"成所举卜子夏、田子方、段干木,非师即友。子所进者,君皆臣之。成食禄千钟,什九在外,以待贤士,子禄食皆以自赡。子安得比于魏成哉?"璜再拜曰:"鄙人失言,请侍门下为弟子。"自此魏国将相得人,边鄙安集,三晋之中,惟魏最强。齐相国田和见魏之强,又文侯贤名重于天下,乃深结魏好,遂迁其君康公贷于海上,以一城给其食,余皆自取。使人于魏文侯处求其转请于周,欲援三晋之例,列于诸侯。周威烈王已崩,子安王名骄立,势愈微弱。时乃安王之十三年,遂从文侯之请,赐田和为齐侯,是为田太公。自陈公子完奔齐,事齐桓公为大夫,凡传十世,至和而代齐有国,姜氏之祀遂绝。不在话下。

时三晋皆以择相得人为尚,于是相国之权最重。赵相公仲连,韩相侠累,就中单说侠累。微时身份卑微、尚未显达的时候,与濮阳人严仲子名遂为八拜之交。累贫而遂富,资其日用,复以千金助其游费,侠累因此得达于韩,位至相国。侠累既执政,颇著威重,门绝私谒。严遂至韩,谒累冀其引进,候月余不得见。遂自以家财赂君左右,得见烈侯,烈侯大喜,欲贵重之。侠累复于烈侯前言严遂之短,阻其进用。严遂闻之大恨,遂去韩,遍游列国,欲求勇士刺杀侠累,以雪其恨。

行至齐国,见屠牛肆中,一人举巨斧砍牛,斧下之处,筋骨立解,而全不费力。视其斧，可重三十余斤。严遂异之。细看其人，身长八尺，环眼虬须，颧骨特耸，声音不似齐人。遂邀与相见，问其姓名来历。答曰："某姓聂名政，魏人也，家在轵 zhǐ 之深井里。因贱性粗直，得罪乡里，移老母及姊，避居此地，屠牛以供朝夕。"亦询严遂姓字，遂告之，匆匆别去。次早，严遂具衣冠往拜，邀至酒肆，具宾主之礼。酒至三酌，遂出黄金百镒为赠。政怪其厚，遂曰："闻子有老母在堂，故私进不腆，代吾子为一日之养耳。"聂政曰："仲子为老母谋养，必有用政之处，若不言，决不受！"严遂将侠累负恩之事，备细说知，今欲杀之报仇。政曰："昔专诸有言：'老母在，此身未敢许人。'仲子之事难即行，不敢虚尊赐。"遂曰："某慕君之高义，愿结兄弟之好，岂敢舍君养母之孝，而求遂其私哉？"聂政被强不过，只得受之。以其半嫁其姊䒦，余金日具肥甘奉母。岁余，老母病卒，严遂复往哭吊，代为治丧。既毕，聂政曰："今日之身，乃足下之身也。惟所用之，不复自惜！"仲子乃问报仇之策，欲为具车骑壮士。政曰："相国至贵，出入兵卫，众盛无比，当以奇取，不可以力胜也。愿得利匕首怀之，伺隙图事。今日别仲子前行，更不相见矣，仲子亦勿问吾事。"

政至韩，宿于郊外，静息三日。早起入城，值侠累自朝中出，高车驷马，甲士执戈，前后拥卫，其行如飞。政尾至相府，累下车，复坐府决事。自大门至于堂阶，皆有兵仗。政遥望堂上，累重席凭案而坐，左右持牒 dié 文书禀决者甚众。俄顷，事毕将退，政乘其懈，口称："有急事告相国。"从门外攘臂直趋，甲士挡之者，皆纵横颠踬 zhì 跌倒。政抢至公座，抽匕首以刺侠累。累惊起，未及离席，中心而死。堂上大乱，共呼："有贼！"闭门来擒聂政。政击杀数人，度不能自脱，恐人识之，急以匕首自削其面，抉出双眼，还自刺其喉而死。早有人报知韩烈侯，烈侯问："贼何人？"众莫能识。乃暴其尸于市中，悬千金之赏，购人告首 告发，欲得贼人姓名来历，为相国报仇。如此七日，行人往来如蚁，绝无识者。

此事直传至魏国轵邑，聂姊䒦闻之，即痛哭曰："必吾弟也！"便以素帛裹头，竟至韩国，见政横尸市上，抚而哭之，甚哀。市吏拘而问曰："汝于死者何人也？"妇人曰："死者为吾弟聂政，妾乃其姊䒦也。聂政居轵之深井里，以勇闻。彼知刺相国罪重，恐累及贱妾，故抉目破面以自晦其名。妾奈何恤一身之死，忍使吾弟终泯没于人世乎？"市吏曰："死者既是汝弟，必知作贼之故。何人主使？汝若明言，吾请于主上，贷宽恕汝一死。"䒦曰："妾如爱死，不至此矣。吾弟不惜身躯，诛千乘之国相，代人报仇，妾不言其名，是没吾弟之名也；妾复泄其故，是又没吾弟之义也。"遂触市中井亭石柱而死。市吏报知韩烈侯，烈侯叹息，令收葬之。以韩山坚为相国，代侠累之任。

烈侯传子文侯，文侯传哀侯。韩山坚素与哀侯不睦，乘间弑哀侯。诸大臣共杀山坚而立哀侯子若山，是为懿侯。懿侯子昭侯，时用申不害为相。不害精于刑名之学春秋战国时以管仲、商鞅等为代表的法家学派。主张循名责实，慎赏明罚，国以大治。此是后话。

再说周安王十五年，魏文侯斯病笃，召太子击于中山。赵闻魏太子离了中山，乃引兵袭而取之，自此魏与赵有隙。太子击归，魏文侯已薨，乃主丧嗣位，是为武侯，拜田文为相国。吴起自西河入朝，自以功大，满望拜相，及闻已相田文，忿然不悦。朝退，遇田文于门，迎而谓曰："子知起之功乎？今日请与子论之。"田文拱手曰："愿闻。"起曰："将三军之众，使士卒闻鼓而忘死，为国立功，子孰与起？"文曰："不如。"起曰："治百官，亲万民，使府库充实，子孰与起？"文曰："不如。"起又曰："守西河而秦兵不敢东犯，韩、赵宾服，子孰与起？"文又曰："不如。"起曰："此三者，子皆出我之下，而位加吾上，何也？"文曰："某叨窃自谦无才而占有某种事物上位，诚然可愧。然今日新君嗣统，主少国疑，百姓不亲，大臣未附，某特以先世勋旧，承乏肺腑，或者非论功之日也。"吴起俯首沉思，良久曰："子言亦是，然此位终当属我。"有内侍闻二人论功之语，传报武侯。武侯疑吴起有怨望怨恨之心，遂留起不遣，欲另择人为西河守。吴起惧见诛于武侯，出奔楚国。

楚悼王熊疑素闻吴起之才，一见即以相印授之。起感恩无已，慨然以富国强兵自任，乃请于悼王曰："楚国地方数千里，带甲百余万，固宜雄压诸侯，世为盟主；所以不能加于列国者，养兵之道失也。夫养兵之道，先阜其财，后用其力。今不急之官布满朝署，疏远之族糜费公廪浪费国库的粮食，而战士仅食升斗之余，欲他捐躯殉国，不亦难乎？大王诚听臣计，汰冗官，斥疏族，尽储廪禄，以待敢战之士，如是而国威不振，则臣请伏妄言之诛！"悼王从其计。群臣多谓起言不可用，悼王不听。于是使吴起详定官制，凡削去冗官数百员，大臣子弟不得夤 yín 缘通过关系进行钻营窃禄。又公族五世以上者，令自食其力，比于编氓，五世以下，酌其远近，以次裁之，所省国赋数万。选国中精锐之士，朝夕训练，阅其材器，以上下其廪食，有加厚至数倍者，士卒莫不竞劝，楚遂以兵强，雄视天下。三晋、齐、秦咸畏之，终悼王之世，不敢加兵。及悼王薨，未及殡敛，楚贵戚大臣子弟失禄者乘丧作乱，欲杀吴起。起奔入宫寝，众持弓矢追之。起知力不能敌，抱王尸而伏。众攒箭射起，连王尸也中了数箭。起大叫曰："某死不足惜,诸臣衔恨于王,僇及其尸,大逆不通,岂能逃楚国之法哉!"言毕而绝。众闻吴起之言,惧而散走。太子熊臧嗣位,是为肃王。月余,追理射尸之罪,使其弟熊良夫率兵,收为乱者,次第诛之,凡灭七十余家。髯翁有诗叹云:

满望终身作大臣,杀妻叛母绝人伦。

谁知鲁魏成流水,到底身躯丧楚人。

又有一诗,说吴起伏王尸以求报其仇,死尚有余智也。诗云:

为国忘身死不辞,巧将贼矢集王尸。

虽然王法应诛灭,不报公仇却报私。

话分两头。却说田和自为齐侯,凡二年而薨。和传子午,午传子因齐。当因齐之立,乃周安王之二十三年也。因齐自恃国富兵强,见吴、越俱称王,使命往来,俱用王号,不甘为下,僭称齐王,是为齐威王。魏侯䓨闻齐称王,曰:"魏何以不如齐?"于是亦称魏王,即孟子所见梁惠王也。

再说齐威王既立,日事酒色,听音乐,不修国政。九年之间,韩、魏、鲁、赵悉起兵来伐,边屡败。忽一日,有一士人叩阍求见,自称:"姓驺zōu名忌,本国人,知琴。闻王好音,特来求见。"威王召而见之,赐之坐,使左右置几,进琴于前。忌抚弦而不弹,威王问曰:"闻先生善琴,寡人愿闻至音。今抚弦而不弹,岂琴不佳乎?抑有不足于寡人耶?"驺忌舍琴,正容而对曰:"臣所知者,琴理也。若夫丝桐之声,乐工之事,臣虽知之,不足以辱王之听也。"威王曰:"琴理如何,可得闻乎?"驺忌对曰:"琴者,禁也。所以禁止淫邪,使归于正。昔伏羲作琴,长三尺六寸六分,象三百六十六日也;广六寸,象六合也;前广后狭,象尊卑也;上圆下方,法天地也;五弦,象五行也。大弦为君,小弦为臣。其音以缓急为清浊,浊者宽而不弛,君道也;清者廉而不乱,臣道也。一弦为宫,次弦为商,次为角,次为徵zhǐ,次为羽。文王、武王各加一弦,文弦为少宫,武弦为少商,以合君臣之恩也。君臣相得,政令和谐,治国之道,不过如此。"威王曰:"善哉!先生既知琴理,必审琴音,愿先生试为弹之!"驺忌对曰:"臣以琴为事,则审于为琴;大王以国为事,岂不审于为国哉?今大王抚国而不治,何异臣之抚琴而不弹乎?臣抚琴而不弹,无以畅大王之意;大王抚国而不治,恐无以畅万民之意也。"威王愕然曰:"先生以琴谏寡人,寡人闻命矣!"遂留之右室。明日,沐浴而召之,与之谈论国事。驺忌劝威王节饮远色,核名实,别忠佞,息民教战,经营霸王之业。威王大悦,即拜驺忌为相国。

时有辩士淳于髡 kūn，见驺忌唾手取相印，心中不服，率其徒往见驺忌，忌接之甚恭。髡有傲色，直入踞上坐，谓忌曰："髡有愚志，愿陈于相国之前，不识可否？"忌曰："愿闻。"淳于髡曰："子不离母，妇不离夫。"忌曰："谨受教，不敢远于君侧。"髡又曰："棘木为轮，涂以猪脂，至滑也，投于方孔则不能运转。"忌曰："谨受教，不敢不顺人情。"髡又曰："弓干虽胶，有时而解弓干虽然用胶粘住，有时还会裂开；众流赴海，自然而合。"忌曰："谨受教，不敢不亲附于万民。"髡又曰："狐裘虽敝，不可补以黄狗之皮。"忌曰："谨受教，请选择贤者，毋杂不肖于其间。"髡又曰："辐毂 gǔ 不较分寸，不能成车；琴瑟不较缓急，不能成律。"忌曰："谨受教，请修法令而督奸吏。"淳于髡默然，再拜而退。既出门，其徒曰："夫子始见相国，何其倨，今再拜而退，又何屈也？"淳于髡曰："吾示以微言凡五，相国随口而应，悉解吾意。此诚大才，吾所不及！"于是游说之士，闻驺忌之名，无敢入齐者。

驺忌亦用淳于髡之言，尽心图治。常访问："邑守中谁贤谁不肖？"同朝之人，无不极口称阿 ē 大夫之贤，而贬即墨大夫者。忌述于威王。威王于不意中，时时问及左右，所对大略相同。乃阴使人往察二邑治状，从实回报，因降旨召阿、即墨二守入朝。即墨大夫先到，朝见威王，并无一言发放。左右皆惊讶，不解其故。未几，阿邑大夫亦到。威王大集群臣，欲行赏罚。左右私心揣度，都道："阿大夫今番必有重赏，即墨大夫祸事到矣。"众文武朝见事毕，威王召即墨大夫至前，谓曰："自子之官即墨也，毁言日至，吾使人视即墨，田野开辟，人民富饶，官无留事，东方以宁，繇子专意治邑，不肯媚吾左右，故蒙毁耳。子诚贤令！"乃加封万家之邑。又召阿大夫谓曰："自子守阿，誉言日至，吾使人视阿，田野荒芜，人民冻馁。昔日赵兵近境，子不往救，但以厚币精金贿吾左右，以求美誉。守之不肖，无过于汝！"阿大夫顿首谢罪，愿改过。威王不听，呼力士使具鼎镬。须臾，火猛汤沸，缚阿大夫投鼎中。复召左右平昔常誉阿大夫毁即墨者，凡数十人，责之曰："汝在寡人左右，寡人以耳目寄汝，乃私受贿赂，颠倒是非，以欺寡人。有臣如此，要他何用？可俱就烹！"众皆泣拜哀求。威王怒犹未思，择其平日尤所亲信者十余人，次第烹之。众皆股栗。有诗为证：

> 权归左右主人依，毁誉繇来倒是非。
> 谁似烹阿封即墨，竟将公道颂齐威。

于是选贤才改易郡守，使檀子守南城以拒楚，田肣 xī 守高唐以拒赵，黔夫守徐州以拒燕，种首为司寇，田忌为司马，国内大治，诸侯畏服。威王以下

邳封驺忌,曰:"成寡人之志者,吾子也。"号曰成侯。驺忌谢恩毕,复奏曰:
"昔齐桓、晋文,五霸中为最盛,所以然者,以尊周为名也。今周室虽衰,九鼎
犹在,大王何不如周,行朝觐之礼,因假王宠,以临诸侯,桓、文之业,不足道
矣。"威王曰:"寡人已僭号为王,今以王朝王可乎?"驺忌对曰:"夫称王者,所
以雄长乎诸侯,非所以压天子也。若朝王之际,暂称齐侯,天子必喜大王之
谦德,而宠命有加矣。"威王大悦。即命驾往成周,朝见天子。时周烈王之六
年。王室微弱,诸侯久不行朝礼,独有齐侯来朝,上下皆鼓舞相庆。烈王大
搜宝藏为赠。威王自周返齐,一路颂声载道,皆称其贤。

　　且说当时天下,大国凡七:齐、楚、魏、赵、韩、燕、秦。那七国地广兵强,
大略相等。余国如越,虽则称王,日就衰弱,至于宋、鲁、卫、郑,益不足道矣。
自齐威王称霸,楚、魏、韩、赵、燕五国皆为齐下,会聚之间,推为盟主。惟秦
僻在西戎,中国摈 bìn 弃,不与通好。秦献公之世,上天雨金三日,周太史儋
dān 私叹曰:"秦之地,周所分也,分五百余岁当复合,有霸王之君出焉,以金
德王天下。今雨金于秦,殆其瑞乎?"及献公薨,子孝公代立,以不得列于中
国为耻。于是下令招贤,令曰:"宾客群臣有能出奇计强秦者,授以尊官,封
之大邑。"不知有甚贤臣应募而来,且听下回分解。

說秦君衛鞅變灋

鬼谷孫臏山膓下

第八十七回　说秦君卫鞅变法　辞鬼谷孙膑下山

话说卫人公孙鞅原是卫侯之支庶旁族支派，素好刑名之学，因见卫国微弱，不足展其才能，乃入魏国，欲求事相国田文。田文已卒，公叔痤 cuó 代为相国，鞅遂委身于痤之门。痤知鞅之贤，荐为中庶子，每有大事，必与计议。鞅谋无不中，痤深爱之，欲引居大位，未及而痤病。惠王亲往问疾，见痤病势已重，奄奄一息，乃垂泪而问曰："公叔恙 yàng 万一不起，寡人将托国于何人？"痤对曰："中庶子卫鞅，其年虽少，实当世之奇才也。君举国而听之，胜痤十倍矣！"惠王默然。痤又曰："君如不用鞅，必杀之，勿令出境。恐见用于他国，必为魏害。"惠王曰："诺。"既上车，叹曰："甚矣，公叔之病也，乃使我托国于卫鞅，又曰'不用则杀之'。夫鞅何能为？岂非昏愦 kuì 头脑昏乱，神智不清之语哉？"惠王既去，公叔痤召卫鞅至床头，谓曰："吾适言于君如此。欲君用子，君不许，吾又言，若不用当杀之，君曰'诺'。吾向者先君而后臣，故先以告君，后以告子。子必速行，毋及祸也！"鞅曰："君既不能用相国之言而用臣，又安能用相国之言而杀臣乎？"竟不去。大夫公子印与鞅善，印复荐于惠王，惠王竟不能用。

至是，闻秦孝公下令招贤，鞅遂去魏入秦，求见孝公之嬖 bì 臣景监。监与论国事，知其才能，言于孝公。公召见，问以治国之道。卫鞅历举羲、农、尧、舜为对，语未及终，孝公已睡去矣。明日，景监入见，孝公责之曰："子之客，妄人耳！其言迂阔无用，子何为荐之？"景监退朝，谓卫鞅曰："吾见先生于君，欲投君之好，庶几重子。奈何以迂阔无用之谈，渎 dú 轻慢，亵渎君之听耶？"鞅曰："吾望君行帝道，君不悟也。愿更一见而说之。"景监曰："君意不怿 yì 高兴，非五日之后，不可言也。"过五日，景监复言于孝公曰："臣之客，语尚未尽，自请复见，愿君许之。"孝公复召鞅，鞅备陈夏禹画土定赋及汤、武顺天应人之事。孝公曰："客诚博闻强记，然古今事异，所言尚未适于用。"乃麾之使退。景监先候于门，见卫鞅从公宫出，迎而问曰："今日之说何如？"鞅曰："吾说君以王道，犹未当君意也。"景监愠曰："人主得士而用，如弋人打鸟的人治缴 zhuó 系在箭上的丝绳，且暮望获禽耳。岂能舍目前之效，而远法帝王哉？先生休矣！"鞅曰："吾向者未察君意，恐其志高,而吾之言卑,故且探之,今得之矣。若使我更得见君,不忧不入。"景监曰:"先生两进言,而两拂 fú 违背吾君,吾尚敢饶舌以干 触犯君之怒哉?"明日,景监入朝谢罪,不敢复言卫鞅。景监归舍,鞅问曰:"子曾为我复言于君否乎?"监曰:"未曾。"鞅曰:"惜乎!君徒下求贤之令,而不能用才,鞅将去矣。"监曰:"先生何往?"鞅曰:"六王扰扰,岂无好贤之主胜于秦君者哉?即不然,岂无委曲进贤胜于吾子者哉? 鞅将求之。"景监曰:"先生且从容,更待五日,吾当复言。"

又过五日,景监服侍孝公,孝公方饮酒,忽见飞鸿过前,停杯而叹。景监进曰:"君目视飞鸿而叹何也?"孝公曰:"昔齐桓公有言:'吾得仲父,犹飞鸿之有羽翼也。'寡人下令求贤,且数月矣,而无一奇才至者。譬如鸿雁,徒有冲天之志,而无羽翼之资,是以叹耳。"景监答曰:"臣客卫鞅,自言有帝、王、伯三术。向者述帝王之事,君以为迂远难用,今更有'伯术'欲献,愿君省须臾之暇,请毕其词。"孝公闻"伯术"二字,正中其怀,命景监即召卫鞅。鞅入,孝公问曰:"闻子有伯道,何不早赐教于寡人乎?"鞅对曰:"臣非不欲言也。但伯者之术,与帝王异。帝王之道在顺民情,伯者之道必逆民情。"孝公勃然按剑变色曰:"夫伯者之道,安在其必逆人情哉!"鞅对曰:"夫琴瑟不调,必改弦而更张之。政不更张,不可为治。小民狃 niǔ 拘泥,因袭于目前之安,不顾百世之利,可与乐成,难于虑始谋划事情的开始。如仲父相齐,作内政而寄军令,制国为二十五乡,使四民各守其业,尽改齐国之旧。此岂小民之所乐从哉?及乎政成于内,敌服于外,君享其名而民亦受其利,然后知仲父为天下才也。"孝公曰:"子诚有仲父之术,寡人敢不委国而听子! 但不知其术安在?"卫鞅对曰:"夫国不富,不可以用兵,兵不强,不可以摧敌。欲富国莫如力田,欲强兵莫如劝鼓励战。诱之以重赏,而后民知所趋,胁之以重罚,而后民知所畏。赏罚必信,政令必行,而国不富强者,未之有也。"孝公曰:"善哉! 此术寡人能行之。"鞅对曰:"夫富强之术,不得其人不行,得其人而任之不专不行,任之专而惑于人言,二三其意,又不行。"孝公又曰:"善。"卫鞅请退,孝公曰:"寡人正欲悉子之术,奈何遽退?"鞅对曰:"愿君熟思三日,以定可否,然后臣敢尽言。"

鞅出朝,景监又咎责备之曰:"赖君再三称善,不乘此罄吐全部吐露其所怀,又欲君熟思三日,无乃为要君耶?"鞅曰:"君意未坚,不如此恐中变耳。"至明日,孝公使人来召卫鞅,鞅谢曰:"臣与君言之矣,非三日后不敢见也。"景监又劝令勿辞,鞅曰:"吾始与君约而遂自失信,异日何以取信于君哉?"景监乃服。至第三日,孝公使人以车来迎。卫鞅复入见,孝公赐坐请教,其意甚切。鞅乃备述秦政所当更张之事。彼此问答,一连三日三夜,孝公全无倦色。遂拜卫鞅为左庶长,赐第一区,黄金五百镒,谕群臣:"今后国政,悉听左庶长施行。有违抗者,与逆旨同!"群臣肃然。

卫鞅于是定变法之令,将条款呈上孝公,商议停当。未及张挂,恐民不信,不即奉行。乃取三丈之木,立于咸阳市之南门,使吏守之,令曰:"有能徙此木于北门者,予以十金。"百姓观者甚众,皆中怀疑怪,莫测其意,无敢徙者。鞅曰:"民莫肯徙,岂嫌金少耶?"复改令,添至五十金。众人愈疑。有一人独出曰:"秦法素无重赏,今忽有此令,必有计议。纵不能得五十金,亦岂无薄赏!"遂荷其木,竟至北门立之。百姓从而观者如堵。吏奔告卫鞅,鞅召其人至,奖之曰:"尔真良民也,能从吾令!"随取五十金与之,曰:"吾终不失信于尔民矣。"市人互相传说,皆言左庶长令出必行,预相诫谕。次日,将新令颁布,市人聚观,无不吐舌。此周显王十年事也。只见新令上云:

一、定都:秦地最胜,无如咸阳,被山带河,金城千里。今当迁都咸阳,永定王业。一、建县:凡境内村镇,悉并为县。每县设令、丞各一人,督行新法;不职者,轻重议罪。一、辟土:凡郊外旷土,非车马必由之途及田间阡陌,责令附近居民开垦成田。俟成熟之后,计步为亩,照常输租。六尺为一步,二百四十步为一亩。步过六尺为欺,没田入官。一、定赋:凡赋税悉照亩起科①,不用井田什一之制。凡田皆属于官,百姓不得私尺寸。一、本富:男耕女织,粟帛多者,谓之良民,免其一家之役;惰而贫者,没为官家奴仆。弃灰于道,以惰农论,工商则重征之。民有二男,即令分异,各出丁钱;不分异者,一人出两课。一、劝战:官爵以军功为叙,能斩一敌首,即赏爵一级,退一步者即斩。功多者受上爵,车服任其华美不禁;无功者虽富室,止许布褐乘犊。宗室以军功多寡为亲疏,战而无功,削其属籍,比于庶民。凡有私下争斗者,不论曲直,并皆处斩。一、禁奸:五家为保,十家相连,互相觉察。一家有过,九家同举;不举者,十家连坐,俱腰斩。能首奸者,与克敌同赏。告一奸,得爵一级;私匿罪人者,与罪人同。客舍宿人,务取文凭辨验,无验者不许容留。凡民一人有罪,并其室家没官。

---

① 照亩起科:按照田亩数量征收赋税。

一、重令：政令既出，不问贵贱，一体遵行；有不遵者，戮以徇。

新令既出，百姓议论纷纷，或言不便，或言便。鞅悉令拘至府中，责之曰：“汝曹闻令，但当奉而行之。言不便者，梗令之民也；言便者，亦媚令之民也。此皆非良民！”悉籍其姓名，徙于边境为戍卒。大夫甘龙、杜挚私议新法，斥为庶人。于是道路以目相视，不敢有言。卫鞅乃大发徒卒，筑宫阙于咸阳城中，择日迁都。太子驷不愿迁，且言变法之非。卫鞅怒曰：“法之不行，自上犯之。太子君嗣，不可加刑；若赦之，则又非法。”乃言于孝公，坐其罪于师傅。将太傅公子虔劓鼻，太师公孙贾黥qíng面古代一种在脸上刺字并涂上墨的刑罚。百姓相谓曰：“太子违令，且不免刑其师傅，况他人乎？”鞅知人心已定，择日迁都。雍州大姓徙居咸阳者，凡数千家。分秦国为三十一县，开垦田亩，增税至百余万。卫鞅常亲至渭水阅囚，一日诛杀七百余人，渭水为之尽赤，哭声遍野，百姓夜卧，梦中皆战。于是道不拾遗，国无盗贼，仓廪充足，勇于公战，而不敢私斗。秦国富强，天下莫比。于是兴师伐楚。取商、於wū之地，武关之外，拓地六百余里。周显王遣使册命秦为方伯，于是诸侯毕贺。

是时，三晋惟魏称王，有吞并韩、赵之意，闻卫鞅用于秦国，叹曰：“悔不听公叔痤之言也！”时卜子夏、田子方、魏成、李克等俱卒，乃捐厚币，招来四方豪杰。邹人孟轲字子舆，乃子思门下高弟。子思姓孔名伋，孔子嫡孙。孟轲得圣贤之传于子思，有济世安民之志。闻魏惠王好士，自邹至魏，惠王郊迎，礼为上宾，问以利国之道。孟轲曰：“臣游于圣门，但知有仁义，不知有利。”惠王迂其言，不用，轲遂适齐。潜渊有诗云：

> 仁义非同功利谋，纷争谁肯用儒流？
> 子舆空挟图王术，历尽诸侯话不投。

却说周之阳城，有一处地面，名曰鬼谷。以其山深树密，幽不可测，似非人之所居，故云鬼谷。内中有一隐者，但自号曰鬼谷子，相传姓王名栩xǔ，晋平公时人，在云梦山与宋人墨翟一同采药修道。那墨翟不畜妻子，发愿云游天下，专一济人利物，拔其苦厄，救其危难。惟王栩潜居鬼谷，人但称为鬼谷先生。其人通天彻地，有几家学问，人不能及。那几家学问？一曰数学数术之学，日星象纬，在其掌中，占往察来，言无不验。二曰兵学，六韬三略，变化无穷，布阵行兵，鬼神不测。三曰游学，广记多闻，明理审势，出词吐辩，万口莫当。四曰出世学，修真养性，服食导引古代的一种养生术，却病延年，冲举可俟。那先生既知仙家冲举指羽化飞仙之术，为何屈身世间？只为要度几个聪

明弟子,同归仙境,所以借这个鬼谷栖身。初时偶然入市,为人占卜,所言吉
凶休咎,应验如神。渐渐有人慕学其术。先生只看来学者资性,近着那一家
学问,便以其术授之。一来成就些人才,为七国之用;二来就访求仙骨,共理
出世之事。他住鬼谷,也不计年数。弟子就学者不知多少,先生来者不拒,
去者不追。

　　就中单说同时几个有名的弟子:齐人孙宾,魏人庞涓、张仪,洛阳人苏
秦。宾与涓结为兄弟,同学兵法;秦与仪结为兄弟,同学游说;各为一家之
学。单说庞涓学兵法三年有余,自以为能,忽一日,为汲水偶然行至山下,
听见路人传说魏国厚币招贤,访求将相,庞涓心动,欲辞先生下山,往魏国
应聘。又恐先生不放,心下踌躇,欲言不言。先生见貌察情,早知其意,笑
谓庞涓曰:"汝时运已至,何不下山,求取富贵?"庞涓闻先生之言,正中其
怀,跪而请曰:"弟子正有此意,未审此行可得意否?"先生曰:"汝可摘山花
一枝,吾为汝占之。"庞涓下山,寻取山花。此时正是六月炎天,百花开过,
没有山花。庞涓左盘右转,寻了多时,止觅得草花一茎,连根拔起,欲待呈
与师父,忽想道:"此花质弱身微,不为大器。"弃掷于地,又去寻觅了一回。
可怪绝无他花,只得转身将先前所取草花,藏于袖中,回复先生曰:"山中
没有花。"先生曰:"既没有花,汝袖中何物?"涓不能隐,只得取出呈上。其
花离土,又先经日色,已半萎矣。先生曰:"汝知此花之名乎? 乃马兜铃植
物名。藤、实、根可入药也。一开十二朵,为汝荣盛之年数。采于鬼谷,见日而
萎;鬼傍著委,汝之出身,必于魏国。"庞涓暗暗称奇。先生又曰:"但汝不
合见欺,他日必以欺人之事,还被人欺,不可不戒! 吾有八字,汝当记取:
'遇羊而荣,遇马而瘁。'"庞涓再拜曰:"吾师大教,敢不书绅把话写在绅带上,
引申为牢记他人的话!"临行,孙宾送之下山,庞涓曰:"某与兄有八拜之交,誓
同富贵,此行倘有进身之阶,必当举荐吾兄,同立功业。"孙宾曰:"吾弟此
言果实否?"涓曰:"弟若谬言,当死于万箭之下!"宾曰:"多谢厚情,何须重
誓!"两下流泪而别。

　　孙宾还山,先生见其泪容,问曰:"汝惜庞生之去乎?"宾曰:"同学之情,
何能不惜?"先生曰:"汝谓庞生之才,堪为大将否?"宾曰:"承师教训已久,何
为不可?"先生曰:"全未,全未!"宾大惊,请问其故,先生不言。至次日,谓弟
子曰:"我夜间恶闻鼠声,汝等轮流值宿,为我驱鼠。"众弟子如命。其夜,轮
孙宾值宿,先生于枕下,取出文书一卷,谓宾曰:"此乃汝祖孙武子《兵法》十
三篇。昔汝祖献于吴王阖闾,阖闾用其策,大破楚师。后阖闾惜此书,不欲

广传于人,乃置以铁柜,藏于姑苏台屋楹之内。自越兵焚台,此书不传。吾向与汝祖有交,求得其书,亲为注解;行兵秘密,尽在其中,未尝轻授一人。今见子心术忠厚,特以付子。"宾曰:"弟子少失父母,遭国家多故,宗族离散,虽知祖父有此书,实未传领。吾师既有注解,何不并传之庞涓,而独授于宾也?"先生曰:"得此书者,善用之为天下利,不善用之为天下害;涓非佳士,岂可轻付哉!"宾乃携归卧室,昼夜研诵。三日之后,先生遽向孙宾索其原书。宾出诸袖中,缴还先生。先生逐篇盘问,宾对答如流,一字不遗。先生喜曰:"子用心如此,汝祖为不死矣!"

再说庞涓别了孙宾,一径入魏国,以兵法干相国王错,错荐于惠王。庞涓入朝之时,正值庖人进蒸羊于惠王之前,惠王方举箸,涓私喜曰:"吾师言'遇羊而荣',斯不谬矣。"惠王见庞涓一表人物,放箸而起,迎而礼之。庞涓再拜,惠王扶住,问其所学。涓对曰:"臣学于鬼谷先生之门,用兵之道,颇得其精。"因指画敷陈,倾倒胸中,惟恐不尽。惠王问曰:"吾国东有齐,西有秦,南有楚,北有韩、赵、燕,皆势均力敌。而赵人夺我中山,此仇未报,先生何以策之?"庞涓曰:"大王不用微臣则已,如用微臣为将,管教战必胜,攻必取,可以兼并天下,何忧六国哉?"惠王曰:"先生大言,得无难践乎?"涓对曰:"臣自揣所长,实可操六国于掌中,若委任不效,甘当伏罪。"惠王大悦,拜为元帅,兼军师之职。涓子庞英、侄庞葱、庞茅俱为列将。涓练兵训武,先侵卫、宋诸小国,屡屡得胜。宋、鲁、卫、郑诸君,相约联翩来朝。适齐兵侵境,涓复御却之,遂自以为不世之功,不胜夸诩。

时墨翟遨游名山,偶过鬼谷探友,一见孙宾,与之谈论,深相契合,遂谓宾曰:"子学业已成,何不出就功名,而久淹山泽耶?"宾曰:"吾有同学庞涓,出仕于魏,相约得志之日,必相援引,吾是以待之。"墨翟曰:"涓见为魏将,吾为子入魏,以察涓之意。"墨翟辞去,径至魏国,闻庞涓自恃其能,大言不惭,知其无援引孙宾之意,乃自以野服求见魏惠王。惠王素闻墨翟之名,降阶迎入,叩以兵法。墨翟指说大略,惠王大喜,欲留任官职。墨翟固辞曰:"臣山野之性,不习衣冠。所知有孙武子之孙,名宾者,真大将才,臣万分不及也。见今隐于鬼谷,大王何不召之?"惠王曰:"孙宾学于鬼谷,乃是庞涓同门,卿谓二人所学孰胜?"墨翟曰:"宾与涓虽则同学,然宾独得乃祖秘传,虽天下无其对手,况庞涓乎?"墨翟辞去,惠王即召庞涓问曰:"闻卿之同学有孙宾者,独得孙武子秘传,其才天下无比,将军何不为寡人召之?"庞涓对曰:"臣非不知孙宾之才,但宾是齐人,宗族皆在于齐,今若仕魏,必先齐而后魏,臣是以

不敢进言。"惠王曰："士为知己者死。岂必本国之人,方可用乎?"庞涓对曰:
"大王既欲召孙宾,臣即当作书致去。"庞涓口虽不语,心下踌躇："魏国兵权,
只在我一人之手,若孙宾到来,必然夺宠;既魏王有命,不敢不依,且待来时,
生计害他,阻其进用之路,却不是好?"遂修书一封,呈上惠王。惠王用驷马
高车、黄金白璧,遣人带了庞涓之书,一径望鬼谷来聘取孙宾。宾拆书看之,
略曰:

> 涓托兄之庇,一见魏王,即蒙重用。临歧①援引之言,铭心不忘。
> 今特荐于魏王,求即驱驰赴召,共图功业。

　　孙宾将书呈与鬼谷先生。先生知庞涓已得时大用,今番有书取用孙
宾,竟无一字问候其师,此乃刻薄忘本之人,不足计较。但庞涓生性骄妒,孙
宾若去,岂能两立? 欲待不容他去,又见魏王使命郑重,孙宾已自行色匆匆,
不好阻当。亦使宾取山花一枝,卜其休咎。此时九月天气,宾见先生几案之
上,瓶中供有黄菊一枝,遂拔以呈上,即时复归瓶中。先生乃断曰："此花见
被残折,不为完好;但性耐岁寒,经霜不落,虽有残害,不为大凶;且喜供养瓶
中,为人爱重。瓶乃范金而成,钟鼎之属,终当威行霜雪,名勒鼎钟矣。但此
花再经提拔,恐一时未能得意,仍旧归瓶,汝之功名,终在故土。吾为汝增改
其名,可图进取。"遂将孙宾"宾"字,左边加月为"膑"。按字书,膑乃刖 yuè 古
代砍掉脚的酷刑刑之名,今鬼谷子改孙宾为孙膑,明明知有刖足之事,但天机不
肯泄漏耳,岂非异人哉? 髯翁有诗云:

> 山花入手知休咎,试比著龟倍有灵。
> 却笑当今卖卜者,空将鬼谷画占形。

临行,又授以锦囊一枚,吩咐："必遇至急之地,方可开看。"孙膑拜辞先生,随
魏王使者下山,登车而去。

　　苏秦、张仪在旁,俱有欣羡之色,相与计议来禀,亦欲辞归,求取功名。
先生曰："天下最难得者聪明之士,以汝二人之质,若肯灰心学道,可致神
仙,何苦要碌碌尘埃,甘为浮名虚利所驱逐也!"秦、仪同声对曰："夫良材
不终朽于岩下,良剑不终秘于匣中。日月如流,光阴不再,某等受先生之
教,亦欲乘时建功,图个名扬后世耳。"先生曰："你两人中肯留一人与我作
伴否?"秦、仪执定欲行,无肯留者。先生强之不得,叹曰："仙才之难如此
哉!"乃为之各占一课,断曰："秦先吉后凶,仪先凶后吉。秦说先行,仪当

---

①临歧:面临歧路,此处为赠别之词。

晚达。吾观孙、庞二子势不相容，必有吞噬之事。汝二人异日宜互相推让，以成名誉，勿伤同学之情！”二人稽首受教。先生又将书二本，分赠二人。秦、仪观之，乃太公《阴符篇》也，曰：“此书弟子久已熟诵，先生今日见赐，有何用处？”先生曰：“汝虽熟诵，未得其精。此去若未能得意，只就此篇探讨，自有进益。我亦从此逍遥海外，不复留于此谷矣。”秦、仪既别去，不数日，鬼谷子亦浮海为蓬岛之游，或云已仙去矣。不知孙膑应聘下山，后来如何，且看不回分解。

孫臏佯狂脫禍

龐涓兵敗桂陵

第八十八回　孙膑佯狂脱祸　庞涓兵败桂陵

话说孙膑行至魏国，即寓于庞涓府中。膑谢涓举荐之恩，涓有德色。膑又述鬼谷先生改宾为膑之事，涓惊曰："膑非佳语，何以改易？"膑曰："先生之命，不敢违也！"次日，同入朝中，谒见惠王，惠王降阶迎接，其礼甚恭。膑再拜奏曰："臣乃村野匹夫，过蒙大王聘礼，不胜惭愧！"惠王曰："墨子盛称先生独得孙武秘传，寡人望先生之来，如渴思饮，今蒙降重屈驾光临，大慰平生！"遂问庞涓曰："寡人欲封孙先生为副军师之职，与卿同掌兵权，卿意如何？"庞涓对曰："臣与孙膑同窗结义，膑乃臣之兄也，岂可以兄为副？不若权拜客卿，候有功绩，臣当让爵，甘居其下。"惠王准奏，即拜膑为客卿，赐第一区，亚于庞涓。客卿者，半为宾客，不以臣礼加之，外示优崇，不欲分兵权于膑也。自此孙、庞频相往来。庞涓想道："孙子既有秘授，未见吐露，必须用意探之。"遂设席请酒，酒中因谈及兵机，孙子对答如流。及孙子问及庞涓数节，涓不知所出，乃佯问曰："此非孙武子《兵法》所载乎？"膑全不疑虑，对曰："然也。"涓曰："愚弟昔日亦蒙先生传授，自不用心，遂至遗忘，今日借观，不敢忘报。"膑曰："此书经先生注解详明，与原本不同，先生止付看三日，便即取去，亦无录本。"涓曰："吾兄还记得否？"膑曰："依稀尚存记忆。"涓心中巴不得便求传授，只是一时难以骤逼。

过数日，惠王欲试孙膑之能，乃阅武于教场使孙、庞二人各演阵法。庞涓布的阵法，孙膑一见即能分说此为某阵，用某法破之。孙膑排成一阵，庞涓茫然不识，私问于孙膑。膑曰："此即'颠倒八门阵'也。"涓曰："有变乎？"膑曰："攻之则变为'长蛇阵'矣。"庞涓探了孙膑说话，先报惠王曰："孙子所布，乃'颠倒八门阵'，可变'长蛇'。"已而，惠王问于孙膑，所对相同。惠王以庞涓之才不弱于孙膑，心中愈喜。只有庞涓回府，思想："孙子之才，大胜于吾，若不除之，异日必为欺压。"心生一计，于相会中间，私叩孙子曰："吾兄宗族俱在齐邦，今兄已仕魏国，何不遣人迎至此间，同享富贵？"孙膑垂泪言曰："子虽与吾同学，未悉吾家门之事也。吾四岁丧母，九岁丧父，育于叔父孙乔身畔。叔父仕于齐康公为大夫。及田太公迁康公于海上，尽逐其故臣，多所诛戮，吾宗族离散，叔与从兄孙平、孙卓挈吾避难奔周，因遇荒岁，复将吾佣于周北门之外,父子不知所往。吾后来年长,闻邻人言鬼谷先生道高,而心慕之,是以单身往学。又复数年,家乡杳无音信,岂有宗族可问哉!"庞涓复问曰:"然则兄长亦还忆故乡坟墓否?"膑曰:"人非草木,能忘本原?先生于吾临行,亦言'功名终在故土'。今已作魏臣,此话不须提起矣。"庞涓探了口气,佯应曰:"兄长之言甚当,大丈夫随地立功,何必故乡也?"

约过半年,孙膑所言都已忘怀了。一日,朝罢方回,忽有汉子似山东人语音,问人曰:"此位是孙客卿否?"膑随唤入府,叩其来历。那人曰:"小子姓丁名乙,临淄人氏,在周客贩,令兄有书托某送到鬼谷,闻贵人已得仕魏邦,迂迂回,绕路来此。"说罢,将书呈上。孙膑接书在手,拆而观之略云:

> 愚兄平、卓字达贤弟宾亲览:吾自家门不幸,宗族荡散,不觉已三年矣。向在宋国为人耕牧,汝叔一病即世,异乡零落,苦不可言。今幸吾王尽释前嫌,招还故里,正欲奉迎吾弟,重立家门。闻吾弟就学鬼谷,良玉受琢,定成伟器。兹因某客之便,作书报闻。幸早为归计,兄弟复得相见!

孙膑得书认以为真,不觉大哭。丁乙曰:"承贤兄吩咐,劝贵人早早还乡,骨肉相聚。"孙膑曰:"吾已仕于魏,此事不可造次。"乃款待丁乙酒饭,付以回书。前面亦叙思乡之语,后云:"弟已仕魏,未可便归,俟稍有建立,然后徐为首邱之计。"送丁乙黄金一锭为路费。丁乙接了回书,当下辞去。

谁知来人不是什么丁乙,乃是庞涓手下心腹徐甲也。庞涓套出孙膑来历姓名,遂伪作孙平、孙卓手书,教徐甲假称齐商丁乙,投见孙子。孙子兄弟自少分别,连手迹都不分明,遂认以为真了。庞涓诓kuāng欺骗得回书,遂仿其笔迹,改后数句云:"弟今身仕魏国,但故土难忘,心殊悬切,不日当图归计,以尽手足之欢。倘或齐王不弃微长,自当尽力报效。"于是入朝私见惠王,屏去左右,将伪书呈上,言:"孙膑果有背魏向齐之心,近日私通齐使,取有回书,臣遣人邀截阻击拦截于郊外,搜得在此。"惠王看毕曰:"孙膑心悬故土,岂以寡人未能重用,不尽其才耶?"涓对曰:"膑祖孙武子为吴王大将,后来仍旧归齐。父母之邦,谁能忘情?大王虽重用膑,膑心已恋齐,必不能为魏尽力。且膑才不下于臣,若齐用为将,必然与魏争雄,此大王异日之患也,不如杀之。"惠王曰:"孙膑应召而来,今罪状未明,遽然杀之,恐天下议寡人之轻士也。"涓对曰:"大王之言甚善。臣当劝谕孙膑,倘肯留魏国,大王重加官爵,若其不然,大王发到微臣处议罪,微臣自有区处。"庞涓辞了惠王,往见孙子,问曰:"闻兄已得千金家报,有之乎?"膑是忠直之人,全不疑虑,遂应曰："果然。"因备述书中要他还乡之意。庞涓曰："弟兄久别思归,人之至情,兄长何不于魏王前暂给一二月之假,归省坟墓,然后再来?"膑曰："恐主公见疑,不允所请。"涓曰："兄试请之,弟当从旁力赞。"膑曰："全仗贤弟玉成。"是夜,庞涓又入见惠王,奏曰："臣奉大王之命,往谕孙膑,膑意必不愿留,且有怨望之语。若目下有表章请假,主公便发其私通齐使之罪。"惠王点头。次日,孙膑果然进上一通表章,乞假月余,还齐省墓。惠王见表大怒,批表尾云："孙膑私通齐使,今又告归,显有背魏之心,有负寡人委任之意。可削其官秩,发军师府问罪。"

军政司奉旨,将孙膑拿到军师府来见庞涓,涓一见佯惊曰："兄长何为至此!"军政司宣惠王之命。庞涓领旨讫,问膑曰："吾兄受此奇冤,愚弟当于王前力保。"言罢,命舆人驾车,来见惠王,奏曰："孙膑虽有私通齐使之罪,然罪不至死。以臣愚见,不若刖而黥之,使为废人,终身不能退归故土。既全其命,又无后患,岂不两全? 微臣不敢自专,特来请旨!"惠王曰："卿处分最善。"庞涓辞回本府,谓孙膑曰："魏王十分恼怒,欲加兄极刑,愚弟再三保奏,恭喜得全性命。但须刖足黥面,此乃魏国法度,非愚弟不尽力也。"孙膑叹曰："吾师云'虽有残害,不为大凶'。今得保首领,此乃贤弟之力,不敢忘报!"庞涓遂唤刀斧手,将孙膑绑住,剔去双膝盖骨。膑大叫一声,昏绝倒地,半响方苏。又用针刺面,成"私通外国"四字,以墨涂之。庞涓假意啼哭,以刀疮药敷膑之膝,用帛缠裹,使人抬至书馆,好言抚慰,好食将息。约过月余,孙膑疮口已合,只是膝盖既去,两腿无力,不能行动,只好盘足而坐。髯翁有诗云:

易名膑字祸先知,何待庞涓用计时?
堪笑孙君太忠直,尚因全命感恩私。

孙膑已成废人,终日受庞涓三餐供养,甚不过意。庞涓乃求膑传示鬼谷子注解孙武兵书,膑慨然应允。涓给以木简,要他缮写。膑写未及十分之一,有苍头名唤诚儿,庞涓使伏侍孙膑,诚儿见孙子无辜受枉,反有怜悯之意。忽庞涓召诚儿至前,问孙膑缮写日得几何? 诚儿曰："孙将军为两足不便,长眠短坐,每日只写得二三策。"庞涓怒曰："如此迟慢,何日写完? 汝可与我上紧催促。"诚儿退问涓近侍曰："军师央孙君缮写,何必如此催迫?"近侍曰："汝有所不知。军师与孙君外虽相恤,内实相忌,所以全其性命,单为欲得兵书耳。缮写一完,便当绝其饮食。汝切不可泄漏!"诚儿闻知此信,密告孙子。孙子大惊:"原来庞涓如此无义,岂可传以《兵法》?"又想:"若不缮写,他必然发怒,吾命旦夕休矣?"左思右想,欲求自脱之计。忽然想着:"鬼谷先生临行时,付我锦囊一个,嘱云:'到至急时,方可开看。'今其时矣!"遂将锦囊启视,乃黄绢一幅,中间写着"诈疯魔"三字。膑曰:"原来如此。"

当日晚餐方设,膑正欲举箸,忽然昏愦,作呕吐之状,良久发怒,张目大叫曰:"汝何以毒药害我?"将瓶瓯 ōu 悉拉于地,取写过木简,向火焚烧,扑身倒地,口中含糊骂詈不绝。诚儿不知是诈,慌忙奔告庞涓。涓次日亲自来看,膑痰涎满面,伏地呵呵大笑,忽然大哭。庞涓问曰:"兄长为何而笑? 为何而哭?"膑曰:"吾笑者笑魏王欲害我命,吾有十万天兵相助,能奈我何? 吾哭者哭魏邦没有孙膑,无人作大将也!"说罢,复睁目视涓,磕头不已,口中叫:"鬼谷先生,乞救我孙膑一命!"庞涓曰:"我是庞某,休得错认了!"膑牵住庞涓之袍,不肯放手,乱叫:"先生救命!"庞涓命左右扯脱,私问诚儿曰:"孙子病症是几时发的?"诚儿曰:"是夜来发的。"涓上车而去,心中疑惑不已。恐其佯狂,欲试其真伪,命左右拖入猪圈中,粪秽狼藉,膑被发覆面,倒身而卧。再使人送酒食与之,诈云:"吾小人哀怜先生被刖,聊表敬意,元帅不知也。"孙子已知是庞涓之计,怒目睁狞,骂曰:"汝又来毒我耶?"将酒食倾翻地下。使者乃拾狗矢同"屎"及泥块以进,膑取而啖之。于是还报庞涓,涓曰:"此真中狂疾,不足为虑矣。"自此纵放孙膑,任其出入。膑或朝出晚归,仍卧猪圈之内,或出而不返,混宿市井之间。或谈笑自若,或悲号不已。市人认得是孙客卿,怜其病废,多以饮食遗之。膑或食或不食,狂言诞语 荒唐不羁的话语,不绝于口,无有知其为假疯魔者。庞涓却吩咐地方,每日侵晨具报孙膑所在,尚不能置之度外也。髯翁有诗叹云:

> 纷纷七国斗干戈,俊杰乘时归网罗。
>
> 堪恨奸臣怀嫉忌,致令良友诈疯魔。

时墨翟云游至齐,客于田忌之家,其弟子禽滑从魏而至,墨翟问:"孙膑在魏得意何如?"禽滑亲将孙子被刖之事,述于墨翟。翟叹曰:"吾本欲荐膑,反害之矣!"乃将孙膑之才及庞涓妒忌之事,转述于田忌。田忌言于威王曰:"国有贤臣而令见辱于异国,大不可也!"威王曰:"寡人发兵以迎孙子如何?"田忌曰:"庞涓不容膑仕于本国,肯容仕于齐国乎? 欲迎孙子,须是如此恁般,密载以归,可保万全。"威王用其谋,即令客卿淳于髡 kūn 假以进茶为名,至魏欲见孙子。淳于髡领旨,押了茶车,捧了国书,竟至魏国,禽滑装做从者随行,到魏都见了魏惠王,致齐侯之命。惠王大喜,送淳于髡于馆驿。禽滑见膑发狂,不与交言,半夜私往候之。膑背靠井栏而坐,见禽滑张目不语。

滑垂涕曰:"孙卿困至此乎? 识禽滑否? 吾师言孙卿之冤于齐王,齐王甚相倾慕,淳于公此来,非为贡茶,实欲载孙卿入齐,为卿报刖足之仇耳!"孙膑泪流如雨,良久言曰:"某已分死于沟渠,不期今日有此机会,但庞涓疑虑太甚,恐不便挈带,如何?"禽滑曰:"吾已定下计策,孙卿不须过虑,俟有行期,即当相迎。"约定只在此处相会,万勿移动。次日,魏王款待淳于髡,知其善辩之士,厚赠金帛。髡辞了魏王欲行,庞涓复置酒长亭饯行。禽滑先于是夜将温车藏了孙膑,却将孙膑衣服与斯养干杂活的仆役王义穿着,披头散发,以泥土涂面,装作孙膑模样。地方已经具报,庞涓以此不疑。淳于髡既出长亭,与庞涓欢饮而别,先使禽滑驱车速行,亲自押后。过数日,王义亦脱身而来。地方但见肮脏衣服撒做一地,已不见孙膑矣。即时报知庞涓,涓疑其投井而死。使人打捞尸首不得,连连挨访,并无影响,反恐魏王见责,戒左右只将孙膑溺死申报,亦不疑其投齐也。

再说淳于髡载孙膑离了魏境,方与沐浴。既入临淄,田忌亲迎于十里之外。言于威王,使乘蒲车用蒲草裹着车轮的车子,古代用于封禅或征聘隐士入朝。威王叩以兵法,即欲拜官。孙膑辞曰:"臣未有寸功,不敢受爵。庞涓若闻臣用于齐,又起妒嫉之端,不若姑隐其事,俟有用臣之处,然后效力何如?"威王从之,乃使居田忌之家,忌尊为上客。膑欲偕禽滑往谢墨翟,他师弟二人已不别而行了,膑叹息不已。再使人访孙平、孙卓信息,杳然无闻,方知庞涓之诈。

齐威王暇时,常与宗族诸公子驰射赌胜为乐。田忌马力不及,屡次失金。一日,田忌引孙膑同至射圃观射。膑见马力不甚相远,而田忌三棚局皆负,乃私谓忌曰:"君明日复射,臣能令君必胜。"田忌曰:"先生果能使某必胜,某当请于王,以千金决赌。"膑曰:"君但请之。"田忌请于威王曰:"臣之驰射屡负矣,来日愿倾家财,一决输赢,每棚以千金为采赌注。"威王笑而从之。是日,诸公子皆盛饰车马,齐至场圃,百姓聚观者数千人。田忌问孙子曰:"先生必胜之术安在? 千金一棚,不可戏也!"孙膑曰:"齐之良马聚于王厩,而君欲与次第角胜,难矣。然臣能以术得之。夫三棚有上中下之别,诚以君之下驷当彼上驷,而取君之上驷与彼中驷角较量,取君之中驷与彼下驷角;君虽一败,必有二胜。"田忌曰:"妙哉!"乃以金鞍锦鞯 jiān 衬托鞍的垫子,饰其下等之马,伪为上驷,先与威王赌第一棚。马足相去甚远,田忌复失千金。威王大笑,田忌曰:"尚有二棚,臣若全输,笑臣未晚。"及二棚三棚,田忌之马果皆胜,多得采物千金。田忌奏曰:"今日之胜,非臣马之力,乃孙子所教也。"因述其故。威王叹曰："即此小事，已见孙先生之智矣！"由是益加敬重，赏赐无算。不在话下。

再说魏惠王既废孙膑，责成庞涓恢复中山之事。庞涓奏曰："中山远于魏而近于赵，与其远争，不如近割。臣请为君直捣邯郸，以报中山之恨。"惠王许之。庞涓遂出车五百乘伐赵，围邯郸。邯郸守臣丕选连战俱败，上表赵成侯。成侯使人以中山畀齐求救。齐威王已知孙子之能，拜为大将。膑辞曰："臣刑余之人受过肉刑的人，而使主兵，显齐国别无人才，为敌所笑，请以田忌为将。"威王乃用田忌为将，孙膑为军师，常居辎车古代有帷盖的车子之中，阴为画策，不显其名。田忌欲引兵救邯郸，膑止之曰："赵将非庞涓之敌，比我至邯郸，其城已下矣。不如驻兵于中道，扬言欲伐襄陵，庞涓必还，还而击之，无不胜也。"忌用其谋。时邯郸候救不至，丕选以城降涓，涓遣人报捷于魏王。正欲进兵，忽闻齐遣田忌乘虚来袭襄陵，庞涓惊曰："襄陵有失，安邑震动，吾当还救根本。"乃班师。

离桂陵二十里，便遇齐兵。原来孙膑早已打听魏兵到来，预作准备，先使牙将袁达引三千人截路搦 nuò 战。庞涓族子庞葱前队先到，迎住厮杀。约战二十余合，袁达诈败而走。庞葱恐有计策，不敢追赶，却来禀知庞涓。涓叱曰："谅偏将尚不能擒取，安能擒田忌乎？"即引大军追之。将及桂陵，只见前面齐兵排成阵势，庞涓乘车观看，正是孙膑初到魏国时摆的"颠倒八门阵"。庞涓心疑，想道："那田忌如何也晓此阵法？莫非孙膑已归齐国乎？"当下亦布队成列。只见齐军中闪出大将田旗号，推出一辆戎车，田忌全装披挂，手执画戟，立于车中，田婴挺戈立于车右。田忌口呼："魏将能事者，上前打话对话，交谈。"庞涓亲自出车，谓田忌曰："齐、魏一向和好，魏、赵有怨，何与齐事？将军弃好寻仇，实为失计！"田忌曰："赵以中山之地献于吾主，吾主命吾帅师救之。若魏亦割数郡之地，付于吾手，吾当即退。"庞涓大怒曰："汝有何本事，敢与某对阵？"田忌曰："你既有本事，能识我阵否？"庞涓曰："此乃'颠倒八门阵'，吾受之鬼谷子，汝何处窃取一二，反来问我？我国中三岁孩童，皆能识之！"田忌曰："汝既能识，敢打此阵否？"庞涓心下踌躇，若说不打，丧了志气，遂厉声应曰："既能识，如何不能打！"庞涓吩咐庞英、庞葱、庞茅曰："记得孙膑曾讲此阵，略知攻打之法。但此阵能变长蛇，击首则尾应，击尾则首应，击中则首尾皆应，攻者辄为所困。我今去打此阵，汝三人各领一军，只看此阵一变，三队齐进，使首尾不能相顾，则阵可破矣。"庞涓吩咐已毕，自帅先锋五千人，上前打阵。才入阵中，只见八方旗色纷纷转换，认不出那一门是休、生、伤、杜、景、死、惊、开了。东冲西撞，戈甲如林，并无出路。只闻得金鼓乱鸣，四下呐喊，竖的旗上，俱有军师"孙"字。庞涓大骇曰："刖夫果在齐国，吾堕其计矣！"正在危急，却得庞英、庞葱两路兵杀进，单单救出庞涓，那五千先锋不剩一人。问庞茅时，已被田婴所杀，共损军二万余人，庞涓甚是伤感。原来八卦阵本按八方，连中央戊己，共是九队车马，其形正方。比及庞涓入来打阵，抽去首尾二军为二角，以遏外救，止留七队车马，变为圆阵，以此庞涓迷惑。后来唐朝卫国公李靖，因此作六花阵，即从此圆阵布出。有诗为证：

八阵中藏不测机，传来鬼谷少人知。

庞涓只晓长蛇势，那识方圆变化奇？

按今堂邑县东南有地名古战场，乃昔日孙、庞交兵之处也。

却说庞涓知孙膑在军中，心中惧怕，与庞英、庞葱商议，弃营而遁，连夜回魏国去了。田忌与孙膑探知空营，奏凯回齐。此周显王十七年之事。魏惠王以庞涓有取邯郸之功，虽然桂陵丧败，将功准抵，充当罪。齐威王遂宠任田忌、孙膑，专以兵权委之。驺忌恐其将来代己为相，密与门客公孙阅商量，欲要夺田忌、孙膑之宠。恰好庞涓使人以千金行赂于驺忌之门，要得退去孙膑。驺忌正中其怀，乃使公孙阅假作田忌家人，持十金，于五鼓叩卜者之门，曰："我奉田忌将军之差，欲求占卦。"卦成，卜者问："何用？"阅曰："我将军，田氏之宗也，兵权在握，威震邻国。今欲谋大事，烦为断其吉凶。"卜者大惊曰："此悖逆之事，吾不敢与闻参与知道！"公孙阅嘱曰："先生即不肯断，幸勿泄！"公孙阅方才出门，驺忌差人已至，将卜者拿住，说他替叛臣田忌占卦。卜者曰："虽有人来小店，实不曾占。"驺忌遂入朝，以田忌所占之语，告于威王，即引卜者为证。威王果疑，每日使人伺田忌之举动。田忌闻其故，遂托病辞了兵政，以释齐王之疑。孙膑亦谢去军师之职。明年，齐威王薨，子辟疆即位，是为宣王。宣王素知田忌之冤与孙膑之能，俱召复故位。

再说庞涓初时，闻齐国退了田忌、孙膑不用，大喜曰："吾今日乃可横行天下也！"是时韩昭侯灭郑国而都之，赵相国公仲侈如韩称贺，因请同起兵伐魏，约以灭魏之日，同分魏地。昭侯应允，回言："偶值荒馑 jǐn 饥饿，饥荒，俟来年当从兵进讨。"庞涓访知此信，言于惠王曰："闻韩谋助赵攻魏，今乘其未合，宜先伐韩，以沮其谋。"惠王许之。使太子申为上将军，庞涓为大将，起倾国之兵，向韩国进发。不知胜负如何，且看下回分解。

咸陽市立半坊商鞅

第八十九回　马陵道万弩射庞涓　咸阳市五牛分商鞅

话说庞涓同太子申起兵伐韩，行过外黄今河南民权县西北，有布衣徐生请见太子。太子问曰："先生辱见寡人，有何见谕？"徐生曰："太子此行，将以伐韩也。臣有百战百胜之术于此，太子欲闻之否？"申曰："此寡人所乐闻也。"徐生曰："太子自度富有过于魏，位有过于王者乎？"申曰："无以过矣！"徐生曰："今太子自将而攻韩，幸而胜，富不过于魏，位不过于王也，万一不胜，将若之何？夫无不胜之害，而有称王之荣，此臣所谓百战百胜者也。"申曰："善哉！寡人请从先生之教，即日班师。"徐生曰："太子虽善吾言，必不行也。夫一人烹鼎，众人啜汁。今欲啜 chuò 饮、吃 太子之汁者甚众，太子即欲还，其谁听之？"徐生辞去。太子出令欲班师，庞涓曰："大王以三军之寄，属于太子，未见胜败，而遽班师，与败北何异？"诸将皆不欲空还。太子申不能自决，遂引兵前进，直造韩都。

韩哀侯遣人告急于齐，求其出兵相救。齐宣王大集群臣，问以："救韩与不救，孰是孰非？"相国驺忌曰："韩、魏相并，此邻国之幸也，不如勿救。"田忌、田婴皆曰："魏胜韩，则祸必及于齐，救之为是。"孙膑独嘿然无语。宣王曰："军师不发一言，岂救与不救，二策皆非乎？"孙膑对曰："然也。夫魏国自恃其强，前年伐赵，今年伐韩，其心亦岂须臾忘齐哉？若不救，是弃韩以肥魏，故言不救者非也。魏方伐韩，韩未敝而吾救之，是我代韩受兵，韩享其安，而我受其危，故言救者亦非也。"宣王曰："然则何如？"孙膑对曰："为大王计，宜许韩必救，以安其心。韩知有齐救，必悉力以拒魏，魏亦必悉力以攻韩。吾俟魏之敝，徐缓慢引兵而往，攻敝魏以存危韩，用力少而见功多，岂不胜于前二策耶？"宣王鼓掌称：善，遂许韩使，言："齐救旦暮且至。"韩昭侯大喜，乃悉力拒魏，前后交锋五六次，韩皆不胜，复遣使往齐，催趱救兵。

齐复用田忌为大将，田婴副之，孙子为军师，率车五百乘救韩。田忌又欲望韩进发，孙膑曰："不可，不可！吾向者救赵，未尝至赵，今救韩，奈何往韩乎？"田忌曰："军师之意，将欲如何？"孙膑曰："夫解纷之术，在攻其所必救。今日之计，惟有直走魏都耳。"田忌从之，乃令三军齐向魏邦进发。庞涓连败韩师，将逼新都，忽接本国警报，言："齐兵复寇魏境，望元帅作速班师！"

庞涓大惊,即时传令去韩归魏,韩兵亦不追赶。孙膑知庞涓将至,谓田忌曰:"三晋兵素悍勇而轻齐,齐号为怯,善战者因其势而利导之。《兵法》云:'百里而趋利者蹶gui 跌倒上将,五十里而趋利者军半至。'吾军远入魏地,宜诈为弱形以诱之。"田忌曰:"诱之如何?"孙膑曰:"今日当作十万灶,明后日以渐减去,彼见军灶顿减,必谓吾兵怯战,逃亡过半,将兼程逐利。其气必骄,其力必疲,吾因以计取之。"田忌从其计。

且说庞涓兵望西南而行,心念韩兵屡败,正好征进,却被齐人侵扰,毁其成功,不胜之忿。及至魏境,知齐兵已前去了。遗下安营之迹,地甚宽广,使人数其灶,足有十万,惊曰:"齐兵之众如此,不可轻敌也!"明日又至前营,查其灶仅五万有余,又明日,灶仅三万。涓以手加额曰:"此魏王之洪福矣!"太子申问曰:"军师未见敌形,何喜形于色?"涓答曰:"某固知齐人素怯,今入魏地才三日,士卒逃亡已过半了,尚敢操戈相角乎?"太子申曰:"齐人多诈,军师须十分在意。"庞涓曰:"田忌等今番自来送死,涓虽不才,愿生擒忌等,以雪桂陵之耻。"当下传令:选精锐二万人,与太子申分为二队,倍日并行,步军悉留在后,使庞葱率领徐随。孙膑时刻使人探听庞涓消息,回报:"魏兵已过沙鹿山,不分早夜,兼程而进。"孙膑屈指计程,日暮必至马陵。那马陵道在两山中间,溪谷深隘,堪以伏兵。道傍树木丛密,膑只拣绝大一株留下,余树尽皆砍倒,纵横道上,以塞其行。却将那大树向东树身砍白,用黑煤大书六字云:"庞涓死此树下!"上面横书四字云:"军师孙示。"令部将袁达、独孤陈各选弓弩手五千,左右埋伏,吩咐:"但看树下火光起时,一齐发弩。"再令田婴引兵一万,离马陵三里埋伏,只待魏兵已过,便从后截杀。分拨已定,自与田忌引兵远远屯扎,准备接应。

再说庞涓一路打听齐兵过去不远,恨不能一步赶着,只顾催趱。来到马陵道时,恰好日落西山,其时十月下旬,又无月色。前军回报:"有断木塞路,难以进前。"庞涓叱曰:"此齐兵畏吾蹑其后,故设此计也。"正欲指麾军士搬木开路,忽抬头看见树上砍白处,隐隐有字迹,但昏黑难辨。命小军取火照之。众军士一齐点起火来。庞涓于火光之下,看得分明,大惊曰:"吾中刖夫之计矣!"急教军士速退。说犹未绝,那袁达、独孤陈两支伏兵望见火光,万弩齐发,箭如骤雨,军士大乱。庞涓身带重伤,料不能脱,叹曰:"吾恨不杀此刖夫,遂成竖子之名!"即引佩剑自刎其喉而绝,庞英亦中箭身亡,军士射死者,不计其数。史官有诗云:

昔日伪书奸似鬼,今宵伏弩妙如神。

相交须是怀忠信，莫学庞涓自陨身！

昔庞涓下山时，鬼谷曾言："汝必以欺人之事，还被人欺。"庞涓用假书之事，欺孙膑而刖之，今日亦受孙膑之欺，堕其减灶之计。鬼谷又言："遇马而瘁 cuì 毁坏，引申为死。"果然死于马陵。计庞涓仕魏至身死，刚十二年，应花开十二朵之兆。始见鬼谷之占，纤微必中，神妙不测。

时太子申在后队，闻前军有失，慌忙屯扎住不行。不提防田婴一军反从后面杀到，魏兵心胆俱裂，无人敢战，各自四散逃生。太子申势孤力寡，被田婴生擒，缚置车中。田忌和孙膑统大军接应，杀得魏军尸横遍野，轻重军器尽归于齐。田婴将太子申献功，袁达、独孤陈将庞涓父子尸首献功。孙膑手斩庞涓之头，悬于车上。齐军大胜，奏凯而还。其夜太子申惧辱，亦自刎而死，孙膑叹息不已。大军行至沙鹿山，正逢庞葱步军，孙膑使人挑庞涓之头示之，步军不战而溃。庞葱下车叩头乞命，田忌欲并诛之。孙膑曰："为恶者止庞涓一人，其子且无罪，况其侄乎？"乃将太子申及庞英二尸交付庞葱，教他回报魏王："速速上表朝贡，不然，齐兵再至，宗社不保。"庞葱喏喏连声而去。此周显王二十八年事也。

田忌等班师回国，齐宣王大喜，设宴相劳，亲为田忌、田婴、孙膑把盏。相国驺忌自思昔日私受魏赂，欲陷田忌之事，未免于心有愧，遂称病笃，使人缴还相印。齐宣王遂拜田忌为相国，田婴为将军，孙膑军师如故，加封大邑。孙膑固辞不受，手录其祖孙武《兵书》十三篇，献于宣王曰："臣以废人，过蒙擢 zhuó 选拔用，今上报主恩，下酬私怨，于愿足矣。臣之所学，尽在此书，留臣亦无用，愿得闲山一片，为终老之计！"宣王留之不得，乃封以石闾之山。孙膑住山岁余，一夕忽不见，或言鬼谷先生度之出世矣，此是后话。武成王庙有《孙子赞》云：

孙子知兵，翻为盗憎，刖足衔冤，坐筹运能。救韩攻魏，雪耻扬灵。功成辞赏，遁迹藏名。揆①之祖武孙武，何愧典型！

再说齐宣王将庞涓之首悬示国门，以张国威，使人告捷于诸侯，诸侯无不耸惧。韩、赵二君尤感救兵之德，亲来朝贺。宣王欲与韩、赵合兵攻魏，魏惠王大恐，亦遣使通和，请朝于齐。齐宣王约会三晋之君，同会于博望城，韩、赵、魏无敢违者。三君同时朝见，天下荣之。宣王遂自恃其强，耽于酒色，筑雪宫于城内，以备宴乐；辟郊外四十里为苑囿，以备狩猎。又听信文学

---

①揆（kuí）：揣测，比较。

游说之士,于稷门立左右讲室,聚游客数千人。内如驺衍、田骈、接舆、环渊等七十六人,皆赐列第,为上大夫日事议论,不修实政。嬖臣王驩等用事,田忌屡谏不听,郁郁而卒。

一日,宣王宴于雪宫,盛陈女乐。忽有一妇人,广额深目,高鼻结喉,驼背肥项,长指大足,发若秋草,皮肤如漆,身穿破衣,自外而入,声言:"愿见齐王。"武士止之曰:"丑妇何人,敢见大王!"丑妇曰:"吾乃齐之无盐人也,覆姓钟离,名春,年四十余,择嫁不得。闻大王游宴离宫,特来求见,愿入后宫,以备洒扫。"左右皆掩口而笑曰:"此天下强颜厚颜,不知羞耻之女也!"乃奏知宣王,宣王召入。群臣侍宴者见其丑陋,亦皆含笑。宣王问曰:"我宫中妃侍已备,今妇人貌丑,不容于乡里,以布衣欲求千乘之君,得无有奇能乎?"钟离春对曰:"妾无奇能,特有隐语之术。"宣王曰:"汝试发隐术,为孤度之。若言不中用,即当斩首。"钟离春乃扬目炫齿,举手再四,拊膝而呼曰:"殆哉,殆哉!"宣王不解其意,问于群臣,群臣莫能对。宣王曰:"春来前,为寡人明言之。"春顿首曰:"大王赦妾之死,妾乃敢言。"宣王曰:"赦尔无罪。"春曰:"妾扬目者,代王视烽火之变;炫齿者,代王惩拒谏之口;举手者,代王挥谗佞之臣;拊膝者,代王拆游宴之台。"宣王大怒曰:"寡人焉有四失? 村妇妄言!"喝令斩之。春曰:"乞申明大王之四失,然后就刑。妾闻秦用商鞅,国以富强,不日出兵函关,与齐争胜,必首受其患,大王内无良将,边备渐弛,此妾为王扬目而视之。妾闻:'君有诤臣,不亡其国;父有诤子,不亡其家。'大王内耽女色,外荒国政,忠谏之士,拒而不纳,妾所以炫齿为王受谏也。且王驩huān等阿谀取容,蔽贤窃位,驺衍等迂谈阔论,虚而无实,大王信用此辈,妾恐其有误社稷,所以举手为王挥之。王筑宫筑囿,台榭陂池,殚竭民力,虚耗国赋,所以拊膝为王拆之。大王四失,危如累卵,而偷目前之安,不顾异日之患。妾冒死上言,倘蒙采听,虽死何恨!"宣王叹曰:"使无钟离氏之言,寡人不得闻其过也!"即日罢宴,以车载春归宫,立为正后。春辞曰:"大王不纳妾言,安用妾身?"于是宣王招贤下士,疏远嬖佞,散遣稷下游说之徒,以田婴为相国,以邹人孟轲为上宾,齐国大治。即以无盐之邑封春家,号春为无盐君。此是后话。

话分两头。却说秦相国卫鞅闻庞涓之死,言于孝公曰:"秦、魏比邻之国,秦之有魏,犹人有腹心之疾,非魏并秦,即秦并魏,其势不两存明矣。魏今大破于齐,诸侯叛之,可乘此时伐魏,魏不能支,必然东徙。然后秦据河山之固,东乡同"向"以制诸侯,此帝王之业也!"孝公以为然。使卫鞅为大将,公子少官副之,帅兵五万伐魏。师出咸阳,望东进发。警报已至西河,守臣朱仓告急文书,一日三发。惠王大集群臣,问御秦之计。公子卬进曰:"鞅昔日在魏时,与臣相善,臣尝举荐于大王,大王不听。今日臣愿领兵前往,先与讲和。如若不许,然后固守城池,请救韩、赵。"群臣皆赞其策。惠王即拜公子卬为大将,亦率兵五万,来救西河,进屯吴城。那吴城是吴起守西河时所筑,以拒秦者,坚固可守。公子卬正欲修书,遣人往秦寨通问卫鞅,欲其罢兵,守城将士报道:"今有秦相国差人下书,见在城外。"公子卬命缒城而上,发书看之。书曰:

> 鞅始与公子相得甚欢,不异骨肉。今各事其主,为两国之将,何忍治兵,自相鱼肉①? 鄙意欲与公子相约,各去兵车,释甲胄,以衣冠之会,相见于玉泉山,乐饮而罢,免使两国肝脑涂地;使千秋而下,称吾两人之交情,同于管、鲍。公子如肯俯从,幸示其期!

公子卬读毕大喜曰:"吾意正欲如此。"遂厚待使者,答以书曰:

> 相国不忘夙昔之好,举齐桓故事,以衣裳易兵车,安秦、魏之民,明管、鲍之谊,此卬志也。三日之内,惟相国示期,敢不听命。

卫鞅得了回书,喜曰:"吾计成矣!"复使人入城订定日期,言:"秦兵前营已撤,打发先回,只等会过元帅,便拔寨都起。"复以旱藕、麝 shè 香遗之曰:"此二物秦地所产,旱藕益人,麝香辟邪,聊志旧情,永以为好。"公子卬谓卫鞅爱己,益信其无他,答书谢之。卫鞅假传军令,使前营尽撤,公子少官率领先行。却暗暗吩咐,一路只说射猎充食,在狐岐山、白雀山等处四散埋伏,期定是日午末未初,齐到玉泉山下,只听山上放炮为号,便一齐杀入,将来人尽数拿住,不许走漏一人。

至期,侵晨,卫鞅先使人报入城中,言:"相国先往玉泉山伺候,随行不满三百人。"公子卬十分相信,亦以辒 yóu 车载酒食,并乐工一部,乘车赴会,人数与卫鞅相当。卫鞅在山下相迎,公子卬见人从既少,且无军器,坦然不疑。相见之间,各叙昔日交情,并及今日通和之意,魏国从人无不欢喜。两边俱有酒席,公子卬是地主,先替卫鞅把盏,三献三酬古代的酒宴礼节,奏乐三次。卫鞅使军吏席上报时,即命撤了魏国筵席,另用本国酒馔。两个侍酒的都是秦国有名的勇士,一个唤做乌获,力举千钧,一个唤做任鄙,手格虎豹。卫鞅才举初杯相劝,以目视左右,便去山顶上放起一声号炮,山下亦放炮相应,声

---

① 鱼肉:比喻相互侵害、摧残。

震陵谷。公子卬大惊曰:"此炮何来? 相国莫非见欺否?"卫鞅笑曰:"暂欺一次,尚容告罪!"公子卬心慌,便欲奔逃,却被乌获紧紧带住,转动不得。任鄙指挥左右拿人。公子少官率领军士拘获车仗人等,真个是滴水不漏。

卫鞅吩咐将公子卬上了囚车,先递回秦国报捷。却将所获随行人众,解其束缚,赐酒压惊,仍用原来车仗,教他只说"主帅赴会回来。"赚欺骗开城门,另有重赏;如若不从,即时斩首! 那一行从人都是小辈,谁不怕死,尽皆依允。却教乌获假作公子卬坐于车中,任鄙作护送使臣,单车随后。城上认得是自家人从,即时开门。那两员勇将,一齐发作,将城门一拳一脚,打个粉碎,关闭不得,军士上前者,都被打倒。背后卫鞅亲率大军,飞也似赶来。城中军民乱窜,卫鞅纵军士乱杀一阵,遂占了吴城。朱仓闻知主帅被虏,度西河难守,弃城而遁。卫鞅长驱而入,直逼安邑。惠王大惧,使大夫龙贾往秦军行成。卫鞅曰:"魏王不能用吾,吾故出仕秦国。蒙秦王尊为卿相,食禄万钟,今以兵权交付,若不灭魏,有负重托。"龙贾曰:"吾闻:'良鸟恋旧林,良臣怀故主。'魏王虽不能用足下,然父母之邦,足下安得无情?"卫鞅沉思半晌,谓龙贾曰:"若要我班师,除非将河西之地,尽割于秦方可。"龙贾只得应诺,回奏惠王。惠王从之,即令龙贾奉河西地图,献于秦军买和。卫鞅按图受地,奏凯而归,公子卬遂降于秦。魏惠王以安邑地近于秦,难守,遂迁都大梁去讫,自此称为梁国。

秦孝公嘉卫鞅之功,封为列侯,以前所取魏地商、於等十五邑为鞅食邑,号为商君,后世称为商鞅为此也。鞅谢恩归第,谓家臣曰:"吾以卫之支庶,挟策归秦,为秦更治,立致富强。今又得魏地七百里,封邑十五城,大丈夫得志,可谓极矣。"宾客齐声称贺。内有一士厉声而前曰:"千人诺诺,不如一士谔谔è正直貌。尔等居商君门下,岂可进谄而陷主乎?"众人视之,乃上客赵良也。鞅曰:"先生谓众人之谄,试言吾之治秦与五羖大夫孰贤?"良曰:"五羖大夫之相穆公也,三置晋君,并国二十,使其主为西戎伯主。及其自奉,暑不张盖,劳不坐乘,死之日,百姓悲哭,如丧考妣bǐ父母。今君相秦八载,法令虽行,刑戮太惨,民见威而不见德,知利而不知义。太子恨君刑其师傅,怨入骨髓,民间父兄子弟久含怨心。一旦秦君晏驾君王去世的讳称,君之危若朝露,尚可贪商、於之富贵,而自夸大丈夫乎? 君何不荐贤人以自代? 辞禄去位,退耕于野,尚可望自全也。"商君默然不乐。

后五月,秦孝公得疾而薨,群臣奉太子驷即位,是为惠文公。商鞅自负先朝旧臣,出入傲慢。公子虔初被商鞅劓yì鼻,积恨未报,至是,与公孙贾同奏于惠文公曰："臣闻：'大臣太重者国危，左右太重者身危。'商鞅立法治秦，秦邦虽治，然妇人童稚皆言商君之法，莫言秦国之法。今又封邑十五，位尊权重，后必谋叛。"惠文公曰："吾恨此贼久矣！但以先王之臣，反形未彰，故姑容旦夕。"乃遣使者收商鞅相印，退归商、於。鞅辞朝，具驾出城，仪仗队伍，犹比诸侯，百官饯送，朝署为空。公子虔、公孙贾密告惠文公，言："商君不知悔咎，僭拟王者仪制，如归商、於，必然谋叛。"甘龙、杜挚证成其事。惠文公大怒，即令公孙贾引武士三千追赶商鞅，枭首回报。公孙贾领命出朝。当时百姓连街倒巷，皆怨商君。一闻公孙贾引兵追赶，攘臂相从者，何止数千余人。商鞅车驾出城，已百余里，忽闻后面喊声大振，使人探听，回报："朝廷发兵追赶。"商鞅大惊，知是新王见责，恐不免祸，急卸衣冠下车，扮作卒隶逃亡。走至函关，天色将昏，往旅店投宿。店主索照身之帖，鞅辞无有。店主曰："商君之法不许收留无帖之人，犯者并斩！吾不敢留。"商鞅叹曰："吾设此法，乃自害其身也。"乃冒夜前行，混出关门，径奔魏国。魏惠王恨商鞅诱虏公子卬，割其河西之地，于是欲因商鞅以献秦。鞅复逃回商、於，谋起兵攻秦，被公孙贾追至缚归。惠文公历数其罪，吩咐将鞅押出市曹，五牛分尸。百姓争啖其肉，须臾而尽。于是尽灭其族。可怜商鞅变立新法，使秦国富强，今日受车裂之祸，岂非过刻薄之报乎？此周显王三十一年事也。髯翁有诗云：

> 商於封邑未经年，五路分尸亦可怜。
>
> 惨刻从来凶报至，劝君熟读《省刑》篇。

自商鞅之死，百姓歌舞于道，如释重负。六国闻之，亦皆相庆。甘龙、杜挚先被革职，今皆复官，拜公孙衍为相国。衍劝惠文公西并巴、蜀，称王以号召天下，要列国悉如魏国割地为贽，如有违者，即发兵伐之。惠文公遂称王，遣使者遍告列国，都要割地为贺。诸侯俱犹豫未决，惟楚威王熊商任用昭阳，新败越兵，杀越王无疆，尽有越地，地广兵强，与秦为敌。秦使至楚，被楚王叱咤 chì zhà 怒斥而去。于是洛阳苏秦挟兼并之策，以说秦王。不知苏秦如何说秦，且看下回分解。

籍泰合
縱相六
囚

張儀被激往秦郡

第九十回　苏秦合从相六国　张仪被激往秦邦

话说苏秦、张仪自从辞了鬼谷子下山，张仪自往魏国去了。苏秦回至洛阳家中，老母在堂，一兄二弟，兄已先亡，惟寡嫂在。二弟乃苏代、苏厉也。一别数年，今日重会，举家欢喜，自不必说。过了数日，苏秦欲出游列国，乃请于父母，变卖家财，为资身之费。母、嫂及妻俱力阻之，曰："季子不治耕获，力工商，求什一之利，乃思以口舌博富贵，弃见成之业，图未获之利，他日生计无聊_{无所依靠}，岂可悔乎？"苏代、苏厉亦曰："兄如善于游说之术，何不就说周王，在本乡亦可成名，何必远出？"苏秦被一家阻挡，乃求见周显王，说以自强之术。显王留之馆舍。左右皆素知苏秦出于农贾之家，疑其言空疏无用，不肯在显王前保举。苏秦在馆舍羁留岁余，不能讨个进身。于是发愤回家，尽破其产，得黄金百镒，制黑貂裘为衣，治车马仆从，遨游列国，访求山川地形，人民风土，尽得天下利害之详。如此数年，未有所遇。

闻卫鞅封商君，甚得秦孝公之心，乃西至咸阳，而孝公已薨，商君亦死，乃求见惠文王。惠文王宣秦至殿，问曰："先生不远千里而来敝邑，有何教诲？"苏秦奏曰："臣闻大王求诸侯割地，意者欲安坐而并天下乎？"惠文王曰："然。"秦曰："大王东有关河，西有汉中，南有巴、蜀，北有胡貉 _{mò}，此四塞之国也。沃野千里，奋击百万，以大王之贤，士民之众，臣请献谋效力，并诸侯，吞周室，称帝而一天下，易如反掌。岂有安坐而能成事者乎？"惠文王初杀商鞅，心恶游说之士，乃辞曰："孤闻：'毛羽不成，不能高飞。'先生所言，孤有志未逮，更俟数年，兵力稍足，然后议之。"苏秦乃退。复将古三王五霸攻战而得天下之术汇成一书，凡十余万言，次日献上秦王。秦王虽然留览，绝无用苏秦之意。再谒秦相公孙衍，衍忌其才，不为引进。

苏秦留秦复岁余，黄金百镒俱已用尽，黑貂之裘亦敝坏，计无所出。乃货其车马仆从以为路资，担囊徒步而归。父母见其狼狈，辱骂之。妻方织布，见秦来，不肯下机相见。秦饿甚，向嫂求一饭，嫂辞以无柴，不肯为炊。有诗为证：

　　富贵途人①成骨肉，贫穷骨肉亦途人。

　　试看季子貂裘敝，举目虽亲尽不亲。

秦不觉堕泪，叹曰："一身贫贱，妻不以我为夫，嫂不以我为叔，母不以我为子，皆我之罪也！"于是简书箧中，得太公《阴符》一篇，忽悟曰："鬼谷先生曾言：'若游说失意，只须熟玩此书，自有进益。'"乃闭户探讨，务穷其趣，昼夜不息。夜倦欲睡，则引锥自刺其股，血流遍足。既于《阴符》有悟，然后将列国形势细细揣摩，如此一年，天下大势如在掌中。乃自慰曰："秦有学如此，以说人主，岂不能出其金玉锦绣，取卿相之位者乎？"遂谓其弟代、厉曰："吾学已成，取富贵如寄，弟可助吾行资，出说列国。倘有出身之日，必当相引。"复以《阴符》为弟讲解。代与厉亦有省悟，乃各出黄金，以资其行。

　　秦辞父母妻嫂，欲再往秦国，思想："当今七国之中，惟秦最强，可以辅成帝业。可奈秦王不肯收用，吾今再去，倘复如前，何面复归故里？"乃思一摈秦之策，必使列国同心协力，以孤秦势，方可自立。于是东投赵国。时赵肃侯在位，其弟公子成为相国，号奉阳君。苏秦先说奉阳君，奉阳君不喜。秦乃去赵，北游于燕，求见燕文公，左右莫为通达〔沟通传达〕。居岁余，资用已尽，饥饿于旅邸。旅邸之人哀之，贷以百钱，秦赖以济。适值燕文公出游，秦伏谒道左。文公问其姓名，知是苏秦，喜曰："闻先生昔年以十万言献秦王，寡人心慕之，恨未得能读先生之书。今先生幸惠教寡人，燕之幸也。"遂回车入朝，召秦入见，鞠躬请教。苏秦奏曰："大王列在战国，地方二千里，兵甲数十万，车六百乘，骑六千匹，然比于中原，曾未及半。乃耳不闻金戈铁马之声，目不睹覆车斩将之危，安居无事，大王亦知其故乎？"燕文公曰："寡人不知也。"秦又曰："燕所以不被兵者，以赵为之蔽耳。大王不知结好于近赵，而反欲割地以媚远秦，不愚甚耶？"燕文公曰："然则如何？"秦对曰："依臣愚见，不若与赵从亲，因而结连列国，天下为一，相与协力御秦，此百世之安也。"燕文公曰："先生合从〔同"纵"，指南北联合，西向抗秦〕以安燕国，寡人所愿，但恐诸侯不肯为从耳。"秦又曰："臣虽不才，愿面见赵侯，与定从约。"燕文公大喜，资以金帛路费，高车驷马，使壮士送秦至赵。

　　适奉阳君赵成已卒，赵肃侯闻燕国送客来至，遂降阶而迎曰："上客远辱，何以教我？"苏秦奏曰："秦闻天下布衣贤士，莫不高贤君之行义，皆愿陈

---

　　①途人：路上的行人，指素不相识的人。

忠于君前,奈奉阳君妒才嫉能,是以游士裹足而不进,卷口_{闭口}而不言。今奉阳君捐馆舍_{死亡的婉称},臣故敢献其愚忠。臣闻:'保国莫如安民,安民莫如择交。'当今山东之国,惟赵为强。赵地方二千余里,带甲数十万,车千乘,骑万匹,粟支数年。秦之所最忌害者,莫如赵。然而不敢举兵伐赵者,畏韩、魏之袭其后也。故为赵南蔽者,韩、魏也。韩、魏无名山大川之险,一旦秦兵大出,蚕食二国,二国降,则祸次于赵矣。臣尝考地图,列国之地过秦万里,诸侯之兵多秦十倍,设使六国合一,并力西向,何难破秦。今为秦谋者,以秦恐吓诸侯,必须割地求和。夫无故而割地,是自破也。破人与破于人,二者孰愈?依臣愚见,莫如约列国君臣会于洹_{huán}水,交盟定誓,结为兄弟,联为唇齿。秦攻一国,则五国共救之,如有败盟背誓者,诸侯共伐之。秦虽强暴,岂敢以孤国与天下之众争胜负哉?"赵肃侯曰:"寡人年少,立国日浅,未闻至计。今上客欲纠诸侯以拒秦,寡人敢不敬从!"乃佩以相印,赐以大第,又以饰车百乘,黄金千镒,白璧百双,锦绣千匹,使为"从约长"。

苏秦乃使人以百金往燕,偿旅邸人之百钱。正欲择日起行,历说韩、魏诸国,忽赵肃侯召苏秦入朝,有急事商议。苏秦慌忙来见肃侯。肃侯曰:"适_{恰巧}边吏来报:'秦相国公孙衍出师攻魏,擒其大将龙贾,斩首四万五千,魏王割河北十城以求和。衍又欲移兵攻赵。'将若之何?"苏秦闻言,暗暗吃惊:"秦兵若到赵,赵君必然亦效魏求和,合纵之计不成矣!"正是人急计生,且答应过去,另作区处。乃故作安闲之态,拱手对曰:"臣度秦兵疲敝,未能即至赵国,万一来到,臣自有计退之。"肃侯曰:"先生且暂留敝邑,待秦兵果然不到,方可远离寡人耳。"这句话,正中苏秦之意,应诺而退。苏秦回至府第,唤门下心腹,唤做毕成,至于密室,吩咐曰:"吾有同学故人,名曰张仪,字余子,乃大梁人氏。我今予汝千金,汝可扮作商贾,变姓名为贾舍人,前往魏邦,寻访张仪。倘相见时,须如此如此,若到赵之日,又须如此如此。汝可小心在意。"贾舍人领命,连夜望大梁而行。

话分两头。却说张仪自离鬼谷归魏,家贫,求事魏惠王不得。后见魏兵屡败,乃挈其妻去魏游楚,楚相国昭阳留之为门下客。昭阳将兵伐魏,大败魏师,取襄陵等七城。楚威王嘉其功,以"和氏之璧"赐之。何谓"和氏之璧"? 当初楚厉王之末年,有楚人卞和得玉璞_{未经琢磨的玉}于荆山,献于厉王。王使玉工相之,曰:"石也!"厉王大怒,以卞和欺君,刖其左足。及楚武王即位,和复献其璞,玉工又以为石,武王怒,刖其右足。及楚文王即位,卞和又欲往献,奈双足俱刖,不能行动,乃抱璞于怀,痛哭于荆山之下,三日三夜,泣尽继之以血。有晓得卞和的,问曰:"汝再献再刖,可以止矣,尚希希望,盼望赏乎? 又何哭为?"和曰:"吾非为求赏也。所恨者,本良玉而谓之石,本贞士而谓之欺,是非颠倒,不得自明,是以悲耳!"楚文王闻卞和之泣,乃取其璞,使玉人剖之,果得无瑕美玉,因制为璧,名曰"和氏之璧"。今襄阳府南漳县荆山之颠有池,池旁有石室,谓之抱玉岩,即卞和所居,泣玉处也。楚王怜其诚,以大夫之禄给卞和,终其身。此璧乃无价之宝,只为昭阳灭越败魏,功劳最大,故以重宝赐之。昭阳随身携带,未尝少离。

一日,昭阳出游于赤山,四方宾客从行者百人。那赤山下有深潭,相传姜太公曾钓于此。潭边建有高楼,众人在楼上饮酒作乐,已及半酣。宾客慕"和璧"之美,请于昭阳,求借观之。昭阳命守藏竖于车箱中取出宝椟至前,亲自启钥,解开三重锦袱,玉光烁烁,照人颜面。宾客次第传观,无不极口称赞。正赏玩间,左右言:"潭中有大鱼跃起。"昭阳起身凭栏而观,众宾客一齐出看。那大鱼又跃起来,足有丈余,群鱼从之跳跃。俄焉云兴东北,大雨将至,昭阳吩咐:"收拾转程。"守藏竖欲收"和璧"置椟,已不知传递谁手,竟不见了。乱了一回,昭阳回府,教门下客推查盗璧之人。门下客曰:"张仪赤贫,素无行,要盗璧除非此人。"昭阳亦心疑之,使人执张仪笞 chī 掠鞭打,拷打之,要他招承。张仪实不曾盗,如何肯服? 笞至数百,遍体俱伤,奄奄一息。昭阳见张仪垂死,只得释放。旁有可怜张仪的,扶仪归家。其妻见张仪困顿模样,垂泪而言曰:"子今日受辱,皆由读书游说所致,若安居务农,宁有此祸耶?"仪张口向妻使视之,问曰:"吾舌尚在乎?"妻笑曰:"尚在。"仪曰:"舌在,便是本钱,不愁终困也。"于是将息半愈,复还魏国。

贾舍人至魏之时,张仪已回魏半年矣。闻苏秦说赵得意,正欲往访。偶然出门,恰遇贾舍人休车停车于门外,相问间,知从赵来,遂问:"苏秦为赵相国,信果真否?"贾舍人曰:"先生何人,得无与吾相国有旧耶? 何为问之?"仪告以同学兄弟之情。贾舍人曰:"若是,何不往游? 相国必当荐扬。吾贾 gǔ 做买卖事已毕,正欲还赵,若不弃嫌微贱,愿与先生同载。"张仪欣然从之。既至赵郊,贾舍人曰:"寒家在郊外,有事只得暂别。城内各门俱有旅店,安歇远客,容卑人过几日相访。"张仪辞贾舍人下车,进城安歇。次日,修刺求谒苏秦。秦预诫门下人不许为通,候至第五日,方得投进名刺。秦辞以事冗,改日请会。仪复候数日,终不得见,怒欲去。地方店主人拘留之,曰:"子已投刺相府,未见发落,万一相国来召,何以应之? 虽一年半载,亦不敢放去也。"张仪闷甚,访贾舍人何在,人亦无知者。

又过数日,复书刺往辞相府。苏秦传命:"来日相见。"仪向店主人假借衣履停当,次日侵晨往候。苏秦预先排下威仪,阖其中门,命客从耳门而入。张仪欲登阶,左右止之曰:"相国公谒未毕,客宜少待。"仪乃立于庑下,睨_{nì} 视_{斜着眼睛看}堂前官属拜见者甚众,已而禀事者又有多人。良久,日将昃,闻堂上呼曰:"客今何在?"左右曰:"相君召客。"仪整衣升阶,只望苏秦降坐相迎,谁知秦安坐不动。仪忍气进揖,秦起立,微举手答之,曰:"余子别来无恙?"仪怒气勃勃,竟不答言。左右禀进午餐。秦复曰:"公事匆冗,烦余子久待,恐饥馁,且草率一饭,饭后有言。"命左右设坐于堂下。秦自饭于堂上,珍羞满案。仪前不过一肉一菜,粗粝之餐而已。张仪本待不吃,奈腹中饥甚,况店主人饭钱先已欠下许多,只指望今日见了苏秦,便不肯荐用,也有些金资赍发,不想如此光景。正是:在他矮檐下,谁敢不低头! 出于无奈,只得含羞举箸。遥望见苏秦杯盘狼藉,以其余肴分赏左右,比张仪所食,还盛许多。仪心中且羞且怒。食毕,秦复传言:"请客上堂。"张仪举目观看,秦仍旧高坐不起。张仪忍气不过,走上几步,大骂:"季子,我道你不忘故旧,远来相投,何竟辱我至此! 同学之情何在?"苏秦徐徐答曰:"以余子之才,只道先我而际遇了,不期穷困如此。吾岂不能荐于赵侯,使子富贵? 但恐子志衰才退,不能有为,贻累于荐举之人。"张仪曰:"大丈夫自能取富贵,岂赖汝荐乎?"秦曰:"你既能自取富贵,何必来谒? 念同学情分,助汝黄金一笏_{hù},请自方便!"命左右以金授仪。仪一时性起,将金掷于地下,愤愤而出。苏秦亦不挽留。

仪回至旅店,只见自己铺盖,俱已移出在外。仪问其故。店主人曰:"今日足下得见相君,必然赠馆授餐,故移出耳。"张仪摇头,口中只说:"可恨,可恨!"一头脱下衣履,交还店主人。店主人曰:"莫非不是同学,足下有些妄扳_{胡攀}么?"张仪扯住主人,将往日交情及今日相待光景,备细述了一遍。店主人曰:"相君虽然倨傲,但位尊权重,礼之当然。送足下黄金一笏,亦是美情,足下收了此金,也可打发饭钱,剩些作归途之费,何必辞之?"张仪曰:"我一时使性,掷之于地,如今手无一钱,如之奈何?"

正说话间,只见前番那贾舍人走入店门,与张仪相见,道:"连日少候,得罪! 不知先生曾见过苏相国否?"张仪将怒气重复吊起,将手往店案上一拍,骂道:"这无情无义的贼! 再莫提他!"贾舍人曰:"先生出言太重,何故如此发怒?"店主人遂将相见之事,代张仪叙述一遍:"今欠帐无还,又不能作归计,好不愁闷!"贾舍人曰:"当初原是小人撺掇 cuān duo 怂勇先生来的,今日遇而不遇,却是小人带累了先生,小人情愿代先生偿了欠帐,备下车马,送先生回魏。先生意下何如?"张仪曰:"我亦无颜归魏了。欲往秦邦一游,恨无资斧路费,盘缠。"贾舍人曰:"先生欲游秦,莫非秦邦还有同学兄弟么?"张仪曰:"非也。当今七国中,惟秦最强,秦之力可以困赵。我往秦,幸得用事,可报苏秦之仇耳!"贾舍人曰:"先生若往他国,小人不敢奉承。若欲往秦,小人正欲往彼探亲,依旧与小人同载,彼此得伴,岂不美哉?"张仪大喜曰:"世间有此高义,足令苏秦愧死!"遂与贾舍人为八拜之交。贾舍人替张仪算还店钱,见有车马在门,二人同载,望西秦一路而行。路间为张仪制衣装、买仆从,凡仪所须,不惜财费。及至秦国,复大出金帛,赂秦惠文王左右,为张仪延誉。

　　时惠文王方悔失苏秦,闻左右之荐,即时召见,拜为客卿,与之谋诸侯之事。贾舍人乃辞去。张仪垂泪曰:"始吾困厄至甚,赖子之力,得显用秦国,方图报德,何遽言去耶?"贾舍人笑曰:"臣非能知君,知君者,乃苏相国也。"张仪愕然良久,问曰:"子以资斧给我,何言苏相国耶?"贾舍人曰:"相国方倡'合从'之约,虑秦伐赵败其事,思可以得秦之柄者,非君不可。故先遣臣伪为贾人,招君至赵,又恐君安于小就,故意怠慢激怒君,君果萌游秦之意。相君乃大出金资付臣,吩咐恣随意,任凭君所用,必得秦柄权柄,成就而后已。今君已用于秦,臣请归报相君。"张仪叹曰:"嗟乎!吾在季子术中,而吾不觉,吾不及季子远矣。烦君多谢季子,当季子之身,不敢言'伐赵'二字,以此报季子玉成之德也。"

　　贾舍人回报苏秦,秦乃奏赵肃侯曰:"秦兵果不出矣。"于是拜辞往韩,见韩宣惠公曰:"韩地方九百余里,带甲数十万,然天下之强弓劲弩皆从韩出。今大王事秦,秦必求割地为贽,明年将复求之。夫韩地有限,而秦欲无穷,再三割则韩地尽矣。俗谚云:'宁为鸡口,勿为牛后。'以大王之贤,挟强韩之兵,而有'牛后'之名,臣窃羞之!"宣惠公蹴然曰:"愿以国听于先生,如赵王约。"亦赠苏秦黄金百镒。苏秦乃过魏,说魏惠王曰:"魏地方千里,然而人民之众,车马之多,无如魏者,于以抗秦有余也。今乃听群臣之言,欲割地而臣事秦,倘秦求无已,将若之何? 大王诚能听臣,六国从亲,并力制秦,可使永无秦患。臣今奉赵王之命,来此约从。"魏惠王曰:"寡人愚不肖,自取败辱。今先生以长策下教寡人,敢不从命!"亦赠金帛一车。苏秦复造齐国,说齐宣王曰:"臣闻临淄之涂,车毂击,人肩摩,富盛天下莫比,乃西面而谋事秦,宁不耻乎？且齐地去秦甚远，秦兵必不能及齐，事秦何为？臣愿大王从赵约，六国和亲，互相救援。"齐宣王曰："谨受教！"苏秦乃驱车西南说楚威王曰："楚地五千余里，天下莫强。秦之所患，莫如楚。楚强则秦弱，秦强则楚弱。今列国之士，非从则衡。夫'合从'则诸侯将割地以事楚，'连衡六国共同侍奉秦国'则楚将割地以事秦，此二策者，相去远矣！"楚威王曰："先生之言，楚之福也。"

　　秦乃北行回报赵肃侯，行过洛阳，诸侯各发使送之，仪仗旌旄前遮后拥，车骑辎重，连接二十里不绝，威仪比于王者。一路官员，望尘下拜。周显王闻苏秦将至，预使人扫除道路，设供帐于郊外以迎之。秦之老母，扶杖旁观，啧啧惊叹；二弟及妻嫂侧目不敢仰视，俯伏郊迎。苏秦在车中谓其嫂曰："嫂向不为我炊，今又何恭之过也？"嫂曰："见季子位高而金多，不容不敬畏耳！"苏秦喟然叹曰："世情看冷暖，人面逐高低。吾今日乃知富贵之不可少也！"于是以车载其亲属，同归故里。起建大宅，聚族而居，散千金以赡宗党。今河南府城内有苏秦宅遗址，相传有人掘之，得金百锭，盖当时所埋也。秦弟代、厉羡其兄之贵盛，亦习《阴符》，学游说之术。

　　苏秦住家数日，乃发车往赵。赵肃侯封为武安君，遣使约齐、楚、魏、韩、燕五国之君，俱到洹水相会。苏秦同赵肃侯预至洹水，筑坛布位，以待诸侯。燕文公先到，次韩宣惠公到。不数日，魏惠王、齐宣王、楚威王陆续俱到。苏秦先与各国大夫相见，私议坐次。论来楚、燕是个老国，齐、韩、赵、魏都是更姓新国，但此时战争之际，以国之大小为叙：楚最大，齐次之，魏次之，次赵，次燕，次韩；内中楚、齐、魏已称王，赵、燕、韩尚称侯，爵位相悬相叙不便。于是苏秦建议，六国一概称王。赵王为约主，居主位。楚王等以次居客位，先与各国会议停当。至期，各登盟坛，照位排立。苏秦历阶而上，启告六王曰："诸君山东大国，位皆王爵，地广兵多，足以自雄。秦乃牧马贱夫，据咸阳之险，蚕食列国，诸君能以北面之礼事秦乎？"诸侯皆曰："不愿事秦，愿奉先生明教。"苏秦曰："合从摈秦之策，向者已悉陈于诸君之前矣，今日但当刑牲歃血，誓于神明，结为兄弟，务期患难相恤。"六王皆拱手曰："谨受教！"秦遂捧盘，请六王以次歃血，拜告天地及六国祖宗，一国背盟，五国共击。写下誓书六通，六国各收一通，然后就宴。赵王曰："苏秦以大策奠安六国，宜封高爵，俾其往来六国，坚此从约。"五王皆曰："赵王之言是也！"于是六王合封苏秦为"从约长"，兼佩六国相印，金牌宝剑，总辖六国臣民。又各赐黄金百镒，良马十乘。苏秦谢恩。六王各散归国，苏秦随赵肃侯归赵。此乃周显王三十六年事也。史官有诗云：

相要洹水誓明神，唇齿相依骨肉亲。

假使合从终不解，何难协力灭孤秦？

是年，魏惠王、燕文王俱薨，魏襄王、燕易王嗣立。不知后事如何，且看下回分解。

學讓國燕噲曾召兵

儀獻地
張儀
欺楚

第九十一回　学让国燕哙召兵　伪献地张仪欺楚

话说苏秦既合从六国，遂将从约合纵之约写一通，投于秦关。关吏送与秦惠文王观之，惠文王大惊，谓相国公孙衍曰："若六国为一，寡人之进取无望矣！必须画一计散其从约，方可图大事。"公孙衍曰："首从约者，赵也。大王兴师伐赵，视其先救赵者，即移兵伐之。如是，则诸侯惧而从约可散矣。"时张仪在座，意不欲伐赵，以负苏秦之德，乃进曰："六国新合，其势未可猝离也。秦如伐赵，则韩军宜阳，楚军武关，魏军河外，齐涉清河，燕悉锐师以助战。秦师拒斗不暇，何暇他移哉？夫近秦之国无如魏，而燕在北最远。大王诚遣使以重赂求成于魏，以疑各国之心，而与燕太子结婚，如此，则从约自解矣。"惠文王称善，乃许魏还襄陵等七城以讲和。魏亦使人报秦之聘，复以女许配秦太子。

赵王闻之，召苏秦责之曰："子倡为从约，六国和亲，相与摈秦，今未逾年，而魏、燕二国皆与秦通，从约之不足恃明矣。倘秦兵猝然加赵，尚可望二国之救乎？"苏秦惶恐谢曰："臣请为大王出使燕国，必有以报魏也。"秦乃去赵适燕，燕易王以为相国。时易王新即位，齐宣王乘丧伐之，取十城。易王谓苏秦曰："始先君以国听子，六国和亲。今先君之骨未寒，而齐兵压境，取我十城，如洹水之誓何？"苏秦曰："臣请为大王使齐，奉十城以还燕。"燕易王许之。苏秦见齐宣王曰："燕王者，大王之同盟，而秦王之爱婿也。大王利其十城，不惟燕怨齐，秦亦怨矣。得十城而结二怨，非计也。大王听臣计，不如归燕之十城，以结燕、秦之欢。齐得燕、秦，于以号召天下不难矣。"宣王大悦，乃以十城还燕。易王之母文夫人素慕苏秦之才，使左右召秦入宫，因与私通。易王知之而不言。秦惧，乃结好于燕相国子之，与联儿女之姻。又使其弟苏代、苏厉与子之结为兄弟，欲以自固。燕夫人屡召苏秦，秦益惧，不敢往，乃说易王曰："燕、齐之势终当相并，臣愿为大王行反间于齐。"易王曰："反间如何？"秦对曰："臣伪为得罪于燕，而出奔齐国，齐王必重用臣。臣因败齐之政，以为燕地。"易王许之，乃收秦相印，秦遂奔齐。齐宣王重其名，以为客卿。秦因说宣王以田猎钟鼓之乐。宣王好货，因使厚其赋敛；宣王好色，因使妙选宫女；欲俟齐乱，而使燕乘之。宣王全然不悟，相国田婴、客卿孟轲极谏，皆不听。宣王薨，子滑mǐn王地立。初年颇勤国政，娶秦女为王后，封田婴为薛公，号靖郭君，苏秦客卿用事如故。

话分两头。再说张仪闻苏秦去赵，知从约将解，不与魏襄陵七邑之地。魏襄王怒，使人索地于秦。秦惠王使公子华为大将，张仪副之，帅师伐魏，攻下蒲阳。仪请于秦王，复以蒲阳还魏。又使公子繇质于魏，与之结好，张仪送之。魏襄王深感秦王之意，张仪因说曰："秦王遇魏甚厚，得城不取，又纳质焉。魏不可无礼于秦，宜谋所以谢之。"襄王曰："何以为谢?"张仪曰："土地之外，非秦所欲也。大王割地以谢秦，秦之爱魏必深。若秦、魏合兵以图诸侯，大王之取偿于他国者，必十倍于今之所献也。"襄王惑其言，乃献少梁之地以谢秦，又不敢受质。秦王大悦，因罢公孙衍，用张仪为相。时楚威王已薨，子熊槐立，是为怀王。张仪乃遣人致书怀王，迎其妻子，且言昔日盗璧之冤。楚怀王面责昭阳曰："张仪贤士，子何不进于先君，而迫之使为秦用也?"昭阳嘿然甚愧，归家发病死。怀王惧张仪用秦，复申苏秦合从之约，结连诸侯。而苏秦已得罪于燕，去燕奔齐。张仪乃见秦王，辞相印，自请往魏。惠文王曰："君舍秦往魏何意?"仪对曰："六国溺于苏秦之说，未能即解。臣若得魏柄，请令魏先事秦，以为诸侯之倡。"惠文王许之。仪遂投魏，魏襄王果用为相国。仪因说曰："大梁南邻楚，北邻赵，东邻齐，西邻韩，而无山川之险可恃，此四分五裂之道也。故非事秦，国不得安。"魏襄王计未定。张仪阴使人招秦伐魏，大败魏师，取曲沃。髯翁有诗云：

> 仕齐却为燕邦去，相魏翻因秦国来。
>
> 虽则从横分两路，一般反复小人才。

襄王怒，益不肯事秦，谋为合从，仍推楚怀王为从约长，于是苏秦益重于齐。

时齐相国田婴病卒，子田文嗣为薛公，号为孟尝君。田婴有子四十余人，田文乃贱妾之子，以五月五日生。初生时，田婴戒其妾弃之勿育，妾不忍弃，乃私育之。既长五岁，妾乃引见田婴，婴怒其违命。文顿首曰："父所以见弃者何故?"婴曰："世人相传五月五日为凶日，生子者长与户齐，将不利于父母。"文对曰："人生受命于天，岂受命于户耶? 若必受命于户，何不增而高之?"婴不能答，然暗暗称奇。及文长十余岁，便能接应宾客，宾客皆乐与之游，为之延誉。诸侯使者至齐，皆求见田文。于是田婴以文为贤，立为适子，遂继薛公之爵，号孟尝君。孟尝君既嗣位，大筑馆舍，以招天下之士。凡士来投者，不问贤愚，无不收留，天下亡人逃亡的人有罪者皆归之。孟尝君虽贵，其饮食与诸客同。一日，待客夜食，有人蔽其火光。客疑饭有二等，投箸辞去。田文起坐，自持饭比之，果然无二。客叹曰："以孟尝君待士如此，而吾过疑之，吾真小人矣！尚何面目立其门下？"乃引刀自刭而死。孟尝君哭临其丧甚哀，众客无不感动。归者益众，食客尝满数千人。诸侯闻孟尝君之贤，且多宾客，皆尊重齐，相戒不敢犯其境。正是：

> 虎豹踞山群兽远，蛟龙在水怪鱼藏。堂中有客三千辈，天下人人畏孟尝。

再说张仪相魏三年，而魏襄王薨，子哀王立。楚怀王遣使吊丧，因征兵伐秦，哀王许之。韩宣惠王、赵武灵王、燕王哙 kuài 皆乐于从兵。楚使者至齐，齐湣王集群臣问计。左右皆曰："秦甥舅之亲，未有仇隙，不可伐。"苏秦主合从之约，坚执以为可伐。孟尝君独曰："言可伐与不可伐，皆非也。伐则结秦之仇，不伐则触五国之怒。以臣愚计，莫如发兵而缓其行，兵发则不与五国为异同，行缓则可观望为进退。"湣王以为然，即使孟尝君帅兵二万以往。孟尝君方出齐郊，遽称病延医疗治，一路耽搁不行。

却说韩、赵、魏、燕四王与楚怀王相会于函谷关外，刻期限定日期进攻。怀王虽为从约长，那四王各将其军，不相统一。秦守将樗 chū 里疾大开关门，陈兵索战，五国互相推诿，莫敢先发。相持数日，樗里疾出奇兵，绝楚饷道，楚兵乏食，兵士皆哗。樗里疾乘机袭之，楚兵败走，于是四国皆还。孟尝君未至秦境，而五国之师已撤矣。此乃孟尝君之巧计也。孟尝君回齐，齐湣王叹曰："几误听苏秦之计！"乃赠孟尝君黄金百斤，为食客费，益爱重之。苏秦自愧以为不及。

楚怀王恐齐、秦交合，乃遣使厚结于孟尝君，与齐申盟结好，两国聘使往来不绝。自齐宣王之世，苏秦专贵宠用，左右贵戚多有妒者。及湣王时，秦宠未衰。今日湣王不用苏秦之计，却依了孟尝君，果然伐秦失利，孟尝君受多金之赏，左右遂疑湣王已不喜苏秦矣，乃募壮士怀利匕首，刺苏秦于朝。匕首入秦腹，秦以手按腹而走，诉于湣王。湣王命擒贼，贼已逃去不可得。苏秦曰："臣死之后，愿大王斩臣之头，号令于市曰：'苏秦为燕行反间于齐，今幸诛死，有人知其阴事来告者，赏以千金。'如是，则贼可得也。"言讫，拔去匕首，血流满地而死。湣王依其言，号令苏秦之头于齐市中。须臾，有人过其头下，见赏格_{悬赏的数额}，自夸于人曰："杀秦者，我也！"市吏因执之以见湣王。王令司寇以严刑鞫 jū 审问,穷究之，尽得主使之人，诛灭凡数家。史官论苏秦虽身死，犹能用计自报其仇，可为智矣！而身不免见刺，岂非反覆不忠之报乎？苏秦死后，其宾客往往泄苏秦之谋，言："秦为燕而仕齐。"湣王始悟秦之诈,自是与燕有隙,欲使孟尝君将兵伐燕。苏代说燕王,纳质子以和齐。燕王从之,使苏厉引质子来见湣王。湣王恨苏秦不已,欲囚苏厉。苏厉呼曰:"燕王欲以国依秦,臣之兄弟陈大王之威德,以为事秦不如事齐,故使臣纳质请平求和。大王奈何疑死者之心,而加生者之罪乎?"湣王悦,乃厚待苏厉,厉遂委质为齐大夫。苏代留仕燕国。史官有《苏秦赞》曰:

> 季子周人,师事鬼谷;揣摩既就,《阴符》伏读。合从离横,佩印者六;晚节不终,燕齐反覆。

再说张仪见六国伐秦无成,心中暗喜,及闻苏秦已死,乃大喜曰:"今日乃吾吐舌之时矣。"遂乘间说魏哀王曰:"以秦之强,御五国而有余,此其不可抗明矣。本倡合从之议者苏秦,而秦且不保其身,况能保人国乎?夫亲兄弟共父母者,或因钱财争斗不休,况异国哉?大王犹执苏秦之议,不肯事秦,倘列国有先事秦者,合兵攻魏,魏其危矣。"哀王曰:"寡人愿从相国事秦,诚恐秦不见纳,奈何?"张仪曰:"臣请为大王谢罪于秦,以结两国之好。"哀王乃饰车从,遣张仪入秦求和,于是秦、魏通好。张仪遂留秦,仍为秦相。

再说燕相国子之身长八尺,腰大十围,肌肥肉重,面阔口方,手绰 chāo 抓取飞禽,走及奔马,自燕易王时,已执国柄。及燕王哙嗣位,荒于酒色,但贪逸乐,不肯临朝听政,子之遂有篡燕之意。苏代、苏厉与子之相厚,每对诸侯使者,扬其贤名。燕王哙使苏代如齐,问候质子,事毕归燕,燕王哙问曰:"闻齐有孟尝君,天下之大贤也,齐王有此贤臣,遂可以霸天下乎?"代对曰:"不能。"哙问曰:"何故不能?"代对曰:"知孟尝君之贤而任之不专,安能成霸?"哙曰:"寡人独不得孟尝君为臣耳,何难专任哉!"苏代曰:"今相国之子,明习政事,是即燕之孟尝君也。"哙乃使子之专决国事。忽一日,哙问于大夫鹿毛寿曰:"古之人君多矣,何以独称尧、舜?"鹿毛寿亦是子之之党,遂对曰:"尧、舜所以称圣者,以尧能让天下于舜,舜能让天下于禹也。"哙曰:"然则禹何为独传于子?"鹿毛寿曰:"禹亦尝让天下于益,但使代理政事,而未尝废其太子。故禹崩之后,太子启竟夺益之天下。至今论者谓禹德衰,不及尧、舜,以此之故。"燕王曰:"寡人欲以国让于子之,事可行否?"鹿毛寿曰:"王如行之,与尧、舜何以异哉?"哙遂大集群臣,废太子平,而禅国禅让君位于子之。子之佯为谦逊,至于再三,然后敢受。乃郊天祭地,服衮冕,执圭,南面称王,略无惭色。哙反北面列于臣位,出就别宫居住。苏代、鹿毛寿俱拜上卿。

将军市 fú 被心中不忿,乃帅本部军士往攻子之,百姓亦多从之。两下连战十余日,杀伤数万人,市被终不胜,为子之所杀。鹿毛寿言于子之曰:

"市被所以作乱者，以故太子平在也。"子之因欲收太子平。太傅郭隗 wěi 与平微服共逃于无终山避难，平之庶弟公子职出奔韩国，国人无不怨愤。齐湣王闻燕乱，乃使匡章为大将，率兵十万，从渤海进兵。燕人恨子之入骨，皆箪食壶浆，以迎齐师，无有持寸兵拒战者。匡章出兵，凡五十日，兵不留行，直达燕都，百姓开门纳之。子之之党见齐兵众盛，长驱而入，亦皆耸惧奔窜。子之自恃其勇，与鹿毛寿率兵拒战于大衢。兵士渐散，鹿毛寿战死，子之身负重伤，犹格杀百余人，力竭被擒。燕王哙自缢于别宫，苏代奔周。匡章因毁燕之宗庙，尽收燕府库中宝货，将子之置囚车中，先解去临淄献功。燕地三千余里，大半俱属于齐。匡章留屯燕都，以徇 xùn 巡视，巡行属邑。此周赧 nǎn 王元年事也。

　　齐湣王亲数子之之罪，凌迟处死，以其肉为醢，遍赐群臣。子之为王才一岁有余，痴心贪位，自取丧灭，岂不愚哉！燕人虽恨子之，见齐王意在灭燕，众心不服，乃共求故太子平，得之于无终山，奉以为君，是为昭王，郭隗为相国。时赵武灵王不忿齐之并燕，使大将乐池迎公子职于韩，欲奉立为燕王，闻太子平已立，乃止。郭隗传檄燕都，告以恢复之义，各邑已降齐者，一时皆叛齐为燕。匡章不能禁止，遂班师回齐。昭王仍归燕都，修理宗庙，志复齐仇，乃卑身厚币，欲以招来贤士，谓相国郭隗曰："先王之耻，孤早夜在心。若得贤士，可与共图齐事者，孤愿以身事之，惟先生为孤择其人。"郭隗曰："古之人君，有以千金使涓 juān 人古代宫中担任洒扫的人求千里之马。途遇死马，旁人皆环而叹息，涓人问其故，答曰：'此马生时，日行千里，今死，是以惜之。'涓人乃以五百金买其骨，囊负而归。君大怒曰：'此死骨何用，而废弃吾多金耶？'涓人答曰：'所以费五百金者，为千里马之骨故也。此奇事，人将竞传，必曰："死马且得重价，况活马乎？"马今至矣。'不期年一年，得千里之马三匹。今王欲致天下贤士，请以隗为马骨，况贤于隗者，谁不求价而至哉？"于是昭王特为郭隗筑宫，执弟子之礼，北面听教，亲供饮食，极其恭敬。复于易水之旁，筑起高台，积黄金于台上，以奉四方贤士，名曰招贤台，亦曰黄金台。于是燕王好士，传布远近。剧辛自赵往，苏代自周往，邹衍自齐往，屈景自卫往。昭王悉拜为客卿，与谋国事。元刘因有《黄金台诗》云：

　　　燕山不改色，易水无剩声。

　　　谁知数尺台，中有万古情。

　　　区区后世人，犹爱黄金名。

　　　黄金亦何物，能为贤重轻？

周道日东渐，二老皆西行。

养民以致贤，王业自此成。

话分两头。再说齐湣王既胜燕，杀燕王哙与子之，威震天下，秦惠文王患之。而楚怀王为从约长，与齐深相结纳，置符为信。秦王欲离齐、楚之党，召张仪问计。张仪奏曰："臣凭三寸不烂之舌，南游于楚，伺便进言，必使楚王绝齐而亲于秦。"惠文王曰："寡人听子。"张仪乃辞相印游楚。知怀王有嬖臣，姓靳 jìn 名尚，在王左右，言无不从。乃先以重贿纳交于尚，然后往见怀王。怀王重张仪之名，迎之于郊，赐坐而问曰："先生辱临敝邑，有何见教？"张仪曰："臣之此来，欲合秦、楚之交耳！"楚怀王曰："寡人岂不愿纳交于秦哉？但秦侵伐不已，是以不敢求亲也。"张仪对曰："今天下之国虽七，然大者无过楚、齐与秦而三耳。秦东合于齐则齐重，南合于楚则楚重。然寡君之意，窃在楚而不在齐。何也？以齐为婚姻之国，而负秦独深也。寡君欲事大王，虽仪亦愿为大王门阑之厮门下的仆役，谦词，而大王与齐通好，犯寡君之所忌。大王诚能闭关而绝齐，寡君愿以商君所取楚商、於之地六百里，还归于楚，使秦女为大王箕帚妾。秦、楚世为婚姻兄弟，以御诸侯之患，惟大王纳之！"怀王大悦曰："秦肯还楚故地，寡人又何爱于齐？"群臣皆以楚复得地，合词称贺。独一人挺然出奏曰："不可，不可！以臣观之，此事宜吊不宜贺！"楚怀王视之，乃客卿陈轸也。怀王曰："寡人不费一兵，坐而得地六百里，群臣贺，子独吊，何故？"陈轸曰："王以张仪为可信乎？"怀王笑曰："何为不信？"轸曰："秦所以重楚者，以有齐也。今若绝齐，则楚孤矣。秦何重于孤国，而割六百里之地以奉之耶？此张仪之诡计也。倘绝齐而张仪负王，不与王地，齐又怨王，而反附于秦，齐、秦合而攻楚，楚亡可待矣！臣所谓宜吊者，为此也。王不如先遣一使随张仪往秦受地，地入楚而后绝齐未晚。"大夫屈平即屈原进曰："陈轸之言是也。张仪反覆小人，决不可信！"嬖臣靳尚曰："不绝齐，秦肯与我地乎？"怀王点头曰："张仪不负寡人明矣。陈子闭口勿言，请看寡人受地。"遂以相印授张仪，赐黄金百镒，良马十驷，命北关守将勿通齐使，一面使逢侯丑随张仪入秦受地。

张仪一路与逢侯丑饮酒谈心，欢若骨肉。将近咸阳，张仪诈作酒醉，失足坠于车下。左右慌忙扶起，仪曰："吾足胫损伤，急欲就医。"先乘卧车入城，表奏秦王，留逢侯丑于馆驿。仪闭门养病，不入朝。逢侯丑求见秦王不得，往候张仪，只推未愈。如此三月，丑乃上书秦王，述张仪许地之言。惠文王复书曰："仪如有约，寡人必当践之。但闻楚与齐尚未决绝，寡人恐受欺于楚,非得张仪病起,不可信也。"逢侯丑再往张仪之门,仪终不出。乃遣人以秦王之言,还报怀王。怀王曰:"秦犹谓楚之绝齐未甚耶?"乃遣勇士宋遗假道于宋,借宋符直造齐界,辱骂潞王。潞王大怒,遂遣使西入秦,愿与秦共攻楚国。张仪闻齐使者至,其计已行,乃称病愈入朝。遇逢侯丑于朝门,故意讶曰:"将军胡不受地,乃尚淹_{久留}久留,淹留吾国耶?"丑曰:"秦王专侯相国面决,今幸相国玉体无恙,请入言于王,早定地界,回覆寡君。"张仪曰:"此事何须关白_{禀告}禀告,告知秦王耶? 仪所言者,乃仪之俸邑六里,自愿献于楚王耳。"丑曰:"臣受命于寡君,言商於之地六百里,未闻只六里也。"张仪曰:"楚王殆误听乎? 秦地皆百战所得,岂肯以尺土让人? 况六百里哉?"

逢侯丑还报怀王。怀王大怒曰:"张仪果是反覆小人,吾得之,必生食其肉!"遂传旨发兵攻秦。客卿陈轸进曰:"臣今日可以开口乎?"怀王曰:"寡人不听先生之言,为狡贼所欺,先生今日有何妙计?"陈轸曰:"大王已失齐助,今复攻秦,未见利也。不如割两城以赂秦,与之合兵而攻齐,虽失地于秦,尚可取偿于齐。"怀王曰:"本欺楚者,秦也,齐何罪焉? 合秦而攻齐,人将笑我。"即日拜屈匄为大将,逢侯丑副之,兴兵十万,取路天柱山西北而进,径袭蓝田。秦王命魏章为大将,甘茂为副,起兵十万拒之,一面使人征兵于齐。齐将匡章亦率师助战。屈匄虽勇,怎当二国夹攻,连战俱北_{失败}。秦、齐之兵追至丹阳,屈匄聚残兵复战,被甘茂斩之。前后获首级八万有余,名将逢侯丑等死者七十余人,尽取汉中之地六百里,楚国震动。韩、魏闻楚败,亦谋袭楚。楚怀王大惧,乃使屈平如齐谢罪。使陈轸如秦军,献二城以求和。魏章遣人请命于秦王,惠文王曰:"寡人欲得黔中之地,请以商、於地易之,如允,便可罢兵。"魏章奉秦王之命,使人言于怀王。怀王曰:"寡人不愿得地,愿得张仪而甘心焉! 如上国肯以张仪畀_{bì 给予楚}给予楚,寡人情愿献黔中之地为谢。"不知秦王肯放张仪入楚否,且看下回分解。

絕膛
秦武王
賽舉鼎

莽赴會楚懷王隔秦

话说楚怀王恨张仪欺诈,愿白献黔中之地,只要换张仪一人。左右忌嫉张仪者,皆曰:"以一人而易数百里之地,利莫大焉!"秦惠文王曰:"张仪吾股肱之臣,寡人宁不得地,何忍弃之?"张仪自请曰:"微臣愿往!"惠文王曰:"楚王含盛怒以待先生,往必见杀,故寡人不忍遣也。"张仪奏曰:"杀臣一人,而为秦得黔中之地,臣死有余荣矣!况未必死乎?"惠文王曰:"先生何计自脱?试为寡人言之。"张仪曰:"楚夫人郑袖美而有智,得王之宠。臣昔在楚时,闻楚王新幸一美人,郑袖谓美人曰:'大王恶人以鼻气触之,子见王必掩其鼻。'美人信其言。楚王问于郑袖曰:'美人见寡人辄掩鼻,何也?'郑袖曰:'嫌大王体臭,故恶闻之。'楚王大怒,命劓 yì 美人之鼻,袖遂专宠。又有嬖臣靳尚媚事郑袖,内外用事。而臣与靳尚相善,臣自料能借其庇,可以不死。大王但诏魏章等留兵汉中,遥为进取之势,楚必然不敢杀臣矣。"秦王乃遣仪行。

仪既至楚国,怀王即命使者执而囚之,将择日告于太庙,然后行诛。张仪别遣人打靳尚关节。靳尚入言于郑袖曰:"夫人之宠不终矣,奈何!"郑袖曰:"何故?"靳尚曰:"秦不知楚王之怒张仪,故遣使楚。今闻楚王欲杀仪,秦将还楚侵地,使亲女下嫁于楚,以美人善歌者为媵 yìng 陪嫁的人,以赎张仪之罪。秦女至,楚王必尊而礼之,夫人虽欲擅宠,得乎?"郑袖大惊曰:"子有何计,可止其事?"靳尚曰:"夫人若为不知者,而以利害言于大王,使出张仪还秦,事宜可已。"郑袖乃中夜涕泣,言于怀王曰:"大王欲以地易张仪,地未入秦,而张仪先至,是秦之有礼于大王也。秦兵一举而席卷汉中,有吞楚之势,若杀张仪以怒之,必将益兵攻楚。我夫妇不能相保,妾中心如刺,饮食不甘者累日矣。且人臣各为其主,张仪天下智士,其相秦国久,与秦偏厚,何怪其然?大王若厚待仪,仪之事楚,亦犹秦也。"怀王曰:"卿勿忧,容寡人从长计议。"靳尚复乘间言:"杀一张仪,何损于秦?而又失黔中数百里之地。不如留仪,以为和秦之地。"怀王意亦惜黔中之地,不肯与秦,于是出张仪,因厚礼之。张仪遂说怀王以事秦之利。怀王即遣张仪归秦,通两国之好。屈平出使齐国而归,闻张仪已去,乃谏曰:"前大王见欺于张仪,仪至,臣以为大王必烹食其肉,今赦之不诛,又欲听其邪说,率先事秦。夫匹夫犹不忘仇雠,况君乎?未得秦欢,而先触天下之公愤,臣窃以为非计也。"怀王悔,使人驾轺 yáo 车追之,张仪已星驰出郊二日矣。张仪既还秦,魏章亦班师而归。史臣有诗云:

> 张仪反覆为嬴秦,朝作俘囚暮上宾。
>
> 堪笑怀王如木偶,不从忠计听谗人。

张仪谓秦王曰:"仪万死一生,得复见大王之面。楚王诚畏秦甚,虽然,不可使臣失信于楚。大王诚割汉中之半,以为楚德,与为婚姻,臣请借楚为端,说六国连袂 mèi 联合。袂,衣袖以事秦。"秦王许之。遂割汉中五县,遣人往楚修好。因求怀王之女为太子荡妃,复以秦女许妻怀王之少子兰。怀王大喜,以为张仪果不欺楚也。秦王念张仪之劳,封以五邑,号武信君。因具黄金白璧,高车驷马,使以"连衡"之术,往说列国。

张仪东见齐湣王,曰:"大王自料土地孰与秦广?甲兵孰与秦强?从人为齐计者,皆谓齐去秦远,可以无患。此但狃 niǔ 习惯,习以为常目前,不顾后患。今秦、楚嫁女娶妇,结昆弟兄弟之好,三晋莫不悚惧,争献地以事秦。大王独与秦为仇,秦驱韩、魏攻齐之南境,悉赵兵渡黄河,以乘临淄、即墨之敝,大王虽欲事秦,尚可得乎?今日之计,事秦者安,背秦者危!"齐湣王曰:"寡人愿以国听于先生。"乃厚赠张仪。仪复西说赵王曰:"敝邑秦王有敝甲凋兵,愿与君会于邯郸之下,使微臣先闻于左右。大王所恃者,苏秦之约耳。秦背燕逃齐,又以反诛,一身不保,而人犹信之,误矣!今秦、楚结婚,齐献鱼盐之地,韩、魏称东藩之臣,是五国为一也。大王欲以孤赵抗五国之锋,万无一幸!故臣为大王计,莫如事秦。"赵王许诺。仪复北往燕国,说燕昭王曰:"大王所最亲者,莫如赵。昔赵襄子尝以其姊为代王夫人,襄子欲并代国,约与代王为好会,令工人制为长柄金斗,方宴,厨人进羹,反斗柄以击代王,破胸而死,遂袭据代国。其姊闻之,泣而呼天,因摩笄 jī 簪子以自刺,后人因号其山曰摩笄山。夫亲姊犹欺之以取利,况他人哉?今赵王已割地谢过于秦,将入朝秦王于渑池。一旦驱赵而攻燕,则易水长城,非大王之有也!"燕昭王恐惧,愿献恒山之东五城以和秦。

张仪"连衡"之说既行,将归报秦。未至咸阳,秦惠文王已病薨,太子荡即位,是为武王。齐湣王初听张仪之说,以为三晋皆已献地事秦,故不敢自异。及闻仪说齐之后,方往说赵,以仪为欺,大怒。又闻秦惠文王之薨,乃使孟尝君致书列国,约共背秦复为合从。疑楚已结婚于秦,恐其不从,先欲伐之。楚怀王遣其太子横为质子齐，齐兵乃止。滑王自为从约长，连结诸侯，约能得张仪者，赏以十城。秦武王生性粗直，自为太子时素恶张仪之多诈。群臣先忌仪宠者，至是皆谗谮之。仪惧祸，乃入见武王曰："仪有愚计，愿效于左右。"武王曰："君计安出？"张仪曰："闻齐王甚憎仪，仪之所在，必兴师伐之。仪愿辞大王，东往大梁，齐之伐梁必矣。梁、齐兵连而不解，大王乃乘间伐韩，通三川以窥周室，此王业也。"武王以为然。乃具革车三十乘，送张仪入大梁。魏哀王用为相国，以代公孙衍之位。衍乃去魏入秦。齐滑王知仪相魏，果然大怒，兴师伐魏。魏哀王大惧，谋于张仪。仪乃使其舍人冯喜，伪为楚客，往见滑王曰："闻大王甚憎张仪，信乎？"滑王曰："然。"冯喜曰："大王如憎仪，愿无伐魏也。臣适从咸阳来，闻仪去秦时，与秦王有约，言'齐王恶仪，仪所在必兴师伐之'。故秦王具车乘，送仪于魏，欲以挑齐、魏之斗。齐、魏兵连而不解，秦乃得乘间而图事于北方。王今伐魏，中仪计。王不如无伐，使秦不信张仪，仪虽在魏，亦无能为矣。"滑王遂罢兵不伐魏，魏哀王益厚张仪。逾年，张仪病卒于魏。是岁，齐无盐后死。

　　却说秦武王长大多力，好与勇士角力为戏。乌获、任鄙自先世已为秦将，武王复宠任之，益其禄秩。有齐人孟贲 bēn 字说，以力闻，水行不避蛟龙，陆行不避虎狼，发怒吐气，声响动天。尝于野外见两牛相斗，孟贲从中以手分之，一牛伏地，一牛犹触不止。贲怒，左手按牛头，以右手拔其角，角出牛死。人畏其勇，莫敢与抗。闻秦王招致天下勇力之士，乃西渡黄河。岸上人待渡者甚众，常日以次上船，贲最后至，强欲登船先渡。船人怒其不逊，以楫击其头曰："汝用强如此，岂孟说耶？"贲瞋目而视，发植竖起来目裂，举声一喝，波涛顿作。舟中之人，惶惧颠倒，尽扬播入于河。贲振桡顿足，一去数丈，须臾过岸，竟入咸阳，来见武王。武王试知其勇，亦拜大官，与乌获、任鄙并见宠任。时周赧王六年，秦武王之二年也。

　　秦以六国皆有相国之名，不屑与同，乃特置丞相，左右各一人，以甘茂为左丞相，樗里疾为右丞相。魏章忿其不得相位，奔梁国去了。武王思张仪之言，谓樗里疾曰："寡人生于西戎，未睹中原之盛。若得通三川，一游巩、洛之间，虽死无恨！二卿谁能为寡人伐韩乎？"樗里疾曰："王之伐韩，欲取宜阳以通三川之道也。宜阳路险而远，劳师费财，梁、赵之救将至，臣窃以为不可。"武王复问于甘茂，茂曰："臣请为王使梁，约共伐韩。"武王大喜，使甘茂往说梁王，梁王许秦助兵。甘茂初与樗里疾相左，恐从中阻挠其事，先遣副使向寿回报秦王，言："魏已听命矣。然虽如此，劝王勿伐韩为便。"秦武王疑其言,乃亲往迎甘茂,至息壤,与甘茂相遇。武王曰:"相国许为寡人约魏攻韩,今魏人听命,相国又曰:'勿伐韩为便。'何也?"甘茂曰:"夫越千里之险,以攻劲韩之大邑,此不可以岁月计也。昔曾参居费,鲁人有与曾参同姓名者杀人,人奔告其母曰:'曾参杀人!'其母方织,应曰:'吾子不杀人。'织如故。未几,又一人奔告曰:'曾参杀人!'其母停梭而思,曰:'吾子必无此事。'复织如故。少顷,又一人奔告曰:'杀人者,果曾参也!'其母投杼下机,逾墙走匿。夫以曾参之贤,其母信之,然而三人言杀人,而慈母亦疑矣。今臣之贤不及曾参,王之信臣未必如曾参之母,而谤臣杀人者,恐不止三人,臣恐大王之投杼也。"武王曰:"寡人不听人言也,请与子盟!"于是君臣歃血为誓,藏誓书于息壤。遂发兵五万,使甘茂为大将,向寿副之。兵至宜阳,围其城五月,宜阳守臣固守不能拔。右相樗里疾言于武王曰:"秦师老矣,不撤回,恐有变。"武王召甘茂班师。甘茂乃为书一函,以谢武王。武王启函视之,书中惟"息壤"二字。武王悟曰:"甘茂固尝言之,是寡人之过也。"更益兵五万,使乌获往助甘茂。韩王亦使大将公叔婴率师救宜阳,大战于城下。乌获持铁戟一双,重一百八十斤,独入韩军,军士皆披靡,莫敢御者。甘茂与向寿各率一军,乘势并进。韩兵大败,斩首七万有余。乌获一跃登城,手攀城堞,堞毁,获堕于石上,折肋而死。秦兵乘之,遂拔宜阳。韩王恐惧,乃使相国公仲侈持宝器入秦乞和。武王大喜,许之。诏甘茂班师,留向寿安戢〔jí止息〕,安抚宜阳地方,使右丞相樗里疾先往三川开路,随后引任鄙、孟贲一班勇士起程,直入雒阳。

周赧王遣使郊迎,亲具宾主之礼。秦武王谢弗敢见,知九鼎在太庙之傍室,遂往观之。见九位宝鼎一字排列,果然整齐。那九鼎是禹王收取九州的贡金,各铸成一鼎,载其本州山川人物及贡赋田土之数,足耳俱有龙文,又谓之"九龙神鼎"。夏传于商,为镇国之重器。及周武王克商,迁之于雒邑。迁时用卒徒牵挽,舟车负载,分明是九座小铁山相似,正不知重多少斤两。武王周览了一回,赞叹不已。鼎腹有荆、梁、雍、豫、徐、扬、青、兖〔yǎn〕、冀等九字分别,武王指雍字一鼎叹曰:"此雍州,乃秦鼎也!寡人当携归咸阳耳。"因问守鼎吏曰:"此鼎曾有人能举之否?"吏叩首对曰:"自有鼎以来,未曾移动。闻人传说每鼎有千钧之重,谁人能举?"武王遂问任鄙、孟贲曰:"二卿多力,能举此鼎否?"任鄙知武王恃力好胜,辞曰:"臣力止可胜百钧,此鼎十倍之重,臣不能胜。"孟贲攘臂而前曰:"臣请试之,若不能举,休得见罪。"即命左右取青丝为巨索,宽宽的系于鼎耳之上,孟贲将腰带束紧,揎〔xuān 捋起袖子〕起双袖,用两枝铁臂,套入丝络,狠狠的喝一声:"起!"那鼎离起约有半尺,仍还于地。用力过猛，眼珠迸出，目眦流血。武王笑曰："卿大费力。既然卿能举起此鼎，寡人难道不如！"任鄙谏曰："大王万乘之躯，不可轻试！"武王不听，即时卸下锦袍玉带，束缚腰身，更用大带扎缚其袖。任鄙拖袖固谏。武王曰："汝自不能，乃妒寡人耶？"鄙遂不敢复言。武王大踏步向前，亦将双臂套入丝络，想道："孟贲止能举起，我偏要行动数步，方可夸胜。"乃尽生平神力，屏一口气，喝声："起！"那鼎亦离地半尺，方欲转步，不觉力尽失手，鼎坠于地，正压在武王右足上，趷 kē 杈一声，将胫骨压个平断。武王大叫："痛哉！"登时闷绝，左右慌忙扶归公馆。血流床席，痛极难忍，捱至夜半而薨。武王自言："得游巩、雒，虽死无恨。"今日果然死于雒阳，前言岂非谶 chèn 预言，征验乎？周赧王闻变大惊，急备美棺，亲往视殓，哭吊尽礼。樗里疾奉其丧以归。武王无子，迎其异母弟稷嗣位，是为昭襄王。樗里疾讨举鼎之罪，磔 zhé 车裂，古代分裂肢体的酷刑孟贲，族灭其家；以任鄙能谏，用为汉中太守。疾复宣言于朝曰："通三川者，甘茂之谋也！"甘茂惧为疾所害，遂奔魏国，后死于魏。

再说秦昭襄王闻楚送质子于齐，疑其背秦而向齐，乃使樗里疾为大将，兴兵伐楚。楚使大将景快迎战，兵败被杀。楚怀王恐惧，昭襄王乃遣使遗怀王书，略云：

> 始寡人与王约为兄弟，结为婚姻，相亲久矣。王弃寡人而纳质于齐，寡人诚不胜其愤！是以侵王之边境，然非寡人之情也。今天下大国，惟楚与秦，吾两君不睦，何以令于诸侯？寡人愿与王会于武关，面相订约，结盟而散，还王之侵地，复遂前好，惟王许之。王如不从，是明绝寡人也，寡人不能以兵退矣。

怀王览书，即召群臣计议曰："寡人欲勿往，恐激秦之怒；欲往，恐被秦之欺。二者孰善？"屈原进曰："秦，虎狼之国也。楚之见欺于秦，非一二次矣，王往必不归。"相国昭睢 suī 曰："灵均乃忠言也！王其勿行。速发兵自守，以防秦兵之至。"靳尚曰："不然。楚惟不能敌秦，故兵败将死，舆地日削。今欢然结好，而复拒之，倘秦王震怒，益兵伐楚，奈何？"怀王之少子兰，娶秦女为妇，以为婚姻可恃，力劝王行，曰："秦、楚之女互相嫁娶，亲莫过于此。彼以兵来，尚欲请和，况欢然求为好会乎？上官大夫所言最当，王不可不听。"怀王因楚兵新败，心本畏秦，又被靳尚、子兰二人撺掇不过，遂许秦王赴会，择日起程，只有靳尚相随。

秦昭王使其弟泾阳君悝 kuī 乘王车羽旄，侍卫毕具，诈为秦王，居武关；使将军白起引兵一万，伏于关内，以劫楚王；使将军蒙骜引兵一万，伏于关外,以备非常。一面遣使者为好语前迎楚王,往来不绝。楚怀王信之不疑,遂至武关之下。只见关门大开,秦使者复出迎曰:"寡君候大王于关内三日矣。不敢辱车从于草野,请至敝馆,成宾主之礼。"怀王已至秦国,势不容辞,遂随使者入关。怀王刚刚进了关门,一声炮响,关门已紧闭矣。怀王心疑,问使者曰:"闭关何太急也?"使者曰:"此秦法也。战争之世,不得不然。"怀王问:"尔王何在?"对曰:"先在公馆伺候车驾。"即叱御者速驰。约行二里许,望见秦王侍卫排列公馆之前,使者吩咐停车。馆中一人出迎,怀王视之,虽然锦袍玉带,举动却不象秦王。怀王心下踌躇,未肯下车。那人鞠躬致词曰:"大王勿疑,臣实非秦王,乃王弟泾阳君也。请大王至馆。自有话讲。"怀王只得就馆。泾阳君与怀王相见,方欲就坐,只听得外面一片声喊起,秦兵万余围住公馆。怀王曰:"寡人赴秦王之约,奈何以兵见困耶?"泾阳君曰:"无伤也。寡君适有微恙,不能出门,又恐失信于君王,故使微臣悝奉迎君王,屈至咸阳,与寡君一会。以些少军卒为君侍卫,万勿推辞。"那时不由楚王做主,拥之登车,留蒙骜一军于关上。泾阳君陪乘,白起领兵四下拥卫,西望咸阳而去。靳尚逃归楚国。怀王叹曰:"悔不听昭睢、屈平之言,乃为靳尚所误!"流泪不已。

　　怀王既至咸阳,昭襄王大集群臣及诸侯使者于章台之上。秦王南面上坐,使怀王北面参谒,如藩臣礼。怀王大怒,抗声大言曰:"寡人信婚姻之好,轻身赴会。今君王假称有疾,诱寡人至于咸阳,复不以礼相接,此何意也?"昭襄王曰:"向者蒙君许我黔中之地,已而不果。今日相屈,欲遂前约耳!倘君王朝许割地,暮即送王归楚矣。"怀王曰:"秦纵欲得地,亦当善言,何必诡计如此?"昭襄王曰:"不如此,君必不从。"怀王曰:"寡人愿割黔中矣!请与君王为盟,以一将军随寡人至楚受地,何如?"昭襄王曰:"盟不可信也。必须先遣使回楚,将地界交割分明,方与王饯行耳。"秦之群臣,皆前劝怀王。怀王益怒曰:"汝诈诱我至此,复强要我以割地,寡人死即死耳,不受汝胁也!"昭襄王乃留怀王于咸阳城中,不放回国。

　　再说靳尚逃回,报与昭睢,如此恁般:"秦王欲得楚黔中之地,拘留在彼。"昭睢曰:"吾王在秦不得还,而太子又质于齐,倘齐人与秦合谋,复留太子,则楚国无君矣!"靳尚曰:"公子兰见在,何不立之?"昭睢曰:"太子之立已久,今王犹在秦,遽弃其命,舍嫡立庶,异日王幸归国,何以自解?吾今诈讣于齐,以请太子,齐必信从。"靳尚曰:"吾不能为君御难,此行当效微劳耳!"昭睢即遣靳尚使齐,诈称楚王已薨,迎太子奔丧嗣位。齐湣王谓其相国孟尝君田文曰："楚国无君,吾欲留太子以求淮北之地,何如?"孟尝君曰:"不可。楚王固非一子,吾留太子,而彼以地来赎,可也;倘彼别立一人为王,我无尺寸之利,而徒抱不义之名,将安用之?"湣王以为然。乃以礼归太子横于楚。横即楚王位,是为顷襄王。子兰、靳尚用事如故。遣使告于秦曰:"赖社稷神灵,国已有王矣!"秦王空留怀王,不可得地,乃大惭怒,使白起为将,蒙骜逼之,帅师十万攻楚,取十五城而归。楚怀王留秦岁余,秦守者久而懈怠,怀王变服,逃出咸阳,欲东归楚国。秦王发兵追之,怀王不敢东行,遂转北路,间道走赵。不知赵国肯纳怀王否,且看下回分解。

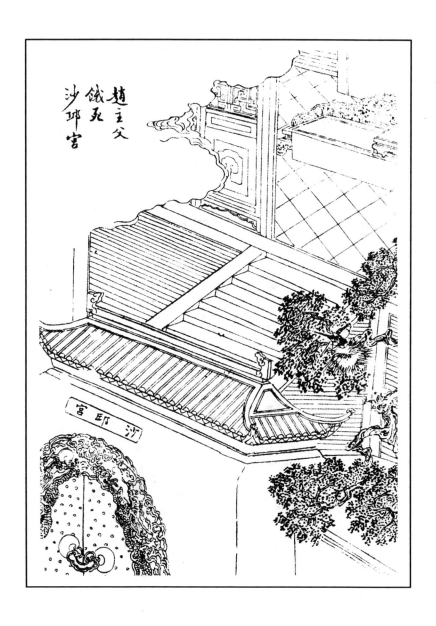

趙主父
餓死
沙邱宮

沙邱宮

孟嘗君偷過函谷関

第九十三回　赵主父饿死沙丘宫　孟尝君偷过函谷关

话说赵武灵王身长八尺八寸，龙颜鸟噣 zhòu 鸟嘴，广鬓虬髯，面黑有光，胸开三尺，气雄万夫，志吞四海。即位五年，娶韩女为夫人，生子曰章，立为太子。至十六年，因梦美人鼓琴，心慕其貌，次日，向群臣言之。大夫胡广自言其女孟姚善于琴，武灵王召见于大陵之台，容貌宛如梦中所见，因使鼓琴，大悦之，纳于宫中，谓之吴娃，生子曰何。及韩后薨，竟立吴娃为后，废太子章，而立何为太子。武灵王自念赵国北边于燕，东边于胡，西边于林胡、楼烦，与赵为邻，而秦止一河之隔，居四战之地，恐日就微弱，乃身自胡服，革带皮靴，使民皆效胡俗，窄袖左衽 rèn 衣襟，以便骑射。国中无贵贱，莫不胡服者。废车乘马，日逐射猎，兵以益强。武灵王亲自帅师略地，至于常山，西极云中，北尽雁门，拓地数百里。遂有吞秦之志，欲取路云中，自九原而南，竟袭咸阳。以诸将不可专任，不若使其子治国事，而出其身经略四方，乃使群臣大朝于东宫，传位于太子何，是为惠王，武灵王自号曰主父。主父者，犹后世称太上皇也。使肥义为相国，李兑为太傅，公子成为司马。封长子章以安阳之地，号安阳君，使田不礼为之相。此周赧王十七年事也。

主父欲窥秦之山川形势，及观秦王之为人，乃诈称赵国使者赵招，赍国书来告立君于秦国。携工数人，一路图其地形，竟入咸阳，来谒秦王。昭襄王问曰："汝王年齿几何？"对曰："尚壮。"又问曰："既在壮年，何以传位于子？"对曰："寡君以嗣位之人，多不谙事，欲及其身，使娴习之。寡君虽为'主父'，然国事未尝不主裁也。"昭襄王曰："汝国亦畏秦乎？"对曰："寡君不畏秦，不胡服习骑射矣。今驰马控弦持弓之士十倍昔年，以此待秦，或者可终徼 yāo 同"邀"，求取盟好。"昭襄王见其应对凿凿，甚相敬重。使者辞出就馆。昭襄王睡至中夜，忽思赵使者形貌魁梧轩伟，不似人臣之相，事有可疑，展转不寐。天明，传旨宣赵招相见。其从人答曰："使人患病，不能入朝，请缓之。"过三日，使者尚不出。昭襄王怒，遣吏迫之。吏直入舍中，不见使者，止获从人，自称真赵招，乃解到昭襄王面前。王问："汝既是真赵招，使者的系何人？"对曰："实吾王主父也。主父欲睹大王威容，故诈称使者而来，今已出咸阳三日矣，特命臣招待罪于此。"昭襄王大惊，顿足曰："主父大欺吾也！"即使泾 jīng 阳君同白起领精兵三千，星夜追之。至函谷关，守关将士言："赵国使者，于三日前已出关矣。"泾阳君等回复秦王，秦王心跳不宁者数日，乃以礼遣赵招还国。髯翁有诗云：

> 分明猛虎踞咸阳，谁敢潜窥函谷关？
> 不道龙颜赵主父，竟从堂上认秦王。

次年，主父复出巡云中，自代而西，收兵于楼烦，筑城于灵寿，以镇中山，名赵王城。吴娃亦于肥乡筑城，号夫人城。是时赵之强，甲于三晋。其年，楚怀王自秦来奔，惠王与群臣计议，恐触秦怒，且主父远在代地，不敢自专，遂闭关不纳。怀王计穷，欲南奔大梁。秦兵追及之，复与泾阳君俱至咸阳。怀王愤甚，呕血斗余，遂发病，未几而薨。秦乃归其丧于楚。楚人怜怀王为秦所欺，客死于外，百姓往迎丧者，无不痛哭，如悲亲戚。诸侯咸恶秦之无道，复为合从以摈秦。

楚大夫屈原痛怀王之死由子兰、靳尚误之，今日二人仍旧用事，君臣贪于苟安，绝无报秦之志，乃屡屡进谏，劝顷襄王进贤远佞，选将练兵，以图雪怀王之耻。子兰悟其意，使靳尚言于顷襄王曰："原自以同姓不得重用，心怀怨望，且每向人言大王忘秦仇为不孝，子兰等不主张伐秦为不忠。"顷襄王大怒，削屈原之职，放归田里。原有姊名婴 xū，已远嫁，闻原被放，乃归家，访原于夔 kuí 之故宅。见原被发垢面，形容枯槁，行吟于江畔，乃喻之曰："楚王不听子言，子之心已尽矣！忧思何益？幸有田亩，何不力耕自食，以终余年乎？"原重遵姊意，乃秉耒 lěi 而耕，里人哀原之忠者皆为助力。月余，姊去，原叹曰："楚事至此，吾不忍见宗室之亡灭！"忽一日晨起，抱石自投汨 mì 罗江而死，其日乃五月五日。里人闻原自溺，争棹小舟出江拯救，已无及矣。乃为角黍投于江中以祭之，系以彩线，恐为蛟龙所撄 yīng 食也。又龙舟竞渡之戏，亦因拯救屈原而起，至今自楚至吴，相沿成俗。屈原所耕之田，获米如白玉，因号曰"玉米田"。里人私为原立祠，名其乡曰姊归乡。今荆州府有归州，亦因姊归得名也。至宋元丰中，封原为清烈公，兼为其姊立庙，号姊归庙，后复加封原为忠烈王。髯翁有过《忠烈王庙诗》云：

> 峨峨庙貌立江傍，香火争趋忠烈王。
> 佞骨不知何处朽，龙舟岁岁吊沧浪。

再说赵主父出巡云中，回至邯郸，论功行赏，赐通国百姓酒餔 bū 五日。是日，群臣毕集称贺。主父使惠王听朝，自己设便坐于傍，观其行礼。见何年幼，服衮冕南面为王，长子章魁然丈夫，反北面拜舞于下，兄屈于弟，意甚怜之。朝既散，主父见公子胜在侧，私谓曰："汝见安阳君乎？虽随班拜舞，似有不甘之色。吾分赵地为二，使章为代王，与赵相并，汝以为何如？"赵胜对曰："王昔日已误矣！今君臣之分已定，复生事端，恐有争变！"主父曰："事权在我，又何虑哉？"主父回宫，夫人吴娃见其色变，问曰："今日朝中有何事？"主父曰："吾见故太子章，以兄朝弟，于理不顺，欲立为代王，胜又言其不便，吾是以踌躇而未决也。"吴娃曰："昔晋穆侯生二子，长曰仇，弟曰成师，穆侯薨，子仇嗣立，都于翼，封其弟成师于曲沃，其后曲沃益强，遂尽灭仇之子孙，并吞翼国。此主父所知也。成师为弟，尚能戕兄，况以兄而临弟，以长而临少乎？吾母子且为鱼肉矣！"主父惑其言，遂止。

有侍人旧曾服事故太子章于东宫者，闻知主父商议之事，乃私告于章。章与田不礼计之。不礼曰："主父分王二子，出自公心，特为妇人所阻耳。王年幼，不谙事，诚乘间以计图之，主父亦无如何也。"章曰："此事惟君留意，富贵共之！"太傅李兑与肥义相善，密告曰："安阳君强壮而骄，其党甚众，且有怨望之心。田不礼刚狠自用，知进而不知退。二人为党，行险侥幸，其事不远。子任重而势尊，祸必先及，何不称病，传政于公子成，可以自免。"肥义曰："主父以王属义，尊为相国，谓义可托安危也。今未见祸形，而先自避，不为荀息所笑乎？"李兑叹曰："子今为忠臣，不得复为智士矣。"因泣下，久之，别去。肥义思李兑之言，夜不能寐，食不下咽，展转踌躇，未得良策。乃谓近侍高信曰："今后若有召吾王者，必先告我。"高信曰："诺。"

忽一日，主父与王同游于沙丘，安阳君章亦从行。那沙丘有台，乃商纣王所筑。有离宫二所，主父与王各居一宫，相去五六里，安阳君之馆适当其中。田不礼谓安阳君曰："王出游在外，其兵众不甚集。若假以主父之命召王，王必至。吾伏兵于中途，要而杀之，因奉主父以抚其众，谁敢违者！"章曰："此计甚妙！"即遣心腹内侍，伪为主父使者，夜召惠王曰："主父卒然病发，欲见王面，幸速往！"高信即走告相国肥义，义曰："王素无病，事可疑也。"乃入谓王曰："义当以身先之，俟无他故，王乃可行。"又谓高信曰："紧闭宫门，慎勿轻启。"肥义与数骑随使者先行，至中途，伏兵误以为王，群起尽杀之。田不礼举火验视，乃肥义也。田不礼大惊曰："事已变矣！乃其机未露，宜悉众乘夜袭王，幸或可胜。"于是奉安阳君以攻王。高信因肥义吩咐，已预作准备。田不礼攻王宫不能入。至天明，高信使从军乘屋发矢，贼多伤死者。矢尽，乃飞瓦下掷之。田不礼命取巨石系于木，以撞宫门，哗声如雷。惠王正在危急，只听得宫外喊声大举，两队军马杀来，贼兵大败，纷纷而散。

原来是公子成、李兑在国中商议,恐安阳君乘机为乱,各率一枝军前来接应,正遇着贼围王宫,解救了此难。

安阳君兵败,谓田不礼曰:"今当如何?"不礼曰:"急走主父处涕泣哀求,主父必然相庇,吾当力拒追兵。"章从其言,乃单骑奔主父宫中,主父果然开门匿之,殊无难色。田不礼驱残兵再与成、兑交战,众寡不敌,不礼被兑斩之。兑度安阳君无处托身,必然往投主父,乃引兵前围主父之宫。打开宫门,李兑仗剑当先开路,公子成在后,入见主父,叩头曰:"安阳君反叛,法所不宥,愿主父出之。"主父曰:"彼未尝至吾宫中,二卿可他觅也。"兑、成再四告禀,主父并不统口改口。李兑曰:"事已至此,当搜简一番,即不得贼,谢罪未晚。"公子成曰:"君言是也。"乃呼集亲兵数百人,遍搜宫中,于复壁中得安阳君,牵之以出。李兑遽拔剑击断其头。公子成曰:"何急也?"兑曰:"若遇主父,万一见夺,抗之则非臣礼,从之则为失贼,不如杀之。"公子成乃服。李兑提安阳君之首,自宫内出,闻主父泣声,复谓公子成曰:"主父开宫纳章,心已怜之矣!吾等以章故,围主父之宫,搜章而杀之,无乃伤主父之心? 事平之后,主父以围宫加罪,吾辈族灭矣! 王年幼不足与计,吾等当自决也。"乃吩咐军士:"不许解围。"使人诈传惠王之令曰:"在宫人等,先出者免罪;后出者即系贼党,夷其族!"从官及内侍等,闻王令,争先出宫,单单剩得主父一人。主父呼人,无一应者,欲出,则门已下钥矣。一连围了数日,主父在宫中饿甚,无从取食。庭中树有雀巢,乃探其卵生啖之,月余饿死。髯仙有诗叹曰:

　　　　胡服行边靖虏尘,雄心直欲并西秦。

　　　　吴娃一脉能胎祸,梦里琴声解误人。

主父既死,外人未知。李兑等尚不敢入,直待三月有余,方才启钥入视,主父尸身已枯瘪矣。公子成奉惠王往沙丘宫,视殓发丧,葬于代地。今灵丘县以葬武灵王得名也。惠王回国,以公子成为相国,李兑为司寇。未几,公子成卒,惠王以公子胜曾阻主父分王之谋,乃用为相国,封以平原,号为平原君。

平原君亦好士,有孟尝君之风。既贵,益招致宾客,坐食者常数千人。平原君之府第有画楼,置美人于上。其楼俯临民家,民家之主人有躄疾,晓起蹒跚而出汲,美人于楼上望见,大笑。少顷,躄者造平原君之门,请见。公子胜揖而进之。躄者曰:"闻君之喜士,士所以不远千里集于君之门者,以君贵士而贱色也。臣不幸有罢癃 pí lóng 跛脚之病,不良于行,君之后宫乃临而笑臣,臣不甘受妇人之辱,愿得笑臣者之头!"胜笑应曰:"诺。"躄者去,平原君笑曰:"愚哉此竖也!以一笑之故,遂欲杀吾美人乎?"平原君门下有个常规:主客者,每月一进客籍,稽客之多少,料算钱谷出入之数。前此客有增无减,至是日渐引去,岁余客减半。公子胜怪之,乃鸣钟大会诸客,问曰:"胜所以待诸君者,未尝敢失礼,乃纷纷引去,何也?"客中一人前对曰:"君不杀笑躄之美人,众皆唝hǒng然,以君爱色而贱士,所以去耳。臣等不日亦将辞矣!"平原君大惊,引罪曰:"此胜之过也!"即解佩剑,令左右斩楼上美人之头,自造躄者之门,长跽请罪。躄者乃喜。于是门下皆称颂平原君之贤,宾客复聚如初。时人为三字语云:

> 食我饱,衣我温,息其馆,游其门。齐孟尝,赵平原,佳公子,贤主人。

时秦昭襄王闻平原君斩美人谢躄之事,一日,与向寿述之,嗟叹其贤。向寿曰:"尚不及齐孟尝君之甚也!"秦王曰:"孟尝君如何?"向寿曰:"孟尝君自其父田婴存日,即使主家政,接待宾客。宾客归之如云,诸侯咸敬慕之,请于田婴以为世子。及嗣为薛公,宾客益盛,衣食与己无二,供给繁费_{费用繁多},为之破产。士从齐来者,人人以为孟尝君亲己,无有间言_{嫌弃的话}。今平原容美人笑躄而不诛,直待宾客离心,乃斩头以谢,不亦晚乎?"秦王曰:"寡人安得一见孟尝君,与之同事哉?"向寿曰:"王如欲见孟尝君,何不召之?"秦王曰:"彼齐相国也,召之安肯来乎?"向寿曰:"王诚以亲子弟为质于齐,以请孟尝君,齐信秦,不敢不遣。王得孟尝君,即以为相,齐亦必相王之亲子弟。秦、齐互相,其交必合,然后共谋诸侯不难矣。"秦王曰:"善!"乃以泾阳君悝为质于齐:"愿易孟尝君来秦,使寡人一见其面,以慰饥渴之想。"宾客闻秦召,皆劝孟尝君必行。时苏代适为燕使于齐,谓孟尝君曰:"今代从外来,见土偶人与木偶人相与语,木偶人谓土偶人曰:'天方雨,子必败矣!奈何!'土偶大笑曰:'我生于土,败则仍还于土耳。子遭雨漂流,吾不知其所底也!'秦,虎狼之国,楚怀王犹不返,况君乎?若留君不遣,臣不知君之所终矣。"孟尝君乃辞秦不欲行。匡章言于湣王曰:"秦之效质而求见孟尝君,欲亲齐也。孟尝君不往,失秦欢矣!虽然,留秦之质,犹为不信秦也。王不如以礼归泾阳君于秦,而使孟尝君聘秦,以答秦之礼。如是,则秦王必听信孟尝君,而厚于齐。"湣王以为然。谓泾阳君曰:"寡人行将遣相国文行聘于上国,以候秦王之颜色,岂敢烦贵人为质?"即备车乘送泾阳君还秦,而使孟尝君行聘于秦。

　　孟尝君同宾客千余人，车骑百余乘，西入咸阳，谒见秦王。秦王降阶迎之，握手为欢，道平生相慕之意。孟尝君有白狐裘，毛深二寸，其白如雪，价值千金，天下无双。以此为私礼，献于秦王。秦王服此裘入宫，夸于所幸燕姬。燕姬曰："此裘亦常有，何以足贵？"秦王曰："狐非数千岁色不白。今之白裘，皆取狐腋下一片，补缀而成。此乃纯白之皮，所以贵重，真无价之珍也。齐乃山东大国，故有此珍服耳。"时天气尚暖，秦王解裘付主藏吏，吩咐珍藏，以俟进御。择日将立孟尝君为丞相。樗里疾忌孟尝君见用，恐夺其相权，乃使其客公孙奭 shì 说秦王曰："田文，齐族也，今相秦，必先齐而后秦。夫以孟尝君之贤，其筹事无不中，又加以宾客之众，而借秦权以阴为齐谋，秦其危矣！"秦王以其言问于樗里疾，疾对曰："奭言是也。"秦王曰："然则遣之乎？"疾对曰："孟尝君居秦月余，其宾客千人，尽已得秦巨细之事，若遣之归齐，终为秦害，不如杀之。"秦王惑其言，命幽囚禁，幽禁孟尝君于馆舍。

　　泾阳君在齐时，孟尝君待之甚厚，日具饮食，临行，复馈以宝器数事，泾阳君甚德之。至是，闻秦王之谋，私见孟尝君言其事。孟尝君惧而问计，泾阳君曰："王计尚未决也。宫中有燕姬者，最得王心，所言必从。君携有重器，吾为君进于燕姬，求其一言，放君还国，则祸可免矣。"孟尝君以白璧二双，托泾阳君献于燕姬求解。燕姬曰："妾甚爱白狐裘，闻山东大国有之，若有此裘，妾不惜一言，不愿得璧也。"泾阳君回报孟尝君，孟尝君曰："只有一裘，已献秦王，何可复得？"遍问宾客："有能复得白狐裘者否？"众皆束手莫对。最下坐有一客，自言："臣能得之。"孟尝君曰："子有何计得裘？"客曰："臣能为狗盗。"孟尝君笑而遣之。客是夜装束如狗，从窦洞中潜入秦宫库藏，为狗吠声。主藏吏以为守狗，不疑。客伺吏睡熟，取身边所藏钥匙，逗开藏柜，果得白狐裘，遂盗之以出，献于孟尝君。孟尝君使泾阳君转献燕姬，燕姬大悦。值与王夜饮方欢，遂进言曰："妾闻齐有孟尝君，天下之大贤也！孟尝君方为齐相，不欲来秦，秦请而致之，不用则已矣，乃欲加诛？夫请人国之相，而无故诛之，又有戮贤之名，妾恐天下贤士将裹足 裹脚，比喻停足不前而避秦也！"秦王曰："善。"明日御殿，即命具车马，给驿券，放孟尝君还齐。孟尝君曰："吾侥幸燕姬之一言，得脱虎口，万一秦王中悔，吾命休矣。"客有善为伪券者，为孟尝君易券中名姓，星驰而去。至函谷关，夜方半，关门下钥已久。孟尝君虑追者或至，急欲出关。关开闭，俱有常期，人定即闭，鸡鸣始开。孟尝君与宾客咸拥聚关内，心甚惶迫。忽闻鸡鸣声自客队中出，孟尝君怪而视之，乃下客一人，能效鸡声者。于是群鸡尽鸣。关吏以为天且晓，即起验券开关。孟尝君之众,复星驰而去。谓二客曰:"吾之得脱虎口,乃狗盗鸡鸣之力也!"众宾客自愧无功,从此不敢怠慢下坐之客。髯翁有赞曰:

> 明珠弹雀,不如泥丸;白璧疗饥,不如壶餐。狗吠裘得,鸡鸣关启;虽为圣贤,不如彼鄙。细流纳海,累尘成冈;用人惟器①,勿陋孟尝。

樗里疾闻孟尝君得放归国,即趋入朝,见昭襄王曰:"王即不杀田文,亦宜留以为质,奈何遣之?"秦王大悔,即使人驰急传追孟尝君,到函谷关,索出客籍阅之,无齐使田文姓名。使者曰:"得无从间道,尚未至乎?"候半日,杳无影响。乃言孟尝君状貌及宾客车马之数。关吏曰:"若然,则今早出关者是矣。"使者曰:"还可追否?"关吏曰:"其驰如飞,今已去百里之远,不可追也。"使者乃还报秦王。王叹曰:"孟尝君有鬼神不测之机,果天下贤士也!"后秦王索狐白裘于主藏吏不得,及见燕姬服之,因叩其故,知其为孟尝君之客所盗,复叹曰:"孟尝君门下,如通都之市,无物不有,吾秦国未有其比!"竟以裘赐燕姬,不罪主藏吏。不知孟尝君归国如何,且看下回分解。

---

① 器:才能。

濡縷彈
鋏客孟嘗

齊王糾兵伐棠宋

第九十四回　冯谖弹铗客孟尝　齐王纠兵伐桀宋

话说孟尝君自秦逃归，道经于赵，平原君赵胜出迎于三十里外，极其恭敬。赵人素闻人传说孟尝之名，未见其貌，至是，争出观之。孟尝君身材短小，不逾中人，观者或笑曰："始吾慕孟尝君，以为天人，必魁然有异。今观之，但渺小丈夫耳！"和而笑者复数人。是夜，凡笑孟尝君者皆失头。平原君心知孟尝门客所为，不敢问也。

再说齐湣mǐn王既遣孟尝君往秦，如失左右手，恐其遂为秦用，深以为忧。乃闻其逃归，大喜，仍用为相国，宾客归者益众。乃置为客舍三等：上等曰"代舍"，中等曰"幸舍"，下等曰"传舍"。代舍者，言其人可以自代也；上客居之，食肉乘舆。幸舍者，言其人可任用也；中客居之，但食肉不乘舆。传舍者，脱粟之饭，免其饥馁；出入听其自便，下客居之。前番鸡鸣狗盗及伪券有功之人，皆列于代舍。所收薛邑俸入，不足以给宾客，乃出钱行债放债，放贷于薛，岁收利息，以助日用。

一日，有一汉子状貌修伟，衣敝褐，蹑草屦jù鞋子，自言姓冯，名谖xuān，齐人，求见孟尝君。孟尝君揖之与坐，问曰："先生下辱，有以教文乎？"谖曰："无也。窃闻君好士，不择贵贱，故不揣以贫身自归耳。"孟尝君命置传舍。十余日，孟尝君问于传舍长曰："新来客何所事？"传舍长答曰："冯先生贫甚，身无别物，止存一剑；又无剑囊，以蒯蕟kuǎi gōu用草绳缠绕的剑柄系之于腰间，食毕，辄弹其剑而歌曰：'长铗归来兮，食无鱼！'"孟尝君笑曰："是嫌吾食俭也。"乃迁之于幸舍，食鱼肉。仍使幸舍长候其举动："五日后，来告我。"居五日，幸舍长报曰："冯先生弹剑而歌如故，但其辞不同矣。曰：'长铗归来兮，出无车！'"孟尝君惊曰："彼欲为我上客乎？其人必有异也。"又迁之代舍。复使代舍长伺其歌否。谖乘车日出夜归，又歌曰："长铗归来兮，无以为家！"代舍长诣孟尝君言之。孟尝君蹙额曰："客何无餍yàn满足之甚乎？"更使伺之，谖不复歌矣。

居一年有余，主家者来告孟尝君："钱谷只勾一月之需。"孟尝君查贷券，民间所负甚多，乃问左右曰："客中谁能为我收债于薛者？"代舍长进曰："冯先生不闻他长，然其人似忠实可任。向者自请为上客，君其试之。"孟尝君请冯谖与言收债之事。冯谖一诺无辞,遂乘车至薛,坐于公府。薛民万户,多有贷者,闻薛公使上客来征息,时输纳甚众,计之得息钱十万。冯谖将钱多市牛酒,预出示:“凡负孟尝君息钱者,勿论能偿不能偿,来日悉会府中验券。”百姓闻有牛酒之犒,皆如期而来。冯谖一一劳以酒食,劝使醺饱。因而旁观,审其中贫富之状,尽得其实。食毕,乃出券与合之,度其力饶,虽一时不能,后可相偿者,与为要约,载于券上;其贫不能偿者,皆罗拜哀乞宽期。冯谖命左右取火,将贫券一笥,悉投火中烧之,谓众人曰:“孟尝君所以贷钱于民者,恐尔民无钱以为生计,非为利也。然君之食客数千,俸食不足,故不得已而征息以奉宾客。今有力者更为期约,无力者焚券蠲 juān 免 免除。君之施德于尔薛人,可谓厚矣。”百姓皆叩头欢呼曰:“孟尝君真吾父母也!”

　　早有人将焚券事报知孟尝君,孟尝君大怒,使人催召谖,谖空手来见,孟尝君假意问曰:“客劳苦,收债毕乎?”谖曰:“不但为君收债,且为君收德!”孟尝君色变,让之曰:“文食客三千人,俸食不足,故贷钱于薛,冀收余息,以助公费。闻客得息钱,多具牛酒,与众乐饮,复焚券之半,犹曰‘收德’,不知所收何德也?”谖对曰:“君请息怒,容备陈之。负债者多,不具牛酒为欢,众疑,不肯齐赴,无以验其力之饶乏。力饶者与为期约。其乏者虽严责之,亦不能偿;久而息多,则逃亡耳。区区之薛,君之世封,其民乃君所与共安危者也。今焚无用之券,以明君之轻财而爱民,仁义之名,流于无穷,此臣所谓为君收德者矣。”孟尝君迫于客费,心中殊不以为然,然已焚券,无可奈何。勉为放颜,揖而谢之。史臣有诗云:

　　　　逢迎言利号佳宾,焚券先虞触主嗔。

　　　　空手但收仁义返,方知弹铗有高人。

　　却说秦昭襄王悔失孟尝君,又见其作用可骇,想道:“此人用于齐国,终为秦害!”乃广布谣言,流于齐国,言:“孟尝君名高天下,天下知有孟尝君,不知有齐王,不日孟尝君且代齐矣!”又使人说楚顷襄王曰:“向者六国伐秦,齐兵独后,因楚王自为从约长,孟尝君不服,故不肯同兵。及怀王在秦,寡君欲归之,孟尝君使人劝寡君勿归怀王;以太子见质于齐,欲秦杀怀王,彼得留太子以要地于齐;故太子几不得归,而怀王竟死于秦。寡君之得罪于楚,皆孟尝君之故也。寡君以楚之故,欲得孟尝君而杀之,会逃归不获。今复为齐相专权,且暮篡齐,秦、楚自此多事矣。寡君愿悔前之祸,与楚结好,以女为楚王妇,共备孟尝君之变。幸大王裁听!”楚王惑其言,竟通和于秦,迎秦王之女为夫人,亦使人布流言于齐。齐湣王疑之,遂收孟尝君相印,黜 chù 免 免归于薛。宾客闻孟尝君罢相，纷纷散去，惟冯谖在侧，为孟尝君御车。未至薛，薛百姓扶老携幼相迎，争献酒食，问起居。孟尝君谓谖曰："此先生所谓为文收德者也！"冯谖曰："臣意不止于此。倘借臣以一乘之车，必令君益重于国，而俸邑益广。"孟尝君曰："惟先生命！"

过数日，孟尝君具车马及金币，谓冯谖曰："听先生所往。"冯谖驾车，西入咸阳，求见昭襄王，说曰："士之游秦者，皆欲强秦而弱齐；其游齐者，皆欲强齐而弱秦。秦与齐势不两雄，其雄者，乃得天下。"秦王曰："先生何策可使秦为雄而不为雌乎？"冯谖曰："大王知齐之废孟尝君否？"秦王曰："寡人曾闻之，而未信也。"冯谖曰："齐之所以重于天下者，以有孟尝君之贤也。今齐王惑于谗毁，一旦收其相印，以功为罪，孟尝君怨齐必深，乘其怀怨之时，而秦收之以为用，则齐国之阴事，以将尽输于秦，用以谋齐，齐可得也，岂特为雄而已哉？大王急遣使，载重币^{厚重的礼物}，阴迎孟尝君于薛，时不可失！万一齐王悔悟而复用之，则两国之雌雄未可定矣。"时樗chū里疾方卒，秦王急欲得贤相，闻谖言大喜，乃饰良车十乘，黄金百镒，命使者以丞相之仪从，迎孟尝君。冯谖曰："臣请为大王先行报孟尝君，使之束装，毋淹滞^留来使。"冯谖疾驱至齐，未暇见孟尝君，先见齐王，说曰："齐、秦之互为雌雄，王所知也。得人者为雄，失人者为雌。今臣闻道路之言，秦王幸孟尝君之废，阴遣良车十乘，黄金百镒，迎孟尝君为相。倘孟尝君西入相秦，反其为齐谋者以为秦谋，则雄在秦，而临淄、即墨危矣！"湣王色动，问曰："然则如何？"冯谖曰："秦使旦暮且至薛，大王乘其未至，先复孟尝君相位，更广其邑封，孟尝君必喜而受之。秦使者虽强，岂能不告于王，而擅迎人之相国哉？"湣王曰："善。"然口虽答应，意未深信。使人至境上，探其虚实，只见车骑纷纷而至，询之，果秦使也。使者连夜奔告湣王，湣王即命冯谖持节迎孟尝君，复其相位，益封孟尝君千户。秦使者至薛，闻孟尝君已复相齐，乃转辕而西。孟尝君既复相位，前宾客去者复归。孟尝君谓冯谖曰："文好客无敢失礼，一日罢相，客皆弃文而去。今赖先生之力，得复其位，诸客有何面目复见文乎？"冯谖答曰："夫荣辱盛衰，物之常理。君不见大都之市乎？旦则侧肩争门而入，日暮为虚矣，为所求不在焉。夫富贵多士，贫贱寡交，事之常也。君又何怪乎？"孟尝君再拜曰："敬闻命矣。"乃待客如初。

是时，魏昭王与韩釐王奉周王之命，合从伐秦。秦使白起将兵迎之，大战于伊阙，斩首二十四万，虏韩将公孙喜，取武遂地二百里；遂伐魏，取河东地四百里。昭襄王大喜，以七国皆称王，不足为异，欲别立帝号，以示贵重，而嫌于独尊,乃使人言于齐湣王曰:"今天下相王,莫知所归。寡人意欲称西帝,以主西方;尊齐为东帝,以主东方;平分天下,大王以为何如?"湣王意未决,问于孟尝君。孟尝君曰:"秦以强横见恶于诸侯,王勿效之。"逾一月,秦复遣使至齐,约共伐赵。适苏代自燕复至,湣王先以并帝之事,请教于代。代对曰:"秦不致帝于他国,而独致于齐,所以尊齐也。却之,则拂秦之意,直受之,则取恶于诸侯。愿王受之而勿称,使秦称之,而西方之诸侯奉之,王乃称帝,以王东方,未晚也;使秦称之,而诸侯恶之,王因以为秦罪。"湣王曰:"敬受教。"又问:"秦约伐赵,其事何如?"苏代曰:"兵出无名,事故不成。赵无罪而伐之,得地则为秦利,齐无与焉。今宋方无道,天下号为桀宋。王与其伐赵,不如伐宋,得其地可守,得其民可臣,而又有诛暴之名,此汤武之举也。"湣王大悦,乃受帝号而不称,厚待秦使,而辞其伐赵之请。秦昭襄王称帝才二月,闻齐仍称王,亦去帝号,不敢称。

话分两头。却说宋康王乃宋辟公辟兵之子,剔成之弟,其母梦徐偃王来托生,因名曰偃。生有异相,身长九尺四寸,面阔一尺三寸,目如巨星,面有神光,力能屈铁伸钩。于周显王四十一年,逐其兄剔成而自立。立十一年,国人探雀巢,得鷇卵即将孵化的蛋,中有小鹯 zhān 鹯类猛禽,以为异事,献于君偃。偃召太史占之。太史布卦奏曰:"小而生大,此反弱为强,崛起霸王之象。"偃喜曰:"宋弱甚矣,寡人不兴之,更望何人?"乃多金壮丁,亲自训练,得劲兵十万余。东伐齐,取五城;南败楚,拓地三百余里;西又败魏军,取二城;灭滕,有其地。因遣使通好于秦,秦亦遣使报之。自是宋号强国,与齐、楚、三晋相并,偃遂称为宋王。自谓天下英雄,无与为比,欲速就霸王之业。每临朝,辄令群臣齐呼万岁。堂上一呼,堂下应之,门外侍卫亦俱应之,声闻数里。又以革囊盛牛血,悬于高竿,挽弓射之。弓强矢劲,射透革囊,血雨从空乱洒,使人传言于市曰:"我王射天得胜。"欲以恐吓远人。又为长夜之饮,以酒强灌群臣,而阴使左右以热水代酒自饮。群臣量素洪者,皆潦倒大醉,不能成礼;惟康王惺然清醒,机灵的样子。左右献谀者,皆曰:"君王酒量如海,饮千石不醉也。"又多取妇人为淫乐,一夜御数十女,使人传言:"宋王精神兼数百人,从不倦怠。"以此自炫。

一日,游封父之墟,遇见采桑妇甚美,筑青陵之台以望之。访其家,乃舍人韩凭之妻息氏也。王使人喻凭以意,使献其妻。凭与妻言之,问其愿否。息氏作诗以对曰:

南山有鸟,北山张罗;鸟自高飞,罗当奈何?

宋王慕息氏不已,使人即其家夺之。韩凭见息氏升车而去,心中不忍,遂自杀。宋王召息氏共登青陵台,谓之曰:"我宋王也,能富贵人,亦能生杀人。况汝夫已死,汝何所归? 若从寡人,当立为王后。"息氏复作诗以对曰:

> 乌有雌雄,不逐凤凰,妾是庶人,不乐宋王。

宋王曰:"卿今已至此,虽欲不从寡人,不可得也!"息氏曰:"容妾沐浴更衣,拜辞故夫之魂,然后侍大王巾栉zhì梳、箆等梳头用具耳。"宋王许之。息氏沐浴更衣讫,望空再拜,遂从台上自投于地。宋王急使人揽其衣,不及,视之,气已绝矣。简其身畔,于裙带得书一幅,书云:"死后,乞赐遗骨与韩凭合葬于一冢,黄泉感德!"宋王大怒,故为二冢,隔绝埋之,使其东西相望,而不相亲。埋后三日,宋王还国。忽一夜,有文梓木生于二冢之傍,旬日间木长三丈许,其枝自相附结成连理。有鸳鸯一对飞集于枝上,交颈悲鸣。里人哀之曰:"此韩凭夫妇之魂所化也!"遂名其树曰"相思树"。髯仙有诗叹云:

> 相思树上两鸳鸯,千古情魂事可伤。
>
> 莫道威强能夺志,妇人执性抗君王。

群臣见宋王暴虐,多有谏者。宋王不胜其渎冒犯、烦琐,乃置弓矢于座侧,凡进谏者,辄引弓射之。尝一日间射杀景成、戴乌、公子勃等三人,自是举朝莫敢开口。诸侯号曰桀宋。

时齐湣王用苏代之说,遣使于楚、魏,约共攻宋,三分其地。兵既发,秦昭王闻之,怒曰:"宋新与秦欢,而齐伐之,寡人必救宋,无再计。"齐湣王恐秦兵救宋,求于苏代。代曰:"臣请西止秦兵,以遂王伐宋之功。"乃西见秦王曰:"齐今伐宋矣,臣敢为大王贺。"秦王曰:"齐伐宋,先生何以贺寡人乎?"苏代曰:"齐王之强暴,无异于宋。今约楚、魏而攻宋,其势必欺楚、魏。楚、魏受其欺,必向西而事秦。是秦损一宋以饵齐,而坐收楚、魏之二国也,王何不利焉? 敢不贺乎?"秦王曰:"寡人欲救宋何如?"代答曰:"桀宋犯天下之公怒,天下皆幸其亡,而秦独救之,众怒且移于秦矣。"秦王乃罢兵不救宋。

齐师先至宋郊,楚、魏之兵亦陆续来会。齐将韩聂、楚将唐昧、魏将芒卯,三人做一处商议。唐昧曰:"宋王志大气骄,宜示弱以诱之。"芒卯曰:"宋王淫虐,人心离怨,我三国皆有丧师失地之耻,宣传檄文,布其罪恶,以招故地之民,必有反戈而向宋者。"韩聂曰:"二君之言皆是也。"乃为檄数桀宋十大罪:一、逐兄篡位,得国不正;二、灭滕兼地,桀强凌弱;三、好攻乐战,侵犯大国;四、革囊射天,得罪上帝;五、长夜酣饮,不恤国政;六、夺人妻女,淫荡无耻;七、射杀谏臣,忠良结舌不敢说话;八、僭拟王号,妄自尊大;九、独媚强秦,结怨邻国;十、慢神虐民,全无君道。檄文到处,人心耸惧,三国所失之地,其民不乐附宋,皆逐其官吏,登城自守,以待来兵。于是所向皆捷,直逼睢阳。宋王偃大阅车徒,亲领中军,离城十里结营,以防攻突。韩聂先遣部下将闾丘俭以五千人挑战,宋兵不出。闾丘俭使军士声洪者数人,登輣车朗诵檄宋十罪。宋王偃大怒,命将军卢曼出敌。略战数合,闾丘俭败走,卢曼追之,俭尽弃其车马器械,狼狈而奔。宋王偃登垒,望见齐师已败,喜曰:"败齐一军,则楚、魏俱丧气矣!"乃悉师出战,直逼齐营。韩聂又让一阵,退二十里下寨,却教唐昧、芒卯二军左右取路,抄出宋王大营之后。

次日,宋王偃只道齐兵已不能战,拔寨都进,直攻齐营。闾丘俭打着韩聂旗号,列阵相持。自辰至午,合战三十余次。宋王果然英勇,手斩齐将二十余员,兵士死者百余人。宋将卢曼亦死于阵。闾丘俭复大败而奔,委弃车仗器械无数。宋兵争先掠取。忽有探子报道:"敌兵袭攻睢阳城甚急!探是楚、魏二国军马。"宋王大怒,忙教整队回军。行不上五里,刺斜里一军突出,大叫:"齐国上将韩聂在此!无道昏君还不速降!"宋王左右将戴直、屈志高双车齐出。韩聂大展神威,先将屈志高斩于车下。戴直不敢交锋,保护宋王,且战且走。回至睢阳城下,守将公孙拔认得自家军马,开门放入。三国合兵攻打,昼夜不息。忽见尘头起处,又有大军到来,乃是齐湣王恐韩聂不能成功,亲帅大将王蠋zhuó、太史敫jiǎo等,引生军三万前来,军势益壮。宋军知齐王亲自领兵,人人丧胆,个个灰心,又兼宋王不恤士卒,昼夜驱率男女守嘹,绝无恩赏,怨声籍籍。戴直言于王偃曰:"敌势猖狂,人心已变,大王不如弃城,权避河南,更图恢复。"宋王此时,一片图王定霸之心化为秋水,叹息了一回,与戴直半夜弃城而遁。公孙拔遂竖起降旗,迎湣王入城。湣王安抚百姓,一面令诸军追逐宋王。宋王走至温邑,为追兵所及,先擒戴直斩之。宋王自投于神农涧中,不死,被军士牵出斩首,传送睢阳。齐、楚、魏遂共灭宋国,三分其地。

楚、魏之兵既散,湣王曰:"伐宋之役,齐力为多,楚、魏安得受地?"遂引兵衔枚尾唐昧之后,袭败楚师于重丘,乘胜逐北,尽收取淮北之地。又西侵三晋,屡败其军。楚、魏恨湣王之负约,果皆遣使附秦,秦反以为苏代之功矣。湣王既兼有宋地,气益骄恣,使嬖臣夷维往合卫、鲁、邹三国之君,要他称臣入朝。三国惧其侵伐,不敢不从。湣王曰:"寡人残燕灭宋,辟地千里;败梁割楚,威加诸侯。鲁、卫尽已称臣,泗上无不恐惧。旦晚提一旅兼并二周,迁九鼎于临淄,正号天子,以令天下,谁敢违者!"孟尝君田文谏曰:"宋王偓惟骄,故齐得而乘之,愿大王以宋为戒! 夫周虽微弱,然号为共主。七国攻战,不敢及周,畏其名也。大王前去帝号不称,天下以此多齐之让。今忽萌代周之志,恐非齐福!"湣王曰:"汤放桀,武王伐纣,桀、纣非其主乎? 寡人何不如汤、武? 惜子非伊尹、太公耳!"于是复收孟尝君相印。

孟尝君惧诛,乃与其宾客走大梁,依公子无忌以居。那公子无忌乃是魏昭王之少子,为人谦恭好士,接人惟恐不及。尝朝膳,有一鸠为鹞所逐,急投案下,无忌蔽之,视鹞去,乃纵鸠。谁知鹞隐于屋脊,见鸠飞出,逐而食之。无忌自咎曰:"此鸠避患而投我,乃竟为鹞所杀,是我负此鸠也!"竟日不进膳。令左右捕鹞,共得百余头,各置一笼以献。无忌曰:"杀鸠者止一鹞,吾何可累及他禽!"乃按剑于笼上,祝曰:"不食鸠者,向我悲鸣,我则放汝。"群鹞皆悲鸣。独至一笼,其鹞低头不敢仰视,乃取而杀之。遂开笼放其余鹞。闻者叹曰:"魏公子不忍负一鸠,忍负人乎?"由是士无贤愚,归之如市。食客亦三千余人,与孟尝君、平原君相亚。

魏有隐士姓侯名嬴,年七十余,家贫,为大梁夷门监者。无忌闻其素行修洁,且好奇计,里中尊敬之,号为侯生。于是驾车往拜,以黄金二十镒为贽。侯生谢曰:"嬴安贫自守,不妄受人一钱,今且老矣,宁为公子而改节乎?"无忌不能强,欲尊礼之,以示宾客,乃置酒大会。是日,魏宗室将相诸贵客毕集堂中,坐定,独虚左第一席。无忌命驾亲往夷门,迎侯生赴会。侯生登车,无忌揖之上坐,生略不谦逊。无忌执辔在傍,意甚恭敬。侯生又谓无忌曰:"臣有客朱亥,在市屠中,欲往看之,公子能枉驾同一往否?"无忌曰:"愿与先生偕往。"即命引车枉道绕路入市。及屠门,侯生曰:"公子暂止车中,老汉将下看吾客。"侯生下车,入亥家,与亥对坐肉案前,絮语移时。侯生时时睨 nì 视斜视公子,公子颜色愈和,略无倦怠。时从骑数十余,见侯生絮语不休,厌之,多有窃骂者。侯生亦闻之,独视公子色终不变。乃与朱亥别,复登车,上坐如故。无忌以午牌出门,比回府,已申末矣。诸贵宾见公子亲往迎客,虚左以待,正不知甚处有名的游士,何方大国的使臣,俱办下一片敬心伺候。及久不见到,各各心烦意懒,忽闻报说:"公子迎客已至。"众贵客敬心复萌,俱起坐出迎,睁眼相看。及客到,乃一白须老者,衣冠敝陋,无不骇然。无忌引侯生遍告宾客,诸贵客闻是夷门监者,意殊不以为然。无忌揖侯生就首席,侯生亦不谦让。酒至半酣,无忌手捧金卮为寿于侯生之前。侯生接卮在手,谓无忌曰:"臣乃夷门抱关吏也。公子枉驾下辱,久立市中,毫无怠色。又尊臣于诸贵之上,于臣似为过分。然所以为此,欲成公子下士之名耳!"诸贵客皆窃笑。席散，侯生遂为公子上客。侯生因荐朱亥之贤，无忌数往候见，朱亥绝不答拜。无忌亦不以为怪，其折节下士如此。

今日孟尝君至魏，独依无忌，正合着古语"同声相应，同气相求"八个字，自然情投意合。孟尝君原与赵平原君公子胜交厚，因使无忌结交于赵胜，无忌将亲姊嫁于平原君为夫人。于是魏、赵通好，而孟尝君居间为重_{在当中居于重要地位}。齐湣王自孟尝君去后，益自骄矜，日夜谋代周为天子。时齐境多怪异：天雨血，方数百里，沾人衣，腥臭难当；又地坼数丈，泉水涌出；又有人当关而哭，但闻其声，不见其形。由是百姓惶惶，朝不保夕。大夫狐咺 xuān、陈举先后进谏，且请召还孟尝君。湣王怒而杀之，陈尸于通衢，以杜谏者。于是王蠋、太史敫等，皆谢病弃职，归隐乡里。不知湣王如何结果，且看下回分解。

說四

國
樂
齊
毅
滅
燕

第九十五回　说四国乐毅灭齐　驱火牛田单破燕

话说燕昭王自即位之后，日夜以报齐雪耻为事。吊死问孤吊唁死者,慰问孤儿,形容关心民间疾苦,与士卒同甘苦,尊礼贤士,四方豪杰,归者如市。有赵人乐毅,乃乐羊之孙,自幼好讲兵法。当初乐羊封于灵寿,子孙遂家焉。赵主父沙丘之乱,乐毅挈家去灵寿,奔大梁,事魏昭王,不甚信用。闻燕王筑黄金台,招致天下贤士,欲往投之,乃谋出使于燕。见燕昭王说以兵法,燕王知其贤,待以客礼,乐毅谦让不敢当。燕王曰："先生生于赵,仕于魏,在燕固当为客。"乐毅曰："臣之仕魏,以避乱也。大王若不弃微末,请委质为燕臣。"燕王大喜,即拜毅为亚卿,位于剧辛诸人之上。乐毅悉召其宗族居燕,为燕人。其时齐国强盛,侵伐诸侯。昭王深自韬晦收敛锋芒,隐藏不露,养兵恤民,待时而动。及湣王逐孟尝君,恣行狂暴,百姓弗堪,而燕国休养多年,国富民稠,士卒乐战。于是昭王进乐毅而问曰："寡人衔先人之恨二十八年于兹矣!常恐一旦溘kè忽然、急促先朝露早上的露水,比喻时间短暂,不及剸tuán割,截断刃于齐王之腹,以报国耻,终夜痛心。今齐王骄暴自恃,中外离心,此天亡之时。寡人欲起倾国之兵,与齐争一旦之命,先生何以教之?"乐毅对曰："齐国地大人众,士卒习战,未可独攻也。王必欲伐之,必与天下共图之。今燕之比邻,莫密于赵,王宜首与赵合,则韩必从。而孟尝君相魏,方恨齐,宜无不听。如是,而齐可攻也。"燕王曰："善。"乃具符节,使乐毅往说赵国。

平原君赵胜为言于惠文王,王许之。适秦国使者在赵,乐毅并说秦使者以伐齐之利,使者还报秦王。秦王忌齐之盛,惧诸侯背秦而事齐,于是复遣使者报赵,愿共伐齐之役。剧辛往说魏王,见孟尝君,孟尝君果主发兵,复为约韩与共事。俱与订期。于是燕王悉起国中精锐,使乐毅将之。秦将白起、赵将廉颇、韩将暴鸢、魏将晋鄙各率一军,如期而至。于是燕王命乐毅并护五国之兵,号为乐上将军,浩浩荡荡,杀奔齐国。齐湣王自将中军,与大将韩聂迎战于济水之西。乐毅身先士卒,四国兵将无不贾勇争奋,杀得齐兵尸横原野,流血成渠。韩聂被乐毅之弟乐乘所杀。诸军乘胜逐北,湣王大败,奔回临淄,连夜使人求救于楚,许尽割淮北之地为赂;一面检点军民,登城设守。秦、魏、韩、赵乘胜,各自分路收取边城,独乐毅自引燕军,长驱深入,所过宣谕威德，齐城皆望风而溃，势如破竹，大军直逼临淄。湣王大惧，遂与文武数十人潜开北门而遁。

行至卫国，卫君郊迎称臣。既入城，让正殿以居之，供具甚敬。湣王骄傲，待卫君不以礼。卫诸臣意不能平，夜往掠其辎重。湣王怒，欲俟卫君来见，责以捕盗。卫君是日竟不朝见，亦不复给廪饩。湣王甚愧，候至日昃饿甚，恐卫君图己，与夷维数人连夜逃去。从臣失主，一时皆四散奔走。湣王不一日，逃至鲁关，关吏报知鲁君。鲁君遣使者出迎，夷维谓曰："鲁何以待吾君？"对曰："将以十太牢待之君。"夷维曰："吾君，天子也。天子巡狩，诸侯辟宫，朝夕亲视膳于堂下，天子食已，乃退而听朝，岂止十牢之奉而已！"使者回复鲁君，鲁君大怒，闭关不纳。复至邹，值邹君方死，湣王欲入行吊。夷维谓邹人曰："天子下吊，主人必背其殡棺，立西阶，北面而哭，天子乃于阼阶上，南面而吊之。"邹人曰："吾国小，不敢烦天子下吊。"亦拒之不受。湣王计穷。夷维曰："闻莒州尚完，何不往？"乃奔莒州，金同"敛"，收兵城守，以拒燕军。

乐毅遂破临淄，尽收取齐之财物祭器，并查旧日燕国重器前被齐掠者，大车装载，俱归燕国。燕昭王大悦，亲至济上，大犒三军，封乐毅于昌国，号昌国君。燕昭王返国，独留乐毅于齐，以收齐之余城。齐之宗人有田单者，有智术，知兵。湣王不能用，仅为临淄市掾。燕王入临淄，城中之人，纷纷逃窜。田单与同宗逃难于安平，尽截去其车轴之头，略与毂车轮中心的圆木平，而以铁叶裹轴，务令坚固。人皆笑之。未几，燕兵来攻安平，城破，安平人复争窜，乘车者揎挤，多因轴头相触，不能疾驱，或轴折车覆，皆为燕兵所获。惟田氏一宗，以铁笼坚固，且不碍，竟得脱，奔即墨去讫。乐毅分兵略地，至于画邑，闻故太傅王蠋 zhú 家在画邑，传令军中，环画邑三十里，不许入犯。使人以金币聘蠋，欲荐于燕王。蠋辞老病，不肯往。使者曰："上将军有令：'太傅来，即用为将，封以万家之邑；不行，且引兵屠邑！'"蠋仰天叹曰："忠臣不事二君，烈女不更二夫。齐王疏斥忠谏，故吾退而耕于野。今国破君亡，吾不能存，而又劫吾以兵，吾与其不义而存，不若全义而亡！"遂自悬其头于树上，举身一奋，颈绝而死。乐毅闻之叹息，命厚葬之，表其墓曰："齐忠臣王蠋之墓。"乐毅出兵六个月，所攻下齐地共七十余城，皆编为燕之郡县，惟莒州与即墨坚守不下。毅乃休兵享士，除其暴令，宽其赋役，又为齐桓公、管夷吾立祠设祭，访求逸民 古代节行高逸、避士隐居的高人，齐民大悦。乐毅之意，以为齐止二城，在掌握之中，终不能成大事，且欲以恩结之，使其自降，故不极其兵力。此周赧王三十一年事也。

却说楚顷襄王，见齐使者来请救兵，许尽割淮北之地，乃命大将淖齿率兵二十万，以救齐为名，往齐受地。谓淖齿曰："齐王急而求我，卿往彼可相机而行，惟有利于楚，可以便宜从事。"淖齿谢恩而出，率兵从齐湣王于莒州。湣王德淖齿，立以为相国，大权皆归于齿。齿见燕兵势盛，恐救齐无功，获罪二国，乃密遣使私通乐毅，欲弑齐王，与燕中分齐国，使燕人立己为王。乐毅回报曰："将军诛无道，以自立功名，桓、文之业不足道也。所请惟命！"淖齿大悦，乃大陈兵于鼓里，请湣王阅兵。湣王既至，遂执而数其罪曰："齐有亡征三：雨血者，天以告也；地坼者，地以告也；有人当阙而哭，人以告也。王不知省戒，戮忠废贤，希望非分。今全齐尽失，而偷生于一城，尚欲何为？"湣王俯首不能答。夷维拥王而哭，淖齿先杀夷维，乃生擢 zhuó 抽出，拔取王筋，悬于屋梁之上，三日而后气绝。湣王之得祸，亦惨矣哉！淖齿回莒州，欲觅王世子杀之，不得。齿乃为表奏燕王，自陈其功，使人送于乐毅，求其转达。是时莒州与临淄，阴自相通，往来无禁。

却说齐大夫王孙贾，年十二岁，丧父，止有老母，湣王怜而官之。湣王出奔，贾亦从行，在卫相失，不知湣王下处，遂潜自归家。其老母见之，问曰："齐王何在？"贾对曰："儿从王于卫，王中夜逃出，已不知所之矣。"老母怒曰："汝朝去而晚回，则吾倚门而望。汝暮出而不还，则吾倚闾而望。君之望臣，何异母之望子？汝为齐王之臣，王昏夜出走，汝不知其处，尚何归乎？"贾大愧，复辞老母，踪迹齐王，闻其在莒州，趋往从之。比至莒州，知齐王已为淖齿所杀。贾乃袒其左肩，呼于市中曰："淖齿相齐而弑其君，为臣不忠，有愿与吾诛讨其罪者，依吾左袒！"市人相顾曰："此人年幼，尚有忠义之心，吾等好义者，皆当从之。"一时左袒者，四百余人。时楚兵虽众，皆分屯于城外。淖齿居齐王之宫，方酣饮，使妇人奏乐为欢。兵士数百人，列于宫外。王孙贾率领四百人，夺兵士器仗，杀入宫中，擒淖齿剁为肉酱，因闭城坚守。楚兵无主，一半逃散，一半投降于燕国。

再说齐世子法章，闻齐王遇变，急更衣为穷汉，自称临淄人王立，逃难无归，投太史敫家为佣工，与之灌园，力作辛苦，无人知其为贵介者 身份尊贵的人。太史敫有女，年及笄，偶游园中，见法章之貌，大惊曰："此非常人，何以屈辱于此？"使侍女叩其来历。法章惧祸，坚不肯吐。太史女曰："白龙鱼服，畏而自隐，异日富贵，不可言也。"时时使侍女给其衣食，久益亲近。法章因私露其迹于太史女，女遂与订夫妇之约，因而私通，举家俱不知也。

时即墨守臣病死，军中无主，欲择知兵者推戴为将，而难其人。有人知田单铁笼得全之事，言其才可将，乃共拥立为将军。田单身操版锸筑墙用的木版和铁锹，与士卒同操作，宗族妻妾皆编于行伍之间，城中人畏而爱之。

再说齐诸臣四散奔逃，闻王蠋死节之事，叹曰："彼已告告老还乡者，尚怀忠义之心，我辈见立齐朝，坐视君亡国破，不图恢复，岂得为人！"乃共走莒州，投王孙贾，相与访求世子。岁余，法章知其诚，乃出自言曰："我实世子法章也。"太史敫报知王孙贾，乃具法驾迎之，即位，是为襄王。告于即墨，相约为犄角，以拒燕兵。乐毅围之，三年不克，乃解围退九里，建立军垒，令曰："城中民有出樵采者，听之，不许擒拿。其有困乏饥饿者食之，寒者衣之。"欲使感恩悦附。不在话下。

且说燕大夫骑劫颇有勇力，亦喜谈兵，与太子乐资相善，觊觎希望，企图得兵权。谓太子曰："齐王已死，城之不拔者，惟莒与即墨耳。乐毅能于六月间，下齐七十余城，何难于二邑？所以不肯即拔者，以齐人未附，欲徐以恩威结齐，不久当自立为齐王矣。"太子乐资述其言于昭王。昭王怒曰："吾先王之仇，非昌国君不能报，即使真欲王齐，于功岂不当耶？"乃笞乐资二十，遣使持节至临淄，即拜乐毅为齐王。毅感泣，以死自誓，不受命。昭王曰："吾固知毅之本心，决不负寡人也。"昭王好神仙之术，使方士炼金石为神丹，服之，久而内热发病，遂薨。太子乐资嗣位，是为惠王。

田单每使细作密探，间谍入燕窥觇事情，闻骑劫谋代乐毅，及燕太子被笞之事，叹曰："齐之恢复，其在燕后王乎！"及燕惠王立，田单使人宣言于燕国曰："乐毅久欲王齐，以受燕先王厚恩，不忍背，故缓攻二城，以待其事。今新王即位，且与即墨连和，齐人所惧，惟恐他将来，则即墨残矣。"燕惠王久疑乐毅，及闻流言与骑劫之言相合，因信为然。乃使骑劫往代乐毅，而召毅归国。毅恐见诛，曰："我赵人也。"遂弃其家，西奔赵国。赵王封乐毅于观津，号望诸君。骑劫既代将，尽改乐毅之令，燕军俱愤怨不服。骑劫住垒三日，即率师往攻即墨，围其城数匝，城中设守愈坚。田单晨起谓城中人曰："吾夜来梦见上帝告我云：齐当复兴，燕当即败。不日当有神人为我军师，战无不克。"有一小卒悟其意，趋近单前，低语曰："臣可以为师否？"言毕，即疾走。田单急起持之，谓人曰："吾梦中所见神人，即此是也！"乃为小卒易衣冠，置之幕中上坐，北面而师事之。小卒曰："臣实无能。"田单曰："子勿言。"因号为"神师"。每出一约束，必禀命于神师而行。谓城中人曰："神师有令：'凡食者必先祭其先祖于庭，当得祖宗阴力相助。'"城中人从其教。飞鸟见庭中祭品，悉翔舞下食。如此早暮二次，燕军望见，以为怪异。闻有神君下教，因相与传说，谓齐得天助，不可敌，敌之违天，皆无战心。单复使人扬乐毅之短曰："昌国君太慈，得齐人不杀，故城中不怕。若劓其鼻而置之前行，即墨人苦死矣！"骑劫信之，将降卒尽劓其鼻。城中人见降者割鼻，大惧，相戒坚守，惟恐为燕人所得。田单又扬言："城中人家，坟墓皆在城外，倘被燕人发掘，奈何？"骑劫又使兵卒尽掘城外坟墓，烧死人，暴骸骨。即墨人从城上望见，皆涕泣，欲食燕人之肉。相率来军门，请出一战，以报祖宗之仇。

田单知士卒可用，乃精选强壮者五千人，藏匿于民间，其余老弱同妇女轮流守城。遣使送款于燕军，言："城中食尽，将以某日出降。"骑劫谓诸将曰："我比乐毅何如？"诸将皆曰："胜毅多倍！"军中悉踊跃呼："万岁！"田单又收民间金得千镒，使富家私遗燕将，嘱以城下之日，求保全家小。燕将大喜，受其金，各付小旗，使插于门上，以为记认。全不准备，呆呆的只等田单出降。单乃使人收取城中牛共千余头，制为绛缯大红色的丝织品之衣，画以五色龙文，披于牛体，将利刃束于牛角，又将麻苇灌下膏油，束于牛尾，拖后如巨帚，于约降前一日，安排停当。众人皆不解其意。田单椎 chuí 敲击牛具酒，候至日落黄昏，召五千壮卒饱食，以五色涂面，各执利器，跟随牛后。使百姓凿城为穴，凡数十处，驱牛从穴中出，用火烧其尾帚。火热渐迫牛尾，牛怒，直奔燕营。五千壮卒，衔枚随之。燕军信为来日受降入城，方夜，皆安寝。忽闻驰骤之声，从梦中惊起。那帚炬千余，光明照耀，如同白日，望之皆龙文五采，突奔前来，角刃所触，无不死伤，军中扰乱。那一伙壮卒，不言不语，大刀阔斧，逢人便砍，虽只五千个人，慌忙之中，恰象几万一般。况且向来听说神师下教，今日神头鬼脸，不知何物，田单又亲率城中人鼓噪而来，老弱妇女皆击铜器为声，震天动地，一发胆都吓破了，脚都吓软了，那个还敢相持！真个人人逃窜，个个奔忙，自相蹂踏，死者不计其数。骑劫乘车落荒而走，正遇田单，一戟刺死，燕军大败。此周赧王三十六年事也。史官有诗云：

火牛奇计古今无，毕竟机乘骑劫愚。

假使金台不易将，燕齐胜负竟何如？

田单整顿队伍，乘势追逐，战无不克。所过城邑，闻齐兵得胜，燕将已死，尽皆叛燕而归齐。田单兵势日盛，掠地直逼河上，抵齐北界，燕所下七十余城，复归于齐。众军将以田单功大，欲奉为王。田单曰："太子法章自在莒州，吾疏族远族，安敢自立？"于是迎法章于莒。王孙贾为法章御车，至于临淄，收葬湣王，择日告庙临朝。襄王谓田单曰："齐国危而复安，亡而复存，皆叔父之功也！叔父知名始于安平，今封叔父为安平君，食邑万户。"王孙贾拜爵亚卿。迎太史女为后，是为君王后。那时太史敫方知其女先以身许法章，怒曰："汝不取媒而自嫁，非吾种也！"终身誓不复相见。齐襄王使人益其官禄，皆不受。惟君王后岁时遣人候省_{问候探视}，未尝缺礼。此是后话。

时孟尝君在魏，让相印于公子无忌，魏封无忌为信陵君。孟尝君退居于薛，比于诸侯，与平原君、信陵君相善。齐襄王畏之，复遣使迎为相国，孟尝君不就。于是与之连和通好，孟尝君往来于齐、魏之间。其后，孟尝君死，无子，诸公子争立。齐、魏共灭薛，分其地。

再说燕惠王自骑劫兵败，方知乐毅之贤，悔之无及。使人遗毅书谢过，欲招毅还国，毅答书不肯归。燕王恐赵用乐毅以图燕，乃复以毅子乐间，袭封昌国君，毅从弟乐乘为将军，并贵重之。毅遂合燕、赵之好，往来其间。二国皆以毅为客卿，毅终于赵。时廉颇为赵大将，有勇，善用兵，诸侯皆惮之。秦兵屡侵赵境，赖廉颇力拒，不能深入，秦乃与赵通好。不知后事何如，且看下回分解。

藺相如兩屈秦王

馬服君單
解韓圍

第九十六回　蔺相如两屈秦王　马服君单解韩围

却说赵惠文王宠用一个内侍,姓缪 miào 名贤,官拜宦者令,颇干预政事。忽一日,有外客以白璧来求售,缪贤爱其玉色光润无瑕,以五百金得之,以示玉工。玉工大惊曰:"此真和氏之璧也! 楚相昭阳因宴会偶失此璧,疑张仪偷盗,捶之几死,张仪以此入秦。后昭阳悬千金之赏,购求此璧,盗者不敢出献,竟不可得。今日无意中落于君手,此乃无价之宝,须什袭把物品一层层包裹起来,以示珍贵珍藏,不可轻示于人也。"缪贤曰:"虽然,良玉何以遂为无价?"玉工曰:"此玉置暗处,自然有光,能却尘埃,辟邪魅,名曰'夜光之璧'。若置之座间,冬月则暖,可以代炉;夏月则凉,百步之内,蝇蚋 ruì 蚊类昆虫不入。有此数般奇异,他玉不及,所以为至宝。"缪贤试之,果然。乃制为宝椟,藏于内笥。早有人报知赵王,言:"缪中侍得和氏璧。"赵王问缪贤取之,贤爱璧不即献。赵王怒,因出猎之便,突入贤家,搜其室,得宝椟,收之以去。缪贤恐赵王治罪诛之,欲出走。其舍人蔺 lìn 相如牵衣问曰:"君今何往?"贤曰:"吾将奔燕。"相如曰:"君何以受知于燕王,而轻身往投也?"缪贤曰:"吾昔年尝从大王与燕王相会于境上,燕王私握吾手曰:'愿与君结交。'以此相知,故欲往。"相如谏曰:"君误矣! 夫赵强而燕弱,而君得宠于赵王,故燕王欲与君结交。非厚君也,因君以厚于赵王也。今君得罪于王,亡命走燕,燕畏赵王之讨,必将束缚君以媚于赵王,君其危矣。"缪贤曰:"然则如何?"相如曰:"君无他大罪,惟不早献璧耳! 若肉袒负斧锧 zhì,叩首请罪,王必赦君。"缪贤从其计,赵王果赦贤不诛。贤重相如之智,以为上客。

再说玉工偶至秦国,秦昭襄王使之治玉,玉工因言及和氏之璧,今归于赵。秦王问:"此璧有甚好处?"玉工如前夸奖。秦王想慕之甚,思欲一见其璧。时昭襄王之母舅魏冉为丞相,进曰:"王欲见和璧,何不以酉阳十五城易之?"秦王讶曰:"十五城,寡人所惜也,奈何易一璧哉?"魏冉曰:"赵之畏秦久矣! 大王若以城易璧,赵不敢不以璧来,来则留之,是易城者名也,得璧者实也。王何患失城乎?"秦王大喜,即为书致赵王,命客卿胡伤为使。书略曰:

寡人慕和氏璧有日矣,未得一见。闻君王得之,寡人不敢轻请,愿以酉阳十五城奉酬。惟君王许之。

赵王得书,召大臣廉颇等商议。欲予秦,恐其见欺,璧去城不可得;欲勿予,又恐触秦之怒。诸大臣或言不宜与,或言宜与,纷纷不决。李克曰:"遣一智勇之士,怀璧以往;得城则授璧于秦,不得城仍以璧归赵,方为两全。"赵王目视廉颇,颇俯首不语。宦者令缪贤进曰:"臣有舍人姓蔺名相如,此人勇士,且有智谋。若求使秦,无过此人。"赵王即命缪贤召蔺相如至,相如拜谒已毕,赵王问曰:"秦王请以十五城易寡人之璧,先生以为可许否?"相如曰:"秦强赵弱,不可不许。"赵王曰:"倘璧去城不可得,如何?"相如对曰:"秦以十五城易璧,价厚矣。如是赵不许璧,其曲在赵。赵不待入城而即献璧,礼恭矣。如是而秦不予城,其曲在秦。"赵王曰:"寡人欲求一人使秦,保护此璧。先生能为寡人一行乎?"相如曰:"大王必无其人,臣愿奉璧以往。若城入于赵,臣当以璧留秦;不然,臣请完璧归赵。"赵王大喜,即拜相如为大夫,以璧授之。相如奉璧西入咸阳。

　　秦昭襄王闻璧至,大喜,坐章台之上,大集群臣,宣相如入见。相如留下宝椟,只用锦袱包裹,两手捧定,再拜奉上秦王。秦王展开锦袱观看,但见纯白无瑕,宝光闪烁,雕镂之处,天成无迹,真希世之珍矣。秦王饱看了一回,啧啧叹息。因付左右群臣递相传示,群臣看毕,皆罗拜称:"万岁!"秦王命内侍重将锦袱包裹,传与后宫美人玩之,良久送出,仍归秦王案上。蔺相如从旁伺候,良久,并不见说起偿城之话。相如心生一计,乃前奏曰:"此璧有微瑕,臣请为大王指之。"秦王命左右以璧传与相如。相如得璧在手,连退数步,靠在殿柱之上,睁开双目,怒气勃不可遏,谓秦王曰:"和氏之璧,天下之至宝也。大王欲得璧,发书至赵,寡君悉召群臣计议,群臣皆曰:'秦自负其强,以空言求璧,恐璧往,城不可得,不如勿许。'臣以为:'布衣之交,尚不相欺,况万乘之君乎? 奈何以不肖之心待人,而得罪于大王?'于是寡君乃斋戒五日,然后使臣奉璧拜送于庭,敬之至也。今大王见臣,礼节甚倨,坐而受璧,左右传观,复使后宫美人玩弄,亵渎轻慢,冒犯殊甚。以此知大王无偿城之意矣,臣所以复取璧也。大王必欲追臣,臣头今与璧俱碎于柱,宁死不使秦得璧!"于是持其璧睨柱,欲以击柱。秦王惜璧,恐其碎之,乃谢曰:"大夫无然不要这样! 寡人岂敢失信于赵?"即召有司取地图来,秦王指示,从某处至某处,共十五城予赵。相如心中暗想:"此乃秦王欲诳取璧,非真情。"乃谓秦王曰:"寡君不敢爱希世之宝,以得罪于大王,故临遣臣时,斋戒五日,遍召群臣,拜而遣之。今大王亦宜斋戒五日,陈设车辂文物车辆及各种物品,表示隆重,具左右威仪,臣乃敢上璧。"秦王曰:"诺。"乃命斋戒五日,送相如于公馆安歇。相如抱璧至馆,又想道:"我曾在赵王面前夸口:'秦若不偿城,愿完璧归赵。'今秦王虽然斋戒,倘得璧之后,仍不偿城,何面目回见赵王?"乃命从者穿粗褐衣,装作贫人模样,将布袋缠璧于腰,从径路窃走偷偷逃走,附奏于赵王曰:"臣恐秦欺赵,无意偿城,谨遣从者归璧大王。臣待罪于秦,死不辱命!"赵王曰:"相如果不负所言矣。"

再说秦王假说斋戒,实未必然,过五日,升殿陈设礼物,令诸侯使者皆会,共观受璧,欲以夸示列国。使赞礼引赵国使臣上殿,蔺相如从容徐步而入。谒见已毕,秦王见相如手中无璧,问曰:"寡人已斋戒五日,敬受和璧,今使者不持璧来,何故?"相如奏曰:"秦自穆公以来,共二十余君,皆以诈术用事。远则杞子欺郑,孟明欺晋,近则商鞅欺魏,张仪欺楚,往事历历,从无信义。臣今者惟恐见欺于王,以负寡君,已令从者怀璧从间道还赵矣。臣当死罪!"秦王怒曰:"使者谓寡人不敬,故寡人斋戒受璧。使者以璧归赵,是明欺寡人也!"叱左右前缚相如。相如面不改色,奏曰:"大王请息怒,臣有一言。今日之势,秦强赵弱,但有秦负赵之事,决无赵负秦之理。大王真欲得璧,先割十五城予赵,随一介之使,同臣往赵取璧,赵岂敢得城而留璧,负不信之名,以得罪于大王哉?臣自知欺大王之罪,罪当万死,臣已寄奏寡君,不望生还矣。请就鼎镬 huò 之烹,令诸侯皆知秦以欲璧之故,而诛杀信使,曲直有所在矣。"秦王与群臣面面相觑,不能吐一语。诸侯使者旁观,皆为相如危惧。左右欲牵相如去,秦王喝住,谓群臣曰:"即杀相如,璧未可得,徒负不义之名,绝秦赵之好。"乃厚待相如,礼而归之。髯翁读史至此,论秦人攻城取邑,列国无可奈何,一璧何足为重?相如之意,只恐被秦王欺赵得璧,便小觑了赵国,将来难以立国,倘索地索贡,不可复拒,故于此显个力量,使秦王知赵国之有人也。

蔺相如既归,赵王以为贤,拜上大夫。其后秦竟不予赵城,赵亦不与秦璧。秦王心中终不释然于赵,复遣使约赵王于西河外渑池之地,共为好会。赵王曰:"秦以会欺楚怀王,锢囚禁,禁锢之咸阳,至今楚人伤心未已。今又来约寡人为会,得无以怀王相待乎?"廉颇与蔺相如计议曰:"王若不行,示秦以弱。"乃共奏曰:"臣相如愿保驾前往,臣颇愿辅太子居守。"赵王喜曰:"相如且能完璧,况寡人乎?"平原君赵胜奏曰:"昔宋襄公以乘车赴会,为楚所劫。鲁君与齐会于夹谷,具左右司马以从。今保驾虽有相如,请精选锐卒五千扈从,以防不虞。再用大军,离三十里屯扎,方保万全。"赵王曰:"五千锐卒,何人为将?"赵胜对曰:"臣所知田部吏李牧者,真将才也。"赵王曰:"何以见之?"赵胜对曰:"李牧为田部吏,取租税,臣家过期不纳,牧以法治之,杀臣司事者九人。臣怒责之,牧谓臣曰:'国之所恃者,法也。今纵君家而不奉公,则法削,法削则国弱,而诸侯加兵,赵且不保其国,君安得保其家乎?以君之贵,奉公如法,法立而国强,长保富贵,岂不善耶?'此其识虑见识谋略非常,臣是以知其可将也。"赵王即用李牧为中军大夫,使率精兵五千扈从同行,平原君以大军继之。廉颇送至境上,谓赵王曰:"王入虎狼之秦,其事诚不测!今与王约:度往来道路,与夫会遇之礼毕,为期不过三十日耳。若过期不归,臣请如楚国故事,立太子为王,以绝秦人之望。"赵王许诺。遂至渑池,秦王亦到,各归馆驿。

至期,两王以礼相见,置酒为欢。饮至半酣,秦王曰:"寡人窃闻赵王善于音乐,寡人有宝瑟在此,请赵王奏之。"赵王面赤,然不敢辞。秦侍者将宝瑟进于赵王之前,赵王为奏《湘灵》一曲,秦王称善不已。鼓毕,秦王曰:"寡人闻赵之始祖烈侯好音,君王真得家传矣。"乃顾左右,召御史使载其事。秦御史秉笔取简,书曰:"某年月日,秦王与赵王会于渑池,令赵王鼓瑟。"蔺相如前进曰:"赵王闻秦王善于秦声,臣谨奉盆缶,请秦王击之,以相娱乐。"秦王怒,色变不应。相如即取盛酒瓦器,跪请于秦王之前,秦王不肯击。相如曰:"大王恃秦之强乎?今五步之内,相如得以颈血溅大王矣!"左右曰:"相如无礼!"欲前执之。相如张目叱之,须发皆张,左右大骇,不觉倒退数步。秦王意不悦,然心惮相如,勉强击缶一声。相如方起,召赵御史亦书于简曰:"某年月日,赵王与秦王会于渑池,令秦王击缶。"秦诸臣意不平,当筵而立,请于赵王曰:"今日赵王惠顾,请王割十五城为秦王寿!"相如亦请于秦王曰:"礼尚往来,赵既进十五城于秦,秦不可不报。亦愿以秦之咸阳为赵王寿!"秦王曰:"吾两君为好,诸君不必多言。"乃命左右,更进酒献酬,假意尽欢而罢。秦客卿胡伤等密劝拘留赵王及蔺相如,秦王曰:"谍者言:'赵设备甚密。'万一其事不济,为天下笑。"乃益敬重赵王,约为兄弟,永不侵伐。使太子安国君之子名异人者,为质于赵。群臣皆曰:"约好足矣,何必送质?"秦王笑曰:"赵方强,未可图也。不送质,则赵不相信。赵信我,其好方坚,我乃得专事于韩矣。"群臣乃服。

赵王辞秦王而归,恰三十日。赵王曰:"寡人得蔺相如,身安于泰山,国重于九鼎。相如功最大,群臣莫及。"乃拜为上相,班在廉颇之右^{上位}。廉颇怒曰:"吾有攻城野战之大功,相如徒以口舌微劳,位居吾上。且彼乃宦者舍人,出身微贱,吾岂甘为之下乎?今见相如,必击杀之!"相如闻廉颇之言,每遇公朝,托病不往,不肯与颇相会。舍人俱以相如为怯,窃议之。偶一日,蔺相如出外,廉颇亦出,相如望见廉颇前导古时官吏出行前列的仪仗,忙使御者引车避匿傍巷中去,俟廉颇车过方出。舍人等益忿,相约同见相如,谏曰:"臣等抛井里,弃亲戚,来君之门下者,以君为一时之丈夫,故相慕悦而从之。今君与廉将军同列,班况在右,廉君口出恶言,君不能报,避之于朝,又避之于市,何畏之甚也? 臣等窃为君羞之! 请辞去!"相如固止之曰:"吾所以避廉将军者有故,诸君自不察耳!"舍人等曰:"臣等浅近无知,乞君明言其故。"相如曰:"诸君视廉将军孰若秦王?"诸舍人皆曰:"不若也。"相如曰:"夫以秦王之威,天下莫敢抗,而相如廷叱之,辱其群臣。相如虽驽,独畏一廉将军哉? 顾吾念之,强秦所以不敢加兵于赵者,徒以吾两人在也。今两虎共斗,势不俱生,秦人闻之,必乘间而侵赵。吾所以强颜引避者,国计为重,而私仇为轻也。"舍人等乃叹服。

未几,蔺氏之舍人与廉氏之客,一日在酒肆中不期而遇,两下争坐。蔺氏舍人曰:"吾主君以国家之故,让廉将军,吾等亦宜体主君之意,让廉氏客。"于是廉氏益骄。河东人虞卿游赵,闻蔺氏舍人述相如之语,乃说赵王曰:"王今日之重臣,非蔺相如、廉颇乎?"王曰:"然。"虞卿曰:"臣闻前代之臣,师师济济庄严众多的样子,同寅协恭,以治其国。今大王所恃重臣二人,而使自相水火,非社稷之福也。夫蔺氏愈益让,而廉氏不能谅其情。廉氏愈益骄,而蔺氏不敢折其气。在朝则有事不共议,为将则有急不相恤,臣窃为大王忧之! 臣请合廉、蔺之交,以为大王辅。"赵王曰:"善。"虞卿往见廉颇,先颂其功,廉颇大喜。虞卿曰:"论功则无如将军矣,论量则还推蔺君。"廉颇勃然曰:"彼懦夫以口舌取功名,何量之有哉?"虞卿曰:"蔺君非懦士也,其所见者大。"因述相如对舍人之言,且曰:"将军不欲托身于赵则已,若欲托身于赵,而两大臣一让一争,恐盛名之归,不在将军也。"廉颇大惭曰:"微先生之言,吾不闻过。吾不及蔺君远矣。"因使虞卿先道意于相如,颇肉袒负荆,自造于蔺氏之门,谢曰:"鄙人志量浅狭,不知相国能宽容至此,死不足赎罪矣!"因长跪庭中。相如趋出引起曰:"吾二人比肩事主,为社稷臣,将军能见谅,已幸甚,何烦谢为?"廉颇曰:"鄙性粗暴,蒙君见容,惭愧无地!"因相持泣下,相如亦泣。廉颇曰:"从今愿结为生死之交,虽刎颈不变!"颇先下拜,相如答拜。因置酒筵款待,极欢而罢。后世称刎颈之交,正谓此也。无名子有诗云:

引车趋避量诚洪,肉袒将军志亦雄。

今日纷纷竞门户，谁将国计置胸中！

赵王赐虞卿黄金百镒，拜为上卿。

是时，秦大将军白起击破楚军，拔郢都，置南郡。楚顷襄王败走，东保于陈。大将魏冉复攻取黔中，置黔中郡，楚益衰削。乃使太傅黄歇侍太子熊完，入质于秦以求和。白起等复攻魏，至于大梁。梁遣大将暴鸢迎战，败绩，斩首四万，魏献三城以和。秦封白起为武安君。未几，客卿胡伤复攻魏，败魏将芒卯，取南阳，置南阳郡。秦王以赐魏冉，号为穰 rǎng 侯。复遣胡伤帅师二十万伐韩，围阏与。韩釐王遣使求救于赵，赵惠文王聚集群臣商议："韩可救与否？"蔺相如、廉颇、乐乘皆言："阏与道险且狭，救之不便。"平原君赵胜曰："韩、魏唇齿相蔽，不救则还戈即向赵矣！"赵奢嘿然无言。赵王独问之，奢对曰："道险且狭，譬如两鼠斗于穴中，将勇者胜。"赵王乃选军五万，使奢帅之救韩。

出邯郸东门三十里，传令立壁垒下寨。安插已定，又出令曰："有言及军事者斩！"闭营高卧，军中寂然。秦军鼓噪勒兵陈列军队，声如震霆，阏与城中屋瓦皆为振动。军吏一人来报，秦兵如此恁般。赵奢以为犯令，立斩之以徇。留二十八日不行，日使人增垒浚沟，为自固计。秦将胡伤闻有赵兵来救，不见其来，再使谍人探听，报云："赵果有救兵，乃大将赵奢也。出邯郸城三十里，即立垒下寨不进。"胡伤未信，更使亲近左右直入赵军，谓赵奢曰："秦攻阏与，旦暮且下矣，将军能战，即速来！"赵奢曰："寡君以邻邦告急，遣某为备，某何敢与秦战乎？"因具酒食厚款之，使周视壁垒。秦使者还报胡伤，胡伤大喜曰："赵兵去国才三十里，而坚壁不进，乃增垒自固，已无战情，阏与必为吾有矣。"遂不为御赵之备，一意攻韩。

赵奢既遣秦使，约三日，度其可至秦军，遂出令选骑兵善射惯战者万人为前锋，大军在后，衔枚卷甲，昼夜兼行。二日一夜及韩境，去阏与城十五里，复立军垒。胡伤大怒，留兵一半围城，悉起老营军队长期驻扎的营地之众，前来迎敌。赵营军士许历书一简，上为"请谏"二字，跪于营前。赵奢异之，命刊去前令，召入曰："汝欲何言？"许历曰："秦人不意赵师卒至，此其来气盛。元帅必厚集其阵，以防冲突，不然必败。"赵奢曰："诺。"即传令列阵以待。许历又曰："《兵法》：'得地利者胜。'阏与形势，惟北山最高，而秦将不知据守，此留以待元帅也，宜速据之。"赵奢又曰："诺。"即命许历引军万人屯据北山岭上，凡秦兵行动，一望而知。胡伤兵到，便来争山。山势崎岖，秦兵胆大的有几个上前，都被赵军飞石击伤。胡伤咆哮大怒，指挥军将四下寻路。忽闻鼓声大振，赵奢引军杀到，胡伤命分军拒敌。赵奢将射手万人，分为二队，左右各五千人，向秦军乱射。许历驱万人从山顶上趁势杀下，喊声如雷，前后夹攻，杀得秦军如天崩地裂，没处躲闪，大败而奔。胡伤马蹶坠下，几为赵兵所获，却遇兵尉斯离引军刚到，抵死救出。赵奢追至五十里，秦军屯扎不住，只得望西逃奔，遂解阏与之围。韩釐王亲自劳军，致书称谢赵王。赵王封奢为马服君，位与蔺相如、廉颇相并。赵奢荐许历之才，以为国尉。

赵奢子赵括，自少喜谈兵法，家传《六韬》《三略》之书，一览而尽，尝与父奢论兵，指天画地，目中无人，虽奢亦不能难也。其母喜曰："有子如此，可谓将门出将矣！"奢蹴 cù 然局促不安的样子不悦曰："括不可为将。赵不用括，乃社稷之福耳！"母曰："括尽读父书，其谈兵自以为天下莫及，子曰'不可为将'，何故？"奢曰："括自谓天下莫及，此其所以不可为将也。夫兵者，死地，战战兢兢，博谘于众，犹惧有遗虑，而括易言之！若得兵权，必果于自用，忠谋善策无由而入，其败必矣。"母以奢之语告括，括曰："父年老而怯，宜有是言也！"后二岁，赵奢病笃，谓括曰："兵凶战危，古人所戒。汝父为将数年，今日方免败衄 nǜ 失败损伤之辱，死亦瞑目。汝非将才，切不可妄居其位，自坏家门！"又嘱括母曰："异日若赵王召括为将，汝必述吾遗命辞之。丧师辱国，非细事也！"言讫而终。赵王念奢之功，以括嗣马服君之职。未知后事如何，且看下回分解。

假張
祿廷
使屏
魏

第九十七回　死范雎计逃秦国　假张禄廷辱魏使

话说大梁人范雎字叔，有谈天说地之能，安邦定国之志，欲求事魏王，因家贫，不能自通，乃先投于中大夫须贾门下，用为舍人。当初，齐湣王无道，乐毅纠合四国一同伐齐，魏亦遣兵助燕。及田单破燕复齐，齐襄王法章即位，魏王恐其报复，同相国魏齐计议，使须贾至齐修好。贾使范雎从行。齐襄王问于须贾曰："昔我先王与魏同兵伐宋，声气相投，及燕人残灭齐国，魏实与焉。寡人念先王之仇，切齿腐心咬牙捶胸，形容十分痛恨！今又以虚言来诱寡人，魏反复无常，使寡人何以为信？"须贾不能对。范雎从旁代答曰："大王之言差矣！先寡君之从于伐宋，以奉命也。本约三分宋国，上国背约，尽收其地，反加侵虐，是齐之失信于敝邑也！诸侯畏齐之骄暴无厌，于是昵就燕人，济西之战，五国同仇，岂独敝邑？然敝邑不为已甚，不敢从燕于临淄，是敝邑之有礼于齐也。今大王英武盖世，报仇雪耻，光启前人之绪事业。寡君以为桓、威之烈，必当再振，可以上盖湣王之愆，垂休无穷，故遣下臣贾来修旧好。大王但知责人，不知自反，恐湣王之覆辙，又见于今矣。"齐襄王愕然起谢曰："是寡人之过也！"即问须贾："此位何人？"须贾曰："臣之舍人范雎也。"齐王顾盼良久，乃送须贾于公馆，厚其癝饩 xì。使人阴说范雎曰："寡君慕先生人才，欲留先生于齐，当以客卿相处，万望勿弃！"范雎辞曰："臣与使者同出，而不与同入，不信无义，何以为人？"齐王益爱重之，复使人赐范雎黄金十斤及牛酒，雎固辞不受。使者再四致齐王之命，坚不肯去。雎不得已，乃受牛酒而还其金。使者叹息而去。

早有人报知须贾，须贾召范雎问曰："齐使者为何而来？"范雎曰："齐王以黄金十斤及牛酒赐臣，臣不敢受。再四相强，臣止留其牛酒。"须贾曰："所以赐子者何故？"范雎曰："臣不知。或者以臣在大夫之左右，故敬大夫以及臣耳。"须贾曰："赐不及使者而独及子，必子与齐有私也。"范雎曰："齐王先曾遣使欲留臣为客卿，臣峻拒之。臣以信义自矢自誓，立志不移，岂敢有私哉？"须贾疑心益甚。使事既毕，须贾同范雎还魏。贾遂言于魏齐曰："齐王欲留舍人范雎为客卿，又赐以黄金牛酒，疑以国中阴事告齐，故有此赐也。"魏齐大怒，乃会宾客，使人擒范雎，即席讯之。

睢至,伏于阶下。魏齐厉声问曰:"汝以阴事告齐乎?"范睢曰:"怎敢?"魏齐曰:"汝若无私于齐,齐王安用留汝?"睢曰:"留果有之,睢不从也。"魏齐曰:"然则黄金牛酒之赐,子何受之?"睢曰:"使者十分相强,睢恐拂齐王之意,勉受牛酒。其黄金十斤,实不曾收。"魏齐咆哮大喝曰:"卖国贼!还要多言!即牛酒之赐,亦岂无因?"呼狱卒缚之,决脊一百,使招承通齐之语。范睢曰:"臣实无私,有何可招?"魏齐益怒曰:"为我答杀此奴,勿留祸种!"狱卒鞭笞乱下,将牙齿打折。睢血流被面,痛极难忍,号呼称冤。宾客见相国盛怒之下,莫敢劝止。魏齐教左右一面用巨觥行酒,一面教狱卒加力,自辰至未,打得范睢遍体皆伤,血肉委地,咶喇 guō lā 一响,胁骨亦断,睢大叫失声,闷绝而死。

可怜信义忠良士,翻作沟渠枉死人!

传语上官须仔细,莫将屈棒打平民。

潜渊居士又有诗云:

张仪何曾盗楚璧?范叔何曾卖齐国?

疑心盛气总难平,多少英雄受冤屈!

左右报曰:"范睢气绝矣。"魏齐亲自下视,见范睢断胁折齿,身无完肤,直挺挺在血泊中不动。齐指骂曰:"卖国贼死得好!好教后人看样!"命狱卒以苇薄苇席卷其尸,置之坑厕间,使宾客便溺其上,勿容他为干净之鬼。

看看天晚,范睢命不该绝,死而复苏,从苇薄中张目偷看,只有一卒在旁看守。范睢微叹一声,守卒闻之,慌忙来看。范睢谓曰:"吾伤重至此,虽暂醒,决无生理。汝能使我死于家中,以便殡殓,家有黄金数两,尽以相谢。"守卒贪其利,谓曰:"汝仍作死状,吾当入禀。"时魏齐与宾客皆大醉,守卒禀曰:"厕间死人腥臭甚,合当发出。"宾客皆曰:"范睢虽然有罪,相国处之亦已足矣。"魏齐曰:"可出之于郊外,使野鸢饱其余肉也。"言罢,宾客皆散,魏齐亦回内宅。守卒捱至黄昏人静,乃私负范睢至其家。睢妻小相见,痛苦自不必说。范睢命取黄金相谢,又卸下苇薄,付与守卒,使弃野外,以掩人之目。守卒去后,妻小将血肉收拾干净,缚裹伤处,以酒食进之。范睢徐谓其妻曰:"魏齐恨我甚,虽知吾死,尚有疑心。我之出厕,乘其醉耳,明日复求吾尸不得,必及吾家,吾不得生矣。吾有八拜兄弟郑安平,在西门之陋巷,汝可乘夜送我至彼,不可泄漏。俟月余,吾创愈当逃命于四方也。我去后,家中可发哀,如吾死一般,以绝其疑。"其妻依言,使仆人先往报知郑安平。郑安平即时至睢家看视,与其家人同携负以去。

次日,魏齐果然疑心范雎,恐其复苏,使人视其尸所在。守卒回报:"弃野外无人之处,今惟苇薄在,想为犬豕衔去矣。"魏齐复使人脚其家,举哀带孝,方始坦然。再说范雎在郑安平家,敷药将息,渐渐平复。安平乃与雎共匿于具茨_{cí}山,范雎更姓名曰张禄,山中人无知其为范雎者。过半岁,秦谒者王稽奉昭襄王之命出使魏国,居于公馆。郑安平诈为驿卒,伏侍王稽,应对敏捷,王稽爱之,因私问曰:"汝知国有贤人,未出仕者乎?"安平曰:"贤人何容易言也! 向有一范雎者,其人智谋之士,相国筆_{chuí}之至死。"言未毕,王稽叹曰:"惜哉! 此人不到我秦国,不得展其大才!"安平曰:"今臣里中有张禄先生,其才智不亚于范雎,君欲见其人否?"王稽曰:"既有此人,何不请来相会?"安平曰:"其人有仇家在国中,不敢昼行。若无此仇,久已仕魏,不待今日矣。"王稽曰:"夜至不妨,吾当候之。"郑安平乃使张禄亦扮做驿卒模样,以深夜至公馆来谒。王稽略叩以天下大势,范雎指陈了了_{清清楚楚},如在目前。王稽喜曰:"吾知先生非常人,能与我西游于秦否?"范雎曰:"臣禄有仇于魏,不能安居,若能挈行,实乃至愿。"王稽屈指曰:"度吾使事毕,更须五日。先生至期,可待我于三亭冈无人之处,当相载也。"过五日,王稽辞别魏王,群臣俱饯送于郊外,事毕俱别。王稽驱车至三亭冈上,忽见林中二人趋出,乃张禄、郑安平也。王稽大喜,如获奇珍,与张禄同车共载。一路饮食安息,必与相共,谈论投机,甚相亲爱。

不一日,已入秦界。至湖关,望见对面尘头起处,一群车骑自西而来。范雎问曰:"来者谁人?"王稽认得前驱,曰:"此丞相穰侯,东行郡邑耳。"原来穰侯名魏冉,乃是宣太后之弟。宣太后芈氏,楚女,乃昭襄王之母。昭襄王即位时,年幼未冠,宣太后临朝决政,用其弟魏冉为丞相,封穰侯。次弟芈戎,亦封华阳君,并专国用事。后昭襄王年长,心畏太后,乃封其弟公子悝为泾阳君,公子市为高陵君,欲以分芈氏之权。国中谓之"四贵",然总不及丞相之尊也。丞相每岁时,代其王周行郡国,巡察官吏,省视城池,较阅_{检阅}车马,抚循百姓,此是旧规。今日穰侯东巡,前导威仪,王稽如何不认得? 范雎曰:"吾闻穰侯专秦权,妒贤嫉能,恶纳诸侯宾客,恐其见辱,我且匿车箱中以避之。"须臾,穰侯至,王稽下车迎谒。穰侯亦下车相见,劳之曰:"谒君国事劳苦!"遂共立于车前,各叙寒温。穰侯曰:"关东近有何事?"王稽鞠躬对曰:"无有。"穰侯目视车中曰:"谒君得无与诸侯宾客俱来乎? 此辈仗口舌游说人国,取富贵,全无实用!"王稽又对曰:"不敢。"穰侯既别去,范雎从车箱中出,便欲下车趋走。王稽曰:"丞相已去,先生可同载矣。"范雎曰:"臣潜窥穰侯之貌,眼多白而视邪,其人性疑而见事迟。向者目视车中,固已疑之。一时未即搜索,不久必悔,悔必复来,不若避之为安耳。"遂呼郑安平同走。王稽车仗在后,约行十里之程,背后马铃声响,果有二十骑从东如飞而来,赶着王稽车仗,言:"吾等奉丞相之命,恐大夫带有游客,故遣复行查看,大夫勿怪。"因遍索车中,并无外国之人,方才转身。王稽叹曰:"张先生真智士,吾不及也!"乃命催车前进,再行五六里,遇着了张禄、郑安平二人,邀使登车,一同竟入咸阳。髯翁有诗咏范雎去魏之事云:

料事前知妙若神,一时智术少俦伦①。
信陵空养三千客,却放高贤遁入秦!

王稽朝见秦昭襄王,复命已毕,因进曰:"魏有张禄先生,智谋出众,天下奇才也。与臣言秦国之势,危于累卵,彼有策能安之,然非面对不可。臣故载与俱来。"秦王曰:"诸侯客好为大言,往往如此。姑使就客舍。"乃馆于下舍,以需召问。逾年不召,忽一日,范雎出行市上,见穰侯方征兵出征,范雎私问曰:"丞相征兵出征,将伐何国?"有一老者对曰:"欲伐齐纲寿也。"范雎曰:"齐兵曾犯境乎?"老者曰:"未曾。"范雎曰:"秦与齐东西悬绝,中间隔有韩、魏,且齐不犯秦,秦奈何涉远而伐之?"老者引范雎至僻处,言曰:"伐齐非秦王之意,因陶山在丞相封邑中,而纲寿近于陶,故丞相欲使武安君为将,伐而取之,以自广其封耳。"范雎回舍,遂上书于秦王。略曰:

羁旅臣张禄,死罪,死罪!奏闻秦王殿下:臣闻:"明主立政,有功者赏,有能者官,劳大者禄厚,才高者爵尊。"故无能者不敢滥职②,而有能者亦不得遗弃。今臣待命于下合,一年于兹矣。如以臣为有用,愿借寸阴之暇,悉臣之说。如以臣为无用,留臣何为?夫言之在臣,听之在君,臣言而不当,请伏斧锧之诛未晚。毋以轻臣故,并轻举臣之人也。

秦王已忘张禄,及见其书,即使人以传车驿车召至离宫相见。

秦王犹未至,范雎先到,望见秦王车骑方来,佯为不知,故意趋入永巷宫中的长巷。宦者前行逐之,曰:"王来。"范雎谬言曰:"秦独有太后、穰侯耳,安得有王!"前行不顾。正争嚷间,秦王随后至,问宦者:"何为与客争论?"宦者述范雎之语。秦王亦不怒,遂迎之入于内宫,待以上客之礼,范雎逊让。秦王屏去左右,长跪而请曰:"先生何以幸教寡人?"范雎曰:"唯唯。"少顷,秦王又跪请如前。范雎又曰:"唯唯。"如此三次。秦王曰:"先生卒不幸教寡人,

---

① 俦伦:指可以相比的人。　② 滥职:不称职而占有其位。

岂以寡人为不足语耶?"范雎对曰:"非敢然也。昔者吕尚钓于渭滨,及遇文
王,一言而拜为尚父,卒用其谋,灭商而有天下。箕子、比干身为贵戚,尽言
极谏,商纣不听,或奴或诛,商遂以亡。此无他,信与不信之异也。吕尚虽
疏,而见信于文王,故王业归于周,而尚亦享有侯封,传之世世。箕子、比干
虽亲,而不见信于纣,故身不免死辱,而无救于国。今臣羁旅之臣,居至疏之
地,而所欲言者,皆兴亡大计,或关系入骨肉之间。不深言则无救于秦,欲深
言则箕子、比干之祸随于后,所以王三问而不敢答者,未卜王心之信不信何
如耳。"秦王复跪请曰:"先生是何言也! 寡人慕先生大才,故屏去左右,专意
听教。事凡可言者,上及太后,下及大臣,愿先生尽言无隐。"秦王这句话,因
是进永巷时,闻宦者述范雎之言"秦止有太后、穰侯,不闻有王"之语,心下疑
惑,实落的要请教一番。这边范雎犹恐初见之时,万一语不投机,便绝了后
来进言之路,况且左右窃听者多,恐其传说,祸且不测,故且将外边事情,略
说一番,以为引火之煤。乃对曰:"大王以尽言命臣,臣之愿也!"遂下拜,秦
王亦答拜。然后就坐开言曰:"秦地之险,天下莫及,其甲兵之强,天下亦莫
敌。然兼并之谋不就,伯王之业不成,岂非秦之大臣计有所失乎?"秦王侧席
<u>侧身而坐</u>,态度谦恭问曰:"请言失计何在?"范雎曰:"臣闻穰侯将越韩、魏而攻
齐,其计左矣。齐去秦甚远,有韩、魏以间之。王少出师,则不足以害齐,若
多出师,则先为秦害。昔魏越赵而伐中山,即克其地,旋为赵有。何者,以中
山近赵而远魏也。今伐齐而不克,为秦大辱;即伐齐而克,徒以资韩、魏,于
秦何利焉? 为大王计,莫比远交而近攻。远交以离人之欢,近攻以广我之
地。自近而远,如蚕食叶,天下不难尽矣。"秦王又曰:"远交近攻之道何如?"
范雎曰:"远交莫如齐、楚,近攻莫如韩、魏,既得韩、魏,齐、楚能独存乎?"秦
王鼓掌称善,即拜范雎为客卿,号为张卿,用其计东伐韩、魏,止白起伐齐之
师不行。

　　魏冉与白起一相一将,用事日久,见张禄骤然得宠,俱有不悦之意。惟
秦王深信之,宠遇日隆,每每中夜独召计事,无说不行。范雎知秦王之心已
固,请间,尽屏左右,进说曰:"臣蒙大王过听,引与共事,臣虽粉骨碎身,无以
为酬。虽然,臣有安秦之计,尚未敢尽效于王也。"秦王跪问曰:"寡人以国托
于先生,先生有安秦之计,不以此时辱教,尚何待乎?"范雎曰:"臣前居山东
时,闻齐但有孟尝君,不闻有齐王;闻秦但有太后、穰侯、华阳君、高陵君、泾
阳君,不闻有秦王。夫制国之谓王,生杀予夺,他人不敢擅专。今太后恃国
母之尊,擅行不顾者四十余年。穰侯独相秦国,华阳辅之,泾阳、高陵各立门

户,生杀自由,私家之富,十倍于公。大王拱手而享其空名,不亦危乎? 昔崔杼擅齐,卒弑庄公;李兑擅赵,终戕主父。今穰侯内仗太后之势,外窃大王之威,用兵则诸侯震恐,解甲脱下战甲,指停止战争则列国感恩,广置耳目,布王左右,臣见王之独立于朝非一日矣。恐千秋万岁而后,有秦国者非王之子孙也!”秦王闻之,不觉毛骨悚然,再拜谢曰:“先生所教,乃肺腑至言,寡人恨闻之不早。”遂于次日,收穰侯魏冉相印,使就国。穰侯取牛车于有司,徙其家财,千有余乘,奇珍异宝,皆秦内库所未有者。明日,秦王复逐华阳、高陵、泾阳三君于关外,安置太后于深宫,不许与闻政事。遂以范雎为丞相,封以应城,号为应侯。秦人皆谓张禄为丞相,无人知为范雎,惟郑安平知之,雎戒以勿泄,安平亦不敢言。时秦昭襄王之四十一年,周赧王之四十九年也。

是时,魏昭王已薨,子安釐王即位,闻知秦王新用张禄丞相之谋,欲伐魏国,急集群臣计议。信凌君无忌曰:“秦兵不加魏者数年矣,今无故兴师,明欺我不能相持交战也。宜严兵固围以待之。”相国魏齐曰:“不然。秦强魏弱,战必无幸。闻丞相张禄乃魏人也,岂无香火之情哉? 倘遣使赍厚币,先通张相,后谒秦王,许以纳质讲和,可保万全。”安釐王初即位,未经战伐,乃用魏齐之策,使中大夫须贾出使于秦。须贾奉命,竟至咸阳,下于馆驿。范雎知之,喜曰:“须贾至此,乃吾报仇之日矣。”遂换去鲜衣,妆作寒酸落魄之状,潜出府门,来到馆驿,徐步而入,谒见须贾。须贾一见,大惊曰:“范叔固无恙乎? 吾以汝被魏相打死,何以得命在此?”范雎曰:“彼时将吾尸首掷于郊外,次日方苏,适遇有贾客过此,闻呻吟声,怜而救之。苟延一命,不敢回家,因间关来至秦国。不期复见大夫之面于此。”须贾曰:“范叔岂欲游说于秦乎?”雎曰:“某昔日得罪魏国,亡命来此,得生为幸,尚敢开口言事耶?”须贾曰:“范叔在秦,何以为生?”雎曰:“为佣糊口耳。”须贾不觉动了哀怜之意,留之同坐,索酒食赐之。时值冬天,范雎衣敝,有战栗之状。须贾叹曰:“范叔一寒如此哉!”命取一绨ì古代一种粗厚光滑的丝织品袍与穿。范雎曰:“大夫之衣,某何敢当?”须贾曰:“故人何必过谦!”范雎穿袍,再四称谢。因问:“大夫来此何事?”须贾曰:“今秦相张君方用事,吾欲通之,恨无其人。孺子在秦久,岂有相识,能为我先容于张君者哉?”范雎曰:“某之主人翁与丞相善,臣尝随主人翁至于相府。丞相好谈论,反复之间,主人不给供应不足,指应对不上,某每助之一言。丞相以某有口辩,时赐酒食,得亲近。君若欲谒张君,某当同往。”须贾曰:“既如此,烦为订期。”范雎曰:“丞相事忙,今日适暇,何不即去?”须贾曰:“吾乘大车驾驷马而来,今马损足,车轴折,未能即行。”范雎曰:

"吾主人翁有之，可假也。"范雎归府，取大车驷马至馆驿前，报须贾曰："车马已备，某请为君御。"须贾欣然登车，范雎执辔。街市之人望见丞相御车而来，咸拱立两旁，亦或走避，须贾以为敬己，殊不知其为范雎也。既至府前，范雎曰："大夫少待于此，某当先入，为大夫通之。若丞相见许，便可入谒。"范雎径进府门去了。

须贾下车，立于门外，候之良久，只闻府中鸣鼓之声，门上喧传："丞相升堂。"属吏舍人奔走不绝，并不见范雎消息。须贾因问守门者曰："向有吾故人范叔，入通相君，久而不出，子能为我召之乎？"守门者曰："君所言范叔，何时进府？"须贾曰："适间为我御车者是也。"门下人曰："御车者乃丞相张君，彼私到驿中访友，故微服而出，何得言范叔乎？"须贾闻言，如梦中忽闻霹雳，心坎中突突乱跳，曰："吾为范雎所欺，死期至矣！"常言道："丑媳妇少不得见公婆。"只得脱袍解带，免冠徒跣，跪于门外，托门下人入报，但言："魏国罪人须贾在外领死！"良久，门内传丞相召入。须贾愈加惶悚，俯首膝行，从耳门正门旁边的小门而进，直至阶前，连连叩首，口称："死罪！"范雎威风凛凛，坐于堂上，问曰："汝知罪么？"须贾俯伏应曰："知罪！"范雎曰："汝罪有几？"须贾曰："擢贾之发，以数贾之罪，尚犹未足！"范雎曰："汝罪有三：吾先人邱墓在魏，吾所以不愿仕秦，汝乃以吾有私于齐，妄言于魏齐之前，致触其怒，汝罪一也；当魏齐发怒，加以笞辱，至于折齿断胁，汝略不谏止，汝罪二也；及我昏愦，已弃厕中，汝复率宾客而溺我。昔仲尼不为已甚，汝何太忍乎？汝罪三也。今日至此，本该断头沥血，以酬前恨。汝所以得不死者，以绨袍恋恋，尚有故人之情，故苟全汝命，汝宜知感。"须贾叩头称谢不已。范雎麾之使去，须贾匍匐而出。于是秦人始知张禄丞相乃魏人范雎，假托来秦。

次日，范雎入见秦王，言："魏国恐惧，遣使乞和，不须用兵，此皆大王威德所致。"秦王大喜。范雎又奏曰："臣有欺君之罪，求大王怜恕，方才敢言。"秦王曰："卿有何欺？寡人不罪。"范雎奏曰："臣实非张禄，乃魏人范雎也。自少孤贫，事魏中大夫须贾为舍人。从贾使齐，齐王私馈臣金，臣坚却不受，须贾谤于相国魏齐，将臣捶击至死。幸而复苏，改名张禄，逃奔入秦，蒙大王拔之上位。今须贾奉使而来，臣真姓名已露，便当仍旧，伏望吾王怜恕！"秦王曰："寡人不知卿之受冤如此。今须贾既到，便可斩首，以快卿之愤。"范雎奏曰："须贾为公事而来，自古两国交兵，不斩来使，况求和乎？臣岂敢以私怨而伤公义！且忍心杀臣者魏齐，不全关须贾之事。"秦王曰："卿先公后私，可谓大忠矣。魏齐之仇，寡人当为卿报之，来使从卿发落。"范雎谢恩而退。

秦王准了魏国之和。

　　须贾入辞范雎，雎曰："故人至此，不可无一饭之敬。"使舍人留须贾于门中，吩咐大排筵席。须贾暗暗谢天道："惭愧，惭愧！难得丞相宽洪大量，如此相待，忒 tuī 过礼了！"范雎退堂。须贾独坐门房中，有军牢卫兵守着，不敢转动。自辰至午，渐渐腹中空虚，须贾想道："我前日在馆驿中，见成饮食相待。今番答席，故人之情，何必过礼？"少顷，堂上陈设已完，只见府中发出一单，遍邀各国使臣，及本府有名宾客。须贾心中想道："此是请来陪我的了，但不知何国何人？少停坐次亦要斟酌，不好一概儹妄。"须贾方在踌躇，只见各国使人及宾客纷纷而到。径上堂阶。管席者传板报道："客齐！"范雎出堂相见，叙礼已毕，送盏定位；两庑下鼓乐交作，竟不呼召须贾。须贾那时又饥又渴，又苦又愁，又羞又恼，胸中烦懑 mèn，不可形容。三杯之后，范雎开言："还有一个故人在此，适才倒忘了。"众客齐起身道："丞相既有贵相知，某等礼合伺候。"范雎曰："虽则故人，不敢与诸公同席。"乃命设一小坐于堂下，唤魏客到，使两黥徒夹之以坐。席上不设酒食，但置炒熟料豆喂牲口的黑豆，两黥 qíng 徒脸上刺字的囚徒手捧而喂之，如喂马一般。众客甚不过意，问曰："丞相何恨之深也？"范雎将旧事诉说一遍，众客曰："如此亦难怪丞相发怒。"须贾虽然受辱，不敢违抗，只得将料豆充饥，食毕，还要叩谢。范雎瞋目数之曰："秦王虽然许和，但魏齐之仇，不可不报。留汝蚁命，归告魏王，速斩魏齐头送来，将我家眷送入秦邦，两国通好。不然，我亲自引兵来屠大梁，那时悔之晚矣。"唬得须贾魂不附体，喏喏连声而出。不知魏国可曾斩魏齐头来献，且看下回分解。

廣平原素王東京魏齊

敗辰平白平坑起越平

第九十八回　质平原秦王索魏齐　败长平白起坑赵卒

话说须贾得命，连夜奔回大梁，来见魏王，述范睢吩咐之语。那送家眷是小事，要斩相国之头，干碍体面，难于启齿，魏王踌躇未决。魏齐闻知此信，弃了相印，连夜逃往赵国，依平原君赵胜去了。魏王乃大饰车马，将黄金百镒，采帛千端，送范睢家眷至咸阳。又告明："魏齐闻风先遁，今在平原君府中，不干魏国之事。"范睢乃奏闻秦王。秦王曰："赵与秦一向结好，渑 miǎn 池会上，结为兄弟，又将王孙异人为质于赵，欲以固其好也。前秦兵伐韩，围阏与，赵遣李牧救韩，大败秦兵，寡人向未问罪。今又擅纳丞相之仇人，丞相之仇，即寡人之仇，寡人决意伐赵，一则报阏与之恨，二者索取魏齐。"乃亲帅师二十万，命王翦为大将，伐赵，拔三城。

是时赵惠文王方薨，太子丹立，是为孝成王。孝成王年少，惠文太后用事，闻秦兵深入，甚惧。时蔺相如病笃告老，虞卿代为相国。使大将廉颇帅师御敌，相持不决。虞卿言于惠文太后曰："事急矣！臣请奉长安君为质于齐以求救。"太后许之。原来惠文王之太后，乃齐湣王之女。其年齐襄王新薨，太子建即位，年亦少，君王后太史氏用事。两太后姑嫂之亲，亲情和睦，长安君又是惠文太后最爱之少子，往质于齐，君王后如何不动心？于是即命田单为大将，发兵十万，前来救赵。秦将王翦言于秦王曰："赵多良将，又有平原君之贤，未易攻也。况齐救将至，不如全师而归。"秦王曰："不得魏齐，寡人何面见应侯乎？"乃遣使谓平原君曰："秦之伐赵，为取魏齐耳！若能献出魏齐，即当退兵。"平原君对曰："魏齐不在臣家，大王无误听人言也。"使者三往，平原君终不肯认。秦王心中闷闷不悦，欲待进兵，又恐齐、赵合兵，胜负难料；欲待班师，魏齐如何可得？再四踌躇，生出一个计策来。乃为书谢赵王，略曰：

> 寡人与君，兄弟也。寡人误闻道路之言，魏齐在平原君所，是以兴兵索之。不然，岂敢轻涉赵境？所取三城，谨还归于赵。寡人愿复前好，往来无间。

赵王亦遣使答书，谢其退兵还城之意。田单闻秦师已退，亦归齐去讫。秦王回至函谷关，复遣人以一缄 jiān 书信，信函致平原君赵胜。胜拆书看之，略曰：

寡人闻君之高义,愿与君为布衣之交①。君幸过②寡人,寡人愿与君为十日之饮。

平原君将书来见赵王,赵王集群臣计议。相国虞卿进曰:"秦,虎狼之国也。昔孟尝君入秦,几乎不返。况彼方疑魏齐在赵,平原君不可往!"廉颇曰:"昔蔺相如怀和氏璧单身入秦,尚能完归赵国,秦不欺赵。若不往,反起其疑。"赵王曰:"寡人亦以此为秦王美意,不可违也。"遂命赵胜同秦使西入咸阳。

秦王一见,欢若平生,日日设宴相待。盘桓数日,秦王因极欢之际,举卮向赵胜曰:"寡人有请于君,君若见诺,乞饮此酌。"胜曰:"大王命胜,何敢不从!"因引卮尽之。秦王曰:"昔周文王得吕尚以为太公,齐桓公得管夷吾以为仲父,今范君亦寡人之太公、仲父也!范君之仇魏齐,托在君家,君可使人归取其头,以毕范君之恨,即寡人受君之赐!"赵胜曰:"臣闻之:'贵而为友者,为贱时也;富而为友者,为贫时也。'夫魏齐,臣之友也。即使真在臣所,臣亦不忍出之,况不在乎?"秦王变色曰:"君必不出魏齐,寡人不放君出关!"赵胜曰:"关之出与不出,事在大王。且王以饮相召,而以威劫之,天下知曲直之所在矣。"

秦王知平原君不肯负魏齐,遂与之俱至咸阳,留于馆舍,使人遗赵王书,略曰:

王之弟平原君在秦,范君之仇魏齐在平原君之家,魏齐头旦至,平原君夕返。不然,寡人且举兵临赵,亲讨魏齐,又不出平原君于关,惟王谅之!

赵王得书大恐,谓群臣曰:"寡人岂为他国之亡臣,易吾国之镇公子可为国家栋梁的公子?"乃发兵围平原君家,索取魏齐。平原君宾客多与魏齐有交,乘夜纵之逃出,往投相国虞卿。虞卿曰:"赵王畏秦甚于豺虎,此不可以言语争也。不如仍走大梁,信陵君招贤纳士,天下亡命者皆归之,又且平原君之厚交,必然相庇。虽然,君罪人不可独行,吾当与君同往!"即解相印,为书以谢赵王,与魏齐共变服为贱者,逃出赵国。既至大梁,虞卿乃伏魏齐于郊外,慰之曰:"信陵君慷慨丈夫,我往投之,必立刻相迎,不令君久待也。"虞卿徒步至信陵君之门,以刺通。主客者入报,信陵君方解发就沐,见刺,大惊曰:"此赵之相国,安得无故至此?"使主客者辞以主人方沐,暂请入坐,因叩其来魏之意。虞卿情急,只得将魏齐得罪于秦始末,及自家捐弃抛弃,放弃相印,相随投奔之

---

① 布衣之交:平民的交情。　② 过:来访,过访。

意,大略告诉一番。主客者复入言之。信陵君心中畏秦,不欲纳魏齐,又念虞卿千里相投一段意思,不好直拒,事在两难,犹豫不决。虞卿闻信陵君有难色,不即出见,大怒而去。信陵君问于宾客曰:"虞卿之为人何如?"时侯生在旁,大笑曰:"何公子之暗于事也?虞卿以三寸舌取赵王相印,封万户侯,及魏齐穷困而投虞卿,虞卿不爱爵禄之重,解绶解下印绶,指辞官相随,天下如此人有几?公子犹未定其贤否耶?"信陵君大惭,急挽发加冠,使舆人驾车疾驱郊外追之。

　　再说魏齐悬悬而望形容一心一意地期待、盼望,待之良久,不见消息,想曰:"虞卿言信陵君慨慷丈夫,一闻必立刻相迎。今久而不至,事不成矣!"少顷,只见虞卿含泪而至曰:"信陵君非丈夫也,乃畏秦而却我。吾当与君间道入楚。"魏齐曰:"吾以一时不察,得罪于范叔,一累平原君,再累吾子,又欲子间关跋涉,乞残喘于不可知之楚,我安用生为?"即引佩剑自刎。虞卿急前夺之,喉已断矣。虞卿正在悲伤,信陵君车骑随到。虞卿望见,遂趋避他所,不与相见。信陵君见魏齐尸首,抚而哭之曰:"无忌之过也!"时赵王不得魏齐,又走了相国虞卿,知两人相随而去,非韩即魏,遣飞骑四出追捕。使者至魏郊,方知魏齐自刎。即奏知魏王,欲请其头,以赎平原君归国。信陵君方命殡殓魏齐尸首,意犹不忍。使者曰:"平原君与君一体也。平原之爱魏齐,与君又一心也。魏齐若在,臣何敢言?今惜已死,无知之骨,而使平原君长为秦虏,君其安乎?"信陵君不得已,乃取其首,用匣盛之,交封赵使,而葬其尸于郊外。髯翁有诗咏魏齐云:

　　　　无端辱士听须贾,只合捐生谢范雎。

　　　　残喘累人还自累,咸阳函首恨教迟!

虞卿既弃相印,感慨世情,遂不复游宦离开本地,去别的地方谋求官职,隐于白云山中,著书自娱,讥刺时事,名曰《虞氏春秋》。髯翁亦有诗云:

　　　　不是穷愁肯著书,千秋高尚记虞兮。

　　　　可怜有用文章手,相印轻抛徇魏齐!

　　赵王将魏齐之首,星夜送至咸阳,秦王以赐范雎。范雎命漆其头为溺器,曰:"汝使宾客醉而溺我,今令汝九泉之下,常含我溺也。"秦王以礼送平原君还赵,赵用为相国,以代虞卿之位。范雎又言于秦王曰:"臣布衣下贱,幸受知于大王,备位卿相,又为臣报切齿之仇,此莫大之恩也。但臣非郑安平不能延命于魏,非王稽不能获进于秦,愿大王贬臣爵秩,加此二臣,以毕臣报德之心,臣死无所恨!"秦王曰:"丞相不言,寡人几忘之!"即用王稽为河东守,郑安平为偏将军。于是专用范雎之谋,先攻韩、魏,遣使约好于齐、楚。范雎谓秦王曰:"吾闻齐之君王后贤而有智,当往试之。"乃命使者以玉连环献于君王后曰:"齐国有人能解此环者,寡人愿拜下风!"君王后命取金锤在手,即时击断其环,谓使者曰:"传语秦王,老妇已解此环讫矣。"使者还报。范雎曰:"君王后果女中之杰,不可犯也。"于是与齐结盟,各无侵害,齐国赖以安息。

单说楚太子熊完为质于秦,秦留之十六年不遣。适秦使者约好于楚,楚使者朱英与俱至咸阳报聘。朱英因述楚王病势已成,恐遂不起。太傅黄歇言于熊完曰:"王病笃而太子留于秦,万一不讳_{死亡的讳称},太子不在榻前,诸公子必有代立者,楚国非太子有矣。臣请为太子谒应侯而请之。"太子曰:"善。"黄歇遂造相府说范雎曰:"相君知楚王之病乎?"范雎曰:"使者曾言之。"黄歇曰:"楚太子久于秦,其与秦将相无不交亲者,倘楚王薨而太子得立,其事秦必谨。相君诚以此时归之于楚,太子之感相君无已也!若留之不遣,楚更立他公子,则太子在秦不过咸阳一布衣耳。况楚人惩于太子之不返,异日必不复委质事秦。夫留一布衣而绝万乘之好,臣窃以为非计也。"范雎首肯_{点头认可}曰:"君言是也。"即以黄歇之言告于秦王,秦王曰:"可令太子傅黄歇先归问疾,病果笃,然后来迎太子。"黄歇闻太子不得同归,私与太子计议曰:"秦王留太子不遣,欲如怀王故事,乘急以求割地也。楚幸而来迎,则中秦之计;不迎,则太子终为秦虏矣。"太子跪请曰:"太傅计将若何?"黄歇曰:"以臣愚见,不如微服而逃。今楚使者报聘将归,此机不可失也!臣请独留,以死当之。"太子泣曰:"事若成,楚国当与太傅共之。"黄歇私见朱英,与之通谋,朱英许之。太子熊完乃微服为御者,与楚使者朱英执辔,竟出函谷关,无人知觉。黄歇守旅舍,秦王遣归问疾。黄歇曰:"太子适患病,无人守视,俟病稍愈,臣即当辞朝矣。"过半月,度太子已出关久,乃求见秦王,叩首谢罪曰:"臣歇恐楚王一旦不讳,太子不得立,无以事君,已擅遣之,今出关矣。歇本欺君之罪,请伏斧锧!"秦王大怒曰:"楚人乃多诈如此!"叱左右囚黄歇,将杀之。丞相范雎谏曰:"杀黄歇不能复还太子,而徒绝楚欢,不如嘉其忠而归之。楚王死,太子必嗣位,太子嗣位,歇必为相,楚君臣俱感秦德,其事秦必矣。"秦王以为然,乃厚赐黄歇,遣之归楚。史臣有诗云:

更衣执辔去如飞,险作咸阳一布衣。

不是春申有先见,怀王余涕又重挥。

歇归三月,而楚顷襄王薨,太子熊完立,是为考烈王。进太傅黄歇为相国，以淮北地十二县封春申君。黄歇曰："淮北地边齐，请置为郡，以便城守。臣愿远封江东。"考烈王乃改封黄歇于故吴之地。歇修阖闾故城，以为都邑；浚河于城内，四纵五横，以通太湖之水；改破楚门为昌门。时孟尝君虽死，而赵有平原君，魏有信陵君，方以养士相尚，黄歇慕之，亦招致宾客，食客常数千人。平原君赵胜常遣使至春申君家，春申君馆之于上舍。赵使者欲夸示楚人，用玳瑁 dài mào 海龟的一种，可作装饰为簪，以珠玉饰刀剑之室。及见春申君客三千余人，其上客皆以明珠为履，赵使大惭。春申君用宾客之谋，北兼邹、鲁之地，用贤士荀卿为兰陵令，修举政法，练习兵士，楚国复强。

　　话分两头。再说秦昭襄王已结齐、楚，乃使大将王龁 hé 帅师伐韩，从渭水运粮，东入河洛，以给军饷。拔野王城，上党往来路绝。上党守臣冯亭与其吏民议曰："秦据野王，则上党非韩有矣。与其降秦，不如降赵。秦怒赵得地，必移兵于赵，赵受兵，必亲韩，韩、赵同患，可以御秦。"乃遣使持书并上党地图，献于赵孝成王。时孝成王之四年，周赧王之五十三年也。

　　赵王夜卧得一梦，梦衣偏裻 dú 衣背缝之衣，有龙自天而下，王乘之，龙即飞去，未至于天而坠，见两旁有金山玉山二座，光辉夺目。王觉，召大夫赵禹，以梦告之。赵禹对曰："偏衣者，合也；乘龙上天，升腾之象；坠地者，得地也；金玉成山者，货财充溢也。大王目下必有广地增财之庆，此梦大吉。"赵王喜，复召筮史敢占之。敢对曰："偏衣者，残也；乘龙上天，不至而坠者，事多中变，有名无实也；金玉成山，可观而不可用也。此梦不吉，王其慎之！"赵王心惑赵禹之言，不以筮史为然。后三日，上党太守冯亭使者至赵。赵王发书观之，略曰：

　　　　秦攻韩急，上党将入于秦矣！其吏民不愿附秦，而愿附赵，臣不敢违吏民之欲，谨将所辖十七城，再拜献之于大王。惟大王辱收之！

赵王大喜曰："禹所言广地增财之庆，今日验矣！"平阳君赵豹谏曰："臣闻无故之利，谓之祸殃，王勿受也。"赵王曰："人畏秦而怀赵，是以来归，何谓无故？"赵豹对曰："秦蚕食韩地，拔野王，绝上党之道，不令相通，自以为掌握中物，坐而得之，一旦为赵所有，秦岂能甘心哉？秦力其耕，而赵收其获，此臣所谓'无故之利'也。且冯亭所以不入地于秦，而入之于赵者，将嫁祸于赵，以舒韩之困也。王何不察耶？"赵王不以为然，再召平原君赵胜决之。胜对曰："发百万之众而攻人国，逾年历岁，未得一城。今不费寸兵斗粮，得十七城，此莫大之利，不可失也。"赵王曰："君此言，正合寡人之意。"乃使平原君率兵五万，往上党受地，封冯亭以三万户，号华陵君，仍为守。其县令十七人,各封以三千户,皆世袭称侯。冯亭闭门而泣,不与平原君相见。平原君固请之,亭曰:"吾有三不义,不可以见使者:为主守地不能死,一不义也;不由主命,擅以地入赵,二不义也;卖主地以得富贵,三不义也。"平原君叹曰:"此忠臣也!"候其门,三日不去。冯亭感其意,乃出见,犹垂涕不止,愿交割地面,别选良守。平原君再三抚慰曰:"君之心事,胜已知之,君不为守,无以慰吏民之望。"冯亭乃领守如故,竟不受封。平原君将别,冯亭谓曰:"上党所以归赵者,以力不能独抗秦也。望公子奏闻赵王,大发士卒,急遣名将,为御秦计。"平原君回报赵王。赵王置酒贺得地,徐议发兵,未决,秦大将王龁进兵围上党。冯亭坚守两月,赵援兵犹未至,乃率其吏民奔赵。时赵王拜廉颇为上将,率兵二十万来援上党。行至长平关,遇冯亭,方知上党已失,秦兵日近。乃就金门山下列营筑垒,东西各数十,如列星之状,别分兵一万,使冯亭守光狼城;又分兵二万,使都尉盖负、盖同分领之,守东西二鄣城;又使裨 pí将_{副将}赵茄远探秦兵。

却说赵茄领军五千,哨探出长平关外约二十里,正遇秦将司马梗亦行探来到。赵茄欺司马梗兵少,直前搏战。正在交锋,秦第二哨张唐兵又到,赵茄心慌手慢,被司马梗一刀斩之,乱杀赵兵。廉颇闻前哨有失,传谕各垒用心把守,勿与秦战;且使军士掘地深数丈以注水,军中都不解其意。王龁大军已到,距金门山十里下寨。先分军攻二鄣城,盖负、盖同出战皆败没。王龁乘胜攻光狼城,司马梗奋勇先登,大军继之。冯亭复败走,奔金门山大营,廉颇纳之。秦兵又来攻垒,廉颇传令:"出战者,虽胜亦斩!"王龁攻之不入,乃移营逼之,去赵营仅五里,挑战几次,赵兵终不出。王龁曰:"廉颇老将,其行军持重_{稳重,谨慎},未可动也。"偏将王陵献计曰:"金门山下有流涧,名曰杨谷,秦、赵之军共取汲于此涧。赵垒在涧水之南,而秦垒踞其西,水势自西而流于东南,若绝断此涧,使水不东流,赵人无汲,不过数日军必乱,乱而击之,无不胜矣。"王龁以为然,使军士将涧水筑断。至今杨谷名为绝水,为此也。谁知廉颇预掘深坎,注水有余,日用不乏。

秦、赵相持_{对方对峙}四个月,王龁不得一战,无可奈何,遣使入告于秦王,秦王召应侯范雎计议,范雎曰:"廉颇更事久,知秦军强,不轻战,彼以秦兵道远,不能持久,欲以老我而乘其隙。若此人不去,赵终未可入也。"秦王曰:"卿有何计,可以去廉颇乎?"范雎屏左右言曰:"要去廉颇,须用'反间之计',如此恁般,非费千金不可。"秦王大喜,即以千金付范雎,乃使其心腹门客,从间道入邯郸,用千金贿赂赵王左右,布散流言曰:"赵将惟马服君最良,闻其子赵括勇过其父,若使为将,诚不可当! 廉颇老而怯,屡战俱败,失亡赵卒三四万,今为秦兵所逼,不日将出降矣。"赵王先闻赵茄等被杀,连失三城,使人往长平催颇出战。廉颇主"坚壁"之谋,不肯出战,赵王已疑其怯,及闻左右反间之言,信以为实,遂召赵括问曰:"卿能为我击秦军乎?"括对曰:"秦若使武安君为将,尚费臣筹画,如王龁不足道矣。"赵王曰:"何以言之?"赵括曰:"武安君数将秦军,先败韩、魏于伊阙,斩首二十四万;再攻魏,取大小六十一城;又南攻楚,拔鄢、郢,定巫、黔;又复攻魏,走芒卯,斩首十三万;又攻韩,拔五城,斩首五万;又斩赵将贾偃,沉其卒二万人于河;战必胜,攻必取,其威名素著,军士望风而栗,臣若与对垒,胜负居半,故尚费筹画。如王龁新为秦将,乘廉颇之怯,故敢于深入;若遇臣,如秋叶之遇风,不足当迅扫也。"赵王大悦,即拜赵括为上将,赐黄金彩帛,使持节往代廉颇,复益劲军二十万。

括阅军毕,车载金帛,归见其母。母曰:"汝父临终遗命,戒汝勿为赵将,汝今日何不辞之?"括曰:"非不欲辞,奈朝中无如括者!"母乃上书谏曰:"括徒读父书,不知通变,非将才,愿王勿遣!"赵王召其母至,亲叩其说。母对曰:"括父奢为将,所得赏赐,尽以与军吏;受命之日,即宿于军中,不问及家事,与士卒同甘苦;每事必博谘于众,不敢自专。今括一旦为将,东乡_{乡,通}"向"。面向东,古代以东为尊位而朝,军吏无敢仰视;所赐金帛,悉归私家。为将岂宜如此? 括父临终,尝戒妾曰:'括若为将,必败赵兵!'妾谨识 zhì 记住其言,愿王别选良将,切不可用括!"赵王曰:"寡人意已决矣。"母曰:"王既不听妾言,倘兵败,妾一家请无连坐_{旧时一人犯法,其家属亲友邻里等连带受罚}。"赵王许之。赵括遂引军出邯郸,望长平进发。

再说范雎所遣门客,犹在邯郸,备细打听,尽知赵括向赵王所说之语,赵王已拜为大将,择日起程,遂连夜奔回咸阳报信。秦王与范雎计议曰:"非武安君不能了此事也!"乃更遣白起为上将,王龁副之,传令军中秘密其事:"有人泄漏武安君为将者斩!"再说赵括至长平关,廉颇验过符节,即将军籍交付赵括。独引亲军百余人,回邯郸去讫。赵括将廉颇约束尽行更改,军垒合并成大营。时冯亭在军中,固谏不听。括又以自己所带将士易去旧将,严谕:"秦兵若来,各要奋勇争先。如遇得胜,便行追逐,务使秦军一骑不返!"白起既入秦军,闻赵括更易廉颇之令,先使卒三千人出营挑战。赵括辄出万人来迎,秦军大败奔回。白起登壁上望赵军,谓王龁曰:"吾知所以胜之矣!"赵括胜了一阵,不禁手舞足蹈,使人至秦营下战书。白起使王龁批:"来日决战。"因退军十里,复营于王龁旧屯之处。赵括喜曰:"秦兵畏我矣!"乃椎牛犒士,传令:"来日大战,定要生擒王龁,与诸侯做个笑话!"白起安营已定,大集诸将听令。使将军王贲、王陵率万人列阵,与赵括更迭交战,只要输不要赢,引得赵兵来攻秦壁军营的围墙,便算一功。再唤大将司马错、司马梗二人各引兵一万五千,从间道绕出赵军之后,绝其粮道。又遣大将胡伤引兵二万,屯于左近,只等赵人开壁出逐秦军,即便杀出,要将赵军截为二段。又遣大将蒙骜、王翦各率轻骑五千,伺候接应。白起与王龁坚守老营。正是:"安排地网天罗计,待捉龙争虎斗人。"

再说赵括吩咐军中,四鼓造饭,五鼓结束装束,整治行装,平明列阵前进。行不五里,遇见秦兵,两阵对圆,赵括使先锋傅豹出马。秦将王贲接战,约三十余合,王贲败走,傅豹追之,赵括复遣王容率军帮助。又遇秦将王陵,略战数合,王陵又败。赵括见赵兵连胜,自率大军来追。冯亭又谏曰:"秦人多诈,其败不可信也,元帅勿追!"赵括不听,追奔十余里,及于秦壁。王贲、王陵绕营而走,秦壁不开。赵括传令一齐攻打,连打数日,秦军坚守不可入。赵括使人催取后军,移营齐进。只见赵将苏射飞骑而来,报曰:"后营被秦将胡伤引兵冲出遏住,不得前来!"赵括大怒曰:"胡伤如此无礼,吾当亲往!"使人探听秦军行动,回报道:"西路军马不绝,东路无人。"赵括麾军从东路而转。行不上二三里,大将蒙骜一军从刺斜里杀出,大叫:"赵括你中了我武安君之计,还不投降!"赵括大怒,挺戟欲战蒙骜,偏将王容出曰:"不劳元帅,容某建功。"王容便接住蒙骜交锋。王翦一军又至,赵兵折伤颇众。赵括料难取胜,鸣金收军,就便择水草处安营。冯亭又谏曰:"军气用锐,今我兵虽失利,苟能力战,尚可脱归本营,并力拒敌。若在此安营,腹背受困,将来不可复出!"赵括又不听。使军士筑成长垒,坚壁加固城墙和壁垒自守;一面飞奏赵王求援,一面催取后队粮饷。谁知运粮之路,又被司马错、司马梗引兵塞断。白起大军遮其前,胡伤、蒙骜等大军截其后,秦军每日传武安君将令,招赵括投降。赵括此时方知白起真在军中,唬得心胆俱裂。

再说秦王得武安君捷报,知赵括兵困长平,亲命驾来至河内,尽发民家壮丁,凡年十五以上,皆令从军,分路掠取赵人粮草,遏绝救兵。赵括被秦军围困,凡四十六日,军中无粮,士卒自相杀食,赵括不能禁止。乃将军将分为四队:傅豹一队向东,苏射一队向西,冯亭一队向南,王容一队向北。吩咐四队,一齐鸣鼓,夺路杀出,如一路打通,赵括便招引三路齐走。谁知武安君白起又预选射手,环赵垒埋伏,凡遇赵垒中出来者,不拘兵将便射。四队军马,冲突三四次,俱被射回。又过一月,赵括不胜其愤,精选上等锐卒五千人,俱穿重铠,乘坐骏马;赵括握戟当先,傅豹、王容紧帮在后,冒围突出。王翦、蒙骜二将齐上,赵括大战数合,不能透围,复身欲归长垒,马蹶坠地,中箭而亡。赵军大乱,傅豹、王容俱死。苏射引冯亭共走,冯亭曰:"吾三谏不从,今至于此,天也! 又何逃乎?"乃自刎而亡。苏射奔脱,往胡地去讫。白起竖起招降旗,赵军皆弃兵解甲,投拜呼:"万岁!"白起使人揭赵括之首,往赵营招抚。营中军士尚二十余万,闻主帅被杀,无人敢出拒战,亦皆愿降。甲胄器械堆积如山,营中辎重悉为秦有。

　　白起与王龁计议曰:"前秦已拔野王,上党在掌握中,其吏民不乐为秦,而愿归赵。今赵卒先后降者总合来将近四十万之众,倘一旦有变,何以防之?"乃将降卒分为十营,使十将以统之,配以秦军二十万,各赐以牛酒,声言:"明日武安君将汰选赵军,凡上等精锐能战者,给以器械,带回秦国,随征听用;其老弱不堪,或力怯者,俱发回赵。"赵军大喜。是夜,武安君密传一令于十将:"起更时分,但是秦兵,都要用白布一片裹首。凡首无白布者,即系赵人,当尽杀之。"秦兵奉令,一齐发作。降卒不曾准备,又无器械,束手受戮。其逃出营门者,又有蒙骜、王翦等引军巡逻,获住便砍。四十万军,一夜俱尽。血流淙淙有声,杨谷之水皆变为丹,至今号为丹水。武安君收赵卒头颅,聚于秦垒之间,谓之头颅山。因以为台,其台崔嵬 wéi 高耸的样子 杰起,亦号白起台。台下即杨谷也。后来大唐玄宗皇帝巡幸至此,凄然长叹,命三藏高僧 指得道高僧 设水陆 即"水陆道场",佛教法会的一种 七昼夜,超度坑卒亡魂,因名其谷曰省冤谷。此是后话。史臣有诗云:

　　　　高台百尺尽头颅,何止区区万骨枯!

　　　　矢石无情缘斗胜,可怜降卒有何辜?

通计长平之战,前后斩虏首共四十五万人,连王龁先前投下降卒,并皆诛戮。止存年少者二百四十人未杀,放归邯郸,使宣扬秦国之威。不知赵国存亡何如,且看下回分解。

政安
君含
冤死
杜郵

呂不韋
乃計
歸
異人

第九十九回　武安君含冤死杜邮　吕不韦巧计归异人

话说赵孝成王初时接得赵括捷报，心中大喜，已后闻赵军困于长平，正欲商量遣兵救援，忽报："赵括已死，赵军四十余万尽降于秦，被武安君一夜坑杀，止放二百四十人还赵。"赵王大惊，群臣无不悚惧。国中子哭其父，父哭其子，兄哭其弟，弟哭其兄，祖哭其孙，妻哭其夫，沿街满市号痛之声不绝。惟赵括之母不哭，曰："自括为将时，老妾已不看作生人活着的人矣。"赵王以赵母有前言，不加诛，反赐粟帛以慰之。又使人谢廉颇。赵国正在惊惶之际，边吏又报道："秦兵攻下上党，十七城皆已降秦。今武安君亲率大军前进，声言欲围邯郸。"赵王问群臣："谁能止秦兵者？"群臣莫应。平原君归家，遍问宾客，宾客亦无应者。适苏代客于平原君之所，自言："代若至咸阳，必能止秦兵不攻赵。"平原君言于赵王，赵王大出金币，资之入秦。

苏代往见应侯范雎，雎揖之上坐，问曰："先生何为而来？"苏代曰："为君而来。"范雎曰："何以教我？"苏代曰："武安君已杀马服子指赵括，因其父赵奢曾被封为马服君，故称乎？"雎应曰："然。"代曰："今且围邯郸乎？"雎又应曰："然。"代曰："武安君用兵如神，身为秦将，所收夺七十余城，斩首近百万，虽伊尹、吕望之功不加于此。今又举兵而围邯郸，赵必亡矣！赵亡，则秦成帝业，秦成帝业，则武安君为佐命之元臣，如伊尹之于商，吕望之于周。君虽素贵，不能不居其下也！"范雎愕然前席曰："然则如何？"苏代曰："君不如许韩、赵割地以和于秦。夫割地以为君功，而又解武安君之兵柄，君之位则安于泰山矣！"范雎大喜，明日即言于秦王曰："秦兵在外日久，已劳苦，宜休息。不如使人谕韩、赵，使割地以求和。"秦王曰："惟相国自裁自行决定。"于是范雎复大出金帛，以赠苏代之行，使之往说韩、赵。韩、赵二王惧秦，皆听代计。韩许割垣雍一城，赵许割六城，各遣使求和于秦。秦王初嫌韩止一城太少，使者曰："上党十七县，皆韩物也！"秦王乃笑而受之，召武安君班师。白起连战皆胜，正欲进围邯郸，忽闻班师之诏，知出于应侯之谋，乃大恨。

自此白起与范雎有隙。白起宣言于众曰："自长平之败，邯郸城中一夜十惊，若乘胜往攻，不过一月可拔矣。惜乎应侯不知时势，主张班师，失此机会！"秦王闻之，大悔曰："起既知邯郸可拔，何不早奏？"乃复使起为将，欲使伐赵。白起适有病不能行,乃改命大将王陵。陵率军十万伐赵,围邯郸城。赵王使廉颇御之。颇设守甚严,复以家财募死士,时时夜缒城往砍秦营。王陵兵屡败。时武安君病已愈,秦王欲使代王陵。武安君奏曰:"邯郸实未易攻也。前者大败之后,百姓震恐不宁,因而乘之,彼守则不固,攻则无力,可剋期_{限定日期}而下。今二岁余矣,其痛已定,又廉颇老将,非赵括比。诸侯见秦之方和于赵,而复攻之,皆以秦为不可信,必将合从而来救,臣未见秦之胜也!"秦王强之行,白起固辞。秦王复使应侯往请。武安君怒应侯前阻其功,遂称疾。秦王问应侯曰:"武安君真病乎?"应侯曰:"病之真否未可知,然不肯为将,其志已坚。"秦王怒曰:"起以秦别无他将,必须彼耶?昔长平之胜,初用兵者王龁也,龁何遽不如起?"乃益兵十万,命王龁往代王陵。王陵归国,免其官。王龁围邯郸,五月不能拔。武安君闻之,谓其客曰:"吾固言邯郸未易攻,王不听吾言,今竟如何?"客有与应侯客善者,泄其语。应侯言于秦王,必欲使武安君为将,武安君遂伪称病笃。秦王大怒,削武安君爵土,贬为士伍,迁于阴密,立刻出咸阳城中,不许暂停。武安君叹曰:"范蠡有言:'狡兔死,走狗烹。'吾为秦攻下诸侯七十余城,故当烹矣!"于是出咸阳西门,至于杜邮暂歇,以待行李。应侯复言于秦王曰:"白起之行,其心怏怏_{yàng 不高兴的样子}不服,大有怨言,其托病非真,恐适他国为秦害。"秦王乃遣使赐以利剑,令自裁。使者至杜邮,致秦王之命。武安君持剑在手,叹曰:"我何罪于天,而至此!"良久曰:"我固当死!长平之役,赵卒四十余万来降,我挟诈一夜尽坑之,彼诚何罪?我死固其宜矣!"乃自刭而死。时秦昭襄王之五十年十一月,周赧王之五十八年也。秦人以白起死非其罪,无不怜之,往往为之立祠。后至大唐末年,有天雷震死牛一只,牛腹有白起二字。论者谓白起杀人太多,故数百年后,尚受畜生雷震之报。杀业之重如此,为将者可不戒哉!

秦王既杀白起,复发精兵五万,令郑安平将之,往助王龁,必攻下邯郸方已。赵王闻秦益兵来攻,大惧,遣使分路求救于诸侯。平原君赵胜曰:"魏,吾姻家,且素善,其救必至;楚大而远,非以合从说之不可,吾当亲往。"于是约其门下食客,欲得文武备具者二十人同往。三千余人内,文者不武,武者不文,选来选去,止得一十九人,不足二十之数。平原君叹曰:"胜养士数十年于兹矣,得士之难如此哉?"有下坐客一人出言曰:"如臣者,不识可以备数乎?"平原君问其姓名,对曰:"臣姓毛名遂,大梁人,客君门下三年矣。"平原君笑曰:"夫贤士处世,譬如锥之处于囊中,其颖_{物件的尖端}立露。今先生处胜门下三年,胜未有所闻,是先生于文武一无所长也。"毛遂曰:"臣今日方请处囊中耳! 使早处囊中,将突然尽脱而出,岂特露颖而已哉?"平原君异其言,乃使凑二十人之数。即日辞了赵王,望陈都进发。既至,先通春申君黄歇。歇素与平原君有交,乃为之转通于楚考烈王。

平原君黎明入朝,相见礼毕,楚王与平原君坐于殿上,毛遂与十九人俱叙立于阶下。平原君从容言及合从却秦之事。楚王曰:"合从之约,始事者赵,后听张仪游说,其约不坚。先怀王为从约长,伐秦不克,齐湣王复为从约长,诸侯背之。至今列国以从为讳,此事如团沙,未易言也。"平原君曰:"自苏秦倡合从之议,六国约为兄弟,盟于洹水,秦兵不敢出函谷关者十五年。其后,齐、魏受犀首魏国官员,代指公孙衍之欺,欲其伐赵,怀王受张仪之欺,欲其伐齐,所以从约渐解。使三国坚守洹水之誓,不受秦欺,秦其奈之何哉? 齐湣王名为合从,实欲兼并,是以诸侯背之,岂合从之不善哉?"楚王曰:"今日之势,秦强而列国俱弱,但可各图自保,安能相为?"平原君曰:"秦虽强,分制六国则不足;六国虽弱,合制秦则有余。若各图自保,不思相救,一强一弱,胜负已分,恐秦师之日进也。"楚王又曰:"秦兵一出而拔上党十七城,坑赵卒四十余万,合韩、赵二国之力,不能敌一武安君。今又进逼邯郸,楚国僻远,能及于事乎?"平原君曰:"寡君任将非人,致有长平之失。今王陵、王龁二十余万之众,顿驻扎,驻屯于邯郸之下,先后年余,不能损赵之分毫。若救兵一集,可以大挫其锋,此数年之安也。"楚王曰:"秦新通好于楚,君欲寡人合从救赵,秦必迁怒于楚,是代赵而受怨矣。"平原君曰:"秦之通好于楚者,欲专事于三晋。三晋既亡,楚其能独立哉?"楚王终有畏秦之心,迟疑不决。

毛遂在阶下顾视日晷guǐ 古代测日影以定时刻的仪器,已当午矣。乃按剑历阶而上,谓平原君曰:"从之利害,两言可决。今自日出入朝,日中而议犹未定,何也?"楚王怒问曰:"彼何人?"平原君曰:"此臣之客毛遂。"楚王曰:"寡人与汝君议事,客何得多言?"叱之使去。毛遂走上几步,按剑而言曰:"合从乃天下大事,天下人皆得议之! 吾君在前,叱者何也?"楚王色稍舒,问曰:"客有何言?"毛遂曰:"楚地五千余里,自文、武称王,至今雄视天下,号为盟主。一旦秦人崛起,数败楚兵,怀王囚死。白起小竖子对人的鄙称,犹小子,一战再战,鄢、郢尽没,被逼迁都。此百世之怨,三尺童子犹以为羞,大王独不念乎? 今日合从之议,为楚,非为赵也!"楚王曰:"唯唯。"遂曰:"大王之意已决乎?"楚王曰:"寡人意已决矣!"毛遂呼左右,取歃血盘至,跪进于楚王之前曰:"大王为从约长,当先歃,次则吾君,次则臣毛遂。"于是从约遂定。毛遂歃血毕,左手持盘,右手招十九人曰:"公等宜共歃于堂下! 公等所谓'因人成事'者也。"楚王既许合从,即命春申君将八万人救赵。平原君归国,叹曰:"毛先生三寸之舌,强于百万之师! 胜阅人多矣,乃今于毛先生而失之,胜自今不敢复相天下士矣。"自是以遂为上客。正是:

> 橹楯空大随人转,秤锤虽小压千斤。
>
> 利锥不与囊中处,文武纷纷十九人。

时魏安釐王遣大将晋鄙帅兵十万救赵,秦王闻诸侯救至,亲至邯郸督战,使人谓魏王曰:"秦攻邯郸,旦暮且下矣。诸侯有敢救者,必移兵先击之!"魏王大惧,遣使者追及晋鄙军,戒以勿进,晋鄙乃屯于邺下。春申君亦即屯兵于武关,观望不进。此段事权且放过。

却说秦王孙异人,自秦、赵会渑池之后,为质于赵。那异人乃安国君之次子。安国君名柱,字子傒 xī,昭襄王之太子也。安国君有子二十余人,皆诸姬所出,非适也。所宠楚妃,号为华阳夫人,未有子。异人之母曰夏姬,无宠,又早死,故异人质赵,久不通信。当王翦伐赵,赵王迁怒于质子,欲杀异人,平原君谏曰:"异人无宠,杀之何益? 徒令秦人借口,绝他日通和之路。"赵王怒犹未息,乃安置异人于丛台,命大夫公孙乾为馆伴,使出入监守,又削其廪禄。异人出无兼车,用无余财,终日郁郁而已。

时有阳翟人姓吕,名不韦,父子为贾,平日往来各国,贩贱卖贵,家累千金。其时适在邯郸,偶于途中望见异人,生得面如傅粉,唇若涂朱,虽在落寞之中,不失贵介之气。不韦暗暗称奇,指问旁人曰:"此何人也?"答曰:"此乃秦王太子安国君之子,质于赵国,因秦兵屡次犯境,我王几欲杀之。今虽免死,拘留丛台,资用不给,无异穷人。"不韦私叹曰:"此奇货可居也!"乃归问其父曰:"耕田之利几倍?"父曰:"十倍。"又问:"贩卖珠玉之利几倍?"父曰:"百倍。"又问:"若扶立一人为王,掌握山河,其利几倍?"父笑曰:"安得王而立之? 其利千万倍,不可计矣。"不韦乃以百金结交公孙乾,往来渐熟,因得见异人,佯为不知,问其来历,公孙乾以实告。一日,公孙乾置酒请吕不韦,不韦曰:"座间别无他客,既是秦国王孙在此,何不请来同坐?"公孙乾从其命,即请异人与不韦相见,同席饮酒。至半酣,公孙乾起身如厕,不韦低声而问异人曰:"秦王今老矣,太子所爱者华阳夫人,而夫人无子。殿下兄弟二十余人,未有专宠,殿下何不以此时求归秦国,事华阳夫人,求为之子,他日有立储之望。"异人含泪对曰:"某岂望及此! 但言及故国,心如刀刺,恨未有脱身之计耳。"不韦曰:"某家虽贫,请以千金为殿下西游,往说太子及夫人,救殿下还朝,如何?"异人曰:"若如君言,倘得富贵,与君共之!"言甫毕,公孙乾到,问曰:"吕君何言?"不韦曰:"某问王孙以秦中之玉价,王孙辞我以不知也。"公孙乾更不疑惑,命酒更酌,尽欢而散。自此不韦与异人时常相会,遂以五百金密付异人,使之买嘱左右,结交宾客。公孙乾上下俱受异人金帛,串做一家,不复疑忌。

　　不韦复以五百金市买奇珍玩好,别了公孙乾,竟至咸阳。探得华阳夫人有姊,亦嫁于秦,先买嘱其家左右,通话于夫人之姊,言:"王孙异人在赵,思念太子夫人,有孝顺之礼,托某转送。这些小之仪,亦是王孙奉候姨娘者。"遂将金珠一函献上。姊大喜,自出堂,于帘内见客,谓不韦曰:"此虽王孙美意,有劳尊客远涉。今王孙在赵,未审还想故土否?"不韦答曰:"某与王孙公馆对居,有事罄与某说,某尽知其心事,日夜思念太子夫人,言自幼失母,夫人便是他嫡母,欲得回国奉养,以尽孝道。"姊曰:"王孙向来安否?"不韦曰:"因秦兵屡次伐赵,赵王每每欲将王孙来斩,喜得臣民尽皆保奏,幸存一命,所以思归愈切。"姊曰:"臣民何故保他?"不韦曰:"王孙贤孝无比,每遇秦王太子及夫人寿诞,及元旦朔望之辰,必清斋沐浴,焚香西望拜祝,赵人无不知之。又且好学重贤,交结诸侯宾客,遍于天下,天下皆称其贤孝。以此臣民尽行保奏。"不韦言毕,又将金玉宝玩,约值五百金,献上曰:"王孙不得归侍太子夫人,有薄礼权表孝顺,相求王亲转达!"姊命门下客款待不韦酒食,遂自入告于华阳夫人。夫人见珍玩,以为"王孙真念我"!心中甚喜。夫人姊回复吕不韦,不韦因问姊曰:"夫人有子几人?"姊曰?"无有。"不韦曰:"吾闻:'以色事人者,色衰而爱弛。'今夫人事太子甚爱而无子,及此时宜择诸子中贤孝者为子,百岁之后,所立子为王,终不失势。不然,他日一旦色衰爱弛,悔无及矣!今异人贤孝,又自附于夫人,自知中男不得立,夫人诚拔以为适子,夫人不世有宠于秦乎?"姊复述其言于华阳夫人。夫人曰:"客言是也。"一夜,与安国君饮正欢,忽然涕泣,太子怪而问之。夫人曰:"妾幸得充后宫,不幸无子,君诸子中惟异人最贤,诸侯宾客来往,俱称誉之不容口。若得此子为嗣,妾身有托。"太子许之。夫人曰:"君今日许妾,明日听他姬之言,又忘之矣。"太子曰:"夫人倘不相信,愿刻符为誓!"乃取玉符,刻"适嗣异人"四字,而中剖之,各留其半,以此为信。夫人曰:"异人在赵,何以归之?"太子曰:"当乘间请于王也。"

　　时秦昭襄王方怒赵,太子言于王,王不听。不韦知王后之弟杨泉君方贵幸,复贿其门下,求见杨泉君,说曰:"君之罪至死,君知之乎?"杨泉君大惊曰："吾何罪?"不韦曰："君之门下,无不居高官,享厚禄,骏马盈于外厩,美女充于后庭;而太子门下,无富贵得势者。王之春秋高矣,一旦山陵崩暗指身份高的人去世,太子嗣位,其门下怨君必甚,君之危亡可待也!"杨泉君曰："为今之计当如何?"不韦曰："鄙人有计,可以使君寿百岁,安于泰山,君欲闻否?"杨泉君跪请其说。不韦曰："王年高矣,而子傒又无适男,今王孙异人贤孝闻于诸侯,而弃在于赵,日夜引领思归,君诚请王后言于秦王,而归异人,使太子立为适子,是异人无国而有国,太子之夫人无子而有子,太子与王孙之德王后者,世世无穷,君之爵位可长保也。"杨泉君下拜曰："谨谢教!"即日以不韦之言告于王后,王后因为秦王言之。秦王曰："俟赵人请和,吾当迎此子归国耳。"太子召吕不韦问曰："吾欲迎异人归秦为嗣,父王未准,先生有何妙策?"不韦叩首曰："太子果立王孙为嗣,小人不惜千金家业,赂赵当权,必能救回。"太子与夫人俱大喜,将黄金三百镒付吕不韦,转付王孙异人为结客之费。王后亦出黄金二百镒,总付不韦。夫人又为异人制衣服一箱,亦赠不韦黄金共百镒。预拜不韦为异人太傅,使传语异人:"只在旦晚,可望相见,不必忧虑。"不韦辞归,回至邯郸,先见父亲,说了一遍,父亲大喜。次日,即备礼谒见公孙乾。然后见王孙异人,将王后及太子夫人一段说话,细细详述,又将黄金五百镒及衣服献上。异人大喜,谓不韦曰："衣服我留下,黄金烦先生收去,倘有用处,但凭先生使费,只要救得我归国,感恩不浅!"

再说不韦向取下邯郸美女,号为赵姬,善于歌舞,知其怀娠两月,心生一计,想道："王孙异人回国,必有继立之分。若以此姬献之,倘然生得一男,是我嫡血,此男承嗣为王,嬴氏的天下便是吕氏接代,也不枉了我破家做下这番生意。"因请异人和公孙乾来家饮酒,席上珍羞百味,笙歌两行,自不必说。酒至半酣,不韦开言："卑人新纳一小姬,颇能歌舞,欲令奉劝一杯,勿嫌唐突。"即命二青衣丫环,唤赵姬出来。不韦曰："汝可拜见二位贵人。"赵姬轻移莲步,在氍毹 qú shū 毛毯之类上叩了两个头。异人与公孙乾慌忙作揖还礼。不韦令赵姬手捧金卮,向前为寿。杯到异人,异人抬头看时,果然标致。怎见得?

> 云鬟轻挑蝉翠,蛾眉淡扫春山,朱唇点一颗樱桃,皓齿排两行白玉。微开笑靥,似褒姒欲媚幽王;缓动金莲,拟西施堪迷吴主。万种娇容看不尽,一团妖冶画难工。

赵姬敬酒已毕,舒开长袖,即在氍毹上舞一个大垂手小垂手。体若游龙,袖如素蜺,宛转似羽毛之从风,轻盈与尘雾相乱。喜得公孙乾和异人目乱心迷,神摇魂荡,口中赞叹不已。赵姬舞毕,不韦命再斟大觥奉劝,二人一饮而尽。赵姬劝酒完了,入内去讫。宾主复互相酬劝,尽量极欢。公孙乾不觉大醉,卧于坐席之上。异人心念赵姬,借酒装面,请于不韦曰:"念某孤身质此,客馆寂寥,欲与公求得此姬为妻,足满平生之愿。未知身价几何? 容当奉纳。"不韦佯怒曰:"我好意相请,出妻献妾,以表敬意,殿下遂欲夺吾所爱,是何道理?"异人踟蹰 jú jí 畏缩恐惧的样子无地,即下跪曰:"某以客中孤苦,妄想要先生割爱,实乃醉后狂言,幸勿见罪!"不韦慌忙扶起曰:"吾为殿下谋归,千金家产尚且破尽,全无吝惜,今何惜一女子。但此女年幼害羞,恐其不从,彼若情愿,即当奉送,备铺床拂席之役。"异人再拜称谢,候公孙乾酒醒,一同登车而去。

其夜,不韦向赵姬言曰:"秦王孙十分爱你,求你为妻,你意若何?"赵姬曰:"妾既以身事君,且有娠矣,奈何弃之,使事他姓乎?"不韦密告曰:"汝随我终身,不过一贾人妇耳。王孙将来有秦王之分,汝得其宠,必为王后。天幸腹中生男,即为太子,我与你便是秦王之父母,富贵俱无穷矣。汝可念夫妇之情,曲从吾计,不可泄漏!"赵姬曰:"君之所谋者大,妾敢不奉命! 但夫妻恩爱,何忍割绝?"言讫泪下。不韦抚之曰:"汝若不忘此情,异日得了秦家天下,仍为夫妇,永不相离,岂不美哉。"二人遂对天设誓。当夜同寝,恩情倍常,不必细述。次日,不韦到公孙乾处,谢夜来简慢之罪。公孙乾曰:"正欲与王孙一同造府,拜谢高情,何反劳枉驾?"少顷,异人亦到,彼此交谢。不韦曰:"蒙殿下不嫌小妾丑陋,取侍巾栉,某与小妾再三言之,已勉从尊命矣。今日良辰,即当送至寓所陪伴。"异人曰:"先生高义,粉骨难报!"公孙乾曰:"既有此良姻,某当为媒。"遂命左右备下喜筵。不韦辞去,至晚,以温车载赵姬与异人成亲。髯翁有诗云:

　　　新欢旧爱一朝移,花烛穷途得意时。

　　　尽道王孙能夺国,谁知暗赠吕家儿!

异人得了赵姬,如鱼似水,爱眷非常。约过一月有余,赵姬遂向异人曰:"妾获侍殿下,天幸已怀胎矣。"异人不知来历,只道自己下种,愈加欢喜。那赵姬先有了两月身孕,方嫁与异人,嫁过八个月,便是十月满足,当产之期,腹中全然不动。因怀着个混一天下的真命帝王,所以比常不同,直到十二个月周年,方才产下一儿。产时红光满室,百鸟飞翔。看那婴儿,生得丰准长目,方额重瞳,口中含有数齿,背项有龙鳞一搭,啼声洪大,街市皆闻。其日,乃秦昭襄王四十八年正月朔旦 初一。异人大喜曰:"吾闻应运之主,必有异征，是儿骨相非凡，又且生于正月，异日必为政于天下。"遂用赵姬之姓，名曰赵政。后来政嗣为秦王，兼并六国，即秦始皇也。当时吕不韦闻得赵姬生男，暗暗自喜。

　　至秦昭襄王五十年，赵政已长成三岁矣。时秦兵围邯郸甚急，不韦谓异人曰："赵王倘复迁怒于殿下，奈何？不如逃奔秦国，可以自脱。"异人曰："此事全仗先生筹画。"不韦乃尽出黄金共六百斤，以三百斤遍赂南门守城将军，托言曰："某举家从阳翟来，行贾于此，不幸秦寇生发，围城日久，某思乡甚切，今将所存资本，尽数分散各位，只要做个方便人情，放我一家出城，回阳翟去，感恩不浅！"守将许之。复以百斤献于公孙乾，述己欲回阳翟之意，反央公孙乾与南门守将说个方便。守将和军卒都受了贿赂，落得做个顺水人情。不韦预教异人将赵氏母子，密寄于母家。是日，置酒请公孙乾说道："某只在三日内出城，特具一杯话别。"席间将公孙乾灌得烂醉，左右军卒，俱大酒大肉，恣其饮啖，各自醉饱安眠。至夜半，异人微服混在仆人之中，跟随不韦父子行至南门，守将不知真假，私自开钥，放他出城而去。论来王龁大营在于西门，因南门是走阳翟的大路，不韦原说还乡，所以只讨南门。三人共仆从结队连夜奔走，打大弯转欲投秦军。至天明，被秦国游兵获住。不韦指异人曰："此秦国王孙，向质于赵，今逃出邯郸，来奔本国，汝辈可速速引路！"游兵让马匹与三人骑坐，引至王龁大营。王龁问明来历，请入相见，即将衣冠与异人更换，设宴管待。王龁曰："大王亲在此督战，行宫去此不过十里。"乃备车马，转送入行宫。秦昭襄王见了异人，不胜之喜，曰："太子日夜想汝，今天遣吾孙脱于虎口也。便可先回咸阳，以慰父母之念。"异人辞了秦王，与不韦父子登车，竟至咸阳。不知父子相见如何，且看下回分解。

魯仲連不肯受賞

信陵君竊符救趙

第一百回　鲁仲连不肯帝秦　信陵君窃符救赵

话说吕不韦同着王孙异人，辞了秦王，竟至咸阳。先有人报知太子安国君，安国君谓华阳夫人曰："吾儿至矣！"夫人并坐中堂以待之。不韦谓异人曰："华阳夫人乃楚女，殿下既为之子，须用楚服入见，以表依恋之意。"异人从之。当下改换衣装，来至东宫，先拜安国君，次拜夫人，泣涕而言曰："不肖男久隔亲颜，不能侍养，望二亲恕儿不孝之罪！"夫人见异人头顶南冠，足穿豹舃 xì 用豹皮制成的鞋子，短袍革带，骇而问曰："儿在邯郸，安得效楚人装束？"异人拜禀曰："不孝男日夜思想慈母，故特制楚服，以表忆念。"夫人大喜曰："妾，楚人也，当自子之 当成儿子对待！"安国君曰："吾儿可改名曰子楚。"异人拜谢。安国君问子楚："何以得归？"子楚将赵王先欲加害，及赖得吕不韦破家行贿之事，细述一遍。安国君即召不韦劳之曰："非先生，险失我贤孝之儿矣。今将东宫俸田二百顷及第宅一所，黄金五十镒，权作安歇之资。待父王回国，加官赠秩。"不韦谢恩而出。子楚就在华阳夫人宫中居住。不在话下。

再说公孙乾直至天明酒醒，左右来报："秦王孙一家不知去向！"使人去问吕不韦，回报："不韦亦不在矣。"公孙乾大惊曰："不韦言三日内起身，安得夜半即行乎？"随往南门诘问。守将答曰："不韦家属出城已久，此乃奉大夫之命也。"公孙乾曰："可有王孙异人否？"守将曰："但见吕氏父子及仆从数人，并无王孙在内。"公孙乾跌足叹曰："仆从之内必有王孙，吾乃堕贾人之计矣！"乃上表赵王，言："臣乾监押不谨，致质子异人逃去，臣罪无所辞！"遂伏剑自刎而亡。髯翁有诗叹曰：

> 监守晨昏要万全，只贪酒食与金钱。
>
> 醉乡回后王孙去，一剑须知悔九泉。

秦王自王孙逃回秦国，攻赵益急。赵君再遣使求魏进兵。客将军新垣衍献策曰："秦所以急围赵者有故。前此与齐湣王争强为帝，已而复归帝不称，今湣王已死，齐益弱，惟秦独雄，而未正帝号，其心不慊 qiè 满足，快意，今日用兵侵伐不休，其意欲求为帝耳。诚令赵发使尊秦为帝，秦必喜而罢兵，是以虚名而免实祸也。"魏王本心惮于救赵，深以其谋为然。即遣新垣衍随使者至邯郸，以此言奏知赵王。赵王与群臣议其可否。众议纷纷未决，平原君方寸已乱，亦漫无主裁。

时有齐人鲁仲连者，年十二岁时，曾屈辩士田巴，时人号为"千里驹"。田巴曰："此飞兔也，岂止千里驹而已！"及年长，不屑仕宦，专好远游，为人排难解纷。其时适在赵国围城之中，闻魏使请尊秦为帝，勃然不悦，乃求见平原君："路人言君将谋帝秦，有之乎？"平原君曰："胜乃伤弓之鸟，魄已夺矣，何敢言事。此魏王使将军新垣衍来赵言之耳！"鲁仲连曰："君乃天下贤公子，乃委命寄托性命于梁客耶？今新垣衍将军何在？吾当为君责而归之！"平原君因言于新垣衍。衍虽素闻鲁仲连先生之名，然知其舌辩，恐乱其议，辞不愿见。平原君强之，遂邀鲁仲连俱至公馆，与衍相见。

衍举眼观仲连，神清骨爽，飘飘乎有神仙之度，不觉肃然起敬，谓曰："吾观先生之玉貌，非有求于平原君者也，奈何久居此围城之中，而不去耶？"鲁仲连曰："连无求于平原君，窃有请于将军。"衍曰："先生何请乎？"仲连曰："请助赵而勿帝秦。"衍曰："先生何以助赵？"仲连曰："吾将使魏与燕助之，若齐、楚固已助之矣。"衍笑曰："燕则吾不知，若魏则吾乃大梁人也，先生又乌能使吾助赵乎？"仲连曰："魏未睹秦称帝之害也。若睹其害，则助赵必矣！"衍曰："秦称帝，其害如何？"仲连曰："秦乃弃礼义而上首功崇尚战功之国也。特强挟诈，屠戮生灵，彼并为诸侯，而犹若此，倘肆然称帝，益济其虐。连宁蹈东海而死，不忍为之民也！而魏乃甘为之下乎？"衍曰："魏岂甘为之下哉？譬如仆者，十人而从一人，宁智力不若一人哉？诚畏之耳！"仲连曰："魏自视若仆耶？吾将使秦王烹醢魏王矣！"衍咈fú然曰："先生又恶能使秦王烹醢hǎi魏王乎？"仲连曰："昔者九侯、鄂侯、文王，纣之三公也。九侯有女而美，献之于纣。女不好淫，触怒纣，纣杀女而醢九侯。鄂侯谏之，并烹鄂侯。文王闻之窃叹，纣复拘之于羑yǒu里，几不免于死。岂三公之智力不如纣耶？天子之行于诸侯，固如是也。秦肆然称帝，必责魏入朝。一旦行九侯、鄂侯之诛，谁能禁之？"新垣衍沉思未答，仲连又曰："不特如此。秦肆然称帝，又必将变易诸侯之大臣，夺其所憎，而树其所爱。又将使其子女谗妾为诸侯之室，魏王安能晏然而已乎？即将军又何以保其爵禄乎？"新垣衍乃蹶jué然忽然，突然而起，再拜谢曰："先生真天下士也！衍请出复吾君，不敢再言帝秦矣。"秦王闻魏使者来议帝秦事，甚喜，缓其攻以待之。及闻帝议不成，魏使已去，叹曰："此围城中有人，不可轻视！"乃退屯于汾水，戒王龁用心准备。

　　再说新垣衍去后，平原君又使人至邺下求救于晋鄙，鄙以王命为辞。平原君乃为书让信陵君无忌曰："胜所以自附为婚姻者，以公子高义，能急人之困耳。今邯郸旦暮降秦，而魏救不前，岂胜平生所以相托之意乎？令姊忧城破，日夜悲泣。公子纵不念胜，独不念姊耶？"信陵君得书，数请魏王求救晋鄙进兵。魏王曰："赵自不肯帝秦，乃仗他人力却秦耶？"终不许。信陵君又使宾客辩士百般巧说，魏王只是不从。信陵君曰："吾义不可以负平原君，吾宁独赴赵，与之俱死！"乃具车骑百余乘，遍约宾客，欲直犯秦军，以徇平原君之难，宾客愿从者千余人。行过夷门，与侯生辞别，侯生曰："公子勉之！臣年老不能从行，勿怪，勿怪！"信陵君屡目侯生，侯生并无他语。信陵君怏怏而去。约行十余里，心中自念："吾所以待侯生者，自谓尽礼。今吾往奔秦军，行将要就死地，而侯生无一言半辞为我谋，又不阻我之行，甚可怪也！"乃约住宾客，独引车还见侯生。宾客皆曰："此半死之人，明知无用，公子何必往见！"信陵君不听。

　　却说侯生立在门外，望见信陵君车骑，笑曰："嬴固策预计、计算公子之必返矣。"信陵君曰："何故？"侯生曰："公子遇嬴厚，公子入不测之地，而臣不送，必恨臣，是以知公子必返。"信陵君乃再拜曰："始无忌自疑有所失于先生，致蒙见弃，是以还请其故耳。"侯生曰："公子养客数十年，不闻客出一奇计，而徒与公子犯强秦之锋，如以肉投饿虎，何益之有？"信陵君曰："无忌亦知无益，但与平原君交厚，义不独生。先生何以策之？"侯生曰："公子且入坐，容老臣徐计。"乃屏去从人，私叩曰："闻如姬得幸于王，信乎？"信陵君曰："然。"侯生曰："嬴又闻如姬之父昔年为人所杀，如姬言于王，欲报父仇，求其人，三年不得，公子使客斩其仇头，以献如姬。此事果否？"信陵君曰："果有此事。"侯生曰："如姬感公子之德，愿为公子死，非一日矣。今晋鄙之兵符，在王卧内，惟如姬力能窃之。公子诚一开口，请于如姬，如姬必从。公子得此符，夺晋鄙军，以救赵而却秦，此五霸之功也。"

　　信陵君如梦初觉，再拜称谢。乃使宾客先待于郊外，而独身回车至家，使所善内侍颜恩，以窃符之事私乞于如姬。如姬曰："公子有命，虽使妾蹈汤火，亦何辞乎？"是夜，魏王饮酒酣卧，如姬即盗虎符授颜恩，转致信陵君之手。信陵君既得符，复往辞侯生。侯生曰："将在外，君命有所不受。公子即合符，而晋鄙不信，或从便宜，复请于魏王，事不谐矣。臣之客朱亥，此天下力士，公子可与俱行。晋鄙见从甚善，若不听，即令朱亥击杀之。"信陵君不觉泣下。侯生曰："公子有畏耶？"信陵君曰："晋鄙老将无罪，倘不从，便当击杀,吾是以悲,无他畏也。"于是与侯生同诣朱亥家,言其故。朱亥笑曰:"臣乃市屠小人,蒙公子数下顾,所以不报者,谓小礼无所用。今公子有急,正亥效命之日也。"侯生曰:"臣义当从行,以年老不能远涉,请以魂送公子!"即自刭于车前。信陵君十分悲悼,乃厚给其家,使为殡殓,自己不敢留滞,遂同朱亥登车望北而去。髯仙有诗云:

> 魏王畏敌诚非勇,公子捐生亦可嗤。
>
> 食客三千无一用,侯生奇计仗如姬。

却说魏王于卧室中失了兵符,过了三日之后,方才知觉,心中好不惊怪。盘问如姬,只推不知,乃遍搜宫内,全无下落。却教颜恩将宫娥内侍,凡直内寝者,逐一拷打。颜恩心中了了,只得假意推问,又乱了一日。魏王忽然想着公子无忌,屡次苦苦劝我救晋鄙进兵,他手下宾客,鸡鸣狗盗者甚多,必然是他所为。使人召信陵君,回报:"四五日前,已与宾客千余,车百乘出城,传闻救赵去矣。"魏王大怒,使将军卫庆率军三千,星夜往追信陵去讫。

再说邯郸城中盼望救兵,无一至者,百姓力竭,纷纷有出降之议,赵王患之。有传舍吏子李同说平原君曰:"百姓日乘城为守,而君安享富贵,谁肯为君尽力乎?君诚能令夫人以下,编于行伍之间,分功而作,家中所有财帛尽散以给将士,将士在危苦之乡,易于感恩,拒秦必甚力。"平原君从其计。募得敢死之士三千人,使李同领之,缒城而出,乘夜斫 zhuó 营,杀秦兵千余人。王齮大惊,亦退三十里下寨,城中人心稍定。李同身带重伤,回城而死,平原君哭之恸,命厚葬之。

再说信陵君无忌行至邺下,见晋鄙曰:"大王以将军久暴露于外,遣无忌特来代劳。"因使朱亥捧虎符与晋鄙验之。晋鄙接符在手,心下踌躇,想道:"魏王以十万之众托我,我虽固陋,未有败衄 nù 同"衄"。失败,损伤之罪,今魏王无尺寸之书,而公子徒手捧符,前来代将,此事岂可轻信?"乃谓信陵君曰:"公子暂请消停几日,待某把军伍造成册籍,明白交付何如?"信陵君曰:"邯郸势在垂危,当星夜赴救,岂得复停时刻?"晋鄙曰:"实不相瞒,此军机大事,某还要再行奏请,方敢交军。"说犹未毕,朱亥厉声喝曰:"元帅不奉王命,便是反叛了!"晋鄙方问得一句:"汝是何人?"只见朱亥袖中出铁锤,重四十斤,向晋鄙当头一击,脑浆迸裂,登时气绝。信陵君握符谓诸将曰:"魏王有命,使某代晋鄙将军救赵,晋鄙不奉命,今已诛死。三军安心听令,不得妄动!"营中肃然。

比及卫庆追至邺下,信陵君已杀晋鄙,将其军矣。卫庆料信陵君救赵之志已决，便欲辞去。信凌君曰："君已至此，看我破秦之后，可还报吾王也。"卫庆只得先打密报，回复魏王，遂留军中。信陵君大犒三军，复下令曰："父子俱在军中者，父归；兄弟俱在军中者，兄归；独子无兄弟者，归养；有疾病者，留莫医药。"是时告归者约十分之二，得精兵八万人，整齐步伍，申明军法。信陵君率宾客，身为士卒先，进击秦营。王龁不意魏兵卒至，仓卒拒战。魏兵贾勇而前，平原君亦开城接应，大战一场。王龁折兵一半，奔汾水大营，秦王传令解围而去。郑安平以二万人别营于东门，为魏兵所遏，不能归，叹曰："吾原是魏人！"乃投降于魏。春申君闻秦师已解，亦班师而归。韩王乘机复取上党。此秦昭襄王之五十年，周赧王五十八年之事也。

赵王亲携牛酒劳军，向信陵君再拜曰："赵国亡而复存，皆公子之力，自古贤人，未有如公子者也。"平原君负弩矢，为信陵君前驱，信陵君颇有自功之色。朱亥进曰："人有德于公子，公子不可忘；公子有德于人，公子不可不忘也。公子矫王命，夺晋鄙军以救赵，于赵虽有功，而于魏未为无罪，公子乃自以为功乎？"信陵君大惭曰："无忌谨受教！"比入邯郸城，赵王亲扫除宫室，以迎信陵君，执主人之礼甚恭。揖信陵君就西阶堂西台阶，示尊礼之位，信陵君谦让不敢当客，踧踖jì孤独戒惧的样子然细步循东阶而上。赵王献觞为寿，颂公子存赵之功，信陵君踧踖逊谢曰："无忌有罪于魏，无功于赵。"宴毕归馆，赵王谓平原君曰："寡人欲以五城封魏公子，见公子谨让之至，寡人自愧，遂不能出诸口。请以鄗为公子汤沐之邑，烦为致之。"平原君致赵王之命，信陵君辞之再四，方才敢受。信陵君自以得罪魏王，不敢归国，将兵符付将军卫庆，督兵回魏，而身留赵国。其宾客之留魏者，亦弃魏奔赵，依信陵君。赵王又欲封鲁仲连以大邑，仲连固辞，赠以千金，亦不受，曰："与其富贵而诎于人，宁贫贱而得自由也。"信陵君与平原君共留之，仲连不从，飘然而去，真高士矣！史臣有赞云：

卓哉鲁连，品高千载！不帝强秦，宁蹈东海。排难辞荣，逍遥自在；视彼仪秦，相去十倍！

时赵有处士毛公者，隐于博徒；有薛公者，隐于卖浆之家。信陵君素闻其贤名，使朱亥传命访之，二人匿不肯见。忽一日，信陵君踪迹二人，知毛公在薛公之家，不用车马，单使朱亥一人跟随，微服徒步，假作买浆之人，直造其所，与二人相见。二人方据垆放置酒坛的土台子共饮，信陵君遂直入，自通姓名，叙向来倾慕之意。二人走避不及，只得相见，四人同席而饮，尽欢方散。自此以后，信陵君时时与毛、薛二公同游。平原君闻之，谓其夫人曰："向者吾闻令弟天下豪杰，公子中无与为比。今乃日逐从博徒卖浆者同游，交非其类，恐损名誉！"夫人见信陵君，述平原君之言，信陵君曰："吾向以为平原君贤者，故宁负魏王，夺兵来救。今平原所与宾客，徒尚豪举，不求贤士也。无忌在国时，常闻赵有毛公、薛公，恨不得与之同游。今日为之执鞭，尚恐其不屑于我，平原君乃以为羞，何云好士乎？平原君非贤者，吾不可留！"即日命宾客束装，欲适他国。平原君闻信陵君束装，大惊，谓夫人曰："胜未敢失礼于令弟，为何陡然弃我而去？夫人知其故乎？"夫人曰："吾弟以君非贤，故不愿留耳。"因述信陵君之语。平原君掩面叹曰："赵有二贤人，信陵君且知之，而吾不知，吾不及信陵君远矣！以彼形此，胜乃不得比于人类。"乃躬造馆舍，免冠顿首，谢其失言之罪。信陵君然后复留于赵。平原君门下士闻知其事，去而投信陵君者大半。四方宾客来游赵者，咸归信陵，不复闻平原君矣。髯翁有诗云：

卖浆纵博岂嫌贫，公子豪华肯辱身。

可笑平原无远识，却将富贵压贤人！

再说魏王接得卫庆密报，言："公子无忌果窃兵符，击杀晋鄙，代领其众，前行救赵，并留臣于军中，不遣归国。"魏王怒甚，便欲收信陵君家属，又欲尽诛其宾客之在国者。如姬乃跪而请曰："此非公子之罪，乃贱妾之罪，妾当万死！"魏王咆哮大怒，问曰："窃符者乃汝乎？"如姬曰："妾父为人所杀，大王为一国之主，不能为妾报仇，而公子能报之。妾感公子深恩，恨无地自效贡献自己的力量！今见公子以念姊之故，日夜哀泣，贱妾不忍，故擅窃虎符，使发晋鄙之军，以成其志。妾闻：'同室相斗者，被发冠缨散着头发戴帽子，指情况紧急而往救之。'赵与魏犹同室也。大王忘昔日之义，而公子赴同室之急，倘幸而却秦全赵，大王威名扬于远近，义声胜于四海，妾虽碎尸万段，亦何所恨乎？若收信陵君家属，诛其宾客，信陵兵败，甘服其罪，倘其得胜，将何以处之？"魏王沉吟半晌，怒气稍定，问曰："汝虽窃符，必有传送之人。"如姬曰："递送者，颜恩也。"魏王命左右缚颜恩至，问曰："汝何敢送兵符于信陵？"恩曰："奴婢不曾晓得什么兵符。"如姬目视颜恩曰："向日我着你送花胜与信陵夫人，这盒内就是兵符了。"颜恩会意，乃大哭曰："夫人吩咐，奴婢焉敢有违？那时只说送花胜去，盒子重重封固，奴婢岂知就里内情？今日屈死奴婢也！"如姬亦泣曰："妾有罪自当，勿累他人。"魏王喝教将颜恩放绑，下于狱中，如姬贬入冷宫，一面使人探听信陵君胜负消息，再行定夺。约过了二月有余，卫庆班师回朝，将兵符缴上，奏道："信陵君大败秦军，不敢还国，已留身赵都，多多拜上大王：'改日领罪！'"魏王问交兵之状，卫庆备细述了一遍，群臣皆罗拜称贺，呼万岁。魏王大喜，即使左右召如姬于冷宫，出颜恩于狱，俱恕其罪。如姬参见谢恩毕，奏曰："救赵成功，使秦国畏大王之威，赵王怀大王之德，皆信陵君之功也。信陵君乃国之长城，家之宗器_{宗庙礼乐之器，比喻非常重要}，岂可弃之于外邦？乞大王遣使召回本国，一以全亲亲之情，一以表贤贤之义。"魏王曰："彼免罪足矣，何得云功乎？"但吩咐："信陵君名下应得邑俸，仍旧送去本府家眷支用，不准迎归。"自是魏、赵俱太平无话。

　　再说秦昭襄王兵败归国，太子安国君率王孙子楚出迎于郊，齐奏吕不韦之贤。秦王封为客卿，食邑千户。秦王闻郑安平降魏，大怒，族灭其家。郑安平乃是丞相应侯范雎所荐，秦法凡荐人不效者，与所荐之人同罪，郑安平降敌，既已族诛，范雎亦该连坐了，于是范雎席藁待罪。不知性命如何，且看下回分解。

秦王滅周遷九鼎

廉頗敗燕
斬二將

第一百一回　秦王灭周迁九鼎　廉颇败燕杀二将

话说郑安平以兵降魏，应侯范雎是个荐主推荐人，介绍人，法当从坐，于是席藁待罪。秦王曰："任安平者，本出寡人之意，与丞相无干。"再三抚慰，仍令复职。群臣纷纷议论，秦王恐范雎心上不安，乃下令国中曰："郑安平有罪，族灭勿论。如有再言其事者，即时斩首！"国人乃不敢复言。秦王赐范雎食物，比常有加。应侯甚不过意，欲说秦王灭周称帝，以此媚之。于是使张唐为大将伐韩，欲先取阳城，以通三川之路。

再说楚考烈王闻信陵君大破秦军，春申君黄歇无功班师而还，叹曰："平原合从之谋，非妄言也！寡人恨不得信陵君为将，岂忧秦人哉！"春申君有惭色，进曰："向者合从之议，大王为长。今秦兵新挫，其气已夺，大王诚发使约会列国，并力攻秦，更说周王，奉以为主，挟天子以声诛讨，五伯之功不足道矣。"楚王大喜，即遣使如周，以伐秦之谋告赧王。赧王已闻秦王欲通三川，意在伐周，今日伐秦，正合着《兵法》"先发制人"之语，如何不从？楚王乃与五国定从约，刻期约定日期大举。

时周赧王一向微弱，虽居天子之位，徒守空名，不能号令。韩、赵分周地分二，以雒邑之河南王城为西周，以巩附成周为东周，使两周公治之。赧王自成周迁于王城，依西周公以居，拱手毫不费力而已。至是，欲发兵攻秦，命西周公签丁为伍，仅得五六千人，尚不能给车马之费。于是访国中有钱富民，借贷以为军资，与之立券，约以班师之日，将所得卤获，出息偿还。西周公自将其众，屯于伊阙，以待诸侯之兵。时韩方被兵遭受战祸，自顾不暇；赵初解围，余畏未息；齐与秦和好，不愿同事；惟燕将乐闲、楚将景阳二枝兵先到，俱列营观望。秦王闻各国人心不一，无进取之意，益发兵助张唐攻下阳城；别遣将军嬴樛 jiū 耀兵十万于函谷关之外。燕、楚之兵约屯三月有余，见他兵不集，军心懈怠，遂各班师。西周公亦引兵归。赧王出兵一番，徒费无益，富民俱执券索偿，日攒聚宫门，哗声直达内寝。赧王惭愧，无以应之，乃避于高台之上。后人因名其台曰"逃债台"。

却说秦王闻燕、楚兵散，即命嬴樛与张唐合兵，取路阳城，以攻西周。赧王兵粮两缺，不能守御，欲奔三晋。西周公进曰："昔太史儋言：'周秦五百岁而合，有伯王者出。'今其时矣！秦有混一之势，三晋不日亦为秦有，王不可以再辱。不如捧土自归，犹不失宋、杞之封也。"赧王无计可施，乃率群臣子侄哭于文、武之庙，三日，捧其所存舆图，亲诣秦军投献，愿束身_{束缚自身，表示}归顺_{归咸阳}。嬴樛受其献，共三十六城，户三万。西周所属地已尽，惟东周仅存。嬴樛先使张唐护送赧王君臣子孙入秦奏捷，自引军入雒阳城，经略地界。赧王谒见秦王，顿首谢罪。秦王意怜之，以梁城封赧王，降为周公，比于附庸，原日西周公降为家臣。东周公贬爵为君，是为东周君。赧王年老，往来周、秦不胜劳苦，既至梁城，不逾月病死。秦王命除其国，又命嬴樛发雒阳丁壮，毁周宗庙，运其祭器，并要搬运九鼎，安放咸阳。周民不愿役秦者，皆逃奔巩城，依东周君以居，亦见人心之不肯忘周矣！将迁鼎之前一日，居民闻鼎中有哭泣之声。及运至泗水，一鼎忽从舟中飞沉于水底，嬴樛使人没水求之，不见有鼎，但见苍龙一条，鳞鬣_{liè}怒张，顷刻波涛顿作，舟人恐惧，不敢触之。嬴樛是夜梦周武王坐于太庙，召樛至，责之曰："汝何得迁吾重器，毁吾宗庙？"命左右鞭其背三百。嬴樛梦觉，即患背疽，扶病归秦，将八鼎献上秦王，并奏明其状。秦王查阅所失之鼎，正豫州之鼎也。秦王叹曰："地皆入秦，鼎独不附寡人乎？"欲多发卒徒，更往取之。嬴樛谏曰："此神物有灵，不可复取。"秦王乃止，嬴樛竟以疽死。秦王以八鼎及祭器陈列于秦太庙之中，效祀上帝于雍州，布告列国，俱要朝贡称贺，不来宾者伐之。韩桓惠王首先入朝，稽首称臣，齐、楚、燕、赵皆遣国相入贺，独魏国使者，尚未见到。秦王命河东守王稽引兵袭魏，王稽素与魏通，私受金钱，遂泄其事。魏王惧，遣使谢罪，亦使太子增为质于秦，委国听令。自此六国，俱宾服于秦。时秦昭襄王之五十二年也。秦王究通魏之事，召王稽诛之，范雎益不自安。

　　一日，秦王临朝叹息，范雎进曰："臣闻：'主忧则臣辱，主辱则臣死。'今大王临朝而叹，由臣等不职之故，不能为大王分忧，臣敢请罪！"秦王曰："夫物不素具，不可以应卒_{仓猝之变}。今武安君诛死，而郑安平背畔，外多强敌，而内无良将，寡人是以忧也。"范雎且惭且惧，不敢对而出。

　　时有燕人蔡泽者，博学善辩，自负甚高，乘敝车游说诸侯，无所遇。至大梁，遇善相者唐举，问曰："吾闻先生曾相赵国李兑，言'百日之内，持国秉政'，果有之乎？"唐举曰："然。"蔡泽曰："如仆者，先生以为何如？"唐举熟视而笑，谓曰："先生鼻如蝎虫_{木中蛀虫}，肩高于项，魋_{chuí 突出}颜蹙_{cù 皱眉}眉，两膝挛曲，吾闻'圣人不相_{圣人相貌不同一般}'，殆先生乎？"蔡泽知唐举戏之，乃曰："富贵吾所自有，吾所不知者寿耳！"唐举曰："先生之寿，从今以往者四十三年！"

蔡泽笑曰:"吾饭粱啮肥,乘车跃马,怀黄金之印,结紫绶于腰,揖让人主之前者,四十三年足矣,尚何求乎!"及再游韩、赵不得意,返魏,于郊外遇盗,釜甑皆为夺去,无以为炊,息于树下,复遇唐举。举戏曰:"先生尚未富贵耶?"蔡泽曰:"方且觅之。"唐举曰:"先生金水之骨,当发于西。今秦丞相应侯用郑安平、王稽皆得重罪,应侯惭惧之甚,必急于卸担。先生何不一往,而困守于此?"蔡泽曰:"道远难至,奈何?"唐举解囊中,出数金赠之。

　　蔡泽得其资助,遂西入咸阳,谓旅邸主人曰:"汝饭必白粱,肉必甘肥,俟吾为丞相时,当厚酬汝。"主人曰:"客何人,乃望作丞相耶?"泽曰:"吾姓蔡名泽,乃天下雄辩有智之士,特来求见秦王。秦王若一见我,必然悦我之说,逐应侯而以吾代之,相印立可悬于腰下也。"主人笑其狂,为人述之。应侯门客闻其语,述于范雎。范雎曰:"五帝三代之事,百家之说,吾莫不闻,众口之辩,遇我而屈,彼蔡泽者恶能说秦王而夺吾相印乎?"乃使人往旅邸召蔡泽。主人谓泽曰:"客祸至矣!客宣言欲代应侯为相,今应府相召,先生若往,必遭大辱。"蔡泽笑曰:"吾见应侯,彼必以相印让我,不须见秦王也。"主人曰:"客太狂,勿累我。"

　　蔡泽布衣蹑屩 juē,往见范雎。雎踞坐以待之,蔡泽长揖不拜。范雎亦不命坐,厉声诘之曰:"外边宣言,欲代我为丞相者是汝耶?"蔡泽端立于旁曰:"正是!"范雎曰:"汝有何辞说,可以夺我爵位?"蔡泽曰:"吁!君何见之晚也。夫四时之序,成功者退,将来者进,君今日可以退矣!"范雎曰:"吾不自退,谁能退之?"蔡泽曰:"夫人生百体坚强,手足便利,聪明圣智,行道施德于天下,岂非世所敬慕为贤豪者与?"范雎应曰:"然。"蔡泽又曰:"既已得志于天下,而安乐寿考长寿,终其天年,簪缨世禄传之子孙,世世不替,与天地相终始,岂非世所谓吉祥善事者与?"范雎曰:"然。"蔡泽曰:"若夫秦有商君,楚有吴起,越有大夫种,功成而身不得其死,君亦以为可愿否?"范雎心中暗想:"此人谈及利害,渐渐相逼,若说不愿,就堕其说术之中了。"乃佯应之曰:"有何不可愿也。夫公孙鞅事孝公,尽公无私,定法以治国中,为秦将拓地千里;吴起事楚悼王,废贵戚以养战士,南平吴越,北却三晋;大夫种事越王,能转弱为强,并吞劲吴,为其君报会稽之怨;虽不得其死,然大丈夫杀身成仁,视死如归,功在当时,名垂后世,何不可愿之有哉?"此时范雎虽然嘴硬,却也不安于坐,起立而听之。蔡泽对曰:"主圣臣贤,国之福也。父慈子孝,家之福也。为孝子者,谁不愿得慈父?为贤臣者,谁不愿得明君?比干忠而殷亡,申生孝而国乱,身虽恶死,而无济于君父,何也?其君父非明且慈也。商君、吴起、大夫种亦不幸而死耳，岂求死以成后世之名哉？夫比干剖而微子去，召忽戮而管仲生，微子、管仲之名，何至出比干、召忽之下乎？故大丈夫处世，身名俱全者，上也；名可传而身死者，其次也；惟名辱而身全，斯为下耳。”

这段话说得范雎胸中爽快，不觉离席，移步下堂，口中称：“善！”蔡泽又曰：“君以商君、吴起、大夫种杀身成仁为可愿也，然孰与闳夭 hóng yāo 周文王时贤臣，文王被囚，曾携宝物将文王赎归之事文王、周公之辅成王乎？”范雎曰：“商君等弗如也。”蔡泽曰：“然则今王之信任忠良，惇厚故旧，视秦孝公、楚悼王奚若 如何，怎么样？”范雎沉吟少顷，曰：“未知何如。”蔡泽曰：“君自量功在国家，算无失策，孰与商君、吴起、大夫种？”范雎又曰：“吾弗如。”蔡泽曰：“今王之亲信功臣，既不能有过于秦孝公、楚悼王、越王句践，而君之功绩，又不若商君、吴起、大夫种，然而君之禄位过盛，私家之富倍于三子，如是而不思急流勇退，为自全计，彼三子者且不能免祸，而况于君乎？夫翠鹄、犀象 犀牛和大象，其处势非不远于死，而竟以死者，惑于饵也。苏秦、智伯之智非不足以自庇，而竟以死者，惑于贪利不止也。君以匹夫，徒步知遇秦王，位为上相，富贵已极，怨已雠同“仇”，报仇而德已报矣。犹然贪恋势利，进而不退，窃恐苏秦、智伯之祸，在所不免。语云：‘日中必移，月满必亏。’君何不以此时归相印，择贤者而荐之？所荐者贤，而荐贤之人益重，君名为辞荣，实则卸担。于是乎寻川岩之乐，享乔松之寿，子孙世世长为应侯，孰与据轻重之势，而蹈不可知之祸哉？”范雎曰：“先生自谓雄辩有智，今果然也。雎敢不受命！”于是乃延之上坐，待以客礼，遂留于宾馆，设酒食款待。

次日入朝，奏秦王曰：“客新有从山东来者，曰蔡泽，其人有王伯之才，通时达变，足以寄秦国之政。臣所见之人甚众，更无其匹，臣万不及也。臣不敢蔽贤，谨荐之于大王。”秦王召蔡泽见于便殿，问以兼并六国之计。蔡泽从容条对 逐条对答，深合秦王之意，即日拜为客卿。范雎因谢病，请归相印。秦王不准，雎遂称病笃不起，秦王乃拜蔡泽为丞相，以代范雎，封刚成君。雎老于应。

话分两头。却说燕自昭王复国，在位三十三年，传位于惠王。惠王在位七年，传于武成王。武成王在位十四年，传于孝王。孝王在位三年，传于燕王喜。喜即位，立其子丹为太子。燕王喜之四年，秦昭襄王之五十六年也。是岁，赵平原君赵胜卒，以廉颇为相国，封信平君。燕王喜以赵国接壤，使其相国栗腹往吊平原君之丧，因以五百金为赵王酒资，约为兄弟。栗腹冀赵王厚贿，赵王如常礼相待，栗腹意不怿 yì 高兴，归报燕王曰：“赵自长平之败,壮者皆死,其孤尚幼,且相国新丧,廉颇已老,若出其不意,分兵伐之,赵可灭也。"燕王惑其言,召昌国君乐闲问之。闲对曰:"赵东邻燕,西接秦境,南错韩、魏,北连胡貊mò,四野之地其民习兵,不可轻伐。"燕王曰:"吾以三倍之众而伐一,何如?"乐闲曰:"未可。"燕王曰:"以五倍伐一,何如?"乐闲不应。燕王怒曰:"汝以父坟墓在赵,不欲攻耶?"乐闲曰:"王如不信,臣请试之。"群臣阿燕王之意,皆曰:"天下焉有五而不能胜一者?"大夫将渠独切谏曰:"王且勿言众寡,而先言曲直。王方与赵交欢,以五百金为赵王寿,使者还报,而即攻之,不信不义,师必无功。"燕王不以为然,使栗腹为大将,乐乘佐之,率兵十万攻鄗。使庆秦为副将,乐闲佐之,率兵十万攻代。燕王亲率兵十万为中军,在后接应。方欲升车,将渠手揽王绥,垂泪言曰:"即伐赵,愿大王勿亲往,恐震惊左右。"燕王怒,以足蹴将渠,渠即抱王足而泣曰:"臣之留大王者,忠心也。王若不听,燕祸至矣!"燕王愈怒,命囚将渠于狱,俟凯旋日杀之。三军分路而进,旌旗蔽野,杀气腾空,满望踏平赵土,大拓燕疆。

　　赵王闻燕兵将至,集群臣问计。相国廉颇进曰:"燕谓我丧败之余,士伍不充,若大赉lài国中,使民十五岁以上者悉持兵佐战,军声一振,燕气自夺。栗腹喜功,原无将略,庆秦无名小子,乐闲、乐乘以昌国君之故,往来燕、赵,不为尽力,燕军可立破也。"乃荐雁门李牧,其才可将。赵王用廉颇为大将,引兵五万,迎栗腹于鄗;用李牧为副将,引兵五万,迎庆秦于代。

　　却说廉颇兵至房子城,知栗腹在鄗,乃尽匿其丁壮于铁山,但以老弱列营。栗腹探知,喜曰:"吾固知赵卒不堪战也!"乃率众急攻鄗城。鄗城人知救兵已至,坚守十五日不下。廉颇率大军赴之,先出疲卒数千人挑战。栗腹留乐乘攻城,亲自出阵,只一合,赵军不能抵当,大败而走。栗腹指麾将士,追逐赵军。约六七里,伏兵齐起,当先一员大将驰车而出,大叫:"廉颇在此!来将早早受缚!"栗腹大怒,挥刀迎敌。廉颇手段高强,所领俱是选的精卒,一可当百,不数合,燕军大败,廉颇生擒栗腹。乐乘闻主将被擒,解围欲走,廉颇使人招之,乐乘遂奔赵军。恰好李牧救代得胜,斩了庆秦,遣人报捷;乐闲率余众保于清凉山,廉颇使乐乘为书招闲,闲亦降赵。燕王喜知两路兵俱败没,遂连夜奔回中都。廉颇长驱直入,筑长围以困之,燕王遣使乞和。乐闲谓廉颇曰:"本倡伐赵之谋者,栗腹也。大夫将渠有先见之明,苦谏不听,被羁在狱。若欲许和,必须要燕王以将渠为相国,使他送款归降,投诚,方可。"廉颇从其说。燕王出于无奈,即召将渠于狱中,授相印。将渠辞曰:"臣不幸言而中,岂可幸国之败以为利哉!"燕王曰:"寡人不听卿言,自取辱败,今将求成于赵，非卿不可。"将渠乃受相印，谓燕王曰："乐乘、乐闲虽身投于赵，然其先世有大功于燕，大王宜归其妻子，使其不忘燕德，则和议可速成矣。"燕王从之。将渠乃如赵军，为燕王谢罪，并送还乐闲、乐乘家属。廉颇许和，因斩栗腹之首，并庆秦之尸，归之于燕，即日班师还赵。赵王封乐乘为武襄君，乐闲仍称昌国君如故，以李牧为代郡守。时剧辛为燕守蓟jì州，燕王以剧辛素与乐毅同事昭王，使为书以招二乐。乐乘、乐闲以燕王不听忠言，竟留于赵。将渠虽为燕相，不出燕王之意，未及半载，托病辞印，燕王遂用剧辛代之。此段话且搁过一边。

再说秦昭襄王在位五十六年，年近七十，至秋得病而薨。太子安国君柱立，是为孝文王。立赵女为王后，子楚为太子。韩王闻秦王之丧，首先服衰绖入吊，视丧事如臣子之礼。诸侯皆遣将相大臣来会葬。孝文王除丧_{丧期}结束，去除丧服之三日，大宴群臣，席散回宫而死。国人皆疑客卿吕不韦欲子楚速立为王，乃重贿左右，置毒药于酒中，秦王中毒而死，然心惮不韦，无敢言者。于是不韦同群臣奉子楚嗣位，是为庄襄王。奉华阳夫人为太后，立赵姬为王后，子赵政为太子，去赵字单名政。蔡泽知庄襄王深德吕不韦，欲以为相，乃托病以相印让之。不韦遂为丞相，封文信侯，食河南雒阳十万户。不韦慕孟尝、信陵、平原、春申之名，耻其不如，亦设馆招致宾客，凡三千余人。

再说东周君闻秦连丧二王，国中多事，乃遣宾客往说诸国，欲合从以伐秦。丞相吕不韦言于庄襄王曰："西周已灭，而东周一线若存，自谓文、武之子孙，欲以鼓动天下，不如尽灭之，以绝人望众人的希望。"秦王即用不韦为大将，率兵十万伐东周，执其君以归，尽收巩城等七邑。周自武王己酉受命，终于东周君壬子，历三十七王，共八百七十三年，而祀绝于秦。有歌诀为证：

> 周武成康昭穆共，懿孝夷厉宣幽终，以上盛周十二主，二百五十二年逢。东迁平桓庄釐①惠，襄顷匡定简灵继，景悼敬元贞定哀，思考威烈安烈序。显子慎靓赧王亡，东周廿②六凑成双。系出喾③子后稷弃，太王王季文王昌。首尾三十有八主，八百七十年零四，卜年卜世数过之，宗社灵长古无二。

秦王乘灭周之盛，复遣蒙骜袭韩，拔成皋、荥xíng阳，置三川郡，地界直逼大梁矣。秦王曰："寡人昔质于赵，几为赵王所杀，此仇不可不报！"乃再遣蒙骜攻赵，取榆次等三十七城，置太原郡。遂南定上党，因攻魏高都，不拔，

---

①釐：xī。　②廿：niàn。　③喾：kù。

秦王复遣王龁将兵五万助战。魏兵屡败，如姬言于魏王曰："秦所以急攻魏者，欺魏也。所以欺魏者，以信陵君不在也。信陵君贤名闻于天下，能得诸侯之力。大王若使人卑辞厚币，召之于赵，使其合从列国，并力御秦，虽有蒙骜等百辈，何敢正眼视魏哉！"魏王势在危急，不得已从其计，遣颜恩为使，持相印，益以黄金彩币，往赵迎信陵君。遗以书，略曰：

> 公子昔不忍赵国之危，今乃忍魏国之危乎？魏急矣！寡人举国引领①以待公子之归也。公子幸勿计寡人之过！

信陵君虽居赵国，宾客探信，往来不绝。闻魏将遣使迎己，恨曰："魏王弃我于赵，十年于兹矣。今事急而召我，非中心发自内心念我也！"乃悬书于门下："有敢为魏王通使者死！"宾客皆相戒，莫敢劝其归者。颜恩至魏半月，不得见公子。魏王复遣使者催促，音信不绝。颜恩欲求门下客为言，俱辞不敢通。欲候信陵君出外，于路上邀之，信陵君为回避魏使，竟不出门。颜恩无可奈何。毕竟信陵君肯归魏否，且看下回分解。

---

①引领：伸长脖子，形容深切盼望。

華陰道
信陵
欺蒙
驚

胡靈河煖雁斬劉牢

第一百二回　华阴道信陵败蒙骜　胡卢河庞煖斩剧辛

话说颜恩欲见信陵君不得,宾客不肯为通,正无奈何。适博徒毛公和卖浆薛公来访公子,颜恩知为信陵君上客,泣诉其事。二公曰:"君第只管戒车准备车辆,我二人当力劝之。"颜恩曰:"全仗!全仗!"二公入见信陵君曰:"闻公子车驾将返宗邦,吾二人特来奉送。"信陵君曰:"那有此事?"二公曰:"秦兵围魏甚急,公子不闻乎?"信陵君曰:"闻之。但无忌辞魏十年,今已为赵人,不敢与闻魏事矣。"二公齐声曰:"公子,是何言也!公子所以重于赵,名闻于诸侯者,徒以有魏也。即公子之能养士,致天下宾客者,亦借魏力也。今秦攻魏日急,而公子不恤;设使秦一旦破大梁,夷铲平、消灭先王之宗庙,公子纵不念其家,独不念祖宗之血食乎?公子复何面目寄食于赵也?"言未毕,信陵君蹴然起立,面发汗,谢曰:"先生责无忌甚正,无忌几为天下罪人矣!"即日命宾客束装,自入朝往辞赵王。赵王不舍信陵君归去,持其臂而泣曰:"寡人自失平原,倚公子如长城,一朝弃寡人而去,寡人谁与共社稷耶?"信陵君曰:"无忌不忍先王宗庙见夷于秦,不得不归。倘邀君之福,社稷不泯,尚有相见之日。"赵王曰:"公子向以魏师存赵,今公子归赴国难,寡人敢不悉赋以从!"乃以上将军印,授公子,使将军庞煖 xuān 为副,起赵军十万助之。信陵君既将赵军,先使颜恩归魏报信,然后分遣宾客,致书于各国求救。燕、韩、楚三国俱素重信陵之人品,闻其为将,莫不喜欢,悉遣大将引兵至魏,听其节制。燕将将渠、韩将公孙婴、楚将景阳,惟齐国不肯发兵。

却说魏王正在危急,得颜恩报说:"信陵君兼将燕、赵、韩、楚之师,前来救魏。"魏王如渴时得浆,火中得水,喜不可言。使卫庆悉起国中之师,出应公子。时蒙骜围郏 jiá 州,王龁围华州,信陵君曰:"秦闻吾为将,必急攻。郏、华东西相距五百余里,吾以兵缀牵制蒙骜之兵于郏,而率奇兵赴华。若王龁兵败,则蒙骜亦不能自固矣。"众将皆曰:"然。"乃使卫庆以魏师合楚师,筑为连垒,以拒蒙骜。虚插信陵君旗号,坚壁勿战。而身帅赵师十万,与燕、韩之兵,星驰华州。信陵君集诸将计议曰:"少华山东连太华,西临渭河,秦以舟师运粮,俱泊渭水,而少华木多荆杞,可以伏兵。若以一军往渭劫粮,王龁必悉兵来救,吾伏兵于少华,邀而击之,无不胜矣。"即命赵将庞煖引一支军往渭河,劫其粮艘,使韩将公孙婴、燕将将渠各引一支军,声言接应劫粮之兵,只在少华山左右伺候,共击秦军。信陵君亲率精兵三万,伏于少华山下。庞煖引军先发,早有伏路秦兵,报入王龁营中,言:"魏信陵君为将,遣兵径往渭口。"王龁大惊曰:"信陵善于用兵,今救华,不接战,而劫渭口之粮,是欲绝我根本也! 吾当亲往救之。"遂传令:"留兵一半围城,余者悉随吾救渭。"将近少华山,山中闪出一队大军,打着"燕相国将渠"旗号。王龁传令列成阵势,便接住将渠交锋。战不数合,又是一队大军到来,打着"韩大将公孙婴"旗号,王龁急分兵迎敌。军士报道:"渭河粮船,被赵将庞煖所劫。"王龁道:"事已如此,且只顾厮杀,若杀退燕、赵二军,又作计较。"三国之兵,搅做一团,自午至酉,尚未鸣金。信陵君度秦兵已疲,引伏兵一齐杀出,大叫:"信陵君亲自领兵在此! 秦将早早来降,免污刀斧!"王龁虽是个惯战之将,到此没有三头六臂,如何支持得来? 况秦兵素闻信陵君威名,到此心胆俱裂,人人惜命,个个奔逃。王龁大败,折兵五万有余,又尽丧其粮船,只得引残兵败将,向路南而遁,进临潼关去讫。信陵君引得胜之兵,仍分三队,来救郏州。

却说蒙骜谍探信陵君兵往华州,乃将老弱立营,虚建"大将蒙"旗帜,与魏、楚二军相持;尽驱精锐,衔枚疾走,望华州一路迎来,指望与王龁合兵。谁知信陵君已破走了王龁,恰好在华阴界上相遇。信陵君亲冒矢石,当先冲敌,左有公孙婴,右有将渠,两下大杀一阵。蒙骜折兵万余,鸣金收军。当下札住大寨,整顿军马,打点再决死敌。这边魏将卫庆、楚将景阳探知蒙骜不在军中,攻破秦营老弱,解了郏州之围,也望华阴一路追袭而来。正遇蒙骜列阵将战,两下夹攻,蒙骜虽勇,怎当得五路军马? 腹背受敌,又大折一阵,急急望西退走。信陵君率诸军,直追至函谷关下,五国札下五个大营,在关前扬威耀武。如此月余,秦兵紧闭关门,不敢出应,信陵君方才班师,各国之兵亦皆散回本国。史臣论此事,以为信陵君之功,皆毛公、薛公之功也! 有诗云:

　　　兵马临城孰解围? 合从全仗信陵归。
　　　当时劝驾谁人力? 却是埋名两布衣。

魏安釐王闻信陵君大破秦军,奏凯而回,不胜之喜,出城三十里迎接。兄弟别了十年,今日相逢,悲喜交集,乃并驾回朝。论功行赏,拜为上相,益封五城,国中大小政事,皆决于信陵君。赦朱亥擅杀晋鄙之罪,用为偏将。此时信陵君之威名,震动天下,各国皆具厚币,求信陵君兵法。信陵君将宾客平日所进之书,纂括编纂概括为二十一篇,阵图七卷,名曰《魏公子兵法》。

　　却说蒙骜与王齕领着败兵，合做一处，来见秦庄襄王，奏曰："魏公子无忌合从五国，兵多将广，所以臣等不能取胜。损兵折将，罪该万死！"秦王曰："卿等屡立战功，开疆拓土，今日之败，乃是众寡不敌，非卿等之罪也。"刚成君蔡泽进曰："诸国所以合从者，徒以公子无忌之故。今王遣一使修好于魏，且请无忌至秦面会，俟其入关，即执而杀之，永绝后患，岂不美哉！"秦王用其谋，遣使至魏修好，并请信陵君。冯谖曰："孟尝、平原皆为秦所羁，幸而得免，公子不可复蹈其辙。"信陵君亦不愿行，言于魏王，使朱亥为使，奉璧一双以谢秦。秦王见信陵君不至，其计不行，心中大怒。蒙骜密奏秦王曰："魏使者朱亥，即锤击晋鄙之人也。此魏之勇士，宜留为秦用。"秦王欲封朱亥官职，朱亥坚辞不受。秦王益怒，令左右引朱亥置虎圈中。圈有斑斓大虎，见人来即欲前攫，朱亥大喝一声："畜生何敢无礼！"迸开双睛，如两个血盏，目眦尽裂，迸血溅虎。虎蹲伏股栗，良久不敢动。左右乃复引出。秦王叹曰："乌获、任鄙不是过矣！若放之归魏，是与信陵君添翼也。"愈欲迫降之。亥不从，命拘于驿舍，绝其饮食。朱亥曰："吾受信陵君知遇，当以死报之！"乃以头触屋柱，柱折而头不破。于是以手自探其喉，绝咽而死，真义士哉！

　　秦王既杀朱亥，复谋于群臣曰："朱亥虽死，信陵君用事如故，寡人意欲离间其君臣，诸卿有何良策？"刚成君蔡泽进曰："昔信陵君窃符救赵，得罪魏王，魏王弃之于赵，不许相见。后因秦兵围急，不得已而召之。虽然纠连四国，得成大功，然信陵君有震主之嫌，魏王岂无疑忌之意？信陵君锤杀晋鄙，鄙之宗族宾客怀恨必深。大王若捐金万斤，密遣细作至魏，访求晋鄙之党，奉以多金，使之布散流言，言：'诸侯畏信陵君之威，皆欲奉之为魏王，信陵君不日将行篡夺之事。'如此，则魏王必疏无忌而夺其权。信陵君不用事，天下诸侯亦皆解体。吾因而用兵，无足为吾难矣。"秦王曰："卿计甚善！然魏既败吾军，其太子增犹质吾国，寡人欲因而杀之，以泄吾恨，何如？"蔡泽对曰："杀一太子，彼复立一太子，何损于魏？不若借太子使为反间于魏。"秦王大悟，待太子增加厚。一面遣细作持万金往魏国行事，一面使其宾客皆与太子增往来相善，因而密告太子曰："信陵君在外十年，交结诸侯，诸侯之将相莫不敬且惮之，今为魏大将，诸侯兵皆属焉，天下但知有信陵君，不知有魏王也。虽吾秦国亦畏信陵君之威，欲立为王，与之连和。信陵君若立，必使秦杀太子，以绝民望。即不然，太子亦将终老于秦矣。奈何！"太子增涕泣求计。客曰："秦方欲与魏通和，太子何不致一书于魏王，使其请太子归国？"太子增曰："虽请之，秦安肯释我而归耶？"客曰："秦王之欲奉信陵，非其本意，特畏之耳。若太子愿以国事秦,固秦之愿也,何患请而不从哉?"太子增乃为密书,书中备言诸侯归心信陵,秦亦欲拥立为王等语,后乃叙已求归之意,将书付客,托以密致魏王。于是秦王乃修书二封,一封致魏王归朱亥之丧,托言病死;一封奉贺信陵君,另有金币等物。

　　却说魏王因晋鄙宾客布散流言,固已心疑。及秦使捧国书来,欲与魏息兵修好,叩其来意,都是敬慕信陵之语,又接得太子增家信,心中愈加疑惑。使者再将书币送信陵府中,故意泄漏其语,使魏王闻之。却说信陵君闻秦使讲和,谓宾客曰:"秦非有兵戎之事,何求于魏? 此必有计!"言未毕,阍人报秦使者在门,言:"秦王亦有书奉贺。"信陵君曰:"人臣义无私交,秦王之书币,无忌不敢受。"使者再三致秦王之意,信陵君亦再三却之。恰好魏王遣使来到,要取秦王书来看。信陵君曰:"魏王既知有书,若说吾不受,必不肯信。"遂命驾车将秦王书币原封不动,送上魏王,言:"臣已再三辞之,不敢启封。今蒙王取览,只得呈上,但凭裁处!"魏王曰:"书中必有情节,不启不明。"乃发书观之,略曰:

　　　　公子威名,播于天下,天下侯王,莫不倾心于公子者。指日当正位南面①,为诸侯领袖;但不知魏王让位当在何日? 引领望之! 不腆之赋,预布贺忱②,惟公子勿罪!

魏王览毕,付与信陵君观看,信陵君奏曰:"秦人多诈,此书乃离间我君臣,臣所以不受者,正虑书中不知何语,恐堕其术中耳。"魏王曰:"公子既无此心,便可于寡人面前,作书复之。"即命左右取纸笔,付信陵君作回书。略云:

　　　　无忌受寡君不世之恩,糜首莫酬,南面之语,非所以训人臣也。蒙君辱贶,昧死以辞!

书付秦使,并金币带回。魏王亦遣使谢秦,并言:"寡君年老,欲请太子增回国。"秦王许之。太子增既回魏,复言信陵不可专任。信陵君虽则于心无愧,度王心中芥蒂,终未释然,遂托病不朝,将相印兵符俱缴还魏王,与宾客为长夜之饮,多近妇女,日夜为乐,惟恐不及。史臣有诗云:

　　　　侠气凌今古,威名动鬼神。

　　　　一身全赵魏,百战却嬴秦。

　　　　镇国同坚础③,危词似吠狺④。

――――――――――

　　①南面:古代以坐北朝南为尊,面南代指称帝。 ②贺忱:祝贺的诚意。 ③坚础:坚固的柱脚石。 ④狺(yín):犬吠声。

英雄无用处，酒色了残春。

再说秦庄襄王在位三年，得疾，丞相吕不韦入问疾。因使内侍以缄书密致王后，追述往日之誓。后旧情未断，遂召不韦与之私通。不韦以医药进王，王病一月而薨。不韦扶太子政即位，此时年仅一十三岁。尊庄襄后为太后，封其母弟成峤为长安君，国事皆决于不韦，比于太公，号为尚父。不韦父死，四方诸侯宾客，吊者如市，车马填塞道路，视秦王之丧愈加众盛，正是"权倾中外，威振诸侯"。不在话下。

秦王政元年，吕不韦知信陵君退废，始复议用兵。使大将蒙骜同张唐伐赵，攻下晋阳。三年，再遣蒙骜同王龁攻韩，韩使公孙婴拒之。王龁曰："吾一败于赵，再败于魏，蒙秦王赦而不诛，此行当以死报！"遂帅其私属私家亲属仆人千人，直犯韩营，龁力战而死。韩兵乱，蒙骜乘之，大败韩师，杀公孙婴，取韩十二城以归。自信陵君废，而赵、魏之好亦绝。赵孝成王使廉颇伐魏，围繁阳，未克，而孝成王薨。太子偃嗣立，是为悼襄王。时廉颇已克繁阳，乘胜进取。而大夫郭开素以谄佞为廉颇所嫉，常因侍宴面叱之。郭开衔怨在心，谮 zèn 于悼襄王，言："廉颇已老，不任事，伐魏久而无功。"乃使武襄君乐乘往代廉颇。廉颇怒曰："吾自事惠文王为将，于今四十余年，未有挫失，乐乘何人，而能代我？"遂勒兵攻乘，乘惧走归国。廉颇遂奔魏，魏王虽尊为客将，疑而不用。廉颇由是遂居大梁。

秦王政四年，十月，蝗虫从东方来，蔽天，禾稼不收，疫病大作。吕不韦与宾客议令百姓纳粟千石，拜爵一级。后世纳粟之例，自此而起。是年，魏信陵君伤于酒色，得疾而亡。冯谖哭泣过哀，亦死，宾客自刭从死者百余人。足见信陵君之能得士矣！明年，魏安釐王亦薨，太子增嗣位，是为景湣王。秦知魏新丧君，又信陵君已死，思报败绩之仇，遣大将蒙骜攻魏，拔酸枣等二十城，置东郡。未几，又拔朝歌，又攻下濮阳。卫元君乃魏王之婿，东走野王，阻山而居。景湣王叹曰："使信陵君尚在，当不令秦兵纵横至此也！"于是遣使与赵通好。赵悼襄王亦患秦侵伐无已，方欲使人往纠列国，重寻信陵、平原二君合从之约，忽边吏报道："今有燕国拜剧辛为大将，领兵十万，来犯北界。"那剧辛原是赵人，先在赵时，原与庞煖有交。后来庞煖仕赵，剧辛投奔燕昭王，昭王用为蓟郡守。及燕王喜被赵将廉颇围困都城，赖将渠讲和而罢，深以为耻。将渠相燕原出于赵人所命，非燕王之意，虽则助信陵君战秦有功，到底君臣之间，未能十分相信。将渠为相岁余，即托病归其印绶。燕王乃召剧辛于蓟，用为相国，共图报赵之事，奈心惮廉颇，不敢动掸同"弹"。

今日廉颇奔魏,庞煖为将,剧辛意颇轻之,乃迎合燕王之意,奏曰:"庞煖庸才,非廉颇之比。况秦兵已拔晋阳,赵人疲敝,乘衅_{缝隙},机会攻之,栗腹之耻可雪也。"燕王大悦曰:"寡人正有此意,相国能为寡人一行乎?"剧辛曰:"臣熟知地利,若蒙见委,定当生擒庞煖,献于大王之前。"燕王大悦,遂使剧辛将兵十万伐赵。赵王闻报,即召庞煖计议。煖曰:"剧辛自恃宿将,必有轻敌之心。今李牧见守代郡,使引军南行,从庆都一路来,以断其后,臣以一军迎战,彼腹背受敌,可成擒矣。"赵王从计而行。

　　却说剧辛渡易水,取路中山,直犯常山地界,兵势甚锐。庞煖帅大军屯于东垣,深沟高垒,以待其来。剧辛曰:"我军深入,若彼坚壁不战,成功无日矣。"问帐下:"谁敢挑战?"骁将栗元,乃栗腹之子,欲报父仇,欣然愿往。剧辛曰:"更得一人帮助方可。"末将武阳靖请行。剧辛给锐卒万人,使犯赵师。庞煖使乐乘、乐闲张两翼以待,而亲率军迎战。两下交锋,约二十余合,一声炮响,两翼并进,俱用强弓劲弩,乱射燕军。武阳靖中箭而亡,栗元不能抵当,回车便走,庞煖同二将从后掩杀,一万锐卒折去三千有余。剧辛大怒,急催大军亲自接应,庞煖已自还营去了。剧辛攻垒不能入,乃使人下书,约明日于阵前,单车相见。庞煖允之,两下各自准备。至次日,彼此列成阵势,吩咐:"不许施放冷箭。"庞煖先乘单车立于阵前,请剧将军会面,剧辛亦乘单车而出。庞煖在车中欠身曰:"且喜将军齿发无恙。"剧辛曰:"忆昔别君去赵,不觉距今已四十余年,某已衰老,君亦苍颜。人生如白驹过隙_{白色的骏马在缝隙前飞速地越过,比喻时间过得很快},信然也。"庞煖曰:"将军向以昭王礼士,弃赵奔燕,一时豪杰景附,如云之从龙,风之从虎。今金台草没,无终墓木已拱,苏代、邹衍相继去世,昌国君亦归吾国,燕之气运,亦可知矣!老将军年逾六十,孤立于衰王之庭,犹贪恋兵权,持凶器而行危事,欲何为乎?"剧辛曰:"某受燕王三世厚恩,粉骨难报,趁吾余年,欲为国家雪栗腹之耻!"庞煖曰:"栗腹无故攻吾鄗邑,自取丧败,此乃燕之犯赵,非赵之犯燕也。"两下在军前反覆酬答,庞煖忽大呼曰:"有人得剧辛之首者,赏三百金!"剧辛曰:"足下何轻吾太甚? 吾岂不能取君之首耶?"庞煖曰:"君命在身,各尽其力可耳!"剧辛大怒,把令旗一麾,栗元便引军杀出。这里乐乘、乐闲双车接战,燕军渐失便宜。剧辛驱军大进,庞煖亦以大军迎之。两下混杀一场,燕军比赵损折更多,天晚各鸣金收兵。剧辛回营,闷闷不悦。欲待回军,又在燕王面前夸了大口;欲待不回,又难取胜,正自踌躇。忽有守营军士报道:"赵国遣人下书,见在辕门之外,未敢擅投。"剧辛命取书到,其书再三缄封甚固,发而观之,略曰：

> 代州守李牧引军袭督亢，截君之后。君宜速归，不然无及。某以昔日交情，不敢不告！

剧辛曰："庞煖欲摇动我军心耳！纵使李牧兵至，吾何惧哉！"命以书还其使人，来日再决死敌。赵使者已去，栗元进曰："庞煖之言不可不信，万一李牧果引军袭吾之后，腹背受敌，何以处之？"剧辛笑曰："吾亦虑及于此。适才所言，稳住军心；汝今密传军令，虚扎营寨，连夜撤回，吾亲自断后，以拒追兵。"栗元领计去了。谁知庞煖探听燕营虚设，同乐乘、乐闲分三路追来。剧辛且战且走，行至龙泉河，探子报道："前面旌旗塞路，闻说是代郡军马。"剧辛大惊曰："庞煖果不欺我！"遂不敢北进，引兵东行，欲取阜城，一路奔往辽阳。庞煖追及，大战于胡卢河。剧辛兵败，叹曰："吾何面目为赵囚乎？"自刎而亡。此燕王喜十三年，秦王政之五年也。髯翁有诗叹云：

> 金台应聘气昂昂，共翼昭王复旧疆。
>
> 昌国功名今在否？独将白首送沙场！

栗元被乐闲擒而斩之。获首二万余，余俱奔溃，或降，赵兵大胜。庞煖约会李牧一齐征进，取武遂、方城之地。燕王亲诣将渠之门，求其为使，伏罪乞和。庞煖看将渠面情，班师奏凯而回。李牧仍守代郡去讫。赵悼襄王郊迎庞煖，劳之曰："将军武勇若此，廉、蔺犹在赵也！"庞煖曰："燕人已服，宜及此时合从列国，并力图秦，方保无虞。"不知合从事如何，且看下回分解。

李舅争权
黄除戈歌

樊於期
傳檄
討秦王

第一百三回　李国舅争权除黄歇　樊於期传檄讨秦王

话说庞煖欲乘败燕之威，合从列国，为并力图秦之计。除齐附秦外，韩、魏、楚、燕各出锐师，多者四五万，少亦二三万，共推春申君黄歇为上将。歇集诸将议曰："伐秦之师屡出，皆以函谷关为事，秦人设守甚严，未能得志。即我兵亦素知仰攻之难，咸有畏缩之心。若取道蒲坂，由华州而西，径袭渭南，因窥潼关，《兵法》所谓'出其不意'也。"诸将皆曰："然。"遂分兵五路，俱出蒲关，望骊山一路进发，直攻渭南，不克，围之。秦丞相吕不韦使将军蒙骜、王翦、桓齮yǐ、李信、内史腾，各将兵五万人，五枝军兵，分应五国。不韦自为大将，兼统其军，离潼关五十里分为五屯，如列星之状。王翦言于不韦曰："以五国悉锐，攻一城而不克，其无能可知矣。三晋近秦，习经常，习惯与秦战，而楚在南方，其来独远，且自张仪亡后，三十余年不相攻伐，诚选五营之锐，合以攻楚，楚必不支，楚之一军破，余四军将望风而溃矣。"不韦以为然。于是使五屯设垒建帜如常，暗地各抽精兵一万，约以四鼓齐起，往袭楚寨。时李信以粮草稽迟拖延、延误，欲斩督粮牙将甘回，众将告求得免，但鞭背百余。甘回挟恨，夜奔楚军，以王翦之计告之。春申君大惊，欲驰报各营，恐其不及，遂即时传令，拔寨俱起，夜驰五十余里，方敢缓缓而行。比及秦兵到时，楚寨已撤矣。王翦曰："楚兵先遁，必有泄吾谋者。计虽不成，然兵已至此，不可空回。"遂往袭赵寨。壁垒坚固，攻不能入。庞煖仗剑立于军门，有敢擅动者即斩。秦兵乱了一夜，至天明，燕、韩、魏俱合兵来救，蒙骜等方才收兵。庞煖怪楚兵不至，使人探之，知其先撤，叹曰："合从之事，今后休矣！"诸将皆请班师，于是韩、魏之兵先回本国。庞煖怒齐独附秦，挟燕兵伐之，取饶安一城而返。

再说春申君奔回郢城，四国各遣人来问曰："楚为从长，奈何不告而先回，敢请其故。"考烈王责让黄歇，歇惭惧不容。时有魏人朱英，客于春申君之门，知楚方畏秦，乃说春申君曰："人皆以楚强国，及君而弱，英独谓不然。先君之时，秦去楚甚远，西隔巴、蜀，南隔两周，而韩、魏又眈眈乎拟其后，是以三十年无秦患。此非楚之强，其势然也。今两周已并于秦，而秦方修怨于魏，魏旦暮亡，则陈、许为通道，恐秦、楚之争，从此方始，君之责让，正未已也。何不劝楚王东徙寿春,去秦较远,绝长、淮以自固,可以少安。"黄歇然其谋,言于考烈王,乃择日迁都。按楚先都郢,后迁于郢 ruò,复迁于陈,今又迁于寿春,凡四迁矣。史臣有诗云:

> 周为东迁王气歇,楚因屡徙霸图空。
>
> 从来避敌为延敌,莫把迁岐托古公①。

再说考烈王在位已久,尚无子息,黄歇遍求妇人宜子者以进,终不孕。有赵人李园,亦在春申君门下为舍人,有妹李嫣色美,欲进于楚王,恐久后以无子失宠,心下踌躇:"必须将妹先献春申君,待其有娠,然后进于楚王,幸而生子,异日得立为楚王,乃吾甥也。"又想:"吾若自献其妹,不见贵重。还须施一小计,要春申君自来求我。"于是给五日假归家,故意过期,直待第十日方至。黄歇怪其来迟。李园对曰:"臣有女弟名嫣,颇有姿色,齐王闻之,遣使来求。臣与其使者饮酒数日,是以失期。"黄歇想道:"此女名闻齐国,必是个美色。"遂问曰:"已受其聘否?"园对曰:"方且议之,聘尚未至也。"黄歇曰:"能使我一见乎?"园曰:"臣在君之门下,即吾女弟,谁非君妾婢之流,敢不如命。"乃盛饰其妹,送至春申君府中。黄歇一见大喜,是夜即赐李园白璧二双,黄金三百镒,留其妹侍寝。未三月,即便怀孕。李园私谓其妹嫣曰:"为妾与为夫人孰贵?"嫣笑曰:"妾安得比夫人?"园又曰:"然则为夫人与为王后孰贵?"嫣又笑曰:"王后贵盛。"李园曰:"汝在春申君府中,不过一宠妾耳!今楚王无子,幸汝有娠,倘进于楚王,他日生子为王,汝为太后,岂不胜于为妾乎?"遂教以说词,使于枕席之间,如此这般:"春申君必然听从。"李嫣一一领记。夜间侍寝之际,遂进言于黄歇曰:"楚王之贵幸君,虽兄弟不如也。今君相楚二十余年,而王未有子,千秋百岁后,将更立兄弟。兄弟于君无恩,必将各立其所亲幸之人,君安得长有宠乎?"黄歇闻言,沉思未答。嫣又曰:"妾所虑不止于此也。君贵,用事久,多失礼于王之兄弟,兄弟诚立,祸且及身,岂特江东封邑不可保而已哉?"黄歇愕然曰:"卿言是也,吾虑不及此!今当奈何?"李嫣曰:"妾有一计,不惟免祸,而且多福。但妾负愧,难于自吐,又恐君不我听,是以妾未敢言。"黄歇曰:"卿为我画策,何为不听?"李嫣曰:"妾今自觉有孕矣,他人莫知也。幸妾侍君未久,诚以君之重,而进妾于楚王,王必幸妾。妾赖天佑生男,异日必为嫡嗣,则是君之子为王也。楚国尽可得,孰与身临不测之罪乎?"黄歇如梦初觉,如醉初醒,喜曰:"'天下有智妇人,胜于

_____

①古公:即古公亶文,周文王的祖父,曾将周的都城迁于岐山之下。

男子'，卿之谓矣。"

次日，即召李园告之以意，密将李嫣出居别舍。黄歇入言于楚王曰："臣所闻李园妹名嫣者有色，相者皆以为宜子，当贵，齐王方遣人求之，王不可不先也。"楚王即命内侍宣取李嫣入宫。嫣善媚，楚王大宠爱之。及产期，双生二男，长曰捍，次曰犹。楚王喜不可言，遂立李嫣为王后，长子捍为太子。李园为国舅，贵幸用事，与春申君相并。园为人多诈术，外奉春申君益谨，而中实忌之。及考烈王二十五年，病久不愈，李园想起其妹怀娠之事，惟春申君知之，他日太子为王，不便相处，不如杀之以灭其口。乃使人各处访求勇力之士，收置门下，厚其衣食，以结其心。

朱英闻而疑之，曰："李园多蓄死士，必为春申君故也。"乃入见春申君曰："天下有无妄意外的之福，有无妄之祸，又有无妄之人，君知之乎？"黄歇曰："何谓'无妄之福'？"朱英曰："君相楚二十余年矣，名为相国，与楚王无二。今楚王病久不愈，一旦宫车晏驾宫车迟出，为帝王死亡的的讳辞，少主嗣位，而君辅之，如伊尹、周公，俟王之年长，而反其政；若天与人归，遂南面即真。此所谓'无妄之福'也。"黄歇曰："何谓'无妄之祸'？"朱英曰："李园，王之舅也，而君位在其上，外虽柔顺，内实不甘。且同盗相妒，势所必至也。闻其阴蓄死士，为日已久，何所用之？楚王一薨，李园必先入据权，而杀君以灭口。此所谓'无妄之祸'也。"黄歇曰："何谓'无妄之人'？"朱英："李园以妹故，宫中声息，朝夕相通，而君宅于城外，动辄后时。诚以郎中令相处，某得领袖带领，率领诸郎，李园先入，臣为君杀之。此所谓'无妄之人'也。"黄歇掀髯大笑曰："李园弱人耳，又事我素谨，安有此事？足下得无过虑乎？"朱英曰："君今日不用吾言，悔之晚矣。"黄歇曰："足下且退，容吾察之。如有用足下之处，即来相请。"朱英去三日，不见春申君动静，知其言不见用，叹曰："吾不去，祸将及矣！鸱夷子皮之风可追也。"乃不辞而去，东奔吴下，隐于五湖之间。髯翁有诗云：

红颜带子入王宫，盗国奸谋理不容。

天启春申无妄祸，朱英焉得令郎中？

朱英去十七日，而考烈王薨。李园预与宫殿侍卫相约："一闻有变，当先告我。"至是闻信，先入宫中，吩咐秘不发丧，密令死士伏于棘门古代宫门插戟，为宫门的别称之内，捱至日没，方使人徐报黄歇。黄歇大惊，不谋于宾客，即刻驾车而行。方进棘门，两边死士突出，口呼："奉王后密旨，春申君谋反宜诛！"黄歇知事变，急欲回车，手下已被杀散。遂斩黄歇之头，投于城外，将城门紧闭,然后发丧。拥立太子捍嗣位,是为楚幽王,时年才六岁。李园自立为相国,独专楚政。奉李嫣为王太后。传令尽灭春申君之族,收其食邑。哀哉!自李园当国,春申君宾客尽散,群公子皆疏远不任事。少主寡后,国政日紊,楚自此不可为矣。

话分两头。再说吕不韦愤五国之攻秦,谋欲报之,曰:"本造谋设计谋划者,赵将庞煖也。"乃使蒙骜同张唐督兵五万伐赵。三日后,再令长安君成蟜同樊於期率兵五万为后继。宾客间于不韦曰:"长安君年少,恐不可为大将。"不韦微笑曰:"非尔所知也!"

且说蒙骜前军出函谷关,取路上党,径攻庆都,结寨于都山。长安君大军营于屯留,以为声援。赵使相国庞煖为大将,扈辄副之,率军十万拒敌,许庞煖便宜行事。庞煖曰:"庆都之北,惟尧山最高,登尧山可望都山,宜往据之。"使扈辄引军二万先行。比至尧山,先有秦兵万人在彼屯扎,被扈辄冲上杀散,就于山头下寨。蒙骜使张唐引军二万,前来争山,庞煖大军亦到,两边于山下列成阵势,大战一场。扈辄在山头用红旗为号,张唐往东,旗便往东指,张唐往西,旗便从西指。赵军只望红旗指处,围裹将来。庞煖下令:"有人擒得张唐者,封以百里之地。"赵军无不死战。张唐奋尽平生之勇,不能透出重围。却得蒙骜军到,接应出来,同回都山大寨。庆都知救兵已到,守御益力。蒙骜等不能取胜,遣张唐往屯留,催取后队军兵。

却说长安君成蟜年方十七岁,不谙军务,召樊於期议之。於期素恶不韦纳妾盗国之事,请屏去左右,备细与成蟜叙述一遍,言:"今王非先王骨血,惟君乃是适子。文信侯今日以兵权托君,非好意也。恐一旦事泄,君与今王为难,故阳示恩宠,实欲出君于外。文信侯出入宫禁,与王太后宣淫不禁,夫妻父子,聚于一窟,所忌者独君耳。若蒙骜兵败无功,将借此以为君罪。轻则削籍,重则刑诛。嬴氏之国,化为吕氏,举国人皆知其必然,君不可不为之计。"成蟜曰:"非足下说明,某不知也。为今计当奈何?"樊於期曰:"今蒙骜兵困于赵,急未能归,而君手握重兵,若传檄以宣淫人之罪,明宫闱之诈,臣民谁不愿奉适嗣以主社稷者!"成蟜忿然按剑作色曰:"大丈夫死则死耳!宁能屈膝为贾人子下乎?惟将军善图之!"樊於期伪向使者言:"大军即日移营,多致意蒙将军,用心准备。"使者去后,樊於期草就檄文,略曰:

长安君成蟜布告中外臣民知悉:传国之义,适统①为尊;覆宗之恶,

---

① 适统:正统。适,通"嫡"。

阴谋为甚。文信侯吕不韦者,以阳翟之贾人,窥咸阳之主器。今王政,实非先王之嗣,乃不韦之子也。始以怀娠之妾,巧惑先君,继以奸生之儿,遂蒙血胤①。恃行金为奇策,邀反国为上功。两君之不寿有繇②,是可忍也?三世之大权在握,孰能御之!朝岂真王,阴已易嬴而为吕;尊居假父,终当以臣而篡君。社稷将危,神人胥③怒!某叨为嫡嗣,欲讫天诛。甲胄干戈,载义声而生色;子孙臣庶,念先德以同驱。檄文到日,磨厉以须,车马临时,市肆勿变。

樊於期将檄文四下传布。秦人多有闻说吕不韦进妾之事者,及见檄内怀娠奸生等语,信其为实,虽然畏文信侯之威,不敢从兵,却也未免观望之意。时彗星先见东方,复见北方,又见西方,占者谓国中当有兵起,人心为之摇动。樊於期将屯留附县丁壮悉编军伍,攻下长子、壶关,兵势益盛。张唐知长安君已反,星夜奔往咸阳告变。秦王政见檄文大怒,召尚父吕不韦计议。不韦曰:"长安君年少,不办不能为此,此乃樊於期所为也。於期有勇无谋,兵出即当就擒,不必过虑。"乃拜王翦为大将,桓齮、王贲为左右先锋,率军十万,往讨长安君。

再说蒙骜与庞煖相持,等待长安君接应不到,正疑讶疑惑惊讶间,接得檄文,如此恁般,大惊曰:"吾与长安君同事,今攻赵无功。而长安君复造反,吾安得无罪?若不反戈以平逆贼,何以自解?"乃传令班师,将军马分为三队,亲自断后,缓缓而行。庞煖探听秦军移动,预选精兵三万,使扈辄从间道伏于太行山林木深处,嘱曰:"蒙骜老将,必亲自断后,待秦兵过且尽,从后邀击,方保全胜。"蒙骜见前军径去无碍,放心前行。一声炮响,伏兵突出,蒙骜便与扈辄交战。良久,庞煖兵从后追及,秦兵前去者,已无斗志,遂大溃。蒙骜身带重伤,复犹力战杀数十人,复亲射庞煖中其胁,赵军围之数重,乱箭射之,矢如蝟同"猬"毛,可惜秦国一员名将,今日死于太行山之下。庞煖得胜,班师回赵,箭疮不痊,未几亦死。此事搁过不提。

再说张唐、王翦等兵至屯留,成峤大惧。樊於期曰:"王子今日乃骑虎之势,不得复下,况悉三城之兵不下十五万,背城一战,未卜胜负,何惧之有!"乃列阵于城下以待。王翦亦列阵相对,谓樊於期曰:"国家何负于汝,乃诱长安君造逆耶?"樊於期在车上欠身答曰:"秦政乃吕不韦奸生之子,谁不知之?吾等世受国恩,何忍见嬴氏血食为吕氏所夺?长安君先王血胤,所以奉之。

---

①血胤:嫡亲后代。　②不寿有繇:不能长寿是有原因的,暗指吕不韦弑君。　③胥:皆,都。

将军若念先王之祀，一同举义，杀向咸阳，诛淫人，废伪主，扶立长安君为王，将军不失封侯之位，同享富贵，岂不美哉。"王翦曰："太后怀妊十月，而生今王，其为先君所出无疑。汝乃造谤，污蔑乘舆天子诸侯乘的车子，代指帝王，为此灭门之事，尚自巧言虚饰，摇惑军心。拿住之时，碎尸万段！"樊於期大怒，瞋目大呼，挥长刀直入秦军。秦军见其雄猛，莫不披靡。樊於期左冲右突，如入无人之境。王翦麾军围之，凡数次，皆斩将溃围而出，秦兵损折极多。是日天晚，各自收军。

　　王翦屯兵于伞盖山，思想："樊於期如此骁勇，急切难收，必须以计破之。"乃访帐下："何人与长安君相识？"有末将杨端和，乃屯留人，自言："曾在长安君门下为客。"王翦曰："我修书一封与汝，汝可送与长安君，劝他早图归顺，无自取死。"杨端和曰："小将如何入得城去？"王翦曰："俟交锋之时，乘其收军，汝可效敌军打扮，混入城中。只看攻城至急，便往见长安君，必然有变。"端和领计。王翦当下修书，缄讫，付与端和自去伺候行事。再召桓齮引一军攻长子城，王贲引一军攻壶关城，王翦自攻屯留，三处攻打，使他不能来应。樊於期谓成蟜曰："今乘其分军之时，决一胜负。若长子、壶关不守，秦兵势大，更难敌矣。"成蟜年幼畏懦，涕泣言曰："此事乃将军倡谋，但凭主裁，勿误我事。"樊於期抽选精兵万余，开门出战。王翦佯让一阵，退军十里，屯于伏龙山。於期得胜入城，杨端和已混入去了。因他原是本城之人，自有亲戚收留安歇，不在话下。成蟜问樊於期曰："王翦军马不退如何？"樊於期答曰："今日交锋，已挫其锐，明日当悉兵出战，务要生擒王翦，直入咸阳，扶立王子为君，方遂吾志。"不知胜负如何，且看下回分解。

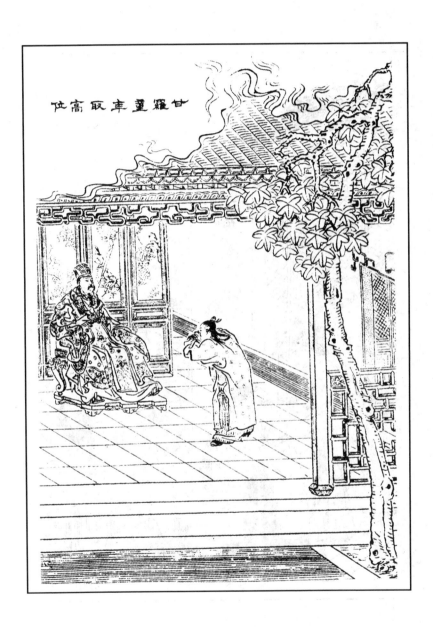

甘羅童車取高位

螺素為腐乳宮秦

第一百四回　甘罗童年取高位　嫪毐伪腐乱秦宫

话说王翦退军十里，吩咐深沟高垒，分守险阨，不许出战。却发军二万，往助桓齮 yǐ、王贲，催他早早收功。樊於期连日悉锐出战，秦兵只是不应。於期以王翦为怯，正想商议分兵往救长子、壶关二处，忽哨马报道："二城已被秦兵攻下！"於期大惊，乃立屯于城外，以安长安君之意。

却说桓齮、王贲闻王翦移营伏龙山，引兵来见，言："二城俱已收复，分兵设守，诸事停妥。"王翦大喜曰："屯留之势孤矣！只擒得樊於期，便可了事。"言未毕，守营卒报道："今有将军辛胜奉秦王之命来到，已在营外。"王翦迎入帐中，问其来意。辛胜曰："一者，以军士劳苦，命赍犒赏颁赐；二者，秦王深恨樊於期，传语将军：必须生致其人，手剑斩首，以快其恨！"王翦曰："将军此来，正有用处。"遂将来物犒赏三军，然后发令，使桓齮、王贲各引一军，分作左右埋伏，却教辛胜引五千人马，前去搦战，自己引大军准备攻城。

再说成蟜闻长子、壶关二城不守，使人急召樊於期入城商议。樊於期曰："只在旦晚，与决一战，若战而不胜，当与王子北走燕、赵，连合诸侯，共诛伪主，以安社稷。"成蟜曰："将军小心在意。"樊於期复还本营，哨马报："秦王新遣将军辛胜，今来索战。"樊於期曰："无名小卒，吾先除之。"遂率军开营出迎。略战数合，辛胜倒退，樊於期恃勇前进，约行五里，桓齮、王贲两路伏兵杀出，於期大败。急收军回，王翦兵已布满城下。於期大奋神威，杀开一条血路，城中开门接应入去了。王翦合兵围城，攻打甚急。樊於期亲自巡城，昼夜不倦。杨端和在城中见事势甚危，乘夜求见长安君成蟜，称："有机密事求见。"成蟜见是旧日门下之客，欣然唤入。端和请屏左右，告曰："秦之强，君所知也。虽六国不能取胜，君乃欲以孤城抗之，必无幸不能幸免矣。"成蟜曰："樊於期言：'今王非先王所出。'导我为此，非吾初意也。"端和曰："樊於期恃匹夫之勇，不顾成败，欲以君行侥幸之事。今传檄郡县，无有应者，而王将军攻围甚急，城破之后，君何以自全乎？"成蟜曰："吾欲奔燕、赵，合从诸国，足下以为可否？"端和曰："合从之事，赵肃侯、齐湣王、魏信陵、楚春申俱曾为之，方合旋散，其不可成明矣。六国谁非畏秦者？君所在之国，秦遣一介责之，必将缚君以献，君尚可望活乎？"成蟜曰："足下为吾计当如何？"端和

曰："王将军亦知君为樊於期所诱,有密书一封,托致于君。"遂将书呈上。成
峤发而观之,略曰:

> 君亲则介弟,贵则侯封,奈何听无稽之言,行不测之事,自取丧灭,
> 岂不惜哉?首难者樊於期,君能斩其首,献于军前,束手归罪,某当保
> 奏,王必恕君。若迟回不决,悔无及矣!

成峤看毕,流泪而言曰:"樊将军忠直之士,何忍加诛?"端和叹曰:"君所谓妇
人之仁也! 若不见从,臣当辞去。"成峤曰:"足下且暂劳作伴,不可远离,所
言俟从容再议。"端和曰:"愿君勿泄吾言也。"

次日,樊於期驾车来见成峤曰:"秦兵势盛,人情惶惧,城且暮不保,愿同
王子出避燕、赵,更作后图。"成峤曰:"吾宗族俱在咸阳,今远避他国,知其纳
否?"樊於期曰:"诸国皆苦秦暴,何愁不纳?"正话间,外报:"秦兵在南门索
战。"樊於期催并数次曰:"王子今不行,后将不可出矣。"成峤犹豫不决。樊
於期只得绰 chāo 抓起刀登车,驰出南门,复与秦兵交锋。杨端和劝成峤登城
观战,只见樊於期鏖战良久,秦兵益进,於期不能抵当,奔回城下,高叫:"开
门!"杨端和仗剑立于成峤之旁,厉声曰:"长安君已全城归降矣! 樊将军请
自便。有敢开门者斩!"袖中出一旗,旗上有个"降"字。左右皆端和亲戚,便
将降旗竖起,不由成峤做主,成峤惟垂泣而已。樊於期叹口气曰:"孺子不足
辅也!"秦兵围於期数重,因秦王之命,欲生致於期,不敢施放冷箭。於期复
杀开一条血路,遥望燕国而去,王翦追之不及。杨端和使成峤开门,以纳秦
兵。将成峤幽于公馆,遣辛胜往咸阳报捷,兼请长安君发落。秦太后脱笄代
长安君请罪,求免其死,且转乞吕不韦言之。秦王政怒曰:"反贼不诛,骨肉
皆将谋叛矣!"遂遣使命王翦即枭斩成峤于屯留。凡军吏从峤者,皆取斩。
合城百姓,尽迁于临洮之地。一面悬赏格 悬赏的数额 购樊於期:"有能擒献者,
赏以五城。"使者至屯留,宣秦王之命。成峤闻不蒙赦,自缢于馆舍,翦仍枭
其首,悬于城门。军吏死者凡数万人,百姓迁徙,城中一空。此秦王政七年
事也。髯翁有诗云:

> 非种侵苗①理合锄,万全须看势何如?
> 屯留困守终无济,罪状空传一纸书。

是时秦王政年已长成,生得身长八尺五寸,英伟非常,质性聪明,志气超
迈,每事自能主张,不全由太后、吕不韦做主。既定长安君之乱,乃谋复蒙骜

---

① 非种侵苗:杂草侵入种禾苗的地方,暗指嬴政非嬴氏血脉而登上王位。

之仇,集群臣议伐赵。刚成君蔡泽进曰:"赵者,燕之世仇也,燕之附赵,非其本心。某请出使于燕,使燕王效质称臣,以孤赵之势,然后与燕共伐赵,我因以广河间之地,此莫大之利也。"秦王以为然,即遣蔡泽往燕。泽说燕王曰:"燕、赵皆万乘之国也,一战而栗腹死,再战而剧辛亡,大王忘两败之仇而与赵共事,西向以抗强秦,胜则利归于赵,不胜则祸归于燕,是为燕计者过也。"燕王曰:"寡人非甘心于赵,其奈力不敌何?"蔡泽曰:"今秦王欲修五国合从之怨,臣窃以为燕与赵世仇,其从兵殆非得已。大王若遣太子为质于秦,以信臣之言,更请秦之大臣一人,以为燕相,则燕、秦之交固于胶漆比喻亲密无间,合两国之力,于以雪耻于赵不难矣。"燕王听其言,遂使太子丹为质于秦,因请大臣一人以为燕相。吕不韦欲遣张唐,使太史卜之,大吉。张唐托病不肯行,不韦驾车亲自往请,张唐辞曰:"臣屡次伐赵,赵怨臣深矣! 今往燕,必经赵过,臣不可往。"不韦再三强之,张唐坚执不从。

不韦回府中,独坐堂上纳闷。门下客有甘罗者,乃是甘茂之孙,时年仅十二岁,见不韦有不悦之色,进而问曰:"君心中有何事?"不韦曰:"孺子何知,而来问我?"甘罗曰:"所贵门下士者,谓其能为君分忧任患也。君有事而不使臣得闻,虽欲效忠无地矣。"不韦曰:"吾向者令刚成君使燕,燕太子丹已入质矣。今欲使张卿相燕,占得吉,而彼坚不肯行。吾所以不快者此耳!"甘罗曰:"此小事,何不早言? 臣请行之。"不韦怒,连叱曰:"去,去! 我亲往请之而不得,岂小子所能动耶?"甘罗曰:"昔项橐 tuó 七岁为孔子师,今臣生十二岁,长于橐五年,试臣而不效,叱臣未晚。奈何轻量天下之士,遽以颜色脸色相加哉?"不韦奇其言,改容谢之曰:"孺子能令张卿行者,事成当以卿位相屈。"甘罗欣然辞去,往见张唐。

唐虽知为文信侯门客,见其年少轻之,问曰:"孺子何以见辱?"甘罗曰:"特来吊君耳!"张唐曰:"某有何事可吊?"甘罗曰:"君之功,自谓比武安君何如?"唐曰:"武安君南挫强楚,北威燕、赵,战胜攻取,破城堕邑,不计其数,某功不及十之一也。"甘罗曰:"然则应侯之用于秦也,视文信侯孰专?"张唐曰:"应侯不及文信侯之专。"甘罗曰:"君明知文信侯之权重于应侯乎?"张唐曰:"何为不知。"甘罗曰:"昔应侯欲使武安君攻赵,武安君不肯行,应侯一怒,而武安君遂出咸阳,死于杜邮。今文信侯自请君相燕,而君不肯行;此武安君所以不容于应侯者,而谓文信侯能容君乎? 君之死期不远矣。"张唐悚然有惧色,谢曰:"孺子教我!"乃因甘罗以请罪于不韦,即日治装。将行,甘罗谓不韦曰:"张唐听臣之说,不得已而往燕,然中情内心不能不畏赵也。愿假臣车五乘，为张唐先报赵。"不韦已知其才，乃入言于秦王曰："有甘茂之孙甘罗，年虽少，然名家之子孙，甚有智辩。今者张唐称病，不肯相燕，甘罗一说而即行。复请先报赵王，惟王遣之！"秦王宣甘罗入见，身才五尺，眉目秀美如画，秦王已自喜欢，问曰："孺子见赵王何以措词？"甘罗对曰："察其喜惧，相机而进。言若波兴，随风而转，不可以预定也。"秦王给以良车十乘，仆从百人，从之使赵。

赵悼襄王已闻燕、秦通好，正怕二国合计谋赵，忽报秦使者来到，喜不可言，遂出郊二十里，迎接甘罗。及见其年少，暗暗称奇，问曰："向为秦通三川之路者亦甘氏，于先生为何人？"甘罗曰："臣祖也。"赵王曰："先生年几何？"对曰："十二岁。"赵王曰："秦廷年长者，不足使乎？何以及先生？"甘罗曰："秦王用人，各因其任。年长者任以大事，年幼者任以小事。臣年最幼，故为使于赵耳。"赵王见其言辞磊落，又暗暗称奇，问曰："先生下辱敝邑，有何见教？"甘罗曰："大王闻燕太子丹入质于秦乎？"赵王曰："闻之。"甘罗又曰："大王闻张唐相燕乎？"赵王曰："亦闻之。"甘罗曰："夫燕太子丹入质于秦，是燕不欺秦也。张唐相燕，是秦不欺燕也。燕、秦不相欺，而赵危矣！"赵王曰："秦所以亲燕者何意？"甘罗曰："秦之亲燕，欲相与攻赵，而广河间之地也。大王不如割五城献秦，以广河间，臣请言于寡君，止张唐之行，绝燕之好，而与赵为欢。夫以强赵攻弱燕，而秦不为救，此其所得，岂止五城而已哉？"赵王大悦，赐甘罗黄金百镒，白璧二双，以五城地图付之，使还报秦王。秦王喜曰："河间之地，赖孺子而广矣！孺子之智，大于其身。"乃止张唐不遣，张唐亦深感之。赵闻张唐不行，知秦不助燕，乃命庞煖 xuān、李牧合兵伐燕，取上谷三十城，赵得十九城，而以十一城归秦。秦王封甘罗为上卿，复以向时所封甘茂田宅赐之。今俗传甘罗十二为丞相，正谓此也。有诗为证：

　　　　片言纳地广河间，上谷封疆又割燕。

　　　　许大功劳出童子，天生智慧岂因年？

又有诗云：

　　　　甘罗早达子牙迟，迟早穷通各有时。

　　　　请看春花与秋菊，时来自发不愆期。

燕太子丹在秦，闻秦之背燕而与赵，如坐针毡，欲逃归，又恐不得出关，乃求与甘罗为友，欲资其谋，为归燕之计。忽一夕，甘罗梦紫衣吏持天符来，言："奉上帝命，召归天上。"遂无疾而卒。高才不寿，惜哉！太子丹遂留于秦矣。

话分两头。却说吕不韦以阳伟善战得宠于庄襄后，出入宫闱，索无忌惮；及见秦王年长，英明过人，始有惧意。奈太后淫心愈炽，不时宣召入甘泉宫。不韦怕一旦事发，祸及于己，欲进一人以自代，想可以称太后之意者而难其人。闻市人嫪lào 大，其阳具有名，里中淫妇人争事之。秦语呼人之无士行者曰毒ǎi，因称为嫪毒。偶犯淫罪，不韦曲赦之，留为府中舍人。秦俗：农事毕，国中纵倡乐三日，以节其劳。凡百戏任人陈设，有一长一艺，人所不能者，全在此日施逞。吕不韦以桐木为车轮，使嫪毒以其阳具穿于桐轮之中，轮转而具不伤，市人皆掩口大笑。太后闻其事，私问于不韦，似有欣羡之意。不韦曰："太后欲见其人乎？臣请进之。"太后笑而不答，良久曰："君戏言耶？此外人，安得入内？"不韦曰："臣有一计在此。使人发其旧罪，下之腐刑宫刑，太后行重赂于行刑者，诈为阉割，然后以宦者给事宫中，乃可长久。"太后大悦曰："此计甚妙！"乃以百金授不韦，不韦密召嫪毒，告之以故。毒性淫，欣然自以为奇遇矣。不韦果使人发其他淫罪，论以腐刑。因以百金分赂主刑官吏，取驴阳具及他血，诈为阉割，拔其须眉。行刑者故意将驴阳传示左右，尽以为嫪毒之具，传闻者莫不骇异。嫪毒既诈腐如宦者状，遂杂于内侍之中以进。

太后留侍宫中，夜令侍寝，试之，大畅所欲，以为胜不韦十倍也。明日，厚赐不韦，以酬其功，不韦乃幸得自脱。太后与嫪毒相处如夫妇，未几怀妊，太后恐生产时不可隐，诈称病，使嫪毒行金赂卜者，使诈言宫中有祟suì 鬼神害人，当避西方二百里之外。秦王政颇疑吕不韦之事，亦幸太后稍远去，绝其往来，乃曰："雍州去咸阳西二百余里，且往时宫殿俱在，太后宜居之。"于是太后徙雍城，嫪毒为御而往。既去咸阳，居雍故宫，名曰大郑宫，嫪毒与太后益相亲不忌，两年之中，连生二子，筑密室藏而育之。太后私与毒约，异日王崩，以其子为后，外人颇有知者，但无人敢言。太后奏称嫪毒代王侍养有功，请封以土地。秦王奉太后之命，封毒为长信侯，予以山阳之地。毒骤贵，愈益恣肆。太后每日赏赐无算，宫室舆马，田猎游戏，任其所欲，事无大小，皆决于毒。毒蓄家僮数千人，宾客求宦达，愿为舍人者，复千余人。又贿结朝贵为己党，趋权者争附之，声势反过于文信侯矣。

秦王政九年春，彗星见，其长竟天，太史占之曰："国中当有兵变也。"按秦襄公立鄜畤以祀白帝，后德公迁都于雍，遂于雍立郊天之坛，秦穆公又立宝夫人祠，岁岁致祭，遂为常规。后来虽再迁咸阳，此规不废。太后居于雍城，秦王政每岁以郊祀之期，至雍朝见太后。因举祀典，自有祈年宫驻驾。

是春复当其期，适有彗星之变，临行，使大将王翦耀兵于咸阳三日，同尚父吕不韦守国。桓齮引兵三万，屯于岐山，然后起驾。

时秦王已二十六岁，犹未冠。太后命于德公之庙，行冠礼，佩剑，赐百官大酺 pú 会聚饮食五日。太后亦与秦王宴于大郑故宫。也是嫪毐享福太过，合当生出事来。毐与左右贵臣赌博饮酒，至第四日，嫪毐与中大夫颜泄连博失利，饮酒至醉，复求覆局。泄亦醉，不从。嫪毐直前扭颜泄，批其颊。泄不让，亦摘去嫪毐冠缨。毐怒甚，瞋目大吒曰："吾乃今王之假父也！尔婹 jù 人鄙陋、贫穷之人之子，何敢与我抗乎？"颜泄惧，走出，恰遇秦王政从太后处饮酒出宫。颜泄伏地叩头，号泣请死。秦王政是有心机之人，不发一言，但令左右扶至祈年宫，然后问之。颜泄将嫪毐批颊，及自称假父之语，述了一遍，因奏："嫪毐实非宦者，诈为腐刑，私侍太后，见今产下二子，在于宫中，不久谋篡秦国。"秦王政闻之大怒，密以兵符往召桓齮，使引兵至雍。

有内史肆、佐弋竭二人，素受太后及嫪毐金钱，与为死党，知其事，急奔嫪毐府中告之。毐已酒醒，大惊，夜叩大郑宫，求见太后，诉以如此这般："今日之计，除非乘桓齮兵未到，尽发宫骑卫卒及宾客舍人，攻祈年宫，杀却今王，我夫妻尚可相保。"太后曰："宫骑安肯听吾令乎？"嫪毐曰："愿借太后玺，假作御宝用之，托言祈年宫有贼，王有令，召宫骑齐往救驾。宜无不从。"太后是时主意亦乱，曰："惟尔行之。"遂出玺付毐。毐伪作秦王御书，加以太后玺文，遍召宫骑卫卒，本府宾客舍人，自不必说，乱至次日午牌，方才取齐。嫪毐与内史肆、佐戈竭分将其众，围祈年宫。秦王政登台，问各军犯驾之意。答曰："长信侯传言行宫有贼，特来救驾。"秦王曰："长信侯便是贼！宫中有何贼耶？"宫骑卫卒等闻之，一半散去；一半胆大的，便反戈与宾客舍人相斗。

秦王下令："有生擒嫪毐者，赐钱百万；杀之而以其首献者，赐钱五十万；得逆党一首者，赐爵一级；舆隶下贱，赏格皆同。"于是宦者及牧圉诸人皆尽死出战。百姓传闻嫪毐造反，亦来持梃 tǐng 木棒助力，宾客舍人死者数百人。嫪毐兵败，夺路斩开东门出走，正遇桓齮大兵，活活的束手就缚，并内史肆、佐弋竭等皆被擒，付狱吏拷问得实。秦王政乃亲往大郑宫搜索，得嫪毐奸生二子于密室之中，使左右置于布囊中扑杀之。太后暗暗心痛，不敢出救，惟闭门流涕而已。秦王竟不朝谒其母，归祈年宫。以太史占星有验，赐钱十万。狱吏献嫪毐招词，言："毐伪腐入宫，皆出文信侯吕不韦之计。其同谋死党，如内史肆、佐弋竭等，凡二十余人。"秦王命车裂嫪毐于东门之外，夷其三族。肆、竭等皆枭首示众。诸宾客舍人从叛格斗者，诛死；即不预谋乱者，亦远迁于蜀地，凡迁四千余家。太后用玺党逆，不可为国母，减其禄奉，迁居于棫阳宫，此乃离宫之最小者。以兵三百人守之，凡有人出入，必加盘诘。太后此时，如囚妇矣，岂不丑哉。

秦王政平了嫪毐之乱，回驾咸阳。尚父吕不韦惧罪，伪称疾，不敢出谒。秦王欲并诛之，问于群臣。群臣多与交结，皆言："不韦扶立先王，有大功于社稷；况嫪毐未尝面质，虚实无凭，不宜从坐。"秦王乃赦不韦不诛，但免相，收其印绶。桓齮擒反贼有功，加封进级。是年夏四月，天发大寒，降霜雪，百姓多冻死，民间皆议："秦王迁谪太后，子不认母，故有此异。"大夫陈忠进谏曰："天下无无母之子，宜迎归咸阳，以尽孝道，庶几天变可回。"秦王大怒，命剥去其衣，置其身于蒺藜 jí lí 本为一种带刺的植物，此指钉板一类的刑具 之上，而捶杀之，陈其尸于阙下，榜曰："有以太后事来谏者，视此！"秦臣相继来谏者不止，不知可能感悟秦王否，且看下回分解。

茅焦解衣諫秦王

李堅却崎
牧壁桓

第一百五回　茅焦解衣谏秦王　李牧坚壁却桓齮

话说秦大夫陈忠死后,相继而谏者不止,秦王辄戮之,陈尸阙下,前后凡诛杀二十七人,尸积成堆。时齐王建来朝于秦,赵悼襄王亦至,相与置酒咸阳宫甚欢,及见阙下死尸,问其故,莫不叹息私议秦王之不孝也。时有沧州人茅焦,适游咸阳,寓旅店,同舍偶言及此事,焦愤然曰:"子而囚母,天地反覆矣。"使主人具汤水:"吾将沐浴,明早叩阍入谏秦王。"同舍笑曰:"彼二十七人者,皆王平日亲信之臣,尚且言而不听,死不旋踵,岂少汝一布衣耶?"茅焦曰:"谏者自二十七人而止,则秦王遂不听矣;若二十七人而不止,王之听不听,未可知也。"同舍皆笑其愚。次早五鼓,向主人索饭饱食。主人牵衣止之,茅焦绝衣而去。同寓者度其必死,相与剖分其衣囊。

茅焦来至阙下,伏尸大呼曰:"臣齐客茅焦,愿上谏大王!"秦王使内侍出问曰:"客所谏者何事?得无涉王太后语耶?"茅焦曰:"臣正为此而来。"内侍还报曰:"客果为太后事来谏也。"秦王曰:"汝可指阙下积尸告之。"内侍谓茅焦曰:"客不见阙下死人累累耶?何不畏死若是!"茅焦曰:"臣闻天有二十八宿,降生于地,则为正人。今死者已有二十七人矣,尚缺其一,臣所以来者,欲满其数耳。古圣贤谁人不死,臣又何畏哉?"内侍复还报。秦王大怒曰:"狂夫故犯吾禁!"顾左右:"炊镬汤于庭,当生煮之。彼安得全尸阙下,为二十七人满数乎?"于是秦王按剑而坐,龙眉倒竖,口中沫出,怒气勃勃不可遏,连呼:"召狂夫来就烹!"内侍往召茅焦,茅焦故意踽踽 jǔ jǔ 作细步,不肯急趋。内侍促之速行,茅焦曰:"我见王即死矣!缓吾须臾何害?"内侍怜之,乃扶掖 yè 搀扶而前。

茅焦至阶下,再拜叩头奏曰:"臣闻之:'有生者不讳其死,有国者不讳其亡;讳亡者不可以得存,讳死者不可以得生。'夫死生存亡之计,明主之所究心也。不审大王欲闻之否?"秦王色稍降,问曰:"汝有何计,可试言之?"茅焦对曰:"夫忠臣不进阿顺之言,明主不蹈狂悖之行。主有悖行而臣不言,是臣负其君也;臣有忠言而君不听,是君负其臣也。大王有逆天之悖行,而大王不自知,微臣有逆耳之忠言,而大王又不欲闻,臣恐秦国从此危矣。"秦王悚然良久,色愈降,乃曰:"子所言何事?寡人愿闻之。"茅焦曰:"大王今日不以天下为事乎?"秦王曰:"然。"茅焦曰:"今天下之所以尊秦者，非独威力使然，亦以大王为天下之雄主，忠臣烈士毕集秦庭故也。今大王车裂假父，有不仁之心；囊扑两弟，有不友之名；迁母于槭阳宫，有不孝之行；诛戮谏士，陈尸阙下，有桀纣之治。夫以天下为事，而所行如此，何以服天下乎？昔舜事瞽 yín 愚顽母舜的继母虐待他，但他仍对继母尽孝道尽道，升庸为帝；桀杀龙逢，纣戮比干，天下叛之。臣自知必死，第恐臣死之后，更无有继二十八人之后，而复以言进者。怨谤日腾，忠谋结舌，中外离心，诸侯将叛。惜哉！秦之帝业垂成，而败之自大王也。臣言已毕，请就烹！"乃起立解衣趋镬，秦王急走下殿，左手扶住茅焦，右手麾左右曰："去汤镬！"茅焦曰："大王已悬榜拒谏，不烹臣，无以立信。"秦王复命左右收起榜文。又命内侍与茅焦穿衣，延之坐，谢曰："前谏者，但数寡人之罪，未尝明悉存亡之计。天使先生开寡人之茅塞，寡人敢不敬听！"茅焦再拜进曰："大王既俯听臣言，请速备驾，往迎太后；阙下死尸，皆忠臣骨血，乞赐收葬！"秦王即命司里，收取二十七人之尸，各具棺椁 guǒ 同"椁"，外棺，同葬于龙首山，表曰："会忠墓"。是日秦王亲自发驾，往迎太后，即令茅焦御车，望雍州进发。南屏先生读史诗云：

> 二十七人尸累累，解衣趋镬有茅焦。
>
> 命中不死终须活，落得忠名万古标。

车驾将至槭阳宫，先令使者传报，秦王膝行而前，见了太后，叩头大哭，太后亦垂泪不已。秦王引茅焦谒见太后，指曰："此吾之颍考叔也。"是晚，秦王就在槭阳宫歇宿。次日，请太后登辇前行，秦王后随，千乘万骑，簇拥如云，路观者无不称颂秦王之孝。回到咸阳，置酒甘泉宫中，母子欢饮。太后别置酒以宴茅焦，谢曰："使吾母子复得相会，皆茅君之力也。"秦王乃拜茅焦为太傅，爵上卿。又恐不韦复与宫闱相通，遣出都城，往河南本国居住。

列国闻文信侯就国，各遣使问安，争欲请之处以相位，使者络绎于道。秦王恐其用于他国，为秦之害，乃手书一缄，以赐不韦。略曰：

> 君何功于秦，而封户十万？君何亲于秦，而号称尚父？秦之施于君者厚矣！嫪毐之逆，由君始之，寡人不忍加诛，听君就国。君不自悔祸，又与诸侯使者交通①，非寡人所以宽君之意也。其与家属徙居蜀郡，以郫②之一城，为君终老。

吕不韦接书读讫，怒曰："吾破家扶立先王，功孰与我？太后先事我而得孕，王

---

① 交通：相互勾结。　② 郫：pí。

我所出也,亲孰与我？王何相负之甚也！"少顷,又叹曰:"吾以贾人子,阴谋人国,淫人之妻,杀人之君,灭人之祀,皇天岂容我哉？今日死晚矣！"遂置鸩zhèn于酒中,服之而死。门下客素受其恩者,相与盗载其尸,偷葬于北邙山下,与其妻合冢。今北邙道西有大冢,民间传称吕母冢,盖宾客讳言不韦葬处也。

秦王闻不韦已死,求其尸不得,乃尽逐其宾客。因下令大索国中,凡他方游客,不许留居咸阳,已仕者削其官,三日内皆要逐出境外,容留之家,一体治罪。有楚国上蔡人李斯,乃名贤荀卿之弟子,广有学问,向游秦国,事吕不韦为舍人。不韦荐其才能于秦王,拜为客卿。今日逐客令下,李斯亦在逐中,已被司里驱出咸阳城外。斯于途中写就表章,托言机密事,使邮传上之秦王。略曰:

> 臣闻:"太山不让土壤,故能成其高;河海不择细流,故能就其深;王者不却众庶,故能成其德。"昔穆公之霸也,西取繇余于戎,东得百里奚于宛,迎蹇叔于宋,求丕豹、公孙枝于晋;孝公用商鞅,以定秦国之法;惠王用张仪,以散六国之从;昭王用范雎,以获兼并之谋:四君皆赖客以成其功,客亦何负于秦哉？大王必欲逐客,客将去秦而为敌国之用,求其效忠谋于秦者,不可得矣。

秦王览其书,大悟,遂除逐客之令,使人驰车往追李斯,及于骊山之下。斯乃还入咸阳,秦王命复其官,任用如初。

李斯因说秦王曰:"昔秦穆公兴霸之时,诸侯尚众,周德未衰,故未可行兼并之术。自孝公以来,周室卑微,诸侯相并,仅存六国,秦之役属诸侯非一代矣。夫以秦之强,大王之贤,扫荡诸国,如拂灶尘。乃不及此时汲汲jí急切的样子图功,坐待诸侯复强,相聚合从,悔之何及！"秦王曰:"寡人欲并吞六国,计将安出？"李斯曰:"韩近秦而弱,请先取韩,以惧诸国。"秦王从其计,使内史腾为将,率师十万攻韩。时韩桓惠王已薨,太子安即位。有公子非者,善于刑名法律之学,见韩之削弱,数上书于韩王安,韩王不能用。及秦兵伐韩,韩王惧,公子非自负其才,欲求用于秦国,乃自请于韩王,愿为使聘秦,以求息兵,韩王从之。公子非西见秦王,言韩王愿纳地为东藩,秦王大喜。非因说之曰:"臣有计可以破天下之从,而遂秦兼并之谋。大王用臣之谋,若赵不举,韩不亡,楚、魏不臣,齐、燕不附,愿斩臣之头,以徇于国,为人臣不忠者之戒。"因献其所著《说难》《孤愤》《五蠹dù》《说林》等书,五十余万言。秦王读而善之,欲用为客卿,与议国事。李斯忌其才,潛zèn于秦曰:"诸侯公子各亲其亲,岂为他人用哉？秦攻韩,韩王急而遣非入秦,安知不如苏秦反间之计？非不可任也。"秦王曰："然则逐之乎？"李斯曰："昔魏公子无忌、赵公子平原皆曾留秦，秦不用，纵之还国，卒为秦患。非有才，不如杀之，以翦韩之翼。"秦王乃囚韩非于云阳，将杀之，非曰："吾何罪？"狱吏曰："一栖不两雄。当今之世，有才者非用即诛，何必罪乎？"非乃慷慨赋诗曰：

　　《说》果难，《愤》何已？《五蠹》未除，《说林》何取！膏以香消，麝以脐死①。

是夜，非以冠缨自勒其喉而死。韩王闻非死，益惧，请以国内附称臣。秦王乃诏内史腾罢兵。

　　秦王一日与李斯议事，夸韩非之才，惜其已死。李斯乃进曰："臣举一人，姓尉名缭，大梁人也，深通兵法，其才胜韩非十倍。"秦王曰："其人安在？"李斯曰："今在咸阳。然其人自负甚高，不可以臣礼屈也。"秦王乃以宾礼召之。尉缭见秦王，长揖不拜。秦王答礼，置之上座，呼为先生。尉缭因进说曰："夫列国之于强秦，譬犹郡县也，散则易尽，合则难攻。夫三晋合而智伯亡，五国合而齐湣走。大王不可不虑。"秦王曰："欲使散而不复合，先生计将安出？"尉缭对曰："今国家之计，皆决于谊臣，豪臣岂尽忠智，不过多得财物为乐耳。大王勿爱府库之藏，厚赂其豪臣权势显赫的臣僚，以乱其谋，不过亡三十万金，而诸侯可尽。"秦王大悦，尊尉缭为上客，与之抗礼以平等的礼节相待，衣服饮食尽与己同，时时造其馆，长跪请教。尉缭曰："吾细察秦王为人，丰准长目，鹘膺豺声，中怀虎狼之心，残刻少恩，用人时轻为人屈，不用亦轻弃人。今天下未一，故不惜屈身于布衣，若得志，天下皆为鱼肉矣！"一夕，不辞而去。馆吏急报秦王，秦王如失臂手，遣轺车四出追还，与之立誓，拜为太尉，主兵事，其弟子皆拜大夫。于是大出内帑tǎng 古时收藏钱财的府库金钱，分遣宾客使者，奔走列国，视其宠臣用事者，即厚赂之，探其国情。

　　秦王复问尉缭以并兼次第。尉缭曰："韩弱易攻，宜先；其次莫如赵、魏。三晋既尽，即举兵以加楚。楚亡，燕、齐又安往乎？"秦王曰："韩已藩，而赵王尝置酒咸阳宫，未有加兵之名，奈何？"尉缭曰："赵地大兵强，且有韩、魏为助，未可一举而灭也。韩内附称藩，则赵失助之半矣。王若患伐赵无名，请先加兵于魏。赵王有宠臣郭开者，贪得无厌，臣遣弟子王敖往说魏王，使赂郭开以请救于赵王，赵必出兵，吾因以为赵罪，移兵击之。"秦王曰："善。"乃命大将桓齮率兵十万，出函谷关，声言伐魏。复遣尉缭弟

_____

①麝以脐死：麝腹下有香腺，分泌麝香，人为取麝香而杀麝，故称以脐死。

子王敖往魏，付以黄金五万斤，恣其所用。王敖至魏，说魏王曰："三晋所以能抗强秦者，以唇齿互为蔽也。今韩已纳地称藩，而赵王亲诣咸阳，置酒为欢。韩、赵连袂而事秦，秦兵至魏，魏其危矣。大王何不割邺城以赂赵，而求救于赵？赵如发兵守邺，是赵代魏为守也。"魏王曰："先生度必得之赵王乎？"王敖谬言曰："赵之用事者郭开，臣素与相善，自能得之。"魏王从其言，以邺郡三城地界并国书付与王敖，使往赵国求救。王敖先以黄金三千斤交结郭开，然后言三城之事。郭开受魏金，谓悼襄王曰："秦之伐魏，欲并魏也；魏亡，则及于赵矣。今彼割邺郡之三城以求救，王宜听之。"悼襄王使扈辄率师五万，往受其地。秦王遂命桓齮进兵攻邺。扈辄出兵拒之，大战于东崓 gù 山。扈辄兵败，桓齮乘胜追逐，遂拔邺，连破九城。扈辄兵保于宜安，遣人告急于赵王。赵王聚群臣共议，众皆曰："昔年惟廉颇能御秦兵，庞氏、乐氏亦称良将，今庞煖已死，而乐氏亦无人矣。惟廉颇尚在魏国，何不召之？"

郭开与廉颇有仇，恐其复用，乃潜于赵王曰："廉将军年近七旬，筋力衰矣。况前有乐乘之隙，若召而不用，益增怨望。大王姑使人觇 chān 视，倘其未衰，召之未晚。"赵王惑其言，遣内侍唐玖以狻猊 táng ní 名甲一副，良马四匹劳问，因而察之。郭开密邀唐玖至家，具酒相饯，出黄金二十镒为寿。唐玖讶其太厚，自谦无功，不敢受。郭开曰："有一事相烦，必受此金，方敢启齿。"玖乃收其金，问："郭大夫有何见谕？"郭开曰："廉将军与某素不相能。足下此去，倘彼筋力衰颓，自不必言，万一尚壮，亦求足下增添几句，只说老迈不堪，赵王必不复召，此即足下之厚意也。"唐玖领令，竟往魏国，见了廉颇，致赵王之命。廉颇问曰："秦兵今犯赵乎？"唐玖曰："将军何以料之？"廉颇曰："某在魏数年，赵王无一字相及，今忽有名甲良马之赐，必有用某之处，是以知之。"唐玖曰："将军不恨赵王耶？"廉颇曰："某方日夜思用赵人，况敢恨赵王也？"乃留唐玖同食，故意在他面前施逞精神，一饭斗米俱尽，啖肉十余斤，狼餐虎咽，吃了一饱。因披赵王所赐之甲，一跃上马，驰骤如飞。复于马上舞长戟数回，乃跳下马，谓唐玖曰："某何如少年时？烦多多拜上赵王，尚欲以余年报效！"唐玖明明看见廉颇精神强壮，奈私受了郭开贿赂，回至邯郸，谓赵王曰："廉将军虽然年老，尚能食肉善饭，然有脾疾，与臣同坐，须臾间，遗矢同"屎"三次矣。"赵王叹曰："战斗时岂堪遗矢？廉颇果老矣！"遂不复召，但益发军以助扈辄。时赵悼襄王之九年，秦王政之十一年也。其后楚王闻知廉颇在魏，使人召之。颇复奔楚为楚将，以楚兵不如赵，郁郁不得志而死。哀哉！史臣有诗云：

老成名将说廉颇，遗矢谗言奈若何？

请看吴亡宰噽死，郭开何事取金多！

时王敖犹在赵，谓郭开曰："子不忧赵亡耶？何不劝王召廉颇也？"郭开曰："赵之存亡，一国事也。若廉颇，独我之仇，岂可使复来赵国？"王敖知其无为国之心，复探之曰："万一赵亡，君将焉往？"郭开曰："吾将于齐、楚之间，择一国而托身焉。"王敖曰："秦有并吞天下之势，齐、楚犹赵、魏也。为君计，不如托身于秦。秦王恢廓大度，屈己下贤，于人无所不容。"郭开曰："子魏人，何以知秦王之深也？"王敖曰："某之师尉缭子，见为秦太尉，某亦仕秦为大夫。秦王知君能得赵权，故命某交欢于子。所奉黄金，实秦王之赠也。若赵亡，君必来秦，当以上卿授子。赵之美田宅，惟君所欲。"郭开曰："足下果肯相荐，倘有见谕，无不奉承。"王敖复以黄金七千斤，付开曰："秦王以万金见托，欲交结赵国将相，今尽以付君，后有事，当相求也。"郭开大喜曰："开受秦王厚赠，若不用心图报，即非人类。"王敖乃辞郭开归秦，以所余金四万斤反命曰："臣以一万金了郭开，以一郭开了赵也。"秦王知赵不用廉颇，更催桓齮进兵。赵悼襄王忧惧，一疾而薨。

悼襄王适子名嘉。赵有女娼，善歌舞，悼襄王悦之，留于宫中，与之生子，名迁。悼襄王爱娼，因及迁，乃废适子嘉而立庶子迁为太子，使郭开为太傅。迁素不好学，郭开又导以声色狗马之事，二人相得甚欢。及悼襄王已薨，郭开奉太子迁即位。以三百户封公子嘉，留于国中。郭开为相国用事。桓齮乘赵丧，袭破赵军于宜安，斩扈辄，杀十万余人，进逼邯郸。赵王迁自为太子时，闻代守李牧之能，乃使人乘急传，持大将军印召牧。牧在代有选车千五百乘，选骑万三千匹，精兵五万余人；留车三百乘，骑三千，兵万人守代，其余悉以自随，屯于邯郸城外；单身入城，谒见赵王。赵王问以却秦之术，李牧奏曰："秦乘累胜之威，其锋甚锐，未易挫也。愿假臣便宜，无拘文法，方敢受命。"赵王许之。又问："代兵堪战乎？"李牧曰："战则未足，守则有余。"赵王曰："今悉境内劲卒，尚可十万，使赵葱、颜聚各将五万，听君节制。"李牧拜命而行，列营于肥累，置壁垒，坚守不战。日椎牛享士，使分队较射。军士日受赏赐，自求出战，牧终不许。桓齮曰："昔廉颇以坚壁拒王龁，今李牧亦用此计也。"乃分兵一半，往袭甘泉市。赵葱请救之，李牧曰："彼攻而我救，是致于人也，兵家所忌，不如往攻其营。彼方有事甘泉市，其营必虚，又见我坚壁已久，不为战备。若袭破其营，则桓齮之气夺矣。"遂分兵三路，夜袭其营。营中不意赵兵猝至，遂大溃败，杀死有名牙将十余员，士卒无算_{不计其数}。败兵奔往甘泉市，报知桓齮。桓齮大怒，悉兵来战。李牧张两翼以待之，代兵奋勇当先。交锋正酣，左右翼并进，桓齮不能抵当，大败，走归咸阳。赵王以李牧有却秦之功，曰："牧乃吾之白起也！"亦封为武安君，食邑万户。秦王政怒桓齮兵败，废为庶人，复使大将王翦、杨端和各将兵分道伐赵。不知胜负如何，且看下回分解。

王教反間殺李牧

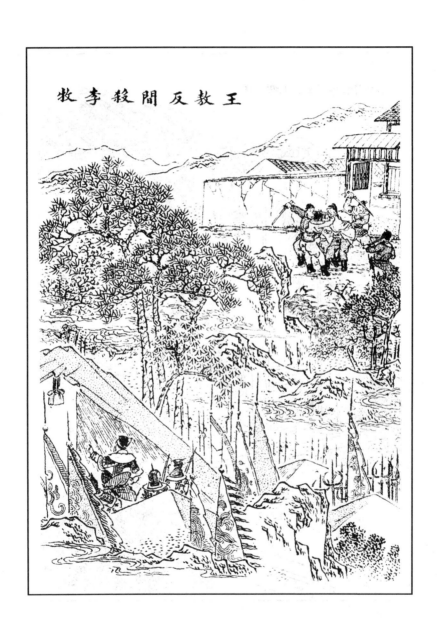

田光刎頸荐荆軻

第一百六回　王敖反间杀李牧　田光刎颈荐荆轲

话说赵王迁五年,代中地震,墙屋倾倒大半,平地裂开百三十步,邯郸大旱。民间有童谣曰:"秦人笑,赵人号,以为不信,视地生毛。"明年,地果生白毛,长尺余,郭开蒙蔽,不使赵王闻之。时秦王再遣大将王翦、杨端和分道伐赵,王翦从太原一路进兵,杨端和从常山一路进兵。复遣内史腾引军十万,屯于上党,以为声援。时燕太子丹为质于秦,见秦兵大举伐赵,知祸必及于燕,阴使人致书于燕王,使为战守之备。又教燕王诈称有疾,使人请太子归国。燕王依其计,遣使至秦。秦王政曰:"燕王不死,太子未可归也。欲归太子,除是乌头白,马生角,方可!"太子丹仰天大呼,怨气一道,直冲霄汉,乌头皆白。秦王犹不肯遣,太子丹乃易服毁面,为人佣仆,赚出函谷关,星夜往燕国去讫。今真定府定州南有台名闻鸡台,即太子丹逃秦时,闻鸡早发处也。秦王方图韩、赵,未暇讨燕丹逃归之罪。

再说赵武安君李牧,大军屯于灰泉山,连营数里,秦两路车马皆不敢进。秦王闻此信,复遣王敖至王翦军中,王敖谓翦曰:"李牧北边名将,未易取胜。将军姑与通和,但勿定约,使命往来之间,某自有计。"王翦果使人往赵营讲和。李牧亦使人报之。王敖至赵,再打郭开关节,言:"李牧与秦私自讲和,约破赵之日,分王代郡。若以此言进于赵王,使以他将易去李牧,某言于秦王,君之功劳不小。"郭开已有外心,遂依王敖说话,密奏赵王。赵王阴使左右往察其情,果见李牧与王翦信使往来,遂信以为实然,谋于郭开。郭开奏曰:"赵葱、颜聚见在军中,大王诚遣使持兵符,即军中拜赵葱为大将,替回李牧,只说用为相国,牧必不疑。"赵王从其言,遣司马尚持节至灰泉山军中,宣赵王之命。李牧曰:"两军对垒,国家安危,悬于一将,虽有君命,吾不敢从!"司马尚私告李牧曰:"郭开潜将军欲反,赵王入接受,接纳其言,是以相召,言拜相者,欺将军之言也。"李牧忿然曰:"开始潜廉颇,今复潜吾,吾当提兵入朝,先除君侧之恶,然后御秦可也。"司马尚曰:"将军称兵犯阙,知者以为忠,不知者反以为叛,适令谗人借为口实。以将军之才,随处可立功名,何必赵也。"李牧叹曰:"吾尝恨乐毅、廉颇为赵将不终,不意今日乃及自己!"又曰:"赵葱不堪代将,吾不可以将印授之。"乃悬印于幕中,中夜微服遁去,欲往魏国。赵葱感郭开举荐之恩，又怒李牧不肯授印，乃遣力士急捕李牧，得于旅人之家，乘其醉，缚而斩之，以其首来献。可怜李牧一时名将，为郭开所害，岂不冤哉！史臣有诗云：

> 却秦守代著威名，大厦全凭一木撑。
>
> 何事郭开贪外市，致令一旦坏长城！

司马尚不敢复命，窃妻孥 nú 妻子儿女奔海上去讫。赵葱遂代李牧挂印为大将，颜聚为副。代兵素服李牧，见其无辜被害，不胜愤怒，一夜间逾山越谷，逃散俱尽，赵葱不能禁也。

却说秦兵闻李牧死，军中皆酌酒相贺，王翦、杨端和两路军马刻期并进。赵葱与颜聚计议，欲分兵往救太原、常山二处。颜聚曰："新易大将，军心不安，若合兵犹足以守，一分则势弱矣。"言未毕，哨马报："王翦攻狼孟甚急，破在旦夕！"赵葱曰："狼孟一破，彼将长驱井陉 xíng，合攻常山，而邯郸危矣！不得不往救之。"遂不听颜聚之谏，传令拔寨俱起。王翦觇探明白，预伏兵大谷，遣人于高阜了望，只等赵葱兵过一半，放起号炮，伏兵一齐杀出，将赵兵截做两段，首尾不能相顾。王翦引大军倾江倒峡般杀来，赵葱迎敌，兵败，为王翦所杀。颜聚收拾败军，奔回邯郸。秦兵遂拔狼孟，由井陉进兵，攻取下邑。杨端和亦收取常山余地，进围邯郸。秦王政闻两路兵俱已得胜，因命内史腾移兵往韩受地。韩王安大惧，尽献其城，入为秦臣。秦以韩地为颍川郡。此韩王安之九年，秦王政之十七年也。韩自武子万受邑于晋，三世至献子厥，始执晋政。厥三传至康子虎，始灭智氏。虎再传至景侯虔，始为诸侯。虔六传至宣惠王，始称王。四传至王安，而国入于秦。自韩虎六年至宣惠王九年，凡为侯共八十年；自宣惠王十年至王安九年国灭，凡为王九十四年。自此，六国只存其五矣。史臣有赞云：

> 万封韩原，贤裔①惟厥；计全赵孤，阴功不泄。始偶六卿，终分三穴；从约不守，稽首秦阙。韩非虽使，无救亡灭！

再说秦兵围邯郸，颜聚悉兵拒守，赵王迁恐惧，欲遣使邻邦求救。郭开进曰："韩王已入臣，燕、魏方自保不暇，安能相救？以臣愚见，秦兵势大，不如全城归顺，不失封侯之位。"王迁欲听之，公子嘉伏地痛哭曰："先王以社稷宗庙传于王，何可弃也？臣愿与颜聚竭力效死！万一城破，代郡数百里，尚可为国，奈何束手为人俘囚乎？"郭开曰："城破则王为虏，岂能及代哉？"公子

---

① 贤裔：贤明的后代。

嘉拔剑在手,指郭开曰:"覆国谗臣,尚敢多言! 吾必斩之!"赵王劝解方散。
王迁回宫,无计可施,惟饮酒取乐而已。郭开欲约会秦兵献城,奈公子嘉率
其宗族宾客,帮助颜聚加意防守,水泄不漏,不能通信。其时岁值连荒,城外
民人逃尽,秦兵野无所掠,惟城中广有积粟,食用不乏,急切不下;乃与杨端
和计议,暂退兵五十里外,以就粮运。城中见秦兵退去,防范稍弛,日启门一
次,通出入。郭开乘此隙,遣心腹出城,将密书一封,送入秦寨。书中大意
云:"某久有献城之意,奈不得其便。然赵王已十分畏惧,倘得秦王大驾亲
临,某当力劝赵王行衔璧舆榇 chèn 嘴里衔着玉璧,载着棺材出行之礼。"王翦得书,
即遣人驰报秦王。

　秦王亲帅精兵三万,使大将李信扈驾,取太原路,来至邯郸,复围其城,
昼夜攻打。城上望见大旆 pèi 有"秦王"字,飞报赵王,赵王愈恐。郭开曰:
"秦王亲提兵至此,其意不破邯郸不已,公子嘉、颜聚辈不足恃也。愿大王自
断于心!"赵王曰:"寡人欲降秦,恐见杀如何?"郭开曰:"秦不害韩王,岂害大
王哉? 若以和氏之璧,并邯郸地图出献,秦王必喜。"赵王曰:"卿度可行,便
写降书。"郭开写就降书,又奏曰:"降书虽写,公子嘉必然阻挡。闻秦王大营
在西门,大王假以巡城为名,乘驾到彼,竟自开门送款,何愁不纳?"赵王一向
昏迷,惟郭开之言是听,到此危急之际,益无主持,遂依其言。颜聚方在北门
点视 查点察看,闻报赵王已出西门,送款于秦,大惊。公子嘉亦飞骑而至,言:
"城上奉赵王之命,已竖降旗,秦兵即刻入城矣。"颜聚曰:"吾当以死据住北
门,公子收敛公族,火速到此。同奔代地,再图恢复。"公子嘉从其计,即率其
宗族数百人,同颜聚奔出北门,星夜往代。颜聚劝公子嘉自立为代王,以令
其众;表李牧之功,复其官爵,亲自设祭,以收代人之心;遣使东与燕合,屯军
于上谷,以备秦寇。代国赖以粗定。不在话下。

　再说秦王政准赵王迁之降,长驱入邯郸城,居赵王之宫。赵王以臣礼
拜见,秦王坐而受之,故臣多有流涕者。明日,秦王弄和氏之璧,笑谓群臣
曰:"此先王以十五城易之而不得者也!"于是秦王出令,以赵地为巨鹿郡,置
守;安置赵王于房陵;封郭开为上卿。赵王方悟郭开卖国之罪,叹曰:"使李
牧在此,秦人岂得食吾邯郸之粟耶?"那房陵四面有石室,如房屋一般。赵王
居石室之中,闻水声淙淙,问左右。对曰:"楚有四水,江、汉、沮、漳,此名沮
水,出房山达于汉江。"赵王凄然叹曰:"水乃无情之物,尚能自达于汉江,寡
人羁囚在此,望故乡千里,岂能至哉!"乃作山水之讴云:

房山为宫兮,沮水为浆;不闻调琴奏瑟兮,惟闻流水之汤汤①! 水
之无情兮,犹能自致于汉江;嗟余万乘之主兮,徒梦怀乎故乡! 夫谁使
余及此兮? 乃谗言之孔张! 良臣淹没兮,社稷沦亡;余听不聪②兮,敢
怨秦王?

终夜无聊,每一发讴,哀动左右,遂发病不起。代王嘉闻王迁死,谥为幽谬
王。有诗为证:

　　吴主丧邦縣佞嚭,赵王迁死为贪开。

　　若教贪佞能疏远,万岁金汤永不隤③。

秦王班师回咸阳,暂且休兵养士。郭开积金甚多,不能携带,乃俱窖于
邯郸之宅第。事既定,自言于秦王,请休假回赵,搬取家财。秦王笑而许之。
既至邯郸,发窖取金,载以数车,中途为盗所杀,取金而去。或云:“李牧之客
所为也。”呜呼! 得金卖国,徒杀其身,愚哉!

再说燕太子丹逃回燕国,恨秦王甚,乃散家财,大聚宾客,谋为报秦之
举。访得勇士夏扶、宋意,皆厚待之。有秦舞阳,年十三,白昼杀仇人于都
市,市人畏不敢近,太子赦其罪,收致门下。秦将樊於期得罪奔燕,匿深山
中,至是闻太子好客,亦出身自归。丹待为上宾,于易水之东,筑一城以居
之,名曰樊馆。太傅鞠 jū 武谏曰:“秦虎狼之国,方蚕食诸侯,即使无隙,犹将
生事,况收其仇人以为射的,如批龙之逆鳞倒生的鳞,其伤必矣。愿太子速遣
樊将军入匈奴以灭口,请西约三晋,南连齐、楚,北结匈奴,然后乃可徐图
也。”太子丹曰:“太傅之计,旷日弥久。丹心如焚炙,不能须臾安息。况樊将
军穷困来归,是丹哀怜之交也。丹岂以强秦之故,而远弃樊将军于荒漠? 丹
有死,不能矣。愿太傅更为丹虑之!”鞠武曰:“夫以弱燕而抗强秦,如以毛投
炉,无不焚也,以卵投石,无不碎也。臣智浅识寡,不能为太子画策。所识有
田光先生,其人智深而勇沉,且多识异人。太子必欲图秦,非田光先生不
可。”太子丹曰:“丹未得交于田先生,愿因太傅而致之。”鞠武曰:“敬诺。”

鞠武即驾车往田光室中,告曰:“太子丹敬慕先生,愿就而决事,愿先生
勿却!”田光曰:“太子,贵人也,岂敢屈车驾哉? 即不以光为鄙陋,欲共计事,
光当往见,不敢自逸。”鞠武曰:“先生不惜枉驾,此太子之幸也。”遂与田光同
车,造太子宫中。太子丹闻田光至,亲出宫迎接,执辔下车,却行为导,再拜
致敬,跪拂其席。田光年老,偻行登上坐,旁观者皆窃笑。太子丹屏左右,避

---

①汤汤(shāng):水流很急的样子。　②聪:听而能审察是非真假。　③隤:同“颓”,崩颓、败坏。

席而请曰："今日之势，燕、秦不两立，闻先生智勇足备，能奋奇策，救燕须臾
之亡乎？"田光对曰："臣闻骐骥 qí jì 骏马盛壮之时，一日而驰千里，及其衰老，
驽马 劣马 先之。今鞠太傅但知臣盛壮之时，不知臣已衰老矣。"太子丹曰："度
先生交游中，亦有智勇如先生少壮之时，可代为先生持筹 手持算筹，引申为谋划
者乎？"田光摇首曰："大难，大难！虽然，太子自审门下客，可用者有几人？
光请相之。"太子丹乃悉召夏扶、宋意、秦舞阳至，与田光相见。田光一一相
过，问其姓名，谓太子曰："臣窃观太子客，俱无可用者。夏扶血勇之人，怒则
面赤；宋意脉勇之人，怒则面青；秦舞阳骨勇之人，怒则面白。夫怒形于面，
而使人觉之，何以济事？臣所知有荆卿者，乃神勇之人，喜怒不形，似为胜
之。"太子丹曰："荆卿何名？何处人氏？"田光曰："荆卿者，名轲，本庆氏，齐
大夫庆封之后也。庆封奔吴，家于朱方，楚讨杀庆封，其族奔卫，为卫人。以
剑术说卫元君，元君不能用。及秦拔魏东地，并濮阳为东郡，而轲复奔燕，改
氏曰荆，人呼为荆卿，性嗜酒，燕人高渐离者，善击筑 zhù 古代弦乐器，演奏时以左
手握持，右手以竹尺击弦发声，轲爱之，日与饮于燕市中。酒酣，渐离击筑，荆卿和
而歌之，歌罢，辄涕泣而叹，以为天下无知己。此其人沉深有谋略，光万不如
也。"太子丹曰："丹未得交于荆卿，愿因先生而致之。"田光曰："荆卿贫，臣每
给其酒资，是宜听臣之言。"太子丹送田光出门，以自己所乘之车奉之，使内
侍为御。光将上车，太子嘱曰："丹所言，国之大事也，愿先生勿泄于他人。"
田光笑曰："老臣不敢。"

　　田光上车，访荆轲于酒市中。轲与高渐离同饮半酣，渐离方调筑。田
光闻筑音，下车直入，呼荆卿，渐离携筑避去。荆轲与田光相见，邀轲至其家
中，谓曰："荆卿尝叹天下无知己，光亦以为然。然光老矣，精衰力耗，不足为
知己驱驰。荆卿方壮盛，亦有意一试其胸中之奇乎？"荆轲曰："岂不愿之，但
不遇其人耳。"田光曰："太子丹折节 降低自己的身份 重客，燕国莫不闻之。今者
不知光之衰老，乃以燕、秦之事谋及于光。光与卿相善，知卿之才，荐以自
代，愿卿即过太子宫。"荆轲曰："先生有命，轲敢不从！"田光欲激荆轲之志，
乃抚剑叹曰："光闻之：'长者为行，不使人疑。'今太子以国事告光，而嘱光勿
泄，是疑光也。光奈何欲成人之事，而受其疑哉！光请以死自明，愿足下急
往报于太子。"遂拔剑自刎而死。荆轲方悲泣，而太子复遣使来视："荆先生
来否？"荆轲知其诚，即乘田光来车，至太子宫。

　　太子接待荆轲，与田光无二。既相见，问："田先生何不同来？"荆轲曰：
"光闻太子有私嘱之语，欲以死明其言，已伏剑死矣！"太子丹抚膺恸哭曰：

"田先生为丹而死,岂不冤哉!"良久收泪,纳轲于上座,太子丹避席顿首,轲慌忙答礼。太子丹曰:"田先生不以丹为不肖,使丹得见荆卿,天与之幸,愿荆卿勿见鄙弃。"荆轲曰:"太子所以忧秦者,何也?"丹曰:"秦譬犹虎狼,吞噬无厌,非尽收天下之地,臣海内之王,其欲未足。今韩王尽已纳地为郡县矣。王翦大兵复破赵,虏其王。赵亡,次必及燕。此丹之所以卧不安席,临食而废箸者也。"荆轲曰:"以太子之计,将举兵与角胜负乎?抑别有他策耶?"太子丹曰:"燕小弱,数困于兵。今赵公子嘉自称代王,欲与燕合兵拒秦。丹恐举国之众,不当秦之一将,虽附以代王,未见其势之盛也。魏、齐素附于秦,而楚又远不相及,诸侯畏秦之强,无肯合从者。丹窃有愚计,诚得天下之勇士,伪使于秦,诱以重利,秦王贪得,必相近,因乘间劫之,使悉反诸侯侵地,如曹沫之于齐桓公,则大善矣。倘不从,则刺杀之。彼大将握重兵,各不相下,君亡国乱,上下猜疑,然后连合楚、魏,共立韩、赵之后,并力破秦,此乾坤再造之时也!惟荆卿留意焉。"荆轲沉思良久,对曰:"此国之大事也,臣驽下,恐不足当任使。"太子丹前顿首固请曰:"以荆卿高义,丹愿委命于卿,幸毋让!"荆轲再三谦逊,然后许诺。

于是尊荆轲为上卿,于樊馆之右,复筑一城,名曰荆馆,以奉荆轲。太子丹日造门下问安,供以太牢。间进车骑美女,恣其所欲,惟恐其意之不适也。轲一日与太子游东宫,观池水,有大龟出池旁,轲偶拾瓦投龟,太子丹捧金丸进之以代瓦。又一日共试骑,太子丹有马日行千里,轲偶言马肝味美,须臾,庖人进肝,所杀即千里马也。丹又言及秦将樊於期得罪秦王,见在燕国。荆轲请见之,太子治酒于华阳之台,请荆轲与樊於期相会,出所幸美人奉酒,复使美人鼓琴娱客。荆轲见其两手如玉,赞曰:"美哉手也!"席散,丹使内侍以玉盘送物于轲,轲启视之,乃断美人之手。自明于轲,无所吝惜。轲叹曰:"太子遇轲厚,乃至此乎?当以死报之!"不知荆轲如何报恩,且看下回分解。

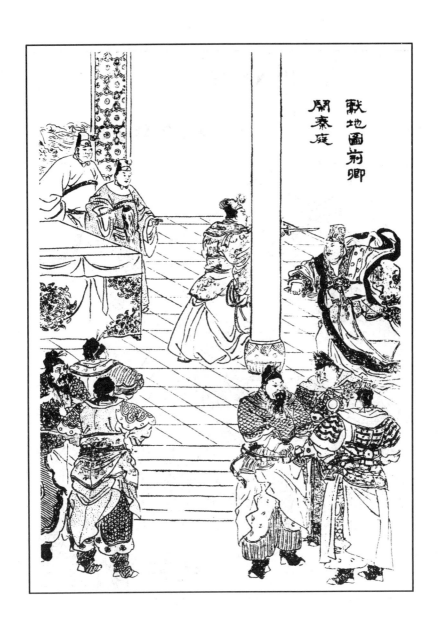

献地圖荆卿
鬧秦庭

输尽身家代娶妻倡

第一百七回　献地图荆轲闹秦庭　论兵法王翦代李信

话说荆轲平日常与人论剑术,少所许可,惟心服榆次人盖聂,自以为不及,与之深结为友。至是,轲受燕太子丹厚恩,欲西入秦劫秦王,使人访求盖聂,欲邀请至燕,与之商议。因盖聂游踪未定,一时不能够来到。太子丹知荆轲是个豪杰,旦暮敬事,不敢催促,忽边人报道:"秦王遣大将王翦,北略地至燕南界。代王嘉遣使相约,一同发兵,共守上谷以拒秦。"太子丹大惧,言于荆轲曰:"秦兵旦暮渡易水,足下虽欲为燕计,岂有及哉?"荆轲曰:"臣思之熟矣! 此行倘无以取信于秦王,未可得近也。夫樊将军得罪于秦,秦王购其首,黄金千斤,封邑万家;而督亢膏腴 yú 肥沃之地,秦人所欲。诚得樊将军之首与督亢之地图,奉献秦王,彼必喜而见臣,臣乃得有以报太子。"丹曰:"樊将军穷困来归,何忍杀之? 若督亢地图,所不敢惜!"荆轲知太子丹不忍,乃私见樊於期曰:"将军得祸于秦,可谓深矣。父母宗族,皆为戮殁 mò 杀戮致死,今闻购将军之首,金千斤,邑万家,将军将何以雪其恨乎?"樊於期仰天太息,流涕而言曰:"某每一念及秦政,痛彻心髓! 愿与之俱死,恨未有其地耳。"荆轲曰:"今有一言,可以解燕国之患,报将军之仇者,将军肯听之乎?"於期亟问曰:"计将安出?"荆轲踌躇不语。於期曰:"荆卿何以不言?"轲曰:"计诚有之,但难于出口。"於期曰:"苟报秦仇,虽粉骨碎身,某所不恤,又何出口之难乎?"荆轲曰:"某之愚计,欲前刺秦王,而恐其不得近也。诚得将军之首,以献于秦,秦王必喜而见臣,臣左手把其袖,右手斫其胸,则将军之仇报,而燕亦得免于灭亡之患矣。将军以为何如?"樊於期卸衣偏袒,奋臂顿足,大呼曰:"此臣之日夜切齿腐心痛心而恨其无策者也,今乃得闻明教。"即拔佩剑刎其喉,喉绝而颈未尽,荆轲复以剑断之。有诗为证:

> 闻说奇谋喜欲狂,幽魂先已赴咸阳。
> 荆卿若遂屠龙计,不枉将军剑下亡。

荆轲使人飞报太子曰:"已得樊将军首矣!"太子丹闻报,驰车至,伏尸而哭极哀,命厚葬其身,而以其首置木函中。荆轲曰:"太子曾觅利匕首乎?"太子丹曰:"有赵人徐夫人匕首,长一尺八寸,甚利,丹以百金得之,使工人染以毒药,曾以试人,若出血沾丝缕,无不立死。装以待荆卿久矣! 未知荆卿行期何日?"荆轲曰:"臣有所善客盖聂未至,欲俟之以为副。"太子丹曰:"足下之客,如海中之萍,未可定也。丹之门下,有勇士数人,惟秦舞阳为最,或可以副行乎?"荆轲见太子十分急切,乃叹曰:"今提一匕首,入不测之强秦,此往而不返者也。臣所以迟迟,欲俟吾客,本图万全。太子既不能待,请行矣。"于是太子丹草就国书,只说献督亢之地并樊将军之首,俱付荆轲。以千金为轲治装,秦舞阳为副使,同行。临发之日,太子丹与相厚宾客知其事者,俱白衣素冠,送到易水之上,设宴饯行。高渐离闻荆轲入秦,亦持豚肩斗酒而至,荆轲使与太子丹相见,丹命入席同坐。酒行数巡,高渐离击筑,荆轲和而歌,为变徵 zhǐ 古代音律七声之一之声。歌曰:风萧萧兮易水寒,壮士一去兮不复还! 声甚哀惨,宾客及随从之人,无不涕泣,有如临丧。荆轲仰面呵气,直冲霄汉,化成白虹一道,贯于日中,见者惊异。轲复慷慨为羽声,歌曰:探虎穴兮入蛟宫,仰天嘘气兮成白虹! 其声激烈雄壮,众莫不瞋目奋励,有如临敌。于是太子丹复引卮酒,跪进于轲。轲一吸而尽,牵舞阳之臂,腾跃上车,催鞭疾驰,竟不反顾。太子丹登高阜以望之,不见而止,凄然如有所失,带泪而返。晋处士陶靖节即陶渊明有诗曰:

> 燕丹善养士,志在报强嬴。
> 招集百夫良①,岁暮得荆卿。
> 君子死知己,提剑出燕京。
> 素骥鸣广陌,慷慨送我行。
> 雄发指危冠②,猛气冲长缨。
> 饮饯易水上,四座列群英。
> 左席击悲筑,右席唱高声。
> 萧萧哀风逝,淡淡寒波生。
> 商音更流涕,羽奏壮士惊。
> 心知去不归,且有后世名。

荆轲既至咸阳,知中庶子蒙嘉有宠于秦王,先以千金赂之,求为先容事先致意。蒙嘉入奏秦王曰:"燕王怖大王之威,不敢举兵,以逆军吏,愿举国为内臣,比于诸侯之列,给贡职如郡县,以奉守先人之宗庙。恐惧不敢自陈,谨斩樊於期之首,及献燕督亢之地图,燕王亲自函封,拜送使者于庭。今上卿荆轲见在馆驿候旨,惟大王命之。"秦王闻樊於期已诛,大喜,乃朝服,设九宾

---

①百夫良:以一当百的壮士。　②危冠:高冠。

之礼古代外交上一种非常隆重的礼节，召使者至咸阳宫相见。荆轲藏匕首于袖，捧樊於期头函，秦舞阳捧督亢舆地图匣，相随而进。将次升阶，秦舞阳面白如死人，似有振恐之状。侍臣曰："使者色变为何？"荆轲回顾舞阳而笑，上前叩首谢曰："一介秦舞阳，乃北番蛮夷之鄙人，生平未尝见天子，故不胜振慴 shè 悚息恐惧不安的样子，易其常度。愿大王宽宥其罪，使得毕使于前。"秦王传旨，止许正使一人上殿，左右叱舞阳下阶。秦王命取头函验之，果是樊於期之首，问荆轲："何不早杀逆臣来献？"荆轲奏曰："樊於期得罪天子，窜伏北漠，寡君悬千金之赏，购求得之，欲生致于大王；诚恐中途有变，故断其首，冀以稍纾 shū 缓和，解除大王之怒。"荆轲辞语从容，颜色愈和，秦王不疑。

　　时秦舞阳捧地图匣，俯首跪于阶下。秦王谓荆轲曰："取舞阳所持地图来，与寡人观之！"荆轲从舞阳手中，取过图函，亲自呈上。秦王展图，方欲观看。荆轲匕首已露，不能掩藏，当下未免着忙。左手把秦王之袖，右手执匕首刺其胸，未及身，秦王大惊，奋身而起，袖绝。因那时五月初旬天气，所穿罗縠 hú 绉纱一类的丝织品单衣，故易裂也。王座旁设有屏风，长八尺，秦王超而过之，屏风仆地。荆轲持匕首在后紧追。秦王不能脱身，绕柱而走。原来秦法，群臣侍殿上者，不许持尺寸之兵，诸郎中宿卫之官，执兵戈者，皆陈列于殿下，非奉宣召，不敢擅自入殿。今仓卒变起，不暇呼唤。群臣皆以手共搏轲。轲勇甚，近者辄仆。有侍医夏无且，亦以药囊击轲，轲奋臂一挥，药囊俱碎。虽然荆轲勇甚，群臣没奈他何，却也亏着要打发众人，所以秦王东奔西走，不曾被荆轲拿住。秦王所佩宝剑，名"鹿卢"，长八尺，欲拔剑击轲，剑长，靶不能脱。有小内侍赵高急唤曰："大王何不背剑而拔之？"秦王悟，依其言，把剑推在背后，前边便短，容易拔出。秦王勇力，不弱于荆轲，匕首尺余，止可近刺，剑长八尺，可以远击，秦王得剑在手，其胆便壮，遂直前来砍荆轲，断其左股。荆轲扑身倒于左边铜柱之旁，不能起立，乃举匕首以掷秦王。秦王闪开，那匕首在秦王耳边过去，直刺入右边铜柱之中，火光迸出。秦王复以剑击轲，轲以手接剑，三指俱落，连被八创。荆轲倚柱而笑，向秦王箕踞蹲坐，表示傲慢无礼的坐姿骂曰："幸哉汝也！吾欲效曹沫故事，以生劫汝，反诸侯侵地，不意事之不就，被汝幸免，岂非天乎！然汝恃强力，吞并诸侯，享国亦岂长久耶？"左右争上前攒杀之。秦舞阳在殿下，知荆轲动手，也要向前，却被郎中等众人击杀。此秦王政二十年事也。可惜荆轲受了燕太子丹多时供养，特地入秦，一事无成，不惟自害其身，又枉害了田光、樊於期、秦舞阳三人性命，断送燕丹父子，岂非剑术之不精乎？髯翁有诗云：

> 独提匕首入秦都，神勇其如①剑术疏。
>
> 壮士不还谋不就，樊君应与觅头颅。

秦王心战目眩，呆坐半日，神色方才稍定。往视荆轲，轲双目圆睁，宛如生人，怒气勃勃。秦王惧，命取荆轲、秦舞阳之尸，及樊於期之首，同焚于市中，燕国从者皆枭首，分悬国门，遂起驾还内宫。宫中后妃闻变，俱前来问安，因置酒压惊称贺。有一胡姬，乃赵王宫人，秦王破赵，选入宫，善琴有宠，列在妃位。秦王使鼓琴解闷。胡姬援琴而奏之，其声曰：

> 罗縠单衣兮可裂而绝，八尺屏风兮可超而越，
>
> 鹿卢之剑兮可负而拔，嗟彼凶狡兮身亡国灭！

秦王爱其敏捷，赐缯 zēng 绮一箧，是夜尽欢，因宿于胡姬之宫。后来胡姬生子，即胡亥也，是为二世皇帝。此是后话。次早，秦王视朝，论功行赏，首推夏无且，以黄金二百镒赐之，曰："无且爱我，以药囊投荆轲也。"次唤小内侍赵高曰："'背剑而拔之'，赖汝教我。"亦赐黄金百镒。群臣中手搏荆轲者，视有伤轻重加赏。殿下郎中人等，击杀秦舞阳者，亦俱有赐。蒙嘉误为荆轲先容，凌迟处死，灭其家。蒙骜先已病死，其子蒙武，见为裨将 副将，以不知情，特赦之。秦王怒气未息，乃益发兵，使王贲将之，助其父王翦攻燕。

燕太子丹不胜其愤，悉众迎战于易水之西。燕兵大败，夏扶、宋意皆战死，丹奔蓟城，鞠武被杀，王翦合兵围之，十月城破。燕王喜谓太子丹曰："今日破国亡家，尽由于汝！"丹对曰："韩、赵之灭，岂亦丹罪耶？今城中精兵尚有二万，辽东负山阻河，犹足固守，父王宜速往！"燕王喜不得已，登车开东门而出。太子丹尽驱其精兵，亲自断后，护送燕王东行，退保辽东，都平壤。王翦攻下蓟城，告捷于咸阳。王翦积劳成病，一面上表告老。秦王曰："太子丹之仇，寡人不能忘，然王翦诚老矣。"使将军李信代领其众，以追燕王父子。召王翦归，赐赉甚厚。翦谢病，老于频阳。燕王闻李信兵至，遣使求救于代王嘉。嘉乃报燕王书，略曰：

> 秦所以急攻燕者，以怨太子丹故也。王能杀丹以谢于秦，秦怒必
> 解，燕之社稷，幸得血食。

燕王喜犹豫未忍，太子丹惧诛，乃与其宾客，自匿于桃花岛。李信屯兵首山，使人持书数太子丹之罪。燕王喜大惧，佯召太子丹计事，以酒灌醉，缢杀之，然后断其首。燕王喜哭之恸，时夏五月，忽然天降大雪，平地深二尺五寸，寒

---

①其如：怎奈，无奈。

凛如严冬,人谓太子丹怨气所致也。燕王将太子丹之首函送李信军中,为书谢罪。李信驰奏秦王,且言:"五月大雪,军人苦寒多病,求暂许班师。"秦王谋于尉缭,尉缭奏曰:"燕栖于辽,赵栖于代,譬之游魂,不久自散。今日之计,宜先下魏,次及荆、楚,二国既定,燕代可不劳而下。"秦王曰:"善。"乃诏李信收兵回国。再命王贲为大将,引军十万,出函谷关攻魏。

时魏景湣王已薨,太子假立三年矣。自秦攻燕时,魏王假增筑大梁之城,内外俱浚深沟,预修守备。使人结好齐王,说以利害,言:"魏与齐乃唇齿之国,唇亡则齿寒。魏亡,则祸必及于齐,愿同心协力,互相救援。"齐自君王后薨,其弟后胜为相国用事,多受秦黄金,力言:"秦必不负齐,今若与魏合从,必触秦怒。"齐王建惑其言,遂辞魏使。王贲连战皆胜,进围大梁。值天道多雨,王贲乘油幕车,访求水势,知黄河在城之西北,而汴河从荥阳发源来,亦经由城西而过,乃命军士于西北开渠,引二河之水,筑堤壅其下流。军士冒雨兴工,王贲亲自持盖催督。及渠成,雨一连十日不止,水势浩大,贲命决堤通沟,内外沟俱泛溢。城被浸三日,颓坏者数处,秦兵遂乘之而入。魏王假方与群臣议书降表,为王贲所虏,上囚车,与宫属俱送至咸阳。假中途病死。王贲尽取魏地,为三川郡。并收野王地,废卫君角为庶人。按魏自晋献公之世,毕万受封,万生芒季,芒季生武子犫,犫佐晋文公成霸,犫复四传至桓子侈,灭范氏、中行氏、智氏,侈生文侯斯,与韩、赵三分晋国,凡七传而至王假,国灭,共有国二百年。史臣赞云:

> 毕公之苗,因国为姓,胤裔①繁昌,世戴忠正。文始建侯,武益强盛;惠王好战,大梁不竞。信陵养士,神气稍振。景湣式微,再传而陨。

时秦王政二十二年事也。是年,秦王用尉缭之策,复谋伐楚,问于李信曰:"将军度伐楚之役,用几何人而足?"李信对曰:"不过用二十万人。"复召老将王翦问之。翦对曰:"信以二十万人攻楚,必败。以臣愚见,非六十万人不可。"秦王私念曰:"老人固宜怯,不如李将军壮勇。"遂罢王翦不用。命李信为大将,蒙武副之,率兵二十万伐楚。李信攻平舆,蒙武攻寝邱。信年少骁勇,一鼓攻下平舆城,于是引兵而西,攻下申城,遣人持书,约蒙武会于城父,欲合兵以捣郢城。

话分两头。却说楚自李园杀春申君黄歇,立幽王捍,捍即黄歇与李氏所生之子也。幽王立十年而薨,无子。其时李园亦卒,群臣乃立宗人公子

---

①胤裔(yìn yì):后代。

犹,是为哀王。哀王立二月,而其庶兄负刍袭杀哀王,遂自立为王。负刍在位三年,闻秦兵深入楚地,乃拜项燕为大将,率兵二十余万,水陆并进。探知李信兵出申城,自率大军迎于西陵,使副将屈定设七伏于鲁台山诸处。李信恃勇前进,遇项燕,两下交锋,战酣之际,七路伏兵俱起,李信不能抵敌,大败而走。项燕逐之,凡三日三夜不息,杀都尉七人,军士死者无算。李信率残兵退保冥陬,项燕复攻破之。李信弃城而遁。项燕追及平舆,尽复故地。蒙武未至城父,闻李信兵败,亦退入赵界,遣使告急。

秦王大怒,尽削李信官邑,亲自命驾造频阳,来见王翦,问曰:"将军策李信以二十万人攻楚必败,今果辱秦军矣。将军虽病,能为寡人强起,将兵一行乎?"王翦再拜谢曰:"老臣罢病疲惫多病。罢,通"疲"悖乱,心力俱衰,惟大王更择贤将而任之。"秦王曰:"此行非将军不可,将军幸勿却!"王翦对曰:"大王必不得已而用臣,非六十万人不可。"秦王曰:"寡人闻:'古者大国三军,次国二军,小国一军,军不尽行,未尝缺乏。'五霸威加诸侯,其制国不过千乘,以一乘七十五人计之,从未及十万之额。今将军必用六十万,古所未有也。"王翦对曰:"古者约日而阵交战双方预先商定好决战日期而排兵布阵,皆阵而战,步伐俱有常法,致武而不重伤使用武力而不伤害已经受伤的士兵,声罪而不兼地,虽干戈之中,寓礼让之意。故帝王用兵,从不用众。齐桓公作内政,胜兵不过三万人,犹且更番而用。今列国兵争,以强凌弱,以众暴寡,逢人则杀,遇地则攻,报级动曰数万,围城动经数年,是以农夫皆操戈刃,童稚亦登册籍,势所必至,虽欲用少而不可得。况楚国地尽东南,号令一出,百万之众可具,臣谓六十万,尚恐不相当,岂复能减于此哉?"秦王叹曰:"非将军老于兵,不能透彻至此,寡人听将军矣!"遂以后车载王翦入朝,即日拜为大将,以六十万授之,仍用蒙武为副。

临行,秦王亲至坝上设饯。王翦引卮,为秦王寿曰:"大王饮此,臣有所请。"秦王一饮而尽,问曰:"将军何言?"王翦出一简于袖中,所开写咸阳美田宅数处,求秦王:"批给臣家。"秦王曰:"将军若成功而回,寡人方与将军共富贵,何忧于贫?"王翦曰:"臣老矣,大王虽以封侯劳臣,譬如风中之烛,光耀几时? 不如及臣目中,多给美田宅,为子孙业,世世受大王之恩耳。"秦王大笑,许之。既至函谷关,复遣使者求园池数处。蒙武曰:"老将军之请乞,不太多乎?"王翦密告曰:"秦王性强厉而多疑,今以精甲六十万畀我,是空国而托我也。我多请田宅园池,为子孙业,所以安秦王之心耳。"蒙武曰:"老将军高见,吾所不及。"不知王翦伐楚如何,且看下回分解。

兼六國混一輿圖

號始皇建立郡縣

第一百八回　兼六国混一舆图　号始皇建立郡县

话说王翦代李信为大将,率军六十万,声言伐楚。项燕守东冈以拒之,见秦兵众多,遣使驰报楚王,求添兵助将。楚王复起兵二十万,使将军景骐qí将之,以助项燕。却说王翦兵屯于天中山,连营十余里,坚壁固守,项燕日使人挑战,终不出。项燕曰:"王翦老将,怯战固其宜也。"王翦休士洗沐,日椎牛设飨,亲与士卒同饮食,将吏感恩,愿为效力,屡屡请战,辄以醇酒灌之。如此数月,士卒日间无事,惟投石超距为戏。按范蠡《兵法》:投石者,用石块重十二斤,立木为机发之,去三百步为胜,不及者为负;其有力者,能以手飞石,则多胜一筹。超距者,横木高七八尺,跳跃而过,以此赌胜。王翦每日使各营军吏,默记其胜负,知其力之强弱。外益收敛为自守之状,不许军人以楚界樵采。获得楚人,以酒食劳之放还。相持岁余,项燕终不得一战,以为王翦名虽伐楚,实自保耳,遂不为战备。

王翦忽一日大享将士,言:"今日与诸君破楚。"将士皆磨拳擦掌,争先奋勇。乃选骁勇有力者,约二万人,谓之壮士,别为一军,为冲锋。而分军数道,吩咐楚军一败,各自分头略地。项燕不意王翦猝至,仓皇出战。壮士蓄力多时,不胜技痒,大呼陷阵,一人足敌百人。楚兵大败,屈定战死。项燕与景骐率败兵东走,翦乘胜追逐,再战于永安城,复大败之,遂攻下西陵,荆、襄大震。王翦使蒙武分军一半,屯于鄂渚,传檄湖南各郡,宣布秦王威德。自率大军径趋淮南,直捣寿春;一面遣人往咸阳报捷。项燕往淮上募兵未回,王翦乘虚急攻,城遂破。景骐自刎于城楼,楚王负刍被虏。秦王政发驾亲至樊口受俘,责负刍以弑君之罪,废为庶人。命王翦合兵鄂渚,以收荆、襄,于是湖、湘一带郡县,望风惊溃。

再说项燕募得二万五千人,来至徐城,适遇楚王之同母弟昌平君逃难奔来,言:"寿春已破,楚王掳去,不知死活。"项燕曰:"吴、越有长江为限,地方千余里,尚可立国。"乃率其众渡江,奉昌平君为楚王,居于兰陵,缮兵城守。

再说王翦已定淮北、淮南之地,谒秦王于鄂渚。秦王夸奖其功,然后言曰:"项燕又立楚王于江南,奈何?"王翦曰:"楚之形势,在于江淮。今全淮皆为吾有,彼残喘仅存,大兵至,即就缚耳。何足虑哉!"秦王曰:"王将军年虽老,志何壮也!"明日,秦王驾回咸阳,仍留王翦兵,使平江南。王翦令蒙武造船于鹦鹉洲。逾年船成,顺流而下,守江军士不能御,秦兵遂登陆。留兵十万屯黄山,以断江口。大军自朱方进围兰陵,四面列营,军声震天。凡夫椒山、君山、荆南山诸处,兵皆布满,以绝越中救兵。项燕悉城中兵,战于城下。初合,秦兵稍却。王翦驱壮士分为左右二队,各持短兵,大呼突入其阵。蒙武手斩裨将一人,复生擒一人,秦兵勇气十倍。项燕复大败,奔入城中,筑门固守。王翦用云梯仰攻,项燕用火箭射之,烧其梯。蒙武曰:"项燕釜中之鱼也。若筑垒与城齐,周围攻急,我众彼寡,守备不周,不一月,其城必破。"王翦从其计,攻城愈急。昌平君亲自巡城,为流矢所中,军士扶回行宫,夜半身死。项燕泣曰:"吾所以偷生在此,为芈氏一脉未绝也。今日尚何望乎?"乃仰天长号者三,引剑自刎而死。城中大乱,秦兵遂登城启门,王翦整军而入,抚定居民。

遂率大军南下,至于锡山,军士埋锅造饭,掘地得古碑,上刻有十二字云:"有锡兵,天下争;无锡宁,天下清。"王翦召土人问之,言:"此山乃惠山之东峰,自周平王东迁于雒,此山遂产铅锡,因名锡山。四十年来,取用不竭。近日出产渐少。此碑亦不知何人所造。"王翦叹曰:"此碑出露,天下从此渐宁矣!岂非古人先窥其定数_{气数,命运},故埋碑以示后乎?今后当名此地为无锡。"今无锡县名,实始于此。王翦兵过姑苏,守臣以城降。遂渡浙江,略定越地。越王子孙,自越亡以后,散处甬江、天台之间,依海而居,自称君长,不相统属。至是,闻秦王威德,悉来纳降。王翦收其舆图户口,飞报秦王,并定豫章之地,立九江、会稽二郡。楚祝融之祀遂绝。此秦王政二十四年事也。按楚自周桓王十六年,武王熊通始强大称王,自此岁岁并吞小国,五传至庄王旅始称霸,又五传至昭王珍,几为吴灭,又六传至威王商,兼有吴越,于是江淮尽属于楚,几占天下之半。怀王槐任用奸臣靳 jìn 尚,见欺于秦,始渐衰弱,又五传至负刍,而国并于秦。史臣有赞云:

鬻熊之嗣,肇封于楚;通王旅霸①,大开南土。子围篡嫡,商臣弑父;天祸未悔,凭奸自怙。昭困奔亡,怀迫囚苦,襄烈遂衰,负刍为虏。

王翦灭楚,班师回咸阳,秦王赐黄金千镒,翦告老,仍归频阳。秦王乃拜其子王贲为大将,攻燕王于辽东。秦王命之曰:"将军若平辽东,乘破竹之

―――――――――――――――

①通王旅霸:指楚武王熊通称王,楚庄王芈旅称霸。

势,便可收代,无烦再举。"王贲兵渡鸭绿江,围平壤城,破之,虏燕王喜,送入咸阳,废为庶人。按燕自召公肇封,九世至惠侯,而周厉王奔彘 zhì,八传至庄公,而齐桓公伐山戎,为燕辟地五百里,燕始强大。又十九传至文公,而苏秦说以合从之术,其子易王始称王,列于七国,易王传哙,为齐所灭,哙子昭王复国,又四传至喜而国亡。史臣有赞云:

> 召伯治陕,甘棠怀德;易王僭号,齿于六国。哙以懦亡,平以强获;
> 一谋不就,辽东并失。传四十三,年八九伯[①];姬姓后亡,召公之泽。

王贲既灭燕,遂移师西攻代。代王嘉兵败,欲走匈奴,贲追及于猫儿庄,擒而囚之。嘉自杀。尽得云中雁门之地,此秦王政二十五年事。按赵自造父仕周,世为周大夫。幽王无道,叔带奔晋,事晋文侯,始建赵氏。五世至赵夙,事献公,再传至赵衰,事文公,衰子盾事襄、成、景三公,晋主霸,赵氏世为霸佐,盾子朔中绝,朔子武复立,又二传至简子鞅,鞅传襄子毋恤 xù,与韩、魏三分晋国,毋恤传其侄桓子浣,浣传子籍,始称侯,谥烈,六传至武灵王而胡服,又四传至王迁被虏,而公子嘉自立为代王,守赵祀,嘉王代六年而国灭。自此六国遂亡其五,惟齐尚在。史臣有赞云:

> 赵氏之世,与秦同祖;周穆平徐,乃封造父。带始事晋,夙初有土;
> 武世晋卿,籍为赵主。胡服虽强,内乱外侮;颇牧[②]不用,王迁囚虏。云
> 中六载,余焰一吐。

王贲捷书至咸阳,秦王大喜,赐王贲手书,略曰:

> 将军一出而平燕及代,奔驰二千余里,方之乃父,劳苦功高,不相
> 上下。虽然,自燕而齐,归途南北便道也。齐在,譬如人身尚缺一臂,愿
> 以将军之余威,震电及之。将军父子,功于秦无两!

王贲得书,遂引兵取燕山,望河间一路南行。

却说齐王建听相国后胜之言,不救韩、魏,每灭一国,反遣使入秦称贺。秦复以黄金厚赂使者,使者归,备述秦王相待之厚,齐王以为和好可恃,不修战备。及闻五国尽灭,王建内不自安,与后胜商议,始发兵守其西界,以防秦兵掩袭。却不提防王贲兵过吴桥,直犯济南。齐自王建即位,四十四年不被兵革,下安于无事,从不曾演习武艺。况且秦兵强暴,素闻传说,今日数十万之众如泰山般压将下来,如何不怕,何人敢与他抵对? 王贲由历下、淄川径犯临淄,所过长驱直捣,如入无人之境。临淄城中,百姓乱奔乱窜,城门不

---

①伯:通"百"。　②颇牧:廉颇、李牧。

守。后胜束手无计，只得劝王建迎降。王贲兵不血刃，两月之间，尽得山东之地。秦王闻捷，传令曰："齐王建用后胜计，绝秦使，欲为乱，今幸将士用命，齐国就灭。本当君臣俱戮，念建四十余年恭顺之情，免其诛死，可与妻子迁于共城，有司日给斗粟，毕其余生。后胜就本处斩首。"王贲奉命诛后胜，遣吏卒押送王建，安置共城。惟茅屋数间，在太行山下，四围皆松柏，绝无居人，宫眷虽然离散，犹数十口，只斗粟不敷，有司又不时给。王建止一子，尚幼，中夜啼饥，建凄然起坐，闻风吹松柏之声，想起："在临淄时，何等富贵！今误听奸臣后胜，至于亡国，饥饿穷山，悔之何及！"遂泣下不止，不数日而卒。宫人俱逃，其子不知所终。传言谓王建因饿而死，齐人闻而哀之，因为歌曰：

> 松耶柏耶？饥不可为餐。谁使建极耶？嗟任人之匪端！

后人传此为"松柏之歌"，盖咎后胜之误国也。按齐始祖陈完，乃陈厉公佗之子，于周庄王十五年，避难奔齐，遂仕齐，讳陈为田氏。数传至田桓子无宇，又再传至僖子乞，以厚施得民心，田氏日强，乞子恒弑齐君，又三传至太公和，遂篡齐称侯，又三传至威王而益强，称王号，又四传至王建而国亡矣。史臣有赞云：

> 陈完避难，奔于太姜；物莫两盛，妫替田昌①。和始擅命，威遂称王。孟尝延客，田单救亡。相胜利贿②，认贼为祥。哀哉王建，松柏苍苍。

时秦王政之二十六年也。

时六国悉并于秦，天下一统。秦王以六国曾并称王号，其名不尊；欲改称帝，昔年亦曾有东西二帝之议，不足以传后世，威四夷；乃采上古君号，惟三皇五帝，功德在三王之上，惟秦德兼三皇，功迈五帝，遂兼二号称"皇帝"。追尊其父庄襄王为太上皇。又以为周公作谥法，子得议父，臣得议君，为非礼；今后除谥法不用："朕为始皇帝，后世以数计之，二世，三世，以至于百千万世，传之无穷。"天子自称曰"朕"，臣下奏事称"陛下"。召良工琢和氏之璧为传国玺，其文曰："受命于天，既寿永昌。"又推终始五德之传，以为周得火德，惟水能灭火，秦应水德之运，衣服旌旗皆尚黑。水数六，故器物尺寸，俱用六数。以十月朔为正月，朝贺皆于是月。"正""政"音同，皇帝御讳不可

---

①妫(guī)替田昌：指田齐兴盛，本宗陈国衰微。　②相胜利贿：指齐王建的相国后胜收受秦国贿赂。

犯,改"正"字音为"征"。征者,非吉祥之事,然出自始皇之意,人不敢言。

尉缭见始皇意气盈满,纷更不休,私叹曰:"秦虽得天下,而元气衰矣!其能永乎?"与弟子王敖一夕遁去,不知所往。始皇问群臣曰:"尉缭弃朕而去,何也?"群臣皆曰:"尉缭佐陛下定四海,功最大,亦望裂土分封,如周之太公、周公。今陛下尊号已定,而论功之典不行,彼失意,是以去耳。"始皇曰:"周室分茅之制,尚可行乎?"群臣皆曰:"燕、齐、楚、代,地远难周,不置王无以镇之。"李斯议曰:"周封国数百,同姓为多,其后子孙,自相争杀无已。今陛下混一海内,皆为郡县,虽有功臣,厚其禄俸,无尺土一民之擅,绝兵革之原,岂非久安长治之术哉?"始皇从其议,乃分天下为三十六郡。那三十六郡:内史郡、汉中郡、北地郡、陇西郡、上郡、太原郡、河东郡、上党郡、云中郡、雁门郡、代郡、三川郡、邯郸郡、南阳郡、颍川郡、齐郡(即琅琊郡)、薛郡(即泗水郡)、东郡、辽西郡、辽东郡、上谷郡、渔阳郡、巨鹿郡、右北平郡、九江郡、会稽郡、鄣郡、闽中郡、南海郡、象郡、桂林郡、巴郡、蜀郡、黔中郡、南郡、长沙郡。

是时北边有胡患,故渔阳、上谷等郡,辖地最少,设戍镇守。南方水乡安靖,故九江、会稽等郡,辖地最多。皆出李斯调度。每郡置守尉一人,监御史一人。收天下甲兵,聚于咸阳销之,铸金人十二,每人重千石,置宫庭中,以应"临洮长人"之瑞。徙天下豪富于咸阳,共二十万户。又于咸阳北坂,仿六国宫室,建造离宫六所。又作阿房之宫。拜李斯为丞相,赵高为郎中令。诸将帅有功者,如王贲、蒙武等各封万户,其他或数千户,俱准其所入之赋,官为给之。于是焚书坑儒,游巡无度,筑万里长城以拒胡,百姓嗷嗷,不得聊生。及二世,暴虐更甚,而陈胜、吴广之徒群起而亡之矣。

史臣有《列国歌》曰:

　　东迁强国齐郑最,荆楚渐横开桓文,楚庄宋襄和秦穆,迭为王霸得专征。晋襄景悼称世霸,平哀齐景思代兴。晋楚两衰吴越进,阖闾句践何纵横?春秋诸国难尽数,几派源流略可寻。鲁卫晋燕曹郑蔡,与吴姬姓同宗盟。齐由吕尚宋商裔,禹后杞越颛顼①荆。秦亦颛裔陈祖舜,许始太岳各有生。及交战国七雄起,韩赵魏氏晋三分。魏与韩皆周同姓,赵先造父同嬴秦。齐吕改田即陈后,黄歇代楚熊暗倾。宋亡于齐鲁入楚,吴越交胜总归荆。周鼎既迁合从散,六国相随渐属秦。

髯仙读《列国志》,有诗云:

---

① 颛顼:zhuān xū。

卜世虽然八百年,半由人事半由天。

绵延过历缘忠厚,陵替^①随波为倒颠。

六国媚秦甘北面,二周失祀恨东迁。

总观千古兴亡局,尽在朝中用佞贤。

---

①陵替:法纪废止,社会秩序混乱。